董贝父子 上

狄更斯文集

〔英〕查尔斯·狄更斯 著
薛鸿时 译

人民文学出版社

Charles Dickens
DOMBEY AND SON
根据 The Caxton Publishing Company,
London 版本译出

图书在版编目(CIP)数据

董贝父子:全 2 册/(英)查尔斯·狄更斯著;薛鸿时译. —北京:人民文学出版社,2020
(狄更斯文集)
ISBN 978-7-02-012022-2

Ⅰ.①董… Ⅱ.①查…②薛… Ⅲ.①长篇小说—英国—近代 Ⅳ.①I561.44

中国版本图书馆 CIP 数据核字(2016)第 220378 号

责任编辑	马　博
装帧设计	陶　雷
责任印制	徐　冉

出版发行	人民文学出版社
社　　址	北京市朝内大街 166 号
邮政编码	100705
网　　址	http://www.rw-cn.com
印　　刷	河北鹏润印刷有限公司
经　　销	全国新华书店等
字　　数	843 千字
开　　本	880 毫米×1230 毫米　1/32
印　　张	35.375　插页 2
印　　数	1—5000
版　　次	2012 年 11 月北京第 1 版
印　　次	2020 年 3 月第 1 次印刷
书　　号	978-7-02-012022-2
定　　价	92.00 元(全两册)

如有印装质量问题,请与本社图书销售中心调换。电话:010-65233595

《狄更斯文集》总序

英国乃至世界最伟大的小说家之一查尔斯·狄更斯于一八一二年二月七日出生于英格兰朴茨茅斯地区的兰德波特。其父约翰·狄更斯是海军军需处的职员,母亲伊丽莎白·巴罗是著名的乐器商之女,受过良好教育。查尔斯是长子,有一个比他大两岁的姐姐范妮。

查尔斯和范妮都有非凡的艺术天赋,从小能歌善舞。父亲有一次让他们站在米特尔饭店的大餐桌上表演,引起众多围观者喝彩,小姐弟俩出尽了风头。日后,范妮成为音乐家,而查尔斯终生热爱着舞台艺术。母亲教会了查尔斯读书写字,他很小年纪就读遍了父亲的藏书,不但熟识英国小说家斯摩莱特、约翰生、菲尔丁、哥尔德斯密斯和笛福的代表作,还熟读《堂吉诃德》《吉尔·布拉斯》《一千零一夜》等外国名著,打下了扎实的文学基础。他刚上两年小学,居然就写成一部悲剧《印度君主米斯纳尔》,可惜未能保存下来。

这位文学巨人的家庭原本出身低微,祖父、祖母长期在克鲁勋爵府当用人。祖母工作出色、忠诚可靠,后来被提升为管家。祖父早逝,留下的两个儿子在勋爵府邸养大。长子威廉勤劳俭朴,在伦敦经营一家小咖啡馆,安分度日。次子约翰性格活泼,人很聪明,口才也好,招人喜爱。由于成长于贵族府邸,约翰很羡慕那种奢华的生活习惯、丰富多彩的社交和游艺活动。尽管只是个普通职员,但成家以后他总想模仿主人家的生活方式。一八二二年,约翰·

狄更斯奉调回海军军需处伦敦总部工作时,已有五个儿女(后来又添了第六个),开销很大;然而他性喜挥霍,早已入不敷出、债台高筑。范妮很幸运,考入皇家音乐学院在校住宿,但查尔斯一到伦敦就失学了。他帮着家里做杂事,还负责照看弟妹们。他常被母亲差遣上当铺,把家里的东西一件一件当掉,换回赖以活命的面包,连他心爱的藏书都没能留下。母亲在门上挂出招牌"狄更斯夫人学校",打算收几个学生挣些钱,但没有人来报名。

查尔斯刚过十二岁生日,就进了位于泰晤士河畔的华伦鞋油作坊当童工,挣得每月六至七先令工资贴补家用,但杯水车薪,无济于事,终于山穷水尽的那天到来了。一八二四年二月二十日,约翰·狄更斯因欠债不还被捕,被关进马夏尔西负债人监狱。不久,全家人都随他搬进监狱去住,查尔斯独自寄居在一户穷人家里。每天清晨,他步行到监狱与家人们共进早餐,接着匆匆赶去上工,午饭就吃随身带的一块面包。下工后,他再去监狱吃晚饭,与家人们一起待到监狱锁门的时候才赶回去睡觉。父亲以自己失败的人生为例,告诫他说:"一个人年收入二十镑,如果用去十九镑十九先令六便士,他就快快活活;如果多花掉一先令,他就苦恼了。"二十五年后,这些话一字不差地被他用在小说《大卫·科波菲尔》里,成为米考伯先生入狱时赠给小朋友大卫的至理名言。十二岁的他必须独自面对严酷的人生,这段不寻常的经历使他早熟早慧。在监狱里,父母常把狱中各色小人物的悲欢离合讲给他听,为未来的作家提供了宝贵的生活素材,其中有些犯人就成为他小说人物的生活原型,包括他自己的父母在内。他深深同情这些不幸的人们,他的心始终在受苦受难的底层人民一边。

不久,祖母和伯父帮约翰还清了债,一家人终于出狱。不过此后,查尔斯还当了一段时间的童工才离开华伦鞋油作坊,进威灵顿学堂上了两年学。据同学回忆,他成绩优异、活泼聪明,常玩一些

"精致的恶作剧"。他还和一个叫包登的同学一起办了份手抄本小报,刊名为《我们的报纸》,主要刊登他编的故事。同学们都很爱看,但查尔斯不让白看,借阅是要付报酬的。孩子们没有钱,只能给他石笔和小孩儿玩的弹子。结果他成了拥有一大堆石笔和弹子的大富翁。这不仅显示他自小就有商业头脑,还预示着他与通俗报刊将结下不解之缘。好景不常,父亲再度负债,小查尔斯又因家贫失学了,而且这次永久失学了。他所接受的正规学校教育,加在一起只有断断续续的四年小学。一八二七年五月,他进了艾里斯与布莱克摩尔律师事务所当实习生,干些送信、抄文件之类枯燥乏味的杂事,但他照样干得有滋有味。每天上班一路走来,他对各色市井人物的音容笑貌烂熟于心,到事务所后,他就把路上那些摊贩、理发匠们的言谈举止,甚至街头痞子的调笑打闹,拿来表演给大家看,那地道的伦敦土腔再配上几个非常准确传神的动作,让同事们十分开心。一年半后他转入查尔斯·莫洛伊律师事务所,在此期间,他学会了据说其难无比的速记技术,不久就当上了国会下院的采访员。他的记录准确清晰,颇受好评。十七岁时,他被"伦敦民事律师公会"正式录用,担任审案速记员。这职业使他受益无穷,他从各类民事诉讼中深刻认识了社会矛盾和世态人情。第二年,他办了大英博物馆的借书证,拼命读书自学,以弥补所受正规教育的不足。一八三一年,他经常为《议会镜报》写通讯。翌年,他担任《真阳报》常驻议会的记者,他写的报道以观察精细、行文明快见长,不久,他就被公认为最优秀的速记员和通讯员了。

在紧张工作之余,他看了很多戏。他最崇拜演员查尔斯·马修斯。此人能迅速换装,在一场戏里扮演七八个性格截然不同的角色,这帮助了狄更斯后来将小说朗诵表演发展成为新型的群众性文艺活动。他还向著名演员罗伯特·基利系统地学习过表演艺术。他想正式干演员这一行,一八三二年春天,他申请参加科文特花园剧场的演员考试。不料面试那天,他患了重感冒,只得放弃。

命运对他另有安排:他怀着忐忑的心情投寄给《每月杂志》的短篇小说《白杨庄晚宴》,赫然刊登在该杂志一八三三年十二月号上,查尔斯·狄更斯找到了自己应有的位置,他无与伦比的才华终于在长期蓄积的丰厚生活资源中萌发了。一八三四年八月,狄更斯开始以"博兹"的笔名在多种杂志上发表自己的特写、随笔和短篇小说作品,描写的是他最熟悉的当时伦敦中下层社会的众生相,举凡集市、驿站、学校、剧场、监狱、法庭、当铺、教堂等等都上了他的画幅。他的作品经常被英美各家报刊杂志转载,"博兹"逐渐成为人们熟悉的名字。一八三六年二月,他把五十六篇作品集结出版,印成两卷,书名《博兹特写集》。

《博兹特写集》问世后才两天,独具慧眼的出版商威廉·霍尔就亲自来找他,请他为著名漫画家罗伯特·西摩的连环画写文字说明。原计划是讲一个体育俱乐部的滑稽故事,但年轻气盛的狄更斯却建议出版商完全放弃这类人们早就看腻了的老套内容,而由他自己创作全新的故事,画家根据他的文字配画。霍尔居然接受了他这个"喧宾夺主"的大胆倡议,于是就产生了世界文学史上的一部伟大小说《匹克威克外传》。狄更斯打破了英国长篇小说通常的发表方式,即皮面精装烫金、定价高昂的三卷本。他想要让广大中下层人民都买得起他的书。从这部书开始,他的作品都以分若干部分逐月出版的方式面世。每一期的篇幅为三十页左右,两幅插画,简装,只卖一先令。等小说全部出齐,再出单行本,而每一期都购买的读者们可以自己装订成书。

《匹克威克外传》于一八三六年三月三十一日出版第一期,全书二十个月出齐。狄更斯选择这种发表方式,产生了三个积极的结果。第一个是增强了小说的悬念,让读者迫不及待地等待"下回分解"。第二个意义更为重要,是直接造就了狄更斯在人物塑造上的划时代创新。一个月的阅读间隔容易使读者对人物淡忘,狄更斯必须研究透彻他笔下的人物,从他们身上提炼出最能体现其本质的性格特征,抓住只属于这个人的外貌、语言、动作,一再强调,反复出现。他用这个方法创造出无数成功的典型,许多人物甚至进入英语词典,成为人们日常应用的语言成分。列夫·托尔斯泰说,狄更斯笔下的人物,都像是自己亲身交往的熟人、朋友一般。第三个,是这种发表方式建立起作者与广大读者之间密切的互动关系,让读者得以参与小说的创作过程。他的第四部小说《老古玩店》就是一个生动的例子。女主人公——纯洁、善良的少女耐儿——深深地爱着她的唯一亲人,开一家老古玩店的外祖父。外祖父遭恶人欺凌破了产,祖孙俩一路流浪,外祖父又中了赌博团伙的圈套,小耐儿无力挽救,心急如焚,读者们的心也揪得紧紧的。当他们看到小耐儿饥饿困顿、心力交瘁、即将殒命时,便纷纷写信给作者,要求他不要让耐儿死去。狄更斯的决心动摇了,他考虑顺从读者的意见。但最终,在好友福斯特的坚持下,他还是写出耐儿离世的动人篇章,使大西洋两岸的读者痛哭失声。

《匹克威克外传》像《堂吉诃德》一样,是典型的"流浪汉小说"。这位年轻作者的生活积累实在丰富,无数人物和故事喷薄欲出。书中充满幽默情趣,每一个故事都精彩绝伦。书中对于英国监狱、地方选举、党派和媒体互相攻击的描绘,都细致入微,读来令人感同亲历。尤其成功的是人物塑造,狄更斯发展了英国文学传统中"类型化"的方法,留下众多不朽的典型:匹克威克是正义的化身;山姆·维勒是忠诚可靠、聪明机灵的仆人;金格尔狡诈机灵、厚颜无耻;副牧师史的金斯不择手段,骗吃骗喝;道森和福格利欲熏心、诡计多端;就连着墨不多的那个贪吃嗜睡却出人意料地告发了老小姐与特普曼有私情的胖小厮这样的次要人物都令人绝倒、百看不厌。

《匹克威克外传》刚出第一期,画家西摩突然自杀身亡。许多画家都来申请补上他的位置,其中有一个申请人比狄更斯小一岁,狄更斯对他交来的画作不满意,拒绝了他。但是,这位申请人日后在小说创作上取得巨大的成就,以《名利场》一书传世,成为与狄更斯齐名的大作家,他是威廉·梅克皮斯·萨克雷。狄更斯最终找到了年仅二十一岁的画家布朗,得到了与他珠联璧合的最好合作者。布朗干脆给自己起了个"菲兹"的笔名,与"博兹"配成对儿。他后来成为狄更斯的好友,为狄更斯大部分作品作了插画。

《匹克威克外传》在全英国引起了真正的轰动。积极乐观的道德信念和真正的喜剧精神感染了广大读者,取得了良好的社会效果。狄更斯将通俗的大众文学提高到了经典的地位。一名垂死病人表达他最大的愿望就是再活十天,好看到下一期的小说。等全书出齐,二十四岁的狄更斯已名震整个英语世界。众多出版社向他约稿,他充满自信,一律应允,第一部书还没写完,他就已经在写第二部,同时还在构思第三部、第四部小说。

纵观狄更斯的创作历程,我个人将狄更斯的小说创作分为早、中、晚三个时期。

早期创作从一八三六至一八四三年,包括《匹克威克外传》(1836)、《雾都孤儿》(1837)、《尼古拉斯·尼克尔贝》(1838—1839)、《老古玩店》(1840)、《巴纳比·鲁吉》(1841)、《马丁·瞿述伟》(1842—1844)六部长篇小说。此外还有《游美札记》(1842)和体现他博爱、仁慈、宽容的"圣诞精神"的中篇小说《圣诞颂歌》(1843)等。狄更斯早期写法可称为"即兴创作",由于他才华出众,笔落纸上就像音乐神童莫扎特用指尖触摸琴键一样妙音天成。他运用切斯特顿所称的"线状结构",把十分复杂的情节串联成一条线。像以下这些人物场景:贫民收容所里的孤儿奥立佛喝完一碗清水汤后可怜巴巴地要求再添一些,却遭到毒打;斯奎尔斯校长办的学堂里,别的学生伙食都极差,而校长的胖儿子则营养过剩,哭起来眼泪里都饱含脂肪;女律师萨丽·布拉斯冷酷无情,即便嘴唇抹了口红,别人看起来也像是一撮红色的胡须……都成为全世界文学爱好者们津津乐道的篇章。

中期创作从一八四四至一八五七年,包括《董贝父子》(1846—1848)、《大卫·科波菲尔》(1849—1850)、《荒凉山庄》(1852—1853)、《艰难时世》(1854)、《小杜丽》(1855—1857)这五部长篇小说。此外还有游记《意大利风光》(1846)、《儿童英国史》(1851)和每年一篇圣诞故事等。分期出版的小说必须按时交稿,狄更斯成名后社会活动又多,常常忙得不可开交,这样是会影响出精品的。随着他收入提高,经济条件大大改善,他可以歇一歇,不再拼命赶稿,而是定下心来研究小说的结构了。写《董贝父子》前,他拟定了详细的计划,全书分二十个单元发表,每个单元分几章,每章容纳多少内容,展开什么故事,写作前都已明确。他说,他的每一部作品都是他心灵的产儿,他无一不爱,尤其是以第一人称叙述的《大卫·科波菲尔》,带有很明显的自传性,更是他内心深处"最宠爱的孩子"。他把个人生活经历、文学积累和对现实的观察糅合起来,创造出新的故事。他把自己的这种方法归结为"经验想象,糅合为一"。《董贝父子》中的小董贝和小大卫一样,用天真无邪的幼儿视角观察世界,真切自然,更能抓住生活的本质。小董贝听父亲说"金钱是万能的"时说,"金钱不能留住我妈妈,也不能使我身体健壮。"这一时期,狄更斯在艺术上不断创新,大量运用比喻、象征手法。如《荒凉山庄》中的雨、雾和泥,象征着莎士比亚所说的"法律的迁延",拖延数十年的法律诉讼像天罗地网一样,谁也别想挣脱。《艰难时世》的人物塑造夸张变形,从具象到抽象,葛擂硬四四方方的脑袋里装满生硬的"事实",就连他的身体、衣服、用具都是方的。《小杜丽》则以监狱的意象笼罩着一切。

晚期创作从一八五八至一八七〇年作者逝世为止,包括《双城记》(1859)、《远大前程》(1860—1861)、《我们共同的朋友》(1864—1865)这三部完整的小说和一本未完成之作《德鲁德疑案》。《双城记》正面描写法国大革命,塑造了一位甘愿牺牲自己的生命以成全他人幸福的穷律师西德尼·卡尔顿,高扬利他主义精神。狄更斯在英国宪章运动风起云涌时曾写过一篇文章,提到法国大革命,他写道,这场革命是"人民群众为生存、为得到社会承认而进行的斗争……人民起来斗争,目的是要推翻这样一种压迫制度,它蔑视人的一切天性、尊严和天赋的权利,它有意使人堕落,它把人训练成恶魔,于是当人民群众起来永远摧毁这种制度时,他们的表现就像恶魔一样"。小说中那位苦大仇深的德伐什太太正是这样一类革命群众的典型。狄更斯虽然充分肯定革命的正义性,但他并没有忽视在残酷血腥的革命中,确实有许多无辜的人蒙受了不白之冤。小说结构严谨,行文庄重典雅,与早期作品的幽默情趣显然有别。《远大前程》可说是一部"非英雄化"的小说,以第一人称叙事,描写纯朴善良的穷孩子匹普意外发迹之后,竟变成一个忘恩负义之徒。后来,他好梦破灭,通过深刻的反省,才重新天良发现。全书描写逼真,譬如,为写"河上追捕"这一章,狄更斯要弄清潮水涨落的准确时间,曾亲自在泰晤士河上荡舟。《我们共同的朋友》是狄更斯构思时间最长的作品。当时的英国是资本主义经济最为发达的国家,主要工业品的产量占全球一半以上,科技、教育、社会组织都在蓬勃发展、进步。但狄更斯敏感地发觉,在金融市场、股票买卖活跃的时代,人性异化了。作者以垃圾承包商哈蒙家族拥有的那两堆垃圾,作为毒害人们灵魂的拜金主义的象征。他从多个角度抨击社会的腐败:上层阶级中充满虚伪和丑恶,处处散发出垃圾的臭气。小哈蒙在义仆鲍芬的帮助下,最终成功地把未婚妻从拜金主义的泥潭中挽救出来,这说明狄更斯早年

"善战胜恶"的人生理想,最终也没有放弃。《德鲁德疑案》又是狄更斯一次新的创作尝试:心理剖析。一八七〇年三月九日,狄更斯应邀赴白金汉宫朝觐,维多利亚女王与他谈起他的这部新作。他很有礼貌地说,如果女王陛下想知道下面的故事情节,她可以比她的臣民们提前得到满足。可惜女王没有享受这一特权,于是就留下了永久的秘密:埃德温是被贾斯泼谋杀的吗?因为,恰好三个月后,狄更斯在盖茨山庄突然病逝。五天以后,他的遗体被永久安放在威斯敏斯特大教堂南翼的"诗人角"。

狄更斯虽在世仅五十八年,但他的一生丰富多彩。他富于社会责任心,积极投身社会公益事业。一八四七年,他在银行家库兹小姐的资助下,创建了一所颇具规模的机构,叫作"无家妇女之家",专门收留那些被生活所迫沦落街头的妓女。他并不把她们看作"罪人",而看作是与自己完全平等的"不幸的姐妹"。在为她们提供的这个真正的"家"里,她们学会了读书识字、家政服务,最后被送到澳大利亚、南非和新大陆,做自食其力的劳动者,开始崭新的人生。他还曾热心帮助工人作家约翰·奥弗斯出版自己的书,奥弗斯不幸病逝后,狄更斯还募集资金,供他留下的几个孤儿上学。狄更斯没有忘本,他的心是永远向着穷人的。马克思在《英国资产阶级》一文中写道,以狄更斯为首的那一流派的英国小说家"向世界揭示的政治和社会真理,比一切职业政客、政治家和道德家加在一起所揭示的还要多"。我国学术界历来也都把他定位为"批评现实主义的代表"。其实,狄更斯同时具有天生的浪漫主义气质,他瑰丽的想象时时形成强大的张力,力求突破对客观事物的忠实临摹。因此,我采用乔治·吉辛的意见,把他的创作界定为"浪漫的现实主义"。

人民文学出版社出版这套"狄更斯文集",包括他的八部最重要的长篇小说,涵盖了他创作的各个时期,我深愿与广大的年轻读者们共勉:大家一起多读书、读好书,争取做一个对世界优秀文化有较深理解的、有丰富思想内涵的人。

薛鸿时
二〇一六年于北京

目 录

《狄更斯文集》总序 …………………………………………… 1
介绍薛鸿时君翻译的《董贝父子》 …………………… 杨 绛 1
译本序 ………………………………………………………… 1

作者原序之一 ………………………………………………… 1
作者原序之二 ………………………………………………… 1
第 一 章 董贝父子 ………………………………………… 1
第 二 章 最井然有序之家也难免不测之变,
        灾变发生之后及时采取了措施 …………… 14
第 三 章 董贝先生在家,以男子汉和父亲的
        身份独当一面 ………………………………… 27
第 四 章 故事里续有新人出现 …………………………… 39
第 五 章 珀尔渐长,受了洗礼 …………………………… 53
第 六 章 珀尔再次失去亲人 ……………………………… 72
第 七 章 托克丝小姐寓所的鸟瞰,
        以及托克丝小姐的心境 ……………………… 95
第 八 章 珀尔的成长和性格 ……………………………… 101
第 九 章 木制海军准尉遭了难 …………………………… 125
第 十 章 海军准尉遭遇灾难的后续故事 ………………… 142
第十一章 珀尔进入新的环境 ……………………………… 157
第十二章 珀尔的教育 ……………………………………… 176

第 十 三 章	航运信息和发生在商行里的事	199
第 十 四 章	珀尔愈来愈显得老人相了,他回家度假	214
第 十 五 章	柯特船长惊人的智谋,沃尔特·盖伊新的工作岗位	244
第 十 六 章	海浪总是在诉说着什么话	263
第 十 七 章	柯特船长为年轻人尽了一份心力	271
第 十 八 章	父亲和女儿	286
第 十 九 章	沃尔特远行	310
第 二 十 章	董贝先生出门旅行	327
第二十一章	出现几张新面孔	345
第二十二章	商行经理卡克先生小施手段	360
第二十三章	弗洛伦斯孤零,海军准尉神秘	385
第二十四章	一颗充满爱的心灵在沉思	414
第二十五章	关于索尔舅舅的奇异消息	429
第二十六章	过去与未来的暗影	441
第二十七章	更浓重的暗影	463
第二十八章	改变	485
第二十九章	戚克太太睁开了眼睛	499
第 三 十 章	婚礼之前	515
第三十一章	婚礼	535
第三十二章	木制海军准尉崩溃了	556
第三十三章	对比	578
第三十四章	另一对母女	595
第三十五章	一对幸福的新婚夫妇	611
第三十六章	暖宅宴	627
第三十七章	不止是一个警告	642

第三十八章	托克丝小姐帮一位老相识上进	656
第三十九章	航海家爱德华·柯特船长新的冒险经历	668
第四十章	家庭关系	690
第四十一章	海浪中的新声	711
第四十二章	私密任务和意外事故	726
第四十三章	夜间守护	747
第四十四章	离别	759
第四十五章	亲信代理人	774
第四十六章	辨识与思索	785
第四十七章	晴天霹雳	802
第四十八章	弗洛伦斯出走	829
第四十九章	海军准尉的新发现	844
第五十章	涂茨先生的哀怨	867
第五十一章	董贝先生和外部世界	890
第五十二章	秘密情报	901
第五十三章	更多的情报	921
第五十四章	逃亡者	942
第五十五章	磨工罗布砸了饭碗	957
第五十六章	有些人兴高采烈，斗鸡却让人讨厌	973
第五十七章	另一场婚礼	1004
第五十八章	时光流逝	1015
第五十九章	报应	1036
第六十章	本章描述的主要是婚事	1062
第六十一章	宽恕	1079
第六十二章	结局	1096

介绍薛鸿时君翻译的《董贝父子》

薛君鸿时,来我们外文所英美文学组最晚,年亦最少,他秉性严谨,工作认真,中英文功底都不弱。我当时正翻译狄更斯的《董贝父子》,因长年从事翻译工作伤了眼力,才译了七万多字,眼花了,翻不下去了,但领导不容许工作起了个头就停止,我就请薛鸿时君代劳,另起炉灶,重新翻译这部作品,把它翻完。那时薛君初来我所,还未订立工作计划,他欣然应我之请,立即勤勤劲劲着手翻译。当时政治运动频繁,工作常需停顿,他断断续续,翻译了五年左右,译完全书。据薛君说,他起先的译文,参考了我已译出的部分,他读过我那篇《翻译的技巧》①,觉得颇有道理,他是按我讲的"技巧"翻译的。我读他的译文,觉得很通顺,找出部分原文核对,也很忠实。但据薛君说,《董贝父子》的译本如今已不止一种了。我对其它译本都没有看过,好在我只是推荐,去取之权不在我而在出版社。我不过平平实实介绍了这部译作,是否可用,听凭出版社决定吧。

杨绛 谨序

2011 年 12 月 28 日

---

① 2002 年 10 月 7 日写《记我的翻译》,10 月 30 日,改写《失败的经验》,题目改为《翻译的技巧》(见《杨绛文集》第 8 册 402 页)。

译本序

狄更斯是世界文学史上的一个奇迹,他出身贫贱,只断断续续上过四年小学,全靠勤奋自学而成就不朽的业绩。《董贝父子》是狄更斯的一部重要作品,写于一八四六至一八四八年,即作者三十四至三十六岁之间,当时他已是英语世界最伟大的小说家,以长篇小说《匹克威克外传》(1836)、《奥立弗·退斯特》(1837)、《尼古拉斯·尼克尔贝》(1838)、《老古玩店》(1840)、《巴纳比·鲁吉》(1841)和《马丁·瞿述伟》(1842)以及中篇小说《圣诞颂歌》(1843)等名满天下。前期的长篇小说主要凭借他卓绝的才华、丰富的生活积累和瑰丽的想象力,进行"即兴创作"。写作时并无周密的计划,不讲究结构技巧,只是信笔所之,任意挥洒,而奇思壮彩,自然喷涌。尽管故事情节充满巧合、人物塑造过于夸张,然而却有无与伦比的艺术魅力,尤其是创造出一系列不朽的典型,受到广大读者的热爱。

从《董贝父子》开始,狄更斯小说创作进入了一个崭新的阶段。写作本书前,他已拟出详细的提纲,全书分多少章,每一章要容纳多少内容、展开多少故事,他都有缜密的计划。从此以后,他着意要写出结构严谨、艺术上精雕细琢的精品了。接下去问世的就是他所有作品中自己最爱的一部《大卫·科波菲尔》(1849—1850)。此外,属于中期创作阶段的名作还有《荒凉山庄》(1853)、《艰难时世》(1854)和《小杜丽》(1857),每一部都是传世杰作。

狄更斯一生除创作两部历史小说《巴纳比·鲁吉》与《双城

记》(1859)外,其他作品写的都是当代生活,但都有若干年的时间差,写的大致上是他童年时代的生活,而《董贝父子》则有很强的"即时性",描写的就是小说发表时的英国社会生活。《匹克威克外传》中的四位朋友出游考察时乘坐的还是驿车,而《董贝父子》中着力描写新型的交通工具——火车。英国是全世界第一个最发达的资本主义国家,小说故事发生的年代,是在鸦片战争、南京条约签订后的四至六年,中国还处于专制极权、夜郎自大的清朝道光年间,而英国早已成功地从农业社会转型为工业社会。英国农民流入伦敦,"他们双足疼痛、疲惫不堪,以惊恐的目光看着面前那座大城市,似乎预见到一旦进了城,自己的苦难就会像大海里的一滴水、海岸上的一粒沙似的微不足道。他们蜷缩着身子,在冷雨凄风下冻得瑟瑟发抖,似乎已无所容于天地间。"在城市化过程中的贫民窟里,"有毒颗粒物化为稠密的黑云,低覆在人类居住的城市上空,"更严重的是"人类的道德瘟疫也和有毒的空气一起上升……"小说写的是距今一百六十年前的事,但在我们读来却十分亲切,觉得正是时时刻刻发生在我们身边的事情。社会转型期间妇女的地位问题是这部小说的重要主题,故事中着力描写的两对母女(贵族斯丘顿夫人与她的女儿伊迪丝,以及捡破烂的贫妇布朗太太与她的女儿艾丽斯),她们虽然分别身处社会两极,伊迪丝和艾丽斯都是绝色女子,性格都很刚强,但同样都未能逃脱万恶的"权"与"钱"的统治力量的摧残。在那个不合理的社会,女性的美丽,甚至风韵、才艺都不属于她们自己,都被标价出售。伊迪丝在违心地嫁给大富豪董贝先生之前,向这位毫无艺术素养的生意人,充分展示了音乐、美术的才华,以增加自己的"附加值"。正如恩格斯指出的:"这种权衡利害的婚姻,在两种场合都往往变为最粗鄙的卖淫——有时是双方的,而以妻子为最通常。妻子和普通的娼妓不同之处,只在于她不是像雇佣女工计件出卖劳动那样出租自己的肉体,而是一次永远出卖为奴隶。"(见《家庭、私有制和国家的起源》)伊迪丝和艾丽斯都不甘这种屈辱,而拼命反抗,她们主动地选择了悲剧的命运。狄更斯把爱情婚姻的理想寄托在弗洛伦斯和沃尔特、涂茨和苏珊身上,这两对幸福的婚姻是排除了阶级出身、社会地位和财产状况的巨大差异才得以缔结的。本书主人公董贝先生是个硬邦邦的、不打弯儿的资本化身,坚信金钱万能,最后连遭丧妻、夭子、背叛、破产,成为一无所有的穷人后,才克服了金钱的异化,恢复了正常的人性。

书中的伪君子、两面派、背主的恶棍、诱骗主人妻子的詹姆斯·卡克,是个复杂的现代人物形象,他与犯错误的哥哥划清界限,装出一副疾恶如仇的假象,目的是拼命往上爬。狄更斯充分揭示了卡克充满矛盾的内心世界,在他最后被卷入火车车轮之前,却怀着温情怀念被他背弃的哥哥和妹妹。又如一心想当董贝续弦的托克丝小姐,缺乏自知之明,闹了不少笑话,然而在董贝破产后,她竭尽所能给予关怀、帮助,凸显她始终如一的执着和真诚。E.M.福斯特在《小说面面观》中,批评狄更斯只会塑造"扁平"人物,这话是不正确的。事实上,狄更斯塑造人物的本领非凡,决不会简单化、概念化,在世界文学史上,只有曹雪芹可以得其仿佛。

狄更斯笔下那对虽无文化,但善良质朴的涂德尔夫妇,以及充满正义感、勇敢忠诚的女佣苏珊·聂宝,都是在英国工业化进程中进城找活干的乡村居民。他们都具有美好的心灵。李切子是弗洛伦斯第一个人生导师,使她自小就受到正面的道德影响,学会以爱心善待他人。苏珊更与弗洛伦斯突破主仆的界线,成为最忠诚的至交、挚友。从狄更斯塑造的这些社会地位低下的正面人物身上,可以充分体会作者的民主思想。劳动人民心地善良,勤劳朴实,直接创造社会财富,是真正的社会脊梁。

从《双城记》(1859)开始,狄更斯进入创作晚期。这一时期的重要作品还有《远大前程》(1861)、《我们共同的朋友》(1865)和未完成的悬念小说《德鲁德疑案》(1870)。

狄更斯的小说成就，并不是一条简单的、从低到高的上行曲线，他二十四岁时发表的第一部长篇小说《匹克威克外传》就是一部不朽的世界文学经典，广大读者和研究专家对于他早、中、晚期的作品，都各有所爱，给出不同的评价。记得钱锺书先生就对我说过，他最赏识狄更斯充满幽默感的早期作品。

翻译莎士比亚、狄更斯等大师的经典名著，想要完全做到"信、达、雅"，真是谈何容易！我自知才疏学浅，并无奢望，唯愿多年的辛勤努力不致完全落空。但愿本译文能基本正确地传达原作风格，明白晓畅，有起码的"文学性"，能引起读者诸君对狄更斯进一步的阅读兴趣。诚恳地期待狄更斯同好们对我的错误加以批评、指正。

本书前七章及第八章的前半是根据一位不愿署名的前辈学者慷慨赐我的"未定稿"整理而成的。这部分译稿不但是我学习的楷模，而且成为全书的警策。

薛鸿时

狄更斯两百年诞辰之际于北京紫竹院寓所

作者原序之一

我不能放弃机会，仍要像往常一样，在书上这个通常是向人们问候的地方，与我的读者诸君道别，尽管我只是要感谢他们，在我们刚刚结束的旅程的每一阶段，都给予我无限热烈、诚挚的同情。

如果读者中有谁为小说的某个主要情节感到忧伤，那么我希望，这种忧伤能使有同样感受的人们互相亲近起来。我并非全然为他人着想。我得声明：本人感受到的忧伤至少不亚于其他任何人；如果人们亲切地记起这种经验里也有我的一份，我将感到欣慰。

查尔斯·狄更斯
1848年3月24日
于德文郡街

作者原序之二

恕我冒昧直言,我相信世上很少有人具备正确观察人们性格的能力(或习惯)。就本人阅历而言,我甚至发现就连正确观察人们面貌的能力(或习惯)也决非人们普遍具有的。我想,正因为缺失前者,使人们往往在判断中犯两种最常见的错误,那就是:错将羞怯与傲慢相混淆——这实在是一种很常见的错误——以及人们不懂得:性格执拗的人,心里时时刻刻都在跟自己搏斗。

无论是在这本书里,或是在现实生活中,董贝先生都没有经历什么突变。他始终意识到自己的不公正。他愈是抑制它,他必定愈加不公正。内心的羞愧和外界的境遇也许会使这场搏斗在一星期或一天后告一段落;但这是一场长年、持续的搏斗,只有在取得长期稳定的胜利以后,仗才算打完。

我在日内瓦湖畔开始写这本书,继而在法国写了几个月,然后又在英国接着写下去。这部作品与它写作地点之间的联系,在我心里的感觉异常强烈:直到今天,尽管我仍能在想象里,认准小海军准尉商店里的每一级楼梯,确认弗洛伦斯结婚时所在教堂的每一条长椅,或是勃林茂博士书院里年轻绅士们的每一个床位,但我仍会这样胡思乱想:柯特船长为了要躲开麦克斯丁格尔太太,竟隐匿到瑞士的群山中去了。与此类似,当我万一会想到海浪总在说着什么话时,我的回忆就会把我带回一整个冬夜在巴黎街头徘徊的情景,正如那天晚上,当我撰写与我那位年轻朋友永别的篇章时,确实曾怀着沉重的心情,焦躁不安地在那里整夜踯躅一样。

查尔斯·狄更斯
1867 年

第一章　董贝父子

屋里遮得暗暗的,董贝坐在屋角一把大扶手椅里,椅子就放在床旁边。儿子身子裹得暖暖烘烘,躺在小摇篮里;摇篮仔细地安置在炉前一把矮长椅上,紧挨着炉火,他的身体就好比一个黄油松饼,得乘它刚做出来就烤成焦黄。

董贝大约四十八岁。儿子刚出世约四十八分钟。董贝脑袋有点儿秃,脸色红润。他相貌堂堂,身材匀称,可是神气过于严峻,一脸傲气,使人无法亲近。儿子脑袋完全光秃,脸色很红润。毫无疑问,是个漂亮的婴儿;可是他皮肤皱皱巴巴,斑斑点点,看样子像是受到挤压,此时还没有平复。时光和忧虑像一对冷酷的孪生兄弟,把我们人类当做供他们采伐的树林,一路走来就在树身上凿出一道道痕迹,留作印记,准备到时候就把树木砍倒。董贝的额头上已经留下了一些印痕。儿子脸上虽然纵横着千道细小的皱褶,但那位惯于欺人的时光老哥,却爱用它镰刀的平面把婴儿的脸蛋抚摩得溜光滑亮,好让它将来在那里狠狠地下刀子。

长期的心愿竟然变为现实,让董贝高兴得抓住悬挂在笔挺的蓝外衣下面那条沉甸甸的金表链,把它抖动得玲玲作响。外衣纽扣在远处昏暗的炉火映照下,也闪闪发光。儿子攥着两个小拳头,似乎完全没有料到自己会诞生,尽管虚弱无力,却也在努力向人世间抵挡、招架呢。

董贝先生说:"董贝太太啊,'董贝父子商行'以后不光是空有其名,而且又名符其实了。'董贝父子商行'——'父子商行'!"

董贝父子这几个字具有使他变得温柔的力量。他这个人从来不习惯对太太细语温柔,这时尽管还是不好意思说出口,却在董贝太太名下加添了一个亲热的称呼,"董贝太太,我……我亲爱的。"

这位身体极度虚弱的夫人有点惊讶,抬眼望他的时候,脸上竟泛出一阵红晕。

"等他受洗礼时就给他取名珀尔①,我的……董贝太太……这是理所当然的。"

她用极其微弱的声音回应了一声"当然";更确切地说,她只是动了动嘴唇,又合上了眼睛。

"董贝太太啊,他爸爸、他爷爷都叫这个名字!我真希望他爷爷能活到今天,亲眼目睹这喜事!"他又用刚才说话的腔调再说了一遍"董贝父子"。

董贝先生全部心思都集中在这几个字上。上帝创造地球,为的是让"董贝父子商行"在上面做买卖;上帝创造太阳、月亮,为的是给商行照亮;上帝为了给商行船只航行之便,开辟了长河大海。虹霓为他们预报好气候;风是顺是逆,只意味着对商行事业的或损或益。沿着轨道运行的星辰,也不敢违背以商行为中心的宇宙规律。在董贝先生眼里,就连常用的简缩字也具有仅仅与"董贝父子"相关的新鲜意义。譬如说 A.D. 就不是耶稣纪元的缩写,而是"董贝父子"纪元的缩写了。②

他步着他父亲的后尘,沿着生死的顺序,从"董贝父子"的小老板升为大老板。将近二十年来,他成了这家商行的唯一代表。这些年里他成了婚,结婚约已有十年之久。有人在背后议论,说他

---

① 珀尔(Paul),董贝父子同名。
② A.D 是拉丁文 Anno Domini 的缩写("A"是"纪元"的缩写,"D"是"吾主耶稣"的缩写);但在董贝心目中,"D"成了"董贝父子"(Dombey and Son)的缩写。

娶的这位夫人并不爱他;对她来说,幸福的时光都已经逝去,她只得收拾起满腹愁绪,温顺地恪尽自己眼下的责任,对丈夫百依百顺,别无所求。这些闲言碎语与董贝先生密切相关,当然不大会传到他的耳朵里。如果让他听见,恐怕世上没有谁会像他那样根本不予置信。"董贝父子"商行经常做皮革生意,却从来不和人心打交道。商行把人心这种高雅货色,让给人间小儿女们,在寄宿学校,或书本上去经营。董贝先生自有他的见解,任何一个稍有常识的女子,能嫁上他这样的老公,还不称心如意、风光无限吗?这是顺理成章的,事实必定如此。就算是最缺乏雄心壮志的女子,能有指望为他的商行生出个小老板来,也一定会激情勃发,无限振奋。且不说为这家独资经营的商行传宗接代,女人要有地位、有钱财,结婚是必经之路。董贝太太和他缔结婚约的时候,对这种种有利条件,自然看得再明白不过。董贝太太对自己丈夫的社会地位每天都有切身体会。董贝太太平时坐在他家餐厅的主妇位置上,款待宾客,总显得雍容华贵,得体大方。董贝太太一定感觉幸福。她想不幸福都难。

但是,无论如何,令人遗憾的事还是有一桩的。是的,他本人也承认。事情虽然只有一桩,但这桩事却关系匪浅。他俩结婚十年,却一直没有男性子嗣,直到今天——董贝先生坐在床前大扶手椅里,把他那条沉甸甸的金表链抖动得玲玲作响的今天,才算有了男性继承人。

有一件不值一提的事,那就是:大约六年前,他们有了一个女儿。这会儿小女孩悄悄地溜进了房间,谁都没有注意,此刻她正怯生生地蹲在房间角落里能看得见妈妈脸蛋的一个地方。对"董贝父子商行"而言,一个女孩子算得了什么?商行的卓著声誉和显赫地位是一笔巨大的资产,女孩子不能对此有所贡献,她就好比是一枚无法用于投资的劣币,一个顽劣不堪的败家子罢了。

就董贝先生而言,这个小女孩好比是他的感情从不涉足的一条偏僻小径。然而此刻,他心头得意、快慰之情,已经满到快要溢出来了,以至于他觉得可以把洋溢在心头的感情,洒几滴在这条偏僻小径的尘土上。

于是他说:"弗洛伦斯,我知道你准愿意走过去看看你那漂亮的小弟弟。去吧,只是不许碰他!"

小姑娘用敏锐的目光对他的蓝外衣和硬绷绷的白领结瞥了一眼。蓝外衣、白领结,以及一双走起路来叽嘎叽嘎的皮靴、一块不停发出滴答滴答声音的表,就构成了她心目中爸爸的形象。她的视线立刻又回到妈妈的脸上;妈妈一动不动,丝毫没有反应。

倏然间,妈妈睁开了眼睛,看到了小姑娘。小姑娘急忙跑到床跟前去,踮起脚尖站着,以便把她那小脸蛋更深地埋在妈妈的怀抱里;那种拚性舍命的激情,与她幼小的年龄完全不相符合。

董贝先生生气了,他站起身来说:"天晓得!这算是干什么呀!真是的,这样的举动缺乏教养,一点都不稳重!看样子恐怕我得请裴普斯大医师再上来一趟。我要下楼,我要下楼。"他在炉旁的矮长椅旁边停了一下,又说道,"不用我吩咐了吧?请你特别小心,好好照看小少爷。这位太太姓什么来着?"

那位护士倒是上等人家出身,但因家道中落,对谁都赔着笑脸。她不敢冒昧地直说自己的姓氏,只是委婉地暗示了一下:"先生叫的是卜洛吉吧?"

"卜洛吉,请你好好照看小少爷。"

"这还用吩咐吗,先生,真的。我记得弗洛伦斯小姐刚生的时候……"

董贝先生说:"啊,得了,得了。"他俯身看那摇篮,同时略微皱皱眉头说,"你说弗洛伦斯小姐那时候怎么怎么样,那是不能相提并论的,这件事大不一样。这位小少爷可是命中注定要完成重大使命的。你要完成重大使命啊！小家伙！"他一边呼唤那新生婴儿，一边举起他的一只小手，放到唇边亲吻起来。但是他很快就意识到这个举动可能会损及自己的尊严，便下楼去了，样子颇为尴尬。

帕克·裴普斯大医师是一位宫廷御医，在为豪门巨室助产接生方面声誉卓著。这时大医师正反背着双手在客堂里来回踱步，而家庭医药顾问大夫则怀着无可言喻的钦佩，在一旁望着他。最近六周里，家庭医药顾问不断在对他所有的病人、朋友、相识们吹嘘说，自己日日夜夜、每时每刻都在等待召唤，准备去董贝府接生。这回他可是要和宫廷御医帕克·裴普斯大医师合作呢。

"啊，先生，"帕克·裴普斯大医师压低声音说，此刻他那圆润、深沉、洪亮的嗓子，与大门上的敲门环一样，也包住了，不出大声，以免吵了产妇，"经过你的探视，你觉得你那亲爱的夫人，精神是不是稍稍振作了一些？"

"也就是说，受到了激励，"家庭医药顾问低声补充了一句，同时对宫廷御医鞠了一躬，似乎在说，"请原谅我插了一句话，可是，能与你合作，真是三生有幸。"

这个问题让董贝先生感到窘迫。他几乎从来没有考虑过产妇的身体状况，因此不知道该怎样回答。他只是说，希望帕克·裴普斯大医师能再上楼去看看。

"好的。我们也不该向你隐瞒，先生，"帕克·裴普斯大医师说，"公爵夫人殿下……对不起，我把名字弄混了，我是说，你那位和蔼的夫人体质相当虚弱，全身瘫软，缺乏康复能力。我们可不……不愿意……"

"看见。"家庭医药顾问插上一句话，说时脑袋又往下一低。

"对啊，"帕克·裴普斯大医师说，"这种状况是我们不愿意看见的。看来，秉克贝夫人……对不起，我是说董贝太太……我把病人的名字弄混了……"

"病人实在多,"家庭医药顾问大夫喃喃地说,"我敢肯定,名字不可能不弄混……要是全都记清楚倒怪了……帕克·裴普斯大医师西城①的营业太好了……"

"谢谢你,承蒙体谅,"那位大医师说,"实际情况正是这样。我刚才想说的是,我们伺候的这位夫人,身体处于休克状态,要想恢复过来,得盼着她能使出巨大的……"

"而且强劲的……"家庭医药顾问低声补充。

"说得对,"大医师赞许道,"而且强劲的……努力。皮尔金斯大夫是府上的医药顾问……谁也没有他更称职的了,我敢肯定……"

"噢!"家庭顾问大夫喃喃道,"这可是'休伯特·斯丹雷爵士的赞称'②呀!"

帕克·裴普斯大医师说:"你这么说话太客气了!作为府上的医药顾问,皮尔金斯大夫对我们这位产妇平日的体质知道得最清楚,他的认识对我们当前的诊断具有非常宝贵的价值。他和我意见一致,我们认为,在当前的情况下,得把产妇的全部生命机能统统调动起来,作出强劲的努力才行。如果我们十分关注的朋友董贝伯爵夫人……真是对不起,我是说,董贝太太……不能……"

"调动起全部生命机能。"家庭医药顾问在一旁帮腔。

"如果她的强劲努力,"帕克·裴普斯大医师接着说,"没有获得成效,就可能会出现危险,要是那样的话,我们俩就真正会万分遗憾了。"

两位医师说完话,便低下头颅,站在那里朝地面看了片刻。接

---

① 伦敦的有钱人和时髦人都住在西城。
② "休伯特·斯丹雷爵士的称赞才真是称赞",出自英国喜剧作家莫顿(1764—1838)的喜剧《心痛疗法》(1797)第五幕第二景。

着,在帕克·裴普斯大医师默默示意下,两人准备一起上楼。家庭医药顾问为那位名医开了门,自己毕恭毕敬地跟在后边走出房间。

如果说董贝先生听到这个不好的消息竟会无动于衷,那是冤枉了他。严格说来,他可不是那种胆小自扰、一惊一乍的人。可是他心里明白,如果他的妻子病倒、死去,他还是会非常惋惜,觉得自己杯盘、桌椅等日用家具里,就此缺少了一件很有用、很舍不得丢失的东西。然而,他的惋惜一定冷静而恰如其分,像商人般实际,像绅士般得体,毫无疑问,他把持得住。

董贝先生正在为医生告诉他的话沉思,他的思路忽然被打断了,先是楼梯上响起一阵衣裙窸窣声,接着客厅冲进个中年太太来。她的岁数比中年略大些,而不是小些,但却是一身年轻女士的服装打扮,特别是胸部裹得紧紧的。她拧紧了脸,拧紧着身子,满脸浑身带着压抑不住的感情,跑上前来,双臂搂住董贝先生的脖子,就连嗓门儿都像堵塞了似的,说道:

"我亲爱的珀尔!他真是咱们董贝家的人呐!"

他们俩是兄妹。董贝先生对妹妹说:"是啊,是啊,我觉得他确实像咱们家人。路易莎,你不要太激动了。"

"我这个人真傻,"路易莎一面坐下,一面掏出小手绢来,说道,"可是他……他真是个十全十美的董贝!我一辈子也没见过这么地道的!"

"可是范妮本人是怎么回事儿啊?"董贝先生说,"范妮身体怎么啦?"

"我亲爱的珀尔,"路易莎说,"什么事也没有;相信我好啦,什么事也没有。当然,她确实是精疲力竭了,但是和我生乔治或费德利克时使的劲儿,还是不能相比的。她必须拼命努力就是了。可惜亲爱的范妮嫂嫂不像董贝家的人!不过我想她会拼命努力的。我一点儿都不怀疑她会拼命努力。只要她懂得这是自己应尽的责任,她就一定会拼命努力。我亲爱的珀尔,我知道自己既傻又软弱,竟至于浑身上下、从头到脚都打起哆嗦来了,请你给我倒杯酒来,把那蛋糕也给我切一片。我刚才看望亲爱的范妮嫂嫂和那可爱的小不点儿下楼来时,我只怕自己要从楼道窗口摔出去呢。"新生娃娃的脸忽又活现在她眼前,使她用了刚才的那个称号。

这时有人在门上轻轻地敲了一声。

"戚克太太,"门外响起一个非常柔和的女性声音,"我亲爱的朋友,你现在身体怎么样啦?"

"我亲爱的珀尔,"路易莎从椅子上站起来,一面低声说,"这是托克丝小姐。心肠最善良不过的人呐!我今天要是没有她陪着,怎么也到不了你家!托克丝小姐,这是我的哥哥董贝先生;珀尔,我亲爱的哥哥,这位是我特别要好的朋友托克丝小姐。"

她特地介绍的这位小姐身材瘦长,看来不是亚麻布商家独创的所谓"永不褪色"的料,却是越洗越淡,已经黯然无色了。否则的话,照她那样对谁都讨好、客气,她真可称得上是女士的典范呢。她有这样一个习惯:每逢人家对她说句什么话,她总是倾耳恭听,并凝神望着那人,似乎在摄取对方的肖像,把它深深地铭刻在心里,永志不忘。由于经常这么做,所以脑袋都歪到一边去了。她的双手惯常会神经质地自动往上举,似乎是因为倾心仰慕,不由自主。她的双眼也同样会往上翻。她说起话来,嗓音之柔软是你从来没有听见过的。她长着个鼻梁高得出奇的鹰钩鼻,弧形正中有个结节,从那里一直向下低垂,似乎早已拿定主意,准备谦卑到底,对谁也不敢翘起。

托克丝小姐的穿着尽管像个上等人的样子,但似乎有些生硬,带些寒酸。她惯爱在自己的各式帽子上,缀上些小而别致的野花,有时候人们会从她的头发里找到些奇奇怪怪的草。好管闲事的人还注意到,她衣服上的领子呀,绲边呀,遮脖子的花边呀,袖口的镶边呀,以及各种薄纱织花的东西……凡是两尽头需要扣拢的,那两头从来合不到一处,总得费一番周折才扣得拢。她冬天穿戴的披肩、围巾、手筒之类是毛皮的,毛毛都支支棱棱,一点都不光润。她经常携带的几个小提包都有按扣,关的时候就会发出啪的一声,好像是在打小手枪。她盛装的时候,项链上挂一块光秃秃的圆形玉石,像一只混沌无光的眼睛。根据托克丝小姐的这种打扮,以及其他种种外部表象,人们议论说,这位小姐虽然经济独立,但资源有限,只能仔细地过日子。她走起路来扭捏作细步,也许这种姿态更促使人们相信,准是因为她平日精打细算惯了,才会一步路分成两三步走。

"我敢肯定,"托克丝小姐深深行个屈膝礼,说道,"有缘拜见董贝先生确实是我长期盼望的幸事,只是没有料到就在今天。亲爱的戚克太太……我能不能叫你路易莎?"

戚克太太握着托克丝小姐的手,把酒杯底放在上面,强忍住一滴泪,低声说:"愿上帝保佑你!"

"那么现在你就是我亲爱的路易莎了,"托克丝小姐说,"我的好朋友,你现在觉得身体怎么样?"

"好了一些,"戚克太太回答道,"你也喝点酒吧。这些日子你几乎和我一样焦虑不安,我敢肯定,你需要喝点酒了。"

董贝先生当然履行主人之谊,为她斟了酒。

"珀尔啊,"戚克太太仍握着托克丝小姐的手,"托克丝小姐最清楚,我是怎样全心全意地盼望着今天的大喜事,她特地为范妮做了一件小礼物,我答应要代她奉送的。珀尔,那不过是梳妆台上的一个针插子①,可是我得说,我要说,我必须说,托克丝小姐表达的情意非常恰当,完全切合这一场景。'欢迎啊,小董贝,'我觉得这

---

① 当时女人衣服上别着许多大头针,脱衣时摘下插在圆鼓鼓的针插子上。

句话简直就是诗呀!"

"那是上面绣的题词吗?"她哥哥问道。

"上面绣的正是这句话,"路易莎说。

"请你体谅我当时的难处,我亲爱的路易莎,"托克丝小姐认真地低声恳求道,"难就难在不敢肯定小宝宝是男是女,让我难于措词,我只得冒昧地用了这样的称呼。要是能用'欢迎啊,董贝少爷',我就称心多了。我敢肯定,我当时的思想感情,你准知道得一清二楚。可是,谁能知道将要降生的小天使是男是女呢?我希望,我那过后看来似乎有些冒昧的措词,也情有可原吧?"托克丝小姐一面说,一面对董贝先生温文尔雅地鞠了一躬,那位先生也有礼貌地回了礼。托克丝小姐在刚才的谈话里,对"董贝父子"流露的那种敬意,都让他感到非常惬意。尽管他似乎把戚克太太看成是一个软弱无用的滥好人,但这位妹妹也许最能对他施加影响,谁都比不上她呢。

"啊!"戚克太太称心地微笑着说,"这回好啦!范妮生了儿子,我什么都原谅她了!"

这话符合基督教的精神,戚克太太说了觉得自己真好。她嫂子并没有哪件事需要她原谅,实在是什么也不用她原谅……除非是她不该嫁给她哥哥。嫁给珀尔哥哥就是一种狂妄。而且后来又不生儿子,却生下一个女儿。戚克太太常说,她嫂嫂真令人失望,受了这么好的照顾和尊敬,这样来报答,怎么对得起人呢。

这时有人急急忙忙把董贝先生请出去了。客厅里只剩了两位女客。托克丝小姐的举动立刻就神经质地一阵阵痉挛起来。

"我知道你准钦佩我哥哥。我不是早就对你说过了吗,我亲爱的!"路易莎说。

托克丝小姐的手势和眼神表达出她的无限钦佩和景仰。

"说到他那份财产呀,我亲爱的!"

"啊!"托克丝小姐深深动情地说。

"雄厚得很哪!"

"不过,我亲爱的路易莎啊,"托克丝小姐说,"你瞧,他的举止多神气!他的风度多庄重!他的气质多高贵呀!我见过的画像里,没有谁的仪表能赶得上他一半儿的!你知道,他如此威严,一副毫不妥协的神色,胸又宽,背又挺,亲爱的朋友啊,他不折不扣,是商业界的一位约克公爵①呀!"托克丝小姐赞叹道,"我就得这么称道他!"

"啊呀,我亲爱的珀尔!"这时董贝先生回来了,他妹妹叫道,"你脸色苍白得厉害!没出什么事儿吧?"

"我遗憾地告诉你,路易莎,据他们说范妮怕是不好……"

"啊,我亲爱的珀尔,"威克太太说着站起身来,"别听他们的。你假如对我的经验还相信得过,珀尔,你尽可放心,范妮只要使点劲儿就行。"她动作干净利索地脱掉出门戴的帽子,戴端正了便帽和手套,一面接着说,"要鼓励她拼命努力,如果万不得已,真得逼着她来。好吧,我亲爱的珀尔,陪我上楼去。"

上文已经说过,董贝先生平日最听这妹妹的话,而且真正相信她是个经验丰富、能干老练的主妇。他没别的话说,马上跟着她进了产妇的卧室。

产妇还像董贝先生出来的时候那样,躺在床上把她的小女儿紧紧搂在怀里。小姑娘紧紧抱住妈妈,还像先前那样充满激情。她没有抬一抬头,嫩脸贴着妈妈的脸没移动一下,也没对四周的人看一眼。她既不说话,也不动弹,也不流一滴眼泪。

"女儿只要一离开,她就非常不安,"大医师悄悄地告诉董贝先生,"我们觉得还是让孩子回来的好。"

---

① 约克公爵,英国王室之外最高的世袭爵位。

床周围肃静无声。董贝太太躺着毫无知觉似的;两位大夫瞧着她,都好像怀抱着满腔怜悯,但几乎没有怀抱着任何希望。戚克太太当时只好暂且放弃她原来的打算。可是她立刻鼓起勇气,凭她所谓急智,在床沿坐下,想要把人从睡梦里喊醒似的,用低沉清晰的声音喊道:

"范妮!范妮!"

没一点回答的声音。只听得董贝先生的表和帕克·裴普斯大医师的表嘀嗒嘀嗒走得很响,两块表好像在一片沉默中赛跑。

"范妮,我亲爱的,"戚克太太装出轻快的调子说,"董贝先生瞧你来了!你不跟他说句话吗?他们打算把你的儿子……就是你那小娃娃,范妮,我想你大概还没有看见他吧?……他们打算把你儿子放在你床上呢!可是得等你清醒点儿才行啊!你说,这会儿你是不是该清醒清醒了?啊?"

她把耳朵凑到床上去听,一面瞧着四周的人,还对他们竖起一只手指头。

"哎?"她又问了一声,"范妮,你说什么呀?我听不见。"

毫无反应,没有一句回答,没有一点声音。董贝先生的表和帕克·裴普斯大医师的表在赛跑中似乎跑得更快了。

"啊,真是的,我亲爱的范妮,"她的小姑不由自主地扭过些身子说,听那口气已经不那么自信,只是更加急切了,"你如果不清醒过来,我真要对你发火了。你得使劲,也许还得拼命努力才行;你懒得使这个劲儿呢。范妮,你知道,这个世界全靠努力,咱们得拼命的时候,怎么也不能垮下来。来吧!试一试!你若不试试,我真的要骂你了!"

她说完停顿一下。这时两块表拼命赛跑,发狂似的,彼此推挤,相磕相绊。

"范妮!"路易莎叫了一声,一面向四周扫了一眼,心里慌张起来,"你且对我看看;你且睁开眼睛,让我知道刚才那些话你听见没有、听懂没有,行吗?天哪!两位大夫,这可怎么办呀?"

两位大夫隔着床彼此使个眼色。家庭顾问大夫俯下身去,贴着小姑娘的耳朵悄悄说了一句话。小姑娘没有领会他的意思,只是转过她那张苍白的脸,用那对深色的眼珠望着他,可是还紧紧抱住妈妈,一点没放松。

家庭医药顾问把他那句话悄悄重复一遍。

"妈妈!"小姑娘喊道。

这轻轻一声呼唤是妈妈熟悉的、心爱的;即使在她奄奄一息时,仿佛也唤醒了她的某种知觉。一时间,那双合上的眼皮微微颤动,鼻孔一张一翕,脸上浮现出若有若无的一丝笑意。

"妈妈!"小姑娘喊着哭出声来,"啊!亲爱的妈妈!啊!亲爱的妈妈!"

大医师轻轻撩开小姑娘散在妈妈脸上、嘴上的鬓发。哎呀!那一缕缕头发丝已经寂然不动;几乎完全看不到还有微弱的气息在吹拂。

妈妈紧紧抱住怀里那根纤弱的船桅,漂流到围绕着人世滚滚翻腾的那无比黑暗、神秘莫测的大海上去了。

第二章　最井然有序之家也难免不测之变，灾变发生之后及时采取了措施

"我一辈子也要为自己说了那句话而感到庆幸，"戚克太太说，"当时我没料到会发生不测之变……我说那句话的时候仿佛受到了某种神示，真的！我的话是这么说的：我对可怜的、亲爱的范妮什么都原谅。以后不管再出什么事，想起我说了那句话，我就会感到安慰！"

戚克太太那番动人的话是在楼下客厅里说给戚克先生听的。当时几个女裁缝正在楼上赶做全家的丧服，戚克太太刚检查完她们的活儿下楼来。戚克先生是个秃头的胖子，一张脸很大，一双手老插在衣袋里，他天性惯爱吹口哨、哼小调。在丧事人家哼音乐曲调实在不得体，他也知道应该留心遏制自己。

"路①，省点儿力气吧，"戚克先生说，"你若是劳累过头，我看呀，你得抽风，那就起不了床啦！……啦啦啦哩啦……天哪！我忘记了！咱们今天在，明天就没啦！"

戚克太太只是用责备的目光瞅了他一眼，接着讲自己刚才那番话。

"我敢肯定，"她说，"我真希望这件悲惨的事能成为我们每一个人的警戒，使我们警醒，从此养成良好习惯，一旦需要时，我们就应该拿出劲儿来拼命努力。凡事凡物中都包含着教训，只要我们

---

①　路(Loo)，路易莎的爱称。

善于汲取。假如我们看不见这次变故中的教训,那就只能怪我们自己了。"

这番大议论发完,客厅里笼罩着一片庄严的肃静。戚克先生忽然哼起《从前有个皮匠》这支小调来,和当时的气氛实在格格不入。他本人也意识到这一点,很不好意思,赶紧遏制住自己,表示说,遇到现在这种悲伤的事,还不看开些,那就只能怪自己了。

"照我想啊,戚先生,"他的贤内助停顿了一下才回嘴,"要看开些也有更好的办法,不必来个院校乐队的单簧管演奏,或是'嘀、嘀、嘀'呀,'汪、汪、汪'呀,唱些既没意思又没心肝的词儿!"——戚克先生确是悄悄地哼了那么两声,戚克太太就用鄙夷不屑的腔调学了两声。

"这只是老习惯嘛,我亲爱的。"戚克先生为自己辩护道。

"瞎说!什么叫老习惯!"他老婆答道,"你如果是个有理性的人,就别用这种胡话给自己开脱。老习惯!照你的说法,如果我像苍蝇似的有在天花板上行走的习惯,我敢说,我准会听到人们把我笑话死。"

看来她如果真有这么个习惯,那一定会使她在众人面前声名狼藉,所以戚克先生没敢争辩。

"路,小娃娃好不好?"戚克先生改换话题,问道。

"你问的是哪个小娃娃?"戚克太太回答,"我敢肯定,今天早晨楼下饭厅里有成堆的娃娃呢,多得就连头脑清醒的人也要犯胡涂。"

"成堆的娃娃!"戚克先生重复着老婆的话,惊慌地瞪着眼朝四周打量。

"几乎谁都能想到,"戚克太太说,"可怜的、亲爱的范妮不在了,得找个奶妈呀。"

"喔!啊!"戚克先生喊道,"啦啦啦啦啦!……我是说,人生就是这么回事。我希望你找到合适的了,我亲爱的。"

"我真没找到合适的,"戚克太太说,"照我看,要找到个合适的也难。在目前这段时间里,孩子当然……"

"只好去见鬼了,"戚克先生若有所思地插话道,"说真的。"

戚克太太听说叫董贝家少爷见鬼去,顿时满面怒容。戚克先生一看,知道自己犯错误了;他想补过赎罪,忙提出一个聪明的建议,说道:

"能不能用把茶壶暂时救救急呢?"

假如他存心要提早把问题扯开不谈,那么他提这个建议是最有效不过的了。戚克太太无可奈何地瞅了他好半天,简直无话可说。她忽听得车轮声,就神气活现地走向窗前,隔着百叶窗帘向外张望。戚克先生觉得自己这会儿倒了霉,一声不吭地走了。戚克先生也不总是这样窝囊。平日里还是他占上风的时候更多些;碰到那种时候,他就会狠狠地收拾路易莎。总的说来,可谓半斤八两、势均力敌、旗鼓相当。谁胜谁负,一般很难预料。往往是,眼看着戚克先生好像要败了,但他却重整旗鼓,扭转局面,把戚克太太的话一句句顶回去,大获全胜。有时他同样也会出乎意外地被老婆挫败。他们俩的战斗总是捉摸不定,因此非常引人入胜。

托克丝小姐坐着刚才听到的那辆车来了,气喘吁吁地急步跑进客厅。

"我亲爱的路易莎,"托克丝小姐说,"奶妈找到了吗?"

"我的好朋友,还没找到呢。"戚克太太说。

"那么,我亲爱的路易莎,"托克丝小姐说,"我希望,而且相信……可是我亲爱的,我马上去把人领过来。"

托克丝小姐下楼的脚步和上楼的时候一样快。她叫出租马车上的人赶快下车,并立刻由她带领着重新来到客厅。

原来她说的"人",并不是法律上或商业上所指的单个的人或法人,却是个多数名词,意味着很多人。托克丝小姐带领进来的有一大群呢。一个年轻健康的胖女人,脸色像玫瑰,脸形像苹果,怀里还抱着个婴儿。另一个女人年纪比她轻,没她胖,脸形也像苹果,两手各牵一个苹果脸的胖娃娃。还有一个苹果脸的胖小子没人牵着。走在最后的是个苹果脸的胖汉子,手里抱着又一个苹果脸的胖男孩;他把孩子放下,用粗糙的声音嘱咐他去"揪着小约翰哥哥"。

"我亲爱的路易莎,"托克丝小姐说,"我知道你这里急着要雇个奶妈,我想帮你的忙,有一家专推荐已婚妇女当奶妈的介绍所,你忘了去问,就是夏洛特皇后牌号的那家。我就自己坐车到那里去打听有没有合适的人。他们回答说没有,没合适的。我亲爱的,老实告诉你吧,当时我听到了这样的回答,替你想想,简直感到绝望了。恰巧有个等待推荐的奶妈听到了我的问话,就提醒介绍所的女主管说,另有个等待推荐的奶妈回家去了,那人看来顶合适。我一听这话,又听女主管说那奶妈确实合适……推荐她的证件都十分可靠,她的人品也没一点毛病……我马上要了那人家的地址,我亲爱的,又坐车找去了。"

路易莎说:"亲爱的好托克丝,这就是你的做派呀!"

"哪里!哪里!"托克丝小姐答道,"可别这么说。我到那家的时候,他们全家人都坐在饭桌前吃饭呢,(那里干净极了,亲爱的!地板擦得那个干净劲儿,简直可以当饭桌呢!)我觉得把他们介绍得再详细,也不如领他们全家人来,让你和董贝先生亲自过过目来得踏实;所以我就把他们全都带这儿来了。这位先生,"托克丝小姐指指那苹果脸的汉子说,"是爸爸。先生,请你往前走走,走近些,行吗?"

那苹果脸的汉子有点害臊,遵命向前走了一步,站在前排,咧着嘴咯咯傻笑。

"这当然就是他的老婆了,"托克丝小姐挑出了怀抱婴儿的女人说,"波莉,你好吗?"

"我很好,谢谢你,小姐。"波莉说。

托克丝小姐为了重点介绍这个波莉,所以故意用十分热络的态度与她寒暄,就好像对一位半月未见的老相识似的。

"我听了很高兴,"托克丝小姐说,"这位姑娘是她妹妹,还没结婚,住在她家里;这些孩子将来就由这妹妹照看了。她名叫纪迈茉。你好吗,纪迈茉?"

"我很好,谢谢你,小姐。"纪迈茉说。

"我听了真是高兴,"托克丝小姐说,"希望你一直这么好。一共五个孩子。最小的才一个半月。这鼻子上有个疱的可爱的小伙子是老大,"托克丝小姐把那家人全都看了一遍说,"我看这疱是偶然生的,和体质没有关系的吧?"

只听得苹果脸汉子嗓子里咕哝了一声,"烙铁。"

"你在说什么,先生,"托克丝小姐说,"我没听清楚,你是说……"

"烙铁。"他重复了一遍。

"喔!对了,"托克丝小姐说,"一点没错!是这么回事。我忘了。这小家伙乘妈妈不在,闻了闻烧热的烙铁。你说得一点不错,先生。刚才咱们走到大门口的时候,你正要告诉我你干的什么行业,说你是个……"

"烧锅炉的。"那人说。

"杀过路的!"托克丝小姐大吃一惊说。

"烧锅炉的,"那人说,"蒸汽机。"

"喔!对啦!"托克丝小姐若有所思地瞧着那人,看来对他的话还是没有完全听懂。

"你喜欢干那个吗,先生?"

"喜欢什么,小姐?"

"那个,"托克丝小姐回答,"你干的那个职业。"

"喔!小姐,顶不错。有时候灰跑进这里头去了,"他碰碰自己胸口,"呛得人说起话来粗声大气的,这会儿我说话嗓门儿就粗。这是灰呛的,小姐,不是脾气暴躁。"

托克丝小姐听了他的解释,还是莫名其妙,都不知道如何接着谈下去。幸亏这时戚克太太亲自向波莉查问她的孩子呀、结婚证呀、推荐书呀等等,才免了托克丝小姐为难。戚克太太瞧波莉是真金不怕火炼,便上她哥哥房间去向他报告。脸色像红苹果的这家人姓涂德尔;戚克太太挑了两个脸色最红润的涂德尔家孩子作为活样板,带着他们一起到她哥哥房间里去。

董贝先生自从妻子去世,成天待在自己房间里,一门心思地想象他那新生儿子怎样成长、受教育、承担自己的使命。他冷漠的心底里,沉淀起比往常更阴冷、更沉重的心事。他不但意识到自己的损失,更加倍意识到他儿子的损失,这加剧了他内心的忧虑,几乎达到了愤怒的地步。儿子的成长是他一切希望的基础,没想到仅仅缺少了最平常不过的东西,儿子一出世就性命难保。没想到董贝父子商行仅仅因为找不到个奶妈,就摇摇欲坠。这简直是对他的羞辱。他自己的妻子靠了他的关系,才不过是他儿子的妈妈;现在出钱雇用的女佣人,暂时要充当他儿子的妈妈。他毕生的希望如果想实现,首先还得靠这个奶妈呢。他想到这层,实在气愤不过。他出于骄傲和妒忌,每次辞掉一个荐来的奶妈,心中暗暗称快。然而,现在已是他做出决定的时刻,他不能再在这种矛盾的心情下游移。据他妹妹说,请来这女人当他家奶妈完全称职,而且他妹妹还说,多亏托克丝小姐笃于友情、不辞劳苦,才找到了这么个波莉·涂德尔。他就不再犹豫。

"两个孩子看来倒是很健康,"董贝先生说,"但只怕他们将来有一天会来和珀尔拉关系！路易莎,带他们走吧！叫那个女人和她的丈夫到这里来。"

戚克太太照她哥哥的吩咐,带走了两个小涂德尔,带回了他们的爹妈。

董贝先生像个没有手脚骨节的人,在安乐椅里全身整个儿转过来说:"这位好女人,我知道你们家里穷,想靠当新生婴儿的奶妈来挣钱;我的儿子这么早就没了妈妈,妈妈是谁也替代不了的。你想靠这办法让家里的日子过得富裕些,这我并不反对。照我现在看来,你是个值得帮助的人。可是你要到我家来当奶妈,先得答应我一两个条件。我要你在我家的时候,改用个普通顺口的姓,譬如说,李切子。叫你李切子你没什么不愿意吧？你最好和你丈夫商量商量再说。"

涂德尔只是咧开嘴咯咯傻笑,连连抬起右手来抹嘴,用唾沫润湿掌心。他老婆用胳膊肘儿悄悄碰了他两三下,瞧他没有任何反应,便屈膝行礼问了一声:是不是让她改了姓,可以考虑多加些工钱？

"喔,当然,"董贝先生说,"我的意思是,一切问题都可以用工钱来解决。听着,李切子,如果你到我家来给我这没娘的儿子喂奶,我希望你永远牢记这纯粹是雇佣关系。假如你在雇佣期间,尽职尽责,和自己家人们尽量不来往,那么你会得到一份优厚的工钱作为回报。等你完成了职责,不再需要你的时候,就停止支付工钱,我们之间的一切关系就完全结束。我的话你听懂了吗？"

涂德尔老婆好像不大了解,涂德尔本人分明是茫然不解。

"你们有自己的孩子,"董贝先生说,"在我们之间的交易中,你不必对我的孩子依依不舍,我的孩子也不必对你依依不舍。我不指望、也不要求有这类感情。我指望和要求的恰好相反。你在我家,不过是买卖、雇佣关系；将来离开了这里,就不要再来。孩子心上不再有你,请你也不要再惦记着孩子。"

涂德尔老婆的红脸涨得更红了,说她"希望自己不至于忘了身份。"

"我希望你懂得这一点,李切子,"董贝先生说,"我相信你很明白自己什么身份。这实在是显而易见的,你决不会不知道。路易莎,亲爱的,你和李切子讲定工钱,她喜欢什么时候领、怎么领法,都由她。你这位……叫什么名字来着,请等一等,我有话跟你说。"

涂德尔正要跟着老婆出去,在门口给喊住了,转身独自面对董贝先生。涂德尔是个须发蓬乱、四肢松散的壮汉,圆肩膀,脚步拖拖拉拉,衣服邋邋遢遢;满头满脸的头发、胡子大概给烟和煤灰染深了颜色,粗硬的手上尽是老趼,方方正正的前额粗糙得和橡树皮一样。董贝先生呢,是那种头光面滑、衣装合身的有钱绅士。他整洁光润、干净利落,像是新发行的钞票,经过一阵金钱雨的沐浴,显得益发挺括了。这两人处处都是鲜明的对照。

"我想,你有个儿子吧?"董贝先生说。

"四个呢,先生。四个小子,一个丫头。都活着!"

"唷!养活这么一大堆儿女,真够你受的!"董贝先生说。

"我只有一件事更受不了,先生。"

"什么呢?"

"养不活他们,先生。"

"你识字吗?"董贝先生问道。

"凑合,先生。"

"写呢?"

"用粉笔,先生。"

"随便什么笔呢?"

"一定要我写呢,我能用粉笔胡乱写几个字,"涂德尔想了一想说。

"可是，"董贝先生说，"我看你才三十二三岁吧，是不是？"

"我想，大概也差不多吧，先生。"涂德尔又想了一想，回答说。

"那么你为什么不学呢？"董贝先生问道。

"我是打算要学的，先生。等我那个儿长大，上了学，我就跟他学。"

"好吧，"董贝先生站着仔细审视了他，觉得不大顺眼，接着目光又向四周扫过，尤其是在天花板上打转；他伸手在嘴上来回抹了抹，接着说，"我刚才跟你老婆讲的话，你都听见啦。"

"波莉都听见了，"涂德尔拿帽子的手朝肩后门外方向一挥，用对老婆绝对信赖的语气说，"那就准没错儿。"

"看来你什么事情都依赖她，"董贝先生说，他原来以为丈夫是一家之主，本打算把自己的主张再向这男人讲清楚，见他这副样子，只得放弃这打算，说道，"我看跟你讲什么都没有用。"

"一点用都没有，"涂德尔说，"反正波莉听见了。她什么都清楚，先生。"

"那么我就不耽搁你了，"董贝先生失望地说，"你一向在哪儿工作？"

"我结婚前多半在井下干活，结了婚就到地面上来了。等咱们这一带的铁路都通了车，我打算到铁路上去干活。"

董贝先生本来就心情不佳，听了他说原先在井下干活的话，好比"最后添上一根草，终于压塌骆驼腰"①，心情更降到地底下去了。他做个手势请孩子的奶公出去；那汉子正巴不得走呢。董贝先生锁上门，一人百无聊赖，在屋里来回踱步。他尽管死板板硬撑着架子，声色不动，可是一边踱步，一边却在擦他满眶的眼泪，他决

---

① 谚语。

不会让任何人看见他的感情流露,只是喃喃地说,"可怜的小家伙!"

董贝先生假借孩子来自哀自怜,这也许正是他骄傲的特色。他不说自己没了老婆可怜,如今不得不依赖奶妈,奶妈的丈夫只是个一辈子在地底下干活的无知无识的乡巴佬;然而,死神却不光顾那个穷家,那家四个儿子正天天在吃他们的苦饭呢。董贝先生只说,"可怜的小家伙!"

他忽然想起一件事,话都已经到了嘴边,那就是:这个奶妈会受到很强的诱惑去干坏事。她新生的娃娃也是个儿子,她会不会用她的儿子来偷换小少爷呢?这个想法恰恰反映出他的希望、他的忧虑、他的全部心思都集中在自己儿子的身上。

他很快就意识到自己未免想入非非了;这事当然也办得到,但毕竟不大可能。尽管他立即撇开了这个想法,但仍下意识地并未把它完全抛弃,他在想象:如果自己年老时发现这个骗局,将会是何等情景。冒充的儿子多年来经常一起相处,推心置腹,当做亲儿子,这一片深情,一下子能收回来再放在陌生的亲儿子身上吗?

他心情平静下来,疑虑逐渐消释,可是还留着些阴影,所以打定主意,要亲自仔细监视着李切子,但要不露痕迹,以免被她识破。当时他想开了些,觉得这奶妈身世卑贱倒也有好处,她和他儿子地位悬殊,将来各走各的路,就会既容易又自然。

这时托克丝小姐已经帮着戚克太太和李切子讲定了工钱。董贝家郑重其事地把他们的小少爷像授予勋章那样,交托给李切子。李切子簌簌流泪,连连吻着自己的娃娃,把他撇给纪迈茉。董贝家斟上酒来,为沮丧的涂德尔家人打气。

"先生,你也喝一杯,好不好?"托克丝小姐看见涂德尔走过来,就说。

"谢谢你,小姐,"涂德尔说,"你一定要我喝,我就喝。"

"你把亲爱的好老婆留在这么一个舒适的家里,先生,一定非常开心,是吧?"托克丝小姐说,一边暗暗对他晃脑袋、眨眼睛示意。

"不,小姐,没什么好开心的,"涂德尔说,"我喝这杯酒祝她再回到自己的家。"

波莉听了这话,越发哭个不了。戚克太太是做过妈妈的,生怕波莉任情痛哭对董贝小少爷不利,(她悄悄告诉托克丝小姐:"奶会变酸。")忙上来解劝。

"李切子啊,你的娃娃由你妹妹纪迈茉带着,一定会长得又红又胖,"戚克太太说,"你只要努一把力,就能熬得过去,李切子,你要知道,这是个需要努力的世界;你努力熬过去了,就一定会很快活,真的。为你定做丧服,尺寸已经量好了吗,李切子?"

波莉抽噎着说:"量……量过了,太太。"

"你那套衣服一定合身极了,我知道的,"戚克太太说,"因为给你量尺寸的就是那个年轻女裁缝,她已经给我做过好几套衣服了。而且给你用的是最好的料子!"

"喔唷!你一定漂亮得连你丈夫都不认识你了呢!"托克丝小姐说,"先生,你还能认识她吗?"

"不管她什么样儿,不管在什么地方,"涂德尔粗声粗气地说,"我总归认识她。"

显然涂德尔这个人是收买不了的。

"说说你在这里的生活待遇吧,李切子,你要知道,"戚克太太接着说,"一切最高级的东西听凭你挑选。还专门给你开小灶,让你天天自己点菜吃呢,我可以担保,你想吃什么,马上就会给你做好、送来,就像伺候贵夫人似的。"

"对啦,那是一定的!"托克丝小姐热心帮腔说,"还有黑啤酒呢,爱喝多少就喝多少!可不是吗,路易莎?"

"噢,那是当然!"戚克太太和她一吹一唱,"你知道,好奶妈,只有一样稍稍有点儿限制,那就是要少吃蔬菜。"

"腌菜、泡菜之类恐怕也要少吃。"托克丝小姐建议道。

"除了这些,"路易莎说,"你都可以随意挑选,谁也不来管你,好奶妈。"

"再说吧,"托克丝小姐说,"你知道,尽管她疼爱自己的亲娃娃,那是理所当然的,我敢肯定,路易莎,你总不会怪她疼爱自己的娃娃吧?"

"喔,不会的!"戚克太太宽宏大量地说。

"尽管这样,"托克丝小姐接着说,"她对自己照管的小少爷当然也是喜欢的;看到富贵人家的小天使吃了她的奶茁壮成长,一定觉得格外光彩。路易莎,你说对不对?"

"那是毫无疑问的!"戚克太太道,"你看,亲爱的朋友,她已经称心乐意,准备高高兴兴、带着笑脸,和她的妹妹纪迈茉、她的一群小宝贝和她的好丈夫告别了。朋友啊,我说得不错吧?"

"对啊!"托克丝小姐说,"一点儿不错呀!"

尽管这么说,可怜的波莉和家里人一个个拥抱时,还是非常伤心。她不愿意和孩子们明明白白告别,赶紧抽身逃走。她空有这番苦心,但是她的策略却没有奏效。比婴儿略大的那孩子看透了她的心思,立刻手脚并用,跟着往楼上爬行……假如应用于昆虫学的字眼这里可以借用。最大的孩子(为了纪念蒸汽机的发明,给他取名"锅炉")这时为了表示悲痛,用他那穿着靴子的双脚在地上乱蹬;一串孩子都跟着学样。

董贝府的人们连忙拿出许多橘子和一大堆半便士硬币,往涂德尔家一个个孩子身上乱塞,抑止了他们刚爆发的懊恼。雇来的马车还在门口等着,他们一伙人仍由这辆车急急送回家去。孩子们在纪迈茉照看下,都拥堵在马车的窗口,橘子和半便士的钱币沿路抛滚。涂德尔自己宁愿站在车后有一排钉子的地方,这是他乘车时最习惯站立的位置。

第三章　董贝先生在家，以男子汉和父亲的身份独当一面

　　董贝太太的丧事办得风光体面。不但承担丧葬的人完全满意，就连平时对这类事惯爱挑剔、稍欠礼节就会吹毛求疵的街坊四邻，这回也都无瑕可击。葬礼完成后，董贝先生一家人各就各位，回归了日常生活。这个小世界和外面的大世界一样，都容易把去世的人忘掉。女厨师说，这位太太脾气温柔；女管家说，凡人皆有死，谁也逃不过；门房说，真没有料到；女佣说，她简直不相信；听差说，就像做了一场梦。这些话说完后，大家再没有别的话可说，渐渐觉得身上的丧服都穿旧了。

　　李切子被安排住在楼上，虽然是个受到重视的奶妈，却像是个囚徒，只觉得新开始的生活阴冷灰暗。董贝府是一座巨大的豪宅，位于坡特仑花园和布赖恩斯广场①之间。那条街阔气得要命，都是些豪门巨宅。董贝府在街道转角处背阴的一边，显得阴沉沉的。屋子有一大片地下室，一个个装铁栅的窗，好像对着室内瞪眼睛；通向垃圾箱的几扇玻璃门，就像斗鸡眼似的向室内窥望。这所房子很阴暗，后背呈圆形。里面一套几间客厅，面对着一个铺碎石子的庭院。庭院里有两棵憔悴的树，枝干都成了黑色；烟熏的叶子干燥得过分，阵风吹过时并不作飒飒声，却咔嗒咔嗒地响。街上难得

---

① 这是伦敦西城有钱人住的地区。狄更斯本人于1839至1851年间居住的德文郡街，就在那一带。

见到阳光。只在夏天吃早点前后,推车卖水的、卖旧衣的、卖天竺葵的、修理阳伞的、把自鸣钟上的小铃开足了一路嘀玲玲响的——这伙人陆续经过的时候,阳光才会在这条街上照耀一小会儿。等阳光很快就逝去,当天就不再回来。一队队奏乐的、一批批演木偶戏的流浪艺人随后也都走了。直到黄昏,逗留在街上的只剩了沉闷不堪的手风琴和串戏的白老鼠;偶尔花样翻新,也有串戏的箭猪。傍晚时有些人家出门赴晚宴,他们家的门房就跑到门口来站着。点路灯的人每天夜里都会来点亮煤气灯,可是总无法把这条街照亮。

董贝家的房子,里外一样黑暗。董贝先生一心一意为儿子着想,也许是为儿子保藏家当,丧事完毕,就下令:除楼下几间他自己使用的房间外,把所有其它房间的家具都遮上,把陈设都撤除。桌子、椅子堆放在房间中间,再用大床单蒙上,显得一副怪相,不知像是什么东西。拉铃的把手上、百叶窗上、镜子上,都糊着报纸;日报或周报上片段的死人讣告、谋杀惨案的新闻赫然刺目。悬挂的枝形吊灯或烛架都包上麻布,像是天花板上一只大眼睛里掉下来的大滴泪珠。可以闻得见有一股气味从烟囱里冒出来,好像是从地窖等潮湿地方升上来的。那位死了、埋了的太太,画像的框上包着白色纱布,显得面貌可怕。她病中房前的街上铺着稻草,①有些霉烂的还沾在地上,一阵风起,草屑就沿着邻近马房的角落里打转。对门一座肮脏的房子是要出租的,那些草屑不知受了什么招引,都去聚在那个门口,对着董贝家的窗子如有所诉,很动人愁思。

董贝先生留给自己住的那套房间,由进门的走廊出入。一间是起居室。一间是书房,其实当盥洗室用,所以里面两股气味一样浓郁:一股是加光纸、皮纸、摩洛哥皮和俄罗斯皮的气味,一股是各

---

① 免得车轮声惊扰病人。

双皮靴的气味。最靠边一间是小小的早餐室,像养花的暖房,向阳的一边全是玻璃,望出去就看见上面提到的那两棵树,经常还有几只猫来来往往。这三间房连成一套。董贝先生早上在起居室或书房吃早点的时候和下午回家后吃晚饭之前,总拉铃召李切子抱着小宝宝到他那间玻璃房里去来回散步。这房子从前他父亲住过多年,很多陈设是老式古板的。李切子奉召跑去,能瞥见里边昏暗的屋里,董贝先生坐在深色的笨重家具中间,远远望着小娃娃。她看了总觉得董贝先生一人独处,像单身牢房里的囚犯,或不与人交往的孤鬼。

几星期来,小珀尔·董贝的奶妈带着小珀尔也是过这种孤寂生活。逢到好天气,戚克太太往往由托克丝小姐陪着来拜访。她们就带着李切子和小宝宝出门呼吸新鲜空气——就是说,来回在人行道上像送丧那样一本正经地走路。李切子一人从不出门。有一天,她在凄凉的一间间厅堂里走了一圈,回到楼上自己房间里,正要坐下,忽见房门慢慢地、轻轻地推开了,一个深色眼珠的小姑娘向门里张望。

李切子从没见过这小姑娘,心想,"这一定是弗洛伦斯小姐从姑妈家回来了。"她说:"小姐,你好吧?"

小姑娘指指小娃娃说:"那是我的小弟弟吗?"

李切子说:"是啊,我的小乖!来吻吻他呀!"

那小姑娘不跑近来,只真挚地望着她的脸说:

"你把我妈妈怎么了?"

李切子说:"啊呀,这小宝贝!问得人多伤心呀!我把她怎么了?小姐,我没怎么呀!"

小姑娘问道:"他们把我妈妈怎么了?"

李切子当然联想到要是自己死了,那么她的不定哪个孩子也会这样打听她呢,她说:"我一辈子没见过这样叫人心疼的孩子!

过来呀,小姐,别怕我。"

小姑娘挨近些说:"我不是怕你,我是要问问,他们把我妈妈怎么了。"

李切子说:"小宝贝,你身上这件漂亮的黑衣裳就是纪念你妈妈的。"

小姑娘眼睛里涌出了泪水,说:"我不管穿什么衣裳,心里都惦记着我妈妈。"

"可是一个人去世了,咱们就穿黑衣裳纪念。"

小姑娘说:"去哪儿了呢?"

李切子说:"来,挨我坐着,我给你讲个故事。"

小弗洛伦斯很机灵,知道这就是要回答她问的话。她放下拿在手里的帽子,去坐在奶妈身边的小凳上,仰脸望着奶妈。

李切子说:"从前有一位太太……一位很好的太太,她的小女儿一片真心爱着她。"

"一位好太太,她的小女儿一片真心爱着她。"小姑娘学着说。

"她随着上帝的意愿,生病死了。"

小姑娘打了一个寒噤。

"死了,这个世界上,谁也不会再看见她了;以后就埋在生长树木的泥土地里了。"

小姑娘说:"冰冷的泥土地?"她又打个寒噤。

波莉乘机说:"不冷!泥土地是暖的。丑的小种子埋在地里,就变成美丽的花呀、草呀、谷子呀,还有说不尽的种种东西。好人埋在地里就变成光明的天使,飞到天堂上去。"

小姑娘低头坐着,这时又抬起头来,一双眼盯在奶妈脸上。

波莉直想安慰小姑娘,忽见稍稍有一点儿成功,自己心里却没有多大把握,瞧那小姑娘诚挚地望着自己,不免有点心慌。她说:"所以……嗯,嗯,这位太太死了,不管是抬去埋在什么地方,她反正是到了上帝那里！她就祷告上帝，真的，"波莉一片真诚，自己也深受感动，"这位太太恳求上帝教导她的小女儿，让她确实相信，妈妈是在天堂上；叫她知道妈妈在那里很快活，还像往常一样在疼爱她；让她有希望、并且努力争取……哎，一辈子都得努力争取，将来和妈妈在天堂上相会，永远永远不再分离。"

小姑娘跳起来，抱着波莉的脖子说："这就是我的妈妈呀！"

波莉把她搂在怀里说："那孩子——那小女儿完全相信。尽管跟她讲这话的不过是个陌生的奶妈，话又讲不清，可是奶妈自己也是个可怜的妈妈呀；只为这个缘故，小姑娘听了她的话心上就踏实了，不觉得孤单了……就在奶妈怀里哭了一场……她很喜欢奶妈带的娃娃……哎，好了，好了，"波莉一面说，一面抚摩着小姑娘的鬓发，眼泪簌簌地往地上掉，"好了，好了，可怜的乖孩子！"

忽然门外传来了个爽利的声音，"嘿！弗洛伊小姐，你爸爸得生气了！"说话的是个十四岁的姑娘，看上去已经成年，矮矮的个子，并不白净的皮肤，大蒜形的小鼻子，黑玉似的眼珠；她说："早就明明白白吩咐过你，不准和奶妈捣乱。"

波莉惊讶地说："她没和我捣乱。我很喜欢小孩子。"

黑眼珠姑娘答道："唷，李切子大娘，对不起，你知道，你这话没说到点子上。"她说话非常尖利，好像能刺得人眼里冒出泪水来，"譬如说吧，李切子大娘，我很喜欢一便士一堆儿的螺蛳①，可是我也不能因此就把螺蛳拿来当茶点吃呀！"

波莉说："倒也是，我那句话没说到点子上。"

那尖利的姑娘说："好吧，李切子大娘，我的话不错吧！反正请你记着：弗洛伊小姐由我管；珀尔少爷由你管。"

"可是咱们俩还是不用吵架呀。"波莉说。

---

① 聂宝大概想说海螺 periwinkles，但误说成发音近似的 pennywinkles 了。

"噢,当然不用,"霹雳火似的姑娘说,"一点儿没有必要,李切子大娘。我不愿意跟你吵架。管弗洛伊小姐是长期的,管珀尔少爷是临时的,咱们身份不同,不用争吵。"霹雳火毫无迟疑吞吐,心上想说什么,恨不得连珠箭似的用一句话、一口气喷射出来。

"弗洛伦斯小姐刚回家吧?"波莉问道。

"是啊,李切子大娘,刚回家。弗洛伊小姐,你瞧瞧,回来还不到一刻钟,你稀湿的脸,就把李切子大娘为你妈妈穿孝的好衣裳蹭脏了。"霹雳火姑娘真名是苏珊·聂宝。她一面责备小姑娘,一面揪住她,像拔牙似的,把她从新朋友怀里拔出来。不过她的这个举动,好像并不是故意粗暴,只是因为她的责任心太强了。

"弗洛伦斯小姐回家了,一定很快活,"波莉朴实的脸上带着可亲的笑容,向她点头说,"今晚准要高高兴兴地去见见她的好爸爸了。"

"咳!李切子大娘,"聂宝姑娘听了这话,把身子使劲一扭,大声说,"别提了!还说什么见她的好爸爸呢!我倒想看看她去见爸爸呢!"

"照你那么说,她不会去见她爸爸?"波莉问道。

"咳!李切子大娘,她不会去的!她爸爸一心一意都用在另外那个孩子身上了!从前没有别的孩子占据他的心,他也从来没有宠过她。我告诉你吧,李切子大娘,这家子呀,女孩子不当东西!"

小姑娘目光灵活,把她们俩从这个看到那个,好像对她们的话既有领会,又有感受。

"你的话真让我吃惊!"波莉说,"董贝先生后来没见过她吗?就是那天以后……"

"没有,"苏珊·聂宝打断她说,"一次都没有。那天以前也连着几个月难得看她一眼。李切子大娘,他假如路上碰见自己的女儿,我想他不会认识;假如明天路上碰见,准不认识。至于我呢,"霹雳火咯咯地笑了,"大概他压根儿不知道有我这么个人呢。"

"乖宝贝!"李切子说,她指的是小弗洛伦斯,不是苏珊·聂宝。

"哎,李切子大娘,我告诉你,咱们这儿一百英里以内,有个人是粗暴的蛮子! ……我不指咱们这几人,"苏珊·聂宝说,"李切子大娘,咱们再见吧。嘿,弗洛伊小姐,跟我走!别死赖着,像淘气的坏孩子,看了上天降罚也不悔改;别那样!"

尽管有苏珊·聂宝这么严厉的命令,又拉得她右肩差点儿脱臼,小弗洛伦斯还是挣脱了出来,亲亲热热地和她的新朋友吻别。

"再见!"小姑娘说,"上帝保佑你!我很快就会再来看你,你也来看我好吗?苏珊不会阻拦我们的。苏珊,你说是吧?"

有人认为,小孩子就好像金币,得狠狠地颠簸震荡,才能摩擦出亮光来。霹雳火管教孩子也是这派主张。不过这个年轻女人的本性还是善良敦厚的。弗洛伦斯偎依着她讨好求情,尽管她交叉着两条小胳膊对小姑娘直摇头,但她那双睁得大大的黑眼珠里的表情,已经变得温和了。

"弗洛伊小姐,你不该这么求我,因为你知道我没法儿不答应你。不过李切子大娘要是愿意,我们俩可以一起想想办法。李切子大娘,你可知道,譬如我要到中国去旅行吧,我还不知道怎么离开伦敦码头呢。"

李切子赞成她的主张。

"这里也不是个欢笑快乐的家,咱们已经够寂寞的了,"聂宝姑娘说,"李切子大娘,就算是托克丝一伙、戚克一伙要来拔掉我的一对犬牙,我也犯不上把整口牙齿都送给她们呀!"

李切子觉得这话分明是对的,也表示赞成。

"所以,李切子大娘,"苏珊·聂宝说,"珀尔少爷还由你照管的时候,我实在是赞成咱们一起和和气气过日子;不过得想个办法,别公然反抗东家的命令。……啊呀呀,弗洛伊小姐,你怎么还赖着不肯走呢,你这淘气孩子,怎么还赖着呢。来,咱们走啦。"

苏珊·聂宝一面说,一面大逞威风,冲着她照管的小姑娘,把她赶出房间。

这小姑娘尽管心上悲苦,经常冷落在一边,她非常温顺安静,一点没有怨意。她那满腔热情,好像没人希罕;她懂事得可怜,好像也没人顾惜着不去伤她的心。波莉在她走后直心疼她。她们俩经过那番真率的交谈,波莉那颗妈妈的心,和没有妈妈的小姑娘的心一样深受感动;从那时起,她们觉得彼此之间有了些共同的东西,那就是她俩之间相互的信任和关心。

波莉虽然是她丈夫涂德尔十分依赖的人,论手艺,她未必比丈夫强。不过她是个单纯的好标本。她这种女人,大体说来,总是比男人善良、真诚、高尚,怜悯和舍己为人的心比较容易感动,而且经久不变。她虽是个无知无识的女人,可是,董贝先生最终才会像被一道闪电震得豁然醒悟的道理,也只有她在最初的日子里就能给予他启示。

不过这话离题稍远了。波莉当时不过想:她已经把聂宝姑娘哄得很服帖,怎么更进一步,想办法让小弗洛伦斯能名正言顺地和自己在一起,不受阻挠。她当晚就找到一个好机会。

她照常听了铃声召唤,跑到那间玻璃房里去,抱着娃娃来回走了好久。忽然董贝先生跑出来站在她面前。她大出意外,非常吃惊。

"李切子,你好?"

他仍然是初次见到的那个严肃、死板的绅士。李切子看到他那一脸难说话的神气,不由得低垂眼皮,行了个屈膝礼。

"李切子,珀尔少爷好吗?"

"先生,他很健康,很好。"

波莉把娃娃的小脸露给董贝先生看。他看得大有兴趣,却装作不很在意似的说:"他看来不错。你需要的东西全都有了吗?"

"谢谢你,先生,都有了。"

她临时故意声调里带些迟疑。董贝先生要走开又停下,转过身来好像有话要问。

波莉鼓足勇气说:"先生,我觉得要小孩儿活泼愉快,最好常有别的孩子一起玩儿。"

董贝先生眉头一皱说:"李切子,你来的时候,我好像跟你讲过:我要你尽量别和自己家里人见面。你要是愿意还在这里散步,尽管自便。"

他说着就走进里边去。波莉分明感到董贝先生完全误会了她的用意。她心机枉费,只讨了一场没趣。

第二天傍晚,她下楼到那间暖房里去,忽见董贝先生在那儿踱步。她见所未见,不免愣住了,站定在门口不知该进去还是退回。董贝先生喊她进去。

他紧接着昨晚的话,严厉地说:"假如你确实认为娃娃最好有小孩儿做伴,你不能找弗洛伦斯小姐吗?"

波莉急忙说:"先生,弗洛伦斯小姐最好不过了,可是我听带她的姑娘说,她们是不准……"

董贝先生拉了一下铃,只顾踱来踱去,直到来了人才停步。

"你去传话,李切子如果要弗洛伦斯小姐做伴,或跟着出门等等,都随她们。传我的话,什么时候李切子要两个孩子在一起,就让他们在一起。"

李切子认为这是好事,她尽管见了董贝先生不由自主地害怕,却有胆量鼓着勇气、趁热打铁,要求当场把弗洛伦斯小姐找来,和她的小弟弟亲近亲近。

听差奉命出去的时候,李切子假装逗弄孩子,瞥见董贝先生好像面容失色,神气大变,急着要转身把自己的话,或李切子的话,或他们两人的话收回不算似的,只是羞于出尔反尔、自食其言。

她没有看错。董贝先生最近一次看见他疏远的女儿,是在她奄奄一息的妈妈怀里。母女俩悲惨的拥抱,对他是默示,也是责备。尽管他整个心思都在他寄予无穷希望的儿子身上,还是忘不了那临终的景象。他忘不了自己当时是个局外人。相抱的母女沉浸在亲密真诚的感情里,他只是个旁观者……没他的份……他插不进。

这些事他忘不了;他尽管骄傲,不肯正视其中的含意,却也模模糊糊有所感觉,心上不能释然。他原先对弗洛伦斯的冷淡,变成了一种异常的不自在,简直觉得这孩子是在观察他、猜疑他似的。他仿佛心上有些秘密,自己还不知是什么,这孩子却看透底里;仿佛这孩子早就知道他身子里有一条不协调的琴弦,经她一吹就会震动发声。

董贝先生从这女儿出世以来,对她就没有感情。他并不嫌她,因为不值当,没这种闲心情。他从未明确地把这女儿看作厌物,可是现在她却搅扰着他,使他不得安心。他但愿能把这女儿完全撇在脑后,只是办不到。这些不可思议的心情很难捉摸,也许他生怕自己会恨她呢。

小弗洛伦斯怯生生地跑来见她爸爸,董贝先生正在来回踱步;他站定了对她看着。假如他对女儿更关切一点,爸爸眼里也许能从她机灵的目光,看到她在犹豫:想要宣泄内心的感情却又不敢。她要热诚地跑上前去抱住爸爸,把脸藏在他怀里哭喊:"爸爸呀!你就不能疼我吗?我只有你了!"她却又怕碰钉子,怕自己不知进退,怕触犯了爸爸;怪可怜的没人撑腰、没人鼓励。她幼稚的心,载不起那么多痛苦和爱意,彷徨着要找个合适的归宿。

可是董贝先生完全没有看到。他只看见这孩子犹豫不定地站在门口望着自己,此外他看不见别的。

"进来呀,"他说,"进来呀,这孩子有什么害怕的?"

她好像拿不定主意,四面看了一眼,进来傍门站着,一双小手紧紧地握在一起。

她爸爸冷冷地说:"弗洛伦斯,过来。你认识我吗?"

"爸爸,我认识。"

"你跟我没话说吗?"

她随即抬眼望望爸爸;一见他那副脸色,含在眼里的泪水立即冻住了。她低着眼,伸出的手在颤抖。

董贝先生冷漠地握着她的手,低头看了她一会儿,好像也和她同样的无话可说、不知所措。

他拍拍女儿的脑袋,疑惑不安的目光似乎偷偷地望了她一眼,说道:"好!乖点儿啊!到李切子身边去吧!去吧!"

小姑娘迟疑了一会儿,好像还想偎依着他,还心不死,指望他把自己抱起来吻吻。她又抬头望望爸爸的脸。董贝先生觉得她这时的神色,和那晚上眼望着大医师的时候一模一样,不由得放下她的手,转身走开了。

弗洛伦斯在她爸爸面前分明很不出色,非但精神上拘束,连行动都不自然、不活泼。波莉看在眼里,越发执著地坚持自己的计划。她以己度人,觉得董贝先生看了可怜的小姑娘身穿孝服,肯定会受感动。她暗想,"面前一儿一女都是没妈妈的孩子,他心上却只有一个儿子;这实在是很难做得到的。"

所以波莉尽量让小姑娘在爸爸面前多待会儿。她把小珀尔逗得很乐,让爸爸瞧瞧,小娃娃有姐姐做伴,分明活泼得多。她该带孩子回到楼上去的时候,想要叫弗洛伦斯进里间去和爸爸说声再见。可是小姑娘胆怯不肯,一再催促她,她伸出两手遮着眼睛,好像不愿意看到自己是不希罕的。她说:"噢,别去了吧!他不要我,他不要我。"

董贝先生正在里面房间靠桌子坐着喝酒。她们俩这场小小的争执,引起了他的注意,就问是什么事。

李切子说:"先生,弗洛伦斯小姐不敢进来跟你说晚安,怕打搅了你。"

董贝先生说:"没关系的;你随她来去,别理会我。"

小姑娘一听这话立即退缩,这位微贱的朋友转身找她,她已经不知去向。

不过波莉那番好心眼的计划和她使用的手段都有成效。她颇为得意,回到楼上自己房间里,安顿下来,就把这件事的经过一一告诉霹雳火。聂宝姑娘虽然看到她推心置腹,并且听说她们将来可以自由来往,她却神情冷淡,一点不热心表示快活。

波莉说:"我还以为你会高兴呢。"

苏珊立刻身子挺得笔直,好像紧身背心里又多衬了一片鲸鱼骨。她回答说:"是啊,李切子大娘,我高兴得很!多谢你!"

波莉说:"你好像并不高兴。"

苏珊·聂宝说:"唷!我不过是个长期工,总不能像个临时工那样全露在脸上!我看呀,这里只有临时工成功得意!可是,李切子大娘,尽管这个房间和旁边那个房间隔开的板壁非常精致,我却未必愿意过那边去呢!"

第四章 故事里续有新人出现

董贝父子商行在伦敦城里;街上不太闹的时候,那里听得见博街大教堂的钟声。① 可是附近有些东西,还带着神奇故事的情味。不到十分钟的路,就看见郭格和梅郭格②两巨人神气活现地站在那里。不远处就是伦敦交易所。英吉利银行是阔邻居,地窖里尽是金子银子,不比四周地窖里只有空酒瓶子。一拐弯是富庶的东印度公司。那里处处都叫人联想到贵重的料子、宝石、老虎、大象、象背上的座儿、长管子的水烟筒、阳伞、棕榈树、轿子,还有脸色棕黄、服饰华丽的王子,穿着翘头的尖鞋坐在地毯上。四周张贴的画上,都是扯足了风帆开往世界各地的大海船。旅行社半小时内,能为各地旅客把各色行装置备齐全,随时可以出发。配置航海仪器的店门外,都装着个小木人,雕刻成海军准尉模样,穿一身古老的制服,日夜在那儿招徕乘坐出租马车前来的顾客。

有一家店门口的小木人,不客气地说,可算是最木头木脑的。他临空迈着一条右腿,脸上那一团和气、讨好巴结的样子,简直让人受不了;扣鞋的皮带和背心的镶边,都花哨得岂有此理;它举在右眼前观望的那件仪器,和身材大小太不相称,刺目得很。这家商店是独资经营的,店主对他那木头海军还得意得很。他是个老人,常戴着一顶毛线便帽。他多年出店租、纳税、偿付各项费用;好些

---

① 这就是说,地段在伦敦市中心。
② 郭格和梅郭格是神话里的两个巨人的名字,被制成伦敦市政府前面一对守门的巨人像。

血肉之躯的海军准尉活一辈子,也不如他做这个店主的年份长,尽管英国海军里老当益壮的海军准尉并不少。

他店里的存货有航海时计、晴雨表、望远镜、罗盘、航线图、地图和天体图、六分仪、象限仪,还有纠正船只方向、推算船只地位、进行海上探索的各种仪器样品。他抽屉里和架子上那些铜的、玻璃的东西,只有内行人才知道哪头朝上、什么用处,看过了还能自靠自放回原来的红木匣里去。每件仪器都塞在最紧的套子里,夹在最窄的角落里,遮在最不必要的垫子下,折成最小的角度,防海上波浪震荡,失去平稳。一切东西都非常小心地紧排密放,不多占一点地方。种种航海用具都配着垫子,嵌在各式匣子里。有些匣子是平常的扁方形;有的却像三角帽,像海星——这些还是比较普通、不大古怪的。因此店里弥漫着船上的气氛,店屋就像一只小船,样样齐全,井井有条,随时可以出海;只要有空阔的海面,突然往海里一送,就能安然开到任何荒岛上去。

为那小木人自豪的航海仪器配制者,日常生活里还有许多小事助长这种幻想。他认识的人多半是船具商人之类。他每餐总吃许多真是航海时吃的粗饼干;干肉、干舌头都带些绳屑的怪味;泡菜盛在批发坛子里,上面贴着"经售各色船上食品"的商标;酒是装在无颈方瓶①里的。墙上挂着些配镜框的旧船图,船身复杂的部分,有按字母附加的说明。有一幅印制图是驶行海上的鞑靼号巡洋舰。壁炉架上装点着奇异的贝壳、海藻和苔藓。小小一间后房装着护壁板,日光从天窗透进,像一个船舱。

他也像船长的派头,过的是单身生活;身边除了他的外甥沃尔特之外,没有别的人。如果店屋像船,这个十四岁的外甥正像船上的小海军。不过这个幻想只到此为止,因为通称老索尔的索罗

---

① 海船上用这种酒瓶,便于紧叠着包装。

门·吉尔思,看起来一点都不像航海人员。且不说他那顶毛线便帽,分明是不折不扣的毛线便帽,戴了怎么也不会像海盗。他慢条斯理、说话文静,是个颇有心思的老头子。一双红眼睛,望着你像雾里的两个小太阳。他常把店里的光学仪器,三四天连着一一观测,突然放下仪器,眼前的东西都变成了绿色,所以他老像刚睡醒的样子。他经常穿一套裁剪得非常整齐的咖啡色衣裤,钉着锃亮的扣子;有时换一条浅黄裤子,就是他外表上唯一的改变。他衬衫的褶边很整齐,一副头等讲究的眼镜常掀在脑门上,表袋里放一只精密透顶的航海时计。时计如有差错,他只会想是全市的钟表合帮捣乱,甚至太阳都靠不住,决不会怀疑他那件宝贝。他在门口装着木头海军的店里,多年来一直这样生活,每晚按时到风声呼呼的顶楼上去睡觉,远离着别人住宿的地方。安居楼下的英国绅士们还没大感觉到气候变化,①他那里已经听到狂风怒号。

　　索罗门·吉尔思初和读者见面是在一个秋天的下午五点半钟。他正在看他那只绝没有差错的时计。伦敦市中心的商店照例已在一个多小时前打烊;行人还潮水似的滚滚西去。吉尔思先生说得不错,"街上散掉不少人了。"看来晚上要下雨,店里所有的晴雨表都情绪低落,门口那个木头海军准尉的三角帽上已经闪亮着雨点。

　　索罗门·吉尔思小心把时计放回袋里说:"沃尔特不知哪里去了?晚饭已经等了他半个钟头,还不回来!"

　　他坐在柜台后的凳子上,转过身子,目光穿越摆在橱窗里的许多仪器,直望着窗外,指望能看见外甥过街来。可是没他的影儿。那一片浮动的雨伞里找不见他。有个戴油布帽的卖报童子挨着门外的铜招牌慢慢过去,一面用食指在吉尔思先生的名字上画着自

---

① 这是改用水手的歌:"安居家里的英国绅士们,不大想到海上的危险。"

己的名字。分明这也不是他外甥。

"我知道他和我亲得很,舍不得违拗了我逃到海船上当水手去。不然的话,我就得着急了。"吉尔思先生一面说,一面用指节骨叩叩两三只晴雨表,"我真得着急。气压都下降①吗?潮湿得很!好啊,正用得着。"

吉尔思先生把罗盘盒玻璃面上的尘土吹净,说道:"你恰恰对准我那间后房,直指正北,分毫不差;可是我相信那孩子的心,比你还不偏不歪地直向着我呢!"

"嗨!索尔舅舅!"

"嗨!我的孩子!"配制仪器的老人轻快地转过身,"怎么!你回来啦?"

这小子高高兴兴,满面快乐,刚从雨里跑回,脸色很鲜明。他相貌漂亮,双目炯炯,一头的鬈发。

"哎!舅舅,我没在家你一天怎么过的?晚饭得了吗?我饿极了。"

索罗门随和地说:"怎么过的吗?我没了你这小家伙,若不好过得多,才是怪事!至于晚饭,半个钟头前就得了,一直在等着你!饿了,我正也饿了。"

那小子说:"那么来吧,舅舅。海军上将万岁!"

索罗门·吉尔思说:"去你的海军上将!你是说市长大人万岁吧?"

孩子说:"不,不是的!海军上将万岁!海军上将万岁!开步……走!"

这一声令下,头戴毛线便帽的老人顺从地迈开步子,好像带着

---

① 此处狄更斯妙语双关:下降(downs)和英国肯特郡南海岸"当斯"谐音。古老歌谣《黑眼睛的苏珊》的副标题就作"船都停泊在当斯"。

五百战士抢上敌舰似的走进他那间后房。索尔舅舅和外甥马上吃饭：第一道菜是煎鱼，下一道还有牛排。

索罗门说："小沃，以后只说市长大人万岁，不再提海军上将；市长大人就是你的海军上将了。"

孩子摇头说："哼！他算得海军上将吗？给他捧剑的都比他神气！那捧剑的倒有时拔剑跟人打架。"

舅舅说："那就叫他当众出彩了。听我的话，小沃，听我的话。你瞧瞧壁炉架上。"

孩子惊讶道："嘿，谁把我那带柄的银杯挂在钉子上了？"

舅舅说："我挂的。你以后不再使带柄的杯子，从此和我一起用玻璃杯了，沃尔特！咱们是有职业的！是伦敦商界人士！你从今天起，也自己谋生了！"

孩子说："好吧，舅舅，只要能为你祝酒，随你叫我用什么杯子都行。索尔舅舅，祝你，也祝……"

老人抢着说："祝市长大人。"

孩子说："祝市长大人、司法长官、市政委员、同业工会会员……祝他们长寿！"

舅舅很满意，点头赞许。他说："好，现在讲讲你们那商行吧。"

"唷，舅舅，那商行没什么可讲的。"孩子直忙着使他的刀叉，"那是一套很暗的办公室。我坐的那间里，有一个围壁炉的高架子，一只铁的保险箱，几幅预告船只航期的广告，一份日历，几张办公桌子和凳子，一个墨水瓶，几只匣子，许多蜘蛛网；我头顶上一个蜘蛛网里还挂着一只风干了的绿头苍蝇，看来挂了不知多久了呢。"

舅舅说："没别的了吗？"

"还有个旧鸟笼……我不懂怎么会有那么个东西！还有个煤

桶。完了,没别的了。"

老索尔经常好像是笼罩在雾里的。他有所不足似的隔雾望着他外甥说:"譬如银行存折呀、支票簿呀、汇款单呀等等贮存着滚滚财源的东西,都没有吗?"他说到这些,声调里非常羡慕。

他外甥满不在意地说:"有啊,大概多得很吧。不过这些东西都在卡克先生、莫芬先生,或董贝先生的办公室里呢。"

舅舅问道:"董贝先生今天去了吗?"

"去了!整天在那里出出进进。"

"他大概没看见你吧?"

"看见我了。他跑到我坐的那儿……舅舅,我希望他别那么一本正经地绷着个脸儿……他说,'喔,你就是配制航海仪器的吉尔思先生的儿子。'我说,'我是他外甥。'他说,'我是说外甥。'可是,舅舅,我可以发誓,他说的是儿子。"

"也许是你听错了。那又没什么大不了的。"

"确实没什么大不了的,不过我觉得他何必那么严厉呢;尽管他说了儿子,也没什么不好。他接着跟我说,他是因为你托了他,才把我安插在他那商行里的。他嘱咐我做事要认真、规矩,说完就走了。我觉得他好像不大喜欢我。"

配制仪器的老人说:"我看,大概是你不大喜欢他。"

那小子笑着说:"哎,舅舅,也许是这么回事;可是我从来没有这样想过。"

索罗门吃完晚饭,神气更认真些,目光频频在孩子高兴的脸上掠过。他们的晚饭是从附近饭馆里买来的,饭罢撤去杯盘,他点了一支蜡烛,由他外甥站在阴湿的楼梯口、尽心地照着他下地窖去。他在地窖里摸索一会儿,拿着个灰尘堆积的古式古样的瓶子上来。

孩子说:"啊呀,索尔舅舅,你这是干吗?这是了不起的马德拉葡萄酒!除了这瓶,只剩下一瓶了!"

索尔舅舅点点头,表示他自有道理。他一声不响,开了塞子,斟了两玻璃杯,把酒瓶和第三只干净杯子放在桌上。

他说:"小沃,等你交上好运,有钱、有地位、有福气,由今天开始的职业走上康庄大道……我求上天保佑你有那一天……到那时候,孩子,你再喝剩下的那瓶酒。这杯酒,表达我爱你的一片心!"

笼罩着老索尔的雾好像堵到他嗓子里去了,他声音有点嘶哑。他和外甥碰杯的时候,手也发抖。可是他酒一沾唇,就以大丈夫气概大口喝下,咂着嘴表示满意。

孩子眼睛里噙着泪,装作不介意的样儿,举杯说:"好舅舅,这是答谢你赏我的体面,和说不尽的种种情意。现在让我为索罗门·吉尔思先生祝酒,三个三次,再加一次,欢呼他百年长寿!舅舅,咱们将来同喝那末了一瓶酒的时候,你再答谢,好不好?"

他们再碰碰杯。沃尔特舍不得喝,只吸了一点点,竭力装出品评的神气,把酒杯举在眼前鉴赏。

他舅舅默然看了他一会儿,后来和他目光相遇,就把心上的话从嘴里讲出来;他心上好像一直在想这些话呢。

他说:"沃尔特,你知道,我干这一行,其实只是个习惯。我积习难改,如果放下这买卖,就不知怎么过日子。可是没买卖可做了,没买卖了。"他指指外面的木头海军,"从前穿那种制服的时候,真可以大发其财;财是那时候发的。可是商业界你追我赶,商品日新月异,这个世界变了,变了,早已把我抛在后面了。我不知道自己落在哪里,更不知道我的主顾在哪里。"

"舅舅,别理会他们!"

索罗门说:"譬如你从派肯的寄宿学校回来,已经十天了,我记得店里只来过一个人。"

"两个呢,舅舅,你忘了吗?一个人来兑换一个金镑……"

索罗门说:"就是那一个人。"

"哎,舅舅,还有个女人跑来问到一里外的关卡上去该怎么走,她就不算吗?"

索罗门说:"喔! 是的,我把她忘了;一起两个人。"

孩子说:"不过他们没买东西。"

索罗门沉静地说:"没有,他们什么也没买。"

孩子说:"他们不需要什么东西。"

索罗门还是很沉静地说:"不需要;如果需要什么,就到别的店里去了。"

孩子说:"可是来了两个人呀! 舅舅,"好像这是大可得意的事,"你说只有一人。"

老人顿了一顿说:"哎,小沃啊,咱们不是鲁滨孙·克罗索①岛上跑来的野人,一个兑换金镑的男人、一个问到一里路外关卡上去该怎么走的女人,不能供咱们吃饱肚子呀。我刚才已经说了,这个世界早把我抛在后面。我不怪这世界,不过世上的事,我现在都莫名其妙了。做买卖的、当学徒的、商业、商品,都改了样儿。我的存货八分之七已经过时。我这人是过时的;我这店是过时的;这条街也不是我记得的样儿了。我已经落在时代后面,年纪太老,再也跟不上去,就连老远乱哄哄的声音,都闹得我糊里糊涂。"

沃尔特正要开口,他舅舅举手止住他。

"小沃,我是为这缘故,急着要你就业,让你早早走上这个世界的轨道。我这店,其实早已死了,我是它的幽灵;等我死,它的幽灵也就安息了。这份产业,分明没有什么可传给你的;所以我觉得最好还是借我多年来保留下来的一点交情,为你出一把力。有人以为我很有钱。我为了你,但愿他们没有看错。不管我遗下些什么,或能给你些什么,你在董贝家商行里做事,就有办法好好尽量

---

① 见英国作家笛福的著名小说《鲁滨孙飘流记》。

利用。好孩子,你该勤勤谨谨,要爱你那商行,努力工作,打下基础,将来可以稳稳地自立,幸福快乐。"

孩子诚恳地说:"舅舅,我都听你的,尽力不辜负你的一片心。我一定好好干。"

索罗门说:"我知道的,我肯定你会好好干。"他斟下第二杯陈葡萄酒,喝得更有滋味。他接着说:"至于航海,小沃啊,故事里讲来顶好,当真可不行,压根儿不行。你成天看着这些航海的仪器,就想去航海,这也很自然。不过这是不行的!不行的!"

索罗门·吉尔思讲到航海,对搓着两手,还是掩饰不下私心的喜爱;他看着周围的航海仪器,说不出的得意。

老索尔说:"譬如说吧,你且想想咱们这酒。这是先运到东印度,又运回国的,不知运了多少回,全世界都绕了一周。你想想那漆黑的夜里,狂风怒吼,波涛汹涌……"

孩子接着说:"还有雷呀、电呀、雨呀、雹子呀、各式的风暴。"

索罗门说:"对啊,咱们这酒都经历过。你想想:船骨和桅杆震撼得叽叽嘎嘎响;大风扫过绳索、帆缆,嘘里里、哗啦啦地号叫……"

外甥兴奋地说:"船颠簸得像发疯,水手都往桅杆上爬,争先去卧在桅杆的横木上,把冻硬的帆卷上……"

索罗门说:"装这酒的旧木桶,在船上经历的正是这种情况呀。不是吗,'莎莉美人号'失事的时候,在……"

沃尔特起劲地抢着说:"深夜在波罗的海沉没;那是一七四九年二月十四日。船长死在大桅杆旁边;他表袋里的表正停在十二点二十五分上。"

老索尔说:"哎,对呀!一点不错!当时船上这种酒有五百桶。除掉大副、船务主管、两名水手、一个女人上了漏水的小艇,船上所有的水手都动手砸破酒桶,喝了个烂醉,高唱着'不列颠!在海上称雄吧！'①船直沉下海，大家在齐声怪叫的大合唱里同归于尽。"

"可是舅舅，'乔治二世号'船上是二百来匹马。七一年三月四日，天亮前两小时，暴风把船刮到康沃尔海岸边。风刚起，甲板底下的马匹挣脱了身来回乱闯，互相践踏死不少，叫闹成一片，嘶号的声音仿佛人的呼喊。水手以为满船都是鬼怪，最刮刮叫的都吓糊涂了，走投无路，直窜到海里去。结果只剩两人没死；当时的情况就是他们讲的。"

老索尔说："还有'独眼巨人号'……"

沃尔特嚷着说："往西印度去的商船……载重三百五十吨；船长是戴德福特的约翰·布朗。那是威格斯公司的船。"

索尔说："就是那只。船从牙买加港乘着顺风出海，第四天晚上着火了……"

他外甥抢着讲那个故事，说话又急又响："船上有两兄弟；只剩一只小艇没淹没，坐不下两人。兄弟俩谁也不肯上去。后来哥哥拦腰抱住弟弟，把他摔在艇里。弟弟站起来大喊，'爱德华哥哥，别忘了你家里的未婚妻！我不过是个大男孩儿，没人在家等着我！跳到我这儿来吧！'说着他就蹿进海里去了！"

孩子讲来深有感受，激动地站起身，两眼闪闪放光，两颊添了颜色。这好像提醒老索尔有件事他忘了，或是笼罩在雾里没见到。刚才他分明还想讲些这类的故事，这时只干嗽一声说："好吧，咱们谈别的吧。"

这实心眼儿的舅舅暗地里最喜欢惊险的奇事。他的行业和这种事多少也有点牵连。他私心的喜好，其实大大助长了他外甥的同好。他劝诫孩子别追求冒险生活，可是他讲出来的种种道理，不

---

① 英国诗人汤姆生（1700—1748）所作假面剧《阿尔弗瑞德》里的句子。

知怎么的只增添了孩子在这方面的兴趣。事情往往如此。专为劝阻男孩子向往海上的每一本书、每一个故事,好像都自然而然地把他们引诱到海上去。

这时来了一位客人。他穿一套宽大的蓝衣服;右腕没有手,安着个铁钩;毛茸茸的黑眉;左手拿一根粗手杖,手上面一层疙瘩,像他的鼻子一样。他脖子上松松围着一条大黑丝巾;衬衫的领子质料又粗,尺寸又宽大,像小小一幅船帆。那只空酒杯显然是为他设的,他又分明知道。他脱下粗呢外衣,挂在门后他专用的钉上。他那只绷硬的加光便礼帽,敏感的人看见就会头痛;戴在头上好像紧紧扣着个盆儿,脱下了额上还留下一圈红印。他搬个凳子,对着放干净酒杯的桌子坐下。这位客人通常称为船长。他当过领港员,或商船船长,或武装民船的海员……也许三者都当过,看来确是个十足的水手。

他那脸,焦黄结实得出奇。他和舅甥俩握手的时候满面放光,不过看来不爱多话,只说:

"怎么样?"

吉尔思先生说:"都好啊。"一面把酒瓶推给他。

他拿起瓶子细看,又闻了闻,神情异常地说:

"那种?"

配制仪器的老人说:"那种。"

他一面斟酒,一面吹口哨,觉得真像过节了。

"小沃!你看看他!"他用铁钩把自己稀少的头发整理一下,然后指指配制仪器的老人说,"要爱他!敬他!听从他!① 你去查查《教理问答》,找到了这一条,折下一个角。孩子,祝你成功!"

他引用了这句话非常得意,不禁低声重复一遍,说自己四十年

---

① 这是教堂里举行婚礼时,教士嘱咐新娘的话,而不是《教理问答》中的话。

来已经把这话忘了。

他说:"吉尔思,我这辈子想要引用三两个字的时候,总知道该上什么地方去查找。因为我不像别人那样多说废话。"

他大概是谴责了别人,就想到自己也该像小诺瓦尔的爸爸那样"多蓄养"①。反正他不说话了,总也不开口,直到老索尔到前面店堂里去点灯,才突兀地对沃尔特说:

"看来他如要制造一只钟,他也能。"

孩子说:"那不稀奇,柯特船长,他准会。"

"造了会走!"柯特船长挥舞着他的铁钩,"哎,走得好着呢!"

当时他出神似的只顾想他心眼里的钟走得多准,瞪眼坐着看那孩子,好像孩子的脸就是钟面。

他对店里的存货挥着铁钩说:"他满肚子尽是科学!瞧瞧!什么都有!陆地、天空、海洋,全是一样;想到哪里去,只要说一声。乘个气球上天吗?这里有啊!封在钟形的舱里沉到海底去吗?这里有啊!你要把北极星放在秤上约约吗?他会替你称啊!"

从柯特船长的话里,可知他对店里的仪器多么崇敬。在他看来,经售或发明仪器,并没什么分别。

他叹口气说:"啊,懂得这些学问是好事;不懂也是好事。我简直说不上懂好还是不懂好。坐在这里,觉得人家可以把你秤呀、量呀、放大呀、通上电呀、变成个阴极或阳极呀,尽量作弄,全不知他用的什么方法,这也是顶舒服的。"

他是喝了那刮刮叫的马德拉葡萄酒,又加那天不同寻常,该让沃尔特增长点见识,才畅着嘴发了一番大议论。他十年来每星期日在店后房吃晚饭的快乐,尽在不言中,今天却讲出了他感觉愉快

---

① 引用霍姆(1722—1808)所作悲剧《道格拉斯》(1756)中语。小诺瓦尔是剧中要角。

的道理,自己也很诧怪。他成了"更彻悟、更悲怆的人"①,默默沉思,不再开口。

他所钦佩的人物回房说:"来,内德②,咱们且干了这瓶葡萄酒,你再喝烧酒。"

内德自己斟满一杯说:"等着,再给孩子点儿。"

"谢谢你,舅舅,我够了。"

索尔说:"不,再来点儿。咱们喝完了它。内德,咱们为那商行——沃尔特的商行祝酒吧——说不定将来商行有他的份。谁知道啊!李切·威丁登爵士不就娶了他东家的女儿吗!③"

船长插嘴说:"'回来!威丁登!伦敦的市长大人!等你老了,再也不离开伦敦!'小沃!我的孩子,你去翻翻那本书吧。"

索尔说:"尽管董贝先生没有女儿……"

孩子涨红了脸笑着说:"有,有,舅舅,他有!"

老人说:"有吗? 真的,好像他有个女儿。"

孩子说:"哎!我知道他有个女儿!今天办公室里有人就在讲呢!舅舅,柯特船长,他们说……"他放低了声音,"他不喜欢这女儿,把她扔在女用人一起,满不理会她。他一心一意只等着儿子来经营商行。尽管儿子还只是个小娃娃,他已经打算更要加紧结账、仔细登记。他还跑到码头上去查看自己的船只、货色等等,好像估计着将来父子共有的财产非常得意似的。他以为人家没注意,可是有人看见了。这都是人家说的,我当然不知道。"

配制仪器的老人说:"你瞧,他对那女儿的事已经一清二

---

① 引用英国诗人柯尔律治《老水手》一诗里的句子。
② 内德(Ned)是爱德华(Edward)的昵称。
③ 据童话,十四世纪的贫民李切·威丁登娶了东家的女儿,做了伦敦市长。他初到伦敦,想往别处去,听得博街的钟声好像喊他说,"回来,威丁登!伦敦的市长大人!"下文船长引用了这段话。

楚了。"

沃尔特一副孩子气,越发脸红了,笑着嚷道:"舅舅尽胡说!他们说给我听,我不是聋子呀!"

老人乘势取笑说:"爱德,我看那儿子目前有点儿碍着咱们的道儿。"

船长说:"很碍事呢。"

索尔说:"可是咱们且为那儿子祝酒,为董贝父子干杯!"

沃尔特笑得很乐,说:"好啊,舅舅,你既然提到了女儿,还把我牵在一起,说我对她的事一清二楚,我就冒昧把你的祝辞修改一下吧。来,为董贝和儿子,和女儿干杯!"

第五章　珀尔渐长，受了洗礼

涂德尔家的血液没有毒害小珀尔；他越长越壮实。托克丝小姐对他的热情也与日俱增。董贝先生瞧她一心向着那孩子，非常赞赏，觉得她天生的头脑清楚，难为她这样有情，应资鼓励。所以他对这位小姐十分屈尊，不但几次特别对她鞠躬，还正式向她致意。他对妹妹说："路易莎，请告诉你的朋友，她真是好人。"或"路易莎，你告诉托克丝小姐，我感谢她。"托克丝小姐受到这样另眼看待，感受很深。

托克丝小姐经常告诉戚克太太：这个乖宝宝的成长是她最关怀的事。这不用发表声明来证实，只要观察她的行为，就看得出来。孩子喂奶，她总在场主持，说不尽的得意，好像这份美味是她和李切子合资供给的。孩子洗澡把尿，她也热心帮忙；每次给孩子灌药，她同情得陪着吃苦。有一次，她正帮着李切子安排娃娃睡觉，董贝先生跟着他妹妹跑到育儿室来。托克丝小姐羞得躲进食柜里去。他们看小珀尔穿着一件风凉的短麻纱背心，踩着李切子的衣服直往胸脯上蹬，托克丝小姐喜欢得情不自禁，忘了自己正躲着呢，喊道，"董贝先生，瞧他多美呀！他不像爱神丘比特①吗？"说完窘得满面通红，险些晕倒在柜里。

有一天，董贝先生对他妹妹说："路易莎，我实在觉得该趁珀尔受洗的机会，送些小意思给你朋友。孩子一出世，她就非常热

---

① 丘比特，罗马神话中的爱神，是一个裸体、有双翅、手执弓矢的漂亮男孩。

心,出力帮忙,而且她深深知道自己的身份、地位——我不得不说,在当今世上,有这样高明见识的人可惜已经不多见了。所以我真是愿意对她表示点谢意。"

这里不是瞧不起托克丝小姐的高明见识,不过还得提示一下(有些人偶尔也能看得出来):在董贝先生眼里,谁能恰如其分地尊重他董贝的地位,就是识得自己的地位,有自知之明。他们的高明并不在于知道自己的地位,而在于认识他董贝的地位,对他低首下心。

他妹妹说:"珀尔哥哥,你这样才不亏负托克丝小姐。你是个明白人,我知道你决不会亏负她。英国语言里如有哪几个字让她尊重得简直顶礼膜拜,我想就是'董贝父子'这几个字了。"

董贝先生说:"哎,你说得不错。真是难为她!"

他妹妹接着说:"至于什么样的谢礼,珀尔哥哥,我只可以说,随你送什么东西,她一定当做圣物来宝藏。不过,珀尔哥哥,你如要表示好感,还有个更讨好、更凑趣的办法呢,只要你情愿。"

董贝先生问道:"怎么呢?"

戚克太太说:"考虑到社会关系和影响,教父当然是重要的。"

董贝先生冷冷地说:"我不懂教父对我的儿子有什么重要。"

戚克太太马上顶嘴了;她要遮掩自己一下子变了脸,神情非常激奋地说:"对极了,珀尔哥哥,这地道是你的话!我早该想到你决不会说别样的话!早该知道这就是你的看法!也许——"她把握不稳,又讨好说,"也许正因为小宝宝不用教父,让托克丝小姐做他教母有什么不好呢?就算是代表别人也好啊!她一定看作了不起的体面,珀尔哥哥,这是不用说的。"

董贝先生停顿了一会儿,说:"路易莎,你别以为……"

戚克太太料想他是不答应,忙说:"当然不,我从来没那么想过。"

董贝先生不耐烦地看着她。

他妹妹说:"珀尔哥哥,你别折磨我,那就要我的命了!我身子弱,自从范妮嫂嫂去世,一直没有复元。"

董贝先生瞥了一眼他妹妹拿着擦泪的小手绢,重申自己的话:"我是说,你别以为……"

戚克太太咕哝道:"我是说,我从没那么想过。"

董贝先生说:"啊呀!路易莎!"

"我没有!珀尔哥哥,"她带泪傲然抗辩,"你得让我说话呀!我不像你那么聪明、有道理、会说话,样样都好。我完全知道。我是个没造化的。可是,就算是我临终的话吧……珀尔,咱们在范妮嫂嫂身后,得尊重临终的话……我临终还是要说,我从没那么想过。而且……"她好像还有个打不倒的招数没拿出来,加添了几分矜持说,"我从来也没那么想过。"

董贝先生踱到窗口,又踱回来。

戚克太太死咬住一句话,只反复说"我没那么想。"董贝先生置之不理,说道:"路易莎,你别以为我儿子没有别人做教母。许多人想做呢。她们比托克丝小姐面子大,该尽先敷衍。可是我不敷衍她们,不要她们做教母。我和珀尔将来自己站得住……换句话说,我们的商行站得住、维持得下,能代代相传,不用借助这种平凡的交情。一般人常为自己的孩子求靠外人帮助,我可不屑那样;我希望在我是不必的。我只要珀尔幼年、童年顺溜过去,能看到他不多费时间,早日为自己将来的事业学好本领,我就称心了。等他将来经管了行里的事、商行的声誉靠他维持或者还能由他扩张的时候,他可以殖意结交有权有势的朋友。目前,也许有我就行,有我,就什么都有。我不愿意谁来夹在我们俩中间。我宁愿对你朋友那样的好人表示谢意。所以,让她做教母也罢;教父由你丈夫和我担任,我看就行了。"

董贝先生讲来非常神气的这套话里,确实流露了他的隐衷。他心里有一种莫可言状的疑虑,总担心有人想要挤进他们父子中间去。他骄傲地不肯承认,自己生怕有谁会来侵占或分掉儿子对他的崇拜和敬仰。他近来又非常心怯,觉得自己并不能操纵别人的意志;也非常多虑,怕再次碰到什么挫折。这是他当时的心境。他一辈子没交过一个朋友。他生性冷漠,既不寻求朋友,也没找到一个。现在他出于父亲的关怀、父亲的雄图,片面为儿子打算,全神贯注,非常热切;可是他的心情并没有脱去盖在面上的冰层而畅流无阻,只不过稍一融解,随即连着他的思虑,一起冻成了坚不可摧的冰坨。

董贝先生因为托克丝小姐微不足道,就此抬举她做小珀尔的教母,立即选派了她。这位先生还表示洗礼已经拖延过久,照他的意思该马上举行。他妹妹远没料到会大获全胜,急忙抽身去通知她最要好的朋友,撇下董贝先生一人在书房里。

育儿室里颇不寂寞,因为戚克太太和托克丝小姐同在那里欢度黄昏。苏珊·聂宝姑娘看不入眼,一有机会就在门背后扮鬼脸。当时她气愤得厉害,尽管扮了鬼脸无从博得旁人欣赏或同情,也非这样发泄一下不可。好比古代的游侠骑士,在人迹不到的荒野里,刻画着意中人的芳名,聊舒相思之苦;苏珊·聂宝对着抽屉或衣橱皱起了她的塌鼻梁,或朝食柜里轻蔑地挤眉弄眼,或瞟着水罐讥笑,或在过道里对着谁咒骂、争吵。

两位不速之客对这姑娘的心情浑然不觉,直在观看小珀尔脱衣服、光着身子蹦跳、吃奶、睡觉。诸事完毕,她们才围炉同进茶点。那两个孩子,多亏波莉的圆转安排,现在同睡一屋。两位女客坐下喝茶,偶然瞥见两张小床,才想到弗洛伦斯。

托克丝小姐说:"她睡得真熟!"

戚克太太说:"你知道吗,朋友,她成天陪小珀尔玩,老在活动。"

托克丝小姐说:"这孩子有点儿古怪。"

戚克太太低声答道:"唉！和她妈妈一模一样。"

托克丝小姐说:"是吗？哎呀！"

她声调里带着很深的怜悯。这只是迎合戚克太太的意思,她并不知道为什么要怜悯。

戚克太太说:"弗洛伦斯活到一千岁,怎么也成不了一个董贝。"

托克丝小姐耸起双眉,又是满脸怜悯。

戚克太太微微叹息一声说:"我为她很担忧,真不知她大了怎么办,将来能有什么地位。她爸爸一点儿都不喜欢她。她全不像董贝家的人,怎么能叫她爸爸喜欢呢。"

托克丝小姐好像觉得这话切实有理,她也毫无办法似的。

戚克太太推心置腹地说:"而且你瞧,这孩子性格和可怜的范妮一样。我说呀,她将来一辈子不会努力。决不会！她一辈子不会缠绕着她爸爸的心,就像……"

托克丝小姐点拨道:"就像常春藤？"

戚克太太同意:"就像常春藤那样,决不会！她一辈子不会悄悄地挨上去、偎在她爸爸慈爱的怀里,就像……"

托克丝小姐点拨说:"吃惊的小鹿？"

戚克太太说:"就像吃惊的小鹿,决不会！可怜的范妮！不过我真是爱她呀！"

托克丝小姐柔声安慰说:"好朋友,你别难受。哎,真的,你太多情了！"

戚克太太一面哭,一面摇头说:"咱们都有过错。我承认咱们都有。我不是瞧不见她的过错。我从没说过这话。远不是这么回事。可是我实在爱她呀！"

戚克太太是够庸俗的愚妇人，相形之下，她嫂子是明慧温柔的天使。戚克太太在她嫂子身后，还一贯旧日对待嫂子的态度，施恩似的多情。她自骗自哄过了自己，自诩宽容大度，非常心安理得。戚克太太为此多满意呀！我们自己占住理，对理亏的一方大度宽容，这确实是很可喜的美德；然而，我们自己毫无道理，那么凭什么来宽容别人呢？还说宽容大度岂不是大笑话吗？

戚克太太还在擦眼泪、摇头感叹，李切子冒昧地告诫她们，弗洛伦斯没睡着，在小床上坐着呢。据奶妈说，她坐起来了，睫毛上眼泪还没有干。可是除了波莉，谁也没看见她的莹莹泪光，谁也没俯身低语安慰她，或凑近去听到她怦怦心跳。

小姑娘诚挚地望着波莉说："哎，好奶妈，让我躺在弟弟身边吧。"

李切子说："干吗呀？宝贝。"

小姑娘任情地哭泣着说："哎，我想他是爱我的；我求求你，让我躺在他身边。"

戚克太太慈爱地插嘴，叫她乖乖睡觉。可是弗洛伦斯带着畏怯的神色，哽噎着还是一再要求。

她低头掩面说："我不会闹醒他，只伸手碰碰他就睡觉。哎，求求你，今夜让我躺在弟弟身边；我相信他是喜欢我的。"

李切子一言不发，把小姑娘抱到婴儿床上，放在她弟弟身边。小姑娘并不搅扰弟弟睡觉，只尽量挨近去，小心翼翼地伸一条胳膊钩着弟弟的脖子，把脸藏在另一条胳膊弯里，泪湿的散发覆盖在那条胳膊上。她躺着一动都不动。

托克丝小姐说："可怜的孩子！她大概是做梦了。"

她们俩的谈话被这桩琐事细故截断，再连续下去有点勉强；而且戚克太太想到自己的宽容大度，感动得也没精神再谈下去了。朋友俩就匆匆吃完茶点，叫佣人为托克丝小姐雇马车。托克丝小姐对于雇用的马车经验丰富,有一套戒备,每坐车出发,总要费一番工夫。

托克丝小姐说:"陶林生,我第一要麻烦你带着笔和墨水,把车号清清楚楚记下来。"

陶林生说:"是,小姐。"

托克丝小姐说:"然后呢,陶林生,请你把坐垫反过来。"她转脸对戚克太太解释,"朋友,那坐垫往往是湿的。"

陶林生说:"是,小姐。"

托克丝小姐说:"还麻烦你拿着我这卡片和一个先令,叫他按卡片上的地址送我回去,讲明车钱一先令,说什么也不能再加。"

陶林生说:"是,小姐。"

"对不起,陶林生,麻烦你了。"托克丝小姐还担心地看着他。

陶林生说:"小姐,一点不麻烦。"

托克丝小姐说:"再请你对那人提一句,陶林生,说乘车的小姐有个舅舅是地方长官,如果对她无礼,准受到严厉的惩罚。陶林生,这话你不妨算是好意告诉他的,因为你知道有个人受到惩罚,处了死刑。"

陶林生说:"我一定告诉他,小姐。"

"现在我就和我宝贝、宝贝、宝贝的干儿子再见了!"托克丝小姐每说一遍宝贝,就对孩子来一阵轻柔的亲吻,"路易莎,我的好朋友,你得听我的话,临睡喝口酒,别难过!"

黑眼珠的聂宝直盯着她们看;看到临别最热情的这一景,险些按捺不住,好不容易才忍耐到托克丝小姐动身。育儿室里总算出脱了来客。聂宝憋了半天气,急着要一吐为快了。

聂宝说:"你若是叫我穿紧身背心,接连穿六个星期,我一脱掉,越发憋不过气来!李切子大娘啊,这一对老怪真是少见的!"

波莉说:"可怜的孩子!还说她做梦了呢!"

苏珊·聂宝对着客人出去的门，假意行个敬礼，嚷道："哎！好太太！好小姐！一辈子成不了董贝吗？但愿她一辈子成不了！我们有那么一个，已经足够，不用再多了！"

波莉说："苏珊，别闹醒了孩子！"

苏珊发了火对谁都有气，大声说："我多亏你，李切子大娘，我是黑奴，是黑人白人的混血儿，有你赏脸指教，荣幸得很！李切子大娘，还有什么别的命令，请下吧！"

波莉答道："哪有什么命令！别胡说！"

苏珊嚷道："啊呀，李切子大娘，咱们这儿，临时工总是对长期工发号施令，你不知道吗？你是哪儿的人啊？可是……"霹雳火坚决地摇摇脑袋说："李切子大娘，随你生在哪里，随你什么年纪，随你什么出身……这一点你自己最明白……你可记着，对不起，发号施令是一回事，听不听从是另一回事。有人可以叫别人从桥上脑袋冲下蹿进四十五尺深的水里去，可是，李切子大娘，那人决不会蹿下水去。"

波莉说："哎，你是个好人，你心疼弗洛伦斯小姐，所以气不过。可是你没别人出气，只好拿我当出气筒了。"

苏珊气平了些，答道："李切子大娘，有的孩子给人捧得像王子，直希罕，直宝贝，弄得孩子只要人家希罕、宝贝了。谁带这样的孩子，要她不发脾气、说话和顺，容易得很。可是一个可爱的小乖乖，对她粗声大气，或是说她什么不好都不应该，却给人踩在脚下，你要带她的人也好脾气、好说话，那就远不是一回事啊！……啊呀呀！弗洛伊小姐，你这淘气的坏孩子！你这会儿不立刻闭上眼睛，我叫阁楼里的妖魔鬼怪活活地吃了你！"

聂宝姑娘装出一声可怖的"哞！"仿佛真有个负责的牛鬼，呼吼着忙不迭地赶来吃掉淘气的坏孩子。聂宝把床单蒙着小姑娘的脑袋，又把枕头气愤愤地捶了三四下，让孩子乖乖睡觉。然后她叠起双臂,闭紧嘴巴,对着炉火直坐到夜。

小珀尔尽管是保姆们所说的"比一般娃娃懂事",他对刚才那些事却一无所知。他后天要举行洗礼,大家直围着他忙,比如准备他的衣着呀、他姐弟以及姐弟俩保姆的衣着等等,他也浑然不觉。到了举行洗礼那天早晨,他也并不感到是个重要的日子,却一反常态,只是瞌睡。服侍他的人为了带他出门给他换衣裳,他脾气特别大。

那天是个灰暗的秋天,刮着凛冽的东风。一天来的事正和天气相仿。董贝先生就好比那场洗礼的寒风、阴影,或秋天肃杀之气。他站在书房里迎接客人,像天气一样严冷。他望见玻璃房外小园里的两棵树,棕黄的落叶正飘摇而下,好像是经他一看,立即枯萎了。

哎!那几间屋呀,又黑又冷!好像是和屋主同在居丧。柜里的书,军队似的排成一列,高矮一崭齐,一律装潢着光冷的硬面,好像一心一意都志在冷藏。书柜上配着玻璃、上着锁,叫人无法亲近。庇特先生①的铜像,没一点超凡入圣的气息,却像个魔法点化的摩尔人,站在柜顶上,守护着柜里那些拿不到手的宝物。从古墓里掘出来的两个骨灰瓮,供在柜顶两角,好像在说教台上宣讲人生的孤寂、世事的无常。壁炉架上的镜子里,一下照见了董贝先生本人和他的画像;彼此都满面愁思。

董贝先生衣服穿得整整齐齐,戴着白领巾,挂着沉甸甸的金表链,穿着叽嘎叽嘎响的皮靴,看来只有铁硬的火炉用具最像他的亲属——当然,这是他法定亲属戚克夫妇到场之前的话。他们俩一会儿就来了。

戚克太太一面拥抱他,嘴里喃喃说:"珀尔哥哥,希望你从今

---

① 指英国首相小威廉·庇特(1759—1806),他于1784至1801年以及1804至1806年两度担任首相。他曾被坎宁(Canning)称为"生在天堂里的首相",此处说他并不"超凡入圣",即针对次宁上述言论而发;其父老庇特(1708—1778)也曾任英国首相。

以后还有许许多多快活日子。"

董贝先生严肃地说:"谢谢你,路易莎。约翰先生,你好。"

戚克先生说:"先生,你好。"

他和董贝先生握手,生怕触电似的。董贝先生握到他的手,仿佛握到了一条鱼或海藻等黏糊糊、冷冰冰的东西,非常客气地赶紧奉还原主。

董贝先生稍稍转过他那个插在白领巾里的脑袋说:"路易莎,你也许要生个火吧?"

戚克太太竭力管制着她那三十六颗捉对儿厮打的牙齿说:"喔唷,珀尔哥哥,我不冷,不用生火。"

董贝先生说:"约翰先生,你不嫌冷吗?"

约翰先生早把两只手连手腕子都插进衣袋。戚克太太前番听不入耳的"汪汪汪"合唱曲,正卡在他嗓子里还没有出口。他说自己十分舒服。

他随即低声唱了一句"我嘀利利、多罗罗",幸好没唱下去,因为陶林生跑来通报新到的客人:

"托克丝小姐!"

那位漂亮的迷人女子进来了。她为这番典礼郑重其事,穿上轻罗薄纱的衣服,浑身装饰着飘飘抖抖的花边缎带之类。所以她鼻子青紫,一张霜冻的脸简直无法形容。

董贝先生说:"托克丝小姐,你好!"

托克丝小姐展开蓬蓬松松的纱罗裙子,屈膝一蹲身,仿佛一架套筒望远镜,上下一挤压,短了半截子。因为董贝先生赶上一二步来迎接,她深深回礼,蹲得太低了。

托克丝小姐柔声低语:"先生,今天的大事,我一辈子也忘不了;没法儿忘记。亲爱的路易莎,我只怕自己亲身的感觉都靠不住呢。"

假如托克丝小姐信得过她的一个感觉,就是天气严冷。那是很分明的。她早已找机会偷偷用手绢摩擦自己的鼻子,帮助血脉流通,免得她亲吻教子的时候,冰冷的鼻尖吓坏了娃娃。

一会儿娃娃到场,李切子捧活宝似的抱着进来。苏珊·聂宝像个机灵的小警察,押着弗洛伦斯跟在后面。俩孩子、俩保姆这时已经脱去重孝,换上浅灰的丧服;可是看到这一对没娘的孩子,还是够叫人沮丧的。娃娃忽又哇地哭了——说不定是托克丝小姐那鼻子惹的。戚克先生一片真心,想把弗洛伦斯爱抚一番;娃娃一哭,这件笨拙的事就没干出来。这位先生不觉得地道董贝家的人有什么地方出人头地。也许正因为他有幸娶到这么一位,深知好歹。所以他是真心喜欢弗洛伦斯,而且毫无隐瞒。当时他正要照自己一贯的作风当众表演,恰是珀尔哭了,他的贤内助阻止了他。

这位姑妈活跃地说:"哎,弗洛伦斯!你这孩子在干吗?到弟弟跟前去逗着他呀,小乖!"

董贝先生的大少爷和继承人高高坐在他的宝座上;小姑娘拍着双手,踮起脚尖,逗引他低下头来望她。董贝先生冷漠地站在旁边观看。屋里的气氛愈变愈冷——大概会愈变愈冷;幸亏李切子诚心帮小姑娘的忙,促使娃娃低头下望,停止了啼哭。小姑娘躲到奶妈背后,娃娃就转过眼睛去找。她欢呼着把脸一露,娃娃就蹦跳起来,高兴得直叫。她冲到弟弟身边,娃娃就出声大笑。她吻得娃娃喘不过气,娃娃小手摸着她的鬈发,好像是爱抚她。

董贝先生看了喜欢吗?他每一根神经都绷得紧紧的,看不出一点喜悦的心情。不过他任何感情都难得露在脸上。假如阳光要照耀俩孩子嬉戏,偷偷进屋来,决不会有一线光照到他脸上。他冷冷地一眼不眨,在旁看着。后来小弗洛伦斯的笑眼偶然和他的冷眼相遇,她眼里的温暖也立即消失了。

那一天真是个灰暗的秋天。刹那片刻的沉寂中,树叶愁惨惨地直在凋落。

董贝先生看看表,戴上帽子和手套说:"约翰先生,劳驾你扶着我妹妹,今天我得搀扶托克丝小姐呢。李切子,你最好还是抱着珀尔少爷打头走。多多小心啊!"

董贝先生那辆车里,坐的是董贝父子、托克丝小姐、戚克太太、李切子和弗洛伦斯。戚克先生的小马车里,坐的是苏珊·聂宝和马车的主人。苏珊不停地向窗外观望,免得时刻对着那位先生的大肥脸,怪不好意思。她每听到一点咔嗒咔嗒的纸声,就以为那位先生要给她赏钱,在掏摸钞票呢。

前往教堂的途中,董贝先生曾一度拍着手逗儿子。托克丝小姐看到这位爸爸的热情,不胜倾倒。这一车赴洗礼的,除了以上那点细节,和送葬的没多大区别,只不过车辆马匹的颜色不同罢了。

车到了教堂台阶下,有个神气活现的教区执事在那里迎接。董贝先生先下车来搀扶妇女下车。他和教区执事并立在教堂门口,仿佛也是一位执事,但衣服不如那一位华丽,而状貌更狰狞些。他是一家的执事,掌管着咱们的家业、咱们的心情。

托克丝小姐伸手挽着董贝先生的胳膊。她觉得自己正由他扶持着走上台阶;一面看到教区执事戴着三角帽、披着华丽的领巾在前引导,她那只手直哆嗦。一时,他们好像是去举行另一种典礼——"鲁克丽霞,你愿意嫁这人吗?""我愿意"——好像是问答这种话的典礼。

教区执事敞开教堂里面的一重门,小声说:"请快把孩子抱进去吧。"

里面寒气袭人,一股子泥土味。小珀尔也许可以学着哈姆雷特问一声:"进我的坟墓吗?"①高高的宣讲台和讲经台都蒙着布。

---

① 引自莎士比亚悲剧《哈姆雷特》第二幕第二景的话。

望去一片荒凉:空空的祈祷座一排排直延伸到走廊里;空空的长凳子一排高似一排,直达二楼,消失在大黑风琴的影子里。地下是满布尘土的地席和冷冷的石板。中间过道里添设的凳子,也凛然不可亲近似的。钟楼上打钟的绳子,在一个潮湿的角落里直垂下地;出丧搁置棺材的两个黑架子、几把铁锹、几个筐子、一两卷令人生畏的绳子,也堆在那里。再加上令人窒闷的怪味和惨淡的光线,全教堂气氛一致,呈现出一派阴寒凄凉的景色。

教区执事说:"先生,教堂里正举行婚礼呢,不过一会儿就完事。请先到存放祭服的小堂里去等一等怎么样?"

他一面对董贝先生鞠个躬,好像见了熟人那样微露笑意,表示他这教区执事曾有幸参与董贝太太的丧礼,希望董贝先生别来无恙。然后他转身引导他们一行人到小堂里去。

他们掠过祭台前面走入小堂,只见当时举行的婚礼也够凄凉。新娘太老,新郎太少,主婚人是个老朽的花花公子,一眼已瞎,安着个玻璃眼;参与婚礼的朋友们冷得直哆嗦。小堂里的炉火只冒烟。一个年纪太老、工作太忙、工资太低的律师书记,在那里翻检一大本丧葬注册簿。那样的大本子有一大摞,他正用指头点着填满丧葬的皮纸书页,逐项往下寻找。壁炉架上张着一幅教堂地下的坟圹图。戚克先生把图上的注解大声略读,为同伙们活跃一下气氛。他未及制止自己,早把有关董贝太太坟圹的情节,也全都读出来了。

大家在小堂里挨冻了一会儿,来了一个照管祈祷座的矮个子女人,唏里呼噜直哮喘——假如这种病不是教堂里的常病,也该是教堂墓地上的常病。她招呼董贝家人到举行洗礼的地方去。他们在那里又耽搁了一会儿,等新郎新娘注册完毕。害哮喘的那小女人来回在教堂里大声咳嗽,简直像喷气的鲸鱼。她这来一半是病,一半也是要提醒新婚夫妇别忘了给她赏钱。

一会儿,教堂的书记拿了一罐热水来,倒在圣水盘里,说是去掉些寒气。其实,搀上十万加仑①沸水,也无济于事。教堂里只有这个书记表情愉快;他却是做殡仪馆生意的。接着教士也来了,是个和善的年轻牧师,显然对小娃娃很害怕。他像鬼故事里的主角:"高高个儿,一身白";小珀尔一见立即杀猪似的哭叫起来,直哭得满面紫胀,被从圣水盘里抱出来。

大家这才舒了一口气。洗礼继续进行。可是在门廊下还能听到孩子的哭声:一时轻,一时响,一时停止了,一时好像受足委屈,制不住又哭出来。两位女眷听得心乱如麻。戚克太太频频跑到教堂中间的过道里去,叫照管祈祷座的女人向外传话。托克丝小姐的祈祷书,翻在感谢"火药阴谋"②失败的章节上,不时从那里念诵答词。

董贝先生自始至终,维持他的绅士风度,一点不动声色。也许他增添了这场洗礼的寒冷;年轻牧师念诵祷辞的气息,竟凝成白蒙蒙的烟雾。洗礼结尾,有一段告诫教父教母将来得监视孩子的话;教士很自然地念到这里,偶尔对戚克先生看了一眼。只在这时候,董贝先生绷紧的脸稍为松了一下,严正地瞪着戚克先生,仿佛叫他小心,别再来他那一套。

董贝先生参与洗礼非常严谨。其实,他应该多想想洗礼的起源和宗旨何等伟大,少想想自己的尊严。他那样骄傲,和洗礼的历史很不相称。

行礼完毕,他又搀扶着托克丝小姐,把她送回存放祭服的小

---

① 加仑,容量单位,1加仑约合4.5升。
② "火药阴谋",1605年11月5日,英国一小撮天主教徒在议会大厦里埋设火药,企图炸死国王。这个阴谋因事泄而未果。阴谋首犯盖伊·福克斯当场被捕。从此以后,每年的这一天就成为英国的一个全国性节日,人们在夜里大放烟花爆竹取乐。

堂。他在那里告诉教士：他家门不幸，遭逢了丧事，否则他很想奉请教士先生到他家吃饭去。登记手续已经办妥，各项费用也已付清。照管祈祷座的女人又咳得厉害，没让人忘掉她的赏钱。教区执事也得了酬报。教堂管事员恰好站在门口台阶上，对天气大有兴趣；他也得了赏钱。董贝一家人重又登上马车，照旧凄凄凉凉地一起回家。

书房里，庇特先生的铜像正望着一桌冷餐鄙夷不屑。席上那些玻璃和银子的器皿，冷冷地摆足架子。那桌饭，不像招待客人吃喝的，倒像等待入殓的尸体。大家到了那里，托克丝小姐就拿出她送给教子的一只杯子；戚克先生拿出一套盒装的刀、叉和匙。董贝先生拿出一只手镯送给托克丝小姐；她收到这份人情，深为感动。

董贝先生说："约翰先生，劳驾你坐在长桌下首，行吗？约翰先生，你那头盘子里是什么东西？"

戚克先生使劲摩擦着冻僵的两手说："我这儿是冷的小牛肉卷。先生，你那头呢？"

董贝先生说："大概是冷冻的小牛头肉。看去还有冷的野鸡——火腿——小面饼——色拉——大虾。托克丝小姐赏脸喝杯酒吗？给托克丝小姐斟香槟！"

每样东西都冰得人牙疼。托克丝小姐喝到冰凉的酒，差点儿失声叫出来，好容易才把她的惊叫变作一声"唔！"小牛肉储藏的地方太风凉，戚克先生尝了一口，直冷得四肢都麻木了。只有董贝先生照旧不动声色。他可以悬挂在俄罗斯博览会上，当做一具冰冻绅士的标本出售。

寒冷的笼罩下，连他妹妹都受不住了。

她鼓不出劲来拍马屁或说闲话，只竭力装出温暖的样儿。

大家沉默好久，戚克先生斟上一杯白葡萄酒，毅然开口说："哎，先生，请容我满饮这一杯酒，为小珀尔祝福！"

托克丝小姐举杯呷了一口,低声说:"祝福他!"

戚克太太也喃喃说:"亲爱的小董贝!"

董贝先生铁板着脸,一本正经说:"约翰先生,假如我儿子能领会你这番盛情,我知道他一定感激,并向你道谢。我相信,无论私人之间亲友的好意,或者社会上我们那种任务繁重的地位,所寄予他的一切责任,将来他全都承担得起。"

他说话的口气,不容旁人再多嘴。戚克先生又没精打采,无话可说。托克丝小姐却不然。她倾听董贝先生说话,比平时更一心贯注,脑袋歪得更得神。她凑近桌子,向对面的戚克太太柔声说:"路易莎!"

戚克太太说:"亲爱的朋友!"

"'社会上我们那种任务繁重的地位……',我忘了底下怎么说的。"

戚克太太说:"'交给他的……'。"

托克丝小姐说:"对不起,朋友,好像不这么说;他的话还响亮、还流畅呢。'私人之间亲友的好意,或者社会上我们那种任务繁重的地位,所寄予他的……'是吧?"

戚克太太说:"一点不错,'所寄予他的……'。"

托克丝小姐得意地轻轻拍着一双纤手,两眼望着天上说:"真是好口才啊!"

董贝先生当时已经传出话去,招李切子来。小珀尔这早上疲倦得睡熟了,李切子没带他,只一人进来,一面蹲身行礼。董贝先生赏了这女佣人一杯酒,对她说了下面一番话。托克丝小姐早把脑袋歪在一边,做好种种准备,要把他的话铭刻在心上。

"李切子,你来了六个月左右,一向是尽责的。我想乘今天给你点报酬,曾经考虑到怎样最实惠。和我一起商量的,有我妹妹……"

戚克先生插话道:"戚克太太。"

托克丝小姐说:"啊呀!请悄悄儿听着呀!"

董贝先生对约翰先生狠狠地瞪了一眼,接着说:"我记起雇用你的那天,你丈夫在这间屋里讲起你们的苦况:一家子从他起,全都愚昧透顶,一字不识。我现在就是要告诉你,李切子,他那番话帮我打定了主意。"

李切子听到这样严词责备,惶恐得抬不起头来。

董贝先生接着说:"我远不是赞成平等主义所鼓吹的普及教育。不过对下等人,照旧还应该教他们知道自己的本分,循规蹈矩。在这点上,我是赞成学校的。有个老学校叫作'碾磨慈幼院'①,因为是著名的碾磨业行会出钱办的。那里的学生,不但能受到健全的教育,还能领到一套校服、一个校徽。我有权保送一名免费生,现在正有个名额。我托戚克太太通知了你家里,然后提名保送了你的大儿子。据说他今天已经穿上校服。"董贝先生把那孩子当做一辆雇用马车似的转脸问他妹妹,"好像他的学号是一百四十七吧?路易莎,你跟她讲讲。"

戚克太太说:"一百四十七号。衣服是蓝色的燕尾服,很好、很厚的粗呢料,帽子上的镶边是橘黄色,毛线袜子是红的;还有一条结结实实的牛皮裤子。"戚克太太讲来十分热心,"谁自己能穿上这么一套衣服,也感激不尽呢!"

托克丝小姐说:"好啊!李切子!你现在真该得意了!碾磨慈幼院!"

李切子恐惶地说:"先生,我实在感激得很;您一片好心,还记着我的孩子。"她立即看到"锅炉"成了碾磨慈幼院的学生,小肥腿箍在戚克太太所形容的硬皮裤子里:这副模样浮现在眼前,泪水也

---

① 碾磨慈幼院是十八世纪中叶,碾磨业行会捐资创办的。

随着出来。

托克丝小姐说:"李切子,我瞧你这样感激,心上很高兴。"

戚克太太自诩她对人性的信念,她说:"这简直真能叫人相信,这个世界上,还有一星半点知恩感激的心呢!"

李切子听着她们称赞,只顾蹲身行礼,喃喃道谢。她想到儿子小小的孩童,套着那条大人穿的皮裤,心疼得再也鼓不起兴致。她一步步挨近门,溜到外边,才透过一口气来。

她进书房,好像带来了一点暖意;她一出去,那里又回复了霜冻,像先前一样严冷。戚克先生坐在长桌下首,两次哼出歌来;不过都是《扫罗》①清唱剧里送葬曲的片断。这宴会越来越冷,渐渐凝成一团冷冻,像桌上的冷餐一样。后来戚克太太和托克丝小姐交换一个眼色,一起站起来说:该回家了②。董贝先生听了满不在乎。她们辞了他,由戚克先生护送回家。他们出了大门,撇下那位主人照旧独居孤处,戚克先生就双手插进衣袋,登上马车,往后一靠,把"嘿嘿嘿!快快追!"的歌调,用口哨从头吹到底,一面还摆出一副气恼挑衅的神色;戚克太太竟没敢奈何他,也没敢说一句招惹的话。

李切子怀里抱着小珀尔,心上却忘不了她的大儿子。她觉得这是不知感激。可是那天的气氛,就连碾磨慈幼院都受到沾染。她儿子那个编号一百四十七的铅皮校徽,在她看来,总不知怎么的附有那天的死板和严厉。她在婴儿卧室里也说起儿子那双遭殃的大腿;想到他穿上校服的怪相,又不胜烦恼。

波莉说:"那可怜的小宝贝几时才穿得惯呀!我什么样的愿

---

① 《扫罗》,德国作曲家亨德尔(1685—1759)所作的清唱剧。其中《死的进行曲》很有名。
② 西方宴会上,照例是女主人(或她的代表)和女客彼此看一眼打个招呼,一起先退席。

都许得下,只要能看看他。"

她把心里话告诉了聂宝。聂宝答道:"那么,你听我说吧,李切子大娘,你干脆去看看他,放下了心。"

波莉说:"董贝先生不会乐意。"

聂宝说:"呵,李切子大娘,他不乐意吗? 我看呀,你去求他吧! 他就乐意得很呢!"

波莉道:"你的意思是,压根儿不去求他?"

聂宝说:"李切子大娘,你可千万别去求他。托克丝和戚克那两位警察,据我听她们说,明天打算不来值班了。我和弗洛伊小姐明儿早上可以陪你一起回家。我们反正要出门散步;街上来回走,还不如上你家去。李切子大娘,你若愿意和我们做伴,欢迎!"

波莉开始竭力反对。可是,禁止她看望的孩子和家,在她心念里愈来愈亲切;她渐渐觉得这主意不错。后来她想想,回去在门口探望一下,不会出什么大乱子,就听从了聂宝的建议。

她们刚商量妥当,小珀尔却非常哀苦地哭了起来,好像预先感到这事不妙。

苏珊说:"这孩子怎么回事呀?"

波莉说:"大概是冷了。"一面抱着他来回走,哄他别哭。

那个秋天的黄昏真是凄凉。她来回地走,哄着孩子别哭;眼望到阴暗的窗外,越加把孩子紧紧搂在怀里。当时窗外枯黄的树叶,直在纷纷飘落。

第六章　珀尔再次失去亲人

那天早上,波莉左思右想,顾虑重重,若不是那位黑眼珠伙伴儿不断撺掇,她准全盘打消出门的心念,正式请求在董贝先生家严厉的监督下,见见一百四十七号。可是苏珊自己很愿意走那一趟。她像托尼·仑普金①一样:别人失望,她足有力量忍受;自己失望,她可受不了。她巧妙地把波莉那第二个打算说得一无是处,把自己原先的主张说得头头是道。结果,董贝先生稳重的身躯刚出大门,沿着惯常的路途到市中心去,他那个懵懵懂懂的儿子就取道往斯泰格司花园街去了。

这条街名称很美,坐落在郊区,斯泰格司花园街的居民称之为坎伯林镇。供应外地人的伦敦地图,为了有趣、方便,有一种是印在手绢上的;这个镇名显然需要压缩一下,就简化为坎登镇。两个保姆带着孩子往那镇上走去。李切子当然是抱着珀尔。苏珊搀着小弗洛伦斯,不时把她推推搡搡,觉得这是良好的管教。

那里新近发生了大地震;②第一个震动就把整个地区从中裂开。到处都是地震的痕迹。有的房子拆除了;有的街道截断了。地上掘了深坑深沟,翻起了大堆泥土。基础受损、摇晃不稳的建筑,撑上了大木柱。有的地方忽然拱成陡陡的山;翻滚在一起的车

---

① 托尼·仑普金,英国作家哥尔德·斯密士(1728—1774)所著喜剧《将错就错》中的人物。
② 这是对当时伦敦至伯明翰铁路建设的一种比喻的说法,形容它给全英国所带来的巨大社会变化。

辆,乱堆在坡下。有的地方忽然陷成水塘;分辨不出是什么用途的铁制物件,浸在里面生锈。无路可达的桥呀、无法通行的大街呀、断成半截的高烟囱呀、意想不到处临时建立的木屋和圈地呀、成了空壳子的公寓房子呀、没完工的墙和拱形门呀、成堆的脚手架呀、散乱满地的砖呀、巨大的起重机呀、骑跨空中的三脚架呀——到处都是。许多东西失去了原样或残缺不全,变得千奇百怪,或错乱颠倒,有的陷入地里,有的掀到天上,有的在水里霉烂。这幅景象,就如莫名其妙的梦境。地震后经常喷发的热水热汽,增添了当地的混乱。倒塌的围墙里,沸水咝咝直冒;喷射的火焰闪闪放光、轰轰作响。成堆的灰,堵塞了居民有权穿行的路径,使当地的成规旧法全都改变了。

千句并一句,那里正兴建铁路,还没完工通车。从那片荒芜混乱的中心,轨道平滑地一路前去,奔赴文明进步的伟大前程。

不过当时附近居民对铁路还有疑虑。一两个大胆的投机家设计了几条街道。一个投机家已经开工建造,可是在烂泥和灰堆里又停顿下来,重加考虑。一座簇新的酒店,满屋子新刷的灰泥和胶浆味,门前还只是一片空地,已经挂上了"铁道酒店"的招牌。这也许是太冒进了;可是店家指望铁路工人去买酒啊。一家啤酒店就变成了"挖土工人介绍所";开设多年的火腿牛肉铺照样为了想马上在众人头上谋利,改成了"铁道餐室",天天供应烤猪腿。客栈主也那么热心,因此也靠不住。群众的信念很迟钝。铁道近旁,尽是些臭烘烘的田野、牛棚、粪堆、垃圾堆、阳沟、菜地、凉棚和拍打地毯的旷场。高地上,牡蛎季节就有成堆的牡蛎壳,大虾季节就有成堆的虾壳;再加长年堆积的碎陶器、干菜叶,都侵占到铁路上去。柱子、围栏、"禁止入内"的旧木牌、卑陋的屋背、贫瘠的菜畦,大伙儿鄙夷不屑地瞪着铁路,叫它局促不安。谁都不信铁路能有什么用。假如铁路两旁那些肮脏的荒地会笑,准像附近的许多穷人那样,对它大声嘲笑。

斯泰格司花园街对铁道非常怀疑。那是一小排房子,房前各有一块肮脏的菜地,用破门呀、酒桶板呀、柏油布的碎块儿呀、枯树枝呀等等拼凑成围栏;漏缝的地方塞上些没底的铁壶和围挡火炉的破烂铁片。居民在这种"花园"里种植赤豆,养育鸡和兔子,盖个把破棚子……有一个是用破船改造的,还在那儿晾晾湿衣服,抽抽烟斗。据有人说,有个已故的资本家名叫斯泰格司,他为自己娱乐建造了这溜房子,街道由他得名。另有些喜爱农村的人说,从前这里还是一片田野的时期就有这名称,因为成群的鹿常聚在附近的树荫里;鹿不是称为斯泰格司①吗?不管名称是什么来源,反正当地居民认为斯泰格司花园街是林荫圣地,不容铁路摧毁它的青葱。大家深信,这种新兴的玩意儿不久就会过时。住在拐角处的扫烟囱老板是街坊上公认的政治首脑;他曾当众宣称:假如铁路真有一天通车,他要叫他的两个男孩儿爬上他们家的烟囱,从烟囱顶上看到通车失败就大声讪笑。

珀尔由命运摆布,给李切子抱到这么个荒芜的地方来。董贝先生的妹妹一向留心,连这个地名都没让哥哥知道。

波莉指点着她家的房子说:"苏珊,那就是我们家。"

苏珊屈尊地说:"唷,是吗,李切子大娘?"

波莉高兴地喊道:"啊呀!门口站的就是我妹妹纪迈茉!抱着我自己的小宝贝呢!"

波莉见到家人,急得身上添了好大一对翅膀,飞也似的前去,直蹦到纪迈茉身边,转眼已经和她交换了手里的娃娃。董贝家的少爷好像从云端落入纪迈茉怀里,把她愣住了。

纪迈茉嚷道:"嗨!波莉!是你呀!吓了我一大跳!真意想

---

① "牡鹿"(stag)的复数形式与"斯泰格司"同音。

不到!进来吧,波莉!你气色多好啊!孩子们见了你准要翻天了,波莉,真的!"

照孩子们那样疯,真是要翻天了。他们叫啊,闹啊,冲到波莉身边,拉她去坐在炉边矮椅子里,一个个小苹果脸都去贴在波莉那张和善的大苹果脸周围,看来就像一棵树上结出来的果子。波莉也和孩子们一样闹,一样疯。大家乱成一团,直到她气都喘不过来,头发都披散在通红的脸上,参与洗礼的衣服全弄湿了,这才稍稍安定下来。倒数第二个涂德尔这时还赖在她身上,两臂紧紧抱住她的脖子。倒数第三个涂德尔爬上她的椅背,一脚凌空,拼命想从侧面去吻她。

波莉说:"瞧瞧,一位漂亮的小姐拜访你们来了!她多文静呀!可不是一位顶美的小姐吗?"

弗洛伦斯正站在门口观察他们。一群孩子都转眼去看她。波莉乘此机会,正式介绍了聂宝姑娘。这位姑娘已经有点不自在,觉得受了简慢。

波莉说:"苏珊,请进来坐坐呀!这就是我妹妹纪迈茉。纪迈茉,我若没有苏珊·聂宝,真不知怎么办了;我这番回来,全是靠了她。"

纪迈茉说:"聂宝小姐,你请坐呀!"

苏珊很矜持、很多礼地侧身挨着椅角坐下。

纪迈茉说:"我见到来客,从没像今天这么高兴的!这可不是虚话呀,聂宝小姐!"

苏珊自在些了,身子也从椅边挪上了些,庄重地微露笑容。

纪迈茉诚恳地说:"聂宝小姐,请别客气,把帽子解下吧。我们这种穷人家,你大概没见惯;不过我知道你是能体谅的。"

黑眼珠姑娘受到这般另眼看待,态度柔和多了,竟把跑过她面前的涂德尔小丫头一把抱起,让她跨坐在自己腿上"骑马"。

波莉说:"可是我那个乖儿子呢?可怜的小家伙!我老远跑来,就是要瞧瞧他穿了新衣服什么个样儿呀!"

纪迈茉说:"嗨,真是不巧!他若听说妈妈回过家,不知多么伤心呢!波莉,他上学了呀!"

"已经去啦?"

"是啊。昨天开始的,因为怕荒了课。不过,波莉,他今天上半天学,你……"她及时想到对黑眼珠姑娘的礼貌,补充说,"你和聂宝小姐至少且等他回家吧?"

波莉迟疑地说:"那小可怜儿!他成了什么个样儿啊,纪迈茉?"

纪迈茉答道:"哎,他其实还不像你料想的那么怪样儿。"

波莉心疼地说:"啊呀,我知道他那两条腿一定太短了。"

纪迈茉说:"腿确是短,尤其脚后跟短;可是波莉,腿会一天天长起来。"

这点安慰还只在展望中,得慢慢儿来呢。可是那么高兴、和善的劝慰,虽是空话也听着心安。波莉沉默了一会儿,加劲儿打起精神说:

"亲爱的纪迈茉,爸爸呢?"——涂德尔先生在家里,通常用这个家长式的称呼。

纪迈茉说:"哎呀,又是个不巧!爸爸今早带了饭出去,天晚才回家呢。可是波莉,他老在提起你,也老跟孩子们提你。他是最心平气和、最有能耐、最好性儿的人;从来就是这样,永远不会变。"

波莉听了纪迈茉的话很高兴,但丈夫不在家又很失望,只老实说:"谢谢你,纪迈茉。"

纪迈茉在姐姐脸上使劲吻了一下,高兴地颠弄着小珀尔,说道:"哎,波莉,你甭谢我,我有时候也那么说你,心里也那么说。"

波莉虽然失望了再失望,回家受到这样欢迎总算不冤枉了。姐妹俩乐观地谈谈家务事,讲讲"小锅炉"和他的一个个弟弟妹妹。黑眼珠姑娘一面让涂德尔小丫头跨坐腿上来回"骑马",一面细细观察屋里的摆设:一只荷兰钟;一个碗柜;壁炉架上有一座小房子,安着红绿窗户,里面可以点蜡烛;一对黑绒做的小猫,各衔一只女人用的网袋——这在街坊眼里是了不起的工艺美术品。姐妹俩生怕这位黑眼珠姑娘心上不自在,会冷嘲热讽,所以拨转话头,和她一起泛泛聊天。这位姑娘把有关董贝先生的事——他的希望呀,他的亲属呀,他的职业呀,他的性格呀,按她所知道的讲了一个大概;又把自己所有的衣服一一点数,也报道了她主要的亲戚朋友。她谈了个畅快,随后又吃了一顿小虾下啤酒,热情洋溢,简直要发誓和波莉姐妹做一辈子的朋友了。

小弗洛伦斯也没有虚负这番做客。她由一群小涂德尔带出去看了这条街上的毒葶和其它稀罕物儿;然后一心一意帮他们在路转角一潭青绿色的泥水中间修筑一条临时堤坝。苏珊找到她的时候,她正忙着干活儿呢。苏珊吃了虾滋生的人情味,抵不过她的责任感。她一面给小姑娘洗脸洗手,一面直训斥她不学好:训一句,捶一拳;还说她将来准害得董贝一家人愁白了头、死不闭眼。波莉和纪迈茉上楼去逗留了一会,讲些有关一家开支的私房话;然后两人又掉换了怀抱的娃娃——因为波莉始终抱着自己的孩子,纪迈茉抱着珀尔——来客就告辞回家。

可是为了方便,先得向那群小涂德尔行个骗局:借口叫他们到附近杂货铺去花掉一个便士,把全伙哄出门。波莉忙乘机逃走。纪迈茉跟在后面大声说,他们如果绕道走"城关路"回去,半道准会碰到放学回家的"小锅炉"。

波莉停步喘息的时候说:"苏珊,你说说,咱们能耽搁些时候,绕道往那边走吗?"

苏珊说:"为什么不能呀!李切子大娘。"

波莉说:"你知道,咱们就该吃饭了。"

可是她伙伴已经用过午餐,对这个重要问题满不考虑,认为不相干。她们决计绕道走。

且说那可怜的"小锅炉"自从昨天早晨穿上碾磨慈幼院的制服,日子就不好过。街上的少年人受不了那套制服。他穿那制服并没有碍着谁,可是每个顽童一见就按捺不住地赶上去欺负他。他在当地简直像世纪初的基督徒,不是十九世纪无罪无辜的孩子了。人家用砖头掷他,推他跌下阳沟,溅他一身泥浆,或下死劲把他按在柱子上。素不相识的人,也摘下他的黄帽子随风扔。人家对他那双腿不但批评谩骂,还动手拧拧捏捏。这天清早他到碾磨慈幼院上学,路上无缘无故给人打得一只眼又青又紫,为此还受到了老师的惩罚。这老师是慈幼院里超龄的老学生,性情很暴戾,只因为一无所知、一无所能,就派作老师。一个个胖孩子看到他那支无情的教鞭,都吓得魂不附体。

"小锅炉"那天回家,防人家折磨,只挑背人的僻路一溜烟地跑。可是他不能不转到大路上去。偏偏不巧,有个凶狠的年轻屠户,带着一帮孩童,正在那条街上找机会开玩笑起哄。这个碾磨慈幼院的学生撞来,适逢其会,恰恰落在他们手里;他们一齐发声喊,直冲到他身边去。

波莉走了一个钟头的路,看看前途茫无希望,正说不用再绕远儿了,忽然见到当前的情景,急叫一声,立即把董贝少爷递给黑眼珠姑娘,赶去救她的儿子。

祸不单行,意外事也层出不穷。一辆马车疾驰而过,苏珊·聂宝带着两个孩子猝不及防,若不是有旁人救护,早就压在车轮底下了。那天正逢赶集,当时传来暴雷似的一声警报:"发狂的公牛来了!"

大街上乱成一团:路人叫嚷着东逃西窜,有给车子撞倒的;有些男孩子还直打架;几头发狂的公牛奔跑而来。苏珊四面受敌,顾此失彼。小弗洛伦斯身当此境,惊叫着拔脚就跑。她一面叫苏珊快跑,自己直跑得精疲力竭;忽想到奶妈还撇在后面呢,停下来交扭着双手着急。她这才发现自己孤单一人,伙伴全不见了,心上的恐慌简直没法说。

"苏珊!苏珊!"弗洛伦斯吓疯了,拍着手大喊,"啊呀!她们在哪儿呀!她们在哪儿呀!"

一个老婆子一瘸一拐地从对街赶过来说:"她们在哪儿?你干吗丢下她们逃跑呀?"

弗洛伦斯说:"我吓昏了头,糊里糊涂,还以为和她们在一起呢。她们在哪儿啊?"

老婆子抓住她手腕子说:"我带你找去。"

那老婆子丑得很:一对红眼圈;嘴里没话也直在咕哝;衣服破破烂烂,胳膊上搭几张皮革。她上气不接下气,想必是已经跟着弗洛伦斯跑了一段路。她站住喘气的时候,枯皱的黄脸和脖子抽搐出种种怪相,越显得丑。

弗洛伦斯心里怕她,犹豫地向街头观望。她已经快跑到街尾了。那里很偏僻,其实是一条背巷,算不得大街;除了她和那老婆子,一人都不见。

老婆子还紧紧捏着她的手腕,说道:"你现在不用害怕了,跟我一起走吧。"

弗洛伦斯说:"我……我不认识你,你是谁呀?"

老婆子说:"我是布朗太太——好布朗太太。"

弗洛伦斯就跟着她走了,一面问:"她们在附近吗?"

好布朗太太说:"苏珊离这儿不远,另外几个也在她旁边。"

弗洛伦斯问:"有谁受了伤吗?"

好布朗太太说:"全没那事儿。"

小姑娘听了这话,高兴得眼泪直流,情情愿愿跟着那老婆子走。她一路上忍不住偷眼瞧那老婆子的脸,尤其那张嚼磨不停的嘴巴,暗想:如果有个坏布朗太太,是否就是像她那模样。

她们经过些砖窑、瓦厂等很不愉快的地方;没走多远,老婆子就转入一条肮脏的小胡同,泥泞里陷着深黑色的车轮窝。她在一间破房子前面停下。那房子虽然关闭得严密,但全身尽是破洞和裂缝。她从帽子里掏出一把钥匙开了门,把小姑娘推进一间后房;地上有一大堆五颜六色的破布,一堆骨头,一堆筛选过的煤渣,可是没一件家具,墙壁和天花板都是黑黢黢的。

小姑娘吓得话都说不出,看来就要晕过去似的。

"你别像一头小骡子啊!"好布朗太太一面说,一面揉了她一下,让她醒醒,"我不会害你,去坐在那堆破布上!"

弗洛伦斯听从命令坐下,伸出她原先互抱着的双手默默求告。

布朗太太说:"过不了一个钟头我就打发你动身,留都不留你;你懂我的话吗?"

小姑娘竭力克制着自己说:"懂。"

好布朗太太坐在骨头堆上说:"那你就别惹我生气。你不惹我生气呢,我保证不害你。你若惹我生气,我就杀死你。尽管你躲在家里自己的床上,我也随时能杀死你。现在你说说,你是谁?家里怎么样?全讲出来。"

弗洛伦斯和别的孩子不同,她经常不声不响,抑制着自己的感受、怕惧和希望;这已经习惯成自然了。再加布朗太太这样威胁和保证,她也不敢违拗。因此,她居然能遵命把自己的身世,据自己知道的一一叙说。布朗太太仔细听她讲完。

布朗太太说:"哎,你姓董贝?"

"是啊,奶奶。"

"董贝小姐,我要你这件漂亮的连衣裙,还有你这帽子和一两件衬衣衬裙——能脱下的都给我。嘿!都脱下!"

弗洛伦斯虽然两手发抖,还是赶紧脱,惊慌的眼睛直盯着布朗太太。她把指着她要的衣服全脱下。老婆子拿来从容细看,对衣服的质料和价值好像相当满意。

她"哼!"了一声,举眼打量着小姑娘纤弱的身躯。"我看,除了这双鞋,没别的了。董贝小姐,你得把鞋给我。"

可怜的小弗洛伦斯巴不得还有办法讨好,忙不迭地把鞋也脱下。老婆子就从那堆破布底下翻出些破衣服给小姑娘替换;还找出一件很旧的女孩儿披肩,一只大概从阳沟或垃圾堆上拣来的压扁的帽子。她叫弗洛伦斯换上这套雅致的服装。小姑娘料想这是释放前的准备,越加尽快照办。

那帽子不像帽子,却像个垫东西的托子;弗洛伦斯戴得匆忙,她头发又多又长,把帽子缠住,一时上拉都拉不开。好布朗太太倏地拿出一把大剪子,不知怎么的忽然神情很激动。

布朗太太说:"我心里本来已经满足了,你还招惹我干吗?你这小傻子!"

弗洛伦斯的心怦怦直跳,说:"请你原谅,我干了什么事就连我自己都不知道,我是不由自主。"

布朗太太说:"你不由自主!你指望我能自主吗?"她乱翻着小姑娘的鬈发,发疯似的喜爱,一边说,"哎,我的天哪!换了别人,一上来先就铰了你这头发!"

弗洛伦斯这才知道布朗太太不过是贪图她的头发,并不要她的脑袋。她大为放心,竟没有反抗,也不求饶,只抬起温和的眼睛瞧着老太太的脸。

布朗太太说:"我从前自己有个女儿——如今在海外——她很得意自己的头发。我若不是想到了她,早把你这头发剪得一绺不剩！她可是远在天边了！咳！咳！"

布朗太太的慨叹并不悦耳；她一面乱挥着干瘦的胳膊，声音悲伤得很。弗洛伦斯越加害怕，可是也深受感动。她也许还是靠老婆子的伤感，保全了自己的头发。因为布朗太太像一只新奇的大蝴蝶似的、拿着剪子在弗洛伦斯周围飞舞了一阵之后，就叫小姑娘把头发全笼在帽子里，别露出一丝一缕来引诱她。她克制了自己，又去坐在骨头堆上，拿着个很短的烟斗抽烟，嘴巴不停地嚼磨，好像在吃那烟嘴。

布朗太太抽完一斗烟，拿一张兔皮给小姑娘抱着，让她越发看似经常和自己在一起的那类人。老婆子对小姑娘说：立即带她上大街，她由那里可以问路找她的朋友去。不过有几点警告：不准和路上的人说话；不准寻路回家（因为说不定她家离那儿很近，于布朗太太不便），只许到市中心她爸爸办公的地方去；她还得在大街拐弯处耽着，等打过三点钟再动身。布朗太太威胁说，如果不听话，马上就要她的命；还说自己耳目众多，都是些顺风耳、千里眼，小姑娘的一举一动都会有人向她报告。弗洛伦斯诚恳地答应句句遵命。

布朗太太终于带着换上破烂衣服的小友出门。她们曲曲折折经过许多大街小巷，好半天才走到一个马棚的院子里，尽头有个通道口，从那儿能听到大街上闹嚷嚷的声音。布朗太太向弗洛伦斯指出那个路口，叫她等钟打过三点，就向左拐出去。老婆子临别情不自禁似的把小姑娘的头发紧紧握了一把，然后说：该怎么着，已经讲清楚；得一一照办，别忘了有人在侦察。

弗洛伦斯觉得这就是释放她了，虽然还很害怕，稍为放心些，轻快地向那边跑去。刚才释放她之前叮嘱她的那几句话，是在短木板夹成的过道里说的。弗洛伦斯到了路转角，回头一看，只见好布朗太太的脸正在短木板后面张望，一面还对她挥拳头。她想到这老婆子,一颗心就七上八下,至少每分钟回头一次;可是她尽管频频回头,老婆子却再也看不见了。

弗洛伦斯站在那里,看着大街上忙忙乱乱,越来越心慌。所有的钟好像都打定主意,永远不再打三点。好容易,各处钟塔传出了三点钟;有个钟塔很近,她不会听错。她开始老是走几步就回头看看,或走一段路又退回去,怕触怒布朗太太手下的那些顺风耳、千里眼;后来,她紧紧抓住那张兔皮,拖着塌了跟的鞋,尽快地往前跑。

她爸爸办公的地方她全不熟悉,只知道是在董贝父子商行里,而那个商行在市中心商业界很有势力。她唯一的办法就是问路打听市中心的董贝父子商行。她不敢问成年人,只打听小孩子,所以总问不出个名堂来。她暂时就不问详细地址,只寻路往市中心去。这样,她慢慢儿、慢慢儿深入尊严的市长大人所辖治的伟大地区,进了市中心。

弗洛伦斯走得很累,直给人推来挤去,四周又闹又乱,吓得她不知所措。她牵挂着弟弟和两个保姆;想到刚才的遭遇,预期自己变了这副模样要见到怒气冲冲的爸爸,心里很害怕。这番经历和当前的情景,再加面临的问题,都使她惊慌不安。她含着两眶泪水,不顾疲劳,还往前走去;有一两次心上沉重得承受不住,只好停下来哀哀哭泣。可是在那个年头儿,像她那副打扮的女孩子没人注意;即使有谁看见,还以为她是受了教唆、故意赚人怜悯的,都不予理睬。弗洛伦斯身世悲苦,幼年就养成坚毅独立的性格;这时就全力以赴,认准目标,坚定地往前走去。

她这番新奇的冒险是下午开始的;足足两小时之后,她从一条车辆铿锵冲撞的小街上脱身出来。沿河有个码头;她往里张望,看见随处乱放着许多大包、木桶和箱子,还有一座木制的大天秤、一间装轮子的小木房。小木房外面站着个结结实实的胖子,眼望着附近的桅杆和船只,吹着口哨,耳上夹着支笔,双手插在衣袋里,好像一天的活儿快干完了。

那人偶然转过身来,说道:"喂!小姑娘,我们没什么给你的。走开点儿!"

董贝家的小姐战战栗栗地问道:"对不起,这里是市中心的商业区吗?"

"对!这里就是。我看你明明知道呀!走开!我们没什么给你的。"

小姑娘胆怯地答道:"谢谢你,我不要什么东西,只想问路到董贝父子商行去。"

那人正不经心地走近来,听了这话,好像出乎意外,仔细瞧着她的脸说:

"你!你要找董贝父子商行干吗呀?"

"对不起,我不认得路。"

那人看着她,越发觉得莫名其妙。他使劲摩擦自己的后脑,把帽子都推落了。

他一面拣起帽子戴上,喊了一声"乔!"——那人是个工人。

乔说:"乔在这儿呢!"

"董贝商行里那漂亮小伙子,刚才不是在这儿看着运货上船的吗?他哪儿去了?"

乔说:"刚从那一边的大门里出去了。"

"叫他回来一会儿。"

乔一路叫唤着,从通大门的过道上跑出去;一会儿带了个满脸高兴的小伙子回来。

先前的那人说:"你是董贝商行里的小童儿呀,不是吗?"

那男孩子说:"克拉克先生,我是董贝商行里的。"

克拉克先生说:"那么,你瞧瞧。"

那男孩顺着克拉克先生的指点,向弗洛伦斯走去,不明白她和自己什么相干。当然他是不会明白的。可是小姑娘已经听到刚才的问答。她忽见自己有了保障,不用再往前寻路,大为放心;再看到男孩子那副朝气蓬勃的脸相和神气,忧虑尽释,急切地跑着迎上去,把一只塌了跟的鞋都掉落地下;她双手捧住男孩子的手。

弗洛伦斯说:"对不起,我迷路了。"

男孩子说:"迷路了!"

"是啊,今天早上,离这儿好老远,我迷了路。我的衣服给人剥掉了——现在穿的不是自己的衣服——我叫弗洛伦斯;我弟弟只我一个姐姐——哎哟,请你照看我吧!"弗洛伦斯小心眼儿里的情感,压抑了好久,这时全发泄出来,忍不住哭了。她那只破帽子这时也掉了,头发披散满面。小沃尔特——航海仪器商索罗门·吉尔思的外甥——看了她,爱慕怜惜得话都说不出来。

克拉克先生站在那儿也惊讶得出了神,低声自言自语:"这个码头上,我还没看过这等奇事。"沃尔特拣起那只鞋,像童话里的王子给灰姑娘穿鞋那样,①给小姑娘穿上。他把兔皮搭上左臂,右臂扶着弗洛伦斯。若说他自比李切·威丁登②,还不够味儿。他简直觉得自己像英国的圣乔治,刚刺杀了毒龙。③

沃尔特满腔热忱地说:"别哭,董贝小姐。真是我运气,恰恰在这里!你现在就好比有军舰上挑选出来的一船精兵保护着你呢,什么都甭怕了。哎,别哭!"

弗洛伦斯说:"我不哭了,我不过是快活得流眼泪。"

---

① 童话《灰姑娘》写一个受欺侮的灰姑娘经仙姑帮助,赴王宫舞会,王子看中了她。她匆忙回家时掉落一只水晶鞋。王子凭这只鞋找到了灰姑娘。
② 见第51页注③。
③ 圣乔治,古罗马的基督徒,公元303年殉教死。相传他听说利比亚有一条毒龙每天吃一个童女,就跑去用长枪刺杀毒龙,救了英格兰国王的女儿。英格兰人把他奉为国家的保护神。

沃尔特心想:"快活得流眼泪!因为是有了我!"他说,"董贝小姐,跟我来吧。瞧你那只鞋又掉了。董贝小姐,穿我的鞋吧。"

他赶紧要把自己的鞋脱下。弗洛伦斯忙阻止说:"不用,不用,我这双比你的称脚,穿着顶合适。"

沃尔特把小姑娘的脚瞥了一眼说:"哎,真的,我的鞋比你的脚大了好几倍呢!我真是胡涂了!你穿了我的鞋还能走路吗!董贝小姐,咱们一起走吧。哪个混蛋敢来欺负你,我等着他呢!"

沃尔特摆出一副非常凶狠的样儿,带着满面喜色的弗洛伦斯走了。两人手挽着手在街上跑。这副模样会招人诧怪,也确实招到了路人诧怪;可是他们俩都满不理会。

天色渐黑,夜雾蒙蒙,而且下雨了。他们一点不在意。弗洛伦斯正把身经的险遇,小孩子家一片天真地讲给沃尔特听;彼此都全神贯注,把旁的事都忘了。他们好像不是在泥泞的泰晤士街上,而是在热带荒岛上高树大叶底下漫步——沃尔特当时大概真有这种幻想。

后来弗洛伦斯抬眼看着她伙伴的脸,问道:"咱们还得走多远啊?"

沃尔特停步说:"哎,我瞧瞧。咱们到了哪儿了?喔,对了!董贝小姐,商行已经打烊,办公室里没人了,董贝先生早已回家去了。咱们也得回家去吧?或者呢——且慢。我跟我舅舅住一起,我们家离这儿很近;我且把你送到我们家,然后雇车到你家去替你报个平安,再给你带些衣服回来。你瞧怎样?这办法最好吧?"

弗洛伦斯说:"那就最好了。不是吗?你说呢?"

他们正站在路上商量,忽有人路过,对沃尔特瞥了一眼,好像认识,可是大概以为认错了人,一径走了。

沃尔特说:"呀,他好像是卡克先生——我们商行里的卡克。董贝小姐,我们的经理也叫卡克先生。这一个不是经理,是经理的哥哥——小卡克①。喂！卡克先生！"

那人停步转身说："沃尔特·盖伊吗？和这么奇怪的伙伴在一起,我想不到是你了。"

他站在路灯旁边,听着沃尔特匆匆解释,不胜诧异。他在手挽手的一对少年面前,衬得越发苍老。其实他并不老,可是头发已经白了;驼着个背,好像给沉重的忧患压得抬不起头;疲倦忧郁的脸上,一条条皱纹刻得很深。他眼里的神色、脸上的表情、连说话的声音,都暗淡低沉,好像他已经心如死灰。他穿一套黑衣服,虽然很朴素,倒还像样。不过衣服配合了他的体型,也畏缩卑怯似的,和他通身气息融和一致,好像只求在卑微的境地、孤凄凄没人注意。

可是他对青春和希望的兴趣,还没有埋没在死灰里。他非常同情地看着沃尔特讲话时那张诚挚的脸,但他不知为什么又流露出担忧和怜悯的神情,竭力遮掩都遮掩不住。沃尔特讲完就把方才问弗洛伦斯的话向他请教。他还站在那里,还带着那副神情望着沃尔特,好像从他脸上,看到他倒霉的命运和当时一团高兴很不一致。

沃尔特笑着说："卡克先生,你说该怎么办？你对我说的话总是好话,不是吗？只不过你不大跟我说话。"

卡克对弗洛伦斯和沃尔特来回地看看,答道："我觉得你自己的主意最好。"

沃尔特想起来了个慷慨的心念,脸上一亮,说道："嗨！卡克先生,这是你的好机会！你去找董贝先生,传个好消息！也许对你有好处,先生。我在家等着,你去吧。"

---

① 小卡克,指詹姆斯·卡克经理的哥哥约翰·卡克,人们习惯称他"小",是因为他的地位最低。

卡克说:"我!"

沃尔特说:"是啊,卡克先生,这有什么不对的?"

卡克先生只和沃尔特握握手,并不回答,好像连回答都不好意思,也没那勇气。他说声再见,催着沃尔特赶紧办事,自己转身走了。

沃尔特目送着他,一面也和小姑娘转身走路。他说:"来吧,董贝小姐,咱们尽快到我舅舅家去。弗洛伦斯小姐,你听到董贝先生讲起这位小卡克先生吗?"

小姑娘温和地说:"没有,我不大听到爸爸说话。"

沃尔特暗想,"哦!确是这么回事!真不像话!"他停顿一下,低头看看旁边弗洛伦斯那张温和而善于忍受的小脸,忙使出他男孩子家惯有的活泼精神,另找旁的话讲。可巧弗洛伦斯那双倒霉的鞋,一只又掉了。沃尔特建议把她抱到他舅舅家去。弗洛伦斯虽然很累,笑着辞谢说,怕给他摔了。他们已经快到木制的海军准尉那里。一路上,沃尔特从航海失事等惊险的事迹里举出种种例子;尽管比他还小的男孩,也能救出比弗洛伦斯还大的女孩。他们到达航海仪器店门口,正谈得热闹呢。

沃尔特冲进店里,嚷道:"喂!索尔舅舅!"他从这时起,整个黄昏,说话都上句不接下句、上气不接下气,"这可是意想不到的奇事!这是董贝先生的女儿,在街上迷失了路,给一个老巫婆剥掉了衣裳……我找到了她……带到咱们的客厅里来歇歇……瞧!"

索尔舅舅瞪着他那宝贝的罗盘盒儿说:"老天爷!竟会有这种事儿!哎,我……"

沃尔特知道他舅舅要讲什么话,抢先道:"是啊,别人也意想不到呀!你说,谁会想到、谁能预料啊!……哈,索尔舅舅,你能帮我把这小沙发抬到火炉旁边去吗?当心别碰了那些盘子……舅舅,你给她吃点儿晚饭吧,好不好……弗洛伦斯小姐,把你那双鞋扔到炉箅子底下去吧……把脚搁在挡火板上烤烤……你一双脚全湿了！哎，舅舅，这不是意外奇事吗？……啊呀，我真热！"

索罗门·吉尔思出于同情和过度的惊讶，简直和沃尔特感到同样的热。他拍拍弗洛伦斯的脑袋，殷勤地劝她吃、劝她喝，又把自己的手绢烤热了摩擦她的脚底。沃尔特满屋子东投西磕，同时有二十来件事要干，却没干出一件来。他舅舅的耳朵和眼睛直跟着这外甥打转，只觉得这忙乱的小子老在他身上撞，有时撞得他立脚不住，此外他什么都模糊不清了。

沃尔特拿起一支蜡烛说："哎，等一等，舅舅，我上楼去添上一件短外衣，就出门去。我说呀，舅舅，这事可意想不到吧？"

弗洛伦斯在沙发上休息，沃尔特在客厅里满处乱撞；索罗门额上戴着眼镜、衣袋里装着精密的大表，只在这两人中间打转。他说："我的孩子，这是最出奇的……"

"这话甭说了，舅舅，你且请……弗洛伦斯小姐，请……舅舅，请她吃晚饭呀。"

索罗门说："对！对！对！"他立刻把一肩熟羊肉一片片地切，好像是供应巨人就餐，"小沃，我会当心她。我懂。可怜的小姑娘！一定饿坏了！……你去准备出门吧。哎，哎！李切·威丁登爵士，三番做了伦敦市长大人！"

沃尔特跑上屋顶的阁楼，再跑下来，并不用多长时间；弗洛伦斯疲劳已极，这时候就迷迷糊糊在火炉前睡着了。片刻的安静虽然只几分钟，索罗门却借此定下神来，稍稍安排得小姑娘舒服些，又为她减弱了灯光，挡开了炉火。沃尔特回到客厅，她已经睡得很安稳。

沃尔特悄声说："好极了！"一面把索罗门紧紧拥抱一下，使索罗门脸上忽然浮现出一个新的表情，"现在我就走了……我得带个面包头，因为饿得慌……哎，索尔舅舅，别闹醒她。"

索罗门说:"不会闹她。多美的小姑娘!"

沃尔特说:"美!真是!我一辈子还没见过这样的脸!索尔舅舅,这会儿我就走了。"

索罗门松了一大口气,说道:"是该走了。"

沃尔特在门口张望说:"喂!索尔舅舅!"

索罗门说:"这小子又回来了!"

"她这会儿怎么样?"

"顶安顿。"

"那好极了!我这就走了。"

索罗门暗想:"你就走了吧。"

沃尔特又在门口出现,喊道:"喂,索尔舅舅!"

索罗门说:"这小子又回来了!"

"刚才我们在街上碰到小卡克先生,他比平时越发古怪了。他已经对我说了'再见',可是一路上他直跟着我们……怪不怪?……到了店门口,我一回头,看见他悄悄地走开了,像护送我回家的佣人,或忠实的狗……舅舅,她这会儿怎么样?"

索尔舅舅说:"小沃,她还是老样子。"

"那好,这回我真走了。"

这回他真走了。索罗门·吉尔思没胃口吃晚饭,只坐在火炉的另一旁,守着弗洛伦斯睡觉;一面胡思乱想,构造了不知多少奇奇怪怪的空中楼阁。灯光昏暗,屋里尽是各式各样的仪器;他那样子就像个化了装的魔法师,戴着绒线软帽,穿一套棕色衣服,正施用魔法把小姑娘禁锢在睡眠里。

这时候沃尔特已乘车赶往董贝先生家去。出租马车栈里的马跑得那么快已经难得了,他还每一两分钟把头探出车厢的窗口,催促赶车的加鞭。到了董贝家,他跳下车,气喘吁吁地对一个佣人申说了自己的使命,就跟着这人直进董贝先生的书房。董贝先生、他妹妹、托克丝小姐、李切子、聂宝都聚在那里,正七嘴八舌地嚷嚷呢。

沃尔特冲到董贝先生面前说:"哎,先生,请原谅,我来报个好消息,先生,董贝小姐找着了。"

这孩子神色开朗,头发披拂自然,眼睛炯炯有神,欢欣激动得气都回不过来。坐在书房椅子上的董贝先生在他面前,简直是个绝妙的对照。

董贝先生的妹妹,正在哥哥背后,陪着托克丝小姐哭呢。董贝先生回头瞥了她一眼说:"路易莎,我不是跟你说的吗,她准会找着的。叫佣人们不用再找了。报信的这孩子是我们营业处的小盖伊。哎,我女儿是怎么找着的?我知道她是怎么丢失的。"他说到这里,狠狠地对李切子看了一眼,"可是,怎么找回来的?谁找着的?"

沃尔特谦逊地说:"先生,算是我找到的吧。也许,先生,我不能居功说是找到了她,不过恰巧由我碰见……"

这孩子在这件事里插了一手,显然又得意、又快活。董贝先生瞧他那样,出于本能地讨厌他,就打断他说:"哎,你没找到我女儿,又恰巧由你碰见了,这到底什么意思?你明明白白、有条有理地说呀。"

沃尔特实在没法讲条理。他上气不接下气,可是还尽力把事情解释清楚,并说明自己为什么一人跑来。

董贝先生铁板着脸,对黑眼珠姑娘说:"听见了吗?你这带孩子的保姆!快拿了需要的东西,跟这小伙子去把弗洛伦斯小姐接回来。盖伊,明天再给你赏钱。"

沃尔特说:"唷,谢谢您,先生,您太厚道了。我实在没指望什么奖赏,先生。"

董贝先生忽然简直是恶狠狠地说:"你是个小童儿。你指望什么,或者假装说指望什么都无关紧要。你这件事干得还不错,小子,别前功尽弃。路易莎,请你给这孩子倒点儿酒吧。"

董贝先生非常嫌恶地目送沃尔特·盖伊跟着戚克太太出去。也许他心里的眼睛,也那么嫌恶地直送他带着苏珊·聂宝小姐回他舅舅家。

这时,弗洛伦斯睡了一觉,精神焕发,已经吃过晚饭。她和索罗门混得很熟,完全像一家人那样亲密自在。黑眼珠姑娘哭红了眼睛,现在可称为红眼珠姑娘了;她也很沉默,没精打采地。她看见弗洛伦斯没一句责骂,只张臂把她抱在怀里,止不住又哭又笑,发了疯一样。聂宝暂时就把那间客厅当做小姑娘专用的化妆室,悉心尽意地给她穿上合适的衣服;过会儿带她出来的时候,尽管这小姑娘生性不像董贝家的人,外表却是十足的董贝小姐了。

弗洛伦斯跑到索罗门面前说:"再见!你待我真好!"

索罗门很快活,像祖父似的吻了她。

弗洛伦斯说:"再见!沃尔特!再见了!"

沃尔特双手拉着她的手说:"再见!"

弗洛伦斯接着说:"我一辈子也不忘记你!真的!一辈子也不会忘记!再见了!沃尔特!"

天真的小姑娘满心感激,仰起脸来给他亲吻。沃尔特凑下脸去,又抬起来,满面烧得通红,怪不好意思地看着索尔舅舅。

弗洛伦斯随着她的小保姆坐进车厢,关上了门,还直在叫嚷,"沃尔特呢?""沃尔特,晚安!""沃尔特,再见!""沃尔特,咱们再拉拉手!"马车终于上路了,沃尔特站在门口,高高兴兴地和她互相挥着手绢告别。他背后的木制海军准尉也和他一样,眼睛只盯着那一辆马车,其它过往车辆都不在眼里。

迷路的小姑娘走进书房,只稍微引起一点点轰动。董贝先生从没有消除对她的隔阂,这时只在她脑门子上吻了一下,警告她别再逃走,或跟着靠不住的佣人乱跑。戚克太太正在慨叹人性只趋下流,便在碾磨慈幼院的召唤下也走不上正路。这时她停嘴来欢迎弗洛伦斯;虽然不像是对待十足的董贝,也算是欢迎。托克丝小姐按照她所模仿的人物,斟酌自己的感情。只有李切子,一片热情地欢迎,说话都上言不接下语,她俯身抚慰这迷路的孩子,好像是出于真心的爱她。

戚克太太叹口气说:"咳!李切子,我们也不愿意想得世人太坏;你要是及时对这娃娃尽责关心点儿,我们也不至于这样怪罪你,你也不至于这样不像话。现在娃娃没到断奶期,就得断奶了。"

托克丝小姐含悲悄声说:"断了他和人类共同的本源。"

戚克太太义正词严地说:"要是那个没有天良的人是我,李切子,假如我是你的话,自己摸着心想想,该觉得自己孩子穿着碾磨慈幼院的制服会倒霉,给他受的教育会叫他受不了。"

其实戚克太太不知道:李切子的儿子穿了那套制服已经够倒霉的;他受教育也快要受到报应了,因为那只是鞭打和哭泣的急风暴雨。

董贝先生说:"路易莎,这些话不用多说,这女人已经辞退掉了,工钱也付清了。李切子,我们家叫你走,就因为你把我的儿子……我的儿子,"他把这几个字着重再说一遍,"带到了叫人想起就浑身起鸡皮疙瘩的场合去。至于弗洛伦斯小姐今天早上遭到的意外,从另一方面看来,我认为还是大可庆幸的;因为若没出这件事,我怎么也不会知道你的罪状……而且还让你亲口承认了。路易莎,这个年轻的保姆"……聂宝姑娘这时就放声哭泣……"年纪小得多,而且准是受了珀尔保姆的怂恿,我想她不用走。麻烦你打发他们付了车钱,把这女人送到斯泰格司花园街去。"董贝先生说到这个地名,不由得顿口紧皱了一下眉头。

波莉退出书房的时候,弗洛伦斯拉住她的衣服,痛哭着叫她别走。那位倨傲的爸爸坐在一边,看到自己的亲生骨肉对这个卑贱的外人恋恋不舍,好像心上刺了一匕首、脑上中了一箭。他并不理会女儿向着谁、远着谁,只是想到自己儿子该怎么办,不免痛彻心肝。

反正他儿子那一夜只是拼命大哭。这不比同龄婴儿惯常的哭;可怜的珀尔实在哭得有理。他遭了飞来横祸,正像他出世丧母一样突然地又丧失了第二个妈妈……在他意识里是第一个妈妈。他姐姐怪可怜地直哭到自己睡着;她也遭殃,失掉了一个忠实的好友。不过这都是不相干的事,这里不多讲了。

第七章　托克丝小姐寓所的鸟瞰，
　　　　以及托克丝小姐的心境

托克丝小姐住在一所阴暗的小房子里。这所房子在英国历史上一个遥远的时期，挤进了西城的时髦地区，坐落在大街拐弯的背阴处，挨着高房大厦，像一个饱受冷眼的穷亲戚。它不是在通往大街、有房屋围绕的场院上，却是在最萧条的死胡同里，经常给别人家邮差打门的声音闹得烦扰不安。这条隐僻的街叫作公主街；铺石板的道上，石缝里长着草。公主街上有个钟声丁丁的礼拜堂，礼拜天有时多至二十五人去做礼拜。街上还有一家公主号酒店，神气活现的听差去光顾。酒店前面的矮铁栅里停着一辆轿子，可是谁都没见过轿子抬出来。托克丝小姐数过那个铁栅共有四十八根柱子。晴朗的早晨，每个柱顶上都放着一把锡酒壶。

公主街上除了托克丝小姐家，还有一所住宅。另外有两扇巨大的大门，门上有一对巨大的狮子头门环；这大概是通往人家马房的门，久已不用，从来没有开过。公主街的空气里，确有点儿马房的味道。托克丝小姐的卧室在房子后部，面临马厩场；马夫在那里不论干什么活儿，总兴高采烈地大声吵闹。车夫和他们家眷的内衣裤，往往张挂在围墙上，像麦克白的旗子。①

一个退职的男管家娶了个管家婆住在那另一所宅子里；他们

---

① 引用莎士比亚戏剧《麦克白》第五幕第五景麦克白斯的话："把旗子张挂在围墙上……"

连家具出租房间。房客是个单身汉。他是一名少校：呆板板的嘴脸，青紫色的面皮，凸出了一对眼珠子。托克丝小姐觉得他"真有军人味儿"（这是她的原话）。这位少校经常和她交换些报纸和小册子，还夹带些柏拉图式的调情；信使是少校手下的一个黑种仆人。托克丝小姐不管他来自什么地域，只称他为"土人"。

托克丝小姐家的大门和楼道，大概比谁家的都窄。那所小房子从上到下，大体说来，也许是全英国最不方便、最别扭的房子。不过托克丝小姐说，"多好的地段呀！"屋里冬天很阴暗，最晴朗的季节，太阳也进不去；空气不用说，又不通外界的车道。可是托克丝小姐总是说，"想想，这是什么个地段呀！"那位脸色青紫、眼睛凸出的少校也那么说。他住在公主街上很得意，每在俱乐部和人谈话，只要有机会，总爱扯上路转角大街上那些大人物的事，借此好卖弄自己和他们是街坊。

托克丝小姐那所阴暗的住房，是她承袭的遗产，由原主自己设计。托克丝小姐那块混沌无光的圆玉石，就是那人的遗物。他那帧头发里撒粉、拖着小辫的小幅画像，正挂在客堂的壁炉旁边，和壁炉另一边的水壶架子恰好左右相称。屋里的家具，多半属于头发里撒粉、背拖小辫的年代。其中有一架烘暖盘碟的器具，四条细长的弯腿老懒散地伸着碍人。还有一架陈旧的拨弦古钢琴，制造者名字周围，有画作彩饰的一圈香豌豆花。

如用优雅的文字来说，白士度少校正当大好中年，而且已经走上人生的下坡路。他简直没有下巴颏儿，一对颚骨非常僵硬，两只耳朵大而招风；眼睛和脸色的那副不自然的紧张样儿，上文已经讲过。可是他因自己打动了托克丝小姐的心，而感到非常自豪，飘飘然地设想这位小姐是了不起的女子，想嫁给他呢。他在俱乐部说笑的时候，几次暗示过这件事。他老爱用滑稽的口吻讲他自己，自称老乔·白士度，或老乔伊·白士度，或老 J. 白士度，或老乔希·

白士度等等。他发挥风趣的看家本领,就是把自己的名字称呼得非常亲昵。

这位少校挥着手杖说:"老哥啊,我乔伊·老白一个抵得你十个!你们中间要再多几个我老白这样的人才行!老哥,我老乔要找老婆的话,当下眼前就有。可是老哥,乔是硬心肠,哼哼,他顽强得很,老哥,而且是个鬼灵精呢!"他说完这番话就呼哧呼哧地发起喘来,脸色由青紫转为深紫,一双眼珠子直瞪瞪地往外凸。

少校尽管口口声声自称自赞,他只是个自私的人。他的心里大概比谁都自私得十足。也许不该说心里,该说肚里,因为他分明是天生的有肚无心。他想不到自己会遭人忽视或冷淡,遭托克丝小姐忽视冷淡更是他千万年也想不到的。

可是,托克丝小姐看来是把他遗忘了……逐渐的遗忘。这是从她找到涂德尔那家子开始的,持续到珀尔受洗,以后就仿佛加上复利那样日增月累。她对这位少校的兴趣,给别的事或别的人占去了。

前一章记载的那些事变之后,又过了几星期,少校在公主街遇见托克丝小姐。他说:"小姐,你好!"

托克丝小姐非常冷淡地说:"先生,你好。"

少校照例对托克丝小姐大献殷勤说,"小姐,乔·白士度好久无缘向你窗口对你致敬了。小姐啊,乔受了委屈呢!他的太阳隐到云里去了。"

托克丝小姐略微鞠鞠躬,可是很冷淡。

少校问道:"乔的明星是不是出城了?"

"我?出城了?没的事儿,我没有出城。"托克丝小姐说,"我近来很忙,为我几个最亲密的朋友忙得简直没个空儿。对不起,我这会儿都没工夫呢。再见吧,先生。"

少校瞪着她婀娜多姿地从公主街出去,脸色越加青紫了,嘴里喃喃呐呐牢牢骚骚,说出些不大好听的话来。

他把那对龙虾眼骨碌碌向公主街四面打转,对着街上芬芳的空气发话道,"他妈的!这女人半年前对乔·白士度踩过的地都崇拜呢!她这来是什么意思?"

他思索了一下,断定这是笼络男人的圈套,是设计诱陷;托克丝小姐在挖掘陷阱呢!这位少校说,"可是小姐啊,你抓不到老乔!他顽强得很;小姐,老乔是个顽强的汉子,而且是个鬼灵精!"他心上转着这个念头,一黄昏只在得意地暗笑。

可是那一天过去了,好多天又过去了,托克丝小姐好像对少校满不理会,一点没想到他。从前有一段时间,她常在她家一个阴暗的小窗口偶尔向外望望,红晕着脸回答少校的招呼。现在她再也不给少校这个机会了。少校朝不朝她这边张望,全不在她心上。另外还有些别的变化。少校站在自己家屋檐下,能看到托克丝小姐家近来气象一新,比以前鲜亮多了。那只年老的小金丝雀,有了镀金丝的鸟笼。壁炉架、桌子、茶几上装点着用彩色纸和纸板制成的小玩意儿。一个个窗口,忽然长出一两株花来。托克丝小姐常在练习她的拨弦古钢琴,那圈香豌豆花总是很显眼地惹人注目;钢琴顶上放着托克丝小姐手抄的流行华尔兹舞曲谱《哥本哈根》和《鸟》①。

除此之外,还有一件事。托克丝小姐这一程穿衣常带三分孝,打扮得十分整齐文雅。这事倒帮少校解答了难题,暗想她准是承袭了遗产,心大眼高了。

他这么一想,不再诧怪。可是就在下一天,少校吃早饭的时候,忽见托克丝小姐的小起居室里出现一件惊人的奇物,竟使少校

---

① 流行华尔兹舞曲《哥本哈根》和《鸟》:前者由马修斯·封·霍尔斯特作于1814年,后者由弗朗索瓦·帕诺莫作于1818年。

半晌一动不动、坐在椅子里像生了根一样。然后他冲进旁边的屋里去,拿出一架双筒望远镜,仔细对那件东西观望了几分钟。

少校关上望远镜说:"老哥啊,我可以拍出五万镑来打赌,那是个娃娃呀!"

少校撇不开这娃娃,没奈何只好瞪着眼吹口哨,瞪得两眼越发凸出;过去凸出,和现在相形之下,就该算是凹进去了。以后这娃娃又常来,一礼拜两次、三次、四次。少校只顾瞪着两眼吹口哨。他在公主街上,实在是个孤独的人了。他干什么,托克丝小姐不再理会;他的脸色不妨青紫之外再添一层黑色,她也漠不关心。

托克丝小姐常走出公主街去接那娃娃和他的保姆,陪着走回公主街,又走回自己家,然后无休无歇地看着他们。她亲自照料娃娃,喂他吃,和他玩,还拨弄古钢琴奏乐,吓得娃娃活泼泼的血液凝止不流。① 她这样坚持不懈,真是不同寻常。大约也在这个时期,她情不自禁地老爱把一只手镯看了又看,也情不自禁地爱看月亮,常在自己屋里的窗口望月,久久不休。且不管她看的是太阳、是月亮、是星星、是手镯,反正她再也不看少校了。少校吹口哨,瞪眼睛,各方猜测,在自己屋里东闪西躲地张望,总捉摸不出一个究竟。

有一天,戚克太太对托克丝小姐说:"亲爱的,我老实告诉你吧,你简直快要赢得我珀尔哥哥的心了。"

托克丝小姐顿时面色转为死白。

戚克太太说:"这娃娃越长越像珀尔哥哥了。"

托克丝小姐没别的回答,只把娃娃搂在怀里一阵子亲吻,把他帽子上装饰的缎带结子,压得瘪瘪的东倒西歪。

托克丝小姐说:"路易莎,他的妈妈……你从前答应要给我介

---

① 引自莎士比亚戏剧《哈姆莱特》第一幕第五景鬼魂对哈姆莱特说的话。鬼魂说,他将告诉哈姆莱特一些事,叫他活泼泼的血液凝止不流。

绍的……她和儿子有点儿像吗？"

路易莎说："一点儿不像。"

托克丝小姐迟迟疑疑地说："她……她长得美吧？"

戚克太太心上品评了一番，说道："哎，可怜的范妮长得很耐看，真是耐人细看。不过做我哥哥的夫人，按理总该有些高人一等的气概；她却没有。我哥哥那样的人，总希望做夫人的有坚强的意志，她也没有。"

托克丝小姐深深叹了一口气。

戚克太太说："可是她讨人喜欢……非常讨人喜欢。而且是真心和人家要好。哎，可怜的范妮，她存心是非常好的。"

托克丝小姐热情地对小珀尔说："你这小天使呀！你和你爸爸活脱儿一个模样！"

不知多少的痴心妄想和算盘，都押在混混沌沌的小珀尔头上。少校如果知道，如果看见这堆乱七八糟的杂念围绕着珀尔头上那只压皱的帽子飞舞，他真该瞪着眼发愣呢。到那时，他就会从中看到托克丝小姐大大小小的几点野心痴想；他也许就会了解那位小姐对董贝商行正寄予什么虚怯的希望。

假如那娃娃半夜醒来，看到有些人对他所抱的迷梦在他摇篮帐子上投射的虚影，准会惊惶，也真该惊惶。可是他睡得正酣。无论托克丝小姐的好心、少校的诧异、他姐姐童年的苦恼、他父亲严厉的期望，他一概无知无觉，也压根儿不知道世上哪里有个董贝或董贝的儿子。

第八章 珀尔的成长和性格

时光老人也像少校那样注视着珀尔。一天天过去,珀尔混沌渐开,稍稍懂事。他浑然不觉的境界愈来愈受侵袭;累积的事物和印象,萦绕着他的梦魂。珀尔就这样从娃娃年代进入孩童年代,成了一个会说、会走、会惊讶的董贝。

李切子失职辞退后,育儿室可说是由一个委员会接管了。这就好比国家机构找不到独立承担的人才,就设立一个委员会。委员当然就是戚克太太和托克丝小姐了。她们办事认真得简直惊人,竟使白士度少校每天感受到自己已经被人遗忘;而戚克先生呢,家里没人管束,就外出自在取乐,经常到俱乐部或咖啡馆吃饭,分明有三次带着一身烟味回家,还单独一人去看戏。总而言之,正如他太太说他的,一切社会约束、道德义务,他全都放松了。

这样经心调护,并不能使小珀尔成为壮健的孩子,尽管最初看来身体还不错。他天生娇弱,大概是辞退奶妈之后消瘦下来的。好长一段时期,他好像只等守护的人稍有疏懈,就会乘机溜去找他去世的妈妈。小珀尔成长的路途上险阻重重;过了这一段坎坷,还是步步艰难。长一颗牙齿是历一重险,出一粒疹子是过一道关。百日咳的每一阵咳嗽都要他的命;连连串串的小病痛,折磨得他再也挣扎不起。他嗓子里发胀的不是"乳鹅"①,而是鸷鸟猛禽。小孩子出水痘俗称"鸡痘";他得了"鸡痘","鸡"就凶得像老虎那样

---

① 原文 thrush 有两义:"鸫鸟"和"真菌性口炎"。

不好对付。

珀尔受洗那天,也许他体质上敏感的部分受了阴寒侵入,而在他父亲的阴影里,元气不能恢复了。反正他从那天起就是个倒霉孩子。魏根大娘常说,她从没见过像珀尔那样受折磨的娃娃。

魏根大娘是酒馆侍者的老婆。酒馆侍者的老婆,可说是等于家无丈夫的寡妇。她谋求董贝家的差使获得允准,就因为野男人分明不好追她,她也不好追什么男人。董贝家在小珀尔突然断奶后一两天内,就雇她做了保姆。魏根大娘是个柔顺的女人,皮色白皙,经常抬着眉毛,垂着脑袋。她老喜欢哀怜自己,或讨人哀怜,或哀怜别人。她天赋的奇能,就是把所有的事都看得黯淡悲惨、一无希望;还举出可怕的实例为证。她发挥了这点本领,总感到无比欣慰。

不消说得,董贝先生高高在上,决不会知道魏根大娘这种性情;他如果有所闻知,那才真是怪事。因为家里谁也不敢把小珀尔任何不妙的情况向他透露;戚克太太和托克丝小姐也不例外。董贝先生自有见地,认为那孩子不得不经历一套小病痛,那是照例规矩,愈早完事愈好。如果像抽征的民兵那样可以赎身或找人替代,他肯出高价。这却又办不到。他不屑下问,只时常诧怪造化小儿折磨他儿子是什么道理;而想到那孩子在人生的征途上又进了一站,离伟大的目标又近了一站,就引以自慰。他心上压倒一切的感觉是着急,这个感觉,随着珀尔的成长与日俱增。他急着等待有朝一日,能志得意满地看到他们父子俩的重要和伟大,由想望转为事实。

有些哲学家指出,我们最正当的爱和柔情,根子里是自私。董贝先生从儿子出世就把儿子当做命根子,显然因为他本人的伟大,或董贝父子商行的伟大,要有这儿子才能实现。不用说,他这点天伦之爱,像许多表面庄丽堂皇的美名,不难追溯出很卑劣的底子来。不过他是一片心地爱他儿子。假如他那颗霜冻的心上有一点温暖的地方,那儿就是他儿子所在。假如他那颗硬绷绷的心上能印上什么形象,那就是他儿子的。不过那个形象不是娃娃,不是孩子,不是成人;是"父子商行"里的"子"。所以他急着要想跳过他儿子成长的历程,一步就跨入未来。所以他尽管爱自己儿子,却不大为儿子担心,觉得这孩子好像有神力保佑,必定会长大成人。在他心目中,这孩子已经是成人了,时刻在自己身边,他天天在为这儿子经营打算。

珀尔逐渐长大,将近五周岁。这小家伙相貌顶漂亮,只是他那张小脸上有一种疲倦抑郁的神色,常使魏根大娘意味深长地摇头或倒抽冷气。他的脾气常常表现出骄横的倾向;他肯定会看到自己的重要,认为一切事、一切人都该听他主宰。他有时很孩子气,喜欢玩耍,并不是不开朗的气质。不过他有时又很怪,像个老人,若有所思似的。童话里讲到一种小精灵,活到一两百岁,就匪夷所思地把小孩子吃掉,自己变成他们的模样。小珀尔坐在他那张小小的扶手椅里沉思的时候,神情语气活像这种可怕的小精灵。他在楼上婴儿室里,常会一下子不由自主地露出这种小老人的样儿来。有时他正和弗洛伦斯玩耍,或套着托克丝当马赶呢,忽然说一声累了,这种神态就来了。尤其晚饭后,他的小椅子挪在他爸爸屋里,父子俩一起坐在炉旁的时候,他百无一失,总现出这副小老人的神态。炉火光里,这对父子真是绝无仅有。董贝先生板着脸,坐得笔挺,凝视着炉火。和他一个模子里出来的儿子,一张脸不知多么苍老,好像带着积世的智能,全神贯注地从火光里展望未来。董贝先生正在盘算策划些错综复杂的俗务;他儿子头脑里,却不知是什么若有若无的胡思乱想。董贝先生是个呆板骄傲的人,很一本正经。他那儿子由遗传和无意中的摹仿,也是那么一本正经。两人非常相似,却又是个古怪的对照。

有一次,他们俩正这样默默地一起坐着。董贝先生时时看见小珀尔的眼睛映着火光,像宝石般闪烁,才知道孩子醒着呢。过了好半晌,小珀尔忽然说:

"爸爸,钱是什么东西?"

小珀尔突然问的,恰恰正是董贝先生心上想的东西。他一时上竟不知所对。

他说:"钱是什么东西吗,珀尔?钱?"

孩子说:"对啊,"他把两手搁在小椅子的扶手上,转过一张苍老的脸,仰望着董贝先生,"钱是什么东西?"

董贝先生觉得不好回答。他很想给孩子解释几个名词,例如交换媒介呀,通货呀,通货贬值呀,票据呀,金银块呀,兑换率呀,金融价格呀等等。可是他看到那张小椅子和自己的椅子高矮相距还远得很,只说,"钱有金钱、银钱、铜钱;就是金镑、先令、半便士。你知道那些东西吗?"

珀尔说:"哦!知道!我知道那些东西。爸爸,我问的不是那些;我是说,钱究竟是什么?"

老天爷啊!他又抬脸望着爸爸的时候,那张脸多么苍老啊!

这不懂事的小东西竟会提出这么个问题!"钱究竟是什么?"董贝先生一面说,一面把自己的椅子挪后些,以便把惊异的目光,对准孩子观望。

"我就是要问问,爸爸,钱有什么用?"珀尔说着话把两条胳膊交叉在胸前……他的小胳膊已经够长了。他看看炉火,又抬脸望望他爸爸,又看看炉火,又抬脸望望他爸爸。

董贝先生把椅子挪回原处,拍拍儿子的脑袋说,"小家伙,你明儿大了就会明白。珀尔,钱是万能的。"他说着拿起珀尔一只小手来,轻轻拍打自己的手。

可是珀尔得便就抽回手,在椅子扶手上轻轻摩擦,好像他的智

能在他手心里,磨砺几下会更加锐利。他又看着炉火,仿佛从中得到了教导和鼓动;顿了一下,又问:

"万能吗?爸爸。"

董贝先生说:"嗯,万能……差不多万能。"

"万能就是什么事都办得到呀,不是吗,爸爸?"孩子对"差不多"那词儿的限制没有注意,或许不了解。

董贝先生说:"是啊,所有的事都包括在里面了。"

孩子说:"钱为什么不为我留住妈妈呢?钱是不是残酷呀?"

"残酷!"董贝先生整一整自己的领巾,好像不爱这么个想法,"不,好东西不会残酷。"

那小家伙又转脸望着炉火,若有所思地说:"假如钱是好东西,而且万能,我不懂它为什么不为我留住妈妈。"

这回他不是向爸爸发问。也许他凭小孩子的机灵,看出他爸爸听了这话已经很不自在。不过他心上在想,嘴里就说出来,似乎这是个老问题,使他很困惑不解。他手支看下巴颏儿,坐在那里只顾默默沉思,要从炉火里找出个答案来。

珀尔每晚和董贝先生这么并排坐着,从不讲起自己的妈妈。这还是第一遭。董贝先生就算不是吃惊,也很诧异。他渐渐定下神,把钱的功用对儿子讲解了一番。他说尽管钱是了不起的力量,怎么也不能低估,一个人大限临头,钱救不了命。不论多么有钱,即便在伦敦市中心,我们不幸都是要死的。不过你有了钱呢,人家就尊重你、怕你、敬你、趋奉你、羡慕你,不论是谁,都觉得你有权力、有体面;就连你的寿命,也往往可以延长好些。譬如说吧,董贝家能把皮尔金斯先生和帕克·裴普斯医师请来诊视珀尔的妈妈,就因为有钱呀。裴普斯医师,珀尔还不认识,皮尔金斯先生不是常给珀尔治病吗?反正人力能办到的事,有了钱都办得到。董贝先生把这套道理一一灌输给他儿子。珀尔留心听着,好像大部分都懂。

他沉默了一下,搓着两只小手说:"爸爸,钱也不能叫我强健吧?"

董贝先生说:"哎,你现在就很强健啊,不是吗?"

那抬起的小脸,又变得多老啊!表情半是忧郁,半是狡猾。

董贝先生说:"你和一般小家伙同样强健吧?是不是?"

珀尔说:"弗洛伦斯比我大,我知道我不如她强健。不过我想,弗洛伦斯和我一样小的时候,她准能不停地玩儿好久好久,也不觉得累。我可不行。我有时候累极了。"小珀尔一面说,一面烤着双手,凝视着火炉格子,好像那儿正在演出肉眼看不见的木人戏似的,"我浑身的骨头,疼得我不知怎么好……魏根说,疼的是骨头。"

"哎,那是晚上呀。"董贝先生一面说,一面把椅子拉近儿子的椅子,一只手轻轻贴在儿子背上,"小孩子到晚上就该累了;累了才睡得熟。"

珀尔说:"啊呀,爸爸,不是晚上累,是白天。我就躺在弗洛伦斯膝盖上,她就给我唱歌。晚上我尽梦见些稀奇古怪的东西。"

他又烤着双手,回忆自己的梦境;那副模样活像个老人或小精灵。

董贝先生非常诧怪,非常不自在,愣得目瞪口呆,不知怎么接谈。他只坐着从炉火里瞧他的儿子,一只手还贴在儿子背上,好像给什么磁力吸住了。他一度伸出另一只手,拨转孩子沉思的脸来对着自己。可是他一放手,孩子又转脸向火,只顾和闪烁的火焰交心,直到他的保姆来召他睡觉。

珀尔说:"我要弗洛伦斯来接我回去。"

那保姆怪可怜地说:"珀尔少爷,让可怜的魏根保姆接你不行吗?"

珀尔说:"不,我不要。"他摆出一家之主的派势,稳稳地坐在小扶手椅里。

魏根大娘说了句口头语……天保佑这孩子的天真,就抽身走了。一会儿,弗洛伦斯替她来接珀尔。珀尔立即高高兴兴,准备动身。他向爸爸说"晚安"的时候,抬起的一张脸远比先前愉快年轻,全副神情变得孩子气多了。这使董贝先生大为放心,可是也很诧异。

他在两个孩子出去之后,隐约听到轻柔的歌声。他记起珀尔说弗洛伦斯为他唱歌,有点好奇,就开门听听,瞧瞧他们。只见弗洛伦斯正抱着珀尔,吃力地一步步走上空阔的大楼梯。珀尔的脑袋枕在姐姐肩上,一条胳膊懒散地搭在她脖子上。他们就这样慢慢儿上楼去,姐姐一路唱,弟弟微弱的声音有时呜呜陪唱。董贝先生目送他们上去,看他们走走又停下歇歇,直到楼梯顶,消失不见。可是他还站着向楼上凝望。后来他看见昏暗的月光照进天窗,灰蒙蒙一片凄凉,这才回到自己屋里去。

第二天,戚克太太和托克丝小姐在吃饭的时候聚头会商机密。饭后撤去了杯盘,董贝先生单刀直入,请她们不加任何掩饰,据实讲讲珀尔是否有什么问题,皮尔金斯先生对他有什么断语。

董贝先生说:"因为那孩子不如我指望的那么壮实。"

戚克太太说:"珀尔哥哥,你向来心明眼亮,一句话就说到了点子上。咱们的宝贝没有完全像咱们指望的那么结实。他实在是心思太多了。魂灵儿太大,身子载不起。那小宝贝说话的口气呀,鲁克丽霞,他谈论出殡的那些话……"

董贝先生怫然打断她说:"只怕楼上有人对珀尔讲了些小孩子不该知道的事。昨天他和我谈起他的骨头,"董贝先生带些恼怒着重地提到"骨头"那词,"我儿子的……骨头,又和谁有什么相干!难道他是一具活骷髅吗?"

"远不是啊!"戚克太太的表现,深奥得不可表达。

她哥哥说:"我希望他远不是啊。而且又谈起出殡来了!谁和我孩子谈出殡了?咱们不是开殡仪馆的吧?不是雇用的送丧人吧?不是挖掘坟墓的吧?"

戚克太太说:"远不是啊!"她的神情还是那么深奥。

董贝先生说:"那么谁叫他想到了这些事呢?我昨夜真是又着慌,又吃惊。路易莎,谁叫他想到了这些事呢?"

戚克太太顿了一下,说道:"珀尔哥哥,这话问也没用。我老实告诉你,我看魏根不是很开朗的性情,不是所谓……"

托克丝小姐柔声提示:"滑稽之流。"①

戚克太太说:"对,正是这话。不过她非常小心,非常有用,一点不自作主张;真的,我从没见过比她更好使唤的女人。"戚克太太以下的语气,好像是总结大家早已一致的看法,而不是提出从没提过的话,"假如小宝贝从上次病后伤了元气,不如咱们希望的那么健康;假如他目前身体虚弱,偶尔,一时上,确实好像快要不能使用他的……"

戚克太太不敢说"腿"。董贝先生刚才不是忌讳人家说"骨头"吗?她且等托克丝小姐怎么提示。这位小姐不负她的职责,建议说,"肢体"。

"肢体!"董贝先生照说了一遍。

托克丝小姐说:"今天早上,那位瞧病的先生好像提到了珀尔的腿。路易莎,他提了吧?"

戚克太太口气略带责备,说道:"可不是吗,鲁克丽霞,你怎么问起我来了,你听见他提的呀。我说啊,咱们的小宝贝假如暂时两

---

① 滑稽之流,原文 daughter of Momus(莫摩斯的女儿),莫摩斯是希腊神话中嘲弄、滑稽之神。

腿不管用,那是很多儿童在他那年龄常有的灾难,怎么小心谨慎也预防不了。珀尔哥哥,你最好还是及早心上有数,承认是这么回事。"

董贝先生说:"路易莎,你对我们商行未来的主人翁,天生是一片忠诚,一片关注;你该知道,这方面我完全信得过你。皮尔金斯先生今天大概已经瞧过珀尔了吧?"

路易莎说:"是啊,瞧过了。托克丝小姐和我都在场。托克丝小姐和我总在旁陪着;这是我们的天经地义。这一程,皮尔金斯先生天天来瞧珀尔。我看他这人很有本领。他说病情一点不严重。这话我可以证实;也许听来多少可以宽心些。不过他今天建议让孩子到海边去换换空气。珀尔哥哥,我确实相信,这建议很明智。"

"到海边去换换空气。"董贝先生把这句话重复了一遍,眼睛看着他妹妹。

戚克太太说:"这没什么叫你不放心的。我的乔治和费德利克像珀尔那么大的时候,大夫都吩咐到海边去换换空气。我自己吧,大夫也好多次吩咐到海边去呢。珀尔哥哥,我想你刚才说得不错。有些事小孩子不宜多想;大概楼上有人说话不小心,当着孩子就随便讲。可是这孩子也太机灵,实在没法儿防他。假如是个普通孩子,在他面前说什么都无所谓。我实在觉得……托克丝小姐的意见也和我一样……他最好暂时离开这里,布赖登海滨空气好;再比如说吧,像皮普钦太太那么有见识的人,对孩子身体和心灵的训练……"

董贝先生听她像介绍熟人似的提起这个完全陌生的名字,骇然问道:"路易莎,皮普钦太太是谁呀?"

他妹妹说:"珀尔哥哥,皮普钦太太是一位上了年纪的太太。她的身世,托克丝小姐全知道。近年来她全心全意研究幼儿、管教幼儿,成就大极了。而且她的亲戚朋友都是最上流的。她丈夫是伤了心死的……鲁克丽霞,你说她丈夫是怎么伤了心?详细情况我忘了。"

托克丝小姐说:"抽出秘鲁矿里的水。"

"当然,他不是抽水的工人。"戚克太太瞥了她哥哥一眼,觉得实在有必要下这番解释,因为托克丝小姐说得他好像是使劲抽水致死的,"他是为了那个投机事业失败、投资亏了本。我看皮普钦太太管教孩子的本领着实惊人;我从小就听到亲戚朋友里夸赞她的高明。哎唷!我那时候才多高啊?……"她目光打量着书架上离地十英尺的庇特先生半身像。

托克丝小姐脸上现出一阵透露内心的红晕,说道:"先生,咱们既然专在谈论皮普钦太太,我也许该说,令妹的赞誉她可以当之无愧。社会上许多出风头的绅士和夫人、小姐,小时候都受过她管教。我这个区区不足道的人,也是她管教过来的。我想她那幼儿园里,幼年的贵人并不罕见。"

董贝先生高高在上而谦逊地问道:"托克丝小姐,听你说来,这位有身份的女人是开幼儿园的吧?"

托克丝小姐说:"啊呀,我也不知道是不是该称幼儿园,总归不是补习学校。怎么说呢?"她声调异常温柔,"该说是一个非常高级的幼儿宿舍吧?"

戚克太太瞥了她哥哥一眼,讽示说:"选收幼儿的标准严格极了。"

托克丝小姐说:"呵!一般的休想进去!"

这套话有点动听。皮普钦太太的丈夫为秘鲁的矿伤心而死是美的;这里有金子银子的声音。而且董贝先生听到医生的告诫以后,想着珀尔还留在家里、没立刻送出去,心上惶急得简直要命。孩子在成长的路上要停顿一下了;他只能慢慢儿向目标走去。戚克太太和托克丝小姐推荐皮普钦太太,他听了很当做一回事。因为他知道她们俩不爱旁人干涉她们照管孩子,也绝不信她们会热心找人分担责任。上文刚说过,他信得过戚克太太的责任感。董贝先生默默沉思:为秘鲁的矿伤了心……哎,这样伤了心也很体面呀!

董贝先生思忖了一番,问道:"假如咱们明天打听之后,决计把珀尔送到布赖登那位太太家,谁跟他一起去呢?"

他妹妹迟疑地说:"珀尔哥哥,现在这孩子到哪儿去都离不了弗洛伦斯。他简直迷恋着他姐姐。你知道,他还小得很,自有他的爱好。"

董贝先生别转头,慢慢踱到书架前,开了锁,拿了一本书回来。

他低头翻着书说:"还有谁,路易莎?"

他妹妹说:"当然还有魏根啰。我想有魏根去就行。珀尔已经交托给皮普钦太太了,你不能叫谁再去碍着她的手脚。当然,你一星期至少要去看他一次。"

董贝先生说:"那当然。"他坐着对那一页书看了一小时,没读进一个字。

这有名的皮普钦太太是个非常不可爱、非常坏脾气的老太太。她驼着个背,一张脸斑斑点点,像粗糙的大理石,鼻子带钩,灰眼珠看来硬极了,放在铁砧上锤打也丝毫不会损伤。皮普钦先生为秘鲁的矿送掉性命,至少是四十年前的事了。可是他的未亡人还穿着黑丧服,颜色黑得没一点光泽,又浓,又呆,又暗。天黑了,煤气灯也照不亮她。不论点着多少支蜡烛,她一到就黯然无光。大家都说她管教幼儿很有一手。她的秘诀是:把孩子不喜欢的强加给他们,喜欢的一律禁止。这样一来据说使孩子们的性情变得十分柔和。这位老太太严酷极了,使人不免猜想:秘鲁抽水机没去抽矿里的水,却错把她身体里温润性情的津液、滋养仁爱的膏汁全抽干了。

这位威镇幼儿的罗刹女①有一所房子在布赖登一条陡陡的小街上。那里的泥土,石灰质特多,硬邦邦的,异常贫瘠;那里的房屋也异常脆薄。家家房前的小院子也有点特别:不知是何缘故,无论在那儿播下什么种子,长出来的总是金盏花。那里的蜗牛,经常像拔火罐那样牢牢吸在人家大门上,或其他想不到会有蜗牛点缀的明显地方。冬天呢,房子里的空气没法儿出来;夏天呢,外面的空气没法儿进去。里面回旋震荡的风声无休无止,住户不由自主,仿佛耳上贴着个大贝壳,日夜得听那轰隆隆的响。那里的气味本来不好闻。客厅从来不开;窗口摆着皮普钦太太收集的几盆植物,弥漫出一股子泥土味。那些植物也算是好标本,不过地道是皮普钦太太家培育的品类。六种仙人掌伸出大扁钳子,像绿色的龙虾。几种爬藤植物,叶子都是黏黏的。一盆草别扭地吊在天花板上,枝叶纷披,垂下的长条撩触着底下的人,使他们联想到蜘蛛。皮普钦太太宅里蜘蛛非常多。不过香油虫在当令季节,大概更比蜘蛛多。

皮普钦太太对出得起钱的人收费标准一律很高。她一贯冷面无情,对谁都难得通融。所以大家认为这位老太太说一是一,非常坚韧,对幼儿的性格颇有一套学问。她在丈夫死后,靠自己这点声誉,也靠她丈夫那份伤心,年来年去,应付得日子相当好过。威克太太提到她之后,不出三天,这位了不起的太太已在欣然期待董贝先生腰包里好一笔钱要添入自己的进账,并等着弗洛伦斯和她的弟弟珀尔来她家住宿了。*

威克太太和托克丝小姐把两个孩子送来了;他们一行是昨天晚上到的,在旅馆住了一宿。她俩的回程马车刚离开幼儿园门口,

---

① 原文 ogress,英国民间传说中的吃人女妖,相当于中国唐朝慧琳《一切经音义》中的"罗刹女"。

* 译者按:截至此处的译文根据前辈学者所赐"未定稿"整理而成。

皮普钦太太就背靠炉火站住,用老行家的眼光仔细端详这两名新生。皮普钦太太的侄女是个形容憔悴、面孔铁板的中年妇女,鼻子上方长了个很大的疔疮;她心地善良,是她姑妈的忠实奴婢,此刻正在替比瑟斯东少爷解下干净领子,那是刚才为了在客人们面前装样子才给他戴上的。眼下幼儿园里的寄宿生,除了毕瑟斯东少爷外,只有一位潘基小姐,这会儿她被人带到"土牢"去了,所谓"土牢"指的是屋后那间专门用来纠正孩子们不良行为的空屋;潘基小姐此番挨罚是因为她刚才当着客人们的面竟擤了三次鼻子。

"喂,小少爷,"皮普钦太太对珀尔说,"你觉得不定多么喜欢我呢,是不是啊?"

"我觉得我一点儿都不喜欢你,"珀尔回答,"我要离开这里,这里不是我的家。"

"不是。这儿是我的家。"皮普钦太太反唇相讥。

"这地方真臭。"珀尔说。

"还有一个比这儿更坏的地方呢,"皮普钦太太说,"我们把坏孩子送到那里面关起来。"

珀尔伸手指着毕瑟斯东少爷问:"他在那里面关过吗?"

皮普钦太太点点头;这一来珀尔那一整天可有活儿干了,从那时起,他一直目不转睛地从头到脚审视着毕瑟斯东少爷,就连他脸部肌肉的每一次抽搐都没放过;只有一个曾有过神奇、可怕经历的男孩才会怀有他那样的兴趣。①

午餐时间是下午一点钟,供应的主要是粮食、蔬菜之类。罗刹女亲自去土牢,把潘基小姐领出来吃饭。这位小姐是个眼珠碧蓝、脾气温柔的小不点儿,幼儿园里每天早晨都要给她洗头,真怕她会

---

① 指上文"童话里讲到一种小精灵,活到一两百岁,就匪夷所思地把小孩子吃掉,自己变成他们的模样。"小珀尔"沉思的时候,神情语气活像这种可怕的小精灵"。

被揉搓得一点儿都剩不下。皮普钦太太谆谆告诫她说：凡是在客人面前擤鼻子的孩子都进不了天堂。等到这一伟大真理深深铭刻在她心坎上时，潘基小姐才获准享用米饭；接下来她还得背诵在土牢里向她布置的感恩祷告，祷告词里有一句话，专门用来感谢皮普钦太太赏给一顿这么好的饭食。皮普钦太太的侄女贝林西亚吃的是冷猪肉。皮普钦太太的身体需要吃热的营养食物，所以吃了一份特菜，那是用两只盘子扣住送进来的羊排，烫手儿热，散发出诱人的香味儿。

饭后下起了雨，不能到海滩上去散步了。皮普钦太太的身体需要在吃过羊排后休息，于是孩子们就跟随贝莉（也就是贝林西亚）去了土牢。那是一间空屋，朝外看去是一堵白粉墙和一只承接雨水的大桶，破壁炉里的炉具统统没有了，让人看着很不舒服。然而，有了友伴气氛就活跃，土牢终于成了最佳妙的去处；因为贝莉在和孩子们一起玩耍，你且看她对喧闹嬉戏的兴致一点不比孩子们差。他们玩得好开心，直到皮普钦太太像"公鸡巷妖魔"①转世还魂似的气得猛敲墙壁，游戏才停了下来。贝莉细声细气，像耳语似的给孩子们讲故事，直到黄昏来临。

茶点的吃法是这样的：搀水牛奶、面包和黄油管够；一只小黑茶壶里盛着的茶供皮普钦太太和贝莉饮用；此外还有向皮普钦太太一个人充分供应的黄油吐司，送来时烫手儿热，和午饭时的羊排一个样。尽管从外表看来，皮普钦太太吐司吃得满嘴油腻，但她内瓤儿里，似乎丝毫没有得到滋润，她还像平时一样凶，那灰眼珠里

---

① "公鸡巷妖魔"，1762年，伦敦西城斯密斯菲尔德的公鸡巷里，有一座住宅闹鬼，当地人听到敲门声、敲墙声，据说是一位新近猝死的人的鬼魂所为。这件耸人听闻的消息曾闹得满城风雨，并引起几位著名学者（包括约翰生博士）对之进行调查研究。后来才知道，原来是房主在捣鬼，帮他装神弄鬼的是他的女儿。

的凶光丝毫没有软化。

吃过茶点,贝莉拿出一只盒盖上画着皇家花园亭景的小针线盒来,忙着做针线活;与此同时,皮普钦太太戴上眼镜、翻开一本绿色台面呢封面的大书来,开始打瞌睡。每当她发现自己正一头朝壁炉里扎、因而猛然惊醒时,就用手指弹一下同样在打瞌睡的毕瑟斯东少爷的鼻子。

上床的时间到了,孩子们做完祷告后就各自就寝。潘基小姐胆小,不敢独自在黑暗中睡觉,皮普钦太太总是坚持像驱赶一只小绵羊似的赶她独自上楼去睡;过了很长时间,还能听到她在那间不适合居住的房间里痛苦呻吟,这正是皮普钦太太的赏心乐事,她还时不时地走进屋去,摇撼那小女孩儿。这里的房间里总是弥漫着一股香味,魏根大娘称它"房子气味儿",可是到了晚上九点半钟,这股气味里又搀进了热腾腾的小羊杂碎的香味(皮普钦太太的身体呀,不吃上小羊杂碎是睡不了觉的);进食完毕后不久,这座城堡就沉沉入睡了。

第二天的早餐和上一天的茶点大致相同,所不同的是:皮普钦太太的吐司改成肉卷儿。吃完早餐,她的脾气似乎更坏了点儿。毕瑟斯东少爷给大家朗读《创世记》里的世系表(这是皮普钦太太的明智选择),他念那一连串人名的时候,如果还要求他态度悠闲、口齿伶俐的话,那也只能达到一名脚踩踏车的囚犯那样的程度了。接着,潘基小姐被人带下去洗头;毕瑟斯东少爷也让人用盐水折腾个够,回来时他总是神情沮丧、脸都变青了。与此同时,珀尔和弗洛伦斯来到海滩,与他俩做伴的就是那位时时刻刻眼泪汪汪的魏根大娘。大约中午时分,皮普钦太太主讲儿童读本。皮普钦太太教育体系里有这样一条原则:决不鼓励儿童的心灵像蓓蕾一样自然萌发、生长,而要像对付牡蛎似的硬把它撬开。经她阐发,课文的道德教训通常都带有令人震惊的暴力色彩;即使在一场较小的灾难中,主人公(一个顽皮男孩)也几乎总会被一头至少是狮子或大熊那样的猛兽吃掉。

这就是皮普钦太太幼儿园里的生活状况。董贝先生星期六来到此地;弗洛伦斯和珀尔前往他住的饭店,在那里吃茶点。姐弟俩和爸爸一起过星期天,午饭后通常都会驾车出游;在这种场合,董贝先生似乎像穿着麻布衣服袭击福斯塔夫的恶汉①一样膨胀起来,先是一个,后来变成一打。星期日夜晚是一周里最令人丧气的夜晚。潘基小姐从罗廷丁②她姑妈家送回来时总是极为悲伤。毕瑟斯东少爷的亲人都在印度。星期日两次礼拜式之间,他奉命必须头贴着起居室的墙壁,始终坐得笔直,手脚一动也不许动,这对他稚嫩的心灵来说,简直是活受罪,以至于有个星期日晚上,他问弗洛伦斯,她能不能告诉他,回孟加拉去的路该怎么走。

大家都说皮普钦太太对付孩子真有一套,这一点不容置疑。再不听话的孩子只要在她那招待周到的屋顶下住上几个月,回家时都会变得十分听话。此外,人们还都说,皮普钦太太在皮普钦先生为秘鲁矿井心碎而死后,断然牺牲她的个人感情,勇敢面对她的个人苦恼,把自己奉献给这样一种生活准则,这真值得高度赞扬。

对于这位堪称典范的老太太,珀尔会坐在炉火旁的小扶手椅里,盯住她看,能看多久就看多久。当他目不转睛地注视着皮普钦太太时,似乎怀着一种不倦的兴趣。他不喜欢她,他也不怕她;然而,当他显露出他那久已有之的精神状态时,她似乎对他具有一种奇异的吸引力。他会坐在那里,眼盯着她,烤烤手,继续盯住她。就这样,他有时竟会弄得皮普钦太太狼狈不堪,尽管她是罗刹女也

---

① 见莎士比亚戏剧《亨利四世上篇》第二幕第四景。福斯塔夫是剧中一个好吹牛的人,他先说有一个穿麻布衣服的人袭击他,后来不断夸口,把人数增加到一打。此处喻董贝先生傲气十足的样子。
② 布赖登附近一小镇。

不管用。有一次,房间里只有他们俩,她问他在想什么。

"你。"珀尔毫不隐瞒地回答。

"你对我是怎么想的?"皮普钦太太问道。

"我想你一定很老了。"珀尔说。

"年轻绅士呀,像这样的话你是不能说的,"老太太回答说,"什么时候都说不得。"

"为什么不能说?"珀尔问。

"因为说这种话不礼貌。"皮普钦太太怒气冲冲地说。

"不礼貌?"珀尔说。

"是的。"

珀尔天真无邪地说:"把羊排和吐司都独吞了才不礼貌呢,这是魏根说的。"

"魏根是个缺德的、不安分的、厚颜无耻的贱货。"皮普钦太太说时脸都涨红了。

"什么叫贱货?"珀尔问。

"那你就不用管了,少爷,"皮普钦太太回答,"要记住那个小男孩儿的故事,他就是因为老爱提问,才让疯公牛用犄角顶死的。"

"要是那头公牛疯了,"珀尔说,"它怎么会知道那个男孩儿提问了呢?谁也不能走到疯公牛跟前对它说悄悄话呀。我不相信这个故事。"

"你不相信这个故事,少爷?"皮普钦太太大吃一惊,重复道。

"不相信。"珀尔说。

"假如它恰好是一头驯化的公牛你还不相信吗,你这个小异教徒?"皮普钦太太说。

珀尔的结论是根据那头公牛已经神经错乱了的假设得出的,他还没有用皮普钦太太提供的思路来考虑这一论题,因此他一时语塞了。不过,他坐在那里,脑子里仍在考虑这件事,显然有意立即予以反驳。这一明显意图竟使那位果敢的老太太觉得,为谨慎起见还是退却为好,好让孩子把这个论题淡忘。

从那时起,皮普钦太太似乎受到某种神奇力量的驱使,不由得对珀尔特别关注,正如珀尔也不由得对她特别关注一样。壁炉前,她会把珀尔的椅子挪到她座位的同一侧,而不让他与她脸对脸坐着。珀尔置身在皮普钦太太和壁炉围栏之间的隐蔽处,小脸上的光都被她那身黑色的邦巴辛①丧服吸收掉了。他仔细端详着皮普钦太太脸上的每一根线条、每一个褶痕,凝视着她那发出凶光的灰眼珠,有时直盯得皮普钦太太只好闭上眼睛,假装打盹儿。皮普钦太太有一只老黑猫,它平时总爱蜷缩身子躺在壁炉围栏正中间的那个支撑脚上,发出自我满足的呜呜声;它对着炉火眨眼,直到双眼的瞳孔收缩成两个惊叹号。当他们仨一起围炉而坐,你会觉得这位好老太太也许是个女巫,(这么说她,可不是故意冒犯呀!)而珀尔和那只猫是供她驱使的精灵。要是有一天晚上,一阵大风吹过,他们仨全都从烟囱窜出去,从此再也没有人提起,那么这种结局与他们此刻呆着的样子倒是满协调的。

然而,这样的事终于没有发生。天黑以后,你总能看见猫、珀尔和皮普钦太太始终待在他们经常待的地方。珀尔不肯和毕瑟斯东少爷做伴,他一夜又一夜地继续端详皮普钦太太、猫和炉火,就像这三样东西是一部三卷本的巫术书。

魏根大娘对珀尔的古怪癖性自有她独到的解释。她平日总是情绪低沉地闷坐在房间里,向外望去,只见一堆乱糟糟的烟囱,耳中只听见阵阵风声,当前的生活一片惨淡,(用魏根大娘不太好听的说法,叫做:真是遭瘟呐!)于是她对上述议题得出了最令人沮

---

① 邦巴辛,原文 Bombazine,一种丝经毛纬织物。

丧的见解。皮普钦太太惯用的一种应对手段就是不让那"小贱人"(这是她对自己那位年轻女仆的普通称呼)和魏根大娘接触、联络。为了达到这一目的,她倒是耗费掉不少工夫。她时常躲在门背后,每当她那位忠实女仆朝魏根大娘的住处走去,她就会蹦出来,加以阻拦。然而,在那里,贝莉若想跟谁交谈,机会倒是多得很,因为她必须从早到晚不停地到处走动,干各种杂役,看她是看不住的。魏根大娘心里有话也只有向贝莉倾诉。

一天晚上,贝莉给魏根送来晚饭时,留下来看看睡在床上的珀尔,她说:"这孩子睡着时多么漂亮呀!"

"啊!"魏根大娘叹口气说,"他该说是个漂亮孩子。"

"是呀,他醒着时也不难看。"贝莉又说。

"不难看,贝莉小姐。噢,不难看。就像我舅舅家的贝特西·简一样,不难看。"魏根大娘说。

看来贝莉像是真想弄清魏根大娘为什么要把董贝家的珀尔和她舅舅家的贝特西·简扯在一起。

魏根大娘接着说:"我的舅母像这孩子的妈妈一样,也死啦。我舅舅的孩子那副神态哟,就和珀尔少爷一模一样。我舅舅的孩子有时候会让人禁不住打寒颤,真不骗你!"

"她怎么啦?"贝莉问道。

魏根大娘说:"我可不愿意单独陪贝特西·简坐上一整夜,即便你让我老头子魏根明儿早上自己当老板、开买卖,我也不干。贝莉小姐,我可不能单独陪她。"

贝莉小姐当然要问为什么啰,可是魏根大娘就像那些和她身份相同的女士们一样,习惯于顺着自己的思路说下去,根本不管别人的反应。

"贝特西·简这孩子哟,"魏根大娘说,"要多可爱有多可爱。甭指望能有比她更可爱的孩子了。凡是小孩子会得的病,贝特西·简全都得过。她动不动就闹肚子疼,就像你动不动就闹脾气似的,贝莉小姐。"贝莉小姐的鼻子不由自主地皱缩了一下。

魏根大娘朝房间四处打量了一遍,最后望着躺在床上的珀尔,压低嗓门说:"可是贝特西·简自打躺在摇篮里起,就一直被她死去的妈妈惦记着。我说不上那是怎么回子事,也说不上那是什么时候,更说不上那亲爱的孩子知不知道这回事,不过,贝莉小姐哟,贝特西·简一直被她妈妈守护着!你可以骂我在胡说八道!我决不会生你的气,小姐。只要你在骂我确实是胡说八道的时候能对得起自己的良心;在这个……对不起,我说话随便……在这个让我厌烦透了的、像是个埋人坑的地方,这么想想,心里也会觉得痛快一些。珀尔少爷睡得不太踏实。你轻轻地拍拍他的背好吗?"

贝莉按照她的要求,轻轻拍着珀尔的背,一面说:"你一定会想,珀尔少爷的妈妈也一直在守护着他,是不是呀?"

魏根大娘用最严肃的口气说:"这样就把贝特西·简给祸害了,珀尔这孩子也给祸害了,他们俩都变了样。我看到她和他一样,总是坐在那里想呀、想呀、想什么心事;我看到她和他一样,总是显出一副小老人相、小老人相、小老人相。有好多次,我听见她说的话,和他说的话简直一模一样。"

"你舅舅的孩子还活着吗?"贝莉问道。

"是的,小姐,她还活着呢,"魏根大娘带着一丝得意的神情回答,谁都看得出来,贝莉小姐原以为她会作出相反的回答呢,"她嫁了一个银器镂刻匠。噢,是的,小姐,她活着。"魏根大娘的语气,特别着重地落在主语"她"字上。

很明显,确实有别的人死了,于是皮普钦太太的侄女就打听,那死了的究竟是谁。

"我不想让你心神不定,"魏根大娘一边吃饭一边回答,"你不要问我。"

她这种回答方式肯定会招致对方向她进一步提问。贝莉小姐又追问了一遍;魏根大娘推托了一阵,才放下手中的餐刀,她的目光再次扫视着房间各处,落在躺在床上的珀尔身上,回答说:

"她也有喜爱的人;她对有些人的爱,很古怪;对另一些人的爱,又很正常,只是比平常的爱更强烈一些。结果她爱的人都死了。"

皮普钦太太的侄女听到这种完全出乎意料的回答,感到心慌气短,她直挺挺地坐在硬邦邦的床边上,以毫不掩饰的惊恐目光,审视着给她提供这一消息的人。

魏根大娘悄悄地晃动左手食指,指着弗洛伦斯睡的床;接着又使劲地朝脚下的地板指了几下,楼下的起居室正是皮普钦太太经常在那里享用吐司的地方。

"记住我的话,贝莉小姐,"魏根大娘说,"珀尔少爷不特别喜欢你,你应当感谢上帝。我就懂得感恩,因为我敢肯定,他也不特别喜欢我;虽然说在这座牢房似的屋子里活着也没有多大意思!……我说话随便,你可别介意。"

贝莉小姐情绪一波动,轻轻拍着珀尔的手势就有了变化,也许稍微重了一点,也许那单调的抚慰动作停顿了片刻,不管什么原因吧,反正那孩子在床上翻了个身,立刻醒了,并且坐了起来。他刚才做了个幼稚的梦,使他头发上沾满热汗,他要找弗洛伦斯。

听到弟弟的第一声呼唤,弗洛伦斯就下了她的床,立刻朝他的枕头俯下身来,给他唱催眠曲,哄他重新入睡。魏根大娘摇摇头,洒下几滴眼泪,她向贝莉指了指那姐弟俩,然后抬眼望着天花板。

"晚安,小姐!"魏根大娘轻声说,"晚安!你姑妈老了,贝莉小姐,正因为这样,你应该常常这么想想,有盼头啦。"

魏根大娘说出这句旨在安慰对方的告别词时,脸上露出由衷的痛苦表情。她又单独和两个孩子在一起了,此刻的她,分明感觉风儿在悲鸣,她沉溺在忧伤中……这是她最容易得到的、最廉价的享受……直到那不可抗拒的睡意把她征服。

虽然皮普钦太太的侄女下楼时,并没有指望能看到那头标准毒龙躺倒在壁炉前的地毯上,但是当她看到自己的姑妈情绪异常暴躁和酷烈时,还是松了一口气。按眼下所有的迹象推断,老太太正打算活个长命百岁,成为她一切熟人们的恩物呢。在随后的一周里,她的身体也没有显示出任何衰败的迹象,尽管珀尔仍像惯常一样,坐在她的黑裙和炉围之间的老位子上,以不屈不挠的恒心仔细端详着她,但那些营养丰富的保健食物,照样按正常程序源源不断地落进她的肚子里。

经过这段时间,尽管从他的脸上看来,珀尔的健康状况似乎大有好转,但其实他的身体比初来时毫无起色;于是就给他买了一辆车,好让他舒舒服服地躺在车里,带着些字母表和其他儿童读物,让人推着到海边去。他的情趣、爱好还是那么古怪;原先安排好给他拉车的那个红光满面的男孩他不要,却选中了那男孩的老爷爷,一个相貌丑陋、一脸难以交流的干瘪老头,他穿一身磨损的油布服,由于他长期在海水里浸泡,所以皮肉坚韧,青筋突出,浑身散发出一股退潮后海滩上到处都闻得见的海草气味。

珀尔每天都由这位引人注目的车夫拉着车,到海边上去。弗洛伦斯总是走在他身边,后面跟着情绪沮丧的魏根大娘。在那里,珀尔在小车里或卧或坐,会待上好几个小时。他最感到苦恼的是和别的孩子在一起,唯一的例外,永远是弗洛伦斯。

"请你离开好吗?"他会对任何一个想走过来和他做伴的孩子说,"谢谢你过来,不过我不需要你。"

也许有人会在他耳边低声问他身体好不好。

"谢谢你,我很好,"他会这样回答,"不过你最好还是走开,自己玩儿去。"

接着他会转过头去,看着那个孩子离开,他对弗洛伦斯说,"我们不要别人,是吧?弗洛伊,亲亲我。"

在这样的情景下,他甚至不愿意有魏根大娘在身边,魏根大娘总会走开,去寻找贝壳和熟人,珀尔对此深感满意。他最喜欢停留的地方是一个远离众多游客的僻静去处;弗洛伦斯坐在他身边,做针线活,念书给他听,或者陪他说话,风儿吹拂着他的脸,海水流进他躺着的那辆小车的轮子中间,这样他就别无所求了。

"弗洛伊,"有一天他说,"印度,那个男孩的亲人们住的地方,在哪里?"

"噢,那可是一个非常、非常遥远的地方。"弗洛伦斯回答时,她的目光从手里的针线活上抬起来。

"要走好几个星期吗?"珀尔问。

"是的,宝贝。日夜不停地走也要走好几个星期呢。"

"你要是去了印度,弗洛伊,"珀尔沉默了片刻说,"我就会……妈妈是怎么的啦?我不记得了。"

"妈妈爱我!"弗洛伦斯回答。

"不,不。我现在不就很爱你吗,弗洛伊?我想说的是那叫什么来着?哦,死。你要是去了印度,我会死的,弗洛伊。"

她赶紧把手里的针线活撂在一边,低下头去贴在他的枕头上,对他倍加爱抚。她说,要是他去了那里,她也会死的。还说他的身体很快就会好起来的。

"现在我好多了!"他说,"我不是这个意思。我的意思是:弗洛伊,要是那样,我会因为太伤心、太孤单而死的!"

另外一次,还是在那老地方,他睡着了,安安静静睡了很久。他突然醒来,谛听着,猛然一惊,坐起身子,继续谛听。

弗洛伦斯问他,他觉得自己听到了什么。

"我想知道它究竟在说些什么,"他回答时直视着她的脸,"弗洛伊呀,大海总是在说些什么话?"

她告诉他,那只是滔滔海浪的声响。

"是的,是的,"他说,"不过我知道,它们总是在说着些什么话。总是在说着同样的话。那一边是什么地方?"他坐起身来,热切地望着海天交汇的地方。

她告诉他,大海那一边是另外一个国家。但是,珀尔说他问的不是这个,他的意思是指更加遥远、更加遥远的地方!

从此以后,当他俩正在交谈时,他时常会突然停下来,想弄清楚海浪总是在说着些什么话;他会从躺着的地方坐起身来,朝远处那看不见的领域眺望。

第九章 木制海军准尉遭了难

年轻的沃尔特·盖伊天性中那爱好新奇事物的浪漫情味非常浓烈,虽经他的监护人老索罗门·吉尔思给他注入严酷的实际生活经验的水流,也没有冲淡多少。这就是他何以会对弗洛伦斯遇上好布朗太太的冒险故事怀有一种非同寻常的兴趣的理由,他一想起这件事来就高兴,他放纵自己把它珍藏在记忆里,特别是故事中有他参与的那一部分。结果使这段回忆成为他想象的宠儿,可以自行其是、任意驰骋了。

想起那件事以及自己在里边所起的作用,本来就挺让他高兴的了,而老索尔和柯特船长每星期天都要做的美梦,也许更加促使小沃尔特为此事而陶醉。几乎每个星期天,这两位可敬的朋友中总会有一个,神秘兮兮地提到李切·威丁登。柯特船长竟然会买来一册相当古老的民谣歌本,它本来和其他许多歌本一起挂在商业街一家无人光顾的书店墙上随风拂动已经很久了。书中的诗歌主要是抒发航海者情怀的,讲的是一位有出息的年轻铲煤工向一位名叫"可爱的佩格"的姑娘求爱、并与她终成眷属的故事。那位姑娘多才多艺,是纽卡斯尔一艘运煤船船长兼船东的女儿。柯特船长发现这个鼓舞人心的传说和"沃尔特—弗洛伦斯"事例之间有着深刻、玄奥的关联;这使他极度兴奋,以致在某人的生日,还有星期天以外的一些节庆场合,他都要在房后的小起居室里拉开粗嗓门,把整首歌谣哼唱一遍;歌谣每一节的结尾处都是对女主人公的赞颂,当柯特船长哼到"佩……格"时,那颤音往往会把听的人吓一大跳。

一个直率真诚、襟怀坦白、慷慨仁慈的男孩是不很擅长分析自己感情的性质的,不管这感情是如何强烈地控制着他;沃尔特会觉得,很难在这个关键点上下断语。他对自己与弗洛伦斯邂逅的码头、他俩回家时一起走过的街道……尽管街道本身并无任何可爱之处……都怀有深深的感情。他把弗洛伦斯一路上常常从脚上掉落的那双鞋珍藏在自己的房间里。有一天晚上,他坐在小小的后房里,全凭想象,画出一整套"好布朗太太"的肖像。发生了那件值得纪念的事以后,他的穿着也许比以前漂亮些了。他确实在闲暇时喜欢朝城里董贝府所在的方向漫步,心中怀着一个朦胧的希望:想在街上与小弗洛伦斯相遇。然而,他所怀抱的全是十足孩子气的、天真无邪的感情。弗洛伦斯非常美丽,爱慕美丽的容颜是惬意的事。弗洛伦斯是没有自卫能力的弱小女孩,想到自己曾经保护过她、帮助过她,他感到自豪。弗洛伦斯是世上最懂得感恩的小人儿,看见她脸上洋溢着明朗的感恩表情,真令人愉快。弗洛伦斯被人轻忽,遭受冷落,对于这位在她那阴沉沉的豪门巨宅中被忽视的孩子,他心头充满一种稚气的关爱之情。

于是出现了这样的情景:一年里大约有五六次吧,沃尔特在街上向弗洛伦斯脱帽致意,而弗洛伦斯驻足同他握手。魏根大娘以她独特的方式给他改名,老是把他误称作"年轻的格雷夫斯[①]",她熟知他俩是如何结识的,因此对他俩在街上相遇时打招呼的事早已习以为常,丝毫也没有特别留意。与此相反,聂宝小姐对这样的场合倒是颇为注意,她那颗敏感的少女心暗中对沃尔特漂亮的相貌产生了好感,并且宁肯相信自己的情意已经得到了回应。

就这样,沃尔特非但没有忘却或忽略自己与弗洛伦斯相识这

[①] 原文 Graves,意思是"坟墓"(复数)。

件事,倒把它记得越来越清晰了。那惊险的开头,以及一切使故事头头是道、有滋有味的细枝末节,他都仔细琢磨过了,与其说他把它当做一件有他本人参与的真事,倒不如说是一个能充分满足其想象力的、令人惬意的故事,这种故事是不会从他的记忆中消失的。在他的想象中,居于非常突出的位置的是弗洛伦斯,而不是他自己。有时他想(想时,他的脚步就迈得非常快),要是他在与弗洛伦斯相遇的第二天就出海远航,长期在海外漂泊、羁留,并在那里创造奇迹,多年后归来时已成为一位身佩各色弯形鱼纹章的海军上将,或至少也得是一位肩章亮得耀眼的大战列舰舰长,他不去理会董贝先生的牙齿、领结和表链,与已经长成美丽少妇的弗洛伦斯结婚,并把她带往某处蔚蓝色的海岸,那该是多么宏伟壮丽的事业呀! 然而,这些任意驰骋的幻想,难以将挂在董贝父子商行办公楼里的铜盘擦亮,使它变成一只承载金色希望的盘子,也不能把一束灿烂的光华投射到它污秽的天窗上。当柯特船长和索尔舅舅谈论李切·威丁登以及东家们和他们的女儿时,沃尔特觉得他远比他俩更了解自己在董贝父子商行里的真正位置。

就这样,他怀着愉快的心情勤勤恳恳、高高兴兴地日复一日从事他必须干的工作。看到索尔舅舅和柯特船长脸上喜滋滋的神色,他就知道他俩在转什么念头。他心中怀着自己独特的、朦胧而缥缈的幻想,索尔舅舅和柯特船长的幻想若和他的相比,倒显得平平常常,而有可能实现的了。珀尔和他姐姐在皮普钦太太那里寄宿期间,沃尔特的情形就是这样,他像是长大了一些,但也大不了许多。他还是以前领着索尔舅舅冲进后房,替舅舅照明下地窖去取那瓶马德拉陈酒时、总想象着正率领水兵登上敌舰的那个脚步轻快、无忧无虑、充满稚气的男孩。

"索尔舅舅,"沃尔特说,"我觉得你身体不舒服啦。早饭你一点儿都没吃。再这样下去,我可是要给你去请医生了。"

"孩子啊,医生也不能把我想要的给我,"索尔舅舅说,"能帮我的,至少得是个事业兴旺、病人很多的医生……就算是,他也帮不了我。"

"你指的是什么,舅舅？顾客吗？"

"哎,"索罗门回答时长叹一声,"要的就是顾客呀。"

"真是要命,舅舅！"沃尔特说时喀哒一声放下早餐杯子,他拍了一下桌子说,"我看到街上整天都有人群来来往往,每分钟都有几十人走过,再次走过咱们的商店,那时候,我差点儿控制不住自己,想冲出去,一把抓住谁的领子,把他拉进店里来,硬劝他花掉五十英镑现金购买航海仪器。您站在门口朝里面看什么？……"沃尔特对一位正聚精会神地注视着一架船用望远镜的、头上的假发里撒满发粉的老绅士发出呼吁(当然,他是听不到的),"光看没有用。我也可以光这么看看。要走进来买下它才算数！"

然而,那位老绅士在满足了自己的好奇心以后,就不声不响地走开了。

"他走啦！"沃尔特说,"都是些这样的人。不过,舅舅……我说,索尔舅舅……"老人在沉思,对第一声呼唤没有作出回应,"不要垂头丧气,一点精气神儿都没有,舅舅。要是订货单真的来了,就会来上一大批,你会供不应求的。"

"不管订货单什么时候来,我也没有能力供货了,我的孩子,"索罗门·吉尔思说,"咱们的商店再也不会收到订货单了,一直到我被彻底淘汰掉。"

"听我说,舅舅！你决不会被淘汰,你知道的！"沃尔特给舅舅鼓劲,"可别这么说！"

老索尔竭力装出高兴的样子,在小桌对面尽量向他展现快乐的微笑。

"没有发生什么不平常的事吧,是不是呀,舅舅？"沃尔特说时俯下身去,一双胳膊肘靠在茶盘上,好让他的话显得更知心、更亲切,"要是真的发生了这种事,舅舅,也别瞒我,把它全都告诉我吧。"

"没有,没有,没有,"老索尔说,"不平常的事吗?没有,没有。哪里会有什么不平常的事呢?"

沃尔特怀疑地摇摇头。"这正是我想知道的,"他说,"你倒反而来问我?我要对你说,舅舅,看到你这副样子,我觉得我和你在一起生活,真的很对不起你。"

老索尔不由自主地睁开了眼睛。

"是的,尽管和你在一起,我比任何人都幸福,一直都很幸福,不过,当我看到你心事重重的样子,我总觉得,我和你在一起生活,真的很对不起你。"

"我知道,就像你说的,有时候我确实有点儿蔫不唧的。"索罗门说时温顺地搓着手。

"索尔舅舅,我的意思是,"沃尔特说话时把身子再往舅舅跟前靠近些,这样就能伸手拍得着他的肩膀了,"每当这样的时候,我总觉得,应当有一个可爱的、矮墩墩胖乎乎的小妻子坐在这里给你倒茶,而不该由我来倒……她得是一个看着舒服、待人亲切、好极了的小老太太,和你天生一对,知道怎样照看你,让你心情愉快。现在有我在这儿,一个始终对你充满爱心的外甥,(我敢肯定自己该是这样一个人!)不过我只是一个外甥而已,在你情绪低沉、身体欠佳时,我就不能像她那样,早在多年以前就可以成为你的好伴侣,尽管我可以肯定,只要能使你高兴,要我出多少钱我都乐意。所以我说,每当我看见你有心事时,我总会想到,你身边没有更好的伴侣、只有我这么一个笨拙的、毛毛糙糙的男孩子而感到很对不起你。我一心想要安慰你,舅舅,就是想不出办法……想不出办法。"沃尔特说时继续俯过身子,拿起舅舅的手握了握。

"小沃,我亲爱的孩子,"索罗门说,"就算你说的那位可心的小老太太四十五年前就在这间后房里占有了她的位置,我也不会比起喜欢你来更加喜欢她。"

"我知道,索尔舅舅,"沃尔特回答,"上帝保佑你,我知道。不过,你身边如果有了她,当你遇到什么不愉快的事,你就不会藏着掖着,独自承受全部压力了,因为她懂得怎样才能消除你心头的压力,而我却不会。"

"会,会,你会的。"仪器制造商说。

"既然这样,索尔舅舅,到底出了什么事?"沃尔特哄着他说,"说吧!到底出了什么事?"

索罗门·吉尔思坚持说没出什么事,口气斩钉截铁,他外甥无计可施,只好装作相信他的话,只是他装得很不像。

"我只有一句话,索尔舅舅,要是真有什么……"

"不过,确实没有什么呀。"索罗门说。

"很好,"沃尔特说,"那我就没有别的话可说了;真巧,现在我也该去上班了。待一会儿我从商行出来办事,我会顺便弯进来看看你,好知道你过得怎么样,舅舅。记住,舅舅! 要是我发现你欺骗了我,我就再也不会相信你了,再也不会给你讲有关小卡克先生的事了!"

索罗门·吉尔思大笑着表示,根本没有这类事情,他尽管去打听好了;沃尔特脑子里不断盘算着各式各样能够发财致富、使木制海军准尉取得独立地位的不切实际的方法,当他前往董贝父子商行办事处时,脸上的表情比平日凝重。

在那个年头,路拐角处(也就是毕晓普门大街向外的一侧),住着个姓布洛格雷的人,他是一位正式宣誓执业的旧货商兼估价人。在他开的那家店铺里,陈列着各种款式的旧家具,它们摆放的位置和组合的方式,与它们原先的用途完全不搭配,让人看着极为难受。几十把椅子挂靠在一些脸盆架上;那些脸盆架在一些餐具柜的肩膀上艰难地保持着身子的平衡;餐具柜站在大餐桌身旁,不过它们都站错了边儿;大餐桌四脚朝天,像运动员似的摞在其他大餐桌的身上,它这么待着,该是最合情理的安排。常能看到,在一张四柱大床的中央,许多碟子盖、玻璃酒瓶和细颈盛水瓶排列整齐,摆放成宴会模样,准备招待它们的亲朋好友:半打拨火棍和一座客厅照明灯。那里还可以看到:一套已经没有窗户与它们配套的窗帘,十分优雅地披拂在由一堆抽屉摞成的路障上,抽屉里则塞满了从药店里收购来的小小的坛坛罐罐。一条放在壁炉前的地毯,和它的天然良伴壁炉生生拆散,变得无家可归,在逆境中、在刺骨的东风中悲苦地颤栗,与那架小巧玲珑的钢琴的尖声哀叹相应和。小钢琴日渐憔悴,每天绷断一根琴弦,街市的喧闹声会使它那玲玲作响、意乱神迷的头脑,作出轻微的回应。布洛格雷先生的铺子里,备有大量时钟,可供任意挑选,那些了无生气的时钟,指针从来没有移动过毫分,看来它们的发条已经再也上不紧了,正如原主们的财务状况一样。还有各式各样的镜子,它们摆放的位置偶然会收到反射与折射的双重功效,向人们展示破产、败落的永恒景象。

　　说到布洛格雷先生这个人,水汪汪的眼睛,粉红的面色,蓬松的头发,块头大,脾气随和——他属于加伊乌斯·马略这个层次,能够站立在别人的迦太基废墟上①,这就足以保持他的好心情。以前,他偶尔会拐进索罗门的店里来,打听一下老索尔的那些货物

---

① 加伊乌斯·马略(公元前157—公元前86),古罗马帝国军事家兼政治家。罗马军队曾征服位于北非(今突尼斯一带)的迦太基国,把都城夷为平地。"站在迦太基废墟上"的话是马略在罗马内战中一度避居北非时说的。
　狄更斯把 Gaius 一字误拼写成 Caius,迄今为止我所见到的所有英美版本都未校正。

经营的方法。沃尔特早就跟他认识了,在街上若是遇见他,会向他问声好;不过,由于这位旧货商和索罗门·吉尔思的熟识程度也不过如此,所以,当沃尔特信守承诺、午前欣然回到家里,发现布洛格雷先生双手插在衣袋里、帽子高挂在门背后,正在后房坐着时,还是大吃一惊。

"喂,索尔舅舅!"沃尔特说。老人此时正神情沮丧地坐在桌子对面,稀奇的是:他那副眼镜端端正正地戴在眼睛的前方,而不是额角的前方,"你现在觉得怎么样?"

索罗门摇了摇头,举起一只手来向旧货商挥了挥,算是给他作介绍。

"出什么麻烦事了吗?"沃尔特问时有些喘不过气来。

"不,不。没出什么麻烦事,"布洛格雷先生说,"别让这件事弄得你们慌慌张张的。"

沃尔特惊讶得说不出话,他看看旧货商又看看自己的舅舅。

"事情是这样的,"布洛格雷先生说,"有一小笔抵押债款,一共是三百七十英镑多一点,还款日期已经过了。债权在我手里。"

"债权在你手里!"沃尔特喊道,眼睛把商店里头打量了一遍。

"是啊!"布洛格雷先生以体贴、好商量的口气说,一边不住地点头,似乎他想要劝说大家,还是少安勿躁为宜,"这是执行契约。就是这么回事。别让这件事弄得你们慌慌张张的。今天我亲自来,就是为了客客气气地悄悄把这件事办了。我的为人你们知道,决不会对旁人声张的。"

"索尔舅舅!"沃尔特声音颤抖地喊道。

"小沃,我的孩子,"他的舅舅说,"这还是第一次。像这样的灾难,我以前还从来没有碰到过。我老了,想从头开始,不行了。"他又把眼镜推到脑门子上,因为,想用眼镜遮住眼睛,来掩盖自己的情绪,再也无法奏效了。他把脸埋在手掌中,大声哭泣起来,眼泪滴落在他那件咖啡色背心上。

"索尔舅舅!求求你!噢,别哭!"沃尔特喊道,看到老人哭泣,真把他吓着了,"看在老天分上,别哭啦。布洛格雷先生,我该怎么办?"

"我劝你去找个朋友什么的,"布洛格雷先生说,"把这件事跟他商量商量。"

"对啊!"沃尔特喊道,什么救命稻草他都会抓住,"当然要去!谢谢你。舅舅呀,是,应该去找柯特船长。等等我,我要跑步到柯特船长家里去。布洛格雷先生,我不在的时候,请你照看一下我的舅舅,尽量让他舒服些,行吗?索尔舅舅,不要失去希望。尽量使自己不气馁,这样就是个乖宝宝了!"

沃尔特不管老人结结巴巴地劝阻,嘴里说着这番热切的话,又一次冲出家门,意志无比地坚定。他匆忙赶到办公室去请假,说是他舅舅突然病了,然后就以最快的速度,直奔柯特船长的寓所而去。

他一路走去,似乎一切事物都改变了模样。街上还是平时那些轻便送货车、载重马车、公共马车、大篷车和行人们的洪流在纠结、喧闹,然而,降临在木制海军准尉头上的灾难使这一切都显得异样和新奇。那些房屋和店铺都跟平时不一样了,家家前门口都用斗大的字写着布洛格雷先生持有的收偿执行令。教堂也像是归旧货商所有了,因为教堂尖塔伸向天空的样子也和往日不同。就连天空本身也变了,上面清楚地写着"执行"的字样。

柯特船长住在印度码头①附近的小运河边上。那里有一座会旋转的桥,不时地开开阖阖,每开一次,就放进一只像游荡怪兽似的船,沿着街道游进来,然后停在那里像一条搁浅的鲸鱼。柯特船

---

① 指1802年建成的西印度公司码头,1805年在码头南面开凿城市运河。

长居所的近旁,从陆地逐渐过渡到水域的景象很奇特。首先是几家酒店,旁边少不了竖立着几根旗杆。接着是一列廉价成衣店,外面挂着水手们用的格恩西针织羊毛紧身套衫、宽边防水帽、帆布裤子,尺码从最紧身的到最宽松的,一应俱全。紧跟着是锻造铁锚和锚链的铁匠铺,打铁的大锤成天叮当直响。然后是几排房屋,房顶上小小的风向标耸立在深红色的豆粒状瓦片之上。后面是沟渠。再后面是截去树梢的柳树。然后是更多的沟渠。然后又有无数个脏水坑,不过你看不清它们,因为视线被船只挡住了。再往后,空气里弥漫着木头碎片的芳香;制造桅杆、船桨、滑轮组和整艘船只的行业,把其他各行各业都盖了过去。接下去的土地越来越潮湿,越来越凌乱。再接下去,除了朗姆酒和糖的气味外,你什么都闻不出来了。再往后,柯特船长在布列格巷的居所就近在眼前,对船长来说,它既是一座房子的二楼,又是船上的桅楼。

船长是一位活像木材的那种人,外衣和内心都像橡木①,想象力最为活跃的人也几乎无法将他的心和他的衣衫的任何细小部分区分开来。因而,当沃尔特刚一敲门,船长的脑袋立刻就从他居室的一扇小小的迎面窗里伸了出来,向他打招呼,那顶绷硬的加光便礼帽早就戴在他头上了,衬衫硬领像是一片白帆,身上是那件宽大的蓝上衣,一切都和平时一样。沃尔特深信,船长经常处于这种状态,他似乎是一只鸟,而全部穿戴都是长在他身上的羽毛。

"小沃,我的孩子!"柯特船长说,"准备行动,再敲一次门。使劲敲!今天是洗衣日。"

沃尔特急不可耐,用门环使劲敲了一敲。

"够响的了!"柯特船长说时,立刻把脑袋缩进窗户里,似乎预

---

① 典出大卫·加利克(1717—1779)的歌词:"都像橡木般的坚韧,/我们的船,我们的水兵"。

料到会有人大声咆哮。

他一点儿也没猜错：寡妇房东立即应声而出，把门打开，她的两个衣袖直卷到肩膀处，双臂沾满肥皂泡沫，由于刚从热水里抽出来，还直冒着热汽。她还没来得及从头到脚打量沃尔特，就先看门环，并且说，她还以为他已经把门环全都敲掉了呢。

沃尔特向她歉然微笑说："我知道柯特船长在家。"

寡妇房东说："他在家呀？真的吗！"

"他刚才还和我说话来着。"沃尔特气喘吁吁地解释道。

"他这么做了吗？"寡妇房东回答，"要是那样，就请你替麦克斯丁格尔太太向他问声好，对他说，下一回，在他想降低自己的身份、同时也跌了他住处的份儿、把脑袋伸出窗户跟人说话的时候，如果能够走下楼来，把门开开，她就会谢谢他啦。"麦克斯丁格尔太太在大声说话的时候，始终在留意二楼上的一切动静。

"我会对他说的，"沃尔特说，"太太，请你放我进去吧。"

沿门口有一道木栅栏挡住了他，那栅栏是为了防止一群小麦克斯丁格尔们在玩耍时跌落台阶而设置的。

"照我看，一个男孩既然有本事把我的门敲烂，"麦克斯丁格尔太太轻蔑地说，"他就不该被木栅栏难住呀！"沃尔特把这话当成一道进门许可令，刚要跨进门去，立刻听到麦克斯丁格尔太太责问道，英国女人的家还是不是她的安全城堡，她该不该让"流氓"随便闯进来？对于这样的议题，她仍十分坚持地想要得到回答，而沃尔特早已穿过洗衣服造成的人工雾汽、登上那道扶手上沾满黏糊糊的水珠的窄小楼梯，走进了柯特船长的房间，却发现那位绅士竟在门背后藏身。

"从没欠过她一分钱房租，小沃，"柯特船长悄悄地说，满脸是惊惶之色，"对她做尽了好事，对孩子们也一样。可是，时不时地，她还是那么又泼又刁，咳唷！"

"柯特船长,要是我,早就搬家了。"沃尔特说。

"可不敢呐,小沃,"船长回答说,"无论我走到哪里,她总会把我找到。坐,坐。吉尔思好吗?"

船长正在吃饭,帽子还戴在头上,他吃的是:冷的羊腰肉、黑啤酒,还有几个正在冒热气的土豆,那是他自己煮的,盛在壁炉前一只长柄有盖的深平底锅里,想吃时就拿出来。吃饭时,他把那只钩子从假肢木插座上拧旋下来,再拧旋上一把餐刀,他已开始用餐刀削一个土豆的皮,准备招待沃尔特。他那间房很小,布满抽烟草产生的烟雾,屋里倒是很整洁,因为所有的行李都已收拾利落了,好像这里每隔半小时就会发生一次地震。

"吉尔思好吗?"船长打听道。

这时的沃尔特,气倒是喘匀实了,可是精气神儿却没了,刚才他匆匆忙忙赶路,暂时来了精气神儿。他眼瞅着向他提问的人,看了一会儿才说:"噢,柯特船长呀!"眼泪刷地流下来了。

看他那个样儿,船长的惊恐简直无法形容。面对当前的事,麦克斯丁格尔太太顿时在他心里消失得无影无踪。他放下土豆和叉子——要是装在假肢上的餐刀放得下来,他也早已放下了——坐在那里盯住那个男孩子看,似乎他预料马上就会听到城里发生地裂的消息,他那位老友,连同身上咖啡色的上衣、纽扣、航海时计、眼镜以及其他一切,都已被地上的裂隙吞没掉了。

当沃尔特对他讲明事情真相后,柯特船长思索片刻,突然站了起来,浑身充满活力。他从碗柜顶层取下一只锡制的小茶叶罐来,把里面装的他的全部现款(总计十三英镑又半克朗①)都倒了出来,装进他那件宽大的蓝上衣的一只口袋里。为增加财富的总量,他将收藏在食盘箱里的两把旧的小茶匙、一对旧得腿儿已朝外弯

---

① 克朗,英国旧时货币,价值五先令。

的方糖夹子统统取出。他又从衣袋深处,把他那只有双层表壳的大银表一把拽了出来,经过验证,他确信这件宝贝仍然完好无损。他把那只钩子重新拧旋在右手的手腕上。他抓起那根布满结节的手杖,招呼沃尔特快走。

尽管船长正处在慷慨善良的激情之中,他仍然记得麦克斯丁格尔太太正在楼下等着他呢。柯特船长在出门前的最后一刻倒犹豫了,他对窗户瞥了一眼,似乎他曾考虑过要从这个不寻常的出口溜走,而不愿面对他那可怕的对手。然而,他最终还是决定采用智取的办法。

"小沃,"船长胆怯地眨眨眼睛说,"你先走,我的孩子。等你到了走廊里,就大声喊'柯特船长,再见,'然后把门关上。你就在街拐角处等候,一直等到看见我时为止。"

要不是早就预料到他的对手将会采取何等策略,这么高明的指示是发不出来的,因为沃尔特刚一下楼,麦克斯丁格尔太太就像一个复仇鬼魂似的从后面那间小厨房里溜了出来。她没有如自己预料的那样,溜出厨房就撞见船长,于是她又说起那只门环,话比刚才更难听了。说完又溜进了厨房。

大约足足过了五分钟,柯特船长才鼓起勇气企图逃跑。沃尔特在街拐角等候很久,焦急地向屋子望去,也不见有那顶绷硬的加光便礼帽出现的迹象。最后,船长像发生爆炸似的突然冲出房门,大踏步朝沃尔特跑去,船长一次也没有回顾,直到走出很长一段路,他才假装从容,用口哨吹起一首曲子来。

他们一路走去,船长问道:"小沃,你舅舅的船身倾倒了吗?"

"我怕是的。要是你瞧见他今天早上的模样,你一辈子也忘不了。"

"快走,小沃,我的孩子,"船长说时加快了步伐,"你的一辈子都要像这样快快地走。仔细查一查教理问答里的有关格言,一定要遵照执行!"

船长一心想着索罗门·吉尔思,也许还想到自己刚才从麦克斯丁格尔太太家逃出来的情景,所以一路上,他没有为提高沃尔特的道德修养而继续引经据典。他俩再也没有交谈,一直来到老索尔的家门口。那位倒霉的木制海军准尉正站在门口,一只眼睛瞄准那架望远镜,似乎在整个地平线上仔细搜查,想找到个朋友,帮助他走出困境。

"吉尔思!"船长快步走进后房,以相当温柔的动作握住他的手说,"让你的船头顶住风,我们会战胜风暴的。你所要做的,"船长说话时的庄重语气,就像是在发布人类智慧所能发现的一项最珍贵、最实用的信条,"就是让你的船头顶住风,我们会战胜风暴的!"

作为回报,老索尔也握了握船长的手,并且向他表示感谢。

于是柯特船长用适合这种场合的庄重态度,把他带来的那两把小茶匙、一对方糖夹子、一只银怀表,以及全部现金,统统放在桌子上。他问旧货商布洛格雷先生,到底需要多少钱。

"来!你来估估价,一共值多少?"柯特船长说。

"唷,上帝保佑你!"旧货商回答说,"你总不会真的以为这些东西会管用吧,你说对不对?"

"为什么不管用?"船长问。

"为什么?总数是三百七十英镑挂零。"旧货商回答。

"不用担心,"尽管这样的数额显然使船长感到沮丧,但他嘴里仍然说,"我想,进到你网里的,总该都是鱼儿吧?"

"一点儿不错,"布洛格雷先生说,"但是,你也知道,小鲱鱼可不是大鲸鱼呀。"

船长像是被这一见解的哲学意味所打动。他思索了片刻,与此同时,他把这位旧货商视为一位深刻的思想家;接着他把航海仪器制造商喊到边上去。

"吉尔思,"柯特船长说,"这件事的航向在哪里?谁是债主?"

"嘘!"老人回答说,"再往边上走走。不要在小沃面前谈论它。就是替小沃的父亲担保的事——一笔旧账了。内德,我已经为它付过很多利钱,但是我时运不济,现在我再也付不起利钱了。我早就预料到会有这一天,但是我没有办法避免。在小沃的面前一句都不能提,千万千万。"

"你是有一些钱的,不是吗?"船长悄声说。

"对,对,噢,对的——我是有一些财产,"老索尔说,他先是把双手插进自己空空如也的口袋,接着又使劲用双手拧他的绒线软帽,像是想要从那里头挤出些黄金来;"不过我——我有的那一些财产,不能兑换成现金,内德;它们拿不到手。为了小沃,我一直在想办法用它做些生意,可我是个老古板,跟不上时代了。这里放一点儿,那里放一点儿,呃——呃,总而言之,等于是哪儿都没有。"老人说话时,神情惶惑地朝四周张望。

他很像是个把钱藏在各个地方,但却把藏钱地点忘记了的弱智人。船长的眼睛跟随老索尔的目光转,心里还存着一丝希望:但愿老人能记起以前曾把几百英镑藏在烟囱上或地窖里。不过索罗门·吉尔思要明白得多,他并不存此妄想。

"亲爱的内德,我完全被时代抛弃了,"索尔说,他算是认命了,"被拉下好远好远。在后面拼命追也没有用。最好把存货卖掉来抵账——存货用来抵这笔账还是足够的。我最好还是跑到什么地方去死掉算了。我一点精气神儿都没有了。这个世界的事情我弄不懂了。一了百了最好。让他们把存货卖掉,把他也拽倒,"老人说时,有气无力地指指木制海军准尉,"让我俩一起毁掉吧。"

"那你打算怎么安排小沃呢?"船长问,"好啦,好啦!坐下,吉尔思,坐下,让我好好想想。如果我不是个靠一小笔退休金过日子的人,我就不必这么伤脑筋了。要不是遇上今天的事,我一直还觉得这笔退休金足够花呢。不要紧,你只要让你的船头顶住风,"船长又一次用上了那无可辩驳的慰问之词,"你会平安无事的!"

老索尔诚心诚意地向他致谢。他又回到后房,并没有让脑袋顶住风,反倒是靠在壁炉架上了。

柯特船长一面在店堂里长时间来回踱步,一面进行深刻的思考,他那浓密的黑眉毛紧紧簇聚在鼻梁上,就像乌云笼罩住山头,沃尔特看到这情景,连大气也不敢出,生怕会打断他的思路。布洛格雷先生不想再给他们增添压力;此人头脑机灵,他轻轻吹着口哨,在存货堆里穿行,时而拿起晴雨表来晃一晃、抓过航海罗盘来摇一摇,似乎把它们当成了药瓶子。他还用天然磁石逮铁钥匙玩,用望远镜看风景,把地球仪旋转得倍儿溜,拿起一把两折的直尺让它骑坐在自己的鼻子上,还自得其乐地玩了其他许多聪明的游戏。

"小沃?"船长终于发话,"我有办法了。"

"你有办法啦,柯特船长?"沃尔特喊道,他高兴极了。

"往这边走,我的孩子,"船长说,"存货是一项担保。我这个人是另一项担保。可以问你的老板贷出这笔钱来。"

"董贝先生吗?"沃尔特声音发颤地说。

船长神情严肃地点点头。"看看他,"他说,"看看索罗门·吉尔思。如果他们现在把这些东西都卖掉,这会要了他的命。你知道他会的。我们什么机会都不能错过——眼下你就有一个机会。"

"一个机会!——董贝先生!"沃尔特声音颤抖地说。

"你第一件要做的事是:赶快跑到营业处去看看他在不在,"柯特船长说时伸手拍拍他的背,"快!"

沃尔特觉得自己对船长的这项命令不该提出争议——假如他持有不同意见,只要看一眼他的舅舅,他就知道该干什么了——他一溜烟地跑掉,去执行命令了。不大会儿工夫,他就气喘吁吁地回来了,说是董贝先生不在营业处。今天是星期六,他上布赖登去了。

"我告诉你该怎么办,小沃!"船长说,他似乎对老板意外地不在,早就有应对之策了,"我们上布赖登去。我会给你撑腰,孩子。我会给你撑腰,小沃。我们乘下午那班马车去。"

找董贝先生借钱,沃尔特想一想都害怕,假如非这样不可,那么他也宁愿自己一个人去,而不要像柯特船长这样的人发挥个人影响给他撑腰。因为,他觉得,在董贝先生心里,船长的个人影响不会有多大分量。船长的想法似乎与沃尔特大不相同,他早已拿定了主意,再说,他对索尔的友谊实在是太热烈、太真诚了,作为年龄幼小的晚辈,沃尔特怎么能不重视他的意见呢?所以,沃尔特尽量克制自己,丝毫也没有把自己的不同意见表露出来。柯特匆匆与索罗门·吉尔思道别,把现金、茶匙、糖夹和银表一股脑儿重新装进了口袋——他准以为这些东西会给董贝先生一个光彩夺目的印象,沃尔特想起这一点来就害怕——他一分钟都没有耽搁,就带上沃尔特去了长途马车站。船长一路上还反复向沃尔特保证:他将始终陪伴在他身边。

第十章 海军准尉遭遇灾难的后续故事

白士度少校在公主广场的寓所,用双筒观剧望远镜,对小珀尔进行长期、持续的观察,还每日、每周、每月从他那黑人男仆口中获得有关这方面情况的许多详细报告(那黑人与托克丝小姐的女仆不断接触就是为了这个目的)。于是,少校据此得出这样的结论:阁下呀,董贝先生是你所要结识的人物;老小子乔·白士度要想办法去结识他。

然而,托克丝小姐的行为举止仍旧非常矜持,当少校出于这个目的常常去拜访她,总想要刺探到一小点与此有关的消息时,她总是表情冷淡地佯装不知。虽然少校性情狡猾,天生是块蒸不熟煮不烂的料,但他也不得不感到,自己的心愿能不能实现,有几分要靠运气了。正如他常在俱乐部里哧哧地笑着说"这件事呀,阁下,可以打五十比一的赌。自从他的大哥在西印度群岛患黄热病去世以来,事情总会对乔·白士度有利。"

在当前这件事情上,运气要过一阵子才肯来帮他的忙,不过,最终还是来了。当黑人男仆向他详细报告说,托克丝小姐不在家,她到布赖登办事去了时,这位少校突然充满深情地大动故人之思,想起了在孟加拉的朋友比尔·毕瑟斯东曾来信请求他:如果到布赖登去,务请他去探望自己的独养儿子。但是,当那同一个黑人男仆说到珀尔在皮普钦太太的幼儿园里时,少校找出他刚回到英国时,毕瑟斯东老爷写给他的那封信(以前他可从来没有把它当回事儿),他查阅了一下,看到好机会自动出现了,可惜自己眼下正因痛风卧病在床,顿时急得暴跳如雷。他操起一只搁脚凳向黑人男仆扔去,算是向他提供情报的酬答。他还发誓说:他要把这个贱奴弄死,决不会对他容忍。黑人男仆对这种话,宁愿信以为真。

少校的病终于痊愈了。一个星期六,他身后跟着黑人男仆,嘴里嘟嘟囔囔地前往布赖登。一路上,他不断呼喊着托克丝小姐的名字,并且幸灾乐祸地展望发动突然袭击,把那位体面朋友抢夺过来的前景。她在这位体面人物身上增添了多少迷雾,为了他的缘故竟然会把老乔抛弃。

"你打算,小姐,你打算!"报复心使少校情绪激动,脑袋上每一根早已暴出的青筋,鼓胀得更加厉害了,"你打算不把老乔·白士度看在眼里吗?还不是时候,小姐,还不是时候!该死的,还没到时候,尊贵的阁下。老乔没有睡大觉,小姐。白士度还没有死,阁下。乔·白下起棋来还会算计个一两步呢,小姐。老乔那双善于洞察风云变幻的眼睛睁得大大的,贵人。你会发现他难缠得很,小姐。难缠得很,阁下,老乔实在难缠。实在难缠,并且还是个鬼灵精!"

当白士度少校领着毕瑟斯东少爷外出溜达时,男孩发现这位少校的确是非常难缠。少校的脸色就像斯蒂尔登村里产的奶酪,他的眼珠子就像对虾眼珠子似的突出暴起,他只管一路走去,全然不顾毕瑟斯东少爷的兴趣,他拖着曳着那个孩子,高处低处观察张望,目的是寻找董贝先生和他的两个孩子。

少校事先经过皮普钦太太的指点,所以没费多少时间就侦察到珀尔和弗洛伦斯所在的位置,便立即向他们姐弟靠拢。他俩身边有一位神情庄严的高贵绅士,无疑就是董贝先生啰。少校带着毕瑟斯东少爷冲进了这一小团体的核心,其结果当然是:毕瑟斯东少爷和幼儿园里的两位小难友交谈起来。少校停下脚步,带着赞赏的神情仔细观察着孩子们。他惊喜地记起来了,他曾在他的朋友托克丝小姐位于公主广场的寓所里看见过这姐弟俩,还曾和他们说话来着。他感叹:他亲近的小朋友珀尔长得实在太漂亮了。他问珀尔:还记不记得老乔·白士度少校?最后,他突然想起了必须遵守的社交礼仪,便转身向董贝先生说,自己失礼了,请原谅。

"不过呢,阁下,我的这位小朋友,"少校说,"让我返老还童啦。我是一名老兵,阁下,白士度少校,随时愿意为您效劳,令郎使我重新变成了孩子,承认这个事实我倒并不觉得难为情。"说到这里,少校脱下帽子,高高举起。"真正要命,先生,"少校突然感情冲动地喊道,"我妒忌你呀。"接着他意识到自己的失态,又说,"请原谅我说话随便。"

董贝先生请他不必介意。

"一名久经征战的老兵,先生,"少校说,"一名上了年纪的、被硝烟熏染、烈日暴晒、精力耗尽、浑身伤病的退伍少校的怪想法,先生,是不怕被像董贝先生这样的人物责备的。我想,我十分荣幸,是在跟董贝先生说话吧?"

"这个姓氏,如今正是由微不足道的我来代表呢,少校。"董贝先生回答。

"我可以指天发誓,先生,"少校说,"这可是个伟大的姓氏。先生,这个姓氏呀,"少校这话说得斩钉截铁,那口气似乎在说:如果董贝先生说出相反的意见,他会断然加以反驳,不管多么痛苦,他都有责任把对方驳倒,"这个姓氏,英国所有海外领地的人们都知道,都尊敬。这个姓氏的人呀,先生,谁要是能够结识,是可以引以为骄傲的。约瑟夫·白士度可不会奉承人,先生。约克公爵大人殿下说过不止一次了,'乔不知阿谀奉承为何物。那个叫老乔的,他是一名质朴的老战士。他身上唯一的缺点就是太倔强。'所以说,董贝是一个伟大的姓氏,先生。老天爷作证,这是一个伟大的姓氏!"少校一本正经地说。

"也许你出于好意,有点儿过誉了,少校。"董贝先生说。

"没有,先生。"少校说,"我的这位小朋友,先生,可以为约瑟夫·白士度作证,证明他不是别的,十十足足、彻头彻尾是一个直言不讳的老好人,先生。这位男孩,先生,"少校压低声音说,"会成为一位历史人物。这位男孩,先生,可不是寻常之辈。要精心照料他呀,董贝先生。"

董贝先生似乎向他透露了自己将竭尽全力做好这件事的意思。

"你再看看这个男孩,先生,"少校用说私房话的语气说,还用手杖戳了那孩子一下,"他是在孟加拉的毕瑟斯东的儿子。比尔·毕瑟斯东以前和我在同一支军队服役。这男孩的父亲和我,先生,是结拜兄弟。无论你走到哪儿,先生,你总会听到大伙儿不谈论别的,只谈论比尔·毕瑟斯东和乔·白士度。那么,我就看不见这个男孩的缺点了吗?决不会。他是个傻瓜,先生。"

董贝先生对遭受诽谤的毕瑟斯东少爷望了一眼,尽管董贝先生对这男孩一无所知,但他的了解程度至少和白士度不相上下,他以得意的口吻说,"真的吗?"

"他就是这样一个男孩,先生,"少校说,"他是个傻瓜。乔·白士度说话从来不吞吞吐吐。我的老友、孟加拉的比尔·毕瑟斯东的儿子天生是个傻瓜,先生。"说到这里,少校不禁纵声大笑,直笑得脸都发紫了。笑完后刚缓过气来,少校就问,"我想,我的这位小朋友是要上公学①的吧,是不是啊,董贝先生?"

"我还没有最后决定呢,"董贝先生回答,"我想还是不上的好。他的身体娇嫩了点儿。"

---

① 公学,英国旧时贵族学校,过去只接纳上层阶级子弟,从十九世纪四十年代开始,也接纳富裕的中产阶级子弟。白士度毕业于名校(桑赫斯特),他的上层阶级社会关系对大富翁董贝先生也很用得着。

"要是他身体娇嫩,先生,"少校说,"你的想法很正确。在桑赫斯特①军校,先生,只有身体特皮实的家伙能熬得过来。我们在军校里互相折磨,先生。我们用文火把新生慢慢地烤,还把他们脑袋冲下,吊挂在窗户外面,离地面足有三架梯子那么高。约瑟夫·白士度,先生,也曾经被人拴住皮靴后跟,倒挂在窗户外边,用学校大钟计时,足足挂了十三分钟。"

少校完全可以凭借自己的脸色来证明他所讲的故事并不是瞎编的。看他那副尊容,你会觉得他在窗外吊挂的时间,似乎太长了一点儿。

"不过,这也造就了我们,先生,"少校说话时整理了一下他衬衣的饰边,"我们是铁坯,先生,军校教育把我们锤炼成钢。你打算在这里住下吗,董贝先生?"

"我通常每星期来一次,少校,"那位绅士说,"我在贝德福居留。"

"如果你准许的话,我将会非常荣幸地到贝德福去拜访你,"少校说,"一般说来,先生,乔·白可不是一个爱串门子的人,不过呢,董贝先生可不是个普通的姓氏。我真是多多地托了我这位小朋友的福,先生,才有幸认识你。"

董贝先生的回答彬彬有礼。少校轻轻地摸一摸珀尔的脑袋,还说,要不了多久,弗洛伦斯的那双眼睛就会害得年轻小伙子们掉了魂的……"细想起来,就连上了年纪的人也难免呀,先生。"少校说时压低嗓门不断咯咯地笑。他用手杖敲了敲毕瑟斯东少爷,就带着那位年轻绅士几乎是一溜小跑地走开了。他走路步履蹒跚,两腿叉得很开,却派头十足,一边咳嗽,一边还摇头晃脑。

少校言而有信,后来果然去拜访了董贝先生。董贝先生在查

---

① 桑赫斯特,英国陆军军官学校,是一所著名学府。

阅过军官名录以后,回访了少校。后来,少校又去董贝先生城里的住宅拜访。接下去,少校竟和董贝先生乘坐同一辆马车再次来到布赖登。总而言之,董贝先生和少校相处得异乎寻常的好,其经过也异乎寻常的快。董贝先生在他妹妹跟前提起少校时说:他固然是个十足的军人,但他确实还有其他长处,他对于与他职业无关的事情的重要性,理解得非常深刻。

终于有一次,董贝先生带上托克丝小姐和戚克太太一起去探望两个孩子,发现少校又到布赖登来了,于是他就在贝德福设宴招待少校。董贝先生事先在托克丝小姐面前,对她的那位邻居兼老熟人,赞美了一番。尽管听到这些话,使她的心为之悸动,但是倒并没有使托克丝小姐感到不愉快,因为这使她能够成为引起人们极大兴趣的人,还让她偶尔可以显出情思昏昏、语言零乱的姿态;作这种表演,她可一点儿也不反对。少校为她展示这种情感提供了大量机会,在饭桌上,他滔滔不绝地埋怨她,说她不应该把他老乔和公主广场都撇下;看来少校从说这些话中能得到极大的乐趣,因此,席间所有的人都其乐融融。

宴席上的谈话几乎都让少校一人给包圆儿了,看来他说话的瘾头与他对餐桌上各种美味佳肴的食欲同样强烈,他简直可以说是在一大堆好吃的东西里头打滚儿了,胃口大开更大大增强了他滔滔不绝的谈兴,这倒真不是件坏事。董贝先生寡言少语的习惯和矜持的态度自然更助长了少校的喧宾夺主。少校觉得自己光彩照人,真正露了脸。随之而来的好兴致,促使他说出自己名字的一连串变体,数目多得连他本人也感到惊讶。一句话,在场的人都觉得非常愉快。大家都认为少校肚子里装着的谈话资料简直无穷无尽;当他打完长长的牌局,很晚才告辞后,董贝先生又一次在羞红了脸的托克丝小姐面前,对她的邻居兼老熟人赞美了一番。

在返回他居住的旅馆的途中,少校不停地自言自语,谈论的是他自己,"精呀,先生……精呀,老兄……真是个鬼灵精!"等他回到房间,坐在一把椅子上,发出压制住声音的大笑,他有时会这样发作一阵,样子特别难看。这次的发作历时很久,站在一段距离外一直在注视着他、但杀了他也不敢靠近的那名黑人男仆,有两三次都误以为少校这回死定了,再也缓不过气来了。他的全身,特别是脸和脑袋,肿胀得那黑人男仆从来也没有见过的程度,在男仆眼里,少校不是别的,只是一堆分量不轻的靛青。他终于突发一阵猛烈的咳嗽,当症状有所减轻,他嘴里又喷发出这样的话语:

"你愿意,小姐,你愿意,是吧?董贝太太,嗯,小姐?我想,成不了,小姐。只要老乔·白往车辖辘里插一杠子,小姐。乔·白现在和你打平手了,小姐。这会儿,他根本没有被罚下场,老兄,下场的不是白士度。她的城府深,先生,可是老乔的城府更深。老乔清醒得很……一点也不胡涂,瞪大眼睛在看呢,先生!"他最后那项声明确实无疑,而且瞪大到十分吓人的程度,夜间大部分时间里,一直保持着这种状态。少校主要用类似的喊叫、间或伴随着一阵阵咳嗽和憋气,度过了那一夜,吵得整座建筑里的人们都不得安生。

星期日举行的这场宴请后的第二天,董贝先生、戚克太太和托克丝小姐正坐在餐桌前吃早饭,他们还在夸奖少校呢,忽见弗洛伦斯从外面跑来,她脸上充满阳光,眼睛里闪耀着快乐的神采,她喊道:

"爸爸!爸爸!沃尔特来了!但他不肯进来。"

"谁?"董贝先生喊道,"她这话什么意思?发生了什么事?"

"沃尔特,爸爸!"弗洛伦斯怯生生地说,她已经意识到自己为来人通报时的口吻,过于亲近了,"就是在我上一回迷路时找到我的那个人。"

"路易莎,她说的是那个叫盖伊的小伙子吗?"董贝先生发问时,眉头紧紧皱了起来,"真的,那小伙子的举止变得很浮躁。我想,她说的不会是盖伊这小子。你去看看是怎么回事,好吗?"

戚克太太赶快进了走廊,回来时报告说,来人确实是盖伊那小伙子,和他同来的还有一个长相非常奇特的人。盖伊那小伙子听说董贝先生正在吃早饭,就不肯贸然闯进来,他说要在外面等待,直等到董贝先生下命令允许他进来为止。

"叫那小伙子马上进来,"董贝先生吩咐道,"喂,盖伊,什么事?谁派你到这里来的?难道就没有别人能来吗?"

"请原谅,先生,"沃尔特说,"不是有人派我来的。我实在冒昧,是为自己的事来的,等我说明原因,希望能得到您的原谅。"

但是董贝先生没有注意听他在讲什么,只是不耐烦地朝沃尔特身子两旁看去,就好像那小伙子是挡住他去路的一根柱子,柱子后还藏着什么物件呢。

"怎么回事?"董贝先生说,"你是什么人?先生,我想你是走错门了吧?"

"噢,先生,我带了个人来打扰您,真是非常抱歉,"沃尔特赶紧说,"不过,这位是……这位是柯特船长,先生。"

"小沃,我的孩子,"船长用低沉的嗓音说,"准备行动!"

话音未落,船长又往里走近些,他那身宽大的蓝上衣、引人注目的衬衫领子和疙疙瘩瘩的鼻子,毕露无遗。他站着,向董贝先生鞠躬致意,还礼貌周全地向女士们挥动他那只钩子。那顶绷硬的加光便礼帽已经拿在他那只仅存的手里了,因此他圆滚滚的脑袋上新添了一圈红色的印记,就像地球仪上的赤道。

董贝先生看到这景象,又惊奇又气愤,从他的眼神看来,他似乎示意让戚克太太和托克丝小姐出面制止。跟随弗洛伦斯一起进来的小珀尔,看见船长挥动铁钩子时,退到托克丝小姐身后,站在那里作出防卫的姿势。

"喂,盖伊,"董贝先生说,"你急着要跟我说什么?"

船长再一次说道:"小沃,准备行动!"他把这句话当成是能讨得所有人欢心的一般开场白。

沃尔特眼睛望着地面,用颤抖的声音说:"先生,我到这里来,恐怕是非常冒昧,真的,确实是冒昧。先生,甚至于我到了以后,我几乎还是没有勇气要求见您,要不是碰到董贝小姐,我怕是……"

"好吧!"董贝先生说时跟踪小伙子的目光,看见他正望着弗洛伦斯,而她神情专注,还给他一个鼓励的微笑,董贝先生见了这情景,不禁皱起了眉头,"请你接着说。"

"对啊,对啊,"船长觉得自己有不可推卸的责任出来支持董贝先生,这可是具备良好教养的标志,"这话对头!接着说,小沃。"

董贝先生在得到他的这一支持时瞟了他一眼,那眼神本该使船长浑身瘫软。但船长对其中涵义却毫不觉察,他闭上一只眼睛作为回答,还挥动他的铁钩子向董贝先生作了几个意味深长的动作,希望他能理解。他想说的是:沃尔特刚开始陈述时,是有些羞怯,但可以预料,他很快就不会这么紧张了。

"先生,我完全是为了一件个人私事才到这里来的,"沃尔特怯生生地说,"而柯特船长……"

"在这儿呢!"船长插话了,他似乎在担保:自己近在咫尺,而且足以信赖。

"他是我那可怜的舅舅的一位很老的朋友,先生,是个非常好的人,"沃尔特接着说,他抬起目光,像是在替船长求情,"他好心好意要陪我来,我实在没有法子拒绝。"

"不,不,不,"船长洋洋自得地说,"当然不可以。没有拒绝的必要。小沃,接着说。"

"所以,先生,"沃尔特说时鼓起勇气来望着董贝先生的眼睛,他必须更加大胆些,才能陈述事情最令人沮丧之处,现在想躲避也已经没有退路了,"所以我就和他一起来了,先生,来告诉你,我那位可怜的老舅舅现在苦恼极了,悲伤极了。他做买卖逐渐亏本,没有能力偿还欠账,好几个月来,他一直在为此担心,心理负担重极了。并且我确实知道,先生,已经有人上门来强制执行了,他面临财产全部没收、心被伤透的危险。您对他已认识多年,知道他品行端正,如果您能行行好,帮助他摆脱困境,先生,我们对您真是感激不尽。"

沃尔特说话时眼睛噙满泪水;弗洛伦斯的眼睛也潮湿了。虽然从表面看来,她父亲的目光只注视着沃尔特,其实他看到了女儿泪光莹莹的眼睛。

"先生,钱的数目还很大,"沃尔特说,"要三百多英镑呢。我舅舅被他的不幸的命运击倒了,压力太大,他扛不住了,实在想不出任何可以自救的办法来。他甚至于连我到府上来求助都不知道。您可能要我讲出,先生,"沃尔特犹豫了片刻才接着说,"我究竟要什么。先生,我真的不知道。我想,我可以很有信心地说,我舅舅还有些存货,没有别的需要偿还的债务了,而且还有柯特船长愿意作担保,我……我本来不想提起,"沃尔特说,"我的工钱;如果您允许我把它……积攒起来……预先……支付……舅舅……生活俭朴的、诚实的老人。"沃尔特吞吞吐吐地说出这些不连贯的语句后,就哑口无言了;他垂首站立在自己的老板面前。

柯特船长看准此刻正是展示那些宝贝的最佳时机,于是跨步上前,来到餐桌旁边;他在董贝先生肘部附近的早餐杯碟中间,清理出一块空白后,就掏出银表、现金、两只茶匙、一对方糖夹子,把这些东西摞成一堆,想让它们尽可能显得更加值钱些,同时他说出这样一些话:

"半个面包总比没有面包好些,拿面包屑来打比方也说得通。

这儿有一点点。我每年一百英镑退休金也准备拿出来。世界上要是有谁头脑里装满科学,那个人就是老索尔·吉尔思。要是有哪个孩子美好得像,"说到这里,船长加上一句他常爱引用的经典,"流奶与蜜之地①——那个孩子就是他的外甥!"

　　说完话船长就退回原先的位置,站在那里整理一下那一绺绺散乱的头发,神气就像是一场难演的戏中最后那个亮相动作。

　　沃尔特说完话,董贝先生的目光就被小珀尔吸引了过去,这孩子看见他姐姐听到别人遭遇不幸,心生同情,正默默地低头哭泣,便跑到她身边去,想要安慰她。与此同时,他一会儿看看沃尔特,一会儿看看自己的父亲,小脸儿上的表情非常生动。柯特船长的陈述暂时分散了一下董贝先生的注意力,但他傲慢地根本没把船长的话当回事,此时他的目光又回到他儿子身上,他不声不响地站得笔直,对孩子注视了一会儿。

　　"这笔债是怎么欠下的?"董贝先生终于发问了,"债主是谁?"

　　船长把手按在沃尔特的肩上回答道:"他不知道,我知道。为了帮助一位已故的人,我的朋友吉尔思早已为这个花掉好几百英镑了。至于详细情形,要是您同意,我可以私下里说。"

　　"自己还有许多事情要操心的人,"董贝先生说时根本没留意船长在沃尔特身后向他递过来的神秘手势,他的目光仍注视着自己的儿子,"最好还是只顾履行自己的责任、解决自己的困难,而不要多管别人的事,从而给自己增加麻烦。再说,这也是一种不光彩的、不自量力的行为,"董贝先生口气严峻地说,"不自量力之极;因为这是有钱人才能做到的事。珀尔,到这儿来!"

　　孩子听话地来了,董贝先生把他抱起来放在自己的大腿上。

　　"假如你现在就有钱……"董贝先生说,"看着我!"

---

①　引自《圣经·旧约·出埃及记》,第3章,第8节。

珀尔的眼睛扫视了他姐姐,又扫视了沃尔特一眼后,盯住了他爸爸的脸。

"假如你现在就有钱,"董贝先生说,"有小盖伊开口要的那么多的钱,你会怎么做?"

"给他的老舅舅。"珀尔回答。

"把钱借给他的老舅舅吗,呃?"董贝先生说,"好吧!等你长到一定年龄,你知道,我的钱你就有份了,我和你一起来用这些钱。"

"董贝父子。"小珀尔插话道,这个名字他早就耳熟能详了。

"董贝父子,"他的父亲又说了一遍,"你现在就开始做董贝父子商行的小老板,把这笔钱借给小盖伊的舅舅,好不好?"

"噢!要是您愿意,爸爸!"珀尔说,"弗洛伦斯也会愿意的。"

"女孩子。"董贝先生说,"和董贝父子商行没有关系。我问的是你愿意不愿意?"

"愿意,爸爸,我愿意!"

"那么你可以借钱给他,"他爸爸说,"你明白了吧,珀尔。"他把声音放低,补充说,"金钱的力量有多么巨大,大家都渴望能赚到钱。小盖伊一路赶来,求我们借钱给他,而你,一个多么重要、多么了不起的人,有的是钱,准备把钱借给他,当成是一桩很大的恩惠和义务。"

珀尔抬起脸来朝上看,片刻间,那张脸显得老相,从中可以看出他对父亲话里的涵义有透彻的理解。然而,当他从父亲大腿上溜下来,跑去找弗洛伦斯时,他的脸立刻又重新变成一张充满稚气的娃娃脸了。他让姐姐别再哭泣,他就会把钱借给小盖伊的。

董贝先生转身面向一张墙边桌,写了一张字条,并把它密封好。在他这么做的时候,珀尔和弗洛伦斯悄悄地和沃尔特谈话,柯特船长看到他们仨的这种情景,心中怀着不可言状、不自量力的抱负,满意地微笑起来,即使有人告诉董贝先生,船长此刻在想什么,他也决不会相信。董贝先生书写完毕,又转过身来回到原先的位子,他把字条给了沃尔特。

"明天早晨,"他说,"第一件事情就是把它交给卡克先生。他会马上付清那笔欠款,并且派个商行的人去,把你舅舅从目前的困境里解救出来;至于还贷的安排,是根据你舅舅的经济条件作出的。你要把这件事看作是珀尔少爷为你做的。"

沃尔特手里拿着那张可以把他那位好舅舅从困境中解救出来的字条,心里非常激动,很想把自己的感激和喜悦之情表达出来。但是却被董贝先生断然制止。

"你要把这件事看作是,"他又重复了一遍,"珀尔少爷做的。我解释给他听,他也听懂了。我想,没有别的话要说了吧。"

他打个手势指指房门,沃尔特只得低头鞠躬,并且告退。托克丝小姐看见船长也像是要走了,便加以阻拦。

"我亲爱的先生,"她对董贝先生说,对于董贝先生的慷慨行为,她和戚克太太都被感动得流下大量泪水,"我想你忽略了一些物件。请原谅,董贝先生,由于你品性高贵、目光远大,你没瞧见一些琐碎的东西。"

"真是这样,托克丝小姐!"董贝先生说。

"这位装着……一件工具的绅士,"托克丝小姐眼睛看着柯特船长说,"在餐桌上,就在你胳臂肘附近,留下了……"

"天哪!"董贝先生说时伸手拨开船长的财宝,就好像那真的是一堆面包屑,"把这些东西拿走。我感谢你,托克丝小姐;你就像平时那样细心周到。先生,请你把这些东西拿走!"

柯特觉得自己除了遵命以外,别无选择。那些财宝就堆在董贝先生手头,他竟会拒收,如此慷慨大方,深深打动了船长的心。当他把茶匙、方糖夹子放进一个口袋,把现金放进另一个口袋,又让那只了不起的大怀表缓缓地溜进它固定的收藏处时,他忍不住用仅有的那只左手,抓住董贝先生的右手,用强劲有力的手指将它掰开,并把铁钩放了进去,以表达敬意。董贝先生同时接触到热烈的感情和冰冷的金属,不禁浑身一阵寒颤。

接着,船长用他的铁钩向女士们送了几次飞吻,态度优雅,殷勤有礼;在对珀尔和弗洛伦斯一一道别后,他陪着沃尔特一起离开了房间。弗洛伦斯满腔热情地准备追随而出,要他们带去她对老索尔的问候,但被董贝先生喊了回来,嘱咐她待在原处,不要动。

"难道你永远不想做个董贝家的人了吗,我亲爱的孩子!"戚克太太动情地责备道。

"亲爱的姑妈,"弗洛伦斯说,"您别生我的气。我实在感激我爸爸呀!"

她真想奔跑过去,伸出双臂搂住爸爸的脖子,可是她不敢。正因为她不敢,当父亲沉思时,她一直用感恩的目光注视着他。董贝先生偶尔会还她以心神不安的瞥视,但更多的时间里,他一直在观察珀尔在房间里走动,那孩子因为帮助沃尔特得到了那笔贷款,新添了一分庄严、高贵的神气。

年轻的沃尔特·盖伊又怎样呢?

他终于能把执行吏和旧货商们清除出舅舅的家,他可以赶回去,向老人报告这个好消息,真是太高兴了。第二天,还不到中午,他就已经把一切手续安排妥帖,当晚就和老索尔以及柯特船长安坐在那间小小的后房里,真是太高兴了。他看到,这位航海仪器制造商的精神早已重新振作,对未来充满希望,感觉木制海军准尉又回到了他的身边。然而,必须承认,沃尔特因意识到自己地位卑微而情绪低沉;这倒不能怪他对董贝先生不知感恩。当我们希望的萌芽被一阵暴风摧折,我们最容易在心里给自己描绘这样一幅图景:要是这些芽苞能滋长,它们将会盛开出多么美丽的花朵呀。如今,沃尔特发觉自己在新近这次可怕的坠落中,跌得太深,已经和雄伟的董贝高山完全脱离,自己过去的一切狂妄幻想也都因此而烟消云散,这时,他又开始觉得,如果不发生这件事,他的这些幻想本来可以指引他到达遥远的未来,到达追求弗洛伦斯这样一个并无恶意的景象。

  船长对这件事的看法却与沃尔特大不相同。他似乎怀有这样的信念:在他帮助下实现的那场会见,非常令人满意,非常令人鼓舞,只要再动一两步棋,弗洛伦斯就会和沃尔特正式订婚了;最近这笔交易,即使不算彻底完成,也大大推进了威丁登式愿望的实现。在这信念的鼓舞下,再加上老友心情的好转和自己从中得到的快乐,那天晚上,当他为他们三度演唱《可爱的佩格》这首歌谣时,他甚至想即席发挥,把"佩格"唱成"弗洛伦斯";可是他马上发现,这很困难,因为和"佩格"(Peg)压得上韵的只能是"莱格"(leg①,歌谣原文把女主人公描写得美丽非凡),他灵机一动,高兴他有了办法:把她唱成"弗莱—哀—格"不就行了吗?他果真这么办了,演唱时他大叫大嚷,那顽皮劲头简直超乎寻常,尽管时间已晚,他必须回到可怕的麦克斯丁格尔太太的寓所里去了。

---

  ① 英语,意思是"大腿"。

第十一章　珀尔进入新的环境

　　尽管皮普钦太太的肉身也有虚弱的时候,吃完排骨肉后总得休息片刻,晚上还要用小羊杂碎做催眠剂,方能哄她入睡,但她的体质是用特殊硬金属材料制成的,完全不理会魏根大娘的预言,丝毫也没有显露出衰败的迹象。然而,由于珀尔对那位老太太着迷般的兴趣一点没有减少,魏根大娘对自己所持的立场也寸土不让。她举出她舅舅家的贝特西·简作为坚实依据,以支持自己的看法,加强自己的主张。她站在朋友的立场上,忠告贝莉小姐说,要做好最坏的准备,并预先警告她说:她的姑妈随时都有可能突然死掉,就像火药作坊随时都有可能突然爆炸一样。

　　可怜的贝莉毫无恶感地接受了魏根大娘的全部忠告,但她照旧做着奴隶般的苦工;她坚信皮普钦太太是世界上一位最值得称道的人,她每天都把自己无数的牺牲安放在这位高贵的老太太的祭坛上。然而,贝莉这一切牺牲,都被皮普钦太太的朋友和崇拜者们算在皮普钦太太的功劳簿上;人们还把贝莉的牺牲与已故皮普钦先生在秘鲁矿井因伤心而死这件悲惨的事等量齐观,并要她付诸实行。

　　譬如说,有一位经营零售业务的食品兼日用杂货商,为人诚实,他有一本小小的记事本,红封面油腻腻的,上面记着他和皮普钦太太之间的交易,争执总是不断,为解决分歧,记事本上涉及的双方,或是站在铺草垫的走廊里,或是在关上门的客厅里,不断举行秘密商谈和会议。毕瑟斯东少爷(看来他的血液早已被印度的烈日灼热,使他具有爱报复的性格)不止一次暗示过,他的账目对不上,他还记得有一次在用茶点时的疏失,给他的糖竟是湿的。这位零售商是个单身汉,他择偶并不光注重表面的美丽,有一次,他光明正大地向贝莉求婚,被皮普钦太太一顿嘲笑、谩骂,断然拒绝。人们都说,作为死在秘鲁矿井的男子的寡妇,皮普钦太太的行为多么值得称赞呀;这位老太太具有多么坚定、高尚和独立的精神呀。可是谁也没有为可怜的贝莉说句话,她整整哭了六个星期,在此期间还不断遭到她那位好姑妈的臭骂,从此她坠入了嫁不出去的老处女的境地。

"贝莉很喜欢你吧,是不是?"有一回,珀尔和皮普钦太太,还有那只猫,一起坐在壁炉前时,孩子问道。

"是的。"皮普钦太太回答。

"为什么?"珀尔问。

"为什么!"那位老太太回答时心里有点儿发毛,"少爷,这种问题亏你也问得出来!那你为什么喜欢你的姐姐弗洛伦斯呢?"

"因为她为人非常好,"珀尔说,"谁也比不上弗洛伦斯。"

"对啦!"皮普钦太太唐突无礼地回答,"我想是:谁也比不上我吧。"

"真的再也没有像你一样的人吗?"珀尔问道,他的身子向前探出座椅,眼睛死死地盯住她。

"没有。"老太太回答。

"我好高兴,"珀尔若有所思地搓搓手说,"再也没有这样的人就太好了。"

皮普钦太太没敢问他为什么,否则的话,她得到的回答将会是彻底毁灭性的。但是,为了抚慰自己被伤害的感情,当晚她一直使劲折磨毕瑟斯东少爷,直到上床睡觉才饶了他,致使他当天夜里就开始为穿越欧亚大陆、返回印度而作准备。晚餐时,他偷偷藏起四分之一块面包、一片新鲜的荷兰干酪,开始为他的长途跋涉积攒干粮。

皮普钦太太照看、监护小珀尔和他的姐姐弗洛伦斯已经快要一年了。在此期间,姐弟俩回过两次家,不过时间都不长,只待了几天。每个周末,他俩都到董贝先生下榻的饭店去。珀尔的身体逐渐、逐渐地长得比以前健康一些了,他已经无须用小车代步。但他仍旧显得消瘦、纤弱;他还像刚交托给皮普钦太太照看时那样,是一个老人相的、安静的、爱梦想的小男孩。一个星期六下午,时近黄昏,忽报董贝先生访问皮普钦太太来了,由于事出意外,城堡里一片慌乱。客厅里的人们立刻全部被赶到楼上,就像一阵旋风扫过;只听得头顶上足音杂沓、卧室门砰然关闭;皮普钦太太把毕瑟斯东少爷推来搡去折腾了好几回,以平息她内心的不安。当董贝先生在会客室里,对着他儿子兼继承人的空椅子沉思时,这位可敬的老太太的那件黑丧服使整个会客室都显得黯然无光。

"皮普钦太太,"董贝先生说,"你好吗?"

"谢谢你,先生,"皮普钦太太说,"总的说来,我算是相当不错。"

这是皮普钦太太习惯的用词方式。它意味着:要通盘考虑她的美德、牺牲,以及其他种种。

"我不能指望,先生,我会一点儿毛病都没有,"皮普钦太太说时端过一把椅子来,喘匀一口气,又接着说,"不过,身体像我现在这样子,我已经谢天谢地啦。"

董贝先生以一位有钱的赞助人的满意神态,微微点了点头,心想,这是自己每个季度出了这么多钱的必然结果。他停顿片刻,接着说:

"皮普钦太太,我冒昧来拜访你,是为了我儿子的事要向你请教。我想来,已经有好长时间了,我一再拖延,是因为我想等他完全恢复健康以后再说。谈这个话题,你不会有什么顾虑吧,皮普钦太太?"

"事实证明布赖登这地方对身体很有好处,先生,"皮普钦太太说,"真的很有好处。"

"我决定,"董贝先生说,"让他继续留在布赖登。"

皮普钦太太搓搓手,灰眼珠俯视着炉火。

"不过呢,"董贝先生伸出食指说,"不过他也许需要换个环境,就在此地过另外一种生活。总之,皮普钦太太,这就是我今天来的目的。我的儿子在进步,皮普钦太太。他确实在进步。"

董贝先生说这话时得意的口气里,掺杂着某种忧伤的意味。它表明:对他这个做父亲的而言,珀尔的童年实在太漫长了,他的希望都寄托在珀尔成年以后的岁月。若把怜悯一词和如此高傲、如此冷峻的人联系在一起,也许显得不伦不类,然而,在此刻,董贝先生似乎正是一个值得怜悯的对象。

"六岁啦!"董贝先生说话时,整理了一下领巾——也许是在掩盖一个压抑不住的微笑,这微笑突然涌上了他的脸庞,本打算在那儿展示一下,但发现实在没处可待,只得赶快溜走,"天哪,眼睛一眨,六岁就要变成十六岁啦。"

"十年时间,"皮普钦的看法与他不同,她石硬的灰眼珠里那冷若冰霜的目光一闪,下垂的脑袋令人丧气地摇了一摇,用阴沉沉的声音说,"可不短呢。"

"总而言之,"董贝先生说,"要看条件而定,皮普钦太太,我的儿子已经六岁了,而且毫无疑问,他的学业,比起许多与他同龄的孩子——或者说年轻人,我怕是落后了,"老太太冷若冰霜的眼睛眨了一下,在董贝先生看来,那是狡黠的一霎,他迅速作出回应,"年轻人的称呼更确切些。喏,皮普钦太太,我的儿子不但不能落在他的同龄人后边,他应该比他们强、大大优于他们才对。早就有一座高山等着他去攀登。我儿子的前程确定无疑。他的人生道路清清楚楚、准备就绪,早在他出生以前就规划好了。像他这样一位年轻绅士的教育,决不能耽误。决不能眼看着它存在瑕疵。必须非常切实、严肃地着手进行,皮普钦太太。"

"好吧,先生,"皮普钦太太说,"我没有什么反对的意见。"

"这个嘛,我早就有把握了,皮普钦太太,"董贝先生满意地说,"像你这样头脑清楚的人,不可能、也不会反对的。"

"在小孩子的教育问题上,有许多错误言论——甚至胡说八道,说什么:一开始不要给他们太重的压力,要培养他们的兴趣,诸如此类,先生,"皮普钦太太说时不耐烦地磨擦一下她那鹰钩鼻子,"在我那个时代,这样的言论是想都想不出来的,现在也不该这样想。我的意见是'对他们要严格要求'。"

"尊敬的太太,"董贝先生说,"你声名卓著,真是名符其实;请你相信,皮普钦太太,我对你优越的管理制度不仅满意,而且赞赏,我非常乐意向别人推荐这种制度,只要我棉薄的力量"——每当董贝先生口头上自我谦抑的时候,他的高傲就会放大无数倍——"还能起一点作用。我在考虑勃林茂博士的书院,皮普钦太太。"

"我的邻居吗,先生?"皮普钦太太说,"我认为博士办的是一所好书院。我听说,那里的管理十分严格,从早到晚都安排学习,不干别的。"

"收费非常贵。"董贝先生又说。

"收费非常贵,先生。"皮普钦太太说,她抓住了事实,如果她不提起这一点,倒好像抹杀了该书院的一项主要优点。

"我和这位博士联系过几次,皮普钦太太,"董贝先生说时突然焦急地把椅子朝壁炉跟前拉了一把,"根据他的教育思想,他认为珀尔现在就上学,年龄一点都不嫌小。他举了几个学习希腊文的同龄男孩作例子。如果说我对他转学的事还稍稍有一些担心,皮普钦太太,那倒不是因为这个。由于我儿子从小失去母亲,所以,他幼稚的感情逐渐集中到……过多地集中到他姐姐的身上。把他俩分开,会不会……"董贝先生没有继续说下去,只是默默地坐在那里。

"喔哟!"皮普钦太太喊道,她抖开孀服的黑裙子,把身上全部罗刹女精神都抖擞起来,"她要是不喜欢这样安排,董贝先生,就得教训教训她学会忍耐。"这位好太太立即为刚才竟会用这么激烈的措词而表示歉意,她说,她平时就是用这种方式和学生们说理的,这倒是事实。

皮普钦太太接着又昂起头来,像是对着一大批毕瑟斯东们和潘基们摇头晃脑、皱眉蹙额地吓唬个够。董贝先生等她把这些姿态做完后,用平静的语气纠正她说,"他,善良的夫人,他。"

皮普钦太太用来整治孩子们种种情绪起伏的那套教育方法,本来也完全适用于珀尔;但是她那石硬的灰眼珠相当锐利,她看得出来,董贝先生会承认,她开出的药方对他女儿可能有效,但却不能拿来对付他的儿子,于是她发表有力的论证说:珀尔在勃林茂博士那里,会接触新的人,过新的、不同样式的生活,他还得掌握各种学科的知识,他感情的注意力很快就会分散,对变换环境会感到满意的。由于她这番话与董贝先生内心的希望和信念不谋而合,因此那位绅士对皮普钦太太的判断力给予更加崇高的评价。然而,当皮普钦太太为失去她那位亲爱的小朋友(这件事倒没有引起她极大的震动,因为一开始她就料到,珀尔待在她幼儿园里的时间不会超过三个月)而表示惋惜时,更使他对皮普钦太太没有私心的精神,产生了同样良好的印象。显然,他对这个问题早已经深思熟虑,形成计划,现在他把自己的打算告诉这位罗刹女:他要把珀尔送进勃林茂博士的书院,当一名按周付费的寄宿生,开头半年里,让弗洛伦斯继续留在皮普钦太太处,每到星期六,她可以把弟弟接到皮普钦太太的城堡里来共度周末。董贝先生说,这样可以让珀尔一点儿一点儿地"断奶":这么说,也许是因为他记起了上一次没有让珀尔一点儿一点儿断奶的事实。

谈话结束时,董贝先生表示,他的儿子在布赖登学习期间,希望皮普钦太太继续当他儿子的总管兼监督。他吻过珀尔,握了握弗洛伦斯的手,看了看毕瑟斯东少爷堂而皇之的领子,拍了拍潘基小姐的脑袋,这一拍不要紧,却把小女孩弄哭了,她身体的这个部位出奇的敏感,原因是,皮普钦太太有这样一个习惯:总爱用指关节把她的脑袋敲得咚咚响,就像在敲一只木桶。董贝先生回到他住的饭店用餐。鉴于他儿子年龄已经足够大了,身体状况又上佳,他决定立刻就让珀尔接受一套强劲有力的教育,以利于他将来有资格登上那个显赫的位置,这项教育任务应当立刻让勃林茂博士接过手去。

每当一位年轻绅士让勃林茂博士接过手去,他确实可以认为自己已经被紧紧地握在博士的手中。眼下博士只掌握十位年轻绅士的教育任务,然而,他学识渊博,随时准备把他的学问灌输给一百位学生,这还是最低的估计数字。把十名倒霉学生的脑子塞得满满的,既是他的职业任务,又是他的人生乐事。

事实上,勃林茂博士的书院是一座大暖房,里面有一台强迫机器在不断地运作。所有的男孩们都提早开花。思想的青豆在圣诞节就结出果实,智慧的芦笋一年四季都在生产。在勃林茂博士的栽培下,数学的醋栗(还是酸得不得了的那种),不合时令地从灌木丛的嫩枝上生长出来,这根本不足为奇。在严寒的环境里,各色希腊文、拉丁文蔬菜,硬是在男孩们干枯的嫩枝上摘了下来。自然之道无关紧要。不管你打算让一位年轻绅士结什么果,勃林茂博士总有这样或那样的办法,让他按照一定的模型结出果子来。

这一切都非常令人愉快、富于独创精神,然而强迫制度通常都有不利的方面。催长起来的早熟果蔬总是味儿不正,而且不好保存。再说,一位鼻子肿胀、脑袋特大的年轻绅士(他是十个人里年龄最大的那一位,什么事都"经历过了"),有一天忽然再也催不起来了,他继续留在那所书院里,只是一株不会开花结果的植物茎秆。人们说,勃林茂博士对涂茨这小伙子催逼过度,以致当他开始长胡须时,脑子的生长却停止了。

不管怎么说吧,涂茨这小伙子有了一副最为低沉沙哑的嗓音,以及一颗最为高昂不羁的心灵。他把装饰用的别针别在衬衫上,西装背心的口袋里还藏着一枚戒指,趁学生们出去散步时,他偷偷地将戒指戴在小拇指上。他对几位女仆一见钟情,可惜对方根本没有注意到世上有他这么个人。书院就寝时间过后,他透过建筑物正面第三段楼梯右方窗户上的小铁栅栏,观望着煤气灯照耀下的世界,就像一位身量过大的小天使,在高高的天宇伫立得太久了。

勃林茂博士是一位身穿黑色西服的肥胖绅士,膝部套着吊袜带,好把下面的长统袜子吊起来。他早已秃顶,脑袋溜光锃亮。他说起话来声音低沉。他的下巴有两层,双得实在厉害,真弄不懂他刮胡子时怎么能把剃刀伸进折缝中间去。他还有一双总是半眯缝着的小眼睛;他的嘴总是半张着,化为露齿一笑,似乎那一刻,他正在对一名男童出难题,并等着亲口宣判男童有罪。于是,当博士把右手伸进上衣的胸袋里,另一只手放在身后,脑袋几乎无法觉察地微微一晃,向一位紧张不安的陌生人说出最稀松平常的看法,并帮助他解决困难时,这就像是古埃及的狮身人面像①在发表高见。

博士的书院是一座面临大海的宏伟、漂亮的建筑物。房屋内

---

① 狮身人面像,原文 sphynx,据说这个怪物会让过路行人猜谜语,回答不出来,就会被吃掉。

部的样子却一点儿都不令人愉快,而恰恰相反。颜色暗淡的窗帘,尺寸过于窄小,显得单薄,垂头丧气地在窗户后面藏身。桌椅都收拾起来排成一行行,就像算术题里的一系列数字。举行典礼的那些房间里难得生火,感觉就像一口口水井,有个人来访,就好像放进去一只吊桶。餐厅似乎是世界上最不像可以在里面吃喝的地方。屋子里悄无声息,除非大厅里那只大钟发出的嘀嗒声在阁楼上都清晰可闻。有时候,正在上课的年轻绅士们为舒缓沉闷的情绪会发出一声嗟叹,就像一群忧郁的鸽子在咕咕叫。

尽管勃林茂小姐是一位身材苗条、气质文雅的女士,但就连她也丝毫不能改变这座房子庄严沉重的气氛。勃林茂小姐身上没有一件无聊的装饰品。她的鬈发剪得很短,戴着一副眼镜。她在死语言①的坟墓里埋头工作,人都变得像干枯的沙子了。凡是活生生的语言都与勃林茂小姐扯不上关系。必须是死的语言——死得像石块那样——才会被勃林茂小姐,像食尸鬼似的,把它们从语言坟墓里发掘出来。

虽然她的母亲勃林茂太太并不是一位学者,但她却装出一副有学问的样子,并且装得还很像。晚间集合时,她说,她要是能精通西塞罗②,就是死也心甘。她爱观看博士门下的年轻绅士们到户外去散步,终生乐此不疲,这些学生与其他学校的学生迥然不同,衬衫领子大得不能再大,领结硬得不能再硬。她赞叹道:这多么合于古礼呀!

再说说勃林茂博士的助理费德尔先生,他拥有文学士学位,是一架人形的手摇风琴,只会一遍又一遍地不断重复演奏那不多几首曲子,连一点儿变化都没有。如果他运气好的话,早该在他少年

---

① 特指早已不通用的古希腊语和拉丁语。
② 西塞罗(公元前106—公元前43),古罗马政治家、演说家兼作家。

时代就把风琴的那副圆筒更新一下,可惜他的命运不济,只有这一副。他的职责就是运用这架风琴,轮番奏出单调的曲子,搅乱勃林茂博士门下年轻绅士们稚嫩的头脑。弄得这些年轻绅士未老先衰,心中充满焦虑。甚至在睡梦中,那铁石心肠的动词、野蛮的实体名词、固执得没商量的句法段落,以及妖魔般的练习题都对他们紧追不舍,使他们不得安宁。在强迫制度下,一名年轻绅士通常只消三个礼拜就会变得蔫头耷脑,失去活力。只需三个月,世上的所有烦恼都会集于他的一身。四个月,他就会对父母或保护人心怀恶意。五个月,他就成了一名老牌的厌世者。六个月,他就羡慕那掉进地缝里再也出不来的库尔提乌斯①是世上最有福气的人。第一学年结束时,他就得出一条永不更改的结论:诗人们的全部想象、智者们的一切教训,仅仅是一大堆词语和文法而已,根本没有任何别的意义。

他在博士的暖房里继续不断地鼓胀、鼓胀、鼓胀;当他把催熟的冬季花果带回家,交给父母亲人时,博士就获得巨大的声誉和荣光。

一天,珀尔忐忑不安地站在勃林茂博士门前的台阶上,小小的右手由他父亲牵着。另一只手握在弗洛伦斯的手里。姐姐的小手握得多紧;牵他的另一只手却是松松的,冷冷的!

皮普钦太太,像一只周身黑羽毛、长着钩子状鸟嘴的不祥鸟,正在她的牺牲品身后盘旋。此刻她喘得上气不接下气,——由于董贝先生一心想着大事业,走路快得很——在等待开门的时候,她发出嘶哑的喘气声,活像乌鸦叫。

"听着,珀尔,"董贝先生神气十足地说,"走这条路,走向真正

---

① 库尔提乌斯,罗马传说中的青年勇士。据说,有一次罗马发生了地裂,根据神的启示,必须投入罗马最宝贵的东西,大地裂缝才能合拢。库尔提乌斯闻言,全副甲胄,挺枪跃马,毅然跳入裂缝,那道裂缝就永远合上了。

的董贝父子,并且赚钱。你早就差不多是个大人了。"

"差不多。"孩子跟着说。

珀尔说话时,小孩的激动情绪也没有压抑住他那狡黠和怪异的一瞥,令人难以忘怀。

孩子的瞥视使董贝先生脸上倏忽地露出一丝不满的表情,恰在这时门开了,这表情很快也就没了。

"我想,勃林茂博士在家吧?"董贝先生说。

开门的男子回答说在家;领他们进门时,那男子盯住珀尔看,就好像他是一只小耗子,那座房子是个捕鼠器。他是个年轻人,近视眼,脸上挂着一丝还没有来得及咧嘴露齿的微笑。这仅仅因为他智商不高而已,但皮普钦太太却认为他无礼,当面给他个教训。

"你怎么敢在这位绅士的背后发笑?"皮普钦太太说,"你又把我当成了什么人?"

"我没有对什么人发笑,我确实没有小看您,夫人。"年轻人回答时惊愕不已。

"都是些懒狗!"皮普钦太太说,"只配去转动烤肉叉子。① 快去通知你的主人,董贝先生来了,要不你就要更加倒霉了!"

近视眼小伙子乖乖地跑去执行交给他的这项任务;他很快就跑了回来,请他们到博士的书房里去。

"你又在笑,先生。"皮普钦太太走在后边,轮到她进门厅走过他身边时,她说。

"我没有笑,"小伙子说,他也太受委屈了,"我真没遇到过这样的事!"

"皮普钦太太,怎么回事?"董贝先生转过脸来看了一下说,"请小声一点!"

---

① 旧时英国专门训练狗去转动烤肉叉。

皮普钦太太顺从了,在迈过他身边时,只是悄悄地对那小伙子说,"哦!真是个生就的宝货!"——抛下那既温顺又无能的年轻男子独自在为这个意外事件伤心落泪。然而,对一切温顺的人们找茬,正是皮普钦太太的做派;她的朋友们说,经过了秘鲁矿井事件,谁还会对这一点感到惊奇呢!

博士坐在他那间了不起的书房里,每个膝盖附近都有一座地球仪,身子周围堆满了书,荷马①在门的上方,密涅瓦②在壁炉台上。"你好吗,先生?"他对董贝先生说,"我的小朋友好吗?"博士说起话来,语气庄严得像一架大风琴;当他停止说话时,厅里那口大座钟好像(至少珀尔觉得如此)接过了他的话头,继续说下去,"我—的—小—朋—友—好—吗? 我—的—小—朋—友—好—吗?"一直不断地说呀说。

小朋友的个头有些偏小,博士从他坐着的位置,目光越过桌上的书堆,根本看不到那孩子。博士想从一堆人腿中找出他来,试过几次,但都未能如愿;董贝先生发觉了他的意图,就伸出双臂把珀尔抱起来,放在房间中间另一张小桌上,让他坐在上面,正对着博士,从而替博士解决了这个难题。

"哈!"博士一只手按在胸前,身体朝后往椅子背上靠了靠,说,"现在我看到我的小朋友了,我的小朋友,你好吗?"

门厅里的大座钟对博士用词的变更并不买账,还是一个劲儿地重复道"我—的—小—朋—友—好—吗? 我—的—小—朋—友—好—吗?"

"谢谢你,先生,我很好。"珀尔说,他在回答博士,同时也在回答座钟。

---

① 荷马,古希腊诗人,相传是两大史诗《伊里亚特》《奥德赛》的作者。
② 密涅瓦,古罗马神话中司智慧和战争的女神。

"哈!"勃林茂博士说,"我们要不要把他培养成一位堂堂男子汉?"

"听见了吗,珀尔?"董贝先生接着说,但珀尔不做声。

"我们要不要把他培养成一位堂堂男子汉?"博士又重复了一遍。

"我宁愿做个小孩儿。"珀尔说。

"真的!"博士说,"那为什么?"

孩子坐在桌子上,眼睛看着他,脸上的表情很奇特,似乎在强使自己压住涌上心头的感情,他骄傲地用一只手拍打着自己的膝盖,就好像膝盖底下有泪水在往上涌,但已经被他打了回去。然而与此同时,他的另一只手却向外伸,再向外伸,离他的身子更远些,直落在弗洛伦斯的脖子上。这个动作似乎在说,"这就是答案。"他脸上那坚定的表情顷刻瓦解,消失;绷紧的嘴唇松弛了;眼泪刷地流了出来。

"皮普钦太太,"他父亲生气地说,"看到这种样子,我真觉得很不舒服。"

"董贝小姐,从他身边走开,一定要走开。"那位女看守说。

"不要紧的,"博士说时态度和蔼地点点头,意思是劝皮普钦太太不必如此,"不要——紧的;董贝先生,我们很快就会让他对新的事物更加感兴趣,印象更深刻。你是不是仍然希望我的小朋友能掌握……"

"一切学问,博士,请你务必费心。"董贝先生说话的口气十分坚决。

"那就好,"博士说,他眼睛半睁着,脸上挂着他那惯常的微笑,正怀着特殊的兴趣在打量珀尔,每当他准备用知识去填塞某些优选的小动物时,他总是兴趣盎然,"一点不错。哈!我们将会给我们的小朋友灌输大量的、各种各样的知识,我敢说,能带领他迅

169

速取得进步。我敢这样说。董贝先生,我记得你说过,是一块有待开垦的处女地,是这样吧?"

"除了在家里,以及跟着这位女士作过很平常的准备,"董贝先生说到这里,便向他介绍了皮普钦太太,顿时,这位太太的全身肌肉都绷紧了,提前作出鄙夷不屑的姿态,以防博士会藐视她,"除此之外,直到现在,珀尔还没有专心致志学过任何学问呢。"

勃林茂博士侧着脑袋,对皮普钦太太微不足道的触犯,显出温文尔雅的宽宏,说他听到这些话,很是高兴。他一边磨擦双手,一边解释说,从打基础开始,学习的效果会好得多。他又瞟了珀尔一眼,似乎想当场抓住这孩子,好教他古希腊字母。

"既然这样,勃林茂博士,那就不需要作进一步的解释、不需要占用你宝贵的时间了,再说上次我已经有幸与你谈过了,那么……"

"好了,好了,董贝小姐!"尖酸刻薄的皮普钦太太喊道。

"请允许我,"博士说,"再挽留您片刻。好让我向您引见拙荆和小女,在我们的小香客向帕那萨斯山①朝圣途中,生活起居将由小女照料。勃林茂太太,"这位太太应声而入,她像是早就等在那里了,跟随她身后的是她的漂亮千金、活像一名戴眼镜的教堂执事②,"董贝先生。小女考耐莉娅,董贝先生。"博士转过脸去对他的太太说,"我亲爱的,承蒙董贝先生如此信任——你看见我们的小朋友了吗?"

勃林茂太太一心只顾着对董贝先生礼貌客套,都做过了头,哪还顾得上那位小朋友,此刻她背朝着珀尔,幸亏还没有把他从小桌

---

① 帕那萨斯山,希腊南部一座山,相传日神和司文艺诸神都居于此,求学问常被喻为香客向此山朝圣。
② 教堂执事负责给死人挖坟坑。这个比喻有深的含意。

上挤下去。但是,在丈夫的提示下,她立刻转身赞美起珀尔来,说他面部轮廓第一流的漂亮,一脸聪明相,她又把脸转向董贝先生,赞叹说,他有这样的宝贝儿子,真让她羡慕煞了。

"先生呀,就像一只小蜜蜂,"勃林茂太太说时仰望着上方,"即将飞进一座开满精品名花的花园,初次吮吸那芬芳的花蜜。维吉尔、荷拉斯、奥维德、泰伦斯、普劳图斯、西塞罗。① 我们这里是个充满花蜜的世界。董贝先生,做妻子的,说这番话似乎显得奇特……我有这样一位丈夫……"

"得了,得了,"勃林茂博士说,"别不知道脸红了。"

"妻子对丈夫的偏爱,董贝先生是会原谅的。"勃林茂太太说话时展现出迷人的微笑。

董贝先生回答说"这无所谓"。我们姑且认为他指的是偏爱,而不是指原谅。

"……还有,作为母亲说这样的话似乎也很奇特。"勃林茂太太又说。

"一位了不起的母亲。"董贝先生说时向考耐莉娅鞠了一躬,但心里有些困惑,不知道该不该向她表示敬意。

"不过呢,说真的,"勃林茂太太接着说,"要是我能结识西塞罗,做他的朋友,能在他的隐居地图斯库卢姆(美丽的图斯库卢姆②!)和他交谈交谈,我想,我就是死也心满意足了。"

对于学问的热忱非常富于感染力,以致董贝先生也有几分相信自己也抱有同感;我们都知道皮普钦太太的脾性,总的说来,她可不是个肯通融的人,可是这回,就连她的嗓子里也低低地发出一声介于呻吟和叹息之间的气息来,似乎她想说:自从秘鲁矿井投资

---

① 维吉尔、荷拉斯、奥维德、泰伦斯、普劳图斯、西塞罗都是著名的罗马作家。
② 图斯库卢姆,一座古罗马庄园,位于罗马西北方,是罗马作家西塞罗(公元前106—公元前43)的居所,他在那里完成了著名的《图斯库卢姆谈话录》。

失败以来,唯有西塞罗是她永恒的安慰,恰似一盏大卫安全矿灯①。

考耐莉娅透过眼镜镜片望着董贝先生,她似乎想在他面前爆出几段刚才提到的那位著名作家的语录来。即使她果真有此打算,她的计划也被敲门声打消掉了。

"谁呀?"博士问,"噢,进来,涂茨,进来。涂茨君,这位是董贝先生,"涂茨鞠躬致意。"真是巧合呀!"勃林茂博士说,"最小的学生和最大的学生都在这里了。阿耳法和奥米茄②。董贝先生,他是我们学校打头的学生。"

博士如果称他是学生中的头和肩膀就对了,因为他至少比其他学生高出一个头和两个肩膀。他发现自己周围都是些陌生人,脸顿时涨得通红,抿着嘴笑起来,笑声还挺大。

"涂茨,我们书院小小的柱廊③里又增添了一名学生,"博士说,"董贝先生的儿子。"

年轻的涂茨的脸又涨红了。周围庄严的寂静提醒他,大家都在等待他说些什么,于是他就对珀尔说:"你身体好吗?"他的声音十分低沉,态度十分温顺,要是这句话由一头小绵羊哼哼出来,也不会更令人感到惊奇了。

"涂茨,请你通知费德尔先生,"博士说,"替董贝先生的儿子准备一批初级读物,还要给他选好一个合适的座位。亲爱的,我想董贝先生还没有看过学生宿舍吧。"

"如果董贝先生愿意上楼,"勃林茂太太说,"我将会无比骄傲地把梦神的领域展示给他看。"

---

① 大卫安全矿灯,英国人亨佛雷·大卫爵士(1778—1829)在1815年发明的安全矿灯。

② 阿耳法和奥米茄是古希腊文字的开头和结尾两个字母。

③ 古希腊学者常在柱廊间向弟子们讲学。

勃林茂太太是位温文尔雅的主妇,身材瘦削而结实,戴一顶天蓝色料子制成的帽子,她说完这句话就领着董贝先生和考耐莉娅上了楼;皮普钦太太紧随其后,锐利的目光还在搜索她的敌人,那名男仆。

他们离开后,坐在小桌上的珀尔一直拉着弗洛伦斯的手,眼睛怯生生地从博士身上挪开,打量着房间里的各个地方。同时,博士的身子朝椅子背上一靠,一只手像平时习惯的那样插在胸前的衣袋里,另一只手拿起一本书来看,书离他有一臂之遥。他看书的样子非常令人敬畏。那是一种坚定、镇静、固执而冷酷无情的工作态度。只要看他脸部的表情就知道了;有时博士会对作者报以赞许的微笑,有时会紧锁双眉,又有时会摇摇头做鬼脸,好像要对他说,"不用你来告诉我,先生;我比你知道得更多。"这真是妙不可言。

涂茨也没有什么事要出门去做,他像是在卖弄似的仔细观察他那只怀表的齿轮,还清点他带在身上的那些半克朗硬币。但是,他的这些动作没能持续多久,因为,勃林茂博士恰好动了动坐姿,放松一下他那两条紧绷的肥腿,好像就要站起身来。涂茨迅速消失了,再也不见他的身影。

很快就听见董贝先生和他那位女向导下楼的声音,他们边走边交谈,一会儿就重新回到博士的书房。

"董贝先生,我希望,"博士放下手上的书说,"准备工作能使你满意。"

"准备得十分好,先生。"董贝先生说。

"还过得去,真的。"皮普钦太太低声说,她这个人是从来不肯给别人过多鼓励的。

"皮普钦太太会时常来这里看望珀尔,"董贝先生转过身来说,"要是你们两位,勃林茂博士和勃林茂太太允许的话。"

"皮普钦太太什么时候想来都可以。"博士说。

"她什么时候来都欢迎。"勃林茂太太说。

"我想,"董贝先生说,"我把需要出的难题都出完了,应该告辞了。珀尔,我的孩子,"他走近坐在小桌上的珀尔说,"再见。"

"再见,爸爸。"

董贝先生握住的那只小手,柔弱无力、漫不经心,这与珀尔脸上充满渴望的表情形成奇异的反差。但是,董贝先生与儿子渴望的表情丝毫无涉。它本来就不是为他而发的。不,不。它为弗洛伦斯而发——完全是为了弗洛伦斯。

如果董贝先生出于富人的傲慢,曾经伤害了什么人,结下某个对他满腹仇恨、一心报复的冤家,那么即使是这样的冤家,也会同意把董贝先生那颗傲慢的心此刻所感到的剧痛,当做自己以往所受伤害的补偿。

他俯身凑近儿子,并且吻他。在他这样做的时候,如果说他的视线瞬间被滴在儿子小脸上的什么东西弄得模糊不清的话,那么,也许在这片刻,他心灵的眼睛就能变得更加明亮。

"我很快就会和你见面的,珀尔。你知道,每个星期六和星期日你都不用上课。"

"我知道,爸爸,"珀尔眼睛看着弗洛伦斯说,"每个星期六和星期日。"

"你在这里可以尝试并且学到很多东西,成为一个聪明的人,"董贝先生说,"你能做到吗?"

"我试试看吧。"孩子没精打采地说。

"你这就快长大成人了!"董贝先生说。

"噢!很快了!"孩子回答道。往日那副小老人的样儿又一次倏然掠过他的小脸,就像一道奇异的闪光。那道闪光落在皮普钦太太身上,在她的黑孀服中间熄灭了。那位出色的罗刹女上前向主人道别,并准备把弗洛伦斯带走,她早就急于想做这件事了。她这一动不要紧,倒提醒了眼睛一直盯在儿子身上的董贝先生。他轻轻拍拍珀尔的脑袋,再握一握他的小手,就带着平时那副彬彬有礼的冷淡表情,向勃林茂博士、勃林茂太太和勃林茂小姐道别,然后就走出了那间书房。

尽管董贝先生请主人留步,但是勃林茂博士、勃林茂太太和勃林茂小姐都坚持要把他送到门厅;皮普钦太太的身子本来就夹在勃林茂小姐和博士中间,宾主之间一揖让,就把她一起带出了书房,竟没有来得及抓住弗洛伦斯。弗洛伦斯乘机跑回弟弟的身边,伸出双臂搂住他的脖子;临走时,为了给他打气鼓劲,她转过脸来对他一笑,那微笑因她脸上有晶莹的泪光而变得更加明亮,珀尔望着她的面影最后一个在门口消失,这件意外好事成为珀尔一段珍贵的记忆,日后他常怀着感恩的心情坐在那里回味。

姐姐的面影消失了,它使珀尔稚嫩的胸脯不断地起伏;它让地球仪、书籍、希腊盲诗人荷马、女神密涅瓦都围着房间旋转起来。但是,这一切突然一下子停住了;接着他听见大厅里的那只座钟一如既往发出响亮而庄重的问询:"我—的—小—朋—友—好—吗?我—的—小—朋—友—好—吗?"

他握紧双手坐在座位上,静静地听着。也许他会这样回答"烦闷,烦闷!很孤单,很伤心!"珀尔坐着,他稚嫩的心空虚、悲伤,外面的一切都如此阴冷、荒凉和陌生,他似乎已把人生看成是一个没有家具的空房间,而且再也不会有什么家具商跑来装点它了。

第十二章　珀尔的教育

过了几分钟勃林茂博士回来了,坐在小桌上的珀尔却感觉,这几分钟简直长得无限。博士的步履稳重,想给孩子的心灵留下庄严的印象。他踩的是一种军人的步伐;只是当博士迈出右脚时,他的身体轴心就会堂而皇之地朝左边转半圈;当他迈出左脚时,又会照样朝右边转半圈。所以,每当他迈出一步,就好像在扫视着身边的人们说:"你们中的任何一位,能不能向我指出,无论任何学术领域,无论任何课题,还有什么知识是我没有掌握的吗?我想,恐怕没有人能。"

勃林茂太太和勃林茂小姐陪博士一起回到了房间里;博士把他新来的弟子从桌子上抱下来,交给了勃林茂小姐。

"考耐莉娅,"博士说,"董贝先由你来负责。好好栽培他,考耐莉娅,好好栽培他。"

勃林茂小姐从博士手中接过了这名归她监护的新生;珀尔感觉得到那副眼镜正在盯着他看,于是他垂下了目光。

"你多大啦,董贝?"勃林茂小姐问。

"六岁。"珀尔回答时偷偷看了这位年轻女士一眼,心里纳闷,为什么她不像弗洛伦斯一样留长发,为什么她看起来像个男生。

"你对拉丁文文法知道多少,董贝?"勃林茂小姐问。

"一点都不知道。"珀尔回答。他朝上看看正俯视着他的那三张脸,感觉得到自己的回答震撼了勃林茂小姐敏感的神经,于是他又说:

"我身体一直不好。我是个体弱的孩子。我每天都和老格勒布一起外出,就没法学习拉丁文文法了。要是行的话,我想请你让老格勒布到这儿来看看我。"

"怎么叫这样一个不成体统的名字!"勃林茂太太说,"缺乏古典意味到一定程度了!孩子呀,那个怪物是谁?"

"什么怪物?"珀尔打听道。

"格勒布。"勃林茂太太说时显出极为厌恶的样子。

"他不像个怪物,不比你更像。"珀尔回答。

"什么呀!"博士喊道,声音怪吓人的,"唉,唉,唉?阿哈!这是什么话?"

珀尔被博士的话吓坏了;尽管他声音颤抖,但仍坚持为并不在场的格勒布辩护。

"夫人,他是一位非常好的老年人。"他说,"他常给我拉车。有关深深的海洋和海里的鱼的事情,他全知道,那些身体巨大的海洋怪兽会上岸来,躺在岩礁上晒太阳,如果受到惊吓,它们就会重新跳进海里去,不停地把海水喷呀、溅呀,声音大得几英里外都听得见。还有些海兽,"珀尔说,这个话题燃起了他的热情,"我不知道它们的身体有几码长,它们的名称我也忘了,不过弗洛伦斯知道,它们会假装出遭了难的样子,有人可怜它、走近它身边时,它们就会张开血盆大口攻击这个人。不过,那个人只要做一件事,"这回珀尔竟斗胆向博士本人传授起知识来了,"那就是在逃跑时不停地转弯,因为这些海兽身体长得很,转起身来很慢,又不会打弯儿,那人一定能跑得比它们快的。虽然老格勒布不知道为什么大海总会让我想起我那死去的妈妈,也不知道大海总是在说着……总是在说着什么话!但他对大海知道得真多。我希望,"说到这里,孩子的面色突然变得阴沉起来,没有了精气神儿,看上去就像一个弃儿,被丢给这三张陌生面孔了,"你们能让老格勒布到这儿来看看我吗？因为我非常了解他，他也了解我。"

"哈！"博士摇摇脑袋说，"这样可不好，不过嘛，学习所能起的作用将会更大。"

勃林茂太太像是打了个寒颤，此时发表评论说，这真是个莫名其妙的孩子；她仔细端详起这孩子来，那副模样与皮普钦太太惯常观察珀尔时的姿态简直惟妙惟肖，只是她俩的长相不一样。

"考耐莉娅，带他到屋里各处转转，"博士说，"让他熟悉熟悉他的新环境。董贝，跟这位年轻女士去吧。"

董贝少爷服从命令，把小手伸给莫测高深的考耐莉娅，当他俩一起离开房间时，他又胆小又好奇地斜着眼看她。因为她的眼镜片上有反光，使她显得很神秘，他不知道她的目光投向何处，事实上他连那副镜片后面究竟有没有眼睛也不敢十分肯定。

考耐莉娅先带他去了大厅后面的教室，一路上要通过两重门，它们都用厚羊毛毡密封过了，为的是封堵和窒息年轻绅士们的声音。教室里有八位年轻绅士，分别处在神经衰弱症的不同阶段，他们学习确实非常刻苦，神情也非常庄严。涂茨在这些学生里年资最长，因此教室一角设有一张供他专用的书桌，现在他正坐在书桌旁，从珀尔稚嫩的眼光看去，他年龄已经很大了，而且是位了不起的人物。

费德尔文学士坐在另一张小书桌前，教到维吉尔诗歌便停住了，此刻他这架人形手摇风琴正在对着四位年轻绅士反复弹奏他那老调。其余四人中，两人用痉挛的手抓住自己的前额，正在解答数学难题；另一人的脸脏得像一扇没擦过的玻璃窗，因为他苦苦挣扎着想在吃饭前写完多得实在写不完的作业，已经哭了好半天了；还有一人带着麻木和绝望的表情，眼睛盯着自己的作业，坐在那里像块石头……看来早餐以后他就一直保持着这个姿势。

书院来了个新男生并没有引起预期的轰动效应。费德尔文学士(他为了图凉快,习惯于把头发剃得很短,如今头上只剩下少许硬茬),向新来的学生伸出瘦骨嶙峋的手,说是见到他很高兴……珀尔本来很乐意对他作出同样的表示,可惜他是从来不说假话的。珀尔在考耐莉娅的引导下,和费德尔文学士桌子前的四位年轻绅士握手;然后和解数学题的两位年轻绅士握手,那两人的情绪仍很焦躁不安;接着又和那位正在抢时间、争速度写作业的学生握手,那人手上沾满了墨汁;最后轮到那位表情麻木的年轻绅士,那人显得软弱无力,手还很冷。

珀尔早就经介绍和涂茨认识了,那名老学生还是他平日的老习惯,喘着粗气吃吃地笑,接着又干起他自己的事儿来了。他所从事的并不是正儿八经的工作;由于他什么事都"经历"过了(这么说,有不止一重涵义),再加上,如前所述,他正当青春年少,脑子却催不起来了,所以书院特别准许涂茨,可以按照他自己的安排来进行学习:主要是伪托知名人士的口气,给自己写一封又一封很长的书信,收信地址是"苏塞克斯郡,布赖登,P. 涂茨先生台启",他把这些信都仔细地收藏在他的书桌里。

这些寒暄礼节完毕后,考耐莉娅领着珀尔上楼,直到房子的最高处;走这段路花了很长时间,因为珀尔每上一个台阶,都先得双足站稳,才能跨上更高一级。不过,他俩终于到达了目的地。在前面那间能望见汹涌的大海的房间里,考耐莉娅指给他看靠窗那张挂着白色帐幔的精致的小床,那里有一张卡片,上面早就写好了董贝这个姓氏,圆体书法很漂亮,朝下的笔道很粗,朝上的笔道很细。同一间屋子里,另外还有两张小床,分别以同样的方式标明,它们归布列格斯和托泽尔使用。

当他俩下楼回到大厅,珀尔见到那位刚才因失礼冒犯过皮普钦太太的近视眼青年,只见他突然抓起一把特大的鼓槌,飞身奔向一面悬挂着的铜锣,看样子他像是发了疯,或是渴望报仇。可是,他并没有受到警告或被当场拘押,谁也不阻止他用鼓槌敲出惊人的巨响。考耐莉娅·勃林茂对董贝说,再过一刻钟就要开饭了,他最好还是到教室里去,和"学友们"待在一起。

于是董贝恭恭敬敬地走过大钟,那座大钟仍一如既往地在关心着这位小朋友的健康。珀尔小心翼翼地开门走进来,就像个迷途的孩子:他费了不少工夫才关上身后的门。他的学友们此时散落在房间各处,只有那位石块似的学友,仍坐在那里一动也不动。费德尔先生正在伸懒腰,他似乎不怕破费,成心要把身上穿的灰色大褂的两个袖子都扯下来。

"嘿、嗬、喝姆!"费德尔先生像一匹刚卸套的拉车大马似的抖动身体发出喊声,"噢,天哪,天哪!呀……!"

费德尔先生的哈欠把珀尔给吓着了;他打得真够级别、够认真的。除了涂茨以外,所有学生似乎都已精疲力竭,预备吃饭了——有人在重整那确实很硬的领饰,有人在隔壁那间前室里洗手、梳头发——他们似乎并不觉得这顿饭会吃得很开心。

涂茨这小伙子早就准备就绪,此时有的是闲空,正好用在珀尔身上,他以十分温厚善良的态度说:

"董贝,请坐。"

"谢谢你,先生。"珀尔说。

珀尔努力抬高身子,想爬上靠窗的那个很高的座位,但随即滑落下来,这倒使涂茨的脑袋瓜子获得了一项新发现。

"你是个很小很小的家伙。"涂茨先生说。

"是的,先生,我是很小,"珀尔回答,"谢谢你,先生。"

因为涂茨已经把他抱上了座位,这位学长的举止还是那样温厚善良。

"你身上的衣服是谁给你做的?"涂茨对珀尔观察了一会儿又问。

"到现在为止,一个女人在给我做衣服,"珀尔说,"她是我姐姐的裁缝。"

"我的裁缝店是伯吉斯公司,"涂茨说,"很时尚。可是价钱很贵。"

珀尔聪明得很,他晃了晃脑袋,似乎在说:这一点嘛,一眼就能看得出来;事实上他真是这么想的。

"你的父亲是个大财主,是吧?"涂茨先生问。

"是的,先生,"珀尔说,"他就是董贝父子呀。"

"董贝什么?"涂茨打听道。

"父子商行,先生。"珀尔回答。

涂茨想记住商行的名字,还低声念了一两遍,但他的努力并不十分成功。他说,既然这家商行很重要,那么就请珀尔明天早晨再把它的名字给他说一遍。其实,他的想法不过是:以董贝父子商行的名义立即给自己写一封秘密的私人信件。

这时候,其他学生都已集合完毕(那位像块石头般端坐着的学生往往不在其中)。他们全都彬彬有礼,但脸色苍白,不敢大声说话;他们的精神极度压抑,要是把他们的总体精神拿来和毕瑟斯东少爷相比,那么毕瑟斯东就算得上是位十足的米勒①或是一部笑话大全了。然而,即使是毕瑟斯东也有一种被伤害的感觉。

"你睡在我那个房间,是吗?"一位神情庄重的年轻绅士问,此人衬衫领子朝上翻,比他的耳垂还要高。

"是布列格斯君吗?"珀尔打听道。

"托泽尔。"年轻绅士回答。

珀尔告诉他说,自己是和他同一寝室;托泽尔指了指那位像块

---

① 米勒,英国著名的喜剧演员约瑟夫·米勒(1684—1738),他讲的笑话后印成书,影响极大。

石头似的学生说,他是布列格斯。珀尔早已确认,此人不是布列格斯就是托泽尔,但他不知道自己怎么会有此预感。

"你的身体强壮吗?"托泽尔探询。

珀尔说恐怕不是。托泽尔说,这一点,他看珀尔的脸色也看得出来,真是遗憾,因为这里的学生需要好身体。接着他又问,珀尔是不是先跟着考耐莉娅学初级课程,当珀尔回答说是的时候,所有年轻绅士(布列格斯除外)都发出低低的呻吟声。

锣声又敲响了,声音巨大,带着怒气,呻吟声被当当的铜锣声所淹没,全体学生向餐厅挪动;像块石头似的布列格斯还是除外,他仍留在原地,仍保持原样;过了片刻,珀尔就看见有人给他送去一只圆圆的大面包,那面包派头十足地盛在托盘里,下面还衬着餐巾,上面横放着一把银质叉子。

勃林茂博士早在餐桌前他固定的首席位置上坐好了,勃林茂小姐和勃林茂太太分别坐在他的左右方。穿黑色上衣的费德尔先生居于末座。珀尔的座位紧挨着勃林茂小姐,但是,等他一坐进去,就发现他的眉毛刚够到桌布的高度,于是就从博士的书房里搬来一摞书,把他的座位垫高,从此以后他总要在座位上垫书——把书搬进搬出就成了他自己的事,就像一头小象在搬运一座城堡。

博士念完谢恩祷告词后,就开始用午餐了。有美味的汤、烤肉、炖肉、各色蔬菜、馅饼和奶酪。每一位年轻绅士都有一把很大的银叉和一条餐巾;一应安排都气派十足,优雅合宜。尤其值得一提的是:司膳仆役的蓝衣服上铜纽扣锃亮,他斟酒的手艺上佳,经他的手倒出的啤酒似乎增添了风味。

用餐时,只有勃林茂博士、勃林茂太太和勃林茂小姐偶尔会说说话,其他人都不开口,除非是有人先对他说话。当一位年轻绅士没有在动用刀、叉、汤匙时,他的目光总会不由自主地受什么力量的吸引,去找寻勃林茂博士、勃林茂太太或勃林茂小姐的目光,并且谦卑地在那里停留。涂茨像是这条规律的唯一例外。他挨着费德尔先生,坐在珀尔的同一侧,中间还隔着另外几名学生,他的目光常从这些人身体的前面,或是后面穿过,对珀尔望上一眼。

在整个用餐期间,仅有一次对话把年轻绅士们都牵涉进来了。它发生在上奶酪的时候,博士刚喝下一杯波尔图葡萄酒,哼呀哼地清了两三次嗓子,说:

"真是异乎寻常呀,费德尔先生,那些罗马人……"

听博士提起他们不共戴天的死敌、那些可怕的罗马人,每一位年轻绅士都装出极感兴趣的样子,把目光盯在博士身上。其中一位刚好在喝啤酒,他发现博士的目光正透过玻璃杯的边沿在注视着他,急忙停止吞咽,噎住了嗓子,引发起一阵痉挛,结果阻碍了博士发表他的精辟言论。

"真是异乎寻常呀,费德尔先生,"博士慢悠悠地重新拾起话头,"我们从文献中读到,在帝国时代,罗马人在生活享受方面的豪华和奢侈,其挥霍浪费达到了空前绝后的程度,为了把一次皇家宴会办得富丽堂皇,要地方供应,致使帝国各省都罗掘俱穷……"

那名犯规的学生,强忍着涌上来的一阵阵痉挛,期盼着博士的宏论能够打住,但是等来的仍是滔滔不绝,实在忍不住了,终于猛烈地咳嗽起来。

"约翰逊,"费德尔先生用责备的口吻小声说,"快喝口水。"

博士态度安闲自若,把话先停一停,等仆人把水送来,又接着说:

"费德尔先生,当时……"

但是费德尔先生看得出来,约翰逊的痉挛准会再次发作,同时他还知道,除非博士在这些年轻绅士们面前,把自己想说的话统统说完,他是决不肯住嘴的;就这样,费德尔的目光无法从约翰逊的身上挪开,竟没有投向博士,这个事实让博士发现了,终于把话停了下来。

"请您原谅,先生,"费德尔先生涨红了脸说,"我请您原谅,勃林茂博士。"

"当时,"博士提高嗓门说,"当时,先生,正如我们从文献中读到的,这本来无可置疑——我们这个时代的俗人们也许会不相信——维特里乌斯①的兄弟为他置办了一次筵席,共上了两千道鱼菜……"

"约翰逊,快喝口水——鱼菜是吧,先生。"费德尔先生说。

"还有各种禽类,共上了五千道禽菜。"

"咽口面包试试。"费德尔先生说。

"其中有一道菜,"勃林茂博士对餐桌四周环视了一眼,把嗓门提得更高些说,"叫作'密涅瓦之盾',因为菜的量大得惊人,说起它的原料,除了各种名贵的成分之外,还有雉鸡的脑子……"

"喔,喔,喔!"(这叫声是从约翰逊嗓子里发出来的。)

"山鹬……"

"喔,喔,喔!"

"一种叫斯卡里的鱼的鱼鳔……"

"你头上的血管要胀破的,"费德尔先生说,"你还是不要憋住的好。"

"还有喀尔巴阡海里的八目鳗的鱼卵,"博士以他极其庄重的语调继续侃侃而谈,"当我们读到诸如此类奢侈靡费的生活享受时,还得记住,有一个提图斯②……"

"要是你脑溢血死了,你母亲会多么伤心!"费德尔先生说。

"还有一个图密善③……"

---

① 维特里乌斯(15—69),古罗马皇帝,以常举行豪华的宴会著称。
② 提图斯(39—81),古罗马皇帝。
③ 图密善(51—96),古罗马皇帝。

"你要明白,你的脸都发紫了。"费德尔先生说。

"还有尼禄、提比略、卡利古拉、海略嘎巴勒斯①,以及其他许多人,"博士继续说下去,"这真是,费德尔先生,——只要你肯给我这个荣幸仔细聆听——这真是异乎寻常:非常——不一般的,先生……"

不料恰在此时,约翰逊实在憋不住了,一阵猛咳起来,尽管坐在他两侧的同学都使劲给他捶背,费德尔先生亲自将一杯水送到他的嘴唇边上,伺候用餐的那名男仆像一名哨兵似的扶着约翰逊在他的座位与餐具柜之间溜了好几趟,但他的咳嗽足足过了五分钟才逐渐平息,接下去是鸦雀无声。

"诸位绅士,"勃林茂博士说,"请起立祷告!考耐莉娅,把董贝抱下来,"——这样一来,桌布以上只看得见珀尔的头皮了,"约翰逊,明天早晨,早餐以前我要你向我背诵希腊文《圣经·新约》中的《保罗达以弗所人书》第一章,不准带书。费德尔先生,再过半小时,我们继续上课。"

年轻绅士们鞠躬如仪后退出。费德尔先生的做法和学生们相同。在随后的半小时里,年轻绅士们分成好几对,手挽着手在房后一小片空地上漫步,还有人尽力想帮助布列格斯在胸中燃起一星星生活的热情。然而,像玩耍这样的俗事,他们是决不干的。到了规定的钟点,铜锣又敲响了,时间掌握得很准,在勃林茂博士和费德尔先生的共同主持下,课程重新开始了。

用茶点之前,大家都到户外步行;鉴于约翰逊身体欠佳,那天的奥林匹克运动(在空地上来回漫步)的时间比平日缩短了。就连布列格斯也参与了这项娱乐消遣(尽管他还没有开口说话);在

---

① 尼禄(37—68)、提比略(公元前42—公元37)、卡利古拉(12—41)、海略嘎巴勒斯(204—222)都是古罗马皇帝。

活动过程中,他带着忧郁的表情朝悬崖峭壁底下张望了两三次。勃林茂博士和学生们在一起;珀尔很荣幸,由博士本人牵手同行,这是很不寻常的图景,画面里的他显得十分幼小和孱弱。

茶点的排场照样气派十足,一点不比正餐差。茶点用毕,年轻绅士们起立、鞠躬如仪后,赶紧回去补做当天未完的功课,或是预习那早已赫然逼近的明天的新功课。此时,费德尔先生回到他自己的房间。珀尔坐在角落里,心里在琢磨:弗洛伦斯这时候是不是正在想念他?皮普钦太太幼儿园里的人们过得怎样?

涂茨先生刚才被威灵顿公爵①写给自己的一封重要信件耽搁了一会儿,这时跑来找珀尔了。他一如既往,对珀尔直视了很久,才问他是不是喜欢背心。

珀尔回答:"喜欢,先生。"

"我也喜欢。"涂茨说。

接下去就没有话了,涂茨当天晚上再也没有开口。但他一直站在那里,眼睛望着珀尔,似乎喜欢他。不过,房间里还有别人,珀尔又不愿意多说话,涂茨觉得此时的沉默比交谈更合他的心意。

晚上八点钟左右,铜锣又敲响了,招呼大家到餐厅里去做祷告。祷告后,司膳仆役负责在墙边桌上摆好面包、干酪和啤酒,年轻绅士们如需要,可任意取用。博士说完"绅士们,明天早上七点钟我们继续上课"这句话后,祷告仪式就结束了;珀尔第一次看清了考耐莉娅·勃林茂的眼睛,此时那双眼睛正在看他。等博士说完"绅士们,明天早上七点钟我们继续上课。"学生们就再次鞠躬,退出就寝。

回到楼上自己的宿舍,可以随便讲知心话了。布列格斯说,他的脑袋疼得都快裂开来了,要不是为了他的母亲以及他养在家里

---

① 威灵顿公爵(1769—1852),英国元帅、首相,曾指挥英、普联军打败拿破仑。

的那只乌鸦,他真不打算活了。托泽尔的话虽然不多,但叹气的次数却不少。他让珀尔留点儿神,明天该轮到他了。说完这先知式的预言,托泽尔神情沮丧地脱下衣服,上床睡觉。布列格斯也睡下了,珀尔也睡下了。这时,那位近视眼青年走进房间来祝他们晚安,希望他们都能睡个好觉,说时把蜡烛拿走。但是,他善良的祝愿对布列格斯和托泽尔都不适用。因为珀尔好长一段时间都没能睡着,尽管后来睡着了,但醒过好几次,他发现:白天的功课成了布列格斯夜间的梦魇,他被魔住了;托泽尔也因为同样的原因睡不好觉,只是程度较轻而已,他嘴里嘟囔着些听不懂的语言,或者是零零星星的希腊文、拉丁文句子(在珀尔听来都一样,反正都听不明白),这种声音,在寂静的深夜里,透露出一种莫可名状的凶险、邪恶的意味。

珀尔终于进入甜蜜的梦境,他梦见自己和弗洛伦斯手拉着手穿行在一座美丽的花园里,当他俩走到一棵很大的向日葵前,那株葵花突然张了开来,变成一面铜锣,同时发出响声。他睁开眼睛,发现是个黑暗、刮风的早晨,窗外正下着蒙蒙细雨。大厅里那面真的铜锣正在打预备钟,发出吓人的巨响。

他马上起床,发现布列格斯正在穿靴子,他的眼睛几乎没有了,晚上梦魇再加上悲伤,使他的脸肿成了个发面团。他还看到托泽尔浑身发抖,正站着用双手摩擦双肩,情绪极度沮丧。可怜珀尔还不习惯自己穿衣服,要穿好实在不易,他请两位室友行行好,帮他系上衣服上的带子,但只听到布列格斯说了声"烦不烦呀!"托泽尔说"噢,可以!"下楼时,他衣服都穿整齐了,只是带子没系上。走下一层楼,他看见一位戴着皮手套的年轻美丽的女子正在擦一个炉子。他的出现似乎使这位年轻女子有些感到意外,她问他的妈妈在哪里。珀尔告诉她说,他的妈妈已经死了。那女子听说以后,脱下手套,按他的请求,替他系好带子。另外,她还把他那双小手摩擦得暖和了。她给了他一吻,并对他说,以后他若有诸如穿衣服之类的活要做,随时都可以找梅莉亚帮忙。珀尔表示非常感谢,说他以后一定会请她帮忙的。他步履轻轻地走下楼来,前往年轻绅士们继续上课的那间教室,当他行经一扇半开着的房门时,听见房间里传来这样的一声,"外面是董贝吗?"珀尔回答:"是我,小姐。"因为他听得出这是勃林茂小姐的声音。勃林茂小姐说,"进来,董贝。"于是珀尔就进去了。

勃林茂小姐的模样和昨天完全相同,只是多披了一条围巾。她头上浅色的小发卷儿还是那样起着波纹,她早已戴上了眼镜,珀尔心里在想:不知道她晚上睡觉时摘不摘下来。那里有一间供她专用的休息室,屋里很冷,没有生火,只有书籍。然而勃林茂小姐永远不怕冷,永远不瞌睡。

"听着,董贝,"勃林茂小姐说,"我马上就要到户外去做保健了。"

珀尔不知道什么叫保健,心想:天气这么坏,她为什么不派名男仆出去做。但是,他的注意力没有用在这上头,他注意的是那一小摞新书,它们像是勃林茂小姐刚给他指定的。

"这些是你的书,董贝。"勃林茂小姐说。

"全都是吗,小姐?"珀尔问道。

"是的,"勃林茂小姐回答,"董贝,要是你如我所期待的那样好学不倦,费德尔先生很快就会给你找出更多的书来。"

"谢谢你,小姐。"珀尔说。

"我要到户外去做保健了,"勃林茂小姐接着说,"我不在的时候,也就是说从现在起到用早餐的这段时间,董贝,我要你把我在这些书上做了记号的地方都读一读,并且告诉我,你必须学会的这些内容,你是不是都懂。不要蹉跎光阴,董贝,因为你根本没有多余的时间,把这些书拿下楼去吧,立刻开始读。"

"好的,小姐。"珀尔回答。

这摞书可真不少,尽管珀尔一只手托住最底下那本,另一只手再加上他的小下巴顶住最上面那本,把它们挤紧,但还没走到门口,中间的一本就滑了出来,接着这摞书统统散落在地板上了。勃林茂小姐说,"噢,董贝,董贝,你真的很不小心!"她重新替他把整摞书理好;全凭这回理得十分整齐,珀尔才抱着书出了房门。不过,才下了几级楼梯,又有两本书掉了下来。由于珀尔把其余部分抱得很紧,他只是在二层楼上又掉了一本,在走廊里又掉了另一本。当他把大部分书都抱进教室以后,他再爬上楼梯,把掉落的书捡回来。他终于把书都找齐了,于是就爬上座位,开始用起功来,一直到用早餐的时候。在这期间,他只受到一次打扰,那就是听到托泽尔为他鼓劲的话,大意是说,这回该轮到他"倒霉了"。那顿早餐和其他各次用餐时一样,气氛严肃,派头十足,但珀尔一点胃口都没有。早餐用毕,他就跟着勃林茂小姐上了楼。

"哎,董贝,"勃林茂小姐说,"那些书你读得怎么样啦?"

这一大摞里有少量英语书,大部分是拉丁文书——事物的名称、冠词、名词的形态变化和相关练习,以及初等语法规则——正字法初阶、古代史一瞥、现代史津梁、几种表格、两三种度量衡计算法,还有一些讲的是一般知识。可怜珀尔刚拼出拉丁文数字"二"来,就忘掉了"一";后来,这些构字成分又安装到了数字"三"身上,"三"滑落进"四"、"四"又嫁接到"二"。于是,二十个罗穆卢斯是不是等于一个瑞摩斯①? hic haec hoc② 是不是金本位制?动词是不是永远和一名古代不列颠人相一致?3×4 是不是天文学上

---

① 罗穆卢斯(Romuluses)和瑞摩斯(Remus)是罗马神话传说中战神马尔斯(Mars)的一对孪生子,他俩从小喝母狼的乳汁长大,后来罗穆卢斯杀死瑞摩斯,成为第一位罗马君主。
② 拉丁文 hic haec hoc 分别是"this(这个)"的阳性、阴性和中性形式。

的金牛座？对于他来说，明摆着都是问题。

"哎，董贝，你呀，你呀！"勃林茂小姐说，"这真让人吃惊。"

"对不起，小姐，"珀尔说，"我想，如果我可以偶尔和老格勒布聊聊天，我会学得更好的。"

"别胡说，董贝，"勃林茂小姐说，"我听都不要听。这儿可不是格勒布之流能待的地方。董贝呀，我想你得把这些书一本一本地拿到楼下去，在每天学的科目里，先把第一门功课记得滚瓜烂熟，然后再记第二门。董贝呀，请你现在就把最上面那本书拿走，等你把它的主要内容都掌握了再回来。"

勃林茂小姐就珀尔未受教育的状况发表她的议论，口气里含有几分暗暗的得意，似乎她早就料到结果会是这样，她乐意看到今后他俩将会有打不完的交道。珀尔听老师的话，拿着最上面那本书下楼苦读去了。他有一阵子把课文一字不落全背出来了，但过一阵子又把它连同其他知识全都忘了。最后，当他鼓起勇气上楼去背书时，还没开始，脑子就几乎空空如也。只见勃林茂小姐把书一合，说一声，"背吧，董贝！"这一举动象征着她有满肚子的学问，让珀尔诚惶诚恐，他仰视的这位年轻女士似乎是位满腹经纶的盖伊·福克斯①，或是肚子里塞满学问稻草的人造怪物。

尽管如此，珀尔的表现却十分出色。勃林茂小姐称赞他说，他的学业有望迅速取得进步。她争分夺秒给他布置下第二门功课；接着又是第三门，午餐前甚至进行到了第四门。午餐后歇都不歇，接着学，确实够辛苦的；他觉得头晕、心慌、瞌睡、脑袋发木。如果说还有什么可以聊以自慰的，那就是：其他年轻绅士也不得不在埋头苦读，和他有同样的感受。尽管"绅士们，现在继续学习"这句

---

① 盖伊·福克斯，见第66页注②。1605年火药阴谋案破获后，英国民间在举行的庆祝仪式上，要焚烧他的塞满稻草的模拟像。

话在周围不断重复,但奇怪的是,大厅里那口座钟却从来不这样说,它只说最初的那句问话。读书就像一架巨大的轮子在转动,而年轻绅士们都永远牢牢地被拴在轮子上。

吃完茶点又得做练习,点上蜡烛后还要预习第二天的功课。到了规定时刻,大家上床睡觉,在黑甜乡里得到安息,除非做梦时还会继续受功课困扰。

啊,星期六!啊,快活的星期六,到了那天,弗洛伦斯中午一定会来,不管皮普钦太太如何咆哮、嗥叫,对她百般阻挠,她总是风雨无阻。除了众多犹太人之外,星期六至少成了这两位小基督徒的安息日,使他俩的手足之情更加牢固,更加亲密。

就连星期日晚上——那沉重的星期日夜晚,它的阴影遮蔽了星期日破晓的曙光——也不能损害宝贵的星期六。无论他俩是在海边上相傍伫立或一起漫步;还是在皮普钦太太那间阴暗的后房,当他把困倦的脑袋靠在姐姐的臂膀上,听她为他曼声歌唱,他全都感到幸福。他心心念念只想着弗洛伦斯。所以,到了星期日晚上,当博士家黑沉沉的门张开大嘴要把他吞进去再待一周时,那是他和弗洛伦斯,而不是和其他人道别的时刻。

魏根大娘被召回城里董贝府去了,聂宝小姐,如今已出落成一位漂亮少女,前来代替她的位置。聂宝勇敢地担负起与皮普钦太太作多次单打独斗的任务。如果说皮普钦太太一生中有时也会棋逢对手、将遇良才的话,那么她发现,现在正是那样的时候。聂宝小姐在皮普钦太太家睡觉醒来的第一天早上,就决心战斗到底。她决不向对手求饶,也决不饶恕。她说这仗非打不可,事实上也真打了。从那时起,皮普钦太太的日子就不好过了,不断受惊吓、被困扰、遭蔑视,甚至当她正悠然品尝排骨肉时,也会遭到从走廊里来的突然袭击,使她吃起烤面包片儿来也减却香味。

有一个星期日晚上,聂宝小姐和弗洛伦斯小姐送珀尔回博士家后,一起步行回到幼儿园。弗洛伦斯怀里揣着一小张纸,上面有她用铅笔写下的字。

"苏珊,看看这个,"她说,"这就是珀尔带回来的那些小书的名字,他疲倦得要命还得做书上那些做都做不完的练习。昨天晚上,他正写的时候,我把书名记下来了。"

"弗洛伊小姐,行行好,别让我看这玩意儿,"聂宝回答,"要我看它还不如去看皮普钦太太呢。"

"苏珊,如果你肯的话,我要你明天上午去给我把这些书买回来。我身边有足够的钱。"弗洛伦斯说。

"啊唷,乖乖,弗洛伊小姐,"聂宝小姐说,"你说的这叫什么话呀,你的书早就多得一摞又一摞了,男教师、女教师们一直在教你,什么功课都教全了,不过我总觉得,董贝小姐呀,要不是你求他,你爸是什么都不会让你学的,这事儿他连想都不会想到,你既然求了他,他倒不好拒绝;不过呢,小姐,求了他他才同意,跟不求他他主动给你,这完全是两码事儿:譬如说吧,如果有个小伙子想和我交朋友,我也许不会反对,他要是提出来,我会说'行',不过这可不等于说'请你做做好事喜欢喜欢我吧。'"

"苏珊,如果你知道我确实需要这些书,你是会给我买的,你是乐意去给我买的。"

"好吧,小姐,你要这些书干吗?"聂宝说,她又低声加上一句,"要是用来砸皮普钦太太的脑袋,我倒愿意买它一大车。"

"苏珊,我想,如果我手头有这些书,也许我能给珀尔一些帮助,"弗洛伦斯说,"好让他在下一个星期里过得轻松一些。至少我想试一试。所以说,亲爱的,替我去把它们买来,我永远不会忘记你对我有多好!"

弗洛伦斯一边说一边把她那只小钱包递了过来,她脸上温柔的表情重申了她的恳求,苏珊·聂宝本想再次拒绝,可惜她的心肠还不够狠。她二话没说就把小钱包装进衣袋,立即一溜小跑,出去完成这一使命。

这些书还挺不好找,几家书店的答复要不是刚卖完,就是从来没有进过这几种书,有的说上个月还多的是,还有的说预计下个星期就会来很多。然而苏珊可不是个会轻易被困难吓倒的人。当地有一家图书馆她是知道的,她死活缠住在里面工作的一个天生少白头、身系黑布围裙的小伙子,请他陪她去买书。她拖着他全镇上下满处寻找,差点儿没把他累趴下,即使为了要让自己脱身,那小伙子也不能不使出浑身解数,终于使她得遂所愿,奏凯而归。

有了这些宝书,每天晚上,弗洛伦斯做完自己的功课后,就坐下来追随珀尔的脚步,穿越长满荆棘的学问之路。她天生聪明、能干,又有一位最好的老师——爱——的指引,没过多久,她就赶上并超过了他。

关于这件事,一点儿风声都没有透露给皮普钦太太。不过,多少个夜晚,当人们都已上床睡觉,头缠卷发纸的聂宝小姐,以极不舒服的姿势坐在她的女主人身旁沉沉入睡;壁炉里哔剥作响的余烬渐渐冷却、熄灭;蜡烛也渐渐燃尽、熄灭;在这过程中,弗洛伦斯一直在作艰苦卓绝的努力,使自己成为小董贝的替身。她的毅力和坚忍不拔的精神本该使她本人有充分的资格赢得小董贝这一称号。

她获得了优厚的报偿。一个星期六晚上,当小珀尔像平时一样,坐下来"复习功课"时,她坐在他身旁指点他,经过她的指点,珀尔觉得一切艰涩的地方顿时变得平顺了,一切晦暗的地方顿时豁然开朗了。他那消瘦的小脸上只是闪现出一阵惊讶,一丝红晕,一个微笑,接着是紧紧的拥抱——可是上帝会知道:这对于她所付出的辛劳是何等丰厚的报酬呀,她的心都高兴得狂跳了起来。

"噢,弗洛伊!"她的弟弟喊道,"我多么爱你!我多么爱你!"

"我也爱你,宝贝!"

"噢!弗洛伊,这一点我深信不疑。"

他不再说这话了,那天晚上,他一直静静地坐在她身边,和她挨得很近。他睡在姐姐房间内的一个小套间里,只听见他在睡梦中还从那里发出喊声来,说他爱她,那一夜共喊了三四次。

从此以后,每到星期六晚上,弗洛伦斯都会作好准备,和珀尔一起坐下来,耐心地帮助弟弟攻读他俩预期中的他下一周的功课,这已成为习惯了。珀尔苦苦研读的地方,早有姐姐不辞辛劳在前面替他开路了,一想到这里,珀尔心里就很快乐,这本身就是督促他持续苦读的兴奋剂;再加上他的学习负担确实大大减轻了,其结果是:姐姐的帮助也许救了他的性命,使他没有在美丽的考耐莉娅·勃林茂小姐加于他的重压下垮掉。

这倒不是说勃林茂小姐成心要对他过分苛刻,或是勃林茂博士故意要让全体年轻绅士都压上过重的课程负担。就考耐莉娅而言,这只是坚持她的信念而已,她本人自幼就是根据这种信念培育起来的;就博士而言,他的教育思想可有点儿偏颇、混乱,他把这些年轻绅士似乎都看成了博士,而且一出娘胎就是成年人。年轻绅士的近亲们的一片掌声使他踌躇满志,在他们盲目的虚荣心和对于高速度的不合情理的要求的敦促下,如果说勃林茂博士会发现自己的错误,会把他那艘鼓满风帆的船平稳地抢风调向,那倒会是件奇怪的事。

珀尔的情况就是这样。当董贝先生听到勃林茂博士说珀尔是天纵之才、进步神速时,他更加来劲了,他要求博士给他儿子加大压力、往小脑袋里填塞更多的学问。当博士告诉布列格斯老爷说,他儿子天资较差,尚未取得长足的进步时,老布列格斯冷酷无情地提出了同样的要求。总而言之,尽管博士暖房的温度弄错了,太高了,但植物的主人们还是热心地帮着拉风箱,把火吹得越烧越旺。

珀尔身上起初还有的那一点精气神儿,当然很快就消失了。但是他那奇特、老气和好沉思的性格却丝毫未变:这里的氛围十分有利于上述性格倾向的发展,于是珀尔变得比以前更加奇特,更加老气,更加好沉思了。

唯一不同之处在于:他的性格变得内向了。他一天比一天变得更加喜欢沉思,更加孤僻矜持;他对于博士家的任何一个大活人都不再有像往昔对于皮普钦太太那样的好奇心。他喜欢独处;在难得有的短暂的学习间隙,他最爱做的事就是独自在房子各处游荡,或是坐在楼梯层级上谛听门厅里大座钟的声响。屋里每一处的糊墙纸他都熟悉;他能看出任何别人都看不出的那隐藏在图案中的东西;他在卧室墙上发现老虎、狮子们的缩影,在地毯的方块和菱形图案里,看到一张张目光斜视的脸。

这个孤独的孩子,存活在用自己的想象力编织起来的奇特图像的包围中,没有人理解他。勃林茂太太觉得他"稀奇古怪",仆人们有时会在一起私下议论说,小董贝"没精打采",但是也就到此为止了。

唯有涂茨那小伙子对这一问题倒有些意见,但他却完全没有能力把它表述出来。意见和看法就像魔鬼(一般概念中的魔鬼),需要先对它稍作提问,它才肯把意见表白;而涂茨已经有很久没有对自己的脑子提出任何问题了。他的头颅就像一只铅皮匣子,从中升起一团迷雾,要是那迷雾得以成形,倒可能化为一名魔仆;可惜它成不了形,只是像那阿拉伯故事中的雾一样,滚滚直上,化为一团浓云,挂在空中盘旋不去。可是它在荒凉的海滩上却留下一个清晰可辨的小小的身影,涂茨总是注视着它。

"你身体好吗?"他会这样对珀尔说,一天要说上五十遍。

"我很好,先生,谢谢你。"珀尔会这样回答。

"握握手吧。"接下来涂茨会提出这样的建议。

他建议的事珀尔当然会立即办到。涂茨先生喘着粗气久久地注视着他,过了好大一阵子,他总会再问一遍,"你身体好吗?"珀尔再次回答他的问候,"我很好,先生,谢谢你。"

一天晚上,涂茨先生坐在书桌前,写信的活儿把他搞得很累,一个伟大的计划似乎突然灵光闪现。他放下笔,出门寻找珀尔。找了好大一阵子,终于把他找到,只见珀尔正在他的小小的卧室里向窗外眺望。

"我说呀!"涂茨一进房间就赶紧说,以免把想说的话忘掉,"你在想什么?"

"噢!我想的事情可多啦。"珀尔回答。

"真是这样吗?"涂茨说,似乎他认为这件事本身就令人感到意外。

"假如你难免一死……"珀尔抬眼盯住涂茨的脸。

涂茨吃了一惊,看上去心慌意乱。

"你是不是愿意死在就像昨天那样的一个风声呼啸、天空澄澈的月明之夜?"

涂茨带着大惑不解的表情看着珀尔,他摇摇头说,这个问题他实在答不上来。

"也许不是刮风,"珀尔说,"但至少是空中响着海水冲击贝壳时发出的声音。那是个美丽的夜晚。我听水声,听了很久,我下了床,向外眺望。只见一只小船,停泊在满月的明光下,那是一艘帆船。"

珀尔的目光凝视着他,说话的口气又如此热切,使涂茨感觉自己应当说些有关这艘小船的话,于是他开口说,"走私船。"不过,他公正无偏地记起学过的知识中有这样一条:每个问题都有正反两面,于是他加了一句,"也许是缉私船。"

"一艘挂着帆的船,"珀尔接着说,"在满月的明光下。船帆就像一只通体银白的臂膀。船儿越走越远,它随海浪远去了,你猜它像是在干什么?"

"上下颠簸。"涂茨先生说。

"它像是在召唤,"孩子说,"召唤我前去!——她就在那里!她就在那里!"

经过上述对话后,突然听到孩子的惊叫,涂茨惊讶得不知所措,高声问道"谁呀?"

"我姐姐弗洛伦斯!"珀尔喊道,"她眼看着这里,正在招手呢。她看到我了——她看到我了!晚安,亲爱的,晚安,晚安!"

他的情绪立刻就变得无限快乐;他站在窗口,拍着双手,并向窗外送去飞吻。当她的身影从他的视线消失时,倏然间,他的面容又变得黯然无光,小脸上只留下逆来顺受的忧伤。这变化太明显了,使涂茨这样的人也不由得不注意。恰好这时,皮普钦太太来访,打断了两人的交谈。每星期皮普钦太太总要在天黑以前来这里一两次,她那身黑蠕服对准着珀尔。涂茨想舒解当时的气氛,但找不到机会,他心心念念都惦记着这件事,因此他在与皮普钦太太按照常礼互致问候后,又两度跑回来问皮普钦太太身体好吗。这位脾气暴躁的老太太把他的举动认作是一场精心设计、早有预谋的羞辱,而且是楼下那位近视眼小伙子想出来的穷凶极恶的坏主意。当天晚上,她就正式向勃林茂博士告了他一状。博士对近视眼小伙子说,下次还敢这样,就炒他的鱿鱼。

现在黑夜变长了,每天晚上珀尔都会偷着起来,向窗外眺望,想找到弗洛伦斯的身影。在某个时刻,她总会在窗外走过、又一次走过,不望见他不罢休;姐弟相望是珀尔日常生活中的一缕阳光。天完全黑了以后,还有另一个身影独自在博士的房前走过。现在他很少在星期六和儿女们相聚了。这使他无法忍受。他宁愿悄悄前来,不让任何人认出他,独自仰望着培养他儿子成为男子汉的那所书院的窗户;他在等待,在守候,在计划,在希望。

啊!但愿他能看见,像旁人一样看见:在暮色中,那个身材纤弱、极为消瘦的男孩,站在高处的窗户里,正在用渴望的目光眺望着海浪和烟云;鸟儿飞过时,孩子的胸口顶住他那座孤独牢笼的窗子,似乎想和鸟儿比一比,像它们一样远走高飞。

第十三章 航运信息和发生在商行里的事

董贝先生的商行的办公地点是在一所院子里,拐角处有一个原先出售精品水果的老式摊位。如今每天从早上十点起到下午五点钟,时时都有男男女女的流动摊贩在那里售货,出卖的货物有拖鞋、皮夹子、擦澡用的海绵、狗颈圈、温莎牌肥皂,有时还会卖一种叫做指示犬的猎狗,或是一幅油画。

把这种狗带到这里来,目的是想卖给股票交易所里的人,因为这些人爱赌成性,打赌成为一时风尚(起初他们赌的通常是新帽子),而指示犬正是善于窥测方向的猎犬呀。其他商品是打算卖给一般公众的;但小贩们决不会向董贝先生兜售。当那位绅士出现时,这些生意人都恭而敬之地往后退。一位卖拖鞋和狗颈圈的有头有脸的商人,自认为是位公众人物,他的画像还曾被伦敦奇普赛德街上一位画家钉在门口呢,当董贝先生走过时,这位商人会将食指举向帽檐向他致敬。还有一位佩戴证章的搬运工,除非是上别处干活去了,只要他在,总会讨好地在董贝先生前头一溜小跑,去替他开门;他把董贝商行的门尽量敞开、撑住,等董贝先生往里进时,他便脱帽行礼。

门里的雇员在向老板表达敬意方面丝毫也不比门外的人们逊色。当董贝先生走过外首那间办公室时,大家都屏息敛气不敢做声。账房间里那位平日妙语如珠的职员,顿时就像挂在他背后墙上那排消防皮袋一样变成哑巴啦。透过磨砂玻璃窗和天窗射进来的阳光十分黯淡,把一层黑色沉积在玻璃板上,从中可以辨认出账簿和票据,以及向它俯身的人影,大家笼罩在埋头工作的沉闷气氛中,从窗外的世界看进来,他们就像是聚集在海底的生物一样神秘莫测。幽深处那间发霉的小保险库,可以算是某个海怪的洞穴,里面老是点亮一盏遮光灯,就像海怪用来观察神奇的海底世界的那只红眼睛。

墙上有一个小小的托架,听差珀奇平日就像只钟似的挂在托架上,他一见董贝先生进来,——不,与其说看见,倒不如说感觉,因为通常他总会凭本能感觉到董贝先生的到来——立刻就跑进董贝先生的房间,捅捅火,从煤箱深处选几块煤添进炉子里去,把报纸晾挂在报架上,把椅子掸掸干净,把屏风摆摆端正,恰好在董贝先生进屋的瞬间,他身子随脚后跟一转,伸手接过老板的大衣和帽子,把它挂起来。接着珀奇拿过报纸来,在炉火前转了一两转,然后恭恭敬敬地摆放在董贝先生的手边。珀奇乐意对董贝先生表示最高的敬意,他恨不得匍匐在老板面前、用过去习惯称颂哈里发①哈伦·赖世德②的名号称呼他呢。

但是,给予哈里发名号的荣誉会是一项创新,一项试验,而珀奇只好满足于用自己的方式尽可能称颂他的老板:"你是我眼睛的光明。你是我灵魂的呼吸。你是忠心的珀奇的指挥官!"带着意犹未尽的兴头,他轻轻关上门,踮着脚尖走开,把他伟大的首领留下。透过突出的圆形窗瞅着这位老板的,是那丑陋的烟囱帽和房屋的后墙,特别还有二楼理发店那扇轮廓分明的窗子。理发店里有一个蜡像,早晨头上光秃秃的,像个穆斯林,十一点钟过后,就会戴上华贵的头发和络腮胡子,是最时髦的基督徒打扮,那蜡像总是把自己的后脑勺对着董贝先生。

---

① 哈里发,政教合一的伊斯兰国家最高领袖。
② 哈伦·赖世德(763?—809),阿拉伯帝国阿拔斯王朝第五代哈里发,以爱好文艺和骄奢淫逸闻名。

董贝先生隔着外面的办公室与平常人的世界交往,他进入自己的办公室,堪称是飘来了一团湿气,吹来了一股冷风。外面的办公室还分两个层次:卡克先生有独自的一间,属于第一层次;莫芬先生也有他独自的一间,属于第二层次。这两位先生各自占有一间像洗澡间大小的办公室,与董贝先生办公室的房门隔着一道走廊。卡克先生好比是阿拉伯王朝的大臣,他的房间紧挨着他的苏丹。莫芬先生的地位比他稍低,他的办公室离职员们最近。

上述那位绅士表情开朗,有一对浅褐色的眼珠,是个年长的单身汉。他衣着庄重,上身黑色,裤子是胡椒和盐的颜色。他深色的头发里刚染上星星点点的灰色,好像是时光老儿走过时随手洒落的,他的络腮胡子却全都白了。他非常尊重董贝先生,对老板的敬意恰如其分。然而,他本人性情温和,一本正经和老板会面时,总觉得不很自在;因此,当卡克先生有机会多次蒙老板单独邀见,他不但毫无妒意,还暗自庆幸刚好有事情脱不开身。就这样,他很少有被老板单独邀见的荣幸。工作之余,他还是个业余的音乐迷,他对自己那只大提琴怀有父亲对儿子般的挚爱之情,每星期总有一次,他会把大提琴从伊斯林登住处搬到紧挨着英吉利银行的一家俱乐部去,每星期三晚间,一个私人演奏小组总要在那里举行弦乐四重奏,不过,奏出来的声音总会折磨得你难以忍受。

卡克先生年约三十八至四十岁,面色红润,两排牙齿整齐光亮,那匀整和亮白却让人看着觉得十分难受。想不看见是办不到的,因为他开口说话就露出牙齿,微笑时就张开大嘴(可是,除了嘴巴,他脸上别的部位就没有在笑),其中真有几分像猫叫时的样子。他学老板的装饰,爱打坚硬的白色领结,衣服贴身,纽扣全都扣严。他对待董贝先生的态度是经他精心设计的,并且表现得很出色。他对老板很亲昵,那是充分意识到自己与老板有身份差距条件下的亲昵。"董贝先生,像我这种身份的人和你这种身份的人打交道，我觉得，任凭怎样谦卑恭顺都不为过。我老实告诉你吧，先生，我干脆把这一切统统都免掉了。我觉得再谦恭也不足以表达我的情怀，而你，董贝先生，上帝可以作证，你确实有免除这一切繁文缛节的雅量。"假如他把这些话印成标牌，挂在胸前，随身带着，时时供董贝先生阅读，也不会比他实际表达得更加明白了。

刚才说的是当经理的卡克。沃尔特·盖伊的朋友小卡克其实是他的哥哥，比他大两三岁，但是职位远逊于他。弟弟是商行职员里层级最高的，而哥哥的层级最低。哥哥从来没有提升过一级，连脚都没有抬过一抬。比他年轻的都迈过了他的脑袋，一升再升，而他却永远停留在最低层级。他在这个低微的位置上早已安之若素，从不埋怨，确实从来不抱升迁的奢望。

有一天，经理卡克先生刚来到商行，就拿着一沓文件走进董贝先生的房间说："早上好呀？"

"你好呀，卡克？"董贝先生从椅子上站起来，背靠着壁炉说，"你手里有要我批的文件吗？"

"我不知道该不该麻烦你，"卡克一边翻转手里的文件一边说，"你知道，今天下午三点钟有一个委员会议你还得开呢。"

"三点三刻的会。"董贝先生说。

"你真的什么都忘不掉！"卡克翻转文件的手没停，一边喊出声来，"如果你的好记性遗传给了珀尔少爷，那他就会是商行里一个难缠的主儿。你俩有一个就足够了。"

"你自己的记忆力也极好。"董贝先生说。

"噢！我呀！"经理回答，"像我这样的人，也只有这一点本钱了。"

董贝先生背靠着壁炉台，从头到脚打量着他的雇员（当然是无意识地），他没有显出丝毫的不快，平素的傲慢也依然如故。卡克先生衣装笔挺，做工考究，神态有点儿自高自大，不知是他生性如此呢,还是跟身边那位傲慢的样板学的,在董贝先生跟前,更映衬出他的卑微。他似乎是一个(一旦条件成熟)敢于向那征服自己的权力发起挑战的人,然而,董贝先生的伟大和优越又把他完全压倒了。

"莫芬在不在?"过了片刻董贝先生问道,在这段间隙里,卡克先生一直在翻阅文件,还喃喃地把内容要点说出来,好像在自言自语。

"莫芬在这儿呢,"他抬眼回话时突然张大了嘴微笑起来,"正在哼唱他记得的音乐旋律呢——我想是他昨天晚上参加四重奏演出的曲子吧——虽然中间隔着几道墙,还是吵得我几乎发疯。我真希望他能把大提琴和乐谱统统烧掉。"

"我看你呀,卡克,对什么人都不尊敬。"董贝先生说。

"不尊敬吗?"卡克问道,他又一次像猫似的张大嘴巴,露出牙齿,"是呀!我想我尊敬的人确实不很多。也许我该这样回答,"他喃喃地说,似乎他只是在这样想,"不会比一个更多。"

他说的如果是真话,他这种品质是危险的;如果是假话,那就更加危险了。然而,董贝先生似乎根本没有这样去思考问题,他仍背靠炉火站着,身子挺得笔直、伸得最高,以威严、沉着的态度望着自己手下职位最高的雇员,他的姿态中似乎潜藏着比以往更加强烈的权力意识。

"说到莫芬,"卡克先生说时从那沓文件中挑出一份来,"他写了一份报告,说是巴巴多斯分理处有一名低级职员死了,他建议在'子嗣号'船上为继任人预订一个铺位,这艘船再过大约一个月就要起航了。我想,指派什么人去,你不会在意吧?我们这里倒是真没有合适的人。"

董贝先生摇摇头,完全无动于衷。

"这算不上是一项很要紧的任命,"卡克先生说时,拿起钢笔在文件背面签字认可,"我想,他可以把这职位给某个音乐同好的什么没爹没娘的侄子之类。如果他在人事任免方面有才能倒好了,这也许可以让他不再玩那大提琴了。谁呀?进来!"

"请原谅,卡克先生。我不知道你在这儿,先生,"沃尔特手里拿着几封刚刚收到、还没打开的信走进房间,回答道,"先生,小卡克先生……"

听到有人提起这个名字,经理卡克先生顿时就感到奇耻大辱,或者装出这种样子。他的眼神变了,其中充满歉疚之意,他用这种眼光直视董贝先生,又向下垂落到了地上,好一阵子连话也说不出来了。

他突然怒气冲冲地转过脸对沃尔特说,"我想,先生,早就关照过你了,说话时决不能把小卡克先生扯进来。"

"请原谅,"沃尔特说,"我只是打算说,要不是小卡克先生告诉我你好像是外出了,我是不会在你和董贝先生谈话的时候来敲门的。先生,这些信件是给董贝先生的。"

"很好,先生,"经理卡克先生说时把沃尔特手里拿的信件一把抓了过去,"干你该干的工作去吧。"

卡克先生把信抓过来的动作不是很有礼貌,他没有看见其中有一封掉在了地上,这封信就落在董贝先生脚边,但他同样也没有看见。沃尔特犹豫了片刻,心想他们总会有一个注意到这封信的,但他发现他俩谁都没注意,便停下脚步,返了回来,亲手拾起这封信,把它放在董贝先生的办公桌上。这些信件都是邮寄来的;掉在地上那一封恰好是皮普钦太太的定期报告,信封上的姓名地址照例是由弗洛伦斯书写的,因为皮普钦太太的书法实在不敢恭维。董贝先生的注意力被沃尔特无声的动作引向了这封信,不由得吃了一惊,他用厌恶的目光盯住这小伙子,似乎相信这封信是沃尔特故意挑出来要他看的。

"先生,你可以出去了!"董贝先生态度倨傲地说。

他用手把信揉成一团,眼睛盯着沃尔特走出房间,随手就把纸团放进衣袋,连信封上的火漆封缄都没有拆开。

"你刚才说起,要派个人到西印度群岛去吧。"董贝先生匆促地说。

"是啊。"卡克回答。

"派沃尔特这小子去。"

"好,真的很好。再容易不过了。"卡克先生说,他一点儿也不感觉意外,拿起蘸水笔来对莫芬先生的信重作批示:"派年轻人沃尔特去",神态冷静,一如既往。

"把他叫来。"董贝先生说。

卡克先生很快跑去执行命令,沃尔特很快就回来了。

"盖伊,"董贝先生稍稍转过身子,看着沃尔特说,"有一个……"

"职位。"卡克先生说时嘴巴张得不能再大了。

"在西印度群岛,在巴巴多斯。我准备派你去,"董贝先生说,他不屑于把实情加以掩饰,"去补巴巴多斯分行账房间空缺的一个低级职位。我要你告诉你的舅舅,我已经挑选你到西印度群岛去。"

沃尔特惊慌得目瞪口呆,想重复一下"西印度群岛"这个地名也做不到了。

"总得派个人去,"董贝先生说,"你年轻,身体好,你舅舅的景况又这么艰难。告诉你舅舅,已经派定你去了。你现在还不走。还要过一个月,也许两个月才走。"

"我要留在那儿吗?"沃尔特问。

"你要留在那儿吗,先生!"董贝先生把这句话重复一遍,身子朝小伙子那边再转过去一点,"你这话什么意思?卡克,他这话什么意思?"

"要我在那儿生活吗,先生?"沃尔特喃喃地说。

"当然。"董贝先生回答。

沃尔特鞠了一躬。

"没别的事了,"董贝先生说,又接着看他的信件,"当然啰,卡克,你要在适当时候向他说明出航通常要带些什么东西。他不用在这儿待着了,卡克。"

"你不用在这儿待着了,盖伊。"卡克先生说话时露出了齿龈。

"除非,"董贝先生说,看信的动作暂时中断一下,似乎准备倾听,但他的目光却并没有从他正看着的那封信上抬起来,"除非他还有什么话要讲。"

"没什么,先生,"沃尔特回答,他既激动又慌张,差一点没晕了过去,他心头涌起两幅固定不变的图画:头戴加光便礼帽的柯特船长惊呆在麦克斯丁格尔太太的出租房里;更重要的一幅是他的舅舅在小小的后房里悲叹他的损失,"我不知道该说什么好……我……我很感激,先生。"

"他不用等在这儿了,卡克。"董贝先生说。

卡克又把这句话说了一遍,他收拾文件像是也要离开房间,沃尔特感觉自己如果继续在屋里多停留片刻,也会是一桩不可原谅的冒犯行为——尤其是因为他真的无话可说,于是他不知所措地走出了房间。

他沿着走廊朝前走,一半清醒,一半茫然,像是做了一场梦,这时他听到董贝先生的房门又一次关上的声音,卡克先生出来了。这位绅士马上喊住了他。

"先生,请你叫上你的朋友小卡克先生到我的办公室来一趟。"

沃尔特走到外首那间办公室把这件事通知了他的朋友小卡克

先生,那位低级职员独自坐在用板材隔断的一个小房间的角落里,听到传话立刻走了出来,两人一起来到经理卡克先生的办公室。

那位绅士背靠壁炉站立,双手插在燕尾服后部的下摆里,眼光越过他上衣的白领结向下俯视,那副难说话的样子只有董贝先生才有。接见他们时,他的态度一丁点儿也没有改变,他那严酷和愠怒的表情丝毫也没有软化的迹象,只是示意让沃尔特把门关上。

"约翰·卡克,"经理说,等沃尔特关上了门,经理突然对他哥哥转过脸去,两排牙齿直立,就像要咬他一口似的,"你和这小伙子是什么合作关系?为什么要在我面前一而再、再而三地提起你的名字?约翰·卡克,难道你觉得这样还不够吗,我是你的近亲,想摆脱也摆脱不掉由此带来的……?"

"耻辱,詹姆斯,说出来好了,"那个当哥哥的发现有一个词儿弟弟说不出口,便低声打断他的话,"耻辱,你想说的是这个词儿,你有理由这样说。"

"这种耻辱,"弟弟同意这个说法,并且用着重的语气把它说了出来,"不过,这个事实还要在这同一家商行里不断爆料、大肆宣扬,闹得商行里头众所周知吗!并且就在我得到老板信赖的时候?约翰·卡克,难道你琢磨着在这家商行里,你的名字还能和忠诚和信赖相协调吗?"

"不,"当哥哥的说,"不,詹姆斯。上帝作证,我没有这样想。"

"那么你是怎样想的呢?"他弟弟说,"你为什么要挡我的路?你难道害得我还不够吗?"

"詹姆斯,我从来没有存心要伤害你。"

"你是我哥哥,"经理说,"这就已经把我害够了。"

"詹姆斯,我希望我能把这种不良影响消除掉。"

"我希望你能够说到做到。"

在他们兄弟对话的全过程中,沃尔特怀着痛苦和诧异的感情,看看这一个,又望望那一个。年龄虽长、在商行中地位最低的那一位,一直低着头站在那里,目光俯视地面,低声下气地恭听另一位的斥责。尽管面对弟弟疾言厉色的斥责,尽管又有既惊奇又害怕的沃尔特在场,约翰·卡克没作任何抵抗,只是以恳求的姿态举起右手,像是在说,"饶恕我吧!"那么,如果这些斥责是一下下痛击,而他是一名在强力压制下被折磨得奄奄一息的勇士,他也会这样站着面对他的刽子手的。

沃尔特是个宅心忠厚、心直口快的人,他觉得是他无意中引起了这场嘲骂,此刻怀着满腔真诚的感情上前插嘴了。

"卡克先生,"他对经理说,"真的,真的,这是我一个人的错。都怪我太不小心了,这件事我怎么责备自己都不过分,我确实、我确实违背了你的规定,有好几次不是在非提到不可的情况下,也提到了卡克先生的名字,有时候我会让这个名字脱口而出。不过,先生,这是我一个人的错误。这件事,我和他从来没有交谈过哪怕是一个字。——其实,我们之间任何话题也谈得很少。就我而言,先生,"停顿片刻,沃尔特接着说,"这不完全是不小心的问题;我一到这里就对卡克先生产生了一种关切之情,既然常常会想起他,就难免有时候会提到他!"

这是沃尔特的肺腑之言,其中不乏他做人的尊严。当他望见约翰·卡克耷拉着脑袋,举起右手捂着脸,连目光都不敢抬一抬时,不禁这样想,"我能感觉到他此刻的感受;我为什么不替这个谁也不把他当朋友的、绝望的人把话说出来呢!"

"事实上,卡克先生,你一直在躲避我,"沃尔特说话时,眼里饱含着泪水;心中洋溢着真挚的同情,"我感觉到这一事实,心里真是失望和遗憾。我敢肯定,从我到这儿来的第一天开始,我就尽力、尽一个像我这种年龄的男孩所能作的努力,想做你的朋友;但我的一切努力都白费了。"

"听好啦,盖伊,"经理赶快打断他的话说,"如果你坚持要多提约翰·卡克先生的名字,以便引起大家注意,那就更是枉费心机了。那不是对约翰·卡克先生表示友好的办法,你问问他本人,他是不是认同这种做法。"

"这样做对我没有帮助,"他的哥哥说,"这样做的结果只能是一场目前这种对话,不用说,我若是能不被牵进来,真是求之不得。谁要是对我友好的话,"说到这里,他一字字咬得非常清楚,似乎要让沃尔特记牢,"最好是把我忘掉,让我走自己的路,别搭理我,别注意我。"

"你的记忆力有问题,盖伊,别人嘱咐你的事你记不住,"越来越增长的满足感使经理卡克先生自我陶醉,"我想,最好还是让在这件事上最有资格嘱咐你的人,亲口嘱咐你,"他向自己的哥哥点头示意,"这一回你怕是不容易忘掉了吧,我希望是这样。没别的事儿了,盖伊。你可以走了。"

沃尔特退出门口,刚打算关上身后的门,忽然听见弟兄俩又在对话,并且又一次提到自己的名字,便不由自主地站住了,门微微开着一道缝,他的手还放在门把上,不知道自己是否应该回房间里去呢还是应该走开。他就是在这种状况下,无意中听到了他们兄弟的一席谈话。

"詹姆斯,等我把话对你说完,尽量对我更加宽容一些吧,"约翰·卡克说,"我怎能不这样呢,我的历史都写在这里了,"说到这里,他捶击自己的胸口……"当我观察沃尔特·盖伊这男孩时,我整个心都被唤醒了。他第一次来到这里时,我几乎在他身上看到了另一个自己。"

"你的另一个自己!"经理以轻蔑的口气重复道。

"不是现在的我,而是同样第一次踏进这门口时的我;一样满怀希望,一样轻率浮躁,一样幼稚,一样缺乏经验;满面红光,思想活跃,喜欢冒险,充满幻想,也和我相像;充溢在他身上的是同样的特质,同样具有向善和为恶的可能性。"

"我希望还是不像的好。"他弟弟说,他的声音里潜藏着讥讽的涵义。

"你无情地打击我;你是不会手软的,你把我刺伤得很深。"那个当哥哥的说,沃尔特感觉,他说话时似乎真有一把刀子无情地扎进了他的身体,"既然他还是个孩子,我就会想象到这一切。我相信这是真的。对我说来这是千真万确的事。我看见他轻快地行进在万丈深渊的边上,他没有看清自己的处境,而许多同样迈着轻快的脚步行进的人都是从那里……"

"又是自我辩解的老话,"他弟弟捅捅炉火,打断了他的话,"许多人。说吧,许多人都坠落下去了。"

"有一个行人在深渊边上坠落了,"他哥哥又接着说,"一个像他那样的男孩儿开始走他的路,脚步越来越走不稳,一点儿、一点儿逐渐向下滑,他更加走不稳了,终于摔了个倒栽葱,发现自己已经是深渊底下一个毁掉的人。当我看看这个孩子,你想象得到我有多么痛苦。"

"这只能怪你自己。"他弟弟说。

"只能怪我自己,"他认可了这句话,并发出一声悲叹,"我没有要别人来分担我的过错或耻辱。"

"你已经害得别人为你蒙羞了。"詹姆斯·卡克透过牙缝迸出这句话。尽管他的牙齿整齐致密、一颗不缺,话倒是说得很清楚。

"啊,詹姆斯,"他哥哥第一次用责备的语气说话,从说话声听起来,好像他用双手捂住了自己的脸,"从那时开始,我就成了你一个有用的陪衬。你毫无顾忌地踩着我往上爬。请别再用脚后跟踹我了!"

一阵沉默。过了片刻,听见经理卡克先生翻阅文件的瑟瑟声,他似乎不想让这场对话继续进行下去了。与此同时,他的哥哥向门口走来。

"事情就是这样,"他说,"我怀着战战兢兢、诚惶诚恐的心情守护着他,这就像是给我的小小的惩罚;当我看到他顺利通过我第一次摔倒的地方,那时呀,就算我是他的父亲,也不会怀着更加虔诚的心情来感谢上帝了。我不敢去警告他,或是规劝他;不过,要是我看到有这样做的必要时,我是会对他现身说法的。我怕别人看见我和他说话,担心有人会误以为我在毒害青少年,教唆犯罪,腐蚀拉拢;否则的话,我真的会直接对他说了。我身上真的有传染病菌吗,我不知道。把我的过去和年轻的沃尔特·盖伊联系起来想一想,要知道他引起了我怎样的感情;詹姆斯呀,假如做得到的话,对我更加宽容一些吧。"

说完这些话,他走出房门,来到沃尔特站立的地方。看见沃尔特站在门口,他脸上显得神色黯然,当沃尔特伸出手来紧紧握住他的手时,他的脸色更加苍白了。沃尔特悄声说:

"卡克先生,请允许我向你表示感谢!我要说,我非常同情你!我真抱歉,这一切不愉快的事都是我惹起来的!现在我差不多已经把你当成我的保护人兼领路人了!我实在是非常、非常感激你和怜惜你!"沃尔特说话时紧紧握住他的双手,他的心情十分激动,几乎不知道自己在做什么、在说什么。

莫芬先生的办公室就在近处,里面没有人,房门敞开着,两人不约而同地往里挪,因为走廊里随时都会有人走来走去。等他俩进了房间,沃尔特在卡克先生的脸上看到一种他似乎从未见过的内心激动,他的模样大大改变了。

"沃尔特,"他说话时伸出一只手来,放在小伙子的肩膀上,"我和你非常疏远,但愿我能永远保持这个样子。你知道我是个什么人吗?"

"你是个什么人!"当沃尔特目不转睛地盯着他看时,这句话似乎在沃尔特的嘴唇上僵住了。

"事情的开始,"卡克说,"是在我二十一岁生日之前……根子早就埋下了,只是在那个时候之前还没出事。在我成年的那一天,我偷了商行的钱。在那以后,我还偷过。事情完全败露时,我还没满二十二周岁;从那时起,沃尔特,在充满芸芸众生的社会里,我已经死掉了。"

这最后几句话又一次在沃尔特颤抖的唇间僵住了,但是沃尔特既无法复述这几句话,又无法说出自己的话。

"商行对我非常好。愿上帝报偿那位待我宽厚仁慈的老主人!他的儿子,现在这一位,对我也很好;当时他刚到商行来上班,对我称得上是言听计从!我被叫进现在是他办公室的那个房间,——从那以后,我再也没有走进去过——出来时,就成了你看惯的这个我了。多年以来,我一直坐在现在的座位上,就像现在一样孤独,从此成了众所周知、人人引以为戒的坏榜样。人们都怜悯我,我就这样活了下来。随着时间的流逝,我的这部分可怜的赎罪生涯也变得模糊起来;我相信,现在除了商行里地位最高的三个人以外,其他所有的人对我的身世都知之不详。等现在的这个小男孩儿长大,从别人口中听说我的故事时,也许我角落里的座位早就空了。我宁愿事情真的会是这样!那一天,在那个房间里,一切青春、希望和有身份的朋友统统都离我而去;从那时以来,这一次是我唯一的改变。愿上帝保护你,沃尔特!为了你和你所珍视的一切,要保持诚实,否则就会把一切都毁掉!"

除了这番话之外,沃尔特日后在追忆他俩之间究竟发生过什么事时,他唯一可以补充的是:卡克先生眼睛里迸出了泪水,他从头到脚都在发抖,像是特别怕冷的样子。

沃尔特再次见到他时,他又像平常似的一声不响,低着脑袋趴在办公桌上工作,一副谦卑的样子。沃尔特看他工作的样子,就感觉得到:很昨显,卡克先生已经下定决心再也不和自己交谈了。他一遍又一遍地回忆起,那天上午在很短的时间内,他所见所闻有关卡克兄弟俩身世的一切事情。沃尔特几乎无法相信老板已经下令派他到西印度群岛去了,很快索尔舅舅和柯特船长就要失去他,他也不能偶尔远远地对弗洛伦斯——不,他想说的是珀尔——看上一眼了,他将失去日常生活中所爱的、喜欢的、寻找的一切。

  不过,这确实无疑,消息早就透露到外首那间办公室了;因为,当他脑袋枕着胳臂、正满腹心事坐着盘算这件事时,那个名叫珀奇的听差忽然从红木托架上下来,轻轻碰一下他的胳膊肘,说声对不起,他想跟沃尔特说句悄悄话,问他能不能想办法替他寄一罐价钱便宜的腌生姜回英国来?他打算在他老婆下次坐月子时,把这罐生姜给她一个人吃,好拿它补养身子。

第十四章　珀尔愈来愈显得老人相了，他回家度假

暑假快要到了，寄宿在勃林茂博士书院里的那些目光呆滞的年轻绅士们，并没有不成体统地显露出高兴的样子来。在这所讲究礼仪的学府，任何类似"鸟兽散"的粗野表现都是不适用的。每隔半年，年轻绅士们都从学校鱼贯而出，各自回家，但他们决不作鸟兽散。这样的举动是会遭到嘲讽的。

托泽尔时时被他的上浆白麻布硬领巾磨得生疼，苦不堪言。这条领巾是他的令堂大人托泽尔太太要他戴的，她早就说过，打算让他当教士，她认为愈早让他做准备愈好。其实，托泽尔说过：两害相权取其轻，他觉得还是待在书院、不回家的好。然而，他就此题目做的文章却与他的上述言论并不一致。他在文章中写道："想到家，以及与此相联的回忆，唤醒了心中期待、喜悦的美好感情。"他还把自己比作一位因为新近刚战胜了爱西尼①人，或是满载从迦太基抢来的战利品而容光焕发的古罗马将军，如今他奏凯而归，还有几个小时就将到达大神朱庇特的神庙了。我们猜得出来，他所以要把托泽尔太太的住宅比作神庙，是为了运用一下修辞学上的直喻。尽管如此，他所以作这个比喻，还真是有所感而发，因为托泽尔好像有一位可怕的叔叔，只要侄子放假，那位叔叔不但总爱用深奥的考题来刁难他，而且还爱把本来明白易懂的事物故

---

① 爱西尼，古代英格兰的一个部落，公元61年，曾起兵反抗罗马。

意搅成一锅粥,用于同一邪恶目的。如果那位叔叔带他去看戏,或用类似的假仁假义的手段带他去看一位巨人,或是一名侏儒,或是一个魔术师之类的人,托泽尔心里明白,叔叔准是事先读了古籍,准备了许多有关典故来考他。每想到这里,就会害得他忧心忡忡、六神无主,不知道在哪些问题上叔叔会大动肝火,也不知道还有什么权威言论是叔叔不会用来刁难他的。

至于布列格斯,他的父亲倒不会对他施什么阴谋诡计。他不让儿子有片刻时间独处。假期里,这位倒霉的少年要接受无数次严格的脑力测试,他家在伦敦贝斯沃特,住在附近的朋友们在走近肯辛登花园那片装饰性水面时,都稍稍有些担心,会看到布列格斯少爷的帽子在水池里漂浮,没做完的作业本在岸边地上躺着。因此布列格斯对于放假回家一点都不觉得开心;小珀尔的两位室友就是书院里所有年轻绅士们的好典型,他们中最灵活圆通的人,在想起即将到来的假期时,也会显出一副绅士式的听天由命的派头。

小珀尔的情况完全不同。虽说过完第一个假期,会眼睁睁地看着自己和弗洛伦斯分离,但是,谁会在假期还没开始的时候就预见到它的结束呢!可以肯定珀尔不会这么想。随着快乐的时候临近,爬在寝室墙上的狮子、老虎也变得驯服,并且爱互相嬉闹起来。隐藏在地毯方块和菱形图案中的一张张阴沉、狡猾的脸,在窥视他时,眼光也不这么邪恶了。那只神情端庄的老座钟在向他作例行的问候时,调子更显得关怀体贴了。永不宁静的大海仍整夜卷起浪涛,奏出令人伤感的乐章——就连它听起来也悦耳多了——随着潮起潮落,涛声在催他入眠。

文学士费德尔先生似乎觉得他同样也能充分享受假期的乐趣。涂茨给自己设计好了:从此以后,他的生活将天天都是假期。因为,正如他每天都会对珀尔说的那样,这将是他在勃林茂博士的书院度过的"最后一个学期",他马上就要直接掌管自己的财产了。

珀尔和涂茨之间早已充分达成共识:尽管他俩年龄和资历相差很大,但他们是亲密的朋友。随着假期的临近,涂茨先生和珀尔在一起时,呼吸声更粗了,盯住珀尔看的次数也比以前更多了。珀尔懂得,这表示涂茨为他俩即将分手、再也不能见面而难过。珀尔非常感谢涂茨对他的保护和信任。

就连勃林茂博士、勃林茂太太、勃林茂小姐,甚至书院里所有的年轻绅士都知道:不知是怎么做到的,涂茨使自己成了董贝的保护者和领路人。这件事非常明显,甚至传到了皮普钦太太的耳朵里,使这位老宝货对涂茨满怀妒忌和敌意,她关在自己的家里,不止一次地骂他是个"大笨蛋"。然而,淳朴天真的涂茨可从来没有要惹恼皮普钦太太的意思,正如他对其它任何事情也不会有什么固定的见解或主张。与此相反,他宁愿把她看成是具有许多有趣特点的一位了不起的人物。正因为这个缘故,在皮普钦太太来书院看望珀尔的时候,他总是礼貌周全地对她微笑,一遍遍地向她问候,终于有一天晚上,她直截了当地对他说,随便他怎么想,反正她不习惯他的这一套;她不能容忍,也不会容忍来自他或来自任何别的自以为是的少年的此类行为。他的文明礼貌竟会换回这种意想不到的酬报,这真把涂茨吓着了,于是他找个僻静的地方躲起来,等她离开后才敢露面。从此以后,涂茨再也不敢和所向披靡的皮普钦太太在勃林茂博士的屋顶下打照面了。

离放假还有两三个星期,有一天,考耐莉娅·勃林茂把珀尔叫到她的办公室,对他说,"董贝,我准备把对你的分析考评寄到你家里去。"

"谢谢你,小姐。"珀尔说。

"你懂我的意思吗,董贝?"勃林茂小姐问道,她严厉的目光透过眼镜片直盯着他。

"不懂,小姐。"珀尔说。

"董贝呀,董贝,"勃林茂小姐说,"我开始要担心你是个不可造就的孩子了。当你遇到一个意思弄不明白的词句,你为什么不提问呢?"

"皮普钦太太对我说过,让我不要提问题。"珀尔回答。

"董贝,我请你千万不要在我面前提皮普钦太太,"勃林茂小姐说,"这是我决不允许的。这里学的课程,与其他地方的同类课程,差别非常大。你如果再说刚才那种话,那就必需要求你在明天早餐前把书上从'人称动词'①到'像天鹅'②都背给我听,一个字都不许错。"

"小姐,我不是这个意思……"珀尔说。

"董贝,我必须请求你,不要对我说你不是这个意思,好不好?"勃林茂小姐在告诫自己的学生时,用的是极为礼貌的口气,"这是一句争辩的话,我是无论如何也不会允许你说的。"

珀尔觉得最好的办法是什么话都不说,于是他只是看着勃林茂小姐的眼镜。勃林茂小姐神情庄严地对他摇摇头,然后说起放在她面前的一张纸。

"《对于珀尔·董贝性格特征的分析》。假如我没有记错的话,"勃林茂小姐停顿一下,又说,"'分析'这个词是'综合'的反义词,沃克③所下的定义是这样的:'分解某一客体,无论是感觉方面的或是才智方面的,以发现其最初的构成元素。'请你注意,分析的意思和综合的意思恰恰相反。董贝,现在你懂得分析的意思了吧。"

对于照亮他头脑的智慧之光,董贝似乎并非一无所见,但他只

---

① 原文为拉丁文。
② 原文为拉丁文。出自罗马诗人朱文纳尔的讽刺诗。
③ 指英国十八世纪的词典学家约翰·沃克。

是对勃林茂小姐微微鞠了一躬。

"《对于珀尔·董贝性格特征的分析》，"勃林茂小姐低头看着那张纸，又接着说，"我发现董贝的天赋能力甚佳；他总的学习意向也可以定为同样的等级。因此，按照我们的标准，以八分为最高分，我觉得董贝的这两项品质都应得六又四分之三分！"

勃林茂小姐把话停了下来，想看看珀尔在获悉这个消息后有什么反应。珀尔还没有弄清楚六又四分之三究竟是什么意思：是指六英镑十五先令呢，还是指六便士三法寻①，或者是指六英尺三英寸、六点三刻、六个他尚未学过的什么别的东西再加上三个他不知道是什么的其它东西，他搓着自己一双小手，眼睛直盯住勃林茂小姐看。事实上他的这种反应恰好是他所能作出的最佳反应；于是考耐莉娅继续往下说。

"暴力倾向，两分。自私自利，两分。喜欢和下等人为伴的倾向，表现在对待一个名叫格勒布的人的事例中，原先高达七分，后来减弱了。绅士风度，四分，并且与时俱进。听着，董贝，我特别希望你注意的是这份分析报告末尾的总的考评。"

珀尔聚精会神地听下去。

"对董贝的总评如下，"勃林茂小姐高声朗读，每念完两个字就会把眼镜直对面前的那个小人儿，"他的才能和性格倾向俱佳，他取得了在他所处条件下所能期待的最大的进步。但遗憾的是，这位年轻绅士性格和行为奇特（惯常称为老人相），尽管在这两方面都没有明显的需要加以指责的表现，但他和与他年龄、社会地位相当的其他年轻绅士迥然不同。"勃林茂小姐放下考评书，又说，"董贝呀，现在你听明白了吗？"

"我想我听明白了，小姐。"珀尔说。

---

① 法寻，英国旧时最小面值货币，值四分之一便士，已于1961年废除。

"董贝,你知道,这份分析考评,"勃林茂小姐接着说,"是要寄往你家,寄给你那位尊敬的家长的。当他得知你的性格和行为奇特时,自然会感到非常难过。对于我们来说,自然也会感到难过;因为,你知道,董贝呀,这使我们不能像我们愿意的那样来喜爱你。"

她的话触动了孩子最脆弱、最敏感的地方。随着他离别的时候日益临近,他内心的焦虑也日益加重,不知道书院里所有的人是否都喜爱他。出于某种不可言喻的原因,就连他本人也不知道为什么(他要是知道就好了)。他对这里的几乎是每一处地点、每一个人都越来越喜爱起来。每当他想起自己离去后,这里的人和物都不把他放在心上,他心里就十分难过。他希望他们能亲切温柔地怀念他。他甚至觉得自己有责任去抚慰锁在屋后的那条声音嘶哑、毛发蓬松的大狗,而以前他还十分害怕这条狗呢,但现在他希望:当这里再也没有他时,甚至连这条大狗也会怀念他。

他没有想一想,正是在这一点上,他再次显示出与他的同学们不同之处,可怜的小珀尔尽可能向勃林茂小姐表达了他的想法,并恳求她,不管正式分析考评上怎么说,他还是希望她能宽宏大量,尽可能喜爱他。他对当时在场的勃林茂太太也提出了同样的请求。当那位太太忍不住当着他的面又重复她常常说的话,说他是个古怪的孩子时,珀尔告诉她,他可以肯定她说的完全正确,他想,这也许是他骨头里带来的,他自己也不知道是怎么回事,但他希望她不要计较这一点,因为他喜爱他们每一个人。

"当然,还没有达到我喜爱……"珀尔的话既怯生生的又绝对诚实,这正是这个孩子最可爱、最与众不同的特性之一,"我喜爱弗洛伦斯的地步;那是决不可能的。夫人,你也不会指望能达到那个地步吧,你说对不对?"

"噢!瞧这个老人相的小家伙!"勃林茂太太低声喊叫起来。

"但是我非常喜爱这里的每一个人,"珀尔继续说,"在我走的时候,如果想到有人会乐意我走,或是根本不在乎,我会伤心的。"

现在勃林茂太太可以确信珀尔是世界上最奇特的孩子了;当她把这场对话告诉勃林茂博士时,博士对太太的见解没有表示异议。不过他说,正如他在珀尔第一次来这里时曾经说过的,学习就能解决问题;他还说了当时曾经说过的另一句话,"好好栽培他,考耐莉娅,好好栽培他!"

考耐莉娅一直在竭尽全力栽培他;这让珀尔的日子很不好过。但是,除了跟上功课之外,他早已为自己设定了另一个更加高远的目标,他时时想着它,至今仍坚持着它。那就是:做一个有礼貌的、有用的、安安静静的小人儿,时刻努力去赢得别人的喜爱和眷恋。尽管人们还常常看见他站在楼梯上的那个老地方,透过寂寞的窗口眺望海浪和云霞,但同时人们更多地看见他和其他孩子在一起,谦恭有礼地主动向他们提供小小的帮助。长此以往,珀尔甚至成了在勃林茂博士屋顶下苦苦修行的既古板又专心的隐士们人人都感兴趣的目标,人人都喜爱的一件娇嫩、易碎的小玩意儿,没有人会想要粗暴地对待他。然而,他的天性是改变不了的,他的考评也不能重新写过,于是大家都说董贝老人相。

然而,具有他人所无的独特性格却可享有几项豁免权。没有老人相的孩子是享受不到这些特权的,这样独特的孩子有一个就不少。其他学生晚上就寝前,只是向勃林茂博士和他的家人们鞠躬致意;而珀尔道别时会伸出自己的小手,大胆地抓住博士的手,还有勃林茂太太的手,以及考耐莉娅的手,握一握。要是有人马上就要受到处罚时,总会托珀尔去求情。有一次,那位近视眼青年不小心打破了几件玻璃器具和瓷器,也找珀尔商量。此外,还隐隐约约听到这样的传闻,说是就连那位平常一丝不苟的司膳仆役也对珀尔另眼相看,为了想让珀尔身体壮实,他有时还在珀尔那杯普通淡啤酒里掺上些黑啤酒,他以前可从来没有这样优待过其他孩子。

除广泛享有以上特权外,珀尔还能随意进入费德尔先生的房间。他曾两度从那里把头晕目眩的涂茨先生领到户外去透透空气。事情的起因是这样的:那位年轻绅士在一片铺满圆卵石的海滩上,偷偷从一个走私贩子手中买来一捆又短又粗的雪茄烟,那位最敢玩儿命的走私贩子私下里告诉他说,税务局悬赏两百英镑要捉拿他,死活不论。涂茨试抽了一支,结果很糟糕。费德尔先生的那套房间还挺舒适,里面还有个小套间,他的床就放在里边。房间里,在壁炉上方挂着一支笛子,尽管他现在还不会吹,但他已下定决心要把它学会。那里还有些藏书。还有一根钓鱼竿,费德尔先生说过,只要他以后抽得出时间,他当然会下定决心学会钓鱼。同样出于好学不倦的精神,费德尔先生还积攒了一把旧的、弯曲而小巧的有键号角,一副棋盘棋子,一本西班牙语语法,一套画素描的画具,还有一副拳击手套。费德尔先生说,他认为每个男人都有责任学会防身的武术功夫,说不定哪天会遇上一位受困女士需要他的保护,毫无疑问,这样的本领他是一定要学的。

但是费德尔先生最重要的收藏品是一只绿色的大鼻烟壶,这是涂茨先生上个假期临近结束时出了大价钱买来孝敬老师的礼物,据说是摄政王用过的真货,所以才卖得这么贵。无论涂茨先生还是费德尔先生,在吸进这种或别的任何品牌的鼻烟时,都忍不住要大打喷嚏,哪怕只吸一小点点也不行。尽管如此,他俩还是用凉茶浸湿一小匣鼻烟,放在一张羊皮纸上,用裁纸刀搅拌均匀,然后马上把它就地报销,这使他们感到其乐无穷。在把鼻烟强塞进鼻孔时,他们拿出了殉难圣徒的坚毅精神,强忍着难受至极的感觉,间或地还喝上几口淡啤酒,充分享受放纵一下的乐趣。

小珀尔安静地坐着陪伴他们,就坐在他的主要保护人涂茨先生的身旁,他觉得,在他俩不顾一切的冒险举动中,有一种可怕的魅力。费德尔先生谈到了伦敦黑暗神秘之处,他还告诉涂茨,在即将到来的假期里,他准备亲自去作现场观察,深入到这座都市的每一处脉络,为此,他已安排好寄住在沛坑的两位老处女家里。珀尔把他看成是某部游记或奇异冒险小说中的英雄,对这样闯劲十足的人物,他几乎有了畏惧之心。

离放假的日子很近了,有一天晚上,珀尔走进那个房间,他发现费德尔先生正在往一沓印好的信件上的空白处填写姓名,散放在他面前的一些信是已经填写好的,涂茨先生正在帮他叠好、封上。费德尔先生说,"啊哈,董贝,这不是来了吗?"他和涂茨一直都对珀尔很好,都乐意看到他。他拿起一封信来递给珀尔说,"这不是来了吗,董贝,也有你的。这是给你的。"

"我的吗,先生?"珀尔说。

"给你的请柬。"费德尔先生告诉他。

珀尔看看那封请柬,看到那上面除了他的名字和日期是费德尔先生手写的以外,其他部分都是铜版印刷的,说的是勃林茂博士和勃林茂夫人恭请珀尔·董贝先生于本月十七日星期三晚间光临放假前举行的晚宴,时间定在晚上七时三十分,届时将跳四对舞云云。涂茨先生向他出示同样一张纸,说的也是勃林茂博士和勃林茂夫人恭请涂茨先生于本月十七日星期三晚间光临放假前举行的晚宴,时间定在晚上七时三十分,届时将跳四对舞。珀尔扫视了一眼费德尔先生座位前的桌面,还发现那里放着勃林茂博士和勃林茂夫人恭请布列格斯先生、托泽尔先生以及每一位年轻绅士光临同一高雅集会的请柬。

费德尔先生告诉他说,他的姐姐也在被邀请人之列,珀尔听了简直高兴极了,费德尔先生还说,这样的宴会每半年只举行一次,宴会举行的那一天就是假期的开始,要是他乐意的话,宴会一结束,他就可以跟着姐姐一起离开了,说到这里,珀尔打断他的话说,他愿意极了。接着费德尔先生解释说,他还得用最讲究的小楷给勃林茂博士和勃林茂夫人写一封回信,说珀尔·董贝先生很荣幸地接受盛情邀请,乐意应命,追陪左右。费德尔先生最后说,珀尔在博士和博士夫人面前最好还是不要提起宴会的事,因为宴会的准备工作和一应安排都是按照古典礼仪和高贵标准进行的,以博士和夫人为一方,以年轻绅士们为另一方,都有埋头做学问的习性,假定他们对于正在筹划中的事都一无所知。

珀尔感谢费德尔先生向他点明其中的奥妙,把请柬装在衣袋里,又像往常一样坐在紧靠涂茨先生的一张凳子上。不过珀尔感觉脑袋有点儿不舒服已经有很长时间了,有时会觉得脑袋沉甸甸的,很疼,那天晚上,他觉得太难受了,只得用手把头支起来。然而还是支撑不住,他的脑袋一点儿一点儿地落在涂茨先生的大腿上,就这样枕着,似乎毫不在乎它还能不能重新抬起来。

他的耳朵怎么无缘无故就会听不见呢?但是他想,他准是有一会儿听不见声音来着,因为他渐渐感觉到费德尔先生在他耳边呼唤他的名字,还轻轻地摇晃他的身子,以引起他的注意。当他慌忙把头抬起,并看看自己的周围时,发现勃林茂博士到这里来了,房间的窗子都已打开,自己的前额已被水洒得湿湿的。这一切是怎样发生的?他怎么会一点儿都不知道?真是一件怪事。

"啊!好啦,好啦!没事儿啦!你现在觉得怎么样,我的小朋友?"勃林茂博士用鼓励的语气说。

"噢,很好,先生,谢谢你。"珀尔说。

不过,那地板好像出了什么问题,因为他无法在地板上站直;那墙壁好像也不对劲儿,它们似乎爱不停地旋转,要使劲盯住它看才能使它停下来。涂茨先生的脑袋不像是原来的模样,它看起来又大,离得又远。当他抱珀尔上楼时,珀尔惊奇地发现:那扇门已经不在他认为应该在的位置了,起初,他几乎以为涂茨抱着他直往烟囱而去呢。

涂茨先生心地非常善良,他一直温柔体贴地把珀尔抱到屋子的最高层;珀尔对他说,他真好。但是涂茨先生告诉他:要是可能的话,他愿意做得比这更多得多;事实上他确实做得比这更多,他帮珀尔脱掉衣服,扶他躺下;他的态度始终温柔体贴,好得不能再好了。接着,他在床边坐定,不住哧哧地笑。与此同时,文学士费德尔先生靠在床底端那头的床架上,俯身向着珀尔,他用瘦骨嶙峋的手把自己头上短短的发茬都捋得笔直,鉴于珀尔身体已不碍事,相信他是又在准备向珀尔灌输伟大的科学知识了,他那副样子出奇的滑稽,但在费德尔先生,这确实是出于好心,这倒难住了珀尔,不知道该哭呢还是该笑,于是他同时又是哭又是笑。

涂茨先生是怎样消失的?费德尔先生怎么又变成了皮普钦太太?珀尔没想到要问这样的问题,就连想知道的兴趣都没有。但是,当他看到皮普钦太太取代了费德尔先生,靠在床底端那头的床架上时,他喊出了声,"皮普钦太太,不要告诉弗洛伦斯!"

"不要告诉弗洛伦斯什么呀,我的小珀尔?"皮普钦太太说时从床底端绕行到床边,坐在一把椅子里。

"关于我的事。"珀尔说。

"不说,不说。"皮普钦太太说。

"皮普钦太太,你知道我长大了想干什么吗?"珀尔靠在枕头上的小脸转向她坐着的那一边,两只小手交叉在一起托住下巴,显出一副若有所思的样子。

皮普钦太太猜不出来。

"我想,"珀尔说,"把我的钱统统存进一家银行,再也不理它了,我要和我的亲人弗洛伦斯一起到乡下去,那里有美丽的花园、田野和森林,我要一辈子都和她生活在一起!"

"真的吗!"皮普钦太太喊道。

"真的,"珀尔说,"这正是我想做的,等我……"说到这里他停住了,想了一会儿。

皮普钦太太的灰眼珠审视着他思索的脸。

"假如我长大。"珀尔说。接着他马上把有关宴会的事都讲给皮普钦太太听,说弗洛伦斯也同时受到邀请,所有的男孩子对她一定都会羡慕不已,他会为此感到自豪。他还告诉她:这里的人们都喜爱他,对他十分温柔体贴,他也十分喜爱他们,这一切都使他很快乐。随后他又对她讲了分析考评的事,说他自己,毫无疑问,还是老人相。他就此征求皮普钦太太的意见,问她是否知道:他为什么会老人相?这意味着什么?皮普钦太太倒好,她根本否认有什么老人相,这是她摆脱困境的捷径。然而珀尔对她的回答十分不满,他那洞察一切的目光紧盯着皮普钦太太,要她作出更为真实的回答,这就逼着她不得不站起身来眼望窗外,以躲避孩子的眼睛。

书院里有哪位年轻绅士身体不适,总是由一位性格沉稳的药剂师来诊治,也不知是怎么回事,他和勃林茂太太一起进了房间,出现在床前。他们是怎么来的?在这里待了多久?珀尔都不知道。但他一瞧见他俩就在床上坐起身来,他详细地回答了药剂师问他的所有问题,还悄悄地嘱咐他,关于自己的病情,请他千万不要向弗洛伦斯透露一个字,还告诉他说,自己一心想着她来书院参加宴会的事。他在药剂师面前非常健谈,分手时,两人成了好朋友。他重新躺下,闭上眼睛,他听到——或是梦到——药剂师在门外相当远的地方说,是因为元气亏损(什么叫元气,珀尔不懂!)和机体组织极度衰弱。但是既然这位小朋友一心惦记着要在十七日那天亲自和同学们告别,那么我们最好还是盼望他的病情不至于恶化。皮普钦太太说,十七日那天这位小朋友就可以回伦敦和亲人们在一起了,他听了很高兴。等他对这孩子的病情了解得更加清楚,他会在十七日之前写信报告董贝先生的。目前还没有必要……没有必要什么？那个字珀尔听不清楚。那个孩子脑子好得很，不过是个老人相的男孩。

珀尔心中忐忑不安，他想知道，自己身上表露得十分明显的老人相究竟指的是什么？竟会让这么多人一眼就看出来了！

他实在想不出来，也没有力气长时间想下去。皮普钦太太又回到他身边，要是她刚才曾经离开过的话（他想她刚才确实和药剂师一起出去了，但也许这一切都是梦），像变魔术似的，她手里立刻变出了一个药水瓶和一只玻璃杯，她为他倒药水。吃过药，珀尔又吃了勃林茂太太亲自送来的真正上等货果冻，他觉得好舒服。皮普钦太太在他的急切恳求下回家去了，布列格斯和托泽尔来到他床前。可怜的布列格斯为自己那份分析考评牢骚满腹，就算分析的是化学过程，也不会使他更加心烦意乱了；不过他对待珀尔的态度却很亲切，托泽尔也对珀尔很好，其他所有人都对珀尔亲切友好，因为每一个人在上床睡觉之前，都跑来看望他，还对他说出诸如，"董贝，你现在觉得好一些了吗？""小董贝，打起精神来！"这类的话。布列格斯上床后，很长时间都睡不着觉，嘴里还在为那份分析考评埋怨叹息。他说，他知道它完全写错了，就算他们是在给一名杀人犯写分析，也不会写得更坏。既然勃林茂博士得指靠这事儿赚钱，那他怎么能喜欢这样的分析呢？布列格斯说，整整半年，把孩子变成了苦工船上的贱奴，却轻易地判定他懒惰；从他每星期交的膳食费里克扣下两顿饭的钱，还轻易地判定他嘴馋贪吃。不过，他相信自己决不会长久屈服下去，真是这样吗？噢！啊！

第二天早晨，那名近视眼小伙子在敲响铜锣以前，就上楼来通知珀尔，要他安安稳稳地躺着，不用起床，珀尔很乐意听从。皮普钦太太又来了，她比药剂师来得稍早一些，不过有一位善良的年轻女人比她来得还要早一点，珀尔来这里的第一个早晨（现在想起来已是很久以前的事了！）曾看到她在擦洗炉子，她给珀尔送来了

早饭。在离得很远的地方,又有人在交头接耳,也可能是珀尔在做梦。接着药剂师和勃林茂博士、勃林茂太太一起又回来了,他说:

"是的,勃林茂博士,我想我们可以暂时免除这位年轻绅士的书本负担;很快就要放假了。"

"当然可以,"勃林茂博士说,"我亲爱的,请你把这事通知考耐莉娅。"

"一定一定。"勃林茂太太说。

药剂师弯下腰来,仔细观察珀尔的眼睛,摸摸他的脑袋,把把他的脉搏,听听他的心跳,他的态度充满着关爱,以致珀尔对他说,"先生,谢谢你。"

"我们的小朋友,"勃林茂博士评说道,"从来没有诉过苦。"

"噢,不!"药剂师回答道,"他是不会诉苦的。"

"你觉得他身体好得多了吗?"勃林茂博士说。

"噢,先生,他好得多了。"药剂师回答。

药剂师在回答勃林茂博士两个问题时显然充满沉思的样子,珀尔以他特异的方式开始琢磨,此时此刻药剂师的脑子里究竟在想些什么?但是,药剂师的目光恰好与他神游八荒的小病人的目光相接,他立即停止沉思,露出愉快的微笑,珀尔也回过神来,报以同样愉快的微笑。

那天珀尔在床上躺了一整天,他眼睛望着涂茨先生,迷迷糊糊地在做梦。但第二天他就起床了,下楼了。这是怎么回事呀!大座钟出了点事儿,一名工匠正站在一架双折梯上把钟面取了下来,他还就着烛光把一件件工具伸进机械装置里去!对珀尔说来,这可算是一件大事,他坐在楼梯最低处,仔细观察工匠怎样修理。他间或地看一眼斜靠在附近墙壁上的钟面,心里有点迷惑,疑心钟面对他做了个媚眼。

站在梯子上的那位修理工很有礼貌,他一眼看见珀尔就说了声,"先生,你好吗?"珀尔就和他聊了起来,告诉他说,最近一段时间自己身体不十分好。沉默打破了,珀尔向他提了许多有关钟和钟乐的问题:譬如说,那孤单寂寞的教堂尖塔上的钟,晚上是不是有人守卫,以便按时把钟敲响?有人死了,丧钟是怎么敲响的?它和有人结婚时的钟声有什么区别?那悲伤忧郁的声音是不是活人们想象出来的?他发现这位新结识的朋友对于古代宵禁钟声这个话题所知不多,便把古代鸣钟宵禁①的制度向他作了详细的说明。他还问这位工匠:你是个有实际经验的人,你对于阿尔弗烈德国王②用燃烧蜡烛计算时间的办法是怎么看的?那位工匠回答说,要是人们恢复使用这种办法,那么整个钟表行业就毁掉了。珀尔一直在旁边观看,那座钟终于恢复了他熟悉的面貌,重新发出那稳重的问候声。工匠把工具都收进一只长长的篮子里,向他道别后就离去了。临走时他还站在门口的擦鞋垫上,对听差说了句悄悄话,话里用了"老人相"这个词儿——珀尔听见了。

这"老人相"究竟是什么意思?看来它让人们感到忧伤!它能是什么意思呢!

现在他没有什么书要读了,他常常会考虑这个问题;假如他没有多少事情要想,他对这个问题还会想得更多。但他要思考的事情实在太多了,他整天都在动脑筋。

首先是弗洛伦斯来书院参加晚宴的事。弗洛伦斯会看到,这里所有的男孩都喜爱他,这会让她感到高兴。这是他最关注的题目。一旦使弗洛伦斯确信,大伙儿都以温柔、善良的态度对待他,他已成为众人宠爱的小人儿,那么她将会永远怀念弟弟在这里度过的时光,心里不至于太难过。要是他能重新回到这里,弗洛伦斯

---

① 宵禁,中世纪告知熄灭灯火的钟声。
② 阿尔弗烈德国王(849—899),英国国王,曾率军击败丹麦入侵者,并下令编纂法典和编年史。

也许会因此而更加感到高兴。

重新回到这里！每天总有五十次,他的那双走路不出声的小脚,走上楼梯,回到自己的房间,把自己的每一本书、每一张纸片、每一件小零碎甚至最微不足道的东西都收拾好,集中在一起,准备把它们带回家！一点儿也看不出小珀尔还要回到这里来的样子;他所想的、所做的,都和准备回来或与回来有关的事沾不上边儿,除了偶尔把回来和他姐姐联系在一起。与此相反,当他一脸沉思的样子漫步在房子各处时,他不得不想到他即将与之告别的、他所熟悉的一切;所以说,一整天,他要想的事儿可多啦。

他不由得要站在门口往里看一眼楼上那几间宿舍,心想,当他离去后,那里将会多么寂寞呀,不知道还有多少个寂静的日子,多少周、多少月、多少年,这里会一直保持现在这样的庄严和寂静。他不由得要想:将来某个时候,会不会有另外一个像他一样老人相的男孩在这里漫步？那个男孩能不能像他一样看到那些稀奇古怪、扭曲变形的图像？会不会有一位同学向他诉说,曾经在这里住过的小董贝的故事。

他不由得想到楼梯上的那张肖像,每当他从肖像前走过,扭头回望时,画中人的目光总是热切地朝他看;当他和任何别的同学一起走过时,画中人似乎仍旧热切地凝视着他,而不是他的同伴。还有一张挂在别处的印制品绘画,引起他无尽的遐思,绘画中有一个他所熟悉的、头上有光轮的人——仁慈、温和、宽宏——他站在一群惊讶的人们的中心,用手指示着上苍。

站在自己卧室的窗前,滚滚的思绪和这些想法糅合在一起,它一个接一个涌现,就像那汹涌起伏的海浪。那些在恶劣天气照样在海面上翱翔的野鸟,它们栖息在哪里？云朵最初是怎么生成的,从什么地方升起？风从哪里吹起狂飙,又在哪里停息？有一处地点,他和弗洛伦斯常常在那儿伫立、观望、谈论这些话题,不知道没有了他俩,那地方是否还能保持原样?要是他去了某个遥远的地方,只剩下弗洛伦斯独自在那儿伫立,她还会觉得那里什么都没有变吗?

同样,他也不由得想起涂茨先生,想起文学士费德尔先生和所有的男孩;想起勃林茂博士、勃林茂太太和勃林茂小姐;想起自己的家,他的姑妈和托克丝小姐;想起他的父亲、董贝父子商行;想起沃尔特和他那刚借到钱的可怜的老舅舅,想起那位嗓音粗哑、有一只铁手的船长。除此之外,那一天里他还要巡访附近几个地点,再看看上课的教室、勃林茂博士的书房、勃林茂太太的私家住所、勃林茂小姐的房间,还有那只狗。现在,整座房子都已向他开放,听凭他随意在各处漫游;他渴望用充满感情的语言向每一个人告别,于是他以自己的方式实现了这一愿望,连一个人也没有遗漏。有时他会帮助布列格斯在书本中找到他想找又常常找不到的地方。有时他会帮助感到绝望的其他年轻绅士在词典里查到他们想查的字。有时他双手绷住一束丝线,好让勃林茂太太绕成线团。有时他帮着把考耐莉娅的书桌整理得干净利落。有时他甚至会悄悄地走进博士的书房,站在这位博学鸿儒脚前的地毯上,轻轻转动地球仪,他的思绪随着地球仪在作环球之旅,甚至在遥远的星星之间穿行。

总而言之,在紧挨着放假的那几天里,当其他年轻绅士都在为整个半年功课总复习而拼命时,珀尔却成为这座房子里前所未见的一位享有特权的学生。这一点,就连他自己也几乎不敢相信;可是他确实一小时又一小时、一天又一天地安享自由;每一个人都对他无限怜惜。勃林茂博士对珀尔特别小心翼翼,有一次,约翰逊不小心在饭桌上说了句"可怜的小董贝",竟被博士勒令退下。尽管当时珀尔脸红了一下,不知道约翰逊为什么要可怜他,但他总觉得博士对约翰逊的处置太严厉、太苛刻了。尤其是因为前一天晚上,珀尔无意中听到勃林茂太太明明说过"可怜的、亲爱的小董贝比从前更加老人相了"这样的话,而那位伟大的学术权威还表示同意来着,这更使珀尔觉得,博士对约翰逊的处置是否正当是大成问题的。现在珀尔开始意识到:自己这么瘦小、体重又轻,还很容易感到疲劳,无论在什么地方,都恨不得马上就地躺下休息,别人说他老人相,那真是一点儿都没说错;因为,他不得不感觉到,这种状况已日益成为他的生活习惯了。

举行宴会的日子终于来临。勃林茂博士在早餐桌上宣布说,"绅士们,我们将于下月二十五日继续上课。"涂茨先生当时就戴上戒指,把恭顺的态度抛到九霄云外;没过多久,在提起博士时,他竟不小心地直呼其名,称他"勃林茂"起来!这种自由主义的表现引起年龄大的学生们的羡慕和妒忌,却把年龄小的学生们吓坏了,他们似乎在想,怎么会没有一根房梁掉下来把他砸烂。

用早餐时、用午餐时都没有人提起当晚举行宴会的事,哪怕是一个字。但是,屋里的人们整天忙得团团转,珀尔在到处游荡时,看熟了各种样子奇特的长凳和烛台,还撞见一架身穿大绿袄的竖琴站立在客厅门口的平台上。午餐时,勃林茂太太的脑袋的样子也有点儿怪,她似乎把头发卷得太紧了。虽然勃林茂小姐的太阳穴两侧各有一条形态优雅的发辫,但她仍用纸卷儿把小卷发捆扎起来,她使用的是剧院的节目单:因为珀尔在她一块闪光的眼镜片儿上方,看出"王家剧院"几个字,又在另一块闪光的眼镜片儿上方,看出"布赖登"字样。

夜晚临近时,年轻绅士们的卧室里呈现出一列白色的背心和领结,弥漫出一股燎毛子的气味儿,引起勃林茂博士的关切,他派了个听差上来看看房子有没有着火。其实,只不过是给年轻绅士们烫发的那位理发师干得太起劲,把火钳烧得太烫了。

珀尔穿好衣服来到大客厅。穿衣时他觉得头晕,很不舒服,时间过长他就会站立不住,所以他穿得很快。他看到勃林茂博士已经在那里来回踱步,他全身衣装笔挺,但做出一副非常威严和矜持的样子,他似乎在想:待会儿就可能有一两个人会进来。过了一小会儿,勃林茂太太出现了,珀尔觉得她的样子很可爱;她一定穿了很多衬裙,裙子鼓鼓的,要围绕她走一圈儿简直是一次远足。勃林茂小姐紧随她母亲也下楼来到大客厅,身上的衣服有点儿紧,但非常妩媚动人。

随后来的是涂茨先生和费德尔先生。当男管家大声宣布两位绅士光临时,他们都把各自的礼帽拿在手里,就好像他们没住在这座房子里似的。勃林茂博士说,"哎呀呀!上帝保佑!"似乎见到他们实在高兴。涂茨先生身上的纽扣和珠宝饰物亮得耀眼,他对这场晚宴十分在意,当他和博士握过手、又向勃林茂太太和勃林茂小姐鞠过躬后,就把珀尔拉到一旁说,"董贝,你觉得我这身打扮怎么样?"

尽管他稍微有一点儿自信,但总的说来,涂茨先生在很多事情上仍显得犹豫不决,他不知道背心下端的纽扣是扣上好呢还是不扣上好,虽经冷静考虑各种情况,也不知道自己长衬衫的袖口应该朝上卷呢还是朝下翻。涂茨先生看到费德尔先生的袖口是朝上卷的,于是就学着朝上卷;可是下一位进场绅士的袖口是朝下翻的,他又跟着朝下翻。来客越来越多,每个人扣背心纽扣的方式个个不同,不但是最下面那一粒,而且最上面那一粒,有扣上的也有敞开的,简直复杂纷纭、莫衷一是,害得涂茨先生的手指在衣服的纽扣处忙个不停,就像是在弹奏什么乐器。他似乎发觉,要做到不停地运作,实在令他手足无措。

所有年轻绅士,一个个都打紧领结、卷好头发、穿好舞鞋,手里拿着最好的礼帽,分别在不同时间宣告光临。舞蹈教师巴普斯先生在巴普斯太太陪同下也已到达。勃林茂太太对巴普斯太太十分亲切,一副纡尊降贵的样子。巴普斯先生是一位神情非常严肃的绅士,说话慢条斯理,字斟句酌,他在灯下站了还不到五分钟,就和一直偷着和他比穿在脚上的舞鞋的涂茨先生聊上了。巴普斯先生问他,别人把原料运进你们的港口,换走大量黄金,你们打算拿它们怎么办。这个问题似乎把涂茨先生难住了,他建议说"拿它们做菜。"但是看样子巴普斯先生对于这一用途并不认可。

珀尔从沙发上放着靠垫的一侧溜下来,他刚才一直把那里当成他的观察所,现在他下楼来到茶点室,准备迎接弗洛伦斯。他和姐姐已经快有两个星期没见面了,上个星期六和星期日,他都没有离开勃林茂博士书院,因为怕他外出会着凉。过了不大会儿,弗洛伦斯来了,她穿一身素雅的舞会装,手捧鲜花,显得多么美丽,她俯身跪下,抱住珀尔的脖子亲吻他(当时只有对他很好的那位女仆和另外一名年轻女仆在一旁准备茶点,没有别的人),他拿不定主意,是否要离开她的怀抱,让她那充满爱意的明亮的目光从他的脸上挪开。

"怎么回事呀,弗洛伊?"珀尔问,他几乎能够肯定,自己看到姐姐脸上有一滴泪水。

"没什么,宝贝,没什么。"弗洛伦斯说。

珀尔轻轻用手指抚摸她的脸颊——那确实是眼泪!"为什么,弗洛伊!"他问。

"宝贝,我和你一起回家,我要好好照顾你。"弗洛伦斯说。

"照顾我!"珀尔摹仿她的口气说。

珀尔并不理解照顾自己和姐姐的眼泪有什么相干,也不理解旁边那两个年轻女人的眼神为什么会如此严肃,更不理解弗洛伦斯为什么要转过脸去,过了一会儿,当她再转过脸来时,脸上又焕发出灿烂的笑容。

"弗洛伊,"珀尔伸手握住姐姐一绺深色的头发说,"告诉我,亲姐姐。你是不是也觉得我变得老人相了？"

他姐姐放声笑起来,一边爱抚他一边告诉他说"不。"

"我知道别人都这么说,"珀尔说,"我真想弄明白这话是什么意思,弗洛伊。"

不过恰在这时,有人重重地敲了两下门,弗洛伦斯赶快走到桌前,姐弟俩就没有再谈下去。珀尔看见一向待他很好的那位女仆低声在对弗洛伦斯说些什么,好像是在安慰她,心里又大感不解起来；这时又有人进来,使珀尔迅速地把这个疑问撇开了。

来人是巴耐特·斯开特尔司爵士、斯开特尔司爵士夫人和斯开特尔司少爷。暑假过后,斯开特尔司少爷就要成为书院的一名新生了,在费德尔先生的房间里,"名人"一向是个热门话题,而这位少爷的父亲正是下议院里的议员,费德尔先生曾经说过,要是这位议员真的能引起议长的注意,让他发言的话（人们期待他发言已经三四年了）,预料他一定愿意冒犯那些激进派分子。

"譬如说,这个房间现在作什么用呀？"斯开特尔司爵士夫人问一向待珀尔很好的那位女仆梅莉娅。

"勃林茂博士的书房,夫人。"她回答道。

斯开特尔司夫人透过那架手持式长柄眼镜对房间作了一次全景扫描后,赞许地点点头,她对巴耐特·斯开特尔司爵士说,"非常好。"巴耐特爵士也表示同意,但看来斯开特尔司少爷却对此存有疑问,露出不信的神色。

"啊呀,这个小家伙,"斯开特尔司夫人转过脸去看见珀尔说,"他也是这里的一个……"

"年轻绅士,夫人；是的,夫人。"珀尔的朋友梅莉娅回答。

"请问尊姓,我脸色苍白的孩子？"斯开特尔司夫人问。

"董贝。"珀尔回答。

巴耐特·斯开特尔司爵士马上插进来说,他很荣幸曾在一次社交餐会上见过珀尔的令尊,希望他如意安康。接着,珀尔听见他对斯开特尔司夫人说,"城里——大富豪——众人景仰——博士说过的。"他对珀尔说,"请你替我转告你的好爸爸好吗?就说:巴耐特·斯开特尔司爵士听说他一切都好,非常高兴,特向他致以最良好的祝愿。"

"好的,爵士。"珀尔回答。

"他就是我那勇敢的儿子小巴耐特,"巴耐特·斯开特尔司爵士脸朝斯开特尔司少爷说,这位少爷因为即将开始苦读生涯,此时正在猛吃葡萄干蛋糕出气,"巴耐特,这位年轻绅士你是应该认识的。这位年轻绅士你是可以认识的。"巴耐特·斯开特尔司爵士在允准儿子与什么人交往时加强了语气。

"瞧那眼睛!瞧那头发!多么可爱的脸庞呀!"当斯开特尔司夫人透过眼镜看见弗洛伦斯时,不禁低声喊了起来。

珀尔向她介绍说,"我的姐姐。"

斯开特尔司一家人得到了充分的满足。斯开特尔司夫人想象自己第一眼看见珀尔时就喜欢上了这孩子,于是他们就一起上楼:巴耐特·斯开特尔司爵士细心照料弗洛伦斯,小巴耐特走在他俩的身后。

来到大客厅后,小巴耐特缩在角落里没有多久,就被勃林茂博士叫出来,让他陪弗洛伦斯跳舞。在珀尔眼里,他并没显出特别高兴的样子,除了阴沉着张脸,也看不出有其他什么特别的表情,对身边的事物似乎漠不关心。可是,珀尔明明听见斯开特尔司夫人对正在用扇子打拍子的勃林茂太太说,她那宝贝儿子显然已被董贝小姐这位小天使弄得神魂颠倒了,那么看来小斯开特尔司现正处在无限幸福之中,只是没有表露出来而已。

小珀尔觉得真是凑巧,他在大沙发上放着几个枕头的座位,竟没有别的人来占据。当他离开后又回到房间里来时,大家都为他让路,让他重新回到那个位置上去。大家看得出来,知道他爱看弗洛伦斯跳舞,因此没有人会挡住他的视线,大家把沙发前的空间留出来,好让他对姐姐的动作一览无余。大家都对他如此体贴,就连迅速涌进来的许多陌生人也一样,他们不时地上前同他说话,问他身体好不好,头还疼吗,觉得累不累。他非常感激他们亲切的善意和关怀,他用枕头支着身子,倚靠在勃林茂太太和斯开特尔司夫人坐的同一张沙发的角落里。每一支舞跳完的时候,弗洛伦斯总是回来坐在他身边,他在一旁观看,心情确实很愉快。

若按弗洛伦斯的心,她宁愿一支舞都不跳,整个晚上都坐在他身边,但是珀尔敦促她去跳舞,告诉她说,这会让他看着高兴。他说的确实是真话,因为当他看到人们全都爱慕她、她已成为这里一朵美丽的玫瑰花蕾时,他那稚嫩的心涌起了波涛,小脸上也焕发出光彩。

倚靠在枕头堆成的巢里,珀尔对这里发生的事都看得见,都听得清,似乎这一切都是为了让他高兴才发生的。他注意到许多细小的事,其中的一件就是舞蹈教师巴普斯先生和巴耐特·斯开特尔司爵士搭上了话,过了不久,就听到他问爵士那个他曾经问过涂茨先生的问题:他们用原料运进你们的港口,换走你们的大量黄金,你打算拿它们怎么办?——对珀尔来说,这真是个高深莫测的问题,他渴望知道究竟该拿它们怎么办。巴耐特·斯开特尔司爵士对这个问题倒是有很多话要说,他说出来了;但是看来问题并没得到解决,因为巴普斯先生又说,不错,但是如果俄国用它的动物油脂肪插一脚怎么办;这一问几乎使巴耐特爵士张口结舌,随后他只得摇着头说,哎唷,他认为只能指靠棉花啦。

巴普斯先生跑去给巴普斯太太鼓劲,让她高兴起来,因为她没人答理,一位绅士在演奏竖琴,她只能装作是在读看乐谱。巴耐特·斯开特尔司爵士目送着巴普斯先生的身影,似乎觉得他属于杰出人物之流;过了一会儿,他向勃林茂博士表达了这层意思,还说,他能不能冒昧地问一问巴普斯先生是何许人,是否曾在贸易部任职。勃林茂博士回答说不,他相信这位先生没有在那里待过;事实上他是一位教授,教的是……

"我敢肯定,他一定是教与统计学有关课程的吧?"巴耐特·斯开特尔司爵士说。

"什么,呀,不,巴耐特爵士,"勃林茂博士边用手摩擦下巴边说,"不,确切地说,不是的。"

"我敢打赌,准是与数字①有关系的。"斯开特尔司爵士说。

"呀,对了,"勃林茂博士说,"对了,不过他教的不是这类课程。巴普斯先生是一位非常值得尊敬的人,巴耐特爵士,嗯,事实上嘛,他在本院是教授舞蹈的。"

珀尔惊讶地发现,听到这一消息,巴耐特·斯开特尔司爵士对巴普斯先生的看法竟会来了个一百八十度的转变,巴耐特爵士勃然大怒,对身在房间另一端的巴普斯先生狠狠地瞪眼。他把刚才发生的事告诉斯开特尔司夫人时,甚至还骂巴普斯先生该死,说他的厚颜无耻已达到登峰造极的地步,真是讨厌至极。

珀尔还观察到另外的景象。费德尔先生喝下几杯盛在奶黄色杯子里的尼格斯酒②后,想放纵一下,尽情享乐。当时他们跳的舞差不多都是非常斯文的,奏的乐曲也很严肃庄重,事实上,就像是教堂音乐。可是几杯混合酒下肚,费德尔先生就对涂茨先生说,他要把现场气氛搞得活跃一些。在这之后,费德尔先生不但专心致志地跳舞,似乎心无旁骛,其实他暗中促使乐队奏起热情奔放的曲子。不仅如此,他还对女宾们特别留心;在和勃林茂小姐一起跳

---

① 原文 figures 有"数字"和"花式、舞步"等不同意思,此处狄更斯妙语双关。
② 尼格斯酒,由葡萄酒、热水、糖、柠檬汁和肉豆蔻掺和而成的混合酒。

时,还对她说悄悄话——悄悄话!说话的声音虽低,但珀尔还能听清他念出诗剧中这样的佳句:

"就算我真的撒谎成性,

也永远不会把你欺凌!"①

这两句诗,珀尔听见他已经接连对四位年轻女士倾吐过了。费德尔先生对涂茨先生说,他担心自己这么做明天会倒霉!也许他说对了。

勃林茂太太对这种比较放荡的行为有点儿吃惊;尤其惊讶的是乐曲的性质改变了,开始融进街上流行的低层次的曲调,她自然担心这会引起斯开特尔司夫人的不满。但是,斯开特尔司夫人如此宽宏大度,反而请勃林茂太太对此不必介意;她还极为殷勤有礼地向她解释说,费德尔先生在这种场合有时难免会情绪失控;就他的地位而言,他是个蛮不错的人,她特别喜欢他那朴素老实的发型——前面已经说过,大约只有四分之一英寸长。

在跳舞中间一次停顿的时候,斯开特尔司夫人对珀尔说,他似乎很喜爱音乐。珀尔回答说,他确实喜爱音乐,如果夫人同样喜爱音乐的话,她真应该听一听他姐姐弗洛伦斯唱歌。斯开特尔司夫人立刻发现自己对如此赏心乐事简直渴望得要死;尽管弗洛伦斯对要她在大庭广众面前唱歌,起初非常紧张,苦苦请求说,免了吧,但是珀尔把她叫到面前,对她说,"唱吧,弗洛伊!请你为我唱,我的宝贝!"于是她径直地走到钢琴前,开始唱。人们为了不挡住珀尔看姐姐的视线,都稍微向后退了一点;他看到她独自坐在钢琴前,如此年轻、善良、美丽,对他如此体贴;听到她那令人感动的歌喉,如此自然和甜美,一道把他和他一生中所有的爱和欢乐串联起来的金色环在一曲完了的寂静中升起来了。他转过脸去,不让人

---

① 引自英国戏剧大师谢里丹(1751—1816)的喜歌剧《少女的监护人》(1775)。

看见他脸上的泪痕。当人们对他说话时,他说,并不是因为曲调过于哀痛,过于悲伤,而是对他说来实在太宝贵了。

　　大家都爱弗洛伦斯!怎么能不爱呢!事先珀尔就料到,人们一定会爱、不得不爱;他坐在放有靠垫的沙发一角,文静地合拢双手,一条腿松松地蜷曲着,没有人会想到,在他望着姐姐时,他那稚嫩的胸膛里涌起了怎样一种胜利的喜悦,他感受到了怎样一种甜蜜的宁静。他听到,所有的男孩众口一词地赞美"董贝的姐姐",人人都说她是个端庄、谦逊的小美人,说她聪慧、多才多艺;这样的话不断地在他身边飘过,好像升起在夏夜的氤氲中。可以微微觉察到这里到处弥漫着一种对弗洛伦斯和对他的感伤情绪,倾吐着对姐弟俩的同情,这使他得到慰藉,也使他感动。

　　他不知道为什么会这样。因为这孩子那天晚上观察到的、感受到的、所想到的一切——在场的和不在场的、当前的和既往的——都糅合在一起了,就像那七色彩虹、像阳光照耀下那精致美丽的飞鸟身上的翠羽、也像太阳渐渐西沉时天边那色彩柔和的晚霞。最近这段时间盘踞在他心头的许多事情,随着乐声在他面前越过,不再想引起他的注意,今后可能永远不会再来困扰他,而是平静地退隐了,消失了。透过那扇冷落的窗户,可以凝视远去的岁月,可以远眺茫茫的大海,仅仅在昨天,他的幻想还在海面上驰骋,现在,却像碎浪一样沉寂了,安息了。以前,他在海滩上,躺在小车里,他总是在琢磨海浪不断低声在说些什么话;现在,在姐姐的歌声中,在热闹的人声和杂沓的足音中,当一张张脸在他跟前掠过,甚至当涂茨先生无比体贴地频频走来和他握手时,他听到了往昔海浪发出的同样的神秘声音。从众人与他说话时所显示出的普遍的好意里,他仍然觉得听到海浪的低语;就连他老人相的名声似乎也和涛声有关系,他不知道怎么会这样。小珀尔就这样坐在那里冥想,倾听,观望,做梦;他感到无比欣喜。

终于到了曲终人散的时候,一时间宴会上确实出现了动情的场面。巴耐特·斯开特尔司爵士率领小斯开特尔司跑来和珀尔握手,问他还记不记得替他转告他的好爸爸,替他转致最良好的祝愿,告诉他,斯开特尔司爵士说,他希望这两位年轻绅士能成为亲密朋友。斯开特尔司夫人吻了珀尔,把罩住他前额的头发分开,还把他揽入怀抱。甚至连巴普斯太太——可怜的巴普斯太太!——也从演奏竖琴的那位绅士的乐谱旁向他走来,像屋里所有的人一样向他真情道别,对此,珀尔是高兴的。

"再见,勃林茂博士。"珀尔伸出小手说。

"再见,我的小朋友。"博士说。

"我非常感激你,先生,"珀尔一片天真烂漫地仰视着博士那张严肃得吓人的脸说,"请你让他们好好照料第欧根尼①,好吗?"

第欧根尼是那只狗的名字,在珀尔来书院之前,这只狗一生也没有交上过像珀尔一样值得信赖的朋友。博士答应珀尔说,在他离校期间,这里的人会悉心照料第欧根尼的,为此珀尔再次向博士致谢,并同他握手。他还以令人感动的真情向勃林茂太太和考耐莉娅道别。尽管勃林茂太太整个晚上都迫不及待地想要在斯开特尔司夫人面前提及西塞罗,但在这一刻,就连她也把这件头等大事撂下了。考耐莉娅伸出双手握住珀尔那双小手,说,"董贝呀董贝,你永远是我最喜爱的学生。愿上帝保佑你!"珀尔心想,这表明一个人是很容易对别人不公正的,尽管勃林茂小姐确实对学生很凶,但此刻她说的可是肺腑之言。

年轻绅士们都在喊喊喳喳地说"董贝要走了!""小董贝要离校啦!"一大群人尾随着珀尔和弗洛伦斯走下楼梯,到达门厅,这

---

① 第欧根尼(约公元前400—公元前325),古希腊哲学家。勃林茂博士家书卷气十足,就连狗都起这样的名字。

群人里头,包括勃林茂全家。费德尔先生大声说,就他的所见所闻,一位年轻绅士离校,以前还从未出现过如此热烈的欢送场面。他这话是清醒的事实呢,还是几杯老酒下肚的结果,那就难说了。以男管家为首的全体仆人都乐意送别小董贝;就连那位替珀尔把书籍、行李送上马车的近视眼小伙子也明显地动了情,那辆马车当晚将把姐弟俩送往皮普钦太太家。

年轻绅士们全都对弗洛伦斯倾心爱慕,即使是这种少男对少女的温柔情感,也没能抑制住他们发出大声与珀尔道别。他们手里挥舞着帽子尾随在他身后,争先恐后地挤下楼梯同他握手,一个个喊道"董贝,别把我忘啦!"许多诸如此类的感情迸发,出现在这些小柴斯特菲尔德①们身上,倒真是非同寻常。大门打开前,弗洛伦斯给珀尔裹好大衣,珀尔悄悄在她耳朵根前说话。她听清楚了吗?她会把这些话忘却吗?听了这些话她心里高兴吗?我们只看到说话时,他的眼睛里闪耀着活泼喜悦的光芒。

他又回过头来,最后一次凝望着那些向他话别的人们的脸,他惊奇地发现,送他的人真多,大家的眼睛都很明亮,都在闪闪发光,众多的脸聚在一起,就像剧院里的观众那么多。当他看这些脸时,它们就像是浮游在一面晃动的镜子里;刹那间,他就紧靠着弗洛伦斯置身在马车黑暗的车厢里了。从此以后,当他回想起勃林茂博士的书院时,这最后的景象总会重新浮现在他眼前。它似梦似幻,充满着众人的眼睛,不再像是一处真实的地方。

然而,这还不是他对勃林茂博士书院的最后印象,还有别的呢。说的就是涂茨先生。他突然意想不到地往下拉开一扇车窗,向车里张望,并发出一阵奇特的咻咻傻笑,说"董贝在里面吗?"说

---

① 柴斯特菲尔德(1694—1773),英国政治家兼书信作家,他的《示子书》被公认为英国上流社会子弟的礼仪、道德教科书。

完,没等回答,又赶快把车窗拉上。甚至这还不算涂茨先生玩的最后一手;因为马车夫还没来得及将车驱动,涂茨突然拉开另一扇车窗,向车里张望,并发出一阵同样奇特的咻咻傻笑,他用同一种口气说,"董贝先生在里面吗?"然后又像上次一样突然消失。

弗洛伦斯被逗得哈哈大笑!珀尔始终记得这情景,每当他回想起来,自己也忍不住笑出了声。

但是紧接着还发生了很多事——第二天,以及后来几天——珀尔只能模模糊糊地记得起来。他们为什么不回家,而是在皮普钦太太家待了许多个白天和黑夜?他为什么会躺在床上,而弗洛伦斯就坐在他身旁?房间里那个男人是他爸爸吗,还只是投在墙上的一个长长的影子?他是否听见他的医生在对什么人说,这次舞会使他产生了幻想,比起他虚弱的身体来,这幻想十分强烈,假如人们在舞会举行前就把他挪开,他很有可能早就支撑不住了。

他甚至记不清楚自己是不是常常对弗洛伦斯说,"噢,弗洛伊,带我回家,再也不要离开我!"但他相信这样的话自己说过。有时,他恍恍惚惚地听见自己不断在说,"带我回家,弗洛伊!带我回家!"

等他真回到了家,他能记得自己被人抱着上了那条熟悉的楼梯。在这以前,马车隆隆地行驶了好几个小时,他一直躺在车座上,弗洛伦斯仍坐在他身旁,皮普钦老太太坐在对面的座位上。当人们把他放在床上,他记得他以前睡的这张床。他记得姑妈,记得托克丝小姐,记得苏姗,但是还有一些别的新近发生的事,仍使他困惑不已。

"请问一下,我想和弗洛伦斯说话,行不行,"他说,"和弗洛伦斯单独说,就一小会儿!"

她弯下身来靠近他,其他人都回避了。

"弗洛伊,宝贝,他们把我从马车里抱出来的时候,爸爸是不是在门厅里?"

"是的,亲弟弟。"

"他看见我进屋来的时候,弗洛伊,有没有哭着走进他的房间?"

弗洛伦斯摇摇头,凑过双唇亲吻他的脸颊。

"他没哭,我很高兴,"小珀尔说,"我还以为他哭了呢。别告诉他们我问到这件事了。"

第十五章　柯特船长惊人的智谋，沃尔特·盖伊新的工作岗位

有好多天，沃尔特都打不定主意，不知如何面对即将赴巴巴多斯任职的事。他甚至还稍稍存有幻想，希望董贝先生对他说的话并不是当真的；也许他可能又改变了主意，会通知他不必去了。但是，几天来能够使他的希望（它本身就缺乏可能性）成真的事一件也没有发生。时间在一分一秒地溜走，再也不容丧失，他觉得自己必须行动，再也不能犹豫不决了。

沃尔特最感困难的是，如何把要变动工作的事向索尔舅舅开口，因为他明明知道，这对舅舅将是一个可怕的打击。使他尤其感觉难办的是，近来老人的心情好多了，成天高高兴兴的，那间小小的后房又恢复了往日的温馨，在这样的时候，怎么能突然用这一惊人的消息来搅乱他呢。索尔舅舅已将契约规定的第一笔还贷如期交付给董贝先生了，他满怀希望把其余债款陆续还清。刚看到他充满男子气概从困境中挺立，又不得不使他重新趴下，真是件非常令人沮丧的事。

从他身边悄悄溜走吗？这是万万使不得的。必须让舅舅事先知道：但问题的关键就在于如何告诉他。去不去巴巴多斯，在这个问题上，沃尔特知道自己没有任何选择的权利。董贝先生确实对他说过，他年纪轻，舅舅的景况又艰难；董贝先生说话时的眼神明白无误地提醒他：去不去随他的便，如果他选择不去，往后就在家待着，可不能继续在商行的办公室里待着了。舅舅和他欠着董贝

先生很大的一份情,这还是自己恳求的结果。也许他对自己想赢得这位绅士好感的打算已暗暗地开始绝望,也许他觉得老板时常不公正地对他流露出蔑视。但是,沃尔特想,获得好感也罢,没有好感也罢,他应负的工作责任是一样的,他一定要尽职尽责。

当董贝先生眼望着他,对他说,他年纪轻,舅舅的景况又艰难时,董贝先生脸上表现出轻蔑;那副骄傲的、盛气凌人的样子,似乎把他当成只想赖在一个走下坡路的老人身上的一条没志气的懒虫,这一点使心胸宽大的他也被深深地刺痛。他决心不用言语而是用行动让董贝先生相信,他确实把他的品格看错了。他急于要使自己表现得比那次关于西印度群岛的谈话以前更加愉快,更加活泼:只要这个聪明伶俐、热情洋溢的男孩能够办得成。他毕竟太年轻、太缺乏经验了,竟没有意识到,也许正是他的性格本身惹董贝先生不喜欢。无论对他的不满是否公平,但是,在董贝先生强烈不满的阴影笼罩下,他想使自己显得从容顺变、招人喜欢的善良愿望是没有立足之地的。结果很有可能、很有可能是这样:这位大人物把这个诚实男孩新近的表现看作是对自己的挑衅,决心把他的气焰压下去。

"咳!说一千道一万,总得告诉索尔舅舅呀。"沃尔特想,长叹了一声。沃尔特担心自己真要当面告诉老人,并看到这一消息在老人布满皱纹的脸上引起最初的反应时,自己说话的声音也许会微微颤抖,脸部表情也许不如预想的那样平静。于是决定请坚强有力的柯特船长来居间调停。因此,星期日一到,他吃完早饭就出发拜访柯特船长。

在前往船长住处的路上,他记得,每个星期天早上,麦克斯丁格尔太太都要走很远的路到梅契塞戴·豪勒牧师处做礼拜,心才稍稍放下。这位牧师原先在西印度船坞工作,由于反对他的那些庸常之辈成心诬陷他,说他用手锥子在橡木酒桶上打眼儿,然后把嘴唇凑上去偷酒喝,于是一朝被解雇。他预言,两年以后,世界将在他被解雇那一天的早上十点钟毁灭。他开放前面那个房间,接待"喧哗教派"①的男女信徒。他们第一次集会时,梅契塞戴牧师的告诫造成爆炸性的效果,在礼拜结束时,信徒们欢天喜地大跳圣舞,大家一起冲进楼下的厨房,竟把一位信徒带来的一台榨汁机都砸坏了。

这个故事是向布洛格雷付清欠款的那天晚上,船长讲给他和他舅舅听的,当时船长的心情异乎寻常的高兴,"可爱的佩格"唱了一遍又一遍,唱歌的间隙就讲这些轶事。船长本人也按时到附近的一家小教堂做礼拜,那里每到星期日早晨就挂起联合王国的国旗。由于法定的助理牧师年老体弱,好心的船长还帮着照看一群男孩子,船长在他们中间威信很高,这都要归功于他那只神秘的钩子。沃尔特对船长的生活规律了如指掌,他竭尽全力赶路,以免船长先他而外出。他跑得真够快的,当他拐进布列格巷,一眼看见船长房间的窗户开着,那件宽大的蓝上衣和那件背心正挂在窗外晾晒,不禁喜上心来。

居然会有人看见那上衣、背心能离开船长而存在,这似乎令人难以置信;可是,船长确实没有包在他的衣服里,要不然,他那两条腿耷拉下来,准会挡住临街的那扇门(布列格巷的房子都不高),这是明摆着的事实嘛。对自己的发现十分赞赏,沃尔特敲了一下门。

"斯丁格尔。"他分明听到船长在楼上的房间里说,就像敲门的人与他无关似的。于是沃尔特又敲了两声。

"柯特。"他听到这次敲门对船长起了作用;没过多久,就看见船长的身影出现在外面挂着宽大的蓝上衣和背心的窗口,他身穿

---

① 喧哗教派,英国基督卫理公会的一个派别,以大声喧哗地传教闻名。

干净衬衣和背带裤,领巾像一圈绳子似的松松地围在咽喉部位,那顶绷硬的加光便礼帽早已戴在头上了。

"小沃!"船长带着吃惊的表情从窗口朝下看着他,喊道。

"是啊,是啊,柯特船长,"沃尔特说,"就我一个人。"

"我的孩子,出什么事了吗?"船长极为关心地打听说,"别是吉尔思又出什么事了吧?"

"没有,没有,"沃尔特说,"我舅舅好着呢,柯特船长。"

船长表示很高兴,说是准备下楼来给他开门,并且立即付诸实施。

他俩上楼后,船长仍以怀疑的目光盯着他说,"不过,小沃,你来得这么早。"

"噢,柯特船长,"沃尔特说,一面坐了下来,"那是因为我怕你会出去,我有事找你,想听听你的忠告呢。"

"你尽管说,"船长说道,"你想要什么?"

"柯特船长,我只要听取你的意见,"沃尔特微笑着说,"我只想要这个。"

"那么说吧,"船长道,"大胆说出来吧,我的孩子!"

沃尔特把那件事告诉了他,并诉说他一想到舅舅就感到为难,如果好心的船长能帮助他消除这一困难,他心里的石头也就放下了。未来的景象展开在柯特船长面前,使他无比震惊,极度的惊愕逐渐将这位绅士吞没,最终使他那张脸一片茫然,失去了任何表情,那身蓝上衣、那顶绷硬的加光便礼帽和那只铁钩很显眼地都成了无主之物。

"你知道,柯特船长,"沃尔特接着说,"我自己倒不要紧,正如董贝先生说的,我年轻;我知道要靠自己去闯世界。但是,我在来的路上一直在想,关于我的舅舅,有两点事情要特别注意。我的意思不是说,我配成为他生活中的骄傲和快乐——我知道,你相信我有自知之明——可是,事实上我确是他的骄傲和快乐。那么,你难道觉得我不是吗?"

船长似乎努力想从惊愕的深渊中爬起来,让脸上重新出现表情;可是他的努力并未见成效,那顶加光便礼帽只是点了一下,传达出默默无言的含义。

"如果我能健康地活着,"沃尔特说,"我对这倒是并不担心。不过,如果我离开英格兰,我怕是再也没有希望见到我的舅舅了。柯特船长,他老了;再加上,他总是按照老习惯①生活的……"

"等一下,小沃!习惯于没有顾客?"船长说,突然重新来了神。

"你这话太对了,"沃尔特摇着头说,"不过刚才我想说的是,柯特船长,他一直按照习惯在生活,他那种老习惯。正如你以前说过,我敢肯定你说得很对,失去存货、失去他多年来习惯的那些东西会促使他早死,那么难道你认为这不会加速他的死亡吗,一旦他失去……"

"他的外甥,"船长插话说,"很对!"

"那么,"沃尔特说,尽量想让语气显得轻快一些,"我们一定得尽力使他相信,分离毕竟是暂时的;但是,我知道事情的真相,或者说,柯特船长,正因为我知道得更多所以我才害怕;我有充分的理由敬他、爱他,为他尽晚辈的职责,不过要是由我来向他说明这件事,我怕只会把事情弄糟。我所以希望由你去向他透露这件事,主要的原因就在于此;这是我一路上在想的第一点。"

"让船身移开罗经方位一个点左右!"船长一边沉思一边说。

"柯特船长,你说什么呀?"沃尔特问道。

"准备行动!"船长胸有成竹地说。

---

① "习惯"在英语中兼有"顾客"的意思。

沃尔特等了一下,想弄明白船长是否还有什么特别的意思要补充,听说没有,就接着说下去。

"现在听我说第二点,柯特船长。我很遗憾,我不是董贝先生喜欢的人。我始终想竭尽全力好好干,我确实一直在这么做;可是他不喜欢我。也许他喜欢谁、不喜欢谁不由自主。对此,我无话可说。我只是说,我可以肯定他不喜欢我。他把我派到那个位置上去并不因为那是个好位置;他不屑于把它说成比实际上更好一些;我根本不相信到远处就职会有助于我在商行里升迁,恰恰相反,他很可能想一劳永逸地把我打发掉,省得我碍事。听着,柯特船长,这些情况我们在舅舅面前连提都不能提,还得尽量把它说得好像是桩前景光明的好差使。我把事情的真相告诉你,只是因为我身居远方,万一家里有什么事情需要你设法伸出援手,我就有了一位了解我真实处境的朋友。"

"小沃,我的孩子,"船长回答道,"你在所罗门箴言里可以找到这么一句话:'但愿我们永远不缺少一个共患难的朋友,也不缺少可以给他的一瓶酒!'①你找到后,要把这句话记下来。"

船长向沃尔特伸出手来,对自己引经据典的能力显出充满自信的样子;他为自己能准确无误地、有针对性地引用经典而自豪,因而又重复叮咛道,"你找到后,要把这句话记下来。"

"柯特船长,"沃尔特说,伸出双手握住船长伸给他的那只大拳头,把它紧紧包住,"除了索尔舅舅,我最爱的人就是你。我敢肯定,你是世界上我唯一可以完全信赖的人。光说是离开的话,柯特船长,我倒并不害怕;我为什么要害怕呢!如果我能一无牵挂地出去为自己找出路——如果我能像一名自由自在的普通水手那样

---

① 船长是大老粗,这句引文是箴言里没有的。显然他记错了那句俗话:"能共患难的朋友才是真朋友。"

出发——如果我能随着自己的意愿去冒险,走到海角天涯——我会高高兴兴地去!我可能几年前就已经高高兴兴地出发去为自己寻找机会了。但是这样做不符合我舅舅的心愿,违反他为我设定的目标,所以我就把它放弃了。不过,柯特船长,如果考虑我的升迁的话,我觉得我们的想法一直不大对头,我现在出去闯世界还不如我刚进董贝父子商行的时候就出去呢,——现在出去也许更糟一些,因为当时商行对我的印象还不错,而现在肯定好不了。"

闷闷不乐的船长对沃尔特看了一阵子,喃喃地说,"又转身啦,威丁登。"

"当然,"沃尔特大笑起来说,"柯特船长,我怕是还要转身好多次呢,才能像他那样时来运转。我不是抱怨。"他又以活泼开朗、生机勃勃、劲头十足的样子接着说,"我没有什么可抱怨的。我有薪水好拿。我活得下去。我离开舅舅的时候,我把他交给你,柯特船长,交给你比交给任何人都放心。我把这一切全都告诉你,并不是因为我灰心丧气,不,我决不会灰心丧气。我只是想让你知道,我在董贝父子商行里不能挑挑拣拣,一旦指派我到哪儿去,我不得不去;给我作出的安排,我只有接受的份儿。我被派出去,对我舅舅反而有利;因为那次的事,柯特船长,你知道我指的是哪一次,已经证明董贝先生是我舅舅价值无比的朋友,没有我天天在他跟前惹他不高兴,我相信他对我舅舅会更好。所以说,柯特船长,让我们一起为西印度群岛欢呼吧!水手们是怎么唱的呀?

　　小伙子们,向巴巴多斯港前进!
　　　兴高采烈,浑身是劲!
　　小伙子们,把古老的英格兰抛在身后!
　　　兴高采烈,浑身是劲!"

唱到这里,船长的粗嗓门加入进来,形成合唱:

"噢,兴高采烈,浑身是劲!
噢,浑身是劲!"

在巷子对面住着一位小商船船长,此时还没有完全睡醒,最后那行歌词钻进了他那双灵敏的耳朵,他立刻从床上一跃而起,伸手猛地抬起窗户,隔着巷子加入了他们的合唱,他确实发挥了嗓子的最大功能,产生了极好的效果。到了整首歌曲的最后一个音符,他再也不能把声音延长下去时,这位船长突然发出一声可怕的吼叫"啊嗬!"他一方面是想跟对面邻居打个招呼,另一方面是想显摆一下他根本不需要停下来喘气。做完这件事,他放下窗户,重新上床睡觉。

"这么着吧,柯特船长,"沃尔特说,一面手忙脚乱地把蓝上衣和背心递给他,"如果你去把这个消息透露给索尔舅舅(按理说,好多天前就应该让他知道了),到了家门口我就和你分手,你知道吗,我会在附近散步,下午再回家。"

然而,船长一点也没有表现出爱干这个差使的样子,他对自己的执行能力也显得信心不足。他以前曾替沃尔特设计好一幅完全不同的未来生活和冒险的图景,这个图景曾使他心满意足,觉得它的每一个部分都十全十美、无懈可击,他还常常为自己作此安排的聪明才智和远见卓识而暗自庆幸,可是现在他却要眼看着自己的安排顷刻之间土崩瓦解,甚至他还得参与其间,一起去把这一图景打碎,的确需要作出巨大的努力才能下得了这样的决心。船长还发现,要把自己原先在这个问题上的想法抛弃很困难,就好比在一条船上,形势逼人,必须赶快卸掉旧货、装上完全新的货物,还不能把两种货物弄混了、掺乱了。结果他没有按照沃尔特急迫的心情所要求的那样,匆忙穿上蓝上衣和背心,他暂时不穿那些衣服,并告诉沃尔特说,面对这么严肃的问题,该允许他"咬咬指甲好好想一想。"

"小沃,这是我的一个老习惯,"船长说,"这个习惯我已经保持了五十年。什么时候你看见内德·柯特咬手指甲,小沃,你就该知道内德·柯特搁浅了。"

于是船长把那只铁钩子放在嘴里,用牙齿咬着,就好像它真是自己的一只手。他在思索这个问题的方方面面时,带着一副智慧和深奥的模样,这就是一切哲人在进行哲学思考和探询严肃问题时所表现出的那种专心致志和思想升华。

船长心不在焉似的喃喃地说,"我有一个朋友,不过眼下他沿岸航行到惠特比去了,他对这个问题,或者任何别的只要你说得出来的问题,会发表意见的,正像他有本事用六比一的赔额打败国会议员一样。那个人,"船长说,"曾经有两次被人从船上打落水中,竟然什么事儿都没有。他在当见习水手时被人用一枚环端螺栓砸在脑袋上,养伤断断续续养了三个礼拜。但他仍然是世界上头脑最清楚的人。"

尽管沃尔特尊敬柯特船长,但他不免为这位圣贤此刻不在本地而暗暗高兴,谢天谢地,在自己的困难问题解决之前,可千万别让这位绝顶聪明的人往里掺和。

"如果你把他带到诺尔去,把那里的航标指给他看,"柯特船长仍以同样的语气说,"问他对航标有什么看法,小沃,他说出来的看法呀,会离航标很远,就像你舅舅衣服上的纽扣和航标离得那么远。凡是在地上走的人,凡是用两条腿走路的人,都比他差得远。比他差得远!"

"他叫什么名字,柯特船长?"沃尔特问,心想,那人既然是船长的朋友,他就该关心。

"他姓本斯比,"船长说,"不过老天呀,有他那样好的脑子,姓什么叫什么都一样!"

船长没有进一步阐明他对那位朋友何以作出赞美论断的确切

依据;沃尔特也没有寻根问底。当沃尔特开始重新讲述他自己的主要难题时(有他这种性格,又处于目前的困境,说起话来自然很激动),刚一说话,就发现船长又陷入刚才的沉思状态,船长浓密的眉毛下的那双眼睛虽凝视着他,但显然对他视而不见、听而不闻,只是继续在那里沉思;于是沃尔特只得噤声。

事实上船长正在设计宏伟的蓝图,他根本没有搁浅,他很快就驶进了深不见底的最深的水域。他逐渐完全弄清楚了,的确存在某种误会;毫无疑问,所以会产生误会,沃尔特应负的责任可能比董贝先生更大一些;如果真有去西印度群岛的计划正在进行的话,那也和年轻幼稚、性急莽撞的沃尔特所设想的情况大不相同,那只能是使他以非同寻常的快捷速度蹿升的一项新计划。"如果他俩之间真有什么疙瘩的话,"船长心里想的是沃尔特和董贝先生他俩,"只要双方的一位共同朋友说上一句恰到好处的话,就可以把心结解开,把事情摆平,一切又都顺顺当当啦。"柯特船长根据这样的想法进行演绎的结论是:既然那天上午他陪着沃尔特到布赖登去借钱时,自己已经有幸结识了董贝先生,并且和他在一起度过了非常惬意的半小时;他俩又都是见过世面的人物,能够彼此理解,都愿意把事情安排得轻松愉快,对于诸如此类的小麻烦自然能轻而易举地处理好,弄清事实真相。作为朋友,他应该做的是,登门拜访董贝先生,这一点目前还不能让沃尔特知道。他只要对董贝府的仆人说,"我的伙计啊,能不能请你进去通报一声,说柯特船长来了?"然后是和董贝先生亲切会晤。伸出铁钩钩住董贝先生上衣的纽孔。把话说透。把一切问题统统处理好。最后是高奏凯歌离开董贝府!

这些想法呈现在船长的脑际,缓缓地形成具体的画面,他的面容也豁然开朗,就像布满疑云的早晨变成阳光明媚的正午天。刚才还充满不祥地紧锁着的双眉,也舒展开来,变得明朗、安详。在他心灵受到严酷考验时几乎闭上的那双眼睛,自然地睁开了;他脸上漾出了笑意,起初只在三个点(右嘴角和两个眼角)上,逐渐扩展到他的整张脸,浸润到他的额头,拱起他的帽子,那顶上光便礼帽刚才似乎和柯特船长一起搁浅,如今和他一样,又快乐地漂浮起来了。

船长终于不再咬自己的指甲了,并说,"好了,小沃,我的孩子,你帮我把衣服穿上吧。"船长指的是他的上衣和背心。

沃尔特实在无法想象,船长整理自己的领结为什么要下这么大的工夫,他把下垂的两端编成小辫子状,把它们穿进一枚大金戒指里,那枚戒指上饰有坟墓、整齐的铁栏和一棵树的图案,是对某位已故友人的纪念。他也无法想象,船长为什么要把衬衫领子尽量往上拉,拉到底下的爱尔兰亚麻布快要撕裂为止,这么一来,他就好像戴上了一套漂亮的护目镜。船长为什么要换掉平常穿的鞋,换上一双他只有在特别重要的场合才穿的、无与伦比的齐踝皮鞋。船长终于穿戴得使自己完全满意了,他还把挂在钉子上的一面刮脸用的镜子取下来,把自己从头到脚照了个遍,然后拿起那根满是结节的手杖,说他准备好了。

他俩出了屋,走在街上,船长显得比平日更加自信、自满;沃尔特还以为是因为他穿上了那双齐踝皮鞋的缘故,并没有特别留意。他们还没走出多远,就迎面来了个卖花女;船长立刻站住,似乎被一个令人愉快的想法所打动,买下了那女人篮子里最大的一束花:呈扇形展开的、最漂亮的一束,量它的周围足有两英尺半长,由当令的最让人看着舒服的几种花组成。

柯特船长装备了打算送给董贝先生的这件小小的礼品,就和沃尔特一路往前走,直至航海仪器制造商的门口,他俩才停下来。

"你这就进去吗?"沃尔特问。

"是的。"船长回答,觉得先得把沃尔特打发掉,他才能干后面的事,他计划好的访问也以在当天稍晚时候进行为佳。

"你不会忘掉什么话吧?"

"不会。"船长回答。

"我马上就散步去,"沃尔特说,"这样我就不会碍事啦,柯特船长。"

"散步时间长一些,我的孩子!"船长在他背后喊道。沃尔特摆摆手表示同意,就走开了。

他没有特定的路线;但是他想,还是到城外的田野里去走一走好,他可以在那里思考自己在未知的将来会怎样生活,他可以坐在树底下,静静地想。他知道,什么地方的田野也没有汉普斯德特的田野更美,前往那里的什么路径也没有从董贝府门前穿过更近。

当他走过时,看看董贝府大厦板着面孔的正面,它庄严、阴暗,一如既往。所有的百叶窗都拉下了,只有顶层的窗户洞开着,和煦的风儿吹动着窗帘来回摆动,使整个房屋的正面还保持着一点点活气。沃尔特走过时步子很轻,当他走过那座大厦一两扇门之遥,心里还是喜滋滋的。

他回头再看它一眼,自从多年前发生了董贝家小姐走失的惊险事件以来,他始终关心着这个地方;他特别留意看看顶层的窗户。他正专心看时,驶来一辆双轮马车,停在门前,一位挂着条沉甸甸的表链的、身材魁梧的黑衣绅士,下了车,走进了大门。沃尔特过后才记起这位绅士还带着一套用具呢,毫无疑问,他是一名医师。接着他就猜测,不知道董贝府上什么人病了。但是,沃尔特当时并没想到这一点,他是在走了一大段路、无精打采地想了一阵别的事以后,才猛然醒悟的。

然而,这座房子对他说来仍有着某种涵义;因为,沃尔特常用这样的思索使自己快乐:也许会有那样一天,那位美丽的小姑娘(他的老朋友了,自从发生了那件事,她始终对他感恩,始终乐意和他会面)会对她弟弟发挥影响,使他也对自己产生好印象,从而改善自己的处境。他喜欢想象这一切;可是此刻,他更多地想到的是,她始终没有把他忘掉,心里感到快慰,倒没有多想自己可能从中获取任何世俗的利益。然而,在他的想象中,有一个更加清醒的声言在他耳边低语:即使那时他还活着,他也远在大海的另一端,早已被人遗忘;而那时她早已成婚,富有、骄傲和幸福。景况发生了截然不同的改变,有什么理由设想她还会记得他、关心他呢?他就像是她曾经拥有的一件玩具。不,连玩具都不如。

沃尔特把他找到的那个徘徊在贫民区街道上的美丽的小女孩高度理想化了,把她与那天晚上她那天真纯洁的感谢、淳朴真诚的表现画上了等号,现在他竟然说她将来会变得骄傲,这真是莫大的诽谤,他该为自己感到羞愧。另外,他的思考本来就属于幻想性质,竟会把她想成一位成年女子,而不是当年落在好布朗太太之手的那个单纯、文雅、可爱的小人儿,这种想象同样也是莫大的诽谤。总而言之,沃尔特终于弄明白了,要他在自己心里对弗洛伦斯加以评说,事实上会变得非常缺乏理性。他所能做的,唯有将她的形象保持在自己的心里:无比珍贵、不可企及、永恒不变、如梦如幻——只有一点不是梦幻,而是确实无疑的,那就是:这样的想象能给他快乐,它就像天使的手,能阻断他去接触一切有害的东西。

那天沃尔特在田野里漫步很久,倾听鸟的鸣叫,和礼拜日教堂的钟声,还有减弱了的城市的喧闹;他呼吸着草木的芬芳,有时会举目眺望远处的地平线,那天边外正是他未来航程的终点;接着他又望着英格兰的茵茵绿草,望着故乡的风物景象。但是,他几乎一次也没有清醒地思索,就连即将去国远行这件事也没有好好想想;他似乎慵懒地一小时又一小时、一分钟又一分钟地把它搁置在一旁,尽管在他头脑中,一刻也没有真正把它放下。

沃尔特把田野撇在身后,满腹心事地拖着沉重的脚步往回家的路上走,忽然听到有人喊他的名字,先是个男人,接着是个女人的声音,嗓门都很大。他感到十分意外,马上转过身来,看到往相反方向行驶的一辆出租马车在离他不远处停了下来;马车夫在驾车座上转过身子,挥动鞭子向他示意;坐在车厢里的年轻女子身子俯出车窗,正使出浑身劲头在向他打招呼。他赶快跑到马车跟前,发现那位年轻女子是聂宝小姐,她十分焦躁不安,情绪近乎失控。

"沃尔特先生,去斯泰格司花园街!"聂宝小姐说,"请你帮个忙,噢,一定要帮忙!"

"啊?"沃尔特喊道,"出什么事啦?"

"噢,沃尔特先生,请你帮个忙,找到斯泰格司花园街!"苏珊·聂宝说。

"甭提啦!"马车夫以完全绝望的心情向沃尔特诉苦说,"足有一个钟头了,这位年轻小姐一直催我朝前赶车,可是她要我去的地方,都没有路,只好退回来。我这辆车拉过的乘客多了去了,还从来没有遇到过像她这样的乘客,真叫头一个儿、独一份儿。"

"苏珊,你想去斯泰格司花园街?"沃尔特问。

"啊! 她就是想到那个地方去! 那鬼地方在哪儿呀?"马车夫咆哮起来。

"我不知道那个地方在哪儿了!"苏珊情绪激动地喊道,"沃尔特先生,那地方我以前去过一次,李切子大娘和我,带着弗洛伊小姐和我们那可怜的、亲爱的珀尔少爷,就是你在城里找到弗洛伊小姐的那一次,我们在回来的路上把小姐弄丢了,当时有一头疯牛,还有李切子大娘的大孩子,尽管后来我还去过那里,可是现在我记不清是在哪儿了,我想那地方可能沉到地底下去啦。噢,沃尔特先生,别不管我,请你帮我找到斯泰格司花园街! 弗洛伊小姐的宝贝,我们大伙儿的宝贝,好乖、好乖的小宝宝,珀尔少爷呀! 噢,沃尔特先生!"

"天哪!"沃尔特喊道,"他病得很重吗?"

"那朵美丽的小花!"苏珊使劲拧自己的手指,伤心得哭起来,"忽然想起要见见他以前的奶妈,我出来找她,要把她带到小宝贝的床前,波莉·涂德尔花园街的斯泰格司太太,谁来帮个忙!"

沃尔特听了这些话,受到极大的震动,立刻领会了苏珊使命的性质以及她为什么会如此着急,他立刻全身心投入同一使命,在马车前奔跑起来,到处向人打听去斯泰格司花园街该怎么走,马车夫得集中注意力,紧紧跟着他,才不至于跟丢了。

斯泰格司花园街这个地方如今已不复存在。它已从地球上消失。原先那些破破烂烂的凉亭竖立的地方,如今有许多宫殿式建筑昂起了头颅,那些身围粗壮的巨型花岗石圆柱背后展开了一片铁路世界的开阔景象。往昔堆满垃圾的破败的荒地都被吞没了,消失了;以前肮脏发臭的原址上,盖起了一排排货栈,堆满了富丽堂皇的货物和价值昂贵的商品。往昔的支巷岔路上,如今挤满了各色行人和车辆。一条条新的街道,不再像往日的街道那样布满泥泞、车辙,令人沮丧,如今新的城镇已在街区间崛起,创造了属于那里的、给人们带来健康、舒适和方便的种种设施,在它们产生以前,人们不要说没有尝试过,甚至连想也没有想到过。往日的桥梁不能带你去任何有意思的地方,如今却通向别墅、花园、教堂以及适合公众散步的场所。房屋的构件、建设新的通衢大道的材料都装在妖魔似的火车上,靠蒸汽自身的速度飞驶向前,运往城郊各地。

在铁路刚开始向这里伸展的日子,附近的居民还没打定主意该不该承认它,如今他们变聪明了,知错必改了,他们现在热烈宣扬铁路的巨大力量和与它相关的光明前景,每一位基督徒碰到类似情况都应该如此。布店的货物上印有铁路图案,卖报人的橱窗里陈列着铁路杂志。这里还有铁路旅店、铁路办公房、铁路出租公寓、铁路寄宿舍;铁路规划、铁路地图、铁路风景画、铁路包装纸、铁路酒瓶、铁路三明治匣;还有铁路行车时刻表、铁路出租马车和铁路出租马车停车场;铁路公共马车、铁路街和铁路大厦,还有出于各种不同算计前来混事儿的铁路小喽啰、铁路寄生虫和铁路马屁精。甚至时钟上也显示铁路行车时刻,似乎太阳本身也甘拜下风了。被铁路慑服的人们中,还包括那位扫烟囱的班头,这在以前的斯泰格司花园街,是令人难以置信的;此人如今住在一座灰泥粉饰的三层楼房里,他自称为使用机器清扫烟囱的包工头,他还用金色花体字把这个称号写在一块油漆木板上。

滚滚的洪流不舍昼夜地在那巨大变化的中心流进、流出,它不停地来回涌动,就像那生命的血液。熙熙攘攘的人群、堆积如山的货物每天二十四小时里要进出无数次,在这个永远跃动的地方,制造了发酵般的效应。那里的房屋也像是可以打包装船、出海航行似的。那些了不起的国会议员们,仅仅在略早于二十年以前,对于由几名工程师提出的关于建造铁路的疯狂设想,只是取笑而已,他们还在质询中对铁路计划使劲阻拦;如今这些议员却把怀表拿在手上,乘火车到北方去旅行;他们行前还发了电报,通告自己的北行日程。火车机车像个征服者,日以继夜地隆隆作响,奔向远行的征程;或者,它平稳地到达旅程的终点,像一头驯服的蛟龙,滑进指定的角落,供它停车的地点刻度精确到以英寸计。它在那里站住了,喷出水雾,浑身震颤,让大墙也随之抖动,它似乎在宣示一个秘密,那就是自己身上蕴藏着前所未料的巨大力量,将要最终成就那坚定不移的目标。

但是斯泰格司花园街已被连枝带根彻底铲除掉了。噢,为那个日子悲叹吧!当时,斯泰格司花园街上"没有一路得①英国土

---

① 路得,英国古时衡量面积的单位,一路得合四分之一英亩。引文出自英国大诗人华兹华斯(1770—1850)1844年诗作《肯达尔、温德迈尔铁路在规划中》。

地"能够得到平安!

沃尔特身后跟着马车和苏珊,经过无数次得不到答案的询问,终于找到了一位原先居住在那片已经消失的土地上的男人。他不是别人,正是上文提到过的那位扫烟囱的包工头,这位身体开始发福的男人在自家门上敲了两下。他说,他和涂德尔很熟。不是在铁路上干活的那个涂德尔吗?

"是的,先生,一点不错!"苏珊·聂宝在马车车窗前说。

沃尔特赶快打听他现在住在哪儿?

他住在铁路公司自己的宿舍里,到前面第二个拐角处往右拐,那是一个院子,穿过院子,到第二个路口再往右拐。他家门牌是十一号;准错不了;要是找错了,只要问一声烧锅炉的涂德尔住哪儿,那里所有的人都能把他住的房子指给你们看。苏珊·聂宝没有料到事情竟会如此顺利,赶快从马车上跳下来,挽住沃尔特的手臂出发寻找,两人跑得很快,上气不接下气。马车停在原地,等他们回来。

"那小宝贝病得很久了吗,苏珊?"他俩一边紧跑,沃尔特一边打听。

"病了很长时间了,不过谁也不知道病得有多么厉害,"苏珊说;她又以极其尖刻的口气补充说,"噢,那勃林茂一家子!"

"勃林茂一家子?"沃尔特重复了一句。

"在这样一个糟心事儿一箩筐的时候,"苏珊说,"要是我特别跟谁过不去,那连我自己也要责备自己,尤其是我们的小宝贝珀尔还一个劲儿地说那家人的好话呢。不过,我真希望能让那家子人到一块石头地上去筑新路,让那个勃林茂小姐拿着把鹤嘴锄走在最前头!"

聂宝小姐喘匀了一口气,然后以更快的速度继续往前走,似乎刚才说出她特别想做的那件事使她来了劲儿。沃尔特当时也已跑得上气不接下气,他不再提任何问题,只是快步向前;他们很快就迫不及待地闯进一扇小门,走进一间挤满小孩但收拾得干干净净的起居室。

"李切子大娘在哪儿?"苏珊·聂宝对屋子打量了一下喊道,"噢,李切子大娘,李切子大娘,快跟我走吧,我亲爱的好人!"

"唷,这不是苏珊吗!"波莉大吃一惊喊道,她那张忠诚老实的脸和母亲的身躯在一大堆孩子中间抬了起来。

"是我,李切子大娘,"苏珊说,"我希望不是才好呢,我这么说话像是不太好听,不过珀尔小少爷病得很重,今天他对他爸爸说,他想看一看他以前的奶妈的脸,他和弗洛伊小姐都盼着你能跟我和沃尔特先生走一趟,李切子大娘,把以前的事忘了吧,对那可爱的宝贝做件好事,他快要死啦。噢,李切子大娘,他快要死啦!"说到这里,苏珊哭出了声,波莉一见她就掉下眼泪,又听到她说出这样的话,自然更要哭了。那群孩子(包括这几年又新添的好几个)都紧紧围住她。刚从伯明翰回到家里的涂德尔,此时正就着一只饭盆在吃饭,听到苏珊的话,立刻放下手中的刀叉,取下挂在门背后的帽子、围巾,帮他老婆穿戴好,又拍拍她的后背说,"波莉! 快去吧!"他话虽说得不够流畅,声音里却饱含着父亲的感情。

他们一起回到马车跟前,比车夫预料的时间要提前不少。沃尔特帮苏珊和李切子大娘上了车,自己坐在车夫的身边,以免车夫会认错路,终于把她们都平平安安送进董贝先生府上的门厅。他偶然瞧见那里摆放着很大的一束花,很像是那天早晨和柯特船长同行时船长买的那一束。他本来想多待一会儿,问问清楚那生病的孩子病情究竟如何,还想尽可能等一等,看看自己能不能帮上一点忙。但他痛苦地意识到,这样做只会使董贝先生觉得他大胆放肆、鲁莽无礼,于是他怀着悲伤和忐忑不安的心情,缓缓地转身离开。

他出了大门,走了还不到五分钟,就有一个男人追赶他,请他返回屋里去。沃尔特尽可能快地折了回来,重新进入这座晦气重重的大厦,心里预感到事情不妙。

第十六章　海浪总是在诉说着什么话

珀尔再也未能从他那张小床上重新站起来。他十分平静地躺在那里,倾听街市的喧嚣;他对于日出日落倒并不很在意,只是用那双明察秋毫的眼睛,看着光阴在不断流逝,看着身边所有的一切。

阳光透过瑟瑟作响的窗纱照进他的房间,像一汪金黄色的水在对面墙上荡漾,他知道夜晚即将登场,天空呈一片红色,十分绚丽。夕阳的晚照消退,墙上爬满阴影,他看到那阴影逐渐变浓、变黑、加深,终于变成了黑夜。这时他想,条条长街都会点亮照明灯,还有宁静的星星在头顶上照耀。他的想象好奇怪呀,总要想到大河,他知道,那条大河正滔滔不息地穿越这座大都市向前方流去。他想,现在河水看上去一定是黑的,那深沉的河面上会镶嵌着一簇簇星星的倒影……还有一件事比这一切更重要,那就是:滔滔河水一门心思地向前流,它要汇入大海。

夜越来越深了,已经很少听到街上有行人走过,脚步声一旦出现,他就可以听见有人来了,那登登足音经过时清晰可数,然后又消失在空荡荡的远方,这时他就会躺在床上观察蜡烛周围那色彩缤纷的光环,并且耐心地等待黎明。他唯一对付不了的就是那条迅速向前流动的滔滔大河。有时候,他觉得自己不由自主地想要阻断那流动的河水,伸出他那双稚嫩的小手想把它堵住,或是用沙子挡住它的去路,但是,当他看到大河阻挡不住时,就哭了!然而,只要那永远陪伴着他的弗洛伦斯说出一个字,就能使他恢复清醒。

他把他那颗惹人爱怜的脑袋靠在姐姐的胸前,向她叙述自己的梦境,并且还微笑起来。

又迎来了一个新的黎明,他等待着太阳升起;当房间里布满灿烂阳光,从而有了生气,他给自己描绘着,描绘着这样的画图:他看见教堂塔楼在清晨的天空中高耸入云,城市复活了,苏醒了,重新显现出勃勃生机。大河奔流,奔流时波光粼粼,奔流的速度丝毫也没有减缓,田野里是一片晶莹闪亮的露珠。楼下,大街上逐渐响起熟悉的声响、熟悉的喊叫。董贝府上的仆人们都起床了,都各自忙碌着。有人在他卧室门口探出脸来,细声细气地向看护他的人们打听小病号的身体怎么样了。珀尔总是亲自来回答,说"我好些了。我好多了,谢谢你们!就这样对我爸爸说吧!"

他逐渐对白天的喧嚣感到厌倦,载人马车和载货大车辚辚而过,人们来来往往脚步杂沓;他或是昏昏睡去,或是又被那条奔流的大河弄得情绪不安——无论在睡梦中或是在清醒的时候,他都无法说清楚,大河的奔流究竟为什么会使他不安。"弗洛伊,为什么它永远不肯停息?"他有时会问姐姐,"我想,它要把我带走!"

不过弗洛伦斯总能安慰他,让他放心;他每天最高兴的事就是劝姐姐把头靠在他的枕头上,稍稍休息。

"你一直在照顾我,弗洛伊。现在也让我来照顾你一会儿吧!"当她在他身旁躺下时,人们就把靠垫支在床的一角,让他靠着坐起来;他常常会俯下身子来亲吻她,还低声告诉身边的人们说,她太累了,有好多个晚上她都一直坐在他病床旁边陪着他。

充满光与热的、生机勃勃的白天逐渐消退;那一汪金黄色的水又在墙上舞动。

有多达三位神色庄严的医师来给他诊病,他们总是在楼下开个碰头会,然后再上楼,房间里悄无声息,尽管珀尔从不问他们中的任何一位,他说的话什么意思,然而珀尔的观察力极强,甚至连三位医师各自的怀表发出的声音有何不同他都知道。不过,他的兴趣还是集中在那位常常坐在病床旁的帕克·裴普斯爵士身上。因为珀尔早就听人们说过,当妈妈紧抱着弗洛伦斯,辞别人世时,那位绅士就在她身旁。这件事使他至今难忘。他所以喜欢这位医师,就因为那个缘故。他一点都不害怕。

围绕在他身边的人们莫名其妙地不断在更换,正如他在勃林茂博士家度过的第一个晚上一样,但是有一个人始终在陪伴他,那就是弗洛伦斯。刚才坐在他身边的还是帕克·裴普斯爵士,现在怎么变成了他的父亲?只见他父亲把脑袋埋在自己的手里。坐在安乐椅里打瞌睡的皮普钦老太太,常常会变成托克丝小姐,也有时会变成他的姑妈。珀尔十分乐意再次闭上双眼,冷静地想看一看接下去会发生什么事。但是,把脑袋埋在自己手里的那个人,常常是刚离开又回来,一坐就是好长时间,他神情庄严,十分安静,从不说话,别人也不跟他说话,他难得抬起脸来,以致使衰弱无力的珀尔产生了怀疑:他究竟是不是一个真人?晚上看见有这么一个人影坐着,珀尔心里还直害怕。

"弗洛伊,那儿是什么?"

"你说的是哪儿,宝贝?"

"就在那儿!在床脚那一头。"

"什么也没有呀,只有爸爸!"

那人影抬起了头,站起身来,走到床边说:"我的亲儿子!你连我都不认得了吗?"

珀尔对他的脸看了很久,心想,这真是自己的爸爸吗?在他看来,这张脸可大大改变了模样,似乎堆满了痛苦,瞅着都令人毛骨悚然。他刚想伸出双手捧住它,把它拉近自己,那张脸早已从小床边上转开,并向房门口走去。

珀尔望着弗洛伦斯,心怦怦直跳,他知道姐姐会说什么,但他伸过小脸去,贴住了她的双唇。下一回,当他重新看到那张脸坐在床脚那一头时,他就对他说话。

"不要太为我难过了,亲爱的爸爸!我真的觉得很快活。"

他的爸爸走了过来,向他俯下身子,他的动作很快,没有先在床边稍事停留。珀尔抱住他的脖子,饱含热情地把同样的话向他重复了好几遍。此后,无论是白天还是黑夜,珀尔再也没有看见爸爸到他的房间里来过,但是他照样说道,"不要太为我难过了!我真的觉得很快活!"打从这时开始,他每天早上总是说自己好多了,人们也对他爸爸这样说。

那一汪金黄色的水又在墙上舞动了多少次?有多少个黑夜,那条阴沉沉、阴沉沉的河并不理睬他,只管向大海奔流而去?对此,珀尔从来也没有计算过,从来也不想把它弄清楚。如果说人们可以对他更加关心、他对人们可以更加领情的话,那么,一天又一天,人们对他确实更加慈爱,他对人们也更加感激了;然而现在,对于这个温雅有礼的孩子而言,未来的日子还有多长或多短,似乎已经不再重要了。

有一天晚上,他想到自己的母亲,想到楼下客厅里悬挂着的母亲的遗像,母亲感觉自己即将离开人世时,伸出双臂抱住弗洛伦斯,这么看来,她一定比父亲更加喜爱他那宝贝姐姐——因为就连他,作为如此热爱弗洛伦斯的她的弟弟,也没有比这更高的愿望了。一连串想法敦促他赶快提出这样一个问题:他见到过自己的母亲吗?因为他记不得人们曾告诉他见过与否了;大河迅速地奔流,惑乱了他的头脑。

"弗洛伊,我见到过妈妈吗?"

"没有,宝贝,你问这个干什么?"

"弗洛伊,在我还是个小娃娃的时候,有没有看见过一张像妈妈一样慈祥的脸,在看着我?"

他满腹怀疑地问道,似乎他眼前分明出现了某一个面影。

"噢,有的,宝贝!"

"那是谁的脸,弗洛伊?"

"那是你老奶妈的脸。你常常看见她的。"

"我的老奶妈现在在哪里?"珀尔说,"她也已经死了吗?弗洛伊,除了你以外,我们所有的人是不是都死了?"

房间里出现了一阵忙乱,也许忙乱了较长时间,但是情况也不过如此,接着一切又恢复了平静。弗洛伦斯,脸色惨白,但脸上仍呈现着微笑,让弟弟的头枕在她的胳臂上。但她的胳臂颤抖得非常厉害。

"我要见见我的老奶妈,弗洛伊,请你帮帮忙!"

"她不在这里,宝贝。她要明天才能来。"

"谢谢你,弗洛伊!"

说完这句话,珀尔闭上眼睛,睡着了。等他醒来时,日头高挂,白天暖和、明亮。他躺了一会儿,眼睛望着打开的窗户,窗帘在风中来回舞动、瑟瑟作响,他问姐姐,"弗洛伊,现在是明天了吗?她来了吗?"

好像已经派人去寻找她了。也许派去的是苏珊。当珀尔又闭上双眼时,他感觉得到,苏珊在对他说话,告诉他说,她很快就会回来的,但他并没有睁开眼睛看她。她说话算话——也有可能她根本就没有离开——但是,接下去发生的事就是楼梯上传来一阵脚步声,珀尔清醒过来了,身心两方面都醒来了,竟在床上坐了起来,坐得笔直。周围的人现在他都能看清楚了。夜里有时笼罩在他眼前的那层灰色的雾障消失了。他认识所有在场的人们,并一一叫出他们的名字。

有一个人走进来了,孩子望着那个人,脸上出现了灿烂的笑容,他问道,"这个人是谁呀?是我的老奶妈吗?"

是她,是她。哪还有别的陌生人会一看见他就热泪滚滚,喊他是她亲爱的孩子,她漂亮的孩子,她自己那病恹恹的可怜的孩子。除了她还有哪个妇女会俯身靠近病床,拿起他瘦骨嶙峋的小手,贴在自己的嘴唇上、胸膛上,就像她有爱抚这孩子的某种正当权利。还有哪个妇女会把周围的人们统统忘掉,而心里只装着珀尔和弗洛伊两个,对他们姐弟充满温情和怜惜。

"弗洛伊!这张脸多么慈祥,多么善良!"珀尔说,"我重新看到了她的脸,我真快活。我的老奶妈,可别离开呀!你待在这儿。"

他的感官都被激活了,他听到有人说起一个熟悉的名字。

"谁在说起'沃尔特'?"他说时环顾着四周,"有人说起沃尔特。他在吗?我很想见见他。"

没有人直接回答他的问话;然而,他的父亲却马上对苏珊说,"那就叫他回来吧,叫他上楼来!"接着是片刻的等待,在这段时间,珀尔微笑着怀着好奇心饶有兴趣地看着自己的奶妈,看到她没有把弗洛伊忘怀,这时有人把沃尔特领进了房间。沃尔特坦诚的脸、坦诚的行为、令人愉快的目光,使他成为珀尔始终喜爱的人;珀尔一见到他,手就向他伸了过去,一边说"再会!"

"再会,我的孩子!"皮普钦太太急急忙忙走到珀尔的床头说,"不跟我说再会吗?"

珀尔脸上带着若有所思的表情看了她一阵子,正如往昔,在壁炉一角那固定的角落里他常做的那样。"噢,要说的,"他平静地回答,"再会!亲爱的沃尔特,再会!"他转过脸去看沃尔特站立的地方,再一次向他伸过手去,"爸爸在哪儿?"

话还没有说完,他的面颊上就感觉到了父亲呼吸的气息。

"亲爱的爸爸,想着点儿沃尔特,"他低声嘱托,一面直视着父亲的脸,"想着点儿沃尔特,我喜欢沃尔特!"他那柔弱无力的手在空中一挥,这动作似乎又一次在向沃尔特呼喊一声"再会!"

"把我放平了躺下吧,"他说,"还有,弗洛伊,离我近点儿,让我看着你!"

姐弟俩的手臂交互搂抱在一起,金色的阳光涌进了房间,洒落在他俩紧紧拥抱的身体上。

"弗洛伊,河水在青青的河岸和灯心草之间流过,流得好快呀!不过,离大海已经很近了。我听到了海浪的声响!海浪总是在这样说话!"

过了一小会儿,他告诉她说,船在激流上行进,正在催他入睡。现在,河岸一片苍翠,点缀其间的花朵鲜明得耀眼,灯心草长得好高!现在船儿已流进了大海,行驶得非常平稳。他的眼前有一道高高耸立的海岸。站在岸上的那人是谁!——

他以祈祷时的习惯动作合上双掌。他这样做时并没有挪动胳臂;然而人们看见他双手合十的地方恰恰是在姐姐颈项的后面。

"妈妈长得和你很像,弗洛伊。看她的脸就知道是妈妈!不过,你要告诉他们,书院里楼梯边上那幅印制的圣像画还缺少点儿灵气。现在,圣像头上的灵光正在照耀着我上路!"

墙壁上又有那一汪金黄色的水重新泛起了涟漪,除此之外,房间里什么动静也没有。那古老又古老的风习!从我们的先民穿上第一件衣服时起,这样的风习就已经开始了,直至将来,当我们人类走完自己的途程,当无垠的苍穹就像书卷似的被卷起来,它也将持续不变。① 那古老又古老的风习——死亡!

噢,一切看到了那称为永生的更为古老的风习的人们,感谢上

---

① 典出《圣经·旧约·创世记》第 3 章 21 节"神为亚当和他妻子用皮子做衣服,给他们穿";《启示录》第 6 章 14 节"天就挪移,好像书卷被卷起来"。

帝吧！当湍急的河水载着我们奔向大海，儿童们的天使呀①，请不要用漠不关心的眼光俯视着我们吧！

---

① 典出《圣经·新约·马太福音》第18章10节"你们要小心，不可轻看这小子里的一个，我告诉你们，他们的使者在天上"。

第十七章 柯特船长为年轻人尽了一份心力

柯特船长打算把他以惊人天才设计出来的、用心深不可测的计划付诸实施。对于一个头脑简单得透明的人来说,想出这样的主意,倒也正常。他真的相信自己是个天纵之才,那个多事的星期日,他真的去了董贝先生的家。一路上,他不停地眨巴着眼睛,像是在为他那多得快要溢出来的满腹经纶寻找一个宣泄孔。当他和董贝府的门房陶林生目光交接时,他脚上那双熠熠生辉的短筒皮靴给他挣足了面子。但是,当他听陶林生向他讲述这个家庭即将遭遇的重大灾难时,柯特船长顿时感到问题棘手,于是又一次惊惶失措地扭转了航向。他对董贝一家留下通常的问候话,说是希望他们在眼下的处境中能顶得住风,并递上那束鲜花,作为他的一点小小的心意,以示关怀。离开时,他还友好地暗示说,自己明天会"再来看看"。

再也听不见船长的问候声。船长送的花束在大厅里摆放了一夜,第二天早晨就被扫进了垃圾筒。船长把一件倒霉事与更伟大的希望、更崇高的设想联系在一起的巧妙计划,也被击成碎片。当一场暴风雪摧毁山林,柔枝细条也和大树一起遭殃,都落得个荡然无存。

那个星期天晚上,沃尔特经历了那令人难忘的结局,又走了很远的路程,回到家里时,他先是急于要把刚才发生的事向他们倾诉,那情景自然会使他的心情十分激动,竟然没有注意到他的舅舅显然对他委托船长转达的那件要紧事还一无所知；他也没有注意到船长正在用钩子向他打暗号，警告他不要向舅舅谈到这个话题。即使你聚精会神地看，船长的暗号也说不上有很强的表现力，就像那些中国圣哲的书空一样，据说中国圣哲开会时，会在空中虚划文字，文字中包含着大学问，可惜谁也无法卒读。船长在空中书写出如此美妙的波浪形和花体的文字，谁要是事先没有掌握他的秘密，是完全无法看懂的。

然而，柯特船长总算逐渐明白了发生了什么事，知道在沃尔特远行之前，他想要和董贝先生作一次不拘形迹的闲谈，其可能性简直微乎其微，于是只好把他的计划放弃。他满脸沮丧、垂头丧气地暗自承认，即使有一位朋友事先作了明智的安排，也未能使事情真相得以澄清，使情况得到改善，他发现，按照目前的形势，沃尔特非走不可，这件事非告诉索尔·吉尔思不可。但是，与此同时，船长仍然认为他，内德·柯特，是和董贝先生打交道的适当人选，对此，他深信不疑；要想让沃尔特交上好运，什么条件都不缺，只要他和董贝先生能碰个头就行了。这是因为船长说什么也忘不了那次自己在布赖登和董贝先生相处得有多好；他俩有多么优雅、细腻，什么时候需要，什么时候就能说出最适当的字眼。他俩各自都能正确估量对方的品格。他也忘不了当他们第一次陷入困境时，是他，内德·柯特指明了该向谁寻求帮助，使那次谈话达到满意的结果。根据这一切理由，船长用这样的想法自我安慰：尽管内德·柯特迫于目前的情势，只得"袖手旁观"，几乎一无用处，但时机一到，内德将会高挂湿湿的风帆前来，并大获全胜。

在这类善意的妄想的影响下，当柯特船长坐在那里，眼望着沃尔特，听他讲述刚才发生的事，一滴泪落在他衬衫的领子上时，他甚至在心里琢磨：下次他遇见董贝先生的时候，如果他向董贝先生发出口头邀请，请他自定日子，到布列格巷来吃饭，等两人喝酒碰杯时,再把关于他年轻朋友前程的事引入话题,这样做是否既有绅士风度又足智多谋?但他又想,麦克斯丁格尔太太的脾气可是捉摸不定,举行宴会时,她可能会孤注一掷在走廊里闹事,发表一些不属于赞美性质的说教,一想到这里,船长慷慨好客的想法就戛然而止,从此再也不敢存此奢望。

当船长看到沃尔特心事重重地坐在那里,面前摆着的晚饭一口未尝时,他觉得有一件事情最明白不过,那就是:尽管沃尔特由于谦虚,自己并没有觉察到,其实他已经可以称为董贝先生家的一名成员了。在他无限感伤地描述的这次意外变故中,他本人就是一名参与者;有人记起了他的名字,称赞他,使他深深地介入其间;他的老板必然会对他另眼相看。如果说船长对自己的论断其实并不真正相信的话,那么有一点他是确信无疑的:他的论断对航海仪器制造商来说,将是极大的安慰。因此,他抓住这个有利时机,亲自向老朋友透露了沃尔特将前往西印度群岛就职的消息,把它说成是得到了一个非常显赫的职位。他还宣称,他要是有钱,他乐意拿出十万英镑为沃尔特前途无量作担保,他确信这项投资赢定了,一定会获得大奖。

索罗门·吉尔思听到这个消息,最初完全给弄蒙了,就像是他那间小小的后房遭到了雷击,把家庭壁炉无情地连根拔起。但是,船长让那金子般的迷人前景在他模糊的双眼前闪现,神秘兮兮地向他展示出威丁登式的结果;他还特别强调沃尔特刚才告诉他们的事;他充满自信地把它当成是足以说明自己预言绝对可靠的确凿证据,他还说,要实现浪漫传奇《可爱的佩格》,现在已经迈进了一大步;船长的话把老索尔搞糊涂了。至于沃尔特呢,他装出一副对前途充满希望和热情的样子,确信自己很快就能回家,他还用夸张的摇头晃脑和搓磨双手的动作来给柯特船长帮腔。索罗门先是看看外甥,然后又看看柯特船长,开始觉得自己应该欣喜若狂才是。

"你知道,我已经跟不上时代啦,"他用认错的口气说话时,紧张不安地用一只手从上到下挨个儿抚摸衣服上那排锃亮的纽扣,摸完一遍又摸一遍,就好像那些纽扣是祷告时数数用的念珠,他要一遍又一遍地向它们祝祷,"我宁愿要我那亲爱的孩子留在身边。这很可能已经是过时的概念了。他一直爱大海。他……"说到这里,他若有所思地望着沃尔特,"他乐意去。"

"索尔舅舅!"沃尔特赶快喊道,"你要是说这话,我就不去了。不,柯特船长,我不去了。哪怕果真委派我去当整个西印度群岛的总督,只要我舅舅会以为我乐意离开他,那也就足够了。我哪儿也不去了。"

"小沃,我的孩子,"船长说,"掌稳舵! 索尔·吉尔思,看看你的外甥吧。"

老索尔的目光随着船长铁钩子神奇动作的指示,转向了沃尔特。

"这里有一艘船,"船长说到这里,忽然文思泉涌,运用了比喻的说法,"正准备起航。那么船身上该漆上什么名字让它抹都抹不掉呢? 盖伊吗? 还是,"船长提高了嗓门,好像在提醒听话的人要注意重点所在,"还是吉尔思?"

"内德,"老人说时把沃尔特拉到身边,温柔地挽住他的手臂,"我知道。我知道。我当然知道小沃总是处处为我着想,关心我超过关心他自己。这一点我心里明白着呢。我说他乐意去,是希望他能够这样。不明白吗? 听着,内德,还有你小沃,我亲爱的孩子,也听着,这件事对我说来完全是新的、没有预料到的;我担心自己早已落伍了,而且贫穷,掉到了底。你们现在能不能告诉我,这件事真的能给他带来好运吗?"老人焦急地看看船长,又看看外甥说,"千真万确吗? 真是这样吗? 只要是对小沃有利的事,我差不多什么都能甘心接受,但是我不愿小沃为了我而陷入任何不利的状况,也不愿他向我隐瞒任何事实真相。你,内德·柯特!"老人说话时眼睛盯住了船长,弄得这位外交家狼狈不堪,"你没有在对老朋友耍花招吧?说出来呀,内德·柯特。是不是还隐瞒了什么?他真的应该去吗?这件事你怎么会第一个知道,为什么会这样?"

这是一场宣泄真情还是自我克制的交战,沃尔特的介入取得了奇妙的效果,使船长大大松了一口气;他们俩谈论着未来的计划,用不断对话的方法使老索尔得到了相当的宽慰,也可以说是把老人弄糊涂了,以至于任何事情,即使是离别的痛苦,在他心里也变成一片模糊了。

沃尔特没有充分的时间把事情好好衡量,就在第二天,他就从商行经理卡克先生那里拿到了此行必需的介绍信和置装费单据,同时经理还通知他,"子嗣号"航船约于两周后起航,最晚也顶多晚一两天左右。接下来就是匆匆忙忙置备行装,沃尔特故意尽量把这事搞得很热闹,使老人失去了残存的一点点清醒,于是离别时刻很快就到了。

船长对所有这一切都了如指掌,因为他每天都来向沃尔特探询,他发现时间正一点一点地过去,眼看沃尔特就要出发了,但是,仍然没有任何机会,看来也不像是有机会,能更好地了解沃尔特的真实处境究竟如何。他对这件事琢磨来琢磨去,尤其考虑到在不幸遭遇大变故的条件下该怎么办,船长突然想出了一个聪明的办法:也许他可以去拜访卡克先生,从他嘴里把真情实况套出来!

柯特船长非常喜欢这个办法。那是他在布列格巷的家里抽着早饭后那袋烟时,突然灵光一闪想出来的,那袋烟总算没有白白糟蹋了。做这件事能使他诚实的良心得到平安,因为,自从沃尔特向他吐露心曲,又听了索尔·吉尔思对他说的话,他心里总是稍稍有些不安;这将是他出于友谊做出的用心深刻、聪明狡黠的行动。他将会十分小心地探卡克先生的口气,揣摩那位绅士的秉性,看看他俩是否投缘对劲儿,再决定能对他说几分话。

这回他可不用担心沃尔特会在他眼前碍事儿了,因为他知道那孩子此刻正在家里收拾行装呢,于是柯特船长又一次穿上那双短筒皮靴,别上那枚纪念亡友的胸针,走出门去踏上第二次探险的征程。他这次要去的是做生意的地方,因此没有再买取悦于人的花束;不过,他还是在上衣纽孔上别了一朵小小的葵花,让自己带上几分乡间惬意的清新;再加上那根疙瘩儿噜苏的手杖和那顶加光便礼帽,他就带着这么一身打扮起航,朝董贝父子商行的营业处进发。

在附近一家小酒店里先喝下一杯热的掺水朗姆酒,把零乱的思想理清楚,趁着醺醺然的良好效果还没有蒸发掉,船长就冲出酒店院子,突然出现在珀奇先生的面前。

"好朋友,"船长用诱导的口吻说,"你们这里管事的人里有一位姓卡克的吧。"

珀奇先生承认确实有这么一个人,但是他作为在门口值班的听差,不得不告诉来客说,他上面那些管事的都很忙,千万甭想让他们放下手头的工作。

"听着,我的老弟,"船长趴在珀奇耳朵根上说,"我姓柯特。"

船长本来打算温柔地用铁钩子把珀奇钩过来,但是珀奇却躲闪开了,他倒不是存心不肯领情,而是霎时间想起:如果将这件武器突然向现正怀孕的珀奇太太一亮,那么她再次添丁的希望就都泡汤啦。

"如果能劳驾找个机会通报一声,说是柯特船长求见,"船长说,"那么我就在这里等。"

船长说着就在珀奇先生平日坐的托架上一屁股坐了下来,从夹在两膝间的加光便礼帽(帽子倒没有变形,因为没有人能压得扁它)顶端把手帕抽出来,把脑袋前前后后上下左右都擦了一遍,又显得容光焕发起来。然后他又用钩子梳理好头发,坐在那里环顾办公室各处,熟视着那里的员工,心中满怀敬意。

船长的安闲自若的态度真让人猜不透,他这个莫测高深的人物,在气势上还真把当听差的珀奇给镇住了。

"您刚才说大名叫什么?"珀奇先生弯下身来问坐在托架上的那位。

"船长。"柯特用深沉、沙哑的嗓门低声说。

"是。"珀奇先生说时点一下脑袋。

"柯特。"

"噢!"珀奇先生用同样的语调说,因为他已经不由自主地被船长迷人的外交手腕吸引住了,"我去看看他现在有没有空。我不知道他有没有空。也许他能抽出一分钟时间。"

"对呀,对呀,我的好伙计。我不会耽搁他太久的,顶多一分钟,"船长点头回答时,心里充分感觉到这一刻的极端重要。珀奇很快就回来说,"请柯特船长这边走,好吗?"

经理卡克先生站在壁炉前面的地毯上,那壁炉没有用来生火,却用做成城堡形状的棕色硬纸装饰起来。船长一进屋,卡克经理的眼睛就看着他,但对他并不特别感兴趣。

"你就是卡克先生吗?"柯特船长问道。

"我想是的。"卡克先生回答时,把满口牙齿都亮了出来。

船长见他回答时面带微笑,心里好喜欢;这让人看着感觉舒服。"你瞧,"船长说话时一直在慢慢转动眼珠子打量这间小小的办公室,除了衬衣硬领遮住的地方看不见外,其他地方都看清楚了,"我本人是个吃航海饭的人,卡克先生,而那个在贵商行职工簿册上有他名字的沃尔特,就像是我的儿子一样。"

"沃尔特·盖伊吗?"卡克先生说话时,又一次把满口牙齿都亮了出来。

"就是沃尔特·盖伊,"船长回答,"一点没错!"船长对卡克先生头脑之聪明、反应之灵敏表现出热情的赞赏。"我是他和他舅舅的亲密朋友。也许,"船长说,"也许你听见你们老板说起过我的名字吧?——我叫柯特船长。"

"没有!"卡克先生的牙齿亮出得更多了。

"好吧,是这么回事,"船长接着说,"我有幸结识你们老板。有一次,我和我那小朋友沃尔特一起在苏塞克斯郡海滨拜访过他,那时么……长话短说吧,需要借贷一小笔钱。"船长晃动脑袋说,他那样子既舒适、自在,又富于表情,"我想,这件事你还没有忘掉吧?"

"我想,"卡克先生说,"本人有幸具体安排了这笔借贷的事。"

"没错!"船长说,"千真万确!是你安排的。现在我冒昧地到这里来……"

"请你坐下来说好吗?"卡克先生微笑着说。

"谢谢你,"船长说话时趁势坐了下来,"人要是坐下来,说话的时候也许会更加自在,你自己不坐吗?"

"不,谢谢你,"经理说,也许他冬季时习惯站立,所以依旧背靠壁炉架子站着,他居高临下看着船长,好像他每一颗牙齿上、每一处牙床上都长着只眼睛,"你说你冒昧前来,准备说什么——可是,你什么也没说呀——"

"衷心感谢你,我的好朋友,"船长说,"我是为我的朋友沃尔特到这里来的。他的舅舅索尔·吉尔思是个科学家,在科学上他可称得上是一艘快速帆船,但总的说来他还不能说是一名能干的水手——不是个有实际经验的人。沃尔特是个品行端正的孩子;不过,他在某些方面也有船头吃水太深的毛病,那就是他的谦虚。现在我想对你说,"船长放低了嗓门,那嗡嗡的声音像是在说私房话,"说几句像朋友之间的知心话,只有你知我知,根据我的船位测试,等你们老板的船转个小弯儿,我就可以和他停靠在一起,有话直接同他说了。我想说的是,商行里是不是一切正常、运作顺畅? 沃尔特这趟出差到国外,是不是赶上了好风?"

"柯特船长,你在想什么呀?"卡克整一整上衣的下摆,摆好了姿势说,"你是个讲究实际的人,你究竟在想什么?"

船长回答时,朝上翻了个白眼,其中的含义以及他心情的急迫,除非是用前边提到过的那种不知道怎么发音的中国字,才能形容得出来。

"好吧!"船长受到无法言喻的鼓励,"你觉得怎么样? 我说对了,还是说错了?"

船长在卡克先生温雅微笑的鼓励和刺激下,用眼神表达了太多的信息,他觉得现在正是提出这个问题的最佳时机,正如他已经煞费苦心地说出了自己的感受。

"正确,"卡克先生说,"我一点儿都不怀疑。"

"那么,该说是出航正赶上好天气啰。"船长喊道。

卡克先生以微笑表示赞许。

"风恰好对准船尾,而且源源不断。"船长接着说。

卡克先生再一次以微笑表示赞许。

"对呀,对呀!"船长如释重负,心里着实高兴,"我早就知道船往哪儿去,知道得一清二楚;我对小沃就是这么说的嘛。谢谢,谢谢。"

"盖伊的前程无比远大,"卡克先生说话时嘴张得更开了,"整个世界展开在他面前。"

"正像俗话所说的:整个世界,再加上他的太太。"船长兴高采烈地说。

"太太"这个词是他没有考虑好脱口而出的,说完后他立即噤声,又朝上翻了个白眼,同时将他那顶加光便礼帽戴在疙疙瘩瘩的手杖上,旋转一下,并偷眼观察他那位始终微笑着的朋友。

"我敢拿一壶牙买加老酒打赌,"船长注视着卡克先生说,"我知道你为什么微笑。"

卡克先生接受了他的暗示,微笑得更加带劲了。

"八九不离十吧?"船长说时用他那根疙疙瘩瘩的手杖捅了一下门,看看它关紧了没有。

"分毫不差。"卡克先生说。

"也许你心里正想着那个大写的F①吧?"船长说。

对此,卡克先生没有加以否认。

"接下去是个l字母,还有个o字母吧?"船长说。

卡克先生继续微笑。

"我又说对了吧?"船长低声询问,他心中充满胜利的喜悦,额头上礼帽的印记也涨成一个通红的圆圈。

卡克先生仍然以微笑代替回答,可这回还点点头表示同意,船长站起来紧紧握住他的手,热烈地向他保证说,他俩都行驶在同一航向上,而他柯特船长,则早就在向那个目标行驶啦。船长说,"他最早认识她,就是在一种非同寻常的场合——你一定还记得,他是在大街上把她找到的,当时她几乎还是个小娃娃——从那时起,他就喜欢上了她,她也喜欢上了他,正如两个年轻人之间总会发生的那样。我们俩,我指的是我和索尔·吉尔思,一直在说:那俩孩子简直是天生一对、地成一双。"

一只猫、猴子、鬣狗,或者一个象征死亡的骷髅头,也不会像卡克先生在谈话进入这一阶段时,对船长一下子露出更多的牙齿。

"风和水一起向那儿流去,"满心喜悦的船长说,"你知道,风

---

① 指弗洛伦斯。

向和水流都朝着一个方向。你看吧,有朝一日他是会到达那里的!"

"一切如他所愿。"卡克先生说。

"到了那一天,你就瞧他怎样被拖船拉进港里去吧!"船长继续说,"啊,现在还有什么力量能够甩开他、任凭他漂流呢?"

"没有。"卡克先生回答。

"你又说对啦,"船长说时又一次紧紧握住他的手,"没有力量能甩开他。好!不用慌!一个儿子已经不在了,那个漂亮的小家伙。是不是啊?"

"是的,儿子不在了。"卡克顺着他的口气说。

"只要递句话,这儿就有个现成的儿子给你呢,"船长说,"一个有科学头脑的舅舅的外甥!索尔·吉尔思的外甥!沃尔特!早就在你们商行上班的沃尔特!而且,"说到这里,船长逐渐提高嗓门,最后迸出他早就准备好的一句引文,"他每天从索尔·吉尔思的家里走来,来到你的商行,来到你的胸怀。"①

船长在说出上述每一个短句时,都要用肘部轻轻地碰一碰卡克先生,这副自鸣得意的样子只有当他充分展示完自己舌灿莲花、聪明绝顶的本领、重新坐回靠椅、眼睛盯住对方时那兴高采烈的神情才能与之相称;他那件宽大的蓝上衣也随着这篇演讲杰作在胸间鼓荡而上下起伏,他的鼻翼也由于同样的原因而剧烈地抽搐着。

"我没说错吧?"船长说。

"柯特船长,"卡克先生说时,膝头一弯,向下蹲了一会儿,那样子很古怪,似乎暗暗高兴得要把整个身子缩成一团,"你对于沃尔特·盖伊的看法完全正确,绝对不差。我知道,我们俩的谈话是

---

① 这是英国哲学家、英语大师培根(1561—1626)在论及自己的《随笔》时所说的话。

不能向外透露的。"

"名誉担保!"船长插话说,"一个字也不透露。"

"不向他,也不向别人透露?"经理追问一句。

柯特船长皱皱眉,摇摇脑袋。

"说这番话只是为了使你自己满意,使你得到指引,当然啰,得到指引,"卡克先生重复了一遍,"指引你未来的行动。"

"这是我可以肯定的,我衷心感谢你。"船长说,经理的话他听得可仔细啦。

"我完全有把握说,这的确是事实。你抓准了这件事可能的发展前景。"

"至于说你的那位大老板,"船长说,"为什么我和他不能顺理成章地会谈一次呢。反正时间还来得及嘛。"

卡克先生的嘴张得很开,简直快从左耳朵根张到右耳朵根了,他重复船长的话,"时间还来得及。"其实他没有真的在说话,只是殷勤有礼地点着头,用舌头和嘴唇作出说这句话的样子。

"其实我早就知道,并且一直在说,沃尔特正在交好运呢。"船长说。

"正在交好运呢。"卡克先生又用同样的哑语方式重复这句话。

"至于说沃尔特就要出发作一次短短的航行这件事,我可以这么说吧,这是他风华正茂时应该做的事,是他在这家商行飞黄腾达的前程的第一步呀。"船长说。

"在这家商行飞黄腾达的前程。"卡克先生又用刚才那种哑语方式重复这句话。

"是啊,既然我知道得这么清楚,"船长接着说,"就不用慌不用忙,我心里舒坦着呢。"

卡克先生仍彬彬有礼地以无声的方式表示赞成,使柯特船长强烈地确信他是自己这辈子遇到过的最讨人喜欢的人物之一,有这样一位楷模在身边,就连董贝先生也会受益匪浅,变得更好。因此,船长怀着一颗最热诚的心,再一次伸出他那只巨手(把它比作一大块上了色的木材倒很恰当),紧紧地和卡克先生握了握手,在卡克先生细皮白肉的手掌中留下清晰的痕迹,那是他那只布满裂纹和疤痕的手掌的印记。

"再会了!"船长说,"我不是个爱唠叨的人,不过我要说,你这么友善,这么光明正大,真是个好心的人。如果我打扰了你,你也会原谅我的,是吧?"船长说。

"一点也没打扰。"对方说。

"谢谢你。我的住舱不算宽敞,"船长又转过身来说,"不过倒也还算舒适;如果你不论哪天偶尔走到布列格巷九号附近,——你把它记下来好吗?——要是你不理会门口的人所说的话,走上楼来,见到你我会感到自豪的。"

发出了如此慷慨的邀请后,船长就与经理告辞了,他走出房间,关上了门,留下卡克先生斜倚在壁炉架前。在他狡黠的眼神和对别人时刻防范的姿态里、在他张开来装出假笑但其实并没在笑的嘴巴里、在他一尘不染的领结和真正的颊须里,甚至在他用柔嫩的手轻轻抚摸自己的白衬衫和光滑的脸的动作里,都有某种与狸猫酷似之处。

对实情一无所知的船长走出门来,他得意洋洋,自命不凡,使他那件宽大的蓝上衣也显得挺括起来。"说话算话,内德!"船长自言自语道,"你今天为年轻人尽了一分心力,我的老伙计!"

船长心里有压抑不住的喜悦,再加上他觉得自己无论现在或将来都和商行十分亲近,所以当他走到外边那间屋子时,忍不住悄悄招呼一声珀奇先生,问他此刻是不是大家都还在忙着干活。要是有人已经把自己的活干完了,就不要对自己太苛刻了,船长凑着珀奇的耳朵悄声说,如果他想喝一杯掺水朗姆酒,此刻能跟他溜出去的话,那么他很乐意请客。

在离开商行营业处之前,船长以自己为中心,向四周环视了一遍,看一看营业处的全貌,这个营业处是一项与他那位年轻朋友密切相关的计划的一部分呀。贮藏金钱的保险库让他格外感兴趣,但他决不能有失态的表现,因此他控制好自己,只对它瞥了一眼,并且彬彬有礼地以保护人的姿态向全体职员亲切致意后,出门来到院子里。珀奇先生紧跟在他身后,他把珀奇领到一家小酒馆,把刚才答应的事兑了现——酒喝得再快不过,因为珀奇忙得很,实在耽搁不起。

"这杯酒祝你好运,"船长说,"沃尔特!"

"谁呀?"珀奇先生顺从地问道。

"沃尔特!"船长重复了一遍,声如雷鸣。

珀奇先生想起小时候听人说过,有一个诗人叫这个名字,因此他没有表示反对;不过,他觉得非常奇怪,不知船长为什么要特地进城来给一个诗人祝酒;要是船长提议在城里哪条大街上为某一位诗人(就譬如莎士比亚吧)立一座像,也不会使珀奇先生更加觉得闻所未闻了。总的说来,船长是个莫名其妙的神秘人物,因此珀奇先生决定根本不要在珀奇太太面前提到这个人,以免引起任何令人不愉快的后果。

船长心里仍留着自己已为年轻人尽了一分心力的鲜明记忆,因此那一整天,即使在最亲近的朋友面前,他也保持着一个莫名其妙的神秘人物的形象。在沃尔特看来,船长所以会眨巴眼睛、咧嘴一笑,还做出种种哑剧演员式的表情,是因为他俩出于好意,不让老索尔·吉尔思知道事情真相,结果真的把他瞒过了,因此船长感到满意;要是那样的话,到不了晚上,船长就会露出马脚的。然而,事实上船长最终也没有把那秘密说出来;他很晚才离开航海仪器制造商的家,一顶绷硬的加光便礼帽歪戴着,双眼炯炯有神,以致麦克斯丁格尔太太(她该是勃林茂博士的书院里培养出来的一名罗马女强人吧)一看见他就躲到临街那扇开着的大门的背后去了,一直不愿在她那一群给人们带来福气的孩子们的注视下出现,直到船长在自己房间里安顿好,她才走出来。

第十八章 父亲和女儿

　　董贝先生家里到处是一片死寂。仆人们上下楼时只听得衣服的瑟瑟声而听不见脚步声。他们常聚在一起聊天,吃饭时也要坐上好长一阵子,肉和酒吃喝得很多,用冷酷的、不虔诚的方式大饱口腹之欲。魏根大娘眼眶里饱含着泪水,讲述令人伤心的逸事;她对其他仆人们说,她早在皮普钦太太的幼儿园里就常常说,事情的结局会是这样;放在餐桌上的麦芽酒她喝得比平时多,她虽然神情非常忧伤,但变得更能合群了。女厨师的心情与她类似。她答应晚餐时准备一些油炸食品给大伙儿吃,她既要克服自己的伤感又要克服刺激人的洋葱气味儿。陶林生开始思索"人的命,天注定"的道理,并且希望有人能给他解答下列难题:住在拐角处的房子里,究竟会带来什么好处?他们全都觉得这似乎是发生已久的事;然而,这孩子还在屋里他那张小床上躺着呢,安安静静,漂漂亮亮。

　　天黑以后来了几位以前曾来过的客人,他们都穿着毡鞋,走起路来听不见一点声音;他们带来了长眠之具,让孩子睡进去似乎显得很奇怪。在整个这段时间里,始终不见那位遭受丧子之痛的父亲,就连贴身佣人也看不到他;因为家里有人来时,他总是坐在他那阴暗的房间里最深处的一角,除了有时在房间里踱步外,似乎始终不挪地方。但是,到了早晨,家里上上下下都在传说:有人听见他在寂静的深夜里走上楼去,待在那个房间里,一直待到阳光照射进来。

　　在城里的商行营业处,百叶窗遮得那些磨砂玻璃更加阴暗了;

白天的光线艰难地渗透进来,反倒使办公桌上亮着的灯光暗掉一半,同样,办公桌上的灯光也使白天的光线暗掉一半,于是屋子里更显得非同寻常的阴沉。其实也没有办成多少公事。职员们都不想工作;他们相约下午一起去吃排骨,再到河上去逛逛。听差珀奇出去送封信要耽搁很久;他的身影可以在小酒馆里找到,原来是他被朋友们请去,在那里高谈人世之无常。晚上,他回到位于博尔斯塘的家的时间比往常要早,并用小牛肉排和苏格兰麦芽酒款待珀奇太太。经理卡克先生不款待任何人;也没有任何人款待他;但他整天独自待在自己的房间里,亮出自己的牙齿;看那样子挡在卡克先生前进道路上的什么东西——某种障碍——似乎已经排除掉了,他的面前已是一片坦途。

董贝先生住宅对面的那一家,有一群面色如玫瑰般鲜艳的孩子,此刻他们正在透过育儿室的玻璃窗望着底下的街道;因为董贝家门口有四匹黑色的马,马匹头上都插着羽毛;它们拉动后面的车辆时,羽毛颤动着;车后走着一列佩带领巾、手持棍杖的男人,这景象吸引了一群围观的人们。街上那个玩杂耍的人刚打算把一只盆子快速旋转起来,此时又重新穿上那件宽松的大衣,遮住了他华丽的衣裳;他的妻子侧身抱着一个身体沉重的孩子,正步履艰难地走着,看见送葬的队伍走出来,不免也放慢脚步看起热闹来。当轻轻的灵柩很容易就抬出来时,她把她的孩子紧紧贴在她那脏兮兮的乳房上。对面高处玻璃窗前,面色如玫瑰般鲜艳的孩子中最小的那个女孩,看得实在高兴,不需要谁来阻止,这时她望着保姆的脸,伸出胖得带小坑的手指着下面问道"那是干什么的呀?"

现在,董贝先生的身影穿越一群身穿丧服的仆人和哭丧妇,走出门厅,来到停在门口供他专用的另一辆马车前。旁观的人们在想,他并没有被心中的痛苦和悲伤"打垮"。像已往一样,他走路时身子仍然挺得笔直,他的举止仍然傲慢生硬。他正视着前方,不需要用手帕遮住面孔。尽管脸上的表情依旧,但是他的脸有些凹陷、僵硬,而且苍白。他上了马车,在车座上坐好,跟在他身后上车的还有另外三位绅士。接着,盛大的送葬行列在街上缓缓前进。当玩杂耍的将盆子放在一根手杖上转动时,仍可望见插在马匹头上的羽毛在远处颤动,供同样一批围观的人群欣赏。但是,杂耍艺人的妻子端着钱箱收钱时却不如平时那样活跃了,因为孩子的葬礼引起她的思索,她想到:盖在她破烂披肩下的那个孩子,也许不能长大,不能头戴天蓝色的束发带,身穿橙红色的毛线裤,在泥地里翻筋斗了。

羽毛引领着阴气森森的行列沿着大街蜿蜒前行,进入可以听到教堂钟声的领域。这位漂亮的孩子正是在这座教堂里命名的,从今以后,他留在世上的只有一个名字而已。人们把他整个已死的身躯都安放在这里,紧紧挨着他母亲容易朽腐的遗骸旁。这样很好。他们的遗骸就躺在弗洛伦斯散步时能到达的地方,噢,多么孤独、寂寞的散步呀!哪天她想来就能来。

葬礼仪式结束了,牧师离去了,董贝先生向四周看望,低声问,他约见的那个人来了没有?他将就立墓碑的事对那个人有所指示。

有人走上前来说"来了。"

董贝先生指示来人说,墓碑应该立在什么位置;他一只手放在墙上,对那个人说明他所需要的墓碑的形制和尺寸大小;新立的墓碑应该和死者母亲的墓碑相一致。接着,他用铅笔在一张纸上写下铭文,把它递给那个刻碑匠,并说,"我要你立刻就赶制出来。"

"马上就做出来,先生。"

"你明白吧,除了姓名和年龄,什么也不用刻。"

那个人鞠了一躬,刚准备退下,看到纸上的字又犹豫起来。董贝先生没有注意到他的困惑,已经转过身子,向门口走去。

那人轻轻地碰一下董贝先生的丧服说,"请您原谅,先生;既然您希望立刻就把它赶制出来,我一回去马上就刻……"

"你想说什么?"

"是不是可以劳驾请您再看一遍?我觉得有一个地方写错了。"

"哪里错了?"

刻碑匠把那张纸递还给他,并掏出装在口袋里的尺子指着纸上的那几个字:"亲爱的、唯一的孩子。"

"先生,我看应该是'儿子'吧?"

"你说得对。当然。改过来吧。"

那位当父亲的,加快脚步,走到马车旁边。等到紧随其后的三个男人都在车座上坐好,他才第一次遮住了脸——用的是他那件斗篷。那一整天,别人再也没有看见他露出脸来。是他第一个下的车,下车后马上就走进他自己的房间。另外三位吊唁者,也就是戚克先生和两位保健医生,下了车就上楼进了客厅,受到戚克太太和托克丝小姐的接待。楼下那间房门紧闭的屋子里,那张脸什么模样?那人在想些什么?他的心灵感受、他的挣扎、他的痛苦:所有这一切,没有人知道。

楼底下厨房里的仆人们感受最深的是:"像是在度周末。"大门以外,人们照常干着各自的营生,穿着平时穿着的衣衫,尽管仆人们并不真正相信这些人表现恶劣,但总觉得有些不得体。窗帘拉上了,百叶窗放下了,那样子很新奇。仆人们闷声垂头在享受饮酒的乐趣,酒瓶随意钻开,一瓶接着一瓶,好像在度喜庆的假日。他们很有道德说教的意向。陶林生先生叹了一口气,建议说,"让我们大家都来改善自己吧!"女厨师也叹了一口气,接过话头说,"天知道,要改善的地方多着呢。"当天晚上,戚克太太和托克丝小姐又做起了针线活。也是在那天晚上,陶林生先生在一名女仆陪同下,出门去透透空气,那名女仆还没有试戴过丧服的女帽呢。两人一起散步到暗暗的街角,彼此很是亲密,陶林生有志于改变自己的生活处境,他想在牛津市场上当一名规规矩矩的蔬菜水果商,过上舒心的日子。

今天晚上,董贝先生睡眠较酣、睡意较深,他已经有很多个晚上没有好好睡上一觉了。朝阳把这座老宅唤醒,让它又恢复旧时的模样。对门邻居家那伙面色像玫瑰花般鲜妍的孩子,一边玩着滚铁环一边经过门口。教堂里举行一起排场十足的婚礼。城里另一处地方,杂耍艺人的妻子手拿着钱箱正在起劲地敛钱。石匠边唱着歌曲、边吹着口哨在面前的大理石板材上刻下"珀尔"的名字。

若是问:在这熙攘纷繁的人世间,丧失一个柔弱的生命,会在谁的心里挖出一道既深且广的沟,唯有那无垠的永恒才能把它填平呢?那么,也许伤心欲绝的、天真纯洁的弗洛伦斯会这样回答,"噢,我的弟弟!噢,我深深爱着他、并且深深被他所爱!我那被冷落的童年里唯一的友伴!难道少一分思念就会在你早逝的坟上投下一缕阳光,减弱那泪雨倾泻底下的悲伤,重新焕发出生命吗!"

"我亲爱的孩子,"戚克太太说,她觉得自己有不可推卸的责任对她因势利导,"等你长大,活到我这个岁数……"

"也就是精力旺盛的年龄。"托克丝小姐说。

"到了那个时候,"戚克太太接着说时,轻轻地在托克丝小姐手上捏了一捏,表示对她好心的话语完全赞同,"你就会知道,一切悲伤都是徒劳无益的,你的责任就是听天由命。"

"我会尽力这么做的,亲爱的姑妈。我会努力的。"弗洛伦斯一边抽泣一边说。

"听你这么说,我很高兴,"戚克太太说,"因为呀,我亲爱的,正如我们亲爱的托克丝小姐,——她有健全的理智和卓越的判断,从来一句顶一句,没有二话可说……"

"我亲爱的路易莎,要不了多久,我真的要犯骄傲的毛病啦。"托克丝小姐说。

"……她会告诉你,并用她的经历向你证实,"戚克太太接着说,"我们有责任在任何场合下都要努力。这是对我们的要求。如果任何——亲爱的,"她转过脸去对托克丝小姐说,"有一个词儿我想不起来了。愤……愤……"

"风度?"托克丝小姐建议说。

"不,不,不,"戚克太太说,"你怎么会想出这个词儿!天哪,这个词儿就在我舌头尖上。托……"

"分内的感情?"托克丝小姐怯生生地建议说。

"天哪,鲁克丽霞!"戚克太太说,"真是可笑极了!我想说的一个词儿是愤世嫉俗者。真叫糊涂!还分外的感情呢!我说,如果任何愤世嫉俗者当面向我提问'我们来到人世间为的是什么?'我就要这样回答,'为了要努力'。"

"说得真好,"托克丝小姐说,她朋友的观点独特新颖,使她深为感动,"非常好。"

"不幸的是,"戚克太太接着说,"我们有亲眼目睹的前车之鉴。我亲爱的孩子,我们有太多理由可以设想,在这个家里,如果那一次及时作出努力的话,那么一连串最令人难堪的、悲惨的事本来是可以避免的。什么托词也说服不了我,"这位好太太态度坚决地说,"我坚信,要是那一次可怜的、亲爱的范妮作出努力的话,那么我们那可怜的、亲爱的小宝贝至少在体质上会强壮一些。"

戚克太太一时之间也被激情所驱使;然而,为了给自己的教训树立一个实实在在的榜样,她在一声啜泣的中途,立即控制住自己,继续发表高论。

"所以说，弗洛伦斯，一定要让我们看到你还有点儿志气，而不是个只顾自己，让你那可怜的爸爸更加伤心的人。"

"亲爱的姑妈！"弗洛伦斯说时赶紧跪倒在她面前，以便更真挚地直视姑妈的脸，"多给我说说爸爸的情况。求求你多讲讲他吧！他是不是悲伤得心都碎了？"

托克丝小姐是个软心肠，小姑娘的恳求中有些东西使她十分感动。她从这个被轻忽的孩子的恳求中，看到的或许是与她死去的弟弟时常表现出的同样的深情关切；或许是一种爱，它渴望能围绕在那颗爱子之心的周围，当爱和痛可悲地混成一体时，它不堪忍受被排除在父亲的悲痛之外；也可能她只是看到小姑娘真挚、忘我的精神，尽管被轻忽、遭拒绝，仍在渴求那长期得不到酬答的柔情，在丧失亲人的寂寞荒凉中，在向父亲呼唤，她愿将爱给予父亲，只要得到些许回应，并从中求得安慰——不管托克丝小姐如何看待小姑娘的恳求，总之她受到了感动。一时间，她忘掉了戚克太太的威严，用急速的动作爱抚弗洛伦斯的面颊，然后转过脸去，没等那位贤明的主妇发出指令，她的眼泪就夺眶而出了。

戚克太太本人竟也一时间乱了方寸，失去了她非常引以自傲的沉着镇定；面对着弗洛伦斯年轻美丽的面庞——那面庞曾长久、坚定、耐心地注视着那张小小的病床——也张口结舌起来。等她恢复了平时说话的声音——那声音和她的沉着镇定是同义词，是一码事儿——她便神态庄重地回答：

"弗洛伦斯，我亲爱的孩子，你可怜的爸爸有时候是有点儿特别；要让我回答他究竟什么样，就是让我回答一个我自己也不懂的问题，我真不愿意不懂装懂。我相信自己对你爸爸的影响力比起任何人来都不差。尽管这样，我也只能说，他很少跟我说话；我只是偶尔能和他非常短暂地见上一两面，其实从遭遇变故以来，谁也难得见到他，因为他的房间老是黑灯瞎火的。我对你爸爸说过，

'珀尔'——这是我的原话——'珀尔!你为什么不服用点儿刺激兴奋剂呢?'你爸爸总是这么回答,'路易莎,请你离开我吧。我什么都不需要。让我独自待着还好一些。'哪怕明天要我在治安法官面前起誓,鲁克丽霞呀,"戚克太太说,"毫无疑问,我敢起誓说,这就是我当时说过的原话。"

托克丝小姐赞美她的朋友说,"我的路易莎说话做事总是那么有条不紊!"

"总而言之,弗洛伦斯,"她的姑妈接着说,"准确地说,迄今为止,我和你爸爸之间其实没有多少交流;今天我告诉你爸爸说,巴耐特爵士和斯开特尔司夫人为我们那可爱的孩子写来了一封情深意挚的便函!斯开特尔司夫人爱他就像……我的手帕哪儿去了?"

托克丝小姐把一块手帕递给了她。

"信写得真叫情深意挚,他们建议你到他们府上去住一阵子,好换换环境。我还对你爸爸说,我觉得托克丝小姐和我该回自己家去了(这件事他完全同意),我还问他,他是否不赞成你接受爵士夫妇的邀请。他说,'不,路易莎,我一点意见都没有!'"

弗洛伦斯抬起泪湿的眼睛。

"不过呢,弗洛伦斯,如果你现在宁愿待在自己家里,而不愿马上应邀去爵士府上作客,也不愿跟我到我家里去……"

"我宁愿待在自己家里,姑妈。"弗洛伦斯怯生生地回答。

"哎呀,孩子,"戚克太太说,"那么你可以待在自己家里。我必须说,这是个古怪的选择。不过你这个人从来就是古怪的。要是换了任何别的人,在你这样的年纪,家里又遭受了这样的变故——我亲爱的托克丝小姐,我的手帕不知道又弄到哪里去了——一定会乐意暂时离开这里,大家都会这样想。"

"我不愿让人们觉得,"弗洛伦斯说,"这座房子好像该遭众人回避似的。我不愿把他的、楼上的房间想成空荡荡、惨兮兮的,姑妈。现在我宁愿待在这里。噢,我的弟弟!噢,我的弟弟!"

这是自然的感情,是压抑不住的;尽管她用双手覆面,但激情之泪自会在双手的指缝中间流过。充满悲哀、不堪重负的胸怀有时必须找到这样的通道,否则的话,胸怀里那颗可怜巴巴、伤痕累累、孤独的心就会像一只小鸟扑动已经摧折的翅膀,最终陨落在尘埃里。

"好吧,孩子!"戚克太太歇了一歇又说,"我无论如何不会对你讲任何不仁慈的话,我想这一点你准知道。那么,你就待在这里做你愿意做的事吧。没有人会干涉你,弗洛伦斯,也没有人愿意来干涉你,这我敢肯定。"

弗洛伦斯悲哀地摇摇头表示同意。

"我已经及时地劝你可怜的爸爸说,他真该暂时改变一下生活常态,出去散散心,恢复恢复精神,"戚克太太说,"他就告诉我,他早就有意到乡间去住一段时间。我确实希望他能及早出发。但是,他的出发日期也不会太早。我想,这是因为发生了使我们大家都备受煎熬的这次变故后,他要对他的私人文书之类作出相应的安排——我想不起我那条搁哪儿啦:鲁克丽霞,把你的借给我,亲爱的——这件事够他在自己房间里忙上一两个晚上了。你的爸爸是个地地道道的董贝,孩子,如果世上真有这么一个好样儿的话,"戚克太太说时非常小心地用托克丝小姐手帕相对的两角擦拭双眼,"他会努力的。不用为他担心。"

"姑妈,难道我就不能为他,"弗洛伦斯用颤抖的声音说,"做点儿什么……"

"天哪,我亲爱的孩子,"戚克太太赶快打断她的话,"你在说什么呀?如果你爸爸对我说——我告诉你的是他的原话,'路易莎,我什么都不需要;让我独自待着还好一些'——那么你想他还会对你说什么？你决不要在他面前出头露面,孩子呀。这类事连想都不要想。"

"姑妈,"弗洛伦斯说,"我要去躺在自己的床上了。"

戚克太太赞成这一决定,并亲了她一下,好让她赶快离开。但是,托克丝小姐却借口寻找一条放错了地方的手帕,伴随她上了楼;在靠耍花招赢得的这短短几分钟时间里,她不顾苏珊·聂宝的从中作梗,尽量安慰这位小姑娘。因为聂宝小姐出于对女主人的赤胆忠心,把托克丝小姐贬低为一条流着虚伪眼泪的鳄鱼。不过,话得说回来,托克丝小姐的同情倒像是出于真心,它至少有这么一个长处,那就是这种同情并不出于私心——因为,她这样做并不能赢得任何人的青睐。

难道就没有一个比苏珊更亲更近的人,可以帮助、支撑那颗痛苦挣扎的心吗？难道就没有另一个人的颈项可供她搂抱、另一个人的脸可供她相对求助吗？难道就没有另一个人会在她创巨痛深之际,对她说上一句安慰的话吗？难道弗洛伦斯在这荒凉的人世间如此孤独,除苏珊外就什么都没有给她留下吗？没有。连遭丧失母亲和弟弟的打击——在丧失小珀尔后,她更体味到先前丧失母亲是她最大的损失、对她最沉重的打击——如今她只剩下苏珊这一个帮手了。噢,谁能诉说起初那些日子里,她是多么需要帮助呀！

起初那些日子,这座房子又回到了原先的生活轨道,除了仆人们和封闭在自己房间里的父亲外,宾朋们都离去了。弗洛伦斯什么事情都做不成,唯有哭泣,或是在屋里上下徘徊。有时她在孤寂中回忆起过去的一件事,突然感到心痛,便赶快回到自己房间里,拧紧双手,俯身将脸贴在床上,不知道从哪里寻求安慰,心里只感到那残酷无情的悲痛。这种情况通常发生在当某个处所、某件东西使她充满温情地回忆起弟弟来的时候;它使这座房子在起初那些日子里成为极度痛苦的场所。

然而,纯洁的爱不会长久无情地猛烈燃烧,因为这不符合它的本性。爱的火焰里含有尘土的杂质,它会把你的胸膛当庇护所,使你痛苦不堪;但你心中那来自天堂的圣火是温馨的,就像落在那聚集在一处的十二门徒头上的圣火,它为每一个门徒照见了他的兄弟,喜气洋洋、毫发无伤。① 当圣灵重新被唤回,弗洛伦斯很快又恢复了平静的面容、温柔的声音、对他人充满爱意、默默的信赖和宁静;尽管她仍然会哭泣,但声音更低了,更加依靠回忆来求得安慰。

不久以后,在那个宁静的老时间,那一汪金黄色的水又在墙上那个老地方舞动,而她平静的目光一直注视着它,直到它逐渐消退。不久以后,那个房间又得到她的频频光顾;她独自坐在那里,仍像往昔守护在小病床前时那样耐心和温柔。猛然间,她意识到病床已空,便跪倒在床前向上帝发出祷告,倾吐出全部的内心感情,愿上帝不要忘记她,能派一位天使来安慰她。

不久以后,在这座阴郁、凄凉的巨宅中,黄昏时分,又听到她低声吟唱那老歌,节奏缓慢,时而停顿,弟弟以前常把低垂的脑袋枕在她胳臂上倾听这支古老的曲子。在这以后,当天色完全黑了,房间里又有一小串乐音在颤动:轻柔地弹奏,轻柔地吟唱,与其说是真在重复弹唱,不如说是对那最后一夜的悲痛回忆,那天晚上她曾应弟弟的请求,弹唱了这支歌。然而,在阴暗的孤寂中,她重复、并不断重复着往昔的曲调;断续的旋律仍在琴键上颤动低吟,但柔美的嗓音却因哭泣而噎声。

就这样,她又有心留意针黹了,她以前在海滩上陪伴在弟弟身

---

① 参看《圣经·旧约·使徒行传》第2章,第1至4节。讲述耶稣基督死后,十二门徒聚集在一处,忽然圣灵以火的形式显现,降落在他们头上。

边时就十指不停地做这件针线活;现在重理旧业,为时并不太久——这件活似乎有灵性、通人情,而且熟识她的弟弟;在那间久已无人使用的房间里,她坐在窗户前,面对着母亲的肖像,消磨那刻骨思念的时光。

为什么她忧郁的目光会频频离开她做的活计,转而向那些像玫瑰似的孩子们那里望去?她们并不直接勾起她失去弟弟的联想;因为她们都是些女孩子,四个小姐妹。但是她们像她一样,也都已失去了母亲,只有父亲。

她们的父亲要是出门了,大家盼着他快回家,那是很容易看出来的,因为最大的那个女孩会衣着整齐地站在客厅窗前,或阳台上迎候他。他一出现,她期待的脸上就会欢快地发出灿烂的笑容,另外几个女孩也在高处的窗前企盼,她们一见爸爸就拍着小手,并敲打窗台,向他招呼。大姐姐会往下直奔门厅,握住爸爸的手,牵着他上楼;随后,弗洛伦斯总会看见她坐在爸爸身旁,或坐在爸爸腿上,或充满依恋地将双臂搂住爸爸的脖子和他谈话。尽管他们在一起似乎总是很快活,但他常会注视着女儿的脸,似乎在想,女儿长得多么像她已故的妈妈呀。看到这里,弗洛伦斯有时会不忍再往下看,会迸出眼泪,把脸藏在窗帘后面,似乎受到了惊吓,或是赶快从窗户前离开。尽管如此,她忍不住还会回到窗前来;她手中的活计会再一次掉落在地,而她竟毫不察觉。

对面那座房子很多年前已经没人居住了。闲置的时间实在很长了。终于在弗洛伦斯离家期间,那座房子经过重新装修以后,搬进来这一家;从此周围有了鸟鸣,有了鲜花;看来一切都恢复旧时模样。但她从来没有想到过这座房子。使她想到这座房子的关键是那几个孩子和她们的父亲。

透过开着的窗户,她可以看到对面那位父亲吃饭时的情景:孩子们和女教师或保姆一起下楼,围坐在大餐桌旁;那时还是暖和的夏季,天真稚气的语声和爽朗欢快的大笑飘过街来,钻进她坐着的那间令人悲哀丧气的房间,回响在她耳边。接着,她们连滚带爬地拥簇着爸爸上楼,爸爸坐进沙发,她们在他身边淘气,或是争着要坐在他的大腿上,几张玫瑰般的脸组成一个花束,一起听爸爸给她们讲故事。或是她们一起跑到阳台上去,这时弗洛伦斯就会赶紧把自己藏起来,生怕自己穿一身黑色丧服,独自坐在那里,如果让她们看见,会扫了她们的兴头。

妹妹们离去后,大女儿留下来给爸爸沏茶,坐下来陪爸爸聊天,有时在窗前,有时在房间里,直到送上蜡烛时分,那时候她就成了幸福的小管家!尽管她比弗洛伦斯还要小几岁,但她爸爸愿意由她做伴;她像个成年女性似的,或是看她那本小书,或是拿来针线盒做活计,那副认真和端庄的样子,真让人看着感觉舒服。他们屋里的蜡烛已经点亮,而弗洛伦斯的屋里仍漆黑一片,从黑屋子朝他们看过去,可以毫无顾忌了。但是,等到大女儿说"爸爸晚安",要去就寝时,弗洛伦斯会抬起头来望着那位爸爸,她浑身战栗,低声啜泣,再也看不下去了。

尽管如此,她在入睡之前,哼唱很久以前哄弟弟入睡时常常哼唱的简单曲调,或是其他低沉、婉转的片断旋律时,仍会一次又一次地停下,走回来观望对面那一家。但是,她想着并观察着这家对面邻居的事,是埋藏在她年轻胸怀中的一个秘密。

弗洛伦斯的胸怀,如此坦白、真诚的弗洛伦斯的胸怀,她无愧于弟弟给予她、并在临终时低声向她喃喃诉说的爱,她美丽的容貌以及她温柔的嗓音吐出的每一个字,都是她纯洁无瑕的内心的反映,那么她年轻的胸怀里是否还隐藏着另一个秘密呢?有。还隐藏着一个。

当屋里万籁俱寂,灯烛全部熄灭时,她会悄然离开自己的房间,走下楼梯,来到她父亲房间的门外,她的脚步没有发出一点声音。她怀着对爱的渴望,屏住呼吸,把脸、脑袋和嘴唇都紧紧贴在父亲的房门上。每天夜里,她的身体都蜷缩在父亲房门外那冰冷的石头地面上,想听到父亲呼吸的声音;她胸中怀着一个尽力抑制的心愿,希望父亲能允许她,他的孤独的孩子,向他表示些许爱意,允许她成为他的慰藉,向他表达女儿对父亲的温情,假如她有足够胆量的话,她会跪倒在他的脚下,恭顺地向他请求。

谁也不知道她的心。谁也没有想到这一切。那扇门总是关着的,他从里面把它关上了。他也有一两回从门里出来过,屋里上上下下都在传说他很快就要作一次下乡的旅行;但他仍旧独自生活在那些房间里,从没看过她,从没问起过她。也许他根本不知道她在这座房子里。

有一天,大约在珀尔的葬礼过去一周以后,弗洛伦斯正坐着做针线活,苏珊忽然出现,脸上的表情又像是在哭又像是在笑,她报告说来了一位客人。

"一位客人!苏珊,来看我的!"弗洛伦斯说时惊讶地抬眼看。

"啊,在这样的时候,确实有点儿怪,弗洛伊小姐,不是吗?"苏珊说,"不过我倒是希望有很多客人来看你,我真是这么想的,因为这样会让你好受些,我甚至觉得你和我应该赶快上老斯开特尔司家去,越快越好,小姐,这对我们俩都好,尽管我不爱活在人们扎堆子的地方,但我也不是一只躲在壳儿里的牡蛎呀。"

该为聂宝小姐说句公道话,她说这话主要是为她的小女主人着想,而不是为自己着想;这一点,看她的脸就知道了。

"你说的客人呢,苏珊。"弗洛伦斯说。

苏珊歇斯底里地放声笑,那笑声倒像是在哭,要说它是哭吧,又像是在笑,她回答道。

"涂茨先生!"

弗洛伦斯脸上出现了微笑但倏然间便消失了,她的眼中饱含着泪水。但不管怎么说,她微笑了,这让聂宝小姐非常满意。

"这恰恰就是我自己的心情,弗洛伊小姐,"苏珊说时扯起围裙擦擦眼睛,并摇摇头,"我在门厅里一看见那个痴子就大笑起来,后来才忍住了。"

苏珊·聂宝忍不住想把刚才那一幕再当场演一遍。但就在这个时候,涂茨先生不等别人通报,用指关节敲了敲门,踏着轻快的脚步进了房间,他是跟聂宝一起上楼的,对于自己所引起的反应浑然不觉。

"你好吗,董贝小姐?"涂茨先生说,"我很好,我感谢你;你身体好吗?"

世上也许能找到一两个比涂茨先生更聪明的人,但世上再也找不到比他更好的人了,他事先煞费苦心准备好这一长串能使弗洛伦斯和他本人感到宽慰的话。但是,他甚至还算不上真正进了门,还没来得及在椅子上坐下来,弗洛伦斯也还没来得及开口说话,他就发现自己已经非常不明智地把准备好的财富统统都挥霍掉了,于是他想:把那些话再说上一遍倒是个明智之举。

"你好吗,董贝小姐?"涂茨先生说,"我很好,我感谢你;你身体好吗?"

弗洛伦斯把手伸给他,并回答说她身体很好。

"我真的身体很好,"涂茨先生说时在一把椅子上坐了下来,"真的身体很好,说的是我。"涂茨先生想了一想又说,"我想不起来以前有什么时候身体更好了,谢谢你。"

"你能来真是太客气了,"弗洛伦斯说时拿起自己的针线活,"看到你我很高兴。"

涂茨先生的回应是一阵咯咯傻笑。他想这样可能过分活跃了,必须纠正,就发出一声叹息。但他又想这样可能过分忧伤了,必须纠正,就发出一阵咯咯傻笑。这两种回应方式,他自己都不十分满意,于是他觉得气儿都喘不匀实了。

"你对我亲爱的弟弟一直很好,"弗洛伦斯出于善良的天性,想帮他摆脱尴尬,就这样说,"他常常对我说起你。"

"噢,这算不了什么,"涂茨先生急忙说,"温暖,不是吗?"

"天气确实很好。"弗洛伦斯回答。

"和我的感觉一样!"涂茨先生说,"我现在的感觉比以前任何时候都好,我感谢你。"

说出这个出乎意料的古怪事实后,涂茨先生就不出一声,像是掉到一口深井里去了。

"我想,你已经离开勃林茂博士的书院了吧?"弗洛伦斯说,想把他从井里救上来。

"我希望是这样。"涂茨先生说完后像是又掉进去了。

他在井底下待着足足有十分多钟,显然遭到了灭顶之灾。过了这十多分钟,他突然站起身像是从井里冒了起来,说:

"好吧!董贝小姐,早安。"

"你要走了吗?"弗洛伦斯站起身来问道。

"不过,我还不知道。不,现在还不走,"涂茨先生说时又完全出乎意料地重新坐了下来,"事实是……我要说,董贝小姐!"

"不要怕和我说话,"弗洛伦斯说时露出文静的浅笑,"你要是和我说说我的弟弟,我会非常乐意听的。"

"不过,你会乐意听吗?"涂茨先生说时,他脸部每一丝皮肉都充满同情,要不是这样,那张脸就一无表情了,"可怜的董贝!我敢说,我做梦也没想到过,伯吉斯公司——我和他常常谈起的那家价钱十分昂贵的时装公司,会为了这个目的替我做这身衣服。"涂茨先生穿的是一身丧服,"可怜的董贝!我说!董贝小姐!"涂茨抽泣起来。

"是的。"弗洛伦斯说。

"有一个朋友,他直到最后还在惦记着。我想,你也许会乐意把它留下做纪念的。你还记得他始终放心不下第欧根尼吗?"

"噢,我记得!噢,我记得!"弗洛伦斯喊道。

"可怜的董贝!我也记得。"涂茨先生说。

涂茨先生看见弗洛伦斯在流泪,想把话题从这件事上扯开,但实在想不出办法,他几乎又要掉到深井中去了。幸亏一阵咯咯傻笑在井边儿上拽住了他。

"我说呀,"他接着说,"董贝小姐!要不是他们把它交给了我,我本来是会出上十个先令雇人把它偷出来的,我会这么干的,不过我想,他们乐意让我把它带走。如果你想要它,它就在大门口。我特意把它带给你。你知道,它不是适合女士豢养的那种狗,"涂茨先生说,"不过,这一点你不会介意,是吧?"

当他俩为了证实这一点,立即朝下面的街上看去;此刻第欧根尼其实也在一辆出租马车的车厢里,透过车窗朝外望。为了把它装进车厢运到这里来,还设下圈套假装要它去逮稻草堆里的耗子来着。说老实话,它一点儿都不像适合女士豢养的那种狗;由于它急着想从车厢里出来,便暴跳如雷,那副样子实在不可救药,它歪着嘴发出短促的猖猖吠叫声,随着每一声吠叫,它的身子都会往稻草堆里歪倒,接着又气喘吁吁地蹦跳起来,伸出大舌头,好像是在某个诊疗所里作健康检查似的。

尽管第欧根尼是一条人们在夏日里会碰到的那种滑稽可笑的狗;是一条其貌不扬、行动笨拙、走起路来跌跌撞撞的、圆脑袋的狗。它的行为始终被这样一个信念所支配,那就是:附近有一个敌人,对敌人狂吠就是建功立业;它远远算不上好脾气,当然也不聪明,鼻子的长相很滑稽,两只眼睛四周被长长的毛发挡得严严实实,那条狗尾巴和身子很不般配,而且嗓音还很粗哑;但是,由于珀尔临终时还惦念着它,曾嘱咐人们要好好照料它,所以在弗洛伦斯心目中,它比世上最宝贵、最漂亮的狗更加值得珍惜。确实如此,正是这条样子丑丑的、名叫第欧根尼的狗的来临,使弗洛伦斯如此高兴,她竟拿起涂茨先生戴着宝石戒指的手亲吻一下,以示感激。先得把第欧根尼从出租马车里放出来(这活儿可不轻松!);等它一脱身,就狂奔上楼,撞进了房间,在每一件家具底下钻进钻出,拴在它脖子上的那根长长的铁链缠绕在桌椅腿上,它一阵猛曳,它平时被毛发挡住的那双眼珠子异常显眼,因为瞪得几乎要从脑袋上掉出来了;它对向它套近乎的涂茨先生嗥叫;它不分青红皂白地向陶林生冲去,确信这家伙就是它一辈子在角落里团团转时向之狂吠、但一直找不到的那个敌人;弗洛伦斯喜欢它极了,把它当成畜生具有灵性的奇迹。

眼看自己带来的礼物大获成功,涂茨先生真是大喜过望,他看到弗洛伦斯俯下身去,用自己那只精致的小手将平第欧根尼那毛茸茸的脊背,那条狗倒也通情达理,自打第一眼结识它的新女主人开始,就甘愿接受她的爱抚,这情景让涂茨先生高兴极了,他觉得实在难以离开,毫无疑问,他需要更多时间才下得了决心向主人告辞,幸亏第欧根尼帮了他一把,那条狗突然想起要向涂茨先生发出吠叫,它张大嘴巴向涂茨先生发动短促突击。涂茨先生意识到,这攻击已使伯吉斯公司裁缝高超手艺制作出来的裤子岌岌可危,于是没等看到那条狗对自己示威的最后结果,他就咯咯傻笑着退到门口去了。他站在门口还漫无目标地向房间里回顾了两三次,每次回顾都招来第欧根尼新的突击,他终于出门离去了。

"过来呀,第!亲爱的第!跟你新的女主人交个朋友吧。让我俩互相喜爱吧,第!"弗洛伦斯说时伸手爱抚它那毛发蓬松的脑袋。身上多毛、脾气急躁的第欧根尼,它那毛茸茸的身子似乎能感知掉在上边的泪水,一滴滴清泪把它那颗义犬的心融化了,它伸出鼻子来亲她的脸,发出忠诚的誓言。

那条名叫第欧根尼的狗对弗洛伦斯所表达的,比那位同名的哲人对亚历山大大帝所诉说的话①更加清楚明白。它立即响应小女主人的任何指示,竭诚地为她效力。接着,马上在房间一角为它设下筵席,等它吃饱喝足以后,就来到弗洛伦斯坐着的窗户跟前,朝她看,它抬起身子支在后腿上,两只不雅观的前掌搭在她的双肩上,舐她的脸和双手,它那颗大脑袋贴近她的心,尾巴不停地晃动着,直到它感到困倦为止。最后,第欧根尼在女主人脚下蜷起身子睡着了。

聂宝小姐怕狗,进房间里来时,她觉得有必要仔细地把裙子提起来,在身上围成一圈儿,就像摸着石头过河;尽管如此,当第欧根尼一展开身子伸个懒腰时,她就吓得尖叫,站到椅子上面去了。她也以自己独特的方式被涂茨先生的好心肠所感动,看到弗洛伦斯有了小珀尔的这位粗笨朋友的依恋和陪伴,情绪竟然如此活跃,她心里不由得作出自己的评论,这使她的双眼涌出了泪水。她的思考中有一部分涉及董贝先生,也许她在联想中,把他和那条狗联系在一起了。总之,她在对第欧根尼及其女主人观察了整整一个晚上,以及好心地在女主人房门口的前厅里给第欧根尼铺了一个狗窝后,当她晚上和弗洛伦斯道别时,急忙告诉她说:

"弗洛伊小姐,你爸明儿早上就要出发啦。"

"苏珊,明儿早上吗?"

"对啦,小姐;就是这么吩咐的。一大早。"

"苏珊,你知道不知道,"弗洛伦斯问时,眼睛没有朝她看,"我爸准备到什么地方去?"

"不很清楚,小姐。他先去和那个宝货少校相会,我得说:要

---

① 传说哲学家第欧根尼曾见过亚历山大大帝,当时他正在测算阳光的投影,亚历山大问他有什么要求,第欧根尼回答说:"有的,请你挪挪身子,你挡住我的亮儿了。"

是我自己也认识个什么少校(老天不允许),那也不会是个脸皮铁青的。"

"别说了,苏珊!"弗洛伦斯柔声叮嘱道。

"唷,弗洛伊小姐,"聂宝小姐说,她义愤填膺,此刻比平时更不愿意把话头打住,"我忍不住要说,他是脸皮铁青嘛,只要我还是个基督徒,哪怕只是个小草民基督徒,我也只跟脸皮颜色正常的人做朋友,不然的话,宁可没有朋友。"

根据她所说的以及在楼下打听到的情况来看,是威克太太建议让少校陪伴董贝先生出去旅行,使生活有点变化,董贝先生经过考虑,对少校发出了邀请。

"还把他说成是变化,真的!"聂宝小姐无比轻蔑地自言自语地评论说,"他要是个变化的话,还不如给我一个固定不变的呢。"

"晚安,苏珊。"弗洛伦斯说。

"晚安,我亲爱的宝贝弗洛伊小姐。"

她充满同情的语调打动了那根经常被粗暴地触动的心弦,但是在她或其他人面前,弗洛伦斯从来没有听一听那根弦发出来的声音。现在只剩下弗洛伦斯一人了,她一只手扶住脑袋,另一只手压住鼓满悲伤的胸怀,总算可以尽情地和她的忧伤做伴了。

那一夜天阴雨湿;忧伤的雨不断坠落,奏出单调的、令人厌烦的声响。风缓慢地环绕在房屋周围吹,发出哀鸣,似乎充满痛苦和悲伤。树木颤抖着,发出尖锐刺耳的声音。她坐着哭泣,夜越来越深,午夜时分,传来教堂尖塔阴郁的钟声。

弗洛伦斯的年龄比孩子大不了多少,还不满十四周岁,在如此寂寥、如此阴郁的午夜,独自置身于死神新近以其不可阻挡的巨大身躯闯入过的巨宅中,比她大的人也会胡思乱想,莫名恐惧起来。然而,在她纯洁无瑕的想象中,只有一个主题,这个主题充溢其间,再也容不下恐惧了。她的心里只有爱,事实上这是一种找不到归属、白白浪费掉的爱,而她的爱永恒不变地朝向她的父亲。

雨的淅沥,风的呜咽,树的摇曳,钟的庄严的敲击,都不能动摇她的死心眼,不能减弱她对父亲的关切。她心中一刻也没有放下对已故爱弟的思念,它和她对父亲的爱是同一回事。啊,从那个不幸的时刻起,她就遭到排拒,简直无人答理,再也没有机会好好看看父亲的脸,或是触摸到他。

可怜的孩子,从那个不幸的时刻起,每天夜里,要不是先到她爸爸的门口走一遭,她就没法上床睡觉,事实上,她每天夜里都去。她现在那副样子就够怪的,在浓重的黑夜里蹑手蹑脚走下楼梯,在父亲门口驻足时眼前一片茫然,心在怦怦跳,头发披拂下垂而她一无所知;她只知把泪湿的脸贴在父亲房门的外边。然而,黑夜笼罩着这一景象,不让任何人知晓。

那天夜里,当弗洛伦斯触到那扇房门时,发现门是开着的。门开着,这可是头一遭,尽管只开着头发丝粗细的一道缝;房间里有亮光。压倒这胆小的女孩的第一个冲动,就是赶快退回。第二个冲动是再次走到房门口,并且走进去;这第二个冲动使她站在楼梯上犹豫不决。

门开着,尽管只开着头发丝粗细的一道缝,但这似乎就有了希望。看到一线光亮从中透出来,溜过黑暗、严峻的房门口,把一缕光线投射在大理石地板上,这似乎是对她的鼓励。她被心中的爱以及父女俩共同遭受、但并不相通的痛苦所驱使,转身往回走,不知道自己在做什么;她微微举起颤抖的手,推开门,悄然走了进去。

她的父亲坐在房间中间那张老桌子前。他正在整理文件,另有一些文件要销毁,面前有一堆撕毁的纸片。雨滴重重地打在外间屋的玻璃窗上,那是他在珀尔幼年时常常守护他那可怜的孩子的地方;窗外的风呜咽低吟,清晰可闻。

但他是听不见的。他坐着陷入沉思,眼睛盯在桌面上,不要说女儿轻柔的脚步声,即使是比它响得多的声音也不能引起他的注意。他的脸转向了她。在残灯的余照下,在残夜将尽时分,他的脸显得憔悴而沮丧;在围绕他的极度的孤寂中,有某种力量恰恰击中了弗洛伦斯的心。

"爸爸!爸爸!跟我说话,亲爱的爸爸!"

她的声音使他吃了一惊,从椅子上蹦了起来。她就近在身边,只要伸出手臂就够得着,但是他却往后退缩。

"怎么回事?"他严峻地说,"你为什么要到这里来?你害怕什么?"

要说有什么东西使她害怕,那就是转向她的那张脸。在那张脸的面前,他年轻女儿胸中热烈的爱冻结了,她眼望着爸爸站在那里,似乎霎时间变成了石头。

他的脸上没有一丝一毫的柔情或怜惜。没有一丝一毫的关怀、仁慈或亲情。脸上的表情是有某种变化,但不属于上述范围。往日的漠不关心和冷冷的紧张感已被某种东西所取代:那是什么东西?她没有想过,也不敢去想,但她感受到了它的威力,对它知道得很清楚,尽管说不出它的名字。当它面向她时,似乎朝她兜头降下一道阴影。

他是否迎面看到了儿子的对手,这个对手比他儿子更加健康、长寿?他是否迎面看到了他本人的对手,这个对手比他更能获取他儿子的爱?他是否被疯狂的妒忌和受触犯的骄傲所毒害,使他不能唤回那些本应使他珍爱女儿的美好的回忆。难道事实可能是这样的吗?当他看到女儿的美丽和前途光明时,竟会想到自己早夭的儿子,从而心生怨恨!

弗洛伦斯想不到这一切。然而,当爱遭到摒弃,失去希望时,她的心很快就觉察得到:当她站在那里望着父亲的脸,她心中的希望渐渐破灭了。

"我问你,弗洛伦斯,你是不是害怕?究竟出了什么事,才让你到这里来?"

"爸爸,我来是……"

"违反我的意愿。为什么?"

她看得出来他知道自己为什么要来:这明明写在他的脸上。于是她垂下头来,双手捂着脸,轻轻发出一阵拖长的悲泣。

在未来的岁月中,让他就在这个房间里,回忆起这声悲泣吧。还没等他开口说话,悲泣声就已在空中消散。他以为这声音很快就会从他头脑中消失,然而它还在那里。在未来的岁月中,让他就在这个房间里,回忆起这声悲泣吧!

他抓住她的手臂。他的手冷冷的、松松的,几乎没有贴着她的肉。

"我看,你一定困了,"他说时拿起了灯,把她领到门口,"想睡觉了。我们都要休息了。去吧,弗洛伦斯。你刚才一定是在做梦。"

她确实有一个梦,但此时此刻梦做完了,愿上帝帮助她吧!并且她感觉到这个梦再也不会回来了。

"我站在这里,让你就着亮光上楼。这里往上,这整座房子都是你的了,"她父亲缓慢地说,"现在你是这里的女主人了。晚安!"

她仍用手捂住脸在哭泣,只是回答道"晚安,亲爱的爸爸,"就悄悄地登上了楼梯。她回头看了一看,似乎想回到他的身边去,但是她不敢。这只是倏忽一闪的想法,太缺少希望,无法鼓起她的勇气。她父亲手持灯烛站在那里——僵硬、没有回应、毫无表情——直到他美丽的女儿那飘拂的衣裾在黑暗中消失。

在未来的岁月中,让他就在这个房间里,回忆起女儿那飘拂的衣裾吧。雨点滴落在屋顶上,风在大门外呜咽,它们所以奏出如此悲伤的调子,似乎具有先见之明。在未来的岁月中,让他就在这个房间里,回忆起那风雨的悲鸣吧!

他上一次站在同一地点,也曾眼看着她顺着弧形的楼梯往上走,那时她双臂间抱着她的弟弟。但此刻想起这件事来,却并不能让他的心向她靠近,反倒使他变得铁石心肠。他回到房间里,锁上门,坐到椅子上去,为失去儿子而哭泣。

第奥根尼完全清醒地待在它的岗位上,它正在等待它的小女主人。

"噢,第!噢,亲爱的第!为了他的缘故,请你爱我吧!"

第奥根尼早就为了她本人的缘故而爱她了,并且毫不顾忌地把它的爱尽情显示出来。它在前室里表演了一系列笨拙的蹦跳,把自己弄得无比可笑。当可怜的弗洛伦斯终于入睡,梦见对面邻居家那些玫瑰色的孩子时,它最终用前爪推开她卧室的门,把它的睡具拱成一个枕头,在木地板上躺了下来,它的系绳已被它尽量拉到最远的距离。它的头朝向她,懒洋洋地望着她,它是用眼睛的上端颠倒着看她的,随着眼睛一眨一眨,它自己也睡着了,梦见了它的敌人,因此在睡梦中还发出粗哑的吠叫声。

第十九章 沃尔特远行

航海仪器制造商门口的那个海军准尉木头像,就像小海军准尉本人一样硬心肠,他对沃尔特的远行全然漠不关心,甚至到了沃尔特在那间后房逗留的最后一天、最后一刻依然如此。木制海军准尉一只圆突突的黑眼睛仍瞄准着象限仪,脸上仍露出平时那种不屈不挠的乐观神情,像个顽皮的小精灵似的充分展示自己身上的紧身裤,正全神贯注地从事科学考察,对俗世事务毫不同情。迄今为止,他一直深受环境的影响,干旱天气,他一身尘土;多雾天气,他浑身落满点点煤烟;雨湿天气,他那身污秽的制服暂时被洗得鲜亮;大热天里,他身上晒出了疱疱;除去这些,他还是那个冷酷无情、自命不凡的海军准尉,只顾专心致志地探索发现,完全不注意自己身边的俗事,就像阿基米德没注意到叙拉古的陷落一样。①

至少在目前,家里遭受不顺心事的时候,门前的海军准尉看来就是那副模样。沃尔特平日无数次进进出出时,总会用和善的目光看看他;要是他不在家,可怜的老索尔总会走出来,身子挨着门柱,戴毛线软帽的疲惫的头颅尽量靠近他那行业和店铺的保护神的鞋扣。然而,即使是张开血盆大口的凶神恶煞或是用鹦鹉羽毛贴成鬼脸的邪恶偶像,对于自己那些尚未开化的善男信女们的恳求,也不会像木制海军准尉面对这家人对他的依恋征兆,表现出更

---

① 阿基米德(公元前287?—公元前212),古希腊物理学家兼数学家,晚年回到出生地意大利叙拉古,罗马军队入侵时,他正在专心致志地计算数学题,没有注意到城市已陷落,结果死于乱军之中。

加冷漠的态度了。

沃尔特环顾他熟悉的卧室,再看看高处那护墙和烟囱,感到心情沉重,他想:天早已黑了,这一夜再过去,他就要与这熟悉的地点分别了,也许还是永远的分别。他少量的藏书和藏画早已搬走,空落落的屋子冷冷地望着他,像是在责备他的背弃,并且预示着这里将会与以前大不相同。"再过几个小时,"沃尔特想,"我上小学时在这里做过的梦也将与这间熟悉的房子一样,不再为我所有。以后当我入睡,旧梦也许还会回来,也许有朝一日我还会醒着回到这里,但是我的梦至少不会进入别的主人的睡眠中,也许这里会先后来二十个主人,他们每一个都可能会改变、忽视或滥用这个房间。"

可是决不能把舅舅独自撇在小小的后房里呀,此刻他正一个人在那里面待着呢;因为柯特船长虽然是个粗汉倒很会体贴人,他虽然想来,但却没来,存心让他们甥舅俩在没有外人妨碍的情况下,说说体己话。所以沃尔特在忙完最后一天的公事、刚回到家后,就急忙下楼来陪他。

"舅舅,"他把一只手放在老人的肩膀上,用轻快的语气说,"你要我从巴巴多斯寄些什么东西回来?"

"希望,我亲爱的小沃。希望在进坟墓之前,我俩还能见上面。你就尽可能多寄给我一些希望吧。"

"舅舅,我一定会的:我有多得用不完的希望,太乐意寄给你了!至于说活的乌龟呀、给柯特船长调制五味酒用的柠檬呀、给你星期天吃的蜜饯水果呀,诸如此类的东西,舅舅呀,等我发了财,我会整船整船给你寄的。"

老索尔擦干眼镜片上的水渍,淡淡地微笑。

"这就对啦,舅舅!"沃尔特在他肩膀上轻轻拍了好几下,用愉快的口气说,"你在鼓励我!我也要鼓励你!舅舅,我俩要像明天早晨的云雀一样高兴,我俩要飞得像云雀一样高!至于说我的希望嘛,它们现正在眼睛看不见的地方歌唱呢。"

"小沃,我亲爱的孩子,"老人说,"我会尽力的,我会尽力的。"

"我知道,你说尽力,舅舅呀,"沃尔特发出令人愉快的笑声,"一定是把所有的力气都使出来啦。舅舅,你不会忘记要给我寄什么吧?"

"不会忘记的,小沃,不会的,"老人回答,"我会把听到的关于董贝小姐的所有消息都写信告诉你,这个可怜的乖孩子,如今只剩下她一个了。不过,小沃,我恐怕也不会听到很多。"

"啊,舅舅,让我来告诉你,"沃尔特稍稍犹豫了一下,说道,"我刚才去过那里。"

"啊,啊,是吗?"老人抬起眉毛和眉毛上的眼镜,喃喃地说。

"我不是去看她的,"沃尔特说,"不过我敢说,如果我提出要求的话,我本来是能见到她的,董贝先生不在城里;我只是去向苏珊道别一声。你知道,在当时那种场合,想起我最后一次见到董贝小姐时的情景,我想,我本来是会有勇气提出要求想要见她的。"

"是的,我的孩子,是的。"他舅舅克服了一时的走神,回答说。

"我就这样见到了她,"沃尔特说,"我指的是苏珊,我告诉她说,我明天就要出发远行了。我还说,舅舅,自从董贝小姐那天晚上在这里待过后,你一直关心她,总希望她身体健康心情愉快,总是以能够稍稍为她效劳而感到自豪和快乐;你知道,在当时那种场合,我想我应该这么说。你觉得我做得对不对?"

"对,我的孩子,对。"他舅舅还是用刚才的语气回答。

"我还加上一句,"沃尔特说,"如果她,我指的是苏珊,她本人或者通过李切子大娘或别的什么人,来告诉你说,董贝小姐确实身体健康心情愉快,你会非常感激,并且写信把这些话统统告诉我,我也会非常感激的。啊!说老实话,舅舅呀,"沃尔特说,"我一直在考虑去还是不去,我昨天几乎整夜都没有睡觉;直到出门时还没有打定主意;不过我敢肯定这是我内心真实的感情,要是不把它说出来,今后想起来会十分难过的。"

他的声音和态度足以证明他的真诚,所说的都是由衷之言。

"所以说,舅舅,你要是见到她,"沃尔特说,"这回我说的是董贝小姐,——也许你会见到她的,谁知道见不见得到呢! ——请告诉她,我非常同情她;我在这里的时候常常想到她;在我即将离去的最后那个晚上,舅舅,我是怎样眼中饱含着泪水在谈论她。请告诉她,我说过我永远忘不了她端庄的风度、美丽的面容,以及她那温柔善良的天性,这比一切更美好。还有就是那双鞋子,我不是从一位成年妇女或年轻女士那儿得来的,而是从一个天真纯洁的小女孩那儿得来的,"沃尔特说,"如果你不介意,舅舅,请告诉她,我一直保藏着那鞋——她一定会记得,那天晚上,那双鞋子常常从她脚上掉下来——我当成纪念品把它们带走了!"

他说话时,装着那双鞋子的一只行李箱,恰好搬到了门口。一名脚夫正在把沃尔特的行李放在门外一辆手推车上,准备送往码头,装上"子嗣号"航船,因此那双鞋现在归这名脚夫掌控;行李的主人话音未落,这些行李就已在麻木不仁的海军准尉的眼皮底下给推走了。

这位老练的水手眼看着那件珍宝随车轮滚滚而去却无动于衷,也许还情有可原。因为,与此同时,弗洛伦斯和苏珊·聂宝完全进入他高度警惕的监视范围之内,正好在他眼皮底下:弗洛伦斯有些胆怯地抬眼望着他的脸,看到他那木头眼睛里露出的惊愕神情!

这还不算完,她俩走进了店堂,在进入起居室之前,除了木制海军准尉外,谁也没有注意到她们。那时,沃尔特背向着房门,根本不知道有人进来,只见他舅舅从他坐的那把椅子里蹦出来,还险些被另一把椅子绊倒。

"怎么啦,舅舅!"沃尔特喊道,"怎么回事呀?"

索罗门老人回答说,"董贝小姐!"

"怎么可能呢?"沃尔特说时环顾四周,这一回他自己也蹦了起来,"上这儿来!"

啊,不但可能而且千真万确,他的话音未落,弗洛伦斯就迅速越过了他的身边;她双手抓住索尔舅舅上衣两边的黄褐色翻领,亲吻他的脸颊;她转过身来,以她特有的纯真、庄重的态度,把手伸给沃尔特,世上没有任何别人有她这份纯真和庄重!

"你要走啦,沃尔特!"弗洛伦斯说。

"是的,董贝小姐,"他回答,他努力想使自己的口气显得充满希望,但并不成功,"我就要出发远行了。"

"你的舅舅,"弗洛伦斯回头看索罗门一眼说,"我敢肯定,为你的远行感到难过。啊!我从他脸上看出来了!亲爱的沃尔特,我也感到非常难过。"

"老天爷知道,"聂宝小姐喊道,"如果要多派人去的话,我们能找出很多替换的人手,如果缺监工,派皮普钦太太去可是一把好手,比和她身体一般重的金子还值钱呢,要是需要关于黑奴的知识,那么派勃林茂一家子去才合适。"

聂宝小姐说着话就解下她那顶无边小圆软帽,她神情恍惚地对桌上日常用的那把黑茶壶看了一阵子后,便摇摇头、摇摇那只锡茶叶罐,也不用人吩咐就主动沏起茶来了。

与此同时,弗洛伦斯又转身朝向那位对她充满惊羡的仪器制造商。"都长这么大了!"老索尔说,"越长越美好!可是又没变!和以前一模一样!"

"真的吗!"弗洛伦斯说。

"对……对啊,"老索尔慢条斯理地磨擦着双手思索着这个问题,不由自主地嘴巴发出声来,这时那双正望着他的明亮的眼睛里显现出的忧虑表情引起了他的注意,"对啊,你小时候脸上也有这样的表情!"

"你还记得我?"弗洛伦斯微笑说,"那时候我还是怎样一个小不点儿呀!"

"我亲爱的小姐,"仪器制造商说,"我怎么能忘记你呢,从那时起,我常常记挂着你,也常常会听到你的消息!事实上,就在刚才你进门的一刻,小沃正在向我说起你,还给你捎话呢,而且……"

"他说起我了吗?"弗洛伦斯说,"谢谢你,沃尔特!噢,谢谢你,沃尔特!我担心你会想都没想到我就这样走了。"说时她态度自然、情意诚挚地再次把纤手伸给他,沃尔特把它握了一会儿,实在有点舍不得放开。

然而沃尔特握她纤手的时间也许还没有曾经有过的那一次长,手的接触也没有唤起他儿时的白日梦,这些梦有时会以模糊、零碎的形状在他心头掠过,直至近日依然如此。她纯洁、天真的模样惹人喜爱;深埋在她坚贞的目光中、焕发在她美丽的脸庞上,但被忧郁的微笑(可叹呀,那是非常忧郁的微笑,使她的美丽无法充分焕发出来!)所笼罩的是她对他的完全信任,以及那无需掩饰的关切。这一切并不属于传奇性质。它使沃尔特回想起当她俯身靠近夭折的弟弟的病床时,那孩子所表露出的对她的爱。这些回想像翅膀一样驾起她高高飞翔,飞向他贫薄的想象力无法企及的更加洁净、更加宁静的天空。

弗洛伦斯对老人说:"我——我恐怕该称你为沃尔特的舅舅,要是你允许我这样称呼你的话。"

"我亲爱的小姐,"老索尔喊道,"允许你!天哪!"

"我们说起你来总是用这个称呼,"弗洛伦斯说时环顾四周,轻轻地叹息,"这间让人感觉舒服的老起居室!一点儿都没有变!我记得多清楚呀!"

老索尔先是看看她,接着又看看自己的外甥,搓搓双手,又擦擦眼镜,低声说,"啊!时光,时光,时光!"

接下去的片刻谁都没说话:这时苏珊·聂宝以灵巧的动作从碗柜里另外取出两只带茶碟的茶杯,若有所思地等着茶泡好。

"我想要告诉沃尔特的舅舅的,"弗洛伦斯说时羞怯地把手搁在老人放在桌上的手上,以便引起他的注意,"是一些令我担心的事。他很快就要被撇下只剩独自一人了,假如他能允许我——不是代替沃尔特的位置,因为我做不到,只是在沃尔特离开的这段时间里,作为沃尔特的真诚朋友,可以竭尽所能地帮助他的舅舅,那么我真的会非常感激他。你能允许我吗?我能这么做吗,沃尔特的舅舅?"

航海仪器制造商没有说话,只是捧起她的手来亲吻。看来苏珊·聂宝自封主席了,她交叉着手臂大模大样地仰坐在一把主席椅里,此时她正咬住软帽帽带的一端,在仰望着天窗,并轻轻地发出一声叹息。

"我能来的时候,你会允许我来看你,"弗洛伦斯说,"你会把有关你和沃尔特的情况全都告诉我;如果我来不了而苏珊来时,你不会对她保留什么秘密,只会相信我们、信赖我们,对我们完全放心。你会把我们当成你的安慰吗?会不会,沃尔特的舅舅?"

面对着她那可爱的脸庞、文雅的恳求的眼睛、温柔的声音,以及在他手臂上轻轻的一触,使这女孩对他这种年龄的人的尊重和敬爱,弥漫着一股既犹豫不定又温雅得体的氛围,从而变得更为感人,——这一切,再加上她出自天性的诚挚,把这位上了年纪的可怜的航海仪器制造商完全征服了,他只是说:

"小沃,我的宝贝,替我说句话。我非常感谢呀。"

"不,沃尔特,"弗洛伦斯平静地微笑着说,"请你不要替他讲话。我深深地理解他,我俩必须学会在没有你的情况下彼此交流,亲爱的沃尔特。"

她说最后那句话时口气里的遗憾,使沃尔特比其他所有的人更为感动。

"弗洛伦斯小姐,"他回答时竭力想恢复他和舅舅说话时所保持的那种愉快神态,"我敢肯定,如果要对你的这番好意表示感谢的话,我比舅舅更不知道该说什么是好。总而言之,即使我有权力说上一个钟头,除了说这就是你为人的本色以外,我还能说什么呢?"

苏珊·聂宝开始咬起她软帽帽带的另一端来了,此时她对着天窗点点头,以示对沃尔特所表达的情愫的赞许。

"噢!沃尔特,"弗洛伦斯说,"不过在你走之前,我还有话想当面对你说,要是你愿意,请你务必要叫我弗洛伦斯,不要像个陌生人似的称呼我。"

"像个陌生人!"沃尔特喊道,"不。我决不会用陌生人的口气对你说话的。这一点我可以肯定,至少我不会觉得自己像个陌生人。"

"唉,这样还不够,我不是这个意思。因为,沃尔特呀,"弗洛伦斯说时迸发出眼泪,"他非常喜欢你,他临终时说他喜爱你,还嘱咐说'别忘了沃尔特!'现在他已逝去,我在人世间已经没有亲手足了,沃尔特呀,如果你愿意做我的哥哥,我一辈子都会做你的妹妹,无论我们身在何方,我都会挂念着你!亲爱的沃尔特,这就是我想说的,可是我不能把我心里的意思充分表达出来,因为我的心情太激动了。"

她可爱而单纯的心中洋溢着丰富的感情,她把双手都伸向了他。沃尔特俯下身子接触到了她那被泪水沾湿的脸,她没有扭过头去躲避,也没有脸红,而是抬头正视着他,充满信任和真诚的感情。在那一刻,沃尔特心头的一切忧虑不安都云消雾散了。他似乎是在那男孩临终的病榻旁边对她天真纯洁的请求作出回应,就凭他曾亲眼目睹的那个庄严场合,他宣誓:在他放逐到异国他乡的整个期间,他都要像兄长一样关怀她,维护她的形象;把她单纯的信赖珍藏在心,不容侵害;要是他用任何不同于她在给予他充分信任时的想法来玷污这种信任,那么他就将把自己认作是个卑鄙小人。

在此期间,苏珊·聂宝将她软帽帽带的两端都咬在嘴里,并向天窗大量抒发自己的感情。这时她改换话题,询问大家谁要牛奶、谁要方糖;把各人的需要弄清楚后,就给大家倒上茶。他们四人热热闹闹围坐在小桌旁,在年轻的聂宝小姐的热心照料下饮茶;弗洛伦斯在后房出现,使挂在墙上的那幅张着帆的鞑靼快速战舰图都增光不少。

仅仅在半小时以前,沃尔特是无论如何也不敢对弗洛伦斯直呼其名的。但是,既经她本人请求,现在他可以这么做了。当他想起她上这里来时,再也不必暗自忧虑,觉得她还是不来的好。他可以平心静气地这样想:她是多么美丽,未来多么光明,将来有一天,某位幸运的男子会在她美好的心田里找到一个多么美好的安乐窝。他可以怀着自豪琢磨自己在她心中所占据的位置;即使他此刻仍觉得那个位置太高、并不是他该得的,但他已具有了攀登的勇气,决心今后使自己越来越和那个位置相称。

苏珊·聂宝沏茶时,那双手跟前准围绕着一团什么仙气,使后房里人们的对话,弥漫在平和宁静的氛围中。但是索尔舅舅的航海精密时计的表针周围却弥漫着一股完全相反的气氛,它们运行的速度比顺风急驶的鞑靼快速战舰还要快。这些姑且不去管它,但来客还有一辆马车停在近处一个安静的角落里呢;大家偶然看一眼那座航海精密时计,它明确表示说,那辆马车已经等待很长时间了,这个意见无可置疑,尤其因为它可是这方面的权威呀。即使索尔舅舅要根据自己制作的时计报出的时间上绞架,他也决不会承认那座时计走快了几分之一秒。

临行前,弗洛伦斯把她刚才对老人讲过的话又完整地重述了一遍,并敦促他遵守他俩的约定。索尔舅舅满怀深情地一直把她送到木制海军准尉的大腿底下,在那里把两位客人交给沃尔特,由他护送她和苏珊·聂宝到马车跟前。

"沃尔特,"弗洛伦斯在途中说,"我不敢当着你舅舅的面问你,你是不是认为自己会在那边待很久呢?"

"说实话,"沃尔特说,"我也不知道。我怕事实正是这样。董贝先生在指派我到那里去的时候,我想,已经把意思表达得够清楚的了。"

"是给你的一种恩惠吗,沃尔特?"弗洛伦斯犹豫片刻后急切地望着他的脸问道。

"你是指派我到那里去这件事吗?"沃尔特问道。

"是的。"

沃尔特巴不得能找到点儿正面回答的理由,可是还没等他张嘴,他的脸就已经作出了回答,而弗洛伦斯的注意力高度集中,决不会把答案理解错的。

"我恐怕你从来也不是爸爸赏识的人。"她怯生生地说。

"我找不出自己会受赏识的任何理由。"沃尔特微笑着说。

"真没有理由吗,沃尔特!"

"真的没有,"沃尔特说,他知道她话里的意思,"商行的雇员很多。在董贝先生和像我这样的年轻人之间,隔得很远,差好多层次呢。如果我忠于职守,那也只是做了我应该做的事,并不比所有其他人做得更多。"

弗洛伦斯心里是否存在她本人也几乎没有觉察到的某种疑虑？不久前的那天夜里，她下楼来到父亲的房间，从那个时候起，一个模模糊糊、隐隐约约的疑虑就已经成形，那就是：沃尔特由于偶然原因早就认识她、对她感兴趣这件事，却使他招致董贝先生强烈的厌恶和不快。沃尔特是否意识到或倏然想到此时此刻她心里会出现这样的想法呢？他们俩谁都没有暗示这一点，在短短一段时间里，谁都没有说话。苏珊在沃尔特另一侧走动，眼睛仔细地盯着他俩；聂宝小姐的思路肯定是朝这个方向走的，而且她还非常自信。

"你很快就会回来的，"弗洛伦斯说，"也许吧，沃尔特。"

"我会回来的，"沃尔特说，"也许那时候我已经是个老头子了，而且发现你已经是个老太太了。不过我希望情况会好些。"

"爸爸，"弗洛伦斯停了片刻说，"会——会从悲痛中恢复过来的，也许有一天会比较随意地和我交谈；要是他能这样，我就会对他说，我非常希望看见你回来，请求他为了我的缘故把你召回。"

说到她的父亲，她的话里带有一种非常感人的情调，对此沃尔特充分理解。

马车已近在咫尺，他本来会默默无语地离开她的，因为他此刻才真正尝到了离别的滋味；但是弗洛伦斯在坐下来的一刻，握住了他的手，他发现她手里有一只小小的钱包。

"沃尔特，"她说话时，那双充满深情的眼睛正视着他，"我像你一样，也盼望着情况会越来越好。我要为好事祈祷，相信好事一定会出现。我亲手制作这件小小的礼物本来是准备送给珀尔的。请你把它带走，连同我的爱，不过要在离去以后才许你看。好吧，上帝保佑你，沃尔特！别忘记我。你是我的哥哥，亲爱的！"

他很高兴看到苏珊·聂宝此时来到，占的位置恰好把他俩隔开，不然的话，就会让她对自己留下一个伤心的记忆。同时他也高兴看到弗洛伦斯没有再次从马车车窗向外张望,只是用纤手向他招手道别,直到他看不见时为止。

尽管她嘱咐过他,但是当天晚上,他回到家,在上床睡觉以前,还是忍不住打开钱包看。那是一只小钱包,里面装着钱。

第二天早晨,太阳从它所去的绝域异邦返回,又升起来了,发出万丈光芒。沃尔特伴随太阳一同起床,迎接早已来到门口的船长。柯特船长提早出门,为的是趁麦克斯丁格尔太太还在酣睡就起航。他装出一副兴高采烈的样子,蓝上衣口袋里放着一块熏得很透的舌头肉,那就是他的早餐。

"小沃呀,"两人在桌子前就座后,船长说,"要是我没把你舅舅看错的话,那么在今天这样的场合,他准会把最后那一瓶马德拉酒拿出来。"

"不,不,内德,"老人说,"不!那瓶酒要等沃尔特回家时才能拿出来。"

"说得好!"船长喊道,"听他说的!"

"它躺着呢,"索尔·吉尔思说,"躺在小小的地窖里,盖满灰尘和蛛网。内德呀,在它重见天日之前,你我身上也许早就盖满灰尘和蛛网了。"

"听他说的!"船长喊道,"多好的道德教训!小沃,我的孩子。修齐无花果使他走当行的道,就是到老坐在它的树荫下。① 仔细查查……算了,"船长再想想又说,"我不敢十分肯定它的出处,你如果找到了,就把它记下来。索尔·吉尔思,重新把船往前开!"

"不过,内德,应该让那瓶酒,在窖里或在别处躺着,一直等到小沃回来才能喝,"老人说,"这就是我想说的。"

---

① 船长把两处《圣经·旧约》引文混成一句。一处是《箴言》第 22 章第 6 节 "教养孩童使他走当行的道,就是到老也不偏离"。另一处是《弥迦书》第 4 章第 4 节 "人人都要坐在自己……无花果树下"。

"说得好,"船长说,"如果我们仨不在一起打开这瓶酒,我允许你们俩把我的那一份都喝掉!"

尽管船长表现出分外高兴的样子,但他带的那块烟熏舌头肉只消耗下去一小点儿,当有人看着他时,他还做出一副吃得津津有味的样子。他还非常害怕单独面对他们甥舅中的任何一个;他似乎觉得自己保持表面从容的唯一办法就是:三个人始终待在一起。心里害怕竟迫使船长在索罗门走去穿上衣时,采用逃避的妙计,他借口说看见一辆样子奇特的出租马车驶过,就跑到门口去了。当沃尔特上楼去和房客话别时,他竟装作从邻居家烟囱里冒出的烟,闻出了着火的气味,而冲出门口,上了马路。船长认为,他的这些作假手段除非聪明绝顶之士才能识破,一般的旁观者是窥不透的。

沃尔特话别后从楼上下来,穿过店堂,返回小小的起居室,看见门口有他熟悉的一张颓丧的脸,正在向里探望,于是赶紧向他走去。

"卡克先生!"沃尔特喊道,一把握住低级职员约翰·卡克的手,"请进!请进!你真是太好了,大清早就到这里来和我话别。你知道,在我离开之前能再一次握到你的手,我多么高兴。有这样的机会我说不出有多高兴。请进屋来。"

"沃尔特,我们俩以后可能再也见不着面了,"低级职员不肯进屋,他客气地辞谢道,"我也很高兴能有这样一个话别的机会。在离别之前,我斗胆前来和你说话,和你握手。沃尔特,我再也不必曲意拒绝你坦荡的友好表示了。"

他说这番话时,微笑中含着苦涩,这显示出:即使是在他想到的这件事上,他也找到了某种与他心灵契合的友好情谊。

"啊,卡克先生!"沃尔特说,"你为什么要拒绝我的友谊呢?我完全可以肯定,你只会对我有益处,不会是别的。"

他摇摇头。"要是在这个世界上,"他说,"我还能做出什么有益的事,沃尔特,那么我愿意为你而做。每天看到你,我既感到快乐,同时又感到悔恨。但是,比起痛苦来,快乐还是占上风的。现在我从自己的失落中懂得了这一点。"

"请进屋来,卡克先生,和我那善良的老娘舅认识一下,"沃尔特使劲敦促他,"我常常对他说起你,他会非常乐意告诉你我对他所说的一切。我可没有,"沃尔特说话时注意到了对方犹豫不安的表情,连他自己也觉得为难了,"我可没有把我们最后一次谈话的事说给他听,卡克先生,就连他我也没有说,相信我。"

灰头土脸的小职员紧握他的手,眼中涌出了泪水。

"要是我什么时候要和他相识,沃尔特,"他说,"那也是将来为了能从他那里听到你的消息。相信我吧,我决不会辜负你的宽宏和体贴。如果不预先把事情的全部真相都告诉他,就从他那里听到一句信任的话语,就是辜负了你的好意。可是我除你以外就没有一个朋友或和我来往的熟人;甚至为了你,我也不大可能和谁交往了。"

沃尔特说:"你不声不响地和我交朋友,我真的很乐意。卡克先生,我一向乐意和你交朋友,这你知道;不过从来没有像现在我俩即将分别的时候这样强烈地感觉到这一点。"

卡克回答道:"你是我真心的朋友,以前我越是竭力避开你,我的心却越是充满你,越是牢牢地把你牵挂,能这样也就够了。沃尔特,再见了!"

"再见,卡克先生。上帝和你同在,先生!"沃尔特充满感情地说。

"如果,"卡克先生说话时仍握住他的手,"等你回来时,在我往日坐着办公的角落里找不到我,那么有人就会把我长眠的地点告诉你,你就会跑来看一看我的坟墓。你要这么想:那时我就像你一样诚实,像你一样快乐! 也让我这么想:当我知道自己最后的时刻来临,有一个酷似以前的我的人,会在这里伫立片刻,怀着怜惜和宽恕把我追忆!沃尔特,再见了!"

初夏时节的早晨,街道充满欢快和庄重的气氛,他的身体就像影子般地悄然移过阳光灿烂的街道,渐渐消失了。

无情的时计终于宣布,已经到了沃尔特必须向木制海军准尉背转身去的时刻,于是他们仨出发了:他本人、他的舅舅和船长。他们乘坐一辆出租马车来到码头,再从那里乘坐一艘蒸汽艇前往大河下游的某个区域,船长说出了它的名称,在没有出过海的人们听来,那地名神秘得简直没治了。汽艇停靠在这个河区(大船趁昨夜涨潮时已经到了那里),就有几个情绪兴奋的水手上来,其中有船长熟识的一个身上脏兮兮的独眼龙①,虽然只有一只眼,却早在一英里半开外就认出了船长,接着两人就用平常人听不懂的语言大声吼叫着交谈起来。这个嗓音沙哑得像破锣、须发茸茸该好好剃剃的人,把他们仨当成他的合法战利品,带他们登上了"子嗣号"大船。"子嗣号"上可乱得够呛,船帆就这么躺在湿漉漉的甲板上弄得肮脏不堪,绳索凌乱将人绊倒,一伙穿红衣服的人光着脚在来回奔跑,船上每一尺空间都让木桶给占满了,处在这团乱象中心的是一个黑人厨师,他那间厨房黑油油的,蔬菜堆得齐眼高,烟雾弥漫,让你眼睛都睁不开。

船长上船后立刻就把沃尔特拉到一个角落,他铆足了劲,脸涨得通红,从口袋里把那只银表拽出来,由于银表个头挺大,在口袋里装得又紧,所以拽它的时候像是在拔瓶塞子似的。

"小沃,"船长说时把银表递给了他,还热情地握住他的手说,"一件分别时的礼物,孩子。每天早上往回拨半小时,太阳落下之前,再拨慢大约一刻钟,它还是走得蛮准的,靠得住的。"

---

① 原文是希腊史诗《奥德修记》中的独眼巨怪赛克鲁普斯。

"柯特船长！要我收下这只表,我考虑都不能考虑！"沃尔特喊道,他看见船长打算离开,就把他拦住,"求你收回去吧。我早已有一块了。"

"这么吧,小沃,"船长说时突然把手伸进他的一只口袋里去,掏出两把茶匙和那只方糖夹子,看来他早料到会遭到婉拒而带在身上当替用品的,"你就把这几件茶具拿去,替代银表吧。"

"不行,不行,我真的不能拿！"沃尔特说,"千恩万谢！别丢掉啊,柯特船长！"因为他看到船长准备把这些宝贝往甲板上扔,"它们对你来说比对我来说更有用。把你的手杖给我吧。我一直想有这么一根。好了！再会了,柯特船长！请照顾好我的舅舅！索尔舅舅,上帝保佑你！"

没等沃尔特再看他们一眼,他俩已在人群杂沓中下了船;等他跑到船尾去追踪他们的身影时,只见小船上的舅舅低垂着脑袋,柯特船长正用那只大银表在拍打他的后背(这样做一定很疼),一面还用茶匙和方糖夹子做出表示乐观的手势。柯特船长一眼看见沃尔特,就把手里宝贝往船里一扔,他这样做,完全不由自主,因为他显然已经完全忘却了它们的存在,接着他就摘下他那顶加光便礼帽高兴地向他欢呼起来。太阳光照得加光便礼帽亮得耀眼,很引人注目,船长不停地挥舞着它,直到再也看不见他的身影。船上越来越显得杂乱,很快就达到顶点;随着一声欢呼,又有另外两三艘小船驶离大船;沃尔特看见高处的船帆迎着好风在阳光下充分展开,闪闪发亮;粼粼波光顺着船头两侧流过;"子嗣号"起航了,正如其他许多船的子嗣起航时一样流畅轻快,充满希望,为后世所记忆,去迎接它面前的航程。

日复一日,老索尔和柯特船长一直在小小的后房里计算船的航程和航线,那张海图摊开在他们面前的圆桌上。老索尔晚上孤苦伶仃地爬上楼顶去,在那阁楼上有时能听见刮大风的声音,他就在那里上观星象,谛听风声,待的时间比船上值勤人员的值勤时间还要长。与此同时,那瓶马德拉陈年佳酿曾经经历过远航,懂得深深的大海风涛险恶,如今它在灰尘蛛网底下静静地安卧,谁也不来打扰它。

第二十章 董贝先生出门旅行

"董贝先生阁下,"白士度少校说,"总的来说,乔伊·白可不是一个多愁善感的人,因为乔瑟夫是条硬汉。不过乔伊他也有感情,先生,一旦他的感情被唤醒——真该死,董贝先生,"少校突然情绪激昂起来,喊道,"这就是弱点,我决不会向它屈服!"

白士度少校在他公主广场寓所房间外的楼梯口接待贵宾董贝先生时,发表了这番言论。董贝先生是在他俩出门旅行前,来和少校共进早餐的;那名倒霉的黑人土著早就因为做的松饼不称主人的心而陷入悲惨的境地,再加上鸡蛋没煮好犯下重大错误,真被折腾得生不如死。

"像白士度这种老兵,"少校说,表情放松下来,"是不会投降的,不会做自己感情的牺牲品;可是——真该死,先生,"少校喊道,像抽风似的又一次情绪激昂起来,"我对你的丧失表示吊唁!"

当少校和董贝先生握手时,他的紫红脸皮颜色加深了,那对龙虾眼珠子更加突出,使和平的握手行动带上了挑衅色彩,就好像他和董贝先生接下去就要举行一场拳击比赛,获胜一方能得到一千英镑奖金外加英国拳击冠军称号似的。少校脑袋一转,像老马咳嗽似的喘了一口大气,就把董贝先生领进了他的起居室,这时他才(抑制住自己的感情)以旅伴的直率和坦诚来欢迎客人。

"董贝,"少校说,"我乐意和你见面。能和你见面我感到自豪。能让我乔·白士度对他说出这话的人,全欧洲算起来也没有几个——因为乔希是个大老实人,先生:这就是他的本性——不过乔伊·白能和你见面还是感到自豪,董贝。"

"少校,"董贝先生说,"你待人非常亲切有礼。"

"不,先生,"少校说,"一点儿都不沾边!这不是乔的性格。乔的性格要是能这样,这会儿没准早是陆军中将乔瑟夫·白士度爵士(高级巴思勋爵士)了,并且会在完全不同档次的场所款待你。我发现你还没有真正了解老乔。不过呢,这样一次非同寻常的见面机会,足以令我感到自豪。老天作证,先生,"少校斩钉截铁地说,"这真是我的荣幸!"

董贝先生一向对自己以及自己金钱的价值有足够的估计,觉得少校这番话都出自肺腑,所以就没有提出异议。不过,少校凭借天性就能认清这一真理,并且用直白的语言加以表述,听起来还是让人觉得十分惬意。它确认了(如果还需要确认的话)董贝先生没有把少校看错。它向董贝先生证明了这样一个事实:他的势力已经扩展到他直接掌控的范围以外;就连作为军官兼绅士的少校,对此也了解得恰如其分,不亚于伦敦交易所的小伙计。

如果说,知道这一点以及类似事实,从来都令人安慰的话,那么,当他痛感到力不从心、希望无常、财富无益的时候,这样的事实更使他感到安慰了。他的儿子曾经问过他,钱有什么用?他有时琢磨儿子的问题,忍不住也要问起自己来:钱真的有什么用?钱究竟干了些什么?

但这仅仅是他深夜里闷闷不乐独自一人待着时所产生的消沉、沮丧的想法,他的骄傲很容易找到无数证据来重新确认这一事实,正如少校所提供的证明一样宝贵和无可置疑。董贝先生没有什么朋友,因此就容易向少校倾斜。不能说他对少校有多少热情,他冰冻的心只是稍稍化解了一点点。在海滨居住的那些日子里,少校下了点儿工夫,但效果不大。他是个见过世面的人,认识一些大人物。他很健谈,会讲故事;董贝先生倾向于把他看成是社交界一位闪亮的精英,而且他不像许多精英那样,身上通常总会掺杂"贫穷"这种有毒成分。他的身份是确实无疑的。总而言之,少校是一位值得信赖的伙伴,他过惯了悠闲生活,对他俩旅行的目的地非常熟悉,他身上那一股满不在乎的绅士派头,和董贝先生的都市人性格恰好融为一体,而且根本不会来和董贝先生争个高下。就算董贝先生总也忘不了少校是个军人,知道他出于职业习惯,对于新近把自己的希望击得粉碎的那只无情的手,会看得很轻,那么少校也会在无意中向他提供某种于他有益的哲学思想,帮他把脆弱的悲惋之情赶跑,这种脆弱的感情连他自己也不敢正视,只是让它深深地隐藏在他那骄傲的表层底下。

"我那个坏蛋跑哪儿去啦?"少校愤怒的目光对房间四处扫了一遍说。

他那个黑人土著也没有个正式名字,每当少校口中骂骂咧咧,不管用的是哪个辱骂名称,土著总会立即应声,此时他迅速出现在门口,但不敢靠近。

"你这个无赖!"脾气火暴的少校骂道,"早饭在哪儿?"

黑种仆人一溜烟地跑去端早饭去了,不大会儿就听见他噔噔地又重新爬上楼来,他浑身抖得厉害,一路走来,装在托盘里的杯盘碟子随着他的身子交感共鸣,一直响个不停。

"董贝,"少校说,他眼盯着土著摆早餐,茶匙刚嗑了一下,他就样子十分吓人地晃动拳头给他鼓劲儿,"这儿有香辣烤肉、开胃馅饼,还有腰子肉之类。请坐。你看,老乔也拿不出什么来,只给你准备了军营里的伙食。"

"这伙食很不错,少校。"他的客人回应道。这倒也不只是客套话,因为少校一向极为注意保养自己的身体,营养丰富的肉类食品确实摄入过多,以至于他的战友们都说,他所以会相貌堂堂,主要是因为他平时吃得好的缘故。

"你朝那边看了看,先生,"少校说,"看见我们的朋友了吗?"

"你指的是托克丝小姐吗?"董贝先生说,"没看见。"

"出色的女人,先生。"少校说时,从他那短粗的嗓子里发出一声厚厚实实的大笑,这一笑不要紧,差点让他出不来气。

"我相信,托克丝小姐是个很好的人。"董贝先生回答。

答话的口气里有一种居高临下的冷淡,这给白士度少校带来无限的喜悦。他的情绪越来越高涨,甚至让他暂时放下刀叉,双手搓了起来。

"先生啊,"少校说,"老乔有一度在这地区还是个宠儿呢。不过老乔的好日子已经过去了。乔·白士度给消灭了——给比下去了——给打翻在地了,先生。你听我说,董贝。"少校停下来吃了口东西,神秘兮兮地露出一副义愤填膺的样子,"那是个野心大得邪乎的女人,先生。"

董贝先生漫不经心地用冷冰冰的口气说"真的吗?"也许那口气里还掺杂着一丝轻蔑,他不肯相信托克丝小姐还会抱有那样的雄心壮志。

"先生啊,"少校说,"那个女人是个有她那种特色的恶魔。乔伊·白的好日子已经过去了,先生,不过他的眼睛还尖着呢。他目光敏锐,老乔看得出来。在一次召见会上,已故约克公爵殿下在评论乔伊时说过:他目光敏锐。"

少校说到这里脸上露出一种特别的表情,他一边吃香辣烤肉和松饼,喝滚烫的茶,一边用脸来表情示意,在这整个过程中,他的脑袋涨得通红,就连董贝先生都不免有点儿替他担心。

"先生啊,那个滑稽可笑的老货,"少校接着说,"心气儿可高得很。她想一步登天,先生。我说的是在婚姻问题上,董贝。"

"我为她难过。"董贝先生说。

"别这么说,董贝。"少校以警告的口吻提醒他。

"我为什么不能这么说,少校?"董贝先生问。

少校没有回答,只是发出一阵马嘶般的咳嗽声,接着继续狼吞虎咽起来。

"她对府上的事感兴趣,"少校突然又停止吃喝说,"经常上您家去已经有好一阵子了。"

"是这样,"董贝先生神气十足地回答,"托克丝小姐作为我妹妹的朋友第一次上我家,是在董贝太太去世的那一天;她举止得体,又表现出对我那可怜的孩子十分喜爱,所以后来就允许她——我也可以说欢迎她——陪我的妹妹一起来,这样一来她就逐渐成为我家的一名熟客。我对她,"董贝先生以屈尊俯就的口吻说,"我对托克丝小姐很尊重。她很热心,帮我家做了许多杂事;也许都是些微不足道的琐碎小事,不过,少校,可不能因此就轻视她;我希望在我力所能及的范围内,我有幸可以表现出我已经注意到了她的热心,并且心领了。我还得感激托克丝小姐呢,少校,"董贝先生轻轻用手示意说,"靠了她我才有幸结识你。"

"董贝,"少校以充满热情的口气说,"不!不,先生!乔瑟夫·白士度听到这种说法不得不加以反驳。您所以会认识老乔是怎样一个人,先生,老乔所以会认识您,先生,全靠一个高贵的人牵的头,先生——一个了不起的人,先生。董贝!"少校说时做出一副痛苦挣扎的样子,他一生都在与各种中风症状作斗争,所以做出这副样子倒并不困难,"我和你相识,靠的是你的少爷。"

董贝先生似乎被触动了,也许少校早就设计好了,故意制造这种效果,这倒也不是不可能的。董贝先生垂下目光,长叹一声,而少校猛然振作起精神来,再次提到他觉得自己有坠入多愁善感情绪的危险,这是他的弱点,世上任何事物都不能诱使他向这个弱点屈服。

"我们这位朋友对于我俩的相识只稍稍沾一小点儿边,"少校说,"该她的功劳,乔·白是一点儿也不会抹杀的,先生。尽管这样,小姐,"说到这里,他的目光从盘子上抬起来,直穿过公主广场,投向当时可以看见正在她窗前浇花的托克丝小姐,"你是个工于心计的老女人,小姐,你的野心也大得太邪乎了。如果说,它只是使你本人显得滑稽可笑,小姐,"少校说时向浑然不觉的托克丝小姐转动脑袋,那一对鼓起的眼珠子像是要朝她弹射过去,"你不妨抱着这种野心,好让自己过把瘾,小姐,我向你担保,老白任何反对意见都没有。"说到这里,少校忽然吓人地大笑起来,笑得耳朵根通红、满脑袋青筋鼓胀。"不过,小姐,"少校说,"你损害了别人,还是对你十分慷慨、毫无戒心的人,人家抬举你,对你屈尊俯就,你就这么回报,你这么做就惹得老乔热血沸腾、满腔怒火了。"

"少校,"董贝先生红着脸说,"我希望你说起托克丝小姐的时候,不要暗示什么极其荒谬的……"

"董贝,"少校说,"我什么也没有暗示。不过乔伊·白一直活在这个现实世界里,目光敏锐地活在这个世界里,先生,老乔的耳朵竖起得高高的:老乔要对你说,董贝,住在对面的那个女人可是狡猾到了极点,野心大得邪乎。"

董贝先生不由自主地朝对面看了一眼,他送过去的也是含有愠怒的一眼。

"这个话题,乔瑟夫·白士度的两片嘴唇就说到这里为止啦,"少校斩钉截铁地说,"老乔可不是个碎嘴子,一向不爱搬弄是非,但有时候他又不得不说,他就得说!——你的心计,小姐,去一边儿吧,"少校又一次满腔怒火地对他的芳邻喊叫,"一旦你做得过火,老白就再也不能忍住不说话了。"

情绪过于激动,让少校迸发出一阵马嘶般的咳嗽,持续了很长时间。等他把一口气喘匀实了,又说:

"董贝,现在既然你邀请乔、老乔——先生啊,他除了倔强和热心以外,也没有别的长处——做你的客人兼去往利明顿①的向导,那么就请你对他任意驱使吧,他完全为你效劳。我真弄不懂,先生,"少校说时摇晃着他的双下巴,显出一副滑稽样子,"你们这些人呀,到底看中了老乔身上的什么,对他盛情邀请个没完没了,你们全都一个样;不过,先生,我对这点倒是明白,如果我不总是倔强地、固执地加以婉拒的话,那么用不了多久,你们就会用邀请之类的事情让我在你们身边当场送命的。"

董贝先生用几句话简单地表明,他充分意识到,许多社会名流都吵吵嚷嚷地争着要与白士度少校为伍,而自己好不容易取得了优先。但是少校打断了他,说他是一向行事都跟随心的指引,现在他身上涌起了同一个声音,他的心在呼唤,"乔·白,你应当选择董贝做你的朋友才是呀。"

这时少校已经吃饱喝足,就连他眼角渗漏出的汁液也是开胃馅饼的精华,香辣烤肉和腰子肉吃得太多,领带都快系不上了。他俩准备乘坐的从伦敦开往伯明翰的火车发车时间就要到了。黑人土著好不容易才帮他穿上了大衣,等到替他系上扣子,他就像是紧紧箍在一只圆桶里,大衣顶端伸出的那张脸,气都喘不过来、眼珠子都转不动了。黑人土著把他的软皮手套、粗壮的手杖和帽子一件件递给他,每给出一件,就优雅地停顿片刻;少校十分帅气地把帽子歪戴在脑袋一侧,以便使自己那副异常卓越的尊容能显得柔和一些。董贝先生那辆等候在门口的马车里,凡是可以塞或不可以塞东西的一切空间,都被黑人土著提前塞满了,毛毡制的大旅行袋和小皮箱堆山塞海,那辆车鼓胀得几乎像少校本人一样,只怕就要中风。少校的衣服口袋里还装满了德国产赛尔兹矿泉水、东印

---

① 利明顿,英格兰沃里克郡城镇,矿泉水丰富,为达官贵人疗养地,1838年被维多利亚女王命名为皇家矿泉疗养地。

度公司的雪莉酒、三明治、长方披巾、望远镜、地图、报纸,这些小物件中的任何一件都是少校在旅途中随时都可能需要的,他宣称:一切物品都已准备就绪。当少校的土著仆人紧挨着陶林生先生在车背后的货架上就座时,房东站在人行道上,像个大力神泰坦似的,将一大捆少校的斗篷和厚大衣当做大型投掷武器,猛然砸在他身上,并把他整个身体都盖住了,这个倒霉的外国土著(人们普遍认为,他在他的祖国还是一位王子呢)的装备到此才算完成,他就像活埋在坟坑里似的,直奔火车站。

但是,在土著刚被埋上、马车刚要启动的时候,托克丝小姐在她的窗口出现,向他们挥动洁白的小手帕致意。董贝先生对她的送别礼反应极为冷淡——即使就他而言也极为冷淡——只是对她微微点了点头,动作小得不能更小了,然后他身体向后往车座一靠,一脸不高兴的样子。这个明显的举动似乎给了少校(他向托克丝小姐打招呼时倒是礼貌周全)无限的满足。接下去的时间里,他意味深长地斜睨着,憋住气、忍住笑,活像一个吃得过饱的靡菲斯特①。

火车准备启动,车站上一阵忙乱,董贝先生和少校肩并肩地在月台上踱步。前者沉默寡言,情绪低沉,后者为了逗他、或许也是逗自己高兴,正在给他讲各种逸事掌故,在他所讲的大部分故事里,唱主角的都是他乔伊·白士度自己。他们在散步时谁都没有觉察到,站在机车旁的一位工友正在注意他们,两人每次踱步走过这个人身边时,那名工友就会举起手来碰一下帽子向他们致意;原因是,董贝先生向来有从不正眼看干活的粗人的习惯,他的目光只是在他们头顶上方扫视;而此时少校的全部心思又都集中在他讲的某件逸事的情节里。但是,当他们转身踱步往回走时,那位工友

---

① 靡菲斯特,欧洲中世纪神话传说中的恶魔,浮士德博士把灵魂出卖给他。

终于向他们走了过来,他脱下帽子,光着脑袋,突然向董贝先生低下了头。

"对不起,先生,"那个人说,"不过我希望你情况有好转,先生。"

他身穿一件沾满煤尘和油污的帆布衣服,连鬓胡子上也有炉渣,全身散发出一股燎毛子气味儿。他长相并不难看,尽管身上脏,说句公平话,你都不能称他是个样子龌龊的家伙;总而言之,他就是身穿工作服的涂德尔先生。

"我很荣幸能为你这次旅行添煤烧锅炉,先生,"涂德尔先生说,"对不起,先生。我希望,你觉得出来,你已经缓过劲儿来了吧?"

他关切的话语得到了这样的回应:董贝先生看他的那种眼神,就像是在看一个会玷污他目光的人。

涂德尔看到董贝先生对他已经记不太清楚了,就说,"恕我无礼,先生,不过你总该记得我老婆波莉吧,也就是在府上称作李切子的那个……"

董贝先生脸上的表情改变了,显然已经记起了这个人,事实正是如此,不过,他却因感到受辱、蒙羞而更加生气起来,他打断了涂德尔的话。

"你老婆需要钱吧,我想。"董贝先生说时把手伸进口袋准备掏钱包了,但他说话的口气十分傲慢,这倒不足怪,此人一向如此。

"不是的,谢谢了,先生,"涂德尔回答,"我不能代替她说话,不过,我不需要。"

这一回,董贝先生倒被他弄得不知所措了,他的手还在衣服口袋里呢。

"真的不要,先生,"涂德尔把手里的那顶油布帽来回转圈儿说,"我们日子过得还挺不错,先生;我们在这个世界上没有什么要抱怨的,先生。从那时以后我们又添了四个孩子,先生,不过我们的日子还能对付得过去。"

董贝先生恨不得立刻就能挤进自己的车厢,即使要把这位锅炉工推挤到火车轮子底下去也在所不顾,不过,此刻他的注意力却被涂德尔手中的那顶不断慢慢转圈儿的帽子所吸引,不知他转动帽子又想说些什么事情?

"我们丧失过一个娃娃,"涂德尔说,"这是不可否认的事实。"

"新近吗?"董贝先生眼盯着帽子问道。

"不,先生,那已经是三年前的事儿了,不过剩下的孩子都很壮实。说起读书的事,先生,"涂德尔说时低下头去,似乎在提醒董贝先生很久以前在读书问题上他们之间所发生过的事,"不管怎么说,我的那些男孩子,他们拉我,和他们一起学。他们使得我在读书识字上面,已经相当凑合了,先生,那些男孩子。"

"来吧,少校!"董贝先生说。

"对不起,先生,"涂德尔说时朝他俩走近一步,恭恭敬敬地请他们留一下,那顶帽子还在手里拿着,"我本不该用这种鸡毛蒜皮的事麻烦你,要不是为了好借此机会提起我那儿子小锅炉的名字,他的教名叫罗宾,你出于好心让他当了碾磨慈幼院的一名学生。"

"是呀,朋友,"董贝先生态度极为严厉地说,"你要说他的什么事?"

"啊,先生,"涂德尔说时显得十分忧虑和沮丧,"我不得不说,先生,他没有走正路。"

"他走上邪路了,是这样吧?"董贝先生说话时,带有一种铁石心肠的满足感。

"他和一伙坏人混在一起了,你们明白的,绅士们,"那个当父亲的用渴求的眼神看着他们俩,他把少校也拖进这场谈话,其目的显然是想求得他的同情,"他学坏了。但愿上帝能让他改邪归正,绅士们,不过现在他确实是在走邪路!这件事你总会听到的,先生,"涂德尔又单独对董贝先生说话,"我儿子变坏的事还是由我来告诉你的好。波莉为这事伤透了心,绅士们。"涂德尔说着又显出极为沮丧的样子,又一次想求得少校的同情。

"这个人的一个儿子,是我安排他接受教育的,少校,"董贝先生说时把胳膊伸给他,"通常总是得到这种回报!"

"你就听一句实心眼儿的老乔的忠告吧,千万不要去教育这类人,先生,"少校说,"真倒霉,先生,想教育这类人,从来行不通!总是失败!"

这位坦诚的父亲刚开始申述说,他的儿子、一度曾是碾磨慈幼院的学生,曾被一个野蛮的代课教师吓唬掉了魂、耳光挨得噼啪响,身上抽过鞭子,挂过羞辱的牌子,还被人教会鹦鹉学舌,安排这样一个蛮不讲理的人来当教师,就等于把一头猎狗拴在这个位置上,也许这种教育在某个方面好得很,可惜他还没有发现好在哪里,他宁愿他的儿子还是没有接受过这种教育为好,他刚说到这里,董贝先生就怒气冲冲地重复道"总是得到这种回报!"一面就领着少校走开了。少校的体重不轻,要把他举起来塞进董贝先生的火车包厢并不容易,往往停在半空中举不动了,每当他的脚够不着台阶,身子又砸回黑种仆人的身上时,少校总是破口大骂,说是要活剥那个黑人土著的皮,还要把包在皮里的骨头统统砸烂,还要让他受种种肉体折磨;他刚粗声大气地重复道:想教育这类人,从来行不通,总是失败,如果让"他的混蛋仆人"去受教育,其结果肯定是把他送上绞刑架,说时火车启动了。

董贝先生颇不是滋味地表示赞同;当他郁郁寡欢地靠坐在车厢里、皱起眉头望着车窗外不断变动的景物时,他心中不悦,并不仅仅因为碾磨集团公司崇高的教育制度遭遇了失败,其中还另有原因。刚才他看见涂德尔质地粗陋的帽子上有一块黑纱,像是新近才钉上去的,看那人的样子以及他的回话,董贝先生可以断定,他是在为珀尔服丧。

真是这样!从身份高的到身份低的,从家里到外界,从他豪华宅邸中的弗洛伦斯到这个正在往冒烟的锅炉里添煤的粗汉,每一个人都自认为或多或少与他新近失去的儿子有点儿瓜葛,这简直就是在和他较劲儿!他怎能忘记,那个女人曾趴在珀尔的枕头上哭泣,还称他是她的亲儿子!他怎能忘记,当珀尔从睡梦中醒来,就寻找她,当她走进屋里来时,珀尔从床上抬起身子,高兴得脸上都有了光彩!

想想看,此刻正在前面铲烟煤、扒炉灰的那个放肆的家伙,竟敢戴上服丧的黑纱!想想看,他竟敢用哪怕是这样一种平平常常的方式,闯进一位骄傲绅士那痛苦、失望的隐蔽内心!想想那失去的孩子,他本该分享他的财富、权力和他的雄图大略,本该和他一起用双重黄金大门将外部世界隔绝的,现在却有一伙和他八杆子打不着的人,尽管还没有偷偷钻进他应当独占的位置,却表明他们已经知晓他的希望已遭挫败,并且还自认为有权来分担他的痛苦,他怎能容忍这些家伙用这种方式来羞辱他呢!

一路上,他没有找到快乐,心中的抑郁也未能宽解。这些想法折磨着他,车窗外的自然风光飞驰而过,他只觉得单调乏味,似乎不是穿行在富裕丰饶、多姿多彩的乡间,而是掠过一片由毁损的计划和啮心的妒意构成的荒野。火车风驰电掣般地向前奔去,它的势头迅猛,谁也无法阻挡,它在嘲笑那年轻生命,倏忽间就走向它注定的终点。迫使它沿着自己那条铁的轨道前行的力量,全然不顾拦在前面的任何小径、大路,它穿透任何障碍的核心,把一切不同阶级、不同年龄、不同身份的活人都拖曳着往前飞奔,那股力量就是死亡,就是常胜妖魔的典型。

一声长啸、一声吼叫、一阵嘎嘎,火车开出了城市,一头扎进居民区,使街道活跃起来,不一会儿它又出现在牧场上,深深进入潮湿的土地,它隆隆地前进,留下浓黑的汽团,然后又冲了出来,再次在灿烂、辽阔的阳光下现身;一声长啸、一声吼叫、一阵嘎嘎,它离开了田野,穿过了树林,越过种植谷物的田地,越过干草场,接连穿越白垩土、松软沃土、黏土和岩石山冈,穿越在那些近在咫尺、似乎伸手可及,但总会从旅客身边飞走的物体中间,一个欺人的远景总是在他心头缓缓地移动:正如行走在那个名叫"死亡"的无情妖魔的轨道上!

它穿越洼地,爬上高坡,行进在石南丛生的荒原,穿过果园、乡间园林和公园,它越过运河和河流,那里有羊群在吃草,磨坊在运转,驳船浮在水面上,死人躺在坟墓里,工厂在冒烟,溪水在涌流,人们聚居在村落里,大教堂在平地上耸立,荒凉的沼泽躺在那里,让反复无常的野风任意吹皱或抚平;一声长啸、一声吼叫、一阵嘎嘎,火车又开走了,没有留下别的痕迹,只有身后的蒸汽和烟尘:正如行走在那个名叫"死亡"的无情妖魔的轨道上!

迎面搏击风和光、淋雨和太阳,它咆哮着,猛烈地、迅速地滚滚向前,平稳又自信,走了一程又一程,巨大的工程、雄伟的桥梁,凌空越过时,宛如一道影子,宽度只有一寸,在眼前掠过,旋即消失。远去,继续远去,向前,永远向前,村舍、房屋、大厦、富丽堂皇的庄园、正在耕作和做手工的人们等等都一瞥而过,那些被抛在身后的大路小巷,看来都十分破败、渺小、微不足道,事实也正是如此,当你行走在那个名叫"死亡"的大无畏的妖魔的轨道上,对这些东西一瞥而过时,它们还能怎么样!

一声长啸、一声吼叫、一阵嘎嘎,火车又开走了,它以雷霆万钧的劲头和坚不可摧的精神,又一头扎在地面上,在黑暗和旋风里,它似乎发疯似的在倒行,直到照在湿墙上的一缕阳光才显示出墙面像一道激流在飞快地往后退去。它发出一声狂欢般的刺耳呼啸,一声吼叫、一阵嘎嘎,又一次驶进了白天,接着又驶出了白天,它喷发出浓黑的烟雾,把一切事物都推开,只顾向前狂奔,有时会在一群人面前停一停,贪婪地喝水,但停留的时间从不超过一分钟,还没等水龙头关上,里面的水还在往地上流,它就又发出一声长啸、一声吼叫、一阵嘎嘎,继续在紫色的原野上迅跑!

当它以不可阻挡的气势奔向目的地时,它的呼啸声越来越响亮了,它的道路,恰似"死亡"之路,上面覆盖着一层厚厚的灰尘。周围的一切都被灰尘染黑了。黑色的水池,肮脏泥泞的小巷,远处低矮的贫民窟。粗陋的墙垣和摇摇欲坠的房屋就近在咫尺,透过倾圮的屋顶和破败的窗户,可以看到肮脏不堪的居室,在那里,匮乏和热病藏身在许多不幸人们的形体里,烟尘、拥挤的三角墙、歪歪扭扭的烟囱、乱七八糟的砖头和灰泥,禁锢住人们扭曲变形的形体和心灵,堵塞了朦胧的远景。当董贝先生透过车厢玻璃窗向外眺望时,他从没想到,把他带到这里的那个妖魔只是把这一切都暴露在光天化日之下而已,它并不是制造或导致这一切的原因。这里是本次旅程合式的终点,也可能将是一切事情的终点;它是如此破败,如此令人沮丧。

所以说,当他遵循一条思路继续想下去时,仍有一个无情的妖魔在他的面前。一切事物都黑沉沉、冷冰冰、死一般地看着他,他也以同样的态度看待它们。他发现周遭事物的形象都与他的不幸相应和。有一个无情的常胜妖魔始终伴随着他,对他的骄傲和嫉妒加以羞辱和刺痛,无论采用的是什么手段:其中最重要的手段就是,分掉他对他那已故儿子的爱和怀念。

还有一张脸——昨天夜里他曾注视着她,她也注视着他,她那双眼睛,尽管泪水模糊,并且很快就用颤抖的双手遮住,却能窥透他的灵魂——在他的旅程中,思绪里,时常会伴随着他。他看到,昨天夜里,她怯生生地向他恳求时,她脸上的表情。尽管不是责备,但其中确有几分迟疑,既怀着希望,却又缺乏信心,当他看见她由于确信自己无法讨得他的喜爱而又一次凄然隐退时,那表情倒真像是责备。想起弗洛伦斯的这样一张脸,对他说来,真是一种折磨。

是他新近对这张脸感到内疚了吗?不。那是因为,这张脸在他心中唤起的感情(它先前也曾预兆般地出现过),如今已充分成形,直截了当地说出来,使他深为所动,并且这种感情还在继续增长,直至令他不能自持。这张脸,带着失败与受迫害的表情,布满一切地方,就像周遭的空气一样,把他团团围住。因为它给他思想中那个残酷无情的仇敌的箭镞装上倒钩,还把一柄双刃利剑交到仇敌手中。因为,当他站在那里,看着眼前飞驶而过的景物时,他并不将它看成是预示光明、充满希望的变动的画面,而是把它染上一层他内心病态的怪异色彩,他把它看成是一片废墟、一幅朽坏的图画,他心里明白得很,生活和死亡一样,都能引起他的抱怨。一个孩子死了,一个孩子活着。死了的为什么偏偏是他寄予满怀希望的那一个,而不是她呢?

当他记起那张可爱、安详而端庄的脸时,在他心里只是引起了这样的思想,而不是别的。从一开始她就得不到他的喜爱,如今她更是加剧了他的痛苦。如果他的儿子是他唯一的孩子,即使儿子同样夭折了,那打击固然难以承受,然而,也要比他现在所受的打击要减轻很多,因为他还有个女儿呢,夭折的本来可以是她(这个孩子他牺牲得起,死了她,不会引起他心头剧痛,或许他自以为如此),可是她偏偏不死。她向他抬起那充满爱意的、天真无邪的脸,但却未能使他的心软化,也没有赢得他的怜惜。他把这天使般的女儿推开,甘愿承受那个蛰伏在他心中的、专爱折磨人的精灵肆虐。她的耐心、美德、青春、奉献和爱,就像踩在他脚后跟下的粒粒尘埃。他看见她的形象出现在周遭一团圮败和乌黑的环境中,非但不能把周围照亮，反倒使它们显得更加阴郁、凄惨。在这次旅程中，他不止一次地这样想过：有什么办法能使自己和女儿分离呢？现在，到了旅程的终点，当他站在那里，用手杖在地面的尘土上划一道道印痕时，这个想法又一次涌上了心头。

少校就像另外一台蒸汽机，一路上不停呼哧带喘的，他的目光不时地从报纸上抬起来，浏览一下眼前的景色，似乎有一系列被他挫败的托克丝小姐正从火车的烟雾里喷吐出来，向田间飘散，急于想随便找个地方躲藏起来。这时他提醒他的朋友说，驿马都已经套好了，驿车也准备就绪。

"董贝呀，"少校用手杖轻轻地碰碰董贝的手臂说，"别太用心思。这可是个不良习惯。先生呀，老乔要是太用心思，就不会像你眼见的那么结实啰。你呀，董贝，是个不必用心思的、太重要的人物。处于你的位置，先生，完全可以不必这么劳神。"

少校即使在善意劝告的时候，还对董贝先生的尊严和荣誉考虑得如此周全，充分意识到它的重要性，这使董贝先生不由自主地对这位如此明智通达、如此教养有素的绅士，产生出前所未有的信赖；于是他在和少校一起沿着收税公路漫步时，督促自己要倾听少校讲述的故事。少校发现，此刻的步行速度和道路状况，比他们刚刚结束的旅行方式，大大有利于他充分施展语言才华，于是他口吐莲花，尽讲董贝先生爱听的趣闻逸事。

少校一直精神十足、口若悬河、滔滔不绝，只是在多血症状发作、间或要进餐，以及常常要对土著奴仆发动攻击时，才会打断一下。那位黑人土著棕黑色的耳朵上戴着一副耳环，那套欧洲式的服装穿在他身上，有一种无法校正的稀奇古怪样儿——原因在于服装本身不合式，倒不是因为裁缝的手艺不行，该短的地方长了，该长的地方短了，该宽的地方紧了，该紧的地方宽了——当少校向他发动攻击时，他还会像一枚抽抽儿的干果和一只受冻的猴子似的,缩进衣服里去,从而增添了一分新的妩媚。少校精神十足、口若悬河、滔滔不绝的状态,保持了一整天。夜晚降临,当他俩的马车疾驶在利明顿附近、两旁充满绿树浓荫的公路上时,少校由于说话、吃东西、格格发笑、喘不过气来时的声音,听起来就像是从马车后部的行李箱里,或是附近的干草堆里发出来的。直到他们在皇家大饭店订下房间、点好饭菜,少校的嗓音还是一点儿也没有见好,于是他就用大吃大喝的办法来压抑自己的说话器官。等他上床睡觉时,他除了咳嗽以及向黑种仆人气喘吁吁地示意之外,连声音都没了。

然而,第二天早晨起床的时候,他已经像一个恢复了精力的巨人了,到了吃早饭的时候,他更是像一个精力更加振作的巨人了。用餐时,他俩作好每一天的活动安排。日常订饭菜、酒水的事情由少校来管;每天他们一起吃时间较晚的早餐,晚间再一起吃正餐。他俩在利明顿旅居的第一天,董贝先生宁愿一个人待在自己的房间里,并且独自在乡间散步;可是,刚到第二天早晨,他就乐意陪少校来到矿泉水饮用室,并且一起在城里游览观光。然后他俩就分手,干各自的事,直到晚上才一起进晚餐。董贝先生躲进房间,以自己的方式独自陷入大有益于身心的沉思。少校在黑人土著的陪同下,带一张轻便折凳、一件大衣、一把雨伞,昂首阔步地在各个公共场所晃悠:翻阅游客登记簿,看看有些什么人物在那里,寻访他无限倾心的老年贵妇们,并向她们报告说,乔·白比以前更加硬朗、坚韧,他每到一处总要把他的大富豪朋友董贝向人吹嘘一番。对于一位朋友,没有人会比少校更加热诚拥戴了,他在为朋友吹嘘时,同时也在吹嘘他自己。

晚餐时,少校怎么会有如此丰富的新鲜话题,他又是靠什么因缘才使董贝先生对他的社交能力大为赞赏的,这一切真令人吃惊。第二天早晨,进早餐时,新送到的报纸上的内容,他不但能说出个大概其,还能说出其中几件事的前因后果,他约略地暗示说,就在最近,某些有权有势的人物,曾就这些事情征求过他的意见。董贝先生把自己封闭起来已经有很长时间了,他的活动一直局限在董贝父子商行经营的范围内,任何时期也难得越雷池一步,此刻他开始觉得自己孤寂的生涯有了改善;于是他改变了独处时拿定的主意,不再找个借口再独自待上一天,他当天就和少校挽着胳臂一起出了门。

第二十一章　出现几张新面孔

少校挽着董贝先生的胳臂走在马路有阳光的一边,他的脸色更加青紫,眼珠瞪得更大,像是更加熟过了头;他时不时地爆发出一阵马嘶般的咳嗽声,与其说他是非咳不可,倒不如说这是他自我扩张所引发的爆炸。他的双颊鼓起在箍得紧紧的大硬领的上方,他的双腿神气活现地叉得很开,他那颗大脑袋来回晃动,就好像他的内心在告诫自己不该如此神气十足、魅力无穷。他俩还没走出多远,少校就碰见了个熟人,又往前走了一小段路,少校又碰见了另一个熟人,少校领着董贝先生从他们的身边走过时,只是对他们摇了摇手指头;他一边走一边指给董贝先生看一些特定地点,还讲述这些地点使他想起一些近日发生的逸事丑闻,这些话使他俩散步的气氛变得活跃起来。

少校和董贝先生就这样胳臂挽着胳臂朝前走,他俩心里都很满意;忽然看见迎面来了一辆轮椅,上面坐着一位贵妇,那位贵妇正懒洋洋地操纵着装在轮椅前边的一个方向舵,至于轮椅是由什么动力在背后推动的,却看不见。那位贵妇已经上了年纪,却是容光焕发,面孔玫瑰色,她的服装和姿态完全像年轻人的样子。另一位女士漫步在轮椅旁,她手持一把薄纱遮阳伞,姿态骄傲而慵懒,似乎很快就会放弃撑持的巨大努力,她终于把伞放了下来。她是一位绝色女子,还相当年轻,非常骄傲,非常任性,她昂起头颅却低垂着眼皮,就好像世间万事万物中值得她一顾的,决不是大地或天空,唯有镜子而已。

"哟,先生啊,你看我们在这里终于遇上谁了!"当这一行人走近时,少校止住脚步喊了起来。

"我最亲爱的伊迪丝!"坐在轮椅里的贵妇拉长声音说,"白士度少校!"

一听到她的声音,少校马上放开董贝先生的胳臂,一个箭步冲上前去,握住坐在轮椅里的贵妇的一只手,吻了起来。他还以同样的、善于对女士献殷勤的骑士风度,把一副手套贴在心口上,向另一位女士深深一鞠躬。这时,轮椅停住了,它的动力来源变得一清二楚,原来是由一名满脸通红的小厮在后面推的,这个未成年的男仆个头长得过快、劲儿也使过了头,因此当他一站直,就显得又高,又瘦,满脸病容;他推不动时,就用脑袋顶,就像一些东方国家里的大象所干的营生,结果他的帽子都压得脱了形,他那副模样就益发显得苦不堪言了。

"乔·白士度,"少校向两位女士说,"是个骄傲而快乐的人,将会这样度过余生。"

"你这个爱说假话的家伙!"坐轮椅的老年贵妇不耐烦地说,"你从哪儿来?你真让我受不了。"

"那就请您准许老乔向您介绍一位朋友吧,夫人,"少校赶紧接着说,"好让您别再说受不了啦。这位是董贝先生,这位是斯丘顿夫人。"坐轮椅的夫人态度很亲切。她也介绍说,"董贝先生,格兰杰太太。"董贝先生脱下帽子,深深一鞠躬,那位手持阳伞的女士只是微微示意而已。"我真高兴,先生,"少校说,"能有这样的机会。"

少校打量着他们俩,用他那最最难看的坏劲儿斜睨着他们,这表明他的态度似乎是认真的。

"董贝呀,"少校说,"斯丘顿夫人在老乔希的心坎儿里留下了最深最深的伤痕。"

董贝先生表示他对此毫不怀疑。

"你这个背信弃义的怪物,"坐轮椅的夫人说,"别说废话了!你到这儿多久啦,坏家伙?"

"一天。"少校回答。

"难道你能在那个地方待得住一整天,甚至是一分钟,"老夫人用扇子稍稍整理一下她的假鬈发、假眉毛,在她那浓浓涂抹过的脸面的衬托下,她那口假牙就更加醒目了,"那个地方叫什么园来着……"

"伊甸园,是吧,妈妈。"较年轻的女士以嘲弄的口吻打断她的话。

"我亲爱的伊迪丝,"老夫人说,"我真没有办法。我从来就记不住那些可怕的名字——除非是你的整个灵魂和生命都受到大自然景色的激励;受大自然淳朴芳香气息的熏陶,"斯丘顿夫人说时抖动着一条微微带有不好闻的香精气味的手帕,"你这个怪物!"

斯丘顿夫人说话时新鲜活泼、充满热情的样子与她无可奈何花落去的衰惫适成对照,谁都看得出来,这绝对不亚于她的年龄与打扮之间的强烈对比,她年已古稀,却穿着二十七岁少妇的服装。她坐在轮椅里的姿态(那是始终不变的),正是半个世纪以前她坐在一辆四轮四座大马车里所摆的样子。给她作画的是当时一位时髦画家,他把这张画收在自己的素描集里发表时,加上了《克娄巴特拉①》的标题,原因是当时有些艺术批评家发现:她的姿态与那位女王在战舰上斜倚着的样子惟妙惟肖。斯丘顿夫人当年也是一位大美人,无数锦衣纨绔曾把酒杯举过头顶向她致敬。如今,美貌与四轮四座大马车都消失了,但是她那副姿态却依旧保持着,她之

---

① 克娄巴特拉(公元前69—公元前30),古埃及女王,以美艳著称,曾是恺撒的情妇,后来嫁给安东尼。安东尼军队溃败后,她企图勾引屋大维,未果,用毒蛇自尽。

所以还坐轮椅,雇一名用脑袋顶车的侍童,显然也是为了这个缘故:她所以不肯走路,没有其他原因,就是为了要保持当年那副姿态。

"我深信,董贝先生一定热爱大自然,是吧?"斯丘顿夫人说时伸手理了理她的钻石胸针。顺便要提一下:她主要就靠拥有一些钻石和几门阔亲戚活着。

"夫人啊,"少校说,"我的朋友董贝先生也许暗暗地热爱大自然,不过,作为全世界第一大都会的一位巨头……"

"说起董贝先生的巨大影响力,"斯丘顿夫人说,"这,谁也不会感到陌生。"

董贝先生听到这句恭维话,便低一下头表示默认,那位比较年轻的女士朝他看了一眼,两人的目光相接。

"夫人,您就住在这里吗?"董贝先生对她说。

"不,我们一直在许多地方旅行。去了哈罗盖特、斯卡博罗和德文郡。参观游览,探亲访友,在各处停留。妈妈喜欢变换环境。"

"伊迪丝当然不喜欢变换环境的啰。"斯丘顿夫人说时露出一脸狡黠的样子。

"我真没看出来那些地方有什么不同。"她全然满不在乎地回答。

"他们冤枉我。董贝先生啊,"斯丘顿夫人装腔作势地长叹一声说,"其实我真正想要的变换只有一种,我怕是永远享受不上了。人们不肯放过我呀。隐居起来沉思冥想就是我唯一的……叫什么来着?"

"要是你想说'天堂'的话,妈妈,最好把它说出来,也好让别人听明白。"年轻女士说。

"我最亲爱的伊迪丝,"斯丘顿夫人说,"你知道,我全靠你来替我记住这些讨厌的名词。我向你保证,董贝先生,大自然想要我过一种阿卡迪亚①式的生活。我白白浪费在社交生活里。我真正热爱的是一群奶牛。我渴望隐居到一个瑞士农庄里去,身边围着一群奶牛……还有瓷器。"

把这两样东西联系在一起真是古怪,这使人想起一头公牛误闯入瓷器店的著名故事,②于是董贝先生非常认真地对待她的话,他还发表意见说,毫无疑问,大自然之道应当认真尊重。

"我想要的,"斯丘顿夫人手掐着她那皱缩的脖子慢吞吞地说,"是心。"这话,在某种意义上,倒是千真万确的,尽管那不是她说这话的本意。"我想要的是:坦诚、信任,少一些陈规俗套,自然地敞开心扉。我们矫揉造作得太可怕了。"

是这样的,真的。

"总而言之,"斯丘顿夫人说,"我要事事处处都自然。那将会多么使人陶醉呀。"

"如果你准备好了,妈妈,那么大自然要请我们离开了。"年轻女士撇了撇她那美丽的嘴唇说。

听到她这一提醒,本来脑袋伸出椅背、一直在观察他们的那名满脸病容的侍童,顿时把脑袋缩到轮椅背后,看不见了,似乎被大地所吞没。

"等一下,威瑟斯!"轮椅刚开始启动时,斯丘顿夫人说;她招呼侍童的口吻正是当年她招呼那位头戴假发、手持花束、脚蹬丝袜的马车夫时所用的那种充满尊严、略带倦怠的口吻,"你准备住在哪儿,讨厌的家伙?"

少校准备住在皇家大饭店,和他的朋友董贝在一起。

---

① 阿卡迪亚,古希腊地名,后被喻为田园牧歌式的淳朴生活。
② 闯进瓷器店的公牛(bull in a china-shop)是英语中的成语。

"哪天晚上你都可以来看我们,只要你改过自新了,"斯丘顿夫人口齿不清地说,"如果董贝先生肯惠然枉驾,我们将不胜快慰。威瑟斯,走吧!"

少校再一次用青紫的嘴唇吻了老夫人着意用克娄巴特拉式的随意姿态放在轮椅扶手上的手指尖;董贝先生则鞠躬表示敬意。老夫人也用优雅的微笑向他俩示意,她还招了招手,像个小女孩似的。年轻女士只是微微点了点头,动作小得仅仅不致失礼而已。

最后一瞥那位母亲,她脸上布满皱纹,还贴着饰颜片①,在阳光照射下,比不贴饰颜片更显得极度的形容枯槁、惨不忍睹;再看看她的女儿,那位骄傲的美女,她身材优美,亭亭玉立,使少校和董贝先生不由自主地同时转过脸去,再多看她们一眼。那名侍童,身子和影子同样歪斜,正在轮椅背后卖力地往上坡推,活像一架慢速的攻城槌②。克娄巴特拉帽子的顶部在颤颤巍巍地抖动,所在位置与先前分毫不差。美女懒洋洋地在轮椅前不远处漫步,还是她惯常那副对任何事、任何人都不看在眼里的样子,从头到脚都显得优雅漂亮。

"你听我说,先生,"当他俩继续往前溜达时,少校说,"乔·白士度只要年轻几岁,那么全世界也没有一个女人比前面那个女人他更想娶来当白士度太太的了。老天可以作证,先生!"少校说,"她太出色了!"

"你指的是那位女儿?"董贝先生问。

"你当我乔伊·白是只大萝卜呀,董贝,"少校说,"竟会指的是她妈?"

"你刚才还不停地恭维她的妈妈呢。"董贝先生说。

---

① 饰颜片,十七、十八世纪时,英国贵妇贴在脸上的黑色小圆片,目的在于衬托出她们皮肤的洁白。
② 攻城槌,欧洲中世纪的一种攻城武器。

"那是一段旧情了,先生,"白士度少校咯咯地笑出声来,"早就老得没牙了。我逗她呢。"

"她给我留下的印象是:上流社会味儿十足。"董贝先生说。

"上流社会,先生,"少校忽然止住话头,盯住他那位旅伴的脸,"斯丘顿夫人阁下是已故菲尼克斯勋爵的妹妹,是现任勋爵的姑妈。她的家族并不富有,事实上要算是穷的,她靠丈夫遗赠她的一笔年金过日子;不过你要是说到门第的话,先生!"少校手舞足蹈地挥动手杖往前走了几步,不过他对刚才的话题,也说不出什么来。

"我注意到了,刚才你和那个女儿打招呼时,"过了片刻,董贝先生说,"用的是格兰杰太太这个称呼。"

"伊迪丝·斯丘顿,先生,"少校说时又停下来,用手杖在地上画了个记号来表示她,"十八岁时嫁给我们部队的格兰杰。"他又在地上画了另一个记号。"先生呀,"少校说时用手杖敲了敲新画的想象中的人像,晃动脑袋以加强语气,"格兰杰是我们部队的上校;长得可英俊啦,先生,当时他四十一岁。他死了,先生,就在结婚后的第二年。"少校用手杖来回划拉地上的已故格兰杰的身体,然后把手杖扛在肩上,继续往前走。

"这是哪年发生的事?"董贝先生又暂时止步,问道。

"先生呀,"少校回答时闭上一只眼睛,脸扭过一边,把手杖递到左手去,用右手理了理衬衣褶边,"伊迪丝·格兰杰现在还不满三十岁。天哪,先生,"少校说着又把手杖扛上肩,继续走路,"她可是位绝代佳人!"

"她家里还有什么人?"董贝先生立刻问道。

"有的,先生,"少校说,"有一个男孩儿。"

董贝先生的目光瞅着地面,脸上蒙上一层阴翳。

"淹死了,先生,"少校接着说,"当时那男孩大约四五岁吧。"

"真的吗?"董贝先生抬起头来说。

"他的保姆毫无道理地把他放在一只小船里,船翻了把他淹死了,"少校说,"这就是他的故事。伊迪丝·格兰杰还是伊迪丝·格兰杰;不过,老乔伊·白这条硬汉要是再年轻几岁、再多称点儿钱,那么这个绝代佳人早应该改姓白士度啦。"

说这话的时候,少校抬起了肩膀、鼓起了腮帮,放声大笑起来,他那副尊容活像个营养过剩的恶魔靡菲斯特。

"我想,除非那位夫人不提出异议吧?"董贝先生冷冷地说。

"老天爷呀,先生,"少校说,"像白士度这种人可没有知难而退的习惯。不过这倒是千真万确的:如果不是因为伊迪丝骄傲,她早该有二十次机会嫁人了,先生,她骄傲。"

看董贝先生的脸上的表情,他似乎对她的骄傲并没有不好的看法。

"归根结底,这是一种了不起的品质,"少校说,"天晓得,这还是一种高贵的品质呢!董贝!你自己本人就骄傲,而你的朋友老乔却因此而尊敬你,先生。"

又隔了一天,董贝先生和少校在矿泉水供应室遇见斯丘顿夫人阁下以及她的女儿;第二天,他俩又在他们初次邂逅这对母女处的附近与她们相遇。就像这样,一共碰见了三四回以后,少校纯粹出于对老熟人的礼貌起见,也该花一个晚上去拜访她们呀。董贝先生本来并没有上门拜访的意向,不过,既然少校说了要去,董贝就说他很乐意陪少校一起去。于是少校就在吃饭以前派黑人土著前去送上他和董贝先生的问候,说是假如当天晚上两位女士没有其他约会,他俩将非常荣幸地对她们进行拜访。对于这个信息,黑人土著带来了回复,那是洒上大量香水的一张极小的便笺,是斯丘顿夫人阁下亲笔写给白士度少校的,上面简单扼要地写道,"你是一只讨厌的熊,我本来不想原谅你,不过,要是你真的改得很好了,"这几个字下边还划了线以示重要,"那就来吧。请代问候董贝先生(伊迪丝同候)。"

斯丘顿夫人阁下和她的女儿格兰杰太太在利明顿逗留期间住在一家上流社会人士居住的旅馆,她们要的房间很窄小,设施也不完备,但是收费可够贵的。于是斯丘顿夫人阁下躺在床上时,她的脚不得不抵住窗户,脑袋不得不顶在壁炉上;斯丘顿夫人阁下的女仆则塞在客厅的一只极其窄小的壁橱里,为了不挪动房间里的一应家具设施,她进出壁橱时不得不像一条美女蛇似的蜿蜒移动。威瑟斯,那名满脸病容的侍童,不住在旅馆里,他借宿在附近一家牛奶站紧靠屋檐下的地方,年轻西西弗斯①的石头,也就是他推的那辆轮椅,也在同一家牛奶站的棚屋里过夜,那里的鸡鸭栖息在一辆破驴车里,并且就在驴车里下蛋,根据一切迹象来看,这些鸡鸭准是相信那辆破驴车原本就生长在那里,就像一棵特殊种类的树。

董贝先生和少校发现斯丘顿夫人早就安排妥帖,像克娄巴特拉似的坐在沙发上的靠垫中间。她衣着飘逸动人,当然,和莎士比亚笔下那位连岁月都无法催老的克娄巴特拉相比,还是不像。他们上楼时听到有人在弹奏竖琴,可是在仆人通报他们到来以后,只见伊迪丝从竖琴旁站起身来,她显得比以前更俊美、更傲慢了。这位女士的美,有这样一个显著的特点,那就是:它像是不需要她的帮助就会自动地充分展现,即使她不想炫示自己也办不到。她知道自己很美,想要不美都不可能,但是她似乎想用她的骄傲向自己挑战。

是否由于她觉得她的魅力只会招致毫无价值的爱慕,因而她就轻视自己的魅力呢?抑或她是在蓄意如此运用自己的魅力,好

---

① 西西弗斯,希腊神话中的暴君,死后被罚推石上山,石块推到高处总会滚下,他只得再往上推,永无休止。

让因她而心动的人们更加觉得其珍贵?那些真正珍视她的魅力的人们,几乎从不停下来考虑考虑。

"格兰杰太太,"董贝先生向她走近一步说,"但愿我们俩没有打断你的弹奏,有没有呀?"

"被你们打断?噢,没有!"

"那么你为什么不继续弹奏呢,我最亲爱的伊迪丝?"克娄巴特拉说。

"我终止,正如我开始……都凭我兴之所至。"

她说这句话时那种优雅精致的漫不经心,与感觉迟钝、冷漠无情的漫不经心迥然不同,因为这表明了她内心的骄傲,她随意用手指溜过琴弦的动作,把她这种心情衬托得更明显了,她离开了房间里放置竖琴的一端。

"你知道吗,董贝先生,"那位故作感伤、引人怜惜的母亲挥动着手里那块挡热板说,"我最亲爱的伊迪丝偶尔也会和我看法不一……"

"偶尔,而不是经常,是吧,妈妈?"伊迪丝说。

"噢,不是经常,我的宝贝!咄,咄,要是经常那样的话,我的心要碎了,"她的母亲说时,想用手里的挡热板拍拍她以示亲热,但是没有得到伊迪丝的配合,"……也就是在必须奉行冷冰冰的陈规习俗的那些小事情上吧?我们为什么不能变得更加自然呢?天哪!那些已经深深植入我们心中的渴望、激情,以及强烈的悸动,这一切是多么迷人,我们为什么不能变得更加自然呢?"

董贝先生说,老夫人的话千真万确,千真万确。

"我想,如果我们努力这么做的话,为什么我们不能变得更加自然呢?"斯丘顿夫人说。

董贝先生认为老夫人的要求是能够达到的。

"绝对不行,夫人,"少校说,"我们没有条件这么做。除非世上的人都和乔·白一个样——坚强而直率的老乔,夫人,清清白白的红鲱鱼①,连鱼卵都是硬的,先生——我们没有条件这么做。"

"你这个淘气的异教徒,"斯丘顿夫人说,"闭嘴。"

"克娄巴特拉下命令,"少校回答时还在自己手上吻了一下,"安东尼·白士度服从。"

"这是个没有感觉的人。"斯丘顿夫人说时作出很凶的样子,举起手里的挡热板,像是要把少校挡开。"没有同情心。要是没有了同情,我们生活的目的何在!除了它,世上还有什么能如此可爱!在我们这么冰冷、冰冷的人世间要是没有这一缕阳光,"斯丘顿夫人说着伸手整理一下领口的花边,带着得意的样子,自我欣赏她手腕以上那干枯的胳臂,"教人怎么忍受得了?总而言之,冷酷无情的人呀!"她的目光绕过挡热板边沿望着少校,"我宁愿我的世界里充满真心;特别可爱的是忠诚,我不允许你来捣乱,听见了没有?"

少校回答说,克娄巴特拉坚持要世界上充满真心,并且还要求全世界的心都归她一个人所有,这倒也确实不容易;他这番话迫使克娄巴特拉提醒他说,她决不能容忍阿谀奉承,如果他胆敢再用这种腔调对她说话,她只能请他回家了。

刚好这时候,满面病容的威瑟斯送上了茶点,董贝先生又一次对伊迪丝说话。

"看样子这地方可以交往的人不是太多吧?"董贝先生以他习惯的那种严肃的绅士派头说道。

"依我看,是不多。我们不接待任何人。"

"唔,这倒是真的,"斯丘顿夫人在睡椅上欠身说,"在这个时候,此地也没有什么人是我们特别想交往的。"

---

① 红鲱鱼,英国俚语,意即"老兵"。当时英国军装是红色的。

"这些人的心不够真。"伊迪丝微微一笑。她的微笑多么奇特:朦朦胧胧,似曙光,又似黄昏。

"你们看,我最亲爱的伊迪丝又在挖苦我了!"她的母亲说时摇摇头:她的头有时自己会微微晃动,似乎她的痉挛征兆间或要闪现出来与她戴的钻石比个高低,"淘气包!"

"要是我没有猜错的话,我想这个地方你以前一定来过的吧?"董贝先生还是对伊迪丝说。

"噢,好几次了。我想我们什么地方都去过了。"

"这一带是美丽的乡间景色!"

"我想是吧,每一个人都这么说。"

"你的表哥菲尼克斯就这么大声疾呼,伊迪丝。"她母亲靠在躺椅上插话说。

她女儿微微转动她那优雅的头颅,眉毛只抬起一根头发丝这么高,似乎她的菲尼克斯表哥是人世间最不值得关注的一个,她的目光又转向董贝先生。

"为了保持我品位高雅的名声,但愿我对周围的地方都感觉厌烦了。"

"夫人,你几乎有理由这么说,"他回答时,眼睛看着散放在房间各处的许多幅各色风景画,他已经认出其中几幅画画的正是邻近的景色,"假如这些美丽的作品都出自你的手笔的话。"

她没有回答他的话,只是倨傲地坐着,尽管她很美,但那种神态还是挺让人吃惊的。

"邻近的景色引起你的关注了吗?"董贝先生说,"它们是不是你的手笔?"

"是的。"

"而且你还善于奏琴,这我已经知道了。"

"是的。"

"还会唱歌?"

"是的。"

她回答了他的所有问题,但显得勉强,这种神态很不寻常:人们早就注意到,她的美丽中还伴生着一种好像与自己过不去似的不寻常的样子。然而,她并不窘迫,而是完全地镇定自若。她并不想回避这场对话,因为她在和他谈话时,不但脸一直朝向他,而且尽量注意不失风度;直到他说完了话,她仍保持着这副神态。

"你至少有很多办法,可以消愁解闷。"董贝先生说。

"不管这些办法有多大功效,"她回答,"现在你已经全都知道了。我再也没有别的了。"

"我是否可以奢望把它们全都验证一下?"董贝先生以对女性庄重而殷勤的态度问,他放下刚拿在手里的一幅画,朝竖琴所在的地方走去。

"噢,当然可以!如果你想要的话!"

说着,她就站起身来,穿过她母亲的睡椅,向她递过一个庄严的神色,尽管只有短暂的一瞬,但这神色中却有着多重的涵义(谁要是看见就好了),尽管她没有真的在笑,但压倒其他一切表情的就是那朦朦胧胧、似曙光又似黄昏的微笑。就这样,她走出了房间。

这会儿少校已经充分地得到了原谅,他把一张有轮子的小桌推到了克娄巴特拉的面前,坐下来陪她玩用三十二张纸牌玩的游戏。董贝先生不会玩,坐下来看他俩玩,想一面跟他们学一手,一面等待伊迪丝回来。

"董贝先生,我想我们就能欣赏到音乐了吧?"克娄巴特拉说。

"格兰杰太太已经非常好心地答应了。"董贝先生说。

"啊!这太让人高兴了。是你提出来的吧,少校?"

"不,夫人,"少校说,"我可不会这么提议。"

"你是个野蛮人,"贵妇人说,"我这一手牌也被你毁了。董贝先生,你喜爱音乐吧?"

"非常喜爱。"董贝先生这样回答。

"好。这好极了,"克娄巴特拉看着手里的牌说,"音乐里包含着许多真心——关于已经逝去的生活情状的朦胧回忆——所有这一切——都如此真正的迷人。你知道吗,"克娄巴特拉假笑着把那张倒置的梅花杰克摆正过来,"如果要问我,有什么东西可以诱使我结束生命,那就是对生命真谛和意蕴的好奇心,总想问个究竟;真的,有多少神奇的事情不为我们所知,它们煽起我们的探索热情,少校,该你出牌了。"

少校出了牌;董贝先生在一旁观看,像是在跟他学,他本来会被弄得脑子一团混乱的,但是,幸亏他对玩牌之类的事根本没有上心,他坐在那里一心只惦记着伊迪丝什么时候能回来。

她终于返回,来到竖琴前坐了下来,董贝先生站起身来走到她跟前站定,开始聆听。他对音乐毫无品位,对她演奏的曲子一无所知,但是,当他看到她俯身在竖琴前时,也许从琴弦的颤动中,他恍恍惚惚地听到了自己的音乐,它驯服了铁路上那头不可阻挡的怪兽。

克娄巴特拉玩纸牌时真的目光锐利。她的眼睛像鸟雀的眼睛一样闪闪发亮,盯住的不仅仅是牌局,它穿透房间里的一切,从这头到那头,闪烁在竖琴、演奏者、听琴人以及一切事物身上。

高傲的美女弹奏完后,站起身来,接受了董贝先生以先前同样的方式所表达的感谢和恭维,她未作停顿,径直地走到钢琴前,开始演奏。

伊迪丝·格兰杰呀,你弹什么曲子不好,却偏偏弹了这一首!伊迪丝·格兰杰,你长得美丽非凡,你触键的技巧堪称辉煌,你的歌声浑厚丰润;可是请你千万别唱他那被冷落的女儿对他死去的儿子所唱的那首歌!

可叹呀,他根本没有听出来;如果他听得出来的话,那么她还能奏出哪一首歌,更能搅乱他僵硬的灵魂呢!睡吧,寂寞的弗洛伦斯,睡吧!愿你在睡梦中享受安宁,尽管夜色愈加黑暗,天空中聚集着乌云,眼看一场冰雹即将降临!

第二十二章　商行经理卡克先生小施手段

商行经理卡克先生坐在他的办公桌前,圆滑光鲜,静如处子,一如既往,正在阅读有待他拆阅的一批信函,并根据业务要求不时地在信函背面写上处理意见和批示,并把它们分成几小摞,准备分送商行的几个业务部门去办。那天早晨送来的邮件很多,商行经理卡克先生十分忙碌。

担任这种职务的人通常都有这样的动作:手持信函从头至尾阅读里面的内容,把它们分门别类,然后再拿起另一沓信函,皱起眉噘起嘴仔细审阅,轮番加以挑拣、分类和思索。他这动作很容易使人产生一个古怪的联想:此人像是一位玩纸牌的赌徒。商行经理卡克先生的脸与上述古怪的联想完全相符。那是一张仔细琢磨着自己牌局的赌徒的脸,怎样玩会输,怎样玩能赢,他都了然于心。曾经亮出过的牌他都记得一清二楚,他知道哪些牌已经出过了、还缺哪些、能完成哪些搭配。他机灵到能算准对手们手里有什么牌,却不让别人猜出自己手里的牌。

来信是用各种不同语文写的,但卡克先生都能阅读。要是董贝父子商行里还有什么他读不懂的东西的话,那就好比一副纸牌里会缺少一张。他几乎只要扫上一眼,就能知道这封信函与那封信函、这桩买卖与那桩买卖之间的内在联系,他接连往下看,一边随手往不同类别的信函堆上增添新材料。他就像一名只要扫上一眼就能记住牌、翻转过来心里就清楚该如何搭配的赌徒。商行经理卡克先生独自坐着玩他的游戏,阳光透过天窗斜射在他身上;无论从搭档或对手的角度看来,此人都过于莫测高深。

尽管玩纸牌游戏并非猫族的天性,无论是野猫还是家猫,然而商行经理卡克先生从头到脚都像猫似的机灵,此刻,一缕夏日温暖的阳光正照射着他的办公桌和周围的地面,阳光照亮的地方就像一架扭曲变形的日晷仪,而他本人则是日晷仪上唯一的数字。他的头发和颊须颜色本来就浅,被充足的阳光一照就显得更加浅了,活像一只沙色花斑家猫身上皮毛的颜色。他的指甲留得很长很尖,修剪得十分整齐。他天生有洁癖,有时一粒尘垢飘然而降会使他停下工作,留意观察,一旦落在自己洁白细嫩的手上,或是光洁的白衬衫上,他总会及时拂去。这就是商行经理卡克先生:举止灵巧,牙齿锐利,脚步轻柔,目光机警,巧舌如簧,心肠狠毒,衣着讲究,此时正怀着无可挑剔的耐心和恒心坐在那里工作,就好像是一只家猫在老鼠洞外守候。

这些信函终于处理完毕,只留下需要特别仔细阅读的一封。商行经理卡克先生把更为重要的信函放进一只抽屉里锁好,然后就打铃叫人。

"你怎么来了?"见到应声前来的是他的哥哥,经理就撂出这么一句。

"听差不在,这种活就应该由我来接。"他哥哥谦卑地回答。

"应该由你来接?"经理喃喃地说,"是啊!瞧我多有面子呀!是吧!"

他指了指桌上那堆已经拆阅的信,就态度十分倨傲地在扶手椅里转过身子,撕开握在手里的那封信的封口。

"对不起,詹姆斯,我真不愿意打扰你,"他哥哥一边归拢桌上的信一边说,"不过……"

"噢!你还有话要说。我知道的。你想说什么?"

商行经理卡克先生连眼皮都没抬,正眼都不瞧他哥哥一下,只是盯着手里拿着的那封还没展开的信。

"你想说什么?"他用尖刻的口气重复一遍。

"我很担心哈丽特的情况。"

"哈丽特是谁?什么哈丽特?我认识的人里没有叫这名字的。"

"她身体不好,最近变化可大啦。"

"她变化很大,那已经是很多年以前的事了,"经理回答,"这就是我不得不说的话。"

"我在想,不知道你是不是愿意听我说下去……"

"我为什么要听你说话,约翰哥哥?"经理特别以嘲讽的口吻着重说最后那个称呼,他脑袋往后一仰,但是连眼皮都没有抬一抬,"我告诉你,哈丽特早在很多年以前就已经在她两个哥哥中作出了选择。她可以后悔,不过她必须承受自己选择的后果。"

"请别误会我的意思。我没有说她为自己的选择感到后悔。如果我暗示出这样的意思,那将是为人不齿的忘恩负义,"他哥哥说,"请你相信我,詹姆斯,对于她作出的牺牲,我和你一样感到难过。"

"和我一样?"经理嚷道,"和我一样?"

"一样为她作出的选择感到难过——你是把这称作她的选择的——你为此十分恼怒。"低级职员说。

"恼怒?"经理张开嘴说,亮出了满口牙齿。

"那就说不高兴。随你喜欢用什么词儿吧。你懂得我的意思。我决没有冒犯你的意思。"

"你做的一切事情都是在冒犯我,"他的弟弟回答,突然对他怒目而视,但是只盯了他一小会儿,就换上一副微笑的表情,只是将嘴张得更开了,"请把那堆信函拿走。我忙着呢。"

他的客气比他的愤怒更加伤人,低级职员向门口退去。刚走到门口,他就停下脚步,扭过脸来往回看,他说:

"在我第一次干出丢脸的事,引起你第一次发出正义的怒火时,哈丽特徒劳地试图为我向你求情;当她出于对于一个已经毁掉了的哥哥的错爱,牺牲了自己,离开了你,詹姆斯,决心与身败名裂的我共命运,因为除了她,我在世上就没有任何人可以依靠,只有绝望;那时的她,年轻而漂亮。我想,如果你现在见到她——如果你愿意去见她的话——她会使你大吃一惊,不由地产生同情。"

经理低下头,亮出牙齿,就好像人们在听到有人闲谈中不小心说出什么不该说的话时会这样说,"天哪!是那么回事吗?"但他什么话都不说。

"在过去那些日子里,我俩,你和我,都这么想:她年纪轻轻就会出嫁,过上幸福、舒心的日子,"那位哥哥说,"噢,如果你知道,她是多么心甘情愿地放弃这光明前景,走她选择的道路,一次也没有回首顾盼,那么你就再也不会说出你从来没有听说过她的名字之类的话,决不会了!"

经理再一次低下头,露出牙齿,似乎在说,"确实了不起!你的话真使我吃惊!"但他还是什么话都不说。

"我能接着说吗?"约翰·卡克口气温和地问。

"接着走吗?"他的弟弟微笑着回应,"那你就算做好事了。"

约翰·卡克叹了口气,缓步往门外挪动,刚跨出门口就听到他弟弟的声音,叫他停一停。

"如果她过去、现在都心甘情愿地走自己的路,"他说时把手里那封还没展开的信扔在桌上,双手着着实实地插在口袋里,"那就请你告诉她:我也心甘情愿地走自己的路。如果她一次也没有回首顾盼,那就请你告诉她:我有时候会回想起她袒护你的情景,于是我的决心就会……"说到这里他的微笑极为动人,"比磐石更加坚定。"

"关于你,我什么话都没对她说。我们俩从来也不谈论你。每年一度,在你生日那天,哈丽特总会说,'让我们记住詹姆斯这个名字,并祝愿他幸福,'除此之外,就再也不说什么了。"

"既然如此,"弟弟说,"那就请你说给自己听吧。你对自己重复千遍都不嫌多,好让你记住:在我面前必须避开这个话题。我不认识哈丽特·卡克。没有这么一个人。也许你有这么一个妹妹,把她看得很重。我没有。"

商行经理卡克先生重新拿起那封信来,朝门口挥了挥,脸上挂着故作礼貌似的嘲讽的微笑。当他哥哥向门口退去时,他把信页展开,他阴沉沉的目光一直把他哥哥送出房间,然后他在扶手椅里再次转动一下身子,专心致志地研究信的内容。

这是他了不起的大老板董贝先生的亲笔信,寄自利明顿。尽管卡克先生阅读一切其他信函时效率极高,看得飞快,但这封信却读得很慢,边读边掂量每个字的轻重,他的每一颗牙齿都调动起来对着它。看过一遍,又从头至尾再看一遍,特别挑出重点段落。"我感觉这次的变动对我大有裨益,迄今还不准备定下返程的时间。""卡克,我希望你能作好安排,亲自到我这里来一趟,以便当面向我汇报业务进展情况。""我忘了对你提起年轻的盖伊了。如果他搭乘的'子嗣号'船还停在码头没有出发,那么暂时把他留在城里,另外派一名年轻人去吧。我还没有作出最后决定。""非常不幸!"商行经理卡克先生说,"他早就走远了。"说时,他那张嘴拉得很开,好像是用印度橡胶做的。

作为书信附言的那段话再一次引起他的注意,再一次让他张开嘴把牙齿统统亮了出来。

"我想,"他说,"我的好朋友柯特船长那天提起过,他会随着拖船进港的事儿。真可惜,他早就离得远远的了!"

他把信页重新叠好,坐着琢磨其中的意味,他一会儿把信竖立在桌上,一会儿又把信横立在桌上,信页的四个边轮转了一遍又一遍——也许对书信的内容也琢磨了一遍又一遍——直到听差珀奇先生在门上轻声敲了敲,然后踮着脚走进房间,他走每一步时腰都是弯弯的,似乎弓腰曲背是他的人生乐事。他把一些文件放在经理的办公桌上。

"先生,您可以接见个外人吗?"珀奇先生搓着双手问,恭恭敬敬地把脑袋歪在一边,似乎他感觉到在这位大人物面前他是没有资格挺直脑袋的,而且躲得愈远愈是不会碍大人物的事。

"谁想见我?"

"啊,先生,"珀奇先生语声轻柔,"这会儿其实也说不上有什么要紧的人求见。航海仪器商吉尔思先生来过,先生,说是有一些关于还款的琐事要见您,我对他说了,先生,您正忙得不可开交,不可开交。"

珀奇先生用手捂住嘴咳嗽一声,等待经理进一步指示。

"还有别的人吗?"

"啊,先生,"珀奇先生说,"我不敢擅自提起,先生,还有别的人求见;不过,昨天以及上星期来过的那个男孩儿,先生,又在附近闲逛来着;看到他,先生,"说到这里,珀奇先生住了口,跑去把门关上,"对着院子里那群麻雀吹口哨,逗着它们作出回应,也不像是有什么正经事儿。"

"你说起过,他想找份差使干,是不是啊,珀奇?"卡克先生身子往后,朝椅背一靠,眼望着小听差问道。

"对了,先生,"珀奇用手捂住嘴又咳嗽一声说,"看他的表情,我敢肯定他准是想找份工作,他寻思着能在码头上给他安排个活儿干,他老是在那里用钓竿、钓丝钓鱼来着,可是……"珀奇先生摇摇头,也不知道他想表达什么意思。

"他来的时候说什么啦？"卡克先生问。

"确实说了,先生,"珀奇先生又用手捂住嘴咳嗽一声,当他想不出其他办法时,总是用这个动作来表示谦卑,"看他的表情,他大概想表示这样的意思:他恳求能见到商行的一位先生,他想挣口饭吃。不过,先生,您知道,"珀奇先生把嗓音压低到讲悄悄话的程度,出于不变的信念,他转过身去,用手和膝盖顶了顶早已关好的门,他似乎相信,这样一来可以使它关得更加严实,"这真让人受不了,先生,一个像他那样再普通不过的男孩儿,在这里晃来晃去,说是他妈妈以前给商行的少东家当过奶妈,就凭这一点,他指望商行能给他一个机会。我可以肯定,先生,"珀奇先生评论道,"尽管当年珀奇太太也曾经给一个小女孩儿喂过奶,还把她喂得很壮实,先生,我们私下里也把这个女孩儿当成我们的家庭成员,但是我决不会这样不知分寸,暗示出她有当少东家的奶妈的资格,尽管这样我也从来没有露出过一丝口风！"

卡克先生像条大鲨鱼似的朝他露齿一笑,不过他另有关注,心思没有用在珀奇身上。

珀奇先生沉默片刻,又咳嗽一声,建议说,"最好的办法是不是由我去对他说,要是再看到他在这里晃悠,就把他抓起来,抓了就不放！要是说起身体上的恐惧感,"珀奇先生说,"我本人天生就胆小,先生,珀奇太太的状况弄得我神经衰弱,这一点我可以毫不费力地作出书面担保。"

"让我见见这个家伙,珀奇,"卡克先生说,"带他进来！"

"好的,先生。请您原谅,先生,"珀奇先生走到门口又犹豫起来,"看他的样子,先生,他像是个粗俗无礼的人。"

"那倒没关系。如果他还在,就带他进来。我马上就会接见吉尔思先生的。让他等一等。"

珀奇鞠了一躬,小心翼翼、仔仔细细地把门关好,就好像他一星期之内不会再回到这里来了,然后就到院子里那群麻雀中间去寻找。他一出房间,卡克先生就以他喜欢采用的姿势站在壁炉前,眼睛盯着房门;他微笑时卷起了下嘴唇,把上边一整排牙齿都亮了出来;此时他呈现一种奇特的蛰伏状。

不一会儿听差就回来了,跟随在他身后的是一双笨重的靴子,噔噔地沿着走廊走来,像是在搬运箱子。随着不礼貌的一声招呼"快跟上呀,你!"——珀奇嘴里说出的很不寻常的介绍话——他就领进来一个身材粗壮的十五岁男孩,圆滚滚的红脸蛋,圆滚滚的脑袋上有一层柔发,圆滚滚的黑眼睛,圆滚滚的手脚,圆滚滚的身体,不仅如此,他手里还拿着一顶没有帽檐的圆帽子,这样就给他圆滚滚的总体形象画上了个圆满的记号。

卡克先生微微点头示意,珀奇立即服从,他把来人领到这位绅士面前后,马上就退出了房间。卡克先生就在和来人单独面对的瞬间,也没有说出一个字好让对方有个心理准备,就猝不及防地掐住他的脖子,猛烈地摇晃他,简直像是要把他的脑袋从肩膀上摇晃下来。

那个惊惶失措的男孩儿,只能使劲盯着掐住他脖子的那位绅士,盯着他亮出的那么多颗白牙齿,以及办公室的墙壁,那男孩儿像是已经下定决心,即使他真的会被掐死,他也要用临终前的一瞥,窥透何以他的闯入会受到如此严厉惩罚的奥秘。他终于喊出:

"得啦,先生!你放开我,行不行!"

"放开你!"卡克先生说,"怎么!我逮住你了,对不对?"这一点毫无疑问,而且逮得紧紧的。"你这狗东西,"卡克先生咬牙切齿地说,"我要掐死你!"

小锅炉啜泣起来,那人会掐死他吗?噢,不,不会的——那人为什么要这么做呢——那人为什么不去掐死个身量跟他一般大小的什么人而放过他呢?小锅炉被那人接待自己的特殊方式震慑住了,当对方不再摇晃他的脑袋,他的目光正对着那位绅士的脸,或者说是牙齿时,只见那人对着自己嗥叫,他一时忘记了男子汉应有的气概,竟大哭起来。

"我对你可是什么坏事都没干呀,先生。"小锅炉说,他也叫罗布(罗宾),又叫碾磨工,固定的姓氏是涂德尔。

"你这个小坏蛋!"卡克先生说时慢慢地松开卡住他脖子的手,退后一步,回到他喜欢待着的位置,"你敢闯到这里来是什么意思?"

"我没有什么不好的意思,先生,"罗布啜泣着伸出一只手护住自己的脖子,用另一只手的指关节护住自己的眼睛,"我再也不上这儿来了,先生。我只想找份工作。"

"还想找工作哪,你这个小该隐①!"卡克先生说时仔细盯着他,"你不是伦敦城里最懒惰的瘪三吗?"

这个骂名与他的品格最贴切,打着了他的痛处,因而小涂德尔先生连一句替自己辩白的话都说不出来。于是他站着眼睛直盯着这位绅士,心里充满惊恐、自责和悔恨。至于说他为什么要盯着卡克先生,也许可以这么解释:那是因为他已深深地被对方所吸引,他那双圆滚滚的眼睛一会儿也离不了他。

"你偷不偷东西?"卡克先生问,双手插在身子背后的口袋里。

"我不偷,先生。"罗布用恳求的口气说。

"你偷!"卡克先生说。

"我真的不偷,先生,"罗布啜泣地说,"我从来不干小偷的事儿,先生,您相信我好了。我知道,先生,自打我靠逮鸟和竞走打赌赚钱以来,我就开始学坏了。我可以肯定,人家总以为……"说到这里,一阵忏悔意识涌上小涂德尔先生的心头,"和发出好听声音

---

① 该隐,《圣经·旧约·创世记》中杀死亲弟亚伯的恶人。

的鸟儿做伴绝没有什么害处,可谁也不知道,其实小小的鸟儿带来的害处可大啦,它们会使人堕落。"

它们似乎使他堕落到穿一身破旧不堪的假天鹅绒夹克和裤子,一件特别窄小的红背心箍在身上就像鸟类脖子底下的杂色毛,背心下露出蓝格子布,还有就是前面提到过的那顶帽子。

"自从那些鸟儿把我的心思全占了去,我离家出走过二十次,"罗布说,"那只是在十个月里头的事。家里的人看见我全都痛不欲生,你叫我怎么回去!我真不知道自己……"小锅炉用衣袖揉搓眼睛,干脆哭诉起来,"当初干吗不一次次地投河自尽。"

男孩所说的一切,包括他对自己未能完成那极为罕见的最后表演所感到的惊讶,似乎都是卡克先生的牙齿从他身上拽出来的,当那两排牙齿充分显露时,巨大的吸引力使他的一切秘密都无所遁其形。

"你是一位讨人喜欢的小绅士!"卡克先生对他摇摇头说,"绞刑架上用的麻绳,那麻籽已经为你播种下去了,我的好伙计!"

"这我相信,先生,"倒霉的小锅炉又开始哭诉了,又一次借助衣袖揉搓眼睛,"有时我想,如果那麻长起来我也不在乎。我倒霉全是从溜边儿开始的,先生;不过,除了溜边儿,我还能有什么别的办法呢?"

"除了什么?"卡克先生说。

"溜边儿,先生。就是不到学校去上学。"

"你的意思是说,假装去上学,其实不去,是吧?"卡克先生说。

"是的,先生,溜边儿就是这个意思,先生,"一度是碾磨慈幼学校学生的他情绪激动地说,"我去上学的时候,先生,他们就一路上追我、打我,到学校门口时都快把我揍烂了。所以我就溜边儿,把自己藏起来,从此就开始倒霉了。"

"你意思是想对我说,"卡克先生再一次掐住他的脖子,把他推到一臂之遥,默默地盯住他看了一会儿,"你想找一份工作,是不是?"

"先生,如果你能试用我,我会感恩的。"小涂德尔声音微弱地说。

商行经理卡克先生把他朝后推到墙角一隅——那男孩默然顺从,连大气都不敢出一口,双眼一直盯在经理的脸上——便打铃叫人。

"去通知吉尔思先生到这里来。"

珀奇先生对上司过于恭顺,见了被逼进墙角的男孩,丝毫不敢流露出惊讶或留意的神色。索尔舅舅立刻到来。

"吉尔思先生!"卡克先生微笑着说,"请坐。你好吗?我想你身体一直保养得不错,是吧?"

"谢谢,先生,"索尔舅舅说着从口袋里掏出记事本,一面递过几张钞票,"我倒也没病,只是老了。这里是二十五英镑,先生。"

"你真是精准及时,吉尔思先生,"经理微笑着打开许多抽屉中的一个,取出一纸文书,在吉尔思先生的审视下,在还款记录上签注,"就像你制作的一件航海计时器。一点不错。"

"我查过船舶目录了,上面没有提到'子嗣号'。"索尔舅舅说,他本来说话声音就发颤,现在似乎颤抖得更厉害了一些。

"是没有提到'子嗣号',"卡克回答,"看来天气不好,遇到风浪了,吉尔思先生,也许那艘船偏离了航道。"

"我相信上帝会保佑它平安!"老索尔说。

"我相信上帝会保佑它平安!"卡克先生以他特有的方式表示同意,只动嘴唇不发声音。观察力敏锐的小涂德尔看见了,再一次吓得发抖。"吉尔思先生,"他在椅子上往后一靠,这回大声说,"你一定很想念你的外甥吧?"

站在他身边的索尔舅舅摇摇头,胸中涌起一声深深的叹息。

"吉尔思先生,"卡克说时抬起目光注视着航海仪器制造商的脸,一边用他那只柔嫩的手抚摸自己的嘴巴,"现在你的店里如果有个小伙子倒可以给你做个伴儿,要是你能安排出个房间让他暂时住一住,那就帮了我的大忙了。不,说实话,"他料到老人准备说什么,赶快又加上一句,"我知道,你店里生意清淡;不过你可以让他打扫屋子、擦亮仪器,做壮工,吉尔思先生。就是这个男孩儿!"

吉尔思先生把额头上的眼镜拉到眼睛前面来,观看在墙角里站得笔直的小涂德尔:那小子的脑袋像是刚从一桶冷水里捞起来的(他一贯如此),紧紧箍在他身上的那件背心随着他的情绪波动而迅速地起伏,他的双眼目不转睛地盯住卡克先生,对建议做他新主人的吉尔思先生都没有看上一眼。

"你能给他安排个住处吗,吉尔思先生?"经理说。

老吉尔思对这件事虽缺乏热情,仍回答说自己乐于有机会,哪怕是小小的机会,来满足卡克先生的要求,还说经理在这件事上的心愿,对自己说来就是命令:木制海军准尉将乐于接纳卡克先生选中的任何人前来住宿。

卡克先生微笑时张开嘴,把上下齿龈都露了出来:一直在观察他的小涂德尔颤抖得越发厉害了。卡克先生态度极其和蔼地表示,航海仪器制造商这么客气,很使他感动。

"那么我就把他交给你了,吉尔思先生,"他站起身来和老人握了握手说,"让我再来想想,他能干些什么,我能为他做些什么,再最后拿定主意。我总觉得我对他负有责任,吉尔思先生,"说到这里,他张大嘴对罗布微笑了一下,让罗布见了浑身发抖,"所以说,要是你能对他严加管束,并且把他的行为表现向我汇报,我将会很高兴。今天下午我骑马回家时会问他的父母(他们都是规矩人)一两个问题,核对一下他所叙述的某些细节是否属实,等做过了这些以后,吉尔思先生,我明天早晨再把他送到你那里。再见!"

送别时,他张嘴微笑,把满口牙齿都亮了出来,这使老索尔感到慌乱,心里模模糊糊地觉得不舒服。他回到家,惦记着汹涌的大海、沉没的船只、溺毙的人们、一瓶还没有见过天日的马德拉酒,还有其他令人灰心丧气的事。

"喏,孩子!"卡克先生把手放在小涂德尔的肩膀上说,一边引领他从墙角来到屋子中间,"我的话你都听到了吗?"

罗布说:"听到了,先生。"

"也许你听明白了,"他的恩主接着说,"如果你欺骗我、对我玩花招,那么你倒不如在来这儿以前先把自己淹死的好,真的,那不就一了百了啦?"

看来他的话罗布确实听明白了,理解程度超过他对任何一种门类的精神财富的领悟。

"如果你在任何事情上对我撒了谎,"卡克先生说,"那就永远别再让我碰见你。如果你没对我撒谎,那么今天下午你就在你母亲家附近的什么地方等我。我五点钟下班,骑马回去。现在,把你家的住址告诉我。"

罗布慢慢说,让卡克先生用笔记下来。罗布甚至把字母都拼读出来,而且一个字母一个字母拼读了两遍,他似乎觉得自己万一漏掉一点一画,将导致他死无葬身之地。接着卡克先生挥手示意,让他走出门去;直到出门前的一瞬,罗布那双圆滚滚的眼睛仍盯在他的恩主身上,只是暂时看不见了。

那一天里,商行经理卡克先生处理了大量业务,把他那口白牙向许多人免费展示。在办公室,在庭院里,在大街上,在交易所内,他的牙齿闪闪发光、森然直立,到了可怕的程度。五点钟到了,卡克先生的那匹红棕色的马也备好了,那副白牙也随主人上了马,行进到奇普赛德街时更是熠熠生辉。

那时正值下班高峰,人流滚滚、交通壅塞,即使你想骑马快快跑也办不到。不过卡克先生不想快,他悠闲地缓缓前进,在一辆辆运货马车和载人马车之间穿行,在洒过水的路上,他尽量避开太湿太脏的处所,选择干净些的地方走,煞费心机地使自己以及自己的坐骑保持清洁。他一路从容骑马缓驶时,目光扫视着路旁的行人,他突然看到罗布那颗长着一层柔发的脑袋上那双圆滚滚的眼睛,正全神贯注地盯住他的脸,似乎从来也没有离开过。那男孩腰间围着条用大手帕拧成的腰带,活像一条长满斑点的鳗鱼,他作出一副非常醒目的样子,说明他早已做好准备,追随恩主马后,步子的快慢唯恩主的意愿是从。

尽管这样的殷勤侍奉很讨人喜欢,但属于有些异乎寻常的那一类,会吸引街上其他行人的注意,于是卡克先生趁势骑马上了一条交通状况较为通畅的道路,又骑上一条比较清洁的大街,于是放马小跑起来。罗布立即在后面跟着小跑。过了一会儿,卡克先生又放慢骑速,罗布也放慢速度在后面好好侍候。接着是短时间的一阵快跑,那男孩儿照样跟得上。卡克先生每次转眼看男孩所在的那一侧马路时,总能看见小涂德尔不变方向继续前进,显然他一点都不沮丧,跑得很起劲,他双肘摆动的样子,正是那些靠竞走打赌赚钱的专业人员所采用的标准姿势。

有这样一名随从固然可笑,但这正是卡克对罗布影响大小的标志,因而他装出根本没有注意罗布的样子,骑马一直来到涂德尔先生住宅的附近。他刚一放慢骑速,罗布就出现在马前向他指明应该在哪儿拐弯。他在入口处叫来一个男子,叫那人给他看马,自己准备造访斯泰格司花园原址上盖起的新房子,这时罗布尽职尽责地上前抓住马镫,侍候经理下马。

"好了,你老先生,"卡克先生一把抓住他的肩膀说,"快走吧!"

要回到父母的家,这名不肖之子显然心里发怵,但卡克先生推他走在前面,他没了退路,只得打开右边那扇门,硬着头皮走进热闹喧天、围在茶桌旁的一大堆弟弟妹妹们中间。看到家里的不肖之子抓在一名陌生人的手里,这些容易动感情的亲弟弟、亲妹妹们齐声哭叫起来。他母亲抱着最小的娃娃正站在他们中间,她浑身哆嗦,脸都白了,这名不肖之子看在眼里,不禁心如刀割,也加入了这哇哇大哭的合唱队。

无可置疑的是:这名陌生人要不是凯奇先生①本人,也该是他的同伙,孩子们嚎啕大哭,越哭越响,那几个年龄偏小的感情还稚嫩得很,哪里控制得住,竟一个个仰面朝天躺倒了,就像小鸟们被老鹰吓得倒在地上,他们还使劲地用脚蹬踢。最后还是可怜的波莉嘴唇颤抖地发出让别人听得见的声音,她说,"噢,罗布,我可怜的孩子,你到底干出了什么事!"

"我什么都没干呀,妈妈,"罗布用可怜的声音哭诉道,"你问这位绅士好了!"

"不要紧张,"卡克先生说,"我想做一件对他有好处的事。"

听到他这么说,本来还没哭的波莉,再也忍不住哭出了声。年龄较大的几名涂德尔,看样子像是准备用暴力营救人质来着,听到这么说,也都松开了拳头。年龄幼小的几名涂德尔围绕在妈妈的长裙四周,在他们自己一堆圆滚滚胖乎乎的胳膊底下,偷眼观看他们没出息的大哥以及大哥的陌生朋友。每个人心里都在为这位有一口漂亮牙齿的陌生绅士祝福,因为他想做对大哥有好处的事。

"这个家伙,"卡克先生轻轻晃动罗布的身子,对波莉说,"就是你儿子吧,唔,太太?"

---

① 凯奇先生,英国十七世纪的著名绞刑吏。

"是的,先生,"波莉啜泣着说,一边向客人屈膝行礼,"是的,先生。"

"我想,恐怕是个坏儿子吧?"卡克先生说。

"对我说来,他决不是个坏儿子,先生。"波莉回答道。

"那么,对谁说来是呢?"卡克先生又问。

"他稍稍有些不听话,先生,"波莉回答时,她怀抱的婴儿手脚乱动乱伸,想挣脱束缚去够他的大哥小锅炉,她使劲把孩子稳住,"还结交了不该结交的朋友,但是我希望他已经认清了这样做的害处,先生,重新做个好孩子。"

卡克先生看看波莉,看看收拾得干干净净的房间,看看这群洗得干干净净的孩子,他看见前后左右那一张张长得十分相似、结合了父母特点的、涂德尔式淳朴的脸——看来他此行的真正目的已经达到了。

"我想,你的丈夫不在家吧?"他说。

"不在家,先生,"波莉回答,"这会儿他跟车在铁路线上呢。"

那名不肖之子,尽管全部注意力仍集中在他恩主身上,双眼仍盯住卡克先生的脸,只是偶尔用悲哀的目光偷偷看他母亲一眼,听到了这句话,似乎心里一块石头落了地。

"那么,"卡克先生说,"我来告诉你,我是怎样偶尔遇见你们的孩子的,我是个什么人,我准备要为他做些什么。"

卡克先生用他独特的方式,把上述这一切都告诉了波莉;他说,这孩子胆大妄为,竟敢闯到董贝父子商行附近来,他最初打算用非常可怕的手段狠狠教训他。但是,考虑到他年纪还轻,并且有悔改表示,又考虑到他的亲人,自己就心软了。他准备帮助这孩子,但是担心自己无论采取什么步骤都会被人指责为轻率、鲁莽、考虑不周;不过这是他一个人的行为、一个人的决定,由他一个人冒风险并承担全部后果;孩子的母亲以前与董贝先生家的关系和这件事毫不相干,董贝先生本人也与此事丝毫无涉,只有他卡克先生才是这件事的最高决策人兼最高执行人。他把做这件好事的功劳统统归于自己一个人,赢得在场的这一家人高度的尊敬,深深的感恩。卡克先生转弯抹角、然而又清晰无误地让他们知道:罗布要心照不宣,从今往后,他的全部忠诚、热情、奉献都应归于自己,这是自己至少该得到的效忠和敬意。他的话使罗布对这一伟大的真理印象如此深刻,以致当他站在那里看着自己的恩主时,脸颊上热泪滚滚,他不断地点头,直到那颗亮亮的脑袋似乎要从身躯上散落下来,就像当天早晨被同一恩主的双手摇晃时那样。

波莉已经好几个星期没见罗布了,天知道,她为这个走上邪路的头生子不知度过了多少个不眠之夜,这时她恨不得跪倒在商行经理卡克先生的脚下,把他当成善良的天使——尽管他长着这样一副牙齿。但卡克先生站起身来要走,波莉只得用一位母亲对儿子恩主的祈祷和祝福来表示感激;她的谢意十分丰厚,把心里储藏的财富都拿了出来,尤其是因为卡克先生已经为自己做的每件好事都开出了账单,今后卡克先生就算会交还给她大量找头,她付出的谢意也过多了。

当那位绅士从一大堆孩子的缝隙里择路而行,来到门口,罗布退回母亲的身边,带着满腹悔意把她连同她怀抱中的婴儿一起紧紧搂住。

"亲爱的妈妈,现在我要好好努力了。说良心话,我会努力的!"罗布说。

"噢,努力呀,我亲爱的孩子!为了我们,为了你自己,我肯定你一定会努力的!"波莉亲吻着儿子说,"不过,你送走这位绅士以后,还会回来同我说话吗?"

"我也说不上,妈妈。"罗布垂下目光,迟疑起来,"爸爸……什么时候回家?"

"不到凌晨两点钟他不会回家。"

"那么我回来,亲爱的妈妈!"罗布喊道。他答应这一声不要紧,却招来了弟弟妹妹们的大声尖叫,他穿过人堆,跟在卡克先生身后出了门。

"什么!"卡克先生说,他已经听见他们母子的谈话了,"你有一个坏爸爸,是不是?"

"不,先生!"罗布惊愕地说,"世上再也没有比我的爸爸更加好、更加慈祥的爸爸了。"

"那你为什么不想见他呢?"他的恩主问道。

"爸爸和妈妈不是一回事,先生,"罗布迟疑片刻说,"他不会相信我正在变好——我知道他心里其实愿意相信——但是妈妈就不一样了——她始终相信事情会变好,先生;至少我知道我妈妈是这样的,上帝保佑她吧!"

卡克先生的嘴又张大了,但没再说话。他打发走给他看马的那个人,纵身上马,当他坐在马鞍上从容俯视着男孩殷勤留意的脸时,他说:

"你明天早上来见我,我再告诉你那位老绅士住在什么地方;就是今天早晨和我会面的那位老绅士;你听见我说的话了,你就是要到他那儿去。"

"是的,先生。"罗布说。

"我对那位老绅士非常关心,你为他效劳,就是为我效劳,你懂不懂?好吧,"他看到当他告诉这男孩这些话时,那张圆滚滚的脸蛋发亮了,就赶紧打断他说,"我知道你明白这个道理。我想知道有关这位老绅士的所有情况,他一天一天是怎么过的——因为我急于想帮他的忙——特别想知道有什么人跑去看他。你懂了吗?"

罗布的脸凝固不动,他点点头,又说了一遍:"是,先生!"

"我想知道,还有些朋友在关心他,没有抛弃他——因为他现在的生活的确非常孤单,可怜的人;不过还有人喜欢他,喜欢他那个已经远去的外甥。有一位非常年轻的小姐也许会跑去看他。我特别想知道有关她的一切情况。"

"我会小心留意的,先生。"男孩说。

"要小心,"他的恩主俯下身躯,把露齿而笑的脸更靠近那男孩的脸,用马鞭的把手碰一下男孩的肩膀说,"我交给你办的事决不能跟任何人透露,只许向我一个人报告。"

"不跟世界上任何人透露,先生。"罗布摇着脑袋答应道。

"就连那里的人也不说,"卡克先生指一指他们刚离开的地方,"其他任何地方的人就更不能说了。我会试探你是否真心,是否感恩。我会考验你的!"说这番话时,他露出牙齿,摆动脑袋,与其说在许愿,不如说在威胁,他策马转身离去,罗布看不见他的脸了,但他的视线仍像钉子一样牢牢钉住恩主离去的方向,这男孩的全部身心,像是着了恩主的魔似的。卡克先生策马小跑了一阵,发觉他的忠仆一如既往还在跟着他,在马后追随,引起各色行人的极大兴趣,于是他勒住马,命令他走开。为了证实罗布的服从遵命,他骑在马上还回过头来看着他退走。即使这样,罗布仍不肯将目光完全离开恩主的脸,仍一次又一次不住地回过头去看他,受到街上其他行人猛烈的冲撞和推挤:他的心只追求一个至高无上的理想,对此他毫不在意。

商行经理卡克先生骑马以一般步速前行,他态度从容,踌躇满志,因为他已经把一天的事情都处理完毕,心头已轻松自在,无所牵挂。他得意洋洋,态度亲切,沿着大街小心往前骑时,嘴里还哼唱起温柔的曲调来。他像是一只猫似的呜呜叫,他非常快乐。

卡克先生在想象中,也有几分渴望享受壁炉的温暖。像猫一样舒坦地蜷伏在某个炉脚边,随着他的兴之所至和时机的出现,他准备一跃而起,去撕碎、去抓挠什么东西,或加以温柔的抚摸。可有什么鸟笼里的鸟,在吸引着他的注意?

"一位非常年轻的女士!"商行经理卡克先生一边哼着歌一边想,"啊!我上次见到她,她还是个小女孩儿。乌黑的眼珠、乌黑的头发,我记得,姣好的脸蛋;非常姣好的脸蛋!我敢肯定她确实漂亮。"

想到这里他的心情更加愉快,态度更加和蔼,哼唱歌曲时许多颗牙齿随之颤抖;卡克先生小心地择路前行,最后来到董贝先生住宅所在的那条绿树成荫的大街。他刚才忙得很,一直在好几张姣好的脸庞上编织蜘蛛网,把它们盖住,他几乎没有意识到自己已经骑到什么地方了,直到他望见高高屋宇那冷冰冰的外观,才在离大门几码远的地方迅速勒住了马。要说明卡克先生何以要如此迅速地将马勒住,何以对他看到的景象大为吃惊,还有几句闲话需要交代。

涂茨先生从勃林茂书院的奴役下解放出来,接受了一份属于他的世俗财产,在他最后半年的见习期里,他每天晚上总要去找费德尔先生说这样的话,把它当成是什么新发现:这份财产是遗嘱执行人无法从他那里剥夺掉的;如今他非常努力地在钻研生活的科学。他胸中燃起崇高的奋斗热情,要追寻辉煌、卓越的前程。涂茨先生已经装修好一套精致的寓所,里面有一间运动室,墙上挂满历届比赛中获胜赛马的画像,尽管他对赛马并无丝毫兴趣。还有一间吸烟室,把他弄得晕晕乎乎好难受。在这美妙的住所里,涂茨先生还从事一项需要力气的活动,用以陶冶性情,使生活更精致,更人性化。他的主教练是一位外号叫"斗鸡"的有趣人物,他的名字时常在黑獾旅馆的酒吧间里被人们提起,此人在最热的天气还穿一件邋邋遢遢的白大衣,每星期要来三次,朝着涂茨先生的脑袋击打,每来一次,能挣得区区十先令六便士。

拳击教练"斗鸡"就是涂茨先生万神殿里的太阳神阿波罗,他介绍一名记分员教他打台球,介绍一名保镖教他击剑,介绍一名马车行老板教他骑马,还给他介绍了一位精通所有运动项目的康沃尔郡绅士,此外还有两三位熟悉美的艺术的朋友。在这些师友们的熏陶下,涂茨先生怎么能不飞快地进步呢,他终于在老师的教诲下出来工作了。

不管事情是怎样发生的,总之它还是发生了。尽管师友们教给他的新鲜玩意儿还没有失去光彩,但不知是怎么回事儿,涂茨先生总觉得心里不踏实、不自在。他的玉米粒上有层皮,就连"斗鸡"的利喙也啄不去。他百无聊赖时,有"阴郁巨人"们袭来,就连"斗鸡"都不能把它们击倒。除了不断地上董贝府的门房间留下自己的名片,涂茨先生似乎没有更好的办法可以舒解心头的郁结。大英帝国疆土无边,不列颠太阳永不落,但即使英国的收税吏都卖力收税,晚上都不肯睡觉,那也比不上涂茨先生拜访董贝府的恒心和坚定。

涂茨先生拜访时从不上楼;他去时总要特地穿上盛装,履行一套固定的礼仪,但只到客厅的门口就止步了。

"噢!早上好!"这是涂茨先生对仆人讲的第一句话。他递上名片时说出第二句话,"请交给董贝先生"。接着他又递上另一张名片,说出第三句话,"请交给董贝小姐"。

涂茨先生会转过身去,像是要走了;但是这一回,门房成了他的知音,知道他还不会走。

"噢,我请你原谅,"涂茨先生似乎突然想起了什么,会这样说,"那位年轻女仆在家吗?"

门房觉得她不会出去的,但没有把握。于是他拉响了通向楼上的铃,并且眼望着楼梯,嘴里会说,在家,她在家,这不正在下楼吗。接着聂宝小姐就会出现,应门的仆人就会退下。

"噢！你好吗？"涂茨先生会傻笑一声说，脸涨得通红。

苏珊会向他致谢，说她好得很。

"第欧根尼过得怎样？"这是涂茨先生会打听的第二件事。

它也好得很，真的。弗洛伦斯小姐一天比一天更加喜欢它了。这一点真让涂茨先生乐开了怀，他发出一阵吃吃的傻笑，像是刚打开一瓶冒泡的汽水。

"弗洛伦斯小姐身体很好，先生。"苏珊会告诉他。

"噢，这倒没有什么，谢谢你。"这是涂茨先生固定不变的回答；说完这句话，他总是很快就走了。

现在可以肯定的是，涂茨先生心里确实有某种朦胧的想法，这想法促使他得出这样的结论：如果他在适当的时候向弗洛伦斯求婚，并获得成功，他将成为一个福气奇好的幸运儿。可以肯定，涂茨先生通过迂回曲折的道路才得出了结论，站定了脚跟。他的心受了伤；他感到了疼痛；他坠入了情网。一天晚上，他拼性舍命地努力，坐了一整夜，想写一首藏头诗，把弗洛伦斯的名字镶嵌在句首，这个创意把他自己都感动得直掉眼泪。糟糕的是，当他写下"弗，当我凝视"这几个字时，刚才像潮涌般的想象力却已离他而去，在文思涌动时顺手写下的每行打头那个字，续不下去了，白费掉了。

除了设计出每天都给董贝先生留下一张名片，这个非常精明而有谋略的高招之外，涂茨先生的脑袋再也想不出与他为情所困的主题有关的任何办法来了。然而功夫不负有心人，经过深思熟虑，涂茨先生最终确信，获胜的重要一步，就是要在向苏珊·聂宝小姐微露心事之前，先博得她的好感。

对这位女士开个小小的玩笑，献上一份殷勤，似乎是他赢得她的同情、撰写他情史第一章的手段。但他还是下不了决心，于是跑去请教他的拳击教练斗鸡。他没有向那位绅士推心置腹，只说是有一位住在约克郡的朋友写信给他(涂茨先生),向他咨询对这个问题的看法。斗鸡回答说,他的意见永远是,"进击,并且打赢,"他还进一步说,"当你的对手就在你面前,你要做的就是:作好准备、迎上前去、打赢比赛。"涂茨先生觉得,这个回答用象征的方式支持了他在这个问题上的观点,于是作出具有英雄气概的决定:明天就去吻聂宝小姐。

所以就在第二天,涂茨先生心存着这一预谋,穿上几件伯吉斯服装公司制作的、有史以来最顶级的豪华产品,来到董贝府。但是,他刚到达预备采取行动的场地,鼓起的勇气就泄掉一大半,其实他下午三点就到达门口,但是一直拖到六点钟才敲门。

一切都跟平时没有两样,仪式进行到苏姗说她的女主人身体很好、涂茨说这倒没有什么。使她大为吃惊的是:涂茨先生说完那句话以后,没有像平时那样以火箭般的速度离开,却赖着不走,哧哧地傻笑起来。

"也许你想上楼吧,先生!"苏姗说。

"哈,我想进到屋里来!"涂茨先生说。

他并没有上楼,刚关上大门,冒失的涂茨就作出笨拙的动作冲向苏姗,一把搂住这位美人儿,在她的脸颊上亲吻。

"你给我滚!"苏姗喊道,"要不然我把你的眼珠子抠出来。"

"再吻一下就得!"涂茨先生说。

"你给我滚!"苏姗喊叫时还推了他一下,"像你这样的傻瓜统统给我滚!看还有谁再敢?滚吧,先生!"

看来苏姗并没有真的觉得自己已陷入困境,因为她笑得连话都快要说不出来了;但是站在楼梯上的第欧根尼,听到墙壁前发出衣服的瑟瑟声、脚步的拖曳声,透过楼梯扶手下的栅栏还看见发生了争斗,从而形成它完全不同的观点,觉得这府第有外敌入侵。说时迟,那时快,还没等一眨眼的工夫,它就冲下楼梯去救人,一口咬住了涂茨先生的大腿。

苏珊尖叫着、大笑着,打开通往大街的那扇门,跑下了台阶。冒失的涂茨跌跌撞撞、摇摇晃晃地下了台阶,来到街上,一条裤腿仍牢牢地叼在第欧根尼的嘴里,伯吉斯服装公司似乎成了它的大厨师,提供美味佳肴给它节假日享用。第欧根尼被甩开后,在尘土中连连打滚,然后站起来,围着昏头昏脑的涂茨转,终于又咬住了他。卡克先生此时正在一段距离之外,勒住马坐在马背上小憩片刻,把庄严的董贝府上发生的这场骚乱看得一清二楚,看得兴趣盎然。

当第欧根尼被叫进屋去,大门关上以后,卡克先生继续观察狼狈不堪的涂茨:这位绅士躲在不远处的一个门洞里,用一条价钱极贵的真丝手帕把撕破的裤腿捆扎起来,这条手帕原本是他为从事这项冒险活动,特地置办的成套昂贵装备的一部分。

"请原谅,先生,"卡克先生骑马赶了过来,脸上挂着最想博取别人好感的微笑,"我希望,你没有受伤吧?"

"噢,没有,谢谢你,"涂茨先生抬起涨得通红的脸,回答道,"这倒没有什么。"要是能表明的话,涂茨先生简直想告诉这位陌生人,他十分喜欢今天发生的事。

"如果狗牙咬进大腿的肉里去了,先生——"卡克说到狗牙时露出了自己的牙。

"没有,谢谢你,"涂茨先生说,"什么事儿都没有。这非常舒服,谢谢你。"

"我荣幸地认识董贝先生。"卡克说。

"你真认识?"脸涨得通红的涂茨先生说。

"在他不在家的时候,也许你肯允许我为发生这件不幸的事向你道歉,"卡克先生摘下帽子说,"真不知道这种事怎么可能发生。"

对方如此多礼,加上有幸结识董贝先生的一位朋友,令涂茨先生非常满意,他取出名片盒,把印就自己姓名、住址的名片递给卡克先生,他平时与人交往从不错过递名片的机会。卡克先生立即回应这一礼貌的举动,也把自己的名片递给他,然后两人就道了别。

卡克先生骑马择路而行,悄悄地走过那座房子时,抬头看看高处的窗户,想辨认出躲在窗帘后的忧郁的脸,那张脸正在看着对面房子里的一群小孩。第欧根尼爬了上来,它那毛毛糙糙的脑袋和主人的脑袋紧靠在一起,它拒绝一切抚慰,从这么高的地方向卡克发出咆哮并大声嗥叫,似乎它就要一跃而下,把他的身体撕成两半。

第欧根尼,你嗥叫得好,紧靠着你的女主人!再叫一声,还要再叫一声,你的脑袋高高昂起,你的眼睛里冒出怒火,你那愤怒的嘴不住地撕咬,想把他一口咬住!再叫一声,瞧他骑马择路快要走过去了!你的嗅觉真灵,第欧根尼,——那是猫,孩子,猫科动物!

第二十三章 弗洛伦斯孤零，
海军准尉神秘

弗洛伦斯孤零零地住在死气沉沉的大厦里，过了一天又一天，她仍然孤苦伶仃。空荡荡的墙壁冷冷地俯视着她，似乎怀着戈耳戈①的心肠，想看她一眼就把青春美丽的她化为顽石。

她父亲真实的阴郁巨宅，比起魔幻故事里那锁在密林深处的魔幻住宅来，还要更加孤零、更加荒凉得超乎想象。它站在那里俯视着大街，夜里，当邻居家窗户放射出耀眼的灯光，董贝府的窗户通常都一片漆黑；大白天，董贝府也总像是皱着眉头，脸上从来也不挂一丝笑容。

魔幻传说中监禁好人的房子门前，总有两条毒龙在值班把守，董贝府前倒没有这样的哨兵，只是在拱门上方有一尊面目狰狞的头像，他不怀好意地张开那薄薄的嘴唇，俯视着通过拱门的一切来客。一道弯弯曲曲、奇形怪状的锈铁栅栏门，好像是用枝杈化石制成的树篱，上面长着许多穗状和螺旋状的尖刺，铁栅两端一边一个，装有两个预示不祥的熄灯器，它们似乎在说，"你们走进来的，把一切的光明抛在后面吧！"②正门入口处并没有镌刻辟邪的铭文，这座住宅的外观显得没有好好维护，街上的顽童用粉笔在栏杆上、人行道上，尤其是在屋子正面与边墙的角上，乱涂乱画，还在马

---

① 戈耳戈，希腊神话中的三个蛇发女妖之一，面目狰狞，见者都化为顽石。
② 此处作者戏仿但丁《神曲·地狱篇》第三篇，只是改了一个词，原文："你们走进来的，把一切的希望抛在后面吧！"

厕门上画鬼脸;更因为他们有时会遭到陶林生先生的驱赶,所以就给他画像以示报复;画中的他,帽子底下的两只耳朵平着向两边生长。屋顶覆盖下的阴影里,听不见一点声音。铜管乐队每星期要经过这里一次,它们通常早晨来,但是从来没有在董贝府的窗下吹奏过一个音符。所有这类团体,甚至低贱到那个由弱智人组成的风笛吹奏小组(它还带着几名动作机械、死板的弱智人舞者,常在折门附近进进出出跳华尔兹),都相当一致地疏远董贝府,走到那里就躲开,对那里完全不抱任何希望。

故事里通常这么说:中了魔咒的房屋在沉睡一段时间以后就会苏醒,清新如初,丝毫无损。但是,中了魔咒的董贝府受损害的程度更深。

长期不使用造成的被动损伤,悄悄地在每一处都显现出来。房间里面,帘幕沉重地下垂,失却昔日的褶痕和模样,就像是累累赘赘的棺材罩。家具还堆在一起,用苫布蒙住,就像古代百姓祭仪式上的供品,它们萎缩成一团,好似被人世遗忘的囚徒,在不知不觉中变老。逝去年华吐出的气息使明镜模糊朦胧。地毯上的花纹也褪了色,变得纠缠不清,一片混沌,就像人们对这几年发生的琐事细故的记忆。不习惯有人踩踏的地板,偶然被人踩踏时,会惊吓得吱嘎作响,浑身发抖。钥匙在门锁里面锈住了,转不动了。墙壁上开始泛潮,等到出现了污迹,那斑痕造成的画面似乎会自动渗透到墙壁的深处。霉菌开始在壁橱里悄悄地活动。地下室的角落里长出一树又一树蘑菇。灰尘攒成了堆,谁也不知道是什么时候、是怎样堆积起来的。每天都听见有人说看到了蜘蛛、飞蛾和蛴螬。人们时而会在楼梯上,或楼上一个房间里发现一只富于探索精神的黑蟑螂,它一动不动地站着,似乎在思索:我是怎么到这里来的?老鼠开始在夜间吱吱叫,拖着脚走路,穿过黑暗的走廊,钻进嵌板里去藏身。

阳光透过关上的百叶窗,射进那几间用于正式礼仪的房间,已变得若明若暗,它约略照见往日的豪华已变成今日的死寂,这景象足以说明此地是一处中了魔咒的住宅。镀金狮子的爪子已失去光泽,偷偷地从裹住它的布套下伸出来。基座上那尊大理石雕像,怪吓人地突破了布罩的覆盖,使她的轮廓毕露无遗。大钟从来也不报时,如果偶尔有人上几下发条,它就报个错误的时间,打响刻度盘上没有的、非人间的钟点。几架下垂的枝形吊灯偶尔会丁当作响,它比警钟更使人心惊。减弱的声音和沉滞的空气在这些物件中流过,此外还有裹着尸衣、戴着兜帽的许多幽灵,鬼影幢幢,阴气森森。但是,除此之外,还有那座大楼梯,豪宅的主人难得踏上它,但他的幼子却登上它去了天国。还有另外一些楼梯和通道,好几个星期都不会有人在上面走过。还有两间经常关闭着的房间,是家庭两位已逝成员的居所,人们悄声地回忆起他们。这座房子里的所有人们,除了弗洛伦斯,都能看到一个温雅的人儿慢步行走在孤寂、幽暗中,给每一件无生命的物品都添上一抹活人的品位与神奇。

弗洛伦斯独自居住在这座荒凉的府邸,日以继日,她仍然孤单,冷冷的墙壁茫然地凝视着她,似乎存有一副戈耳戈的心肠,想看她一眼就把青春美丽的她化为顽石。

屋顶上、地下室铺砖的缝隙里,开始长出草来。窗台上到处长出零零碎碎鳞片状的植物。抹在久已不用的烟囱内壁的一片片灰泥,如今贴不住了,纷纷坠落。两棵树干被烟熏黑的树,高处已经枯萎,枯枝高耸在绿叶的上方。整座住宅原来的白色已经泛黄,黄得发黑。自从那位可怜的夫人去世,这座住宅已逐渐变成这条单调的长街上的一个黑色隘口。

然而,弗洛伦斯的青春在这座住宅里焕发,正如故事里的美丽公主一样。除了苏姗·聂宝和第欧根尼之外,她真正的友伴是书籍、音乐和每天来给她上课的各位老师。苏姗当她女主人的伴读,从中获益良多,如今她本人也变成一个颇有知识的人了。第欧根尼也可能受了同样的影响,驯顺多了。它会把脑袋搁在窗台上,眼睛平静地对着大街,一时睁开一时合拢,就这样度过一个夏日的上午。有时,一辆大车经过,车上有一只爱叫的狗一路上叫闹不休,这时,它就会竖起脑袋来,意味深长地看着那只狗。又有时,它会想起它的假想敌,那头曾无数次在它脑海中出现、让它生气的邻居家狗;遇到这样的情况,它就会冲到门口,从那里发出震耳欲聋的吠声,闹了一阵以后,再带着它特有的那副可笑的得意劲儿,慢慢地退回原地,重新把下颌搁在窗台上,那神情就像一只已经尽职尽责为公众服务的狗。

弗洛伦斯就这样生活在家的荒野里,生活在她天真无邪的追寻和思索的领域里,没有谁来伤害她。现在她可以下楼到她爸爸的房间里去了,她那颗充满爱的心可以谦卑地努力接近他,而无须担心再会遭到拒绝。她可以仔细看看那些在他悲伤时围绕着他的物件,可以依偎在他的椅子上,而无须害怕再会遭遇她一辈子也忘不了的冰冷目光。她可以给他留下一些微小的痕迹,表明她曾经来过这里,为他尽过心、做过事,譬如说:亲手替他整理、安排每一件物品,捆扎一些花束放在他的桌子上,看到哪一束枯萎了,便及时更换;既然他没有回家,她就可以每天都来为他做一些事,并在他经常坐的那把椅子附近,怯生生地留下她曾经来过的微小印记。今天,她会留下一个着色绘制的小底座,供他放怀表用;明天,她又会胆怯,把表座拿回来,换上她亲手制作的另外一件也许不太会令他注目的小东西。也许,她在黑夜里醒来,一想起他回家看到这些物件,大发脾气,她就会吓得浑身发抖,心怦怦乱跳,赶紧穿上拖鞋急忙下楼去把这些东西拿掉。有时,她所做的,只是把自己的脸贴在他的桌子上,在那上面留下一个吻、一滴泪。

这一切仍然没有谁知道。除非家里的仆人们能在她不在场的时候发现她曾经去过那里——而事实上他们对董贝先生的房间都敬而远之——所以这个秘密仍深深地埋藏在她心里,一如既往。弗洛伦斯是在清晨天刚蒙蒙亮、仆人们下楼吃早饭的时候到父亲的房间里去的。尽管在她的精心照料下,房间里每一个角落都变得更美好、更明亮了,然而她的来去总是像任何一缕阳光那样悄无声息,所不同的是:她离去时,仍会把她的光明留在这里。

虚幻的伴侣跟随弗洛伦斯在这座发出回声的府邸里走上走下,陪她坐在空荡荡的房间里。从她孤寂的、悲天悯人的情怀出发,她似乎感觉她的生活是一个令人陶醉的梦幻,是想象出来的,不是真的。她时常会这样幻想:假如她的爸爸爱她、她是爸爸的心肝宝贝,那么她的生活将会怎样?有时候,她一时间几乎把这信以为真了,在自己的幻想虚构出来的故事引领下,她似乎记起如何和爸爸一起到珀尔的墓穴中去看他;两人毫无隔阂地一起分享珀尔的感情;对珀尔共同的亲切怀念使他俩紧紧地联成一体;他俩如何在谈话时常常把珀尔提起;她慈祥的爸爸亲切地望着她,向她讲述他俩对上帝的共同希望和信仰。在另外的时刻,她向自己描绘妈妈仍然在世的情景。啊,多么幸福,能带着充分的信赖和满腔的爱,抱住妈妈的脖子,紧贴在妈妈的怀抱里!啊,天色又黄昏,寂寞的府邸又是一片凄清,只剩下她一个人儿孤零!

但是她还有一个想法,尽管它刚刚在她的脑海中成形,然而却热烈而坚定,支撑着她那颗历经痛苦考验的、年轻真诚的心,要她奋勇努力,矢志不移。在她心中,正如在一切与尘世间的巨大痛苦作斗争的人们心中一样,有一种庄严崇高的惊讶和希望从现世背后那模糊的天地间悄然升起,它像细微的乐音低诉着:她的弟弟和母亲在遥远的天国里相认,他俩现在都在想念她、爱她、心疼她,知道她独自在人世间跋涉。这想法本是一个避难所,弗洛伦斯躲藏进去就会感觉安慰,然而,在她最后一次在父亲的房间里与他见面的那个深夜,当她因父亲的心与她疏远而悲泣,她忽然产生这样一个想法:她也许会激起死者的精灵来反对他。尽管这种想法荒唐、幼稚、毫无说服力,但是这个还没有充分成形的想法还是使她为之颤栗,这是由于她充满爱心所使然;从那一刻开始,弗洛伦斯尽力去抚平她心中那残酷的伤痕,尽力这样去想:父亲的手只会在她心中留下希望。

从那时候起,她坚决相信:这一切都由于父亲并不知道她爱他爱得有多深。她太年轻,又没有了妈妈,也许是过错,也许是不幸,她从来没有学过如何向父亲表达自己对他的爱。她愿意耐下心来学,总有一天她将学会表达爱的艺术,让爸爸更加了解他的仅有的孩子。

这成了她生活的目标。朝阳照临这座褪了色的住宅,照见孤零零的女主人胸中那光明而新鲜的决心。这决心鼓舞她去完成每天的功课。因为弗洛伦斯希望,等到父亲了解她、喜爱她的那一天,她知识愈丰富、修养愈完美,他就会愈加感到快活。有时候,她心潮起伏、热泪上涌,会这样自问:等到他们父女俩亲密无间的那一天,她的各门学问和技艺是否都优异得足以令他惊喜。有时候,她会这样想:她有没有掌握一门更为突出的学问,足以引起他的关注和兴趣。她在学习书本知识,学习音乐和做针线活时,在晨间散步和夜里祈祷时,始终注视着这一目标。要寻找一条能走近严酷父亲的心路,这对于一个孩子来说,真是一项奇异的学习任务!

当夏天的暮色渐浓,逐渐变为黑夜时,街上有许多无忧无虑的人们在闲荡,他们的目光隔着马路瞥视这座阴郁的邸宅,看见窗户旁有一个年轻的身影正在仰视那刚刚在天边闪耀的星星,她和阴郁的大宅形成强烈的反差,看到她的路人们要是知道此刻她正一门心思地想着什么,抱着什么样的目标,他们都会睡不好觉的。有一些住在别处的穷人,为了日常生计,要一再走过这座邸宅的门口,它那阴沉沉的外观给他们留下深刻的印象,于是就给它起了个"鬼屋"的名称,假如他们能透过它阴暗的外表看懂它的历史,那么这样的名称也不会使他们变得快活一些。然而,弗洛伦斯坚持她那神圣的目标,虽孤独无助,却深信不疑:只是一门心思地琢磨,怎样才能使父亲理解她是多么爱他,即使在浮想联翩时也从没产生对他的怨意。

弗洛伦斯就这样独自居住在这座荒凉的邸宅里,一天又一天,她仍然孤零。单调得令人生厌的墙壁俯视着她,似乎怀抱着与女妖戈耳戈同样的企图,想看她一眼就把青春美丽的她化为顽石。

一天早晨,苏珊·聂宝站在她年轻女主人的对面,看她把刚写好的一封短信折好、封上,看苏珊的样子,她已经知道信是怎么写的,并且表示赞成。

"亲爱的弗洛伊小姐,晚去也比不去好,"苏珊说,"我真得说,就算是去看看斯开特尔司那老两口子,也可说是天赐良机。"

"巴耐特爵士和斯开特尔司夫人实在太仁慈了,苏珊,"弗洛伦斯说话时委婉地纠正了面前这位年轻女士在提起爵士夫妇时所用的过于随便的称呼,"再一次发来盛情的邀请。"

聂宝小姐可说是全世界最具偏见的人儿,她对世上无论大小的一切事情都有偏见,总是怀着偏见与社会开战,此时她噘起嘴唇,摇了摇头,任何人说斯开特尔司夫妇公正无私,她都反对,她提出抗辩说,那老两口子盛情邀请弗洛伦斯去和他们做伴,自有他们的利益考虑。

"不管他们干什么事,他们都知道自己想要什么,"聂宝小姐深深吸一口气,咕哝着说,"噢!凭这个就能相信斯开特尔司那两口子了吗!"

"我承认,苏珊,我并不很想到富勒姆去,"弗洛伦斯若有所思地说,"不过,去还是应该的。我想还是去的好。"

"去要好得多。"苏姗插话时又摇了摇头,表示强调的意思。

"还有呢,"弗洛伦斯说,"要我选的话,我宁愿在那里人丁清静的时候去,而不愿像现在这样,在假期里去,看来那里现在可能还住着几位年轻客人呢,尽管如此,我还是充满感激地表示接受邀请。"

"这个嘛,我要说,弗洛伊小姐,噢,要快快活活的!"苏珊说,"啊!嗨——嗨!"

这最后迸发出来的一声,是聂宝小姐在最近这段时间里,常常用在一句话末尾的声音,待在大厅低处地下室的仆人们普遍认为她这一声与董贝先生有关,它表明聂宝小姐心里憋着话,想找个机会一吐为快,向那位绅士发出忠告。但是她从来没有就此向别人作过解释,这样一来,这一声除了具有鲜明的表现力之外,还带有神秘的魅力。

"苏珊,这么久了,怎么沃尔特还是音讯全无啊!"弗洛伦斯沉默片刻后说。

"确实很久了,弗洛伊小姐!"她的女仆回答说。"刚才珀奇到这里来看看有没有信,他就说——不过,他说的话有什么大不了的!"苏珊刚大声说时,忽然脸一红,停住不说了,"关于这件事他还知道好多情况呢!"

弗洛伦斯迅速抬起目光,脸上一阵红晕。

"要不是我,"苏珊·聂宝说话时,显然在努力克服藏在心底的不安和惊恐,她直盯着年轻女主人的脸,装出一副对珀奇先生这种类型的人感到愤恨的样子,尽管珀奇是个谁都不敢得罪的老好人,"要不是我比男人里头最蔫不唧唧的那一个更加像个男子汉,我就决不会再以我的长头发为骄傲了,我会把头发拢到耳朵背后,戴上一顶一点边檐儿都没有的粗布帽,直到死神把微不足道的我解救了去。也许我算不上是个亚马逊族女战士,弗洛伊小姐,我也不愿意粗粗鲁鲁损害我的形象,不管怎么说,我希望自己不是个会轻易放弃希望的人。"

"放弃希望! 什么事情啊?"弗洛伦斯一脸惊恐,喊道。

"啊,没有什么,小姐,"苏珊说,"天哪,真没什么! 就是那个用湿湿的卷发纸搓起来的珀奇,谁碰他一下就会散架的小男人,要是有人发发善心,肯可怜可怜他,那对谁来说真的都是一桩好事!"

"苏珊,他说对那艘船已经放弃希望了吗?"弗洛伦斯问,她的脸色变得煞白。

"没有,小姐,"苏珊说,"我倒要看看他有没有这个胆,敢当着我的面说这种话! 他没有这么说,小姐,不过他倒是念叨什么生姜来着,说是沃尔特答应捎给珀奇太太的,他摇摇那颗蔫不唧唧的脑袋,说是他希望生姜会捎来;他还说,尽管这次分娩是来不及、用不上了,但是不管怎么说,下次分娩总还赶得上,说真的,"聂宝小姐带着极大的蔑视说,"他这话让我再也耐不住性子了,尽管我能忍辱负重,但我总不是一头双峰骆驼吧,而且,"苏珊想了一想又说,"我也不是一头单峰骆驼,我知道自己什么样儿。"

"他还说了些什么,苏珊?"弗洛伦斯急切地追问道,"你不愿意告诉我吗?"

"弗洛伊小姐,你这话倒像我还有哪一件事情不愿意对你讲的!"苏珊说,"是啊,小姐,他说大伙儿都开始议论那艘船了,他们说跑这条航线的船只,从来也没有哪一艘像它那样过了这么长时间还听不到信息的,总是连它的一半时间都不到,信息就来了,他们还说船长的老婆昨天到商行营业处去了,看样子她有点儿为船只担心,不过这样的话谁都会说,我们差不多都知道了。"

"在我离家前,我一定要去看望沃尔特的舅舅,"弗洛伦斯急切地说,"我今天上午去。苏珊,我们走着去吧,马上就去。"

对于这个建议,聂宝小姐不但没有任何激烈反对的理由,而且完全默许,她俩很快就穿戴整齐,上了马路,直奔小海军准尉像的所在地而去。

那一次,航海仪器商店的产权落入旧货商布洛格雷之手,可怜的沃尔特觉得强制执行令似乎已经悬挂在教堂尖顶上了,他跑去找柯特船长,当时他的心情与现在跑去找索尔舅舅的弗洛伦斯的心情非常相似;仅有的不同是:当弗洛伦斯想起也许自己正是无意中陷沃尔特于险境、使包括自己在内的所有爱他的人们焦虑不安的原因时,她被更强烈的痛苦所折磨。不仅如此,她还觉得每一件事物上似乎都写着命运未卜和危险的字样。教堂塔尖上和民居房顶上的风信鸡都神奇地标示着暴风雨天气,它们像许多只魔鬼的手指,一起指向风涛险恶的大海,也许海面上漂浮着沉船留下的巨大碎片,碎片上绝望的人们在波浪的摇荡下陷入深深的睡眠,深得如同那深不可测的海洋。弗洛伦斯走进闹市区,在许多正在交谈的绅士们身旁走过,她担心会听到他们谈论那艘船的消息,说船只已遇难沉没。她的心头充满一幅幅绘画和印刷画,画面上都是正在与狂风巨浪搏斗的船只,这使她胆战心惊。尽管烟和云移动得十分缓慢轻柔,然而她还是觉得太快了,她怕与此同时,大海上掠过的是一阵猛烈的暴风雨。

苏珊·聂宝也许有类似的感受,也许没有,谁知道呢?因为只要街上有扎堆儿的大男孩儿,她的大部分注意力就会用到与他们吵架上去,她和这部分人群似乎是天敌,只要碰在一起,非吵架不可;看来她一路上也没有多少工夫可用于脑力劳动。

她俩及时来到正对着木制海军准尉的马路另一头,等候时机好过去,当她们看到航海仪器商店门口有一个脑袋圆滚滚的男孩时,霎时间不免感到惊讶。那男孩正一门心思地把他那圆脸蛋朝向天空,她们正看着他时,他突然将两个手指(一只手一个)伸进他那张大宽嘴里,靠这个共鸣器之助,向一群在高高的天空中飞翔的鸽子,发出一阵吓人的又尖又响的哨声。

"小姐,李切子大娘的大儿子!"苏珊说,"他还是李切子大娘一辈子的心病!"

波莉曾经对弗洛伦斯说过,她对自己的儿子兼继承人的改邪归正重新产生了希望,所以弗洛伦斯对于和这个孩子会面早有思想准备。她俩没有继续盯住李切子大娘的祸根直看,而是找准时机匆忙穿过马路。那位性好冒险的小家伙没有注意到她们走近,又竭尽全力吹响了哨声,接着充满激情地发出狂喜的喊叫,"迷路的鸟儿!忽欧——欧普!迷路的鸟儿!"这种验明正身的呼喊对深感内疚的鸽子,产生了重大影响,它们原来似乎打算直飞英格兰北部某城的,但是听到了呼喊,它们就在空中盘旋逡巡,徘徊不去;而李切子大娘的头生子又用另一声唿哨来打动它们,他大声喊叫,声音压倒了街市的喧嚣,"迷路的鸟儿!忽欧——欧普!迷路的鸟儿!"

聂宝小姐捅了他一下,这一捅不要紧,把他的激情从天上直落到凡尘,还把他的身子捅进了商店。

"李切子大娘成年累月为你担心发愁,难道你这样就算改过自新不成?"苏珊捅完了他就说,"吉尔思先生在哪儿?"

罗布起初用桀骜不驯的目光看聂宝小姐,但他看见弗洛伦斯就跟随在她身后,于是他的目光马上就变得柔和起来,举起手把指关节放在头发上,向弗洛伦斯表示敬意,他回答苏珊的问话说,吉尔思先生出去了。

"把他找回来,"聂宝小姐用权威的口气说,"告诉他,我家小姐上这儿来了。"

"我不知道他去哪儿啦。"罗布说。

"你这算是改过自新的态度吗?"苏珊大声说,口气咄咄逼人。

"我连他上哪儿去了都不知道,怎么能跑去把他找回来呢?"受了委屈的罗布啜泣着说,"你怎么能这么不讲理呢?"

"吉尔思先生是不是说过他什么时候回来?"弗洛伦斯问。

"是的,小姐,"罗布说时再一次把指关节放在头发上,"他说他下午早早的就会回来;从现在算起,大约还有两个钟头吧,小姐。"

"他是不是非常为他的外甥担心?"苏珊问。

"是的,小姐,"罗布说,他宁愿对弗洛伦斯说话,而怠慢聂宝,"我应该说他担心得厉害。他在屋里待不住,小姐,连待上一刻钟也难。他在一个地点不能好好地坐上五分钟。他来回晃荡,就像——就像一只迷路的鸟儿。"罗布说时身子向窗户靠去,想看一眼窗外的鸽子,他的手指几乎就要伸到嘴里去了,但他马上就控制住自己,总算没有再次发出哨声。

"你认识不认识吉尔思先生的一个朋友,叫做柯特船长的?"弗洛伦斯想了一想,问道。

"带个钩子的那个吗,小姐?"罗布问道,一面伸出左手比画了一下,学得还挺像,"认识,小姐。他前天还上这儿来着。"

"打那以后就没有再来过?"苏珊问。

"没有再来过,小姐。"罗布回答,这回他仍然面朝着弗洛伦斯说话。

"也许沃尔特的舅舅上他家去了,苏珊。"弗洛伦斯转过脸去对她说。

"上柯特船长家吗,小姐?"罗布提出异议说,"不会的,他不会去那儿,小姐。因为他特意留下了话,说是假如柯特船长上这儿来,他要我对船长说,他觉得很奇怪,怎么昨儿个没见船长来,他要我让船长别离开,一直在这儿待到他回来。"

"你知道柯特船长住在哪儿吗?"弗洛伦斯问。

罗布说他知道,一面转过身去查看柜台上一本油腻腻的羊皮通讯录,并大声把地址念出来。

弗洛伦斯再一次朝苏珊扭过脸去,低声与女仆商议,与此同时,眼睛圆滚滚的罗布牢记恩主卡克经理给他的秘密使命,在一旁仔细观望和聆听。弗洛伦斯说是要到柯特船长家去,听他亲口说一说他对于"子嗣号"船只音讯全无这件事有什么看法;要是做得到的话,她们想带上船长,一起来安慰索尔舅舅。苏珊开始时有点儿不大赞成,因为船长住得太远,但是她的女主人说她俩可以雇辆出租马车的,于是她就不再反对,表示赞成。她俩商量了好几分钟才达成共识,在这段时间里,罗布眼睛瞪得大大的一直在注意听两人说了些什么话,耳朵一会儿朝对这个,一会儿朝对那个,好像有谁指定他当她俩对话的仲裁者、评判员似的。

就这样,罗布被差遣出去雇车,两位客人暂时替他看守店堂;车子雇来,她俩就上了车,临行时给索尔舅舅留下话说,等她俩从船长家回来,肯定还要到这里来的。罗布直瞪瞪地眼看着马车和那群鸽子一样都看不见了才罢休,接着他以十分勤勉的姿态在柜台后坐定;为了使自己窥探到的秘密丝毫都不流失,他耗费了大量墨水,把一切经过情形都记录在零零碎碎的小纸片上。这些文件丝毫也没有泄密的危险,即使不小心丢失了也没有关系;因为还没等墨水吹干,这些字迹对于罗布来说已经像神秘的天书一样高深莫测了,简直不像是他本人写的。

在他忙着做笔记的同时,那辆出租马车克服了种种闻所未闻的艰难险阻:旋转的桥、松软的路、不能通行的沟渠、摆成一列列的木桶、新垦殖的红花菜豆地块、小规模的洗衣房,以及充斥乡间的多个诸如此类的障碍,终于在布列格巷拐角处停了下来。弗洛伦斯和苏珊·聂宝在这儿下了车,沿着街道往前走,找到了柯特船长住的房子。

倒霉的是那一天恰好是麦克斯丁格尔太太大扫除的日子。每逢这种日子,麦克斯丁格尔太太总是由夜巡的民警在清晨三点差一刻就敲她的门把她吵醒,从此她就忙碌起来,不到第二天深夜十二点钟决不罢休。按照惯例,大扫除的主要目标是这样的:天刚蒙蒙亮,麦克斯丁格尔太太就会把全部家具都搬到后花园里去,她穿上木套鞋整天在屋里来回走动,天黑以后重新把家具再搬进屋里来。这一套习惯举动折腾得小麦克斯丁格尔们这群小鸽子非常不安,大扫除期间,他们非但找不到任何可以歇歇脚的栖息之所,而且在这庄严的典礼进行中,他们总会进屋来挨那只母鸽好一顿啄。

当弗洛伦斯和苏珊·聂宝出现在麦克斯丁格尔太太家门口的那一刻,那位可敬可畏的女人正在把两岁零三个月大的亚历山大·麦克斯丁格尔君沿着走廊一路拽出去,强迫他以正襟危坐的姿势待在人行道上;亚历山大受罚后憋着一口气,把小脸都憋得青紫了,在这种情况下,铺在人行道上的冰冷的石板,通常是一贴非常有效的解药。

麦克斯丁格尔太太从弗洛伦斯脸上看出了她对亚历山大的同情,作为一个女人和母亲,这位太太的感情被大大地激怒了。尽管麦克斯丁格尔太太对来客有好奇心,也想知道她是谁,但是她顾不得了,她首先要伸张人性中最优美的感情,因此,在她强把亚历山大放置在石板地上之前以及在放置的过程中,她对这孩子一阵猛摇一顿饱揍,从而没有进一步注意这两位陌生来客。

"请你原谅,太太,"等到那孩子重新喘过气来,并把气喘匀实了,弗洛伦斯就问,"这儿是柯特船长的房子吗?"

"不是。"麦克斯丁格尔太太说。

"这儿不是门牌九号吗?"弗洛伦斯怯生生地问道。

"谁说不是门牌九号来着?"麦克斯丁格尔太太说。

苏珊·聂宝立刻插上了嘴,她请问麦克斯丁格尔太太说这话是什么意思,她知不知道是在跟谁说话。

麦克斯丁格尔太太先把她从头到脚打量一番,接着就反唇相讥。"我倒想知道,你们找柯特船长想要什么?"她说。

"你真想知道吗?那么我来告诉你,很遗憾,你的好奇心是不会得到满足的。"聂宝小姐回了她一句。

"嘘,苏珊!请你别这样!"弗洛伦斯说,"太太,也许你能行行好,告诉我们柯特船长住在哪儿,既然他不住在这里。"

"谁说他不住在这里来着?"这位十分难缠的麦克斯丁格尔又这么说,"我说这儿不是柯特船长的房子——这儿就不是他的房子嘛——说是他的房子,那是万万不能的——因为柯特船长根本不懂得怎样保养房子——不配拥有一座房子——这是我的房子——我把上面一层租给柯特船长,噢,我对不知感恩的人干了好事,就像把珍珠撒给一头臭猪!"

麦克斯丁格尔太太说这番话时故意抬高嗓门,好让声音钻进楼上的窗户里去,一字一句噼里啪啦响得刺耳,好像是从来复枪里射出来的,而且那把枪还拥有好几个极大的枪筒。最后一颗子弹射出后,终于听到船长从他房间里发出虚弱无力的抱怨声,"下面注意稳定!"①

麦克斯丁格尔太太怒气冲冲地一挥手说,"你们要找柯特船长,他不就在那儿嘛!"弗洛伦斯没有进一步与她商量,就大着胆子往屋子里进,苏珊紧跟在她身后,麦克斯丁格尔太太重新开始做起穿木套鞋的步行操,仍旧坐在人行道石板上的亚历山大·麦克斯丁格尔君刚才还饶有兴味地倾听她们的对话而忘了哭泣,这时

---

① 此句原文"steady below",是航海用语。

又大哭起来,不过这种哭泣表演只是机械性的动作,他一点都不伤心,反而乐在其中,边哭边打量周围景物,最后把目光停留在那辆出租马车上。

船长坐在自己房间里一个小小的孤岛上,两手插在口袋里,双腿蜷起在椅子下,四周是由皂沫和水形成的海洋。船长的窗户已经擦洗过了,墙壁也擦洗过了,壁炉也擦洗过了,除了壁炉,所有其他东西都是湿的,肥皂水和沙粒闪闪发光,空气中弥漫着干咸货品的气味。在这令人沮丧的景况下,船长被抛弃在孤岛上,他带着满脸懊丧环顾着周围荒芜的泽国,似乎在等待一艘友善的帆船到来,好把他救出困境。

船长把神色绝望的脸转向房门,看到弗洛伦斯的出现,身后还跟着她的女仆,他的惊愕简直无法形容。麦克斯丁格尔连珠炮似的讲话把其他一切声音都盖住了,听不清楚了,船长除了小饭铺的店小二和送牛奶的小厮以外,没有料想到还有别的访客会来;因此,当弗洛伦斯出现,走进孤岛禁区,握住了他的手时,船长呆呆地站了起来,似乎一时间把她当成"漂泊的荷兰人"①家族里的一位年轻成员。

然而,船长很快就控制住自己的情绪,他的首要任务就是把她放到不湿的地方去,这件事他用手臂一抱就轻松愉快地完成了。接着,他走出小岛,踏进汪洋,一把搂住聂宝小姐的腰身,把她也送往岛上。然后,柯特船长怀着最高的敬意和赞赏,捧起弗洛伦斯的手,送到自己的嘴唇前,他往后退了一小步(因为小岛的面积容不下他们仨),站在肥皂水里向她发出灿烂的微笑,就好像新出了一

---

① 原文"Flying Dutchman",据十六世纪的传说,有一艘鬼船,上面有一名荷兰水手,名叫范·戴尔·戴肯,上帝罚他永远在海中漂泊,直到他得到一位女士真诚的爱情,他才可以登岸。

个人身鱼尾的海神特赖登①。

"你看到我们一定很惊奇吧,我敢肯定。"弗洛伦斯微笑着说。

船长高兴得无法表达,他吻着自己的钩子算是回答,同时还发出咆哮声说"忠贞!忠贞!"似乎他精心选择的赞美都包含在这两个字里面了。

"我要是不来向你讯问,"弗洛伦斯说,"我的心一刻也放不下来,我要问你,你对亲爱的沃尔特——如今他已经是我的亲哥哥了——是怎么想的?有什么应该替他担心的情况吗?在我们得到他的消息之前,你能不能每天都跑去安慰安慰他那可怜的舅舅?"

听到这番话,柯特船长不由自主地做出一个动作,伸手拍了一下自己的脑袋,这会儿那顶绷硬的加光便礼帽倒是没戴在他头上,他显出一脸的沮丧。

"你是不是在为沃尔特的安全担忧?"弗洛伦斯问,船长一眼不眨地盯住她的脸,他实在是太欣赏她了;同样的,她也热切地盯着他看,以便确认他回答的都是真心话。

"不,小可心儿②,"柯特船长说,"我倒并不担忧。小沃这孩子能闯过很多恶劣天气。小沃这孩子有这个能耐,他会给方帆双桅船带来很多次成功。小沃呀,"船长称赞起他的年轻朋友来,眼睛都闪闪发亮了,他举起钩子来,预示着他即将引用一句漂亮的经典了,"你可以把他称为'丰富的内在精神的可见的外在表征',你如果找到出处,就把它记下来。"

尽管船长对自己的引文极为满意,显然认为这句话意味无穷,但弗洛伦斯却还是听不大懂,她温顺地望着他,期待着他的进一步

---

① 特赖登,希腊神话中海神波塞东和海仙女安菲特里特之子,居深海中,常浮出海面吹奏螺号。
② 原文"Heart's-delight",本是老水手对船的爱称,出自狄布丁创作于1789年的歌《海上周末夜》:"水手怎样爱船儿? 她是我的小可心儿。"

说明。

"我并不担忧,我的小可心儿,"船长继续说,"在那个纬度区会碰到极坏的天气,这是谁也不能否认的,船被暴风驱赶,驱赶,也许被吹到地球的另一边儿。但是那艘船是好船,小伙儿都是好小伙儿;感谢上帝,"说到这里船长微微欠身鞠了一躬,"要打碎橡木般坚韧的心①,可不容易,无论是打碎双桅船还是打碎水手的心。船和人,两样都坚韧,把地球绕上一圈儿照常能停在港口里面,所以说,到现在为止,我一点儿也不担忧。"

"到现在为止?"弗洛伦斯重复了一遍。

"我一点儿也不担忧,"船长回答时吻一下自己的铁手,"还没等到我开始担忧,我的小可心儿,小沃就会从某个岛、某个港口之类的地方给家里写信,就这样,缆绳拉紧,大船靠稳,万事大吉了。至于说到老索尔·吉尔思,"船长的口气变得庄重起来,"我会对他忠贞到底,永不舍弃,直到死亡把我俩分离,尽管风暴猛吹,猛吹,猛吹——仔细查查《教理问答》手册,"船长插上一句,"你就能把这段词句找出来——假如索尔·吉尔思听了一位航海老行家的意见会觉得安慰的话,那个人倒是可以到他那间后房去给他讲一讲自己的看法。我说的那个人叫本斯比,他无论干航海还是干任何别的行业,头脑都是一流的,那颗好脑袋在他当学徒的时期还差点儿没撞烂了呢。那个人去的话,准能把他讲晕乎了,啊!"柯特船长自吹自擂道,"就好像跑着跑着脑袋撞在大门上!"

"那我们就带上这位绅士去看望他吧,让我们听听他怎么说,"弗洛伦斯喊道,"你现在就和我们一起去找他好吗?我们有辆马车停在这里。"

---

① 原文"hearts of oak",出自大卫·加里克作于1759年的歌《我们的船橡木般坚韧,我们的水手橡木般坚韧》。

船长又一次伸手拍自己的脑袋,绷硬的加光便礼帽没在头上,他显出一脸的沮丧。但就在这一刻,出现了一件不可思议、非同寻常的事。没容得他们有任何思想准备,房门自动打开,刚才提到的那顶绷硬的加光便礼帽忽然像只鸟儿似的飞进了房间,重重地落在船长的脚下。房门旋即重重地关上,接下来并没有出现任何情况可以说明这桩奇事。

柯特船长捡起自己的帽子,怀着满意的心情,饶有兴趣地转着圈儿看,一边用衣袖把它擦亮。他一边擦帽子,一边看着两位来客,并用低低的声音,意味深长地说:

"你们知道,昨天和今天早晨,我本来想顺风行驶到索尔·吉尔思那儿去的,可是她——她把我的帽子拿走了,还藏了起来。总而言之,就是这么回子事儿。"

"老天呀,这是谁干的?"苏珊·聂宝问。

"这里的房东,亲爱的。"船长用粗哑的嗓音小声说,一面还做出要她们保密的手势,"为了擦这间屋地板的事,我和她争了几句,她就——简单说吧,"船长眼睛盯着房门,长长舒了一口气,"她就把我关了禁闭。"

"噢!我倒希望她和我打打交道!"苏珊说,这个急切的愿望使她激动得脸都红了,"我要禁止她这样胡作非为!"

"亲爱的,你真的以为你能做得到吗?"船长说时眼望着苏珊,充满疑问地摇了摇头,不过他倒是对这位雄心勃勃的小美人的非凡勇气显然流露出赞赏之意。"我真的没有把握。她可是很难扯满帆通得过去的。亲爱的,她这人十分难缠。你永远说不上怎样驾驭她,明白吗。她一阵子脾气好得没挑儿,可一转身就会对你暴跳如雷。在她像个十足的鞑靼蛮子似的耍浑的时候……"船长渗出了一脑门子的汗,他不知道怎样接着说,只有在句子末尾用一声口哨才足以加强语气,于是他吹出一声颤抖的哨音。接着,他又摇摇头,再一次对聂宝小姐的真诚勇敢表示敬意,他怯生生地重复道,"亲爱的,你真的以为你能做得到吗?"

苏珊只是以昂首一笑作为回答,这微笑里充满蔑视,柯特船长看了,站在那里直出神,要不是弗洛伦斯心里着急,再次提醒说,应该马上去请教那位玄妙莫测的本斯比了,真不知道船长还会站着冥思苦想多久呢。经过提醒,柯特船长意识到自己的责任,他断然戴上那顶绷硬的加光便礼帽,操起另外一根疙疙瘩瘩的手杖(他常用的那根已经送给沃尔特了),伸出胳臂给弗洛伦斯挽着,下决心去闯敌人的地雷阵了。

然而,事实证明,正如船长所说麦克斯丁格尔太太常干的那样,她早已改变了航向,朝着一条新的航线前进了。因为当他们下楼时,他们发现这位堪称样板的女人正在门前的石阶上拍打放在门口的蹭鞋垫,亚历山大少爷还坐在铺路的石板上,隐约呈现在他妈制造的浓浓尘雾中。麦克斯丁格尔太太专心致志地干家务活,当柯特船长和他的两位访客经过她身边时,她拍打得更加起劲,无论在言语和动作上,一点儿都看不出她意识到他们的迫近。居然能如此轻易脱身,船长真是高兴极了——尽管垫子拍出的灰尘对他造成的影响,就像吸进了过量的鼻烟,害得他连打喷嚏,眼泪鼻涕流了一脸——简直不敢相信自己会有这样的好运。在门口到出租马车这段距离间,他一边走一边还不止一次地扭头往回望,显然仍在担心麦克斯丁格尔太太会追赶上来。

不管怎么说,他们总算顺利到达了布列格巷拐角的地方,并没有受到那艘装满炸药的火攻船的骚扰。船长在赶车人的身边坐了下来,尽管女士们一再苦劝他进车厢与她们同坐,但船长有骑士风度,很懂得上等人的礼节,坚持要坐在车厢外面。他给赶车人指示去往本斯比船只的道路,那艘船名叫"谨慎的克拉拉",停泊在拉德克烈夫码头。

马车靠码头停下,这位伟大的司令官所在的船只停泊在那里,和大约五百艘别的船只挤成一团,它的索具纠缠在一起,就像是半边被扫落了的一团奇形怪状的蜘蛛网。柯特船长出现在车窗前,请求弗洛伦斯和聂宝小姐陪他一起上船,他深知世界上再也没有比本斯比对女士更心软的男人了,两位女士出现在"谨慎的克拉拉"号上,将最有效地促使他的无边智慧处于融洽协和的最佳状态。

弗洛伦斯欣然同意,于是船长伸出巨掌握住她的小手,领她上船,他的表情既充满自豪又合乎礼貌,既像是保护人又像是父亲,让人看着十分舒服,他俩走过好几块脏极了的码头面板,到达克拉拉所在位置,却发现这艘谨慎的船只躺在离岸不远处,舷梯都挪走了,离最近的船只还隔着五六英尺水面。柯特船长自有他的解释,他认为伟大的本斯比和他柯特船长一样,都受到女房东的虐待,目前他的受虐情况非常严重,令他实在难以忍受,作为最后的手段,他故意拉开了与她的距离。

"克拉拉,啊——嚯唉!"船长喊时伸手做喇叭状围在嘴巴边儿上。

"啊——嚯唉!"一个男孩飞快地从底舱蹿升上来回答,快得就像是船长的回声。

"本斯比在船上吗?"尽管他俩之间的距离只有两码,但船长对男孩喊话的声音震耳欲聋,就好像他俩隔着半英里远呢。

"在啊,在啊!"男孩的嗓门大得不亚于船长。

男孩给船长推过来一大块木板,船长仔细摆放妥帖,领着弗洛伦斯踩着木板登船,他立即返回把聂宝小姐也领了过去。他们三人都站在"谨慎的克拉拉"号的甲板上了,船甲板固定的绳束上,晾晒着的各色衣物正在风中舞动,此外还晾晒着一些牛舌头肉和鲭鱼与它们做伴。

接着,一颗大得出奇的脑袋沿着船舱的舱壁缓缓上升,就像升起了另一堵舱壁,桃花心木色的脸孔上,一只眼睛凝固不动,另一只眼睛却不停地转动,这倒像是某些灯塔运作的规矩。头上长满粗糙的毛发,就像填塞船缝的麻絮,这颗脑袋并不固定在东、南、西、北任何一个方向上,而是朝向罗盘上标示的每一个方向、每一个刻度。随后出现脑袋底下那个不长毛的下巴、衬衫领子和围巾、厚呢的领航员上衣、厚呢的领航员裤子、一条又宽又高可以代替马甲功能的腰带;靠近他胸骨的地方还装饰着一颗颗个头很大的木制纽扣,样子很像十五子棋游戏中的棋子。等到裤腿底部也露了出来,就可以看见站在那里的是本斯比,他双手都插在大得出奇的口袋里,他的目光并不朝向船长,也不朝向两位女士,而是盯住桅杆的顶端。

这位体格魁伟粗壮的哲人,看上去真是莫测高深,那张红透了的脸上占压倒优势的表情是沉默,这很符合他的性格,他的这一性格特点很张扬,很引人注目,尽管柯特船长是他的老熟人,也不免怕他三分。他悄声对弗洛伦斯说,本斯比一辈子从来也没有对任何事情表示过惊慌,人们认为他根本不知道惊慌为何物。当这位哲人眼望桅顶时,柯特船长一直盯着他,当他看到本斯比的目光终于落下来遥望地平线,而那只不停转动的眼珠似乎朝他所在的方向打量时,他就开口说话:

"本斯比,我的老弟,你过得怎么样?"

只听得一个深沉、粗糙、沙哑的声音回答道,"啊,啊,船伙计,混得好吗?"奇怪的是,这声音似乎和本斯比一点关系都没有,与他脸部的表情当然更是毫不相干。本斯比说话时将右胳臂连带右手从口袋里抽出来,握了握船长的手,然后又放回原处。

"本斯比,"船长立刻切中肯綮地说,"你在这儿啦,一个有头脑的人,一个有主见的人。这位年轻小姐想听听你的意见,想知道你对于我的朋友小沃有什么想法。我另一位朋友索尔·吉尔思也想听听你的意见,他住得很近,你去一趟要不了多大工夫,他不懂法律,只懂科学,科学可是发明之母啊。本斯比,你能不能给我个面子,穿好衣服,跟我们走一趟?"

这位伟大司令官的目光似乎永远朝向那极其遥远的事物,对于十英里之内的东西都视而不见,他没有回答船长的问话。

"就是这个男人,"船长伸出钩子指着这位司令官,对他的两位美女听众介绍说,"从高处摔下来的次数比任何活人都多;他这辈子亲身经历的危险呀,比所有水手住船员医院的次数还多;他年轻的时候,脑袋上不知挨过多少次杆子、棍棒、螺丝的击打,就像你向查塔姆船坞定造一艘游艇需要敲打的次数一样多;不过我坚决相信,这样一来倒敲打出一颗有主意的脑袋来了,无论在海上还是陆地上,再找到一颗同样好使的脑袋,休想!"

这位非常沉着冷静的导师,胳膊肘稍稍动了一小点儿,似乎对这番赞扬微微露出满意的样子;不过,他脸上的表情也和他的目光同样冷漠,旁观的人们,谁都看不出他在转什么念头。

"船伙计,"本斯比俯下身来,躲开挡在前面的杆子和桁条朝外看,他突然说,"两位小姐是不是想喝上一杯?"

柯特船长一向对女性尊重体贴,本斯比这一问竟扯上了弗洛伦斯,使他大吃一惊,于是他把这位哲人拉向一边,用耳语向他稍作解释,随后就陪他下了底舱;为了不让本斯比生气,船长自己陪他喝上一口,弗洛伦斯和苏珊透过开着的天窗望见这位哲人扁着身子在睡铺和一个极小的铜质壁炉的中间,找出酒来,给自己和朋友斟上。他俩很快就回到甲板上来,柯特船长因自己的计划成功而洋洋得意,引领弗洛伦斯回到马车跟前,本斯比紧跟其后伴送聂宝小姐,他穿着领港员蓝制服,一路上像只蓝熊似的,伸出胳膊紧紧搂住她的腰身,把那位年轻女士气得要命。

船长把这位通神谕的哲人送进马车,他居然能把这颗聪明脑袋弄到手、装进一辆出租马车,心里着实得意,他按捺不住,时常透过赶车人身后那个小窗口朝里窥望弗洛伦斯,向她微笑以示喜悦,还拍拍自己的前额,向她暗示本斯比的脑筋实在过硬。与此同时,本斯比仍然紧紧搂住聂宝小姐的腰身(他的朋友柯特船长说他天生一副慈心柔肠,一点儿都没有夸大),举止之庄严丝毫未变,似乎对她以及其他事物都一无所感。

　　索尔舅舅早已回家了,此刻正站在门口迎候他们呢,一见他们就立刻把客人们领进那间小小的后房:沃尔特走后,那里明显地变了样。桌子上、房间里,到处都摆满海图和地图,忧心如焚的航海仪器制造商一分钟之前还在用一副圆规,一而再、再而三地在图纸上测算那艘失落在海上的航船会被风浪驱走多远,漂流到何方,那副圆规这会儿还拿在他手里呢。他这么做的目的,无非是想证明:此刻就失去希望,为时尚早。

　　"船会不会吹到了这儿?"索尔舅舅望着海图苦思冥想,"不会,这简直不可能。会不会因为天气恶劣,漂到了那儿?——根据情理判断,也不可能。有没有一丝希望,可以设想它是改变了航向?——不,就连我自己都不相信有这种可能!"可怜的老索尔舅舅嘴里断断续续地自问自答,神游在他面前的大幅海图上,偌大的图幅上竟找不到圆规尖尖大的一个点点,可以容纳下他的希望。

　　弗洛伦斯立刻就看出来——要看不出来也难——老人身上发生了一种难以形容的独特的变化,一方面,他的行为举止比平时更为焦躁不安,但是同时,他又显示出一种奇特的、与此相反的坚定果断的精神,这使她很感惶惑。当她说起早晨她来这里,见他不在,觉得懊丧时,他起初回答说,那是他跑去看她了,但是他马上又企图把这句话收回;于是她一度以为他是在随意胡说。

　　"你去看过我?"弗洛伦斯说,"就在今天吗?"

"是的,我亲爱的小姐,"索尔舅舅眼望着她回答道,随后他又从她身边躲开,显出心慌意乱的样子,"我想再亲眼看看你的样子,再亲耳听听你的声音,在我……之前……"说到这里他停住了。

"在什么时候之前?在做什么事之前?"弗洛伦斯说时伸出手来,放在老人的胳臂上。

"我说'之前'了吗?"老索尔说,"要是我说了,我准是想说:在我们得到我那亲爱的孩子的消息之前。"

"你身体不舒服,"弗洛伦斯温柔地说,"你一直在担心,非常担心。我敢肯定,你身体不舒服。"

"我的身体嘛,"老人说时把右手握紧成拳头,并伸过去给她看,"和我这把年纪的任何人所能指望的一样好、一样结实。瞧!它坚韧得很呢。难道这拳头的主人不是和许多比他年轻的人一样,有坚定的决心和刚毅不拔的精神吗?我想是这样。我们走着瞧。"

尽管弗洛伦斯记住了这些话语,然而更加使她铭记不忘的是他的这种态度,她深为感动,正打算把自己心中的忧虑向柯特船长尽情倾吐,但恰好在这个当口,柯特船长开口说话,打消了她的这一想法;船长解释说,在当前这种状况下,必须征求哲人本斯比的看法,并恳请这位莫测高深的权威人士发表高见。

本斯比的眼睛继续注视着位于从伦敦到格雷夫森德中途的某座房子,他有两三次伸出那条毛茸茸的胳臂,试图搂住聂宝小姐的细腰,以便从中获取灵感,但那位年轻女士早已气冲冲地躲到桌子对面去了,"谨慎的克拉拉"号司令官的激情没有得到任何反响。司令官的聪明脑袋连遭失败后,他开口了,这么说吧,他并不对着任何人说话;他像是被一个声音粗哑的精灵附了身,那声音似乎是不由自主地自动发出来的:

"我的名字叫杰克·本斯比!"

"他的教名叫约翰,"柯特船长高兴地说,"听他说呀!"

"凡是我说的,"经过深思熟虑,那声音继续响起,"我都坚信不渝。"

船长一条胳臂被弗洛伦斯挽着,对正在谛听哲人讲话的老人直点头,似乎在说,"现在他总算开口啦。我带他上这儿来,就是为了这个目的。"

"就凭这个嘛,"那声音继续响起,"为什么不呢?如果是这样,又有什么要紧?谁还能说出别样的话?不能。就是这么回子事!"

层层推理达到了这一点,那声音戛然而止,停顿片刻。然后又用非常缓慢的语速接着说出下面这番话:

"伙计们,我是不是认为那艘'子嗣号'已经沉没了?有这个可能。可是我这么说了吗?哪一艘?如果一艘小商船的船长驾船离岸,驶入圣乔治海峡,前往唐斯,他迎面会碰到什么?古德温暗沙。他并不是非要撞上古德温暗沙不可,只是可能会撞上。就看你有没有能耐观察到它的方位。那就不是我的责任啦。就是这么回子事,要看到前景中的光明,祝你们好运!"

那声音带上"谨慎的克拉拉"号船的司令官,出了后房,上了街道,和他一起火速回到船上,上船后,他马上眯盹了一小觉,以恢复精神。

那几个受圣哲训诲的门徒们,只能依靠自己来把师父的智慧运用于一项信念,作为主要的一极,支撑住本斯比三脚架让它不倒,或许其中还有别的玄奥深意在呢,他们面面相觑,心里都有点儿觉得没有底。碾磨慈幼院的罗布,刚才充分享有不受谴责的自由,透过屋顶天窗向里窥视、偷听,此刻他悄悄地从铅皮屋顶上走下来,显出一脸惶惑的样子。只有柯特船长对本斯比的钦佩更增添了几分(要是还可能增添的话),本斯比刚才作了庄严的论定,以他出色的表现证明了他确实名不虚传,柯特进一步解释说,本斯比除了说他具有信心之外,没有别的意思;本斯比一点儿都不担忧;从这样一位出色人物脑袋里产生的,并且由他本人发表出来的见解,足以成为信心的依据,通向光明之路。弗洛伦斯尽量让自己相信船长说得对;但聂宝把双臂紧紧交叉在胸前,摇着头表示坚决反对,在她看来本斯比并不比珀奇先生高明,她对他的信赖程度比起她对珀奇先生的信赖程度,一点儿都高不了。

这位圣哲似乎使索尔舅舅仍停留在那老地方,因为他仍一手拿着圆规,在世界的水面上游荡,但找不到可以让圆规落脚的地方。老人正专心致志地寻找,弗洛伦斯在柯特船长耳边悄悄提醒了一句,船长就把他那只沉甸甸的大手,搭在老人的肩膀上。

"你感觉怎么样,索尔·吉尔思?"船长亲切地说道。

"马马虎虎吧,内德,"仪器制造商回答,"今天一下午,我一直在回忆我那孩子进董贝商行工作的那一天,傍晚他下班回家吃饭时,当时他就站在你现在站的地方,我和他谈起暴风雨和沉船的事,我简直没法把他从这个话题上扯开。"

看到弗洛伦斯热切注视着他的目光,老人赶忙停住话头,脸上作出微笑。

"作好准备,我的老朋友!"船长喊道,"看上去精神点儿!我告诉你怎么着吧,索尔·吉尔思;等我把'小可心儿'平平安安送到家,"说到这里,船长吻了一下自己的铁钩子,向弗洛伦斯挥去,"我再回来和你一起度过这吉祥的一天剩余的时光。索尔,让我俩找个馆子一起吃顿饭。"

"今天就算了吧,内德!"老人赶忙说,船长的提议使他显得惊慌,这真令人费解,"今天就算了吧。今天我去不了。"

"干吗去不了?"船长问,用惊奇的目光直盯住他。

"我——我有那么多事情要做。我——我的意思是要想周到,并且安排好。内德,我真的去不了。今天我还要独自出门去,有好多事要我操心呢。"

船长看看航海仪器制造商,再看看弗洛伦斯,然后将目光又回到老索尔身上。"那么就明天吧。"他最后建议道。

"好,好。就明天,"老人说,"明天想着我。说好了明天。"

"记住了啊,索尔·吉尔思,明天我会早早就来的。"船长保证说。

"好,好。明天上午第一件事就是这个,"老索尔说,"现在说再见吧,内德·柯特,愿上帝保佑你!"

说话时,老人以不寻常的热情紧紧握住船长的双手,然后他转身又握住弗洛伦斯的双手,并举到嘴唇前亲吻;接着他以极不寻常的急促劲儿催她出门上车。他的这一切表现引起了柯特船长的注意,于是他故意慢吞吞地拖在后面,以便嘱咐罗布,让他在明天早晨他到来以前,要对他的主人特别亲切、特别关心:为了加强这一指令的效果,他赏了这男孩一个先令,还答应他明天上午另外再赏他六便士。柯特船长一向自命为弗洛伦斯天然、合法的保护人,并对这一点深信不疑,当他履行完职责,便一屁股坐在赶车人的身旁,怀着这样的好心情一直把她送到家。道别时,他向她保证说,自己一定会好好呵护索尔·吉尔思,贴近他,真心待他。他忘不了苏珊·聂宝关于禁止麦克斯丁格尔太太胡作非为的豪言壮语,再一次向她询问道,"我亲爱的,你觉得你真的能做得到吗?"

那座阴沉沉的住宅的大门在两位女士身后关上了,船长的心思又转到那位年老的航海仪器制造商身上,他觉得忐忑不安。因此,他没有回家,而是在街上踱步,走了好几个来回,以消磨时间,直到黑夜来临。他很晚才在城里位于某个拐角上的一家小饭铺里吃了饭,那家饭铺有个楔子形的公共餐室,常有头戴加光便礼貌的客人们光顾。船长的主要意图是,夜里再踱到索尔·吉尔思的住处,透过窗玻璃往里面看看:他真的这么做了。店门还没有关,他看见他的老朋友正趴在屋里一张桌子上,全神贯注地忙着写字。小海军准尉为躲避夜里的露水,早已搬进屋里来了,此刻正在柜台上看着他。前碾磨慈幼院的学生罗布在柜台下面铺好了睡觉的地方,正打算去关店门。看到木制水手的管辖区一片宁静,船长放了心,于是他开始向布列格巷进发,决定于明晨准时起锚出航。

第二十四章 一颗充满爱的心灵在沉思

巴耐特爵士和斯开特尔司夫人都是大好人,住在泰晤士河畔富勒姆地方一座漂亮的别墅里;碰上举行划船比赛时节,那里可说是世界上最令人羡慕的住宅区之一;然而在其他时候,那里也会有些小小的不便,譬如说,客厅里偶然会有河水出现,与此同时,草坪和灌木丛也会暂时消失。

巴耐特·斯开特尔司爵士用以表明他显赫身份的用具主要有两件:一只金质的古董鼻烟壶,和一条沉甸甸的丝质手帕,他得同时用两只手才能把手帕抽出来,就好像在抖搂一面旗帜似的,这动作给人们留下深刻的印象。巴耐特爵士的人生目标是将交游的人脉不断扩大。这就像把一个沉重的物件扔进水里,水的自然本性就会向四外溢去——打这么个比方决不是有意贬低这位如此高贵的绅士——巴耐特爵士的本性就是将社交圈子愈扩张愈大,直至占满一切空间。还可以这样说:就像声音在空气中震响一样,据一位机智的现代哲学家估算,这声响将在广漠无垠的空间行进,永无尽期,巴耐特·斯开特尔司爵士在社会体制内探索发现的旅程,也将恒久不息,直达他道德信仰的极致。

使巴耐特爵士感到自豪的是,他有本事促成某甲与某乙相识。他热衷于此道,纯粹是因为他天生爱干这种事,同时,这也使他得以接近他中意的目标。譬如说,巴耐特爵士若是有幸抓住一名社交场上的生手,或一位乡下绅士,设法把那人弄到他好客的别墅中来,客人到达后的第二天早上,巴耐特爵士就会问他,"啊,我亲爱的先生,你是不是想要结识个什么人?你希望和什么人会面?你是不是对哪位作家、画家、雕刻家、演员之类的人感兴趣?"那位客人有可能会作出正面的回答,并说出某个人的名字,而巴耐特爵士对那人就像对托勒密大帝①一样,根本不认识;碰到这种情况,巴耐特爵士就会这样回答:这件事最好办不过了,我和那个人熟极了。他会立刻去拜访那个人,并留下名片和短柬,上面写道"亲爱的某某先生——久仰大名——现正在寒舍作客的某先生渴望……斯开特尔司夫人和在下同样渴望一睹尊颜——我们都深信天才人物不为礼仪所拘,将会赏光赐予我们这样的快乐",如此等等——就这样,爵士一箭双雕射死了两只鸟,统统死得像门上的钉子似的一动都动不了。

弗洛伦斯来访的第二天早晨,在充分运用鼻烟壶和那条像一面旗帜的手帕以后,巴耐特·斯开特尔司爵士照例向她提出了同样的问题。弗洛伦斯向他表示感谢,并说她并没有什么人特别想见,当然,在回答时,她很自然地会想到那不知下落的可怜的沃尔特,心里一阵作痛。巴耐特·斯开特尔司爵士自然会客客气气地把他的问题重新问一遍,并说,"我亲爱的董贝小姐,你真的想不起你的好爸爸——你在给令尊大人写信时请务必替斯开特尔司夫人以及我本人向他致以最善意的问候——你的好爸爸希望你结识的什么人吗?"当她作出否定的回答时,也许会声音颤抖,并微微垂下她那可怜的头颅。

斯开特尔司少爷正在家里度假,他一副老成持重的样子,硬硬的领巾使他脖子转动不灵,他的好妈妈一心要他对弗洛伦斯表示殷勤,这个要求使他觉得很不自在。还有一个原因使这位年轻人的心受到更深的伤害,使他感觉更加烦恼,那就是:他的父母亲大人邀请了勃林茂博士和夫人来家作客,此刻正与他做伴呢,对于校长夫妇,这位年轻绅士常发表这样的感想:他俩要是去遥远的耶利

---

① 托勒密大帝,指古埃及国王托勒密二世(公元前308—公元前246)。

哥城①度假就好了。

"现在您是不是想起要见什么人了,勃林茂博士?"巴耐特·斯开特尔司爵士又转过脸去问那位绅士。

"您非常仁慈,巴耐特爵士,"勃林茂博士回答,"我真还想不起来特别想见个什么人。我对自己的同胞通常总是乐意结识的,巴耐特爵士。泰伦斯怎么说来着?每一位为人父母者都使我感觉兴趣。"

"勃林茂夫人是否想见哪一位杰出人物?"巴耐特爵士又礼貌周全地问道。

勃林茂夫人回答说,巴耐特爵士如果有意介绍她认识西塞罗,那倒真得麻烦他一下呢,说时露出甜美的微笑,天蓝色的帽子还晃动了一下;既然这一意愿无法实现,她又早已享有了爵士本人以及和蔼可亲的爵士夫人的友情,并且她和她的丈夫勃林茂博士一起,有幸获得爵士伉俪的信任,委以教育他们亲爱的儿子的重任——说到这里,只见小巴耐特皱了一下鼻子——她也就别无他求了。

在这种情况下,巴耐特爵士暂时只好满足于招待已经集合在他府上的宾客。这让弗洛伦斯感到高兴,因为她内心深处存有一个非常宝贵、非常重要的意愿,那就是要对这里的人仔细地研究、学习,这一意愿使她精神专注,无暇顾及其他。

爵士府上的宾客中有几个是孩子。这些孩子和他们的爸爸妈妈在一起时,都坦白真诚,其乐融融,和弗洛伦斯对门邻居家的那些玫瑰色脸孔的孩子们一模一样。这些孩子无须压抑、节制他们心中的爱,他们可以无拘无束地表现出来。弗洛伦斯想要学会他们所掌握的奥秘,想要找出自己的缺陷在哪里;他们谙熟什么她所不知道的简单有效的技巧;她要从他们那里学会如何向父亲表达

---

① 耶利哥城,死海以北古城,《圣经》载,当祭司吹响号角,城即塌陷。

她的爱意,从而重新赢得父亲的爱。

接连好几天,弗洛伦斯一直在仔细观察这些孩子。好几个天气晴朗的早晨,当灿烂的太阳升起时,她便起床,到河岸边来来回回地散步,那个时候屋里的人们还没有任何动静,谁也不会干扰她,她就会抬眼望着他们居室的窗户,心想:他们在睡梦中还有父母温柔的照拂和爱心的惦念。弗洛伦斯会备感寂寞凄凉,比她孤独地待在那座巨宅里时尤甚。有时她会这样想:她还是待在家里、别上这儿的好;与其和自己同龄的人们交往,发现自己和他们的境遇大不相同,倒不如把自己藏起来,心里还好受些。尽管翻阅人生这本难念的书时,每一页都会触到她的痛处,弗洛伦斯仍置身于他们之中,继续专心致志地进行她的研究,她充满希望,很有耐心,试图获取她所渴求的知识。

啊!如何方能获取这些知识呢!怎样才能掌握开始时的魔力呢!这里就有几个别人家的女儿,从早晨起床到晚上躺下休息,她们早已获得了父亲的爱心。她们无须克服父亲的排拒,无须担心父亲的冷漠,无须抚平父亲紧锁的眉头。早晨的阳光愈变愈亮,窗户一扇扇地打开,花草上的露水开始晾干,年轻的脚步开始在草坪上移动,弗洛伦斯环顾着周围那些容光焕发的脸庞,心里在想:我能从这些孩子身上学到些什么?向她们学习已经太迟;她们每一个人都可以无所畏惧地责备自己的父亲,伸出嘴唇迎接早已料到会得到的一吻,伸出手臂搂住俯下身来给她以爱抚的父亲的颈项。但是她可不敢用这种方式开始,这太大胆了。噢!难道随着她研习得愈来愈多,她的希望却变得愈来愈少!

她分明记得,甚至就连那个在她幼年时曾抢劫过她的老太婆(那老太婆的形象和她的居所,以及她的一言一行,都以童年时遭遇的可怕经历深深地印在她的记忆中,历久弥新),都曾满含爱意说起自己的女儿,并因不得不与她的女儿分离而哭得如此可怕,如此痛苦。回想起这件事,弗洛伦斯就会一再想起那深深爱她的母亲。有时,她的心思会迅速转向阻隔在她和父亲之间的一片虚空,她会给自己描绘出这样一幅图景:母亲还活着,也因她生来缺乏那种天然能博得父亲欢心的莫名的魅力,而变得越来越不喜欢她了,这时她就会浑身颤栗,脸蛋被涌出的眼泪打湿。她知道这种想象对她怀念的母亲很不公平,没有一点真实性,完全缺乏根据;尽管如此,她仍不遗余力地想证明父亲完全正确,一切过错都是她的,她无法阻止这样的想法像流云似的在她的心头掠过。

紧随弗洛伦斯之后到达的客人中,有一个比她小三四岁的美丽女孩,她是个孤儿,由她的姑妈陪同,她的姑母是位头发灰白的贵妇,很爱和弗洛伦斯谈话,很爱听她在晚上唱歌(不过,又有谁不爱听呢),弗洛伦斯唱歌时,那位姑母总是像母亲一般饶有兴味地坐在她身旁。她们刚来两天,一个温暖的早晨,弗洛伦斯坐在花园凉亭内,目光透过交叉的树枝和缠绕的花朵细心观察在草地上活动的一群孩子,她从中看到一个可爱的小孩的脑袋,那小孩是众人的宠儿和开心果;那位姑妈带着侄女正在近旁树荫覆盖下一处僻静角落散步,弗洛伦斯听到她们正在谈论自己。

"姑妈,弗洛伦斯是不是个孤儿,像我一样?"小姑娘问。

"不,我的宝贝。她的妈妈过世了,不过她的爸爸还健在。"

"现在她是不是正在为她的妈妈服丧?"小姑娘马上就问。

"不是的;她现在是在为她唯一的弟弟服丧。"

"她再也没有别的弟弟了吗?"

"没有了。"

"连姐妹也没有吗?"

"没有。"

"我非常、非常难过!"小姑娘说。

弗洛伦斯一听到她们说起自己的名字,本来已经站起身来收拾花枝,准备迎面朝她们走去,好让她们知道自己就在能听得见她俩谈话的近处,但这时姑侄俩又忙着观赏河上的船只,不再说下去。弗洛伦斯重新坐下来,编织花环,以为再也不会听见什么了,不料她们俩很快就接着谈下去。

"弗洛伦斯在这里得到大家特别的宠爱,我敢肯定,这是她理应得到的,"小姑娘充满热情地说,"她的爸爸在哪儿?"

那姑妈迟疑了一下才回答说,她不知道。弗洛伦斯本来已经又一次站起身来,但那位姑妈说话的声气拘住了她,把她固定在原来的位置,她匆忙把编织的活儿抱在胸前,全靠张开两只手才使花枝没有散落一地。

"我希望他没有出国,还待在英格兰,是吧,姑妈?"小姑娘问。

"我想是吧。是的,我肯定他在国内。"

"他来过这儿吗?"

"我想是没来过。没有。"

"他会到这儿来看望她吗?"

"我想不会。"

"姑妈,他腿瘸了吗,眼瞎了吗,还是生病啦?"小姑娘问。

听到小姑娘以十分惊讶的语气提出这样的问题,弗洛伦斯抱在胸前的花枝开始坠落。她把花枝护得更紧,她垂下头,望着散落在地上的花。

"凯特,"那位夫人迟疑片刻后说,"我来告诉你我所听到的有关弗洛伦斯的整个故事,我相信它是真的。亲爱的,你不要告诉任何人,因为这里的人们中知道这个故事的很少很少,你要是告诉别人,会使她感到痛苦的。"

"我决不会的!"小姑娘喊道。

"我知道你决不会这样做,"那位夫人说,"我完全信得过你,正如我信得过自己。我怕呀,凯特,弗洛伦斯的爸爸对她一点儿都不关心,很少和她见面,自从她出生以来就没有对她亲切过,现在更是回避她,躲开她。如果他允许她靠近,她会深深地爱他,但是他不允许——尽管挑不出她的任何毛病;而所有好心的人们都非常爱她、同情她。"

捧在弗洛伦斯手中的花枝,散落在地的更多了;未散落的也都沾湿了,沾湿它们的可不是露水;她的脸垂向她那沉重的双手。

"可怜的弗洛伦斯!亲爱的好弗洛伦斯!"小姑娘喊道。

"你知道我为什么要告诉你这些事吗,凯特?"那位夫人问。

"你是想让我对她非常亲切,尽我的一切努力使她快活。是为了这个吧,姑妈?"

"这只是一部分,"那位夫人说,"而不是全部。尽管表面看起来她很快活,对每一个人都发出让人舒服的微笑,对我们所有人的请求都有求必应,这里每一项文娱活动她都参加,她却不可能十分快活,你说她能吗,凯特?"

"我想恐怕她做不到。"小姑娘说。

"这样,你就会懂得,"她姑妈接着说,"为什么她在观察那些父母双全、受父母钟爱、并被父母引为骄傲的孩子——就像现今在这里的许多孩子——的时候,会使她暗自伤心?"

"是的,亲爱的姑妈,"小姑娘说,"我非常理解这一切。可怜的弗洛伦斯!"

坠落在地的花枝更多了,仍抱在她胸前的那几株在颤抖,好像冬风在猛烈地摇撼着它们。

"凯特,我的孩子,"她姑妈说,她的语气虽然严肃,但同时又平静而亲切,弗洛伦斯听到她发出第一个字的瞬间就极为感动,"在这里所有的年轻人里,你是她天然的朋友,决不会给她带来伤害;你不像那些比你更幸福的孩子,你没有那并非你的过错、却会使她伤心的条件……"

"没有人比我更幸福了,姑妈!"小姑娘喊了一声,像是靠在了姑妈的身上。

"……别的孩子,凯特,会触动她想到自己的不幸。所以说,当你知道了这一切,我希望你能够作出更大的努力,设法成为她的小朋友,并且感受一下你所承受的丧失双亲的痛苦——感谢上帝!现在你还没有懂得这痛苦的真正分量——这会向你提出要求,要你坚持和可怜的弗洛伦斯做朋友。"

"可是,姑妈呀,我并不缺乏母亲的爱,从来不缺,"小姑娘说,"和你在一起。"

"不管怎么样,我的宝贝,"那位夫人接着说,"你的不幸比起弗洛伦斯的来,还算稍微轻一些;因为,世上的任何孤儿,也不会像双亲中的一个明明活着、却不爱她、在感情上完全被抛弃的孩子那样可怜。"

花枝像尘土一样散落在地上;空空的双手捂住了脸;失去生母的弗洛伦斯蜷缩在地上,伤心哭泣,哭了很长时间。

然而,弗洛伦斯有一颗真诚的心,有达成她良好意愿的坚定决心,她紧紧抱着那个目标,就像她垂死的母亲在生珀尔那天紧紧地抱住她。她的爸爸不知道女儿爱他有多深。不管还需要多长时间,不管在这期间要受多少慢慢的煎熬,不定哪一天,她总得设法把这个信息送到爸爸的心上。同时她又必须谨慎小心,不能说出一句考虑不周的话,不能露出一个不得体的眼神,不能在某一情景的触发下迸发出内心的感情,不能流露对他的怨意;人们已在暗中议论他偏畸不公,作为他的女儿,她决不能给这种议论提供佐证。

尽管弗洛伦斯非常喜欢这个小孤女,她也有记住这孩子的理由,但她在酬答小姑娘的善意时,她心里仍装着她的爸爸。她想,如果她另眼看待这个孩子,显得比她待其他人更亲热,这样就至少会向一个人证实,她爸爸既生性残酷又不近人情,也许不久以后会有更多的人都这么想。她的快慰无法抵消这样的损害。她偶然听到的对话决不能用来抚慰自己的伤痛,而要用作对他的挽救。弗洛伦斯的心在探索、研究时,确实这样做了。

她总是这样做的。假如有人朗读一本书,故事的矛头指向一位生性残酷的父亲,而人们可能会把这联系到她父亲头上,她就会感到痛苦,这倒不是为她自己,而是为她的父亲。如果在人们表演的小节目里、展示的图画里、玩的游戏里,有什么琐碎的地方可能会引起类似的联想,那时她也同样感到痛苦。有许多次,她都尽力以如此温情的态度对待自己的父亲,这使她心力交瘁,她宁愿回到老家,重新生活在沉闷的四壁阴影里,不受打扰。当人们看到即将步入青春年华的可爱的弗洛伦斯,这位小小宴饮集会上谦逊的小王后时,几乎没有人会想象到她心上竟会压着如此沉重的神圣的重担!当人们被她父亲周身冰冷的寒气所冻僵时,几乎没有人会想象到她在用一大堆熊熊的火焰给他解冻!

弗洛伦斯继续耐心地探索、研究,但没能从集合在爵士的别墅中的年轻友伴们那里,学到她所渴求的那种莫可名状的魅力。清晨时,她常常独自步行走出别墅,来到一群穷人家的小孩儿中间。但她还是发现他们都已走得太远,她想学也赶不上了。他们早已在家庭中赢得一定的地位,不像她那样,还站在大门外面,被一座栅栏挡住,不能登堂入室。

弗洛伦斯已有好几次看到一名男子,大清早就在干活,他身边总是坐着一个年龄与她相仿的女孩。他非常穷,好像没有什么正式工作,当河水退潮时,他有时会漫步来到河岸边,从泥浆中搜寻出一些零碎东西;有时会在他家茅屋前一小块贫瘠的菜地里耕耘;又有时会修补他那条破旧不堪的小船;或者,有机会的话,就给邻居干一些诸如此类的杂活。无论他干什么活,那女孩是从来不干的;只要她在他身边,她总是坐着,懒懒洋洋,心不在焉,一副闷闷不乐的样子。

弗洛伦斯总想和那个男子说话,但总是缺乏勇气,因为他从来没有想接近她的样子。但是,有一天早晨,她走在一丛截去树梢的柳树间,那条柳树间的小道,尽头就是他家房子和河岸之间的一小片石头斜坡,当她走到那里,突然与他不期而遇。只见他在一堆火前俯着身子,正忙着修理倒扣在他身旁的那只旧船,要把船底的裂缝堵上。听见她的脚步声,他抬起头来,向她说一声早安。

"早上好,"弗洛伦斯说,她向他走近,"你这么早就在干活啦。"

"只要我有活可干,我总喜欢早早就开始干活,小姐。"

"找工作是不是很难?"弗洛伦斯问。

"我确实觉得很不容易。"那男人回答。

弗洛伦斯朝那女孩坐着的地方望去,只见她双手捧着下巴,身体蜷缩成一团,两只胳膊肘支在膝盖上,便问:

"她是你女儿?"

他迅速抬起头来,眼望着那个女孩,说"是的",脸上也有了神采。弗洛伦斯也朝那个女孩看,向她亲切地打招呼;那女孩嘴里咕哝一声算是回答,她绷着脸一副不高兴的样子。

"她是不是也想找活干?"弗洛伦斯问道。

那男人摇摇头。"不,小姐,"他说,"我干活,养活我们俩。"

"这么说,你家就你们两个人?"弗洛伦斯问道。

"就我们俩,"那男人说,"她妈死了快十年啦。玛莎!"(他又一次抬起头,悄声对她说)"你和这位年轻漂亮的小姐说句话好吗?"

那女孩用蜷缩的双肩做了个动作,表示她不愿意,接着就把脑袋转向另一边。那女孩长相难看,身材畸形,脾气别扭,情绪很坏,衣衫褴褛,很不清洁——然而有人爱护她!噢,是的! 弗洛伦斯早已看见她父亲望着她时的目光,她知道世上没有任何东西可以与这样的目光相比。

"我可怜的女儿,我担心她今天早上身体更加不舒服啦!"那男人暂时停下手头的活儿,注视着他那不讨人喜欢的孩子,他充满怜惜的表情,由于不加掩饰而更加显得温柔。

"这么说来,她生病啦!"弗洛伦斯说。

那男人长叹一声。他的目光仍停留在女儿身上,回答道,"我想,在过去五年里,我的玛莎身体没病的时候,不会有五天吧。"

"唉!还不止五年呢,约翰。"刚跑来帮他修理旧船的一位邻居插话说。

"还不止五年,你是这么说的吧?"那个男人把头上的破帽往后推了推,摸摸前额说,"这很可能。像是有很长、很长时间了。"

"时间越是拖得长,"邻居接着说,"你越是宠着她,迁就她,约翰啊,一直把她惯成她自身的负担,和每个人的负担。"

"对我说来不是负担,"那位爸爸说,他继续埋头干活,"对我说来不是。"

弗洛伦斯感觉得出来,他说的话很真,全都出自肺腑,对于这一点,谁还能比她更有辨别力呢?她向他靠得更近些,恨不得能上前握住他那双粗糙的手,向他说出自己心中的感激,因为他善待这个可怜的女孩,他注视女儿的目光与其他任何人的目光都迥然不同。

"你还说我宠她——我要是不宠着她还会有哪个人会宠着她?"那个当爸爸的说。

"唉,唉,"邻居喊道,"说得有理,约翰。只有你!你把一切都给了她。你为了她束缚了自己的手脚。你为了她,把自己的生活过得这么惨。她会不会领情!是不是连你都不相信她会领情?"

当爸爸的再一次抬起头,对女儿吹声口哨。玛莎又用蜷缩的双肩做了个和刚才一样的动作算是回答;这使他感到幸福,心里美滋滋的。

"就为了这一点,小姐,"邻居微笑一下说,他的微笑里蕴含着他没有表达出来的真诚同情,"就为了能得到这一点回报,他始终不让她离开自己的目光!"

"因为那一天终会到来,时光早已流过一大截子了,"那男人埋头工作,腰弯得很低,一面说,"到了那一天,要我那可怜的孩子轻轻挥一下手指、抖动一下头发,恐怕比要死人复活还难,因为她一半力气都没有了。"

弗洛伦斯轻轻地在靠近他手边的旧船底部放下一些钱,然后就离开了他。

弗洛伦斯开始沉思,假如她病倒了,假如她像她那亲爱的弟弟一样即将死去,到那时她爸爸会知道女儿曾经爱过他吗?到那时女儿在爸爸心中会变得亲热起来吗?当她奄奄一息、视力模糊时,他会不会来到她的床前,把她抱在自己的怀里,把过去的一切统统改写吗?那天晚上,由于缺乏勇气,她直到走出他的房间,也没能向他诉说女儿心中对父亲的爱;在那以后,她确实作出了努力,学习童稚时所不懂得的、表达感情的方式;到了她临终的一天,在不同的情况下,她是否会觉得向他倾吐衷曲一点都不困难了呢?他是否会原谅她以前由于幼稚,未能向他敞开心扉呢?

是的,她想,假如她即将死亡,他是会变得对她慈爱的。她想,假如她躺着,床的四周围绕着对于那个亲爱的小男孩的回忆,她宁静、安详,对于生命的消逝,倒也并非不乐意;父亲会深深地感动,并说,"亲爱的弗洛伦斯,为了我,你要活下去,我们要像我们本来应该的那样相爱,我们要像我们多年来本来应该的那样享有幸福!"她想,假如她能伸出双臂抱住他,听见从他嘴里说出这样的话来,那么她就会微笑着这样回答,"一切都已经太晚了,只有爱永远不会晚；我幸福极了，不能更幸福了，亲爱的爸爸！"她就这样离他而去，嘴唇上还留着对他的祝福。

想着想着，弗洛伦斯又看见她记忆中墙壁上那一汪金黄色的水，她把它仅仅当做奔向那些早已逝去的亲人们安息之所的一股水流，逝去的亲人们正手拉着手地在那里等待着她呢；当她注视着颜色较深的水，泛着涟漪，流过她的脚下时，她常常怀着深深的敬畏，而不是恐惧，想起弟弟时常对她说起的，那把他带走的水流。

弗洛伦斯与那位爸爸和他一身是病的女儿偶然相遇，还不到一个星期，她对那父女俩仍记忆犹新。一天下午，巴耐特爵士和他的夫人要到乡间小路上去散步，他们请弗洛伦斯与他们做伴。弗洛伦斯欣然同意，至于斯开特尔司夫人命令巴耐特少爷偕同前往，更是题中应有之义。眼看自己长子的胳膊让弗洛伦斯挽着，没有什么比这件事更能使斯开特尔司夫人感到高兴的了。

老实说，巴耐特少爷在这件事情上似乎怀着与母亲相反的情绪，在这种情况下，他常会用虽然含糊、别人却能听得见的声音咕哝着把自己对"一堆儿毛丫头"的情绪表达出来。尽管如此，弗洛伦斯温柔和顺的天性是不容易被惹恼的，要不了几分钟，她总能使这位年轻绅士消了气，认了命，两人和和气气地在一起漫步。斯开特尔司夫人和巴耐特爵士跟在后面，心里充满喜悦，真正得意非凡。

那天下午，散步按常规礼仪正在进行着，在弗洛伦斯的影响下，斯开特尔司少爷几乎就要克服暂时的不满情绪，顺应自己的命相了；恰好此时，来了一位骑马绅士，那位绅士在经过他们身边时，用热切的眼光盯着他们看，并收住缰绳，策马转身，向他跑来，他早已摘下帽子，拿在手上。

那位绅士尤其热切地盯住弗洛伦斯看；当散步的人们看见他骑了回来，不由得停下了脚步，那位绅士向她鞠了一躬，接着又向巴耐特爵士暨夫人施礼。弗洛伦斯想不起自己以前是否见过这个人,但是,当他向她靠近时,她不由自主地心头一惊,身体往后退缩。

"我敢向你担保,我的马很乖,很老实。"绅士说。

不是因为那匹马,是绅士本人身上有一种连弗洛伦斯也说不出是什么来的气质,吓得她往后退缩,像是被什么毒虫蜇了一下。

"我想,本人现在有幸是在和董贝小姐说话吧?"绅士说时露出最诱人的微笑。见弗洛伦斯把头低了一下,他又接着说,"我叫卡克。我实在不敢奢望董贝小姐会记得我,至多也就是可能听见过我的名字。卡克。"

尽管那天天气很热,但是,非常不可思议的是,弗洛伦斯却觉得自己要打哆嗦,她把他介绍给她的男女主人;爵士夫妇以彬彬有礼的态度与他应酬、寒暄。

"我必须道歉,"卡克先生说,"道歉一千次!我明天一早就要到利明顿去拜会董贝先生,如果董贝小姐信得过我,有什么事委派给我,我将会感到非常荣幸,这难道还用说吗?"

巴耐特爵士凭直觉就推测到弗洛伦斯准想给她父亲写一封信,于是他建议回别墅去,他还恳请一身骑装的卡克先生跟他们一起回家,用完晚餐再走。不巧的是,卡克先生早已和别人约好了,有个饭局;但是,如果董贝小姐想回屋里去写信,他甘愿陪大家一起回去,她愿意写多长时间就用多长时间,他将恭顺地守候,没有什么比这更使他乐意做的了。他说话时,展露微笑,把嘴张得很开,并且俯下身去拍拍他那匹坐骑的脖子,这样一来他就和弗洛伦斯挨得很近;弗洛伦斯和他目光相接时,与其说听见,倒不如说看见,他在动嘴悄悄耳语道,"那艘船还是没有消息!"

她感到困惑,心里很害怕,身子赶紧躲开他,她甚至不敢肯定他确实说了这句话,因为他似乎是在微笑时,用特殊的口型向她传递了这个信息,而无需把这几个字真正说出来,弗洛伦斯怯生生地低声说,她很感谢他,不过,信是不写了;她没有什么要说的。

"真没有什么要捎去吗,董贝小姐?"那位露出满口白牙的绅士说。

"没有,"弗洛伦斯说,"如果你乐意捎去的话,只有捎去我的……我深深的爱意……"

尽管心烦意乱,弗洛伦斯还是抬起目光看着他的脸,她富于表情的脸上充满恳求的神色,分明在恳求他,要是他知道——他当然知道——在她和父亲之间传递任何信息,都是一件不寻常的使命,尤其是此刻托他捎去的信息,因此,她恳求他宽恕自己。卡克先生展露微笑,并深深一鞠躬,在巴耐特爵士请他向董贝先生带去他本人和斯开特尔司夫人最诚挚的问候后,他便向主人告别,旋即骑马离去:给这对可敬的夫妇留下良好的印象。他一走,弗洛伦斯就浑身发抖,对此,巴耐特爵士根据通常的迷信观念,说是有人正在经过她的坟地。卡克先生转过一个拐角,立刻就回过头来,眼望着他们,向他们鞠躬致意,然后便消失了,他似乎直奔墓地而去,真要去干那穿越坟头的勾当了。

第二十五章 关于索尔舅舅的奇异消息

柯特船长尽管不是懒汉,但在见到索尔·吉尔思后的第二天早晨,也并没有早早出门。昨夜,他透过商店橱窗,看见索尔在店堂里写字,木制海军准尉像放在柜台上,碾磨慈幼院的前学生罗布在柜台底下打了个地铺。早晨,钟敲六下,柯特船长用胳膊肘支起身来,对他的小房间扫视了一眼。如果说船长平日醒来眼睛都会睁得大大的,那么他那天早晨醒来时环眼圆睁的样子,更像是承担了什么严峻的任务;如果说船长平日醒来都会揉搓眼睛,那么他那天早晨醒来揉眼时的狠劲儿大了一倍,对这双充满警惕的大眼睛实在不公平,简直是以粗暴酬报功劳。然而,他碰到的情景确实异乎寻常,因为从未来过此地的碾磨慈幼院前学生罗布这时分明站在他卧室门口,朝着他大口喘气,那男孩满脸通红,蓬头乱发,像是刚刚起床,因此脸色和表情都大大地夸张了。

"喂!"船长大吼一声,"怎么回事?"

还没等罗布喃喃地回答出一个字,柯特船长就猛然从床上一跃而起,伸手捂住那男孩的嘴。

"别慌,我的小子,"船长说,"现在你一个字都不要对我说!"

船长发出这项禁令后,望一眼狼狈不堪的报信人,并用肩膀推他到隔壁房间去。船长走开几分钟,再来时已穿上那件蓝上衣。柯特船长抬了抬手,表示禁令尚未解除,他走到碗柜前,给自己斟上一点儿酒,也斟上一些递给送信人。然后他选定房间一角,背靠着墙站好了,似乎已经预见到将要向他报告的信息性质严重,很有可能把他击倒,朝后摔去。他一口喝干杯中酒,便眼睛盯住了报信人,他脸色苍白到他那张黑红脸所能达到的极致,他要求来人"收曳索,往前驶。"

"船长,你的意思是要我告诉你吗?"罗布问,他对船长事先采取的安全措施印象深刻。

"当然!"船长说。

"那好,先生,"罗布说,"我没有多少话要说的。你看这个!"

罗布拿出一大串钥匙。船长仔细看了看钥匙,又仔细看了看送信人,身子还靠定墙角没有移动。

"你看这个!"罗布接着说。

男孩拿出一个火漆封固的纸袋,柯特船长也仔细看了看,就像看钥匙一样。

"今天早上,我醒来的时候,船长,"罗布说,"那时大约五点一刻,我发现这两件东西放在我枕头上。门闩没有插上,门也没锁上,吉尔思先生走了。"

"走了!"船长吼叫道。

"溜掉了,先生。"罗布说。

船长的声音大得吓人,他从墙角走了出来,身上带着那股子劲头,像是要把罗布撞个大跟斗,吓得罗布赶忙躲开,退进了另一个墙角,并递上钥匙串和纸袋。

"'给柯特船长,'先生,"罗布喊道,"钥匙串上、纸袋上都挂着说明呢。我拿名誉担保,柯特船长,除此之外,我就什么都不知道了。我要是知道更多的事,就让我不得好死!这就是我这个刚谋得个就业位置的人所处的位置,"这名倒霉的碾磨慈幼院的前学子哭了起来,拿起袖口转着圈儿擦脸,"主人溜掉了,还要我来担不是!"

这段抱怨的话与柯特船长的凝视有关,与其说凝视,还不如说

怒目而视更加贴切,他那目光中带有含义不明的怀疑、恐吓和责备。船长接过男孩递上来的纸袋,拆开来,读到下面的文字:

"我亲爱的内德·柯特。纸袋里装着我的遗嘱!"船长把纸页翻过来,露出怀疑的样子——"还有圣经……哪儿有圣经?"①船长立即审问起倒霉的送信人来,"你把圣经弄哪儿去啦,小子?"

"我从来没有见过,"罗布啜泣着说,"船长,别老是毫无根据地怀疑一个无辜的小孩。什么圣经,我从来没有碰过它一下。"

柯特船长摇摇头,暗示说:对于这件事,总会把那个责任者揪出来回答问题的;他严肃地接着往下念:

"一年之内不得打开,或在获悉我亲爱的沃尔特的确实消息后方得打开,我敢肯定,内德,对你来说,沃尔特同样很亲近。"船长稍作停顿,非常动情地摇摇头;为了在这难堪局面下,重新建立威信,他便用特别严厉的目光盯住罗布,"如果你从此以后再也听不到我的消息,再也见不到我,内德,那么记住你的老朋友吧,正如他将在生命的最后一刻仍亲切地记住你一样;至少要等到我规定的时限到达,在老地方为沃尔特保留一个家吧。没有债务,欠董贝商行的钱已经还清,所有的钥匙随信奉上。这件事请勿声张,不要打听我的下落;打听也是徒劳。没有别的话交代了,亲爱的内德,你真诚的朋友索罗门·吉尔思上。"船长深深地吐了一口气,接着念写在信纸下方的附言:"'罗布这孩子,我告诉过你,是董贝父子商行介绍来的,他们介绍得好。到了全部物品都要送去拍卖的那天,内德,请留意照管好小海军准尉。'"

船长把这封信翻来覆去看了足有二十遍之多,找把椅子坐了下来,就这一案件在脑子里进行了一场军法审判,我们如果想要就

---

① 遗嘱原文"will and testament",船长是个大老粗,把两个字分了开来,错误地理解成"遗嘱"和"圣经",testament 单独用,确有"圣经"的涵义。

船长此时的模样向子孙后代形容一二、传达些许,那真得仰仗那些抛弃自己倒霉的时代、决心生活在后代、却又到不了后代的全体伟人们,得把他们的天才统统综合起来才能办得成。起初,船长过于心烦意乱,心思只能全部用在信的本身,无暇顾及其他;即使当他瞥见了各种附带的事实时,由于他的心思仍停留在原先的地方,故而也想不出个所以然来。在这样的精神状态下,柯特船长就把碾磨慈幼院前学子送上了军事法庭,把他当成了唯一的嫌疑犯,他发觉这样做,一般来说,会带来极大的宽慰。他把这种想法清清楚楚地写在脸上,引起了罗布的抗辩。

"噢,别这样,船长!"罗布喊道,"真不明白,你怎么能这样!我干错了什么啦,要你用这种眼神看我?"

"小子,"柯特船长说,"你可不要没打痛,先嚷嚷。无论你干了什么,别把自己推得一干二净。"

"我什么错事都没干,也没有推卸什么,船长!"罗布回答。

"那就让船顺风行驶,"船长威严地说,"平稳前进。"

柯特船长深感身上责任之重大,作为与有关各方都有密切关系的人,他必须把这神秘事件查个水落石出,于是他决定带上罗布到出事地点去把那里的房屋仔细检查一遍。考虑到那年轻人目前已遭扣押,船长拿不定主意,不知道应不应该给他戴上手铐,或是把他的双脚脚踝捆上,或是在他双腿拴上重物;因为他不清楚使用这些办法是否符合法律规定。最终,船长决定,一路上只是抓住他的肩膀而已,如果他做出任何抗拒行动,就把他打倒。

然而,罗布乖乖的,一点没有反抗,结果是无需更严格的控制,两人就到达了航海仪器商店。只见门窗护板还没有卸下来,船长第一件要做的事就是卸掉护板,把店门打开;当阳光照进店堂,他就借助明亮的日光,展开进一步的调查。

作为存在于他头脑中的庄严的军事法庭庭长,船长首先在店堂里的一把椅子上把自己的身子安置好;他要罗布钻到柜台底下的铺位上躺好,说出他醒来时找到钥匙和纸包的确切位置,说出他怎样推了推门,发现门闩没有插上,再说说他是怎样前往布列格巷去的——船长粗中有细,在让罗布以动作示意时,决不让他迈过门槛,以免他趁机逃跑——如此等等。等这一切都演习过好几遍,船长摇摇头,似乎觉得事情不妙。

接着,船长模模糊糊地觉得应该寻找一具尸体,于是在整座房子各处搜了个够。他点亮蜡烛,钻进地下室搜索,还把他那只钩子伸进门背后去够了够,不小心脑袋在梁木上撞得生疼,还沾了一身蜘蛛网。他爬上楼梯去察看老人的卧室,发现老索尔出走前那一晚上没有睡在被窝里,只是在床罩上躺了躺,因为床罩上留着有人躺过的明显痕迹。

"我觉得,船长,"罗布环顾房间四处后说,"最后那几天,吉尔思先生不断地出出进进,他是在不声不响地、零零碎碎地取走那些小物件。"

"唉!"船长神秘兮兮地问,"为什么这样想,我的小子?"

"这个吗,"罗布向四周打量了一下说,"我没有找见他刮胡子的用具。胡子刷也没了,船长。衬衣也全都没了。还少了他的皮靴。"

当罗布一件件念叨这些物品时,柯特船长特别留意罗布身上的相应部位,看看他身上是否留有最近用过这些物品的痕迹,看看他是否已经把这些东西占为己有了。但是罗布还没有长出可刮的胡子,胡子刷当然也用不上,再说他身上穿的都是已经穿了很久的旧衣服,这是决不会弄错的。

"你倒说说,"船长说——"且不谈你的责任问题——你对他调转船身躲开的事有什么话要说?嗨?"

"噢,船长,我想,"罗布说,"他准是在我刚开始打呼噜时,就早早开溜了。"

"那是在几点钟?"船长说,他想把时间搞得非常准确。

"我怎么说得出来呢,船长!"罗布回答,"我只知道自己一向上半夜睡得很酣,到了凌晨睡觉就轻了;如果吉尔思先生天快要亮的时候离开商店,就算他踮起脚尽量不出声,我敢十分肯定,他关门的时候,我还是听得见的。"

对这项证言深思熟虑以后,柯特船长开始觉得航海仪器制造商准是自己溜走的,老索尔给他的信也有助于他得出这一合乎逻辑的结论,该信无疑是老人亲笔,似乎可以证明,他并未受到胁迫,而是根据他的自由意志作出安排,他想走,所以走了。船长接着想:老索尔跑哪儿去啦?他为什么要跑呀?第一个难题令他束手无策,于是他的思考仅限于第二个难题。

他记起老人古怪的表现,以及老人在与自己告别时所表现出的无限热情的情景,当时虽然不解,但现在完全懂得了:这加剧了船长可怕的忧虑,他担心老人由于为沃尔特极度担心、懊恨、痛苦不堪,终于自寻短见。老人常常在诉说,说他不堪日常生活的折磨,毫无疑问,他常被世事无常、希望无着搞得心绪不宁。担心他自杀看来并非过虑,而是非常可能的。

老人没有欠债,个人自由可确保无虞,他的库存货物也不会遭到扣压,那么除了他忧虑得快要发疯这一条外,还有什么其他原因会促使他独自离家出走,而且是秘密出走呢?至于说他还随身带走一些衣物,要是他真的带走了(关于这一点,他们甚至还未能最终证实),船长论证说,老人这么做是为了防止对他进行探究,是为了分散注意力,不让人们关心他可能落入怎样的命运,是为了安抚现在正在反复掂量各种可能性的那个人。化作平常的语言,浓缩成一小点点,这就是柯特船长深思熟虑后得出的最终结论和要旨,是经过了很长时间的跋涉,才到达的要隘,但是正如某些公共评审活动一样,都是些东拉西扯、杂乱无章的玩意儿。

柯特船长心灰意懒,极度沮丧,觉得自己不应该逮捕罗布,应该让他局部地恢复自由了,他决定仍有必要对罗布实行某种体面的审查,于是他从旧货商布洛格雷那里雇来一名临时工,让他在自己外出时,坐着看店,自己带着罗布踏上寻找索罗门·吉尔思遗骸的伤心之旅。

首都的每一个警察局、停尸房和济贫所都毫无遗漏地受到他那顶绷硬的加光便礼帽的光顾。船码头、靠岸的舟船,泰晤士河的上游和下游,每一地、每一处,都可看见那顶加光礼帽在稠人广众中闪亮经过,就像史诗中战争英雄的头盔。船长把整整一周报纸上、传单上登载的寻获尸体和失踪人员消息看了个遍,一天里无论哪个时辰,只要有尸首可以辨认,他总会赶去试图辨认索罗门·吉尔思,结果看到的是失足落水的可怜的小船员,以及服毒自尽的长着黑胡子的高个子外国人——柯特船长说,辨认的目的是"想证实一下死者不是他。"辨认的结果是肯定的,死者中没有他的老朋友,没有什么比这更能使好心的船长感到满足的了。

柯特船长终于放弃了辨认尸体的打算,知道这样做不会有结果,接着他又在思考,下一步该干什么。他把可怜的老友的信重新看过好多遍后,觉得"在老地方给沃尔特保留一个家"是留给他的首要任务。因此,船长决定,他要住到索罗门·吉尔思家去,替他看家,并投身于航海仪器生意,看看会有什么结果。

但是要走出这一步就得取消他借住麦克斯丁格尔太太那套房间的租约,他知道那位坚强果敢的太太决不会允许他离开她家的,于是船长下定了逃跑的决心。

"喂,听着,我的小子,"当那个值得注意的逃跑计划在心头酝酿成熟后,船长对罗布说,"要到明天晚上,我才会在这个锚地出现——说不定要到半夜三更呢。不过你得始终警醒,等着听我敲门的声音,你一听见,就马上行动,把门打开。"

"准错不了,船长。"罗布说。

"你的名字可以继续留在这家店铺的花名册里,"船长以恩赐的口气说,"我不好这么说,不过如果你能和我同心协力地干,你还可以得到提升,加上工钱呢。可是明天夜里,不管有多晚,你一听到我敲门,就得马上行动,赶快开门,你要拿出机灵劲儿才行。"

"我准能做得到,船长。"罗布说。

"你得知道,"船长又说,再一次促使罗布加深对这一使命的印象,"也许会有人追我,我能对你说的,只能到此为止;我要是在门口等久了,就有可能被人抓住,所以说,你要赶快开门,拿出机灵劲儿才行。"

罗布再次向船长保证,他一定会时刻惊醒并且身手敏捷;船长安排妥帖后,便最后一次回到他在麦克斯丁格尔太太家的寓所。

船长意识到这是他最后一次回到这里来了,自己那件蓝上衣里包藏着祸心,这就使他对麦克斯丁格尔太太更是怕得要命,一天里的任何时刻,只要听到楼下那位太太的脚步声,就足以使他浑身颤栗不止。但出乎意料的是,麦克斯丁格尔太太那天的脾气恰巧好得十分可爱——温柔、和顺得像只驯服的小羊;当她上他房间来,问他晚饭想吃点什么,她好去做时,船长良心发现了,感到无比歉疚。

"现在就来一小块美味的腰子布丁,柯特船长,"这位房东太太说,"或者来一份羊心。你不用怕麻烦我。"

"不用了,谢谢你,太太。"船长回答。

"那么来只烤鸡吧,"麦克斯丁格尔太太说,"鸡膛内再填上小牛肉①和鸡蛋沙司。听着,柯特船长!你要待自己好一些!"

---

① 小牛肉 veal,她读成 weal,老伦敦土音 v,w 相混,这和老北京土音非常相似。

"不用了,谢谢你,太太。"船长非常谦卑地说。

"我知道你情绪不好,需要提提精神。"麦克斯丁格尔太太说,"为什么说不用了呢,哪怕就这一回,来瓶雪莉酒①好吗?"

"好吧,太太,我想我可以试着来一瓶,"船长说,"除非您肯赏光,也喝上一两杯。你能给我个面子吗,太太,"船长说时受良心责备,简直像是被撕成碎片了,"我想预付一个季度的房租,你肯收下吗?"

"为什么要预付,柯特船长?"麦克斯丁格尔太太问——在船长听来,语气够尖锐的。

船长怕得要死。"如果你肯收下,太太,"他低声下气地说,"我会非常感激的。我不会理财,钱老存不住,一花就花掉了。你要是接受的话,我会觉得你在对我做好事。"

"好吧,柯特船长,"麦克斯丁格尔太太浑然不觉,搓着双手说,"你愿意的话,就这么办好啦。反正不是我和我的家人在拒绝,更不是我和我的家人在请求。"

"你能不能,太太,"船长说话时从碗柜最高一层取下一只装现金的锡罐子,"行行好,给你家所有的孩子每人十八个便士?要是方便的话,太太,请马上给孩子们传话,叫他们一起上我这儿来,我乐意再看看他们。"

那些天真无邪的小麦克斯丁格尔们,就像一群蜜蜂似的涌进来了,他们宛如很多把尖刀一起插进了船长的胸怀,对船长无限信赖,这是船长受之有愧的。船长最喜爱的那个亚历山大·麦克斯丁格尔的眼神,使他感觉心疼得难受,和妈妈长得一模一样的朱丽安娜的声音,更使他心虚胆怯。

然而,柯特船长的表现,在大面儿上还算过得去,他受小麦克

---

① 雪莉酒,烈性白葡萄酒,原产西班牙南部。

斯丁格尔们粗暴折磨了大约一到两个小时:孩子们都爱瞎闹,他们把船长的加光硬礼帽也损坏了一点点,他们拿它当个鸟巢似的,每次有两个孩子坐进去,还穿着鞋子蹬踏帽顶的里层。最终船长伤心地把他们遣散:以一个即将被处死刑的犯人所有的那种强烈的自责和悲哀,和这群小天使告别。

到了夜深人静的时刻,船长收拾好分量较重的东西,装在一只大箱子里,锁上,准备把它留下,这一留很可能就永远留下了,因为,日后想找个胆子大、豁得出去的人到这儿来把箱子要回去,看来机会渺茫。船长把分量较轻的生活必需品扎成一捆;餐具分别塞在身上各处衣服口袋里,准备逃跑。午夜时分,布列格巷陷入沉沉的睡眠,麦克斯丁格尔太太的小儿女们在她身边围成一圈儿,都朦朦胧胧进入了黑甜乡,这时,心中充满犯罪感的船长,踮起脚尖,摸黑下楼,他轻轻地开门又悄悄地把身后的门关上,然后溜之大吉。

他总觉得麦克斯丁格尔太太已经从床上一跃而起,连衣服都顾不上穿,正跟在他身后,将会把他抓回去;他同时又觉得自己罪孽深重,良心不安。柯特船长迈着大步,从布列格巷到航海仪器商店门口,一路上他下脚很重,踩过的地方,青草甭想再长出来。他刚一敲,门就开了——罗布正在守候——门重新插好、锁上后,柯特船长方才有了些许安全感。

"唷!"船长向四周看看,发出一声喊叫,"总算松了口气!"

"没出什么事,是吧,船长?"罗布打着呵欠说。

"没有,没有!"柯特船长脸色都变了,他听了听走过街道的脚步声说,"不过,你得记住,我的小子;如果有哪位女士(你那天见过的那两位不算),上这儿来找柯特船长,你一定要告诉她,不知道有谁叫这个名字,这里的人从来没听说过这个名字;这些命令一定要遵守,你能做到吗?"

"我会当心的,船长。"罗布说。

"如果你喜欢的话,还可以这么说,"船长吞吞吐吐地说,"你看见报纸上登的,确有一个叫这个名字的船长,但他已经去澳大利亚了,是移民呀,去了整整一船人呢,那些人都发誓,再也不回来了。"

罗布点头表示他理解这些指示;柯特船长向他许诺说,如果他能遵守命令,那么船长一定会把他培养成个真正的男子汉,接着就让呵欠连连的他钻到柜台底下去睡觉,自己上楼来到索罗门·吉尔思的房间。

第二天,船长的紧张不安简直难以尽述,无论什么时候,只要有个头戴女帽的人经过,船长总会心惊肉跳;有好几次,为躲避想象中的麦克斯丁格尔太太,他冲出店铺,或是躲进小顶楼,以为那里才安全。为了克服采取这些防御措施所带来的疲劳,船长在店堂和后房之间的玻璃门上挂上帷幔,从老人留给他的大串钥匙中找到了开玻璃门的那一把,把它插在朝里那一边的锁眼里,还在墙上凿了一个小小的窥视孔。这个防御设施有明显的优点。只要女帽一出现,船长马上就能溜进他的要塞,把自己反锁在内,悄悄地观察来犯之敌。发现是一场虚惊,船长便立刻重新溜出来。街上经过的女帽多得数都数不清,每次出现都发出相应的警报,于是船长一天里不断溜进、溜出,几乎没有间断的时候。

然而,船长在执行令人疲于奔命的躲避程序中,居然还能挤出时间来盘点店里的存货;他对于货品有一个总的看法(这对罗布说来是非常吃力的事),那就是:货品擦得愈多不嫌多,擦得愈亮愈不嫌亮。他还给几件卖相好、能招人的货品胡乱地拴上标签,标价从十先令至五十英镑,放在橱窗里展卖,让公众大为惊奇。

实现了这一系列改进措施,置身于各种仪器的包围中,柯特船长开始对科学有所感觉了:每天夜里,当他在上床睡觉前,坐在那间小小的后房里,一边抽着烟斗,一边透过天窗观察星星,似乎觉得天上的群星是自己置下的某种产业。同时,作为城区里的一位商人,他开始对什么市长大人呀、郡长大人呀、公开招股公司呀,等等事物有了兴趣;他觉得一定要看每天公布的公债行情表,尽管他运用航海的原理怎么也弄不懂那些数目字的意思,还觉得小数点后的数字都可以舍弃。船长在接管海军准尉商店后不久,就曾去拜访过弗洛伦斯,想告诉她关于索尔舅舅的奇怪消息,但她离家出门作客去了。就这样,船长的人生变了样,他在新的岗位上立定了脚跟,他没有别人,只有碾磨慈幼院前学子罗布与他做伴;他像那些生活发生了大变动的人们一样,失去了时间观念,只是深深地思念沃尔特,思念索罗门·吉尔思,在回忆往事时甚至还会想到麦克斯丁格尔太太本人呢。

第二十六章 过去与未来的暗影

"我是您最恭顺的仆人,先生,"少校说,"妈哟,先生,我的朋友董贝先生的朋友就是我的朋友,我很高兴见到你!"

"卡克,我对这位白士度少校呀,"董贝先生解释说,"可说是无限感激,他和我做伴,陪我聊天。白士度少校为我做了很多事,卡克。"

卡克经理,帽子拿在手里,他刚刚到达利明顿,他的老板刚刚把少校介绍给他。他把两排牙齿都展示给少校,说他相信自己可以不揣冒昧地向少校表示衷心的感谢,因为在少校的积极影响下,董贝先生的脸色和精神都大为改善了。

"上帝知道,先生,"少校回答说,"这不应该感谢我,这是互相获益的事。先生呀,一位像我们的朋友董贝先生这样的大人物,"说到这里,少校压低了嗓音,但低得正好能让董贝先生听得见,"必然会使他的朋友们在人品上、地位上都向上提升。先生呀,董贝用他的道德本性,能鼓起别人的力量,增益别人的精神。"

卡克先生立刻对少校所说"他的道德本性"这一用语表示赞赏。一点儿不错。他所想到的恰恰也正是这一用语,话都到嘴边儿上了。

"可是,先生呀,当我的朋友董贝,"少校接着说,"对你说起白士度少校这个人,我就要请求他,同时也请求你,允许我作一些小小的更正。他想要说的是一个简单朴实的乔,先生——乔伊·白——乔希·白士度——乔瑟夫——硬邦邦的大老粗老乔,先生。

441

随时准备为你效劳。"

卡克先生对少校表现得特别友善,卡克先生特别赞赏少校的简单朴实和硬邦邦大老粗的脾气,卡克先生亮出了长在他脑袋上的每一颗牙齿。

"现在嘛,先生,"少校说,"你和董贝准有鬼知道多少生意上的正经事要商量。"

"没什么事,少校。"董贝先生说。

"董贝,"少校反对道,"这种事我更懂;像你这样的显贵——商界巨头——是不可以打扰的。你的一分一秒都是宝。我们吃晚饭时再见面吧。在这段时间里,老乔瑟夫不会露面。晚餐时间是七点整,卡克先生。"

说着这句话,少校脸上露出洋洋得意的喜色,就离开房间;但刚出门就转身重新把脑袋伸进来说:

"我请你原谅。董贝,你要我给她们传句话吗?"

董贝先生略显局促不安,还对他充分信任的那位彬彬有礼的商行主管瞟了一眼,就说请少校传话向她们问好。

"上帝呀,先生,"少校说,"你要我传的话应该比这更加热情一些,要不然老乔就要不受欢迎了。"

"那你就说代我问候吧,少校。"董贝先生说。

"妈妈的哟,先生,"少校晃荡着双肩和他那肥胖的面颊,逗趣地说,"你得说句比它更加热情的话。"

"那么你想怎么说就怎么说吧,少校。"董贝先生说。

"我们的朋友很精明,先生,很精明,先生,是个鬼灵精。"少校一边说一边透过门框直视着卡克。"白士度也是个鬼灵精。"他的话刚说了一半就被吃吃一阵轻笑所打断,他一边把身子尽量挺直伸高,一边捶击自己的胸脯,并且庄严地喊道,"董贝,我羡慕你的感情。上帝保佑你!"说完就走开了。

"您一定觉得这位绅士非常风趣。"卡克一面说,一面用牙齿对准、跟踪着他的老板。

"真的非常风趣。"董贝先生说。

"毫无疑问,他在此地准有朋友。"卡克接着说,"我从他的话里感觉得出来,您已经进入了这里的社交界。您知道吗,"他微笑着说,但那微笑挺让人不舒服的,"我对您进入社交界感到非常高兴!"

董贝先生捻弄着他的表链,还轻轻挪动一下脑袋,以此认同了他商行的副手所表现出来的关切。

"您天生适合社交生活,"卡克说,"在我认识的所有人里面,您无论在天性方面或是在地位方面,都是最适合社交生活的。您知道吗,我常常觉得很惊讶,长久以来您怎么总是对社交生活如此冷淡!"

"我有我的原因,卡克。我孤身一人,对它不感兴趣。不过你自己的社交能力倒是很强,你不参加社交活动人们可能会更加觉得惊讶。"

"噢!我吗!"卡克用早就准备好的自我贬低的口吻说,"像我这样的人跟您是不可同日而语的。我是决不能拿来和您相比的。"

董贝先生伸手整理一下领结,好让下巴安顿在里边,咳嗽一声,就站好了,默默地眼望着他的忠实朋友兼仆从,瞧了有一小会儿。

"卡克,我会高兴地把你引见给……"董贝先生终于说出来了,喉咙里像是咽下了什么过大的东西,"引见给我的——少校的朋友。她们都非常令人愉快。"

"其中有女士吧,我猜?"善于讨好的经理巧妙地暗示道。

"她们都是——也就是说,她们两位都是——女士。"董贝先生回答。

"只有两位吗?"卡克微笑着问。

"只有两位。我在这里不认识别的人,只拜访过她们的寓所。"

"也许是两姐妹吧?"卡克说。

"母女俩。"董贝先生回答。

趁董贝先生垂下目光,再一次整理领结的工夫,卡克经理微笑的脸霎时间就变了,连个过渡期都不用,就变成一张神情专注、眉头紧锁的脸,那张脸上还挂着很难看的轻蔑的冷笑,正在审视着他的主子。等董贝先生的目光抬起来时,卡克的面目又变了,也只要一眨眼的工夫,就变回原来的样子,并向主子亮出他笑脸上的全部齿龈,连齿龈都像是在肃立恭听呢。

"您太好了,"卡克说,"我非常乐意能与她们相识。提起女儿,倒使我想起,我见过董贝小姐。"

董贝先生的脸突然涨得通红。

"我不揣冒昧,曾前去拜谒过她,"卡克说,"问她有什么差遣,只要是她的事,无论多琐碎我都乐意效劳。可惜我没有带信的福分,只是为她带来——她深深的爱意。"

当他与董贝先生目光相接时,他的脸是一张狼的脸,当他咧开嘴时,甚至亮出了狼嘴里那条热辣辣的红舌头!

"有什么商业信息吗?"沉默片刻后,另一位绅士问道,在此期间,卡克先生拿出了一些备忘录和其他文件。

"只有很少一点点,"卡克回答,"总的说来,最近这段时间,我们的经营状况不如过去一贯的那么好,不过这对于你来说,实在没有什么大不了的。劳埃德海运保险社已经把'子嗣号'列为沉没船只了。好在这艘船,从龙骨到桅顶,都已经保上险了。"

"卡克,"董贝先生拉过身边的一把椅子说,"我对那个叫盖伊的年轻人,不能说有什么好印象……"

"我也一样。"经理插话道。

"不过我倒是希望,"董贝先生没有留意他的插话,"他没有乘坐那艘船就好了。我希望当初根本就没有把他派出去。"

"可惜您当初没有及时说出这样的话,是不是这样?"卡克口气冷冷地说,"不管怎么说,我想,这是最好的结果。我真是这么想的,是最好的结果。我以前有没有向你说起过,董贝小姐对我稍微有一些信任,可以对我稍微讲一点心里话?"

"没有。"董贝先生口气严峻地说。

"我毫不怀疑,"卡克先生故意停顿一下,好给人留下深刻的印象,接着又说,"不管盖伊现在是在什么地方,我想他还是待在现在他待的地方,也比在这儿、在家里好。假如我处在,或者能够处在您的地位,我会对这一点感到满意的。我本人确实也对此十分满意。董贝小姐年轻、对人容易轻信——作为您的女儿,也许傲气有些不足——如果一定要找出她的缺点的话。不过,我可以肯定,情况并不严重。您能和我一起审核这些账册吗?"

董贝先生没有向摊在他面前的账册弯下腰去,而是将身子往椅背靠去,他目不转睛地看着经理的脸。经理微微抬了抬眼皮,装作是在看那些数目字,好像正在等待他的主子有闲暇来审核。他故意让对方看得出来,自己做出这样的姿态,完全出于体贴主子的良苦用心,在董贝先生流露感情时可以不被注意;董贝先生眼睛盯着卡克时,心里明白,他的亲信考虑得很周到,否则的话,卡克本来会说出更多的情况,这是他出于强烈的骄傲和自尊,绝对不屑于打听的。他在从事商业经营时,经常就是这样行事的。他盯视的目光一点一点地逐渐放松下来了,注意力开始转移到面前的账册上;然而,当他忙着审阅送到他面前的账册单据时,他常常会停顿下来,再次凝视卡克先生。当他这么做时,卡克先生像刚才一样,有意让他看出自己体贴主子的良苦用心,从而使他的伟大主子对这件事的印象越来越加深了。

当他们就像这样忙碌着时,在经理手段巧妙的培育下,本来在董贝先生心里占主导地位的对可怜的弗洛伦斯的冷漠,逐渐培育、成长为愤恨。与此同时,深得利明顿老年妇女欢心的白士度少校,身后跟着替他拿通常几件轻便物品的那名土著人随从,正叉开大腿沿着马路有荫凉的一侧走着,他是去对斯丘顿夫人作一次上午拜访。少校来到克娄巴特拉的闺房时,已是中午时分,他很幸运,他的女王还像平时一样,正以惹人爱怜的慵懒模样倚在沙发上啜饮着一杯咖啡,为了让她休息得更舒适随意,房间被遮得暗暗的,可以看见她那个贴身侍童威瑟斯,隐约朦胧像个幽灵。

"进来的是哪一个令人无法容忍的家伙啊?"斯丘顿夫人说,"我受不了他。快走开,不管你是谁!"

"夫人啊,要赶走乔·白,您可没有长就这么一副硬心肠!"少校的脚步停在半途,他把手杖挂在肩膀上,便抗辩起来。

"哦,是你呀,不是吗?我重新考虑了一下,你进来吧。"克娄巴特拉说。

少校遵旨走进房间,来到沙发前,捧起她那只可爱的手来紧紧贴在他的嘴唇上。

"坐下吧,"克娄巴特拉慵懒地摇了摇手里的扇子说,"坐得离我远些。不要靠得我太近了,因为今天上午我感觉灵敏得可怕,虚弱得要晕倒,你身上有太阳光的气息。你绝对是个热带地方的人。"

"天哪,夫人,"少校说,"乔瑟夫·白士度确实有一段时间,被太阳炙烤得浑身起泡;确实有一段时间,夫人呀,他被迫在西印度群岛温室似的高热度下受尽煎熬,还赢得'花儿'的绰号。那个时候呀,夫人,人们没听说过白士度,只知道'花儿'——'我们团队的花儿'。如今,'花儿'也许,或多或少地,已经枯萎了,夫人,"少校说着便坐进一把椅子里,那把椅子比他那狠心的女神指定他坐的那一把,离她要近得多,"不过,那还是一棵生命力十分顽强的植物,而且和常青树一样坚贞。"

说到这里,在阴暗的房间的掩护下,少校闭上一只眼,像滑稽戏里的丑角似的转动脑袋,他在忘乎所以的自我陶醉中,离中风的临界点,也许比生平任何时候都要近。

"格兰杰夫人在哪儿?"克娄巴特拉问她的侍童。

威瑟斯说她可能就在她自己的房间里。

"很好,"斯丘顿夫人说,"你出去,关上门。我有事。"

威瑟斯刚走出房间,斯丘顿夫人身子不动,只是慵懒地向少校转过头去,问他的朋友好不好。

"董贝嘛,夫人,"少校回答时,故意嗓子发出滑稽的咯咯声,"作为一个处于他那种景况下的男人,已算是好得不能再好了。他正处在不顾一切的景况下,夫人。董贝呀,他动了真情!动了真情!"少校喊道,"他的身体被刺穿了。"

克娄巴特拉用锐利的目光盯了少校一眼,这与她不久后故作姿态的慢声慢气说话,形成鲜明对照:

"白士度少校,尽管我对这个世界懂得很少——对于我的缺乏世故,我不会真正感到遗憾,因为我怕人世间是个虚伪的地方,充满令人难堪的陈规陋习:在这里,'自然'很少得到顾念,在这里,发自心灵的音乐、从灵魂深处迸发出的真情以及所有这类真正具有诗意的东西,很少被人提起,——我不会领会错你的意思。你话里的暗示,涉及伊迪丝,涉及我那最宝贝的女儿,"斯丘顿夫人说话时伸出食指顺着眉毛的轮廓摸了一遍,"在你的话里,那最柔弱的琴弦在强烈地震颤!"

"直言不讳,夫人,"少校说,"向来是白士度家族的特性。您说得对,老乔承认。"

"你话里的暗示,"克娄巴特拉继续说,"我想,将牵涉到我们不幸堕落的人性可能产生的那最令人感伤、最令人激动和最为神圣的感情——至少,也会牵涉那最令人感伤、最令人激动和最为神圣的感情之一。"

少校把一只手放在嘴唇上,向克娄巴特拉飞了一个吻,似乎对她所说的感情表示认同。

"我觉得我柔弱无力。我觉得,要谈这个话题,我缺乏做母亲所不可或缺的力量,更不用说父母双亲的了,"斯丘顿夫人说时用手帕绣花的滚边擦拭嘴唇,"要和我最亲爱的伊迪丝谈这样一个极其重大的话题,我看我是非晕倒不可。不过呢,你这个坏人,你既然已经大胆放肆地谈到了,你既然已经给我带来很大的痛苦,"斯丘顿夫人用扇子碰了碰自己的左半边身子,"我决不会逃避自己的责任。"

少校在房间里阴暗光线的遮掩下,自我膨胀起来,越胀越大,紫膛脸转过来转过去,龙虾眼珠眨个不停,结果酿成了一阵呼哧呼哧的喘气,迫使他不得不站起身来,在房间里走了一两圈儿,直到他那美丽的朋友接着讲。

"董贝先生真有礼貌,"斯丘顿夫人终于能继续说下去了,"还到这里来看望我们,真是蓬荜生辉,那已经是好几个礼拜以前的事了;作陪的,我亲爱的少校,就是你呀。我承认——让我开诚布公地说——我这个人呀,就是容易冲动,一颗心啊就像是袒露在外面似的,这就算是我的弱点吧。我完全知道自己的弱点。我的敌人也没有我知道得清楚。我对此并不感到遗憾;我宁愿背起这一应得的骂名,也不愿被冷酷无情的世界所冻结。"

斯丘顿夫人整理一下褶领,捏一捏干瘦的脖子,好让皮肤看上去光洁一些,然后又以非常自鸣得意的样子接着讲。

"能接待董贝先生,我觉得非常荣幸(我有把握说,我最亲爱的伊迪丝也有同样的感觉)。我亲爱的少校,作为你的朋友,我们对他自然会充满好感;我相信我还发现董贝先生是带着一片真心来的,这一点特别让人喜欢。"

"这会儿董贝可是什么心都没有啰,夫人。"少校说。

"讨厌的家伙!"斯丘顿夫人懒洋洋地看着他说,"请你闭嘴。"

"乔·白是个哑巴,夫人。"少校说。

"从此以后,"克娄巴特拉一边抹匀面颊上的玫瑰红胭脂一边说,"董贝先生就不断来访,也许是因为我们淳朴、自然的情趣使他感觉到有某种吸引力——因为自然始终具有魅力——确实非常可爱——这样,他就成为我们每晚在这里相聚的小圈子中的一员。当时我几乎没有想到自己所负有的庄严责任,在我鼓励董贝先生……"

"突然间闯进来的时候,夫人。"白士度少校替她接着说下去。

"缺乏教养的家伙!"斯丘顿夫人说,"你猜到了我的意思,尽管你用的是粗鲁的语言。"

说到这里,斯丘顿夫人把胳膊肘搁在身旁一张小桌上,同时让手腕垂下来,手里的扇子来回晃荡,这是一个她认为既优雅又招人喜欢的姿势,她就一边说话一边慵懒地欣赏着自己的手。

"当事实真相在我心里逐渐明朗时,"她扭扭捏捏装出一副斯文的样子说,"我所忍受的痛苦过于强烈,简直难以细述。我的整个生命是与我那最可爱的伊迪丝紧紧相连的;看到她日益憔悴——我的心肝宝贝,自从最招人喜欢的格兰杰去世,她那颗心确实已经完全封闭起来了——真是情何以堪,可以说是世上最令人伤感的事了。"

不妨顺便提一句:若是以世上最令人伤感的事对斯丘顿夫人所能产生的影响来判断,那么她的世界倒还不是一个令人不堪忍受的世界。

"伊迪丝,"斯丘顿夫人假笑着说,"是我一生最完美的珍宝,人们都说她像我。我看我俩确实很相像。"

"世界上有那么一个人,他永远也不会承认,还会有谁能和你相像,夫人,"少校说,"那个人的名字就叫老乔·白士度。"

克娄巴特拉做了个姿势,似乎要用扇子打碎那个对她阿谀奉承的人的脑袋,不过她又心慈手软了,只是对他微微一笑,又接着说下去:

"如果我那可爱的女儿确实从我身上继承了什么优点的话,淘气包!"(淘气包指的是少校。)"那么她同时也继承了我傻呵呵的天性。她的个性很强——人们还说我的个性特别强来着,可是我不信——她若是一旦被打动,那就会极其敏感,极其动情。当我看到她憔悴,我感情上怎么受得了!简直要把我毁了。"

少校把双下巴伸了过去,还皱起发青的嘴唇,装出对她抱有最深的同情,在安慰她的样子。

"我们之间,"斯丘顿夫人说,"始终存在着信任——心灵自由发展,感情坦诚布公——想一想就觉得动人。我们俩不像是一对母女,倒是更像两姐妹。"

"说出了乔·白的切身感受,"少校说,"这话乔·白说过五万次了!"

"别打岔,粗鲁无礼的人!"克娄巴特拉说,"那么,当我发现我俩相互之间都在避开一个话题时,你倒设想一下,我的感情将会怎样!总之,我们之间出现了一道叫什么来着——噢,鸿沟。我亲生的纯真的伊迪丝在我看来是变了!当然,这是最为令人伤心痛苦的事。"

少校站起来,换了一把离小桌子更近的椅子坐下。

"我亲爱的少校,日复一日,我看到了这一点,"斯丘顿夫人接着说,"日复一日,我感觉到这一点。一小时又一小时,我不断责备自己,由于过度的信任和诚意,反倒造成如此令人沮丧的后果;几乎是一分钟又一分钟,我希望董贝先生会表明心迹,使我所受的折磨得以解除,我早已被折磨得疲惫不堪了。可是,我亲爱的少校,什么动静都没有;我无法摆脱深深的自责——小心咖啡杯子,你的手怎么这么笨——我的宝贝伊迪丝变得很多;我真的不知道该干什么,也不知道该找哪个好人商量商量。"

曾有短短的几次,斯丘顿夫人用了和知心人说话似的温柔语气,但现在,她似乎只用这种口气说话了,这使白士度少校受到了鼓励,他把手伸过小桌子,还斜着眼向夫人送了个秋波,说:

"找老乔商量吧,夫人。"

"咳,你这个惹人生气的怪物,"克娄巴特拉说时伸过一只手去给少校,另一只手握着扇子轻轻敲打少校的指关节,"你为什么不跟我说说呢?你明白我的意思。你为什么不跟我说些能切中正题的话呢?"

少校大笑,捧起赏赐给他的那只手就吻了起来,接着又是一阵大笑。

"我相信董贝先生有真心,但实际上是不是这样呢?"克娄巴特拉语声温柔,做出一副惹人爱怜的慵懒样,"我亲爱的少校,你觉得他是认真的吗?你觉得该跟他谈一谈呢,还是随他去?现在你来告诉我,要像个讨人喜欢的家伙,你有什么样的建议。"

"夫人,我们来设法让他跟伊迪丝·格兰杰结婚怎么样?"少校用嘶哑的嗓音咯咯地笑。

"神秘的家伙!"克娄巴特拉说时用手里的扇子压住少校的鼻子,"我们怎么能让他这么做呢?"

"夫人,我是说,我们要不要让他跟伊迪丝·格兰杰结婚?"少校又咯咯地笑起来。

斯丘顿夫人并没有用语言来回答,只是对少校报以轻松活泼、异常狡黠的微笑,使这位充满骑士精神的军官觉得自己受到了鼓励,要不是她身手敏捷,用一个非常迷人的、年轻人的动作用扇子挡了一下,少校早就会吻到她那两片鲜红欲滴的嘴唇了。她这一挡也许是出于端庄,也许是因为想到她花一般的嘴唇有受到损伤的危险。

"听我说夫人,董贝可是个……"少校说,"特大号的目标啊。"

"噢,只知道钱的可怜虫!"克娄巴特拉发出一声小小的尖叫,"真让我震惊。"

"董贝这个人呀,夫人,"少校伸过脑袋去,睁大眼睛说,"是认真的。乔瑟夫这么说了;白士度知道真相;乔·白瞄准他这个目标了。对董贝,还是随他去好,夫人。董贝是稳稳的,夫人。就像你已经做的那样办;不要做得更多;要信任乔·白信到底。"

"你真是这么想的吗,我亲爱的少校?"克娄巴特拉说,尽管她表面上一副慵懒的模样,可是她盯着少校的目光,却是非常精细,非常锐利。

"肯定是的,夫人,"少校回答说,"克娄巴特拉无可匹敌,而她的安东尼①·白士度呢,将来分享伊迪丝·董贝豪宅的优雅和财富时,他常常会得意洋洋地说起这件事。董贝的得力助手,夫人,"说到这里,少校的话突然中断,咯咯地笑了起来,接着又用认真的口气说,"已经到达了。"

"今天上午到的吗?"克娄巴特拉问。

"今天上午,夫人,"少校答道,"还得提一提,夫人,是董贝急着要他来的——相信乔·白这句话吧,因为老乔是个鬼灵

---

① 古埃及艳后克娄巴特拉的情夫是马克·安东尼,白士度故意开玩笑,自称安东尼。

精,"——少校轻轻叩击自己的鼻子,使劲挤紧一只眼睛:这样两个动作并没有增加他的天然美——"老乔是想让他知道这即将发生的事,而用不着董贝先生告诉他,或者与他商量。因为,夫人啊,董贝骄傲得,"少校说,"像个魔王。"

"那是一种迷人的品质,"斯丘顿夫人故意咬字不清地说,"使人联想起最亲爱的伊迪丝。"

"好嘛,夫人,"少校说,"我已经把暗示抛了过去,那个得力助手心领神会;就在今天结束之前,我还要抛过去更多的暗示。今天早上董贝先生提议,明天先请我们几个和他共进早餐,然后大家乘坐马车到沃里克城堡,还有肯尼尔沃斯去玩。我负责替他发这份请柬。夫人,您是否肯赏光,给我们个面子?"少校做出一副狡狯的神态,上气不接下气地说,一边掏出所说的请柬,上面写着:敬烦白士度少校转呈尊敬的斯丘顿夫人阁下。信里写道:她的永远忠实的珀尔·董贝请求她和她那位和蔼可亲的、完美的女儿俯允所请,参加在下提议的远足。信末附言写道:同一个永远忠实的珀尔·董贝请求斯丘顿夫人向格兰杰夫人转达他的问候。

"嘘!"克娄巴特拉突然喊道,"伊迪丝!"

这位挚爱的母亲喊了一声以后,你还不能说她重新恢复了原先那慵懒的、装模作样的姿态,因为她始终也没有丢弃过这姿态;她到了任何地方也不会那样做,除非是进了坟墓。她所做的,至多是把她脸上、声气中、举止里在某一瞬间泄漏出来的、可以隐约窥见的,她的急切和盘算(无论是可敬的还是邪恶的),赶快掩饰好,不让人看出来;于是,当伊迪丝走进房间时,她慵懒地靠在椅子上,又是她那副百无聊赖、没精打采的老样子。

伊迪丝,如此美丽和高贵,但同时又是如此冷淡和难以接近。她和白士度少校略微招呼了一下,用锐利的目光正视了她母亲一眼,便走到窗前拉开窗帘,坐下来,望着窗外。

"我最亲爱的伊迪丝,"斯丘顿夫人说,"你到底上哪儿去啦?我的宝贝,刚才我真是十分需要你。"

"你说你有事,我就走开了。"她回答时头也没有回。

"这样对待老乔实在残酷,夫人。"少校拿出骑士式的对女性的殷勤态度说。

"确实非常残酷,我知道。"她说,仍望着窗外——她说话时那种冷静而倨傲的态度,弄得少校很是狼狈,一时间竟想不出该说什么好。

"我的宝贝伊迪丝,"她母亲拉长声音慢吞吞地说,"总的来说,白士度少校嘛,是世界上一个最不中用、最讨人厌的家伙:这个,你知道……"

"说话拘泥于虚礼,妈妈,"伊迪丝对周围扫视了一遍说,"实在大可不必。这里没有外人,只有我们仨。我们都是彼此了解的。"

她美丽的脸庞上挂着一种无言的嘲讽——嘲讽的对象不但针对另外两人,而且显然包括她自己——这嘲讽既辛辣又深刻,以致她母亲脸上的假笑在它面前,一时间竟撑不下去了,尽管那位老夫人并不是个生性腼腆的人。

"我的宝贝女儿。"她接着说。

"还没有长成女人吗?"伊迪丝微微一笑说。

"你今天的表现很怪,我的宝贝!你让我说,我的爱,白士度少校带来了董贝先生一封怀着最大善意的请柬,他请我俩明天和他共进早餐,然后一起乘车去沃里克和肯尼尔沃斯游览。你去不去,伊迪丝?"

"我去不去!"她重复一遍,当她扫视着她的母亲时,脸涨得通红,呼吸也急促起来。

"我知道你会去,我的亲女儿,"那位母亲随便评说起来,"所以还要问问你,正如你刚才说的,只是遵守说话的礼仪。董贝先生的请柬就在这里,伊迪丝。"

"谢谢你。我没有读信的兴致。"她这样回答。

"看来还是由我亲自来答复的好,"斯丘顿夫人说,"宝贝,本来我还打算让你来给我当秘书呢。"伊迪丝一动不动,也不回答,于是斯丘顿夫人请少校帮忙把她那张小桌子推近些,打开小桌,亮出内设的写字台,并替她取出纸笔;少校谦恭地、忠诚地为她履行了一系列骑士式的贴心服务。

斯丘顿夫人写到信尾的附言时,握着蘸墨水笔的手停了下来,问道,"伊迪丝,我亲爱的,用你的名义向他问好吗?"

"你爱怎么写就怎么写,妈妈。"她回答时,头也没有回,一副漠不关心的样子。

斯丘顿夫人就按自己的心愿写信,没有再征求女儿的明确意见,写完后就把信递给少校。少校把这件事当做委托给他的一项神圣使命,做出一个想把信放在贴心处的姿势,但是考虑到背心口袋不安全,最后只得放进裤子兜里。少校以非常漂亮的骑士姿态向两位夫人道别,老夫人以她惯有的姿态答礼,年轻的那位仍面对窗户坐着,只是微微点了点头,要是她根本不答理少校,倒会使少校少丢些面子,因为他可以把它理解成:伊迪丝可能没有听见他道别,所以没有想起要向他答礼。

"什么她发生了变化啦,老兄。"少校在返回住处的一路上不断在心里琢磨;下午阳光灼人,天气炎热,他命令那土著仆人拿着几件分量不重的物品走在前面,那土著在他故土据说还是位王子呢,如今流落他乡,只能让烈日曝晒,好让主人走在他身后的荫凉里,"什么变化啦,老兄,什么憔悴啦,诸如此类,乔瑟夫·白士度一概不相信。没有的事,老兄。别对我来这套。不过嘛,说到她们之间的分歧——用那位母亲的说法叫鸿沟——真见鬼,老兄,看来那倒像是真的。真够奇怪的哟！好嘛，老兄！"少校喘口气说，"伊迪丝·格兰杰和董贝很般配；让她们打出个结果来吧！白士度支持胜利者！"

少校心里想得来劲儿，竟把最后那些话大声说了出来，让那倒霉的土著听着还以为主人在喊他呢，于是停住脚步，转过脸来。当时，少校正兴致勃勃地在欣赏自己的幽默，这一停不要紧，他把它看作是仆人不驯服的举动，竟怒不可遏起来；他立刻伸过手杖去戳弄土著的肋骨，每隔极短时间就戳他一下，吓他一激灵，一直到达旅舍才罢手。

在他换装准备吃饭时，他的暴怒并未稍减，在怒火的作用下，黑种仆人挨了好一阵淋雨般的打击，他主人能操起什么就操起什么，大至一只大皮靴，小至一把头发刷子，连续往他身上扔去。因为少校常自夸说，他那名土著仆人是经他训练好了的兵，如果他敢稍稍违背那严格的纪律，那么就得对他履行军中苦役的折磨。除此之外，他把土著留在身边，是把他当成对付痛风病以及身心方面各种其他麻烦病症的灵丹妙方；看来土著并没有白拿他那份并不丰厚的工资。

到末了，少校把他能够得着的投掷物统统都扔完了，还把一切骂名都加在土著的头上，他的骂法实在新鲜，足以给土著以无限机会去领略英语的丰富多彩，叹为观止。在这之后，他才勉强让仆人替他系上领带，穿好衣服；经过这番健身活动，他发现自己精神十足，周身轻快，便走下楼梯，去给"董贝"和他的得力助手逗趣儿。

董贝先生还没有到，他的得力助手倒是已经在那个房间里了，他和往常一样，早已准备好亮出那副宝贝牙齿来迎候少校了。

"哟，先生！"少校说，"自从我有幸见到你以后，你是怎样消磨时间的呀？你散步去了吗？"

"只溜达了不到半小时吧，"卡克说，"我们俩需要处理的事情还不少。"

"生意上的事,嗯?"少校说。

"种种琐碎的事情,需要逐一仔细处理。"卡克回答说,"不过,你知道吗——这对我来说很不寻常,我受的学校教育是提倡怀疑的,我总的说来并不善于交际,"他说到这里突然打住,再开口时换成了一种非常可爱、非常坦诚的语气——"不过,我觉得你倒是可以充分信任的,白士度少校。"

"你真给我面子,先生,"少校回答,"你确实可以充分信任我。"

"那么,你是否知道,"卡克说,"我发现我的朋友——我应该称他是我们的朋友才对……"

"你的意思是指董贝吗,先生?"少校喊道,"卡克先生,你看见我,老乔·白站在这里了吗?"

他脸色憋得青紫,大声喘着粗气,谁还能看不见;卡克先生宣称自己确实有这个荣幸。

"那么,先生,你就看见一个甘愿为董贝赴汤蹈火的人了。"白士度少校说。

卡克先生微笑着说,他对此确信无疑。"你知道吗,少校,"他接着说,"我来拾起刚才扔下的话头,我发现今天我们的朋友董贝对商行业务的注意力不像他平时那样集中了?"

"不集中?"兴高采烈的少校说。

"我发现他有点儿心不在焉,注意力不集中。"卡克说。

"天哪,说得是呀,先生,"少校喊道,"这件事里面有一位女士呢。"

"真的,我开始相信真有这样一位,"卡克说,"你暗示这一点的时候,我还以为你是在开玩笑呢;因为我知道你们这些大兵哥……"

少校马嘶般咳嗽一阵,又晃脑袋又晃肩膀,似乎在说,"对啦!我们确实是一些纵情声色的家伙,我们决不否认。"接着他一把抓住卡克先生的纽扣孔,眼珠子都鼓了起来,对卡克悄悄耳语道,先生,她可是一位魅力非同寻常的女人。先生,她是一位年轻寡妇。先生,她出身名门贵胄,男女双方可说是门当户对;她拥有的是美貌、贵胄和才艺,董贝拥有的是财富;天下哪对夫妇能比这一对儿拥有得更多?听到门外董贝先生的脚步声,少校长话短说,他告诉卡克先生,他明天早晨就能见到她,可以亲自鉴赏鉴赏;少校精神极度兴奋,又使劲压低嗓音说了这么些话,累得他一屁股坐下来,嗓子里咯咯作响,眼睛里充满泪水,一直等到开饭的时候。

少校和别的一些高贵动物一样,在吃饭的时候更有利于展示自己。这时,他坐在餐桌的一端简直容光焕发、光彩照人,董贝先生坐在餐桌另一端增添进较温和的光彩;卡克先生坐在餐桌一边,把自己的一束光时而投向这一端,时而投向那一端,或根据形势需要,可以同时溶入两端。

吃第一、二道菜的时候,少校通常态度庄重;因为那土著根据卫兵守则,悄悄地上了岗,把餐桌上每一种酱汁和调味品瓶都收集到他身边,这下子少校有得忙了,不停地拔掉瓶塞,把调味汁倒进盘子,然后搅拌。除了餐桌上的这一些,土著还在旁边一张小桌上放了他主人特需的麻辣风味调料,少校每天少不了这些东西的刺激;更不用说那些奇特的机械装置了,土著利用这些机械把不知是什么的液体喷洒在少校的饮料里。白士度少校在这样的场合,尽管为吃喝忙得不亦乐乎,但他仍能找出时间来交际;他交际手段之高超表现在:为卡克先生弄明真相、替董贝先生透露心事时,他那超乎寻常的狡猾顽皮。

"董贝,"少校说,"你不吃东西,怎么回事?"

"谢谢你的关心,"那位绅士回答说,"我很好,只是今天没什么胃口。"

"为什么,董贝,是什么原因造成的?"少校问,"你的胃口跑哪儿去啦?我发誓,你可没有把胃口给了我们那两个朋友,因为我可以打保票说她们今天吃饭时也不会有胃口。至少我可以打保票说其中之一不会有胃口;但我不会说出是哪一位。"

说到这里,少校对卡克先生眨眨眼睛,那副狡猾顽皮的样儿真有点吓人,以致那名黑种仆人没接到命令就替他拍背,要不然他说不定还会钻到桌子底下去呢。

这一餐进行到下半时;也就是说,土著在少校胳膊肘跟前站好,准备替他斟上第一瓶香槟酒的时候;少校显得更加狡猾顽皮了。

"把杯倒满,你这无赖。"少校伸过酒杯去说,"把卡克先生的酒杯也倒满。把董贝先生的酒杯也倒满。上帝保佑,绅士们,"少校说时对他那位新朋友挤挤眼,同时董贝先生心有所悟地在注视眼前的盘子,"我们把这杯酒敬献给一位女神,我老乔能认识她真是三生有幸,我谦卑地、恭敬地站在远处对她无限钦慕,伊迪丝,"少校说,"就是她的芳名;天使般的伊迪丝!"

"为天使般的伊迪丝!"卡克微笑着说。

"为伊迪丝,当然。"董贝先生说。

侍者端来新的菜肴,倒给少校提供了表现得更加狡猾的机会,但这一回却是神情严肃:"尽管我老乔·白士度在自己人面前谈论这个话题时,常把严肃认真和插科打诨混在一起,先生,"少校说时伸出一个指头放在自己嘴唇上,有点儿像是专门说给卡克听的,"但是这个名字我一向奉为神圣,是不能轻易让这些人或其他这类人听见的。有他们在的时候,先生,我是一个字都不会说的!"

少校的话很得体,口气里充满尊敬,董贝先生分明感到了这一点。他一向为人拘谨,作派僵硬,听到少校话中的暗示,的确有些不好意思,但开这样的玩笑他倒是并不反对,很明显,他还求之不得呢。也许那天上午少校凭直觉推测到的情况非常接近事实,他觉得这位商界巨子过于骄傲,在这件事情上,不屑于正式向自己的"总理"吐露秘密或与他相商,但他同时又希望他的亲信能充分了解这件事。不管事实究竟如何,当少校用轻型火炮开火时,董贝先生的目光时常瞥视着卡克先生,似乎想看看少校的火力在卡克身上产生了什么样的效果。

然而,少校既然俘获了一名热心的听众,还是一位总是微笑着的听众(他的微笑举世无双),——从此以后,少校常对人说,"总而言之,他是一位聪明得要命、让人惬意得要命的家伙"——少校刚就董贝先生的私生活,开了一句半句狡猾的玩笑,哪肯就此罢休。因此,餐桌上的桌布刚一撤掉,少校更进一步证明自己是个讲军队故事的难得人才,他的叙事范围更加广阔,应有尽有,无所不包。他讲军队笑话时,兴致勃勃,充满激情,时不时啪地甩出包袱来,招引卡克听得入迷,并不断大笑,差点没瘫倒在那里(也可能他是假装的);与此同时,董贝先生的目光在他那浆得绷硬笔挺的领结上方朝前看去,他就像是少校的老板,或是一位相貌堂堂的马戏团班主,正在欣赏团里的狗熊跳舞,狗熊跳得好,他很高兴。

肉吃饱,酒喝足,又充分展示了社交本领以后,少校的嗓子就哑得咬字都不清楚了,于是大家停止谈话一起喝咖啡。喝过咖啡,少校问商行经理卡克先生会不会玩皮克牌①,问时他心里几乎可以肯定,对方准不会玩。

"会的,我对皮克牌略知一二。"卡克先生说。

---

① 皮克牌,通常由两人用三十二张牌对玩的纸牌游戏。

"也许还会玩巴加门①吧?"少校口气有点儿迟疑地问。

"会的,我对巴加门也略知一二。"那个满脸只见牙齿的人回答。

"我相信,卡克是什么样的游艺都会的,"董贝先生说,他躺在一张沙发里,像是个没有铰链和接榫的木头人,"而且还玩得很精呢。"

事实证明,这两样游戏,卡克技艺高超,玩起来得心应手,使少校大为惊讶,他又随便问一句,卡克先生会不会下国际象棋。

"会的,我对国际象棋略知一二,"卡克回答,"我有时也玩玩,有一次我不看棋盘下盲棋还赢来着——只是用了一点小小的谋略罢了。"

"老天哟,先生!"少校说时眼睛都发直了,"你和董贝简直恰恰相反,他什么都不会玩。"

"噢! 他吗!"经理说,"他从来也没有机会去学会这类雕虫小技。这些微不足道的本领对于像我这样的人,有时还有些用处。就拿现在说吧,白士度少校,会了这些,我就可以陪你玩一玩呀。"

在这一小段话里,你所见的也许只有那张巧舌如簧、张得很开的、惯于说谎话的嘴,然而,在谦卑、谄媚的话语底下,似乎还潜伏着一声嗥叫;瞬时间,你也许还会想到,这副白牙有朝一日可能会猛然咬住此刻他曲意奉承的主子的手。但是,在玩游戏的整个过程中,少校没有想到这一点,而董贝先生则半闭着眼睛,一直躺着在想自己的心事,他们就这样一直玩到上床睡觉的时候。

他俩玩游戏,卡克始终是赢家,可是少校对他却很有好感,对他的评价很高,所以,当他在少校的房间里和他话别准备上床时,少校还对他特别客气,派他的土著黑人男仆(他一直睡在铺在主

---

① 巴加门,通常由两人玩的、每人各有十五子的棋,由掷骰子决定行棋。

人卧室门口的一个垫子上）隆重地手持蜡烛给他在走廊里照明，一直把他送到自己的房间。

卡克先生卧室的穿衣镜上有一块模糊的污迹，它映照出来的物像也许是不真实的。但是，那天晚上，它映照出的那个人，在他的想象中，看见有一群人正躺倒在他的脚下睡觉，就像那可怜的土著睡在他主子的门口一样。他在地下这些人的身体中间择路而行，他怀着最大的恶意俯视着他们，但迄今为止，他倒是还没有用脚去踩那些仰卧着的脸。

第二十七章 更浓重的暗影

商行经理卡克先生和云雀一样早起,一起来就出门,漫步在夏季的晨曦里。他一边漫步一边紧锁眉头在沉思,看来他的思绪无法像云雀一样向着天空高高飞翔;而总是离它在地上的窠不远,在尘土和蠕虫之间顾盼。但是,任何一只在人们看不见的高空中歌唱的鸟儿,都不像卡克先生的思绪那样,能躲过人们的视线。他能完全控制住自己的脸部表情,人们除了可以说他在微笑,或是在沉思之外,几乎没有人能对他的表情说得更多。此刻他就是在集中精力苦思冥想。当云雀飞得更高时,他的思绪却下降到更深的地方。云雀涌出清澈、嘹亮的歌,他却默默地想得更严酷更深沉。最终,云雀带着一连串歌声从高空一头扎下来,落在他身旁青青的麦田里,那麦浪就像一条河,在清晨新鲜的空气里涌动,他从沉思中猛醒,环顾四周时脸上突然迸出了一个微笑,彬彬有礼,温和柔软,似乎身边有无数观众需要他去讨好、邀宠似的;他彻底清醒后,没有再度陷入沉思;只是擦了擦脸,他似乎觉得不擦的话,脸上的皱纹会泄露天机,擦完脸,他继续微笑,好像在排练一场戏。

也许卡克先生想给人留下良好的第一印象,今天早上他非常注意仪表,衣着很整齐。尽管他平时着力模仿他伺候的那位商界伟人,穿戴一向讲究,但他没有使自己达到董贝先生那种挺括到僵硬的程度:这也许因为他既觉得那样打扮很可笑,又觉得这样做正可以表明自己清楚地意识到他与老板的差距。有人确实指出了他在这方面的特点,把它看成是对他那冷冰冰的恩主的尖刻批评,而不是曲意奉迎——但世人总容易对事物进行曲解,而这种不良习性是不能由卡克先生负责的。

衣着洁净、华丽,再配上他那张在阳光下像是褪了色的白脸蛋,以及使柔软的草皮更显得柔软的他那轻巧的脚步,商行经理卡克先生漫步走过牧场和绿色的乡间小路,悠闲地穿过两边长满树木的通道,直到该回旅馆吃早饭的时候。卡克先生抄近路回去,他继续往前走去,当他大声说出,"现在去见第二位董贝太太!"时,亮出了他那满口白牙。

他已经走出了城区,往回走的是一条很令人惬意的路,两旁都是绿树浓荫,到处零零星星摆着几条椅子供游人憩息。这里在任何时候都不是游人常去的处所,现在还是清晨,更显得寂寞、荒凉。卡克先生正好独自,或自以为独自,享受这里的氛围。他现在反正没有什么急事,旅馆十分钟就能轻易走到,他还有的是时间,一时兴之所至,他准备用二十分钟时间走回去。于是卡克先生出出进进,在巨大的树干中穿行,走过这棵树的前面,又绕到那棵树的后面,他的脚步在饱含晨露的土地上留下一长串印记,好像编织成的一条锁链。

但他发现,他自以为小树林里只有他一个人是不对的。他刚悄悄地绕过一棵大树,那坚韧的树皮上布满结节,就像犀牛皮或远古大洪水时代的什么怪兽的皮似的,他眼看就要沿着他留在地上的锁链状印记绕过这棵树,却出其不意地看见近在咫尺的一条长凳上坐着一个人。

那是一位非常美丽的女士,穿着很华贵,她那双骄傲的黑眼珠正凝视着面前的土地,激情或挣扎正在她的胸中怒潮汹涌。当她俯视时,她的嘴咬住下唇的一角,她的胸脯剧烈地起伏,她的鼻翼在翕张,她的头在颤抖,她的脸颊上布满愤恨的眼泪。她的脚踩着苔藓,似乎想把它踏灭。几乎就在同一瞬间,他刚瞥见的这幅景象立刻化为另一幅景象,他瞥见:那同一位女士站起身来,她的厌烦和倦怠,凝成一种轻蔑、嘲讽的神态,当她转身走开时,她的脸上和体态上,什么也没有表露出来,唯有那种漫不介意的美丽,以及不屑一顾的倨傲。

当时还有一个人在旁边留意观察这位女士,那是一个长得奇丑的、形容枯槁的老太婆。看她身上穿的衣服,与其说她像个吉卜赛人,倒不如说她像是在全国各地流浪、轮流或一起从事乞讨、偷窃、修补以及编织草席等营生的、成分极为复杂的流浪者。因为,女士刚站起身,那老太婆就从地下爬起来——几乎像是从地底下钻出来似的——出乎意料地来到她面前,挡住了她的去路。

"漂亮的女士,我来给你算命。"老太婆说时,用力嚼动上下颚,似乎她那黄皮肤包着的骷髅等得不耐烦,想钻出来了。

"我的命我自己会算。"女士回答说。

"唉,唉,漂亮的女士,你算的不准。你坐在那张长凳上的时候,你没有算准。我看着你呢!给我一枚银币,漂亮的女士,我就会把你真正的命相算出来。看你的面相,漂亮的女士,你有财运。"

"我知道,"女士说,当她傲慢地走过老太婆身边时,还给了她一个阴郁的微笑,"我早就知道了。"

"什么呀!你不会什么都不给我吧?"老太婆喊道,"给你算命,你总不能什么都不给我吧,漂亮的女士?那么,你打算给我多少钱,好让我不把你的命相说出来?给我点儿钱吧,要不然我就要追在你身后大声说出来了!"老太婆充满激情地呱呱叫。

女士快要走近卡克先生身边了,就在女士越过草皮准备踏上小径时,鬼鬼祟祟靠在树上的他,和她迎面相遇,在她走过他身边时,他脱帽向她致意,还让那个老太婆不要吵闹。女士对他的介入略一点头以示谢意,接着只管走自己的路。

"那么你来给我点儿钱,要不然我还要追在她身后大声说出来的!"老太婆尖叫着举起双手,身子上前逼近他那只伸出的手,"那么听我说,"她的声音突然降低了,只是认真地盯住他看,似乎一时间忘记了刚才宣泄怒火的对象,"给我点儿钱,要不然我要追在你身后大声说出来了!"

"我身后吗,老太太!"商行经理说时把手放进了自己的口袋。

"对啦,"老太婆说,仍死死地盯住他,并伸出她那枯萎、皱缩的手,"我知道!"

"你知道什么?"卡克问时,扔给她一先令硬币,"你知道那位漂亮的女士是谁吗?"

就像古时候那个裙兜上放着栗子的水手老婆一样,嘴里咀嚼;又像那个想要栗子却要不来的女巫一样,满面怒容。① 那老太婆拣起硬币,像只螃蟹、或一堆螃蟹似的倒退着走,因为她的手不停地一伸一缩好像是两只螃蟹,她那令人毛骨悚然的脸至少能顶六只螃蟹:她蜷缩在一棵根须丰富的老树的树根上,从她那顶无边女帽的顶端,掏出一只短短的黑烟斗来,用火柴点上,默默地抽起烟来,一边目不转睛地盯住向她发问的人。

卡克先生哈哈大笑,转身想走。

"好呀!"老太婆说,"一个孩子死了,一个孩子活着;一个妻子死了,一个妻子要来。赶快去会她吧!"

商行经理不由自主地又一次回过头去看,并且停住了脚步。老太婆没有撂下烟斗,边抽烟边咀嚼,嘴里还嘟嘟囔囔地说着些什么,好像正在和某位隐形的熟人交谈,她伸出指头指着他行进的方向,并且大笑起来。

---

① 见莎士比亚悲剧《麦克白》,第一幕第三景。女巫甲:"一个水手的妻子坐在那里吃栗子……'给我吃一点,'……'滚开,妖巫!'"

"你说的什么呀,老货?"他问。

老太婆嘟囔着、谈说着、抽着烟斗,仍用手指着他将要去的方向;但却不回答他的问话。卡克先生说了一句不怎么客气的道别话后就继续走他的路;当他即将拐出那个地点,扭过脸去看那老树根时,还可以看见老太婆用手指指着他将要去的方向,似乎听到那老妇人尖厉的声音,"赶快去会她吧!"

回到旅馆,他发现一席盛宴早已准备就绪;董贝先生、少校以及早餐都在恭候两位夫人。毫无疑问,请客吃饭的事与每个人还大有关系,但是这一回,胃口大开把温柔的感情掏空了;董贝先生态度倒很冷静、克制,而少校则因食欲旺盛,而焦躁难忍。餐厅的门终于被土著仆人打开了,恭候了好一会儿,才看见一位打扮得花枝招展、但并不年轻的夫人在门口出现,她以惹人怜爱的倦怠姿态沿着走廊缓步走来,才让人等待这么长时间。

"我亲爱的董贝先生,"夫人说,"恐怕我们是来晚了,可是伊迪丝想寻找个好角度画素描,早就出去了,让我只能在屋里等她。"她又招呼少校说,"所有少校里最不老实的那一个,"说时她伸给他一个小指头,"你好吗?"

"斯丘顿夫人,"董贝先生说,"请允许我让我的朋友卡克满足一个心愿,"(董贝先生无意中强调了"朋友"这个字,等于是说,"其实算不上朋友,只是我给他面子,让他享受这份荣耀。")"把他引见给您。您听我提起过卡克先生的。"

"我被他吸引住了,我可以肯定。"斯丘顿夫人仪态万方地说。

卡克先生被她吸引住了,那还用说。如果斯丘顿夫人就是昨天晚上他俩为之干杯的伊迪丝(起初他以为她就是),那么他为了主子的利益是不是更加会被她所吸引呢?

"噢,天哪,怎么啦,伊迪丝在哪儿?"斯丘顿夫人环顾四周,喊道,"还在大门口,正在关照威瑟斯怎样安放好那些画呢!我亲爱的董贝先生,是否可以请你……"

董贝先生早就动身去迎接她了。不一会儿,他就回来了,手臂上挽着一位服饰优雅、非常美丽的夫人,正是卡克先生在树底下邂逅的那一位。

"卡克……"董贝先生刚开始介绍。但是他俩的表情明白无误地显示:他们以前见过面,于是董贝先生惊奇得说不下去了。

"我要感谢这位绅士,"伊迪丝说时庄重地屈身行礼,"帮我摆脱了一个讨厌的乞丐的纠缠,就是刚才。"

"我要感谢命运眷顾,"卡克先生说时深深地一鞠躬,"使我有机会为一个人略尽微劳,作为他的仆人我很自豪。"

她的目光在他身上稍作停留后,落在地上,他在她明亮、锐利的目光中看出了她的怀疑:他并不是此刻才开始介入的,他早就在暗暗地观察她。当他看出了这一点,她也从他的目光中看到自己对他的怀疑并不是没有根据。

"果真如此,"斯丘顿夫人喊道,她趁机透过长柄眼镜片仔细端详卡克先生后,觉得很满意,她咬着舌头用别人可以听见的小声悄悄地告诉少校说,那是一个忠心耿耿的人,"的的确确,这是我生平听到过的一次最让人着迷的巧事。想想看吧!我最亲爱的伊迪丝,这分明是命中注定,它不由得让人想学那些邪恶的土耳其人的样子,双臂交叉在军大衣前面,呼叫:我们只崇拜你,叫什么来着?还有赞颂他们的先知,叫什么来着!"

伊迪丝不屑于替她校正她胡乱引的《古兰经》,但董贝先生倒觉得自己有必要出来说几句客气话了。

"我真高兴,"董贝先生挺费劲地试图用讨好女性的口吻说,"像卡克这样一位与我有密切关系的绅士,能有荣幸和机会对格兰杰夫人提供一点微小的帮助。"董贝先生向伊迪丝鞠了一躬,"不过,这件事也给我带来了一点儿痛苦,使我真的很妒忌卡克;"

他情不自禁地强调这几个字,似乎意识到人们即将听到他的惊人妙语,"妒忌卡克,是因为我本人倒没有这一份荣幸和快乐。"董贝先生又鞠了一躬。伊迪丝纹丝不动,只是嘴唇蜷缩了一下。

"真是见鬼,阁下,"少校看见那名进来宣布早餐已准备就绪的侍者时,再也憋不住了,便迸出话来,"在我看来,不可思议的是,怎么没有人有这种荣幸和快乐:可以对准脑袋把这种乞丐一枪一个统统毙了,而不必追究责任。不过,这里有一只胳膊,准备让格兰杰夫人挽着,不知道她肯不肯给乔·白这个面子;夫人,老乔当下能向您提供的最大服务就是领您上餐桌!"

说着这句话,少校就向伊迪丝伸过胳膊去;董贝先生给斯丘顿夫人带路;卡克先生走在最后,朝着这些人微笑。

"我十分高兴,卡克先生,"早餐时,老夫人举起长柄眼镜再一次满意地端详他以后说,"你此行的时间选择得真让人高兴,今天可以和我们一起出游。这是一次最美妙的旅行!"

"有这样的旅伴,任何旅行都将会是美妙的,"卡克回答,"不过,我相信它美妙是因为它本身,自有许多引人入胜之处。"

"噢!"斯丘顿夫人小声喊了一下,她虽心中狂喜但因年老体衰,只发得出这样的音量,"城堡很迷人!——使人联想到中世纪——所有的一切——真正的高雅、精致。你对中世纪是否有偏爱,卡克先生?"

"非常偏爱,说实话。"卡克先生说。

"如此迷人的时代!"克娄巴特拉喊道,"如此充满信仰!如此朝气蓬勃、充满力量!如此景色如画!如此完全不同于现今世俗的平庸!噢,天哪!要是中世纪能给我们这些生活在当前糟糕日子里的人们,稍稍多留下一些生活的诗意,那该多好!"

斯丘顿夫人嘴里说着这些话时,眼睛却一直牢牢盯在董贝先生身上,董贝先生看着伊迪丝,伊迪丝虽然在听他俩的谈话,但目光始终没有抬一抬。

"我们都现实得可怕,卡克先生,"斯丘顿夫人说,"难道不是这样吗?"

很少有人能比克娄巴特拉更缺少理由抱怨他们的现实存在,因为她身上的假货实在太多,难以组成一个现实存在的活生生的个体。但是,卡克先生仍然说我们的现实存在确实可悲,并且同意说现实对待我们非常严酷。

"城堡里的画作真是好极了!"克娄巴特拉说,"我希望你对画作有偏爱,是不是这样?"

"我可以向您担保,斯丘顿夫人,"董贝先生给他的经理以严肃的鼓励,"卡克对绘画有非常好的素养;有天生的鉴赏能力。他本人就是一个满不错的画家。我敢肯定,他对格兰杰太太的艺术品位和绘画技巧,一定会感到极大的兴趣。"

"真神,先生!"白士度少校喊道,"我的意思是说,你这个卡克真叫神,简直称得上是个万能。"

"噢!"卡克谦卑地微笑着说,"白士度少校,你对我过奖了。其实我能力非常有限。不过呢,董贝先生对我这类人自己觉得几乎是必须具备的一小点微不足道的技能,给予肯定,真是太慷慨了,要说真本事的话,他在与我非常不同的领域里,远远超过了我……"卡克先生耸耸肩膀,表示不便继续阿谀奉承下去了,于是把话止住。

在这整个过程中,伊迪丝连眼睛都没有抬一抬,只是当她母亲把话说得过分热情时,才看了她一眼。但是,当卡克停住话头,她看了董贝先生一小会儿。仅仅是一小会儿,但她脸上倏然闪过一丝嘲讽和疑虑的表情,这表情没有逃过一名观察者的眼睛,这名观察者正赔着笑脸应对在场的每一个人。

在她垂下深色睫毛的一瞬间,董贝先生抓住机会捕捉到了她的目光。

"你是常去沃里克的吧,真不凑巧?"董贝先生说。

"去过几次。"

"我怕这次再去你会觉得乏味。"

"噢,不会,一点都不会。"

"啊!你就像你表哥菲尼克斯,我最亲爱的伊迪丝,"斯丘顿夫人说,"他上沃里克城堡去了一次,你猜怎么着?结果他一共去了五十次;要是他明天到利明顿来——我真希望他能来,我的宝贝天使!——第二天他就会去进行他的第五十一次参观访问。"

"我们都非常热心想去,不是吗,妈妈?"伊迪丝说时冷然一笑。

"太想去了,我的爱,也许是想使我们热切的心得到平息,"她母亲回答道,"但是我们不会因为心太热切而诉苦的。我们的激情就是给我们自己的报偿。就像你表哥菲尼克斯说的:宝剑磨穿了叫什么来着……"

"剑鞘吧,也许。"伊迪丝说。

"对呀,一点儿不错——剑鞘磨穿得太快,那是因为宝剑寒光闪闪,你知道的,我最亲爱的宝贝。"

斯丘顿夫人轻轻地叹息一声,似乎想给那把钝剑投下一抹暗影,而剑鞘正是她那多愁善感的胸膛。她以克娄巴特拉的姿态,头向一侧倾斜,又怜又爱地眼望着她那宝贝女儿。

刚才董贝先生第一次对她说话时,伊迪丝的脸就转向了他,在她随后同她母亲说话、她母亲同她说话时,她的脸仍朝向董贝先生,似乎期待着董贝接下去还会有什么话要讲,她在洗耳恭听。这本来只是一个很普通的礼貌举动,但她的姿态里还蕴藏着一种几乎是对抗的精神,可以看得出来,她本不愿参与这项交易,是有人强迫她、硬把她推出来的:这一切同样没有逃过那个始终在微笑着扫视餐桌上每一个人的那名观察者的眼睛。这使他想起他在树丛中第一次见到她时的情景,当时她以为周遭无人才流露出真情。

董贝先生其实也没有更多的话可说,——早餐用完了,少校肚子塞得太饱,和任何大蟒蛇已很少区别——于是董贝先生建议说:大家出发吧。遵照这位绅士的吩咐,一辆带折叠车篷的四轮四座大马车早已恭候在外边了,两位夫人、少校和董贝先生本人坐进马车;土著仆人和满脸病容的小厮坐上驾驶员座位;陶林生留下了;卡克先生骑在马背上殿后。

卡克先生骑马在车后慢跑,离马车大约有一百码左右,他一路上都在密切注视着车内的一举一动,他实在像是一只猫,而坐在车内的像是四只小耗子。他时而望着这边的道路,时而又望着另一边:远处平缓起伏的风景、风车、玉米地、草场、豆子地、野花、晒谷场、干草垛,以及树林中的教堂尖塔;或是抬头望着阳光灿烂的天空,蝴蝶围着他的脑袋飞舞翩跹,鸟儿在婉转歌唱;或是朝下望那纠缠交结的树枝构成一片浓荫,像一条颤动的地毯架起在道路的上方;或是朝上望那悬垂的树木筑成一条拱形的走廊,阳光透过树叶再钻出来就变得无比柔和——在此期间,卡克把注意力放在他主子身上,他的眼角始终没有离开董贝先生那颗古板得一本正经的脑袋,没有离开董贝对面那顶女帽上的羽毛,此刻它漫不经心地、轻蔑地低垂在他俩中间,正如他曾看到她的眼睑高傲地低垂一样;当对面那张脸看到这一切时,她高傲的神态也没有稍减。卡克先生警惕的目光有一度,仅仅只有一度,离开了他注视的对象;他策马跃过了矮篱,又飞驶着越过田野,目的是想在马车沿路赶到时,他好站在停车的位置迎接,等着搀扶两位夫人下车。那一刻,只是在那一刻,他的目光与她的目光短暂相接时,他捕捉到她起初流露出的瞬间的惊讶;但是,在他伸出白嫩的手扶她、碰到了她的手时,她又恢复了以前那种对他不屑一顾的神情。

斯丘顿夫人把注意力放在亲自做卡克先生的向导上,向他展示城堡之美。她决定既握住卡克的胳膊,同时又握住少校的胳膊。对于少校这种不可救药的家伙、对诗歌一窍不通的蛮子,有她亲自陪伴、开导,肯定会大有裨益。这样的安排,恰好使董贝先生可以随意陪伴伊迪丝:事实上他也这样做了,他以一派庄重的绅士风度,挽着伊迪丝高视阔步,穿行于城堡中一个个房间。

"多么迷人的往昔时光,卡克先生,"克娄巴特拉说,"有无比美妙的堡垒,有古老可爱的地牢,有令人兴味无穷的他们那时代行酷刑的场所,有浪漫的复仇,有可以入画的当时的突袭和围攻,以及使生活真正引人入胜的一切!而我们的时代却可怕地堕落了!"

"是的,我们确实很可悲地堕落了。"卡克先生说。

他俩的对话有一个特点,那就是:斯丘顿夫人尽管压抑不住内心的喜悦、卡克先生尽管端着文质彬彬的架子,但他俩都目不转睛地盯住董贝先生和伊迪丝两个人看。结果是一老一少都心不在焉,只是充分运用他们天赋的口才,没话找话,闲扯闲聊。

"我们确实已失去了信仰,"斯丘顿夫人说话时把她那只失聪的耳朵往前凑了凑,因为当时董贝先生正对伊迪丝说些什么,"我们已对那些可贵的老男爵们失去信仰,他们可是一些最讨人喜欢的人物;我们也对那些可贵的僧侣失去信仰,他们可是一些最有尚武精神的男子汉;我们甚至对那无比珍贵的贝斯①女王时代都失去了信仰,她的画像就在那边墙上,那才是无比辉煌的黄金时代。亲爱的人呀!她满腔热忱!还有她那可爱的父亲!我希望你热爱她的父亲哈里②八世!"

---

① 贝斯,英国女王伊丽莎白一世(1533—1603)的昵称。
② 哈里,英国国王亨利八世(1491—1547)的昵称。

"我非常钦佩他。"卡克说。

"多么坦率!"斯丘顿夫人喊道,"他难道不是这样吗?多么强壮。多么像真正的英国人。他那可爱的小眯缝眼,还有他那仁慈的下巴,也构成一幅了不起的图画!"

"啊,夫人!"卡克突然打断话头,"说到绘画,那儿就有一件作品!世界上还有哪个美术馆能拿得出一件同样档次的作品来?"

这位笑面绅士说到这里,就伸手指着门口,那里的走廊通向另一个房间,此刻董贝先生和伊迪丝正站在那个房间的中央。

他俩没有交谈一个字,没有交流一个眼神。尽管他俩站着,手臂挽着手臂,但是看样子他俩的距离似乎比中间隔着波涛汹涌的大海更为遥远。尽管他俩都骄傲,然而就连他们的骄傲都不一样,世上最骄傲的人与世上最谦卑的人,也要比他俩离得近些。他自以为了不起,矜持固执,拘谨刻板,一本正经。她的秀丽和优雅都达到非同寻常的程度,然而她对自己、对他、对周围的一切都完全漠视,并用她眉头、唇间的骄傲表情,摒弃自己动人的魅力,似乎她把自己的这些动人之处当成是她深恶痛绝的标记和徽号。他俩如此不般配,而且简直互相对立,如今却被一根厄运和灾殃铸成的链索捆绑在一起了:有想象力的人可以设想,他们身边几面墙上挂着的画,也在留意观察他俩,从画的几种表现来看,这些画也在为他俩不自然的结合感到震惊。冷酷无情的骑士和士兵紧皱眉头望着他俩。一位国教牧师举起手来公开谴责说,他们不该来到上帝的圣坛,他俩的结合是对神圣婚姻的嘲弄。风景画中平静的水,在阳光照射下清澈见底,它也在问:如果没有更好的办法逃走,不是还能跳进水里淹死吗?废墟喊道,"要知道我们是谁,请看吧,我们和情不投意不合的时间错结了姻缘!"天生敌对的野兽们互相厮打骚扰,像是为了给他俩一个教训。情人们和爱神丘比特们都吓跑了,就连故事画中那些历史上的殉教者和受难烈士也没有受过他俩的折磨。

尽管如此,斯丘顿夫人仍然为卡克先生指给她看的画幅而陶醉,她压抑不住赞赏的激情说,多么可爱,这幅画充分表现了心灵!她讲话的声音稍微大了点儿,让伊迪丝听见了,她回头看了看,气得满脸通红,都红到了头发根。

"我最亲爱的伊迪丝知道我在赞美她!"克娄巴特拉说话时用她那把女式阳伞,以几乎像是胆怯的样子,轻轻拍了拍她的后背,"可爱的宝贝!"

卡克先生又一次看到了他在树林中偶然看到过的内心搏斗景象。他又一次看到了那傲慢占了上风,表现出一副对一切厌倦和漫不经心的样子,像一团云烟把真实的内心掩藏起来。

她不屑抬眼看他;她的眼睛只是高傲地微微一动,似乎要她母亲靠近一些。斯丘顿夫人觉得还是接受这个暗示为妙,赶紧带上她的两位骑士走上前来,从此就离她女儿近了。

卡克先生现在没有什么事情分心了,便开始向董贝先生讲解绘画,挑选最好的画作,指给他的主子看:他说话时,还是用平时惯用的口吻,处处展示董贝先生在自己心目中有多么的伟大,他还用一些小动作,譬如说替主子调整一下眼镜片呀,替主子在参观目录里找到面前那幅画的介绍呀,以及替主子拿好手杖呀之类,以表示对董贝先生的忠诚和崇敬。说实话,这些小小的效劳与其说是卡克先生想出来的,倒不如说是董贝先生本人的发明,他确实爱摆老板架子,常以屈尊俯就的权威态度,用(对他来说)已经算是随和的口气说,"听着,卡克,可以请你帮我一个忙吗?"那位微笑的绅士对他的命令永远是乐意遵行。

他们一行参观了绘画、城墙、瞭望台等等;在他们仍保持一个小团体的期间,少校扮演一个默默无闻的角色:他正在消化肚子里的食物,因此昏昏欲睡,于是卡克先生就十分健谈和讨人喜欢。起初,他的话主要是说给斯丘顿夫人听的;但是,这位夫人对艺术是如此心醉神迷,他才讲了一刻钟,她就只有开口打呵欠的份儿了(据她说,这些画都是完美的灵感之作,所以她只有这样张嘴,以表达狂喜的心情),于是他就转而把注意力放在董贝先生身上。董贝先生的话不多,只是偶尔说一些诸如"说得很对,卡克,"或"确实如此,卡克,"之类的话,但他默默地鼓励卡克继续说下去,心里对他下属的行为非常赞许:他还觉得总得有个说话的人才好,卡克的话(你可以这样来形容)就像从他这个总公司分出去的一家分公司,能取悦于格兰杰夫人便好。卡克先生很懂得把握分寸,从不放肆地直接对伊迪丝说话;但是,尽管她从不看他,却似乎在听他讲话;有一两次,当他在表现对主子的谦卑时过了火,伊迪丝的脸上微微漾起一丝暗笑,那微笑不像一束光,倒像是一个深黑的暗影。

沃里克城堡的旅游资源终于都已耗尽,少校的精力也同样耗尽,更不用说斯丘顿夫人了,事实上,她表达喜悦的特殊方式——呵欠连连,发生的频率愈来愈高了。大马车又应命恭候在那里,他们乘车又游遍了附近各处名胜。在一处景点,董贝先生用过分客气的口吻说,尽管他不要任何旅游纪念品,但如果格兰杰夫人能以她的纤纤玉手画一幅素描,即使是寥寥数笔,对他来说,也将是这愉快一天的纪念,他可以肯定(说到这里时,董贝先生又鞠了一躬),他一定会永久珍藏。瘦弱的侍童威瑟斯腋下夹着伊迪丝的写生画册,斯丘顿夫人立刻命令他拿过来。大马车随即停下,好让伊迪丝作画,董贝先生将把她的画作和他的金银财宝收藏在一起。

"不过,我恐怕太给你添麻烦了。"董贝先生说。

"一点也不。你想让我画哪个地方呀?"她转过脸去回答,她一如既往地强使自己以殷勤的态度对待他。

董贝先生又向她鞠了一躬,上浆的硬领啪地一响,他说画哪个景点还是由画家决定的好。

"我倒希望由你自己来选择。"伊迪丝说。

"那么,让我们来看看,"董贝先生说,"恐怕这里还不错吧。看来是个作画的好地方,要不然问问他——卡克,你觉得怎么样?"

离得不远处,有一个树丛,恰好构成画面的前景,那景点与今天早晨卡克先生穿行在树丛中,身后留下一系列锁链状脚印的地点颇为相似,尤其是树下还有一条长凳,那位置给人总的印象,更像是他脚印链中断的地方。

"我能不能冒昧向格兰杰夫人提个建议,"卡克说,"那就是一个有趣的——甚至几乎是奇妙的——视角,不是吗?"

她的目光随着他用马鞭指示的方向看过去,倏然间又回落在他的脸上。这是刚才介绍他俩认识以后,他俩目光的第二次相接;那目光本该一如其旧,只是表情更加清楚了。

"你喜欢那景点吗?"伊迪丝问董贝先生。

"会使我陶醉的。"董贝先生对伊迪丝说。

于是那辆大马车就驶向会使董贝先生陶醉的地点;伊迪丝没有挪动在马车里的座位,以她素日那种冷漠而骄傲的姿态,打开画册,开始作画。

"我的笔都不尖了。"她说时停下来翻检她那一堆画笔。

"请你让我来削,"董贝先生说,"噢,还是卡克比我削得好,他会干这些事。卡克,请你帮格兰杰夫人削一削那些笔。"

卡克先生骑马上前,来到格兰杰夫人所在的那一侧的车门,松开缰绳放在马颈上,从她手里接过笔来时鞠了一躬,还做出一个微笑,接着就坐在马鞍上削了起来,动作悠闲、潇洒。削完后,他又请求她允许自己把那堆笔全都握在手里,需要时,他可以随时递给她。就这样,卡克先生嘴里不断赞美着格兰杰夫人高超的画技——尤其是画树木——便停留在她的身边,离她很近,她一边画,他就可以一边观赏。与此同时,董贝先生也在看她作画,他在马车里站得笔直,就像一个受人高度尊敬的幽灵。克娄巴特拉和少校则像一对恩爱的老鸽子似的在一旁调情。

"你满意了吗,要不要我再补上几笔?"伊迪丝说时把画展示给董贝先生。

董贝先生请她一笔都不要动了;画已经十分完美了。

"美得非同寻常,"卡克先生说,他每一颗牙的红红的牙床上都印就着赞美之辞,"我事前真没料想到竟会这么美,这么异乎寻常。"

这是他对画的赞美之辞,同时也适用于赞美作画的那个人。然而,卡克先生的行为本身是公开、外露的——不但是指他的牙齿,而且还指他的全部精神。接着,伊迪丝作的画放在一边归董贝先生所有,作画的用具都收拾了起来;卡克把手里的笔递给了她(她接过笔时,冷冷地稍一点头对他的帮助表示谢意,但连瞅都不瞅他一眼),拉紧缰绳,退回马车后边,继续跟着马车走。

在骑马前行时,他也许会这样想:即使是这幅随意的速写,从作画到递交给它的主人,也好像是经过讨价还价后被买下的。他也许会这样想:尽管她痛痛快快地答应了他的要求,但她无论是在俯身作画,或眼望着她要画的远处景物时,那张傲慢的脸上所表现出的,正是一个心高气傲的女人,在从事一笔肮脏的、可悲的交易时的表情。他也许会想这一切,但他脸上肯定常挂着微笑,当他似乎在悠闲地欣赏周边景物、享受新鲜空气和体育锻炼之乐时,他眼角锐利的目光始终紧盯着前面的马车。

他们一行在据说常有鬼魂出没的肯尼尔沃斯遗址漫步,还乘马车玩了几处其他名胜古迹。在游大部分景点时,斯丘顿夫人都向董贝先生指出,这些地方伊迪丝都已经画过了,以前他在欣赏她的绘画作品时都曾看到过。他们这一天旅游的行程就这样结束了。大马车把斯丘顿夫人和伊迪丝送回她们的住处；克娄巴特拉礼貌周全地邀请卡克先生晚上陪同董贝先生和少校一起到她们这儿来，听伊迪丝演奏几支曲子。于是三位绅士一起回旅馆去用晚餐。

这顿晚餐吃的东西和昨天晚上吃的完全一样，所不同的是：经过了二十四个小时，少校变得更加欢势了，同时也不那么神秘兮兮了。他们又为伊迪丝干杯。董贝先生又是那种心里喜欢、但有点儿不好意思的样子。而卡克先生则是满怀兴趣、满口赞美。

斯丘顿夫人的住处没有其他客人。房间四处摆满了伊迪丝的绘画作品，也许比平时陈列的要更多些。瘦弱的侍童威瑟斯给大家端上了沏得有点儿浓的茶水。那里放着一架竖琴，一架钢琴，伊迪丝唱歌、弹琴。甚至伊迪丝弹奏什么曲子也严格按照董贝先生的命令，用的还是他那种说一不二、没有商量的方式。就像这样：

"伊迪丝，我的心肝宝贝，"用完茶点后约半小时，斯丘顿夫人说，"我知道的，董贝先生准是想听你的表演，想听得要死。"

"我一点都不怀疑，妈妈，董贝先生活得好好的，如果想听，他自己会说的。"

"我将会非常感激。"董贝先生说。

"你想听什么？"

"钢琴吧？"董贝先生的口气有点儿犹豫。

"随你喜欢。你挑选就是了。"

她遵照吩咐弹奏钢琴。同样，她也弹奏了竖琴，唱了歌。弹奏什么曲子，唱什么歌都由董贝先生来定。尽管她态度冷淡而克制，然而很明显，她默许他、而不是任何别人，向她提出要求，并且她立即遵照他的要求去办；这一切足以穿透皮克牌游戏的神奇，触动了卡克先生敏锐的注意力。他的目光也不会漏掉这样的事实：董贝先生显然对自己拥有的权力感到骄傲,并且喜欢把它表露出来。

尽管卡克先生的心思没有全用在打牌上,但他打牌的手艺着实高明,他和少校玩了几局,又和克娄巴特拉玩了几局(那位老夫人一直在冷眼观察董贝先生和伊迪丝,她警惕性之高就连山猫都绝对比不了),还老是他赢。这反倒提高了他在老夫人心目中的地位,博得了她的极大好感。卡克先生在向她告别时说,非常遗憾,自己明天早上就必须赶回伦敦去了;克娄巴特拉说,感情相投的朋友不是天天都能遇得见的,她和他以后肯定还能见面。

"我希望这样,"卡克先生说,他跟随在少校身后,向门口走去时,还对远处那一对儿,投下富于表情的一瞥,"我想会这样。"

董贝先生庄重地向伊迪丝道别以后,向克娄巴特拉的卧榻俯下身去,或者说,近似于俯下身去,低声说:

"我已经请求格兰杰夫人,允许我明天上午——为了一个目的——前来拜访,承她指定,在十二时整。斯丘顿夫人,我明天拜访完毕,是不是能非常荣幸地在家里找到您呀?"

听到这些很难理解的话,克娄巴特拉当然是非常激动,心怦怦跳,她只能闭上眼睛,摇晃脑袋,把一只手伸给董贝先生;董贝先生一时不知如何是好,没能把老夫人的手接住,只得任其坠落了。

"快来啊,董贝!"少校走到门口回头看望着说,"他的妈哟,先生,老乔有个好建议,为了向咱俩和卡克表示庆贺,'皇家旅馆'应该改名叫'三个快乐的光棍'。"少校说时伸手在董贝先生背上拍了一下,两只眼睛在肩膀上方闪烁着,向两位夫人递眼色,他的血往脑袋上涌,脸色红得吓人,说完话就领着董贝先生出了门。

斯丘顿夫人靠在沙发上憩息,伊迪丝在房间另一头独自坐在竖琴旁,沉默不语。做母亲的手里摆弄着一柄扇子,不止一次偷眼观察自己的女儿,但女儿目光低垂,情绪郁闷地沉思着,不好去打搅她。

她俩一直保持这种状态,彼此不说话,长达一个小时,直到斯丘顿夫人的女仆进来,按照常规,经过一道道手续,伺候老夫人睡觉。那名侍女到了晚上就会变成一具手持投枪和沙漏的骷髅①,而不再像个女人了;因为她的接触就像是死神的接触。经她的手一碰,去掉了化妆品涂层,枯萎皱缩的身子就露了馅;人形的架子坍塌了,假发拿下了,弯弯的黑眉毛变成稀稀疏疏的几簇灰毛;苍白的嘴唇瘪了进去,皮肤松弛得像死尸一般。独自留在克娄巴特拉宝座上的,是一个憔悴不堪、面色蜡黄、眼圈发红、打着瞌睡的老妇人,身子蜷缩着,裹在一袭油腻腻的法兰绒睡衣里,就好像是一件邋邋遢遢的行李。

当母女俩重新独自相对时,就连她对伊迪丝说话的声音都改变了。

"你为什么不告诉我,"她的声音尖锐刺耳,"是你约他明天上午到这儿来的?"

"因为你知道,"伊迪丝回答,"母亲大人。"

她故意强调那个称呼,让它带上嘲讽的意味!

"你知道他已经把我买下了,"她接着说,"或者说,他将会在明天买下我。他对这笔买卖早已经过深思熟虑;他展示给他的朋友看;他甚至还以此自豪;他觉得这笔交易对他很合适,也许得来相当便宜;所以他明天会来买。上帝呀,我活到现在就是为了这个,我感觉到了!"

她那张俊美的脸上,浓缩着一百个心高气傲、充满激情的女人那烈焰般的愤怒,因为她已经意识到她的自轻自贱;她把脸掩藏在自己战栗的、雪白的双臂里。

"你这是什么意思?"母亲气愤地说,"难道你不是从小

---

① 十七世纪欧洲绘画中,死神身边总少不了投枪和沙漏这两件道具。

就……"

"从小!"伊迪丝眼望着母亲说,"从我小时候起?你给了我一个什么样的童年?在我还没有了解自己、了解你,甚至还没有懂得我学习每一种向人炫示的才艺所抱的卑鄙、可怜的目的之前,我就已经是一个精明的、工于心计、图财好利、设陷俘获男人的成年女子了。你生下的就是这样一个女人。看看她吧。今天晚上是她最骄傲的时候。"

她一边说着,一边用手捶击她那美丽的胸脯,似乎想把自己打倒。

"看着我吧,"她说,"这个人从来不懂得什么是爱,什么是一颗真诚、坦白的心。看着我吧,当我还在玩儿童游戏的时候,就被教唆着用欺骗伎俩;正当我的青春年华,就用老谋深算,嫁给一个我根本不爱、无关痛痒的男人。看着我吧,他还没有继承到财产就撇下了我,成了一个小寡妇,这是对你的裁决!你罪有应得!你倒对我说说看,过去十年来我过的算是一种什么样的生活。"

"我们竭尽全力要使你的生活得到好的保障,"她母亲答辩说,"那就是你的生活。现在你已经得到它了。"

"在已往十个可耻的年头里,母亲,没有一个市场上的奴隶、没有一头集市上的马匹,曾经像我那样被展示、被开价、被检验、被陈列,"伊迪丝喊道,她额头发烧,说到母亲一词时,仍然用嘲讽的强调口吻,"难道不是这样吗?难道我没有被制造成为各种男人的笑柄?那些傻瓜、淫棍、小光棍、老悖晦,都尾随着我,然后一个一个又背弃了我,我身价下降,是因为你的狡诈手段太让人一目了然了:是的,太对啦,所有这一切谎言和伪装,终于使我们俩几乎落到了声名狼藉的境地。"她说时,眼睛里冒出火来,"在英国地图上可以找得到的一半旅游胜地,我被迫忍受那些家伙放肆的目光,甚至动手动脚。难道我不是到处被兜售、被叫卖,直到我丧失掉最后一点点自尊心,连我自己都讨厌自己了吗?难道这不正是我逝去的童年吗?我从来没有过童年。难道在我一生中这么多个夜晚里,偏偏今夜你要对我说,我有过童年吗!"

"说到体体面面地结婚,"她母亲说,"你至少应该有二十次这样的机会,伊迪丝,只要你给人家足够的鼓励。"

"不!我是个弃物,我只配当这样的货色,"她回答时抬起了头,强烈的羞耻感和狂暴的自尊心使她浑身震颤,"如果谁想娶我,就得像这个人那样,我没有在他面前使手段,进行诱惑。他看见我正被交付拍卖,他觉得买下我挺合算。那就让他买吧!他跑来看我——也许是来喊价的——他要看看我的才艺教养目录清单。我给他看了。他想要向他的人显示他买得上算,要我当面演示一项才艺时,我就问他想要我演示哪一项,我就按他的要求做了。除此之外,我不想做更多。他自己打定主意要买的,他自己觉得物超所值,他意识到他的金钱的力量;我希望他永远也不要感到失望。我可没有自卖自夸,强买强卖;你也没有这样做,因为我总算拦住了你。"

"你是在和你的亲生母亲说话呀,伊迪丝,你今天晚上说的话多么奇怪。"

"我自己也觉得奇怪;比你更加觉得奇怪,"伊迪丝说,"不过,我的教育很早以前就已经完成。现在我已青春不再,并且一点一点地堕落得太深,已经没有办法阻挡住你,帮助自己走上一条新的人生道路了。能够使一个女人的胸怀变得纯洁、真诚、善良的胚芽,从来没有在我的内心萌发,当我连自己都鄙视自己的时候,还有什么力量能支持我呢。"她的声音里有一种震撼人心的悲苦,但当她噘起嘴唇说下去时,这种激情很快就过去了,"我们出身高贵,但又贫穷,所以我只得甘心依靠这种手段去获得财富;我只想说,母亲,在有你待在我身边的条件下,我还有力量,甚至可以说是权力,坚持的唯一宗旨就是:我没有去诱惑这个男人。"

"这个男人!听你的口气,"她母亲说,"还好像你在恨他呢。"

"你还以为我会爱他,是不是这样?"她本来往房间那边走去,这时停下脚步,向四周看了看,回答说,"要不要我告诉你,"她继续说时,眼睛注视着她的母亲,"谁已经把我们彻底看透了,看准了;在他面前,我甚至比面对我自己的内心时更加缺乏自尊或自信,想到他已经把我看得一清二楚,使我更加感到无地自容?"

"我想,"她母亲口气冷静地说,"你这是在攻击那个可怜的、倒霉的叫什么来着——噢,卡克先生!我亲爱的,你在这个人面前缺乏自尊和自信(这让我吃惊,我倒觉得他这个人挺讨人喜欢的),他对你的地位不像是会有多大的影响。你为什么这样使劲地看着我?你是不是病了?"

伊迪丝突然把脸低下,像是被什么东西刺痛了,当她用双手紧紧捂住脸时,一阵剧烈的颤抖贯穿全身。这阵激情很快就平息了;她以平常的步态走出了房间。

那个扮演骷髅角色的女仆又出现了,她伸出一只胳膊给她的女主人,似乎夺走了克娄巴特拉迷人的姿态,那裹在法兰绒睡衣里的她像患了麻痹症。女仆收拾起女王的骸骨,用另一只胳膊拿走,准备让她明天重新苏醒。

第二十八章　改　变

"苏珊,这一天终于来到了,"弗洛伦斯对卓越的聂宝说,"我们很快就可以回到我们安静的家了!"

苏珊带着难以形容的丰富表情深深吸一口气,为了进一步释放自己的情绪又机敏地咳嗽一声,回答说,"安静倒是真安静,弗洛伊小姐,毫无疑问。安静得过头了。"

"在我小的时候,"弗洛伦斯考虑了一会儿才沉思着说,"你有没有看见过那位不怕麻烦、骑着马专门跑到这里来跟我说话的绅士,到现在为止,他已经来过三次——我想是有三次了吧,苏珊?"

"是三次,小姐,"聂宝回答,"一次是在你跟那一家子外出散步的时候来的,就是斯开他们……"

弗洛伦斯态度温和地看看她,聂宝小姐就忍住不这样说了。

"小姐,我想说的是巴耐特爵士、爵士夫人以及他们的少爷。在那以后,他还在晚上来过两次。"

"在我小的时候,常有客人来拜访爸爸,在那些来我们家的客人里面,你看见过那位绅士吗,苏珊?"

"这个嘛,小姐,"她的女仆经过思考后回答道,"我真不敢肯定看见过他。你那可怜的亲爱的妈妈死的时候,弗洛伊小姐,我才刚到这个家里来,你知道,我的活动范围,"聂宝生气地昂起头来,她的意思是说,自己的优点总是遭到董贝先生存心的抹杀,"只限制在顶楼那一层。"

"真是这样,"弗洛伦斯依然充满沉思地说,"你是不大可能知道哪些人上我们家来过。我倒忘了这一点。"

"是不可能,小姐,不过家里的下人们倒是也谈论过这家人和这家的客人来着,"苏珊说,"我听她们说了不少,尽管有我在场的时候,李切子大娘以前的那个保姆确实说过些不三不四的话,什么'小罐子,耳朵长'之类,不过这话只能拿来指她离不开的酒罐子,可怜的家伙,"苏珊用平静宽容的口气说,"她就因为改不了好酒贪杯的习惯,就让她离开,结果她真的走了。"

弗洛伦斯坐在她卧室的窗台前,用一只手支着脸,向外眺望,她正在沉思默想,似乎没有听见苏珊所说的话。

"总而言之,小姐,"苏珊说,"我记得很清楚,就是那个叫卡克先生的绅士,当时在你爸爸跟前的地位,即使不算十分重要,也已经相当重要了,差不多和现在一样了。那时,小姐,家里的下人们常说,你爸爸在城里的买卖都由他做主,由他全面管理,在商行的所有员工里,你爸爸最关心他了,请你原谅,小姐,他要做到这一点很容易,因为他对别人从来都漠不关心。不管说我是长耳朵的小罐子也罢,反正我知道这些情况。"

苏珊·聂宝记得曾受过李切子大娘以前的那个保姆的伤害,说到"小罐子"时,用了特别强调的语气。

"那个卡克先生的地位没有降低,小姐,"她继续说,"他站得很牢,继续受到你爸爸的信任,只要珀奇上这儿来,我常听见他在下人们中间这么说;尽管珀奇是世界上一棵最蔫头耷脑的草,弗洛伊小姐,没人有耐性听他讲三两句话,可是他对城里发生的事还真熟悉,他说你爸爸干什么都离不开卡克先生,把一切都交给了卡克先生,按照卡克先生的主意办事,常把卡克先生带在他身边。我确实相信,在那个最最窝囊的珀奇看来,不但是你的爸爸,就连印度皇帝,比起卡克先生来,也像是娘肚子里的孩子那样不中用呢。"

弗洛伦斯的眼睛不再漠然地望着窗外的景物,她注视着苏珊,又重新对女仆的话感到兴趣,她仔细地听,把其中每一个字都听进去了。

"是的,苏珊,"当年轻的女仆讲完后,她就接着说,"我可以肯定,他是爸爸信赖的人,是爸爸的朋友。"

弗洛伦斯的心思都集中在这个问题上,她这么做已经有好几天了。卡克先生在第一次来访以后,紧接着又来过两次,在这两次访问中,他装出一副对她推心置腹的样子——似乎他有权力神秘兮兮地偷偷告诉她,那艘船仍然下落不明——他用一种委婉的方式向她表明:他具有控制她的能力和权威。他的这种行为,使她感觉困惑和极度的不安。她没有反抗的手段,她无法挣脱他在她身体四周逐渐织成的罗网;要想抵御他的阴谋手段,必须掌握一定的技巧、谙熟人情世故,但是弗洛伦斯一样都不具备。他除了告诉她那艘船仍然下落不明、他怕还会有最坏的消息之外,并没有说别的,这倒不假;但问题是:他怎么会知道她心里在惦念那艘船呢?他为什么有权用如此阴险、狡诈的手段向她暗示:他已掌握了她的内心秘密呢?这一切使弗洛伦斯深感苦恼。

她想起卡克先生的行为时,总觉得困惑不安,久而久之,就习惯性地使他成了她心目中的梦魇。她有时故意使劲回想,使他的面貌、声音、举止在回想中变得更加清晰,她想用这个办法,把这个使她非常难受的梦魇还原为一个真人,从而使他那魅惑她的魔法失灵;但她未能去除心头那模糊的暗影。然而,他从不对她皱眉头,从不用憎恶或敌视的目光看待她,相反,他倒是始终带着微笑,态度从容安详。

由于弗洛伦斯又一次怀抱着强烈的追求,想重新赢得父亲的爱,由于她坚决相信,他们父女俩的关系所以会如此冷淡、如此疏远,都是她自己无意中造成的;因而当她想起这位绅士是父亲信赖的朋友时,她那颗充满殷切期待的心就会觉得,自己对他强烈的厌恶和恐惧,使她失去了父亲的爱,使她变得如此孤独,这不正是造成自己不幸的部分原因吗?她担心事情可能会是这样;有时她相信事情正是这样:于是她决心要努力战胜这种错误的感情;她用这样的理由说服自己:既然父亲的朋友这么注意她,她就应该觉得荣幸,并受到鼓舞;她希望,只要自己耐心地观察他,信任他,这样就会引领她那流血的双脚,踩过乱石嶙峋的小路,最终走进她父亲的心怀。

就这样,她没有任何人可以商量,因为她觉得,如果找人商量,就像是在对自己的父亲抱怨。温情柔顺的弗洛伦斯在不平静的怀疑与希望之海上颠簸;而卡克先生就像深海里一头浑身长着鳞甲的怪兽,在底下游动,他那闪闪发光的眼睛,时时紧盯着她。

所有这一切使弗洛伦斯有了一个新的理由急于想返回自己的家。孤寂的生活更适合她抱着胆怯的希望和怀疑往前走;有时她担心:在她不在家的期间,她也许会错过能够表明自己对父亲热爱的某些良机。天知道,可怜的孩子呀,在最后这一点上,她还不如趁早死了这条心;然而,她那被轻忽的爱却时时在心间颤动,甚至在睡梦中也会像鸟儿一样飞去,然后又像一只飘泊的小鸟归巢那样,栖息在她父亲的脖子上。

她常常想到沃尔特。啊!多么频繁,在那黑沉沉、阴惨惨的夜晚,当晚风袭来,围着住宅打旋儿!不过,她心中仍怀着热切的希望。青春和热情,会像一堆快要燃尽的火焰,顷刻熄灭;生命的白昼,会在人生的盛年就融入黑夜;满怀热情的年轻人,凭借自己那一点点人生经验,是很难想象这个道理的,他们的希望还强烈着呢。她常为沃尔特所受的苦而流泪;但是很少为他可能已经死亡而流泪,即使流泪,哭的时间也不会长。

她已经给年老的航海仪器制造商写了信,但是没有得到任何回音;她在信中本来也没有要求对方回复。那天早上,当她即将回家,很乐意地重新回到往昔的封闭生活里去时,她心里装的就是这些事情。

勃林茂博士和勃林茂夫人在他们照管的名门公子巴耐特少爷(本人很不情愿)的陪同下,早已返回布赖登去了。这位年轻绅士和他的同学们都是前往帕纳萨斯①山的朝圣者,毫无疑问,将要继续他们攀登学术高峰的行程。假期已经度过了;来别墅的大部分年轻宾客都已辞别、离去;弗洛伦斯为时不短的访问也就快要结束了。

然而,还有一位客人呢,尽管他不住在爵士家的房子里,但他一直在密切注视着这家人的情况,现在仍一心扑在他们身上。他就是涂茨先生。在他手戴戒指,打破勃林茂书院的镣铐,飞向自由天地的那天晚上,他有幸结识了斯开特尔司少爷。几个星期以前,他前来与这位少爷重续友谊,打那以后,他总是每隔一天就前来拜访一次,在门房间留下了一大堆名片;名片数量实在可观,因此他递名片的仪式就好像在玩一场惠斯特牌游戏,他是发牌人,而接名片的仆人是玩牌人。

为了让这一家人记住自己,涂茨先生还有一个大胆而快乐的想法(但是,我们完全有理由认为,这个非常恰当的办法是"斗鸡"聪明头脑的创意),订制了一艘六人划桨的独桅快船,由斗鸡那些从事水上运动的朋友划船,由这位著名运动员亲自掌舵;为此,斗鸡还特地穿上一套红红亮亮的救火员服,为了遮盖别的拳手在他眼睛边上常会留下的乌青块,他还戴上一副绿色的眼罩。在装备这艘快船之前,涂茨先生还用假定的语气征询斗鸡的意见:如果斗鸡爱慕一位名叫玛丽的年轻姑娘,如果斗鸡想要有一艘自己的船,那么他会给那艘船起个怎样的名字?斗鸡频频用强烈的口气断

---

① 帕纳萨斯,希腊山名,传说中太阳神和诗神的灵地,借喻为文学、诗歌的殿堂。

言,他会用玛丽的别称"波丽"来给船命名,要不然干脆就叫它"斗鸡的快乐"好了。涂茨先生经过深思熟虑,检验过许多新鲜创意,最终决定在这一方案的基础上再加以改进,给他的船起名叫"涂茨的喜悦",作为对弗洛伦斯委婉的恭维;知道底细的人士,谁还能不击节赞赏!

为了实行他的计划,涂茨先生伸展手脚躺在他那艘华丽小船大红色的靠垫上,两只靴子跷得半天高,把船驶向河的上游。一天又一天,一周又一周,快船在河上来回穿梭,终于驶到巴耐特爵士花园附近。他让船员们以锐角方向直穿河面,目的是让在巴耐特爵士家窗前向外眺望的一切人们,都能看清楚他。"涂茨的喜悦"号快船在河上玩了很多新鲜花样,让附近河岸边上的人们看得惊叹不已。每当涂茨先生看到河沿上巴耐特爵士花园里的什么人,他总会假装说是碰巧经过这里,他所描述的偶然巧合,既稀奇古怪,又不像是真的。

"你身体好吗,涂茨?"当诡计多端的斗鸡把船驶向岸边时,巴耐特爵士总会在草坪上向他挥手说。

"你好吗,巴耐特爵士?"涂茨会这样回答,"真没有想到我会在这里遇见你!"

自作聪明的涂茨先生常常会这样说话,就好像这里并不是巴耐特爵士的住宅,而是尼罗河或恒河岸边某座废弃的大厦。

"我从来没有碰上过这么巧的事!"涂茨先生会这样大声说,"董贝小姐在屋里吗?"

也许弗洛伦斯随后就会出现。

"噢,第欧根尼的身体好得很,董贝小姐,"涂茨先生会这样喊,"今天早晨我去府上打听过了。"

"非常感谢!"弗洛伦斯会用悦耳的声音回答。

"你能上岸来吗,涂茨?"然后巴耐特爵士会这样说,"来吧!

你又没有什么急事要办,来看看我们吧。"

"噢,这算不了什么,谢谢你!"涂茨先生回答时,脸都红了,"我想,董贝小姐可能会想知道这件事,全部情况就是这样。再见!"其实可怜的涂茨先生想接受邀请,想得要命,但他没有这样做的勇气,于是他忍住心的疼痛,对斗鸡做了个手势,"喜悦"号就驶走了,劈波斩浪,快得像一支箭。

弗洛伦斯离开的那天早晨,"喜悦"号停泊在花园的台阶下,打扮得特别漂亮。当她和苏珊说了几句话后,下楼告别时,发现涂茨先生正在客厅里等候她。

"噢,你好吗,董贝小姐?"被热情灼伤的涂茨说,当他内心的渴望得以实现、他终于和她说上了话时,他总会那样窘迫不堪,"谢谢你,我身体真的很好,我希望你也一样好,第欧根尼昨天也一样好。"

"你的心眼儿非常好。"弗洛伦斯说。

"谢谢你,这算不了什么。"涂茨先生回答,"董贝小姐,今天天气这么好,我想,也许你不介意乘船从水路回家。船上空得很,你的女仆也可以一起乘船回去。"

"我非常感谢你,"弗洛伦斯考虑了片刻说,"我真的很感谢——不过,我想还是不乘船了吧。"

"噢,这算不了什么,"涂茨先生说,"祝你早安!"

"你不再待一下,见见斯开特尔司夫人了吗?"弗洛伦斯温柔地说。

"噢,不待了,谢谢你,"涂茨回答,"这一点儿都不算什么。"

涂茨先生在这种场合总是十分腼腆,十分慌张!可是恰好在这一刻,斯开特尔司夫人走进客厅来了,涂茨先生突然来了一股热情,想向她问好,并向她表示最良好的祝愿;他和她握手时牢牢地抓住老夫人的手不放,要不是巴耐特爵士及时出现,他无论如何也不可能把那只手放开；接着,他立刻又和爵士没完没了地握起手来。

"涂茨先生,我认真地告诉你,"巴耐特爵士向弗洛伦斯转过脸去说,"今天我们家就将要黯然无光了。"

"噢,这算不了什……我的意思是说,是的,真是这样,"狼狈不堪的涂茨语无伦次地说,"祝你早安!"

尽管涂茨先生说这句表示告辞的话时,用了着重的语气,可是他不但不走,反倒站定脚跟,斜着眼茫然望着身边的一切。弗洛伦斯想帮他摆脱困境,就向斯开特尔司夫人告别,说了无数感谢的话,并把胳膊伸给巴耐特爵士。

"我亲爱的董贝小姐,我可不可以请你帮我做一件事,"她的居停主人在送她上那辆四轮马车时说,"请你替我向你亲爱的爸爸转致我最崇高的敬意?"

对于弗洛伦斯来说,接受这项委托是一件痛苦的事,因为她觉得,如果她答应下来,就好像是她在欺骗巴耐特爵士,让他误以为:对她表示好意就等同于对她父亲表示好意。既然她无法对此加以解释,那么她也只能低下头来向他表示感谢而已。她又一次想到,回到她那阴郁的家,她倒可以免除这类的尴尬,免得重新触痛她的伤疤,看来那里倒是她最好的天然避难所。

那些还留在别墅里没走的、她新近结交的朋友和伙伴们,都从屋子里和花园里跑来和她说再见。大家都非常喜爱她,与她道别时都表达出非常真挚的感情。甚至全家上下人等都对她依依不舍,仆人们围在车门前对她鞠躬或屈膝行礼。弗洛伦斯望着周围这些善良的脸,看到巴耐特爵士和爵士夫人也在其中,她还看到涂茨先生就在稍远处,一边盯着她看,一边咯咯地笑;这使她回忆起珀尔和她一起离开勃林茂博士书院的那个晚上的情景,当四轮马车驶离时,她早已是满面泪痕了。

伤心的泪,同时也是给她以慰藉的泪;因为,一些与她即将归去的那座阴郁的老房子相联的较为温柔的回忆,在她的心头升起,使旧家变得亲切起来。她徘徊在那些寂静无声的房间里,她最后一次悄悄地、胆怯地溜进她父亲使用的那些房间,她每天在日常生活中感受到逝去的亲人们仍能对她发生庄严的抚慰作用,这一切似乎已经过去很久很久啦! 此外,最近这次离去还使她回忆起与沃尔特的分别,回忆起他那天夜里的眼神和话语,当时她就注意到:沃尔特非常通情达理,把他对即将离别的亲人们的柔情,与他的勇敢精神和勃勃生机,很好地融为一体。他的小小的故事也是和那座旧居联系在一起的,使那里增添了新的意义,让她的心牵挂。

当她俩乘坐的马车向那座多年旧居进发时,就连苏珊·聂宝对它的态度也软化了。尽管它阴沉沉的,苏珊说起这一点来,一向批评得十分苛刻,但这时她的话也和缓多了。"我乐意再看到那座房子,我不否认,小姐,"聂宝说,"它没有多少好处可以吹嘘的,不过我可不愿意它被人烧掉,或者拆掉!"

"你乐意在那些旧房间里走来走去,是不是,苏珊?"弗洛伦斯微笑着说。

"是呀,小姐,"马车带着她俩离老房子越来越近时,聂宝对它的态度也越来越温和了,"我不会否认这一点,不过,我明天就会重新厌恶它,这是非常可能的。"

弗洛伦斯感到,对她说来,那座老房子比任何别的房子都要安宁。在那里,她可以更加容易地把内心秘密隐藏起来,隐藏在它阴暗的高墙之间,而不必把这些秘密带到光天化日之下,也不用担心会让那些幸福的人们看见。她那颗满怀着爱的心还是在老房子里独自探索为佳,不必因为看到周围的人们生活在爱的氛围中而感到新的沮丧。在那充满回忆的平静圣殿里,尽管她得不到关心,尽管老房子的四壁都已剥落、锈蚀、朽腐,但她具有恒心和耐心,她独自在那里继续怀抱着希望,去祈祷,去爱,也要比在一个哪怕是充满欢乐的新环境里更加容易些。她乐意重新回到往日梦幻般的生活里去,渴望那扇漆黑的旧门在她身后关闭。

当马车驶进长长的、阴沉沉的街道时,她脑子里想的就是这些事。弗洛伦斯没有坐在靠近她家的那一侧,当她们离那座老房子越来越近时,她向车窗外眺望,想看一看住在路对面那家的孩子们。

她心里正想着这个,忽听得苏珊惊叫一声,便赶快转过脸来。

"天哪,这是怎么回事!"苏珊上气不接下气地说,"我们家的房子上哪儿啦?"

"我们家的房子?"弗洛伦斯说。

苏珊把伸在车窗外的脑袋缩进车内来,接着又伸了出去,当马车停下时,又缩了回来,用惊奇的目光盯住她的女主人。

只见一座用脚手架搭成的迷宫从地下室一直伸展到楼顶,把房子团团围住。一摞摞砖头、石料,一堆堆灰泥,一批批木料,占满了又长又宽的街道的这半边。好几架梯子在墙上靠着,建筑工们沿着梯子爬上爬下,每一层脚手架上都站着干活的人,在屋里忙着干活的还有油漆匠和装修工。大卷大卷的糊墙装饰纸正从停在门口的一辆大车上卸下来;门口还停着另外一辆运送家具的大车。从墙上的缺口和破碎的窗玻璃朝里看,哪一个房间里都看不见有家具;从厨房到顶楼,除了不同工种的工人,各操各的工具在干活以外,什么都看不见。屋里屋外都一样,砌砖工、油漆匠、木匠、石匠;铁锤、灰浆桶、油漆刷、鹤嘴锄、锯子、抹子,同时在工作,组成一部大合唱。

弗洛伦斯下了车,心里仍有点儿怀疑,它是不是、可能不可能就是原来那座房子,直到她看见脸晒得黑黑的陶林生正站在门口迎接她,这才相信。

"家里没出什么事吧?"弗洛伦斯问。

"噢,没有,小姐。"

"这里正在发生重大的改变。"

"是的,小姐,重大的改变。"陶林生说。

弗洛伦斯走过他身边时,好像在做梦,她很快就上了楼。

长期遮得暗暗的大客厅,已被耀眼的阳光照亮,搭起了台阶和平台,一些头戴纸冠的人站在高处。她母亲的画像和其他一些可以搬动的物品都搬走了,在原先挂画处的墙上,用粉笔胡乱涂抹着这样几个字"本室装上嵌板。绿色和金黄色"。楼梯间也和房子外面一样,成了一座由木柱和木板构成的迷宫,一批管子工和玻璃匠正采用各种姿势仰靠在天窗上干活,像是希腊神话里高踞奥林匹斯山的一群活神仙。她自己的那个房间,里面还暂时没有动,但外面已经搭起了横杆和木板,把房间都遮暗了。她赶快跑去看放着弟弟小床的另外那个房间;有一个身材高大得像巨人、皮肤黝黑、嘴里咬着烟斗、脑袋上系着手帕的男士,正站在窗外向房间里看。

苏珊·聂宝正在到处找她,终于在这里把她找到,并对她说,她能不能马上下楼去见她的爸爸,他有话要对她说。

"他在家!有话要对我说!"弗洛伦斯喊道,浑身在颤抖。

苏珊从来就比弗洛伦斯情绪更容易激动,思想更容易紊乱,把主人要她转达的话再说了一遍。弗洛伦斯激动得脸色发白,立刻重新下楼,片刻都不敢耽误。一路往下走时,她在心里琢磨:她敢不敢亲吻她爸爸?心灵的渴望使她坚定,她想她会这样做的。

当她那颗心来到父亲跟前,也许父亲能听得见她的心跳动的声音。只要一瞬间,她的心就会贴着他的胸膛跳动……

但是,房间里不是只有他一个人。另外还有两位女士在呢;弗洛伦斯的脚步停住了。她尽可能压住心中的激情,要不是她的畜牲朋友第欧根尼窜进房里来,使劲用身体蹭她以示欢迎的话(它蹭她的时候,两位女士之一轻轻地尖叫了一声,这倒分散了她对自己的过分专注),她很可能会晕倒在地板上。

"弗洛伦斯,"她父亲说时伸出手来,动作如此僵硬、拘谨,使她实在无法亲近,"你好吗?"

弗洛伦斯握住那只手,胆怯地送到自己的嘴唇上,她顺从地任由它立刻缩了回去。他的手和她的接触毫无爱意,与他伸手关门的动作没有什么不同。

"这是条什么狗?"董贝先生不高兴地问。

"爸爸,这条狗是——从布赖登送来的。"

"噢!"董贝先生说,脸上涌现出一团乌云,因为他知道她的意思。

"狗狗的脾气可好啦,"弗洛伦斯以她天生的文静和可爱的样子告诉两位陌生的夫人说,"它只是看见了我,感到高兴。请你们原谅它吧。"

她看到两位夫人用目光交流了一下,她看得出来,坐着的那位、也就是刚才发出尖叫声的那位夫人,年事已高;而另外一位、站在她爸爸身边的,是一位容貌非常美丽、体态非常优雅的夫人。

"斯丘顿夫人,"她爸爸向坐着的那一位转过脸去,并伸手指了指女儿,介绍说,"她是我的女儿弗洛伦斯。"

"她很可爱,我敢肯定,"老夫人举起长柄眼镜看了看说,"真是天生丽质!我亲爱的弗洛伦斯,你得亲我一下,如果你愿意的话。"

弗洛伦斯亲过她以后,向另外一位夫人转过身去,他父亲正站在那位夫人身边等候呢。

"伊迪丝,"董贝先生说,"她是我的女儿弗洛伦斯。弗洛伦斯,这位夫人很快就要做你的妈妈了。"

弗洛伦斯大吃一惊,霎时间种种矛盾、复杂的激情涌上心头,妈妈这个称呼不由得使她进出了伤心泪,但当她抬眼看见夫人那张美丽的脸时,她竭力忍住心中的惊讶、好奇、赞赏和一种莫名的恐惧。接着她呼唤道,"啊,爸爸,祝你幸福!祝你一生非常、非常幸福!"随后她就扑倒在那位女士的胸脯上哭泣。

片刻的沉默。美丽的夫人起初似乎犹豫了一下,不知该不该迎上前去,但她还是把弗洛伦斯抱在怀里,握住弗洛伦斯紧紧搂住她腰身的那只手,似乎在安慰她,让她放心。从夫人的唇间没有吐出一个字。她向弗洛伦斯低下头去,亲吻她的脸颊,但仍然没有说一个字。

"我们到各个房间转一转,"董贝先生说,"看看我们的工人,活干得怎么样,好不好?请允许我为您效劳,我亲爱的夫人。"

他一边说一边把手臂伸给斯丘顿夫人,老夫人正在透过长柄眼镜仔细观看弗洛伦斯,似乎在给自己描绘一幅图像:要是给弗洛伦斯再注入一些勇气和生机(毫无疑问,这些好东西都要从老夫人丰富的库存中去提取啰),那她将会成个什么样。弗洛伦斯仍抱住那位年轻夫人,趴在她的胸前啜泣,这时听到董贝先生从植物温室里传来的声音:

"让我们来问问伊迪丝。天哪,她在哪儿呀?"

"伊迪丝,我亲爱的!"斯丘顿夫人喊道,"你在哪儿?我知道,准是在什么地方寻找董贝先生呢。我们在这儿呢,我的心肝。"

美丽的夫人放开了抱在她怀里的弗洛伦斯,又一次亲吻她的脸颊,然后匆匆离去,和他俩会合。弗洛伦斯仍在原地站着:又喜,又悲,既感到幸福,又满面泪痕,她自己也不知道怎么会这样,像这样站了多长时间,但是突然,她的新妈妈回来了,又伸开双臂抱住了她。

"弗洛伦斯,"那位夫人极为动情地看着她的脸,用很快的语速说,"你不会一开始就恨我吧?"

"怎么会恨你,妈妈?"弗洛伦斯喊道,一边用手臂搂住她的脖子,同样也极为动情地回看她。

"嘘!别出声!一开始就把我想得好一些,"美丽的夫人说,"一开始就相信,我会尽力使你幸福,而且我已经准备好爱你了,弗洛伦斯。再见。我们很快就会见面的。再见!现在,你不要待在这里。"

她又一次紧紧把她抱在胸前,她的话说得很快,然而口气十分坚决,弗洛伦斯看见她已经走进另一个房间,与他们二人会合了。

弗洛伦斯现在开始希望能向她那美丽的新妈妈学习,学习如何赢得她父亲的爱。那天夜里,当她在已经失去的旧家入睡时,梦见自己的亲妈妈脸上绽开灿烂的微笑,她在向她祝福,祝福她能够实现这个希望。弗洛伦斯在梦中!

第二十九章 戚克太太睁开了眼睛

托克丝小姐对董贝先生住宅呈现的这种罕见的面貌（脚手架呀，梯子呀，头上扎条手帕、像会飞的妖魔或怪鸟似的从窗户外直瞪瞪地往里瞧的工人们之类），还一无所知。在这段多事时光中的一天早晨，她还是按照惯常的食谱在进早餐，也就是一只用锯齿刀切成片的法国面包卷，一只新鲜鸡蛋（要不就是，商贩保证说是母鸡刚生下来的），一小壶茶（里面为托克丝小姐放了一小银匙茶叶，还有一小银匙茶叶是为茶壶放的——擅长家政的人们总爱这样幻想）。然后她走上楼去，把小鸟圆舞曲谱放在大键琴上；浇浇花，修修枝，擦擦小摆设上的灰尘，按照她的日常习惯，要让她小小的会客室成为公主街上耀眼的花环。

托克丝小姐给自己准备着一副样子像枯树叶似的老古董手套，干家务活的时候她常戴着，不干活的时候就藏在桌子抽屉里，不让别人看见。她有条不紊地干活；首先摆上小鸟圆舞曲，出于自然联想作用，她跑去看她的鸟，那是一只高耸着肩膀的金丝雀，早已上了年纪，鸟毛乱蓬蓬的，不过鸣声倒很响亮，在公主街上无人不知无人不晓；接下来的一件事就是拾掇那些瓷质的小饰物、纸质的苍蝇笼子之类；然后她及时来到她养的花草跟前，按照托克丝小姐坚信的某些植物学原理，她总会根据需要，用一把剪刀这儿修修，那儿剪剪。

那天早晨，托克丝小姐并不急着来到花草跟前。天气暖和，南风吹拂，公主街已洋溢着初夏的气息，促使托克丝小姐想到了乡间。公主纹章酒店雇的小店员拿着水壶出来洒水,喷雾状的水流,洒遍公主街,使杂草漫生的土地增添了新鲜的气息——托克丝小姐把它称为:生长的气息。一缕阳光从大街拐角处偷偷向里窥视,被煤烟熏黑的几只小麻雀蹦蹦跳跳,一会儿跳进那缕阳光里,一会儿又跳到阳光外,当它们身上浴满那一股清泉似的阳光时,它们也流光溢彩,变成有魅力鸟儿,似乎和那些污染天空的烟囱割断了联系。公主纹章酒店的橱窗里那些赞美姜汁啤酒的招贴画十分醒目,画的是酒渴若狂之徒们不是浸在啤酒泡沫里,就是眼看着飞起来的瓶塞目瞪口呆。城外的某处,人们在晒干草;尽管草的芳香一时半会儿还吹不到城里来,并且还得与贫民窟里散发出来的相反气味争个高低(有些大人先生还强词夺理说,瘟疫是我们祖先智慧的组成部分,是传统文化,决不能丢,他们竭力维护着贫民窟悲惨的居住条件,愿上帝给他们报应),但还是被微风飘送到了公主街,使人嗅到了大自然有益于健康的气息,就连关在监牢里的犯人、抓住的俘虏,以及受总督、骑士们(瞧这些道貌岸然的人们点头的样子! 似乎他们一点头,大有使地球停止转动之势!)迫害的孤苦伶仃的人们也都嗅到了。

　　托克丝小姐在窗前的座位上坐了下来,回想起她已故的好爸爸——税务局的公务员托克丝先生;回想起自己的童年,她的童年是在一处海港度过的,那里颇有一些乡村风味,堆放着大量早已冷却的沥青。她陷入对往昔充满柔情的回忆,旧时的牧场上金凤花开得耀眼,就像布满金星的天空的倒影;她怎样用蒲公英花梗为年轻恋人们编织一根根项链,这些年轻人大都穿中国南京产的本色布,他们都曾信誓旦旦地保证对她永久忠诚;多么快呀,那些链索都枯萎了,断裂了。

　　坐在窗座上,眺望着窗外的麻雀和那一缕阳光,托克丝小姐也回想起她已故的好妈妈——那位扑发粉、拖辫子的大舅的妹子——,想起她的种种美德和她的风湿病。这时,一个长着罗圈腿的男子,沿着公主街走来,他头上顶着只沉甸甸的篮子,用粗粗的嗓音喊叫道,"卖花呀,卖花呀!"篮子把他的帽子压成一块黑松饼模样,他每喊一声,篮子里雏菊细小的须根就要胆怯地抖动一下,就好像他不是个卖花人,而是个妖魔,正在兜售小孩儿呢。托克丝小姐心里生起强烈的夏日回忆,她摇摇头,嘴里喃喃自语,她的年华将会在不知不觉中渐渐老去——这倒似乎是非常可能的。

　　托克丝小姐想起心事来,不免想到董贝先生的行踪;也许是由于少校已经回到她对面的寓所,刚才还在窗前向她躬身行礼呢。使托克丝小姐把她生命中的夏日以及用蒲公英花梗编织的链索,与董贝先生联系在一起,还能有什么别的原因呢?董贝先生的心情是否比以前快活了?托克丝小姐在想。他是否已经顺从了命运的安排?他会再婚吗?要是再婚的话,他会娶谁?他现在再婚,会娶一位什么类型的女人!

　　一阵激情涌了上来,托克丝小姐满脸通红——天气本来就热嘛,当她一面沉思,一面转过脸去,看见壁炉上的镜子里反映出她的这副模样,不觉心头一惊。当她看见一辆小马车驶进公主街,正停在她家门口时,又一阵激情涌了上来。托克丝小姐站起身来,急忙拿出剪刀,终于走到花草前面,忙着修剪起来,这时戚克太太恰好进门。

　　"我最知心的朋友好吗?"托克丝小姐张开双臂喊道。

　　托克丝小姐的知心朋友今天的做派里掺杂着几分庄严,不过她还是吻了托克丝小姐一下,并且说,"鲁克丽霞,谢谢,我很好。我希望你也一样好。嗯哼!"

　　戚克太太不时地轻咳一声,这是个预兆,是她故意想要咳一阵子嗽的良好先导。

　　"你来得真早,你对我真是太好了,我亲爱的!"托克丝小姐接着说,"噢,你用过早点了吗?"

"谢谢,鲁克丽霞,"戚克太太说,"我吃过了。今天我吃得早,"——这位好太太似乎对公主街这个观察对象很好奇,一边说着一边四下里张望——"是和我哥哥一起吃的,他已经回家了。"

"我相信他准是好一些了,我亲爱的。"托克丝小姐有点儿迟疑地说。

"他好得很多很多,谢谢。嗯哼!"

"我亲爱的路易莎,你该注意你的咳嗽呀。"托克丝小姐说。

"不要紧的,"戚克太太说,"只是天气变化的缘故。对于变化,我们必须预先要有思想准备。"

"你说的是天气变化?"托克丝小姐天真地问。

"我说的是任何变化,"戚克太太回答,"我们必须预先要有思想准备。这是一个充满变化的世界。鲁克丽霞,要是有谁企图反对或者逃避这样一个明确的事实,这会使我大吃一惊,而且将会极大地改变我对这个人判断能力的评价。变化!"戚克太太带着严肃的哲学意味喊道,"啊,天哪,你倒说说世界上有什么事情是不变的! 就说蚕宝宝吧,我敢肯定它决不会自讨苦吃去研究这类问题,可是就连它也会不断变化成种种意想不到的东西。"

"我的路易莎,"脾气温和的托克丝小姐说,"总乐意举出例子来给别人说明问题。"

"我觉得,你真好,鲁克丽霞,"戚克太太回答时,态度稍稍软化了一点点,"能这样说,能这样想。我希望你和我两个,任何一个人都永远不要有任何理由降低对另一个人的评价,鲁克丽霞。"

"对于这一点,我完全有信心。"托克丝小姐回应说。

戚克太太还以刚才那种方式咳嗽,并拿她那把遮阳伞的象牙头在地毯上画道道。托克丝小姐对她好友的脾气秉性怎么会不熟悉,知道每当她稍稍有点累了,或是遇到小小的麻烦,在心理压力下,她总喜欢用东拉西扯的办法来掩饰烦躁,这有利于使她心理得到平安,也便于她转移谈话的主题。

"请你原谅,我亲爱的路易莎,"托克丝小姐说,"我看见马车上坐着一个雄赳赳的男人身影,好像是戚克先生吧?"

"坐在车里的是他,"戚克太太说,"不用管他,让他待着吧。他带着报纸呢,足可以看上两个钟头过过瘾。你接着拾掇花儿吧,鲁克丽霞,让我坐在这儿休息休息。"

"我的路易莎知道的,"托克丝小姐说,"像我们俩这样的朋友,根本不需要拘泥于任何虚礼。我就——"托克丝小姐这就算是说完了这句话,不是用言词,而是用行动;她重新戴上刚才脱掉的手套,再一次拿起剪刀,开始在绿叶间细心又勤奋地这里修修,那里剪剪。

"弗洛伦斯也回来了,"戚克太太坐下来安静了一会儿又说,说时她把脑袋侧在一边,她那把遮阳伞在地板上乱画,"说真的,弗洛伦斯现在实在太大了,不适宜继续过她早已习惯的那种孤独寂寞的生活了。当然她不能再这样过下去了。这是个毫无疑问的事实。真的,假如有谁说出不同的意见,我是不会尊重这样的人的。不管我的愿望究竟怎么样,我决不会尊重这种人。我们没有办法把自己的感情控制到这样的程度。"

好友的意思本来是可以弄懂的,但托克丝小姐没有仔细琢磨琢磨就表示赞同。

"如果说她是个古怪的女孩儿,"戚克太太说,"如果说我的珀尔哥哥对于她交的朋友并不是非常满意,不管怎么说吧,这样不幸的事已经发生了,随之而来的是极度的失望,那么,解决的办法是什么?他得拿点劲儿出来。他必须拿点劲儿出来才行。我们的家族从来就是个干劲十足的家族。珀尔是一家之主;几乎是这个家族在世的唯一代表——因为,我算得了什么——我是无关紧要的……"

"我最亲爱的。"托克丝小姐用告诫的语气说。

戚克太太揩干一时涌出的眼泪,接着说:

"所以说,他从来也没有像现在这样,需要更加努力。不过,当我得知他努力的结果的时候,我还是吃了一惊——因为我的秉性非常软弱,脑子又笨,这决不是好事,我可以肯定;我总是希望我的心硬得像一块大理石板,或者像铺路石……"

"我亲爱的路易莎。"托克丝小姐再次用告诫的语气说。

"不过呢,能知道他如此忠实于自己、忠实于董贝这个姓氏,对于我来说,仍然是件非常高兴的事;当然啰,我从来就知道他会是这样的一个人。我只是希望,"戚克太太停了一下,又说,"她也能是一个配用这个姓氏的人。"

托克丝小姐刚把水罐里的水,往一只小小的绿色水壶里面倒,注满时她抬了一下头,当她看见戚克太太的脸上涌现出如此丰富的表情,并且正在向她传递时,这一惊真非同小可,她把小水壶暂时放在桌子上,身子就近坐了下来。

"我亲爱的路易莎,"托克丝小姐说,"听了你这些话,如果我这个最平凡不过的人,斗胆发表一些看法,不知道能不能使你感到一丁点儿的满意,我想,你可爱的侄女在各方面都已经很有长进了,是不是这样?"

"你在说什么呀,鲁克丽霞?"戚克太太说,神情愈来愈庄严起来,"亲爱的,你是指听了我的哪些话?"

"亲爱的,我是指你说的:希望她也能是一个配用这个姓氏的人。"托克丝小姐说。

"假如说,"戚克太太做出有耐心的样子,一本正经地说,"我没有把我的意思表达清楚,鲁克丽霞,这过错当然是我的。要不是因为你和我是好朋友,也许我根本就没有需要表达的理由,我非常希望,鲁克丽霞,——真心希望——不要出现任何会影响你我友谊的事。因为,我本来不是可以什么都不告诉你吗?没有理由会出现这样的事;否则就太荒谬了。不过,我还是想把我的意思表达清楚,鲁克丽霞;所以说,还是回到刚才那句话,请允许我说:这句话指的绝对不是弗洛伦斯。"

"真的!"托克丝小姐说。

"绝不是。"戚克太太的话既干脆又肯定。

"请原谅,我亲爱的,"她那脾气温顺的朋友说,"我还是没听懂。我怕是太笨了。"

戚克太太对房间四周张张,又对马路对过望望;看看花草、鸟、水壶,一切在她视野之内的东西都看了,只是不看托克丝小姐;最终她的视线终于落在托克丝小姐的身上,但一瞬间又落到地上,她扬起眉毛,眼望着地毯说:

"我说,鲁克丽霞,希望她也能是一个配用这个姓氏的人,我指的是我珀尔哥哥的第二位妻子。即使现在我说的不是他的原话,我相信,我早已说出了事实,也就是他有意要再婚。"

托克丝小姐匆忙离开她坐的地方,重新去拾掇花草;只见她用剪刀对枝枝叶叶喀嚓喀嚓地剪去,就像给穷人理发的剃头师傅决不会怜惜穷人的头发那样。

"她是否充分意识到将要授予她的身份有多么显赫,"戚克太太用傲慢的语气说,"那是另外一个问题。我希望她能够充分意识到这一点。在这个世界上,我们彼此都应该往好处想,我希望她能。事先又没有找我商量。要是找我商量,毫无疑问,他也不会虚心接受我的意见,所以说,事情像现在这样,反倒好得多。我宁愿像现在这样。"

托克丝小姐仍低着头在修剪枝叶。戚克太太不时会使劲摇摇头,她像是在对什么人挑战似的,继续滔滔不绝地说。

"如果我的珀尔哥哥找我商量,有时他是会这么做的——也可以说,有时他习惯这样做;现在他自然再也不会这样做了,我把这看成是,卸掉我的责任的机会,"戚克太太歇斯底里地说,"感谢上帝,我这个人不妒忌……"说到这里,戚克太太又一次流下了眼泪,"如果我的珀尔哥哥跑来问我说,'路易莎,你给我个建议吧,我应该去物色一位具备什么条件的妻子?'我当然会回答他,'珀尔,你一定要物色一位家世显赫、容貌美丽、品行端庄、亲友高贵的女士。'这些是我一定会用的说辞。我说完这些话,可能马上就把我送上断头台,"听戚克太太说这话的口气,似乎这是非常可能发生的事,"没关系,我还会用这些说辞。我还是要说,'世上的人们,除非是疯子,连做梦时也决不敢存有这样荒谬的想法,会跑去对你说:珀尔!你再婚时娶一个家世低微的吧!娶一个相貌难看的吧!娶一个品行不端的吧!娶一个没有高贵亲友的吧!'"

托克丝小姐剪枝的手停了下来;她的脑袋藏在花花草草里,把对方的话听个仔细。也许托克丝小姐这样想,听戚克太太的开场白,看她那热情的样子,事情还有希望,还会有转机。

"我愿意采用这种方式层层说理,"这位考虑周到的太太接着说,"因为我相信我不是个傻瓜。我没有权利被别人认作是智慧高超的人(不过倒真有一些人奇怪透了,竟说我就是这样的人;像我这样一个无人奉承的人,这种看法很快就会纠正的);不过我确信自己还不会是个十足的傻瓜。要是有人跑来对我说,"戚克太太毫不客气地以蔑视的态度说,"我的哥哥珀尔·董贝,可以考虑和一个不具备这些必要条件的人结婚——不管她是谁"——她用全篇讲话中最尖酸刻薄的语气强调这五个字——"就是对我所具有的理解力的污辱,这就好比有人对我说,我生来、长来就是一头象一样,也许接下去就有人会对我这么说了,"戚克太太宽宏大度地说,"这一点儿也不会使我吃惊。我等着呢。"

在随后的寂静时刻里,托克丝小姐的剪刀有气无力地剪了一两下,但她的脸仍遮在花草后面,看不见,她身上的晨衣在瑟瑟颤抖。戚克太太的目光穿过隔在她俩中间的花草,从旁边斜着看她,并用满不在乎的自信口气接着说,似乎她所说的都是毋庸赘言的事实:

"所以,说到再婚,我的珀尔哥哥当然做了人们期待他做的事,做了谁都能预见到他会做的事。尽管这件事是令人高兴的,不过我得承认,我乍一听时还是很吃惊;因为珀尔离开城市的时候,我根本没有料到他会在伦敦以外谈恋爱,再说他走的时候也确实没有在和谁谈恋爱呀。不管怎么说吧,随便从哪个角度看,这件事似乎都极为令人满意。我毫不怀疑,那位母亲是个最高贵、最优雅的人,我也没有权利对她今后要和他俩生活在一起的安排提出什么不同意见,那是珀尔的事,不是我的事——至于说珀尔物色的对象,我迄今只见过她的肖像,从肖像看,容貌真是美丽。她的名字也美,"戚克太太使劲摇了摇头,在椅子上坐端正了,说,"我觉得,伊迪丝这个名字既不俗气,又显得高贵。当然啰,鲁克丽霞,我一点都不怀疑,你听说婚礼很快就要举行的消息,准很高兴——你当然会高兴。"她又加强了语气,"我哥哥再婚,一定会使你感到高兴,因为他一直怀着好意非常关心你。"

托克丝小姐并没有用言语来回答,只是用颤抖的手拿起小水壶,眼睛茫茫然地向四周张望,好像在考虑哪件家具最需要浇浇水似的。正当托克丝小姐的感情陷入危机的时刻,房门开了,她突然跳了起来,放声大笑,倒在刚进门的那个人的怀里:幸亏她当时既没有觉察到戚克太太的满面怒容,也没有觉察到对面窗户里的少校正劲头十足地在用他那架双筒望远镜看好戏,靡菲斯特式的喜悦都快把他的脸和身体涨破了。

抱着托克丝小姐晕倒的身躯的就是少校的土著仆人,他的感情同戚克太太和少校都大不相同,他被吓呆了;他刚才直奔上楼只是在忠实执行少校存心不良的指示,少校让他礼貌周全地来问候托克丝小姐的健康;他来得真凑巧,正好赶上接住这位小姐柔弱的身体,他的鞋子也接住了灌在小水壶里的全部液体;他不但有这两样负担,并且明明知道那怒气冲冲的少校此时此刻正在密切注视着他,少校威胁他说,他的使命一旦失败,就会按照惯例受到惩罚,他身上每一处皮肉筋骨都要遭殃;就这样,他的身体和精神两方面都遭受痛苦,构成一幅动人的景象。

苦受折磨的外国人把托克丝小姐紧紧抱在怀里,孔武有力的动作与他脸上窘迫不堪的表情恰恰形成强烈的反差,这时,可怜的托克丝小姐手中的小水壶也把最后一些水细细地、慢慢地喷淋在土著的鞋子上,就好像把他当成一株娇嫩的外国种植物(他倒真的是从外国来的),给他精心灌溉,似乎盼望它有朝一日能够开花。戚克太太终于恢复了平静,可以进行干预了,她命令土著把托克丝小姐放在沙发上,并马上离开;那名外国人立即照办,退了出去,于是戚克太太亲自来设法把托克丝小姐弄醒。

从戚克太太的举止中,可以看出,此时她身上可没有夏娃的女儿们之间(当一方晕了过去时)通常会有的亲切关怀;也没有共济会式的神秘的姐妹情谊,她俩一向就靠这种情谊联结在一起。戚克太太倒像是一名刽子手在把受害者弄醒,目的是为了继续对他实施酷刑(这在美好的古代是司空见惯的,一切正直的人们只好永久都身穿丧服)。戚克太太拿溴盐瓶给她闻,拍打她的双手,往她脸上泼凉水,还施行了其他种种已经证明有效的治疗方法。看到托克丝小姐终于睁开了眼睛,逐渐恢复了知觉和活动能力,戚克太太立即抽身离开,就好像离开一名罪犯,并且把那位被谋杀的丹麦国王的做法颠倒过来,脸上的愤怒多于悲哀。①

---

① 见莎士比亚《哈姆莱特》第一幕第二景,被害的丹麦国王脸上的表情是:悲哀多于愤怒。

"鲁克丽霞!"戚克太太说,"我不想隐瞒我真实的感情。我的眼睛一下子睁开了。以前就算有个圣人来对我这么说,我也是不会相信的。"

"我真傻,不知怎么会昏了过去,"托克丝小姐支支吾吾地说,"我很快就会好转的。"

"你很快就会好转的,鲁克丽霞!"戚克太太以极端蔑视的口气重复道,"你以为我的眼睛是瞎的吗? 你以为我重新变成了一个不懂事的孩子? 不,鲁克丽霞! 我真得好好谢谢你!"

托克丝小姐向她的好友送去一个恳求、绝望的眼神,并拿起手帕来捂在自己的脸上。

"要是昨天有人来对我这么说,"戚克太太说这话时,威严十足,"就算是半小时以前对我这么说,我都有可能忍不住想要把他打翻在地。鲁克丽霞·托克丝,我对你一下子睁开了眼睛。天平秤,"说到这里,戚克太太眼光朝地下一落,似乎看见一台想象中的天平秤,就是一般杂货店里用的那种,"从我的眼前掉下去了。我的盲目信任已经结束了,鲁克丽霞。我的信任被人滥用、遭到玩弄,我可以肯定地告诉你,现在再用任何花言巧语,已经完全行不通了。"

"噢! 你用这样伤人的话在影射什么呀,我亲爱的?"托克丝小姐眼泪汪汪地说。

"鲁克丽霞,"戚克太太说,"问你自己的良心吧。我不得不请求你以后不要再用刚才你用的那种亲近的词语,好不好? 不管你怎么想,我还保有几分自尊心呢。"

"噢,路易莎!"托克丝小姐喊道,"你怎么能对我说这种话?"

"我怎么能对你说这种话?"戚克太太重复了一遍,当她实在说不出什么特别有劲儿的话来支持自己的时候,主要就靠重复说话来制造最具杀伤力的效果,"这种话! 你完全可以这么说,真的!"

托克丝小姐可怜巴巴地啜泣起来。

"打的好主意!"戚克太太说,"你像条毒蛇躲在我哥哥的壁炉旁取暖,并且转弯抹角地通过我,几乎骗取了他的信任,鲁克丽霞,你偷偷地对他设下圈套,竟敢妄想他可能会娶你做太太!啊,真是个好主意,"戚克太太用威风凛凛的口气讥讽说,"这主意如此地荒谬可笑,倒几乎冲淡了它的阴险奸诈。"

"求你了,路易莎,"托克丝小姐恳求道,"别再说这些可怕的事了。"

"可怕的事!"戚克太太重复道,"可怕的事! 就是刚才,即使是当着我的面,当着一个眼睛完全被你蒙骗住的人的面,你都没能控制住自己的感情,鲁克丽霞,我说的难道不是事实吗?"

"我又没有说过一句抱怨的话,"托克丝小姐啜泣道,"我什么话都没说。如果我听了你带来的消息有点儿受不了,路易莎,如果我曾经有过一些模糊的想头,以为董贝先生可能对我另眼相看的话,那么你是肯定不会来责备我的。"

"她打算说,"戚克太太对着全体家具自言自语,她的目光中糅合着无奈和求援的表情,"她打算说——我知道这件事——我还鼓励她来着呢!"

"我不想相互指责,亲爱的路易莎,"托克丝小姐一边啜泣一边说,"我也不想抱怨谁。但是,我得为我自己辩解几句……"

"对啦,"戚克太太脸上挂着预言家的微笑环顾房间四处,喊道,"我知道她打算说什么。我早就知道。你还是说出来的好。你直说了吧! 要坦白地说,鲁克丽霞·托克丝,"戚克太太以极为严峻的态度说,"不论你是个什么样的人。"

"为我自己辩解几句,"托克丝小姐结结巴巴地说,"就为了反驳你讲的那些伤人的话,我才会为自己辩解几句,我亲爱的路易莎,我只想问你一句,你不是常常对这种幻想加以鼓励的吗?你甚至还说过:这件事也许会成的,谁说得定呢?"

"任何事情都有一个度,"戚克太太说时站起身来,她不像是想要站在地板上,而像是想要飞起来,飞向她所属的高高的天庭,"超出这个度,如果还要忍耐,即使不说应该受到谴责,也该说是荒谬可笑了。我对很多事都可以忍耐,但也不会忍耐得过了度。今天我走进这所房子的时候,也不知中了什么邪,但是我有一个预感,一个不祥的预感,"戚克太太说时,打了个哆嗦,"就要出什么事儿了。难道我还不该有那凶兆吗,鲁克丽霞,当我多年的信任竟毁于一旦,当我顿时就睁开了眼睛,当我发现你露出了真面目?鲁克丽霞,我错看了你。我看,关于这个话题最好就到此为止吧,这样对我们俩都好。我希望你好,我永远会希望你好。但是,我作为一个虽然没有什么地位(地位也许有,也许没有,且不去管它)、却愿意对自己真诚的人,作为我哥哥的妹妹,作为我哥哥的妻子的小姑,作为我嫂嫂的母亲的姻亲,能不能允许我再加上一句:作为董贝家族的一个成员?我没有对你的其他祝愿了,只能说:祝你早安。"

她这些话,经过道德正确的崇高精神的磨练、敲打,说来既尖刻又文绉绉的,她一面说着就走到了房门口。她在门口像一个鬼和一尊雕像似的,侧了一下脑袋,就撤回到她的车马车厢里去,在她丈夫戚克先生的怀抱中寻求温柔的安抚和慰藉。

这样说话只是出于修辞的要求;因为戚克先生抱满怀的只有报纸。这位绅士没有用眼睛和他太太交流,只是偷偷地窥视了她一眼。他也没有用话来安慰她。总之,他只管坐着读报,一面哼唱曲调的结束部分,有时鬼鬼祟祟地对她溜一眼,但没有说一句话,无论是好话、坏话,还是无关紧要的话。

与此同时,戚克太太气鼓鼓地昂首坐着,一副傲慢的样子,她晃了晃脑袋,似乎还在重复她给鲁克丽霞·托克丝的庄严的临别赠言。最后,她总算大声说出来了,"噢,这一天她的眼睛睁得多大、多开呀!"

"为了什么事,你的眼睛睁得多大、多开呀,我亲爱的!"威克先生重复说。

"噢,不要同我说话!"威克太太说,"要是你看到我这个样子而无动于衷,都不问问我发生什么事了,那你最好还是给我闭嘴,永远不要说话。"

"究竟出了什么事,我亲爱的?"威克先生问。

"你倒想想看,"威克太太像是在独白,"她居然会怀有这么卑鄙的念头,想用和珀尔结婚的办法和我们家族攀亲!你倒想想看,她在和那已经去世的亲爱的小娃娃玩骑马的时候(当时我就不喜欢这种游戏),她可能早已心里怀着这种两面派的圈套!我真不懂,她怎么从来也不怕会遭到报应。要是什么报应都没有就得算她有造化。"

"亲爱的,我真的认为,"威克先生用报纸在鼻梁上蹭了一阵子后,慢条斯理地说,"到今天早晨为止,你自己就一直在采取和她相同的方针呢;你一直在想,如果这件事情成功,那就最方便不过了。"

威克太太立刻迸出了眼泪,她对威克先生说,如果他想用大皮靴踩她,那他就踩吧。

"不过我跟鲁克丽霞·托克丝已经绝交了,"威克太太放纵自己的感情,任意发泄了几分钟,把威克先生吓坏了,这时她接着说,"珀尔哥哥爱上了一个人,我希望并且相信她值得爱,他想要的话,完全有权利让她代替可怜的范妮的位置,这件事珀尔事先没有告诉我,这我可以忍得下去;珀尔想改变他的生活,却从来没有找我商量,等他把一切都安排妥当,决定好了,才用他那副冷冰冰的样子来通知我,这我也可以忍得下去;但是,我决不能忍受欺骗,我跟鲁克丽霞·托克丝已经绝交了。像现在这样倒更好,"戚克太太道貌岸然地说,"这样要好得多。否则的话,等我哥哥再婚以后,我得花费多少时间才能接待她而不觉得别扭呀;珀尔就要成为非常显要的人物了,女家的身份都很高贵,我怎样才能把她介绍给这些人而不使自己丢面子呢,我真的说不上来。万事万物都有天意在主宰;万事万物都向最好处行进;今天我受到了考验,但是,我并不遗憾。"

戚克太太带着这种基督教的精神,擦干眼泪,抚平下摆,像一个遭受了极大不公,又重新恢复平静的人那样,稳坐在马车里。戚克先生无疑地意识到自己的微不足道,找到机会在一处街角提前下了车,肩膀端起老高,双手插在口袋里,一路吹着口哨走开了。

被逐出上层社交圈的、可怜的托克丝小姐,即使是一个谄媚、奉承的人,也至少是个老实人,是个忠贞不渝的人,一贯对严厉指责她的那个人,怀抱着忠诚的友情,并且对那位顶呱呱的董贝先生真正佩服得五体投地——当被逐出上层社交圈的、可怜的托克丝小姐在用自己的眼泪浇花时,她感到公主街现在是冬季。

董贝父子 下

〔英〕查尔斯·狄更斯 著
薛鸿时 译

狄更斯文集
人民文学出版社

第三十章 婚礼之前

尽管这座着了魔法的房子已经非复旧时模样,工人们的闯入使它成了一个工作的世界,整日价只听见锤击、碰撞,以及沉重的脚步上下楼梯的声音,惹得第欧根尼从日出到日落时分,不断发出一阵阵狂吠,它显然以为敌人终于已经战胜了它,正在以征服者的傲慢,把房屋洗劫一空。但开始时,这种变化对弗洛伦斯的生活常规倒没有造成其他严重影响。到了晚上,工人散去,整座房子又恢复了往日的死气沉沉;弗洛伦斯听到工人们下班离去时,在大厅和楼梯上说话走动的回声,她就会给自己描绘出这样一幅图画:工人们回到各自快乐的家,孩子们正在盼着他们归来;她喜欢这样想,工人们下班时心情愉快,很乐意回家。

她迎回了她的老朋友——夜晚的寂静,不过这位老友的面貌现在改变了,它以更为亲切的态度看着她。它的脸上有新的希望。就在这里,就在她备受痛苦煎熬的房间里,那位美丽的夫人给她以安慰和爱抚,这给她的精神灌入了希望。生活前景展现出温柔的曙光,她将会渐渐地赢得父亲全部或大部的爱。在过去的黑暗日子里,随着母亲把最后的呼吸留在她脸颊上,母亲的爱消失了,现在,希望在霭霭暮色中围在她身边游动,在欢迎她这个伴侣。她瞥视着对门邻居家那几个玫瑰红脸色的孩子,她萌生出一种新的、珍贵的感觉,她想,她很快就能和这些孩子说上话,交上朋友了。以前她总怕让他们看见自己,要是让他们看见自己总是身穿黑色丧服,独自坐在屋里,那些孩子该多么为她难过呀!

当她思念她的新妈妈,当她那颗纯洁的心里充溢着对新妈妈的爱和信任的时候,弗洛伦斯对已故母亲爱得更深了。她丝毫也不担心这个人会夺去已故母亲在她心目中的感情。她知道,这朵新花的根栽得很深,那个根就是她对母爱的长久渴望。那位美丽的夫人嘴唇里吐出的每一句亲切的话语,在弗洛伦斯听来,就像是那已经长久沉寂的语音的回声。活生生的亲切温存怎么会影响她对已故者的爱和怀念呢,对她说来,这是她所能想得起的全部来自双亲的爱和温存!

一天,弗洛伦斯正在房间里坐着看书,她想起那位夫人曾答应很快就会来看她(因为她在书中读到了类似题材的故事),她抬起目光,看见自己正在思念的人正站在她的门口。

"妈妈!"弗洛伦斯喊道,看见她来了,心里非常高兴,"你终于来了!"

"现在还不是妈妈呢。"那位夫人伸出手臂搂住弗洛伦斯的脖子,庄严地微笑着回答道。

"不过,很快就会是的。"弗洛伦斯喊道。

"现在算起来很快了,弗洛伦斯,很快了。"

伊迪丝稍微低一低头,以便把自己的脸颊贴在弗洛伦斯鲜艳如花的脸颊上,就这样静静地待了一会儿。她的举止中含着一种非常温柔的情意,对此,弗洛伦斯比她俩第一次见面时感受得更加深切。

她把弗洛伦斯带到身边一张椅子旁,自己坐了下来;弗洛伦斯直视她的脸,看到了她那惊人的美丽,很乐意地让她握住自己的手。

"自从我上次到这里来以后,弗洛伦斯,你一直独自生活吗?"

"噢,是的!"弗洛伦斯微笑着,回答得很快。

她迟疑了,并且垂下了目光;因为她的新妈妈那专注的、沉思的目光正非常热切地盯在她的脸上。

"我——我——已经习惯独自生活了,"弗洛伦斯说,"我一点都不在乎。有时候第欧会整天陪伴我的。"弗洛伦斯也许该说整星期和整月才对。

"第欧是你的女仆吗,宝贝?"

"是我的狗,妈妈,"弗洛伦斯大笑起来,"苏珊才是我的女仆。"

"这些是你的房间,"伊迪丝对周围看了一下说,"上次没有领我看看你的这几个房间。应该好好布置一下,弗洛伦斯。把这里变成全家最漂亮的地方。"

"要是我能换换房间的话,妈妈,"弗洛伦斯回答,"我倒是更喜欢楼上的那一间。"

"你嫌现在住的房间不够高吗,亲爱的姑娘?"伊迪丝微笑着问道。

"楼上那一间是我弟弟的房间,"弗洛伦斯说,"我非常喜欢那一间。我回家的时候本来打算对爸爸提换房间的事的,但是发现工人们在这里干活,一切都变了;可是……"

弗洛伦斯目光垂了下来,否则的话,看见刚才她看到的那种眼神,她会讷讷地说不出话。

"……不过我怕提这个要求会惹他生气;我听你说很快就会再来,妈妈,你将作为女主人安排家里的一切事情,我决定还是鼓起勇气向你提出这个要求的好。"

伊迪丝站在那里看她,她那双光彩照人的眼睛注视着她的脸,直到弗洛伦斯抬眼看她时,这回该轮到她把目光躲开,低头看着地下。这时,弗洛伦斯感觉到这位夫人的美丽与她原先设想的有很大的不同。她原以为伊迪丝的美属于高傲到无法亲近的类型;不料她竟是如此温柔可亲,就算她的年龄、性格都和弗洛伦斯一样,也不会使弗洛伦斯对她的信赖再增添一分。

除非是,当一种不自然的、奇特的矜持袭上她的心头;她就会觉得在弗洛伦斯面前自惭形秽、局促不安(弗洛伦斯不能不注意到这一点,并引起思索,尽管她并不理解其中的含义)。当她说自己现在还不是弗洛伦斯的妈妈时,当弗洛伦斯称她是安排家里一切事情的女主人时,她的上述情绪变化既迅速又明显;现在,当弗洛伦斯的目光落在她的脸上时,她坐在那里,似乎觉得,与其做一个凭借婚姻造就的亲近关系,有权爱她、关心她的人,倒不如缩成一小点,不让她看见更好。

她痛痛快快地答应弗洛伦斯换房间的要求,说是她会亲自下令给她换的。接着她问了几个关于可怜的珀尔的问题;她俩坐在一起交谈了相当长的时间以后,她告诉弗洛伦斯:她这次来是要把她带到自己的家里去。

"我母亲和我现在已经回伦敦来了,"伊迪丝说,"我结婚之前,你要和我们待在一起。我希望我们俩能彼此理解和信任,弗洛伦斯。"

"你对我真好,"弗洛伦斯说,"亲爱的妈妈。我对你无限感激!"

"让我现在来告诉你,因为现在可能就是最佳时机,"伊迪丝看看周围确实没有别的人,便压低声音说,"等我结婚以后,要到外地去几个星期,如果你回这儿来好好待在家里,我会放心得多。不管谁邀请你到别处去住,你都不要去,你一定要回到这里来。你在家独处,也好于……我只能说,"她自己斟酌一下又说,"我知道得很清楚,你最好还是待在家里,亲爱的弗洛伦斯。"

"我一定当天就回家,妈妈。"

"一定要这么办。我相信你答应的这句话。好啦,准备一下跟我走吧,亲爱的姑娘。我在楼下等你,你收拾好了就下楼来找我。"

　　伊迪丝一边沉思,一边踏着缓慢的脚步独自走过这座大厦,不久以后她将要成为这里的女主人:新装修过的大厦开始处处显示出优美和豪华,但是她并不留意。她行进在宏伟雅致的会客室和厅堂里,她的眼睛、嘴唇所表现出的,仍是像那天她在绿树荫下内心挣扎、拼命发泄时的同一种不羁的骄傲,同一种轻蔑的嘲讽,同一种令人不敢直视的美丽,只是由于她意识到自己没有价值,意识到周围的一切都没有价值,才锋芒稍杀。装饰在墙上、地板上的假玫瑰,周围布满荆棘,仿佛扎进了她的胸膛;每一叶金片都发出耀眼的光芒,在她看来,那是她的可恨的卖身钱碎片在闪亮;镜子又高又大,照见了她的全身,一位还保持着高贵本性的女人,但未能忠贞不渝地坚守自己良好的品质,已经误入歧途,堕落了,无法自救了。她相信,这一切,在众目睽睽之下,或多或少,都已昭然若揭,她除了用骄傲的外表以保持一分自信之外,已一无凭借一无力量了,骄傲日日夜夜在折磨着她的心,但她就凭借这份骄傲才得以忍受和蔑视自己的命运,并与命运搏斗到底。

　　弗洛伦斯只是一个天真无邪的女孩,她的长处唯有她的诚挚以及对于淳朴真理的信念,然而,难道她对伊迪丝竟会产生如此深刻的影响,在她身边,伊迪丝就会像换了个人似的吗?难道她能使伊迪丝那压抑到濒临爆发的激情变得柔和,能使她那高傲得以舒缓吗?此刻在马车里,伊迪丝双臂合抱着坐在弗洛伦斯身旁,当弗洛伦斯向她企求爱和信任时,难道不是她把姑娘美丽的头颅抱在怀中,并甘愿用自己的生命来保护她,使她不受委屈和伤害吗?

　　噢,伊迪丝!在这个时刻,你真的还不如去死!这样做也许要好得多,幸运得多,去死吧,伊迪丝,也比一直活到老要好!

　　斯丘顿夫人阁下对什么事情都想到了,但决不想这类感伤的事——因为她就像生活在各个历史时代的诸多名门贵胄一样,她决不正视死亡,在她眼里,死亡是一个想把人们的地位拉平的下流的暴发户,对它,连提都不值得提——她已从一位体面的亲戚(菲尼克斯家族的一支)那里借到了一座位于格罗夫纳广场布鲁克街的房子,用作举行婚礼的场所,这位亲戚目前不在伦敦,不反对把房子借给她,表现得慷慨大方,因为这样一来,就不必再借钱给她们,也不必再给她们送礼了。维护家族的声誉最要紧,婚礼必须办得隆重好看,玛丽勒庞教区住着一名商人,专门向贵族和绅士顾客出租各种用品,小到一个盘子,大到一大群男仆,斯丘顿夫人就是靠他帮忙,给这座豪宅迅速雇来一位满头银丝的男总管(就因为他具有古代名门望族家臣的相貌,还得额外给他加钱),两位身材特高、穿着制服的年轻仆从,还有一批经过精选的厨工;于是楼下仆人圈里就传开了一种说法,说威瑟斯一下子就卸掉了许多家务活,推轮椅的事也免除了(因为它不适合大都市的生活节奏),人们有好几次看见他在给自己揉眼睛、捏手脚,似乎他错以为自己是在利明顿牛奶店里睡过了头①,现在还在美妙无比的黑甜乡里呢。婚礼所需一应物品如盘子、瓷器之类都经由同一方便来源,送进了同一宅邸,另外还有些东西,包括一辆外观精美的马车和一对枣红马。斯丘顿夫人采取克娄巴特拉姿势,身体靠在大沙发的靠垫上,指挥若定地在处理朝政。

当她的女儿带着被保护人走进房间时,斯丘顿夫人说,"啊,我可爱的弗洛伦斯好吗?你一定要过来吻吻我,弗洛伦斯,只要你愿意,我的宝贝。"

弗洛伦斯小心翼翼地俯下身去,想在老夫人脸上找到小小一

---

① 这里狄更斯用的是美国作家欧文(Washington Irving)创作的瑞普·凡·温克尔一睡二十年的典故。

角没涂上化妆品的空白处,幸亏老夫人把耳朵给了她,才解决了她的难题。

"伊迪丝,我亲爱的,"斯丘顿夫人说,"真的,我……让我最可爱的弗洛伦斯在明亮处多待一小会儿。"

弗洛伦斯红着脸怪不好意思地照办了。

"你不记得了吗,最亲爱的伊迪丝,"她母亲说,"你和我们最最宝贵的弗洛伦斯差不多大、也许还小几岁的时候长什么样儿?"

"我早就忘记了,妈妈。"

"说真的,我亲爱的,"斯丘顿夫人说,"我确实看出来了,那个时候的你,和我们这位极富魅力的年轻朋友简直像极了。这说明,"斯丘顿夫人压低声音说出她的意见,也就是弗洛伦斯身上的美质还远远未经雕琢呢,"精雕细琢会起作用。"

"是这样,真的。"伊迪丝态度严峻地回答。

她的母亲用尖锐的目光盯住她看了一会儿,掂量一下,觉得自己的处境很不安全,便扯开话题:

"我可爱的弗洛伦斯,你一定要再吻我一次,要是你愿意,我的爱。"

弗洛伦斯当然依从了她,又一次把嘴唇贴在斯丘顿夫人的耳朵上。

"我亲爱的宝贝,你一定已经听说了,"斯丘顿夫人握住她的手不放,"你的爸爸,我们大家都很景仰和热爱的人,下个星期的今天,就要和我最亲爱的伊迪丝结婚了。"

"我只知道很快了,"弗洛伦斯回答,"但是还不知道准确日期。"

"伊迪丝,我的宝贝,"她母亲以愉快的声音问,"你还没有告诉弗洛伦斯,这可能吗?"

"我为什么要告诉弗洛伦斯?"她说得如此突兀,口气如此严厉,弗洛伦斯简直无法相信这话出于同一个伊迪丝之口。

斯丘顿夫人对弗洛伦斯说(她为安全起见,再一次把话扯开),她爸爸就要来和她们一起吃饭了,如果看见女儿在这里,一定会是一副喜出望外的样子,让人看着都觉得舒服;昨天晚上他谈到了城里衣着的事,但对伊迪丝的计划还一无所知,据斯丘顿夫人预料,把这个计划付诸实施,会让他欣喜若狂的。她的这些话,却害得弗洛伦斯心事重重起来;吃饭的时间临近时,她感到极其苦恼,要是她能找个借口回家,而在作解释时可以不涉及她父亲,那她宁愿头上不戴帽子、独自一人跑得上气不接下气,赶回家去,也不愿意冒着会见父亲、惹他生气的危险。

吃饭的时间越来越近,她紧张得几乎喘不过气来。她连窗口都不敢去,怕自己会被走在街上的父亲看见。她也不敢躲到楼上去掩藏自己的情绪,担心会刚一跨出房门,就和父亲意外地撞见;除了担心这些以外,她还感觉:如果她被召唤到父亲面前,她就永远回不来啦。她怀着矛盾、恐惧的心情,坐在克娄巴特拉的长沙发旁,尽量使自己听懂并回应老夫人单调贫乏的言词,直到听见父亲上楼来的脚步声。

"现在我听见了!"弗洛伦斯喊道,她吓得跳了起来,"他正在走来!"

克娄巴特拉精神上还很年轻,常常爱干些淘气的事,她这个自我中心的人,也不肯劳神想想,女儿为什么会对爸爸怕成这样,她把弗洛伦斯推到长沙发后面,还扔过一条长方披巾把她盖住,准备给董贝先生一个大大的惊喜。这一切顷刻间就完成了,弗洛伦斯很快就听到房间里响起父亲可怕的脚步声。

他向未来的岳母行礼,又向未来的新娘行礼。他冷淡的说话声吓得他女儿全身颤抖。

"我亲爱的董贝,"克娄巴特拉说,"请你到我身边来,告诉我,你那漂亮的弗洛伦斯最近好不好。"

"弗洛伦斯很好。"董贝先生说时向长沙发走来。

"她在家吗?"

"在家。"董贝先生说。

"我亲爱的董贝,"克娄巴特拉带着她那迷人的活力说,"你敢不敢肯定你没在欺骗我?我不知道我最亲爱的伊迪丝对我就要发布的声明会说什么,但是,我以我的荣誉起誓,我要说:恐怕你是世上最会撒谎的人,我亲爱的董贝。"

即使他确实是这样的人;即使他在撒下空前未有的弥天大谎时被人当场揭穿;但是,当他看到斯丘顿夫人一把扯掉披巾、脸色苍白浑身颤抖的弗洛伦斯像个幽灵站起身来时,他也不会比这更加尴尬了。他还没来得及回过神儿来,弗洛伦斯就奔到他身边,伸出双手搂住他的脖子,在他脸上亲了一下,就赶快走出了房间。他朝周围看看,像是要找个什么人商量商量,但伊迪丝立刻就追随弗洛伦斯而去。

"好了,坦白承认吧,我亲爱的董贝,"斯丘顿夫人说时伸出手去给他吻,"你一辈子从来不曾比刚才更加感到意外和高兴吧。"

"我从来不曾比刚才更加感到意外。"董贝先生说。

"不是高兴吗,我最亲爱的董贝?"斯丘顿夫人说时举起了手中的扇子。

"我……是的,我在这里看见弗洛伦斯感到非常高兴,"董贝先生说。他似乎对这件事认真思考了片刻,接着又以更加肯定的口吻说,"是的,我在这里看见弗洛伦斯真的感到非常高兴。"

"你一定觉得奇怪,她怎么会来到这里?"斯丘顿夫人说,"是不是?"

"也许是伊迪丝……"董贝先生猜想。

"啊!好狡猾,让你猜对了!"克娄巴特拉摇晃着脑袋说,"啊!

绝顶聪明的人！我本来不该说这样的话；你们男人啊，我亲爱的董贝，虚荣心太重，总爱因为女人软弱而贬低她们；但是，你理解我那坦白的心灵——非常理解；立刻。"

她最后两个字是说给两个身材极高的年轻人之一听的，他走来请主人们前去用餐。

"我亲爱的董贝，伊迪丝呢，"她压低声音继续说，"当你不在她身边的时候——就像我所说，她不能盼着你总是在她身边——她总想有一个属于你的人，或者物，能和她接近。啊，那是最自然不过的事！她就怀着这样的心情，谁也挡不住她今天驱车去把我们的宝贝弗洛伦斯接来了。好啊，这是件多么让人高兴的事！"

看样子她正在等待对方的反应，于是董贝先生回答道，"确实高兴。"

"祝福你，我亲爱的董贝，因为这是真心的凭证！"克娄巴特拉喊道，并使劲握住他的手，"不过我变得过于严肃了吧！像个天使似的领我下楼去吧，看他们晚饭时想给我们吃些什么。祝福你，亲爱的董贝！"

完成了最后的祝福，克娄巴特拉从大沙发上蹦下来，动作还相当轻快，董贝先生挽住她的手臂，礼貌十足地搀扶她下了楼。当他俩进入餐厅，雇来的那个身材极高的年轻人正把舌头抵住面颊，在和另一个雇来的身材极高的年轻人逗乐取笑，因此发音器官受阻，没能喊出该喊的那句致敬的话。

弗洛伦斯和伊迪丝早就到了，两人挨着坐在一起。看见她父亲走进餐厅，她本来准备站起来给他让座，但是伊迪丝公然用手压住她的手臂不让她站起来，于是董贝先生就在圆桌的对面一头坐下了。

席间的谈话全靠斯丘顿夫人一个人在支撑。弗洛伦斯连目光都没敢抬一抬，就怕一旦抬起来就遮不住她那泪痕，至于开口说话,那就更不敢了。伊迪丝除了回答过一个问题外,没有说过一个字。为了得到那已经近在咫尺的产业,克娄巴特拉确实干得很卖力;这份产业也确实极为丰厚,足以成为给她的酬赏!

"你的准备工作总算接近完成了吧,我亲爱的董贝?"当餐后甜食上了桌,满头银丝的管家离开后,克娄巴特拉说,"就连法律准备也完成了吧?"

"是的,夫人,"董贝先生回答,"法律专家通知我说,结婚证书已经准备好了,正如我已经对你说过的那样,只要请伊迪丝提出一个建议,准备什么时候签订就行了。"

伊迪丝像一尊美丽的雕像那样端坐不动;像雕像般冰冷,雕像般安谧,雕像般漠然无语。

"我最亲爱的宝贝,"克娄巴特拉说,"你听见董贝先生说的话了吗?啊,我亲爱的董贝!"她身子向那位绅士靠近些,"她在婚期临近的时候,那副出神的样子,倒使我回想起当年的情景,她的爸爸,那最可爱的男人,就处在你的地位!"

"我什么建议也没有。你喜欢什么时候就什么时候。"伊迪丝说这话的时候,几乎没有看一眼桌子对面的董贝先生。

"明天行吗?"董贝先生提出建议。

"请你决定。"

"那么就后天,"董贝先生说,"这样是否更便于你去办好约定的事?"

"我没有约定要办什么事。我永远听你调遣。你可以随意决定。"

"还说没有约定,我亲爱的伊迪丝!"她母亲责备道,"你整天都忙得不可开交,你和各行各业商人的约定有一千零一个之多呢!"

"那是你和他们的约定,"伊迪丝说时向她转过脸去,她的眉毛微微皱缩了一下,"你和董贝先生,你们去安排好了。"

"说得很对,我亲爱的,你考虑得很周到!"克娄巴特拉说,"我的宝贝弗洛伦斯,你真的还要过来再吻我一次,如果你愿意的话,我亲爱的!"

真是奇妙的巧合,几乎每当伊迪丝加入对话时,克娄巴特拉总会迸发出一阵对弗洛伦斯的热烈关爱来把它扯开,尽管伊迪丝只说了片言只语!弗洛伦斯活这么大也从来没有被人拥抱过这么多次,或许也从来没有(在本人不知不觉中)具有如此巨大的利用价值。

在董贝先生内心深处,对他美丽的未婚妻的表现倒并无丝毫不满。他有充分的理由赞同伊迪丝高傲、冷漠的举止,因为他的举止同样高傲、冷漠,其中不无惺惺相惜之意。想到伊迪丝事事听命于他,唯他的意愿是从,心里实在受用。他在心里描绘出这样一幅图画:这位高贵而骄傲的女子做了他家的女主人,仿照他的行为举止来招待宾客,把宾客们都镇住了;这么想,心里实在受用。在他们这对夫妇的掌握下,董贝父子商行的尊严和名声,一定会得到维护并加以提升。

当餐厅里只剩下董贝先生独自在沉思自己的过去、未来时,他就是这样想的。房间里弥漫着俭啬、阴郁的气息,房间呈深褐色,墙上挂过画的地方留下黑黑的印记就像丧徽似的把墙壁污染了,二十四把椅子身上钉着和二十四口棺材身上钉着的同样多的钉子,它们像一群哑巴似的伺候在土耳其地毯的边上;餐具柜上放着两架蜡烛台,形状是两名黑人在精疲力竭地举起两座已经凋败的、有分岔的树枝,房间里弥漫着霉烂的气息,就像一万顿饭食烂掉后都埋在地下的雕花石棺里面了。这一切,在董贝先生的感觉里,并不觉得有什么不合适的。这座宅邸的主人大多时间都生活在国外,英格兰的气息对于菲尼克斯家族的一员并不长期适宜。于是这里的房间逐渐变得具有越来越浓重的哀悼主人的气息,变到后来就完全像在办丧事似的,万事俱备,屋里只缺一具尸体,有了它就十全十美了。

且不说董贝先生那做派,就说他那挺直了不打弯的身体,屋里缺的那具尸体暂且由他来代替,倒也不坏。董贝先生低头望着餐桌,那张桃花心木大餐桌就像是有冰冷深渊的死海,水果盘、细颈水瓶就像抛锚停泊的船,他心中思考的对象逐一升上海面,又一个一个地再沉下去。伊迪丝的眉目、身材都透出她无比华贵的神采;弗洛伦斯走进来,紧紧靠着她,女儿怯生生地转过脸来朝父亲看,那神情恰似她刚才离开餐厅时的样子;伊迪丝的眼睛始终盯在她身上,伊迪丝伸出手来护着她。接着亮光中出现一把低低的扶手椅,椅子上坐着个眼睛亮晶晶的小男孩,他那张娃娃脸上显出一副老人相,正用好奇的目光盯着他看,就像当年夜间在闪烁的壁炉火光前的模样。又是弗洛伦斯向那孩子靠近,吸引了他的全部注意力。弗洛伦斯呀弗洛伦斯,难道你是父亲命中注定的麻烦和失望?是他的阻碍和对头?也许在他求爱成功、春风得意之际,他本可以对自己的亲生女儿屈尊俯就,不再对她疏远?或者是对他的一种暗示,在他建立新的家庭关系之际,至少应该在大面儿上对这个亲生女儿表示关心?只有他知道得最清楚。也许至多是漠不关心罢了;因为在他心中,婚礼佳宾、教堂婚礼圣坛、许多雄心勃勃的景象(那景象处处都有弗洛伦斯投下的污渍,怎么老是弗洛伦斯?)迅速出现,一片混沌,他站起身来往楼上走去,好逃避这种景象。

等到仆人送上蜡烛时,夜已深了;因为斯丘顿夫人抱怨说,蜡烛这阵子使她头疼。与此同时,弗洛伦斯和斯丘顿夫人在一起聊天(克娄巴特拉非常热心地要让她靠近自己身边),或者弗洛伦斯轻轻地弹钢琴,让斯丘顿夫人心里喜欢。别忘了还该提一提,当天夜里,那位热情洋溢的老夫人,还要求姑娘再吻她一次,这种事凑巧总发生在伊迪丝说出什么话以后。不过,这种情况很少会出现,因为伊迪丝整个夜里都独自坐在一扇打开的窗户前(尽管她母亲担心她会着凉),一直坐到董贝先生告辞的时候。他和弗洛伦斯离别时,态度安详,彬彬有礼。弗洛伦斯回到伊迪丝房间里睡觉的时候,心里真高兴,而且充满希望,回想起不久前的自己,好像那是另一个可怜的被弃的女孩,她同情那女孩的不幸;就这样,她怀着对别人的同情,啜泣着进入梦乡。

这个星期的时间过得快。乘坐马车去了妇女服饰商店、裁缝店、珠宝首饰店、律师事务所、鲜花店、糕点铺等等地方;每去一处,总有弗洛伦斯陪着。弗洛伦斯要参加婚礼。弗洛伦斯要除下丧服,改穿一身极其漂亮的衣服出席典礼。妇女服饰商店老板是个法国女人,长相和斯丘顿夫人十分相像,她对这套服装的设计思想,是要体现出纯洁和高雅,让斯丘顿夫人喜欢得说,这样的服装她也想要一套。法国女老板说,这样一套服装穿在老夫人身上,准会使她成为人人羡慕的对象,全世界的人都要以为她是这位年轻小姐的姐姐呢。

这个星期的时间过得更加快了。伊迪丝什么也不看,什么也不在意。她的那些富丽堂皇的服装送到家里,要她穿上试试,斯丘顿夫人和法国女老板一边看一边大声称赞,但伊迪丝直到把新衣服脱下来也没有说一个字。每一天的活动计划都是斯丘顿夫人制订并执行的。有时候她们出去买东西,伊迪丝连马车都不下,就坐在马车里等;有时候绝对有必要让她下车,她这才不得不走进店铺。无论干什么事,斯丘顿夫人始终是操办一切的总指挥;而伊迪丝却像是毫无兴趣,总是袖手旁观,明显地表现冷淡,似乎事情与她无关。也许弗洛伦斯会以为伊迪丝生性高傲,对什么都感觉厌倦,然而,伊迪丝对待她却从来不这样。因此,每当她心里产生怀疑时,就代之以感激,就这样她心里很快就不再有怀疑,而只有感激。

这个星期的时间过得更加、更加快了。简直像长着翅膀在飞。一星期的最后那个晚上,也就是举行婚礼的前夕,终于来到。斯丘顿夫人、伊迪丝和董贝先生待在那个没有照明的房间里(原因是斯丘顿夫人的脑袋疼还不见好,但是她盼着明天就能一劳永逸地把这病彻底治愈)。伊迪丝坐在那扇打开的窗户前,望着窗外的大街;董贝先生和克娄巴特拉坐在沙发上小声谈话。时间越来越晚,弗洛伦斯感到困倦,已经上床睡觉了。

"我亲爱的董贝,"克娄巴特拉说,"明天你就要把我最可爱的伊迪丝从我身边夺走,那么把弗洛伦斯给我留下吧。"

董贝先生说,他很乐意这么做。

"当你们俩在巴黎的时候,让她在这里陪在我身边,我就可以这样想:在她这个年龄,我能帮助她,对她心理的成长会起到积极的作用,我亲爱的董贝,"克娄巴特拉说,"这对我即将落入的糟糕的处境,是一剂最好的补药。"

伊迪丝突然回过头来。她对什么都懒得管的样子,顷刻之间就换成了最热烈的关注,尽管房间里光线太暗,无法看见,但她密切注意他俩交谈的每一句话。

董贝先生说,能把弗洛伦斯留给一位这么优秀的导师来指引,当然很开心。

"我亲爱的董贝,"克娄巴特拉说,"听到你的好评,我真得说一千个谢谢。我曾经担心,你们这一走是有不良预谋的,就像那些可怕的律师所说的讨厌话——判处我受彻底孤独的惩罚。"

"为什么要让我受这么大的冤枉呢,亲爱的夫人?"董贝先生说。

"因为我那可爱的弗洛伦斯十分肯定地对我说,明天她就必须回家,"克娄巴特拉说,"这样我就开始害怕起来,我最亲爱的董贝,怕你是个十足的帕夏①。"

"我向你保证,夫人!"董贝先生说,"我从不向弗洛伦斯下命令;即使要下,也没有您的希望这么有分量。"

"我亲爱的董贝,"克娄巴特拉回答,"你真是个会甜言蜜语的朝臣!不过我可不愿这么说你;因为朝臣们都狠心,而你的整个可爱的生命和性格里,都弥漫着你的好心。你真的这么早就要走了吗,我亲爱的董贝?"

噢,真的!时间晚了,董贝先生恐怕他真该走了。

"这是真事,还是梦幻!"克娄巴特拉口齿含糊不清地说,"叫我怎么能相信,我最亲爱的董贝,你明天早晨就要回到这里来,把我可爱的伴侣、我的亲人伊迪丝夺去!"

董贝先生平日行事,习惯于用词的准确,他提醒斯丘顿夫人说,他们先要在教堂相会。

"把自己的孩子,"斯丘顿夫人说,"托付给人,即使是托付给你,我亲爱的董贝,那是最令人难以忍受的一种痛苦;又碰上我这天生柔弱的身体,再加上做早点的那位糕点师又特别笨,我这可怜的身体实在有点吃不消了。不过了,我亲爱的董贝,我相信自己明天早晨就会见好;不用害怕我会顶不住,不用为我担心。上天保佑你!我最亲爱的伊迪丝!"她故意调皮地喊道,"有人可是要走了,心肝。"

伊迪丝对他俩的交谈本来已经失去兴趣,并转过脸去重新看着窗外,这时她从坐着的地方站起身来,但是并没有朝他走去,也没有说话。董贝先生以一种符合他的尊严,符合这个场合要求的高尚的骑士风度,蹬着嘎嘎响的皮靴走到她身边,拿起她的手,送到自己的嘴唇前,他说,"明天早晨我就将有幸把这只手称作董贝

---

① 帕夏,土耳其奥斯曼帝国君主,借喻傲慢、专断的人。

太太的手了。"接着,态度庄严地向她鞠了一躬,就走出了房间。

房门刚在董贝先生身后关上,斯丘顿夫人就立即下令拿蜡烛进来。她的女仆拿来了蜡烛,和那套适合年轻人穿的服装,她准备明天穿上它,以哄骗世人。这套衣服和同类衣服一样,都有残酷报复的性能,她穿上它比穿上油腻腻的法兰绒睡袍更显得衰老不堪和形象吓人。但是斯丘顿夫人还是试穿了,并装出一副满意的样子,当她想到这将会把少校招得为她疯狂时,她还对着穿衣镜里那死尸般的身躯得意地笑呢。她让女仆把衣服拿走,服侍她睡觉,她的身体就散了架,好似一座用有画的扑克牌搭成的房屋。

这一切发生时,伊迪丝继续留在黑暗的窗口,眼望着街道。等到房间里只剩下她们母女二人时,她才当晚第一次从窗口离开,来到她母亲面前。母亲的身体颤颤巍巍,呵欠连连,脾气乖戾,抬起眼来盯住她骄傲挺拔的女儿,女儿的眼里冒着怒火正俯视着她,母亲的目光中有一种羞惭的神情,这不是用轻浮的态度或发发脾气所能掩盖得了的。

"我累得要死,"她说,"对你一小会儿都放心不下。你比个小孩还要难缠。小孩!哪个小孩有像你这样固执,这样不听话的。"

"听我说,妈妈,"伊迪丝不屑答理这些无聊的话,"在我回来以前,你必须一个人在这儿待着。"

"必须一个人在这儿待着,伊迪丝,直到你回来!"她母亲重复了一遍。

"否则的话,我就要以上帝的名义起誓(我呼唤上帝明天来见证我如此虚伪、如此可耻的行为):我将在教堂里拒绝和那个人结婚。要是我做不到的话,就让我倒毙在铺路石板上!"

母亲反应很灵敏,目光中显出了惊恐,当她看到女儿的目光后,那惊恐并未稍减。

"我们自己落到现在这种状况,"伊迪丝口气坚定地说,"已经够啦。我不会让年轻真诚的心受到不良影响,堕落到像我一样的地步。我不会让纯洁坦白的天性受毒害、遭腐蚀、走邪路,供百无聊赖的母亲们消愁解闷。你懂我的意思。弗洛伦斯必须回家。"

"你是个白痴,伊迪丝,"她母亲愤怒地喊了起来,"在她结婚、嫁走之前,难道你还能指望在那个家里能过上和睦安乐的日子吗?"

"问问我,或者问问你自己,我有没有期待在那个家里能过上和睦安乐的日子,"她的女儿说,"那答案,你自己清楚。"

"我受了这么多苦,付出这么多心力,眼看你就要由于我的付出,过上独立的生活了,"她母亲由于情绪激动几乎要尖叫起来,她那麻痹不灵的头像树叶似的瑟瑟发抖,"难道你今天晚上要对我说,我身上有一种腐朽的东西,会传染给别人,因而不适合和少女做伴吗?请你告诉我,你是个什么样的人?你是个什么样的人?"

"我坐在窗口的时候,当有个模模糊糊和我有些相似的女人在窗外走过,"伊迪丝手指着窗外说,她脸色苍白如死灰,"我曾不止一次地问过自己这个问题;上帝知道,我得到了答案。噢,妈妈,妈妈,如果你允许我保持天然本心,在我还是个女孩——比弗洛伦斯还小的女孩——的时候,我可能会成为一个完全不同的人!"

她的母亲意识到,任凭怎样发脾气,此时此刻都将无济于事,所以也就忍住不发了,她抽抽噎噎地悲叹道,她活得太长了,就连自己唯一的孩子都不要她了,在眼下这个邪恶时代,孩子们都忘记了自己对父母应尽的责任,她听到了女儿逆情悖理的奚落,她不想活了。

"如果要这样不断吵吵嚷嚷地活着,"她诉怨说,"我可以肯定地说,我还不如想办法结束自己的生命为好。噢!一想到你是我的女儿,伊迪丝,竟会用这种口吻对我说话!"

"妈妈,"伊迪丝充满哀怨地说,"我们之间互相埋怨、指责的时期,已经结束了。"

"那你为什么又挑起争端呢?"那位母亲抽抽噎噎地说,"你明明知道你是在用最最残酷的方式伤害我。你明明知道我对残酷的行为有多么敏感。尤其是在我有这么多事情需要操心的时候,而我又天生是个想表现得尽善尽美的人!你让我吃惊,伊迪丝。在你结婚的前一夜,要来吓唬你的母亲!"

在她啜泣和揉眼睛的时候,伊迪丝的目光仍像刚才一样俯视着她;仍以虽然低但却坚定的声音说话,从她开始说话以来,她的语声既未提高也未降低,"我说过了,弗洛伦斯必须回家。"

"让她走!"她母亲立刻用痛苦和受惊吓的声音喊道,"我敢肯定,我乐意让她走。这个女孩和我有什么相干?"

"她对我来说,却很重要,谁要是向她传播像在我心里播下的那种罪恶,让她受害,哪怕只有一小点点,妈妈,我也要和你断绝关系,正如我(只要你给我个理由)明天在教堂里会和他决裂一样,"伊迪丝回答,"不要去打扰她。只要我有力量干预,我决不容许她被我受到的那种教育所误导和败坏。在这个悲惨的夜晚,这不是个苛刻的条件。"

"要是你以温顺的态度提出来商量,伊迪丝,"她母亲拉长声音发出悲鸣,"也许就不会,很可能就不会有问题。不过你用了如此极端的伤人的语言……"

"我和你之间一切都过去了,一切都结束了,"伊迪丝说,"按你自己的方式生活吧,妈妈;按你的意愿分享你已得到的东西吧;尽情挥霍、享受吧;你想怎样取乐就怎样取乐吧。我们生活的目标已经达到了。从此,让我们悄悄地消磨它吧。从现在起,对我们的过去,我将一字不提。我饶恕你在明天的坏事中所扮演的角色。愿上帝也能饶恕我自己的所作所为!"

她说话的声音一点也不激动,也没有事先的构想,她向母亲道过晚安后,就回自己的房间去了,她前进的脚步制服了一切温柔的感情。

但是她没有上床睡觉;因为当她独处时,心情缭乱无法平息。她在准备好明天用的那些金碧辉煌的服装首饰中间来回踱步,来回踱步,来回踱步,踱了五百回。满头乌发向下流泻,黑眼睛里闪烁着怒火,雪白丰满的胸脯也被她无情的手抓红了,好像是想把它丢弃,她来回踱步时把头转向一边,似乎不想再看见自己美丽的身躯,企图不再与这个绝色女子做伴。就这样,伊迪丝·格兰杰在深夜里,在她做新娘的前一夜,与自己那颗无法平静的心激烈搏斗,没有眼泪,没有友伴,沉默不语,并不诉怨,仍然自尊。

最后她碰了一下弗洛伦斯卧室的门,那门没有关上。

她吃了一惊,站住了,朝里面看。

一支蜡烛还点燃着,照见熟睡中的弗洛伦斯,像花儿一样天真,纯洁,美丽。伊迪丝屏住呼吸,觉得她身不由己地被吸引到弗洛伦斯的身边。

近了,近了,更近了。最后,她已和弗洛伦斯的身体非常靠近,她蹲下来,把自己的嘴唇贴在姑娘垂在卧床旁边的那只温柔的手上,并把它轻轻地贴住自己的脖子。这一接触恰似古代先知的杖击打磐石①。她跪下时,泪水直涌出来,她把自己那颗疼痛的头颅和流泉般的秀发倚靠在姑娘手边的枕头上。

伊迪丝·格兰杰就这样度过了她做新娘的前一夜。婚礼举行的那天,清晨的太阳照见的她,就是这副模样。

---

① 见《圣经·旧约·出埃及记》第17章第5至7节。大意是:摩西率领以色列人出埃及,途中人民没有水喝,与他争闹。这时,耶和华让摩西用杖击打磐石,就有丰富的水流出来了。

第三十一章　婚　礼

　　黎明哆哆嗦嗦地偷偷溜到了教堂,它那张毫无激情的、发呆的脸,从窗户外往里窥视,小珀尔和他母亲的遗骸就躺在这座教堂的底下。那里阴冷、黑暗。黑夜,阴沉沉黑黝黝,还蛰伏在铺路石上,蹲坐在教堂建筑的每一处偏僻角落里。时间之潮有规律地不息地卷起,它冲激着永恒的岸沿,泛起无数涟漪,那教堂尖塔上的钟,高踞在众多房屋的顶端,就像是时间之潮涌出的另一个波澜。你看它颜色灰暗,就像一座石头灯塔,记录着海潮的涨落。但是在教堂门内,黎明起初只能窥视着黑夜,看到它仍然蛰伏在那里。

　　黎明踩着虚弱无力的脚步在教堂周围徘徊,它向里张望,发出悲叹,并为自己统治的时间太短而哭泣。泪水流在窗玻璃上,教堂围墙边上的树低下头,绞动它们许多只手臂,表示同情。黑夜看见了,脸色变得苍白,逐渐从教堂里退了出来,但它仍徘徊在地窖里,坐在棺材上。现在白昼来了,把教堂尖塔上的钟打磨得锃光发亮,把尖顶染红,把黎明的眼泪擦干,让它不再抱怨。受惊的黎明,追逐着黑夜,把它赶出最后一处藏身之所;黎明自己也蜷缩到地窖里去,满脸惊恐地和死尸为邻,直等到黑夜恢复了精神,重新降临,再把黎明驱赶出去。

　　教堂里的那一群小耗子,平时用它们小小的牙齿啃祈祷书,啃得比祈祷书的主人更起劲,它们对祈祷跪垫的磨损,比跪在上面祈祷的人们的膝盖更厉害。这会儿,听到教堂门刺耳的撞击声,吓得它们赶紧躲进耗子洞里去,大家把身子挤在一起,不让人们看到它们亮亮的眼睛。因为今天,教区执事,这个有权力的人,领着教堂司事,很早就上教堂来了。个子瘦小、不断哮喘的教堂领座员米夫太太,是个衣着很寒酸、干瘪得厉害的老妇人,全身上下没有一寸长肉的地方,这会儿也来了,由于职责所在,她站在教堂门口恭候教区执事大人已有半个小时之久。

米夫太太一脸难说话的样子,戴一顶苦行僧的帽子,打心眼儿里渴望着能拿到六便士和一先令的赏钱。她常向过路人点头、招手示意,想招呼他们到教堂里来,这么做使米夫太太带上一丝神秘的气息;她的目光中总有替你留着个好座位的含义,因为她知道哪个座位更软,坐起来更舒服,但没把握的是不知道能不能拿到赏钱。事实上,米夫先生这个人一直缺失,缺失了已有二十年之久,而米夫太太宁愿不要提起此人。他似乎根本不赞成教堂座位不收钱的做法,尽管米夫太太希望他的灵魂能够升上天堂,但她实在无法理直气壮地把它说出口。

今天早上米夫太太在教堂门口忙个不停,把圣坛布罩、地毯、椅垫上的灰尘拍打掉;对于今天将要举行的婚礼,米夫太太有很多话可说。据米夫太太所听到的信息,那座老宅的装修、变更以及新添置家具的费用,本来值一个便士的东西,结果也要花掉整整五千英镑。米夫太太听权威人士说,那位女士给自己祈福可是连一枚六便士硬币都不称。同时,米夫太太回忆起第一位太太的葬礼,接着又是为婴儿举行的洗礼,然后是另一次葬礼,那情景清晰得就像是昨天才发生的事。米夫太太还说,她马上就要用肥皂和水把纪念匾擦洗干净,以备来宾观看。教区执事桑茨先生,这段时间内一直坐在教堂台阶上晒太阳(除此之外,他也从来不干什么事,除非是在天冷的季节,换成坐在壁炉前烤火),他同意米夫太太所说的话,并且问,米夫太太有没有听人说起,那位女士长得特别特别的美丽?米夫太太听说了,正是这类性质的话,尽管教区执事桑茨先生虔信正教,人又肥胖,但他照样是个美女崇拜者,他兴味十足地说,听说她的长相真堪称是个佼佼者——用这样的字眼形容一个女人,要不是亲耳听到出自教区执事桑茨先生之口,米夫太太准会觉得有点刺耳。

与此同时,在董贝先生的住宅里,人们,尤其是妇女,都忙得乱哄哄的:清晨四点以后,所有的人都没有合过眼,六点以前,全家上下都穿好了喜庆日子的盛装。在女仆们的眼里,陶林生先生的地位也比平时更加重要了,早餐时厨子说,一场婚礼会招来许多场婚礼,但女仆们根本不相信她说的是真话。对此,陶林生先生持有自己的见解,家里刚雇了个留八字胡子(陶林生先生本人不留胡子)的外国男仆,是专门雇来陪一对新人去巴黎度蜜月的,现正忙着往那辆新马车上装东西呢,两人相处,弄得陶林生先生不大开心。他直截了当地发表对此人的评论说,他从来不知道外国人会弄出个什么好结果;在遭到怀有偏见的女仆们的责问后,陶林生说,你们就看他们法国人的首脑拿破仑·波拿巴好了,你们就会明白他一直在干的是什么事!女仆们听了都说他的话真对。

糕点师傅在布鲁克街那间阴森森的房间里干得很卖力,那两个个子特高的年轻男仆神情专注地在观看。个子特高的男仆之一已经嗅到了雪莉酒的香味,他的那双眼睛就在脑袋上定住了,对眼睛盯着的东西已一无所见。个子特高的男仆之一知道自己有这个毛病,他对自己的同伴说,那是因为他馋得"收税"。他本来想说的是馋得"受罪",但把这个词说混了。①

敲铃人已听到了即将举行婚礼的消息;肉骨头和砍肉刀也听到了;②一个铜管乐队也听到了。那几位敲铃人已在巴特尔桥附

---

① 原文是将 excitement(刺激)错说成 exciseman(收税官)。
② 当时伦敦街头有这样的艺人,他们能用切肉刀敲击各种不同长度的肉骨头,使它们发出不同的声音来,以此演奏乐曲。

近后街的一座民居里练习开了;肉商们让他们的头头设法与陶林生先生拉上了关系,他们答应说,要是买他们的肉,可以给回扣;铜管乐队派一名机灵的长号吹奏员,埋伏在路边角落里,想出钱贿赂一名嘴巴不牢的商人,把婚礼早宴的时间、地点打探出来。期待和兴奋的情绪愈来愈扩张,向更广泛的范围传播。珀奇先生把珀奇太太从博尔斯塘领来,和董贝先生家的仆人们一起待上一整天,很想让她陪着他们偷眼见识一下这场婚礼。在涂茨先生的住宅里,这位先生在精心打扮自己,好让他看起来至少像个新郎。他决定坐在教堂楼座的一个隐蔽角落里观看这场豪华的婚礼,他还准备把斗鸡也带去:因为涂茨已经下定决心,就在那个时间、那个场合,把弗洛伦斯指给斗鸡看,他准备开诚布公地说,"听着,斗鸡,我不想继续欺骗你了,我常常向你提起的那个朋友其实就是我自己;董贝小姐是我的至爱;我想征求你对整个事态的意见,斗鸡,你对目前的情势有些什么建议?"斗鸡到时候准会惊讶得目瞪口呆。但是,这会儿,这位拳击教师正在涂茨先生的厨房里,把他的鸡喙伸进一大杯烈性啤酒里痛饮,还啄起两磅重的牛排。在公主街,托克丝小姐早已起床忙碌了,尽管她的心充满绝望和哀痛,但她也想往米夫太太手里塞上一先令,找个僻静的角落,亲眼看一看这个对她来说既具魅力、又异常残酷的婚礼。木制海军准尉商店里也非常活跃,柯特船长脚蹬齐踝短皮靴,身穿特大领子的衬衣,正坐在那里一边吃早餐一边听磨工罗布预先向他逐句朗读婚礼仪式上的标准用语,一直念到末尾,好让他充分理解他即将目睹的仪式的严肃性。为达到这个目的,船长还时不时地向他的牧师下命令:"退回去,"或者"把这一段全部重读一遍,"或者提醒那小子恪尽本分便是,把该喊"阿门"的地方全都留给船长来喊。当磨工罗布念完一个句子停了下来,船长就用洪亮的嗓音喊一声"阿门",他对此举感到极大的满足。

除了上述种种以及更多未提及的情况之外,单说董贝先生住宅所在的那条街上,就有二十名保姆答应二十个有未嫁女儿的家庭,带那些少女去观看婚礼,这些少女自打出生以来就出于本能对男婚女嫁的场合特感兴趣。当教区执事桑茨先生坐在教堂台阶上晾晒他那肥胖身躯,一边等待婚礼时刻的到来时,他确实有充分理由认为自己是在执行公务。一个个子特矮的小女孩,怀里抱着一个个子特大的娃娃,站在教堂的柱廊上往里面窥视,米夫太太确实有充分理由怒气冲冲地猛扑过去,把她赶走!

菲尼克斯表哥从国外远道归来,表示要出席婚礼。四十年前,菲尼克斯是伦敦城里的花花公子,如今从他的体形和举止上看,仍充满年轻人的活力,再加上他装束打扮仍十分讲究,因此当与他不熟的人们在这位爵爷脸上和眼角上发现不很显眼的皱纹,或初次看到他在房间里朝一个目标走去,但怎么走都走不直时,都感到不可思议。然而,每天早晨七点半钟正在起床的菲尼克斯表哥,与穿着打扮好了的菲尼克斯表哥,完全是两码事;在邦德街朗斯大饭店里,让人给他剃胡子时的他,看上去真的暗淡无光。

董贝先生离开了他的梳妆室,上楼时楼梯上恰好有一群妇女,见到他,她们纷纷朝各个方向躲避,裙子发出一片瑟瑟声,只有珀奇太太是个例外,因为她正怀着孕呢(不过,对她说来,怀孕是常态),动作不够灵敏,只能与董贝先生打个照面儿,当她向主人行屈膝礼时,张皇失措,几乎摔倒——愿上帝保佑珀奇一家,祛除一切邪祟!董贝先生上楼来到会客室,坐等出发的时间。董贝先生身上簇新的蓝上衣、鹿毛色的裤子、丁香紫的背心都极为华丽。家中上上下下都在悄悄传说,董贝先生还卷了头发。

门上敲击了两声,宣告少校的光临,他的穿着也极为华丽,扣孔里插着一整株鲜红的天竺葵花,头发卷得又紧又干净利落,土著仆人很擅长这手艺。

539

"董贝!"少校说时两只手一起伸了过来,"你身体好吗?"

"少校,"董贝先生说,"我正要问你身体好吗?"

"上帝作证,先生,"少校说,"我乔伊·老白,今天早晨心里是这样想的,先生,"说到这里,他使劲拍打自己的胸膛,"今天早晨心里是这样想的,先生,就是说,妈妈哟,董贝,我已经下了一半决心,想今天把两场喜事一起办,先生,由我来娶那位母亲。"

董贝先生微笑了,但即使以他那种性格而言,笑得也过于冷淡了;因为董贝先生认为,他即将与那位母亲结成亲戚关系,在这种情况下,对她是不能随便开玩笑的。

"董贝,"少校说,他一下子就明白了这个道理,"你要让你开心。我恭喜你,董贝。老天作证,先生啊,"少校说,"今天这个日子,你是全英国最该受到羡慕的人!"

董贝先生对这句话的赞同中又有所保留,因为他即将把巨大的荣耀给予一位女士,毫无疑问,最该受到羡慕的人应该是她。

"至于说伊迪丝·格兰杰,"少校接着说,"我看全欧洲的女人,只要能取得伊迪丝·格兰杰的地位,没有一个会不肯——会不情愿,先生,请允许白士度再加上一句——把耳朵、连同耳朵上戴的耳环都一起丢掉的。①"

"承蒙你的好意,少校,说这样的话。"董贝先生说。

"董贝,"少校接着说,"你知道这一点。你我之间根本不必来虚的假的。你知道这一点。你究竟是知道还是不知道,董贝?"少校几乎是热情洋溢地说。

"噢,真的,少校……"

"妈妈哟,先生,"少校追问道,"你究竟是知道这一事实还是

---

① "丢掉耳朵"(to give one's ears)是英语成语,意思是"不顾一切",狄更斯故意加上耳环,以造成幽默效果。

不知道这一事实?董贝!老乔是你的朋友不是?你我是推心置腹的知己不是,董贝,直言不讳不正是老乔瑟夫·白这样一个真率的男子汉的本色吗?要不然我就得遵循陈规俗套,采取疏开队形①,董贝,与你拉开距离?"

"我亲爱的白士度少校,"董贝先生以十分满意的口吻说,"你确实很热心。"

"上帝作证,先生,"少校说,"我是很热心。约瑟夫·白不否认这一点,董贝。他是个热心人。先生,今天这样的场合,可把乔·白,这该死的、捣烂了的、用旧了的、满身伤残的老家伙,他臭皮囊里残存着的所有真诚的友好情谊统统调动起来了。我来对你说,董贝,在这种时刻,一个人就应该把自己的真实感受随口说出来,否则的话还不如给他的嘴套上牲口的嚼子。乔瑟夫·白士度当着你的面对你说,董贝,就像背着你在俱乐部里说话一样,只要有人谈论珀尔·董贝,老白的嘴就决不会套上嚼子。好啦,妈妈哟,先生,"少校以坚定的语气结束道,"你对这有什么看法?"

"少校,"董贝先生说,"我向你保证,我真的感谢你。我没有意思阻拦你对我的错爱。"

"不能说是错爱,先生!"性情暴躁的少校喊道,"董贝,我决不承认。"

"那么,无论如何我得称之为友情吧,"董贝先生接着说,"少校,此时此刻,我决不会忘记我欠着你多少情分。"

"董贝,"少校说时还摆出一个恰当的姿势,"这里是乔瑟夫·白士度的手,先生,要是你更喜欢另一种说法的话,那就是襟怀坦白的老乔伊·白的手!正是这只手,已故的约克公爵殿下给了我极大的荣誉,他对已故的肯特公爵殿下评论道:这只手的主人名字叫

---

① 疏开队形,英国陆军术语,每名士兵相隔三码。

乔希,他粗鲁、坚韧、精明,也许还是个老大不小的浪子呢。董贝,但愿此时此刻是我们一生中最幸福的时刻。愿上帝保佑你!"

随后进来的是卡克先生,他一身华丽的穿戴,满脸堆笑,确实像个婚礼的佳宾。他嘴里祝贺、恭喜的好听话儿不绝,握住主子的手都不肯轻易放开;同时他又十分热情地和少校使劲握起手来,当他的说话声从两排牙齿间吐出时,他的话音带着和握手的动作相应的颤音。

"今天这日子真叫是顺利吉祥,"卡克先生说,"天气宜人,无比晴朗!我别是来晚了吧?"

"你来得准确及时,先生。"少校说。

"我确实非常高兴,"卡克先生说,"我担心有可能比规定的时间迟到了几秒钟,因为来的路上恰好碰上一长串货车,耽搁了。我十分冒昧地绕道到布鲁克街去了一趟"——这句话是特意说给董贝先生听的——"给董贝太太送上一些稀有品种的鲜花。像我这种地位的人,居然十分荣幸地受到邀请前来参加婚礼,如果能献上一些东西以表示自己的恭顺和谦卑,那是件很高兴的事。我毫不怀疑董贝太太拥有一切最贵重、最豪华的东西,"说时目光奇特地朝他主子瞥视一下,"我希望我献上的那十分卑微的礼物反倒能由此获得青睐。"

"董贝太太会的,"董贝先生以对下人施恩的态度说,"她一定会感觉得到你的诚心,卡克,我可以肯定。"

"先生,如果要让她今天上午就成为董贝太太,"少校放下手里的咖啡杯,看看自己的怀表说,"我们现在就该出发了!"

董贝先生、白士度少校和卡克先生同乘一辆四轮四座大马车向教堂驶去。教区执事桑茨先生早就从台阶上站起来,手拿他那顶前后呈尖形的三角帽,在恭候他们了。米夫太太向他们行屈膝礼,并建议先领他们到法衣室去坐一会儿。董贝先生宁愿待在教堂里。当他抬头看一眼楼上的大风琴时,教堂边座上的托克丝小姐赶紧起身躲藏,那里有一尊小天使的雕像,胖乎乎的脸像是风神,托克丝小姐就躲在小天使那条胖腿的后面。与她的表现相反,柯特船长见到董贝先生时却站起身来,向他挥动铁钩子,以示欢迎和鼓励。涂茨先生用一只手遮在嘴巴前面,悄悄告诉斗鸡说,中间那位穿鹿毛色裤子的绅士正是自己心爱的人的父亲。斗鸡用沙哑的声音悄悄对涂茨说,从没见过像他那样身板挺得僵硬笔直的人,但是只要采用科学的出拳方法,朝他背心上击打一下,就能打得他的身体曲成半截。

桑茨先生和米夫太太站在不远处眼睛一直没离开董贝先生,直到听见马车轮子驶来的声音,桑茨先生才走了出去。楼上那个狂热得入迷的人如此多礼地向董贝先生频频表示敬意,弄得董贝不想看他了,目光便从楼上转回楼下,这时恰好与米夫太太的目光相接,米夫太太便向他行了个屈膝礼,并对他说,她相信他的"好太太"到来了。接着,教堂门口人群拥挤,一片低声细语,那位好太太倨傲高贵的脚步,终于走进了教堂。

看来如此美丽动人的那个女人,从她的脸上,从她的姿态上,一点也看不出她昨夜痛苦的痕迹,看不出跪在入睡的姑娘床前,屈从命运,把那极度悲愤的头颅倚靠在姑娘的枕头上的那个她。那位极其温雅可爱的姑娘现正站在她身旁,与她桀骜不驯的身姿恰恰形成鲜明的对照。她挺立着,镇定自若,神情莫测,光彩照人,雍容华贵,魅力无穷,她蔑视人们对这场婚礼的艳羡,她把它击倒,并踩在脚下。

大家等了片刻,这时教区执事悄悄走进法衣室去把牧师和教堂司事叫了出来。在此期间,斯丘顿夫人一边向伊迪丝靠近,一边用比她平时习惯的语气清楚得多的声音,一字一顿地对董贝先生说:

"我亲爱的董贝,"这位好妈妈说,"我恐怕不得不把弗洛伦斯宝贝放弃了,只能让她按照自己的意愿回家了。受到今天这样的损失以后,我亲爱的董贝,我觉得自己就连陪伴她这个宝贝的精力都不会有了。"

"有她陪伴你不是会好些吗?"新郎说。

"我想不会,我亲爱的董贝。不,我想不能。我还是一个人待着更好。除此以外,等你俩归来,我最亲爱的伊迪丝可以成为她天然的、永恒的领路人,也许我还是不介入,不来抢过这份责任为好。她也许会妒忌我的。唉,亲爱的伊迪丝,对不对?"

挚爱的母亲说话时紧紧握住她女儿的手臂;她也许是在热切地恳求她的注意。

"认真地说,我亲爱的董贝,"她接着说,"我将放弃我们亲爱的孩子,免得她受到我的阴郁情绪的感染。我们刚刚才把这件事情安排妥当。她充分理解为什么要这样做,亲爱的董贝。伊迪丝,我亲爱的,——她充分理解。"

挚爱的母亲再一次紧紧握住她女儿的手臂。董贝先生没有再表示不同意见;因为牧师和教堂司事来到眼前;米夫太太和教区执事桑茨先生把一应人等按各自应站的位置在圣坛围栏前排列整齐。

"谁来将这个女子嫁给这个男子。"

菲尼克斯表哥来担负这个责任。为此,他特意从巴登巴登①赶回来。"哎哟,"脾气极好的家伙菲尼克斯表哥说,"我们真的把一位都市大财东引进家里来了,我们要对他关心,我们要为他效劳。"

"我来将这个女子嫁给这个男子。"菲尼克斯说出了这句话,

---

① 巴登巴登,城市名,在德国西南部。

他本想笔直地往前走,但两条腿不听使唤,走得歪歪斜斜,结果他先走到了一位女傧相跟前,领错了人——那位女士只比斯丘顿夫人年轻十岁,有点儿社会地位,是家里的远亲——幸亏米夫太太那顶苦行僧帽子及时伸了过来,她身手敏捷地扭转他的身躯,好像他脚底下装着滑轮似的,把他推到那位"好太太"的面前,菲尼克斯表哥这才把该嫁的女人嫁给了该娶她的男人。

一对新人要不要在上帝的见证下……

是啊,他俩要在上帝的见证下说出婚姻的誓言:董贝先生说他愿意。伊迪丝说了什么?她也说她愿意。

所以,从今以后,无论景况是好是坏,是富是贫,是健康是生病,都要相爱相亲,直到死亡来临,使他俩离分,他俩相互起誓保证,婚姻终于结成。

当他们挪到法衣室,新娘用稳定、流利的笔触在登记簿上签名。米夫太太一边行屈膝礼一边说,"来这儿的女士,很少有人签名能像这位好太太签得那样漂亮!"——这会儿你只要看米夫太太一眼,就是使她那顶苦行僧帽朝下一低——教区执事桑茨先生也觉得字如其人,新娘的签名和她的人才一样,都第一流的漂亮,但这只是他和自己内心的对话而已。

弗洛伦斯也签了名,但没受人夸奖,因为她的手在发抖。所有来宾都签了名;菲尼克斯最后一个签,不过他签错了地方,把自己崇高的名字签在当天上午出生的婴儿那一栏。

这时少校骑士风度十足地用亲吻的方式向新娘致意,他还将这部分作战策略施展到在场的所有女士,尽管要吻斯丘顿夫人特别困难,因为她竟会在这神圣的殿堂里发出尖叫。菲尼克斯表哥追随少校的榜样,甚至连董贝先生也仿效了。最后轮到满口白牙在闪亮的卡克先生,他走到伊迪丝跟前,与其说他想一亲新娘嘴唇上的芳泽,倒不如说他更像是要咬人。

她骄傲的脸颊上泛起红潮,眼睛里在冒火,她也许是想加以阻止;但是没能阻止住,因为他只是和其他人一样,在用亲吻的方式向她致意,祝她幸福圆满。

"如果,在这样一场婚姻中,"他低声说,"祝愿不算多余的话。"

"我谢谢你了,先生。"她回答时嫌恶地撅起嘴唇,胸脯也气得鼓胀起来。

但是,伊迪丝是否仍像她知道董贝先生明天准会来求婚的那天晚上那样,感觉到卡克已经将她彻底看清,看透?还能有什么事比让卡克看得一清二楚更让她觉得自己低下的呢?是否正是这个原因才使她的骄傲在卡克的微笑面前畏缩,就像一团雪在手的紧握下消融,使她傲慢的目光一遇见他的瞥视就只得垂下,望着地面?

"我感到荣幸,"卡克先生弯下脖子,低头作出一副恭顺的样子说,不过他的眼睛和牙齿显示出他所说的统统是假话,"我感到荣幸,我看到我卑微的奉献有幸拿在董贝太太手中,在如此喜庆的场合,被放在这样适宜的位置。"

尽管她低头答礼,但她的手瞬间动了一下,似乎她想把手中的花揉碎,并怀着无比的轻蔑,把它扔在地下。但是她把手伸进她新丈夫的臂弯,此刻他就站在她身边,正在和少校谈话呢;顷刻间,她骄傲的表情又回来了,她静止不动,默然无语。

马车又停到了教堂门口。董贝先生手臂挽着他的新娘,领着她走下台阶,上了马车;台阶上挤满了二十个家庭的小女人,从此以后,这些小女人把新娘身上穿戴的全部物件的款式和颜色都记得一清二楚,并仿照着给自己的玩偶娃娃制作新娘礼服,因为她们经常的游戏就是让自己的娃娃扮演新娘。克娄巴特拉和菲尼克斯表哥上了同一辆马车。少校把弗洛伦斯搀扶上第二辆马车,接着又把一位女傧相搀了进去,她就是被人错当成新娘差一点没被嫁出去的那一位。少校自己也上了这辆车,随他之后上车的是卡克先生。马儿昂首阔步向前腾跃;车身饰满鲜花,车夫和男仆们身穿簇新的号衣,一个个意气风发、光彩照人。车声辚辚,沿着街道迅捷前行,经过的地方,万头攒动,人们都在注目这婚礼的一行;成千位未能同时在那天上午成婚的、更加清醒的道德家们,他们为了一吐胸中的妒意,竟发表评论说,一路上的看客没有好好想想,这种幸福是不能持久的呀。

当婚礼场所恢复了平静,托克丝小姐从小天使大腿后冒了出来,缓慢地走下柱廊。托克丝小姐哭红了眼睛,哭湿了手帕。她受了伤,但心中却并不怨恨,她衷心祝愿他俩能够幸福。新娘的美丽使她心折,她承认自己年华已成衰晚,相比之下,早已缺少动人之处;然而,穿着丁香紫背心、鹿毛色裤子的董贝先生,那庄严、华贵的形象,仍活生生地留在她心中,在回公主街寓所的一路上,她又重新啜泣起来,幸亏有面纱为她遮掩。柯特船长在主婚牧师讲话或祈祷时,凡是需要会众说阿门或唱短短的赞美诗来应答的地方,他都怀着虔诚的心跟着发出咆哮,这种宗教仪式使他的感觉实在好极了;他手持那顶加光便礼帽,心情平和地穿过教堂的中殿,来到小珀尔的纪念匾前,并读出上面镌刻的铭文。痴情的涂茨先生深受爱的折磨,在忠实的斗鸡的陪伴下,离开了教堂。迄今为止,斗鸡还未能制订出一个能赢得弗洛伦斯的计划,但是盘踞在他脑子里的还是他最初的想法,也就是说:把董贝先生打得直不起腰来,是往正确方向迈的第一步。董贝先生的仆人们纷纷从各自的藏身之处走了出来,准备赶快前往布鲁克街去,但却被珀奇太太耽误了时间,她觉得身体不适,要求人们给她找杯水来,这引起了一阵惊惶;幸亏她很快就觉得好些了,被人们送回了家。米夫太太和教区执事桑茨先生坐在教堂台阶上,一边清点着他们在这场婚礼中收到的钱,一边商量着如何分账,这时教堂司事打钟报告说,下面又有一场葬礼即将开场。

婚礼车队到达新娘的寓所,敲铃人开始叮叮当当敲击起来,管乐队开始吹奏,象征着婚姻幸福的滑稽木偶潘趣也向他的妻子朱迪吻手致意。① 当董贝先生搀扶着董贝太太,踏着庄严的步伐走进菲尼克斯府邸时,人们跟着朝里蜂拥而进,到处都挤满张大了嘴看热闹的人群。参加婚礼的其他佳宾也紧随新郎新娘,下了马车,进入府邸。当卡克先生穿过人群,来到大厅门口时,他怎么会想起那天早晨在小树丛中向他高声喊叫的那个老太婆呢?当弗洛伦斯穿过人群,她怎么会想起幼年时迷路的事,眼前怎么会出现好布朗太太的面容,使她心头一阵战栗?

在这最幸福的一天,人们送上更多吉祥如意的祝词,还有新到的贺客,但人数不算太多。现在,人们离开了客厅,来到深褐色的餐厅里,围桌入座。任何甜食师傅,即使往餐桌烛台上那两名精疲力竭的黑人身上,装饰起再多的花朵和同心结,也无法使这个餐厅洋溢出喜气来。

糕点师傅是个恪尽其责的男人,一桌丰盛的早餐早已准备就绪。来宾中当然少不了戚克先生和戚克太太。戚克太太十分称羡伊迪丝,认为她天生就是一位完美的董贝家成员。她觉得斯丘顿夫人也和蔼可亲,并很快就和她谈得热络起来。那位老夫人至此才算卸下了心头重担,正安然品尝着香槟酒。早先馋得受罪的那位身材特高的年轻人,现在好些了;然而他心头蒙上的模糊的羞愧之感,转化为对另一位身材特高的年轻人的敌意,他硬是把一盘盘菜从那人手中夺过来,耽误客人们品尝,借此取得一点阴暗的满足感。墙上取下画幅后留下的黑色痕迹,活像是一块块死人纹章匾,

---

① 英国传统滑稽木偶剧《潘趣与朱迪》中的情节。

此时正俯视着宾客,但客人们丝毫没有触犯它们的意思,他们态度冷静,并不乐极忘形。菲尼克斯表哥和少校是席间表现得最为欢快的两个;而卡克先生只是对餐桌上所有的人都送去微笑。他向新娘递送的微笑与其他微笑不同,只是新娘的目光非常、非常难得与他的微笑相遇。

当大家都吃完早餐,仆人们全都离去时,菲尼克斯表哥站起身来;他显得非常年轻,一副洁白的袖口几乎把他的双手全都遮住了(否则的话,就会让人看出瘦骨嶙峋),脸颊上染着刚喝下香槟酒后的潮红。

"我以我的荣誉向诸位请求,"菲尼克斯表哥说,"尽管在一位绅士的私人住宅,这是一件不寻常的事,但是我还是要请求诸位一起干杯,这通常称作、事实上也是:祝酒。"

少校以极粗的嗓音大喊同意。卡克先生朝桌面上正对菲尼克斯表哥的方向凑过身去,还微笑着点了好几次头。

"一个……事实上这不是一个……"菲尼克斯表哥接着说,但突然终止。

"听呀,听呀!"少校对演讲人信心十足地说。

卡克先生轻轻鼓掌,又一次朝桌面凑过身去,微笑和点头的次数比刚才增加了许多倍,就像他已被最后那句话深深打动、并渴望表达他个人从中得益匪浅似的。

"事实上,"菲尼克斯表哥说,"在这样一个场合,稍稍偏离一下普遍的生活习俗,这也没有什么不妥当的;尽管我一辈子从来也称不上是一位演说家,当年我在下议院里有幸发表赞成的演说时,——实际是,由于意识到失败,还病倒了两个星期……"

少校和卡克先生听菲尼克斯表哥讲述自己的生活片断,表现出欢欣鼓舞的样子,这倒引得那位演说家哈哈大笑起来,他继续说下去,而且像是专门为他们俩说的:

"事实上,在我病得非常厉害的时候,你们知道,我仍然意识到自己身上负有人们赋予的责任。根据我的看法,当人们把责任赋予一个英国人时,这个英国人必然会竭尽全力克服困难。好啊!今天,我们家族有幸通过我那位可爱的、多才多艺的亲戚……事实上,此时此刻我亲眼看见,这位亲戚就在现场……"

讲话至此,引起全体人员的热烈掌声。

"就在现场,"菲尼克斯表哥重复道,他觉得自己说到了巧妙之处,值得重复一下,"与某一位——也就是说,与一位男士结合了,这位男士是决不能小看的——事实上,是与我那可尊敬的朋友董贝结合了,假如他允许我这样称呼他的话。"

菲尼克斯表哥对董贝先生鞠了一躬;董贝先生庄严地回了他一鞠躬。这事先没有预料到的非同寻常的感人场面,使在场的每一个人都或多或少地受到感染,觉得很开心。

"以前我一直没有机会,"菲尼克斯表哥说,"像我所渴望的那样,设法与我的朋友董贝先生交往,并仔细领略那既给他的头脑,事实上,又给他的心灵增添光辉的美好品质;因为,正如我在下议院任职时我们经常说的,——当时我们没有提起上议院的习惯,上下院各有分工,那时我们对议会程序,遵守得也许比现在还要好些,——正如那时候我们经常说的:这是我的不幸,因为事实上,我是,"菲尼克斯表哥说,他非常狡猾地留着一句俏皮话,最后才一下子甩出来,"在另外一个地方!"

少校捧腹大笑,好不容易才停了下来。

"不过,我对我的朋友董贝先生还是有足够了解的,"菲尼克斯表哥用较为严肃的态度接着说,就好像他一下子变成了一位更加聪明、更加多愁善感的人,"知道他是,事实上,他是一位应该用强调的语气说的——商人——英国商人,同时,也是一位,一位堂堂男子汉。尽管最近几年我一直在国外居住(要是我有幸在巴登接待我的朋友董贝以及在座的每一位、并把你们介绍给大公爵的话,那是何等快乐的事呀),同时我还要大言不惭地说,我对我那位可爱的、多才多艺的亲戚也有足够的了解,知道她身上具备使一个男子幸福的每一项要素,知道她和我的朋友董贝的婚姻,是一桩真正意气相投、心心相印的结合。"

卡克先生对此报以很多次微笑和很多次点头。

"因此,"菲尼克斯表哥说,"我向我也是其中一员的、我的这个家族表示祝贺,祝贺它能够得到我的朋友董贝。同时,我也向我的朋友董贝表示祝贺,祝贺他能够和身上具备使一个男子幸福的每一项要素的、我那位可爱的、多才多艺的亲戚喜结良缘。在这个吉日良辰,恕我冒昧,事实上,我想请在场的全体佳宾一起,举杯向我的朋友董贝和我那位可爱的、多才多艺的亲戚道喜。"

菲尼克斯表哥的演说获得了热烈的掌声,董贝先生以自己以及董贝太太的名义向他表示谢意。随后乔·白建议大家向斯丘顿夫人祝酒道喜。等这件事进行完毕,早宴的气氛顿时就冷落下来,总算给墙上死人的纹章圖报了仇,出了气。伊迪丝起身离座,她跑去换上旅行服装。

与此同时,全体仆人都在地下室用早餐。香槟酒有的是,都不值一提了,此外还有烤鸡烤鸭烤鹅、发面馅饼、龙虾色拉,多得都成了滞销货。那名身材特高的年轻人已经恢复了精神,又一次提到馋得"收税"的事。他伙伴的眼睛也在努力向他的眼睛看齐,也死盯住某件东西,但其实什么都没有看见。女士们的脸蛋都变得绯红,珀奇太太快乐得容光焕发,她的脸更是红得厉害,生活的艰辛早就被她抛到九霄云外,这会儿若是有位行人请求她把他领到她的艰辛生活所在地博尔斯塘去,恐怕她会连东南西北都认不清了。陶林生先生提议为幸福的新郎新娘干杯;满头银发的男总管以优雅的姿态加以响应,他的举止还饱含感情,因为他已经开始把自己想象成这个贵族家庭的老家臣,躬逢喜事,怎能不受感动呢。全体仆人,尤其是其中的女士们,都很爱嬉闹。董贝先生的女厨师平时总扮演这伙人中首领的角色,她说,经历了这场喜事,大伙儿的心怎能静得下来,为什么不一起出去看场戏呢?每个人(包括珀奇太太)都赞成这个主意,就连那土著也说好,土著喝起酒来,凶猛得赛过老虎,喝得他眼珠子直打滚,把女士们(尤其是珀奇太太)都吓得够呛。身材特高的年轻男仆之一甚至提出建议,说是大伙儿看完戏以后再举行一场舞会,没有人(包括珀奇太太)认为他的意见不可行。陶林生先生和负责客厅、卧室的女仆发生了口角,女仆根据民间谚语说:人的婚姻,都由天定,陶林生故意把话往别处扯,说她讲这话是因为她自己想嫁人了;女仆说他的话上天不容,她就算要嫁人也决计不会嫁给他。为了平息倏然而起的口角,满头银发的总管站起身来,提议为陶林生先生的健康干杯,他说,认识陶林生就会尊敬陶林生,尊敬陶林生就会祝愿他找到理想的终身伴侣(说到这里,满头银发的总管眼睛看着那位女仆),不管她远在天边或近在眼前。陶林生用充满感情的话答谢他,讲到最后,他把话转到了外国人的身上,他说,外国人尽管有时候会凭借一点靠不住的小聪明而得宠,但是那点小聪明用一根头发丝就能拉得动,他只希望自己永远也不要不听到没有外国人不从旅行马车上不往外偷东西①的消息。说这话时,陶林生先生的目光十分严厉,十分富于表情,那名女仆看见了,像是要发歇斯底里,幸亏这时,她和大伙儿一样,都被新娘即将启程的消息所惊醒,于是全都赶快上楼去,伺候女主人离开府邸。

四轮游览马车停在门口;新娘下楼来到大厅,董贝先生正在大

---

① 英国大老粗讲话常用双重甚至多重否定,这里陶林生就接连用了五重否定:never, no, never, nothing, no...这是作者故意玩的文字游戏。

厅里等候她。弗洛伦斯站在楼梯上,她也准备离开;聂宝小姐站在厨房与客厅之间,准备陪她的小主人一起走。伊迪丝一出现,弗洛伦斯就快步跑到她的身边,向她道别。

难道伊迪丝觉得冷吗?她怎么会浑身发抖?难道弗洛伦斯与她的接触中有什么违反自然、有碍健康的东西,致使她美丽的身躯似乎无法消受,而只能畏惧、退缩吗?难道伊迪丝有什么理由走得如此匆忙,只是挥一挥手,就消失了吗?

当辚辚的马车声渐渐消失,斯丘顿夫人作为母亲,惜别之情不能自已,她以克娄巴特拉姿势卧倒在沙发上,掉下几滴眼泪。少校和其他佳宾从餐桌旁走过来尽力安慰她,但是任何言词都安慰不了她,于是少校只得告辞。菲尼克斯表哥也告辞,卡克先生也告辞了。佳宾们全都走了。只剩下克娄巴特拉自己,强烈的感情使她觉得脑袋有点儿眩晕,于是她深深地进入了梦乡。

地下室的人们也都被眩晕的感觉所压倒。那个身材特高的年轻人,馋病迅速发展,以致他的脑袋像是被配餐室的桌面粘住了,摘都摘不开。珀奇太太的精神世界发生了激烈的变化,她为珀奇先生而情绪低落,她向女厨师诉说,她担心丈夫对家庭的依恋,不像从前家里只有九口人的时候那样深了。陶林生先生觉得有人在对着他的耳朵唱歌,还觉得脑袋里有一个大轮子在不停地旋转滚动。那女仆希望,诅咒别人死算不上邪恶。

地下室的人们对于时间也都产生了幻觉。大家普遍认为,现在最早也该是晚上十点钟了,而事实上还不到下午三点。在场的人们都隐隐约约地觉得好像发生了什么邪恶的事,每一个人都暗暗地把别人想象成罪行的参与者,避之唯恐不及。在场的所有男女,没有一个敢腆着脸再提原先说好的去看戏的事儿。要是有什么人再提什么舞会,就会被讥笑为一个邪恶的傻瓜。

过了两个小时,斯丘顿夫人在楼上睡觉,厨房里打盹的人们都还没有清醒。餐厅墙上的纪念匾俯视着底下的糕饼屑、脏盘子、溅落在桌面的果子酒、半融化的冰块、杯子里变了味失了色的剩酒、龙虾碎块、鸡爪子、逐渐融化的果冻（一摊黏黏的胶状物在流淌，让人看着挺难受）。到了这时候，婚礼也和早餐一样，早已剥掉了富丽堂皇的外表。董贝家的仆人们回到自己的府邸后，大约晚上八点钟左右，他们对自己在早茶时的表现，都作出了深刻的道德反省，肯定变得更为严肃了。恰好这时，珀奇先生身穿白色背心，嘴里哼唱滑稽歌曲，下班从城里回到董贝府，他精神饱满，很想打趣逗乐，准备晚上在府邸好好娱乐消遣一阵子，然而他惊奇地发现人们对他态度冷淡，而且珀奇太太的状况又欠佳，于是他只得愉快地履行护送太太乘坐下一班公共马车回家的责任。

　　黑夜从四面八方围拢来。弗洛伦斯漫步在装修得十分漂亮的屋子里，从一个房间踱到另一个房间，寻找她自己的卧室；她的房间的豪华、舒适处处笼罩着她，体现着伊迪丝对她的关怀。她脱掉漂亮的衣服，换上平日为悼念小珀尔而穿的朴素的丧服，坐下来看书，第欧根尼坐在她身边的地上，不断朝她眨巴着眼睛。可是今天晚上弗洛伦斯看不下书去。房子显得新奇古怪，回声听起来也特别响。她心上蒙着阴影，她不知道为什么会这样，也不知道它是什么，但这阴影确实很浓重。弗洛伦斯合上书，粗鲁的第欧根尼把这看作是一个信号，就把一双前爪搭在女主人的膝上，送上耳朵，接受她双掌的爱抚。但是，弗洛伦斯一时间看不清它，因为她眼前和爱犬之间隔着一团雾，她死去的弟弟和死去的母亲像天使一样在雾中显现。沃尔特也在雾中显现，遭遇沉船大难的不幸的漂泊者，啊，此刻他在哪里？

　　上述种种，少校当然不知道，也不关心。少校塞得饱饱的，睡得酣酣的，睡了整整一下午，很晚时才到俱乐部去吃晚饭。这时，他正面对着一品脱啤酒坐在那里，向邻桌一位气色很好、彬彬有礼的年轻人高谈阔论。那年轻人如果能站起身来离开,要他拿出一大笔钱来他都干,但是他做不到。他已被少校的话逗得欣喜若狂,少校讲白士度的奇闻轶事,先生,还有董贝的婚礼,以及老乔那位绅士味儿特浓、特浓的朋友菲尼克斯勋爵。说到菲尼克斯那位老表,此刻他本应当躺在朗斯大饭店客房里的床上睡觉,但是事实上他却发现自己是在一张赌桌前输钱,也许是他那两条不听使唤的腿把他带错了地方吧。

黑夜像一个巨人占满了教堂里所有的空隙,从铺石地板直到屋顶,主宰着静静的深夜时分。灰白的黎明又一次前来,从窗外向里窥探,接着又让位于白昼,眼看着黑夜躲进了地下停尸所;黎明追逐黑夜,把黑夜赶出去,自己藏身于死尸中间。当教堂大门铿锵碰撞时,胆小的耗子们再次退缩到一起;桑茨先生和米夫太太走进教堂,继续沿着他们日常生活的圆周踏步,他们的生活轨迹恰似一枚结婚戒指那样衔接不断。举行婚礼时,站着作为背景的还是那顶三角帽和那顶苦行僧式的无边女帽;还是一个男人娶一个女人,一个女人嫁一个男人,还是那同样的标准用语:

"从今以后,无论景况是好是坏,是富是贫,是健康是生病,都要相爱相亲,直到死亡来临,使他俩离分。"

当卡克先生骑着马精心地择路回城里去的时候,他把嘴张得最大最大,嘴里不断重复着的也正是上面这些话语。

第三十二章　木制海军准尉崩溃了

老实人柯特船长在他加强设防的避难所里安然度过了好几个星期,尽管并没有敌人来犯的迹象,但他对突然袭击的防备,丝毫也不敢懈怠。船长对自己论证说,他目前的安全状态,实在太神奇、太令人费解了,因而是不能持久的。他很懂得,船遇到风向特顺的时候,那风信标就快要转向,决不会钉死在原处;而且,他对麦克斯丁格尔太太那坚定的、不屈不挠的性格,实在是太熟悉了。他丝毫也不怀疑,这位女中英杰准会下定决心寻访到他的行踪,并把他抓获。柯特船长在这些颠扑不破的论证的重压下战战兢兢,过着极为封闭、与世隔绝的生活。他不到天黑时,几乎从不外出,即使天黑后出去,也只是在路断人稀的偏僻街巷里溜达溜达;而且星期日决不出门。无论在避难所的墙里或者墙外,他一见到女帽就赶忙躲开,好像那些女帽都戴在怒狮的脑袋上。

如果船长在溜达时被麦克斯丁格尔太太抓获,他也决不妄想会有进行反抗的可能。他觉得不能那么做。在他的心眼里,他已经看见一幅自己乖乖地被人塞进一辆出租马车里、送回原住地的景象。他预见到自己一旦被幽闭在原先的住处后,就会变成一个失踪的人:帽子没收掉了,没法出门;受到麦克斯丁格尔太太不分白天黑夜的监禁;那女人会当着孩子们的面,一迭连声地责骂他,把他当成一个形迹可疑、毫无诚信的罪人;在孩子们的眼中,他将是一个妖魔,在他们母亲的眼中,他将是一个当场捕获的叛徒。

每当这幅令人丧气的图景在他的想象中呈现,船长总是情绪低沉,冷汗直冒。晚上他偷偷溜出店门,出去透透气、遛遛腿时,总是处在这种精神状态之下。船长意识到自己随时都会遇到危险,出门前他总会庄严地向罗布告别,并嘱咐说,万一有一段时间看不见他,罗布也要走正路,好好做人,闲时把店里的铜制仪器擦擦亮,听他那口气完全像是从一个可能一去不归的人的嘴里说出来的。

万一遇到最坏的情况,真的被监禁了,他也不能放过机会,总要寻找到一个能与外部世界沟通的办法。柯特船长很快就想出了一个让人高兴的办法,那就是教磨工罗布学会某种秘密信号,在他遭遇逆境时,他的信徒可以前来向他这位司令官发信号,以示自己的忠诚。船长考虑了一阵子,才决定最好还是教他用口哨吹出水手的旋律,"噢,兴高采烈,兴高采烈!"不久,磨工罗布就吹会了这支曲子,如果按一个旱鸭子的标准要求他,这孩子吹得已经近乎完美了。船长还让他牢记这些具有神秘色彩的指示:

"听着,孩子,你要随时准备行动!万一我被逮住……"

"逮住,船长!"罗布打断他的话,圆滚滚的眼睛睁得大大的。

"啊!"柯特船长用隐晦的语气说,"万一我出门时本打算回来吃晚饭,可是事实上将近二十四小时还不见我的踪影,你就到布列格巷去走一遭,在我从前停泊的位置附近,给我吹这首曲子——但是不要让人看出你这么做是故意的,这你知道,要让人觉得你是碰巧偶然溜达到那里去的。如果我给你回吹同一首曲子,你就转身离开,我的孩子,过二十四小时再到那里去。如果我给你回吹另一首曲子,那你就得在附近一会儿靠岸一会儿离岸地行驶,直到我进一步发给你新的信号。现在你把这些命令都弄清楚了吗?"

"船长,在马路上,你叫我怎样一会儿靠岸一会儿离岸地行驶?"罗布问。

"看你这孩子,可真够聪明的!"船长大声喊道,他目光严厉地盯着这孩子看,"就连你母语的 ABC 都听不懂了!我的意思是要你一会儿走开一会儿回来,走开回来、再走开再回来,轮流交替,——听懂了吗?"

"懂了,船长。"罗布说。

"很好,我的孩子,"船长变得宽厚了,接着说,"那就这么办!"

为了使罗布能把这件事做得更好,有时候晚上关了店门,柯特船长会用屈尊俯就的态度给他排演练习:为此,船长躲进后房,就算是被关在麦克斯丁格尔太太家里了,他透过他在墙上挖出的一个窥视孔,仔细观察他的小伙计的表现。磨工罗布胸有成竹、精确无误地履行了自己的职责,使船长无可怀疑,他拿出七枚六便士硬币,分成几次,犒赏这孩子,以示他的满意。他觉得自己对于残酷命运的无情打击,已作好最坏的打算,采取了一切合理的预防措施,久而久之,精神上逐渐变得听天由命起来。

然而,船长可不敢故意去招惹那坏运气,他一点也不比以前更加鲁莽。当他从珀奇先生口中听到董贝先生再婚的消息时,他想,自己作为董贝先生的一般朋友,应当出席他的婚礼,并在教堂楼座上露个脸,让那位绅士看见自己对这件事的高兴和赞成,这也是他这个有良好教养的人应该做的事;于是他租了一辆有篷的单马轻便双轮车去了教堂,一路上他把两面的车窗都遮住了。他是经过仔细掂量后,才采取这个冒险行动的,就怕会被麦克斯丁格尔太太看见;不过他想,那位太太只会参加梅契塞戴牧师那里的宗教活动,决不可能在英国国教会的活动场所出现。

船长这次出行得以平安无事地返回仪器商店,继续过他平凡的新生活,平时除了在瞧见几个戴女帽的人在街上走过时,感到惊心外,倒也没有遭遇更多敌情的直接威胁。然而,别的事情又开始使船长的心头负担变得沉重起来。沃尔特乘坐的那艘船依旧毫无信息。老索尔·吉尔思也一点儿消息都没有。弗洛伦斯连老索尔出走的事都不知道,柯特船长也没有足够的勇气去把这件事告诉她。从沃尔特很小的时候起,船长就以他粗豪的方式喜爱这孩子,然而,他私下里对这个心地宽厚、豪爽、面貌英俊、漂亮的男孩所抱的希望,开始失色、消退,日复一日,这希望变得更加黯淡了,所以他一想起要与弗洛伦斯提这件事,就感到心疼,实在没有勇气去这么做。要是能有什么好消息给她带去的话,诚实的船长愿意勇敢面对那座最近装饰一新、配置豪华家具的府邸(尽管联想起他在教堂里见到的那位风华绝代的夫人,不免还有敬畏之感),走到她面前去向她报告。但是,随着一个小时又一个小时过去,聚集在他们共同希望的地平线上的背景,变得愈来愈黯淡了,这使船长几乎感到自己是会给她增添新的不幸、新的忧伤的不祥之人;他担心弗洛伦斯会来找他,这几乎不亚于他担心麦克斯丁格尔太太会突然找上门来。

那是一个寒冷、阴暗的秋夜,柯特船长命令罗布给后房生火,现今那间小小的后房比以前任何时候更像是船舱了。雨下得很急,风吹得很猛;船长走出去,登上他老友那间被风暴所困的卧室的屋顶,想观察一下天气,当他看到雨横风狂、满目荒凉,心境真是极度沮丧。这并非因为他把此时的天气与可怜的沃尔特的命运联系在一起,或者不敢肯定老天爷是否真的会让他沉船、失踪,因为那一切都早已成为过去;他是在与他内心思索的题旨截然不同的外界环境的影响下,希望消退,黯然神伤,他曾看见过那些比他聪明的人们,过去和未来都不免常常陷入这种景况。

柯特船长面对着疾风斜雨,眼望着密集的雨珠迅速掠过由一大片房顶构成的荒野,他想从中找到什么能让人高兴的东西,但结果只是白费了心思。他身边的景象也好不了多少。他脚下放着杂七杂八的茶叶箱和其他粗糙的木板箱,磨工罗布养的那些鸽子在木箱里咕咕叫,就像是从那里刮起的一阵阵阴风。从前站在街上就看得见的那座海军准尉模样的、稀奇古怪的风信鸡,早让砖墙围了起来,如今海军准尉一只眼睛还贴在望远镜上观看,只是锐利的阵风无情地嘲弄他,吹得他在长锈的枢轴上团团乱转,发出嘎吱嘎吱的哀叹。强劲的西北风吹得船长身子歪斜,站都站不稳,似乎想要把他吹过屋顶矮墙,摔到底下的石板地上去;冰冷的雨滴像钢珠似的重重打在他粗糙的蓝上衣上。船长一边使劲按住头上的帽子一边寻思,如果今天晚上还存在着"希望"的话,那么它也一定是在屋里,决不会在外头;于是船长神情沮丧地摇了摇头,就走进屋里去寻找希望了。

柯特船长下了屋顶,缓慢地走进那间小小的后房,坐在他平时坐的那把椅子上,想从炉火中找到希望,尽管炉火烧得很旺,但是希望不在那里。他掏出烟盒、烟斗,安定下来抽烟。他想从烟斗的红色火光中、从唇间吐出的袅袅上升的烟圈中找到希望,但是从这两处,就连希望之锚的一粒锈斑都找不到。他试着喝了一杯掺水烈性酒,但是悲惨的事实就藏在那杯底,他都不敢把酒喝干。他在店里转了一两圈,想从各种仪器中间找到希望;可是,无论他如何努力挣扎、抗议,各种仪器都执拗地测算出那艘失踪的船,最终是在寂寞的海底沉埋。

风仍在猛吹,雨仍在关闭的百叶窗上啪嗒啪嗒地打,船长走到放在柜台上的那座木制海军准尉像面前,一边用衣袖擦拭小海军制服上的水渍,一边想,这个小海军已经观察了多年,但几乎没有看到他的船公司发生过什么变化;但是有一天,变化接踵而至,并且是横扫一切、势不可挡的那种变化。原先在后房中聚会的小小的社交圈子,已经被打散了,它的成员如今天各一方。如果有谁再在这里唱《可爱的佩格》这首歌,就连听众都没有了;真有人会唱吗?不!船长确实相信只有他本人才能演绎这首歌谣,而现在的情景又使他根本打不起精神来作这样的尝试。房间里没有"小沃"愉快的面容,想到这里,船长抽回正在擦拭小海军制服的他那只袖子,擦拭起自己的面颊来。老索尔·吉尔思的、非常熟悉的绒线帽和纽扣,如今已成为逝去的幻影。李切·威丁登遭到了当头一棒,与海军准尉相连的一切计划和打算都在茫茫大海中漂走了,没有桅杆,没有方向舵。

正当船长一脸沮丧站在那里,既带着老熟人的温情又心不在焉地一边擦拭小海军,一边反复思索这些事情时,忽然有人来敲店门,吓得坐在柜台上的磨工罗布身子猛然一激灵;他那双大眼睛本来一直盯在船长的脸上,心里琢磨过至少五百遍了,不知道船长是否杀了人,否则他怎么会总像是犯了罪、非常内疚似的,随时准备逃跑。

"怎么回事?"柯特船长细声细气地问。

"有人敲门。"磨工罗布回答。

船长露出窘促不安的、内疚的样子,立刻蹑足溜进了小小的后房,并且把自己锁在里面。罗布跑去开门,如果来者穿的是女装,他就会把来客拦在进门处加以盘诘,不过,来的人倒是个男子,而船长给罗布下的命令仅适用于女性,于是罗布就把店门打开,让客人进来,那位来客脚步倒很快,因为他乐得躲开外面的滂沱大雨。

"不管怎么说,伯吉斯服装店又有得生意做了,"来客转过脸来带着惋惜的样子看看自己的两条腿,裤子淋得透湿,还溅满烂泥,"噢,吉尔思先生,您好吗?"

这句问候话是对船长说的,这时他正从后房钻出来,假装自己是偶然从房间里走出来的,但他的表情实在拙劣,装得一点儿都不像。

"谢谢你,"那位绅士来客一口气说下去,"我本人倒是很好,真的,我十分感谢你。我姓涂茨,我是涂茨先生。"

船长想起来了,他在那次婚礼上曾见过这位年轻绅士,于是对他鞠了一躬。涂茨咯咯地傻笑,算是回礼;他像惯常一样,总显得局促不安,上气不接下气;他握住船长的手,老半天也不肯松开,他实在想不出该做些什么,于是又以最为热情友好的姿态,转而握起磨工罗布的手来。

"我说呀,我想要同你,吉尔思先生,说句话,要是你觉得方便的话,"涂茨总算说出来了,他竟会如此从容不迫,实在令人吃惊,"我说呀!董贝小姐你认识的吧?"

船长的回应既庄重又神秘,立刻朝小小的里屋方向摇了摇他那只铁钩子,于是涂茨先生跟着他走了进去。

"噢!我还得向你表示歉意,"涂茨先生在船长安排下,在靠近壁炉的一把椅子上坐了下来,并抬起目光看着船长的脸,"你不会恰好认识'鸡'的吧,吉尔思先生,你认识他吗?"

"鸡?"船长迷惑不解。

"我说的是'斗鸡'这个人。"涂茨先生说。

船长摇摇头,涂茨先生向他解释说,他说的那个人是一位著名的公众人物,这位人物在与英格兰什罗普郡拳王比赛中,给自己并给他的家乡争得荣誉;但是很可惜,看来这一信息并没有能使船长茅塞顿开。

"现在他就站在门外,就是这么一回事,"涂茨先生说,"但是,这算不了什么;也许他还不至于浑身淋得像只落汤鸡。"

"我可以马上下令给他开门的。"船长说。

"好吧,那就请你放他进来,让他和你的小伙计一起在店堂里坐会儿,"说时涂茨先生咯咯地傻笑起来,"这会使我很高兴;因为,你知道,他这个人很容易生气,再说这么潮湿的天气非常有损于他抗击打的承受力。我去叫他进来,吉尔思先生。"

说着,涂茨先生就来到店门口,朝着夜空吹响一阵古怪的口哨,这声口哨招来一位坚忍不拔的绅士,他身穿一件粗毛白大衣,头戴一顶帽檐扁平的帽子,头发剪得很短,鼻子让人打豁过,两只耳朵背后都有一大片不长毛发的开阔地。

"坐下,鸡。"涂茨先生说。

听话的斗鸡从嘴里吐出咬成碎片的麦秆,他用这东西款待自己,并从储备在手里的一大把麦秆中,抽出几根新的塞进嘴里去。

"这儿连一点儿提神的东西都没有吗,是不是啊?"斗鸡含含糊糊地说,"这一夜,水像开了闸似的往下灌,对于靠自力更生过活的人,可真够难熬的。"

柯特船长给他倒上一杯朗姆酒,斗鸡说了一句简单的感言,"我们全都好运!"以后,一仰脖子就把酒喝干,好像倒进了一只大酒桶。涂茨先生和船长重新回到后房,在壁炉旁坐下,涂茨先生说:

"吉尔思先生……"

"停①!"船长说,"我叫柯特。"

随着船长的口气变得严肃起来,涂茨先生显出一副狼狈不堪的样子。

"我的名字叫柯特船长,我的国籍是英格兰,这里是我居住的地方,感谢造物主——《约伯》②。"船长说出了他的引文出处。

"噢!我见不到吉尔思先生,我能见见他吗?"涂茨先生说,"因为……"

"如果你能见到索尔·吉尔思,年轻的绅士,"船长把他那只沉重有力的手搁在涂茨先生的膝盖上,并动情地说,"如果你坐在那里,就可以亲眼看到他,请注意,我指的也就是看到老索尔,那么我对你的欢迎就会超过搁浅的船只欢迎顺风的程度。不过,你见

---

① 原文 awast,是船长伦敦土腔发音,正确的读音应为 avaste,是英国水手用语,意思是"停"(stop)。
② 船长以为这句话出自《圣经·旧约·约伯记》第1章第1节,但他又记错了,原文作"敬畏上帝"。

不到索尔·吉尔思了。为什么你见不到索尔·吉尔思了呢?"船长说,他已从涂茨先生脸上的表情看出,他已在这位年轻绅士的心中留下深刻的印象,"因为他失踪了。"

涂茨先生一时情绪激动,刚打算回答说,这根本算不了什么。但是,他及时控制了自己,避免了这一错误,只是说,"天哪!"

"就是那个人,"船长说,"给我留了个字条,要我帮他照看店里的事,尽管他好得就像是我的盟兄弟,但是连我也不知道他究竟上哪儿了,也不知道他为什么要出走。也许是找他的外甥去了,也许他实在放心不下;对于这个,我知道得一点儿也不比你多。一天早晨,天刚蒙蒙亮,他就下了船,"船长用他的习惯行话说,"没有溅起水花,没有见到波纹。从那一刻开始,我可说是已经上天入地寻找他,可是从来没有再看到、听到或是摸到过他这个人。"

"可是,天哪,董贝小姐还不知道呢……"涂茨先生说。

"我来问你,"船长说时声音变得沉重了,"她有颗多情善感的心,在还想不出一点办法来的时候,为什么要让她知道呢?为什么要告诉她这件事呢?可爱的人儿,她喜爱老索尔·吉尔思,她心里充满仁慈、充满好意、充满……现在再讲这些又有什么用?你是了解她的。"

"我希望是这样。"涂茨先生咯咯地笑起来,由于自我意识,他涨得满脸通红。

"你是从她那儿来的吗?"船长问。

"我想是吧。"涂茨先生咯咯地笑着说。

"那么我只想说,"船长说,"你结识了一位天使,是天使委派你来的。"

涂茨先生立刻抓住船长的手,要求船长能把他当朋友看待。

"我用自己的荣誉向你担保,"涂茨先生认真地说,"如果你肯答应我加深和你的友谊,我将非常感激。我非常希望,船长,与你能有更深的了解。我真的想要一位朋友,真的。小董贝是我在勃林茂博士书院时的朋友,如果他不死,也会是我现在的朋友。斗鸡这个人,"涂茨先生可怜巴巴地悄声说,"非常好,以他自己的方式令人钦佩,他也许是世上最敏锐的人。没有一种动作是他做不来的,每个人都这么说,但是我不知道他们说得对不对,他也不是万能的。所以说,船长,她确实是一位天使。只要世上什么地方有一位天使,那么这位天使准是董贝小姐。这是我常常说的话。你知道,这是真话,"涂茨先生说,"如果你肯答应我加深和你的友谊,我将非常感激。"

柯特船长有礼貌地表示接受这个建议,但仍没有给予明确的承诺,只是说,"啊,啊,我的孩子。我们会看到的,我们会看到的。"他问涂茨先生,自己怎么会有接待他这位贵客的荣幸,船长用这个方式让他说明来意。

"啊,事实上,"涂茨先生回答,"是那位年轻姑娘让我来的。不是董贝小姐——那位年轻姑娘叫苏珊,你认识的。"

船长脸色凝重地点了一下头,这表明他对那位年轻姑娘怀有深深的敬意。

"让我来把事情的经过告诉你,"涂茨先生说,"你知道,有时候我会去拜访董贝小姐。我并不是故意要去的,你知道,我是碰巧常常会来到她家附近,当我发现自己到了那地方,当然啰——当然啰,我就会去拜访。"

"这很自然。"船长评论道。

"是的,"涂茨先生说,"今天下午我去拜访了。我以自己的名誉担保,我认为,谁也想象不出今天下午的董贝小姐是一位何等完美的天使呀。"

船长的脑袋抽搐了一下算是回答,其中隐含着这样的意思:别人也许想象不出,但是他可完全想象得出来。

"我正从她那里走出来时,"涂茨先生说,"真没想到,那位年轻姑娘把我领进了餐具室。"

船长一时间似乎不赞成这个做法,他身子往椅子背上一靠,他看涂茨先生的目光,如果不说带有威胁意味的话,那也是充满不信任的。

"她在那里拿出这张报纸来,"涂茨先生说,"给我看。她告诉我,她已经把它藏了一整天,不让董贝小姐看到,因为报上登了她和董贝小姐以前都认识的一个人的消息;接着她就把那一条消息给我念了。念得很好。然后她说……等一等;当时她说了什么话来着?"

涂茨先生竭尽全力把思想集中在这个问题上,无意中看见船长的眼睛,那严峻的眼神把他震慑住了,本来他就为接不上记忆的线索发愁,这一下倒好,着急、发愁加剧成为痛苦。

"噢!"涂茨先生想了半天才说,"噢,啊!对啦!她说她但愿还有一线希望,希望报上的消息不确实;她本人不能随意出门,因为不想使董贝小姐起疑心。她问我可不可以到这条街上索罗门·吉尔思先生开的那家航海仪器商店去走一趟,吉尔思先生就是当事人的舅舅,你去问问他是不是相信这个消息是真的,他在城里是不是还听到点什么别的消息。她还说,如果老索尔没什么好讲的话,那么柯特船长准能讲出点什么道道来,这是毫无疑问的。噢,等等!"涂茨先生说,他忽然灵机一动,"你,你来辨别一下吧!"

船长瞥了一眼拿在涂茨先生手里的报纸,呼哧呼哧喘开了。

"啊,"涂茨先生又说,"我上这儿来已经挺晚的了,那是因为我先上了一趟芬契莱,去采集些长得特别好的卷耳草,好喂董贝小姐的鸟。不过,我办完这件事后,就直接上这儿来了。你看完报上登的消息啦,是不是?"

船长看见报纸就胆战心惊,生怕会看见麦克斯丁格尔太太在上面刊登的通缉他的大幅广告,于是他摇了摇头。

"要不要我把这则消息给你念一念?"涂茨先生问。

船长做了个肯定的手势,涂茨先生便念了登在航运消息栏的如下报道:

"'南安普敦。三桅帆船"挑战号"船长亨利·詹姆斯今日抵达本港,运来的货物有糖、咖啡和朗姆酒等。据称:该船从牙买加返航后的第六天下锚停泊于……'你知道,这里登的是纬度多少多少。"涂茨先生说,他对数目字轻轻一扫,就把它略去了。

"啊!"船长把手握成拳头,敲了一下桌面,喊道,"往前拽,孩子!"

"纬度多少多少,"涂茨先生用惊恐的目光看了一眼船长,接着说,"经度多少多少……日落前半小时,瞭望台观察到有一些沉船碎片,在大约一英里外的海面上漂流。天气晴朗,三桅帆船没有挪动,船长下令用吊车放下一只小艇,去追踪上述目标,结果发现一艘载重约五百吨的英国方帆双桅船上的各式巨大物件,包括桅杆、帆桁等,以及帆缆,还有船尾的一部分,上面写着'子嗣号'三字,字迹仍清晰可辨。从海面上的漂浮物中并未找到遇难者的尸体。据'挑战号'航海日志记载,当晚刮起微风,沉船碎片再也看不见了。前此对于从伦敦驶往巴巴多斯的失踪船只'子嗣号'的种种猜测,至此也可以永久平息了。该船已于上次暴风雨中沉没;船上所有人员都已遇难。"

柯特船长和所有凡人一样,在最终感受到死亡的冲击时方才知道,自己以前尽管情绪沮丧但仍抱有多大的希望啊。在听人念这则报道以及念完后又过了一两分钟,柯特船长像是魂不附体似的,眼睛一动不动地紧盯住羞怯的涂茨先生。接着,他突然站起来,戴上那顶加光便礼帽(刚才为了向客人表示礼貌起见,他的帽子一直放在桌子上),转过身子去,把脑袋趴在小小的壁炉架上。

"噢,我以我的荣誉起誓,"涂茨先生喊道,他没有料到船长会伤心成这个样子,他那颗温柔的心被深深地感动了,"这是世上发生的一桩最不幸的事故!总是有人死去,总是避免不了种种的不幸。我敢肯定,要是我知道这一切的话,我也不会这么热衷于继承我的财产了。我从来不懂世上的事。它比勃林茂博士的书院要坏得多。"

柯特船长没有变换他待着的位置,他做了个手势让涂茨先生不要管他;他转过身来,将加光便礼帽往后推推,盖住耳朵,并伸出手掌抚摸他那张深褐色的脸,使自己平静下来。

"小沃,我亲爱的孩子,"船长说,"永别了!我的娃,我的儿,堂堂男子汉,我爱你!他不是我的亲骨肉,"船长眼望着炉火说,"我这个人无儿无女,但是失去了小沃,我就感受到父亲失去儿子的那种感觉。为什么会这样?"船长说,"因为损失的不只是一个人,而且恰好损失了一打。以前我每礼拜到这间后房来时,总能见到那个脸色红润、头发拳曲的年轻学生,就像听到一曲快活的歌,如今他在哪里?和小沃一起沉没了。那个充满朝气、不知疲倦、永不烦恼的男孩,当我们拿'可心的人儿'跟他开玩笑的时候,他高兴得眼睛闪闪发光、脸涨得通红,样子真是漂亮,如今他在哪里?和小沃一起沉没了。他有真正男子汉的心肠,洋溢着火焰般的热情,看见他的老娘舅的船身倾斜,哪怕只有一分钟,他都受不了,而对于自己却从来不在乎,如今他在哪里?和小沃一起沉没了。损失的不只是一个小沃。当小沃沉没时,有一打我熟识和热爱的小沃搂着他的脖子和他一起沉没,现在这会儿他们正搂着我的脖子呢!"

涂茨先生坐在那里说不出话,只是垫着自己的膝盖,把那张报纸折叠起来,先是对折,然后四折、八折、十六折……越折越小。

"还有索尔·吉尔思,"船长眼望着炉火说,"失去外甥的可怜的老索尔,你上哪儿去啦!小沃,你走的时候托我照顾他;你留下的最后的话是,'请你照顾我的舅舅!'索尔,自从你向内德告别并且离去以后,你究竟出了什么事!要是小沃在天之灵向我垂问他舅舅的情况,你让我拿什么话向他交代!索尔·吉尔思,索尔·吉尔思呀!"船长说时,缓慢地摇摇头,"你离家在外,看到了这张报纸,身边又没有一个熟识小沃的人,可以说句话,你就转向船舷,脑袋朝下,纵身一跳!"

船长深深叹了一口气,朝涂茨先生转过脸去,这才回过神来,清醒地意识到有那位绅士在场。

"孩子,"船长说,"你得老老实实告诉那个年轻姑娘,这个要命的坏消息是完全可靠的。你要知道,他们在报上这些小专栏里决不会胡编乱造。这件事都记在航海日志上了,这才是人所能写的最最真实的书。明天早晨,"船长说,"我要出去打听消息;不过这也不会有什么好结果。人们都得不到好消息。要是你中午前再来看我,你就会知道我听到了什么;不过,你要告诉那个年轻姑娘,就说是柯特船长说的,事情已经过去了。过去了!"船长用铁钩子把挂在墙上的加光便礼帽钩了下来,从帽子顶端抽出手帕来,神情沮丧地擦拭他那灰白的脑袋,然后又带着绝望的冷漠态度把手帕塞回原处。

"噢!我向你保证,"涂茨先生说,"我真的感到非常悲伤。尽管我不认识当事人,但我说的确实是良心话。你认为董贝小姐会受这件事的极大伤害吗,吉尔思船长——我本想说柯特船长?"

"啊,上帝保佑你,"柯特船长说,涂茨先生的一片天真引起他的怜悯,"在她还没有这么高的时候,他俩就相亲相爱得像一对小鸽子似的。"

"他俩是这样的呀!"涂茨先生说时,脸都拉得长长的了。

"他俩是天生一对、地成一双,"船长悲伤地说,"不过,现在再说这些,还有什么意思!"

"我以名誉担保,"涂茨先生控制不住自己,喊出了声,这一声是笨拙的傻笑和真实激情的奇妙结合,"我甚至比以前更加感到难过了。你知道,吉尔思船长,我……我确实爱慕董贝小姐;我……我因为爱她而陷入极大的痛苦,"不幸的涂茨先生不由自主地向船长袒露心曲,想忍也忍不住,这表明他的感情是何等强烈,"当她不论因为何种原因感到痛苦时,假如我不真正为她伤心,那么我对她的这份感情还有什么用处呢。你知道,我的这份感情决不是自私的,"涂茨先生从船长眼中看到对他的温柔目光,更产生了对船长的充分信任,"吉尔思船长,我的感情就像是这个样子:要是为了董贝小姐的缘故,我被车碾、被马踩、从极高处摔到地面上,那我也会觉得这是我一辈子可能做的最愉快的事。"

涂茨先生这些话都是压低了嗓音说出来的,他怕会被斗鸡妒忌的耳朵听了去,这位拳击师可最看不起软绵绵的儿女之情。他的努力克制再加上感情激烈,憋得他满脸通红直红到了耳朵根,被柯特船长目睹了一场高尚无私爱情的动人景象,好心的船长伸手拍拍他的背,以示安慰,还嘱咐他要振作起来。

"谢谢你,吉尔思船长,"涂茨先生说,"你的心真好,你自己正遭遇不幸,还对我说出这样的话。我对你非常感激。正如我已经说过的,我确实需要一位朋友,能够和你结交,我真是高兴。尽管我的家境十分富裕,"涂茨先生热情洋溢地说,"你都想象不出我是个多么倒霉的家伙。你知道,那些无关痛痒的人们,看到我和斗鸡之类著名人物交往,还以为我很快活呢,但其实我很不幸。吉尔思船长,我为董贝小姐而憔悴。我吃不下饭,我对穿的戴的都没有兴趣,我一个人待着时老是哭。我向你保证,我很高兴明天再来,再来五十次都乐意。"

涂茨先生嘴里说着这些话,一边和船长握起手来;他尽力要在极短的时间内把自己激动的情绪掩盖起来，以瞒过斗鸡明察秋毫的目光，接着他就走进店堂，和那位著名的绅士拳击家会合。斗鸡对于比自己强的人，动不动就会妒忌，他和涂茨先生告辞时，还以充满敌意的眼光看柯特船长；不过，他跟随自己的恩主一路走去时，倒没有流露出更多的敌意。他俩一走，只剩下船长忧思满怀；磨工罗布心里却十分高兴，因为他刚才有幸直勾勾地盯住大拳师看了约有半个小时之久，那位拳师可不简单，他曾经把什罗普郡的拳王都打败了呀。

罗布在柜台下的床铺上早已熟睡，但船长还坐在那里望着炉火，等到炉火早已熄灭，船长仍坐在那里望着长锈的炉栅栏，对沃尔特和老索尔的思念像乌云一样堆满心头，但这一切都徒劳无益。他终于回到了风雨飘摇的顶楼卧室，但还是无法入睡；第二天早晨起床时，他满怀愁绪，精神一点儿都没有恢复。

市区里的各家商行刚开门办公，船长就涌到董贝父子商行的账房间。但是，那天早晨海军准尉仪器商店的橱窗却没有打开。磨工罗布奉船长之命，一直没有把橱窗遮板取下，这家商店就像一所死屋。

当柯特船长来到董贝商行门口时，卡克先生恰巧走进营业处。柯特船长庄重地默默接受经理对他的祝福后，鼓起勇气随卡克先生一起走进他专用的经理办公室。

"啊，柯特船长，"卡克先生说，他以习惯姿势站在壁炉前，连帽子都没有取下，"这是件糟糕事。"

"先生，你是不是已经接到和昨天报上刊登的同样的消息了？"船长问道。

"是的，"卡克先生说，"我们已经接到了！消息千真万确。保险商遭到惨重的损失。我们都很难过。没法挽回了！这就是生活！"

说话时卡克先生用一把袖珍折刀把自己的指甲修得整整齐齐,还对站在门口盯着他看的船长露出微笑。

"我为可怜的盖伊尤其感到惋惜,"卡克说,"惋惜的还有那全体船员。我知道,遇难者里有几个是本商行最优秀的员工。这样的事是经常会发生的。其中很多人还拉家带口。想到可怜的盖伊还没有成家,这倒还能给人以一点儿安慰,柯特船长!"

船长站在那里眼睛紧盯着经理,一边伸手摩擦自己的下巴。经理瞄了一眼放在办公桌上的那些还没有拆阅的信件,把报纸拿了起来。

"还有什么事情可以为你效劳的吗,柯特船长?"他微笑着问,眼睛越过报纸看着门口,分明表示出要来客离开的意思。

"先生,有些事情惹得我心绪不宁,我希望你能帮我一把,使我安心。"船长说。

"啊!"经理喊道,"是什么事?得啦,柯特船长,我得请你快点儿说。我忙得很。"

"喂,先生,"船长朝前跨了一步,说,"在我的朋友小沃从这里出发,进行这次倒霉的航行之前……"

"算了吧,算了吧,柯特船长,"一直在微笑的经理打断了他的话,"不要用这种方式谈论倒霉的航行。我们这里跟倒霉的航行一点儿关系都没有,我有趣的朋友。你准是早早就喝上你那一盅,喝晕了吧,船长,你可别忘了,一切旅行,不管是走海路还是走陆路,都会碰到危险。你感到不安,是因为你假定那个在恶劣天气失踪的年轻小伙子(他叫什么来着?)是在这个商行营业处开始走背运的,是这么回事吧?去你的吧,船长!治疗你这种不安,最好的办法就是回去睡个好觉,再喝上一肚子苏打水。"

"我的小伙子,"船长慢条斯理地说,"你在我面前几乎还是个小伙子呢,所以我如果有一言半语说错的地方,就不来请求你原谅了,——假如你觉得你刚才讲的笑话还有什么有趣之处的话,那么你就不是我一向把你看成的那种绅士了;假如你不是我一向把你看成的那种绅士,那么我之所以感觉不安,也许就是这个原因造成的。那么,卡克先生,是这么回子事,那可怜的男孩奉命出远差的时候,他对我说,他明明知道自己出这趟远差,一点儿好处都没有,更不会得到提升。但是我却相信他搞错了,我对他说出自己的看法,并且上这儿来了一趟,当时你们老板不在,为了满足我的好奇心,我还很有礼貌地问了你一两个问题。你都回答了——回答得又痛快又干脆。现在一切都已经过去了,'创伤无法治愈,只得忍受创伤'①你是个有学问的人,一定能在书上找到这句话的出处,并把它记下来——总之,如果我能够知道自己当初的想法并不错,我没有把小沃对我说的话告诉他的老娘舅也不算失职,当他乘风破浪向巴巴多斯港进发时,的确是一帆风顺,那样我的心就会变得轻松些。卡克先生,"心地善良的船长说,"上次我在这里的时候,我们俩谈得有多开心。要是我为了这个可怜的男孩,今天上午不开心,要是我有什么地方违背了你的想法,惹恼了你(我本来应该避免的),那么我请你原谅,我叫爱德华·柯特。"

"柯特船长,"经理说,尽量装出客气的样子,"我必须请你帮我一个忙。"

"要我帮什么忙,先生?"船长问。

"请你行行好快走吧,"经理说时伸出胳膊指向门口,"把你那莫名其妙的行话带到别的地方去用吧。"

船长大吃一惊,脸上每一个疙瘩都被气得煞白,就连额头上帽子压出的红圈儿也褪了色,恰似团团乌云遮住的一道彩虹。

"让我来对你说,柯特船长,"经理对他说话时挥动自己的食

---

① 船长这是在胡乱引用罗马作家塞内加的话。

指,并向他露出全部牙齿,不过仍带着亲切的微笑,"上次你到这里来的时候,我对你实在是太客气了。你属于那种工于心计又胆大妄为的人。我为了想帮那个(叫什么来着?)年轻人一把,免得把他干脆从这里撵走,我的好船长,所以我容忍了你;不过,容忍只有一次,只能一次。现在,走吧,我的朋友!"

船长一句话也说不出来,两只脚像是长牢在地上了。

"走吧,"好脾气的经理叉开双腿站在炉前地毯上,一面整理上衣的下摆,一面说,"拿出个明白事理的人的样子来,让我们不必采用驱赶之类的严厉手段。要是有董贝先生在场,船长,你恐怕就得以更加丢脸的方式离开这里了。而我只是说,走!"

船长把笨重的手放在胸前,帮助自己深深喘了一口气,他盯住卡克先生从头到脚端详,还整个打量这小小的房间,似乎不太清楚自己此刻身在何处,与何人在一起。

"你用心很深,柯特船长,"卡克先生说,态度活泼而从容,他以一个眼界开阔、老于世故人士的坦率口吻说话,这种人见多识广,世上的任何恶行,只要不直接妨碍到他,他都不会被惹得大动肝火,"不过么,你和你那个不在场的朋友一样,也还没有达到深不可测的程度,船长。你和你那个不在场的朋友都干了些什么,嘿?"

船长又一次把手放在胸前。他深深喘了一口气后,向自己发一声咒语"不用理他!"不过声音很小。

"你们打小小的如意算盘,开小小的碰头会进行策划,煞费苦心布置小小的约会,还招待长相精致的小客人,船长,嘿?"卡克说时把前额向他伸过去,展露出的满口牙齿,一点儿也没有收敛,"不过,在这之后你居然还敢跑到这里来,真是胆大妄为。不像是老谋深算的你应该做的!像你这样的阴谋家、暗藏分子、想卷财潜逃的人,应该懂得更多一些才对。你能帮我个忙快点走吗?"

"我的小伙子,"船长憋着一股气,喘息着用颤抖的声音说,他那笨重的手握成拳头来回晃动,样子怪怪的,"我有很多话想对你说,不过这会儿不知跑哪儿去了。你知道,按我的算法,我的年轻朋友小沃昨天晚上才淹死,这就把我彻底弄晕了,不过嘛,我的小伙子,总有一天你和我还会像两艘船似的,并排靠在一起的,"说时船长把他的铁钩子伸了过去,"只要我们还活着。"

"如果真是这样,那么你就太不明智了,我的有趣的朋友,"经理用同样坦率的态度说,"我老实忠告你,你完全不必怀疑,到时候我一定会查明你的意图并且加以揭穿。我不想假装比我的邻人们更讲仁义道德,我的好船长,但是,只要我脑袋上还长着耳朵和眼睛,那么这家商行,以及商行里每一位员工的信誉,是决不能容忍任何诋毁和破坏的。再见!"卡克先生晃动着脑袋说。

柯特船长冷静地凝视着卡克先生,卡克先生也以同样冷静的样子凝视着船长,随后船长就走出了经理办公室,留下经理独自叉开双腿站在壁炉前,他态度安详,神情愉快,似乎他的灵魂洁白得就像他身上光润细腻的皮肤和穿着的纯白麻布衬衫一样毫无瑕疵。

在走过外面那间账房间的时候,柯特船长朝可怜的沃尔特往日占用的那张写字桌看去,现在桌子前坐着另一个小伙子,那张脸,几乎和那天他和沃尔特在小小的后房轻轻碰杯,喝倒数第二瓶著名的马德拉陈酿时,沃尔特的脸同样充满朝气,充满希望。由此唤起的联想对船长大有帮助,使他近乎暴怒的情绪逐渐缓和下来,眼中涌出了泪水。

重新回到木制海军准尉仪器商店,找一个黑暗的角落坐下来,尽管船长仍然怒火满怀,但却无法抑制自己悲哀的情绪。愤怒的激情似乎不但会亵渎对死者的怀念,而且还会被死亡所感染,伴随着它一起枯萎、沉沦。尘世间一切无赖、骗子,比起一位诚恳、真挚的亡友来,还算得了什么。

处在这种精神状态下,除了失去沃尔特以外,有一件事是诚实的船长看得清楚的,那就是:柯特船长的整个世界几乎都已伴随着沃尔特一起沉没了。如果说,他有时候会因曾纵容沃尔特出于好意向舅舅隐瞒真情而强烈地自责,那么他至少也会用同样多的时间想起卡克先生,那位像海洋般莫测高深的家伙。他也会想起董贝先生,如今他才开始意识到,那位大老板是凡人无法接近的。他想起"可心的人儿",如今这位姑娘他可是再也不能和她交往了。他想起《可爱的佩格》这首美好的歌谣,如今它也像是一艘柚木制作的船,撞碎在岩岸上,只剩下漂在海面上的一堆木板和横梁发出袅袅余韵。船长坐在黑暗的店堂里,思索着这一切,全然不顾自己的伤痛。他忧郁的目光看着地面,仿佛真的在凝视着一堆沉船的碎片在他身边漂过。

尽管如此,船长并没有乱了方寸,他还是注意到了要尽自己最大的努力,以体面和尊严的方式来悼念可怜的沃尔特。第二天早晨,天刚蒙蒙亮,船长自己惊醒后,就唤醒了磨工罗布,(他睡得正香,本来嘛,哪有这么早就起床的!)他把大门钥匙往兜里一揣就出发了,那男孩紧跟在他身后。两人来到附近一处卖廉价成衣的摊点(在伦敦东头像这种货摊可有的是),船长选购了两套丧服:给磨工罗布买的那套小得邪乎,给自己买的那套又大得邪乎。他还给罗布买了一顶帽子以便和丧服相配,那种帽子通常称作防水帽,它的最大优点是:既有对称美又有实用性,是水手帽和铲煤工帽的完美结合,这种帽子现在居然和航海仪器业扯上了关系,也算是开拓创新。船长和罗布迅速穿上新装,卖衣服的商贩见了大声宣称,想不到衣服竟会如此合身,这简直是个奇迹,只有种种机缘巧合,才能难得一见;他俩着装的样子在附近最年老居民的记忆中也前所未见,谁见了都得承认,这的确是一大奇观。

船长就是在穿上丧服、改变了外观的情况下接待涂茨先生的。"这会儿呀,孩子,我简直给吓呆了,"船长说,"只能承认那个坏消息是真的。你对那个年轻姑娘说,让她一点一滴地把这个不幸的消息向小姐透露,把话尽可能说得委婉些,让她们俩以后再也不用想起我这个人了——你要特别记住这一点——尽管在刮十二级风、巨浪排山倒海的夜里,我仍旧会惦记着她们,老弟,这句话你可以在瓦茨博士①的书里查得到的,查到了,你就用笔把它记下来。"

　　对于涂茨先生想和他订交的建议,船长尚有所保留,认为现在还不是适当的时机,他就这样把客人送走了。事实上,那天柯特船长的情绪极其低沉,对于未来会发生什么,抱着一副听天由命、满不在乎的样子,竟全然忽略了对于麦克斯丁格尔太太可能突然来袭的防范。然而,到了晚上,他的情绪略为镇定,便对磨工罗布讲了许多有关沃尔特的话,对于罗布的殷勤和忠诚,他还偶尔会表扬几句。罗布坐在那里,眼睛一直盯着船长,听船长认真地表扬自己,倒并不脸红,他假装出一副善良的样子,对船长所讲的话充满同情,还感动得啜泣起来,与此同时,他却把船长的一字一句都牢牢地记在心里。他的骗术非常高明,简直是个小小的暗探。

　　等罗布躺下睡觉,并沉沉入睡后,船长把蜡烛心修剪整齐,戴上眼镜(尽管他的目光像鹰隼般的敏锐,但他觉得自己既然已从事仪器行业,还是戴上一副眼镜更合适),打开祈祷书,翻到有关丧礼仪式的部分。他独自在那间小小的后房,静静地读着这些章节,间或地停顿一下,擦干眼中的泪水。就这样,船长满怀着真诚和淳朴的精神,把沃尔特的遗体送到了大海深处。

---

① 瓦茨博士(1674—1748),英国作家,曾编过许多宗教诗和儿童歌谣,但其中没有船长胡乱引用的句子。

第三十三章 对 比

让我们把视线转向两个家庭；它们并不挨在一起，而是离得很远，不过都位于伦敦这个大都市够得着、容易去的近郊。

第一个家坐落在诺伍德附近绿树成荫、一片苍翠的乡间。那不是一座大厦，它的大小还配不上这一称号；不过它布置得很漂亮，显得颇有品位。那里有草坪、柔软平整的斜坡、开满鲜花的园子和一丛丛树木（其中不乏桦树和垂柳等优雅树种）、温室、具有乡村风味的游廊（那里的柱子上爬满芳香的攀缘植物）。房子外观简洁，那几间安排得井井有条的厨房和贮藏室，尽管很小，只适合于小型乡间别墅之用，却预示出它的内部有宫殿般的舒适。这一暗示并非毫无根据，因为走进去一看，屋子里面确实既优雅又豪华。每一个角落的用色都极为丰富，调配合宜。说起家具来，每一件家具都设计精巧，它的大小与一间间不大的房间的形状和容积恰好配合得天衣无缝。到处都有样子奇特的玻璃门和玻璃窗，阳光透过玻璃，在墙壁上和地板上涂抹上一层柔和的金黄。房间里还装饰着一些经过精心挑选的印制和手绘的图画。在奇妙的凸角和壁龛里，放着很多书。桌子上还有挑战技艺和运气的游戏用具：形状奇特的象棋棋子、骰子、巴加门十五子棋、纸牌和台球。

然而，虽然有一大堆令人舒心惬意的东西，但那里总的氛围却使人感到有点儿不妙。那是为什么？是不是因为地毯、窗帘过于柔软，不会发出一丁点儿声响，以致会使人觉得那作息于其间的人行踪诡秘、偷偷摸摸？是不是因为印制和手绘的图画诱导人想到的并不是宏伟的思想言行,也不是风景诗所描写的自然美景、华屋茅亭,而仅仅是形与色的展示,全部都具有肉欲享受的性质?是不是因为屋主人的藏书,尽管外面都有豪华的金装,但只要看看书名,就知道它们中的大部分都与印制和手绘的图画属于同类性质?是不是因为主人在屋内某些不重要、不须花钱的地方,假装出谦卑低调的样子(这就像挂在墙上画得极为逼真的画像,以及坐在画像下一把安乐椅上正在进早餐的主人本人的脸,同样虚伪),用以掩饰它的富丽堂皇、应有尽有呢?是不是因为画像的原型,也就是这里所有一切的主人,每天呼出的气息中隐约含有他本人的一部分,从而使人们得以在他身边的一切物品中,看到他模糊的影子?

坐在安乐椅上的正是商行经理卡克先生。桌子上方那个擦得锃亮的鸟笼里,一只羽毛华丽的鹦鹉正在用喙撕扯金属栅栏,它头倒挂着在鸟笼圆顶上踱步,摇晃着它居住的屋子,并发出尖叫。但是卡克先生没有理会那只鸟,只是若有所思地微笑着凝视对面墙上挂着的一幅人像。

"真是没有料到,竟会如此相像。"他说。

画中人也许是朱诺[①];也许是波提乏[②]的妻子;也许是某位爱嘲弄人的水仙女——这要看画商觉得怎么命名更好卖。画中人是一位美丽绝伦的女士,她正要转身离去,但她的脸却似乎在对着那位看她的人说话,她骄傲的目光正朝他闪亮。

她像伊迪丝。

他朝那幅画递了个手势——怎么!是威胁吗?不;然而,又有点儿像。是得意洋洋地向她招手吗?不;然而,更像是这么回事。他向她吹过去一个无礼的飞吻吗?不;然而,就像是这么回事——

[①] 朱诺,罗马神话中的天后,即主神朱庇特之妻。
[②] 波提乏,埃及法老的内臣,约瑟的主人,波提乏的妻子爱约瑟俊美,要与约瑟同寝,遭到他的拒绝。见《圣经·旧约·创世记》第39章。

他继续用早餐,并向焦躁不安的笼中鸟招呼了一声,那只鹦鹉便蹦了下来,落在鸟笼中一个镀金圆箍上,那圆箍的形状就像一只巨大的结婚戒指,接着它就在圆箍上玩荡秋千游戏,以娱乐它的主人。

第二个家坐落在伦敦的另外一侧,靠近那条往日车水马龙一片繁忙、如今几乎已变得寂静荒芜、只有徒步旅客偶然走过的大北路附近。那是一座破旧的小房子,屋里只有少得可怜的几件旧家具,然而却收拾得十分干净;只要看养在门廊处和窄小的花园里的那些不值钱的花,就会知道,屋子的主人甚至还打算把这里装饰得漂亮一些呢。这座小房子所在地点周围的景色,乏善可陈,既无乡村特色又无城市特色。这里既非城市又非乡村。城市像一位穿着旅行靴的巨人,往前迈了一大步,早就把它跨过,把那沾满砖屑和灰泥的靴子后跟远远地落在了它的前面。然而,巨人双脚之间的地带,还是破败的乡村,而不是城市。这里,几座高高的烟囱在日夜不停地喷吐烟尘,烟囱之间以及制砖厂和狭窄的小巷之间的草皮都已铲光,篱笆和栅栏都已东倒西歪,地上长出的荨麻上也沾满尘土;这里还偶尔能看见一两处残存的树篱,偶尔还有捉鸟人上这儿来捉鸟,但是每次来过以后,总会听见他赌咒说以后再也不来了。第二家就坐落在这样的氛围中。

如今她就住在这第二个家里,为了对一个被遗弃的哥哥作出奉献,她离开了那第一个家。她一走,基督的救赎精神以及唯一能给这家主人的心以慰藉的天使也走了。尽管他认为她的行为忘恩负义,从而也与她恩断义绝,然而,即使是他这样的人,仍不能把往日的她全然遗忘。尽管他从不涉足她往日照料的花园,但是在他大笔花钱装修住宅时,他还是让她的花园保持原样,似乎她昨天刚离去,花园可以作证!

从那以后,哈丽特·卡克变了。尽管时光老人全知全能,但他仅靠自己的力量也决计无法使她的美貌蒙上如此浓重的暗影;他的帮手就是焦虑和忧伤,以及每一天都在为维持生计而挣扎。但她仍然美丽,仍然是一位温雅、文静、怯生生的美人,不过,她的这种美,不会自我张扬,需要别人去探索、追寻。如果做得到的话,她甘愿保持现在这样,不要求别的。

正是这样。这个苗条、瘦小、性格坚韧的身影,尽管穿的衣服材质不好,但却非常整洁合身,她所象征的仅仅是平凡、普通的家庭美德,它与关于英雄主义和崇高伟大之类的既定理念,鲜有共同之处,除非这种美德的任何一缕光线能照亮世上伟人们的一生,这种美德就会变成天上的星座,你只要一抬头,马上就能看见。如今这个苗条、瘦小、性格坚韧的身影,倚靠在一个男子的身边,那个男子其实并不老,但早已头发灰白、憔悴不堪。在他身败名裂之际,全世界只有她,他的妹妹,来到他的身边,把她的手放在他的掌中,她温柔、沉着又坚定,她满怀着希望,引领他在他那条荒凉的人生道路上前行。

"时间还早,约翰,"她说,"你为什么这么早就走?"

"比平时也早不了多少,哈丽特。如果时间有富裕,我倒想要……这是我的一个怪念头,想要到我和他告别的那座房子跟前走一趟。"

"约翰,我真希望自己以前见过他,认识他。"

"还是像现在这样更好,亲爱的,不忘记他的忌辰。"

"就算我以前认识他,我也不会比现在更加遗憾了。你的悲伤不就是我的悲伤吗?如果我以前认识他的话,也许你会感觉到我是你的一个更好的伴儿,比现在这个样子更好。"

"我最亲爱的妹妹!在每一件事情上,无论是欢乐还是痛苦,难道我还会怀疑你会始终和我在一起吗?"

"我希望你不要怀疑,约翰,因为我确实事事处处都和你在一起!"

"在这件事情上,在任何事情上,难道你不是已经做得再好不过、离我最近不过了吗?"她的哥哥说,"我感觉你认识他,哈丽特,和我一样对他怀抱着深深的感激之情。"

她把他放在她肩膀上的手拉过来,让他的手臂绕住自己的脖子,回答时有几分忐忑:

"不,不完全是这样。"

"真的,真的!"他说,"你是不是觉得,我若是允许自己和他更熟识些,那样做也不会对他造成任何损害?"

"哪里是觉得! 我知道,这是事实。"

"老天知道,我不敢接近他,我回避他,那是故意的,"他回答时摇摇头,神情无限凄楚,"不过他的名声太宝贵了,我总是不敢冒险和他联系。不管你在这个问题上的看法和我一样,还是不一样,我亲爱的……"

"我不这么看。"她平静地说。

"真的,哈丽特,刚才我想起他来心情非常沉重,你这么一说,我再想起他来,心里觉得好受多了。"他注意控制自己凄楚的语调,对她微笑说,"再见!"

"再见,亲爱的约翰! 晚上,还是那个时候,我还会像平常一样在老地方迎接你回来。再见。"

她热诚地抬起脸来接受哥哥的吻别,那张脸就是他的家、他的生命、他的宇宙,但同时又是他的惩罚、他的悲痛;因为,尽管她的脸安详、宁静,就像落霞一样明净,但他还是从她的脸上看到蒙着的那一丝阴云;她舍弃安逸、快乐和希望,始终不渝、无怨无悔地将自己的生命奉献给他,但他却从中看到自己往昔所犯罪行所结的苦果,永远成熟,始终新鲜。

她站在门口,双手松松地握在一起,目送着他踏上他们房前那一小片坎坷不平、污秽霉臭的空地,离她而去。不久以前,那里还是一片芳草萋萋的牧场,如今则已完全成了废墟,从垃圾堆上,这儿一簇那儿一簇开始冒出一些简陋房屋的雏形,好像是被笨拙的手播撒在那里的。他回头望了一两次,当他回顾时,她脸上那热诚的光辉像太阳一样照暖了他的心。他走远了,再也看不见了,而她仍站在那里望着他的背影,这时,她眼中溢出了泪水。

她充满忧思的身影并没有在门口待多长时间。她得尽日常的责任,干每天都得干的家务活(平常人并非英雄豪杰,每天都得靠一双手辛勤劳动才行),所以哈丽特很快就忙碌起来。等她把家务活干完,贫寒的小房子顿时就变得十分整洁。她拿出家里仅有的几个钱数了数,脸上露出忧虑的神色,接着就出门去购买必不可少的食物,一边走一边精打细算,怎样节省每一个铜板。身份低微的人们,日子过得多么艰辛,他们非但在跟班、侍女们面前显不出英雄气概,①而且根本就没有什么跟班、侍女,可供他们逞英雄,摆威风!

她离开了家,屋子里空无一人。这时,有一位绅士来到她家屋子跟前,他走的是与她哥哥走的不同的另一条路。那位绅士也许刚过了生命的盛年,他脸色红润,腰板挺直,神情开朗,一副宽仁谦和、通情达理的样子。他的眉毛还是黑的,大部分头发也是黑的,只是明显地杂有若干灰色,衬托得他那眉毛、那宽润开朗的前额,以及那诚实的眼睛,更加显得优美。

他敲敲门,但没有听到回音,这位绅士就在门廊处一条板凳上坐下来等待。他嘴里哼唱着几小节乐曲,同时手指非常专业地做出按动琴弦的动作,还在身边的板凳上打拍子,这似乎表明他是一位音乐的行家;有时他哼唱起一段极其缓慢、极其悠长的曲调,听不出是什么旋律,不过他那极其悠然自得的神态,似乎可以告诉

---

① 此处用英语成语:"在跟班眼里,谁也不是英雄(no man is a hero to his valet)。"

你,他的演奏技巧还相当高超呢。

这位绅士仍在捻弄着一个主题,往复、往复了许多次,阐释、阐释得越来越深,他就像是一把起软木塞的螺丝起子,忘掉了身边的一切,只顾往桌面里钻,正在这时,哈丽特回来了。当她来到跟前时,他站起身子,取下头上的帽子。

"你怎么又来了,先生!"她嗓音颤抖地说。

"恕我冒昧,"他说,"我能不能占用你五分钟时间?"

她稍稍迟疑了一下,便打开房门,把他领进了小小的起居室。那位绅士在一把椅子上坐下来,并把椅子拖到面对着她的桌子一侧。他说话了,他的声音和他的外表完全协调一致,那真诚坦率的态度十分动人:

"哈丽特小姐,你的性格不会是骄傲的。那天早晨我来拜访时,你向我作了这样的表白。如果我说,当你对我作这样的表白时,我一直看着你的脸,却从你脸上看到了相反的表情,那么就请你原谅。现在我再一次看着你的脸,"他说时轻轻地把手放在她的手臂上,停留了一小会儿,"越来越感觉你并不骄傲。"

她显得有点儿慌张,有点儿激动,一时间作不出现成的回答。

"我在你脸上看到的是正直、诚恳,"这位访客说,"是温柔、和蔼。请原谅,我相信自己的判断,并且又来了。"

他说这些话的神态,完全摆脱了讲恭维话的样子。他的话说得如此淳朴、庄重、自然和真挚,使她低下了头,似乎既向他表示感谢,同时又肯定他的态度真诚。

"我乐意这么想:你我之间年龄悬殊,"这位绅士说,"再加上我来访的目的十分单纯,这就给了我力量,可以把话说得十分坦率。我正是这样想的,所以你就看到我又一次来访。"

"有一种骄傲,先生,"她沉默了一阵,说,"或者可以假定说是骄傲,那仅仅是责任罢了。我希望我怀抱的只是责任,而不是别的。"

"为了你自己。"他说。

"为了我自己。"

"可是,请你原谅……"那位绅士提示说,"不是为了你的约翰哥哥吗?"

"我是以他的爱为骄傲,"哈丽特正视着来客的脸说,她的态度顷刻间改变了,尽管仍然矜持和平静,但变得更为急切,注入了深深的热情,以致她十分坚定的声音也微微颤抖起来,"以他为骄傲的。先生,想不到你竟会了解他已往的历史,上次你来这里时还对我重述了一遍……"

"我只是设法博取你的信任,"那位绅士插话说,"看在上帝的面上,千万不要以为……"

"我可以肯定,"她说,"你把这件事重述给我听,抱着仁慈、善良的意图。对此我可以十分肯定。"

"我感谢你,"来客赶紧握一下她的手,说,"我对你十分感激。我可以担保,你对待我的态度十分公正。你正打算说,我作为一个了解约翰·卡克以往历史的人……"

"会觉得我骄傲,"她接着说,"因为我说了,我以他为骄傲!我是这样的。你知道,曾经有一度,我没有、也不能以他为骄傲……不过,那已经是早就过去的事了。多年来,他一直谦卑、忏悔,痛苦忏悔,抱着从不怨天尤人的态度,来救赎自己的罪行。甚至我对他的爱也会令他痛苦,他总觉得我为他作出了太大的牺牲,尽管上天可以为我作证,我的作为完全出于自愿,我只是不忍心看到他的痛苦!……噢,先生,我已经看到了这一切,假如你是一位拥有某种权势的人,而有人对你做了错事,那么我恳求你,无论那人所犯的过错有多么严重,你也不要对他施加无法挽回的惩罚;我们头上有上帝,唯有他才能改变他所创造的人类的灵魂。"

"你的哥哥已经变好了,"那位绅士充满同情地说,"我向你保证,我对此丝毫也不怀疑。"

"他在做错事的时候变坏了,现在又重新成了他真正的自己,请相信我,先生。"

"我们因循旧规,"来客想得出了神,他伸手摸摸自己的前额,接着又沉思着敲了敲桌子,说,"我们因循旧规,一天天从事着我们那机械死板的日常工作,见不到,也跟不上那些变化。那些、那些事情是非常玄妙的。我们、我们没有闲暇去把它们弄个明白。我们、我们缺乏勇气。这些事学校里、学院里都不教的,我们不知道该如何去着手应对。总而言之,我们都是些可恶的事务主义者。"那位绅士说,他走到窗口,又从窗口走回来,非常不满和烦恼地重新在椅子上坐定。

"我敢肯定,"那位绅士又一次摸摸自己的前额,又像刚才一样敲了敲桌子,"我有充分的理由相信,一天又一天,继续不断地过枯燥乏味的单调的生活,人就会变得乖乖地听从任何命运。对什么事情都视而不见,听而无闻,一无所知;事实就是如此。我们继续把任何事情都视为理所当然,长此以往,终于有一天,我们无论做好事、坏事或无关紧要的事时,都因循旧规。直到我躺在临终的床上,被勒令在自己的良心面前作辩护时,我只能说自己是按习惯办事。'习惯,'我说,'习惯在诸多事情上使我又聋,又哑,又瞎,而且还全身瘫痪。''叫什么来着先生,你倒真是事务主义得厉害'良心说,'不过,你的理由在这里解释不通!'"

那位绅士站起身来走到窗户跟前,然后又返回原处:他十分焦躁不安,他的不安只能用这种特别的举止来表达。

"哈丽特小姐,"他重新坐回椅子上说,"我希望你能允许我为你效劳。看着我;我现在的样子该是很诚实,我知道是这样的。我说得对吗?"

"对。"她微笑着说。

"你对我说的每一个字,我都相信。"他说,"在过去十二年里,我本该早就懂得这一点,认清这一点,本该早就认识你,前来探望你,但是我一直没有这样做,为此我的心里充满深深的自责。我自己也不知道我怎么终于会来到这里——我这个人呀,不仅受自身习惯的支配,并且还受他人习惯的支配!但是,我既然来了,就让我做些什么吧。我是因为对你充满尊重和敬意才提出这个请求的。你激发起我最最高度的尊重和敬意。让我做些什么吧。"

"我们甘愿过这样的生活,别无所求,先生。"

"不,不,不完全是这样,"那位绅士接着说,"我想不完全是这样。有一些小小的享受能使你的生活、也使他的生活变得舒适一些。他的生活!"他重复说,想让这几个字给她施加一些影响。"以前我总习惯于这样想:对于他,已经没有什么可以做的了,一切都已安排就绪,一切都已过去。总之,我根本不想这件事。可是我现在的想法不同了。让我为他做些什么吧。你也一样,"来客非常体贴地说,"为了他,你更要好好爱护自己的身体,我担心你的身体会日渐衰弱。"

"不管你是什么人,先生,"哈丽特抬起目光,正视着他的脸说,"我都深深地感谢你。我确实相信,你说的一切,都出于对我们的善意,而决没有其他动机。可是,我们过这种方式的生活已经很多年了;如果要从我哥哥身上拿掉任何一点点使他在我心目中变得可爱的东西,拿掉任何一点点他决心改恶从善的明证(他自身低贱,得不到任何帮助,完全被人遗忘,但一心救赎补过,这就是他的美德),那么,当我们真的到了你刚才所说的那最后时刻,这样做就会削弱他和我心灵的慰藉。我的话不足以表达我对你的感谢,我的眼泪会表达得更好。请你相信吧。"

那位绅士被深深地感动了,拿起她伸出的手,把它放在自己的嘴唇上亲吻,那动作倒更像是一位慈爱的父亲在吻他那乖乖女儿的手。只是比那更加虔诚。

"如果有朝一日,"哈丽特说,"他能部分地恢复到重新承担他失去的职位……"

"复职!"那位绅士立刻喊了起来,"怎么能抱有这样的希望?能让他复职的权力操在谁的手里?我相信自己的猜想绝对错不了,他的弟弟之所以会对他表现出如此深刻的敌意,其原因之一就是:他得到了生命中的无价之宝。"

"你接触到了他和我之间从未涉及的话题;即使是他和我也从来不会稍稍涉及。"哈丽特说。

"请你恕罪,"来客说,"我本来应该想到这一点的。我恳求你忘掉我不小心说了不该说的话。现在我不敢再提出什么恳求了,我不敢肯定自己有这样的权利,但是上帝知道,我的犹豫也许只是习惯所使然,"那位绅士摸摸脑袋,神情仍然沮丧,"允许我,尽管只是个陌生人,但又不是个陌生人,恳求你答应我两件事。"

"哪两件事?"她问。

"第一,如果有朝一日你发现自己有理由改变原先的决定,那就请你允许我当你的得力助手。到那时,我会把我的名字告诉你,听你调遣;现在告诉你没有用,我的名字从来微不足道。"

"我们也没有很多朋友好挑选,"她回答时淡然微笑,"不需要每时每刻考虑来考虑去。这一点我答应。"

"第二,请你允许我隔一段时间来这里看看,就说定每星期一早晨九点吧,我做事总得有条不紊,只怕又要纳入习惯套路了!"那位绅士说时似乎有个古怪的想法,还打算就这个题目与自己争论一番呢,"我走过你们家时,希望能看到你在门口或在窗前。我不要求进屋里去,因为那个时间你哥哥不在家。我也不要求与你说话。我只要求能亲眼看到你,知道你平安无事,并且不用打搅你就能使你想起你有一个可以随时差遣的朋友,一个头发早已灰白并且很快就会变得更加灰白的、上了年纪的朋友,能这样,我就满足了。"

她抬起她那诚挚的脸正视着他的脸;她信赖他,她答应了。

"我知道,和以前一样,"那位绅士说时站起身来,"你还是不打算对约翰·卡克提起我来访的事,因为你担心我这个熟知他身世的人,会给他带来苦恼。这一点使我高兴,因为这突破了世俗常规,以及……又要说习惯了!"那位绅士说,他急忙控制住自己的情绪,"人们只按习惯办事,倒好像除了常规套路就没有更好的路可走似的!"

说着这话,他转身离去,他光着脑袋走到屋外小小的门廊处,在向她道别时,他既对她无比尊敬,又毫不掩饰对她的兴趣,他的态度是两者的完美结合,其真实性无可怀疑,它是教都教不会的,唯有一颗纯洁、专一的心才可能有这样的表现。

这次来访把哈丽特心中几乎已经忘掉的感情激活了。这对兄妹的家门已经很久无人问津;已经很久没有人以同情的声音向她的耳边吹来忧郁的乐音。过了几个小时,当她坐在窗前勤奋地缝缝补补时,陌生来客的身影仍在她心头萦绕不去;他的话语一遍又一遍地响起,似乎刚刚才向她诉说。他像是按动了一根弹簧,展开了她的整个人生。假如她有短短的片刻不想他,那也是把他融入对伟大造物主的无数灵修默想中间去了。

她时而沉思时而做活:一会儿强迫自己长时间专心做针线活;一会儿又不知不觉地把活计撂在大腿上,放任自己浮想联翩,海阔天空。哈丽特·卡克发现时间很快溜过,早晨早已变成白天。早晨天空还晴朗无云,但逐渐布满阴霾,寒风阵阵袭来,不一会儿下起了激雨。远处城市的轮廓已被黑色的雾障所笼罩,看不清了。

在这样的天气,她总会满怀同情地看着蹒跚在附近公路上向伦敦走去的流民们,他们双足疼痛、疲惫不堪,以惊恐的目光看着面前那座大城市,似乎预见到一旦进了城,自己的苦难就会像大海里的一滴水、海岸上的一粒沙似的微不足道。他们蜷缩着身子,在冷雨凄风下冻得瑟瑟发抖,似乎已无所容于天地间。日复一日,路上都有这样的旅客匍匐而行,但是她总感觉这些人都朝着同一个方向:朝向城里。他们在一种非理性的魅惑力的吸引下,分期分批地被这座大城市所吞没,走上了一条永不回归之路。他们成了医院、墓地、监狱、河流、热病、疯狂、罪恶和死亡口中的食粮。他们行经这条大道,向那头在远方吼叫的怪兽走去,然后消失。

冷风呼啸,雨滴淋淋,无常的天气黑了下来,哈丽特孜孜不倦地干了很长时间的针线活后,目光从活计上抬起来,看见有一名这样的行人在向她走来。

一位女性。一位三十岁左右的孤独的女性,她身材很高,体态优美,容貌美丽;她身上的衣裳破旧不堪,淋得透湿的灰色斗篷上,斑驳杂乱地沾满点点灰土、白垩、黏泥、沙子,那是她在不同的天气、走过不同土壤的公路时沾上的。她头上没有戴帽子,只系着一条破手帕,所以她那头浓密乌黑的秀发没有任何保护,只得听凭雨滴的冲击。风常常会把手帕一角和头发梢吹起来,遮住她的视线,所以她不由得常常停下脚步把挡在眼前的东西撩开,就势看一看面前的路。

哈丽特看着她时,她正在做这样的动作。当她用双手分开遮住饱经日晒的前额和面颊上的头发,把挡住视线的东西撩向两边时,露出了她那美丽的容颜。那是一种不顾一切、蔑视一切的美,她那副不屈不挠、破罐子破摔的劲儿,说明她所挑战的不仅仅是恶劣的天气,尽管她头上一无遮盖,但天地间的打击都向她袭来,她似乎也满不在乎。这一切,以及她悲惨和孤独的境遇,让同样是女人的哈丽特看着心疼。她不仅想到那位过客身体表面受到的毁损,而且还想到种种内在的败坏和堕落。她想,那颗原先是端庄、仁厚的心,也会像那动人的外貌一样,变得冷酷无情。她想,造物主赐给的许多天赋美质也会像她的头发一样,任凭狂风吹拂。她还想到那饱受暴风雨摧残、夜幕即将降临时的古代美丽的遗迹。

想着这一切,她并没有怀着一丝道德义愤对过客背过脸去(大多数同她一样不乏同情心的女性,在这种情况下常常都会掉头不顾),而是对她怀着深深的怜悯。

她堕落的姐妹走过来了,她眼睛望着远方,热切的视线企图穿透那笼罩在大城市上空的迷雾,并且时而以陌生人困惑的、不知所措的目光左右瞥视着。尽管她的脚步大胆又充满勇气,但她实在早已精疲力竭了,她犹豫了片刻,就在一堆石块上坐下来。她也不找个能躲雨的地方,任凭雨滴打在她的身上。

现在她正面对着房子,把头支在双手上休息了片刻,接着她抬起眼,与哈丽特的目光相接。

一瞬间哈丽特就走到门口,她向那位过客招了招手,那女子并没有用目光酬答她的好意,只是从坐的石堆上站起身,踩着缓慢的步子向她走来。

"你怎么在雨里休息呀?"哈丽特温柔地说。

"因为我没有别的地方可以休息。"她回答。

"附近可以休息的地方有很多。这里,"她指了指小小的门廊,"就比你待着的地方要好些。非常欢迎你到这里来休息。"

那位过客用惊奇和怀疑的目光看着她,但并没有任何感恩的表示,便坐下来,脱掉一只破旧的鞋来,倒掉里边的石碴和尘土,哈丽特看见她的脚划伤了,正在流血。

哈丽特的同情心油然而生,不禁呼喊了一声,过客抬起目光,带着轻蔑和不信任的表情,淡然一笑。

"怎么啦,划伤脚对于我这样的人来说,算得了什么?"她说,

"我这样的人划伤了脚,与你那样的人又有什么相干?"

"进屋来,把脚洗洗干净,"哈丽特非常和气地说,"我来找些东西把它包扎起来。"

那女人抓起她的手臂,把它拉到自己面前,用它遮住自己的眼睛,并且哭泣起来。那不像是女人的动作,倒像是个坚强的男子,意外地暴露出了性格中还有软弱的一面。她的胸脯猛烈地起伏,尽力抑制住自己,从这里可以看出,她居然还会如此动情,这实在是一件罕见的事。

她顺从地跟主人进了屋,洗干净了脚并包扎好伤口,显而易见,她这样做并不是出于对自己的关心,主要是出于感恩。哈丽特拿出自己本来就不丰盛的午餐的一部分,放在过客的面前,请她吃,她吃了,当然只能吃个半饱吧。过客急着要继续赶路,哈丽特请她先把湿衣服放在炉火前烤干了再走。于是过客就在炉火前面坐了下来,解开系在头上的手帕,她那头浓密潮湿的头发就一泻而下,一直垂到腰部,她坐在炉火前,眼睛望着火焰,双掌捧着头发,把它烤干;同样显而易见的是,她这样做并不是出于对自己的关心,而主要是出于感恩。

"我敢说你现在准是在想,"她突然抬起头来说,"我以前,有一度,一定长得很美。我相信我是的——我知道我是的。你看这里!"

她猛然用双手把头发捧起来,紧紧抓住,倒像是想要把它扯掉;接着,她让头发掉落下来,然后往背后一甩,就像是在甩一堆纠缠在一起的蛇。

"你是个外来的陌生人?这一带有你认识的人吗?"哈丽特问。

"是个陌生人!"她回答时眼睛望着炉火,每说一句总要稍稍停顿一下,"不错。我成了这里的陌生人已经有十到十二年了。

我待着的地方没有年历。大约是十到十二年吧。这一带我已经不认识了。我离开以后,这里的变化很大。"

"你去了很远的地方?"

"非常远。在海上走了好几个月,离那儿还远着呢。我去了流放犯人的地方,"她正视着好心招待她的人说,"我自己就是一名流放犯。"

"愿上帝帮助你,饶恕你!"哈丽特温柔地对她说。

"啊!愿上帝帮助我,饶恕我!"她说时对着炉火点点头,"如果人们给予我们中的一些人稍稍多一些关怀的话,也许上帝就能早一些饶恕我们所有的人了。"

但是,女主人诚挚的脸上没有丝毫苛责,却充满温情,那真诚关切的样子使过客的态度也软化了,说话也变得和气得多:

"你和我,年龄可能差不多。就算我比你大,顶多也就大个一两岁。噢,你倒想想看!"

她张开双臂,似乎展示她美丽的外形,能够表明她在内在道德方面有多么不幸;她垂下双臂,落在身体两侧,她低下头。

"任何错失都有改过自新的希望;亡羊补牢永远不会太迟,"哈丽特说,"你已经忏悔了……"

"不,"她回答,"我没有!我不能。我不是这样的人。为什么世人都没有罪,而要我忏悔呢?他们跟我说过要我忏悔的事。为什么祸害我、对我做坏事的人不忏悔?"

她站起身来,又把手帕系在头上,转身要走。

"你上哪儿去?"哈丽特问。

"那儿,"她回答时用手往前一指,"伦敦。"

"那儿有你可以投靠的人家吗?"

"我想我还有个妈吧。要是她住的地方称得上是个家的话,那么她就算是个妈吧。"她苦笑一声,回答。

"拿着这个,"哈丽特说时把钱放在她手里,"要尽力好好地生活。钱虽然很少,但是有一天也许可以救救急。"

"你结婚了吗?"过客接过钱,低声问道。

"没有。我在这里和我哥哥一起过。我们拿不出多少,不然的话,我真想多给你一些。"

"我想吻你一下,你让吗?"

看到女主人脸上丝毫没有轻蔑、嫌恶的样子,于是受惠的过客在问话时就低下头,把双唇贴在哈丽特的脸颊上。她再一次抓过女主人的手臂,让它遮住自己的眼睛;然后她走了。

她走进愈来愈浓重的夜色,走进呼号的风,走进拍打的雨;匆忙奔向那有灯光隐约闪烁的、被浓雾笼罩的大都市;她的乌黑的秀发、头上的凌乱的破手帕,在她那蔑视一切的脸蛋旁不停地飘拂着。

第三十四章 另一对母女

在一间又丑陋又黑的房间里,一名同样又丑陋又黑的老妇人,身子蜷伏在一堆萎萎火前,正坐在那里听风听雨。她对烤火比对听风雨声更加执著,因为她从不改变坐的姿势,除非雨滴飘进屋里来,落在冒烟的火堆上嗤嗤作响,唤起她的注意,那时她就会抬起脑袋来倾听屋外呼啸的风、滴答的雨,然后她又会陷入沉思,把脑袋垂得更低、更低、更低,她对于夜的喧嚣声并没有特别留意,犹如一个坐在海滩上出神的人并不留意海浪单调的舒卷声一样。

房间里没有灯火,除非火堆燃烧的光。那堆萎萎火时不时地闪亮一次,就像一头猛兽半睡半醒的眼睛,它照见了房间里一些并不渴望被照得更加清楚的东西。一堆破布、一堆骨头、一张破床、两三把残缺不全的椅子或凳子、脏黑的墙壁、更加脏黑的天花板,这就是火光闪亮一次所能照见的一切。屋里没有正式的壁炉,老妇人的身子俯向烟囱下潮湿的地面上用几块破砖胡乱搭成的炉围,火光把她的巨大、扭曲的身影,一半投射在她身后的墙上,一半投射在她头顶的天花板上。她那副模样就像是一个正在观察祭坛的女巫,想从中找到一个吉祥的符号。她的上下颚和下巴都在格格地颤抖,颤动的速度太快,频率过高,远远超过火光的闪亮,要不然的话,人们还可能误以为老妇人的脸和她的身子一样,都纹丝不动,那颤抖只是火光一明一灭所产生的幻象。

要是弗洛伦斯就坐在这间屋里,看见投射在墙上、屋顶上的那个影子的原形,俯身在火堆上,只要看一眼,就足以使她想起好布朗太太的身影来。尽管她儿时回忆中的那个可怕的老妇人,比她的真人更怪异、更夸张,也许就像墙上的投影一样。但是弗洛伦斯没在屋里观看,所以好布朗太太没有被人认出,没有受到注意,继续坐在那里盯住那堆火看。

雨水像一条小溪似的沿着烟囱流下来,发出咝咝声,外面的雨声劈劈啪啪变得更响了,这引起了老妇人的注意,她烦躁不安地抬起脑袋,想再听个明白。这一回,她的脑袋可没有再耷拉下去,因为有一只手在推门,接着房间里响起了脚步声。

"什么人?"她回过头来问道。

"给你带消息来的人。"一个女人的声音回答说。

"消息?哪儿来的消息?"

"外国来的消息。"

"从海外来的吗?"老妇人喊了一声,突然蹦了起来。

"当然,是从海外来的。"

老妇人匆忙把火拢在一起,向来客走近。那位来客已经走进她的屋里,并随手关上了门,此刻她正站在屋子中央。老妇人用手按住淋得湿透的斗篷,把那顺从的身体转过来,让她正对着火光。看来她没有找到她所期待的东西,无论她期待的是什么;因为她又放开了斗篷,发出一声失望和凄苦的悲号。

"怎么回事?"她的来客问。

"喔嚯!喔嚯!"老妇人仰首向天,嚎哭起来。

"怎么回事?"来客又问。

"不是我那姑娘!"老妇人哭喊道,一边猛然举起双臂,两只手在自己的脑瓜顶上紧握在一起,"我的艾丽斯在哪里?我漂亮的女儿在哪里?他们把她祸害死啦!"

"要是你说的那个人姓玛伍德,那么他们还没有把她祸害死呢。"来客说。

"那你见过我女儿啦?"老妇人喊道,"她给我写信了吗?"

"她说你不识字,看不懂。"来客又说。

"我现在是看不懂了!"老妇人使劲拧自己的双手,喊道。

"屋里连个亮儿也没有吗?"来客说时朝房间四周看看。

老妇人摇摇头,嘴里咕哝着,她还在喃喃地说起自己那漂亮的女儿,一边从房角落的碗柜里拿出一根蜡烛来,用颤抖的手伸到火堆前,好不容易才把它点着,并放在桌子上。污浊的灯芯起初发出的光很微弱,因为厚厚一层污垢使它亮不起来,等到那老妇人昏花老眼的朦胧目光开始能辨认出光照下的物件时,只见来客目光低垂、手臂交叉着已经坐了下来,头上扎的手帕也解下了,放在她身边的桌子上。

"那么说来,我的女儿艾丽斯亲口交代你给我捎口信来啦?"老妇人等了一会儿,嘴里嘟嘟囔囔地说,"她说什么来着?"

"叫你看看。"来客回答说。

老妇人慌张起来,她不知所措,只是重复对方的话;她用手遮在眼睛的上方,使劲看看说话的人,看看房间里的每个角落,接着又再次使劲看着来客。

"艾丽斯说,再看看,妈妈。"说话人的眼睛这时才朝她看。

老妇人又看看房间里的每个角落,看看来客,然后再一次看看房间里的每个角落。她急忙抓起桌上的蜡烛,从座位上站起来,把蜡烛举到来客的面前,然后她大喊一声,放下蜡烛,一把搂住她的脖子!

"是我的姑娘! 是我的艾丽斯! 是我那漂亮女儿,活着回来了!"老妇人尖声喊叫,她抱住女儿的身子,贴着她的胸脯来回摇晃,而那女儿只是在勉强忍受她的拥抱,"是我的姑娘! 是我的艾丽斯! 是我那漂亮女儿,活着回来了!"她又一次尖声喊叫,低下身来坐在女儿面前的地板上,她抱住女儿的双膝,把自己的脑袋搁在上面,继续贴着女儿的身子来回摇晃,不惜耗费全身的气力,来尽量显示内心的狂喜。

"是我,妈妈,"艾丽斯说时俯身向前,吻了她一下,即使在这么做的时候,她也竭力在挣脱母亲的拥抱,"我终于回来了。放开,妈妈,放开。站起来,坐到你的椅子上去。你这种样子有什么用?"

"她回来了,心肠比走的时候还要硬!"她母亲喊道,她仍抱住女儿的双膝不肯放,一边抬起头来盯着她的脸,"她不想要我!过了这么多年,我熬过了这么多的痛苦!"

"算了吧,妈妈!"艾丽斯抖动身上的破裙,想把老妇人甩开,"这件事情有两面。你熬了很多年我也熬了很多年,你受了很多苦我也受了很多苦。起来,起来!"

做母亲的哭着站起身来,她使劲拧着双手,在离女儿不远处坐下,眼睛盯着她看。接着她再次拿起蜡烛,围着她的身子,从头到脚照着她看,并不停地低声呜咽。然后她把蜡烛放下来,重新坐到椅子上去,她的身子来回转动,双手似乎在拍击什么令人生厌的曲调,嘴里继续为自己发出呻吟和悲叹。

艾丽斯站起来,脱掉身上湿透了的斗篷,把它放在一边。然后她又像刚才那样两臂交叉着坐下来,眼睛盯着火堆,听她老母亲咬字不清的哀号,脸上露出鄙夷不屑的表情。

"难道你还指望能看见我回来的时候和走的时候一样年轻吗,妈妈?"她终于开了口,转过眼睛盯着老妇人,"难道你以为像我这样在异国他乡过那种日子还有助于保持青春美丽吗?听你的口气,还真会相信是这样呢!"

"事实不是这样!"当母亲的哭喊道,"这个道理她明白!"

"那又怎么样?"当女儿的说,"最好还是不要再提了,妈妈,否则的话我走出去可比走进来容易。"

"听听看,这么说话!"母亲喊道,"过了这么多年,她刚一回来就威胁说要抛弃我!"

"我再一次告诉你,妈妈,你过了这么多年,我也过了这么多年,"艾丽斯说,"回来时心肠更硬了吗?我回来时心肠当然更硬了。你还能指望不这样吗?"

"对我更硬!对她自己的亲妈!"老妇人哭喊道。

"我不知道一开始是谁使我的心肠变硬的,要不是我自己的亲妈的话,"她坐着交叉着双臂回答,同时她紧锁双眉,紧闭双唇,似乎在竭力把胸中残存的最后一丝柔情都排除干净,"妈妈,听我对你说一两句话。如果现在我和你能够彼此了解,也许我们就再也不必争吵了。走的时候我还是个姑娘,回来的时候已经是个女人了。你尽管骂我:走的时候很没有责任感,回来的时候丝毫也没有长进。不过,你对我很负责任吗?"

"我!"老母亲哭喊道,"对我自己的姑娘!妈妈对自己的女儿负责任!"

"这话你听着觉得违反常情,是不是?"女儿回答时用冷酷的目光盯着她母亲,她美丽的脸上的表情严峻、坚韧、不顾一切,"但是,我在多年孤凄的生活中,有时倒确实想过这个问题,直到我对那种生活完全习惯了。我听见有人说到过最初和最后的责任,不过说的都是我对别人的责任。我有时,为了打发时间,不免胡思乱想,我产生过这样的疑问:难道没有人应该对我负点儿责任吗?"

她母亲嘴里咕哝着,摇头晃脑,一脸怪相;她是在生气,在悔恨,在为自己辩护,或者只是因为身体虚弱?谁也说不清。

"从前有个名叫艾丽斯·玛伍德的小女孩儿,"女儿大笑一声,目光垂下看着自己的身体,以怕人的自嘲口气说,"一出世就在极端贫困、没人管理的环境里成长。没有人教她怎么做人,没有人上前帮她一把,没有人关心过她。"

"没有人!"她母亲应了一声,她伸手指指自己,又捶击自己的胸口。

"她得到的唯一关心,"女儿又说,"就是时不时地挨打、挨饿、挨骂;如果不是这样,她也许会成为一个好一些的人。她和一群和她一样可怜的孩子,在就像这样的家、这样的街区里生活;不过,她度过这样的童年,竟还会出落得一副美貌。这样她就更加倒霉了。她还不如因为长着一副奇丑的样子,而受苦受难,一直到死。"

"说下去! 说下去!"她母亲喊道。

"我正打算说下去呢,"女儿回答,"有个名叫艾丽斯·玛伍德的姑娘。她长得漂亮。她受教育受得太晚了,她受到的教导又是完全错误的。她受到太多的关心、太多的训练、太多的鼓励、太多的照顾。你非常喜爱她——那个时候你变得有钱了。发生在那个姑娘身上的事,每年也发生在千千万万姑娘的身上。那就是毁灭,她生来就是受糟蹋、要毁灭的。"

"过了这么多年!"老妇人发出哀鸣,"我的姑娘一见面就说这样的话。"

"她的结局很快就来到了,"女儿说,"有一个罪犯名叫艾丽斯·玛伍德——还是个姑娘,可是被人遗弃、遭到流放。她受到审讯,被判了刑。上帝呀,那些绅士在法庭上是怎么说这件事的啊!法官对她多么严厉,说她滥用了上帝赐给她的美貌,(好像他不是比在场的任何人都知道得更加清楚:恰恰是她的美貌给她降下了灾祸!)把责任全推在她的身上,他宣讲法律之臂无比强大,既然法律非常强大,一切都如此庄严和虔诚,那么当她还是个天真无邪、孤苦无依的小可怜儿时,为什么不能使她得救呢? 果然,从那以后,我多次反复思考这个问题!"

她双臂交叉,紧贴在胸前,发出笑声,她笑得如此可怕,相比之下,老妇人的嚎叫都变成音乐般动听了。

"艾丽斯·玛伍德就这样被流放了,妈妈,"她继续说下去,"被流放到海外去,让她学会如何尽自己的责任,而那个地方的责任意识比这儿,也就是英国本土,更要少二十倍,而邪恶、冤屈、丑事却要多得多。艾丽斯·玛伍德回来时已经是个女人了。经历了所有这一切遭遇,她变成了她该变成的那种女人。到适当时候,会有更多的庄严,更多的漂亮话,更强大的法律之臂冒出来,这是最最可能的,而她也将会走到她生命的尽头。那些绅士不用担心失业。小可怜儿们成堆成群,男女都不缺,在他们居住的任何一条街上长大成人,绅士们有的是活儿干,可以一直干到全都发财。"

老妇人两个胳膊肘撑在桌面上,用双手捧住脸,显出非常苦恼的样子,也许她真的很苦恼。

"好啦!我说完了,妈妈。"女儿说时脑袋晃动了一下,似乎在把这个议题甩掉,"我已经说得够多的了。无论我们做什么,你和我也不要提起什么负责任之类的话。我想,你的童年和我的童年也差不多。说这些话对我们俩都再坏不过了。我不想责备你,也不想为自己开脱;我干吗要这样做?这一切早就过去了。可是,我现在已经是个女人,不再是个小姑娘了,我和你都不必像法庭上的绅士们那样,把我们的过去再捣腾出来展览给别人看了。这些事我们俩都知道得够清楚的了。"

尽管她已经堕落,已经走错了路,但是她,无论面貌或形体,都还含有一种美质,即使在她表现得最坏的时候,即使是最不注意她的人,也不会看不到她的美。她沉默了,刚才由于激动而变得严酷无情的脸,也平静下来了。她漆黑的眼睛注视着火堆,刚才被不顾一切的激愤点燃得熠熠生辉的目光,此时却似乎因忧伤而变得柔和起来。有一道光普照着她旅途的劳顿和悲苦,那是堕落天使往昔的光彩。

她的母亲一言不发地盯着她看已经有一阵子了,这时她那只枯干的手正试探着沿桌子一点一点地向女儿靠拢。她发现女儿并没有拒绝她这样做,便进一步伸手去摸女儿的脸,抚平女儿的头发。艾丽斯觉得母亲这种关心的表示,至少是真心的,便没有做出制止她的动作;于是老妇人更进一步,替女儿重新系好头发,脱下鞋子(要是那也可以称得上鞋子的话),把不知是什么破烂的干布片儿披在她肩膀上,低声下气地围着她转,嘴里不断地喃喃自语,她终于逐渐越来越清楚地认出了女儿往昔的举止、往昔的模样。

"你很穷,妈妈,我看得出来。"艾丽斯就像这样坐了一会儿后,四处打量这个房间说。

"穷得厉害,我的宝贝。"老妇人回答。

她对女儿既欣赏,又惧怕。也许她对女儿的这种欣赏由来已久,那是在女儿不惜玷污清白为生存而搏斗的时候,她就在女儿身上发现了某种美质。也许她的惧怕在某种程度上与她刚才所听到的对往事的追忆有关。不管是不是这样,反正此刻她恭恭敬敬、俯首帖耳地站在自己的女儿面前,似乎在恳求女儿不要再进一步谴责她了。

"你靠什么生活?"

"乞讨,我的宝贝。"

"还靠偷窃,是吧,妈妈?"

"只是偶尔干一下,艾丽斯——干得很少。我老了,又胆小。我偶尔从小孩身上弄些东西,宝贝,但是不常干。我在全国各地流浪,宝贝,知道我该知道的事。我盯着看呢。"

"盯着看?"女儿问时,眼睛望着她。

"我盯着一个家庭,我的宝贝。"那位母亲说,态度比先前更加恭顺。

"什么家庭?"

"嘘,别做声,宝贝。别生我的气,我是出于对你的爱才做这件事的。心里惦记着远在海外的我那可怜的女儿。"她作出辩解的姿态把手伸过去,又抽回来,放在自己的嘴唇上。

"很多年以前,我的宝贝,"她继续说,眼睛怯生生地看着面前那张专注而严峻的脸,"我偶然碰见了他的小女孩儿。"

"谁的小孩儿?"

"不是他的,艾丽斯宝贝,别用这种眼神看我;不是他的。怎么可能是他的呢?你知道他没有孩子。"

"那么是谁的?"女儿问,"你说是他的小女孩儿。"

"嘘,艾丽斯,你吓着我了,宝贝。董贝先生的——只是董贝先生的。从那以后,我常常看见这些人。我见到了他。"

说出了最后这句话,老妇人的身子向后缩成一团,似乎突然害怕起来,担心她女儿会揍她。然而,尽管女儿的脸一直正对着她,脸上确实露出最强烈的激情,但她一动不动,仍保持着刚才的位置,只是双臂在胸前交缠得越来越紧,似乎她是在用这个办法抑制自己的冲动,以免在心头突然产生的一团无名火的操控下,做出危害自己或危及他人的举动。

"他想不到我是谁!"老妇人摇晃着紧握的拳头说。

"他根本不在乎你!"女儿咬紧牙关迸出这句话。

"不过我们俩碰到一起啦,"老妇人说,"脸对着脸。我对他说话,他对我说话。他走过一长溜小树丛离开时,我一直坐在那里看着他:他每走一步,我连他的灵魂和肉体一起诅咒。"

"你骂归骂,他照样飞黄腾达。"女儿鄙夷不屑地说。

"对呀,他是在飞黄腾达。"母亲说。

她不做声了;因为她面前那个人的脸和身子因酷烈的愤怒而变了形。激情在她的胸中交战,似乎会把她的胸膛炸裂。抑制愤怒的力量非常强烈,丝毫不亚于愤怒本身,它恰好显示出竭力抑制愤怒的那个女人,性情之激烈和危险。但她终于成功了,沉默片刻

后,她问:

"他结婚了吗?"

"没有,宝贝。"母亲说。

"就会结婚吗?"

"据我所知,不会,宝贝。但是他的主子兼朋友刚结了婚。噢,我们可以给他赞颂!我们可以给他们每一个人赞颂!"老妇人喊道,她高兴得用干枯的双臂搂住自己的身子,"那场婚事只会给我们带来乐子。记住我的话吧!"

女儿抬眼望她,想得到解答。

"可是你的身子又湿又累,又饿又渴,"老妇人说着话,脚步蹒跚地走到碗柜前,"这里几乎什么也没有,太少——"她把手伸进衣袋里,只摸得出两三枚半便士硬币,叮当一声扔在桌子上,"太少了。你身上有钱吗,艾丽斯宝贝?"

当女儿从胸前掏出不久前刚得到的馈赠时,她提问时那张充满贪婪、急切、渴望表情的脸,直盯着女儿看,这情景本身就能把这对母女过去的故事交代个八九不离十,和女儿用语言表述的一样清楚。

"就这些吗?"母亲问。

"都在这里了。要不是碰到了个好心人对我做好事,连这几个钱也不会有。"

"碰到了个好心人做好事,是吗,宝贝?"老妇人说,一边贪婪地趴到桌子上去看钱,她似乎怀疑女儿还有钱握在手里没有全都拿出来,想看个明白,"哼!六加六是十二,还有个六,一共是十八,所以说啊,我们该好好花这笔钱。我去买些吃的和喝的来。"

根据她的外表,你绝对想不到她的动作竟会如此敏捷,因为年老和贫困似乎已把她折磨得无比衰败和丑陋。她开始用颤抖的手为自己系好刚戴在头上的那顶女帽的带子,又把一条方形的破披巾围在自己身上,与此同时,她锐利、贪婪的目光始终没有离开过女儿拿在手里的钱。

"那桩婚事会给我们带来什么乐子,妈妈?"女儿问,"这一点你还没有告诉我呢。"

"乐子嘛,"她一边用粗笨的手指替自己穿戴,一边回答道,"就是那桩婚事里没有一丝一毫的爱情,而骄傲和仇恨倒不少,我的宝贝。他们都是些骄傲的人,他们之间不免有一场混战,等着瞧乐子吧,还存在着危险——危险,艾丽斯!"

"什么危险?"

"我看到了我看到的东西。我知道了我知道的东西!"母亲在偷着乐,"让什么人来留心这事。让什么人来警惕这事。我的姑娘也许还会和上等人打交道呢!"

她看到女儿正以怀疑而认真的目光盯着她看,并下意识地把手里的钱攥得紧紧的,老妇人就更急于要把钱弄到手,便急忙说,"不过,我得出去买点儿东西;我得出去买点儿东西。"

她站在那里,把手伸到她的女儿面前;她的女儿又一次看了看钱,然后把钱拿起来,在出手前吻吻它。

"怎么,艾丽斯!你吻钱啦?"老妇人咯咯地小声笑起来,"这就像我了——这是我常干的事儿。噢,钱对我们说来太有用了!"她说时紧紧攥住自己那枚早已失去光泽的半便士,把它举到自己松弛下垂的脖子前,"钱对我们说来是万能的,可惜没有一堆儿一堆儿的钱往里进!"

"我吻这些钱,妈妈,"女儿说,"或者我刚才吻这些钱(我不知道自己刚才有没有吻过它),是因为感激给我钱的那个人。"

"给你钱的那个人,嗯,宝贝?"老妇人反驳道,当她把钱拿到手时,模糊的眼睛都闪现出亮光,"对呀!如果那个人能多多地给钱,连我也愿意因为感激的缘故去吻那些钱。不过,宝贝,我就要出去把它用掉了。我马上就回来。"

"你似乎说你知道很多事情,妈妈,"女儿说时,目送着老妇人向门口走去,"我们俩分开以后,你已经变得非常聪明了。"

"知道!"老妇人往回走了一两步,用嘶哑的声音说,"我知道的事情比你料想的更多。我知道的事情比他料想的更多,宝贝,让我待一会儿来告诉你。关于他的事,我全都知道。"

女儿微笑了一下,表示怀疑。

"我知道他的哥哥,艾丽斯,"老妇人伸出脖子说,她瞪起满露凶光的眼睛,样子是够吓人的,"他偷了钱,要不然的话,他本该住在你住过的那座住宅里,现在他只得和他妹妹一起住在那边,也就是伦敦北郊外的公路边儿上。"

"哪儿?"

"伦敦北郊外的公路边儿上,宝贝。你想看的话可以去看看那座房子。比起他那座豪宅来,这座小房子实在是提不起来。不,不,不,"老妇人摇头笑道,因为她看见女儿突然站了起来,"不是说现在就去,那地方离这儿远着呢,他们住的那座小屋就在里程碑旁边,堆着一大堆石头的地方。明天吧,宝贝,如果天不下雨的话,你想看就看看去。不过我现在可是要出去花钱啰……"

"站住!"女儿又像以前一样化作一团怒火,她飞身来到母亲的面前,"他的妹妹是不是那个棕色头发、有张漂亮脸蛋的女妖精?"

老妇人吃了一惊,大惑不解地点点头。

"我在她脸上看出了他的模样!那是一座孤零零的红房子。房前有一条绿色的小走廊。"

老妇人又一次点头。

"今天我坐着休息过的就是那座屋!把钱还给我。"

"艾丽斯!宝贝!"

"把钱还给我,不然的话揍扁了你。"

说着,她就从老妇人手掌心里把钱硬抠了出来,全然不顾她母亲的抱怨和哀求。她急忙穿上刚才脱掉的外衣,便一往无前地匆忙走出门去。

母亲跟在她身后,一瘸一拐地竭力想追上她,嘴里不断地劝阻,但她的话好像是说给笼罩着她俩的风雨和黑夜听的,在女儿身上丝毫也没有产生效果。怀着百折不挠的狂热决心,全然不顾恶劣的天气、遥远的距离,甚至身边的一切,女儿似乎忘记了自己刚经过长途跋涉的劳顿,直奔刚才收留过她的那座房子而去。走了几刻钟,老妇人已经精疲力竭,气都喘不上来了,她只敢抓住女儿的裙子,不敢再有其他举动了;母女俩在湿淋淋、黑沉沉的天地间前行,谁都没有说话。如果母亲有时想抱怨一两声的话,那么她也会及时地自我克制,生怕女儿听了会离她而去,把她甩在后边;女儿自始至终没有说一句话。

当她俩走出城市正规的街道,步入那座房子所在的更加黑暗的城乡结合部时,离开午夜时分已经不到一个小时了。城市已经远远地被她们抛在身后,看上去阴惨惨,昏沉沉。刺骨寒风在荒野上呼号,周围一片黑暗、荒芜、凄凉。

"这地方倒很适合我!"女儿站定脚步回顾了一下说,"以前我来到这里时就这么想过,就在今天。"

"艾丽斯,我的宝贝,"母亲轻轻拉了一下她的裙子说,"艾丽斯!"

"什么事,妈妈?"

"别把钱还回去,我的心肝,请你不要还。我们还不起。我们得吃饭,宝贝。钱总是钱,不管是谁给的。你可以把你想说的话尽情地说出来,不过钱还得留着。"

"往那里看!"这是女儿仅有的回应,"我心里想的就是那座房子。是不是那座呀?"

老妇人点头表示肯定;她俩又往前走了几步,就来到门前。艾丽斯刚才坐在那里烤干衣服的那个房间里,现在炉火熊熊,烛光荧荧。她刚一敲门,约翰·卡克就从屋里走出来开门。

看到在这样的深夜里,竟会有这样两位客人来访,他感到惊讶,便问艾丽斯有何来意。

"我找你妹妹,"她说,"找今天给过我钱的那个女人。"

听到她大声嚷嚷,哈丽特走了出来。

"噢!"艾丽斯说,"你在家呢!你还记得我吗?"

"记得。"她回答,不知来客的用意。

曾经在她面前表现得谦卑的那张脸,这时却以无比仇恨和蔑视的态度正视着她。曾经温柔地触摸自己胳臂的那只手,却满含恶意地握得紧紧的,似乎很想上前来把她扼杀;她不觉将身子往哥哥那边靠去,想寻求保护。

"我跟你说话,却没把你认出来!我走近你,却没有根据自己的血在沸腾这一事实,发觉你的血管里流的是什么血!"艾丽斯做了一个威胁的手势说。

"你这是什么意思?我做了什么啦?"

"做了什么!"艾丽斯回答,"你让我坐在你家壁炉前烤火;你给我饭吃,你送钱给我;你还把同情赏赐给我!就你!你这个姓要遭到我的唾弃!"

老妇人的样子本来就丑陋,此刻因满怀恶意更变得十分可怕,她朝着兄妹俩摇晃她那只干枯的手,表示赞成她女儿所说的话,尽管如此,她又一次拉住女儿的裙子,求她把钱留住。

"如果我刚才落下一滴泪在你手上,那么就让那只手枯萎吧!如果我刚才对着你的耳朵说了一句温柔的话,那么就让你的耳朵聋掉!如果我刚才轻轻吻过你一下,那么就让那一吻把你毒死!

我诅咒这座曾经庇护过我的房子!但愿悲痛和耻辱降临你们头上!但愿你们所有的亲属统统毁灭!"

她说出这话时就把钱扔在地上,还用脚去踩。

"我把钱踩到泥土里,就算它能为我铺好登上天堂的路,我也不会去取!偲愿今天把我带到这里来的、我那只流血的脚,还没走到你门前就烂掉了!"

哈丽特脸色刷白,浑身颤抖,拉住她哥哥,不要阻止艾丽斯把话讲完。

"这倒好,在我回来的第一个小时里,我就受到你或任何一个和你姓氏相同的人的怜悯和宽恕!这倒好,你还在我面前扮演仁慈、善良的女士的角色!等我死的时候再感谢你吧,到时候我再来为你、为你家族所有的人祈祷,你就等着吧!"

她的手做出一个凶猛的动作,似乎把心头的仇恨都洒在了地上,目的要诅咒站在一旁的两兄妹都走向毁灭,她又一次抬头看看漆黑的天空,就大步走进茫茫的黑夜。

她母亲扯她的裙子已经扯了好几回,但一点都不管用,于是她只能全神贯注、一脸贪婪相地盯着扔在门口地上的钱,她想等屋里熄了灯,再偷偷溜回来,在泥地里来回摸索、搜寻,把那几枚硬币弄到手。但是,她女儿一把就把她拖走了。她俩就往回走,直奔她们的住处而去。一路上老妇人呜咽啜泣,为损失了钱愤愤不平,偶尔也会哭诉一两声,说她那漂亮女儿做事不负责任,在她们母女重新相会的第一夜,就害得她损失了一顿晚饭;只是她还有所顾忌,不敢把心中的怨愤尽情发泄出来。

她没吃晚饭就上床睡了,要是不算那一小点粗陋的食物的话。那一小点吃的东西是等她那不负责任的女儿熟睡很久以后,她才重新爬起来,坐在那一小堆微弱的余烬前,瘪着嘴仔细咀嚼,吞下肚子的。

难道这位可怜的母亲、这位可怜的女儿,仅仅是那在上层阶级中有时占优势的某种社会罪恶在最底层的缩影吗?难道我们在这个无数大圈儿套小圈儿的圆圆的地球上,从高层到低层艰难跋涉,结果竟发现两者原来紧密相联,两者的尽头是重合的,而我们跋涉的终点又回到了起点吗?我们承认上层人士与底层人士在材质和肌理上确实存在着巨大的差异,可是像她们母女这种织品的花样,难道就不会在贵族血统的人士们身上重现吗?

说话呀,伊迪丝·董贝!还有世上最好的母亲克娄巴特拉,我们想听听你们的证词!

第三十五章 一对幸福的新婚夫妇

街上那污黑的一截消失了。假如说董贝先生的宅邸仍旧是那条街的罅隙的话,那也是因为它光彩夺目的豪华气派把整条街上其他住宅都比下去了。俗话说得好:再普通,再平常,家总是家。这话反过来说也对:再气派,再豪华,家总是家。如今这座豪宅里为家神建立起一座什么样的圣坛呀!

那天晚上,每扇窗子都亮得耀眼,通红的炉火映照在窗帘、帷幕和柔软的地毯上,透出融融暖意,晚餐早就准备就绪,尽管只有四个人进餐,但餐桌上的各种餐具摆放得漂亮、整齐,餐具架上放满了盘子,多得不得了。这座住宅最近重新装修以后,今天还是头一次正式交付使用,全家上下每一分钟都在期待那对幸福的新婚夫妇归来。

今夜新人们要回来,这件事在全家上下人们中所引起的兴趣和期盼,其热烈程度仅次于举行婚礼的那天早晨。珀奇太太此刻正在厨房里喝茶,她已经在住宅各处溜达了一遍,那些丝绸、缎子用品的价格,早就被她一码一码地估算过了,她惊羡,她赞叹,表示这种意思的词汇,字典里有的,字典里没有的,都被她用尽了。负责住宅装修的工头把帽子放在客厅里一把椅子上,帽子里还放着一条手帕,两者都散发出一股强烈的清漆气味,工头蹑手蹑脚地在上下各处巡视,抬起头来望望檐口,低下头去看看地毯,偶尔压不住心头暗暗的得意,就会从口袋里掏出一把尺子来,怀着无法言表的得意劲儿,精确测量那些价格昂贵的物件的尺寸。女厨师兴致很好,说她就喜欢人多(她还准备拿出六便士来打赌,说从今以后这个家来往的人就会多起来),因为她的性情就很活泼、开朗。她从小就是这么一个人,她这种性格也不怕别人知道。她的话引起珀奇太太的心灵共鸣,并低声说出她的赞许和欣赏。一个女佣说,她只希望大家都快乐幸福——不过婚姻就是买彩票,她对这事想得愈多就愈是觉得:还是单身生活更独立、更安全。陶林生先生性格乖戾、阴沉,他说自己意见和她的一样,还说最好是打仗,把那些法国人都打倒——因为这位年轻人心里有个对世界的大致印象:根据自然规律,所有的外国人都是法国人。

不管他们正在聊着什么,每次只要有车辆经过,他们总会立刻停止说话,仔细听着车轮声;大家不止一次蹦起来喊道"他们回来啦!"但是,他们还没有回来;晚饭摆上,收起,再摆上,再收起,女厨师开始叫起苦来;但这丝毫没有扰乱那个装修工程的工头,他仍在快乐地沉思着,继续在各个房间里转悠。

弗洛伦斯已经准备好迎接她的爸爸和新妈妈。她自己也不清楚,她胸中悸动着的感情是源于喜悦还是源于痛苦。然而,心灵的翕动在她脸颊上增添了颜色,在她眼睛里增添了神采。楼下的仆人们交头接耳地窃窃私语(他们谈论她的时候,总是特别小声),说今天晚上弗洛伦斯小姐看上去多么美丽呀,她已长成一位多么可爱的年轻女士了,可怜的宝贝!大家安静了片刻,女厨师觉得自己是这些仆人中的领袖人物,大伙儿都在等待她发表感言,于是她说"不知道是不是",就打住了。女仆也说不知道,珀奇太太是个具备良好社交能力的人,在别人说不知道的时候,她总是说不知道,根本无须弄清别人在说什么,因此她也这么说了。这时陶林生先生总算找到机会给女士们的兴致降降温,降低到和他同一水平,便说"等着瞧吧";他但愿有人运气好,能从这个议题里脱身。女厨师带头叹了一口气,还喃喃地说"啊,这是个奇怪的世界,真的是!"等这句话围着桌子转了一圈,她又以劝说的口气加上一句,"不过,任何的变动也不会使弗洛伦斯小姐的处境更糟,汤姆。"汤姆·陶林生先生的答辩充满吓人的含义,话是这样说的"噢,她真的不会吗?"话刚出口他就意识到,像他这种小人物成不了好的预言家,作不出更好的预言,于是就闭了嘴。

  斯丘顿夫人准备张开双臂迎接她的宝贝女儿和宝贝女婿,正在进行相应的打扮,穿上一身非常年轻的服装,还是短袖的呢。然而此刻,她成熟魅力的光彩只能在她套房的阴影里焕发,几小时以前她占据这个套房后,直到此时她才使这里熠熠生辉。她很快就变得烦躁起来,因为晚餐时间不得不推迟。她的侍女本该是一具骷髅,但在现实生活中却是一位丰满娇媚的少女,再说,她和蔼可亲,情绪极佳,因为她想,她在这家做事,按季度结算工资,比在以前的任何东家那里都安全可靠,她还预期自己在这里将会比以前吃得好,住得好,而且好很多。

  这个豪华的家庭上上下下都在恭候的那对幸福的新婚夫妇此刻在哪里?难道发动火车的蒸汽、推送船只的潮水、风和马匹都降低了速度,故意要延长那幸福时光吗?难道是一大群爱神和美惠女神在他俩的头顶上盘旋,数量太多阻挡了他们回家的行程?难道是他们幸福的路径上长满太多的鲜花,使他们不免为无刺的玫瑰、最芬芳的石楠所羁绊,而难以行进?

  他们终于回来了!已经听到马车轮子的滚动声愈来愈近,一辆载客马车驶到门前!那名讨厌的外国仆人把大门敲得雷鸣一般,陶林生先生等人闻声立刻跑去开门。董贝先生和他的新娘下了车,胳膊挽着胳膊走进大门。

  "我最亲爱的伊迪丝!"从楼梯上传来激动的声音,"我最亲爱的董贝!"两条穿短袖衣服的胳臂依次地环绕着这一对幸福的新人,一一拥抱。

弗洛伦斯也下楼来到门厅,但她没有走上前来,她要等别人无限亲近、无比热烈的感情表演完了以后再怯生生地上前迎接。但是伊迪丝刚进门就一眼找见了她,她在母亲脸上轻轻一吻,先把这位感情丰富的老夫人打发开,然后急忙来到弗洛伦斯身边,把她抱在怀里。

"你好吗,弗洛伦斯?"董贝先生说时伸出了手。

弗洛伦斯浑身颤栗,把父亲的手举起来亲吻,这时她与父亲的目光相接。那目光虽然够冷淡和疏远的,然而她却从中发现了父亲对自己更多的关注,以前可从来没有过,这使她的心不免一阵激动。他看她时的目光中甚至还微微含有某种惊奇,并非嫌恶的惊奇。她没敢再次抬起目光来看他;但是她感觉得出来,父亲又看了看她,目光中不乏赞许的神色。噢!一阵快乐袭上她的心头,尽管她怀抱的希望依然渺茫,没有确实根据,但父亲此时的目光却似乎是对她的希望的某种肯定,她的希望就是:她要在她那美丽的新妈妈的帮助下,学会如何去赢得父亲的爱!

"我想,你换衣服用不了多长时间吧,董贝太太?"董贝先生说。

"我很快就能换好。"

"让他们一刻钟以后开饭。"

说完话,董贝先生就到自己的更衣室里去了,董贝太太也上楼进了她的更衣室。弗洛伦斯和斯丘顿夫人去了客厅,那位优秀的母亲觉得她义不容辞的责任要在客厅里洒下几滴抑制不住的眼泪,假定这是由于见到女儿的幸福所使然。她用边上绣着花的手帕非常仔细地擦拭眼泪,正擦着时,看见女婿来了。

"我最亲爱的董贝,你对世上最最可爱的城市巴黎有什么见解?"她压抑住刚才因喜极而泣的感情,问道。

"那里很冷。"董贝先生回答。

"那里从来就充满欢乐,"斯丘顿夫人说,"那是当然的。"

"不过如此吧。我觉得那里沉闷得很。"董贝先生说。

"啊呀,我最亲爱的董贝,瞧你说的!"她诡谲地说,"沉闷!"

"巴黎给我留下了这样的印象,夫人,"董贝先生很有礼貌地用庄重的口气说,"我想董贝太太和我一样,也觉得那里沉闷。有一两次她说起过她有这样的感受。"

"怎么啦,你这个淘气的女孩儿!"看到她亲爱的女儿走进房间,斯丘顿夫人立刻就打趣她,"你对巴黎说了哪些可怕的话啊?这种话呀,我看哪,只有异教徒才能说得出来!"

伊迪丝带着厌倦的样子抬了抬眉毛;她走过一组折门,那些门都敞开着,好让主人看到套房中新的高档装修和豪华家具,但她只是淡淡一瞥,匆匆经过,便走到弗洛伦斯身边坐了下来。

"我亲爱的董贝,"斯丘顿夫人说,"那些人做得很出色,只要稍一指点,他们就把我们每一个设想都落实了。真的,他们把这宅子变成了一座完美的宫殿。"

"是很漂亮,"董贝先生向四周看了看说,"我下了命令,让他们不要怕花钱;我想,只要花钱能办得到的事,都办到了。"

"还能办不到吗,亲爱的董贝?"克娄巴特拉评说道。

"它是万能的,夫人。"董贝先生说。

他用严肃的目光向他的太太望去,但她一个字都没说。

"我希望,董贝太太,"沉默片刻以后,董贝先生以特别清楚的口气对她说,"屋子里里外外的改动能使你满意?"

"已经不能更漂亮了,"她以满不在乎的骄傲口气回答,"应该是的,当然,我想是的。"

她那骄傲的脸上总是带有一种嘲讽的表情,这表情似乎已经和那张脸分不开了;然而,当他向她暗示说,凭着他的财富,他就该受到羡慕、尊敬或酬报时,不管这暗示本身多么委婉、轻微,并不出格,这样做就会使她脸上出现一种新的、前所未见的轻蔑表情,其激烈程度,无与伦比。正陶醉在他本人有多么了不起的意识里的董贝先生,不知道是否意识到了这一点,其实,能使他大彻大悟的机会本来并不少。那一刻,只要注意到她那黑眼睛以鄙夷不屑的神情匆匆扫过董贝先生引以自豪的奢侈装饰后,瞥了他一眼,他就该心里有数了。他本应该在她的眼神中领悟到:她整个的心灵都在反抗他;即使他的财富再增加一万倍,也不能从这桀骜不驯的女人那里赢得一个温柔的、赞赏的目光,因为这种目光只能凭借他本身、而不能凭借他的财富才能赢得。他本应该在她的眼神中领悟到:那卑贱、贪婪的动机对她的影响,她觉得她应享有无上的权利,因为这是一笔交易,是对她屈身做他妻子的赔偿,但这是低贱的、无益的,她鄙视这一切。他本应该在她的眼神中领悟到:尽管她已经头上毫无遮挡地听凭轻贱与自尊交战所迸发出的雷电轰击,但他只要对他财富的力量稍一暗示,就会使她更加觉得自己低贱,更深地沉入失去自尊的痛苦,内心感觉到更加彻底的挫折和荒凉。

但正在这时,听说开饭了,于是董贝先生挽着克娄巴特拉,后面跟着伊迪丝和弗洛伦斯,一起下楼用餐。周遭餐具柜中陈列的金银餐具显尽豪奢,但伊迪丝经过时都不肯屈尊看上一眼,就像那是一堆垃圾。这是她坐在他家餐桌前吃的第一顿饭,在盛筵上,她的身姿就像是一尊雕像。

董贝先生本人的身姿也很像是雕像,因此他看见自己的漂亮太太端坐不动,骄傲,冰冷,心里还高兴得很呢。她的仪态始终是那么优美、雅致,总的表现还是让他觉得满意和舒服的。因此,尽管他没有从他太太那里得到哪怕是一点点热情、快乐的反应,他还是怀着冷静和满足的心情,以惯常的庄严态度主持了这场晚宴,履行了在餐桌上的光荣任务。主人们进餐时礼仪周全、派头十足、态度冰冷,但是,这顿新郎新娘的就任宴,却不被楼下的那些仆人们看好,人们并没有把它看成是一个良好的开端,尽管如此,这第一场晚宴也就这么过去了。

喝过了茶,斯丘顿夫人就回寝室休息去了。她假装因看到自己亲爱的孩子和心爱的男人成婚而过于高兴和激动,以致她身体受不了了;其实,人们完全有理由设想,她发现这场家宴有些沉闷,因为她在用餐的一个小时内,用扇子遮盖着,在不断地打呵欠。伊迪丝也悄悄地离席,再也没有回来。弗洛伦斯上楼去和第欧根尼讲几句话,因此,当她拿着一只放针线活的小篮子重新回餐厅时,发现只有她父亲一个人在那里来回踱步,态度阴郁,但派头十足。

"对不起,爸爸,我该不该离开?"弗洛伦斯走到门口,怯生生地问。

"不,"董贝先生回答时转过头来看,"弗洛伦斯,这个地方你可以随意出入。这不是我的私人房间。"

于是弗洛伦斯走了进来,坐在远处一张小桌前做她的针线活,她发现这还是她生平第一次单独和父亲待在一起(在她记忆中,从小到大,这还是第一次),陪伴着他。她是他唯一的孩子,自然应该陪伴他,在她寂寞、悲哀的生涯里,她深谙心碎的痛苦;尽管她心中的爱遭到父亲的拒绝,但她从不在上帝面前提起父亲的名字,除非是在每天夜里的祈祷时,眼泪汪汪地为父亲祈福(对他说来,这样的祈福其实比诅咒更沉重);她曾经祈求上帝让她早死,因为这样她就只可能死在父亲的怀抱里;尽管她从来都饱受父亲轻忽、冷淡、厌恶的痛苦,然而,她却无怨无求,报之以永恒的无私的爱,她愿意谅解他,为他辩护,就像他的一位更好的守护天使!

她颤栗,并且泪眼模糊。他在她面前来回踱步的身影,似乎变得高大起来;一会儿朦朦胧胧,一会儿又变得清清楚楚;她似乎觉得这样的情景在多年以前曾经发生过。她渴望亲近自己的父亲,但父亲就在身边时她反倒向后退缩,不敢接近了。这是一个不知道邪恶为何物的天真纯洁的孩子的不自然的感情!不自然的手,扶着尖锐的犁,在她温柔的心田里犁出深沟,播下了不自然的种子!

弗洛伦斯不想因自己心情苦闷而冒犯父亲,让他不高兴,因此她控制住自己的情绪,安静地坐着专心致志地做她的针线活。董贝先生围着房间又踱了几圈后,便停止脚步;在房间某个阴暗角落处的一把安乐椅里坐下后,便掏出手帕,把脸遮住,安静下来打瞌睡。

能坐在那里守护他,弗洛伦斯就心满意足了;她不时地抬起目光看看父亲的座椅;即使在她埋头做活时,她的思想也没有离开他;想到父亲以前曾长期禁止她亲近,她一出现就会使他觉得生疏,令他不自在,而此刻,父亲居然能在她身边安心入睡,心里真是又喜又悲。

要是她知道父亲一直在注视着自己,不知会作何感想!遮住他脸的那一方手帕,是他有意无意设下的一层面纱,在它的掩护下,他可以随意调整视线,片刻不离女儿的脸!当她抬起目光看一眼坐在阴暗角落里的父亲时,他看见了她那会说话的眼睛,目光里充满真挚的感情,似乎在向他诘问,此时无声胜有声,其说服力远胜世上的一切雄辩家,可是她并不知道!当她又一次埋头做针线活时,他急促的呼吸可以变得自在一些了,但是他的视线仍没有离开她,没有离开她那洁白的前额、向下流泻的秀发和那一双忙碌的手;一旦被她所吸引,似乎就没有力量使他的目光挪开!

那一刻他心里在想什么?当他在女儿不知道的情况下,暗中久久地注视着她时,他究竟怀着什么样的感情?她那安闲自若的身影和温柔敦厚的目光,难道含有对他的诘责?他是否开始感觉到她不该被忽视?是否这最终触到了他的痛处,使他醒悟,意识到他不该如此残酷和不公?

即使是性格最固执、最严峻的人,一生中也会有心肠变得柔和的时刻,只是这种类型的人总能把这一秘密瞒得牢牢的。看到女儿在他不知不觉中出落得如此美丽,几乎已经长成一位美丽的妇人了,尽管他一生骄傲,但在他面对这一事实时,也许正是敲击出他心灵中父爱的柔情的时刻。也许会有一些思绪在他的心头流过:他本来就有个幸福的家,一位家庭幸福的精灵正匍匐在他脚下,只是因为他的生硬、阴沉、傲慢的性格,使他看不到这一点,使他失落,迷失了正途⋯⋯尽管她只是运用自己的眼神,尽管他没有意识到自己正在窥测女儿眼神中的含意,但那意义却表述得十分简洁分明,让他懂得了,她在说"凭借我曾护理过的两位逝去的亲人,凭借我童年时的痛苦,凭借我和你午夜时分在这座阴郁的宅邸里的那次相会,凭借我因心灵疼痛而迸发出的哭泣,噢,爸爸呀,趁现在还不太迟,快把你的心转向我,在我的爱里找到栖息之所吧!"也许这正是他能抓住机会的时刻。有一些等而下之的想法,诸如:他和已故儿子的关系现在已被他和女儿的新关系所取代,他应能宽恕她取代弟弟在父亲心目中的爱,想到这里,也许他就能抓住良机。也许仅仅把她视为围绕在他身边的诸多华丽装饰品中的一件就够了。但是,他愈是看她,他心中对女儿的柔情却在愈益增长。他愈是看她,她就愈来愈和他逝去的爱子融为一体,在他心中几乎已无法分离。他愈是看她,一时间他就变得眼亮心明,如果他像当年一样,再次以手支颐,低首坐在小床脚边,她那俯向临终的弟弟枕上的身影,就不再是他的冤家对头,(多么荒谬的想法!)而成了他家庭幸福的精灵,在精心照料着他。他想要对她说话,想把她叫到自己的身边来。"弗洛伦斯,到我这儿来!"这句话已经到了他的嘴边,但是,他仍然觉得这话很怪,难以启齿,迟迟不肯出口,正在这时,听见楼梯上的脚步声,使他抑制了说话的冲动,于是这句话就噎了回去。

是他太太的脚步声。她已换掉晚餐时的礼服,穿上一件宽松的睡袍,头发也解开了,随意流泻在颈项周围。然而,这还不是她令他吃惊的改变。

"弗洛伦斯,宝贝,"她说,"我一直在到处找你。"

她紧挨着弗洛伦斯坐下,还俯下身子来亲吻她的手。他几乎无法理解他的太太。她像是整个地换了个人。不仅她的微笑在他看来是如此新鲜(尽管他以前从未见过她微笑),而且她的态度、声调、眼中的神采,她的关怀、体贴、信任,她一心要想博得弗洛伦斯的欢心,这一切都表现得淋漓尽致——这哪里还是伊迪丝!

"小声一些,亲爱的妈妈。爸爸在睡觉。"

此时她又重新成了伊迪丝。她的目光扫向他坐着休憩的角落,她那脸色和身姿,他倒是非常熟悉。

"我没想到你会在这儿,弗洛伦斯。"

霎时间她又变得如此温柔!

"我很早就离开这里,"伊迪丝接着说,"有意想上楼和你坐在一起说说话。不过,我到你房间里去,发现我的小鸟飞走啦,我就在你屋里坐下等待,盼着你很快就回房间。"

如果弗洛伦斯真是一只小鸟的话,她也不可能对它像对她那样温柔、亲切,把她揽入怀中。

"来吧,宝贝!"

"我想,爸爸醒来的时候,不会想着要见我吧。"弗洛伦斯支支吾吾地说。

"你觉得他会吗,弗洛伦斯?"伊迪丝说时眼睛直盯着她看。

弗洛伦斯低下了头,她站起身,把放针线活的篮子收拾好。伊迪丝把她的手拉过来,挽住自己的手臂,她俩像一对姐妹似的离开了餐厅。当董贝先生目送着伊迪丝走向门口时,他觉得就连她的脚步声都变了,好像从来没有听见过似的。

那天夜里,他在他那阴暗的角落里坐了很久,听教堂报时的钟声打过三下,方才离去。在整个这段时间里,他的脸始终盯着弗洛伦斯刚才坐过的地方。蜡烛渐渐燃尽、熄灭,屋子里越来越黑暗了;但是,他脸上凝聚起的黑暗,比起那投射到、并停留在房间里的夜色,更要浓重得多。

弗洛伦斯和伊迪丝一起坐在小珀尔死去的那个房间的壁炉前,倾心交谈,谈了很久。第欧根尼也在场,起初它不愿接纳伊迪丝,甚至连女主人的话都不听,经过一阵抗议的咆哮后,才勉强接受了既成事实。它退进前厅里去发脾气,但很快又一点一点地从前厅里蹭出来,似乎已经领悟到自己犯了一个错误,这是调教得再好的狗有时也难以避免的,尽管它怀抱着最良好的意图。为表示诚挚的歉意,它直直地坐在她俩的中间,听她们的谈话,它露出一脸傻相,舌头伸得长长的,对着炉火直喘气,那地方紧靠壁炉,温度可不低。

起初她们谈的是弗洛伦斯读的书,她的兴趣、爱好,婚礼举行以后这段时间她是如何消磨的。最后一个话题使弗洛伦斯向伊迪丝敞开心扉,她说话时眼中迸出了泪水:

"噢,妈妈!从那天以后,我遇上了一件非常悲伤的事。"

"使你非常悲伤的事,弗洛伦斯!"

"是的。可怜的沃尔特淹死了。"

弗洛伦斯双手掩面,尽情地伤心痛哭。她已经暗暗地为沃尔特的遭遇流过许多泪,但是每当她想起他或说起他时,眼泪仍不免滚滚而下。

"不过,宝贝,你先得告诉我,"伊迪丝安慰她说,"沃尔特是什么人?他和你有什么相干?"

"他是我的兄长,妈妈。亲爱的珀尔死后,我和他说好了,要像兄妹一样相待。我认识他已经很久了——从我很小的时候起就认识。他也认识珀尔,珀尔非常喜爱他;珀尔临终时说过,'亲爱的爸爸,想着点儿沃尔特!我喜欢他!'那时候派人去把沃尔特找来了,就在他身边,就在这个房间里。"

"那么他真的对沃尔特另眼相看了吗?"伊迪丝态度严峻地问道。

"爸爸吗?他把沃尔特派到海外。行程中遭了船难,他淹死了。"弗洛伦斯啜泣着说。

"他知道他死了吗?"伊迪丝问。

"究竟知不知道,我说不上来,妈妈。我没法证实。亲爱的妈妈!"弗洛伦斯哭诉道,她紧紧抱住伊迪丝,把脸埋在她胸脯上,向她求救,"我知道你一定已经看出来……"

"别说这个!别说,弗洛伦斯,"伊迪丝的脸色变得刷白,口气这么认真,因此弗洛伦斯不等她用手轻轻捂住自己的嘴就不再说下去了,"你先把有关沃尔特的事统统告诉我;让我从头至尾都了解清楚。"

弗洛伦斯把这件事的每一个有关细节都叙述了一遍,甚至讲到了涂茨先生对她的友谊,尽管此刻她心里悲伤,对涂茨又深怀感激,但提起这位年轻绅士来,仍不免带着含泪的微笑。她讲述时,伊迪丝一直握住她的手仔细倾听,她讲完后两人都沉默了好一阵子,伊迪丝才说:

"你说我一定已经看出来,你指的是什么,弗洛伦斯?"

"我想说,"弗洛伦斯还像刚才一样迅速把脸埋在伊迪丝胸脯上,作出无声的恳求,"我不是爸爸疼爱的孩子,妈妈。我从来都不是。我从来都不懂得怎样才能得到疼爱。我不知道该用什么方法,从来也没有人来教教我。噢,让我跟你学吧,学会怎样和爸爸更加亲近。教教我!你一定能让我学会!"她终于把久久埋藏在心底里的悲哀倾吐出来,此时她满怀激情,嘴里断断续续说着感激和亲爱的话语,把伊迪丝抱得更紧,她在新妈妈的怀抱里哭了好大一阵,心里反倒不像从前那样郁闷了。

伊迪丝连嘴唇都变白了,她尽力使自己镇定,直至她那充满骄傲的美丽,终于像死一般凝固在她脸上,她垂下目光看着正在哭泣的姑娘,并且亲吻了她一次。她逐渐松开了弗洛伦斯的怀抱,她态度庄严、平静,就像一尊大理石雕像,那郑重的说话声,也愈来愈变得深沉,但其中并没有搀入其他感情的表征:

"弗洛伦斯,你并不了解我!你还想要跟我学,这件事上帝不容!"

"不能跟你学吗?"弗洛伦斯大惑不解地问。

"你要我教你怎样去爱,或被爱,这件事上帝不容!"伊迪丝说,"如果你能够教我,那倒更好;不过一切都已太迟。你对我来说很珍贵,弗洛伦斯。我想,没有任何人会像你一样,在这么短的时间内,能使我感到如此珍贵。"

她看到弗洛伦斯像是有话要说,便用手按住她的嘴,自己继续说下去。

"我愿意永远做你真心的朋友。我会一直把你挂在心上,即使做得不比世上任何人可能做到的更好,也决不会更差。你可以用你纯洁的心灵的全部信任,充分信赖我——亲爱的,我知道我说了就能做到。他可以娶到的女人多的是,她们在别的方面都可能比我更善,更真,但除了有一条,弗洛伦斯呀,那就是:被他娶进这里来做他妻子的女人,她们中没有一个人的心会比我更加真诚地为你而跳动。"

"我知道这个,亲爱的妈妈!"弗洛伦斯喊道,"从那最幸福的日子开始的第一天我就知道了。"

"最幸福的日子!"伊迪丝似乎不由自主地在重复她的话,接着她又说,"但是这种美德并不属于我,因为在我见到你之前,我几乎从没想到过你,那就让我享有你的信任和热爱,享有我本来不该得到的酬赏吧。有了这种酬赏——这种酬赏,弗洛伦斯呀;在我住进这座宅邸的第一夜;事实上我便得到了指引,要做最好的自己,这句话我只会说一次,决不会说第二次。"

不知道是什么原因,弗洛伦斯几乎不敢再听她继续讲下去了,只是凝视着伊迪丝美丽的脸庞,那脸庞也在凝视着她。

"决不要想从我身上寻找,"伊迪丝把手放在心口上说,"我本来不具备的东西。假如你做得到的话,弗洛伦斯,决不要因为我身上不具备这些东西,你就跟我疏远。你会渐渐地更加理解我,终有一天,你会深深地理解我,就像我理解自己。到那时,请你尽量对我宽容吧,不要把我所能得到的仅有的幸福回忆,变成苦涩。"

可以看见,她凝视着弗洛伦斯的眼睛里涌出了泪水,这表明她那张泰然自若的脸只是一副美丽的面具,然而她仍戴着这面具,并接着说:

"你讲的那种情况,我已经看出来了,知道它千真万确。可是,弗洛伦斯,请你相信我(要是你现在还做不到的话,很快就能做到的),世上没有人比我更没有资格去纠正这种偏差,或给你提供帮助的了。千万不要问我这是为什么,千万不要跟我再说起这件事,不要跟我再提起我的丈夫。在这件事情上,你我之间存在着一个分界、一个只能保持沉默的地段,就像是座坟墓一样。"

伊迪丝默默地坐了一会儿,没再开口。弗洛伦斯紧张得连大气儿都不敢出,她受惊了,又不肯相信这些话,那模糊不清的事实真相,以及它对日常生活的种种影响,一连串地涌过她的脑海。伊迪丝刚一停止说话,她那张着意要保持矜持的脸,就愈来愈显得平静和温和起来,正如她与弗洛伦斯单独在一起时的老样子。她用双手捂住脸,不让弗洛伦斯看出这种变化;她站起身来道别时,热情地拥抱了弗洛伦斯,祝她晚安,她没有回顾,便快快地离去。

弗洛伦斯躺在床上,房间里很暗,只有壁炉发出的火光。这时伊迪丝又回来了,说是睡不着,她在更衣室里感到很孤单;她拉过一把椅子,放在壁炉前,坐在那里眼看着炉中的余烬,直至它们完全熄灭。弗洛伦斯躺在床上也眼望着炉火,望着炉火前那气质高雅的身影、流泉般的美发,以及反映出炉火光亮的那沉思的眼睛;这一切渐渐地变得模糊不清,弗洛伦斯终于睡着了。

然而,即使在睡梦中,弗洛伦斯仍不能完全摆脱对新近发生的事的朦胧印象。它萦绕心头,成了她梦中的主题;时而这个样,时而那个样,但始终给她以威压,还让她感到害怕。她梦见自己在荒野里寻找父亲,追踪父亲的足印,登上高山,沉下深深的矿井和洞穴;她似乎负着某种使命,要把父亲从创巨痛深中拯救出来(她并不知道父亲遭遇了什么苦难,为什么会遭遇苦难),但她始终没有达到目的,未能使父亲获得解放。接着,她看见父亲死了,就在这个房间里,就在这张床上,她知道父亲一直到死也没有爱过她,她趴在他冰冷的胸膛上,哭得心都碎了。接着,眼前展开了这样一幅图景:一条大河在滔滔流淌,耳边响起一个她十分熟悉的悲哀的声音,"弗洛伊,大河滔滔地向前流淌!它从来不肯停一停!你正随着它一起流动!"她分明看到他隔着相当距离,向她伸出双臂,一个身影紧紧地挨着他,那长相就像沃尔特平时那副模样,平静而安详。在她每一个梦中的幻影里,都有伊迪丝的来去,时而使她喜悦,时而使她悲伤,最终两人一起来到一个黑暗的墓穴的边缘,伊迪丝向下一指,弗洛伦斯向下一望,她看见了——怎么回事!——墓穴深处躺着另一个伊迪丝。

她想是由于这个梦太可怕,她哭出了声,她惊醒了。耳边似乎有一个温柔的声音低声说道,"弗洛伦斯,亲爱的弗洛伦斯,这只是一个梦!"一边说,一边伸出双臂搂抱她,她也回报了她的新妈妈的爱抚,然后,新妈妈在灰蒙蒙的晨曦里向房门走去。弗洛伦斯在床上坐起身来,一时间无法断定,这究竟是梦是真;她只知道,此刻分明已是灰蒙蒙的清晨,壁炉中的余烬早已变黑,房间里只有她独自一人。

那对幸福的新婚夫妇回家的第一个夜晚,就这样度过了。

第三十六章　暖　宅　宴[①]

接下去的好多天,日子过得没什么两样;总有许多宾客来访,主人也得常常出访。斯丘顿夫人在自己的套房里举行过几次小型的接见会,凡是那种场合,总有白士度少校追陪左右。弗洛伦斯尽管每天都见到父亲,但从来没有机会让父亲回看她一眼。她和新妈妈交谈得也不多。新妈妈出访归来后,常派人把弗洛伦斯找来,或是自己去找弗洛伦斯;每天夜里入睡之前,不管时间多晚,她总要走进弗洛伦斯的卧室,决不肯浪费任何一个和她相聚的机会,她总是默默地沉思着陪伴那位姑娘,在她的卧室里要待很久。然而,尽管如此,弗洛伦斯不能不觉察到:新妈妈除了对她一人和颜悦色之外,对家里上上下下所有的人都傲慢、专横。

弗洛伦斯本来对这场婚姻抱有很高的期待,她有时会不由自主地将眼前装修一新、美得耀眼的家,与装修前黯然失色、令人沮丧的旧居相比,心里纳闷:不知何时、以何种方式,这座宅第才会开始成为一个真正的家;因为她心里总是在暗暗地忧虑,这里尽管排场十足,办事有板有眼,花钱如流水,但其实对任何人说来,都算不上是个家。弗洛伦斯想起她的新妈妈曾以十分强烈的语气向她断言,自己比世上任何人更没有能力帮助她赢得父亲的心,这句话让她的希望彻底落空,无论白天或黑夜,一想起这事来,弗洛伦斯总会悲伤地沉思很久,还为此不知道流了多少眼泪。很快,弗洛伦斯

[①] 暖宅宴,新婚夫妇在新居初次举行的隆重筵席。

就开始这么想（更确切地说是得出这样的结论）：没有人比她的新妈妈知道得更加清楚，要想软化和改变父亲对待她的冰冷态度是绝对没有希望的，所以她才给自己这个警告，并且出于深深的怜悯，还禁止自己再谈起这个话题。从这里、正如从在她的一切行为和观念里都可以看得出来，弗洛伦斯这个人决不自私，她宁愿忍受这一新的伤痛，也决不愿意稍稍透露出有关她父亲的任何一点事实真相；即使在她胡乱思索时，对父亲始终充满温情。对于她的家，她希望改装后带来的新奇感快些成为过去，能够成为一个更好的家；至于她自己，她倒考虑得很少，更不自怨自艾。

这个新家里的所有成员，尽管私下里都感觉并不像在自己家里那么安适自在，但是有一点是肯定了的，那就是：董贝太太至少也得作为女主人在家里招待宾客，再也不容耽搁了。为了庆祝最近这场婚姻，结交有身份的朋友，已经设定了一系列宴请和招待会，这些活动主要是由董贝先生和斯丘顿夫人两个人安排的。他俩决定，让董贝太太在某一个晚上在家招待宾客，来为这一系列宴会开个好头，当天由董贝先生和董贝太太出面，盛情宴请众多杂七杂八的各路宾客。

于是董贝先生开出了一份他准备邀请前来赴宴的东城各色企业巨子们的名单。而董贝太太态度傲慢地不屑理会这些事，因此只好由斯丘顿夫人代替她最亲爱的女儿拟好一份补充名单，名单上的人都居住在西城，其中包括菲尼克斯表兄，这位表兄也不怕损失财产，目前尚未返回巴登巴登；此外还有那些像飞蛾扑火似的在各个不同时期、在各种不同程度上围绕在她美丽的女儿身边以及她本人身边打转儿、但还没有折断翅膀的各种不同年龄的人们。弗洛伦斯在宴会上占有一席之地是因为伊迪丝下了命令，斯丘顿夫人原先对此是存有过一丝犹疑的；弗洛伦斯对于自己是否出席还心存疑虑，她对凡是可能引起父亲一丝不快的事总是特别敏感，在当天的宴会上她始终保持沉默。

宴会由董贝先生操办,他戴上一副又高又硬的领巾不停地在客厅里走来走去,直到宴席开始的时候;资产雄厚的东印度公司理事来得很准时,他身上穿的那件背心,外表看起来像是某个普通木匠用耐用的木料做的,其实它还是出于裁缝之手,用的面料是中国南京产的一种本色布,这位理事受到董贝先生的单独接待。宴会的下一项进程是由董贝先生派人向董贝太太致意,并向她通报准确的时间;东印度公司理事善于应酬,他极为健谈,对董贝先生表示不胜倾倒,而董贝先生可不善于用言辞把这位对自己五体投地的客人扶将起来,于是只能无奈地眼睛盯着炉火,幸亏斯丘顿夫人及时出现才让他免于尴尬;那位理事把斯丘顿夫人错当成了董贝太太,十分热情地和她招呼寒暄,这真是当晚宴会令人愉快的开场。

第二位来宾是银行行长,盛传此公买得起世上任何东西,要是他想操控金融市场的话,那么他通常购买的东西就是人性。然而,这位行长说起话来却是出奇的谦虚,几乎达到用谦虚来自吹自擂的程度。他说,如果有朝一日董贝先生肯大驾光临他那位于泰晤士河畔金斯登的"小小寒舍",那么他所能提供的也只是一张床和一盘排骨肉。至于说女士们嘛,他这个幽居一隅的男性,可不敢斗胆向她们发出邀请,但是,如果斯丘顿夫人和她的令媛董贝太太有便去往那一带的话,她们倒不妨看一看那里的灌木丛,以及一个不足称道的小花坛、一片简陋的小松林、两三处同样卑微的小景观,这将给他带来莫大的荣幸。作为他性格谦虚的表征,他的着装也极其平常,围巾是一束亚麻布,鞋子很大,上衣过于宽松并不合身,但裤子却又太瘦。斯丘顿夫人和他大谈歌剧,他说他很少去剧院观赏,因为票价太贵,他有点儿吃不消。这么说话,似乎会带给他很多快乐,使他兴高采烈,接着他双手插在口袋里,向他的听众微笑,两只眼睛满意地闪闪发亮。

这时董贝太太出现了,美丽而高傲,对众人流露出一副鄙夷不屑的神情,戴在她头上的新娘花冠似乎是用钢铁的尖刺围成的,它逼迫着她要她让步,但她却宁愿早些死去也决不屈从。弗洛伦斯在她的身边。当她俩一起走进客厅时,董贝先生的脸上又笼罩起回家的那天晚上出现在他脸上的那种阴影。但是弗洛伦斯没有察觉到它,因为她根本不敢抬起目光观看她父亲的脸,再说,伊迪丝的冷峻态度也过于引人注目,谁也不会去注意董贝先生脸上出现的阴云。

很快就有很多贵宾光临。公开招股公司的总裁、主席们来了不少,还有斯丘顿夫人的朋友们:穿上盛装、头上的饰物沉甸甸的、上了年纪的贵妇们;菲尼克斯表兄和白士度少校也来了。客人们的脸上一律容光焕发,老夫人们干瘪得像鸡皮似的脖子上戴着价值昂贵的项链。其中一位六十五岁的年轻女士穿得倒也凉快,双肩和后背都光着,她说话咬舌,自有一种惹人怜爱的味儿,她要使上浑身力气才能使自己的眼皮抬得起来,但是她的姿态却常会使人想起轻佻少女那莫可名状的迷人之处。董贝先生方面请来的客人大多沉默寡言,而董贝太太方面的客人则大多非常健谈,双方的情趣不相投合。董贝太太方面的客人像是受了某种磁力作用似的,结成帮与董贝先生方面的客人过不去,结果使男方的客人只能孤零零地在房间里踱步,或是找个角落躲起来,有人和新到的客人纠缠在了一起,有人在沙发背后成了行路的障碍,更有人被外面的人猛然开门磕疼了脑袋,种种尴尬之状不一而足。

当仆人宣布宴席开始后,董贝先生带领一位老夫人下餐厅进餐,那位老夫人活像是一个塞满了钞票的深红色丝绒针插,没准儿她就是"针线街老夫人"①的化身,她太有钱了,一副难说话、毫不

---

① 针线街老夫人,英格兰银行的戏称,因为从公元1734年起,这家银行就开设在伦敦市区的这条街上。

通融的样子。菲尼克斯表兄带领董贝太太;白士度少校搀扶斯丘顿夫人;那位袒露肩膀的年轻尤物归了东印度公司的理事,她的丰采把其他美女都比下去了。剩下的女士们滞留在客厅里供仍然留在那里的绅士们观赏,直到几乎绝望的绅士们一个个自告奋勇地引领她们下了楼,这些勇士带着他们俘获的女士把餐厅门口都堵塞了,把七位谦谦君子阻挡在冷酷无情的过道里进不去。等到众人都进了餐厅各就各位,却还有一位过分谦让的绅士没有找到座位,他脸上挂着困窘的微笑不知如何是好,男管家陪着他围着大餐桌转了整整两圈,终于找到了他的座位,原来他被安排在董贝太太座位的右边;就座以后,这位性情温和的绅士再也没敢抬起头来。

现在,那宽敞的大餐厅里,主宾们围坐在光彩夺目的餐桌周围,忙着使用光彩夺目的匙、刀、叉、盘子进食,犹如一群成年人在玩儿童们拣到金银的"汤姆·铁德勒场地游戏"①的景象。董贝先生扮演铁德勒,他想把角色扮好,引人称羡。一只霜花状表面的、用贵重金属制作成的长托盘把董贝先生和董贝太太分隔开来,托盘霜花状表面上有几位小爱神正在给他们俩递送没有香味的花,看来有深刻的寓意。

菲尼克斯表兄谈兴正浓,看上去年轻得出奇。但当他口若悬河谈得起劲时,有时会因考虑不周而失言(他的记性偶尔会像他那双腿一样不听使唤),这一回真把在座的人们都吓得浑身颤栗。事情的确发生了。后背袒露的那位年轻女士用充满柔情的目光凝视着菲尼克斯表兄,在这之前,她设法让东印度公司的理事把她领到紧挨着菲尼克斯表兄的那把椅子上坐了下来,作为对帮助她的人的报答,她立刻就把那位理事甩掉了。挨着理事坐的是一位手

---

① 汤姆·铁德勒场地游戏,英国一和古老的游戏,由一个孩子蒙住眼睛扮演汤姆·铁德勒,其他孩子闯入他的场地,嘴里唱道:"我们在这里找到金子,找到银子!"最后由汤姆猜那个闯入者是谁。

持扇子的女士,她瘦骨嶙峋,一言不发,头上戴的那顶黑色天鹅绒帽子投下的阴影恰好把理事的身子遮住,于是他精神更为沮丧,只得独自缩在那里发闷。菲尼克斯表兄和那位年轻女士倒是精神活跃、诙谐幽默得很,也不知菲尼克斯对她讲了什么,逗得她开心地放声大笑,引得白士度少校代表斯丘顿夫人(他俩面对面坐在下方不远处)来打听,她为什么笑得这么开心,能不能讲出来让大伙儿都高兴高兴。

"啊,说句良心话,实在没有什么,"菲尼克斯表兄说,"真的不值得重复:事实上,这只是一则关于杰克·亚当斯的轶事。我敢肯定,我的朋友董贝,"当时大伙儿的注意力都集中在菲尼克斯表兄身上,"我的朋友董贝准会记得杰克·亚当斯,我说的是杰克·亚当斯,不是他的兄弟乔。杰克,小杰克,他看起人来目光有点儿斜视,说起话来稍微有点儿口吃,他是代表某个人的选区的议员。在我担任国会议员期间,习惯于称他 W.P.亚当斯,因为他是那个未到法定年龄的孩子的暂时代理人①。也许我的朋友认识这个人?"

董贝先生对这个人的认识恰如他对盖伊·福克斯②的认识一样,于是作出否定的回答。但是那七位谦谦君子之一却出人意料地跳了出来引起大伙儿的注意,他说自己以前认识这个人,他还加上这样一句,"此人常穿一双德国黑森雇佣兵穿的那种靴子!"

"正是他,"菲尼克斯表兄说时俯身向前看着这位说话的谦谦君子,还顺着餐桌递给他一个微笑以示鼓励,"那个人是杰克。而乔脚上穿的是……"

"高统靴!"那位谦谦君子大声说,他受众人敬重的程度与时俱进。

---

① 暂时代理人,英文为 Warming Pan,缩写正好是 W.P.。
② 盖伊·福克斯,英国火药阴谋案要犯,见前注。

"当然是啰,"菲尼克斯表兄说道,"你跟他们兄弟俩都很熟吗?"

"他们俩我都认识。"那位谦谦君子说。董贝先生马上和他一起喝起酒来。

"杰克真是个极好的人!"菲尼克斯说时微笑着俯身向前。

"非常优秀,"谦谦君子说,由于自己取得成功,他的胆子也壮了起来,"他是我认识的人里面最优秀的人物之一。"

"毫无疑问,你准是已经听过这个故事啰?"菲尼克斯表兄说。

"听阁下把这故事讲出来,我想我会记起来的。"胆气变壮的谦谦君子这样回答。说完这话,他把身子往椅子背后一靠,仰起头来笑眯眯地望着天花板,似乎他心里早就明白,提前被逗乐了。

"其实,这件事么也算不上是一个故事,"菲尼克斯表兄高兴地晃了晃脑袋,便微笑着对全桌同座们讲述起来,"连一个字的开场白也不值得用。不过这件事倒活画出杰克那呱呱叫的幽默感。事情是这样的,杰克应邀前去参加婚礼——我想是在巴克郡吧?"

"什罗普郡。"胆气变壮的谦谦君子说,他发现自己的话已经被人重视了。

"是吗?好吧!其实这种事在随便哪个郡都可能发生,"菲尼克斯表兄说,"所以我的那位朋友就算是应邀到随便哪个郡去吧,"他对自己善于随机应变开玩笑的才能感觉良好,"他去了。正如我们这些人有幸被邀请来参加我那可爱的、十全十美的亲戚和我的朋友董贝的婚礼一样,能出席这么有趣的盛事,高兴还来不及呢,哪还用得着邀请两次。去了,杰克去了。啊,事实上那场婚礼是一位美丽非凡的年轻女士和她一点儿也不喜欢的男子的结合,她是为了钱才接受他的,因为他的财富多得不得了。等到婚礼过后,杰克回到城里,他的一个熟人在下议院的门廊前碰到他,就问他,'喂,杰克,那不般配的一对儿是怎么回事?''谁说不般啦,'杰克回答。'完全不是这样。那是一场完美的等价交换、公平交易。她卖得正正当当,你尽管发誓说好啦,他买也买得正正当当!'"

他正兴高采烈地把故事引入高潮,然而餐桌周围所有的人都像中了电击一般浑身颤栗起来,电火花也击中了菲尼克斯表兄本人,他停了下来。这是当天众人普遍参与议论的唯一话题,但却没有在任何一个人脸上引起一丝微笑。接下去是一阵死寂;那位倒霉的谦谦君子事前对这个故事,就像是对一个还未出世的婴儿一样,其实是一无所知,但他此刻却从众人眼中看到自己已被认定为这场恶作剧的罪魁祸首,这使他极为痛苦。

董贝先生的脸本来就少变化,那天他铸就了一副尊严、堂皇的样子,并没有表现出对这个故事的弦外之音心有所悟的样子,在大家都沉默时,他只是神情庄严地说了一句"很好"。伊迪丝始终不变地保持着冷淡和漠然的样子,只是将目光迅速地朝弗洛伦斯瞥视了一下。

一道道丰盛的肉食和各种美酒,源源不断的金银器皿,风火水土里产生的美味佳肴,大堆大堆的水果,还有董贝先生筵席上本来不需要的东西——冰——这场盛筵在慢慢地进行。宴会进入尾声时,听到不断传来响亮的打击音乐,那是门上的双击声,报告还有宾客到来,这些后来者所能享受的仅是闻闻筵席的香味而已。当董贝太太站起身来,可以看到这样的景象:她那脖子僵直、脑袋坚挺的夫君来到门口,给准备离开的女士们开门;而董贝太太让他的女儿挽住手臂,迅速越过他的身旁。

董贝先生神色庄严,置身于一堆细颈玻璃酒瓶后面,构成一幅阴沉的画面;东印度公司理事可怜巴巴地独自坐在靠近空空的餐桌一端,是一幅孤苦的画面;白士度少校向谦谦七君子中的六人(那个想出头露面的第七人已被彻底排除掉了)大谈约克公爵轶事,是一幅雄赳赳的画面;银行行长用吃甜品的餐刀比画着,向一批崇拜者讲述他建造菠萝温室的小小计划,是一幅谦虚的画面;菲尼克斯表兄伸手抚平他长长的衬衫袖口,并悄悄戴正头上的假发,是一幅沉思的画面。但是,这一切画面持续的时间都不长,很快就被喝咖啡所打断,大家都要离开餐厅了。

楼上几间豪华客厅里都高朋满座,还不断有人涌入。然而,董贝先生名单上的客人和董贝太太名单上的客人,似乎天生地合不来,某人是属于哪一拨的,谁都分得清,决不会混淆。上述规律也许只有一个例外,那就是卡克先生,现在他正微笑着在人群中周旋,他站在围绕在董贝太太身边的那个圈子里,冷眼观察着她,观察着每一个人:他的主子、克娄巴特拉、白士度少校、弗洛伦斯,以及周围的一切,他跟两拨客人都处得好,显得很轻松,实在看不出他究竟属于哪一拨。

弗洛伦斯怕他,房间里有他成了她的梦魇。她忘不掉这一点,厌恶和不信任感像磁力似的吸引着她,使她不得不时时把目光投向他。然而她脑子里还在忙着思索许多别的事情;因为当她独自坐在一边(倒不是没有人爱慕她、追求她,而是由于她温雅、文静的性格),她感觉到自己的父亲在目前进行的活动中简直像个局外人,她痛苦地发现父亲似乎局促不安,只见他徘徊在靠近门口的地方,想给予某些贵宾以特殊礼遇,领去会见他的新太太,却在伊迪丝面前受到傲慢的冷遇,她对这些人不感兴趣,根本不想博取他们的好感。在纯粹出于礼貌表示一下欢迎以后,她就再也没有开过口,更谈不到领会丈夫的意愿,对他的朋友作殷勤的表示了;这使他很没有面子。对弗洛伦斯而言,更加令她感到困惑和痛苦的是,对别人如此傲慢和冷漠的伊迪丝,却对她如此温柔体贴、关心爱护,以至于使她觉得:仅仅是自己知道眼前所发生的一切,似乎就是对伊迪丝的忘恩负义。

如果弗洛伦斯胆敢与父亲做伴,哪怕只是看他一眼,她也会感到幸福;然而事实上她完全不懂父亲所以会如此局促不安的主要原因,这就算是她的福气了。她担心自己像是知道父亲处境不利似的,怕这会招致父亲的愤怒;她既情不自禁地关心着自己的父亲,同时又对伊迪丝满怀感激,这两种激情几乎把她撕裂了,以致她垂下目光,对他俩谁都不敢看一眼。她同样为他俩忧虑不安,面对宾客如云、语声喧哗、脚步杂沓的场面,一个念头不禁暗暗涌上她的心头:要是没有这一切、要是阴沉朽败的老宅没有被装饰得富丽堂皇、要是那被轻忽的孩子没有在伊迪丝身上找到关爱,继续过她孤寂、被遗忘、无人同情的日子,也许对大家来说倒会好些。

戚克太太也有类似的想法,但这想法并不是在她头脑里悄悄形成的。使这位好太太恼火的首要原因是:她居然没有收到宴会的请柬。等到这一打击稍稍平复以后,她就花费大量金钱打扮自己,想在新的董贝太太在家接待客人时好好亮亮相,让新娘看晕乎了,还要将自己堆得像山一样高的屈辱统统压在斯丘顿夫人的脑袋上。

戚克太太对戚克先生说,"你看,我的地位竟连弗洛伦斯都不如了!有谁哪怕是稍稍重视我一点儿?没有!"

"确实没有,我亲爱的。"戚克先生靠着墙坐在戚克太太的身边,即使在那里,他也会轻轻用口哨吹奏曲调自得其乐。

"似乎压根儿就不需要我待在这里,是不是这样?"戚克太太眼里闪烁着怒火大声问。

"是的,亲爱的,我看是没有人需要。"戚克先生说。

"珀尔准是疯了!"戚克太太说。

戚克先生吹一声口哨。

"除非你是个怪物,有时候我真是这么想的,"戚克太太真率地说,"那么你就不要再坐着瞎吹什么曲调了。只要稍稍还有一丝男子气,你怎么还能眼睁睁看着珀尔的老岳母,穿着那么一身打扮,继续这么表演下去呢,和白士度少校一起,尤其要紧的是,我们真欠着你的鲁克丽霞·托克丝的情……"

"怎么成了我的鲁克丽霞·托克丝啦,我亲爱的!"戚克先生大吃一惊问道。

"本来就是嘛,"戚克太太十分严肃地说,"你的鲁克丽霞·托克丝!我说呀,任何人看着珀尔的老岳母,看着珀尔傲慢的老婆,看着那些袒肩露背、有伤风化的老妖精们,总而言之,看着这么不成体统的宴会,谁还能哼得出曲调来,"说到这里,戚克太太用了充满挖苦意味的强调口气,使戚克先生吓得一机灵,"在我看来,感谢上帝,真是天大的怪事!"

戚克先生将嘴巴拧成根本哼不出也吹不出曲调来的形状,作出一副沉思的样子。

"不过,我想我还是知道自己应该干什么,"戚克太太义愤填膺地说,"尽管珀尔已经忘掉了应该怎么对待我。我,作为这个家族的一员,既然不受重视,就决不会继续在这里再这样坐下去。我不是董贝太太脚下的尘土,不是——现在还不是,"戚克太太说,似乎已经预见到将来,大约后天吧,就会是这样,"我要走了。不管我是怎样想的,我也不会开口说出来,说这一切都是成心要贬低我、羞辱我。我走就是了。没有人会因为我的离开而感到惋惜的!"

说着这些话,戚克太太就站起来,身子挺得直直的,挽住戚克先生的手臂,由他陪着离开了房间,她在那里已待了半个小时,一直无人搭理。她的观察倒是相当深刻,她的离去确实没有引起任何人的惋惜。

但她并不是唯一感到愤怒的客人;董贝先生名单上的客人们仍处境困难,作为一个整体,他们都在生董贝太太名单上的客人们的气,因为他们看见女方客人透过手持的单眼镜在观察自己,并清楚地听见这些人议论道:不知道他们都是些什么人?女方客人则抱怨说晚宴令人厌烦,那位露肩的年轻尤物,自从失去生性愉快的青年菲尼克斯表兄的关注(他一吃完饭就走了),先后向三四十位朋友讲悄悄话,说她厌烦得要命。头戴沉甸甸首饰的老夫人们,她们都有或多或少的理由对董贝太太表示不满。那些经理、行长们一致认为:董贝先生就算要结婚,最好还是娶一位年龄与他接近的女士,家境还是富裕一些的好,长相倒不用这么漂亮。这个阶级的绅士们普遍认为,这是董贝的弱点,他就要感到后悔的。除了那几位谦谦君子以外,几乎所有的男人或女人(无论已经走的还是仍然在场的)都觉得自己受到董贝先生或董贝太太的冷落或怠慢。头戴黑丝绒帽子的那位沉默寡言的女士被气得更是一言不发了,原因是那位身穿深红丝绒衣服的女士,先于自己就被人搀扶下了楼。即使是那几位谦谦君子的脾气也变坏了,也许是因为喝多了柠檬汁,也许是受到总的气氛的熏染,他们用开玩笑的方式互相挖苦、讽刺,在楼梯上和过道里说诋毁别人的悄悄话。到处弥漫着不满和不安的气氛,以致聚集在门厅里的男仆们也感受到了楼上人们的情绪。不仅如此,就连大门外执火把替客人们照明的雇工们也受到了感染,他们把今晚的宾客比作一场丧礼的吊客,只是这些吊客的名字哪一个也没有记在遗嘱里。

  宾客终于全都散去,执火把的雇工也都走了;不久前还是车水马龙的街道也变得安静了。各个无人的房间里的灯火都已熄灭,只有董贝先生和卡克先生还在一起单独谈话,而董贝太太和她的母亲则是另外一摊:女儿坐在一张软垫椅上,母亲以克娄巴特拉的姿势斜倚着,等待她的女仆来伺候她。董贝先生已经结束和卡克先生的谈话,卡克一副胁肩谄笑的样子上前道别。

  "我深信,"他说,"如此愉快的夜晚带来的劳累,不至于给董贝太太明天造成不便。"

"董贝太太,"董贝先生走上前来说,"为了不使自己劳累已经够努力的了,你完全不必为此担心。我遗憾地说,董贝太太,在这样的场合,我倒是希望你能稍稍多劳累一些才好。"

她一句话都不说,只是轻蔑地瞥了他一眼,便把目光移开,似乎多停留片刻都不值得。

"我很遗憾,夫人,"董贝先生接着说,"你没有想到这是你的责任……"

她又瞥视他一眼。

"你的责任,夫人,"董贝先生继续说,"就是在接待我的朋友们时要稍稍多一点敬意。今天晚上你明显地怠慢了其中的几位,董贝夫人,我得告诉你,他们对你的任何一次拜访,都是给予你极大的荣幸。"

"你不知道这里还有别人吗?"她回答时用坚定的目光正视着他。

"不!卡克!我请你不要走。我坚持要你留下。"董贝先生大声说,卡克本来已准备悄悄地离去,但被他的主子拦住了,"夫人,你知道,卡克先生是得到我的信任的。他对我说的这件事知道得和我一样清楚。请你听我说,董贝太太,我要让你知道,我认为那些地位显赫的富豪给予我莫大的荣幸。"董贝先生说到这里,挺直了身子,似乎在向这些人致以最高的敬意。

"我问你,"她以轻蔑而坚定的目光凝视着他,又重复了一遍,"先生,你知道这里还有别的人吗?"

"我必须请求,"卡克先生跨前一步说,"我必须恳求,我必需要求您放我走。这个小小的分歧实在是微不足道的……"

一直在注视着女儿的脸的斯丘顿夫人,这时接过了卡克的话头。

"我最可爱的伊迪丝,"她说,"我最亲爱的董贝;还有我们优秀的朋友卡克,我确实相信我应当提起他……"

卡克先生喃喃地说,"实在太荣幸了。"

"……他已经说出了我心里一直在想的话,这些日子里,我一直渴望找个机会把这话说出来。微不足道!我最可爱的伊迪丝,我最亲爱的董贝,难道我们不懂得你们俩之间的任何分歧……不,弗拉沃斯,现在不要。"

弗拉沃斯是女仆的名字,她看到有绅士们在场,急忙退出。

"你们俩心心相印,被最可爱的感情黏合在一起,"斯丘顿夫人接着说,"那么你们之间的任何分歧,必然是小小的、微不足道的,难道不是这样吗?有什么语言能够更好地表明这个事实呢?没有。因此我乐意利用这个小小的场合,这个尽管不重要、但却充满自然情理和你俩各自个性以及其他种种使一位母亲简直要感动落泪的因素的真正恰当的场合,要说上一句话:我认为你们之间的分歧没有一丁点儿的重要性,只是人类心灵中一些次要成分的显现罢了。再说,我可不像一般的老岳母,(多么令人生厌的名词呀,我亲爱的董贝!)不像我心目中的那些存在于这个太不自然的世界上的典型的老岳母,在这一时刻,我决不会企图对你俩居间调停,总而言之,对于……他①叫什么名字来着?不是丘比特,是另一个可爱的神灵,对于他手持的火把出现小小的闪烁,我决不会觉得有多遗憾的。"

这位好母亲一边说话一边用锐利的目光打量着她的女儿、女婿,这表明在她这篇零乱散漫的言词中,隐藏着一个直截了当、经过深思熟虑的目的。她卓具远见,知道他俩将会不断碰撞,因此她决定从一开头就置身事外,她还编造出一个假象来掩盖自己,似乎

---

① 斯丘顿夫人想说的大概是希腊、罗马神话中司婚姻之神许门。

她确实天真地相信他俩是相亲相爱、天造地设的一对佳偶。

"我已经向董贝太太指明了,"董贝先生摆出最最庄严的姿态说,"她在我们婚姻生活刚开始时的行为,我是不满意的,对此,我请求她今后加以改正。卡克,"他对卡克点头示意让他走,"祝你晚安!"

卡克先生对傲慢地挺直身躯的新娘鞠躬致意,新娘闪烁着怒火的目光此刻正注视着她的丈夫。卡克先生离去时走过克娄巴特拉坐的长沙发椅,她以优雅的姿态把手伸给他,他装出一副满怀敬意的卑微、恭顺的样子,捧向自己的嘴唇,加以亲吻。

克娄巴特拉赶快离开,此时这对新婚夫妇单独相对了。要是他那美丽的妻子对他加以责备,甚至改容变色,或是打破她一直保持着的沉默,哪怕只说出一个字,那么董贝先生还有机会向她陈述自己反对她的理由。然而,她那酷烈的、无言的轻蔑,对他说来确实具有毁灭性的力量;她用蔑视的目光盯着他看了一会儿以后,就垂了下来,似乎觉得他一钱不值,对他毫不在乎,不想浪费一个字与他争辩。她带着一种莫可名状的轻蔑和傲慢端坐在他面前,她脸上处处都表现出那冰冷的、不屈不挠的坚决态度,根本不把他当回事,这似乎把他压倒了,使他穷于应付。她整个的、压倒一切的美丽都集中起来蔑视他,于是他只好离她而去。

过了一个小时,他竟然会躲在旧楼梯井里(从前,某个月夜,他曾在那里看见弗洛伦斯吃力地抱着小珀尔上楼,)偷偷地观察她,这种做法不是够怯懦的了吗?也许他是偶然留在那暗处,抬头望去恰好看见她手持蜡烛从弗洛伦斯的卧室出来,使他又一次看到她脸上的表情显然跟刚才完全不一样了,这是他无法慑服的?

但是,这一态势永远也不能改变,恰如他自身不能改变一样。在黑暗的角落里,在极度骄傲和激怒的情绪中,他永远也不会知道,就在他归家的那天晚上,暗影已经降临在他头上;从那以后永远笼罩着他;现在,当他向上仰视时,那暗影愈变愈浓重了。

第三十七章　不止是一个警告

第二天,弗洛伦斯、伊迪丝和斯丘顿夫人在一起,马车已停在大门口准备送她们出行。因为,如今克娄巴特拉又拥有自己的船舰了,威瑟斯也不再苍白无力,每当吃饭时,他总是身穿鸡胸形上衣和军装式裤子,在她那张没有轮子的座椅后站得笔挺,再也不必用脑袋顶住椅背往前推了。这些日子不用干活,威瑟斯用了润发油,头发锃光发亮,手上还戴了小山羊皮手套,身上还能闻出科隆香水气味来。

她们都集合在克娄巴特拉的房间内。古老尼罗河畔的花蛇(用这称谓并不是对她的不尊重)憩息在她的沙发里,下午三时还在一小口一小口地啜饮本该在早上喝的巧克力,她的女仆弗拉沃斯在替她把袖口和褶边系紧,还像给她行加冕典礼似的往她头上戴一顶桃红色的丝绒帽子。帽子上的玫瑰假花随着脑袋的痉挛一抖一抖,就像微风在同它嬉闹让它不断颤动,煞是好看。

"今天早上我感觉有点儿神经紧张,弗拉沃斯,"斯丘顿夫人说,"我的手颤抖得厉害。"

"您知道,您是昨夜宴会上的灵魂人物,夫人,"弗拉沃斯回答,"您太累了,您看,今天才会这样。"

伊迪丝向弗洛伦斯点头示意,两人来到窗前,伊迪丝背对着她那受人尊敬的母亲的梳妆台,向窗外望去,突然她从窗前退了回来,就好像窗上闪过了电光。

"我亲爱的孩子,"克娄巴特拉有气无力地说,"你没有出现痉挛吧？我亲爱的伊迪丝,你不用说我也知道,你这么一个自我控制能力强得令人羡慕的人,也像你那不幸的体弱的母亲一样,开始在受苦了!威瑟斯,门口有人。"

"名片,太太。"威瑟斯说时把名片递给董贝太太。

"我要出门。"她连看都不看一眼就说。

"我亲爱的宝贝,"斯丘顿夫人拉长腔调说,"你这也太奇妙了,连名字都不看就给出这样的答复!威瑟斯,把它拿给我。哎哟,我亲爱的,来的还是卡克先生呢!那位通情达理的人!"

"我要出门,"伊迪丝重复了一遍,那专横的口气使威瑟斯不由得俯首听命,他走到门口,也用专横的口气关照等候在那里的仆人,"董贝太太要出门,快走。"说时就迎面把门关上。

可是,没过多大工夫,那仆人又回来了,再次对着威瑟斯的耳朵说悄悄话,威瑟斯只得不太情愿地再一次走到董贝太太面前。

"对不起,太太,卡克先生恭恭敬敬地向您问候,要是可能的话,他请求您接见他,只要一分钟……是公事,劳驾了。"

"真的,我的宝贝,"斯丘顿夫人尽可能用温柔的口气说,因为她女儿的脸色越来越阴沉了,"如果你允许我说一句话,那么我建议你还是……"

"带他进来,"伊迪丝说,当威瑟斯出去执行她的命令时,她皱着眉头对母亲说,"既然是你建议让他进来的,那么还是让他到你的房间里去吧。"

"我能不能……要不要避开?"弗洛伦斯急忙问。

伊迪丝点点头表示赞成,但是,弗洛伦斯刚准备出门就对面迎见那位进来的客人。他对她的态度还像第一次同她说话时一样,既亲昵又节制,此刻他对她温柔极了,问她的身体是否如他所愿那么健康,看他的神色就知道这都是些明知故问的套话,他还说昨天晚上他几乎错失认出她来的荣幸,她的变化实在太大了,他扶住开着的门让她出去,他表面上的一切恭敬和礼貌并不能完全掩盖这样一个事实:他看到她对自己畏缩退避,不免因为意识到自己所具有的力量而暗喜。

他弯下腰在斯丘顿夫人恩赐给他的纤手前停留了片刻,最后来到伊迪丝面前向她鞠躬问候。伊迪丝没用正眼瞧他,只是冷冷地稍一点头算是回答了他的敬意,她自己站着,也没有请他坐下来,她在等他说话。

她用骄傲和权力,以及收拾起全副执拗的精神构筑起一道防护自己的屏障,然而,她早就知道,面前的这个人,从他们刚开始认识的一刻,就对她和她母亲那最阴暗的底细,掌握得一清二楚;对于她身陷其中的每一件堕落行为,他看得和她一样清楚;他看她已往的生活,犹如在读一本邪恶的书,他带着别人无法觉察的轻蔑神色和鄙夷声气,当着她的面翻弄那书页,使她变得疲软,深受损伤。她骄傲地反抗他,她脸上那居高临下的神色迫使他俯首帖耳,她嘴唇的轻蔑表情显示出对他极度的反感,她对他的闯入,胸中充满怒火,她浓密的睫毛阴冷地遮住明眸,不让自己一缕明亮的目光照在他身上。他顺从地站在她面前,带着恳求的、委屈的表情,似乎完全服从于她的意志。然而,她心里明白,事实与外表相反,胜利和优势是属于他的,他本人对此心知肚明。

"我斗胆请求,"卡克先生说,"您能赐予接见,倾听我的陈述,我斗胆把这次晋见描绘成一桩公事,这是因为……"

"也许你是受董贝先生之命,带来什么责备的话,"伊迪丝说,"你享有董贝先生的信任竟会达到如此程度,真是非同寻常,先生,如果你说是因为公事而来,这一点不会使我感到惊讶。"

"对于给他的姓氏增添光辉的夫人,我实在没有带来什么信息,"卡克先生说,"但是,我斗胆以我本人的名义,恳求这位夫人对一个听凭她摆布的、非常卑微的恳求者(仅仅是董贝先生手下一名职位低微的下属),给予他公正待遇;请她体谅我昨天晚上身不由己、完全无助的处境,我实在无法避免那强加于我的痛苦境遇。"

"我最亲爱的伊迪丝,"克娄巴特拉把手持单眼镜放过一边,小声地提醒她说,"这位先生,叫什么来着,确实非常可爱。充满着好心!"

"所以我,"卡克先生给斯丘顿夫人投以尊敬和感激的目光,"所以我斗胆把它称为痛苦的境遇,我仅仅是指对我个人而言,因为我不幸恰好在场。两位如此恩爱、亲密无间、都甘愿为爱情自我牺牲的主子之间的小小分歧,实在微不足道。正如斯丘顿夫人本人早已在昨天晚上用充满感情和真理的语言阐明过了,这实在微不足道。"

伊迪丝无法与他正面相视,但过了片刻她还是说话了:

"那么先生,你的公事是……"

"伊迪丝,我的心肝,"斯丘顿夫人说,"卡克先生自打进门,还一直站着呢!卡克先生,我一定要请你坐下。"

他没有答理那位母亲,只是因眼睛死死盯住那位骄傲的女儿,似乎他只听命于她,现在已下定唯她之命是从的决心。伊迪丝不由自主地坐了下来,同时微微以手示意,叫他也坐下。没有什么动作能比她的动作更冷淡、更骄傲、更侮慢的了,它充满高高在上、轻蔑无礼的气势,但是,即使是这一个微小的让步举动,也是她本来极不愿意、经过激烈的内心搏斗才强迫自己作出的。但这就足够了!卡克先生坐了下来。

"夫人,"卡克把他那副又白又亮的牙齿像一盏灯似的照向斯丘顿夫人,"您是一位理性超卓、感觉敏锐的夫人,我是否能请求您信任我,允许我向董贝太太说出我必须说的话,然后再让她向您(除了董贝先生,您就是她最好、最亲近的贴心人了!)禀告?我敢肯定,有正当的理由必须这么做。"

斯丘顿夫人本来准备离开,但伊迪丝制止了她。伊迪丝本打算同样制止卡克,愤怒地命令他:有话公开说,否则就什么都别说!但这时他却低声地说出来了,"弗洛伦斯小姐,刚刚才离开这里的年轻小姐……"

伊迪丝允许他继续说下去。这时,她望着他。他向她俯身过来,靠她更近些,既表示尊敬又很耐人寻味,他面带自我贬抑、过度谦卑的微笑,展示出那副诱人的牙齿,她真恨不得当场把他打死才好。

"弗洛伦斯小姐的地位,"他开始说,"是很不幸的。我向您暗示出这个事实,实在很难,您出于对她父亲的亲密感情,对于与她有关的每一句话自然都极为关注和戒备。"他说话一向清晰和柔媚,然而,他在说上述这些话以及其他意义重大的话时,那清晰和柔媚的程度简直没有任何语言可以形容,"但是,作为一个对董贝先生的品格终身崇敬并以另一方式对他无限忠诚的人,我是否可以直言而不致冒犯您作为他的太太的温柔情意,我要说:弗洛伦斯小姐很不幸,遭到忽视……遭到她父亲的忽视,我可以说遭到她父亲的忽视吗?"

伊迪丝回答,"我知道。"

"您知道!"卡克先生说时,做出一副如释重负的样子,"这可把压在我心头的一座大山搬掉了。我能不能期待您已经知道她所以会遭到忽视的原因;知道是董贝先生骄傲性格的一个出色的方面造成的?我的意思是性格问题。"

"你不必说这些,先生,"她说,"快些进入你想说的正题。"

"说实话,太太,我是明白事理的,"卡克回答,"请相信我,我深深明白,根本无需任何人来对您辩明,董贝先生做的任何事情的正当性。但是,请您以宽厚仁慈的心来体察我的心,那么如果我对主子的关心过了头,甚至误入歧途,您也会原谅我了。"

伊迪丝不得不与他面对面地坐在一起,听他一遍遍地用温言软语重复她在结婚圣坛上发出的虚假誓词,就像硬逼着她喝干一杯令人作呕的饮料的余沥,她既不能表示厌恶又不能转身离去,这好比是对她那颗骄傲的心捅上一刀子!她面对着他,身姿美丽挺拔,仪态庄严崇高,然而她的内心却激情澎湃,充满羞耻和悔恨,因为她知道:在精神上,其实她是低微到匍匐在他脚下!

"弗洛伦斯小姐,"卡克说,"一直由仆人和那些只知道干活挣钱的人们照料——要是那也称得上照料的话——那些在一切方面都比她低微的人,这样,她的早期教育必然缺失正确的指点和引导,由于这种缺失,很自然会导致她的行为不够谨慎,在某种程度上忘掉了自己的身份。以致闹出跟一个很平常的名叫沃尔特的男孩的荒唐事来,幸亏那男孩死掉了;我遗憾地说,她还大大违背正常的道德要求,跟几个名声不大好的海岸水手、一个因为破产而逃走的老人保持联系。"

"这些情况我已经听说了,先生,"伊迪丝说时轻蔑地瞟了他一眼,"我知道你把这种关系想歪了。也许你不知道真实情况,我但愿你是误会了。"

"请原谅,"卡克先生说,"我相信对于这些事再也没有别人知道得像我一样清楚的了。您慷慨和热情的性格,使我无限崇敬,匍匐在地;这种高贵的性格,不仅在证明您深深热爱和崇敬的丈夫立身行事的正确性时必须具备,而且还使他得到他的美德理应得到的天赐福祉。但是,说到刚才所说的情况,这确实是我斗胆称之为公事并且要恳求您留意的,我对此没有丝毫疑问,因为,作为董贝先生充分信任的(恕我冒昧)朋友,我在执行他托付给我的使命时,已经充分探明了其中真相。您一定能充分理解,我在执行这一高度信托的任务时,对于有关他的一切,我都高度关注,甚至关注到极其强烈的程度(我怕我过于卖力会令您不悦),我受卑微的动机所驱使,我急欲证明自己工作勤奋,更能博得主子的信任。我长期亲自追踪这些迹象,并且还雇用了一些靠得住的人手做眼线,终于找到了无数最缜密可靠的证据。"

她抬起目光,抬高到他的嘴巴为止,但是她已经从他口中每一颗牙齿里看到了他恶意伤人的表情。

"夫人,"他接着说,"如果我由于不知如何是好,冒昧地前来向您请教,想知道怎样做才能使您高兴,那就请您原谅吧。因为我看得出来,您对弗洛伦斯小姐非常关心,对不对?"

她内心的秘密有哪一桩不被他仔细琢磨、看得一清二楚?每一次,只要稍稍想到这一点,她就会不由得感到受辱而气得发疯,她用牙齿咬住颤抖的嘴唇,强使自己保持镇静,冷冷地微微一点头,算是回答。

"这种关心,夫人,非常令人感动,它充分显示有关董贝先生的一切都得到您的珍爱,我本来打算向他报告这些情况的,但考虑到您对弗洛伦斯的关心,不免使我犹豫起来,所以,迄今为止,他对这一切还一无所知呢。说良心话,这件事甚至使我的忠诚都发生了动摇,只要您稍稍暗示您不想让他知道这些情况,我是会瞒住不说的。"

伊迪丝迅速抬起头,身子往后猛然一缩,用阴冷的眼光看着他。卡克却报以最柔媚、最恭敬的微笑,并且接着说下去。

"当我描述这种关系时,你说我把它想歪了。我怕是事实上并非如此,并非如此:不过么,我们姑且假定实际情况确实如您所说。这件事使我忧虑不安已经有一段时间了,它是这样引起的:就弗洛伦斯小姐方面而言,她不断重复这种联系,尽管她天真无邪、信赖他人,但是,对于早就对女儿怀有成见的董贝先生而言,仅仅这一事实就是确凿的证据,这会促使他采取某种步骤(我知道他偶尔设想过这件事),把女儿从他的家分离出去。夫人,请原谅我,要知道我几乎从小就和董贝先生打交道了,我了解他,我尊敬他;要说他有什么缺点的话,那就是他的傲慢和执拗,它深深地植根于他的极端自负和权力意识中,这是他所特有的,也是我们大家全都必须遵从的。别人的固执容易打破,但董贝先生不一样,他变得愈来愈固执,日复一日、年复一年。"

当他说人人都该对他的主子匍匐在地时,她的眼睛仍看着他,但目光越来越坚定,她骄傲的鼻孔膨胀起来,呼吸愈来愈深沉,她的嘴唇微微卷起。他看到了,尽管他的表情没有什么改变,但她知道他已经看到了。

"即使像昨天晚上的那件无足轻重的小事,"他说,"要是我可以再提它一次的话,也比更大一些的事能更好地描述出我的意思。董贝父子商行不理会什么时间、地点或季节,这一切对董贝父子来说统统都不在话下。不过么,昨天那件小事我倒是高兴它发生,因为它开辟了一条道路,使我有可能在今天来到董贝太太面前谈论这个话题,尽管这样做有可能使我暂时遭到董贝太太对我的不满。夫人,那次我被董贝先生叫到利明顿去的时候,我正在为弗洛伦斯小姐的事忧虑不安。我在那里遇见了您。正是在那里,我不能不了解到您即将与他建立起什么样的关系,也就是说你们俩即将走向他和您的恒久幸福。我在那里就作了决定,我要等将来您在家里安居下来的时候,再做我刚才已经做的事。如果我把我所知道的情况埋进您的胸怀,我的内心就不必为没有对董贝先生尽到我该尽的责任而负疚。因为,在这样的一桩婚事中,夫妻二人的心和灵魂都已合成一体,一方几乎完全能代表另一方。对他或对您透露这件机密事,几乎完全一样,因此,我的灵魂就不必再感到不安了。由于我已经申述的理由,我宁愿选择您。我能不能荣幸地认为我所透露的知心话已经被您接受了,而我已尽到了责任?"

很久以后他还忘不了她看他的眼神——哪个看到那眼神的人能忘得了呢?——以及发生在她内心的激烈交战。最后她说:

"我接受,先生。你可以认为这件事已经结束,不会再发展下去,你也可以放心了。"

他深深地鞠躬,然后站起身来。她也站起来,他道别时作出十分谦卑的样子。可是,当威瑟斯在楼梯上碰到他时,见他亮出的满口白牙和春风得意的微笑,威瑟斯惊呆了,不由自主地在楼梯上站了好一阵子。当卡克骑着那匹白腿骏马回家时,街上的行人还误以为他是位牙医呢,因为他那口又白又亮的牙齿,简直是一份令人目眩的活广告。过了不久,伊迪丝乘马车出行,街上的行人都把她看作一位了不起的贵夫人,又漂亮又有钱,理应快乐无边。但是人们没有看到刚才她独自在自己房间里时的样子,也没有听见她喊着三个词,"哎哟,弗洛伦斯,弗洛伦斯!"

斯丘顿夫人躺卧在沙发上啜饮巧克力饮料,什么也没听清,只当他们是在低声谈公事呢,她对于"公事"极端厌恶,早已把它从她的词汇中排除出去了,这个词对她来说,相当于她(用尽心机,更不要说灵魂了)装出千娇百媚的样子,去和一些妇女头饰商之流打交道,结果让他们赔了本。所以说,这件事没有引起斯丘顿夫人的任何好奇心,她什么也不问,什么也不打听。真的,那顶桃红色天鹅绒帽子就足够她出门时消遣的了;她把它戴在后脑勺上,那天风很大,帽子发疯似的想和斯丘顿夫人脱离,怎么哄它也不肯妥协。等到上了马车,关上车门,大风虽然吹不进来了,但是痉挛症又和她头上的玫瑰假花闹个不停,就好像有挤满一整座济贫院的、老迈的西风精灵们在与她作对。总而言之,斯丘顿夫人自己的事就够她忙的了,她过她的日子,对别人的事漠不关心。

傍晚时她的情况不妙;董贝太太穿戴整齐已经在自己的梳妆室里等了她半小时,董贝先生神情严肃地在会客室里一个劲儿踱

方步,已经等得不耐烦了(本来三个人说好要一起外出吃晚饭的),侍女弗拉沃斯脸色苍白地跑来找董贝太太说:

"对不起,夫人,请原谅,可是我拿老夫人实在没有办法。"

"你这话什么意思?"伊迪丝问。

"啊呀,夫人,"惊惶失措的侍女说,"我也不知道怎么回事。她脸上做怪相!"

伊迪丝赶快随侍女来到她母亲的房间。克娄巴特拉已穿好全身盛装,钻石、短袖、口红、鬈发、假牙,其他年轻女士的用品一应俱全;可惜,"中风"这位大爷是欺骗不了的,早把老夫人选定为袭击目标,趁她照镜子时给她一击,于是她就像一具可怕的玩偶似的轰然倒塌。

人们把老夫人身上的假货一件件卸下,让她很没有面子,剩下她的一点点真身被安置在床上。派人去请医生,医生迅速赶到。采取了有效的治疗措施;医生的诊断意见是:这次算是抢救回来了,可是,如果再次发病,那就回天无力了。有好几天,她眼望天花板一声不响地躺着。有时,人们问她"知道不知道来看您的是谁啊"之类的问题,她回答不了,只能发出一阵含混不清的声音,有时她根本不说话,不做手势,连眼睛都不眨一眨。

她的神志终于逐渐恢复了,身体活动能力也有所好转,但是仍然不能说话。有一天,她终于恢复了右手的功能;她用右手向伺候她的侍女胡乱比画,显得心里十分焦躁不安,她做出手势要铅笔和纸张。侍女立刻给她拿来了,还以为她准是想立遗嘱或是写下几条临终遗愿呢。当时董贝太太不在家,侍女胸怀着庄严的感情等待事情的结果。

老夫人痛苦挣扎,对写错的字乱涂乱擦了一阵子以后,写成了几个字,倒像是铅笔自动划出来的,最终形成的文件是:

"玫瑰色的帷幔。"

侍女大惑不解呆若木鸡,老夫人的神志还算清楚,又在手稿末尾添加了几个字,结果成了:

"玫瑰色的帷幔给医生看。"

侍女这时才稍稍摸清了她的意思,原来老夫人想重新更换帷幔,使她的脸色在医护人员面前显得好看些。全家上下凡是了解老夫人脾气秉性的人都认为侍女的理解完全正确。侍女说干就干,她一个人就把老夫人床的四周的帷幔统统都换成玫瑰花的颜色。从那一刻起,老夫人的健康状况迅速好转。她很快就能坐起来,戴上假鬈发、花边帽,穿上睡衣,由于瘦得双颊深陷,她就用了些人造的粉霜来加以弥补。

看着这位衣装华丽的老夫人对死神递送秋波、弄姿作态,这真是一种可怕的景象,她似乎把死神当成了白士度少校,对他耍弄起种种少女的花招来了。但是,她自从中风以后,心理发生的变化也颇为耐人寻味,也同样令人恐怖。

她是否因智力衰退而变得比以前更加狡诈和虚伪?是不是它让她把假装的自己与真实的自己混淆了?是不是它唤起了她心中一缕悔恨的闪光(这悔恨既不足以帮助她挣扎着朝向光明,又不足以促使她彻底退回无边的黑暗)?抑或她在感官一片混乱之中,上述诸多效果全都被激活啦?看来,最后那个假设才最接近事实,她智力衰退的结果是:她变得强烈要求伊迪丝对她的热爱、感恩和关注;她高度夸耀自己是一位极其优秀的母亲;要是伊迪丝关注别人,她会妒忌得要命。不仅如此,以前她们母女俩之间曾有决不述及这桩婚事的默契,现在她非但把它彻底忘掉了,相反地,她还不断向人暗示说,女儿的这桩婚事足以证明她是一位好得不能再好了的母亲。所有这一切,再加上身体衰弱、爱发脾气,结果就使她的轻佻和装作年轻传为笑柄。

"董贝太太在哪儿?"她问侍女。

"出去了,夫人。"

"出去啦!她是不是为了躲开她的母亲才故意出去的,弗拉沃斯?"

"上帝保佑您,夫人,不是的。董贝太太只是和弗洛伦斯小姐一起乘马车出去遛个弯儿。"

"弗洛伦斯小姐。谁是弗洛伦斯小姐?不要在我面前提起什么弗洛伦斯小姐。对于她,弗洛伦斯小姐跟我比起来算得了什么?"

每当这位老夫人想哭的时候,及时向她展示钻石首饰或是那顶桃红色天鹅绒帽子(几周以前她还不能被人搀扶着出门,她就是戴着这顶帽子坐在床上接待宾客的),或是用一堆俗丽的衣饰替她打扮起来,常常能发挥奇妙的止哭功能,使她保持自我陶醉的好心情,直到伊迪丝跑来看她。但是,一看见伊迪丝那张傲慢的脸,她就会故态复萌。

"啊呀,我敢肯定,伊迪丝!"她会摇晃着脑袋哭起来。

"怎么回事啊,妈妈?"

"怎么回事!我真的不知道是怎么一回事。现今这世道变得如此虚伪造作、忘恩负义,我开始相信世上的真情实意或诸如此类的感情,确实已经没有了。比起你来,威瑟斯倒更像是我的孩子。他对我的伺候照顾比起我的亲生女儿来,要多得多。我几乎要希望自己不要显得这么年轻,或是诸如此类,要是那样的话,你也许倒会更多地把我放在心上了。"

"你还想要什么,妈妈?"

"啊,很多很多,伊迪丝。"老夫人不耐烦地说。

"你想要的东西,难道还有什么你没有的吗?要是这样,那就是你自己的错了。"

"我自己的错!"她开始啜泣起来,"作为你的母亲,伊迪丝,从你躺在摇篮里时起就一直陪伴着你！现在也没有改变，但是你却不关心我，对我缺乏出于天性的感情，把我当成陌生人，就连你给弗洛伦斯感情的二十分之一都不给我，我又不是别人，是你的亲妈呀，你却担心我只要一天工夫就会把她带坏——你还责备我说是我自己的错。"

"母亲，母亲，我对你没有什么可以责备的。你为什么总是这么想呢？"

"你每次用那种眼光看我，让我受到最残酷的伤害，我又是个特别敏感、特别重感情的人，你问我为什么总是这么想，这难道还不自然吗？"

"我没有要伤害你的意思，母亲。难道你不记得我俩之间早就说好了吗？过去的事就别再提了。"

"是的，别再提了！欠我的恩情也不提了；对我的爱也不提了；把我扔在一个偏僻的房间里，没有社交活动，没有人注意，你倒好，又找到了新人，对她悉心爱护，可是她在这个世上又有什么值得你关心的！天哪，伊迪丝，你难道不知道你是一座最豪华、雅致的住宅的女主人吗？"

"知道。嘘，别说了！"

"你不知道那位绅士派头十足的董贝先生？你难道不明白，伊迪丝，你已经嫁给了他，你有了好的归宿，有了高级的社会地位，有了自备马车，有了我都说不上来的一切？"

"真的，我知道，母亲；好了，好了。"

"要是那可爱的好人——他叫什么来着？——喔，格兰杰，他不死的话，你也会拥有这些东西。这一切你得感激什么人呀，伊迪丝？"

"你，母亲，你。"

"那么你就伸出手臂来搂住我的脖子，亲亲我。你要向我表示,伊迪丝,你心知肚明:世上没有比你的妈妈更好的母亲。不要由于你的忘恩负义使我饱受折磨,成为一个任人取笑的十足的怪物,等我重新参加社交活动时,不要让我成为一个谁都不认识的人,就连那个可恨的家伙白士度少校也对我爱搭不理。"

但是,有时,当伊迪丝更加靠近她,向她垂下高贵的头颅,把冰冷的脸颊贴在她的脸上时,那位母亲又会向后躲避,似乎怕她的女儿,她的身子会发作一阵颤抖,甚至神志不清地喊叫起来。又有时,她会低声下气地恳求女儿,坐到她床旁的一把椅子上去,当女儿忧郁地沉思时,她会一直凝视着女儿,那张干枯、可怕的老脸,就连玫瑰色的帷幔也对她爱莫能助。

随着时间的推移,克娄巴特拉的身体逐渐康复;为了抗御病魔的蹂躏,她的衣着也变得更加年轻化了——口红、假牙、鬈发、钻石、短袖,以及那位不久前在镜子前颓然倒下的玩偶所拥有的满柜高级服装,使得玫瑰色帷幔在她面前也因自愧不如而羞红了脸。玫瑰色帷幔脸红还有别的原因:有时,她说话口齿不清,变成女孩子的咯咯傻笑;有时,她还会一下子失去记忆,她的失忆症忽去忽来,十分怪异,毫无规律可循,似乎在嘲讽她为人的怪异。

然而,玫瑰色帷幔从来也没有因老夫人面对女儿时思想和态度发生改变而脸红。尽管女儿常常来到玫瑰色帷幔的映照下,但是那帷幔却从来没有看到她可爱的脸庞上出现过一次能令她更加可爱的微笑,也没有看到她那严峻的美丽因孝顺而变得温柔。

第三十八章　托克丝小姐帮一位
　　　　　　老相识上进

不幸的托克丝小姐,既被朋友路易莎·戚克抛弃,又丧失了与董贝先生见面的机会(因为她没有收到用银线联结的两页精美绝伦的结婚请柬,要是收到的话,她本来可以用它装饰公主街寓所壁炉边的镜子,陈列在那架拨弦古钢琴上,或是摆放在鲁克丽霞准备在节假日招待客人而布置起来的任何小小的位置上),所以神情极为沮丧,患上了忧郁症,痛苦得很。好长时间也听不见公主街上奏起《鸟儿圆舞曲》的旋律,养在盆里的花也没有人浇灌了,托克丝小姐的祖先头扑发粉、脑后拖辫的小型雕像上也落满了灰尘。

然而,托克丝小姐的年龄和秉性还不至于使她久久沉湎于无益的遗憾而自暴自弃。当《鸟儿圆舞曲》婉转的颤音在她那间歪歪扭扭的会客室里重新响起时,拨弦古钢琴上也只是少奏出两个音符而已。当她每天早晨很有规律地重新照料起她那些青枝绿叶、花盆花篮时,因无人照料干枯而死的也只有一枝天竺葵。头扑发粉的祖先头像被灰尘覆盖的时间还没超过六个星期,托克丝小姐就往他那慈祥的脸上直哈气,接着就用一块麂皮把他擦得锃光发亮。

尽管如此,托克丝小姐仍然寂寞,茫茫然找不到生活目标。她暗怀的春情尽管显得滑稽可笑,然而却真挚而强烈;正如她自己所表达的,"路易莎的无理羞辱使她深受伤害"。然而,托克丝小姐的脾气秉性里根本没有强烈的愤恨。如果说她此生一路缓缓走来,从来说话温柔,缺乏主见的话,迄今为止她至少还从来没有表现出任何粗暴的激情。有一天,她在街上恰好看见路易莎就在前边不远处,由于性格懦弱她不知如何是好,幸亏附近有一家糕饼店,她宁愿躲到里面去,那间小小的后房是卖汤的地方,可以闻到一股难闻的牛尾味儿,她就躲在里边把心里的悲苦统统哭了出来。

托克丝小姐觉得自己没有任何理由可以责备董贝先生。她心目中的董贝先生是位了不起的高贵绅士,一旦从他身边离开,她感到他俩之间的距离从来都遥远无边,以前允许自己靠近,只是由于他慷慨大度、屈尊俯就而已。按照托克丝小姐真诚的想法:他如果想续弦的话,世上再漂亮、再高贵的女人,他都配得上。他想找女人,当然要眼睛向上,这完全是天经地义的事。托克丝小姐每天至少要有二十次眼泪汪汪地得出上述结论,而且充分承认它的正确性。她从来不回忆董贝先生如何以傲慢的态度颐指气使地让她为他做事,只回忆他是多么宽仁厚道,竟会接纳她参与养育他的幼子的重任。她只是这样想,用她自己的话说,"她在那座府邸里曾度过许多幸福时光,她必然会怀着感恩的心情来怀念那些时光,她将永远把董贝先生看作是一位最令人钦佩、最高贵的男士。"

然而,托克丝小姐已经与无情无义的路易莎彻底断绝了来往,见了白士度少校又怪不好意思的(如今她对此人有几分不相信了),她对董贝父子商行的现状一无所知,这就使她的心极度焦躁不安。她确实早已把董贝父子商行看成是整个地球围着它旋转的轴心了,于是她下定决心:与其让她对十分关心的事全然无知,还不如和一位老相识重续旧谊。她想到的是李切子大娘,她知道自从上次非常令人难忘地出现在董贝先生面前以后,李切子大娘总会隔一段时间就和董贝府上的仆人们保持联系。托克丝小姐寻找涂德尔一家,也许在她心里还蕴藏着一个温柔的动机,那就是好找个人和她谈谈董贝先生,至于这个人的社会地位是高是低,她倒在所不计。

总之,有一天晚上,托克丝小姐徒步朝涂德尔一家居住的地方走去。那时,沾着煤渣、脸色墨黑的涂德尔先生正在和家人们一起喝茶,休息休息,恢复精力。涂德尔先生生活里只有三样事。除了上述和家人们在一起休息外,就是以每小时行进二十五至五十英里的速度穿越在祖国的田野上,还有就是辛苦劳作后的睡眠。他要么静如处子,要么动如脱兔,两种状态,他必居其一。无论处于什么状态下,涂德尔先生永远是一个心态平和、知足常乐、亲切友善的男人,看来他把从父母身上继承来的生气、发火的脾气都传给了与他关系密切的火车蒸汽机了,他烧的那台机器倒真是时常喷气、喘息、发火、不遗余力地消耗自己,而涂德尔先生则过着温馨、平静的生活。

"波莉,我的好女人,"涂德尔先生每条大腿上都坐着一位小涂德尔,另外两位涂德尔在给他沏茶,更多的涂德尔们布满他周围,涂德尔先生身边始终不缺少孩子,一抓就有一大把,"我们家的小锅炉呢,你最近看见他了吗?"

"没有,"波莉回答,"不过今天晚上他准会回家看看的。今天晚上该他歇班,他的休息安排挺正常的。"

"我想,"涂德尔先生一边津津有味地尽情享用茶点一边说,"这一阵我们的小锅炉干得真是不错,是吗,波莉?"

"噢!他干得漂亮!"波莉回答。

"他再也不必搞得那样鬼头鬼脑了,是这样吧,波莉?"

"是的!"涂德尔太太直截了当地回答。

"我很高兴他再也不必鬼头鬼脑了,波莉,"涂德尔先生用他缓慢而审慎的方式说,一边用铲煤的姿势用一把折叠刀往面包上涂黄油,好像在给自己加足燃料,"因为那样看上去不好;是不是这样,波莉?"

"啊,那样当然不好啰,爸爸。你还用问吗!"

"你们听着,我的乖儿子、乖女儿们,"涂德尔先生朝散布四周的儿女们看了看说,"无论你们做什么事都要老老实实地做,我的意思是:没有什么比正大光明做人更好的了。如果你们发现自己进了路堑或隧道,也不要玩鬼把戏。你们只要把汽笛拉响,好让我们知道你们在哪里。"

正在长大的涂德尔们共同发出一阵尖尖的咕哝声,生动地显示出他们领受父亲教益的坚定决心。

"你为什么要因为罗布说这番话呢,爸爸?"他的妻子心里不安地问。

"波莉,我的老婆,"涂德尔先生说,"我说话的时候自己也不知道是因为罗布才说的,这点我可以肯定。我只是从罗布开始点火;我开进了一个岔道;我在那儿找到什么就装上它往前开;结果一整列车的思想都跟他配上了对儿,连我自己也不知道想到哪儿去了,这些想法又是从哪儿来的。人的思想真是一座好大好大的联轨站,"涂德尔先生说,"确——实——是!"

涂德尔先生把如此深刻的思考就着一大茶缸子茶水,一起冲了下去,接着又以大量黄油面包充实填饱。在此期间,还嘱咐几个小女儿随时把壶里的水注满,因为他渴得实在太厉害了,非要喝下"很多茶缸子"茶水才能解得了渴。

在自己吃饱喝足的同时,涂德尔先生没有忽略围绕在他身边的儿女们,尽管他们都已经吃过晚饭,但大家都希望能再吃到一些额外的点心。他们的爸爸不时把食品分发给充满期待围成一圈的儿女们,他拿着一大块涂满黄油的面包,让孩子们按照法定继承程序上前一人咬一口,还按照同样的程序用茶匙往小家伙们嘴里送上茶水。这些普通食物吃到小涂德尔们的嘴里简直成了难得的美味,所以他们吃完以后,乐不可支,就表演起各有特色的狂欢舞,小家伙们单足站立,表演单足跳以及其他舞蹈动作,以表示他们内心的喜悦。他们找到了宣泄内心喜悦激动的方式后,又逐渐向父亲围拢,眼睛紧紧盯住他们的爸爸,好让他拿出更多的黄油、面包和茶水;然而,他们假装没有这样的意图,于是互相之间讲起与饮食完全不搭界的悄悄话来。

涂德尔先生身处亲人们的中心,给孩子们树立起一个胃口奇好的榜样,他一边颠动大腿,用身上自备的特殊机车,把坐在他腿上的两名小涂德尔送到了伯明翰,一边透过黄油、面包筑成的屏障,注视着其他孩子。这时,磨工罗布露面了;他头戴一顶水手用的防水帽,身穿服丧的衣裳,弟弟妹妹们见了蜂拥而上,去欢迎他。

"啊,妈妈!"罗布恭恭敬敬吻着她说,"你身体好吗,妈妈?"

"真是我的儿子!"波莉紧紧地抱一抱他,还在他后背亲切地拍一拍说,"鬼头鬼脑!上帝保佑,爸爸,他不是那样的人!"

这话是冲着涂德尔先生刚才对孩子们的道德教诲说的,但是磨工罗布的感情是很容易受到伤害的,把这句话抓住了。

"什么!爸爸又在说我的坏话啦,他说还是没说?"无辜的受害者大声说。"噢,这真让人受不了,一个人一旦犯了点儿小错,他的亲爸总是在他背后翻老账,丢他的脸,说他的坏话!够啦,"罗布精神极度痛苦,用袖口捂住脸喊道,"这种恶意就足够把一个人挤对出去干出点什么名堂来啦!"

"我可怜的孩子!"波莉哭着说,"爸爸绝对没有这样的意思。"

"如果爸爸真的没有这样的意思,"磨工又哭又闹,"那么他干吗总爱说这种话呢,妈妈?除了我的亲爸,世上没有人把我想得有他想的一半坏。这是多么反常的一件事!但愿有谁把我的脑袋砍下来。我相信这样做爸爸一点儿也不会介意的,我们宁愿他这样,那也比在背后说我坏话强。"

听到哥哥说出这种破罐子破摔的狠话,小涂德尔们都尖声哭喊起来。磨工语带讥讽地劝弟弟妹妹们别为他哭泣,要是他们想成为好男孩和好女孩的话,反倒应该憎恨他才是,这句话发挥了增强孩子们的感伤情绪的效果,哭喊声更加响亮了。倒数第二位小涂德尔是个最容易动情的孩子,哥哥的话不但触动了他的感情,甚至还让他喘不过气来;他憋得脸色青紫,吓得涂德尔先生赶忙把他抱到屋外的大水桶前,想用水龙头冲他一冲,幸亏那孩子一看见水龙头,呼吸马上就恢复了正常。

事态竟然会发展到如此地步,涂德尔先生不得不对自己的话加以解释,使儿子从善之心得到了抚慰,情绪恢复了平静,父子两人握手言和,家里重新充满和睦的气氛。

"你愿意不愿意像我一样吃点儿茶点,小锅炉,我的儿子?"他爸爸问,一面又劲道十足地继续喝茶。

"不用了,谢谢你,爸爸。主人和我一起吃过茶点了。"

"你主人的生意好不好,罗布?"波莉问。

"这个么,我可说不上,妈妈;没什么好夸口的。你知道,那里根本没有生意可做。他也不会做生意,船长对这一行什么也不懂。就在今天,店里来了个顾客,说是'我要一件什么什么',说的是很难懂的专门名词之类。'你要什么?'船长问道。那位顾客又说了一遍他要'一件什么什么'。'老弟,'船长说,'你能不能在店里转一圈儿,自己找找看?''好吧,'顾客说,'我找过了。''你看见你要的物件了吗?'船长问。'没有,我没看见,'那个人说。'如果你确实看见了,你能认出它来吗?'船长问。'不,我认不出来,'那人说。'啊,那么让我告诉你怎么办吧,我的老弟,'船长说,'你最好还是回去问问清楚那件东西的形状,外观是什么样子的,因为我也搞不清!'"

"可是,做生意赚钱哪能像他那样呢,你说是不是?"波莉说。

"赚钱,妈妈!他一辈子也赚不了钱。他那种做生意的办法,我从来没见过。不过,我不能不为他说句话,他这个主人倒是挺不错的。但是,这对我关系不大,我想,我在他那里也待不长。"

"现在的工作你不打算干啦,罗布!"他的母亲喊道;与此同时,他的父亲睁大了眼睛。

"也许不在那地方干了,"磨工回答时眨巴一下眼睛,"我不会大惊小怪的——有贵人相助,你知道吗——不过,妈妈,你现在别为我担心;我挺好,情况就是这样。"

磨工话中有话、神秘兮兮的样子本来会给涂德尔先生刚才隐隐约约提到的他的缺点,提供无可辩驳的证据,这可能导致对他以前所犯错误的旧事重提,并再次引起家庭纠纷。幸亏有一位客人来得凑巧,只见她站在门口,向全家人露出保护人式的善意微笑,波莉见了真感到非常意外。

"你好吗,李切子大娘?"托克丝小姐说,"我看你们来了。我能进来吗?"

李切子大娘脸上显露出真情的喜悦,这就是她慷慨、好客的最佳表现。托克丝小姐在给她端过来的那把椅子上就座,向椅子走去时还姿势优雅地向涂德尔先生打招呼。她一边解开帽带一边说,她要做的第一件事,就是要求他家可爱的孩子们全都上前来吻她一下,一个都不能少。

年龄倒数第二的那个倒霉孩子,也许诞生时星象不利,反正家里麻烦不断,这回全体孩子向客人行亲吻礼表示欢迎时,他发生了意外,无法参加,因为他刚才反戴上哥哥的防水帽玩,小脑袋被这种很深的水手帽牢牢地套住了,摘都摘不下来。这下子把他吓坏了,他的小脑筋琢磨着,他这辈子注定要与家人隔绝,被迫在黑暗中度过余生了,于是他拼死挣扎,发出透不过气来的哭叫声。大人帮他把防水帽取了下来,只见他脸儿滚烫、发红、湿透了;托克丝小姐把精疲力竭的他抱起来,放在她的大腿上。

"我敢说,先生,你恐怕快要不记得我了吧。"托克丝小姐对涂德尔先生说。

"怎么会呢,小姐,怎么会呢,"涂德尔说,"不过么,自从咱们上次分别以后,咱们都稍稍变老了些。"

"你感觉身体怎么样呀,先生?"托克丝小姐和蔼地问询道。

"棒极了,小姐,谢谢你,"涂德尔回答,"你自己的身体好不好,小姐?你没有得上风湿症吧,小姐?随着我们的岁数一年年变老,恐怕都难免会得上这种病。"

"谢谢你的关心,"托克丝小姐说,"到现在为止,我倒是还没有患上这种病的迹象。"

"你真幸运,小姐,"涂德尔说,"很多像你这样岁数的人,小姐,都被这种病害苦啦。譬如说我的妈妈……"说到这里,他看见自己的老婆在向他使眼色,涂德尔先生很明智地把下面想说的话,就着又一缸子茶水,咕嘟咕嘟吞下了肚子。

托克丝小姐眼看着罗布喊道,"李切子大娘,你不会想说他是你的……"

"大儿子,小姐,"波莉说,"是的,正是他。就是这个小家伙,小姐,又没招谁惹谁,却闹出那么些事儿来。"

"这个么,小姐,"涂德尔说,"都是他的腿不够长闹的,"涂德尔先生的语调中颇有一点点诗意,"董贝先生让他当上一名碾磨慈幼院的学生,穿上制服皮裤,他的腿更显得分外地短了。"

这段回忆几乎使托克丝小姐无言以对。回忆中的主角特别和她直接有关。她要罗布和她握手,她称赞说,一看他的面相就知道这孩子坦白、真诚,祝贺他的母亲有这么一个好儿子。这句话碰巧让罗布听进了耳朵,使他想到该装出个与她的夸奖相匹配的样子来,不过他装得可不大像。

"哎,李切子大娘,"托克丝小姐说,"还有你,先生,"她同时也对涂德尔说,"我要说几句简单的、真心的话,向你们表明我的来意。你可能已经听说了,李切子大娘,你可能也已经听说了,先生,我和我的几位朋友之间已经有了一点小小的隔阂,以前我常常去的那个地方,现在我已经不再去了。"

波莉以女性特有的机智,立刻就明白她所指的是什么,于是回她一个小小的眼神表示自己听懂了。而涂德尔先生对托克丝小姐的话,简直莫名其妙,这从他茫然的眼神中也已经表现出来了。

"当然啰,"托克丝小姐说,"我和他们之间的关系变得稍稍冷淡的原因是无关紧要的,简直不值一提。我只要这么说就足够了:我对董贝先生怀有最高的敬意和最大的关心,"托克丝小姐的声音颤抖了,"凡是和他有关的一切事,我都极为关心。"

涂德尔先生听懂了,摇摇头说,他根据别人所说,以及他本人的亲身经历,他认为董贝先生这个人很难相处。

"请不要说这样的话,先生,求你了,"托克丝小姐说,"我要恳求你千万别这么说,先生,现在不要,将来任何时候都不要说这种话。这种评论使我听了感觉极大的痛苦。一位有教养的人,我十分肯定你就是一位有教养的人,要使他的心情和情绪永远处在令人满意的状态,也是很难做到的。"

涂德尔先生本以为自己的话千真万确,谁也会表示赞同,听了她的话真是十分困窘。

"归根结底,我想对你说的,李切子大娘,"托克丝小姐接着说,"同时我也想对你说的,先生,就是这些。你们听到任何有关董贝先生家的消息,譬如说他家是否幸福平安、他家人的身体是否健康啦,等等情况,我无论什么时候都非常想听。我永远乐意和李切子大娘在一起谈谈这个家庭,追忆追忆往昔时光,李切子大娘和我之间从来没有发生过一丁点儿矛盾(尽管现在想起来,我倒是愿意以前和你的交情更加深些才好,这不怨她,只能埋怨我自己),我希望她现在不会反对和我成为很好的朋友,我可以时常到这里来串串门,我希望来的时候,你们不会把我当外人。现在我要说,李切子大娘,"托克丝小姐说时动了真情,"我真的希望你能乐意接受我表达出来的意思,你的心眼好,一向总是以善意待人。"

波莉确实乐意,她这么说了。涂德尔先生不知道自己是否乐意,呆呆地没有说什么。

"你明白,李切子大娘,"托克丝小姐说,"我希望你也明白,先生,如果你们不把我当外人看待,我在许多小事情上还会对你们稍稍有些用处呢;要是能对你家帮点儿忙,我会很快乐的。譬如说吧,我可以教你们的孩子学点儿功课。如果你们允许的话,我有时候会在晚上带些小小的书本呀、活计呀,来你们家,让孩子们学——啊呀,我相信他们一定能学到很多东西,让他们的老师都觉得脸上有光。"

涂德尔先生对于知识一向极为尊重,听了这话就向他老婆扭过脑袋去表示赞成,还满意得舔舔自己的手。

"那么说来,我就不是外人了,对谁都不会妨碍,"托克丝小姐说,"家里该怎么过就一切照常,和我不在的时候一样。李切子大娘照样缝缝补补、熨烫衣服、照看小孩儿,随便干什么,不用对我特别留意。你呢,先生,想抽烟的话,照常抽你的烟斗就是了,你看这样行不行?"

"谢谢你,小姐,"涂德尔先生说,"我看这样行;我会抽几口过过烟瘾的。"

"先生,你这么说很好,"托克丝小姐接着说,"现在我真的要向你们保证,一点不假,这样的安排对我说来,是个极大的安慰,无论我今后有幸为你们的孩子做些什么好事,如果你们这么和善地、亲切自然地、高高兴兴地和我商量好,作出这个小小的安排,什么要求都没有,那么你们已经给了我更多的回报。"

双方就此达成了协议,托克丝小姐感到自己早已和他们亲如家人了,她一点儿也没耽搁,立即着手对孩子们进行了一次先期考察(涂德尔先生对这一举措感到十分满意),把孩子们的年龄、名字、知识程度一一记录在纸上。这件工作,以及由此引起的小小谈话,使他们过了平常就寝的时间。托克丝小姐在涂德尔家火炉旁一直待到很晚,让她独自回家的话,有点儿不放心了。幸亏那时,具有大丈夫气概的磨工还没走,他十分有礼貌地提出要陪送她回家。对于托克丝小姐而言,能由一位最初在董贝先生一手安排下穿上男校制服(人们很少提起这种制服的名称)的少年陪送回家,是件有意义的事,于是她立刻接受了这个提议。

托克丝小姐和涂德尔先生和波莉握过手,又把所有孩子都亲吻一遍,就离开他们家。此番她在这家人中大受欢迎,心里轻松愉快得简直要飘起来,此时此刻她的心要是被戚克太太称量起来,准会把那位好太太气得晕过去。

磨工罗布谦卑地想在托克丝小姐身后随行,但托克丝小姐却要他挨着她身边走,这样便于和他交谈。正如她后来对罗布的母亲所说,一路上她想"掏出他的真心话"。

他说话时表现得如此光明正大,简直金光闪闪,托克丝小姐让他迷住了。她越是想多掏出他的真心话,他讲的话就越是精巧、纤细,就好像拔长一根金属细丝。从没见过世上有比他更好、更充满光明前途的少年,当天晚上罗布的表现真是好得不能再好了,比他更热情、更坚定、更严谨、更清醒、更诚实、更温顺、更憨厚的少年,叫人哪儿去找!

"能够认识你,"托克丝小姐到了家门口时说,"我真高兴。我希望你把我当成你的朋友,只要你愿意,可以随时来我家,要常来呀。你有储金盒吗?"

"有的,小姐,"罗布说,"我把省下的钱放在里边,等攒到一定数量,就存到银行里去,小姐。"

"养成节约的好习惯真值得称赞,"托克丝小姐说,"我听了真是高兴。如果你愿意,你可以把这半克朗①硬币投进你的储金盒里去。"

"噢,谢谢你,小姐,"罗布说,"不过我想不应该让你破费的。"

"我赞赏你自立自强的精神,"托克丝小姐说,"不过,你没让我破费,你放心好了。这是我的一点心意,如果你一定不肯收下的话,我倒要生气了。晚安,罗宾。"

"晚安,小姐,"罗布说,"那么就谢谢你了!"

罗布暗暗窃笑,马上把托克丝小姐赠与的钱换成零钱跑去玩掷钱赌博的游戏,结果把那半克朗钱白白输给一个卖馅饼的了。碾磨慈幼院里,从来不教孩子懂得什么叫荣誉,那里占主导地位的教育制度倒是特别能造就伪君子。因为以前磨工们的许多赞助人和雇主都说,教育普通劳动人民家庭的孩子,还是别让他们懂得劳什子的荣誉为好。也有些具有理性的人们说,教育要改良。但是碾磨行会的领导们有随时应付这些人的办法,他们从学生群里挑出几个好孩子来,因为尽管在不良教育制度下,总还会有个别不错的学生。他们辩称,这些好学生的存在,正好说明现行教育制度良好。这样,反对者就无话可说了,碾磨慈幼院的荣誉由此得以维护。

---

① 半克朗,英国旧制钱币,价值两先令六便士。

第三十九章 航海家爱德华·柯特船长新的冒险经历

时光的意志刚强、脚步坚定，不停地朝前行进。那位年迈的航海仪器制造商出走时给他的朋友留下一封信和一个包裹，并在信中嘱咐道：那个密封的包裹必须在一年以后才能打开。现在，规定的期限眼看就要到了。一天晚上，柯特船长不禁怀着神秘和不安的心情，眼睛盯住那个包裹。

船长是个守信用、有荣誉感的人，他决不想比规定的时间提前一个小时就打开包裹，正如他决不想开膛破肚对自己进行一番解剖学研究一样。他只是在晚上抽烟斗抽到一定阶段时把它拿了出来，放在桌子上，他一声不响坐在那里，表情庄重地隔着重重烟雾注视着它，仿佛着迷似的连看了两三个小时。凝视良久后，他有时会把自己的座椅一点儿一点儿往后移动，离包裹越来越远，像是想要逃离它的魅惑力所及的范围。如果他真有这个打算的话，那么他永远也成功不了。因为，即使他挪到了那间后房的墙根，再也没得地方挪了，他仍旧没能逃脱那个包裹对他的强烈吸引；即使他沉思的目光漫无边际地看着天花板或壁炉，包裹的形象也会立即追随而至，惹人注目地出现在煤块里，或是在粉白的天花板上占据有利的位置。

说到那位"小可心儿"，她在船长心里仍受到慈父般的关心和爱护，一点儿也没有改变。但是，自从最近这次和卡克先生面谈以后，柯特船长开始怀疑起自己来：他以前对董贝小姐与他心爱的小沃之间的事,曾经大胆介入过,这种介入是不是像他原先所希望并且深信的那样,真正发挥了正面的效应?总之,船长真的担心自己成事不足、败事有余,实际上帮了倒忙,心里很觉苦恼。他满心羞怯,追悔莫及,他能为自己想出的最好赎罪方式就是:躲得远远的,千万别伤害谁、挡着谁的路。他似乎把自己当成一个危险人物从船上扔了出去。

船长一头扎进了店里那堆航海仪器里面,对董贝先生的住宅连走路都绕着走,决不把自己的近况告诉弗洛伦斯或聂宝小姐。他甚至和珀奇先生也拉开了距离,人家第二次跑来拜访他时,他竟干巴巴地对珀奇先生说,感谢大驾光临,不过他想割断所有这一类的联系,因为他不知道自己什么时候会无意之中把哪艘船的火药库给点着了。在自己加诸自己的隐居生活中,除了和磨工罗布之外,船长一天里,甚至一星期里都不跟任何别的人说一句话。他对罗布的评价很高,他认为罗布是毫无私心、有情有义、忠心耿耿的典型。就在这种隐居生活中,一天晚上,船长眼睛盯着包裹,坐在那里抽烟斗,心里思念着弗洛伦斯和可怜的沃尔特。在他淳朴的想象中,那一对孩子似乎都已死去,因此他俩永远保持着年轻的形象,正如他最初记忆中的那两个天真、美丽的孩子。

然而,船长在沉思时也没有忽略如何使自己进步,同时他也想到了应该提高磨工罗布的文化修养。他要求罗布每天晚上都要为他诵读某一种书本,时间约为一个小时。船长盲目地相信,凡是写在书上的话,句句都是真理。他就凭借听人诵读的办法,积累起一大堆出色的事实。每个星期天晚上,上床入寝之前,船长总要为自己诵读耶稣基督有一次在山上对门徒们宣讲的宝训。尽管他有不看《圣经》原书就用自己的方式引用经文的习惯,但他在诵读时的虔敬态度倒像是早已背熟了古希腊原文《圣经》,并充分领略了其中的神圣精神;他还能撰写热情洋溢的神学论文呢,需要什么题目就能写什么题目,需要多少篇就能写出多少篇。

磨工罗布对宗教著作的崇敬态度是早年在碾磨慈幼院那值得称羡的教育制度下训练出来的。硬背死记犹太族的专门名词、不断重复单调乏味又枯燥艰深的圣诗,使他的脑力受到永远无法治愈的损伤。他在六岁时受到的那次惩罚对他的影响尤为重要,当时他被硬逼着在安息日那天三次穿着皮裤,在热得要命的教堂里爬上高处接受检阅;他热得昏昏欲睡,但教堂里那架大风琴却像忙碌不停的蜜蜂,对着他的脑袋轰鸣。于是他就在这种教育制度的训练下养成了弄虚作假:船长诵读停顿时,他就使劲装出大受启发、深为感悟的样子;等到船长继续诵读时,一般说来,他总是哈欠连连,耷拉着脑袋打瞌睡。然而,这后一种情况,从来没有被宅心忠厚的船长所察觉。

柯特船长现在当上了一名商人,居然也记起账来。他在账本里记录下他对于天气情况的观察,同时还记载运货马车及其他车辆的流动状态:据他看来,早晨和一天的大部分时间里,这一地区的车辆,总是朝西流动;而到了接近黄昏时分,则相反地朝东驶去。一个星期里,总会有两三个在马路上溜达的人,会跟他"搭话"(船长在账本里是这么写的),说起眼镜的话题,尽管搭话的人并没有真的购买,但说以后还会来瞧瞧的,船长据此得出结论,认为店铺的生意正在好转,他把这个好兆头记录在当天的账本里:空气清新(他先记下这一点),风向西,偏北;到了晚上,风向改变了。

船长碰到的主要难题之一就是涂茨先生。他常常到店里来,来了又不多说话,他脑袋里似乎存有这样一个想法:那间小小的后房是他咯咯傻笑的最佳场所。他会利用坐在里边的便利条件,咯咯傻笑达半个小时之久,也不说与船长加深友谊的话题。由于最近的遭遇,船长变得小心起来,他弄不清楚涂茨先生是否真的像他表面看来那样温柔敦厚,还是一个城府极深、善于造假的伪君子。

涂茨先生时常提起董贝小姐,这一点就可疑;然而他明显地表现出对船长的信赖,又使船长心中暗暗对他存有好感。于是船长决定暂时耐着性子接待他。当涂茨说到那个最令他动心的主题时,船长只是带着一副无法形容的机灵劲儿,眼睛直盯着他。

"吉尔思船长,"有一天,看样子涂茨先生是突然脱口说出来的,"你是不是可以考虑惠然接受我的建议,赐给我成为你的朋友的快乐?"

"啊,我来告诉你吧,孩子,"船长说,他终于决定采取什么行动了,"这件事我已经反复考虑过了。"

"吉尔思船长,你真的太好了,"涂茨说,"我非常感谢你。我要用我的语言和荣誉保证,吉尔思船长,能够得到成为你的朋友的快乐,将是你对我的恩赐。这是真的。"

"你知道吗,老弟,"船长慢条斯理地企图说服他,"我对你并不了解。"

"可是,吉尔思船长,"涂茨先生回答,他对自己的论点坚信不疑,"要是你不肯赐给我成为你的朋友的快乐,你就永远不可能了解我了。"

涂茨先生这句闻所未闻、铿锵有力的话语似乎把船长打动了,他眼睛看着涂茨,似乎心里在想:倒看不出来,这小伙子知道的东西比自己对他的估计要多得多。

"说得好,孩子,"船长若有所思地点着脑袋说,"而且说得在理。那么听着:你对我发表了一些言论,让我知道了你心里爱慕着一位可爱的人。是吧?"

"吉尔思船长,"涂茨先生说话时,那只拿着帽子的手做出强烈示意的动作,"用爱慕这个词儿还远远不够。我以人格担保,你对我怀有什么样的感情还一点儿都不了解。如果可以把我的皮肤染黑了,去做董贝小姐的奴隶,那对于我是件求之不得的大好事。

如果,我丢掉全部财产,可以投胎转世,变成董贝小姐身边的一条狗,我,我,我想我会一刻不停地对她摇晃尾巴。我会觉得无比幸福,吉尔思船长!"

涂茨先生说话时眼睛饱含泪水,充满激情地把帽子紧紧贴在自己的胸前。

"我的孩子,"船长受了感动,对他充满同情,"如果你说的是真的……"

"吉尔思船长,"涂茨先生喊道,"我是极其真挚的,我正处在这样一种精神状态:假如我能站在一块烧红的铁上、熊熊燃烧的煤上、熔化的铅上、点着的火漆上,或是诸如此类的东西上说出心中的誓言,我将会乐意把自己烧伤,那样做对我的感情来说是一种解脱。"涂茨先生的目光对房间里的东西匆匆扫视了一遍,似乎在寻找什么能折磨他、使他受到足够痛苦的东西,以便实现他那可怕的心愿。

船长把头上那顶加光便礼帽往后脑勺上推了推,又用笨重的手掌向下捋了捋自己的脸,这么一来,他鼻子上出现了更多的杂色斑点。他直直地站在涂茨先生面前,伸出铁钩子夹住了他的上衣领子,对他说出这样一番话,涂茨极其注意谛听,他带着几分惊奇仰视着船长的脸。

"听着,我的孩子,如果你是真挚的,"船长说,"那么对待你就应该宽厚仁慈,而宽厚仁慈正是大不列颠王冠上最明亮的一颗宝石,你仔细查一查《统治吧,不列颠》①里头设定的规章,就能找到,正是那规章保佑着天使们多次反复咏唱。要遵守规章!你所说的心愿,差点儿把我吓了一跳。为什么?因为,你要知道,我坚持在

---

① 《统治吧,不列颠》是英国诗人詹姆斯·汤普生(1700—1748)创作的一首爱国歌曲,而"宽厚仁慈"和"最明亮的一颗宝石"则是英国历史学家亨利·哈拉姆(1777—1859)著作中的话,前者指英国当时的政策,后者指当时英国的殖民地印度。船长又一次误记并胡乱引经据典。

这片海水上驾驶自己的船,周围连一艘伴船都没有,也可能我根本就不希望有伴船。稳住船!你第一次在我面前发出对一位年轻女士崇敬的呼喊,她就是你这艘船的雇主。听好了,你要是指望着和我保持友好关系的话,你就永远也别在我面前说出那姑娘的名字,连提一提都不行。以前,我还不懂得随便提这个名字会造成多大危害,现在我才懂,所以我要干脆禁止你这么做。老弟,你明白我的意思了吗?"

"啊,如果我因为脑子慢,有时候会跟不上你的话,"涂茨先生回答,"那么请你原谅。不过,说实话,要我不提董贝小姐的名字,对我来说,太难了。我真的觉得很沉重,在这个地方!"说时,他伸出双手,以十分感伤的姿势按在胸前的衬衣上,"我这个地方日日夜夜感觉疼痛,就像被什么人踩住了似的。"

"这个,"船长说,"就是我提出的条件。如果你觉得为难,老弟,也许确实是难,那么你就改变航向吧,为安全起见还是停泊得远一些,你我就高高兴兴地分手!"

"吉尔思船长,"涂茨先生说,"我也不知道是怎么回事,自打我第一次到这儿来,听了你对我说的话,我……我感到,我宁愿在你身边思念董贝小姐,也不愿向任何别的人谈起她。所以,吉尔思船长,如果你肯赏给我做你朋友的快乐,我很高兴接受你所提出的条件。我希望做个诚信的人,吉尔思船长,"涂茨先生说话时把刚伸出的手暂时收了回来,"因此,我必须声明:要我根本不思念董贝小姐,我做不到。我不能作出保证,说我不思念她。"

"我的孩子,"船长说,涂茨先生诚实憨厚的声明大大改善了他在船长心目中的印象,"人的思想就像风一样,任何时候也没有人能够说得准,风一定会朝哪个方向吹。我俩之间的协议仅仅是指说话方面,对不对?"

"在说话方面,吉尔思船长,"涂茨先生回答道,"我想我能管得住自己。"

说完这句话,他才当场把手伸给柯特船长,船长也有礼貌地、高高兴兴地和他握手,以恩赐的态度正式确认与他的友谊。涂茨先生这才显得轻松愉快,接着就满心欢喜地咯咯傻笑,直至这次拜访的终止。至于说船长,能居于恩主的位置,当然没有什么不高兴的,他对自己的谨慎和远见,尤其感到满意。

尽管柯特船长具有远见卓识,但是,就在当天晚上,那位无比天真、单纯的少年磨工罗布却让他大吃一惊。这个朴实的男孩,正和船长坐在同一张桌子前喝茶,别看这孩子一副温顺的样子,低着脑袋看着自己的茶杯、茶碟,其实他一直在用眼角偷看自己的主人,已经看了有一阵子了。主人正在透过眼镜片儿读报,尽管读起来非常困难,但态度却极为严肃认真。罗布终于打破沉默说:

"啊!请原谅,船长,我看你不想养鸽子,是这样吧,先生?"

"不想养,我的孩子。"船长回答。

"因为我想把自己的鸽子收拾一下,船长。"罗布说。

"什么,什么?"船长说时,两道浓眉稍稍向上抬了抬。

"对啦,我要走啦,船长,如果你不介意的话。"罗布说。

"要走?你要去哪里?"船长问道,他的目光从眼镜片儿上方察看着他。

"怎么?难道你还不知道我要离开你吗,船长?"罗布问时还偷偷地乐了。

船长放下报纸,拿掉眼镜,眼睛紧紧盯住这个背叛者。

"噢,对啦,船长,我这是给你一个预先通知。我想,也许应该预先让你知道,"罗布说时摩擦着双手站起身子,"如果你能很快地自己另外找到人手,船长,就等于给了我极大的方便。我就怕,船长,明天早上你找不到人手:你想你能找到吗?"

"那么说来,你打算变节开小差啦,是不是这样,我的孩子?"

船长久久地审视过罗布的脸以后,说。

"哎哟,船长,你对待人实在太刻薄了,"感情脆弱的罗布一时间受到伤害,义愤填膺,竟号啕大哭起来,"我难道没有权利给你符合法律的预先通知吗,你怎么能对我大发脾气,骂我是个变节者、开小差的人!你没有任何权利辱骂一个可怜的孩子,船长。不能因为我是仆人你是主人,你就能这样诽谤我。我做错了什么事?来啊,船长,你倒说说我到底犯下什么弥天大罪啦,你能说得出来吗?"

受到深重打击的磨工呜咽哭泣,用袖口擦眼睛。

"来啊,船长,"受伤害的年轻人哭道,"说一说我犯的是什么罪!我一向的表现,干出了什么啦?我偷了店里的什么东西?我在店里放火了吗?如果我做了这一切,你为什么不上法院告我去,让他们审判我?我本来是你的好仆人,你却让一个无辜的孩子背上坏名声,就因为我不能为了你的利益而舍弃自己的前途,这是多么严重的伤害,对于我的忠诚服务,你却恩将仇报!年轻人正是这样被榨取、被驱赶到邪路上去的。你让我吃惊,船长,真的。"

这些话都是磨工眼泪汪汪、又哭又闹地吼出来的,他一面哀诉着一面小心翼翼地朝着门口退去。

"那么说来,你又找到另外一个泊位啦,是不是啊,我的孩子?"船长问时眼睛一直注视着他。

"对了,船长,既然你用这么个说法,那么我就告诉你,我是找到另外一个泊位啦,"罗布喊道,后退得离门口越来越近,"那个泊位可比我在这儿的泊位好,船长,这是我的运气,既然你已经把一切脏话都往我身上扔,就因为我穷,不能为了你的利益而舍弃自己的前途。对了,我是找到了另外一个泊位;要不是因为我怕离开你时讨不到工资,船长,我现在早就往那儿去了,越走得早越好,那样就不用听你骂我的话了,就因为我穷,不能为了你的利益而舍弃自己的前途,为什么就应该受到你的谴责呢,船长?你怎么能这样降低自己的身份呢?"

"听着,我的孩子,"船长平心静气地说,"这些话你就不用再说了。"

"好吧,那么你那些话也不用再说了,船长,"那个被激怒的清白无辜者反唇相讥,哭闹声更响了,一面又从门口返了回来,"我宁愿你把我身上的血统统抽走也不愿让你夺走我的好名声。"

"因为,"船长冷静地说,"也许你听说过一种叫做短绳索的东西吧。"

"噢,船长,我听说过吗?"磨工用嘲笑的态度说,"没有,我没听说过。我从来没有听说过这一类玩意儿!"

"好吧,"船长说,"我深深相信,如果你不密切注意的话,你很快就会尝到被它抽打的滋味了。我能看得出你的失事信号,我的孩子。你可以走了。"

"噢!我可以马上就走,是不是这样,船长?"罗布喊道,因自己获得成功而欢欣鼓舞,"不过你得注意!我可从来没有要求过立刻就走,船长。你再也无法夺走我的好名声了,因为是你主动让我走的。而且你还不能少给我工钱,船长!"

对于他最后那个要求,他的雇主是这样解决的:他把藏钱的锡罐里的钱都倒在桌面上,把该给罗布的工钱一枚枚地数出来,一个小钱都没有少给他。罗布擤擤鼻涕,假装啜泣,倒像有谁严重地伤害了他的感情似的;他把硬币一枚枚地捡起来,每捡起一枚就擤一下鼻子啜泣一声,然后一枚枚地放进用手帕系成的包里,把它捆实扎紧。然后他爬上房顶,把鸽子装在帽子和一个个衣服口袋里,装得满满的。接着又下楼来钻进他在柜台底下的铺位,把铺盖卷起捆好,这样做时,他的擤鼻涕声和啜泣声更加响亮了,就好像他的心真被往日的联想扎伤了。接着他带着哭声说,"再会了,船长。我离开你,心里没有怨意!"出门走下台阶时,他伸手拉了一下木制小海军少尉的鼻子,算是临别时的侮辱,走上大街时,他早已得意洋洋地咧开嘴笑起来。

店里只剩下船长一个人了。他继续读报纸上的新闻,似乎任何出乎意料的、非同寻常的事情都没有发生,只是以极大的刻苦劲儿不断地读下去。然而,尽管他念了很多篇新闻报道,但报上的字他一个都不认得了,只见磨工罗布在整张报纸上蹦跳,从一个栏目蹦跳到另一个栏目。

在此时此刻以前,这位可尊敬的船长是否已经有了被抛弃的感觉,还得打个问号。但是现在,老索尔·吉尔思、沃尔特、小可心儿,对他来说都已失落了;现在,卡克先生在残酷地欺骗他、嘲弄他。这种欺骗和嘲弄都集中体现在虚伪的罗布身上。他曾经多次、长时间地向罗布讲述那珍藏在他心中的温暖回忆。他曾经信任过这个虚伪的罗布,还以能够信任此人为乐事。他把罗布当做真正亲近的人,就像遇难的老船留给他的唯一幸存的伙伴。他接受小木制海军准尉向他发出的指令,把罗布当成得力助手;他真打算对罗布尽培养之责;他对这男孩怀着温情,似乎他俩是遇到船难后一起被抛弃在荒岛上的一对伙伴。而现在,虚伪的罗布把背信弃义、狡猾奸诈和卑鄙龌龊都带进了这间小小的后房,而在船长心目中,这后房本来是一块圣地。柯特船长感觉,似乎接下去这后房就会向下沉沦,如果真的沉下地面,他也不会大惊小怪,这一切对他说来都已经无所谓了。

因此,柯特船长尽量集中心思继续读报,但照样什么都看不懂;柯特船长尽量不对自己提到罗布,心里也决不承认自己正在想他,至于说此时此刻自己感到像鲁滨孙·克罗索①一样的孤独与

---

① 鲁滨孙·克罗索,英国小说家笛福(1660—1731)同名小说的主人公,遇船难后独自被抛弃在一个荒岛上,度过长达二十八年的遭难生活。

罗布有关,他更是丝毫也不肯承认。

　　黄昏时分,船长以镇定而有条不紊的姿态走到莱顿霍市场,跟一名在那儿值班的看守人商量好了,以后每天早晚都由此人到木制海军准尉仪器商店来帮他取下和推上活动挡板。然后他又走进一家饮食店,让店家从今天起把供应仪器商店的饭菜数量减少一半;接着又去了一家酒店,把平日供应那名变节者的啤酒也回掉了。"我那儿的小伙子,"船长对柜台后的那位年轻女士解释说,"我那个小伙子,找到了更好的工作,小姐。"最后,船长决定今后自己每天晚上就不上楼睡觉了,由他去睡柜台底下的那个铺位,商店财产只由他一个人把守了。

　　从此以后,每天早上六点钟柯特船长就从那个铺位上起身,急忙戴上那顶加光便礼帽,他那孤独的样子真像鲁滨孙·克鲁索匆匆洗了一把脸后戴上那顶山羊皮帽子。他害怕麦克斯丁格尔太太可能来犯,犹如鲁滨孙担心野人会来,如今他的警惕性有所放松了,正像鲁滨孙很长时间不见有食人族来犯的迹象,也部分放松了戒备一样。已成为商店例行公事的防卫措施照旧在执行。他每一次看到有女帽出现,总要先躲进他的堡垒防御工事里观察一番。这段时间涂茨先生没有来访,他来信说出城去了,目前不在伦敦。如今,船长听见自己的说话声都觉得怪异,像是陌生人的声音。他不停地擦拭和拾掇店里的存货,长时间坐在柜台后面阅读,常常向窗外张望,这种生活养成了他沉思默想的习惯,由于想得太多,那顶硬硬的加光便礼帽在他前额留下的红色圈痕,有时会使他感到疼痛。

　　眼看一年的期限已经到了,柯特船长觉得该是把老索尔留下的包裹打开的时候了。以前他一直打算当着磨工罗布的面打开它,这包裹还就是罗布递交给他的呢。在他的观念里,打开包裹这件事应该做得循规蹈矩、有条不紊,旁边必需有一名见证人才对,可现在哪儿去找这么个人?船长为这件事着实发了愁。正在他一筹莫展的时候,有一天《航运信息》上刊登了一条消息,说是由约翰·本斯比担任船长的"谨慎的克拉拉"号在进行了一次沿海航行后已经返港,船长看见,高兴极了,不禁欢呼起来。他立即通过邮局寄一封信给这位哲人船长,欢迎他见信后早早地于晚间来访,信中特别嘱咐本斯比必须对他现在的住处严格保密。

本斯比是一位按照信念行事的哲人,他花了几天工夫才在心中完全相信自己确实收到了一封这种内容的信。但是,当他一旦抓住了事实,掌握了内涵,他便立刻差遣自己的学徒前往木制海军准尉航海仪器商店,传达他"于今晚来访"的口信。他嘱咐这名学徒,传达完消息后立即消失,那名小厮确实做到了不辱使命,他迅速消失,活像一名传达神秘警告的黑精灵。

接到口信,船长很开心,赶紧准备好烟斗、朗姆酒和水,等着在后房接待他的客人。晚上八点钟,正在侧耳倾听的柯特船长听到商店门口传来一阵低沉的吼声,像是海牛的哞哞叫,接着听见手杖敲打门板的声音,知道本斯比已近在咫尺。他立刻把客人迎进来,只见本斯比毛发蓬松,衣冠不整,一如往常,那桃花心木色的脸上显得面目呆滞,好像对眼前的一切东西都视而不见,一无所感,而他的注意力似乎都集中观察正在世界另一侧发生的事。

"本斯比,"柯特船长握住客人的手喊道,"你好吗,我的老弟,你好吗?"

"我的同船伙计,"一个声音在本斯比身体内响起,不过从这位船长的外表,却一点都看不出在说话的样子,"好伙计,好伙计。"

"本斯比!"柯特船长说,实在压抑不住对这位哲人天才的敬佩,"你来啦!你是能给别人出好主意的人,你的主意比钻石更加明亮。我从你派来的那个穿黑裤子的男孩身上也看到了钻石的光芒,这句话你查一查斯坦菲尔的歌曲集就可以查到,查到了,就把它记下来。你来了,以前有一次,你就在这个地方,给人出了个好主意,往后的事实完全证明了你的意见的正确,每一个字都正确。"柯特船长说的都是他的真心话。

"啊,是吗?是吗?"本斯比咆哮道。

"每一个字都正确。"柯特船长说。

"为什么?"本斯比发出咆哮时对自己的朋友看了一眼,进门以来这还是第一次。"以什么方式?假如确实是这样,那么为什么不会是另外一种样子?所以说。"他这种神谕式的话语似乎把他领进了一片思辨和推测的海洋,弄得柯特船长眼花缭乱,实在招架不住了。这位哲人先知屈尊俯就地让柯特船长帮他脱掉身上那件双排扣的水手厚呢上衣,跟随柯特走进那间小小的后房。一进房他的手立即拿起朗姆酒瓶,倾倒出酒液,调制出一杯浓浓的掺水烈酒;随即又拿起烟斗,装上烟丝,点上火,抽了起来。

柯特船长在这些生活琐事上都摹仿来客,但这位伟大司令沉着冷静的样子真令人心折,那远远不是他能学得会的;他只能坐在壁炉的另一边,以尊敬的目光看着自己心目中的伟人,似乎在等待本斯比作出鼓励和好奇的表示,以便他可以把话题引向他想说的正事儿。可是长着桃花心木色脸蛋的哲人,除了对烤火取暖和抽烟之外的任何事物,似乎都一无所感。只有一次例外,当他把唇间的烟斗拿下换成酒杯时,用特别粗的嗓音偶然说了一声:他的名字叫约翰·本斯比——看这迹象似乎给谈话开了个小小的口子——柯特船长先用简短的赞美话开场,以引起他的注意,接着就把索尔舅舅出走,以及这件事如何改变了他的生活和命运的前后过程原原本本都讲了一遍;叙述完毕,他就把那个包裹放在桌子上。

等了很久,本斯比先生才点了点头。

"打开吗?"柯特船长问道。

本斯比又点了点头。

柯特船长遵命拆开封蜡,只见里面有两份折叠好的纸质文件,他分别读出文件上的批注如下:"索罗门·吉尔思的遗嘱。""致内德·柯特的信。"

本斯比的眼睛此刻正在注视天边外格陵兰的海岸呢,但他对文件的内容似乎还是留心听的。于是柯特船长清了清嗓子,把老索尔留给他的信大声念出来。

"我亲爱的内德·柯特。我离家前往西印度群岛……"

念到这里,柯特船长停顿下来,眼睛紧紧盯住正在注视格陵兰海岸的本斯比。

"……'我还是要寻找我那亲爱的孩子的下落,哪怕事情已经近乎绝望,我知道如果你明白我的意图,一定会来阻止我,或者要跟我一起去。因此我对你保密。如果你读到这封信,内德,我很可能已经死了。到那时,你一定会乐于原谅你那老朋友做出的蠢事,并且对他因心情极度焦躁不安,不得不进行这次疯狂的出航,也就会感同身受了。这些就不必多说了。至于说我那可怜的孩子能不能读到我留下的遗言,他那坦白真诚的脸能不能再一次让你看到,并使你高兴得眼睛发亮,对于这个,我几乎已经绝望。'不,不;不会再有了,"柯特船长悲伤地沉思着说,"这样的日子不会再有了。他躺在那里了,永远躺在那里了……"

本斯比先生的耳朵富于音乐感,他突然引吭高歌,"在比斯开海湾,噢!①"柯特船长觉得这是对逝去亲人最贴切的悼念词,他深

---

① "他躺在邢里了……"是柯特船长引用的一首通俗悼歌里的句子,而本斯比唱的"在比斯开海湾,噢!"则是水手号子中的话,原文中"days...bays"与"Biscay"押韵,所以说他的耳朵富于音乐感。

受感动,立刻握住他的手表示谢意,同时还不得不腾出手来擦干自己双眼涌出的泪水。

"啊,啊!"当本斯比的哀悼词不再在天窗上震响,柯特船长说,"那深深的哀伤,在他心中久久地贮藏,让我们好好查查,在书里查得到的。"

"就连郎中大夫,"本斯比接着说,"也无法可想。"

"唉,唉,那是肯定的,"柯特船长说,"两三百㖊①深水底下郎中大夫又有什么用!"他接着读信,"'假如此信拆开时,他就在跟前',"船长不由自主地朝四周看看,接着便摇了摇头,"'或者在别的什么时候知道他还活着,'"船长又摇了摇头,"'那么我祝他幸福!假如和这封信放在一起的文件写得不太正规,不太合乎法律要求,那也没有多大关系,因为除了你和他两个人之外,没有别的受益人,我的意愿极为单纯,那就是:假如他还活着,他将继承我留下的可能极为微薄的财产,假如(我担心)情况相反,那么财产就归你,内德。我知道你一定会尊重我的意愿。愿上帝为此、并为你对索罗门·吉尔思无尽的友谊而保佑你,'本斯比!"柯特船长庄严地向他发出呼吁,"你对这件事有什么见解?你坐着,一个从小开窍、智慧通天的人,你脑袋每一道缝隙里都装满新鲜主意。啊,说说你对这件事有什么见解?"

"假如情况是这样,"本斯比回答得异乎寻常地敏捷,"就是说他已经死了,那么我的见解是他再也回不来了。假如情况是那样,就是说他还活着,那么我的见解是他会回来的。我说了他一定会回来吗?没说。为什么不说?因为这次测出来的方位角里蕴藏着玄机。"

"本斯比!"柯特船长说,他对这位杰出友人的见解的尊敬程

---

① 㖊,英国长度单位,1㖊等于6英尺。

度,似乎与他努力想从这些玄妙的话语中领悟出某种意蕴来时所遇到的困难程度成正比,"本斯比,"柯特船长说,他对哲人钦佩得五体投地,"你脑子里装着这么多思想还轻轻松松,要是往我脑子里装,很快就会把我这艘小吨位的船压沉了。不过,说到现在摆在桌上的遗嘱嘛,我可不愿意采取行动来继承这份财产,上帝不容!我只能暂时当保管人以便将来把它交给比我更有权继承它的人。直到现在,我仍旧希望它的合法主人索尔·吉尔思还活着,以后会回来,不过奇怪的是他怎么连信都不给我寄一封。现在,本斯比,说说你对这件事的见解吧,是不是可以把这些文件重新收藏起来,在文件封皮外写上:这些文件在哪一天已经拆阅,在场的有约翰·本斯比和爱德华·柯特,你看这样做行不行?"

　　本斯比眼睛还望着格陵兰海岸或是什么别的地方,但倒也看不出他有反对这个建议的意思,于是就按柯特所说的办。这位了不起的哲人的眼光暂时回到现实世界中来,在文件封皮上签了名,出于典型的谦虚,他写的统统都是小写字母,连一个大写字母都没用。柯特船长用左手签名后,又把包裹放回铁质保险箱内,锁好。他请客人再调制一杯酒,再抽一斗烟;他本人也照此办理后,又一边烤火一边在惦记他那可怜的老朋友,不知道那航海仪器制造商可能会有什么样的遭遇。

　　不料此时竟发生了意外,来势无比威猛,犹如暴风骤雨,实在太可怕了!如果柯特船长身边没有本斯比的支持,他必然会被这意外事件压垮,从这个致命的时刻起就成为一个废人。

　　柯特船长接待这么一位杰出的客人,心里当然满意,可是他也不能疏忽到忘了锁门、只是把门虚掩上的地步呀!犯这种低级错误,毫无疑问,他难辞其咎,不能埋怨命运,这是他必须终身反思并从中汲取重要教训的问题之一。就在屋里静悄悄的一刻,凶神恶煞麦克斯丁格尔太太臂膀抱着小儿子亚历山大,后面跟着一大串孩子,通过那扇没有锁上的门,冲进了后房,伴同她进来的是一片喧嚣和骚动、一团复仇的凶焰(且不提那可爱的朱丽安娜·麦克斯丁格尔小姑娘,还有她的平常称作查利的弟弟查尔斯·麦克斯丁格尔,他擅长的儿童运动可是尽人皆知的啊)。她虽然是悄悄地进来的,然而其迅疾犹如从邻近的东印度公司码头刮来的一阵风。当时,柯特船长正坐在那里静静地思索,一看见她,他脸上的平静顿时变成恐怖和沮丧。

柯特船长一旦充分认识到自己处境艰险、倒霉透顶时,一种自我保护意识驱使他企图逃跑。那间后房有一扇小门,开门出去就是一道十分陡峭的台阶直通地窖,柯特船长脑袋朝前一步就蹿到门口,恨不得立刻钻进地底下去,连磕伤脑袋、擦破皮肉的事全都顾不上了。要不是朱丽安娜和查利充满感情的行为,船长这个勇敢的举动差一点就成功了。这两个可爱的孩子一边伤心哭诉说船长是他们的朋友,一边蹿上去抱住他的大腿,一个孩子抱住一条。与此同时,麦克斯丁格尔太太按照她本人的习惯,在采取任何重大行动前,总要先把抱在手里的亚历山大·麦克斯丁格尔脑袋冲下颠倒过来,虎虎有生气地给他一顿猛揍,然后再把他放在地上晾一晾,像是把他当做一件奉献给复仇女神的牺牲品,这个神圣仪式亚历山大初次出场时已经举行过了,读者诸君谅必还记得。她放下这件祭品,便朝柯特船长直扑上去,看她那气势之勇猛,本斯比上前阻拦,她说不定会抓破他的脸皮。

麦克斯丁格尔太太两个较大孩子的哀号加上年幼的亚历山大(他可说享有一个色彩斑斓的童年,因为他在童话般美好的年龄段里,脸上总是青一块紫一块的)的恸哭,使这家人的来访变得更为可怕。当房间重新安静下来,大汗淋漓的柯特船长站在麦克斯丁格尔太太面前,眼睛温顺地看着她,这时候恐怖气氛达到了顶点。

"啊,柯特船长,柯特船长!"麦克斯丁格尔太太梗着脖子,下巴变得十分僵硬,随着她晃动起那器官(如果她不是女性,可以称之拳头),下巴也一起晃动起来,"啊,柯特船长,柯特船长,你竟然还敢直直地看着我的脸,而不一个跟斗栽在地下臊死!"

看船长此时的样子,缺的就是胆量,他只是有气无力地哼出了一声"准备行动!"

"啊,我真是个又软弱又轻信的傻瓜,柯特船长,竟会接纳你住在我家的屋顶下!"麦克斯丁格尔太太喊道,"想想看,我慷慨地给了这个人多少恩惠,想想看,我是怎样教育我的孩子们来着,我让他们爱他、尊敬他,就当他是自己的亲爸。街上有哪个家庭主妇、有哪个房客不知道,我为这个人赔了钱,让他像头猪似的大口往下吞,脑袋朝前伸"——麦克斯丁格尔太太在这里用了"脑袋朝前伸"①这个说法并没有任何实质意义,不过就是为了音韵铿锵,夸大其词而已——"他们众口一词地说,这家伙真不要脸,怎么能靠一个勤劳的女人过日子,她起早贪黑为家里的孩子们操劳,把她那穷家收拾得干干净净,谁要是愿意,尽管放心把饭菜,对啦,要是他高兴的话,还有茶点,都放在地板上、楼梯上吃,让他像头猪似的大口往下吞,脑袋朝前伸,都没有问题。我就是这样为他费心费力的呀!"

麦克斯丁格尔太太停下来喘一口气,为自己又一次给柯特船长戴上嘴套而洋洋得意,脸上都泛起了胜利的红光。

"他竟会逃……跑!"麦克斯丁格尔太太喊叫起来,她故意拉长最后一个词的发音,使倒霉的船长把自己认作世上最卑鄙无耻之徒,"躲起来整整一年都没露面!这样对待女人!这就是他的良心!他都没有种和她照个面儿……"发音又拉长了,"只会偷偷

---

① 原文"大口往下吞"(guzzlings)和"脑袋朝前伸"(muzzlings)是押韵的。

溜走,像一只贼猫。哼,要是我那个孩子,"麦克斯丁格尔太太突然加快语速,"威胁说要走,结果真的溜走的话,我一定会对他尽母亲的责任,打得他浑身上下没有一块好肉皮!"

小亚历山大对母亲的这句话作了正面的理解,以为这个诺言马上就要认真执行了,心里又害怕又悲伤,便躺在地板上翻腾打滚,只见他鞋底朝天,哭喊声震耳欲聋。麦克斯丁格尔太太只得重新把他抱起来,当他又要哭闹时,便一阵猛摇叫他安静下来,那摇晃之猛烈似乎足以使他的牙齿全部松脱。

"柯特船长真不是个好东西,"麦克斯丁格尔太太特别强调船长姓氏的第一个音节,"收了他当房客⋯⋯为他睡不着觉⋯⋯为他晕过去⋯⋯还真以为他死了呢⋯⋯像个疯女人似的在城里大街小巷满世界找他、打听他的消息!噢,真不是个玩意儿!哈哈哈哈!为他心里着的急、吃的苦、受的难,多得都数不过来,这可真值得呀。这都可以不算,上帝保佑你!哈哈哈哈!柯特船长,"麦克斯丁格尔太太声色俱厉地说,"我只想知道,你还打算不打算回家?"

柯特船长吓坏了,眼睛看着自己的帽子,似乎他已觉得没有别的路可走,只有乖乖地戴上它,让她把自己领回家。

"柯特船长,"麦克斯丁格尔太太以同样坚决的态度把刚才的问题又说了一遍,"先生,我只想知道,你还打算不打算回家?"

看样子柯特船长已经准备好要走了,只是轻声说了一句话,意思是"不要有这么大的响动。"

"唉,唉,唉,"本斯比以哄孩子的口气说,"停,宝贝,停!"

"劳驾,你又是什么人!"麦克斯丁格尔以正经女人的高傲态度说,"先生,你在布列格巷九号住过吗?也许我的记性是不好,不过我想,你没有租住过我家的房子。在我住进去以前,有一位乔尔森太太在九号住,我想你可能认错人了,把我错当成乔尔森太太了。先生,也只有这样才能够解释你怎么会瞎跟我套近乎。"

"得啦,得啦,宝贝,停,停!"本斯比说。

尽管柯特船长从来没有小看过本斯比,尽管这是神志清醒的他亲眼所见,可是这位了不起的哲人此时此刻的作为,仍令他难以置信。只见本斯比勇敢地朝前跨了一大步,伸出毛茸茸的、青灰色皮肤的胳膊一把搂住麦克斯丁格尔太太,他只用了几个字(他一句废话也没有)以及这一个似乎具有神奇魔力的举动,竟立即把这位性如烈火的太太变得脾气温柔起来。她凝视本斯比片刻后,竟感动得哭了,并且说,这个时候,一个小孩的力气就能把她制服,她一点勇气都没有了。

柯特船长惊讶得目瞪口呆,眼看着本斯比一点儿一点儿把这位不屈不挠的女性劝住了,领她去了店堂,又回来取朗姆酒、水和一支蜡烛给她用,使她的情绪平静下来,在整个过程中他连一句话都没讲。不久,他已穿上那件双排扣水手厚呢上衣,探头进来说,"柯特,我去把她那家子人送回去。"只见麦克斯丁格尔太太在前面领着,一家人安安静静地排成一列走出商店大门;要是这个时候给柯特船长戴上脚镣手铐、把他押回布列格巷,他也不会比此时此刻更加觉得不可思议。他们一行走得太快,很快就把木制海军准尉抛在身后,他都没来得及取下存钱罐来从中拿出几枚硬币偷偷塞在他以前钟爱的朱丽安娜·麦克斯丁格尔和查利的手里,他曾经断言过:查利是块天生当水手的好料。本斯比悄悄对柯特说,他会把事情摆平的,当他跨出商店回头关门时还对内德·柯特打了个水手登船时的招呼,然后就跟上队伍,成为这一列人的最后一名。

当柯特船长回进那间小小的后房,又成了孤家寡人时,起初他惊魂不定,以为自己一定是梦游了,或者刚才困扰他的仅仅是一些幻影,而不是整整一个家庭有血有肉的真人。"谨慎的克拉拉"号的司令官成功啦,这让柯特更是对这位哲人无比信任、无限崇敬,简直神思恍惚,出神发呆了。

但是随着时间一点点过去,仍不见本斯比回来,又让柯特产生了别样的疑虑不安。本斯比是否用尽手段劝诱麦克斯丁格尔太太把一家人领回了布列格巷,结果却被扣留在那里,代替朋友成了人质?要是这样,柯特可是个光明磊落的男子汉,他一定会前去解救本斯比,宁愿为此而牺牲他本人的自由。也可能本斯比遭到攻击,被麦克斯丁格尔太太打败,而心怀羞惭,躲了起来,不愿别人看到他的狼狈相?也有可能是那位喜怒无常的麦克斯丁格尔太太经过思索,又改变了主意,决定重新回到木制海军准尉仪器商店来闹,而本斯比假装领她抄近路,把她一家人领到伦敦的荒郊野外瞎转悠去了。关键在于,如果无论是麦克斯丁格尔还是本斯比的消息,他全都听不到,那么他柯特船长应该怎么办?要知道,在如此奇特、不可预测的种种机缘的凑合下,这样的事完全有可能发生。

他翻来覆去考虑这种种可能性,直至困倦不堪,但仍然没有出现本斯比的踪迹。他整理好柜台底下的床铺,准备钻进去睡觉,仍然没有出现本斯比的踪迹。最后,船长决定,至少是今天晚上不再去想他了,便开始脱衣服,正在这个时候却听见一辆马车来到店门口并且停下的声音,随即是本斯比的叫门声。

船长想,本斯比准是没有能够把麦克斯丁格尔太太摆脱掉,现在乘坐马车又回来了,想到这里,不禁吓得直打哆嗦。

事实却并非如此。本斯比没有带什么人来,只带来一只大箱子,他双手把箱子拖进门,进门后就往箱子上一坐。柯特船长认出这正是自己留在麦克斯丁格尔太太家的那只箱子,便手持蜡烛更仔细地端详起本斯比的脸来,相信他已三面帆都着风了,这是水手用语,用普通话说就是:喝得酩酊大醉了。然而,想证实这一点非常困难,因为这位哲人司令官即使滴酒未喝时脸上也没有任何表情,简直无迹可寻。

"柯特,"司令官终于发话了,他起身从箱子上下来,把箱盖打开,"里头是你的东西吗?"

柯特船长看看箱子里边,验明确实是自己的东西。

"活干得干净利落吧,嗯,我的同船伙计?"本斯比说。

既感激又困惑的船长握住他的手,刚想答话以表达自己十分惊奇的感情,但是本斯比手腕一抖就把手抽了回去,转动眼珠似乎想要对他使个眼色,只是他已喝醉,结果只是将身子摇晃了一下。他突然打开大门,以飞快的速度向"谨慎的克拉拉号"奔去——也许这是他改变不了的习惯,每当比赛得分,他就要马上返回船上去。

柯特船长知道本斯比不喜欢别人老去找他,因此决定第二天不上他那儿去,也不派别人去;能不能和他交往,还得再等些时候,要看他老人家高兴不高兴,要看他作出什么样的表示而定。因此,第二天早晨,船长又重新过起了他孤独的生活。接下去的很多天里,无论是早晨、中午和晚上,他都在深深地思念老索尔·吉尔思,并且在想,不知道本斯比对老索尔的出走有什么高明的见解,不知道老索尔还有没有平安归来的希望。柯特船长长期深思熟虑的结果是使他的信心大增;他放纵自己和自己的乐观想法,以致常常在店门口等待这位制作航海仪器的老人归来,因为船长现在已经神奇地重获自由,再也不必害怕别人看见他在门口出现了,他干脆端了把椅子放在那里。他还把小小的后房布置得跟从前一样,随时准备好老索尔可能不期而至。同样,出于他对人的体贴关怀,他还把沃尔特学童时代的一幅小像从原先钉着的地方取下来,以免老索尔回来看着伤心。有时候船长会产生预感,觉得老索尔将会在某一天回家。有一个星期天,他甚至订了双份饭菜,瞧他有多么乐观。可是老索罗门没有回来。邻居们仍看见这位戴一顶加光便礼帽的航海老行家,晚上站在店门口,朝着大街四处张望。

第四十章 家庭关系

如果有人说,具有董贝先生这种气质的人,遇到一个被他惹怒了的人的反抗,结果他那专横、严酷的性格就会被软化;如果有人说,由于有人对他非常傲慢,总是违抗他,不把他当回事,不断与他发生冲突,结果那一副包住他全身的冰冷、绷硬的甲胄——骄傲——就会变得柔软一些,那我就要告诉说这种话的人:你这种说法完全不合乎自然之道。服从和退让,是喂养骄傲的食粮,还会使这种恶劣气质不断膨胀;然而,若是有人反抗他、否认他有对别人颐指气使的权利,结果照样使他愈来愈骄傲,一点也不亚于对他服从和退让。这种恶劣气质的祸根就在这里,它本身就是秉性骄傲者内心中对自己的重重惩罚的一个主要部分。服从与反抗本来是对立物,然而骄傲气质中的恶,无论遇到它们两者中的哪一个,同样能找到生长、繁殖的土壤。无论是甜是苦,骄傲气质中的恶同样能从中得到支持和获取生命;对他匍匐在地或对他满不在乎,照样能把他囚禁在他自命为帝王的心的牢笼中;你崇拜他也好,你抗拒他也罢,他都像神秘寓言中的那个魔鬼一样顽固不化。

董贝先生对待他的第一位妻子高傲、冷漠,行为举止像是一位无法高攀的尊神,他在内心里几乎就是把自己当成神的。在她第一次与他见面时,他是"董贝先生",直到她去世时,他仍是"董贝先生"。在他俩的整个婚姻生活期间,他坚持自己的伟大,她也温顺地承认他确实了不起。他在家里的宝座居于至高的位置,而她则谦卑地屈居最下列;生活在他那偏执观念的羁绊下,这对他有多么大的好处呀!他曾设想过,他第二位妻子的骄傲性格能和自己的骄傲加在一起,两者一融合,就会使他的伟大进一步提升。他曾在想象中描绘出这样一幅图景:骄傲的伊迪丝对他唯命是从,使他变得更为崇高。他从未想到过她有可能会对他摆出一副对抗的架势。可是现在,他发现,在日常生活的行程中,他每走一步,每转一次身,都能看到她以脸上那冷峻、挑衅、蔑视的表情面对他,然而他的骄傲情绪并不因此而畏缩,他也没有在这个打击下垂头丧气,相反却迸发出新的力量,变得比以前任何时候更加凝滞,更加激烈,更加阴沉、愠怒、可厌和不屈不挠。

谁要是穿上这样一副甲胄,还会同时受到另外一种沉重的惩罚。谁穿上了它,谁就会绝对排拒和解、爱和信任!绝对排拒别人给予的亲切同情、一切信任、一切柔情、一切温柔的感情。然而,当他的自私自负一旦受到深深的伤害,那么他就会像钢刃下袒露着的胸口那样脆弱;疼痛的创口在那里发炎化脓,即使强大的骄傲的手,戴上装有铠甲的手套,将较弱的骄傲解除武装、打翻在地,也不会另外造成像它那样的创伤,决不会。

他受到的就是这种创伤。如今他又常常退回他的老房间里待着,孤独地度过很多时光,他分明感觉到内心的创痛。他似乎命中注定要成为一个既骄傲又强有力的人;在他本来可以成为最强有力的人的时候,却变得前所未有的低下和无力。似乎有人在播弄他的命运,是谁呢?

是谁呢?谁能赢得他妻子的心,正如当年她赢得了他儿子的心?当他坐在阴暗的角落里时,谁能向他展示她最近赢得的新胜利?谁能以最少的语言就做到了他用最大的财力也无法做到的事?是谁,用不着他给予帮助、爱、关心和注意,就长大成人了,长得健康和美丽,而得到他无尽关爱的那个孩子却夭折了?还能是谁,正是那个孩子,在她失去母亲的童年,他时常以不安的目光看着她,心里还怀有某种恐惧,只怕自己将来会恨她;是谁,让他的上述预感在她的身上应验了,因为他的心里确实在恨她?

是的,他宁愿要恨,他在制造恨,尽管在他的记忆里,那个值得纪念的夜晚,当他把新娘带回家,她出现在他面前时的样子,有时仍然还会闪耀出一星星光华。现在他知道她已长成一个美丽的女人;他也承认她长得优雅又可爱,她以一个已成年的年轻女人的形象出现在他面前,令他惊讶。但是,这也成了他反对她的理由。这个不幸的人,在他愠怒的、不健康的沉思中,他阴郁地发现,所有人的心都已和他疏离,然而他对自己一生都在抵制的东西,却产生了一种漠然的渴望,他的是非观念已经颠倒错乱,他刚愎自用、坚持己见,并以此来反对她。她愈是看起来将会对他愈加可宝贵,他却愈加觉得自己有权利要求她提前尽孝道,对他谦卑柔顺。她什么时候对他尽过孝道,对他谦卑柔顺来着?她是想给他的生活增光呢……还是想给伊迪丝的生活增光?她的可爱动人之处,是先向他展示呢……还是先向伊迪丝展示?啊,从她出生时起,他和她从来就不像是父女俩!他们俩始终疏远。她处处事事都与他作对。她现在和别人联合起来反对他了。她的美丽能使那些对他桀骜不驯的人们心软,她这种不合乎天理的胜利本身就是对他的侮辱。

也许在这一切想法之外,还能听到一种醒悟的声音在胸中低语,尽管这是自私的声音,在他目前不利的处境下涌现出来,他一心以为自己之所以处境不利,就因为她不肯尽孝道。但是,他以骄傲海洋的滚滚怒涛,把远方的隐隐轻雷压倒。除了他的骄傲之外,其他的一切他都不能容忍。他的骄傲海洋中堆积着矛盾、痛苦和自我伤害的波涛,他在恨她。

控制着他的是一个喜怒无常、执拗、愠怒的恶魔,而他的妻子则以另外一种骄傲在竭尽全力反抗他。他们夫妻俩在一起永远也不可能过上幸福生活;然而,没有什么比固执地蓄意让这诸种因素处于战争状态更能使他们夫妻俩的关系更为不幸的了。他的骄傲是要维持自己至高无上的地位,并强迫她承认这一事实。而她,则宁愿被折磨至死也决不承认,她只会对他投以骄傲的、镇定自若的蔑视目光,始终不肯改变。让伊迪丝承认这一点,休想!她经过了多少内心斗争的暴风骤雨才被驱赶到做他妻子的显赫地位,关于这一切他完全不知道。她认为自己作出了极大的让步才勉强答应做他的妻子,关于这一切他完全不知道。

董贝先生决心要向她显示自己是至高无上的。除了他的意愿之外,不许有别的意愿。他愿意她骄傲,不过她只能以他为骄傲,而决不能对他骄傲。当他独自坐着,心肠变得愈来愈硬,他常听见她出门和回来的声音,在伦敦城里各处过她的社交生活,全然不顾他的喜怒好恶,就像把他当成一名马车夫似的。尤其是她对待他的那副冷峻、骄傲、漠视一切的样子(这是对他确定不移的骄傲品性的篡夺),比其他任何态度使他更加感到刺痛;他下定决心要使她在他高贵、庄严的意志面前,俯首帖耳。

这些想法他已经在脑子里琢磨很久,有一天晚上,时间已经是深夜了,他听到她回来的声音,便到她的房间去找她。她身穿极其华丽的衣裳,独自在房间里,她刚才去看她母亲了,这会儿刚回到自己的房间。当他向她走去时,只见她脸上露出忧虑、思索的样子;可是,董贝先生立即从她面前的镜子里看到,就像看画框里的画那样清晰,一旦她觉察到他在门口时,她脸上的表情又变成是他早就熟悉的那副样子:紧锁眉头、脸色阴沉,然而非凡的美丽。

"董贝太太,"他走进房间说,"对不起,我有几句话必须对你说。"

"明天吧。"她回答。

"没有比现在更合适的时间了,夫人,"他又说,"你把自己的地位摆错了。我习惯于选择对我合适的时间;而不是由别人为我选择时间。董贝太太,我想你还不太明白我是谁,是干什么的。"

"我想,"她回答,"我对你了解得很充分。"

说话时她看着他,雪白的手臂交叉在一起,黄金珠宝美玉在她隆起的胸前闪闪发光,她把目光从他身上转开了。

假如她不是如此美貌,假如她那沉着和冷峻中减少一分高贵,那么她也许就没有力量使他痛感到自己已经失败,那极端骄傲的甲胄已被穿透。她真的有这种力量,他分明感觉到了。他的目光扫视房内各处:光彩夺目的珠宝首饰、豪华贵重的衣服被满不在乎地到处乱放;这还不仅仅由于她任性、粗心(他以为是这原因),而是因为她坚持着一种对于昂贵物品极端蔑视的态度,她的这种力量,他愈加分明地感觉到了。花冠、翎饰、珠玉、花边、绫罗、绸缎;他目光所及,到处看到的是,财富遭到蔑视、丢弃,变得无足轻重。那串钻石,本是他买来送给她的结婚礼物,现在正随着她的呼吸在她的胸前起伏,看她那不耐烦的样子,似乎恨不得将围在她脖子上的项链扯断,让钻石散落一地,好让她用脚践踏。

他感觉到了自己处于下风,而且显露出来了。他庄严而疏远地置身于这五光十色、华丽夺目、激起情欲的财宝中,在他骄傲的妻子面前,他觉得陌生和浑身不自在,但是他妻子冷峻又美丽的身姿却像是映照在无数镜子碎片中一样,围绕着他处处可见,他意识到自己处境尴尬,狼狈不堪。那支撑着她、使她如此倨傲、冷峻的一切,都惹他恼怒。他心情烦躁,不免生起自己的气来,便坐下来接着说,情绪一点儿都没有改善:

"董贝太太,我们俩之间很有必要达成一定的共识。你的行为不能使我满意,夫人。"

她只是又看了他一眼,又一次把目光转开了;但是,即使她说上一小时的话,也不会比这个举止表达得更多。

"我再说一遍,董贝太太,你的行为不能使我满意。我早就抓住时机请求过你,希望你能加以改正。现在我坚持要你这样做。"

"你第一次向我发出告诫时,你选择了一个恰当的时机,先生,而你第二次向我发出告诫时,你还选择了恰当的态度和恰当的语言。你坚持!要我这样做!"

"夫人,"董贝先生以最咄咄逼人的样子说,"我娶你做我的太太。你挂上了我的姓氏。你和我的地位和名誉密切相联。我不想说一般社会人士普遍认为这场婚姻给你带来荣耀;但是我必须说,我对待我的亲属和下级,确实有'坚持'要他们服从我的意志的习惯。"

"请问你把我当成哪一类人?"她问。

"也许我可以认为,我的太太应当、也确实兼具两者的地位,她本人想摆脱也是摆脱不掉的,董贝太太。"

她以坚定的目光盯住他看,紧紧闭住她那颤抖的嘴唇。他看见她的胸脯在激烈地鼓动,潮红涌上了脸,倏忽间又变得苍白。这一切他可以知道,也确实知道了。然而,他不可能懂得的是,她所以能克制住自己,继续保持平静,是由于有一个隐藏在她内心深处的名字在低低呼唤;这个名字就是弗洛伦斯。

瞎了眼的白痴,你已冲到了悬崖边上!别以为她站在那里不说话是因为怕你!

"你太挥霍浪费了,夫人,"董贝先生说,"你过于奢华。你花掉了太多的钱——对于大多数上等人的口袋来说都算得上是个大数目了——所营造的那个社交圈子,对我一点用处都没有,事实上,总的说来,是我所厌恶的。我必须坚持要你在所有这一切方面,来一个彻底的改变。我知道,女士们手里一旦有了命运女神给予的一点点钱可以随意使用,她出于一种新鲜感,往往会突然走向极端。这种极端的例子多得不可胜数。我请求现今的董贝太太能够从格兰杰太太完全不同的经历中得到教益。"

仍旧是那专注的目光,颤抖的嘴唇,悸动起伏的胸脯,脸色一阵子涨得通红一阵子又变得刷白;仍旧是那个名字弗洛伦斯、弗洛伦斯,随着她心脏的每一次跳动,在对她低声呼唤。

看到她态度的改变,他的自高自大和侮慢无礼顿时膨胀起来。刚才她对他轻蔑、藐视,使他迅速地感觉自己居于下风,可是现在她不得不顺从了(他是这样看的),他又以不亚于前者的速度自我扩张起来,他满胸膛都是骄气,装都装不下,终于爆发了。当然啰,谁能长久抵挡得住他的崇高意志和愿望!他决心征服她,喂,注意看吧!

"请你更加注意,夫人,"董贝先生以至高无上的权威口气说,"必须理解清楚,我是你必须敬重和服从的。必须在世人面前公开显示和明确表白对我的敬重,夫人。我有这样的习惯。我有权提出这样的要求。总而言之,我必须得到这样的待遇。我认为,考虑到我已经大大提高了你的经济地位,作为回报,我对你提出这样的要求,不算是不合理;无论是对你提出这样的要求,还是你按这个要求去做,我相信没有人会感到意外。要对我敬重——对我!"他强调道。

听不见她说话。看不见她有什么改变。她的眼睛在看着他。

"我听你母亲说,董贝太太,"董贝先生以居高临下的口气说,"这件事你一定已经知道了,也就是,医生建议说把你母亲送到布赖登去疗养一阵,对她的健康有益处。事实是卡克先生……"

她的脸色突然变了。好像有骄红的夕阳投射在她的脸和胸脯上,使她灼热、发光。董贝先生并不是没有看到她的变化,但对此他有自己的解释,他继续说:

"事实是卡克先生亲自到那里去了一趟,还租了一座房子,定下了租期。等一家人回到伦敦,我要采取步骤在家庭管理方面作出我认为必要的改进。其中一项就是(要是办得成的话)雇用住在布赖登的一位原先很体面但后来穷了的皮普钦太太,她以前曾为我家工作过并且受到信任,这次雇她来是请她当管家。像我们这样的大户人家,有名无实的管理是不行的,董贝太太,必须要有一个能够胜任的主管。"

当他说到这儿时,她的态度已经改变,现在她坐在那里,眼睛仍旧注视着他,但手却不停地转动戴在手臂上的一只手镯,转了一圈儿又一圈儿;她的动作不像一般妇女那样轻柔,而是用力在她光洁柔嫩的皮肤上挤压、打磨,直到雪白的手臂上磨出了一道血红的印痕。

"我注意到了一点,"董贝先生说,"它使我相信,我必须现在就对你说明,董贝太太,刚才我注意到了,夫人,当你一听到我提起卡克先生,你就显出特别的样子。他是我信任的代理人,上次我向你指出我不满意你接待我的客人们的方式时,他恰好在场,对于我当着他的面说这些话一事,你竟然对我表示不满。奉劝你务必把这种不满克服掉,夫人,以后也许会有许多类似的情形发生,你还是习以为常的好;其实补救的办法就掌握在你的手里,你以后不给我抱怨的理由不就行了吗!卡克先生,"董贝先生说,他看到她刚才流露出的激情,对于制服自己骄傲的妻子,他觉得更有办法了,也许他很想向那位姓卡克的绅士展示他在这方面的新胜利,以炫耀自己的力量是多么强大,"卡克先生是得到我充分信任的,董贝太太,我希望你也能信任他到同样的程度,董贝太太,"停了片刻,他继续说,在这期间,他的骄傲自大在不断膨胀,他的主意也愈来愈高明了,"我觉得实在没有必要托付即使像卡克先生这样的人传达任何对你不满或告诫的话;但是,与一位我尽力赋予她最高、最显赫地位的女士,常常为一些极为琐碎的事情发生争执,将会有损于我的地位和名声,所以说,一旦我觉得有必要的话,我就会毫无顾忌地派他来为我效劳。"

"现在,"他想,他愈来愈觉得自己已上升到道德的制高点,他成为一个比以前任何时候都更加僵硬、更加顽固不化的人,"她总算认清了我是什么样的人、我的决心有多么坚强了。"

刚才紧按手镯的那只手,此刻重重地压在她的胸脯上,但是她的眼睛仍盯着他看,脸上的表情也没有变,她低声说:

"等一下!看在上帝的分上!我必须对你说。"

为什么她刚才不说话?是什么内在力量强压着她好几分钟都不开口?看她那凝重如雕像的脸,就知道她一直在强烈克制自己,她凝视他的目光,既不是屈从又不是坚强,既不是喜爱又不是仇恨,既不是骄傲又不是谦卑:除了锐利的凝视外什么都不是。这是为什么?

"我有没有诱惑过你,好让你向我求婚?我有没有使用过什么手段,来赢得你?难道你追求我的时候的我,比结婚以后的我,对你更加顺从吗?难道我当时对你的态度和现在对你的态度有些什么不同吗?"

"讨论这种问题,夫人,"董贝先生说,"是完全不必要的。"

"难道你从前以为我爱你?其实我不爱你,这你难道还不知道吗?对于我的心,老爷,你几时在乎过!你几时打算过想赢得那不值钱的玩意儿来着?在我俩的这桩交易中,难道还有什么可怜的饰词吗?要是有的话,它来自你那方面,还是来自我这方面?"

"这些疑问嘛,"董贝先生说,"都离题万里,扯得太远啦,夫人。"

她挪动身子走到房门和他之间,挡住他的去路,不让他走出房间,她那极其优美的身躯挺得直直的,眼睛仍盯着他。

"这些问题你每一个都要回答。我知道,在我开口之前,你已经回答了我。你能不这样吗,你这个对悲惨的事实知道得和我一样清楚的人?现在,你告诉我。假如我爱你爱得虔诚,那么除了像你刚才所要求的、把我的全部身心都奉献给你,我还能做什么?假如我的心灵纯洁,天真未凿,而你又是我的偶像,你还能要求更多吗;你还能获得更多吗?"

"也许不能,夫人。"他冷冷地回答。

"你知道我是个完全不同的人。现在你看到我正盯着你,你可以从我脸上看出我对你感情的热度。"她那骄傲的嘴唇没有向上翘,深色的眼睛也没有闪烁,伴随这些话的只有那注视的锐利目光,"你大致了解我的历史。你还提起我的母亲。你以为这样就能贬低我、压倒我、制服我,让我对你屈服、顺从吗?"

董贝先生微微一笑,就像有人问他能不能筹集到一万英镑这样的问题时他会发出微笑一样。

"如果说这里有什么非同寻常的事情的话,"她说话时,伸出一只手来在眉毛前轻轻一挥,她那毫无表情的注视的目光丝毫都没有畏缩,"我知道这里确实有非同寻常的感情,"她举起那只按住胸脯的手,然后又重新紧紧地按在上边,"你要明白,我将要向你提出的请求,意义非同寻常。对了,我正准备要,"她看到他脸上出现困惑的表情,便立刻说,作为对他干脆的回答,"向你提出请求。"

董贝先生的下巴稍稍降低一下,他的硬领便瑟瑟响并发出轻轻的噼啪声,他在身边一张沙发上坐下来,听她提出什么请求。

"假如你现在能够相信我是具有怎样性格的人,"她说——他似乎觉得她的眼眶中有泪光在闪烁,他洋洋得意地想,他已经逼出她的眼泪来了,尽管现在还没有流到脸颊上,她继续盯着他,目光还是那么坚定——"那么你就会明白,我现在要对你说的话,连我自己也不相信能对成为我丈夫的任何一个男人说得出口,尤其是对你,我这样讲也许能使你更加明白这话的分量。你和我正在走向黑暗的结局,这不止牵涉到你我两个人(光是两个人倒不算什么),而要牵涉到别人。"

别人!他知道她指的是谁,立刻眉头紧锁。

"我是为了别人才对你说这话的。同时也为了你、为了我自己。我俩结婚以来,你对我的态度一直骄傲自大;我也以同样的态度回报你。你每一天每一小时都向我、向周围所有的人显示,你认为,你娶了我,是赐给我的恩惠,让我出人头地。但是我的想法不同,我也把自己的想法表达出来了。不过,你似乎并不清楚,或者(就你的力量所及)不想让我和你分道扬镳;相反,你却期待着我会对你卑躬屈膝,这是你永远得不到的。"

尽管她的脸还是原先的样子,但是可以看得出来,当她说到"永远"一词时,作出了强调的表示。

"我对你毫无温柔的感情;这一点你是知道的。就算我对你确有情意或者可能生出情意,你也根本不在乎。同样,我知道你对我也毫无感情。但是我们俩已经连在一起了;而且,正如我所说,把我们俩联系在一起的绳结,还拴着别人呢。我们俩都是要死的;我们早已和死亡联系在一起了,都有一个幼子夭折。让我们互相容忍吧。"

董贝先生长长地吸了口气,似乎在说,噢!就这些吗?

"世上没有任何财富,"她接着说,当她盯着他时脸色变得苍白,而双眼却因认真而更加明亮,"可以买到我刚才所说的话,以及话中的涵义。你一旦把它当成耳旁风,那么再多的财富、再大的权力也不能再把这些话追回来了。我的话是认真的;我仔细掂量过了;我承诺过的话我是会认真做到的。假如你那方面能作出承诺,做到容忍,那么我这方面也会作出承诺,做到容忍的。我们是最不幸的一对,由于各自的原因,我们把能使婚姻幸福、证明其正当性的每一点感情都连根拔掉了。但是,随着时光流逝,我们俩之间或许还能培养出些许友情,彼此能够适应。假如你能尽力抱有这样的希望,那么我也将这样做。我将企盼着在未来的岁月中,能比我少年或成年时过得更好些、更幸福些。"

她从头至尾都以低低的、平静而舒缓的声音说话,没有什么起伏;讲完后,她把紧紧按住胸脯,强使自己避免激动、说话清晰的那只手放了下来,但是她的目光仍非常坚定地盯着他。

"夫人,"董贝先生态度极其庄严地说,"对于性质如此特殊的建议,我一概都不能考虑。"

她的目光仍盯着他,一点都没有改变。

"我的意见和愿望你已经知道了,"董贝先生说话时站起身来,"董贝太太,我不能答应在这个问题上和你谈判或是妥协。我已说出了我的最后意见,夫人,我只要求你非常严肃认真地加以对待。"

他看见她的脸又重新回到原先的表情,只是更深刻、更激烈!她的目光垂了下来,似乎在避开某种卑鄙龌龊的东西!她那额头发出骄傲的闪光!他看到轻蔑、恼怒、愤恨、憎恶开始在她脸上呈现,刚才一度出现的苍白、惶惑和诚恳,都已烟消雾散!他无能为力,只有眼看着这一切,尽管他同时也看到了自己的沮丧。

"走吧,先生!"她伸手以傲慢的样子指着门口说,"我们之间初次也是最后一次恳切的谈话已经结束了。从现在起,任何事情也不能使我们俩更加疏远、形同陌路了。"

"你可以充分相信,夫人,"董贝先生说,"我将会永远走正路,不受任何激烈辩论的影响,决不动摇,决不气馁。"

她转过身去,面对镜子坐了下来,她背对着他,没有答理他的话。

"我寄希望于你,期待着你能增强责任感,摆对感情的位置,好好反省反省,夫人。"董贝先生说。

她没有回答一个字。他从镜子的反光中看到,她根本没注意他,好似把他当成一只不被察觉的墙上的蜘蛛、地下的甲虫,或者更正确地说,就像在她对他背转身去的一刻看见并踩死的可鄙的害虫,董贝先生只是其中的一只,她任凭这些虫子的尸体躺在地下,不屑一顾。

他走出门口又背转身来,看一眼被烛光照得通明的、陈设豪华的房间,到处都是美不胜收、光彩炫目的物品,伊迪丝华服盛装的身影坐在镜子前,他看到了她镜中的面影。他回到他平时常坐着独自沉思的房间,带回刚才看到的全部鲜明景象,同时也带回一种支离破碎、莫可名状的遐想(男人的脑袋有时会这样想的):不知道他下一次再见到刚才的人与物时会又是一番什么景象。

再说,董贝先生为人非常尊贵、庄严,同时也非常自信,他从不轻易说话,一旦说出,相信别人必然会遵命照办;经过这次事件,他的性格一点都没有改变。

他并不打算陪伴家人一起前往布赖登,但在出发前一两天的早晨,在进早餐时,他礼貌周全地把这件事告知了克娄巴特拉,并说自己过几天也会到那里去的。克娄巴特拉的健康状况容不得片刻延误,她必须到医生建议的任何疗养地去疗养;说实话,她似乎愈来愈衰老,憔悴不堪,再也没有什么优雅姿态可言。

自从她第一次发病治愈以后,尽管那致命的第二次发病的打击还没有发生,但是这位老女人的健康状况似乎像螃蟹在倒爬。她更加消瘦,只剩下皮包骨,智力反应也愈来愈差,头脑和记性坏得出奇。尤其是这最后一项症状最令人苦恼,其突出的标志是她常常把前后两位女婿的姓氏弄混了,她总是用死去的女婿的姓氏来称呼活着的女婿董贝先生,不是"格兰贝"就是"董杰",或为不分轩轾地两个姓氏胡乱叫。

但是她仍旧竭力使自己显得年轻,还想打扮成非常年轻的样子;出发以前,她就带着年轻人的模样出现在早餐桌上。她头戴一顶专门订制的帽子,身穿一件刺绣、镶边的旅行式长袍,打扮得像个老娃娃。现在要给她戴上这顶过于宽松的女帽实在不容易,更不容易的是使女帽固定在后脑勺上,因为给她戴帽子的时候,她那颗可怜的脑袋在不停地颤抖,这种无效劳动的结果是帽子偏向一边,在整个早餐过程中,她的侍女弗拉沃斯只得站在她身后侍候着,不断轻轻地在女王的王冠上面拍打一下,好把王冠扶正。

"啊,我最亲爱的格兰贝,"斯丘顿夫人说,"你一定得答,"她说话时常把词儿加以简化,有些词儿干脆完全省略掉,"很快到来。"

"我不是刚说过吗,夫人,"董贝先生费力地大声回答,"我过一两天就会去的。"

"上帝保佑你,董杰!"

当时白士度少校在场,他是跑来为两位夫人送行的,正用他那双有中风迹象的眼珠子盯住斯丘顿夫人的脸,像一座永生的尊神似的态度安详、不露声色地说:

"天哪,夫人,你还没有邀请老乔前去呀!"

"怪的可怜虫,他是谁?"克娄巴特拉口齿不清地说。正好这时弗拉沃斯在她的帽子上轻轻一拍,似乎敲醒了她的记忆,她接着说,"噢!你是说邀请你本人吗,你这淘气的家伙!"

"怪得要命,先生,"少校悄悄地在董贝先生耳边说,"事情不妙。以前从来没有包得这么严实的。"少校自己倒是衣服扣子一直扣到脖子底下。"怎么啦,乔·白这个名字除了指乔、老乔·白士度、乔瑟夫、您的奴隶乔之外还能指谁呢,夫人?这里,叫这个名字的人就在这里!白士度就在这里吼叫呢,夫人!"少校一面说一面把胸脯拍得啪啪响。

"我最亲爱的伊迪丝——格兰贝——真是件奇的事,"克娄巴特拉似乎在生气,她说,"……少校……"

"白士度！乔·白！"少校喊道,眼看她连他的名字也记不起来了。

"啊,这不要紧,"克娄巴特拉说,"伊迪丝,我的宝贝,你知道我从来记不清人名——怎么啦？噢！——这么多人要到那里去拜访我,最奇的事。我不打算长住。我就会回来的。想要去拜访我的人完全可以等嘛,等着我回来！"

克娄巴特拉说话时眼睛环顾着餐桌四周,显得情绪很不安。

"我不要客人——我真的不希望有客人来访,"她说,"稍事休息——诸如此类——是我需的。在我把麻痹症摆脱掉之前,不要讨厌的野蛮人近我。"在这一瞬间,她忽然恢复了打情骂俏的习性,看起来怪吓人的,她想用扇子轻轻拍一下少校,结果却把放在餐桌另一边的、董贝先生早餐用的杯子戳倒了。

她把威瑟斯叫来,特别关照他要在她的卧室布置上作一些琐细的改动,一定要在她回来以前全部完工,所以说必须马上就着手进行,因为她还不能确定什么时候能回来；因为她的约会多得很,要去拜访众多的各界人士。威瑟斯毕恭毕敬地接受老夫人的指示,并向她保证一定按她的指示办事；可是当他退到她身后一两步处,他似乎控制不住自己,用奇特的目光朝少校看去；少校控制不住自己,用奇特的目光朝董贝先生看去；董贝先生控制不住自己,用奇特的目光朝克娄巴特拉看去；克娄巴特拉也控制不住自己,点起头来,结果把女帽颠得降低下来,罩住了一只眼睛。她进餐时在盘子里使用刀叉,由于手拿不稳,不断发出格格声,就好像在用响板奏乐似的。

餐桌上只有伊迪丝一人从未抬起目光看过任何人,无论她母亲说了什么、做了什么,似乎都不能影响她、使她感觉沮丧。她听着她母亲语无伦次的谈话,或者说,当她母亲说话的时候,她的脸至少还是向她转过去的,必要时也低声回答一两句；当她母亲的刀叉在盘子里格格响时,她会帮助她停下来;当她母亲说话离题万里时,她会用一个音节、一个单字把母亲的思想拉回正题。尽管那位母亲在其他方面游移不定,但在一件事情上是坚定不移的,那就是她始终在观察着她的女儿。她盯住那张美丽的脸庞,和大理石似的脸上的静态和严肃,有时她带着某种极度欣赏的表情,有时又咯咯傻笑想逗引女儿在脸上现出微笑,当然这个企图必定落空;有时她又会莫名其妙地落泪,并妒忌地摇摇头,因为她觉得受到了女儿的冷落。她一直被女儿所吸引,一直专心注视着女儿,这与她其他想法的游移不定是迥然不同的,女儿始终占有她的心。她的目光有时会从伊迪丝身上转移到弗洛伦斯身上,然后又回过来看伊迪丝,那表情极为急切。有时她试图把目光移到别处,似乎在躲避女儿的脸,但立即又移了回来,似乎有一种力量迫使她非把目光拉回不可;除非她先用目光寻找女儿,她女儿的目光决不会寻找她,甚至从来没有主动瞥视过她一眼,以免打搅她。

用毕早餐,斯丘顿夫人装出小女孩的姿态,将身子倚在少校的手臂上,其实她的重心仍得靠站在另一侧的侍女弗拉沃斯支撑,还有她身后的侍童威瑟斯也在托着她,把她一直送到旅行马车跟前;这辆马车将载送她、弗洛伦斯和伊迪丝前往布赖登。

"真的把乔瑟夫彻底排除出去了吗?"少校把他那张紫色的脸蛋伸到马车踏脚板上方说,"妈呀,夫人,难道克娄巴特拉的心肠真的这么硬,竟会禁止她忠心的安东尼·白士度靠近她的身边吗?"

"走开!"克娄巴特拉说,"我真的受不了你。假如你的表现非常好,等我回来的时候你可以来见我。"

"你要对乔瑟夫说,说他可以充满希望地活下去,夫人,"少校说,"否则的话,他就会绝望地死去。"

克娄巴特拉身子战栗了一下,就靠在座位背后。"伊迪丝,我的宝贝,"她说,"对他说啊……"

"说什么?"

"那些可怕的字眼儿,"克娄巴特拉说,"他用了如此可怕的字眼儿!"

伊迪丝向白士度少校做了个手势让他退下,并下令出发,把讨人嫌的少校留给了董贝先生。少校吹一声口哨,回到董贝先生身边。

"我来告诉你实话吧,先生,"少校叉开双腿、背着双手说,"我们一位美丽的朋友将要搬迁到'古怪街'①上住去了。"

"你这话什么意思,少校?"董贝先生问道。

"我想说的,董贝,"少校回答,"意思就是:你很快就要成为失去岳母的孤女婿了。"

看来董贝先生并不欣赏对他开的这种滑稽玩笑,于是少校只得自己来收场,他用一阵马嘶般的咳嗽,以表示严肃、庄重。

"妈哟,先生,"少校说,"对一桩事实,掩盖是没有用的。乔不会转弯抹角,先生。这就是他的本性。如果你觉得老乔希还有可取之处,那就不必对他苛求,董贝啊,你一定看得出来他就是这么一个玩意儿:一把浑身长锈、让人讨厌、可是锉齿又紧的乔·白牌旧锉刀,"少校说,"你太太的母亲正往那个地方搬迁呢,先生。"

"我担心,"董贝先生颇含哲学意味地回答,"斯丘顿夫人已经摇摇欲坠了。"

"摇摇欲坠,董贝!"少校说,"支离破碎!"

"不过嘛,变换一下环境,"董贝先生继续说,"加上悉心护理,还是会起很好作用的。"

---

① 当时英国商界人士的行话。商人记账时,在账本上对那些偿付能力堪忧的客户作一个记号,说他们已搬到"古怪街"上去了。

"千万别信这一套,先生。"少校说。"妈哟,先生,她穿衣服从来都穿得不够,身上裹不严实。如果一个人穿衣服不严实,"少校说时顺手把身上那件浅黄色水牛皮背心上的一粒纽扣扣上,"那他就没有了依靠。可是有的人却因此丧命也甘心情愿。丧命也甘心情愿。妈哟,甘心情愿。这样的人固执得很。我对你说实话,董贝,穿衣服跟戴首饰可不是一回事;也许穿的衣服不够讲究;也许衣服又粗又硬;可是,身上有一点儿白士度那种真正古老英国式的精气神儿,先生,对于全世界所有人种都会大有益处。"

究竟什么样的人才属于"真正古老英国"式人士,这一点从来还没有搞得十分清楚;不管少校身上是否具有"真正古老英国"式人士的其他才能,他的脸倒真正是青灰色的。他在提供这些宝贵意见以后,便带着他那双龙虾眼和中风症状前往俱乐部,在那里头泡了一整天。

当天夜里,克娄巴特拉到达布赖登,她有时焦躁不安,有时沾沾自喜,时而清醒,时而昏迷,但始终在装年轻人的样子。像往常一样,她到了晚上早已疲惫不堪,立刻就被送上了床。前面说过,她的侍女像是一具骷髅,此刻正在替她挂玫瑰色的帷幔,这是为了让她脸色显得红润些才特地从家里带来的。你若是个悲观主义者,完全可以把克娄巴特拉想象成一具比她的侍女更像骷髅的骷髅。

医学界权威人士在高级研讨会上作出决定,要求她每天都乘马车出去兜风,这一点极为重要,她每天都必须到户外去,最好能散散步。伊迪丝准备好随侍左右,随时整装待命,她仍是那副机械式的恪尽职守的样子,仍是那副毫不动情的美丽容貌。每次外出都只有她们母女俩在一起,因为倘若弗洛伦斯在眼前,就会使伊迪丝感到不安,如今斯丘顿夫人病情每况愈下,伊迪丝亲吻一下弗洛伦斯并对她说,她宁愿和她母亲两个人出去。

斯丘顿夫人自从第一次发病治愈以来，脾气愈来愈坏，那一天，她正处在这种状态下，情绪摇摆不定，对人苛刻，而且妒忌。她静静地坐在马车里长时间对着伊迪丝仔细观看以后，捧起女儿的手来，热情地亲吻着。女儿的手既没有主动送上去也没有抽回来，只是任由她拿着而已，一旦放手，便向下垂落，就像是没有知觉似的。老夫人由此而呜咽哭泣、放声悲叹，说她自己以前是一位多么好的母亲，如今却对她忘恩负义！下车后她还不断重复着这些话，每隔一段时间总要说一遍，间隔时间的长短由她任意决定。她一手扶着威瑟斯，另一手拄着拐棍暂时止步，伊迪丝走在她的身旁，马车拉开一段距离紧随身后。

那是一个萧瑟凄清、阴霾满天的刮风的日子，她们在英格兰南部唐斯地区散步，人和天空之间只有一片荒凉的土地。母亲动不动就生气、抱怨，从单调的发泄中得到满足，现在还在不时地小声重复这些话。女儿骄傲的身影在她身旁缓慢地走着，当她们走到一座阴沉沉的山岗前，只见远处出现了两个人形，那两个人形简直就像是她们俩的夸张的摹仿，于是伊迪丝就停下脚步。

几乎就在她止步的同时，那两个人形也止了步。在伊迪丝眼中像是她母亲扭曲的影子的那位老妇人，用手指着她们俩，十分严肃地在对另一个人说着话。像她母亲的那个人似乎想转身走开，但另外一个人（伊迪丝分明觉得她长得和自己很像，这一惊非同小可）却继续前进，于是那两个人影一起向她们走来。

伊迪丝的脚步只是短暂地停了一下，又朝那两个人影走去，她得到的大部分印象都是一边走一边观察到的。走到近处才看出来，那两个人衣衫褴褛，像是乡间的流浪者；那个年轻女人随身带了些编织成的小东西求售，那个老妇人两手空空地在艰苦跋涉。

尽管伊迪丝在衣着、尊严和美貌方面与那个年轻女子有很大的差距，但她仍不由自主地拿那个年轻女子和自己相比。这也许是因为她从这个年轻女子脸上看到了、那尽管还没有明确标示出来、但始终在自己心灵中徘徊不去的某些痕迹。然而,当那个年轻女子走到她面前,回视她,那双明亮的眼睛直盯在她身上时,她感到那人具有自己的某种气质,身材也像,似乎还反射出自己的思想,顿时觉得身上一阵寒意袭来,好像天色变得更黑了,风吹得更冷了。

她们两个已经来到跟前。老妇人停下脚步,迫不及待地伸出手来向斯丘顿夫人乞讨。年轻女子也停了下来,她和伊迪丝相互对视着。

"你想卖这些东西吗?"伊迪丝问。

"只剩下这些了,"年轻女子一边拿出她的编织品一边回答,但她的目光完全没有落在她出卖的货品上,"很久以前我已经把自己卖掉了。"

"我的贵夫人,别相信她,"老妇人用嘶哑的声音对斯丘顿夫人说,"别相信她说的话。她就爱这样说话。她就是我那又漂亮又不孝顺的女儿。我为她付出了一切,而她什么也没给我,只会指责我,我的贵夫人。你看看她现在的样子,夫人,她在用什么样的眼神看她可怜的老妈呀。"

斯丘顿夫人用颤抖的手掏出钱包来,热切地从钱包里往外掏钱,那老妇人贪婪的目光一直盯着她手的动作,两人由于急切和衰朽不堪,两颗脑袋几乎撞到了一起,这时伊迪丝上前干预说:

"以前,"她对老妇人说,"我看见过你。"

"对啦,是见过,夫人,"老妇人行了个屈膝礼说,"在沃里克郡。早晨,在树林里。那次你一点儿都没有给我。可是那位绅士,他给了我一些钱!噢,谢天谢地,谢天谢地!"老妇人咕哝道,她举起瘦骨嶙峋的手来,龇牙咧嘴地对她女儿笑,样子很可怕。

"伊迪丝,你别想阻拦我!"斯丘顿夫人怒气冲冲地说,她预见到女儿会不让她给钱,"你对这事什么也不懂。我是劝阻不住的。我可以肯定她是个了不起的好女人,也是个好母亲。"

"对啦,我的贵夫人,说得是呀,"老妇人牙齿打着战说,一边伸出手来,露出一副贪婪的样子,"谢谢你,我的贵夫人。上帝保佑你,夫人。再添上六便士吧,我漂亮的夫人,因为你自己也是一位好母亲。"

"有时候也对我很不孝顺,我的好老太太,我对你说实话吧,"斯丘顿夫人啜泣道,"好啦!和我握握手吧。你是个非常好的老人……充满着叫什么来着……诸如此类。你的心里充满慈爱还有所有这类的感情,是不是呀?"

"噢,对啦,我的贵夫人!"

"是的,我肯定你是这样的人;那位绅士派头十足的格兰贝也是这样的人。我真的还要再和你握握手。现在你可以走了,是吧;我希望,"她对老妇人的女儿说,"你能对她表示出更多的感激之情,以及发自天性的叫什么来着,以及其他种种——我真的从来记不住名字——对你来说,世上再也没有比这位好老太太更好的母亲了。来吧,伊迪丝!"

当这位已经散了架的克娄巴特拉一边啜泣着颤颤巍巍朝前走时,一边十分小心地擦拭眼泪,因为她记得眼角周围还擦着胭脂呢。那个老妇人步履蹒跚地走另一条路,一边数她刚才讨到的钱,一边嘴里嘟嘟囔囔。伊迪丝和那个年轻女子之间,再也没有交谈一句话,再也没有交换一个手势,但在短短一段时间内,两人的目光都没有从对方的身上挪开。她俩继续面对面站着,直到一瞬间伊迪丝如梦方醒,才慢慢走开。

"你是个漂亮女人,"她的影子在她身后看着她,喃喃地说,"但是漂亮的外貌救不了我们俩。你是个骄傲的女人,但是骄傲救不了我们俩。等我们俩再次见面时,我们之间应该互相了解!"

第四十一章　海浪中的新声

生活持续着,一切如常。海浪不断重复诉说它那神秘的故事,连声音都喊得嘶哑了。细细的沙尘在海岸上堆积。海鸟在翱翔、盘旋。风和云在天空中飞行,云在舒卷,风在飞驰,它们都没有留下任何痕迹。在满月的明光下,船帆就像一只只银白色的手臂在招展,要把你引向远方那看不见的国度。

弗洛伦斯旧地重游,发现自己的脚步又踩上了这片故土,心头真是百感交集,既快乐又伤感。在僻静的角落里,她思念他,想起她和弟弟曾在那里进行过无数次交谈,遇到涨潮,海水常淹没他坐卧的那辆小车周围的沙滩。如今,她坐在原地思索,在荒凉的海滩上谛听着海浪低声喊喳,又在重讲他的小故事,又在重复他的话;她在海浪的喊喳声中找到了她全部的生活、希望和悲伤——从旧居里的孤独凄凉直到装饰得金碧辉煌以后的日子——在海浪的神奇歌曲的曲终叠句里,它们都会一一出现。

性情温和的涂茨先生常在离她一箭之遥处徘徊,那热切的目光始终离不开他所钟爱的人的身影。他是追随她来到布赖登的,出于他的体贴,他不想在这个时候上前打扰。他把海浪声当成了一首情歌,在那一涨一落的间隙中,他听出了对弗洛伦斯的永恒赞颂;与此同时,他又把海浪声当成了一首安魂曲,永远怀念他亲爱的小朋友珀尔·董贝。对啊!可怜的涂茨先生微微地觉察到,海浪在诉说着一段逝去时光中的事,那时他比现在还聪明些,脑袋还不怎么糊涂,他担心自己现在已变得非常迟钝和蠢笨,除了被人嘲笑外简直百无一用,想到这里,伤心的眼泪不禁涌上眼眶,减却了他本来应该有的好心情。按照情理,此刻他应当感到满意才是,因为目前他已暂时卸下了对"斗鸡"的责任,这位全国禽类竞赛的头(拳击冠军)现在不在城里,在涂茨先生的资助下,他到外地训练去了,准备与拉基·波伊决一死战。

然而,当海浪悄声向他耳中灌输温柔、仁慈的思绪时,涂茨先生鼓起了勇气;尽管因为犹豫不决,中途不断停顿,但他终于慢慢地,一步一步地向弗洛伦斯靠近。当涂茨先生走到她身边时,他装出完全出乎意外的样子,说是他一辈子也没有经历过这样的巧遇,不过,他说话结巴了,脸也红了。事实是:自打弗洛伦斯乘坐马车从伦敦出发的一刻,涂茨先生就在后面紧紧跟随,没错过途中的每一英寸,就连车轮扬起的尘土呛着他,他心里也是美滋滋的。

"董贝小姐,你把第欧根尼也带来啦!"涂茨先生说,弗洛伦斯愉快而坦然地伸出手来跟他握手,涂茨先生的手和她的纤纤玉手一接触,便激动得浑身瑟瑟发抖。

毫无疑问,第欧根尼的确就在旁边,同样毫无疑问,涂茨先生的确有重视它的必要,因为它一看见他就朝着他的大腿直蹦过来,它拼命蹿上来,在地上绊了个跟斗,就和蒙塔基斯的那条狗①一模一样。可是它那可爱的女主人把它制止了。

"卧倒,第欧,卧倒。是谁最先让你和我做朋友的,第欧,你难道忘记了吗?真可耻!"

噢!要是能像第欧就好了,瞧它充满爱意把脸贴在女主人的手上,跑过来,又跑过去,绕着她的身子跑,吠叫着,只要看见边上有人,它就脑袋向前直扑过去,以表示对女主人的忠诚。涂茨先生

---

① 法国剧作家毕克赛莱古尔(1773—1844)剧中咬死凶手、为被害主人复仇的一条义犬。该剧于1814年译为英文,狄更斯自小就是戏剧迷,无论高雅低俗,无所不观,自己还常常粉墨登场。

照样愿意脑袋向前直扑过去。恰好此时有一位军人模样的男子走过,涂茨先生最爱做的事莫过于像第欧根尼似的猛扑上去撞他一下。

"第欧根尼现在总算闻到了它故乡的空气,你说对不对,董贝小姐?"涂茨先生说。

弗洛伦斯同意他的说法,并嫣然一笑。

"董贝小姐,"涂茨先生说,"对不起,请问一下,你是否高兴步行到勃林茂书院去,我……我正打算往那里去呢。"

弗洛伦斯没有说话,她伸出手臂来挽住了涂茨先生的手臂,两人一起往书院走去,而第欧根尼早就在前面为他们引路了。涂茨先生的两条腿瑟瑟发抖,尽管他全身上下衣着十分讲究,这时却觉得穿得不合适,虽然都是伯吉斯公司制作的服装极品,但他却还是在上面找到了皱褶,他还因为没有穿上那双最光亮的靴子而懊悔不已。

勃林茂博士书院的外观,一如既往地散发出一种学术研究的气息。高处还是那扇窗户,以前她总是朝那里面张望,想寻找弟弟苍白的小脸;弟弟一见她,苍白的小脸上顿时就快活得有了生气,当她在窗外走过,他摇着枯瘦的小手向她飞吻。给他们开门的还是那个近视眼青年,他一见到涂茨先生就咧着嘴笑,表现出他智力的低弱。他们俩被领进了博士的书房,古希腊盲诗人荷马和智慧女神密涅瓦的雕像还像从前一样在那里召见他们。门厅里的大钟还在那里十分庄重地发出滴答滴答的声响。地球仪仍在原先的位置上静止不动,就好像整个世界都静止不动,就好像世上的事物并没有在大自然普遍规律的支配下新陈代谢,而事实上,随着地球的不断转动,世上的万事万物都将回归大地。

勃林茂博士就在屋里,他那双腿就透着学问;勃林茂太太在屋里,头戴天蓝色的小帽;考耐莉娅也在屋里,黄沙色的头发梳理成一排小卷儿,眼镜片仍像从前那样发亮,她依旧像一位教堂司事那样在诸多语言的坟墓上尽职尽责。这里还摆放着那张桌子,她弟弟作为书院的一名"新生",曾满怀着惊奇、可怜巴巴地坐在上面;这里依稀可以听见远处传来书院的老学生们的读书声,他们按照老规章在老教室里过着他们老样子的苦读生涯!

"涂茨,"勃林茂博士说,"我看见你非常高兴,涂茨。"

涂茨先生咯咯傻笑,就算是回答。

"还看见你,涂茨,带着这么好的一位旅伴同来。"勃林茂博士说。

涂茨先生的脸蛋涨得绯红,连忙解释说他和董贝小姐是偶然遇见的,董贝小姐和他一样,都想看看那老地方,所以他们俩就一起来了。

"毫无疑问,董贝小姐,"勃林茂博士说,"我想你一定希望走进我们那些年轻朋友们中间去。涂茨,他们都是你从前的同学。我想,自从涂茨先生离开我们以后,在书院小小的门廊里,我们还没有接纳过新的学生吧,亲爱的。"勃林茂博士对考耐莉娅说。

"除了毕瑟斯东。"考耐莉娅回答。

"啊,真是这样,"博士说,"对涂茨先生来说,毕瑟斯东是个新人。"

对弗洛伦斯来说,毕瑟斯东差不多也可以算得上是个新人了;因为坐在书院教室里的他早已不是皮普钦太太幼儿园里的毕瑟斯东少爷了,你看他现在戴着硬领、领饰,还有一块大怀表呢。诞生在孟加拉不知哪一颗背晦的星辰下的毕瑟斯东,满身墨迹斑斑;他那本字典由于不断翻阅查找,已经患上了水肿,张开了豁口,再也合不拢,似乎真的不愿继续受人打扰了。它的主人毕瑟斯东的情况和字典一模一样,他受到勃林茂博士最大的压力;但是,在他张开豁口打的哈欠里,还潜藏着渴望宣泄的恶意,有人听见他在讲,他真想在印度把"老勃林茂"给逮住。那老家伙很快就会发现自己在那里被他(指毕瑟斯东君)手下的几名苦力逮住,运送过乡野地区,交给该国的犯罪团伙;他可以当面把这话对老家伙本人讲的。

布列格斯仍在知识的磨坊里使劲推磨;托泽尔也在使劲推磨;约翰逊也在使劲推磨;所有其他学生都在使劲推磨。年龄稍大的学生主要从事的工作就是:通过惊人的辛勤努力,把他们年龄稍小时学到的全部知识统统忘掉。学生们全都像以前一样彬彬有礼,学生们全都像以前一样脸色苍白。文学士费德尔先生正和学生们在一起,他的手瘦成皮包骨头,他的头发又短又硬,他教起书来仍像以前一样卖力:刚刚教完希罗多德①,他身后手摇风琴架上的其他货色还多着呢。

已经获得解放的老校友涂茨回访书院一事,甚至在这些老成持重的年轻学生中也引起了轰动。他们怀着敬畏的感情把涂茨当成渡过了卢比孔②河、并发誓决不复济的英雄恺撒。他们还用手遮住嘴,小声议论涂茨穿的衣服裁剪得多么合身、珠宝的式样多么新颖。脾气暴躁的毕瑟斯东到书院来的时间晚,没有和涂茨先生同过学,他在小同学们面前装出一副看不起涂茨的样子,并说自己要比涂茨更加见多识广,他倒要看涂茨到孟加拉去拿这些珠宝显摆一个试试,他母亲在那里弄到一块绿宝石,是从印度王公的御座上取下来的,母亲说过将来一定把这件宝贝传给他。瞧,比下去了吧!

一看见弗洛伦斯,年轻绅士们不禁眼花缭乱,他们全都对她一见钟情起来。这一次例外的又是那脾气暴躁的毕瑟斯东,他成心

---

① 希罗多德(公元前484?—公元前425),古希腊历史学家。
② 卢比孔,意大利一条河流,公元前49年,古罗马大将裘力乌斯·恺撒渡过此河进击庞贝。渡河前发誓,不获全胜,必不复济。

跟大伙儿唱反调,说自己并没有坠入情网。涂茨先生妒忌得脸色阴沉沉的,布列格斯故意讥讽涂茨说,他还不算十分显老。不过,这种贬低人的含沙射影很快就被涂茨先生化解掉了,只听见他大声招呼文学士费德尔先生,"你好吗,费德尔?"并邀请他当天到贝德福饭店去和他一起吃饭。凭借这样老到的手段,涂茨先生只要愿意,尽可以自命为老帕尔①都毫无问题。

握了无数次手,鞠了无数次躬,年轻绅士们的强烈愿望是争取获得董贝小姐的好感,把涂茨比下去。涂茨先生给他旧时的书桌留下一阵傻笑后,就和弗洛伦斯一起,随着勃林茂太太和考耐莉娅走出房间。勃林茂博士跟在他们身后最后一个出来,只听见他在关门时说了一句,"绅士们,让我们现在就继续学习吧。"因为他只听见大海对他说这么一句话,而没有别的话,这句话他已经从大海那里听了一辈子。

接着,弗洛伦斯悄悄地离开,跟着勃林茂太太和考耐莉娅上楼到她弟弟以前睡过的寝室去了。涂茨先生觉得那里不需要他,也不需要任何人,便站在书房门口和博士谈话,或者更确切地说,是他听博士对他讲话。他觉得自己以前真是不可思议,怎么会把这间书房看成是一座伟大的圣殿,怎么会把长着两条圆滚滚的罗圈腿、活像教堂里那架大钢琴的博士,看成是一个令人望而生畏的人。弗洛伦斯很快就从楼上下来,向博士一家人告辞;涂茨先生也告辞了。第欧根尼一直在无情地折磨那位近视眼青年,这时冲到门口,出门后又高兴地向峭壁下发出挑衅式的吠叫。与此同时,梅莉亚和博士家的一位女眷一起,在高处一扇窗户前看着他们离去,她高声笑话"那边那个涂茨",谈起董贝小姐时她是这样说的,"都说她像她弟弟,不过,真的,她现在看起来不是更加漂亮了吗?"

---

① 老帕尔,英国人托马斯·帕尔自称从公元1483年活到了1635年。

涂茨先生看到弗洛伦斯下楼时脸上挂满泪痕,感到十分担心和不安,起初他生怕自己回书院访问的建议本身就是一个错误。但是,过了不久,当他们俩沿着海边散步时,弗洛伦斯说,她今天很高兴能旧地重游,她还以愉快的口吻谈起当天的种种见闻,这就使他那颗悬着的心放了下来。在海浪声和她甜蜜可爱的语声伴随下,他们俩已走近董贝先生租下的那座房子,涂茨先生不得不与她离别了,他已彻底成了她的俘虏,连一星半点自由意志也没有了。分别时,她把手伸给他,他无论如何也舍不得把它放下。

"董贝小姐,我请你原谅,"涂茨先生既悲伤又慌张地说,"可是,如果你能允许我……"

弗洛伦斯微笑着,对他的心事毫无察觉,她天真无邪的眼神顿时就把涂茨想说的话噎了回去。

"如果你能允许我……如果你不认为我放肆,董贝小姐,如果我要……在没有得到鼓励的情况下,如果我怀抱着希望,你知道。"涂茨先生说。

弗洛伦斯大惑不解地望着他。

"董贝小姐,"涂茨先生说,他感到现在他非得挨骂不可了,"我现在真的处在一种对你倾慕不已的状态下,我自己也不知道该拿自己怎么办。我是一个最悲惨的可怜虫。要不是现在我们俩站在广场边上的话,我早就对你双膝跪下,向你恳请、向你乞求了,不需要任何鼓励,只要允许我希望,希望终有一天,我能……我能觉得有这样的可能,就是说,你……你……"

"噢,请你不要这样!"弗洛伦斯喊道,一时间她觉得又惊慌又苦恼,"噢,求你了,别这样,涂茨先生。请你千万不要说下去。再也不要说了。就算是对我发发善心,别说了。"

涂茨先生羞愧得无地自容,嘴张得很大。

"你一直待我这么好,"弗洛伦斯说,"我非常感激你,我有充分的理由把你当成我的一位好心的朋友,我要像对待朋友那样来喜欢你,事实上我确实非常喜欢你,"说到这里,她那天真、坦白的脸在朝他微笑,带着世上最诚恳、最令人愉快的样子,"我可以肯定,你只想对我说:再见!"

"当然,董贝小姐,"涂茨先生说,"我……我……就是这个意思。这算不了什么。"

"再见!"弗洛伦斯说。

"再见,董贝小姐!"涂茨先生结结巴巴地说,"我希望今天的事,你不要放在心上。这……这算不了什么,谢谢你。这是世界上最最算不了什么的事。"

可怜的涂茨在绝望的心境下回到他居住的饭店,把自己反锁在卧室里,跳进眠床,在上面躺了很长时间;这么看来,那件事似乎真是世界上最最算不了什么的事。但是,文学士费德尔先生就要上他这儿来吃饭了,这倒对涂茨先生起了非常好的作用,否则的话,真不知道他会在床上躺到什么时候才起来。涂茨先生必须起床迎接客人,还得给予慷慨热情的招待才行。

热情好客是一种社交美德,在它的巨大影响下(更不用说好酒好菜了),涂茨先生的心胸开阔,谈兴大浓。发生在广场边上的那一幕,他倒是没有对文学士费德尔先生说;但是,当费德尔先生问他"那件事成功了没有?"时,涂茨先生说,"别的话题不是还很多吗"——这回答顿时就使费德尔先生稍稍有点儿泄气,便不再追问下去。涂茨先生接着说,他不知道勃林茂有什么权利对他和董贝小姐一起去书院的事特别注意,勃林茂难道不懂得这样做很冒失,他真想把勃林茂请出去决斗,不管他是博士也罢不是博士也罢;不过么,也许只是由于他的无知。费德尔先生说这一点是毫无疑问的。

不管怎么说,费德尔先生总是自己的一位知心朋友,隐藏在心里的那个话题,虽然不能向别人透露,但是对他还是可以讲的。涂茨先生只是想神秘兮兮地、饱含感情地谈起它。几杯老酒下肚,他就请费德尔先生和他一起为董贝小姐的健康干杯,"费德尔,你怎么也不会明白,我是怀着什么样的感情建议为她祝酒的。"费德尔先生回答,"噢,不,你的感情我怎么会不明白,我亲爱的涂茨;这将极大地增添你的光彩,老弟。"友情使费德尔先生很激动,他和涂茨热情握手并且说,无论什么时候,当涂茨需要一位兄长,只要给他捎个信,就一定能找到他。费德尔先生又说,如果他可以提个建议的话,那么他建议涂茨先生去学弹吉他,或者,至少要学会吹长笛,因为,当你向女人求爱献殷勤的时候,女人最爱听音乐了,费德尔先生本人就从音乐那里得益匪浅。

话说到这里就收不住了,文学士费德尔先生向好友透露心曲,说自己看上了考耐莉娅·勃林茂。他对涂茨先生说,他对戴眼镜并无反感,如果博士处事能潇洒一点,辞去校长一职的话,啊,你猜怎么着——他们小两口的日子就会过得甭提多富裕啦。他说,他持有这样的观点:一个人靠经营自己的事业,有了丰富的收入,他就应该收手,把事业放下了。任何男人,要是在书院里有考耐莉娅这样好的助手,都会感到自豪。对这番知心话,涂茨先生的反应却是尽情放纵自己,对董贝小姐赞不绝口,话里还隐含着想拿起手枪对准自己的脑袋打出脑浆来、以求解脱的意思。费德尔强烈地批评说,这个想法极为轻率,为了向他宣示人生是值得活的,他拿出考耐莉娅的小像给他看,小像上的她照样戴着眼镜,还有她平时所有的打扮。

两位性情温和的朋友就这样度过夜晚,后来夜深了,涂茨先生和费德尔先生一起步行,把他送到勃林茂博士书院的门口。看见费德尔先生走上台阶,涂茨先生就回饭店去了;但这时费德尔先生又从台阶上走下来,独自到海滩上去漫步,一边思索着自己未来的前程。当费德尔先生一路向前漫步,他听见海浪在对他说,勃林茂博士就会放弃他的事业;这时他再回头看书院建筑的外观,心头升起一种浪漫又温馨的欣喜,他想博士一定会先将房子彻底装修,粉刷一新。

涂茨先生也在盛放他内心珍宝的那座大盒子前面漫步。他心里充满悲伤,眼睛盯着(再盯下去就要引起警察的怀疑了)那座房子的一扇仍亮着烛光的窗户,他以为那一定是弗洛伦斯的卧室。但其实它不是,那是斯丘顿夫人的卧室;弗洛伦斯睡另一间卧室,此时她正在睡梦中满怀着爱意重游旧地,与旧地相联的故人往事,又重新出现在眼前,栩栩如生。然而,在阴暗的现实生活中,她怀念的那个患病小男孩的位置,已经被另外一个人所替代,那人躺倒在床,睡不着,在抱怨,尽管和小珀尔很不一样!但那人同样也已病入膏肓,与衰败和死亡再次联系在一起。一个丑陋无比、憔悴不堪的老妇人,她躺着,无法成眠;伊迪丝坐在她身旁,那冷冰冰的美丽,真令人心惊。在静夜里,海浪对她们母女俩诉说着什么话?

"伊迪丝,有一只石头手臂高举着,要打我,那是什么东西,你看见了吗?"

"什么也没有,妈妈,只是你的幻觉。"

"只是我的幻觉!什么都是我幻想出来的。看!你怎么可能看不见它呢?"

"真的,妈妈,确实什么都没有。要是真的有那么个东西,我怎么还能一动不动地坐着呢?"

"一动不动?"她以惊恐的目光看着她,"现在那个东西才跑掉,你怎么能完全无动于衷呢?这不是我的幻觉,伊迪丝。看见你坐在我身旁的样子,我就会凉透了心。"

"我很遗憾,妈妈。"

"遗憾?你似乎总是在遗憾。但不是为我遗憾!"

说完这句话,她大哭起来,脑袋在枕头上不断摇晃,从这一头晃到那一头,嘴里喋喋不休地抱怨说,没有人关心她,她是多么好的母亲,她们新近遇见的那位老妇人也是一位多么好的母亲,像她们这样的母亲往往会受到女儿们冷酷的回报。她不连贯的抱怨还没有宣泄完毕,就中断了,她眼睛盯住女儿,哭诉说,她的脑子已经不清楚了,然后把脸埋在床上呜咽哭泣。

伊迪丝俯过身去安慰她,对她说话。病入膏肓的老妇人搂住她的脖子,显出惊恐的样子,说:

"伊迪丝!我们很快就要回家了,回家了。你觉得我还能重新回到家里吗?"

"可以,妈妈,可以。"

"你听听他说的叫什么话——他叫什么来着,我总是记不清人名——少校——我们动身的时候,他说了那么可怕的话——那不会是真的吧?伊迪丝!"她尖叫一声,用惊恐的眼神盯着她,"我真的不会像他所说的那样吗?"

一夜接着一夜,那扇窗户都亮着,病人躺卧在床上,伊迪丝坐在她身旁,海浪整夜都在对她们俩呼唤。一夜接着一夜,海浪不断重复那神秘的话语,连声音都嘶哑了。沙尘堆积在海滩上;海鸟在翱翔、盘旋;风和云在天空中飞行,云在舒卷,风在飞驰,它们都没有留下任何痕迹;在满月的明光下,船帆就像一只只银白色的手臂在招展,要把你引向远方那看不见的国度。

病入膏肓的老妇人仍望着房间的角落,据她说,那里有一只石头手臂(好像是从哪处墓园里的石像上折断下来的)高举着要打她。石头手臂终于打下来了;躺着的老妇人已说不出话,她弯腰曲背,蜷缩成一团,她已经成了个半死的人。

就是这样一个人形,涂脂抹粉、脸贴饰颜片,任凭阳光的嘲弄,一天接着一天,还被人用车推着穿过人群。她在行进时,还瞪着眼睛在人群中寻找那位是个好母亲的老妇人，但是没有找到，急得她直撅嘴。就是这样一个人形，还被人用车推着来到海岸边，停在海滩上。但是，她在那里感受不到迎面吹拂的海风带来的清新，也听不见大海向她低声说出抚慰的话语。她躺着听，往往会听上一个小时。在她听来，大海的话语既阴暗又忧郁，她脸上露出惊恐之状，当她遥望浩瀚的大海时，人们看见茫茫天地间唯有一片荒凉。

她很少看见弗洛伦斯，当她看见这位姑娘时，就显出生气的样子，还做个怪脸。伊迪丝总是陪在她身边，她常把弗洛伦斯支走。弗洛伦斯晚上躺在床上，想起老夫人将会这样死去，不禁吓得浑身颤抖，她常睡不着觉，注意听着，知道死亡即将来临。除了伊迪丝之外，没有人在老夫人身边伺候。没有更多的眼睛看着她倒好些，只有她女儿一个人在她床旁守候。

这样的时刻终于来到：阴影笼罩的脸又罩上更浓重的阴影，已经瘦削的面孔变得更加瘦削，她眼前的帷幔变厚了，变成一块把她与朦胧的世界隔绝的幕布。她的双手在被罩上移动，最后双掌无力地握在一起，挪向女儿所在的地方。只听见响起一个声音，不像是她的，也不像是从任何说人话的人的嘴里发出来的，那声音在说，"因为是我把你养大的！"

伊迪丝没有流下一滴泪，她跪了下来，好让深埋在枕头里的那颗脑袋能听清她回答的话：

"妈妈，你能听清楚我说的话吗？"

她睁大了眼睛，企图点一下头来应对女儿的问话。

"你还记得我结婚前一天晚上的情况吗？"

她的脑袋虽然没动，但看她的表情就知道，她记得。

"那时我对你说过，我饶恕你在这桩婚姻中所扮演的角色，愿上帝也能饶恕我自己的所作所为。我对你说过，我你之间的一切都已经过去。我现在再把这话重复一遍。吻我吧，妈妈。"

伊迪丝的嘴触到了那苍白的嘴唇,霎时间万物似乎都停滞不动了。又过了片刻,她的母亲发出小姑娘般的笑声,骷髅般的身体摆着克娄巴特拉的姿势,竟会在床上挺了一挺。

玫瑰色的帷幔拉上了。天空中除了风驰云卷外,又有别的东西在乘风归去。把玫瑰色的帷幔完全闭上吧!

城里的董贝先生获悉老夫人逝世的噩耗后,正式拜访了菲尼克斯表兄(此刻他对于自己是否去巴登巴登,还拿不定主意),后者也是刚刚才得知这个消息。像菲尼克斯表兄这种好脾气的人,是参加婚礼或丧礼的最佳人选,考虑到他在家族中所居的重要地位,也该找他商量才对。

"董贝,"菲尼克斯表兄说,"说良心话,在这样一个悲伤的时刻见到你,让我非常吃惊。我可怜的姑妈!她是一位罕见的、充满活力的女人。"

董贝先生回答说,"非常有活力。"

"你知道,"菲尼克斯表兄说,"尤其是,考虑到,她打扮得真是非常的年轻。真的,在你们结婚的那天,我想她还能好好地再活上二十年呢。事实上,我已经把这话对布鲁克斯俱乐部①的一个人说过了,就是小比利·乔伯,这个人你准认识,不就是戴单眼镜的那个吗?"

董贝先生欠一下身子,表示不认识。"关于葬礼的事,"他点明正题说,"你是不是有什么建议……"

"啊,说实话,"菲尼克斯表兄说,他伸手摸摸自己的下巴,他衬衣袖口太长,露出来的一小截手勉强能够得着,"我真的不知道该怎么办。在我住处的公园里,倒是有一座陵墓,不过我恐怕它是年久失修了,实际上状况很糟糕。要不是因为我手头有点儿紧的

---

① 布鲁克斯俱乐部,英国辉格党高级俱乐部。

话,我早该把它整修得焕然一新了;不过,我看人们照常还会到那里去,在铁栅栏内举行野餐聚会。"

董贝先生心里明白,这个方案不可行。

"那儿的乡下,有一座特别好的教堂,"菲尼克斯表兄沉思地说,"纯粹的盎格鲁——诺曼风格,简·芬奇伯里夫人,就是穿紧身胸衣的那位夫人,还为它画了很好的素描,可是在粉刷的时候,我相信,他们确实是把它糟蹋了,再说,那儿的路程也太远。"

"也许可以葬在布赖登。"董贝先生建议道。

"我以人格担保,董贝,我想这是最好的办法了,"菲尼克斯表兄说,"可以原地不动,你看,那里的风景又赏心悦目。"

"你认为,"董贝先生征求他的意见说,"什么时候举行仪式最方便?"

"我想要说的是,"菲尼克斯表兄说,"只要你认为哪天最好,我保证赞同你的意见。我将非常高兴地(不用解释,当然是一种令人伤感的高兴啰)送别我那位可怜的姑妈前往……那个领域,事实上,也就是送她进坟墓。"菲尼克斯表兄说到这里就没词儿了。

"星期一出城,方便吗?"董贝先生问。

"星期一对我说来最方便不过了。"菲尼克斯表兄回答。于是董贝先生安排好星期一到这儿来接菲尼克斯表兄。接着他就告辞了,菲尼克斯表兄一直把他送到楼梯,分别时说,"我真的极为抱歉,董贝,给你添了这么多麻烦。"对此,董贝先生回答,"不必介意。"

董贝先生和菲尼克斯表兄在商定好的时间会面,一起来到布赖登,两人分别代表前来吊唁已故夫人的双方亲友,把夫人的遗体送往她的安息之所。菲尼克斯表兄坐在出殡马车里,一路上认出许多熟人,但他为礼节所拘,只能在马车行经这些人身旁时对他们验明正身,他大声告诉董贝说,"汤姆·约翰逊。他的一条腿是假腿,软木做的,他是怀特俱乐部①的人。怎么,你也来啦,托米? 骑在纯种马上的是福莱。她们是斯莫尔德家的几位小姐"诸如此类。在葬礼期间,菲尼克斯表兄情绪低沉,他说,在这种场合,不由得你不考虑,事实上你自己也已到了风烛残年;葬礼结束时,他的眼睛里确实充满了泪水。但是,他的情绪迅速好转,斯丘顿夫人的其他亲戚朋友们的情绪也都迅速好转。白土度少校常在俱乐部里对人们说,斯丘顿夫人穿衣服从来都穿得不能够保暖;那位睁开眼皮都会费劲,却总是袒露后背的"年轻"女士听到这话,小声尖叫道,她准是年龄太大了、又患上多种可怕的病症才会死,你可千万别再提什么衣服穿得不够的事儿了。

就这样,伊迪丝的母亲在地下长眠,不再被她的亲友们提起,那些人是听不见海浪说话的,海浪在不断重复那神秘的话语,连声音都嘶哑了,那些人既看不见沙尘在海滩上堆积,也看不见在满月的明光下,一只只银白色的手臂在招展,要把他们引向远方那看不见的国度。然而,在未知海洋的边缘,生活照常运行;伊迪丝独自站在海滩上,听着海浪的声音,潮湿的海藻一直漂到她站立的地方,同时也缀满她未来的生活路径。

---

① 怀特俱乐部,英国托利党的高级俱乐部,位于伦敦西区圣詹姆斯街,其重要地位相当于辉格党的布鲁克斯俱乐部。

第四十二章　私密任务和意外事故

如今磨工罗布不再穿柯特船长的黑色工作服,不再戴水手的防雨帽了,他穿上了一身结实的、褐色的仆人号衣,这身衣服穿在他身上的确显得非常严肃、庄重,他本人感到满意,也增强了自信,制作它的裁缝师傅也该放心了。罗布的外表焕然一新,内心里早就把船长和海军准尉航海仪器商店忘得一干二净,除非是闲暇时,在那些分不开的宝贝(他的好哥儿们)面前,他会花上几分钟时间,吹一吹自己是怎样以胜利者的姿态把原先的老板炒掉,如今专门伺候他的恩主卡克先生的;他在夸夸其谈时,听到那铜管乐器——自己的良心——在怦怦作响。罗布住进了卡克先生的家,成了恩主的贴身侍从,但每当他那双圆滚滚的眼睛看着主子雪白的牙齿时,仍然心怀恐惧,身子颤抖,似乎觉得眼睛该睁得更大些才是。

即使他伺候的是某位法力无边的魔法师,也不会比他看着那副雪白的牙齿时更加恐惧的了,他整个的人都在颤抖,白牙成了他最害怕的魔咒。他的恩主在他心目中具有无比的力量和权威,迫使他全神贯注,让他不得不绝对服从和遵命。恩主不在时,他觉得自己在心里对主人转个念头都不安全,要是这样的话他就会再次被主子卡住脖子,就像那天早晨,他在主子的办公地点第一次与主子相会时实际发生过的那样,他将会看到主子的每一颗牙齿都对他紧追不舍,他心里每一个活思想都藏不住,全部得坦白交代。与主子面对面的时候,罗布毫不怀疑卡克先生能明察他最隐蔽的思想,或者说,只要卡克先生想要知道,就可以毫不费力地把秘密从他的心窝子里掏出来,正如他丝毫也不怀疑自己在看卡克先生的时候,卡克先生也一定在看他。主子拥有绝对权威,把他牢牢控制住了,他几乎失去了思考的能力,连动脑筋想一想都不敢,他的脑子里只存有一个不断加深的印象:主子对他拥有不可抗拒的控制权,拥有任意处置他的权利。于是他没有别的办法,只能提心吊胆地过日子,站在那里察言观色,竭力要讨主子的欢心,尽量预测主子将会下什么命令,以便迎合主子的意图,争取有良好的表现。

也许罗布没有对着自己的内心说(处在他此刻的心理状态下,抱有怀疑将会被认作是一件大逆不道之举),自己之所以会在卡克先生的影响力面前彻底投降,是因为在他心头曾经浮起这样的想法:怀疑他的恩主可能是某种奸险、诈骗艺术的大师,当年他本人在碾磨慈幼院读书时,就曾经是这门艺术的一名可怜的小学徒。然而,罗布对卡克又敬佩又畏惧倒是确实无疑的。也许卡克先生对自己力量的源泉掌握得更好,并且能够运用自如,万无一失。

就在罗布辞去工作、离开船长的那天晚上,他把自己养的那些鸽子卖掉了,由于匆忙,来不及讲价,没能卖出个好价钱。然后他就直奔卡克先生的住宅而去,他满怀热情出现在新主人的面前,脸都发亮了,似乎想得到主子的夸奖。

"怎么,你这窝囊废!"卡克先生看着那男孩随身带来的行李包裹说,"你辞掉工作到我这里来啦?"

"噢,对不起,先生,"罗布声音颤抖,支支吾吾地说,"我上次到这儿来的时候,你说,你知道……"

"我说,"卡克先生说,"我说什么啦?"

"对不起,先生,你什么也没有说,先生。"罗布说,卡克先生问话时的态度给了他警告,使他十分狼狈。

他的主子眼睛盯住他,张嘴露出了全部齿龈,食指摇晃了一下,说:"我预见到了,我的无赖小朋友,你正在走向一个很糟糕的结局。毁灭正在等待着你。"

"噢,对不起,请你不要这样,先生!"罗布大哭起来,身子底下的两条腿吓得瑟瑟发抖,"我可以保证,先生,我只是想为你干活,先生,伺候你,先生,凡是你吩咐我干的事,我一定不折不扣地忠实执行,先生。"

"你如果想和我打交道,"他的恩主说,"我看你还是忠实执行命令的好。"

"是的,这个我懂,先生,"卑躬屈膝的罗布恳求道,"这个我毫无疑问,先生。只要你行行好、肯试用我一次,先生! 如果你以后发现,先生,我办哪件事不合你的心意,你尽管杀了我,我也心甘情愿。"

"你这狗东西!"卡克先生说,身子往椅子背上一靠,神色安详地在朝他微笑,"要是你敢对我耍花招,我怎么处置你,那是小事一桩。"

"是的,先生,"失魂落魄的磨工回答,"我太明白了,你一定会用吓死人的办法把我整得一塌糊涂,先生。就算有人用很多金币贿赂我,先生,我也决不打算干这种事。"

原先罗布还期待着主子的夸奖来着,这会儿希望彻底落空,他垂头丧气地站在那里看着他的主子,想不看也不行,一只处在相同境况下的杂种狗就常常会表现出这种惶惶不可终日的模样。

"这么说来,你已经辞掉了你原先的工作来到这里,请求我收留你,是吗,嗯?"卡克先生说。

"是的,对不起,先生。"罗布回答,事实上他辞职后到这里来都是在严格按照他恩主本人的指示办事,但是他不敢为自己辩护,就连稍稍暗示一下这个意思都不敢。

"好啦!"卡克先生说,"你懂我的脾气了,孩子,是吧?"

"对不起,先生,我懂,先生。"罗布回答,紧张得用手乱摸自己的帽子,他知道卡克先生的眼睛仍盯着他,他竭力想逃脱恩主的盯视,但那是决不会成功的。

卡克先生点点头,"那么你就多加小心吧!"

罗布连连鞠躬,想以此生动地表明他已经充分理解了主子的警告,他一边鞠躬,一边倒退到房门口,心想自己马上就将出门了,顿时觉得大为放松,不料他的恩主命令他站住。

"嘿!"卡克先生态度凶暴地喊了一声,让他回来,"你以前有……把门关上。"

罗布立即从命,他似乎觉得自己能否继续活下去,完全取决于他能否十分敏捷地执行命令。

"你以前有听壁脚的习惯。你懂不懂它的意思?"

"偷听吧,先生?"罗布惶惑地想了想,鼓起勇气试着回答。

他的恩主点点头,"还有偷看等等坏习惯。"

"在这里,我就不会干那种事了,先生,"罗布回答,"我用口头和以人格担保,我不会干了,先生,要是我再犯旧毛病,你就杀死我好了,先生,不管是谁答应给我什么,我也不会干。除非是你命令我,先生,否则的话,别的任何人就算答应把全世界的财富都给我,让我这么干,我也决不干了,先生。"

"你最好还是别干。你还有在背后嘀嘀咕咕讲别人隐私的习惯,"他的恩主态度十分冷静地说,"在这儿,你可得小心,否则的话,你这个流氓就要倒霉了。"他又微笑了,再次晃动食指向他发出警告。

磨工吓得呼吸急促和变粗了。他本想辩护说自己并无任何不良意图,但他做不到,只能顺从地用茫然若失的目光盯着那位绅士微笑着的脸,那位微笑着的绅士又默默地观察了他一会儿,似乎已经感到满意,因为他命令他下楼去,让他明白,主子已经雇用了他。

就这样,磨工罗布被卡克先生雇下了,在他为这位绅士服务的期间,他对主子的敬畏每一分钟都在增长,假如还可能增长的话。

罗布在卡克先生家干活,已持续了几个月,一天早晨,他打开花园门把董贝先生迎了进来。董贝先生是应罗布的主子的邀请,上他家里来和他共进早餐的。罗布刚把门打开的时候,他的主子已经匆忙赶到门口,来迎接这位贵客,为了表示衷心的欢迎,他亮出了全部的牙齿。

"我从来没有梦想过,"卡克一边把他的老板扶下马,一边说,"能够在这里见到你的尊颜,真的。今天是我个人日历上一个特殊的日子。对于你这样无所不能的大人物来说,没有哪种场合会是非同寻常的;但是,对于我这样的人来说,情况就完全不同了。"

"你这里的住处很有品位嘛,卡克。"董贝先生以居高临下的态度在草坪上稍事停留,对周围看了看,说。

"承蒙夸奖,"卡克说,"感谢,感谢。"

"其实,"董贝先生以恩赐的态度说,"任何人看了也会这么说。就这处住宅而言,既非常宽敞,又安排得很有条理……十分雅致。"

"就敝人的住处而言,说真的,"卡克抱着自我贬抑的态度说,"还配不上你的夸奖。啊!我们对这个住处谈得够多的了;尽管你过奖了,我还是非常感谢。请你进屋里去好吗?"

董贝先生走进屋里,他完全有理由注意到,所有房间的总体安排,以及许多设计、装修,都匠心独运,考虑到使用的舒适,收到极好的效果。卡克先生竭力装出十分谦卑的样子,对于老板的夸奖和注目,仅报以尊敬的微笑,并说自己理解老板对他的关怀体贴,并且心里很欣慰,但是事实上,这处茅舍虽然寒微,但对于他这种地位的人来说,已经足够了,也许已经有些过于奢侈了,他还不配住呢。

"也许在你这样的与我地位迥然不同的人的眼里,它会显得比实际上好些,"他说,那张虚伪的嘴张得最开最开,"这就像皇帝总会想象,乞丐的生活也具有某种有趣之处。"

他说这话时,把自己锐利的目光和锐利的微笑向董贝先生递过去;当董贝先生挺直胸脯站在壁炉前(这个姿势正是他的副手无数次加以摹仿的姿势),浏览挂在墙上的一些绘画作品时,卡克向他递过去的目光和微笑变得更加锐利了。当董贝先生的目光草草地从一幅幅画作上溜过时,卡克尖利的目光紧紧追随着他老板的目光,始终保持同步,留心老板看到了哪里、看见了什么。董贝先生的目光在一幅画上特意多停留了一会儿,卡克紧张得屏住了呼吸,一边怀着猫儿似的警惕,斜着眼睛观察老板的反应,可是这幅画似乎并没有给他的大老板留下特别深刻的印象,他的目光又从那幅画上挪开了,与他看其他画作没有什么两样。

卡克将自己的目光投向这幅画,那是一幅人物肖像,画中的女人画得很像伊迪丝,简直是伊迪丝活的化身,这时卡克的脸上浮起一个邪恶阴险的、无声的笑,他似乎在某种程度上正在对画中的美女打招呼,而更多的是嘲笑此刻正站在他身旁的那位大老板,竟会对此木然不觉。早餐很快就在小餐桌上摆好了,卡克请董贝先生就座用餐,故意安排他的座位背对着画像,而他则像平时一样坐在面对着画像的座位上。

董贝先生的神态显得比他平时惯常的更为庄重,他沉默不语。鹦鹉在华丽的笼子里转动镀金的圆环玩儿,徒然想引起人们的注意,因为此刻它的主人正全神贯注在董贝先生身上,一时顾不上欣赏他的宠物鸟;而那位贵客又在聚精会神地想自己的心事,他硬领上方专注的(姑且不说阴郁的)目光一动不动地盯在桌布上。站在边上伺候他们俩的罗布,他的全部官能和精力都贯注在他恩主的身上,几乎不敢想一想:正是这位贵客,在他小的时候,为了证明他们一家人身体健壮,他曾被人作为样板领到这位大人物面前展示,承蒙这位贵客提携,还让他穿上碾磨慈幼院的紧身皮制校服。

"请允许我问一声,"卡克突然开口,"董贝太太贵体是否安健?"

问话时,他的手托着下巴,将身子尽量往前倾斜,显出一副谄媚相;但与此同时,他却抬起目光盯住那幅美人画,似乎在对画中人说,"喂,你看,我怎样哄他上钩!"

董贝先生回答时,不由得脸都红了:

"董贝太太身体很好。卡克,你这一问倒提醒了我,我有些话正准备和你商量商量呢。"

"罗宾,你可以离开了,"他恩主难得的温和语气着实让罗宾吓了一跳,便赶紧退下,直到出门,他的眼睛还一直盯在恩主身上。"你一定记不得这个男孩了吧?"当那个已完全陷入他网罗的磨工离开后,他说。

"不记得了。"董贝先生回答时显出一副高高在上、漠不关心的样子。

"像你这样重要的人物不大记得起这些小人物。几乎不可能记得,"卡克低声咕哝着,"不过,你家曾经用过一个奶妈,他就是奶妈的儿子。也许你还记得,你曾经慷慨地供他上学的事?"

"他就是那个孩子?"董贝先生皱着眉头说,"我想,他并没有为他的学校增光。"

"啊,我怕他是一个小无赖,"卡克耸耸肩膀说,"他有无赖性格。其实,我把他放在身边给他活干,是因为他找不到别的工作,而且他心里总以为(我敢肯定,这种想法一定是他家里的人对他灌输的)他有权向你求助,总想着要像一条狗似的对你紧随不舍。尽管你和我之间的关系,明确规定是上下级之间的工作关系,但是我对于与你有关的一切事情,我都很自然地会放在心上,所以……"

说到这里,他又停住了,似乎要探明自己是否已经把董贝先生带得足够远了。他又一次手托着下巴,睨视着挂在对面墙上的美人像。

"卡克,"董贝先生说,"我感觉得到你没有限制你的……"

"服务。"今天在自己家里款待老板的人笑嘻嘻地提示说。

"不,我想说的是你的关心,"董贝先生这么说的时候,很清楚地感觉到自己正在十分慷慨地把夸奖的话赏赐给他的下属,"并没有限制在工作关系方面。你关心我的感情、希望和失望,你刚才举的这件小事,正是能说明你对我处处关心的一个恰当的例子。我感谢你,卡克。"

卡克先生缓慢地低下脑袋,轻轻地搓着双手,似乎怕行动稍一不慎,就会搅乱董贝先生此时此刻对自己的信任。

"你提到这一点,正是时候,"董贝先生迟疑片刻后说,"因为我正好有些话打算对你说,你这一提就为我的话铺平了道路,同时它还提醒我,我们之间的关系不会产生实质性的改变,尽管在我这方面,将会给你比迄今为止给予的更多的信任,与你商量更加私密的事……"

"你这是在抬举我,"卡克提示说,又一次缓缓地低下脑袋,"我不想对你说我感到多么荣幸;因为像你这种地位的人完全懂得自己拥有多大的权力,可以随意把这么大的荣幸赏赐给下属。"

"董贝太太和我,"董贝先生说,他以威严的自制不去理会这些恭维话,"在某些问题上观点并不一致。我们俩似乎直到现在还不能相互理解。在有些方面董贝太太还得学习。"

"董贝太太有许多难能可贵的动人之处;毫无疑问,她以前一直习惯于别人对她无尽的奉承,"这个圆滑狡诈、伶牙俐齿的小人说话时,密切注意着自己的老板,后者目光和语调中出现的每一个细微变化都逃不过他严密的观察,"不过,由此产生的任何细小的错失,只要有了感情、责任和尊重,都很快就会纠正的。"

董贝先生本能地回想起那天晚上发生在他太太更衣室的情景,回想她盯着他看的脸,以及她那只专横地指向门口的手;他在回忆她这样做时所怀抱的是什么样的感情、责任和尊重,他感到热血涌上了自己的脸,这样的脸面被卡克那双善于观察的眼睛看得一清二楚。

"董贝太太和我,"他接着说,"在斯丘顿夫人去世前,曾经就我为什么会感到不满的原因,进行过一些讨论;我想你对这件事会有个大致的了解,因为那天晚上董贝太太和我之间发生争执时你是目击者,当时你就在我们……在我的家。"

"我因当时在现场而感到非常遗憾,"卡克微笑着说,"作为一个像我这种身份的人能受到你的青睐,当然很觉自豪——尽管我嘴里不对你说这种恭维的话;你可以不失身份地做你喜欢做的一切事——我很荣幸,在董贝太太冠上你的姓氏而成为著名人物之前,你早就介绍我与她见过面,但是我要对你说实话,那天晚上我几乎对自己的这种荣幸、这种殊遇,感到了遗憾。"

任何人,不管处在任何可能的情况下,居然还会对自己受到的信任保护、提携扶植感到遗憾,董贝先生实在无法理解这种道德现象。因此,他以相当威严的态度问道,"真是这样吗!卡克,为什么?"

"因为,"他的亲信说,"董贝太太从来不大看得起我,处于我的地位,也不敢存有这种奢望。我只是担心,一位天生骄傲、也适合骄傲的贵夫人,不会轻易饶恕我在你俩那次谈话时在场,尽管并不是我故意想待在那里的。你要记得,你不高兴可不是一件小事;而且你发脾气的时候,还有一个第三者在场……"

"卡克,"董贝先生带着目中无人的样子说,"我认为,必须首先考虑的是我,难道这还不是天经地义的吗?"

"噢!这一点还有什么疑问吗?"卡克回答,听他不容争辩的口气,就像是在确认一个众所周知、无可非议的事实。

"我想,在同时考虑我们两个人的时候,董贝太太就退居第二位了,"董贝先生说,"我说得对不对?"

"对不对?"卡克回答,"你难道不是比任何人更加清楚,这个问题你根本不需要问吗?"

"既然如此,卡克,我希望,"董贝先生说,"你由未能获得董贝太太的欢心所感到的遗憾,至少可以被你因为获得我的信任和好评而感到的满足所抵消吧。"

"我发现,"卡克说,"我惹起了不愉快,真是太不幸了。董贝太太在你面前表示对我不满了吗?"

"董贝太太在我面前表达过多种多样的意见,"董贝先生说话时的样子,表现出居高临下的冷淡和漠然,"我不想介入,也不愿讨论和回想。我已经对你说过了,在发生了那次事情以后,我已经让董贝太太认识到了,在家庭关系中保持某种程度的尊敬和服从,是我认为有必要坚持的原则。我规劝她说,最好是立即改正在这些方面的行为,这对保持她自己的安宁、幸福以及维护我的尊严都有好处,但是我没有能说服她。我正告董贝太太,一旦我认为有必要再次向她表示不满和加以忠告的话,我会通过我手下的亲信、也就是你,来向她转达我的意见。"

卡克一边俯首帖耳地看着老板,他那邪恶的目光却倏然越过老板的头顶,向对面墙上的美人投以一瞥,其速度快得好似闪电。

"听着,卡克,"董贝先生说,"我要毫不含糊地对你说,我决心坚持我的原则。决不允许把我的话当耳旁风。董贝太太必须懂得:我的意志就是法律,我一生坚持的准则决不能允许有一次例外。请你务必要完成这项使命,我希望你不会加以拒绝,因为这是我交给你的任务,你尽可以非常有礼貌地向她表示遗憾、歉意之类——对此,我可以用董贝太太的名义向你致谢;请你务必像执行我交给你的其他任务一样,把这个任务完成好,我相信你能做到。"

"你知道,"卡克先生说,"你只要给我下命令就是了。"

"我知道,"董贝先生以堂皇、尊贵的态度加以认同,"我只要给你下命令就是了。这样的工作还有必要继续进行下去。毫无疑问,董贝太太在许多方面具有极为优秀的品质,甚至……"

"甚至被选中做你的太太,也能为这个崇高地位增光。"卡克谄媚奉承地提示说,亮出了他的牙齿。

"是这样的;承蒙你采用这样的语言来表达这个意思,"董贝先生用充满尊严的语调说,"但是迄今为止,我并不认为董贝太太已经为这个理应受到尊敬的地位增了光。董贝太太身上有一种反抗性,必须把它彻底根除;必须把它完全克服。看来董贝太太并不理解,"董贝先生着力地说,"企图反抗我的意志,这种想法本身就是荒唐可笑的。"

"还是我们这些住在城里的人,对你理解得更多些。"卡克微笑着回答,他的嘴巴张得很开,从这只耳朵开到那只耳朵。

"你对我理解得更多,"董贝先生说,"我希望如此。但是,说真的,我有责任为董贝太太说句公道话,尽管她后来的行为(至今也没有改变)似乎显得反复无常,但是,那一次,就是在前面已经说过的那个场合,当时我态度颇为严厉地向她表示,我不满意她的行为、并且决心加以纠正,看来我的训诫还是产生了非常强烈的效果的。"董贝先生说出这些话时显出异常骄傲和自命不凡的样子。"卡克,我请你去向董贝太太转达我的意见,要她认真记住我和她之间那次正式谈话,必须提醒她,我对迄今还没有见到应有的效果,有些感到意外。我坚持要求她严格按照那次谈话时给她的指令,规范自己的行为。我对她的行为感到不满。感到非常不满。假如她缺乏清醒的理智和正常的感情,不能像第一位董贝太太那样(我相信,我还可以加上这么一句:不能像处在她那地位的任何别的一位太太那样),按照我的意愿办事的话,那么我将在非常无奈的情况下,有必要委派你去向她转达更加不受欢迎、更加明确无误的信息。"

"第一位董贝太太曾经生活得很幸福。"卡克说。

"第一位董贝太太具有非常清醒的理智,"董贝先生说,他对待死者的仁厚宽容,真不愧为绅士,"和非常正确的感情。"

"你觉得董贝小姐像她的妈妈吗?"卡克问。

董贝先生的脸色倏然之间变得阴沉了。他的亲信代理人目光敏锐地捕捉到了这一事实。

"请你原谅我,"他以轻柔的声音自责道,不过他的话与他充满渴求的目光很不协调,"我接触到了一个令人痛苦的话题。我兴之所至提了这个问题,却忘记了由此引起的一连串感情联系了。请你原谅我。"

尽管他嘴里这么说,他充满渴求的眼睛却密切审视着董贝先生拉下的脸;接着他又向对面墙上的美人像投去一个奇特的洋洋得意的瞥视,似乎在呼唤画中美人来当他的见证人,看他如何又一次操控、引导他的老板,下一步将会有什么情况出现。

"卡克,"董贝先生说,他的目光在桌子上方各处浮动,说话的声音都变了,语速也加快了,嘴唇更加苍白,"你没有理由道歉。你误会了。你误以为你的问题引起了对往日的回忆,其实它指向近在身边的事。我不赞同董贝太太对待我女儿的行为举止。"

"请原谅,"卡克先生说,"我不大明白。"

"那么你就把它弄明白吧,"董贝先生说,"我请你这样做,你必须这样做,请你务必直截了当地告诉董贝太太,说我反对她的这种行为举止。请你告诉她,她对我女儿表现出的热爱,使我很不愉快。人们很可能会注意到这一点。这会促使人们把董贝太太与我女儿的关系和董贝太太与我的关系拿来进行对比。请你务必用明白无误的语言让董贝太太知道,我反对她这样做;我期待她立即按照我的意愿加以改正。董贝太太这样做也许是认真的;也许她由于心血来潮,一时高兴;也许她是借此反抗我;无论是哪一种情况,所有这一切都在内,我统统反对。假如董贝太太是认真的,她就没有任何理由不按照我的意愿停止这种行为;因为她这种故意显示,对我的女儿不会有好处。如果我的太太在正常履行对我的顺从之外,还有过剩的情意和承担责任的意愿,也许她可以任意把她的情意和责任赏赐给她愿意赏赐的任何人;但是,她对我必须顺从,这是居于第一位的!卡克,"董贝先生说,他注意调整自己刚才那种罕见的情绪冲动的样子,尽量恢复平时习惯的那种表明自己是位大人物的高傲神态,"请你务必不要遗漏或忽略这一点,你一定要把它看作是我派你去完成的使命中一个非常重要的部分。"

卡克先生俯首听命,并从桌子旁站起来,一只手摸着光滑的下巴,在壁炉前面站着动脑筋思索,他的目光俯视着董贝先生,那副邪恶、狡诈的样子活像是某种雕刻作品中的猴子,半似人类半似兽类,与旧建筑房顶喷水嘴上那个目光斜视的人面像也很相似。董贝先生逐渐恢复了平时的矜持态度,也许是他想到自己地位崇高而冷静下来,不再激动,他的坐姿一点一点地又变得僵硬起来,眼睛看着笼中鹦鹉在那只像一枚特大结婚戒指似的圆环上,来回转圈儿玩。

"请原谅,"卡克沉默片刻后,突然回到自己的座位,并把它拉到董贝先生的正对面,"不过你要让我明白。董贝太太是否意识到你可能会把我当做传声筒、派我去向她转达你对她的不满?"

"是的,"董贝先生说,"我这样说过。"

"说过,"卡克很快就接下去,"可是,为什么呢?"

"为什么!"董贝先生重复了一遍,但从声音中可以听出,这么说时他不无犹豫,"就因为我对她这样说了。"

"唉,"卡克回答,"但是你为什么要告诉她呢?你知道,"他微笑一下又接着说,说时轻轻地把自己那只柔软得像天鹅绒似的手放在董贝先生的胳臂上,就像一只肉掌中暗藏着锐利爪子的猫一样,"如果我完整准确地明白了你的思想,我可能会对你更加有用,并且有幸能更加有效地完成你交给我的任务。我想我已经明白了。看来博得董贝太太好感的这种荣幸,我是没有份的了。处在我的地位,像我这种身份的人本来就没有理由妄想这样的好事;但是,我要确认事实,我不能博得她的好感,是吧?"

"也许不能。"董贝先生说。

"总而言之,"卡克接着说,"你通过我向董贝太太转达的信息,在这位夫人看来,肯定是特别让她厌恶的,对不对?"

"在我看来,"董贝先生说,他的态度在骄傲和矜持中,带有几分困窘,"董贝太太对这件事的看法,对于你我对这件事的看法没有什么影响,起不了什么作用,卡克。不过,你刚才所说可能是对的。"

"还有,请原谅,不知道我有没有误解你的意思,"卡克说,"我想你这样做的时候,同时还可能想借此杀一杀董贝太太的傲气——我用这个词儿是想说,骄傲这种品质,只要运用适度,对于像董贝太太这样一位美丽非凡、才艺出众的夫人来说,本来可以把她装饰得更美丽、更优雅——不是想惩罚她,而是想使她顺从你,把她控制在你十分自然和正当地想控制的范围之内,对不对?"

"卡克,你是知道我的,"董贝先生说,"我对于自己认为应该采取的任何行动,从来不习惯讲出什么细致的理由,不过你刚才所讲的,我倒并不打算加以反驳。如果你对此持有反对的看法,那就是另外一回事了,你只要说出来就够了。不过,我要说,我并不认为我信任你、把涉及私密的任务交给你去办,就可能会降低你的身份……"

"噢!替你办事!"卡克喊道,"还会降低我的身份!"

"或者说,"董贝先生接着他的话头,"把你放在一个尴尬的地位。"

"把我放在一个尴尬的地位!"卡克喊道,"得到你的信任,去执行你的嘱托,我骄傲,我快乐还来不及呢。我承认,本来我希望匍匐在这位夫人的脚下,奉献我的忠诚服务,因为她不是你的夫人吗!我本来不想给她对我的反感增添新的理由;但是,你的意愿当然至高无上,比世上任何的考虑更加重要。再说,等到将来董贝太太改变了她在判断上的小小的错误(我敢说,出现这种判断错误是偶然的,她的地位的改变使她觉得新奇,一时无所适从)的时候,我希望,她能感受到我在其中所起的微小的作用,为了一丁点儿(我疏远、低下、与她迥然不同的地位,也只能有这一丁点儿)对你的尊敬,我甘愿放弃一切考虑,为你作出牺牲;到那时,对你的尊敬、甘愿为你作出牺牲,将成为她与日俱增的快乐之源和特殊荣幸。"

这一刻,董贝先生似乎重新看见她伸手指着门口,透过他亲信的甜言蜜语,似乎重新听见她说话的回声,"从现在起,任何事情也不能使我们俩更加疏远、形同陌路了!"但是,他抛开了这个幻觉,却并不抛开他的坚强决心,说,"这是当然,毫无疑问。"

"没有别的吩咐了吧?"卡克说时随手把椅子拖到原来的地方(直到那时,那顿早餐他俩几乎还没有吃呢),卡克在坐下以前,站着等待他老板的回答。

"没有了,"董贝先生说,"除非是,卡克,请你注意这一点,那就是:我托你转达或可能转达给董贝太太的话是不容许有答复的。请你不要给我带回任何答复。把我的话转达给她决不能变成我与她之间在某个问题上还有妥协、商量的余地,我的话就是最后结论。"

卡克先生表示他已经明白了交付给他的使命,于是两人就根据各自的胃口开始吃早餐。磨工罗布在适当时间重新出现,他的眼睛一眨不眨地始终盯住他的恩主,在伺候吃饭的整个过程中,他一直心怀崇敬和恐惧,像是在做梦。吃完早餐,董贝先生的坐骑已按照命令牵了出来,卡克先生也骑上自己的马,两人一起骑马向伦敦城里进发。

卡克先生情绪好得很,一路上不断说话。董贝先生听时显得派头十足,摆出一副高高在上倾听下级汇报的样子,偶尔也会屈尊俯就,说上一句半句,使谈话得以进行下去。两人充分保持各自的个性特点,一同骑马前行。董贝先生骑姿庄严,马镫长长的,缰绳松松的,眼睛总是朝前面看,几乎从不垂顾一下马蹄踩过的道路。其结果是,他的坐骑在一阵小跑时被地下零散的石块绊倒,把他摔下马来,马儿在他身上滚过,在它挣扎着想站立起来时,它那包着金属的马蹄又在他身上乱踩乱踢。

卡克先生眼快、手稳,是位好骑手,见状立即跳下马来,只是一眨眼的工夫就抓住马勒,把挣扎着想站立的马拉了起来。否则的话,那天早晨老板对他讲的知心话就将成为董贝先生的临终遗言了。在这一阵匆忙行动后,他没等脸上的红晕消退,他就俯下身去,露出全部牙齿,对倒在地上的老板轻声低语,"要是让董贝太太知道,那我现在真的给她提供了反对我的正当理由!"

董贝先生头上、脸上都在流血,一时失去知觉,卡克先生找来了在附近干活的几名修路工,并指挥他们把董贝先生抬到最近的一家小客栈。他马上派人去请医生,几名外科医生从各个方向陆续到达,他们来得真快,就像是具有神奇本能的秃鹰,只要有骆驼死在沙漠里,它们就会立即围拢上来。医生们费了点工夫才使伤者清醒过来,接着这几位绅士对伤情作出各自的诊断。住在附近的那位外科医生坚持认为董贝先生的腿伤是有创骨折,小客栈的主人也持有相同见解。但是,另外两位住在远处、偶然来到此地的外科医生极其公正无私地说出完全不同的意见,结果大家达成共识:病人的外伤虽然严重,但是除了一根小小的肋骨受伤以外,总体上说,还没有伤到骨头,趁着天还没有黑,尽可以小心翼翼地把他送回家去。病人的伤口经过处理、敷上药、系上绷带,花了很长时间,完毕后让他躺着休息。卡克先生重新骑上马,进城去把董贝先生受伤的消息通知他的家人。

卡克先生的那张脸轮廓俊秀、五官端正,本来是够漂亮的,可是在他表现得最好的时候,仍不免显出狡猾、残酷的样子,此时他赶去报信时,正是他表现得最糟的时候。脑子里狡猾和残酷的想法使他变得生气勃勃;他所想的,与其说是某种计划或设计,倒不如说是他对在遥远的将来可能会发生的事的暗示,此刻他骑在马上神气十足,仿佛街上的男男女女都是他猎取的对象。最后他行进到行人稠密的地区,便勒住缰绳,放慢速度,让他那匹四腿皆白的马像平常一样择路而行,他又把自己隐藏在雅致、沉静、谦卑的虚假外衣下,尽量向人露出他那象牙般润泽的微笑。

他直接骑马来到董贝先生的住宅,在大门口下了马,对仆人说,他有重要的事,要求拜见董贝太太。仆人把他领进董贝先生使用的房间,去替他通报;那名仆人很快就回来了,告诉他说,现在不是董贝太太会客的时间,这一点刚才没有对他讲清楚,非常抱歉。

卡克先生对自己会遭到冷遇早有思想准备,于是他立刻写了一张便条,上面写道:他务必不揣冒昧请求她的接见,要是没有充足而正当的理由,他决不会如此冒失,会第二次(还在这几个字下面画了横线)提出这种请求。董贝太太故意延迟了一会儿,才派女仆下楼来把他领到楼上的晨间起居室①,他看见董贝太太和弗洛伦斯在一起。

以前他没有想到伊迪丝竟然如此美丽,比他想象中的更要美上一倍还要多。尽管他从来就对她面容和身材的美丽、高贵无比艳羡,她的形象鲜明地镌刻在他充满色欲的记忆里,但此刻亲眼所见的她,仍然比他心目中向往的她更要美上一倍还要多。

她骄傲的目光投向走到门口的他;但此时的他却因获得新的权力,正带着压抑不住的洋洋得意,在看弗洛伦斯(尽管从外表上看来,他只是在进门时低了一下头);他看见弗洛伦斯垂下了目光,一副畏缩的样子,而伊迪丝则半挪起身子来接待他,心里不禁充满胜利的喜悦。

他表示非常抱歉,他说他深深地感到伤心;他简直无法形容自己此刻勉为其难的心情,他请求她作好心理准备,听取他带来的关于一次小小的意外事故的不幸消息。他请求董贝太太务必镇静。他以名誉起誓,请她不必惊慌。只是,董贝先生……

弗洛伦斯突然哭了起来。他的目光不朝她看,只盯着伊迪丝。伊迪丝安慰弗洛伦斯,让她不要担心。她自己可没有发出悲痛的哭声。没有,没有。

董贝先生骑马时发生了意外事故。他的马滑倒了,把他摔了下来。

弗洛伦斯的情绪失去控制,绝望地喊道:他一定是受了重伤;他死啦!

没有。他以名誉发誓,尽管董贝先生起初时确实晕了过去,但很快就清醒过来,虽然受了伤,但没有任何危险。要是他讲的不是

---

① 晨间起居室,豪门巨宅上午用于沐浴阳光的起居室。

真话,他这个不识相的闯入者绝对不会有面对董贝太太的勇气。他向她庄严地保证,他讲的确确实实是真话。

他这些话似乎都是对伊迪丝说的,而不是对弗洛伦斯说的,他的目光、他的微笑都牢牢地黏在伊迪丝身上。

他接着又告诉她董贝先生现在躺在什么地方,请求她派出一辆马车供他使用,去把董贝先生接回家来。

"妈妈,"满面泪痕的弗洛伦斯声音颤抖地说,"要是我能不顾一切地前去接他该有多好!"

卡克先生眼睛虽然一直盯在伊迪丝身上,但弗洛伦斯的这句话他听到了,他悄悄地向她递过去一个眼神,还对她轻轻地摇了摇头。他看见弗洛伦斯最终用她那双美丽的眼睛向他表示听话以前,她内心里经过激烈的斗争,是他逼迫她作出了这样的回答。他的眼神中包含有这样的意义:如果弗洛伦斯不听从他悄悄地示意,坚持要去,那么他就不得不把话说出口,那样的话,就必然会使她心碎,幸亏她知趣、识相。当伊迪丝挪开目光看着别处后,他就以当天早晨看美人像时的眼神,饱餐活生生的画中人的秀色。

"我还奉命,"他说,"要通知那位新来的管家——我想,她姓皮普钦吧……"

他什么都知道。他从老板请来新管家这件事上,立即看出:这是董贝先生对自己的妻子表示冷落的又一个举措。

"要通知新来的管家,把床铺准备好,董贝先生想要把床铺在楼下他专用的那套房间里,因为他更喜欢那套房间。我立刻就要重新回到董贝先生身边去了。为了让他感觉舒适,已经采取了一切必要的措施,我也不用再劝你放心了,夫人,他就是唯一的保护对象,我们可能想得到的每一项措施都是为他而采取的。让我再说一遍,根本不存在任何一小点担心的理由。甚至是你,也尽管放心,请你相信我。"

出门时他做足了功夫,以十分恭敬和一副讨好的样子向她鞠躬,他回到董贝先生的房间,在那里安排好派马车随他进城的事后,便骑上他那匹马,缓缓地往前骑。一路上他都在想心事,到了马车房他还在想心事,等到坐上马车前往安置董贝先生的小客栈时,他在马车里仍一直在想心事。只有当他又坐在老板身边时,他才恢复了常态,又意识到了自己那副又白又亮的牙齿。

大约到了傍晚时分,饱受身体和精神痛苦的董贝先生才被人抬进了他家马车的车厢,他一边的身子底下垫了斗篷和枕头,另一边身子就由他的亲信卡克一直抱持着。由于他受不了颠簸,人们在抱他进马车时,每次只敢挪动不到一英尺距离;因此,直到天色完全黑了时,他才被人送回家。为人既阴沉又尖酸刻薄的皮普钦太太,当然不会忘记对人宣讲秘鲁矿井,她把这看作是董贝府上上下下都应该知道的事件;这时候她来到大门口迎接主人,在仆人们把受伤的主人抬进房间的过程中,为了振作他们的精神,皮普钦太太时不时地给他们洒上几滴语言的酸醋。卡克先生一直在老板身边伺候着,直到他安安稳稳地躺在床上为止。董贝先生除了主持家政管理的那位出色的罗刹女之外,拒绝接见任何女性,于是卡克先生又一次求见董贝太太,向她汇报她丈夫的情况。

他再一次看到伊迪丝单独和弗洛伦斯在一起,他再一次对伊迪丝讲了一大堆安慰的话,故意装成似乎真的以为她因丈夫受伤而焦虑不安、痛不欲生的样子。女主人的真挚同情实在令他肃然起敬,以致告辞时,他竟敢大胆地(这时他又对弗洛伦斯投以一瞥)俯下身子、捧起伊迪丝的手来,用他的嘴唇亲了一下。

尽管伊迪丝气得双颊通红,眼睛冒火,全身都快气炸了,但她并没有把手抽回来,更没有伸手在那张漂亮的脸蛋上扇他个耳光。但是,当她独自一人回到自己的卧室后,把被卡克吻过的手朝大理石的壁炉架上猛然一击,虽然只打了一下,她的手就破了,流血了;

她把正在流血的手举向燃烧得正旺的炉火,似乎她恨不得能把手伸进去,烧成灰烬。

夜已深沉,她仍独自在变萎了的炉火旁坐着,那时的她,美丽得阴沉而可怕,她的目光盯着隐隐出现在墙上的阴影,似乎那投射在墙上的是她的有形的思想。伤害和凌辱、未来可能发生的事情的黑暗预兆,不管它们以什么模样出现,但她总会看见一个隐约可见的、巨人般的身影出现在她眼前,那个可憎的身影正率领着这些黑暗势力来与她作对。而那个身影正是她丈夫的身影。

第四十三章　夜间守护

弗洛伦斯早就从迷梦中醒来,她满怀悲伤眼看着她父亲与伊迪丝之间的关系越来越疏远,知道他俩之间的痛苦正在日益加深。随着她对他俩关系的真实情况的了解与日俱增,她心头的爱和希望也不断蒙上一层层新的阴影,她那旧时的忧伤只是沉睡了片刻,这时又被唤醒,甚至变得比以前更加沉重,更加不堪负担。

这样的生活真是痛苦难捱——其中的况味只有弗洛伦斯一个人知道!本性真挚、热诚的她,心中真实自然的爱变成了死一般的苦恼;轻蔑的忽视、粗暴的排斥取代了她理应得到的最温柔的爱护、最亲切的关怀。她从来没有体验过自己的爱得到一丝一毫回应的那种幸福感,她内心深处的感受真是痛苦难捱。但是,还有令她更加难堪得多的事呢,那就是:现实生活还逼迫着她,必须在她父亲与对她如此慈爱、如此亲近的伊迪丝之间作出选择,两个人里,只许她相信一个。他们俩都是她深爱的人,如今却要逼着她心怀恐惧、疑虑和迷惘,来回反复考虑应该如何抉择,真是情何以堪。

然而,弗洛伦斯现在已经开始这样做了;这是她那颗极其纯洁的心强加给自己的任务,她无法逃避。她眼看着父亲对伊迪丝如此冷酷无情,就像对待她一样;铁石心肠,固执僵硬,毫无商量的余地。她泪眼模糊地问自己:她的亲娘是不是由于受到这种待遇,感到不幸,日益憔悴,才过早离世的?接着她又会想,伊迪丝只对自己一个人好,而对待其他所有的人都非常骄傲,架子十足;她以十分轻蔑的态度对待董贝先生,把他拒之千里之外,在她回家的那天晚上,她说的叫什么话呀!很快弗洛伦斯就怀疑起自己来,她竟然爱上了一个反对她父亲的人,这几乎是一桩罪行呀,这件事她父亲明明知道,他独自待在房间里时准会这样琢磨她,把她看成一个不近人情的怪孩子,本来她自打出生以来,就从来没有得到过父爱,她为此不知哭过多少次,这一下倒好,她在旧错上又增添了新错!可是,接下去,当伊迪丝又对她讲一句亲切的话,又给她送来一个慈爱的眼神时,就会使她上述的想法发生动摇,使她觉得自己的想法太阴暗了,简直是忘恩负义,因为除了伊迪丝,还有谁曾抚慰过弗洛伦斯那颗寂寞至极、受伤至深的、低沉颓丧的心,使她重新快活起来?难道另外还有谁曾经给过她更多的爱护和怜惜?就这样,生性温柔的弗洛伦斯渴望着他们两个人的爱,同时也为他们两个人的失和而痛苦不堪,她在内心中悄悄地问自己:怎样才能同时对他们俩都尽到做女儿的责任。弗洛伦斯怀有更宽广的爱心,当她陪伴在伊迪丝身边时,她感到自己比以前独自把内心秘密隐藏在凄凉的邸宅(在那里,她美丽的妈妈的心事从来没有被人理解过)里时,要好受得多。

但是,还有一个比这沉重得多的不幸,是弗洛伦斯没有想到的。她从来丝毫也没有料想到:正是伊迪丝对她的柔情,使她与父亲的距离变得更加遥远,并给父亲对她的憎恶增添了新的理由。如果弗洛伦斯得知,由于这个原因,竟会导致如此严重的后果的话,这个充满爱心的女孩将会多么悲伤!将会作出多大的牺牲!她肯定会因此而迅速地悄悄来到那位更高的父亲(天父)面前,因为天父不会拒绝他的儿女们的爱,也不会摒弃他们经受过考验的破碎的心,上天明鉴一切!好在弗洛伦斯还没有想到这一层,这倒是件幸事。

现在,弗洛伦斯和伊迪丝在交谈时从不涉及这些话题。以前,伊迪丝早就说过,在这些话题上,她俩中间应该有一道界线,保持死一般的沉默:弗洛伦斯体会到伊迪丝这么说是正确的。

正是在这种状态下,她受伤的父亲被送回家,动弹不得,痛苦万分,郁闷地关在自己那几个房间里,只有仆人在伺候,伊迪丝都没有上他房间去看过他,他没有朋友没有伴侣,身边只有一个卡克先生,他的那位亲信一直待到接近夜半时分才离去。

"他可真是个妙不可言的伴儿呀,弗洛伊小姐,"苏珊·聂宝说,"噢,他是件宝货!如果他想要找人给他开一份品德鉴定书,他想找谁都行,可千万别来找我,我想对他说的就是这些话。"

"亲爱的苏珊,"弗洛伦斯劝她说,"不要这么说!"

"噢,弗洛伊小姐,说'不要'倒容易,"聂宝非常生气地说,"可是,对不起,我们真的已经到了这样倒霉的境地,让人全身都焦躁不安,血都快要向四面八方喷出去了。你别听错我的意思,弗洛伊小姐,我不是指你的后妈,她对待我的态度倒真像个贵夫人的样儿,虽然她高高在上,但我必须说,我对这一点倒没有特别的理由可以反对的。不过,如果说到皮普钦太太之流,让她那样的人把我们支使得团团转,而她却守护在你爸的门口,就像鳄鱼似的,谢天谢地,幸亏她那头鳄鱼下不了蛋!想到这里,我的气儿就不打一处儿来!"

"爸爸对反普钦太太的印象不错,苏珊,"弗洛伦斯说,"你知道的,他有权挑选管家。请你不要这么说了!"

"好吧,弗洛伊小姐,"聂宝说,"你不要我说,我从来都忍住性子不再说下去了,可是,小姐,皮普钦太太对待我就像没长熟的醋栗那么酸,甚至比那个更酸。"

那天晚上,苏珊说的话比平日更加果敢坚决,更加缺少标点符号,因为就在那天晚上,董贝先生刚被送回家来,弗洛伦斯就派她下楼去打听他的身体状况,使她不得不通过她不共戴天的仇敌皮普钦太太去传达小姐对父亲的关心。那位太太在董贝先生面前对这件事根本连提都没有提,她擅自做主跑回来以(聂宝小姐所谓)傲慢无礼的语言把她打发走。对此,苏珊·聂宝小姐解释为,这是受到秘鲁矿井事故惩罚的那个老货的放肆无礼,以及她对自己年轻女主人的蔑视,是不可饶恕的恶劣行径。正是由于这个缘故,苏珊的口气才特别果敢坚定。但是,自从家里的主人再婚后,苏珊心里的疑虑和戒备与日俱增;因为,就像具有她这种品性的大多数人一样,她对于与她身份不同的弗洛伦斯怀着一腔耿耿忠心,苏珊的妒忌心强得很,她妒忌的对象自然是伊迪丝,因为伊迪丝插到她们主仆两人中间来,使苏珊旧日的王国解体了。眼看她的小女主人有了她父亲那位美丽的妻子的陪伴和保护,已经从旧日受轻忽的地位提升到她应该占有的正常位置,苏珊·聂宝真诚地为她感到骄傲和快乐,然而,她却不甘心把自己的任何一部分疆域拱手让给那位美丽的太太而毫不抱怨、没有一丝敌意,她还为自己找到了正当理由,那就是:她敏锐地发现这位新夫人的性格既十分骄傲又充满激情。自从主人再婚以后,聂宝小姐必然会从舞台背景上稍稍后撤,从而使她更能从冷眼旁观中对家庭状况有了总体上的认识,她坚信董贝家的新夫人决不会有好结果,但是,苏珊在一切可以发表意见的场合,总是非常谨慎地表示:她实在没有任何理由说新夫人的坏话。

"苏珊,"一直坐在桌子旁边想心事的弗洛伦斯说,"时间已经很晚了。今天晚上我没有什么事情要你做的了。"

"啊,弗洛伊小姐!"聂宝回答说,"我敢肯定,我常常希望能回到从前的日子,那时候我陪着你一起坐到比现在还要晚,我困得不行早就打上了瞌睡,你却清醒得像眼镜似的明亮,不过你现在有你后娘来陪你坐着了,弗洛伊小姐,我敢肯定,她对你好我是心存感激的。我对她没有什么不满的话要说。"

"我不会忘记在我没有人答理的时候,谁是我的老朋友,"弗洛伦斯温柔地说,"永远不会忘记。"她抬起目光,伸出手臂搂住她这位微贱的朋友的脖子,把她的脸拉过来贴住自己的脸,吻她,祝她晚安;感动得聂宝小姐不但消了气,还忍不住啜泣起来。

"好了,我亲爱的弗洛伊小姐,"苏珊说,"让我再下楼去一趟,看看你爸爸怎么样了吧,我知道你一定在为他担心,你一定要让我再下楼去一趟,自己去敲他的房门。"

"不要,"弗洛伦斯说,"你去睡吧。明天早晨我们可以听到更多的消息。明天早晨我要自己去探视。我敢说,妈妈一定已经下去探视过了,"弗洛伦斯脸红了,因为她心里其实明明知道,不能抱有这样的希望,"也许她现在已经在爸爸房间里了。晚安!"

苏珊的心已经大大地变软了,因此她并没有就董贝太太此刻会不会在丈夫身边伺候他一事,发表她的个人看法,就悄然离去。房间里只剩下弗洛伦斯一个人了,她很快就双手抱头,痛哭起来,恰似往昔时光她常常会哭一样,她没有抑制自己,任凭眼泪流下她的面颊。家庭不和、不幸真令人伤心;她所怀抱的希望(如果可以称作希望的话),就是希望能获得父亲的爱,如今已经破灭了;她的心来回反复地为父亲和伊迪丝两个人而疑虑和恐惧;她天真纯洁的胸怀同时渴望他们俩的爱;如今她的希望和光明前景竟会落到这样的结果,留给她的唯有失望和遗憾;种种思绪堆满心头,使她的眼泪迅速地往下流。她的亲妈和弟弟都已逝去,她的父亲对她冷漠依旧,尽管伊迪丝爱她也被她所爱,但这位继母却反对和抗拒她的父亲,看来不管她把爱给予谁,她的爱似乎都难免枯萎、凋零。她很快就把这个懦弱的想法压了下去,但是这个想法正是从许多太真实、太强烈、根本无法把它们打消掉的想法中间产生的,这许多想法使那一夜特别凄凉。

一个形象在她反复思量时升起,其实它盘踞在她心头已经一整天了,那就是她父亲的形象,受伤、疼痛,独自躺在自己的房间里,那些本该和他最亲近的人却并不在他身边伺候,他只能痛苦、孤独地挨过那难熬的时光。一个可怕的想法(尽管早就已经出现过了)闪过她脑际,使她害怕得紧握双手,那就是:她的爸爸可能会死,再也看不见她、再也不能呼唤她的名字了,她吓得浑身发抖。由于极度焦虑不安,她有了一个想法,尽管她想一想就会颤抖,但她还是想再次偷偷地下楼去,冒险闯进他的房门。

她在自己的房间里仔细听。整座住宅都悄无声息,所有房间里的灯烛都已熄灭。她想,从前她曾经时常在夜间偷偷来到他的门口,那已经是好久、好久以前的事了!她努力回忆那一次的情景,她半夜里走进了他的房间,但他却把她送了出来,一直送到楼梯跟前!

她的心还是当年那颗童稚的、纯洁的心,甚至她那温柔、怯懦的目光和束成一簇的头发也和当年一样:如今弗洛伦斯早已长成一位蓓蕾初放的少女了,然而她在父亲面前仍然生疏得很,和童稚时一边谛听着、一边爬下楼梯去、走近他的房间时的她,竟没有什么不同。房子里没有任何动静。为了让空气流通,父亲的房门开着一道缝;房间里非常安静,她听见火在壁炉里燃烧的声音,以及钟在壁炉架上发出的滴答声。

她朝房间里看。房间里,女管家身上裹着一条毛毯、坐在壁炉前的安乐椅里睡得很熟。那间房和邻室之间有几扇门都半开着,门前挡着屏风,那里亮着一盏灯,可以照见他眠床的上楣。此时此地安静极了,她从父亲的呼吸声中可以听出他已经睡着了。这给了她勇气,要绕过屏风,看一看他的卧室。

等她真的看到父亲熟睡的脸时,她还是吓了一大跳,就好像她事先没有想到会看到那张脸似的。弗洛伦斯在那里站住了,即使他恰好这时醒来,她也决不会挪动半步。

他额头上有一处伤口,人们在处理伤口时弄湿了他的头发,纠结的头发落在枕头上,把枕头也沾湿了。一只缠着绷带的胳臂伸在床外,他的脸色非常苍白。弗洛伦斯在匆匆一瞥后,确信父亲睡得很安稳,便站在那里像是生了根一样,她立定的原因并不是由于她所看到的景象。事实上,父亲在她眼里所以会显得如此严肃、庄重,是因为另有完全不同的、更为重要的原因。

她从小到大看父亲的脸时,她总是看到——或者想象到——他脸上有一种见了她就心烦的样子。她从小到大看父亲的脸时,她总是希望落空、心往下沉,在他严峻、缺乏爱意、拒她于千里之外的苛刻表情面前,她只得垂下她那怯懦的目光。但是现在,她看着他时,却第一次看到那遮蔽在父女俩之间、使她的童年暗淡无光的乌云不存在了。万籁俱寂,只有夜的安宁与寂静。根据她在那里所看到的,她想,父亲可能是在为她祝福中入睡的。

醒来吧,严酷的父亲!现在就醒来吧,生性阴郁的人!时间在飞快地掠过;那个时刻正踩着愤怒、狂暴的脚步走来了。醒来吧!

他脸上的表情并没有改变;当她怀着敬畏的感情仔细观看父亲那静止不动的脸时,她想起了已经逝去的亲人们的脸。终有一天,父亲的脸也会和逝去的亲人们的脸一样,就连她(他常常哭泣的女儿)也终有一死,谁能说得定这件事会在什么时候发生呢!包围在他们身边的整个充满爱恨情仇、热情冷漠的世界也难逃同样的命运!但愿当那个时刻来临,父亲能够不觉得那么沉重,因为这正是她想要做的事情;做好了这件事,她心里也会感到轻松些。

她悄悄地移步向前,走到父亲的床旁边,她屏住呼吸,俯下身子,轻轻地亲吻父亲的脸,把自己的脸在父亲的脸旁边靠了一小会儿,尽管她不敢碰到他的身体,但她还是伸过一只手臂去抱住父亲的枕头。

醒来吧,难逃劫数的人,趁她还在身边。时间在飞快地掠过;那个时刻正踩着愤怒、狂暴的脚步走来了;它的脚已经走进屋里来了。醒来吧!

她在内心深处祈求上帝保佑她的父亲,要是可能的话,愿上帝使他对她温柔一些;假如他做不到,那也祈求上帝宽恕他的错误,并原谅她这似乎不够虔诚的祈祷。她做完了这一切,回过头去用模糊的泪眼再看看他,便胆怯地悄悄往回走,走出他的卧室,又穿过另一个房间,她离去了。

现在他可以继续睡了。趁他还能睡的时候,就继续睡吧。但是,当他觉醒时,让他寻找那身材苗条的人儿吧,当那个时刻来临,让他发现她就在自己身边吧!

当弗洛伦斯爬上楼梯,她心里充满悲伤。下过一次楼以后,她感觉这座悄无声息的房子变得更加阴沉、凄凉。在死寂的深夜里,她所观察到的睡眠,在她看来,同时具有死亡和生命的庄严。她自己默默作出的神秘举动使那一夜也变得神秘、寂静和沉重起来。要回自己卧室去睡觉吧,她觉得自己既不愿意,也做不到;于是她转身走进了那几间餐后休息室,烟云笼罩的月光照进百叶窗,从那里朝外望可以看到那空落落的街道。

令人郁闷的风正在刮着。街上的路灯显得脸色苍白,它们颤抖着,似乎被冻着了。远方天空中有一个既不明亮,又不完全黑暗的不知什么东西,闪烁了一下;夜在不安地颤抖,预示着灾祸即将来临,恰似死得很痛苦的病人在最后挣扎。弗洛伦斯记得,以前当她守护在病床前时,她也曾特别注意到这惨淡的一刻,感受到这一刻的影响力,她身上似乎潜藏着对它的天生的反感;现在这个时刻真是太郁闷、太郁闷了。

那天晚上,她的妈妈没有到她的房间里来,这正是她不上床睡觉、深更半夜还坐在那里的原因之一。除了通常的忧虑不安之外,她更渴望能找个人说说话,打破这种像是着了魔似的郁闷和寂静,于是弗洛伦斯的脚步便向她继母睡觉的房间走去。

房门没有从里面锁住,当她用犹豫不定的手轻轻地推了一下,门就开了。她惊奇地发现房间里灯火通明;更让她感到惊奇的是,当她朝里看时,看到她妈妈卸妆只卸到一半就坐在壁炉旁边,炉内的煤块都已燃过碎裂、灰烬从炉算子漏了下去。弗洛伦斯的目光凝视着眼前的空间,凝视着灯光,凝视着伊迪丝的脸、伊迪丝的身子、伊迪丝抓住椅子扶手似乎要突然蹦起来的样子,弗洛伦斯看到了伊迪丝剧烈、狂暴的激情,感到非常惊慌。

"妈妈!"她喊道,"出什么事啦?"

伊迪丝也吃了一惊,她朝弗洛伦斯望去,脸上露出一种十分奇特的、害怕的样子,使弗洛伦斯更加惊慌起来。

"妈妈!"弗洛伦斯说时急忙走近她的继母,"亲爱的妈妈!出什么事啦?"

"我觉得不舒服,"伊迪丝说,她身子在颤抖,继续以那种十分奇特的、害怕的样子望着弗洛伦斯,"宝贝,我做了个噩梦。"

"妈妈,可是你还没有上床呢?"

"没有,"她回答说,"依稀恍惚的梦。"

伊迪丝脸上的表情渐渐变得柔和起来;她让弗洛伦斯再靠近她一些,好让她拥抱着她,她态度十分温柔地说,"但是我可爱的小鸟为什么到这里来?我可爱的小鸟为什么到这里来?"

"今天晚上我没有看见你,妈妈,心里很不安,不知道爸爸受伤的情况怎么样;而我……"

说到这里,弗洛伦斯停住了,不再说下去。

"时间晚了吗?"伊迪丝问,她充满爱意地把弗洛伦斯几绺落到她脸上,并和她的黑发纠缠在一起的头发轻轻地分了开来。

"很晚了。都快天亮了。"

"快天亮了!"她惊奇地重复道。

"亲爱的妈妈,你的手是怎么弄的?"弗洛伦斯问。

伊迪丝突然把手抽回来,过了片刻,又以刚才那种十分奇特的、害怕的样子望着她(似乎她拼命想要避开什么东西,内心在作剧烈的斗争);但是一会儿她说,"没什么,没什么,只是碰了一下。"接着她喊道,"我的弗洛伦斯!"她胸脯起伏,非常伤心地哭泣起来。

"妈妈!"弗洛伦斯喊道,"噢,请告诉我,妈妈,为了使我们能够快乐一些,我能做些什么,我应该怎么做?还能想想办法吗?"

"什么办法都没有。"她回答。

"你肯定是这样吗?难道永远也没办法可想了吗?尽管我俩之间有过默契,但是,如果我把我现在的想法说出来,"弗洛伦斯说,"你也不会责备我的,是不是?"

"没有用的,"她回答,"没有用的。我早就对你说过,宝贝,我做的是一场噩梦。什么办法也改变不了它,也阻挡不了它重新回来。"

"我听不懂。"弗洛伦斯说时盯着伊迪丝狂躁不安的脸,在她的注视下,那张脸又重新变得阴沉。

"我做了一场梦,"伊迪丝低声说,"梦里的骄傲对于'善'虽然无能为力,但对于'恶'却具有充分的力量;梦里的骄傲在许多个充满耻辱的岁月里,受尽损害,受尽伤痛,但从不退缩,除非退缩到它自身;梦里的骄傲使它的拥有者堕落,意识到深深的屈辱,永远也不能帮助它的拥有者大胆地对它愤恨,将它抛弃,或者对自己说,'再也不能这样下去了!'梦里的骄傲如果能得到正确的引导,也许还能有较好的结果,但是,如果加以误导,把它引向邪路,就像它的拥有者在所有其他方面一样,那么它的拥有者只能自轻自贱,厚颜无耻,走向毁灭。"

这时她既不看弗洛伦斯,也不对她说话,就像独自在房间里自言自语。

"我做了一场梦,"她说,"梦里的骄傲由于自我轻蔑而变得冷酷无情和麻木不仁;这种骄傲是多么不幸,多么无能,多么悲惨;它甚至踩着无精打采的脚步走上圣坛,屈服于人们习见的、古老习俗的指引——噢,母亲,噢,母亲!——尽管它实际上唾弃这一切;它宁愿一劳永逸地鄙弃它自己,那也比日复一日受某种新形式的折磨要好受些。卑贱而可怜的东西!"

现在,她的激情变得更加剧烈和狂暴,就像刚才弗洛伦斯进房间时所看到的那副样子。

"我做了一个梦,"她说,"梦里的骄傲第一次作出已经太迟的努力,想达到一个目的,但这个努力却被一只卑鄙下劣的脚踩在上面任意践踏,它只好转身看着他。我梦见它遭到一群狗的攻击、追逐、受了伤,佸是,它虽然已经陷入绝境却决不屈服;不,即使它想屈服也不可能;这只能促使它对他更加仇恨,起来反抗他,蔑视他!"

她的手把在她怀抱中颤抖的姑娘的手臂握得更紧,当她俯视姑娘那惊恐而困惑不解的脸时,她的情绪逐渐平静下来了。"噢,弗洛伦斯!"她说,"我想,我今天晚上近乎疯狂了!"说时她低下骄傲的头颅贴在姑娘的脖子上,并且又哭泣起来。

"不要离开我!和我靠得近些!除你以外,我对什么都不抱希望了!"这些话她说了几十遍。

她很快就变得更加平静,看到弗洛伦斯这么晚还不上床睡觉,还在流泪,她心里充满怜惜。天开始破晓,伊迪丝用双臂把弗洛伦斯抱在怀中,把她放到床上去睡觉,伊迪丝自己没有躺下,只是坐在姑娘的身旁,哄她快睡觉。

"因为你疲倦了,最亲爱的,而且不快乐,应该好好休息。"

"我今天晚上确实不快乐,亲爱的妈妈,"弗洛伦斯说,"但是你自己也和我一样疲倦和不快乐。"

"只要你躺在我身边,离我这么近,宝贝,我就不会不快乐了。"

她俩互相亲吻,弗洛伦斯实在困倦至极,渐渐睡去,睡得很安稳;但是当她合上自己正看着伊迪丝脸的那双眼睛时,想起了楼下父亲的脸,心里好难受,她的手不由自主地向伊迪丝伸过去,企图从她那里找到某种安慰;然而,即使是做这样一个动作,她也充满踌躇,就怕这是对父亲的背叛。于是,在睡梦中,她努力想使他俩能够和解,她要他俩知道,父亲和继母两个人她都爱,但是她无法做到这一点,于是她清醒时的悲伤变成了她梦境的一部分。

伊迪丝坐在她的身旁,俯视着她绯红脸颊上那哭湿了的黑色的睫毛,伊迪丝的目光温柔,充满怜悯,因为她知道实情。然而,伊迪丝的双眼中并没有睡意。随着天色破晓,她仍然清醒地坐在那里守望着弗洛伦斯,把姑娘平静的手握在自己的双掌中,有时当她俯视着姑娘睡得安稳的脸时,会悄声说,"和我靠得近些,弗洛伦斯,除你以外,我对什么都不抱希望了!"

第四十四章 离 别

苏珊·聂宝小姐今晨虽然没有跟着太阳一样早地起床,但她还是跟着白天一道起床了。这位年轻姑娘特别锐利的黑眼睛里,有一种严肃庄重的神情,这减却了几分活泼,并暗示着——这可不是那双眼睛的常态——它们有时可能是闭上的。与此同时,她的眼睛周围看起来还有些肿,似乎她整夜都在哭泣。可是,聂宝非但没有意志消沉,却是异乎寻常的生气勃勃、勇敢大胆,似乎她已经把全部力量凝聚起来,准备做出某件英雄业绩。这从她穿的衣服上也可以看得出来,今天她穿得比平常紧身和干净利落得多;她在屋子里走动时,脑袋偶然还会抽动一下,这有力地表明她已下定了决心。

总而言之,她已凝聚起一个志气高远的决心,它就是:闯到董贝先生面前,单独和这位绅士谈一谈。"我总是说要这么干,"那天早晨,她的脑袋抽动了好几下,并用威胁的语气对自己说,"现在我就要说到做到了!"

苏珊·聂宝以一种对她说来是异乎寻常的敏锐机智,敦促自己去完成这个孤注一掷的计划,中午以前,她一直在门厅、楼道里团团转,但是是找不到进行这次袭击的有利时机。她并没有因出师不利而挫了锐气,却相反从中受到了激励,鼓起了勇气,提升了警惕;快到傍晚时,她终于发现,她的天敌皮普钦太太借口说,为伺候病人她已经坐了一整夜,要回自己房间打个瞌睡,说完真走了。那时,董贝先生在他那张大沙发上躺着,身边一个伺候的人都没有。

聂宝抽动了一下——这回不光是抽动脑袋,而且是全身——便踮起脚尖走到董贝先生的房门口,敲了敲门。"进来!"董贝先生说。苏珊为了给自己鼓劲打气,全身又抽动了一下,便走进门去。

正望着炉火的董贝先生看见进门的是谁时,露出惊奇的样子,他用手臂撑住沙发,把自己的身子稍稍抬高一些。聂宝行了个屈膝礼向他请安。

"你要干什么?"董贝先生说。

"请原谅,先生,我想跟你谈一谈。"苏珊说。

只见董贝先生的嘴唇动了动,像是在重复这几个词儿,其实是这个年轻女仆的胆大妄为似乎使他惊奇得目瞪口呆,一时间说不出话来了。

"我一直在你家干活,先生,"苏珊·聂宝说,语速还像平时那样快,"我伺候我亲爱的年轻女主人弗洛伊小姐到现在已经有十二个年头了,就连她都说不清我是什么时候来的啦,当李切子大娘新来的时候我已经是这座房子里的老人了,我虽然不是米土撒莱姆①,可我也已经不是个抱在怀里的孩子了。"

董贝先生用胳膊把自己的身子支起来,眼睛看着她,对她这番仅限于说明事实的开场白,没有发表评论。

"世上决没有比我伺候的那一位年轻女主人更可亲可爱、更该受上帝赐福的年轻女士了,先生,"苏珊说,"我应当比有些人对她知道得多得多,因为她伤心的时候我看得见,她高兴的时候我也看得见(不过她高兴的时候可不多),她和弟弟在一起的时候我看见了,她孤孤单单的时候我也看见了,可是有些人却眼睛里一直看

---

① 米土撒莱姆,苏珊想说的是《圣经·旧约·创世记》中据说活了九百六十九岁的玛土撒拉,由于她文化水平低,没记准这个专名的读音、拼法。

不见她,这话我对有些人说过,我对所有的人都说过——我确实说了!"说到这里,这位黑眼珠姑娘抽动了一下脑袋,还轻轻地跺了跺脚,"弗洛伊小姐是活人里头最该受上帝赐福的最可亲可爱的天使,虽然我不是福克斯书里的殉道者①,先生可是把我撕成碎片我也要说这话,把我撕得越烂我要说得越起劲儿。"

董贝先生既惊奇又气愤,他这时的脸变得比从马上摔下来受伤时的脸更加苍白;他的眼睛盯住说话的人,看他的样子好像在诅咒自己的眼睛和耳朵在对他进行欺骗,因为他的所见所闻实在不像是真的。

"先生,弗洛伊小姐这么个人啊谁对待她也只会拿出真心来对她忠心耿耿,"苏珊接着说,"我对于自己伺候了她十二年也说不上有什么功劳,因为我爱她——是的,这话我对有些人说过我对所有的人都说过确实说了!"说到这里,黑眼珠姑娘又抽动一下脑袋,又轻轻地跺了跺脚,忍住了一声抽噎,"不过,既然我从来就拿真心对她,一直忠心耿耿地服侍她,那么我就有权把我的希望说出来,我马上就要说,不管它是对是错。"

"你这是什么意思,小娘儿们?"董贝先生对她怒目而视,"你怎么敢?"

"你问我什么意思吗,先生,我的意思就是不想冒犯你,而是想要恭恭敬敬地把话说出来,你问我怎么敢我自己也不知道,不过我还是说出来了!"苏珊说,"噢!你不理解我年轻的小姐,先生你真的不理解,如果你理解的话你就决不会对她理解得这么少了。"

董贝先生在盛怒下伸出手来摸绳索,想拉铃叫人;可是铃绳不在壁炉这一侧,在无人帮助的情况下,想爬起来走到壁炉的另一侧

---

① 福克斯书里的殉道者,指英国作家约翰·福克斯写的《殉道者传》(1563)中的人物。

去,他的体力还达不到。聂宝眼睛尖,立刻就看出了他的无可奈何,她日后回忆道,当时她真以为自己已经把他说服了呢。

"弗洛伊小姐,"苏珊·聂宝说,"是世上所有做女儿的里头最忠诚、最忍耐、最负责、最美丽的一个,世上没有哪一位绅士,没有,先生,即便是一位把全英国最伟大最有钱的绅士加在一起那么伟大和有钱的绅士也得、也应该,也不得不为她感到骄傲。要是那位绅士真正懂得了她的价值,那么他就会心甘情愿一点一滴地失去他的伟大、失去他的钱财,身穿破衣烂衫,挨门挨户乞讨,也不愿给她那颗温柔的心带来悲伤,使她受到折磨,就像我在这座房子里亲眼看到的那样!"说到这里,苏珊·聂宝泪流满面,号啕大哭起来,"这话我对有些人说过我对所有的人都说过,终有一天那位绅士一定会这样做的!"

"小娘儿们,"董贝先生喊道,"出去。"

"请你原谅,先生,即便要开除我,我也得说,"无比坚定的聂宝回答道,"我在这儿干了很多年活,见识了很多的事——我希望你的心肠别那么狠,真的会为了我这几句话就把我从弗洛伊小姐身边打发走——我怎么着也得把剩下的话都说完才走,我也许不是个印度寡妇①先生我不是也不想是,可是我一旦下定了决心就不怕被人活活烧死,死也得说!我已经下定了决心说下去。"

不必听完她的话,只要看一看苏珊·聂宝脸上的表情,就能清清楚楚地知道她确实决心已定。

"在你手底下替你干活的人里头,先生,"黑眼珠姑娘接着说,"就数我最最怕你了,要是我壮着胆子不顾一切地对你说我已经盘算过好几百遍了想对你说这番话但总是下不定决心,直到昨天

---

① 印度旧时陋习,丈夫死后,其寡妇要被扔在焚尸柴堆上烧死,此陋习于1829年被英国殖民当局明令禁止。

晚上我才豁出去了,昨天晚上我才最终下定决心,你就该知道我对你说的句句是真话。"

董贝先生勃然大怒,又一次伸手摸索不在他那一侧的铃绳,既然摸不着,他一时情急,竟拽住了自己的头发,也算聊胜于无。

"我看见,"苏珊·聂宝说,"弗洛伊小姐从小就是个可爱的、好脾气的女孩儿,世上最出色的成年女人都应该以她为榜样,她从小时候起就努力又努力,我看见她连续好多天,一坐就坐到深更半夜,帮助她身体娇弱的弟弟学习功课,我还看见她在别的时候帮助他、爱护他——有人知道得很清楚那是在什么时候——我看见她在一无鼓励和帮助的情况下,终于长成了一位端庄的小姐,感谢上帝!每次她出现在人们面前,她都是最优雅最值得骄傲的一个,我总是看见她狠心地遭到忽视,而她又是个非常敏感的人——这话我对有些人说过我对所有的人都说过了!——但她从来没有说过一句怨言,只是命令自己对待尊长要谦卑要恭敬,其实她的尊长也是人,又不是雕刻偶像①需要人对它跪拜的,这话我要说,我必须说!"

"这里有人吗?"董贝先生喊了起来,"男佣人到哪儿去了?女佣人到哪儿去了?这里怎么一个人都没有?"

"昨天夜里我离开我那亲爱的小姐时已经很晚了,可是她还没有上床睡觉,"苏珊说,什么也挡不住她了,"我知道为什么,因为你受伤了,先生,而她不知道你伤势究竟怎么样,这就够她发愁的了,我看她确实愁坏了。也许我不是尾巴翎毛上长着许多只眼睛的孔雀;不过我也长着两只呢——我就在自己房间里坐了一会儿,心想她这么孤单寂寞可能会喊我,我看见她悄悄地下楼去走到

---

① 参看《圣经·旧约·出埃及记》第20章第4、第5节:"不可为自己雕刻偶像……不可跪拜那些像。"

这间房的门口就好像探视一下她的亲爸倒成了一桩罪孽似的,后来她又悄悄地走回楼上走进那几间荒凉的休息室,在里面哭,哭得那么伤心,我实在不忍心再听下去了。我实在不忍心再听下去了,"苏珊·聂宝说时擦掉她那乌黑的眼珠上的泪水,毫无惧色地注视着董贝先生那张怒不可遏的脸孔,"她伤心哭泣,我又不是第一次听见,我听见过好多好多次,当你一点儿都不理解自己的亲生女儿的时候,先生,你根本不知道自己在做什么,先生,这话我对有些人说过我对所有的人都说了,"说到这里,苏珊·聂宝哭了,情绪终于得到宣泄,"这是可耻的犯罪!"

"啊唷喂乖乖!"响起了皮普钦太太的声音,那位穿黑色邦巴辛毛葛服装的可爱女士、秘鲁矿主的未亡人昂首阔步冲进了房间,"究竟出什么事啦?"

苏珊把这个问题留给董贝先生来回答,只是意味深长地瞪了皮普钦太太一眼,这个眼神是自从她俩初次结识时,她就特意发明出来专门对付这位老怪的。

"出什么事啦?"董贝先生说时气得几乎口吐白沫,"出什么事啦,夫人?你是这里的管家,负有把这个家管得井井有条的责任,倒真该这么问一问。你知道这个小娘儿们吗?"

"我知道她没有一点可取之处,先生,"皮普钦太太的说话声像乌鸦呱呱叫,"贱货,你怎么敢到这里来?快滚出去!"

但是,百折不挠的聂宝却纹丝不动,只是意味深长地又瞪了皮普钦太太一眼。

"你还能说自己是在管理这个家吗,夫人,"董贝先生说,"竟然会随便让这么一个人闯进房间教训起我来了!一位绅士——在自己的家里——在自己的房间里——竟然会受到女佣人的无礼攻击!"

"啊,先生,"皮普钦太太回答,她那对灰色眼珠里充满复仇的怒火,"我对此感到极为遗憾;再也没有比这更不正常的事了;再也没有比这更无礼、更违规出格的事了;但是我必须遗憾地说,先生,这个小娘儿们是没法管得住的。她早已被董贝小姐娇宠坏了,谁的话她都不听。你明明知道,就是不听,"皮普钦太太的口气十分尖刻,说时还对苏珊·聂宝直摇脑袋,"真不害臊,你这贱货!你快给我滚出去!"

"如果你发现你手底下的人不服从指挥,皮普钦太太,"董贝先生说时转过身子面对炉火,"我想,你应该懂得怎样处置这种人。你知道自己在这里负有什么责任吗?把她带走!"

"先生,我知道该怎么办,"皮普钦太太说,"当然会这么办。苏珊·聂宝,"她突然对苏珊厉声喝道,"我通知你:从现在算起,限你一个月之内离开①。"

"噢,真的!"苏珊高傲地说。

"当然真的,"皮普钦太太回答,"你还别跟我嬉皮笑脸,小贱人,不然的话我就要你说一说你怎么还能笑得出来!你一分钟也不许耽搁,马上就走!"

"你尽管放心,我正想马上就走呢,"聂宝说话滔滔不绝,"我在这座大宅里伺候我那位年轻小姐已经有十二个年头了,现在却要我接受一个叫皮普钦的什么人对我发号施令,那我就连一个钟头都不愿意待,你相信好啦,皮太太。"

"正好把垃圾清除出去!"老太太怒气冲冲地说,"你快滚,不然的话,我就要派人把你架出去了!"

"我感到安慰的是,"苏珊回头看了看董贝先生说,"今天我已经把真话说出了一丁点儿,这些话我早就该说了,真话不管说多少

---

① 当时(公元1848年)英国已是一个法治程度较高的国家,雇主解雇员工必须提前一个月给本人发通知。

遍也不嫌太多,真话不管说多么清楚也不嫌太直白,不管有多少个皮普钦——我希望像她那种人越少越好。"(听到这里,皮普钦太太发出极为尖厉的呼喊"你快滚!"聂宝小姐又瞪了那老怪一眼。)"也没有办法把我说出的话取消掉,就算她向我发警告从早上十点钟喊起一直喊到晚上十二点钟喊它一整年也做不到,结果喊得她精疲力竭地死掉,她的死就成了一个狂欢佳节!"

说完这番话,聂宝小姐抢在她死敌的前头走出房间;她威风凛凛地上了楼,怒不可遏的皮普钦太太差点儿被她活活气死。聂宝走进自己的卧室后,就坐在她那堆箱子中间大哭。

听到皮普钦太太来到她的门外,这好像给她吃了补药打了强心针,她立刻克服软弱的情绪,霍地站了起来。

"你这不要脸的母狗,"凶猛可怕的皮普钦太太说,"你是接受解雇通知还是不接受?"

聂宝小姐在房间里回答说,她所形容的那条不要脸的母狗不住在大宅子的这个部分,那条不要脸的母狗名叫皮普钦,到女管家的房间去找,就能把她找到。

"你这个下贱的娼妇!"皮普钦太太的声音喋喋不休地在房间扶手的位置上响起,"你马上给我滚,拖延一分钟都不行。马上收拾好你的东西!你怎么敢对一位曾经过过好日子的上等女人说这种话?"

聂宝小姐在自己的城堡里对她反唇相讥说,如果好日子看到过皮普钦,那么那些好日子也实在太可怜了;在她看来,一年里最糟的日子就快找上你这目标了,就算这样,也对你这老货太客气了呢。

"你也不用费大劲在我门口发出这么讨厌的声音,"苏珊·聂宝说,"也别用你那只贼眼弄脏了我的锁孔,我正在收拾行李准备走,这就是你所要的宣誓书,你可以把它拿走。"

老寡妇听到这个消息表示十分高兴,接着她又对年轻贱娼这一类人发表了某些一般性的评论,尤其是受到董贝小姐娇宠的那个贱娼更是一无是处,说完她就离开,去给聂宝结算工钱了。于是苏珊就催促自己整理箱子,以便能够走得快,走得有尊严;想起了弗洛伦斯,她一面整理箱子,一面不断地伤心哭泣。

她为之伤心哭泣的那个人儿很快就来找她了,因为一个消息迅速传遍了整座大宅,说是苏珊·聂宝和皮普钦太太吵得不可开交,她俩都跑去向董贝先生告状,就在董贝先生房间里,发生了一场前所未有的吵闹,结果是苏珊要卷铺盖走人了。尽管众说纷纭,但弗洛伦斯发现这个传言的后一部分是正确的,因为当她走进苏珊的房间,她看见苏珊已经锁上了她最后一只箱子,现在正坐在箱子上,就连她那顶女帽也已经戴在头上了。

"苏珊!"弗洛伦斯喊道,"准备离开我!你?"

"噢,看在老天的分儿上,弗洛伊小姐,"苏珊啜泣着说,"你可千万别和我说话,一句话也别说,否则的话就会让皮普钦之流看我的笑话,让我大丢面子了,我可死都不能让皮普钦这些人看到我哭!"

"苏珊!"弗洛伦斯说,"我亲爱的好姑娘,我的老朋友!没有了你我该怎么办!你能忍下心来就这样走了吗?"

"不——不——不——不,我的心肝宝贝弗洛伊小姐,我真的不忍心,"苏珊啜泣着说,"不过实在没有办法,我尽到了责任,小姐,我确实尽到了。这不是我的错。我已经十分委曲求全的了。我不能待我那一个月,否则的话我就死也离不开你了;像这样倒好,我的宝贝和我一定得善始善终,弗洛伊小姐,别和我说话,虽说我这个人很坚强,但我总不是一根大理石门柱呀,我亲爱的宝贝。"

"是怎么回事?究竟为了什么?"弗洛伦斯说,"你不能告诉我吗?"苏珊连连摇头。

"不——不——不,宝贝,"苏珊说,"别问我,因为我决不能说,你干什么都行可千万别说要留下我的话,一句也不能说,因为你说了也没用只会让自己受委屈,上帝保佑你,我的亲宝贝,在这十多年里我如果干了什么错事,发了不该发的脾气,就请你原谅我吧!"

发出这句真诚、恳切的话语后,苏珊就伸出双臂,把她的小主人紧紧抱在怀里。

"宝贝,能上这儿来服侍你、乐意上这儿来服侍你、能把你伺候得真正好的人多的是,"苏珊说,"可是,没有谁会像我一样掏出真心来服侍你,没有谁爱你会赶得上我爱你的一半深,想起这一点,我心里就觉得安慰。再见了,我的宝贝弗洛伊小姐!"

"你上哪儿去呢,苏珊?"她的女主人啜泣着问。

"我有一个哥哥住在乡下,小姐,在艾塞克斯郡务农,"心碎了的聂宝告诉她,"养了许多头奶牛和肥猪,我准备乘坐公共马车去投奔他,你不用为我担心,宝贝,我在银行里存着钱呢,一时半会儿还不急着去找别家的活儿干,这我可做不到、做不到、做不到,我整个心里只有我自己的小女主人!"苏珊说完这些话,再也抑制不住心里的伤痛,刚要宣泄出来时,恰好听到皮普钦太太在楼下说话;苏珊一听见那老怪的声音,便立刻擦干自己红肿的双眼,装出一副得意洋洋的样子请陶林生替她找辆车来,还要请他帮忙把她那几只箱子搬下楼,她这一番表演看着真令人替她难过。

弗洛伦斯心情慌乱,脸色苍白,愁绪满怀,她知道即使是在自己家里,她出面干涉也完全徒劳无益,她怕这样一来会造成父亲和继母之间新的矛盾(就在刚才,继母板起那充满愤慨的脸就是对她的无声警告),她还担心她可能早已不自觉地被卷进了这件事,她相处多年的女仆兼好友遭到解雇说不定还和自己有关呢。她只能一边哭一边跟着苏珊下楼,来到伊迪丝的更衣室,苏珊是来行个屈膝礼向伊迪丝告别的。

"喂,车来了,箱子也放好了,你快滚吧,滚!"正在这一时刻,皮普钦太太忽然冒了出来说,"请原谅,夫人,不过董贝先生的命令是必须坚决执行的。"

伊迪丝坐着,她的侍女正在给她梳头,——她正准备出门赴晚宴——她脸上仍是那副目中无人的神气,对周围的动静不屑一顾。

"这是你的工钱,"皮普钦太太说,她在执行规章制度时以及在回忆矿井生活时,有这样一个习惯,那就是要把手底下的人折磨得体无完肤,现在是仆人们倒霉,当年在布赖登寄宿幼儿园是那些年幼的寄宿生受苦;正是她的这一习惯爱好,引起毕瑟斯东少爷发出永恒的诅咒,"但愿愈早看见你背过身去走开愈好。"

苏珊此时心情实在太坏,就连给皮普钦太太一个专属于她的瞪视都没有兴致了;她向董贝太太行了个屈膝礼(伊迪丝只是稍一点头,她的眼睛谁也不看只看弗洛伦斯一个人),便用拥抱的方式向她的小女主人作最后的告别,她感受到了弗洛伦斯也在抱她向她告别。可怜的是,此时苏珊的那张脸实在太难办了,她既强烈地感受到离别的悲伤,又必须压抑住自己的哭泣,免得被人听见,给皮普钦太太带来胜利的喜悦,于是,她脸上那副表情真可以称得上是前所未见、叹为观止。

"对不起,小姐,我知道不该这个时候打扰你,"陶林生站在门口那几只箱子旁边对弗洛伦斯说,"不过,涂茨先生现在在客厅里,要我向你转达他的问候,还问第欧根尼和它的主人好不好。"

弗洛伦斯忽然灵机一动,立刻脚步轻盈地走出房间、跑下楼梯,来到涂茨先生面前。涂茨全身穿着十分漂亮、讲究,本来还在担心她未必肯来会见,见她真的来了时又激动得差一点憋过气去。

"噢,你好,董贝小姐,"涂茨先生说,"啊呀,天哪,怎么办呢!"

涂茨先生最后这几声感叹是因为他看到弗洛伦斯脸上极为痛苦的表情、引起他心里深深的同情而发的；他的一阵傻笑也为之中断，只剩下满脸的绝望。

"亲爱的涂茨先生，"弗洛伦斯说，"你为人如此诚实，对我如此友好，我确信可以拜托你替我办件事的。"

"董贝小姐，"涂茨先生回答，"只要你让我办一件事，你就会……你就会让我吃得下东西了。不瞒你说，"涂茨先生说时带几分感伤，"我已经有很长时间吃不下东西了。"

"苏珊是我的老朋友，是我认识时间最长的朋友了，"弗洛伦斯说，"她突然就要离开这里，而且是孤身一人，可怜的姑娘。她就要回家乡去了，她的家乡就在离城不太远的农村。我可不可以拜托你照顾照顾她、一直把她送上长途马车？"

"董贝小姐，"涂茨先生回答，"你把这件事交给我，是给了我光荣，是对我的仁慈。这证明了你仍然信任我，尽管我那次在布赖登的行为真像一只野兽……"

"是的，"弗洛伦斯急忙说，"不——别再想那次的事了。是不是可以请你——先出去？等她出门时，你可以准备好迎接她？我对你千恩万谢！你让我大大放心了。这样一来她就不会太孤单了。你无法想象我有多么感激你，而且也无法想象我有多么自信，我确信你就是我的好朋友！"弗洛伦斯态度极其认真地向他谢了又谢；而涂茨先生呢，他的态度也极其认真，就匆匆忙忙地走了——他是倒着退出房子的，因为他不肯浪费任何看她一眼的机会。

弗洛伦斯没有走出门去的勇气，她眼看着可怜的苏珊走到门厅，皮普钦太太正在驱赶她，而第欧根尼围着老太太乱蹦乱跳，猛咬她那件邦巴辛毛葛面料的裙子，把她吓得够呛，它一听见她说话的声音就会愤怒得狂吠不停，因为这位好太太正是第欧根尼牢记在心的、不共戴天的仇敌。弗洛伦斯看见苏珊和围绕在她身边的每一位仆人握手道别,又转过脸来最后望一眼她久居的这所老房子;她还看见第欧根尼冲出大门,跟在马车后面,想随她而去,想证实自己决不相信从此以后它就和坐在车里的人无权亲近了。大门关上了,刚才的一阵忙乱过去了,弗洛伦斯为失去老友眼泪直往下流,这位老友是没有一个人可以替代的。无人可以代替。无人可以代替。

涂茨先生真是一位忠诚可信的朋友,眨眼间就拦住了那辆单马双轮轻便车,把自己担负的使命向苏珊·聂宝说清楚,惹得苏珊哭得比刚才更伤心了。

"我以自己的灵魂和身体起誓!"涂茨先生说,他上了马车在苏珊身旁坐下了,"我对你深感同情。说句心里话,我确实能体会你的感情,甚至比你本人感受得更深。我能想象得到,必须离开董贝小姐会是一件多么可怕的事情。"

苏珊这会儿只顾得伤心哭泣了,看了她这副样子,真的谁都会感到心疼。

"我说呀,"涂茨先生说,"现在,不要!你知道,我的意思是至少现在要!"

"要什么,涂茨先生?"苏珊哭着问。

"啊,要随我到我家去,在你出发以前要吃些晚餐。"涂茨先生说。"我的厨师是一位值得尊敬的女人——是我见过的人里头最具有母爱天性的人——能把你照顾得舒服,她一定会很高兴的。她有个儿子,"涂茨先生说,像是在作补充介绍,"曾经在蓝衣学校①上过学,后来在炸药厂干活时给炸死了。"

苏珊接受了他的好心邀请,涂茨先生就把她带到自己家里,出

---

① 蓝衣学校,基督教慈幼学校,位于伦敦新门街。

来迎接他们的就是他刚才介绍过的那位母亲,她确实正如他所描绘的那样有一颗慈母心。除她以外,拳击教师斗鸡也迎了出来,乍一看见马车载来一位女士时,最初他还以为自己的徒弟终于听取了他一贯的谆谆教导,一拳揍弯了董贝先生的腰,把董贝小姐拐来了呢。这位绅士也让聂宝小姐真正大吃一惊,因为斗鸡在被拉基·波伊击败的那场拳击赛事中,他那副尊容被打成了一堆破烂,出门时谁见了都会害怕。据斗鸡本人解释,他所以会吃这大亏,是因为他很倒霉,在拳斗中早早地被对手夹住了脑袋,于是一号拉基狠狠地对他捶击,使他重重地摔倒在地。但是,根据公开出版的关于这次大赛的记录却是这样写的:拉基·波伊一开始就按自己的打法出击,打中了斗鸡的鼻子,封住了斗鸡的眼睛,拉基穷追不舍,拳头像雨点般密集,终于使斗鸡脚步踉跄,站立不住,发出尖叫。斗鸡继续受到了类似的奇妙打击,在一阵猛烈攻击下,比赛终于结束。

苏珊受到热情招待,吃到一顿美餐后,乘坐另一辆单马双轮车去驿车站。涂茨先生像刚才一样仍坐在她身旁,斗鸡坐赶车人座位,尽管他具有道德力量和英雄气概足以为这一行保驾护航,但他的外观实在太不像样,就拿那张脸来说吧,上面贴的膏药多得数都数不清。然而,斗鸡私下里发过誓,说他决不会离开涂茨先生(而涂茨私下里则渴望能摆脱他),他倒没有别的野心,只想有朝一日能弄到一家小酒店的招牌和固定设施,让他当上酒店行业的老板,这个心愿一旦实现,他就会立刻开怀畅饮,喝得醉死方休,他觉得把自己弄得不受欢迎、诸人回避,正是他发出的暗示呢。

苏珊搭乘的夜行驿车就要发车了。涂茨先生把她扶进车厢后,就站在车窗旁徘徊不去,心里有话想说又不敢开口,直到赶车人快要登上车顶时,他才踏上脚蹬板,把脸伸进车窗,在车灯的照耀下,可以看到他那张脸上的表情既慌张又充满渴望,他突然说:

"我说呀,苏珊!董贝小姐,你知道的……"

"说吧,先生。"

"你认为她有没有可能……你知道的……唉?"

"对不起,涂茨先生,"苏珊说,"不过我没听清你在说什么。"

"你认为她有没有可能,你知道的——不是说让她一下子,而是通过长时间——很长时间,你知道的——使她——使她——爱上我?好啦!"可怜的涂茨先生终于说出来了。

"噢天哪,不可能!"苏珊一边摇头一边回答,"我应该说,永远。永远……不可能!"

"谢谢你!"涂茨先生说,"这算不了什么。晚安,再见。这算不了什么,谢谢你!"

第四十五章 亲信代理人

那天伊迪丝独自外出,回家得很早。她乘坐的马车在她居住的那条街上辚辚而过时,才十点零几分。

她脸上还呈现出她穿装打扮时那种强装出来的沉着镇定;头上的花冠仍围绕在同一个冷峻而坚定的额头上。但是,你最好还是看她发脾气时用手把上面的花和叶全都剥下来掰成碎片,或者是看她那阵阵作痛、困惑迷乱的头脑在寻找安息之所时,一阵阵发作,用手把它揉得变了形,那也比装饰成表面的宁静要好。多么倔强,多么矜持,多么不屈不挠,你可以这么看,任何事物也不能使一个具有这种天性的女人的心软化,过去生活中的一切早已使那颗心变硬。

她到了自己的家门,正准备下车时,只见有一个人悄悄地从门厅来到马车前面,他没戴帽子,向她伸出了胳膊。仆人们都被他推到一旁去了,她别无选择,只能扶住他的胳膊下了车;这时她看清了那人是谁。

"你的病人怎么样,先生?"她问,鄙夷地一撇嘴。

"他好些了,"卡克回答,"他恢复得很好。我离开他让他晚上好好休息。"

她低头不语,正在往楼上走,他跟了过来,在楼梯底下说:

"夫人,我能不能请求您听我说几句话,只要一分钟?"

她停下脚步,转眼望他。"现在不是时候,先生,我累了。你有要紧事吗?"

"非常要紧,"卡克回答,"既然我有幸见到了您,我就得竭力请求。"

她朝楼下望了望,只看见他嘴里那副发亮的牙齿。他也仰视着她,她盛装华服,一派高贵的样子,正站在他的上面,他又一次想:她多么美丽呀。

"董贝小姐在哪儿?"她大声问仆人。

"小姐在晨间起居室,夫人。"

"领我上那儿去!"她再一次转身看一眼恭候在楼梯底下的那位绅士,并对他微微一点头,示意允许他跟来,然后她继续走路。

"请您原谅!夫人!董贝太太!"卡克先生喊道,他身段柔韧、脚步敏捷,一眨眼的工夫已来到她身边,"是不是能请您允许,不让董贝小姐在场?"

她飞快地与他对视了一下,但仍然态度沉着、坚定。

"我不希望董贝小姐,"卡克低声说,"听到我不得不说的话。至少,夫人,能不能让她听到,我要请您来决定。这件事我就指靠您了。这是我对您应尽的责任。在我俩上次谈话以后,如果我不这么做就是可耻的。"

她慢慢地把自己的目光从他脸上收回来,转身对仆人说,"换个别的房间。"仆人在前面引路,来到另一间会客室,动作麻利地把蜡烛点亮后,便离开他们俩。卡克留在房间里,一句话也没有说。伊迪丝在壁炉旁的一张躺椅上坐下来;卡克先生手里拿着帽子站在她面前不远处,眼睛一直往下盯着地毯。

"你先别说,先生,"房门一关上,伊迪丝就说,"我要你先听我说几句。"

"有幸聆听董贝太太对我讲话,"他回答,"即使是让我受到不该受到的责备,我也会引以为极大的荣幸,尽管我并不是在一切方面都是她的仆人,但我抱着最最乐意的心情服从她的愿望。"

"如果你是承担了你刚才离开的那个人的使命来的,先生,"卡克先生抬眼向她望,似乎想佯装出惊讶和意外,但是他的目光与她的目光相接,他即使想装也装不出来了,"想转告我什么话,那你就趁早打消这个念头,因为我不接受口信。我都不用问你是不是为此而来。我早就预料到你会来的。"

"到这里来传口信是我的不幸,"他回答,"这完全违背了我的意愿。请允许我说一句,我到这里来有两个目的。传口信是其中之一。"

"你这个使命,先生,"她说,"已经结束了。或者,如果你还要回过头来再提它的话……"

"难道董贝太太相信,"卡克先生说时往伊迪丝身边一点点地凑近,"在她当面发出禁令后,我还会回过头来再提它吗?难道董贝太太可能会看不到我的不幸处境,竟会存心冤枉我、坚持认为我和那位给我发指令的人是密不可分的吗?"

"先生,"伊迪丝说时情绪愈来愈激烈,她那愠怒的目光直盯着他,她骄傲的鼻孔和脖子都膨胀起来了,她的双肩洁白如雪,一件长袍松松地披在肩上,长袍上同样洁白如雪的柔毛也颤动起来,"你为什么要跑到我跟前来,正如你所做的,在我面前说起我对我丈夫的爱和责任,还假装出你以为我的婚姻很幸福、我对丈夫很尊敬的样子?你怎么如此大胆,竟敢当面羞辱我,你明明知道——就连我本人知道得也不比你更清楚,先生:从你每一个目光里都可以看得出来,从你每一句话里都可以听得出来——我们夫妇之间没有爱情,只有厌恶和蔑视,我看不起他,一点不亚于我看不起自己,因为我竟然会成为他的妻子!这是亵渎!你使我感觉到受折磨、你让我意识到被凌辱,如果我要惩罚你的话,我应该杀死你才对!"

她问他为什么要这样做。如果她还没有被骄傲、愤怒以及自我贬抑(当她以强烈的目光投射在他身上的一瞬间,她的确产生了自我贬抑之感)蒙蔽住眼睛,她应该看得清楚,那答案就在他脸上。他这样做的目的:正是要使她自己讲出来。

但她没有看出这一点,也不在乎他脸上有还是没有答案。她只看到她所受到的羞辱和她的内心搏斗,这是她不得不经受的,她不得不被它折磨得万分苦恼。她坐在那里,眼前所见的并不是卡克,而是充满着她所受的羞辱。她手腕的金线上悬着一把羽扇,那是用稀有、名贵而美丽的鸟的羽毛穿成的,这时却被她愤怒的手一根根拔下来,扔得地上到处都是。

他并没有在她凝视的目光前退缩,依旧站着,直到她失控的怒火向外发泄的迹象逐渐消退,他气定神闲,好像心里老早就装着现成答案、需要时可以马上拿出来的样子。这时,他直视着她冒出怒火的眼睛开始说话了。

"夫人,"他说,"我知道,不用等到今天,我早就知道了,我没有得到您的青睐;我知道是什么原因。是的,我知道是什么原因。你已经对我讲得这么坦率,这么明白;现在我真有如释重负之感,终于得到了您的信赖……"

"信赖!"她极为轻蔑地重复他的话。

他没接这个话茬。

"……使我用不到再躲躲闪闪的了。我确实从一开始就看出来了,您对董贝先生没有爱情——两个差别这么大的人之间怎么可能有呢?我确实看出来,从那以后,她心里逐渐对他蕴蓄起一种比漠不关心更加强烈的感情,——在您所处的境况下,怎么可能不这样呢——但是,难道我可以放肆到向您絮絮叨叨地说我已经看出来了吗?"

"先生,"她回答,"难道你就可以放肆到一天又一天对我戴上假面具,把你明明知道与事实相反的话硬往我耳朵里塞吗?"

"夫人,确实是这样,"他热切地回答,"如果我不这么做、不卖力地这么做的话,我现在就不能与你畅所欲言了。我早就预见到——还有谁比我更有资格预见,还有谁比我与董贝先生打交道的经验更丰富呢?——除非您的性格也像第一位对他事事听话的董贝太太一样柔顺和服从,我不相信会这样……"

他注意到了她脸上高傲的笑意,相信自己可以把这话再说一遍。

"我说,我不相信会这样……一个我俩达成相互理解的时刻,就像现在这样,很可能会到来,这很有用。"

"对谁有用,先生?"她以嘲讽的口吻问。

"对您。我不说对我有用,因为我告诫自己,对董贝先生的一星半点儿赞美之词都不能说,本来我可是想老老实实对他赞美有加的,就怕会说出什么不中听的话,得罪了那位对他极为厌恶和反感的人,"他的表情很夸张,"那我就倒霉了。"

"'一星半点儿赞美之词',先生,"伊迪丝说,"你甚至对他也可以用这样轻蔑的口吻说话,你可是他的第一亲信和阿谀奉承者呀!"

"亲信嘛,是的,"卡克说,"阿谀奉承者嘛,未必。恐怕我必须承认,事实有点儿与此相反吧。但是为了利益和方便,我们中的很多人有时都不得不说一些言不由衷的话,这是很普遍的情况。为了利益和方便结成的伙伴关系、为了利益和方便结成的友谊、为了利益和方便做成的买卖、为了利益和方便结成的婚姻,每一天都在发生。"

她咬紧血红的嘴唇;但她盯视着他的阴沉而坚定的目光却并没有动摇。

"夫人,"卡克先生说时,在靠近她身边的一把椅子上坐了下来,显出一副对她极其尊敬、极为体贴的样子,"现在我既然已经完全效忠于您了,我还有什么不敢开诚布公对您说的?具有您这样禀赋的女士,很自然地会这样设想:在她的影响下,她的丈夫的性格在某些方面可能会发生改变,会变得好一些。"

"对于我来说,这种设想并不自然,先生,"她接着说,"我可从来没有作过这种打算,从来没有抱过这种希望。"

她脸上骄傲而勇敢的表情向他显示,她坚决拒绝戴他所献上的假面具,而要不顾一切地暴露自己的真面目,至于会不会让他这种人窥见,都在所不计。

"至少有一点是自然的,"他说,"你自然会以为,你作为他的太太,有可能和董贝先生相安无事地共同生活,既不向他屈服,又不与他发生激烈冲突。但是,夫人,您抱有这种想法,是因为您对董贝先生还是了解得不够(您现在总算弄清楚了)。您不知道他为人有多么苛刻,多么骄傲,或者我要是可以这么说的话,我要说他成了他本人这个伟人的奴隶,像一头载重牲畜似的被丢在他荣誉之车的前面,他脑子里什么都装不下,只有一个念头,就是不顾一切地往前拉他身后那辆满载荣誉之车。"

当他津津有味地说出这个寓意恶毒、牵强附会的比喻时,他满嘴的白牙都在发亮,他接着说下去:

"董贝先生确实不可能对您有更多的真诚关怀,夫人,一点不比对我的关怀更多。这么比较有点儿极端,我有意识地要这么说,因为这样比较是公正的。董贝先生处在权力的巅峰,他要我(昨天早晨他亲口对我说的)做他与您之间的中间人,因为他知道我没有得到您的青睐,他想利用我来惩罚您对他的倔强;除此之外,他确实是这么考虑的,既然我是他出钱雇用的一名奴仆,那么派我居间传话,就会损害他妻子的尊严(不是说损害我现在有幸跟她谈话的那位贵夫人的尊严,因为他头脑里根本不存在这样一位高贵的女士),而他的妻子只是他本人的一部分。您可以想见,当他公然对我说要我担负这个使命时,他对我是何等藐视,他根本没有考虑到我作为一个人也是有自己的感情和见解的呀。您要知道,当他用这样一个中间人来替他传递信息时,他简直完全无视您的感情。他所做的事您当然不会忘记。"

她仍然仔细地在端详他。但他也在留意看她;他看得出来,他从他的角度对于他们夫妇之间所发生的事的指证,已经像一支毒箭似的扎伤并刺痛了她那骄傲的胸怀。

"我提到这些事并不想扩大您和您丈夫之间的鸿沟,夫人——上帝不允许这么做!再说这么做对我又有什么好处?——但是,从这个例子也可以看出,要想使董贝先生想到,在处理事情时,应该设身处地考虑一下别人,这是完全没有希望的,因为他脑子里根本没有这样的意识。我们这些围绕在他身边的人,各有各的岗位,各尽各的责任,我敢说,都在迎合他,使他那种思想方式变得更加坚定;不过,就算我们不这么做,也总会有别的人这么做的——否则的话,他们也不能成为围绕在他身边的人了;从一开始就这样,这已经成为他生活的主要内容。总而言之,董贝先生只愿意和那些对他俯首贴耳、低声下气、磕头下跪的人们打交道。他从来也不知道,竟然会有人怀着狂暴的骄傲和强烈的愤慨来对抗他。"

"但他现在该知道了!"她似乎这么说;然而她的嘴唇并没有动,她的目光也没有畏缩。他看到她衣服上的柔毛又在颤动,她把美丽的鸟毛缀成的羽扇在胸脯上放了一会儿;这条盘绕成许多圈儿的毒蛇又将自己的身子舒展开一个圈儿。

"董贝先生虽然是一位体面的绅士,"他说,"但他性格执拗,只要有人反对他,他为了坚持自己的观点,甚至可以歪曲事实,他——我想举一个更好的例子来说明这一点——在您可能会记得起来的一个特殊的场合,也就是在斯丘顿夫人不幸逝世之前(我真傻,准备告诉您这些,但我想您是会原谅我的;这不是我的过错),他曾对他现在的太太进行过一次严厉的批评,他认真地相信他所表达的意见产生了摧枯拉朽的作用,一时间把他的太太完全慑服了!"

伊迪丝大笑起来。不必描绘也可想见,声音颇为刺耳,并不好听。但这足以使卡克听得开心了。

"夫人,"他接着说,"这件事我说完了。我知道,您坚持自己的见解,不可更改,"他用强调语气慢条斯理地重复这句话,"尽管我充分了解董贝先生的缺点,但我对他已经习惯了,仍然对他尊敬,现在我说这样的话时,真有点儿担心会再次惹起您的不快。但是,请您相信,我这么说,并不只是为了要宣扬一种您完全不能赞同、与您完全不协调的感情,"——啊,在这里他强调得何等清楚明白呀!——"而是为了要向您保证:在这件不愉快的事情上,我的热情是属于您的,而且我对自己必须在其中扮演的角色感到愤慨!"

她坐着,似乎害怕把自己的眼睛从他的脸上挪开。

毒蛇把盘绕的最后一个圈儿也舒展开来了!

"时间不早了,"卡克停了一下又说,"您,正如您刚才说的,也累了。但是我可不能忘记这场谈话的第二个目的。我有充分的理由,必须极其认真地建议您、请求您:今后在对董贝小姐表示关心时,一定要谨慎。"

"谨慎!你这话什么意思?"

"您可得小心谨慎,不要对这位年轻女士展现过多的爱意。"

"过多的爱意!"伊迪丝皱紧宽宽的眉头说,一面站起身来,"我的爱意有多少,该由谁来判断,谁来衡量?你吗?"

"这个人不是我。"他感到惶惑,或假装出一副惶惑的样子。

"那么他是谁?"

"您难道还猜不出来吗?"

"我不打算猜。"她回答。

"夫人,"他稍微犹豫了一下说;他俩仍像刚才一样对视着,"说到这里,我真觉得为难。您吩咐过我,您不接受我转达的任何信息,您还禁止我重新回到这个话题;不过这两件事是紧紧纠缠在一起的呀,我想,除非您肯从一个曾被您厌恶、但终于有幸获得您信任的人那里,接受一个模糊的提醒,否则的话,我只能违背您对我设下的禁令了。"

"你知道你有这么做的自由,先生,"伊迪丝说,"说吧。"

她脸色变得多么苍白,身子颤抖得多么厉害,情绪多么激动!他没有错误估计这件事对她的影响会有多大!

"他给我的指令是,"他低声说,"让我通知您:您对待董贝小姐的态度令他不快。因为人们若是拿它来与您对待他的态度相比,结果显然对他不利。因此他强烈要求,这种态度必须彻底改变;他相信你对她展现的爱意是认真的,但如果继续这样展现下去,就不会对你所爱护的对象有什么好处。"

"这是威胁。"她说。

"是威胁,"他默默示意,作了肯定的回答,接着又响亮地说了一句,"但不是针对您的。"

她面对着他站立,骄傲、挺拔、尊严;她充分运用闪亮的目光在审视他;她微笑了,是辛辣、嘲讽的微笑;她身子往下一沉,似乎脚下的土地陷落了,一瞬间她就会跌倒在地板上,他伸出双臂搂抱她。当他一接触到她的身体,她就立刻把他推开,又退回来面对着他,她身子纹丝不动,只是伸出一只手来。

"请你离开。今天晚上不要再说了。"

"我感觉到事情很紧急,"卡克先生说,"因为,如果你根本不知道他心里的想法,那么谁也无法预言,什么时候可能会出现什么样的结果。我知道,这会儿董贝小姐正在为伺候她多年的女仆被解雇的事伤心呢,这件事本身很可能就是它的一个小小的苗头。刚才我请求您,在我俩谈话时不要让董贝小姐在场,您不责怪我吧。我希望您不再因此而责备我,可以不可以?"

"我没有责备你。请你离开,先生。"

"我知道您对这位年轻女士的关爱,既强烈又真诚,我完全相信,要是您知道自己损害了她在家庭中的地位、毁灭了她的前程,这会给您带来极大的痛苦,甚至成为受人责难的牺牲品。"卡克说话很快,但语气很热切。

"今天晚上不要再说了。请你离开。"

"为了执行他交给我的使命和处理一些具体事务,您的地方我今后总是要来的。您是不是允许我再来见您,以便请您指教事情该怎么办,并听取您的意见和愿望?"

她向他指了指门口。

"我现在还没有打定主意,是不是告诉他我已经和您谈过了;或者让他以为我因为没有找到适当时机、或者因为其他什么原因,把这件事耽搁下来了。所以说,您很有必要允许我在最近期间再次请您指教。"

"除了现在,什么时候都行。"她回答。

"您能理解,当我希望见到您的时候,请不要让董贝小姐在场;我尽力使我俩的会见成为一个有幸获得您信赖的人,跑来向您提供一切他力所能及的帮助的会见,在许多场合,说不定还能帮她消灾免祸呢,您看这样可以不可以?"

她仍以坚定的目光注视着他,显然她担心有一瞬会让他躲开她威慑力量的影响,且不论那是一种什么样的力量,她回答,"可以!"再次命令他走。

他好像很听话的样子,鞠了一躬,但走到门口时又转过身来说：

"关于我的过错，我总算解释清楚了，也得到了宽恕。在离开之前，我能不能——以董贝小姐的名义，以及我自己的名义——得到您的手？"

她把昨夜受了伤的那只戴着手套的手给了他。他用自己的一只手握住它、亲吻它以后，方才离去。当他把房门关上后，他挥了挥自己那只刚和她握过手的手，把它贴在心窝上。

第四十六章 辨识与思索

在这段时间里,卡克先生的生活和习惯开始出现了一些细微的变化,其中最引人注目的就是他对商行业务非同寻常的努力,商行交易的每一个细节他都仔细检查,使它没有任何漏洞。他处理事情时总是充满活力,工作非常深入,他那充满警觉的山猫般的目光比以前更要锐利二十倍。他不懈的监管,不但能跟得上每一天都以新的形式呈现在他面前的日常工作重点,并且还能在诸多令他全身心投入的工作中找出闲暇——这是他的高效率工作创造出来的——可以把商行的交易记录重新查看一遍,他参与这些交易活动已经有很多个年头了。常常是商行的职工都下班回家了,办公室里空落落、漆黑一片,附近一带的相同性质的各家商行也都已关门停止营业,卡克先生却像个高明的解剖学家似的将铁柜的肚子完全剖开,把其中的五脏六腑统统倒腾出来,陈列在他的面前,接着就耐心地对解剖对象的每一根神经和每一丝纤维进行最精细的解剖,即从每一本账册、每一张单据里搜寻秘密。在这样的时候,听差珀奇通常都陪他待在营业处里,他待在外头那间办公室,在一支蜡烛的光照下,用浏览市价行情表来解闷,或是坐在壁炉前打瞌睡,每一秒钟都有将脑袋磕在前面那只盛煤箱子里的危险,但这丝毫抑制不住他对经理工作热情的由衷赞美,尽管陪经理加班大大影响了他享受家庭乐趣;他回家后一遍又一遍地对珀奇太太(现在正在养育一对双胞胎)详细描述城里商行的那位绅士经理,说他工作如何勤奋、头脑如何敏锐。

卡克先生以对商行业务日益增长的精心关注,同样关注着他的个人业务。尽管他并不是董贝父子商行的一名合伙人(迄今为止,唯有冠以董贝这个伟大姓氏的人才有资格当老板),但他可以从商行每一笔买卖中都收取百分之几的佣金,他还参与商行的全部投资活动,在东方商界富豪里头的小财东们的眼里,他已经是一位有钱人了。在股票交易所那一伙精明的观察员里,已经有人开始在议论,说董贝商行的詹姆斯·卡克已经在左顾右盼,看看自己值多少身价,他脑筋真精明,正在及时地归拢他的钱财;交易所里更有人打赌说,詹姆斯就快要和某位有钱的寡妇结婚了。

尽管有这么多事需要他操心,但这一点儿也不妨碍卡克先生守护他那位受伤的老板,更没影响他照常保持清洁,整齐,皮肤毛发油光发亮,以及非常警觉的猫性特点。他以前的习惯都还在,所以说新近的改变并不算大,他整个的人还很轻松自如,一点儿都不紧绷。以前他身上值得注意的一切,现在照样可以看到,只是更加集中、浓缩了。每当他做一件事的时候,他总是专心到似乎不做其他任何的事——对于一个具有这种能力和意图的人而言,这确实是一个标志,说明他现在正在做的那件事,需要他把自己最敏锐的能力磨砺得更锋利,刺激得更活跃。

他身上发生的最确实无疑的改变是:当他骑马在街上来回走时,他会陷入深深的沉思,就像董贝先生发生坠马灾难后的那天早晨,他离开董贝家时的样子。在他沉思时,他会机械地避开面前的障碍物,除非遇到什么突发事件唤醒他的注意力,不然的话,他就会一路上眼无所见、耳无所闻地一直到达目的地。

一天,他就这样骑着那匹白腿马直奔董贝父子商行的账房间而去,他没有注意到自己正被两双女人的眼睛在仔细地观察;与此同时,磨工罗布那一双像是受了魅惑的眼睛也盯在他身上。罗布站在离规定地点整整一条街的距离之外,早就在等他了,想以遵守时间来讨得他的欢心。罗布一次又一次用手接触帽檐想引起恩主的注意,可惜他的努力都白费了,他又朝恩主身边一溜儿小跑,准备在恩主下马时,他好立即抓住马镫。

"看哪,他正往那儿骑呢!"两个女人中那个老妇人喊道,她伸出皱缩枯萎的手臂把卡克先生指给站在她身旁的那个年轻女人看,她俩都藏身在一个门洞里。

在布朗太太的指认下,她的女儿朝外张望,她的脸上充满着愤恨和渴望复仇的样子。

"我从来没有想到还能够再见到他,"她低声说,"但是,我看见他也许倒好。我看见了。我看见了!"

"没有改变!"老妇人说,她的眼里饱含着恶意。

"他改变!"另一个女人说,"怎么会改变?他受了什么罪啦?我身上的改变抵得上二十个人的。这还不够吗?"

"看哪,他正往那儿骑呢!"老妇人用她那双红眼睛注视着女儿,嘴里喃喃地说,"多安逸自在,多漂亮整齐,还骑在马背上,而我们却在泥土里……"

"而且是泥土做的,"她的女儿不耐烦地说,"我们就是泥土,踩在他马匹的脚下。我们还能是什么呢?"

她仍目不转睛地盯住他看,当老妇人正打算回答她的话时,她迅速做出打断她的手势,就好像老妇人一出声说话就会妨碍她的观察。她母亲没吱声,眼睛看着女儿而没在看那个男的;等女儿燃烧般的目光渐渐平息,她长长地舒了一口气,似乎那男的终于离去使她稍稍得到放松。

"宝贝!"老妇人终于说话了,"艾丽斯!漂亮女儿!艾丽!"她轻轻地挥了挥衣袖想引起她的注意,"你能从他身上榨出钱来,难道就让他这么走了吗?啊,放过他就是作恶,我的女儿。"

"我不会向他要钱的,我不是对你说过了吗?"她说,"你现在还不相信我的话?他妹妹给的钱难道我拿了吗?要是我知道那钱曾被他的白手摸过,我还会去碰他的一个便士吗?——除非我在那钱上涂满毒药,再送回到他手里去,难道不是这样?别说话了,妈妈,我们走吧。"

"他怎么那么有钱?"老妇人喃喃地说,"而我们那么穷!"

"穷得没有能力稍稍回报一下他对我们的伤害,"她女儿说,"我们只欠他还没对他进行报复这笔账,我会接过这笔欠账,好好地偿还他的。走吧。看他的马有什么用。走吧,妈妈!"

但是,那位老妇人看到罗布牵着已经没有骑手的那匹坐骑一路往回走时,似乎产生了一种超乎牵马这件事本身的新奇的兴趣,以极其热切的眼光注视这个小伙子,似乎心里有什么疑问想寻求解决,等那小伙子牵马走近时,她用闪亮的眼睛看了女儿一眼,还伸出一只手指来放在嘴唇上让她噤声,当罗布走到她身边,她就从门洞里走出来,碰了碰他的肩膀。

"喂,我生气勃勃的罗布,这一阵子都在哪儿呀?"当他转过身来时,她说。

她这一打招呼,可把生气勃勃的罗布的生气打消掉一半,他显得颇为沮丧,眼眶里涌上了眼泪,说:

"噢!你怎么就不能放过一个可怜的男孩呢,布朗太太,现在这个男孩正在诚诚实实过活、规规矩矩做人。正当他牵着主人的马往高级马厩里送去时,你为什么要跑来,在大街上跟他说话,丢他的面子,伤他的人格——这匹马要是用你的办法去处理,你准会把它卖掉,去换猫食狗食!啊,我还以为,"磨工似乎在结束这些伤人话时还特意要制造一个精彩的高潮,"你早就死了呢!"

"我的宝贝,"老妇人向她的女儿诉苦道,"你倒听听,他竟用这种方式对我说话,我熟识他,曾经有好多个星期、好多个月一直和他待在一起,那些玩鸽子的、捕鸟的流氓瘪三欺负他,我还帮助了他好几回呢。"

"别再提鸽子了,好不好,布朗太太?"罗布说,声音极度痛苦,"我想,一个小伙子玩狮子也比玩那些小小的鸟儿要好,因为鸽子常会在你最意想不到的时候,就冲着你的脸飞回来。算了,不去说它了,你好,你想要什么?"这句有礼貌的话从磨工嘴里说出来,似乎极为勉强,可以听出强烈的恼怒和恶意。

"你倒听听,我的宝贝,听他是怎样和一位老朋友说话的!"布朗太太再次向她的女儿诉苦说,"不过,他可是有一些朋友,不像我这么有耐心。如果我去找他那几个和他一起玩过、受过他欺骗的朋友,告诉他们可以到哪儿去找他的话……"

"你闭嘴行不行,布朗太太?"可怜的磨工插话说,他的目光迅速地向四周溜了一圈儿,似乎怕他的恩主就近在咫尺,向他亮出满口白牙,"你把一个小伙子的前程毁掉,你又有什么高兴的?你都已经到了这个年纪了!你应该惦记的事情多着呢!"

"多么壮实漂亮的马哟!"老妇人说时,伸手拍拍马的颈部。

"让它好好待着,行不行,布朗太太?"罗布喊了起来,赶紧把她的手推开,"你真的快要把一个改过自新的小伙子逼疯了!"

"怎么啦,孩子,我哪儿伤着它啦?"老妇人说。

"伤着!"罗布说,"这匹马的主人是这么一个人,你用稻草轻轻碰它一下,他也会知道。"他赶紧吹了吹马脖上被老妇人的手碰过一小会儿的地方,并用手指轻轻地抚摸,似乎他认真地相信自己刚才所说的话。

老妇人回头看看她的女儿,嘴里咕哝着说了些什么,当罗布手持马缰往前去时,她的女儿就紧跟在他的脚后。布朗太太继续和罗布交谈。

"找到好工作啦,罗布,嗯?"她说,"你交好运了,我的孩子。"

"噢,别说好运坏运的,布朗太太。"倒霉的磨工的目光向四周溜了一圈儿就停下脚步。"要是你不找上我,要是你马上走开,那么一个小伙子真的可以说是运气不错了。你能不能马上走开,布朗太太,别跟着我!"罗布突然脾气发作,哭着说,"要是那个年轻女人是你的朋友,她为什么不把你带走、而眼看着你在这里出洋相呢!"

"什么!"老妇人凑上前去,用嘶哑的声音说,她那张老脸和罗布的脸靠得很近,一咧嘴,脸上顿时就挂起一个恶毒的微笑,脖子上松弛的皮肤也起了皱折,"你连老朋友也不认了吗?难道你没有鬼鬼祟祟地溜到我的住处足足有五十次之多,那时你除了睡人行道、连个睡觉的地方都找不到,是我让你在我房间的角落里睡得香香的,你对我说话像现在这样了吗?难道我没有和你一起做过买卖,你这个小学生、会告密的家伙,我用我一贯买卖公平的方式什么没有帮你干过,你竟敢让我马上走开!我明天早晨就能招来一帮你的老伙伴,让他们像影子似的跟定你,毁掉你,到时候看你还敢不敢用这么无礼的眼光瞧着我!我就走。来啊,艾丽斯。"

"别走,布朗太太!"磨工喊道,他被搅得心烦意乱,不知如何是好。"你这算是干什么?别发这么大的脾气呀!请你别让她走。我实在不想惹你生气。刚才我先说'你好'了,不是吗?可是你不愿意回答我的问好。你好吗?再说,"罗布可怜巴巴地说,"请你注意!一个小伙子怎么能放着主人的马不送去洗刷,而站在街上跟人聊天呢,再说他的主人又是个精明到对发生的无论什么事情都一清二楚的主儿!"

老妇人的怒火似乎已略为平息,但她仍在摇头,嘴里还嘟嘟囔囔地不知在说些什么。

"跟我一起到马厩去吧,喝上一杯对你的身体有好处,布朗太太,这样好不好?"罗布说,"别像现在这样再生气了,这样对你没有好处,对其他任何人都没有好处。请你帮个忙,陪她一起去一趟好吗?"罗布说,"要不是我手里牵着马的话,能介绍我认识她,我肯定高兴!"

说了这些表示歉意的话,罗布就转过身去,一脸沮丧样儿,牵着马走进旁边一条小道。老妇人向她女儿努了努嘴,示意她紧紧跟随在他身后。女儿照办了。

他们转入一处僻静的小广场或院落,那里耸立着一座高高的教堂塔楼,还有做买卖的地方:一家食品包装货栈和制瓶厂货栈。磨工罗布把那匹白腿马交给角落里一个颇为精致的马厩的马夫。他请布朗太太和她的女儿在院子门口的一条石凳上坐下后就走了,他很快就从附近酒店里回来,手里拿着一锡壶酒和一只玻璃杯。

"为你的主人,——卡克先生干杯呀,孩子,"老妇人在喝酒之前,慢吞吞地说出这样的祝词,"愿上帝保佑他!"

"啊,我记得我没告诉过你我的主人是谁呀?"罗布说,惊讶得眼睛都瞪圆了。

"我们一眼就认出他是谁来了,"布朗太太说,由于专心致志,她那一直在抽搐的嘴巴和脑袋暂时静止了片刻,"今天早晨我们看见他骑马在街上走过;那时你正准备着等他下马后把马牵走。"

"当然,当然,"罗布说,看他的样子,他真恨不得马上溜到别的地方去才好。——"她身体不舒服啦?她怎么不喝上一杯?"

他问的是艾丽斯,这时她用斗篷裹着身子,坐在离他俩稍远的地方,完全没有留意罗布为她重新注满的酒杯。

老妇人摇了摇头。"不用管她,"她说,"要是你和她更熟悉些,罗布,你就会知道,她是个怪人。不过,卡克先生……"

"嘘!"罗布说时小心翼翼地对食品包装货栈扫视了一眼,又对制瓶厂货栈也搜索一遍,似乎卡克先生的如炬目光会从两家货栈的任何一排房子里向他射来,"轻声些。"

"干吗,他又不在这里!"布朗太太喊道。

"我可不敢这么说。"罗布咕哝道,他的目光甚至溜到了教堂塔楼上,就好像卡克先生真的能在这么高的地方待着,并且具有超常的听力。

"是位好主人吧?"布朗太太打听道。

罗布点点头;他还压低了声音说,"极其精明。"

"他住在城外吧,对不对,宝贝?"老妇人说。

"他自己的家是在城外,"罗布回答,"可是我们现在不住在家里。"

"那么住在哪儿呀?"老妇人问。

"租住的房子;就在董贝先生家的附近。"罗布回答。

突然,那位年轻女子锐利的目光牢牢地盯着罗布,使他十分惊慌,便向她再一次递上酒杯,但无论怎么劝她,她都不喝。

"董贝先生——以前你和我有时常会谈起他来,这你知道,"罗布对布朗太太说,"你常常要我对你谈谈董贝先生。"

老妇人点点头,表示认可。

"噢,董贝先生骑马出事了,从马背上摔下来了,"罗布勉强说给她听,"我的主人必须上他家去,去的次数比平常要多,有时候和董贝先生待在一起,有时候和董贝太太待在一起,或者和他家别的什么人待在一起;所以我们就搬进城里来住了。"

"他们很友好吧,宝贝?"老妇人问。

"谁跟谁?"罗布不知道她问的是谁。

"他和她?"

"什么,你问的是董贝先生和董贝太太吗?"罗布说,"这个么,我怎么会知道!"

"我不是问的他俩——我是问你的主人和董贝太太,小乖乖。"老妇人说,她在哄骗他透露信息。

"我不知道,"罗布说时又向周围扫视了一遍,"我猜想关系不错吧。布朗太太,你也太爱多管闲事了!俗话说:少言寡语,远离是非。"

"随便聊聊么,又有什么害处!"老妇人大笑一声,双掌一拍,喊道,"生气勃勃的罗布自从交上好运,就变得胆小了!一点儿害处都不会有。"

"不会有,一点儿害处都不会有,我知道,"罗布说时,又用怀疑的目光对着食品包装货栈、制瓶厂货栈和教堂扫视了一遍,"但是,随便胡说乱讲,即使只说说我主人衣服上有几颗纽扣,也是绝对不行的。我对你说吧,他是不允许别人议论的。一个小伙子最好还是把自己淹死也不能犯这么大的错误。他这么说来着。要不是你早就知道了,我是决不会愚蠢到把他的名字都告诉你的。还是聊聊别的吧。"

当罗布又一次小心翼翼地用目光扫视那院子时,老妇人暗暗对她女儿点头示意。尽管为时极其短暂,但看那女儿的眼色,她已经心领神会,她的目光不再盯视那男孩的脸,只是坐在那里,像刚才那样用斗篷裹住身子。

"罗布,宝贝!"老妇人叫他在石凳的另一端坐下来,"你从来就是我的宝贝,我疼爱的小乖乖。啊,你是不是呀?你知道不知道我疼你呀?"

"知道,布朗太太。"磨工十分勉强地应了一声。

"你怎么可以就这样离开我!"老妇人说时突然伸出手臂搂住男孩的脖子,"你怎么可以就这样走开,让我几乎听不到关于你的任何消息,你交了这么好的运气,也不跑来告诉你可怜的老朋友一声,骄傲的孩子!喔嚯,喔嚯!"

"你要一个小伙子跑来找你,那太可怕了,你要知道他的主人就在他身边,他的主人可是精明极了!"倒霉的磨工喊道,"可是你还在这里对我大呼小叫的!"

"你会跑来看看我吗,罗布?"布朗太太哭了,"喔嚯,你难道就再也不来看看我了吗?"

"会的,我对你说!会的,我会来的!"磨工说。

"这才是我亲爱的罗布!这才是我的宝贝!"布朗太太说,一面擦干皱缩的老脸上的眼泪,充满温情地紧紧搂抱了他一下,"还在那老地方,知道吗,罗布?"

"知道。"磨工回答。

"早早来吧,亲爱的罗布?"布朗太太喊道,"常常来吧?"

"知道,知道,知道,"罗布说,"我真的会来,我以整个身体和灵魂起誓。"

"等一等,还有呢,"布朗太太说,她高举双臂伸向天空,晃动的脑袋往后仰着,"要是我的小乖乖说的是真心话,我就决不会走近他,决不会谈论他一个字,尽管我知道他在哪里!永远不会!"

布朗太太突然说出这几句话,似乎是给了那倒霉的磨工一服安慰剂,他握住老妇人的手表示感谢,还流着眼泪请求她放过自己,不要毁掉一个小伙子的前程。布朗太太又给了他一个充满爱意的拥抱,满口答应了他的请求;然而,她跟在她女儿身后走了不远,又转身回来了,她鬼鬼祟祟地举起一个手指头,用嘶哑的嗓门小声地向他要钱。

"亲爱的,一个先令!"她说,一脸贪婪、渴望的样子,"要不然六便士也行!看在老熟人面上。我实在是太穷了。而我的漂亮女儿……"——她扭过脸去看看女儿——"她是我的女儿,罗布——让我饿得半死。"

罗布虽然满肚子不情愿,但还是把钱给到了她的手里,但这时她的女儿迅速返回,一把抓过老妇人的手,把那枚硬币硬是从她手心里挖了出来。

"什么,"她说,"妈妈!怎么总是钱钱钱的!从钱开头一直到以钱结束。我刚才还在跟你说的话,难道你就一点儿都没放到心里去?喂。拿去!"

老妇人眼看着已经到手的钱又物归原主,无奈地发出呻吟,但她没有做出任何阻止的举动,只是挨在女儿身边蹒跚着走出那处院落,又步入院落面向的那条小道。惊讶又气馁的罗布目送她俩离去,看见她们停了一停,然后很快又热烈地交谈起来;他还不止一次看到那个年轻女子伸手做出隐含着威胁意味的动作(显然是针对她们谈论的对象而发的),布朗太太也在哼哼唧唧地说话,并用虚弱无力的手仿效她女儿的样子,罗布看在眼里,他热切地希望,自己并不是她俩此刻所议论的对象。

她们总算走了,这是磨工眼下的慰藉;布朗太太这一大把年纪总有个死吧,就算她还想要来打搅他,看起来也打搅不了多长时间了,这是磨工乐观的前景。他除了想到以前的不端行为竟会偶然地给自己带来这种不愉快的后果外,他并没有认真地反省自己。他想起自己以何等奇妙的方式反而炒了雇主柯特船长的鱿鱼(每当回忆起这件事来,总会使他精神倍增),那张刚才还惊慌失措的脸就显得平静多了,于是他就以这种精神状态跑到董贝父子商行的账房间去领取他主子的命令。

他的主子在账房间里,目光莫测高深、充满警惕,让罗布在他面前不由地肝儿颤,比起担心有一天可能会受到布朗太太的指责,更要害怕得多。主人交给他每天上午例行向董贝先生递送的一盒文件,还有一封给董贝太太的信,主人没有说话,只是对他稍一点头,意思是嘱咐他多加小心,要急速送到——这本来只是个温和的提示,却在磨工的想象中产生了神奇的效果,他觉得主人的点头动作,充满着阴沉沉的警告和威胁的意味,比任何语言都更有威力。

现在卡克先生又独自待在自己的办公室里专心地工作了,他一干就是一整天。他接待了许多客人；浏览了大量文件；思想上在各类各处的商业场所，进进出出，来来往往；从来也不分心走神，直到把一天的业务全部办完。但是最后，当他按照日常习惯把办公桌上的文件全都清理干净时，他却又一次陷入了沉思。

他以自己习惯的姿势站在那老地方，双目注视着地板，这时，他的哥哥走进房间，来送回当天从这里取走的几封信函。他一声不吭地把那些信函放在经理的办公桌上，马上就准备离开。其实，他刚一进屋，经理卡克先生的眼睛就盯在他的身上，从没离开过，在这整段时间里，经理双目注视的对象似乎正是他，而不是地板。经理发话了：

"喂，约翰·卡克，你到这里来干什么？"

他的哥哥指了指桌上的信函，又准备离开。

"我真不明白，"经理说，"你来来去去怎么从来也不问问我们的主人的健康状况怎么样。"

"今天早晨我们在会计室里已经听说董贝先生恢复得不错。"他的哥哥回答。

"你是一个脾气极其温顺的家伙，"经理说时微微一笑，——"你是经过了这么多个年头，磨练成这样的——现在我可以肯定地说，如果他遇上了什么灾祸，你是会感到难过的。"

"我会真正地感到难过，詹姆斯。"他的哥哥说。

"他会感到难过！"经理将手指向他说，就好像房间里还有另外一个人，他在对那个人说话呢，"他会真正感到难过！我的这个哥哥！商行里地位最低微的小职员，就像一小片糟朽的木头，被人脸冲着墙推到了一边，就像一张腐烂的画，没人想看一眼，上帝知道，已经过了多少年了：他竟然还要我相信，他仍然对老板尊敬、奉献、感激不尽！"

"我没有什么要你相信的，詹姆斯，"他的哥哥说，"你就像对待其他下属一样,公正地对待我吧。你问我问题,我回答了你。"

"难道你对他真的没有什么要抱怨的吗,你这个马屁精?"经理的脾气暴躁得异乎寻常,"他对你多么骄傲,多么蛮横无理,愚蠢地对你摆架子,强要把你榨干,你难道还不恨他!你究竟是什么!是个人还是只小老鼠?"

"假如说,任何相处多年的两个人,尤其是上级和下级,能做到相互之间无所抱怨,会被看作是一件怪事……算了,随他去怎么想吧,"约翰·卡克回答道,"但是,且不说我在这里的历史……"

"他在这里的历史!"经理喊道,"啊,说到点子上了。正是这件事使他变成了一个极其特殊的例子,让他可以置身事外了!是吧?"

"且不说这一点,你刚才已经暗示过了,它给了我感恩的理由(幸亏别人没有、而只有我一个人有这样的理由),然而可以肯定,商行里所有的人说的、感受到的全都一样,没有一个例外。难道你认为这里会有一个人对商行老板的飞来横祸和不幸遭遇竟然会漠不关心,而不是真正感到难过吗?"

"你是有充分的理由和他拴在一起!"经理极其轻蔑地说,"啊,难道你真的不懂,商行所以会留用你,就是为了把你当个廉价的样板,一个众所周知的例子,来显示董贝父子商行在用人方面的宽厚仁慈,以增强这家著名商行的信誉吗?"

"不是这样的,"他的哥哥语气温和地说,"长期以来,我始终认为商行留用我,是出于比仁慈和无私更加高尚的理由。"

"我看你是打算要,"经理像一只豹猫似的咆哮起来,"背诵哪段基督教箴言给我听吧。"

"不,詹姆斯,"他的哥哥说,"尽管你和我之间兄弟亲情的纽带早已断裂、抛弃……"

"我问你,好先生,这纽带是被谁弄断、被谁抛弃的?"经理问。

"被我,由于我的错误行为。我并没有把责任推给你。"

经理的嘴露出一副气势汹汹的狠劲儿,这就是个沉默的回答,意思是说,"噢,你没有把责任推给我!"他示意让对方继续说下去。

"我要说的是,尽管你我之间已经不存在这种纽带,但我请求你别用不必要的羞辱和嘲弄来攻击我,或者故意歪曲我已经说的和将要说的话。我只想对你提个建议,尽管你被老板选中,信任,另眼看待,提拔到高于所有职工的地位(我知道,起初他所以选中你,确实是因为你才能出众和值得信任),只有你一个人可以更随便地和董贝先生交往,并且,还有人说,你简直能和老板平起平坐了,你博得他的欢心,还靠他增加了你的财富——然而,如果你认为,只有你一个人珍惜他的幸福和名誉,那样想就错了。我确实相信,商行里,从你算起,上上下下所有的人对他都怀着同样的感情。"

"你撒谎!"经理说,他勃然大怒,脸涨得通红,"你是个伪君子,约翰·卡克,而且还撒谎。"

"詹姆斯!"这回他哥哥的脸也红了,"你用这种污辱性的语言是什么意思?你怎么会这样卑劣,竟无缘无故对我使用这种语言?"

"告诉你吧,"经理说,"你既虚伪又怯懦,——集全商行虚伪、怯懦之大成——根本不配由我来答理你,"他捻动大拇指和中指发出啪的一声,"我看透了你,就像看透空气一样!商行里的每一个雇员,从我直到地位最低贱的那个人(你有理由非常体贴那个人,因为那个人就近在眼前),要是能看到老板威信扫地,都会打心眼儿里高兴:有谁不在暗暗地恨他?有谁不希望他倒霉、难道还会有人希望他交好运?如果有权力、有胆量的话,有谁不会转过身来攻击他?愈是得到他宠爱的人,就愈加知道他的骄傲、蛮横;愈是离得他近,就愈加对他疏远。"

"我不知道,"他哥哥被激怒的情绪顿时被惊讶所取代,"是谁用这种下流话弄脏了你的耳朵;你为什么要用这种话来考验我,而不是别人。现在我完全懂了,你是在测试我、引诱我上当受骗。你现在的样子,现在的行为举止都变了,是我从来没有看见过的。我只想对你再说一遍:这话不对,你受骗了。"

"我知道受骗了,"经理说,"我对你说过的。"

"骗你的不是我,"他的哥哥说,"如果有人向你告密的话,你是受告密者的骗了。如果没有,那么你就是受自己的想法和怀疑的骗了。"

"我没有疑问,"经理说,"我只有确凿的事实。你们这批卑鄙下流、阿谀奉承、摇尾乞怜的狗!都做出一样的虚伪表演,都说出一样的陈词滥调,全都猖獗地宣誓效忠,全都隐瞒起那个尽人皆知、清楚明白的事实。"

他的哥哥没有再说什么,只是往房间外走去,他把门关上时,经理正说完那最后一句话。卡克先生拉过一把椅子来,放在靠近壁炉的地方,手持拨火棍轻轻敲击起煤块来了。

"全都是胆小怕事、只知道奉承谄媚的下三滥,"他喃喃地说,露出两排亮晶晶的白牙,"对这样的话全都假装出一副极为震惊、义愤填膺的样子,就连一个例外的也没有……呸!但是,如果他一旦掌握了大权,并且有操弄权力的智慧和胆量,那么他就能像我此刻无情地敲击这些着过了火的煤块一样,把董贝的骄傲打得粉碎,让它一钱不值。"

他敲完煤,把煤灰撒在炉箅子上,不禁对自己所做的事发出一个意味深长的微笑。"即使没有那位王娘的吸引,也照样!"不久他又接着自语,"不要忘记那骄傲——它见证了我俩的相识!"说到这里,他陷入更深刻的沉思,坐在逐渐熄灭的炉箅子前仔细权衡估量,当他站立起来时,就像刚读完一本引人入胜的书。他对周围扫视了一遍,就拿起帽子、手套,出门走到备好的马匹跟前,骑上马,踏上早已点上灯的街道,因为当时已经是晚上了。

他骑马行近董贝先生的府邸,便放慢速度,在住宅跟前向各扇窗子张望。他首先注意一扇窗子,以前他曾经在那里看到过弗洛伦斯和她爱犬坐着的身影,但这时窗户黑着。他仰视那高高的屋子的前面时,露出了微笑;当他把这座房子抛在身后时,似乎有目空一切的气势。

"曾经有一度,"他说,"看看你这颗正在升起的小星星,心里知道哪儿有乌云,必要时可以把你笼罩,这种感觉真的很好。可是另外一颗光辉灿烂的行星升起来了,在它的面前,你就黯然失色了。"

他驱策那匹四腿皆白的马转过街角,在住宅背面许多亮着灯的窗子里寻找其中的一扇。那扇窗里有一个高贵的人影、一只戴着手套的手,使他回忆起那美丽的鸟翅膀上的羽毛如何被揉碎后坠落在地板上,回忆起她长袍上洁白如雪的柔毛如何在不停颤动,就好像有暴风雨在远方生成。当他再次策马转身离去,加快速度越过一处处园林时,盘旋在他头脑中的正是这些想法。

总而言之,他的一切思维都与一个女人、一个骄傲的女人相联,她本来仇视他,然而,他却用巧妙的手段,逐渐地、确实地把她哄骗上了,他克服了她的骄傲和愤恨,使她容忍他陪侍在侧,他用渐进策略,获得了与她谈话的特权,她甚至连自己如何蔑视丈夫、如何失去自尊的话都对他说了。他的一切思维都与一个女人,一个深深了解他并且仇视他的女人相联,正是由于这个女人和他相互了解,她对他才如此不信任;然而,尽管她依旧嫌恶他,但他却成功地利用了她强烈的愤恨情绪,使自己得以日复一日地逐渐与她凑近。尽管她嫌恶他!正是由于她强烈的愤恨才使这一切成为可能;她可以朝那愤恨的深渊底下看上一眼,但她充满威胁的目光也无法将它穿透,她只是朦朦胧胧地瞥见有一个邪恶报复的黑影在那里面躺着,她只有一次看见它那最最模糊的影子,这使她吓得发抖,以后她就再也看不见了,然而这个影子却足以使她的心灵染上污迹。

当他骑马前行时,是否有这样一位女性的幽灵(与现实中的她一模一样,被他看得一清二楚)在他的心头掠过?

答案是肯定的。他在心眼里可以看见她的影子,恰似她的本来面目。她同他在一起时,始终怀着骄傲、愤懑和仇恨,这一切他都看得很清楚,正如他早已认清了她的绝世姿容;与此同时,对于他来说,没有什么比她仇视他这个事实更清楚的了。有时,他分明看到身边的她对他的轻蔑和排斥,但又有时,他看到她降低自己,匍匐在他马蹄扬起的尘埃里。然而,他始终按照她的本来面目来看她,没有任何伪装,并且眼看着她正在走上一条危险的道路。

当他骑马溜达过后,穿着新换的衣装,低头弯腰、软语温柔、面带哄人的微笑,出现在她明亮房间里的灯烛照耀下时,他还是把她看得很清楚。他甚至连她为什么总是戴着手套这件事也猜出其中必有文章,正因为这种猜疑,所以他把她的手在自己手里握得更久些。他仍然亦步亦趋地跟随她,走在她正在走的那一条危险的道路上;她在这条路上踩下的每一个脚印,他都直接留下了自己的脚印。

第四十七章　晴 天 霹 雳

董贝先生与董贝太太之间的樊篱并没有随着时光流逝而逐渐拆除。一对不相匹配的怨偶,无论就其一方,或就其配偶而言,都是不幸的,他俩之间没有别的联系,只有束缚着他们的一副手铐,束缚得好紧,两人的手各自朝相反方向挣扎逃避,结果磨破了皮肉伤到了骨头。时间老人本来能缓解痛苦、平息恼怒,但对他俩却爱莫能助。尽管两人的骄傲,在类型和目标方面截然不同,然而在程度上却同样激烈。他俩像两块燧石般互相碰撞,撞击出火花,在不同条件下,有时冒烟后熄灭,有时燃烧成烈火,然而在他俩之间、凡是能够够得着的地方,一切东西都被彻底焚毁,于是他俩的婚姻过程就变成了一条铺满灰烬之路。

让我们对他说句公道话:随着他生命的沙漏里每注入一粒沙子,他都在自己的荒谬想法的支配下,不停地驱策着她,但他几乎没有想过,要把她赶到什么地方去,更没有考虑,如何方能如愿。然而,他对待她的态度却一如既往,并没有改变。她最大的缺点就是把自己放在与他对抗的位置,不肯承认他的伟大,并对他绝对顺从,正因为如此,他就必须纠正她、使她屈服。但除此之外,他仍以他那种冷淡的方式,把她视为一位真正的贵夫人,如果她愿意的话,她完全可以做到不辜负他的选择、配用董贝这个姓氏,并且给拥有她的他带来荣誉。

而她呢,充满骄傲和愤恨的激情,每一天、每一小时(从她坐在自己卧室里注视墙上暗影的那个夜晚,直到即将来临的那个更加黑暗的夜晚),她阴郁的目光都会看到一个人的身影,他正指挥着一伙人来羞辱她、激怒她,而那个人不是别人,正是她的丈夫。

董贝先生身上有一种居于统治地位的恶德,那支配着他的恶德是不是违反了自然天性?有时候,也许值得问一问:自然天性是什么?人怎样才能改变自然天性?在自然天性已经遭到严重扭曲的情况下,要他违反自然天性是不是反倒是不自然的啦?试想,如果把大自然母亲的任何一个儿女关闭在一个狭隘的天地里,禁锢他的思想,让他只知道周围有少数奴性十足或心怀叵测的人对他顶礼膜拜,请问,像他那样一个甘愿被囚、从来没有扇动过自由思想之翼(它很快就会低垂、报废)飞向高空、看一看大自然包罗万象的真实面貌的人,他会具有什么样的自然天性?

唉!在世上、在我们身边,总会有一些在极为自然的过程中、变成极不自然的事物,这样的现象难道还少吗?请听一听地方官或法官是如何训诫那些被社会抛弃的、违背自然天性的人们的;那些人之所以违背自然天性,是因为:他们有野蛮的习惯,他们不知文雅为何物,他们对一切分别善恶的标准都浑然不知,他们无论在内心、在外表、在一切方面都愚昧、邪恶、鲁莽和顽固不化。但是,请跟随善良的牧师和医生,一起下到污秽的贫民窟里去吧,在那里,他吸进的每一口气都有可能危及他的生命,贫民窟离我们并不远,我们马车经过时的辚辚声、我们每天走路时踩在石板路上的蹬蹬足音,在那里都清晰可闻。睁开眼看一看贫民窟四处令人作呕的景象吧——千百万不朽的生灵就生活在那样的天地里,因为除了那里,他们在世上没有别的地方栖身——只要稍稍提一提那里的情景,你就会觉得恶心、反胃,住在邻街的优雅、娇嫩的小姐会捂上耳朵,咬着舌头嘀咕道"我不相信有这种地方!"吸一口被污染的空气吧,每一种损害人的健康、危及人的生命的垃圾杂物都发出恶臭;上帝赋予我们人类的每一种感官,本来是让我们享受快乐和幸福的，然而在那里，人们却觉得恶心、反胃、想呕吐，人的感官变成了一条只有痛苦和死亡能够进得去的通道。如果有谁企盼着让单纯的植物、鲜花以及有益于健康的草，如同上帝设计的那样，在这个散发出恶臭的温床上自然地萌发、并长出嫩叶去迎接太阳，那只能是痴心妄想。然后，请把某个苍白得像鬼似的小孩叫过来，你看他身体发育不良，脸上一副邪恶的样子，听他嘴里滔滔不绝地讲出违背自然天性的、罪孽深重的话语，这么早就对人生发出哀叹，离天国如此遥远——不过，请你稍微想一想，那孩子是在地狱里孕育、出生和受教养的呀！

那些研究自然科学、并把它应用于研究人类健康的学者告诉我们说，如果那伴随着被污染的空气一起上升的有毒颗粒能被肉眼所见的话，那么我们就会看见这些有毒颗粒化为稠密的黑云，低覆在人类居住的城市上空，并缓慢地向四处扩散，使城市中空气质量较好的地区也受到毒害。但是，如果人类的道德瘟疫也和有毒的空气一起上升（按照被蹂躏的大自然的永恒法则，两者是密不可分的），也能被肉眼所见的话，那将是一幅多么可怕的景象！我们将会看见腐败堕落、亵渎神圣、酗酒、偷窃、谋杀，以及一连串叫不出名字来的、反人类的、与自然人情对着干的罪恶，正笼罩在那劫数难逃的地方，并且逐渐漫延开来，摧残无辜，在纯洁的人们中传播瘟疫。我们还能看见这同一股毒水，如何流进医院、麻风病房，淹没监狱，把苦工船漂起来，穿海越洋，把罪恶在各个广漠的大陆上散播、漫延。接着，当我们得知，我们在这里制造的疾病，已经杀死了自己的孩子，将病毒传给尚未出世的后代，根据这无可置疑的进程，我们还养育了不懂天真纯洁为何物的儿童、毫无礼貌不知羞耻的青年、除了痛苦和罪恶以外其他都不成熟的成年，以及那被诅咒的老年（老年人被毁损的肢体对于我们所具有的人形，简直是一种耻辱）。失去自然天性的人类！等到我们能在荆棘上摘葡萄、能在蒺藜里摘无花果①的那一天;当我们罪恶城市中偏僻小道的垃圾场化为粮田,当玫瑰花在它们喜爱的教堂墓地肥沃的土壤上盛开;到了那一天,我们才可以寻找合乎自然天性的人类,并发现他们正是从这样的种子里萌发、生长的。

噢,但愿有一位比故事中的瘸腿魔鬼②更加仁慈的好精灵,能用更加有力的手掀开房顶,好让基督徒看一看从人们的家中涌现出怎样黑暗的憧憧人影,当毁灭天使在他们中间经过,这些黑暗的人影就会大大扩充它的扈从队伍!让我们看一看从被我们忽视得太久的场景中升起的苍白幽灵吧,哪怕只看一个晚上;邪恶和热病合成浓密阴沉的气团,一起向四周传播、扩散,降下社会报应,像倾盆大雨似的愈下愈大,下个不停。这样的夜晚将变为一个光明、幸福的早晨:因为人们不再迟疑,他们要搬掉自己设置的绊脚石,那些绊脚石只是隔在他们与永恒之间的道路上的几粒微尘,他们像来自同一血统的人们一样,决心侍奉我们大家共同家庭的父亲,趋向一个共同的目标,让我们的世界成为一个更加美好的地方!

有些人从来也不睁开眼睛看一看周围的人们是怎样生活的,对于他们来说,那终将来临的光明幸福的日子,也将同样是光明幸福的,因为那一天将唤醒他们认识到自己和周围人们生活的世界有什么关系,认识到自己褊狭的同情和判断是违背自然天性的;他们将感受到那一天的光明幸福,一点不亚于那些生活在社会最底层的落魄者们的感受,这个过程一旦开始,它的发展就会非常自然。

然而,对于董贝先生或他的妻子来说,他们都还没有看见这样

---

① 《圣经·新约·马太福音》第7章第16节,"荆棘上岂能摘葡萄呢,蒺藜里岂能摘无花果呢。"
② 瘸腿魔鬼,见法国作家勒萨日(1668—1747)发表于1707年的同名小说。书中的魔鬼掀开房顶让大学生看一看屋子里发生的真实生活。

一天的曙光;他们各走各的路。

董贝先生骑马摔伤后的半年间,他俩彼此间一直维持着和以前同样的关系。她执拗地站在他面前,比一块大理石更加冷漠无情;而他的态度呢,比那山洞深处、从未受到阳光照射过的阴冷的泉水还要冷。

新家曾经唤起过弗洛伦斯的希望,她企盼自己的家能从此焕然一新,但是如今这个希望早已在她的心里落空了。父亲再次组建的家庭已经持续了将近两年;即使是她极富耐心的信念,也在日常生活的挫折中无法再继续保持下去。如果说,还有某种幻想在她心里逗留不去的话,那就是她仍希望,在遥远的将来,伊迪丝和她父亲能够在一起生活得比现在快乐一些,至于说希望总有一天父亲会爱她的想法,如今却已完全消失了。她曾经在很短的时间里,仿佛觉得自己看到了父亲对她的态度出现了些许微小的慈爱的表示,但是,她的记忆里父亲在此前后对她的冷酷态度,把这种幻想完全抹去了,或者说,她只记得那仅仅是她可悲的痴心妄想。

弗洛伦斯仍然热爱她的父亲,但是,渐渐地把他当成自己以前曾经有过的,或者可能拥有的某位亲人,而不是眼前真实存在的那位严酷的他。她珍爱对小珀尔和对她母亲的怀念,这种怀念已经随着时光的流逝变成一种淡淡的哀愁,现在,当她想起爸爸来时,似乎也渗进了同样一种淡淡的哀愁,使怀念仿佛成为亲切的回忆。这也许部分是因为在她心目中,父亲已经死了,也许部分是因为父亲和她所热爱的已故亲人们都有关联,更因为父亲长期以来与她破灭了的希望、被冻结的柔情都密不可分,究竟是什么原因?连她自己也说不出来;然而,她所热爱的父亲,对她说来,逐渐变成了一个模糊不清、梦幻般的意念:与她真实的生活几乎没有什么实质性的联系,最多就像有时会在她幻想中出现的、她那死去的亲爱的弟弟一样;在她的幻想中,弟弟还活着,已经长大成人,能够保护她了,并且深深地爱着她。

这样的变化,如果可以称作变化的话,是悄悄地、伴随着她的长大同时发生的,恰似她从小女孩儿忽然变成了一位大姑娘一样。弗洛伦斯在孤独中沉思,当这些想法在她的心里产生时,她已经快满十七周岁了。

如今她常常孤身一人待在屋里,因为她和她的新妈妈之间以前的关系发生了重大的变化。在她父亲意外受伤、躺在他楼下的房间里的这段时间,弗洛伦斯最初发现伊迪丝在故意回避她。这伤了她的心,使她极为震惊,她无论如何也无法使这件事与她俩以前在一起时伊迪丝对她的深情协调起来,于是一天晚上,她又到伊迪丝的卧室去找她。

"妈妈,"弗洛伦斯悄悄地来到她的身边说,"我是不是做错什么事惹你生气了?"

伊迪丝回答道,"没有。"

"我一定是做错什么事了,"弗洛伦斯说,"请告诉我,是什么事。亲爱的妈妈,你对待我的态度改变了。你对待我的态度只要稍稍有一小点改变,我立刻就会感觉出来;因为我用我整个的心爱着你。"

"正如我也用我整个的心爱着你,"伊迪丝说,"啊,弗洛伦斯,相信我的话吧,我爱你,现在爱得比任何时候都深!"

"那你为什么常常从我身边走开,离我远远的?"弗洛伦斯问,"有时候还用那么奇怪的目光看我,亲爱的妈妈?你是那样看我的,不是吗?"

伊迪丝深色的眼睛作出了肯定的表示。

"为什么?"弗洛伦斯以哀求的声音问道,"告诉我为什么,那样我就可以知道自己该怎样做,才能更合你的心意;请你对我说,这样的事今后再也不会发生了。"

"我的弗洛伦斯,"伊迪丝说,这时弗洛伦斯在她面前的地板上跪了下来,伊迪丝握住弗洛伦斯搂着她脖子的手,凝视着弗洛伦斯那充满爱意正在凝视着自己的眼睛,"我不能告诉你究竟是什么原因。我不能说,你也不该听;但是我知道这原因,并且知道没有别的办法,只能这么做。要是我不知道的话,我怎么会这么做呢?"

"难道说我俩必须疏远吗,妈妈?"弗洛伦斯眼睛盯着她问,她的眼神像是一个受惊吓的孩子。

伊迪丝没有出声,但她的嘴唇做出了说"是的"的动作。

弗洛伦斯盯着她看,那眼神显得更加惊恐和困惑,直到眼眶中不断涌出泪水,滚滚地往脸颊上流,使她什么都看不见了。

"弗洛伦斯!我的生命!"伊迪丝急促地说,"听我说。看你这么伤心,我实在受不了。平静些。你看,我这么镇定,难道这件事对我无关紧要吗?"

她说后面那句话时已经使自己的声音和举止都重新恢复了镇定,接着她又说:

"不是完全疏远。只是部分地疏远而已,表面上的,弗洛伦斯,我的心仍然和你完全一样,永远也不会改变。但是,我所以要那样做,并不是为了我自己。"

"是为了我吗,妈妈?"弗洛伦斯问。

"够了,"伊迪丝稍稍停了一下说,"知道是怎么一回事就够了;啊,没什么大不了的。亲爱的弗洛伦斯,我俩之间的联系,最好……必须……一定要减少。我俩之间以前那种推心置腹的交流必须终止。"

"什么时候?"弗洛伦斯惊呼道,"噢,妈妈,什么时候?"

"现在。"伊迪丝说。

"将来再也不能那样交流了吗?"弗洛伦斯问。

"我没有这么说,"伊迪丝回答,"我不知道还有没有那样的机会。我也不愿说我俩之间推心置腹的关系,最多也不过是我早该知道不会有好结果的、一种不合适、不虔诚的关系。我是经过了许多你永远不会涉足的小径才走到这里来的,今后我会走上什么路——天晓得——我看不出来……"

她的声音消失了,然后是一片寂静。她站起来,看着弗洛伦斯,像是要从她身边躲开,她那种惊恐的样子和死命想躲开的神态实在奇怪,弗洛伦斯以前曾经看到过一次。接着,又是同样一阵阴郁的骄傲和愤怒透过她的脸和全身,就像竖琴的琴弦上奏出狂暴而愤怒的乐音。然而,在这之后却并没有谦卑和温存。现在,她不再低头哭泣,不再说弗洛伦斯是她的全部希望。她昂起头颅,就像一位美丽的美杜萨①,正视着那个男人,要把他打死。是的,假如她具有那种魔力,她早就会这样做了。

"妈妈,"弗洛伦斯忧虑不安地说,"我害怕,你的模样改变得厉害,比你对我说的话更让我感到害怕。让我和你再多待一会儿吧。"

"不,"伊迪丝说,"不,我最亲爱的。现在最好还是让我独自待着,让我尽量和你隔离,这比什么都要紧。不要问我任何问题,以后不管我表现得如何任性、如何反复无常,你都要相信我,这决不是出于我的意愿,也不是为了我自己。相信我,尽管我俩表面上比以前生疏了,其实我心里对你的感情丝毫没变。请原谅我,我把你那本来就阴暗的家变得更加阴暗了——我很清楚,我往这个家投下了我黑暗的身影,——以后我们再也不要提这件事了。"

"妈妈。"弗洛伦斯啜泣着说,"我们不会分离吧?"

"我们这样做正是为了我们也许可以不分离,"伊迪丝说,"不

---

① 美杜萨,希腊神话中的蛇发女妖,被她目光触及者皆化为石头。

要再问了。去吧,弗洛伦斯!我的爱、我的自责与你同在!"

她拥抱她,打发她离开;当弗洛伦斯走出她的房间,伊迪丝眼望着她离去的身影,似乎她的善良天使就这样离她而去,只剩下傲慢和愤怒的激情向她索取权利,并在她的额头上留下印记。

从那时起,弗洛伦斯和她的关系与以前完全不同了。接下去好几天,尽管她俩都在家,但两人难得见面,除非是在餐桌旁,当着董贝先生的面。在那样的场合,伊迪丝总是一副傲慢、僵硬的样子,始终沉默着,都不肯看她一眼。在董贝先生的身体逐渐康复的过程中,以及康复以后,卡克先生常常和他们一起用餐,遇到这种时候,伊迪丝就更加注意和她拉开距离,表现得与她比往常更加疏远。然而,一旦她和弗洛伦斯意外相遇,而旁边又没有人时,她总是像以前一样满怀着爱意热情地拥抱她,尽管她那骄傲的样子不再像以前那样变得温柔了。她常常出去应酬,很晚才回家,但她总会像从前习惯的那样,摸着黑偷偷溜进弗洛伦斯的卧室,靠在枕头上对她悄悄地道一声"晚安"。尽管弗洛伦斯睡着了,不知道伊迪丝偷偷地来看她,但她有时却会醒过来,似乎她在睡梦中能听到伊迪丝对她所说的温情话语,脸上能感觉到她的亲吻。但是,随着一个月一个月过去,这样的事发生得愈来愈少了。

如今弗洛伦斯的心又是一片空虚,真的,她又成了一个与周遭隔绝的孤独者。一天又一天,她所热爱的父亲的形象,在她心里已不知不觉地变成了一个抽象的符号,伊迪丝也似乎跟随着那紧紧缠住她的心的另外几位亲人一起,飞逝而去,渐渐消退,变得愈来愈苍白、愈来愈遥远。伊迪丝就像往日的她的幽灵,一点一点地从弗洛伦斯身边远离;她和弗洛伦斯之间的缝隙一点一点地在扩大、加深;她以前对弗洛伦斯挚爱、温情的全部力量,正一点一点地冻结成那种不顾一切、充满愤恨的鲁莽,她正是带着这种情绪站在弗洛伦斯所看不见的悬崖边上,大胆地朝下看,下面就是万丈深渊。

只有一个想法可以缓解失去伊迪丝的沉重打击,尽管对她那不堪重负的心来说只是一个小小的抚慰,她仍竭力把它当成是某种解脱。那就是:从此她不必再为自己对继母的爱和对父亲的责任之间的矛盾伤脑筋了,弗洛伦斯可以同时爱他们两个人,不偏不倚。作为她充满爱意的幻想中的两个影子,她可以把他们放在心里同样的位置上,不再怀疑他们,不再冤枉他们。

她尽力这样做。她有时候,并且常常会猜想,不知道伊迪丝为什么要改变对她的态度,想得她心事重重,感觉害怕;其实她的心并不好奇,她默然忍受孤独和悲伤,再次采取听天由命的态度使自己平静下来。弗洛伦斯只需记住这一点:那笼罩在宅邸上方的大黑暗,已经将她的希望之星遮蔽,她只能哭泣,只能屈从。

她就过着这样的生活:在梦想中,那充溢在她年轻的心中的爱,消耗在虚无缥缈的幻影里;而在现实世界中,她所体验到的只有:那爱的激流被拒绝、被斥退,就这样,弗洛伦斯快满十七岁了。长期孤独的生活使她胆小,遇事退让,然而却没有损伤她温柔的脾气、诚挚的天性。以前她是一位天真纯洁的小女孩,如今已是一位谦逊、自尊、感情强烈而深沉的年轻女士了;她那美丽的脸庞、纤弱的身躯似乎兼有小女孩和年轻女士的特点,是两者优雅的结合;——这就好像夏天来了,但春天还不情愿离去,初绽蓓蕾的美和盛开花朵的美交织在一起充分展现。然而,从她饱含感情的声音里,从她宁静的双眼里,从那有时似乎笼罩在她头上的一道神奇而微妙的光里,从她始终带着沉思状的美丽里,人们总能找到他们曾经从那逝去的男孩身上看到过的表情。仆人们在他们聚集的房间里,悄悄地在议论这件事,一面说一面摇头,他们之间的感情更加融洽,因此胃口大开,吃喝得更多了。

这个仆人们的观察组,对董贝先生、董贝太太以及卡克先生,可说的话太多了,那个卡克像是他俩中间的调停人,他来来往往似乎想使他们夫妇俩停战休兵,但始终未能达到目的。仆人们都对这令人不快的家庭状况表示遗憾,大家一致认为皮普钦太太(她之不得人心简直无以复加)还在里面挑拨离间;但总的说来,大家能有这样好的一个议题聚在一起聊聊还是件非常惬意的事,他们聊得很多,感到非常痛快。

上董贝府访问的一般来宾,以及他们中能得到董贝先生和董贝太太回访的人们都认为,这对夫妇,至少在骄傲这一点上,倒是铢两悉称,相当匹配,至于别的,他们没有多想。那位裸露后背打扮得很年轻的女士,自从斯丘顿夫人逝世以后,她不露面已经有好一阵子了;她用惯常那种迷人的小声尖叫,对几位特别亲近的朋友说,她无论如何也没法把这家人和墓碑之类吓人的概念加以分离。可是,当她真的来到时,她并没有看出这里有什么差错,除非是看见董贝先生表链上拴着一串黄金印章,这使她感到十分惊讶,因为这是一种早就被破除掉的迷信做法。这位装扮得像年轻样儿的迷人女士在原则上认为继女是要不得的;可是她对弗洛伦斯倒也说不出什么反对的话来,只是说她太缺少"时尚"了——也许她指的是弗洛伦斯的后背没有裸露。有些人只是在董贝府举行礼仪隆重的宴会时才来,他们中有很多人都不知弗洛伦斯是谁,他们在回家途中说,"坐在角落里的那一位真的就是董贝小姐吗?非常美丽,但身体有点儿柔弱,一副心事重重的样子!"

一点儿不错,最近这半年弗洛伦斯的生活确实就是这样,明天是她父亲和伊迪丝结婚两周年纪念日(一周年纪念时,正好赶上斯丘顿夫人中风瘫痪),此刻她坐在餐桌旁,心中忐忑不安,几乎达到恐惧的程度。她感到害怕,倒没有别的理由,只是因为那场合,因为父亲脸上的表情,她看到父亲向她匆匆一瞥时用的是什么眼神,再加上还有卡克先生在场,有他在,她总是感到不舒服,但今天尤其如此,比已往更觉得别扭。

伊迪丝盛装华服,傍晚时她和董贝先生要参加重大的聚会,所以今天晚餐的时间推迟了。等别人都在餐桌旁的座位上坐定下来,她才露面,卡克先生站起来替她挪动椅子,伺候她就座。她美丽非凡,光彩照人,然而看她的脸色和神态,仿佛有一种断然与弗洛伦斯、与众人永远隔绝的样子。尽管如此,当伊迪丝的目光落在弗洛伦斯身上时,在短短的一瞬间弗洛伦斯仍从她的眼里看到了一缕慈爱的光辉,这就使她对于伊迪丝故意要拉开与她的距离一事,比以前任何时候更加感到悲伤和遗憾。

进餐时餐桌上很少有人说话。弗洛伦斯听到她父亲有时向卡克先生过问一下生意上的事,并听卡克软声细语地回答,但她并没留意他们谈话的内容,只希望这顿饭早些吃完。当餐后甜点送上餐桌,仆人们全都已经退下,餐桌旁只剩下他们四个时,董贝先生清了好几次嗓子,这是个不祥之兆,他说:

"董贝太太,我想,你知道,我已经给女管家下了命令,明天请几位客人来这里吃饭。"

"我不在家里吃饭。"她回答。

"规模不大,宴请的人不多,"董贝先生不为所动,接着说下去,就像根本没有听到她的话,"只有十二到十四个人。有我妹妹、白士度少校,还有几位你不怎么熟悉的客人。"

"我不在家里吃饭。"她再说了一遍。

"董贝太太,尽管现在看起来,我并没有充分的理由认为,"董贝先生仍态度十分尊贵地继续说下去,似乎伊迪丝的话讲了也是白讲,"现在举办这种庆祝活动能唤起非常幸福的回忆,可是总得维护尊严,让社会公众看着像个样子啊。董贝太太,假如你不想维护你的尊严……"

"我不想。"她说。

"夫人,"董贝先生气得拍桌子说,"请听清楚我的话。我说的是,假如你不想维护你的尊严……"

"我回答过了,我不想。"她答道。

他注视她;但是从她脸上看到的答案是:即使死神亲自跑来盯住她,她的答复也决不会改变。

"卡克,"董贝先生对那位绅士说话时,声音变得稍为平静,"以前你是我和董贝太太打交道时的中间人,由于就我个人而言,我决心维护生活中的礼仪和体面,我要麻烦你,请你通知董贝太太,假如她不想维护她的尊严,我还想维护一下我的尊严呢,所以我坚持明天一定要按照我的安排来办。"

"先生,请你报告你那位至高无上的主子,"伊迪丝说,"关于这件事,请允许我待一会儿再跟他谈,我愿意单独跟他谈。"

"夫人,"她的丈夫说,"卡克先生知道,我为什么不得不剥夺你享有这种特权,所以他完全不必向我传达所有这类信息。"他看见,当他说话时她的目光在移动,他的目光也随着她转。

"先生,你的女儿在这里呢。"伊迪丝说。

"我的女儿不必回避。"董贝先生说。

弗洛伦斯本来已经站起来了,听见这句话,只得再坐下去,她双手蒙住脸,吓得浑身颤抖。

"夫人,我的女儿……"董贝先生打算接着说。

但是伊迪丝制止了他,她说话的声音虽然没有抬高,但却非常清晰、明白,语气很重,即使在旋风中也能听得清楚。

"我对你说过了,我愿意单独跟你谈,"她说,"要是你还没有精神失常,那就请你仔细听我的话。"

"我有对你说话的权利,夫人,"她的丈夫说,"想什么时候说、想在什么地方说,都趁我高兴;我喜欢这个时候、就在这里说。"

她站起身来,似乎想要走出房间;但又坐了下来,用显然是强自镇定的目光看着他,并用同样的声音说:

"你说吧!"

"我首先要告诉你,夫人,你露出一副含有威胁意味的样子,"董贝先生说,"这对你很不合适。"

她哈哈大笑。饰在她头发中间的多颗钻石跳了起来,不停地颤动。许多寓言故事都说过,如果佩戴宝石的人有危险,这些宝石就会黯然失色。要是情况真的是这样,那么在这一瞬间,囚禁在她钻石中的光芒就都会逃跑,那些宝石就会像铅一般晦暗无光。

卡克在听,他的目光垂向地面。

"至于说我的女儿,夫人,"董贝先生重新接上刚才说话的线索,"让她知道什么样的行为是不该做的,这与她尽女儿的本分一点儿都不矛盾。对她说来,眼前的你就是这方面的一个非常有力的例子,我希望她能从中受到教益。"

"现在我不会再来阻止你,"他的妻子说,目光、声音和神态都不再游移,"就算这个房间着了火,我也不会站起来、跑出去,好让你少说一个字。"

董贝先生点了一下脑袋,似乎对伊迪丝准备洗耳恭听的态度作出含有嘲讽意味的赞许,就接着讲下去。但他说话时显然不像刚才那样底气十足了;因为伊迪丝首先想到弗洛伦斯,为她担忧,而对他以及他的责难却无动于衷,这深深刺痛了他,就像谁碰了他身上还没有愈合的伤口。

"董贝太太,"他说,"一个性格执拗的人,却纵容自己——我还得补充说,是不知感恩地纵容自己——十分任性地行事,尤其是在野心和利益方面都得到满足以后,这是多么令人遗憾、多么急需改正的事,让我女儿知道这一点,对她改善自己的行为,也许并不相悖。我相信,野心和利益这两者,在促使你占有现在这张餐桌前的位置方面,是起了点作用的。"

"不!就算这个房间着了火,我也不会站起来、跑出去,好让你少说一个字。"她一字不差地重复刚才说过的话。

"当着别人的面提起这些不愉快的事实会使你感到心神不安,也许是很自然的事,董贝太太,"他接着说,"可是我真的不知道,为什么……"说到这里,他无法掩盖自己的真实感情,两只阴沉沉的眼睛盯住弗洛伦斯,"对于这些与我密切相关的事实,为什么有人比我本人有更大的影响力和重要性呢?我不假装说我知道。你不愿意当着任何人的面听我数落你,这也许是十分自然的事,可是我还是要说,你身上有一种你自己也无法迅速克服的反抗的本性;你必须克服它,董贝太太;我遗憾地说,我记得我以前看见过你对你已故的母亲就有反抗的表现——在我俩结婚之前,我就不止一次看见过,这使我困惑不解,并感到不快。不过,治疗这种毛病的良药掌握在你自己手里。我开始说这些事实时,我女儿就在这里,这我一点儿也没有忘记,董贝太太。我请你不要忘记,明天有几位客人要招待;为了保持体面,你要用适当的礼仪好好招待他们。"

"你明明知道我和你之间发生了什么,"伊迪丝说,"这还不够;你看看这里,"说时,她用手指着那垂下目光、仍在一旁听着的卡克,"可以提醒你曾经对我施加了怎样的羞辱,这还不够;你再看看这里,"说时她第一次、也是仅有的一次用微微颤抖的手指着弗洛伦斯,"想起你干出的好事,让我在你巧妙的摆布下,作出了使自己每天、每小时持续不断地感到极度痛苦的事,这还不够;尤其是今天,我会记得一年里的这个日子,因为在这场争执中我宁愿自己死去(死了也活该,但对于像你这种人是不可想象的),难道这还不够吗!除了这一切,你还要让她当现场见证人,让她亲眼看一看我堕落得有多深;你明明知道我是在你的命令下,为了她的安宁才作出牺牲的,为此我牺牲了生命中仅有了的温情和关怀,你明明知道,为了她的缘故,只要我做得到的话(但是我做不到,我的心对你实在太反感了),我现在马上就会完全服从你的意志,成为你最恭顺的奴隶!"

她这么说话完全不合乎伺候董贝先生这位大人物时应有的方式。她的话唤起了他早已存在心里的恨意,使它变得比以往任何时候都更强烈,更愤激。在他生活中这个难受的时刻,这个存心反抗他的女人,竟又把他不喜欢的那个孩子抬了出来,在他无能为力的地方,她却有很大的影响力,在他一钱不值的地方,她却比一切都重要!

他转过脸去看着弗洛伦斯,就好像刚才那些话是她说的,并且命令她出去。弗洛伦斯服从命令,她双手捂住脸,浑身发抖,一边走一边哭泣。

"我理解,夫人,"董贝先生气得满脸通红,但仍以胜利者的口气说,"你的反抗精神致使你通过那个渠道宣泄感情,可惜这样做行不通,董贝太太;想通过那个渠道宣泄感情是行不通的,只能退回原处!"

"这样对你更要糟糕得多!"她回答时,声音和态度一点儿也没有改变,"对我说来这是件糟糕的事,但是对你说来更要糟糕两千万倍。如果你对其他事都不注意的话,这件事你可得注意。"

跨越在她深色头发两端的那条半圆形钻石链在闪闪发光,就像明亮的星辰搭起的拱桥。那上面没有写着警告字样,否则的话,它就会像被玷污的荣誉一样变得黯然无光了。卡克仍目光下垂,坐在那里听。

"董贝太太,"董贝先生说,他竭力使自己重新摆出平时那副目空一切、泰然自若的样子,"你这种行为方式,并不能博得我的好感,也不能改变我的任何意图。"

"这么做是我内心感情唯一真实的表达,尽管只是微弱的、隐约的表达,"她回答说,"但是,假如我知道这么做会博得你的好感的话,那么我一定会压抑住自己,只要凡人压抑得住。我决不会做你要求我做的任何事。"

"我不习惯对别人提要求,董贝太太,"他说,"我下指示。"

"明天我不会待在你的家里,以后每年的那一天我也不会待在这里。在那个日子,我不愿意作为你购买的一个难以驾驭的奴隶,展示给任何人看。如果我记得我的结婚纪念日,那也是作为一个耻辱的日子才记住的。什么维护自己的尊严!什么让世人看着像个样子!这对我还有什么价值?你已经不遗余力地使这一切对我失去了任何价值,它们确实一钱不值。"

"卡克,"董贝先生想了想,皱起眉头说,"董贝太太说这一切的时候,把她的身份和我的身份统统都忘掉了,使我现在的处境与我的性格完全不相容,这种状况必须终止。"

"那么放我走吧,"伊迪丝说,自始至终她的声音、脸色和行为举止都没有改变,"解除那拴在我身上的锁链吧。让我走。"

"夫人?"董贝先生喊出声来。

"放开我。还我自由!"

"夫人?"他重复道,"董贝太太?"

"告诉他,"她说时,那张骄傲的脸转过去对着卡克,"我希望和他离婚。还是分开的好。我向他提出这一建议。告诉他,离婚可以按照他提出的条件办理——他的财产对我没有任何意义——不过,这件事办得愈快愈好。"

"天哪,董贝太太!"她的丈夫说,他感到极度困惑,"亏你想得出来,你真的以为我会认真听取这种建议吗?夫人,你知道我是什么人吗?你知道我代表什么吗?你听说过董贝父子商行吗?让人们议论董贝先生——董贝先生!——竟然与他的妻子离婚!听任普通百姓议论董贝先生和他和家庭事件!你认真想过没有,董贝太太,难道我会允许把自己的名誉交给这些人任意玷辱吗?呸,呸,夫人!真不知羞耻!你太荒唐了。"董贝先生确实大笑起来。

但是他的笑和她的笑不一样。她眼睛紧盯着他,以笑来代替回答,但此时她笑,倒还不如死的好。他以堂而皇之的姿态坐着听她笑,但此时他听,倒还不如死的好。

"不,董贝太太,"他接着说,"不,夫人。你和我离婚是完全不可能的,因此我更要特别提醒你,必须醒悟,要意识到自己的责任。啊,卡克,我刚才打算对你说……"

卡克在整个这段时间里一直坐在那里听,这时他抬起了目光,眼中闪现出一种异乎寻常的神采。

"……我打算对你说,"董贝先生继续刚才的话,"既然事情已经发展到这个地步,我必须请你通知董贝太太:我的生活准则决不允许我容忍任何人的反对——我说的是任何人,卡克——也决不能容忍任何人向我炫示,那本该服从我的人反倒比我本人更加应该受到服从。提起我的女儿,并且利用我的女儿来反对我,是伤天害理的。我的女儿是否真的已经和董贝太太采取一致步骤了,我不知道,也不在乎;但是,既然董贝太太今天说出了这样的话,我的女儿今天又听到了这样的话,我请你通知董贝太太,如果她继续使这个家变成一个争吵不休的舞台,我就会认为,造成这样的局面,正如这位夫人自己坦率承认的那样,我的女儿也应负有一定的责任,我极大的愤怒将会落在她身上。董贝太太刚才问,她已经做了这个、那个的,'难道还不够吗?'请你回答她:不,确实还不够。"

"请等一下!"卡克先生喊道,他插了进来,"请允许我说几句!本来我的处境,至多也就是尴尬罢了,但是如果我持有与您不同的意见,那我就更会感到极度的痛苦,"他对着董贝先生说,"我必须问,关于离婚的事,您是不是重新考虑一下更好?我知道,对于社会地位像您这么高的人,离婚似乎是不合适的,我也知道,当您明确地告诉董贝太太说,"——当他用清晰得像许多铃儿齐奏似的一字一字把话说出来时,目光落到了她的身上——"除非是死亡,否则任何东西也不能使你们俩分离,您的决心是十分坚定的。但是,请考虑一下董贝太太,她生活在这座房子里,并且如您所说的,把这个家变成了一个争吵不休的舞台,争吵中不但有她,而且每天都会把董贝小姐牵连进去(因为我知道您的决心十分坚定),使董贝太太的精神持续地感到烦恼,总感到对不起别人,使别人因她而遭殃,她的痛苦几乎达到了难以忍受的地步,您难道不能把它解除掉吗?这好像——我说的是好像,不是说真的如此——是为了确保您那卓越的、无可置疑的崇高地位,而要让董贝太太作出牺牲,难道不是这样吗?"

当她站起身来看着她的丈夫时,卡克的目光再次落到了她的身上:这一回他脸上漾起了一个奇异而可怕的微笑。

"卡克,"董贝先生傲慢地皱起眉头,用不允许商量的语气说,"你在这么重大的事情上向我提建议,是误解了自己的地位,而且从你建议的性质(它使我感到非常惊奇)看来,你对我也误解了。我没有别的话要说了。"

"也许是,"卡克说,他的话里含有一种异乎寻常的、莫可名状的嘲讽意味,"您误解了我的地位,才会赐予我这么崇高的荣誉,让我介入这里的洽谈——"说到这里,他伸手指了指董贝太太。

"不必介意,先生,不必介意,"董贝先生极其傲慢地说,"你是我雇用的人……"

"我是一个地位卑微的人,用我就是使董贝太太蒙羞。我忘掉这一点了。噢,对了,这是明摆着的事嘛!"卡克说,"我请您原谅!"

他对董贝先生低下头颅,那恭敬的样子与他说的话很不协调,尽管他是以十分谦卑的口吻说的,他转过脸去对着她,两只眼睛一直在盯着她看。

尽管她情绪低沉,但她还强使自己保持庄重,站在那里发出嘲讽和美丽的微笑,啊,与其这样,此刻她还不如变得丑陋、倒地而死的好。她举起手来,抓住在头上闪闪发光的宝石冠冕,使劲地把它揪下来,毫不顾忌会扯伤她那满头浓密的深色秀发,随着一堆宝石落地,她的秀发也流泻下来盖住了她的肩膀。接着她又从两只手臂上,把一边一只钻石手镯都褪了下来,扔在地下,还用腿踩在那一堆闪光的珍宝上。她没有说一句话,明亮的眼睛发出的火光里也不见一丝阴影,脸上可怕的微笑也没有减却毫分,她走到门口,眼睛始终盯着董贝先生;她离开了他。

弗洛伦斯退出房间以前所听到的一切,足以使她知道伊迪丝对她的爱丝毫没有改变;伊迪丝为她受够了折磨;要不是伊迪丝默默地作出牺牲,他们早就会找她的麻烦了。她不想对伊迪丝提这一点——她不能提,因为她没有忘记伊迪丝是谁的冤家对头——但是她希望能默默地给伊迪丝一个充满爱意的拥抱,不用任何话语,她的全部感受和对继母深深的谢意都尽在不言中了。

那天夜里,她父亲单独出门了,他刚一走,弗洛伦斯就走出自己的房间,在住宅里到处寻找伊迪丝的踪影,但是没有找到。伊迪丝准是在自己的房间里,弗洛伦斯已经有很久没到那里去了,现在也不敢去,怕无意中会惹出新的麻烦。但是弗洛伦斯仍希望能在睡觉之前碰到她,她走过一个房间又一个房间,穿行在金碧辉煌而阴郁沉闷的豪宅里,哪儿也没有停留。

她走过一条离楼梯不远的通道,那里只是在举办盛大宴会时才会点亮灯烛,通道尽头是一个圆拱,这时她忽然看见一个男人的身影在沿着对面的楼梯往下走。她自然以为那是她的父亲,便立刻就站住了,她在暗处透过圆拱望着亮处。但是,那人不是她的父亲,而是卡克先生独自在下楼,他一边往下走,一边透过扶手仔细窥视着门厅。他离去时并没有打铃通知仆人,因此门口没有一个仆人伺候着。他下楼的脚步很轻,悄悄地给自己开了门,溜了出去,关门时也没有发出一点声音。

弗洛伦斯对卡克有一种无法克制的厌恶,现在她在十分特殊的情况下暗暗看到了他的行踪,尽管她毫无过错,但她还是觉得自己像是在偷窥,心情沉重,不禁从头到脚都颤抖起来。她全身的血似乎也冷却了。起初她心里害怕得连一步都动弹不得,等她的脚刚能挪动,便立即迅速跑回自己的房间;即使回到了自己的房间,闭上房门,和爱犬待在一起,她仍感到恐惧像一阵寒意向她袭来,似乎身旁某个处所潜藏着危险。

恐惧闯入了她的睡眠,吓得她整夜都无法入眠。清早起身时,仍觉得困倦,心里记着昨天家里发生的不愉快的事,觉得十分沉重,她再次在住宅的各个房间里寻找伊迪丝,过一会儿就找一遍,找了整整一早上。但是伊迪丝仍待在她的房间里,弗洛伦斯一直见不到她的踪影。然而,弗洛伦斯听说原先准备举行的宴会取消了,她想,这样一来伊迪丝晚上可能会出去参加她所说的约会;于是决心晚上待在楼梯附近,以便能在那里与伊迪丝相遇。

当夜晚终于来临,弗洛伦斯坐在房间里仔细听外面的动静,她终于听到从楼道上传来脚步声,正像是伊迪丝的。她赶紧出了房间,上了楼梯,直奔伊迪丝的房间而去,她迎面碰到了独自下楼的伊迪丝。

使弗洛伦斯感到害怕和大惑不解的是,当伊迪丝一看见她满面泪痕、向自己伸出双臂时,竟向后退缩,赶紧躲开她!

"不要走近我!"她喊叫起来,"快让开!让我过去!"

"妈妈!"弗洛伦斯喊她。

"不要再用这个称呼来喊我!不要和我说话!不要看着我!——弗洛伦斯!"当弗洛伦斯向她走近一步,"不要接触到我!"

弗洛伦斯面对着伊迪丝憔悴的脸、凝视的目光,站着发呆,眼前的景象宛如梦境,她注意到伊迪丝浑身颤抖,伸手蒙住眼睛,靠在墙上蹲伏下去,像一只低贱的动物似的爬过她身边,然后迅速站起来,逃了出去。

弗洛伦斯晕倒在楼梯上;事情过后,她猜想自己是被皮普钦太太发现的。醒来时她只知道躺在自己的床上,皮普钦太太和其他几名仆人围在她身边,至于其他,就什么都不知道了。

"妈妈在哪儿?"她开口第一句话就问。

"外出赴宴去了。"皮普钦太太说。

"爸爸呢?"

"董贝先生在他自己的房间里,董贝小姐,"皮普钦太太说,"你最好还是马上把衣服鞋袜统统脱掉,上床睡觉。"这就是那位聪明过人的女人医治一切含冤抱屈,尤其是神情沮丧、无能为力人士的良方;在她主持布赖登城堡的岁月里,谁要是触犯了她,她往往会命令那个人上午十点钟就上床睡觉。

没有出现女管家所指望的顺从,弗洛伦斯只是说自己需要完全安静,就尽可能快地把皮普钦太太和她的部下们全都打发走了。她独自思索楼梯上发生的那一幕,起初她简直不敢相信那是真的;接着就泪流满面;然后,她心头涌起像昨天晚上一样的莫可名状的恐惧和惊慌。

弗洛伦斯决定,只要伊迪丝不回来,她就决不上床睡觉,尽管她不能与她说话,至少也要看到她平平安安回家来心里才能踏实。究竟是什么朦胧与漠然的恐惧导致她下定这一决心,这连她自己也说不清,并且还不敢往深处想。她只知道,她的头痛、心悸是好不了的,除非伊迪丝回来。

傍晚变成深夜;很快已经到了午夜;但是不见伊迪丝的踪影。

弗洛伦斯读不进书去,也不能得到片刻休息。她在自己的房间里踱步,又打开房门,在门外通向楼梯的走廊上踱了一回,透过窗玻璃看看外面的暗夜,谛听着凄紧的风声和雨声,她重新坐下来,看着炉火中升起的几张人脸,接着又站起身来看看雨后出现的月亮,那月亮就好像被暴风雨驱策着在云海中疾驶的一艘船。

整座房子里所有其他人等都已进入梦乡,除了两名仆人还恭候在楼下准备迎接女主人归来。

凌晨一点钟。远方传来马车的辚辚声,有的拐弯离开,有的突然停下,有的扬长而去;渐渐万籁俱寂,悄无声息,打破沉寂的次数愈来愈稀少,除非是夜来风雨声。凌晨两点钟。没有伊迪丝!

弗洛伦斯更加焦虑不安了,她在房间里来回踱步,又在走廊上踱了一会儿;看看窗外的暗夜,雨滴打在窗玻璃上,使玻璃模糊不清,微微颤动,眼泪涌上了她的双眼;她抬头看看天空中的风云躁动,与地下人间都在安眠的情景截然不同,然而还是那么安静,那么孤寂。凌晨三点钟了!就连壁炉里掉下的每一点灰烬里都包含着惊恐。还是没有伊迪丝!

弗洛伦斯愈来愈焦虑不安了,她在房间里来回踱步,又在走廊上踱了一会儿,望一望窗外的月亮,她忽然产生出新的想象,觉得月亮像是一位脸色苍白的逃妇,正蒙住她那罪孽深重的脸,匆匆离去。凌晨四点钟!五点钟!还是不见伊迪丝的踪影。

这时,府邸里出现了某种小心控制住的骚动迹象;弗洛伦斯发现,熬夜守候的两名仆人之一,跑去叫醒了皮普钦太太,那位女管家立即起床,下楼来到她父亲的房间门口。她悄悄地跟着下楼,想看看家里发生了什么事,她看见她父亲身穿睡衣从卧室里走出来,听到女管家向他报告说他的太太昨夜未归时,他大吃一惊。他派一名送信人到马房去,看看车夫回来了没有;等那人离去,他便匆匆忙忙地把衣服穿好。

那人很快就回来了,他把车夫也带来了,据车夫报告说,昨天晚上他回来得很早,十点钟就上床睡觉了。他驱车把太太送到她位于布鲁克大街的旧居,卡克先生在那里等着她……

此刻弗洛伦斯站着的地方,正是她昨晚看见卡克悄悄走下楼梯的同一地点。她再一次像昨晚看见那景象时一样,被一种莫可名状的恐惧吓得浑身颤抖,她的心理实在支撑不住了,别人接下去说了什么,她既没有听清楚,更没有听懂。

……马车夫接着说,卡克先生对他说,他的女主人不坐他驾的车回家,就把他打发回来了。

她看到她父亲的脸变得刷白,听到他以快速而颤抖的声音叫人去把董贝太太的贴身侍女找来。整座住宅里的人们都被惊起;因为那名侍女很快就来了,她也脸色苍白,说话支支吾吾,语无伦次。

她说她昨天早早地帮女主人换好装——离她出发时间足足提早两个小时——女主人还吩咐她说,女主人是常常这么说的,夜里回来不需要她伺候了。她这会儿刚从女主人的房间里来,但是……

"但是什么!究竟发生了什么事?"弗洛伦斯听到她父亲提问时,激动得像是疯了似的。

"里面那间更衣室的门锁着,钥匙找不见了。"

她父亲拿起点亮了放在地上的蜡烛——有人放在那里,忘记拿走了——急急忙忙就往楼上跑,弗洛伦斯吓傻了,差一点来不及躲开,幸亏没让他撞见。她双手摊开,披头散发逃上楼去,躲进自己的房间,脸上的表情像是个疯子,一路奔跑时,只听见她的父亲在撞击房门。

门被撞开,他冲了进去,他在房间里看到了什么?没有人知道。她当了他的妻子以后所拥有的每一件首饰、穿过的每一件衣服以及一应价值昂贵的物品都扔在地上,聚成一堆。正是在这个房间里,就在旁边那面镜子里,他曾看见过她那张骄傲的脸,上面充满着对他的蔑视。正是在这个房间里,他曾产生过这样一个无益的疑问:不知下次再看见房间里这些物品时,它们会是什么样子!

他拣起这些贵重物品胡乱塞进几只抽屉里,在一阵狂怒中匆忙把抽屉锁起来,他看见桌上放着几张纸。他看纸上的字,知道她走了。他看纸上的字,知道他蒙受到奇耻大辱。他看到,她在自己可耻的结婚纪念日,跟随他专门选来羞辱她的那个男子私奔了;他心里有了一个疯狂的想法,想冲出房间,冲出屋子,要在她前往的地方把她找到,并光着手掌掴她那张得意洋洋的脸,掴得她一切美丽的痕迹都荡然无存。

弗洛伦斯不知道自己在干什么,她围上披巾、戴上帽子,梦想着要跑到街上去到处寻找,把伊迪丝找到后,就用双臂抱住她,把她救回家。但是,当她匆匆忙忙跑下楼梯,看见手持灯烛的仆人们吓得到处乱窜,一边还互相窃窃私语,当她的父亲冲下楼来时,大伙儿赶紧躲开,她顿时感觉到自己其实是无能为力的;她躲进了一个豪华的大房间,这些房间装饰得这么漂亮难道就为了这个目的?她感到自己的心悲伤得快要破碎了。

她清楚地意识到的第一件事就是爱她的父亲,正是对父亲的爱支撑着她,使她没有被洪水般涌来的忧伤所淹没。她的自然天性永恒不变,那就是在父亲遭遇不幸时要向着她父亲,要热爱他、忠于他,与他春风得意时完全一样,而她的这个理想在她父亲事业兴旺、踌躇满志时,逐渐变得越来越模糊,越来越黯淡了。尽管她并不了解父亲遭遇的灾难严重到什么程度,她只是受到一种朦朦胧胧的莫名恐惧的暗示,那受冤屈、被抛弃的他就站在她面前,她心中久久渴望的爱又一次驱使她来到他的身边。

他出门时间不久就回来了:因为当弗洛伦斯听见她父亲回来

的声音时,她还在那个大房间里哭泣,上述想法还在她脑子里盘旋。他命令仆人们各就各位,照常干平时的活计后,就回进自己的套房,她能听到他在房间里从一头到另一头来回踱步时发出的沉重的脚步声。

她立刻被溢满在心中的爱所征服,这种爱在任何别的时候都非常怯懦,可是现在是父亲倒霉的时候,女儿对父亲的爱很真诚,它丝毫不因以前受挫而减弱,却变得十分大胆,于是她穿好衣服,匆匆向楼下走去。当她轻盈的脚步在门厅里行走时,他正好从房间里出来。她没有阻止自己,加快脚步向他跑去,并向他伸出双臂,喊道"噢,亲爱的、亲爱的爸爸!"眼看就要扑上前去搂住父亲的脖子。

她本来是会拥抱他的。但是,他在盛怒之下,举起无情的手臂,使劲抡圆了揍她,他下手很重,她站立不稳,在大理石地板上打了个趔趄;揍完她以后,他告诉她说伊迪丝是个什么样的女人,既然她俩以前总是勾结在一起,那么她尽管学伊迪丝的榜样找她去好了。

她没有跪倒在他脚下;她没有伸出颤抖的手捂住自己的眼睛以便不再看见他;她没有哭泣;她没有说出一句责备的话。她只是看着他,从心里迸发出一声凄惨的呼喊。因为当她抬眼望去,就望见他正在杀灭她所珍爱的理想,以前不管父亲怎样对待她,这个理想却始终在她的心底蕴藏着。她看到他的残酷无情,心里根本没有她,只有仇恨凌驾于她所珍爱的理想之上,并把它踩在脚下。她看到她在这个世界上已经没有爸爸了,走出他的宅邸,成为一名孤女。

走出他的宅邸。一瞬间,她的手已摸到门锁,她嘴唇间还挂着那声呼喊,父亲的脸还在那里,黄色的烛光骤然熄灭、黯然消失,再加上从门的上方透进来的阳光,使得他那张脸显得更加苍白。又一瞬间,那紧遮密闭的房子的黑暗(虽然天已大亮,但谁都忘记把窗帘拉开了)终于让位于早晨的自由空气和意想不到如此炫目的日光;弗洛伦斯低着头,掩藏她痛苦的眼泪,她已经在大街上了。

第四十八章　弗洛伦斯出走

忧伤、羞辱与恐惧使弗洛伦斯心里一片茫然,这位被抛弃的姑娘在早晨明亮的阳光下匆匆行走,倒好像走在冬夜的黑暗中。她绞动双手,哭得好伤心,除了心中深深的创伤外,对什么都麻木了。她所爱的人都已失去了,感到不知所措,现在她就像一艘巨大的沉船上唯一的幸存者,孤独地踯躅在荒凉的海岸上,出走时她头脑空空,没有思想,没有希望,只知道要逃往某个地方——任何地方。

被早晨的阳光照得锃亮的长街上一片欢快的景象,抬头可以望见蓝天、流云,白天刚战胜了黑夜,呈现玫瑰般红润的脸色,到处生机勃勃,活跃新鲜,但未能在她深深受伤的心里引起感情的回应。某个地方、任何地方,只要能把她的头躲藏起来! 某个地方、任何地方,只要能找到一个避难所,永远不要让她再次看到她逃离的地方!

街上行人杂沓,来来往往;商店都已开门,各家各户的门口都站着仆人;白天的奋斗开始了,到处可以听见器物铿锵、人语喧哗,声音愈来愈大。弗洛伦斯从与她擦身而过的人们的脸上看到惊讶、好奇的表情;看到人行道上重新出现长长的人影;听见陌生人的声音问她打算到哪儿去,碰到什么事儿啦;尽管她刚听见这种问话时心里感到更加害怕,只好加快脚步往前走,但其实这种问话却对她起了好作用,在某种程度上使她头脑清醒起来,并且提醒她必须更加镇定。

到哪里去呢? 还是要前往某个地方、任何地方! 继续往前走;

但是去哪儿呢！她想起自己以前仅有的一次在伦敦这个乱糟糟的大都市里迷过路——但情况与这次不同——便沿着当年走过的老路走去。到沃尔特的舅舅家去。

她忍住了啜泣，擦干哭得红肿的眼睛，竭力使自己平静下来，尽量不露出如此激动的样子，以免过于引人注目。弗洛伦斯决定尽可能走行人稀少、较为安静的街道，她更加平静地往前走着，一个熟悉的小小身影忽然蹿上了阳光灿烂的人行道，它猛地一停，又围着她转，快要碰到她身子时又跑开，在她前后左右活蹦乱跳，它是第欧根尼，这时它就在她的脚边，停下来喘气，接着又欢快地叫起来，使整条街都充溢着它的吠声。

"噢，第欧！噢，亲爱的、真心的、忠实的第欧，你是怎么上这儿来的？既然你永远不离开我，第欧，我怎么能离开你呢？"

弗洛伦斯在人行道上俯下身去，把她老朋友那颗毛茸茸、充满爱意、老实憨厚的脑袋抱在胸前，她和它一同站起，一起往前走去；第欧蹦起来的时候比站着的时候多，竭力想要跳在空中够得着它的女主人，以便给她一吻，它不断翻倒在地，满不在乎地打个滚儿又站起来，看到身躯庞大的狗便冲过去与它们嬉闹，根本不把它的同类们放在眼里；看见正在擦洗台阶的年轻女仆，就用鼻子去拱她们，吓唬她们玩儿，有好多次，正闹得太过分时，它会停下来，回头看看弗洛伦斯，并大声吠叫，使它吠声所及处的狗都与它呼应，一起吠叫起来，那些能够跑出家门的狗，都走上街来盯着它看。

弗洛伦斯总算有了这位对她支持到底的追随者，她踏着即将变成大白天的晨光，在愈来愈强烈的太阳下，快步朝市区走去。不久，人声渐渐喧闹起来，行人愈来愈密集，很多店铺都交易繁忙，她被卷进了这条生活之流中，随机地往前流去，就像与它并行的那条大河一样，那条大河从梦见灯心草、杨柳树、青苔的睡梦中苏醒，流过商场、大厦、监狱、教堂和集市，流过富豪、贫民、善人与恶人，它一路前行,流过人类的污浊与苦难、劳作与忧患,一直流进深深的大海。

小海军准尉所在的地区终于在望了。走得近些,那位小海军准尉本人也已经看得见了,只见他依旧站在原先的岗位上,全神贯注地用望远镜观察着。走得更近些,只见航海仪器商店的门敞开着,好像正在欢迎她进去。旅程的终点到了,弗洛伦斯再次加快脚步,穿过马路(第欧根尼紧随她的身后,市区车水马龙的景象似乎有点儿把它弄糊涂了),她走进店堂,伏下身去,趴在那间她记忆犹新的小小的后房的门槛上。

柯特船长头戴他那顶加光便礼帽,站在壁炉前,正在煮早餐用的可可,他享受一份小小的奢侈,把他那只表放在壁炉架上,一边烹饪,一边可以很方便地看时间。听到脚步声和衣裙的窸窣,唤起船长对令人生畏的麦克斯丁格尔太太的可怕记忆,正在这一瞬间,弗洛伦斯把手伸向他,身子一摇晃,便倒在了地板上。

船长的脸色变得和弗洛伦斯的脸色同样苍白,就连脸上每一处疙疙瘩瘩的地方都发白了,他一把就把她当成个小娃娃似的抱起来,把她放在那张她很多年以前曾经睡过的旧沙发上。

"小可心儿来了!"船长仔细看着她的脸说,"可爱的小女孩儿已经长成大姑娘啦!"

船长对她一向满怀敬意,看到她成年女人的新模样,更奉之为神圣了,现在她晕了过去,就算奖励他一千英镑,他也不肯把她抱在怀中。

"我的小可心儿!"船长说,往后退缩了几步,脸上显出极其惊讶和充满同情,"要是你还能动一动手指头向内德·柯特打个招呼,请你动一动!"

但是弗洛伦斯没有反应。

"我的小可心儿!"船长吓得发抖喊道,"要是你能动的话,把船头转一转,扯起一挂旗来,就算是为了淹没在深海里的小沃做的。"

发现她对这一动情的恳求并无丝毫反应,船长一把抓起放在早餐桌上的一盆冷水,往她脸上洒了一些。由于情况紧急,船长不得不用他那巨大的手掌十分细心地轻轻解下她的女帽,用冷水沾湿她的双唇和前额,撩开她的头发,一把扯下自己身上的大衣,把她的脚盖严实了,托起她的手来轻轻拍打——在他巨大的掌心里她的手显得多么纤细,他一碰它就觉得怪神奇的——他发现她的脸皮在微微颤抖,双唇也开始动起来,他继续对她进行恢复她知觉的治疗措施,此时他的心情已经较为轻松了。

"高兴起来!"船长说,"高兴起来!准备启动,我的漂亮孩儿,准备启动!好啦!现在你好些了。坚定就是口令,要的就是坚定。让她保持坚定!喝上一小口这东西,"船长说,"你瞧怎么样!现在你感觉怎么样,我的漂亮孩儿,你感觉怎么样?"

在她逐渐恢复的过程中,柯特船长把他的那只宝贝表与医生医治病人的工作生拉硬扯到了一起,他把表从壁炉架上取下来,用铁钩子夹着伸在前面,一边握着弗洛伦斯的手,一会儿看看表,一会儿看看手,似乎期待着怀表的刻度盘能发挥些积极作用。

"你感觉怎么样,我的漂亮孩儿?"船长说,"现在感觉怎么样?我相信,伙计呀,你起了好的作用,"船长低声说,他以赞许的表情对自己的表瞥视了一眼,"只要每天早晨拨慢半个小时,快到下午时再拨慢一刻钟,伙计呀,世界上就很少能与你相比的表了,至于比你更好的表,那是没有的。你感觉怎么样,我的小姐?"

"柯特船长!真的是你?"弗洛伦斯喊道,身体往上抬了一抬。

"是我,是我,我的小姐。"船长说,他瞬间决定使用这个称呼,因为他觉得只有这个称呼才最高雅,再说,他也实在想不出一个比这更有礼貌的称呼了。

"沃尔特的舅舅在这儿吗?"弗洛伦斯问。

"这儿吗,漂亮孩儿?"船长说,"他不在这儿已经有好多好多天了。自从他偏航出去寻找可怜的小沃以后,就一直没有听到过他的消息。但是,"船长像是在引用某本书里的句子,"虽然看不见他,但仍亲切地记得他,以及英格兰,美丽的家乡!①"

"你现在在这儿住吗?"弗洛伦斯问。

"是的,我的小姐娃。"船长回答。

"噢,柯特船长!"弗洛伦斯握紧双手,神情十分激动地喊道,"救救我!让我留下!不要让任何人知道我在这里!待一会儿,等我有力气说更多的话时,我再来告诉你究竟发生了什么事。在这个世界上我没有一个人可以投奔了。你不要把我赶走!"

"把你赶走吗,我的小姐娃!"船长喊道,"你,我的小可心儿!等一小会儿!我们把这扇舷窗外盖关上,钥匙转两下,锁得严严实实的!"

一边说着这些话,船长把自己的一只手和铁钩子全都用上,动作极为灵巧地取出门上的遮板,把它上好、上紧,再把门锁上。

当他回到弗洛伦斯身边时,她捧起他的手来,亲吻了一下。这个动作充分显示出她孤立无助的处境,她对他充分信任,向他请求援救;无须说话,她脸上忧伤的表情就能清楚地说明过去她的内心所经受的痛苦,现在她还在继续受苦;船长知道她的过去,而眼前的她那副孤单、憔悴、无人保护的样子与过去的她一起闯进了船长的脑海,使他心里充溢着一种温柔的感情,对她由衷同情和无限怜惜。

"我的小姐娃,"船长说时不断用手臂摩擦鼻梁,直到鼻梁像一枚抛光的铜币那样发亮,"你千万不要对内德·柯特说一个字,

---

① 引自英国诗人阿诺德作于1811年的歌词《纳尔逊之死》。

等你舒舒服服停泊安稳了再说；今天不用说，明天也不急着说。至于说泄露你的秘密、向外人报告你的去向，说真的，上帝保佑，这种事我是不会做的，教堂里的《教理问答》上就写得明白，查到了把它记下来！"

船长神情庄严地一口气讲了这些话，连话的出处也都讲出来了；当他讲到"说真的"时，把帽子摘了下来，快讲完时，又重新戴到头上。

弗洛伦斯除了感谢他以外，只能再做一件事，那就是向他表示自己对他的高度信任；她这样做了。她倚靠着他，搂住他的脖子，把脑袋放在这位老实人的肩膀上，把他当成她那颗流血的心的最后避难所，她想跪下去为他祝福，但是他凭直觉猜到了她的意图，便像一位真正光明磊落的大丈夫那样不让她下跪。

"站稳，小心！"船长说，"站稳，小心！知道吗，我的漂亮孩儿，你太虚弱了，不能站起来，一定得重新躺下。好啦，好啦！"船长把她举起来放在沙发上，让她躺好，并把自己的大衣盖在她身上，看到这一幕真抵得上观赏成百个富丽堂皇的景象。"现在，"船长说，"你一定要吃些早餐，小姐娃，你的狗也该吃一些。吃完以后，你就到楼上老索尔·吉尔思的房间去，像个小天使似的，躺下好好睡一觉。"

柯特船长提到狗的时候，便伸手轻轻地在第欧根尼身上拍拍，第欧根尼对这个亲昵的举动作出了非常通情达理的回应，尽管还有点儿羞答答地。在船长对它的女主人进行治疗时，它脑子里有两种想法在交战，一时拿不定主意，应该向船长猛扑过去呢，还是应该向他表示友好；两种矛盾的想法它都交替地表达出来了，它所采用的方式是：一会儿摇尾巴，一会儿露牙齿，偶尔还会发出一两声嗥叫。可是到了这会儿，它的疑虑早已全部消除。显然它已经把船长视为人类中最和蔼可亲的一位，作为一条狗，能和这样的人交上朋友,真是莫大的荣幸。

为了表明自己对船长的信任,当船长沏茶、烤面包时,第欧根尼一直跟在他身边,对于他所干的家务事抱着浓厚的兴趣。但是,善良的船长为弗洛伦斯准备早餐的一番心意落了空,弗洛伦斯实在一口也吃不下,她只有哭泣,不断哭泣。

"好了,好了!"充满同情心的船长说,"我的小可心儿,等你睡醒一觉起来,你就会发现前面的路还有好多条呢。现在我要给你发你那份口粮了,我的伙计。"他对第欧根尼说,"吃完了就上楼去守护你的女主人吧。"

尽管第欧根尼口流涎水、眼睛闪光,早就盯着想吃它那份口粮了,然而当食物放在它面前时,它却没有胃口大开地吃起来,相反却竖起两只耳朵,冲到店门口去拼命吠叫,还把脑袋伸到门底下去拱,似乎想打个地洞跑出去。

"外面莫非有人!"弗洛伦斯情绪紧张地问。

"不会的,我的小姐娃,"船长回答,"谁还会不出一声,在那地方待着!你把心放轻松,漂亮孩儿。只不过是有人经过那里罢了。"

话虽如此,第欧根尼却带着不屈不挠的怒气,一阵接一阵地吠叫,脑袋在门底下拱了又拱;当它停止吠叫仔细倾听时,似乎更增添了它觉得门外有人的信念,因为它积极地工作起来,也就是拼命吠叫和使劲拱地,就这样干了有十几遍。即使船长已经把它劝回来吃东西,它也会以非常可疑的样子,突然转过身去冲向门口;再次被劝回,又再次发作,连一口食物都没顾得上吃。

"会不会真的有人在那里监视、偷听,"弗洛伦斯悄悄地说,"有人看见我进来——也许他一直在我后面跟着。"

"不会是那个年轻女人吗,小姐?"船长说,他很喜欢出现在自己脑子里的那个聪明想法。

"你说的是苏珊吗?"弗洛伦斯问,一边摇摇头,"噢,不会的!苏珊离开我已经很久了。"

"我希望她不是擅离职守,不是吧?"船长说,"不要告诉我说那个年轻女人是跑掉的,我的漂亮孩儿!"

"噢,不是,不是!"弗洛伦斯喊道,"她是全世界最忠诚的人之一!"

听了这样的回答,船长大大松了一口气,他取下头上那顶硬硬的加光便礼帽,用捏成圆球形的手帕前后左右地擦拭脑袋,然后还对手帕看了几遍,以表达自己满意的心情,他完全放心了,脸也高兴得发亮,说他早就知道她是这样的人。

"这样你就可以安静下来了,对不对,伙计?"船长对第欧根尼说,"门外什么人也没有,我的小姐娃,上帝保佑你!"

第欧根尼对此可并不确信。一阵阵地,门口那个地方仍对它具有很大的吸引力;它跑到那里去用鼻子嗅了又嗅,嗥叫着,总也不肯把这件事忘掉。这一意外,再加上船长看到弗洛伦斯疲惫、虚弱至极,他决定立刻就去把索尔·吉尔思的房间收拾好,以便让她马上就可以休息。因此他急急忙忙上了房子的顶楼,按照他的想象和根据他的条件,尽力作出最好的安排。

房间已经相当清洁了;船长是个生活很有规律的人,习惯于把什么东西都收拾得像在船上一样整齐,他把床改成了一张躺椅,用白布把它整个儿都盖起来。根据同一设计理念,他把小小的梳妆台改成圣坛模样,在上面放了两把银茶匙、一只花盆、一架望远镜、他那只宝贝怀表、一把袖珍式梳子、一本歌曲集,这些东西组成了珍稀物品的小型收藏,摆在一起看起来品位真还不错。船长把窗帘拉上,把几块小地毯放放整齐,自己看看这些准备工作,心里也感到很高兴,于是又下楼来到小小的后房,把弗洛伦斯请进她的卧室。

船长说什么也不相信弗洛伦斯能自己走上楼去。要是他允许自己的脑子产生让她自己上楼的想法的话,他就会认定这是不能容忍的,因为它有违自己好客之道。弗洛伦斯虚弱得连与他争论的力气都没有,船长立刻抱她上楼,让她躺好,用一件水手值勤时穿的厚大衣盖在她身上。

"我的小姐娃!"船长说,"你待在这里,就像待在圣保罗大教堂顶上、再把梯子撤掉那样安全了。现在你一切都别管,你最需要的就是睡个好觉,要是你受伤的心灵还在隐隐作痛,睡眠是能使你变得轻快些的油膏①!假如你需要什么东西,我的小可心儿,只要是这座简陋的房子里或是城里面有的,你尽管对内德·柯特说句话就是了,他会在这扇门外面伺候着,他会满心欢喜地为你办事。"说完话,船长以一位老游侠骑士对女士的殷勤姿态在弗洛伦斯向他伸出的手上吻了一吻,便踮起脚来轻轻地走出房间。

柯特船长下楼重新回到那间小小的后房,自己很快地琢磨了一下以后,决定还是把店门打开几分钟,总而言之,他要确信此刻并没有人在门口游荡才会满意。于是他打开了店门,站在门口台阶上,警惕地向外瞭望,他戴上眼镜把整条街都扫视到了。

"你好吗,吉尔思船长?"这是紧挨着他的一个人发出的声音。船长朝下看了看,这才发现,当自己正在巡视远处的地平线时,他的船却让涂茨先生登上来了。

"你身体怎么样,我的孩子?"船长说。

"好,相当好,谢谢你,吉尔思船长,"涂茨先生说,"你知道,现在我也不可能像我希望的那样好了。我自己也没指望能更好。"

根据涂茨先生和柯特船长两人之间达成的共识,他在与柯特船长的谈话中只要涉及自己的人生大事,他只能说到这个程度

---

① 参看莎士比亚《麦克白》第二幕第二景"睡眠……受伤的心灵的油膏"。

为止。

"吉尔思船长,"涂茨先生说,"不知道我是否有幸能跟你说句话,这……这是件很不寻常的事。"

"啊,你要知道,我的孩子,"船长说,把他领进那间小小的后房,"今天早上,我不像你以为的那么空闲;所以说,如果你能把船帆快快地升起来,我会觉得你对人体贴。"

"当然可以,吉尔思船长,"涂茨先生回答道,对于船长话里的含义,他一点儿也没有领会,"我正希望把船帆快快地升起来呢。这很自然。"

"要是这样,我的孩子,"船长说,"那就快些!"

船长一心惦记着自己的重大秘密——此刻,当天真无邪、浑然不觉的涂茨先生在他对面坐着时,董贝小姐正待在他的屋顶下呢——冷汗不断地从他前额上渗出来,他把那顶硬硬的加光便礼帽拿在手里,慢慢地用手帕擦干沾在上面的汗水,可是他发现自己不能只顾擦汗而不把目光盯在涂茨先生的脸上。涂茨先生情绪不安,在船长盯视下显出一副无法形容的狼狈相,看上去他也有自己的心事。他没开口,坐在椅子里不安地将身子转过来又转过去,傻傻地对船长看了一阵子以后,他说:

"请你原谅,吉尔思船长,你有没有看出来,我有点儿跟平时不一样?"

"没有,我的孩子,"船长说,"没看出来。"

"那是因为你知道,"涂茨先生吃吃地傻笑道,"我知道自己消瘦了。如果你打算暗示这一点,那尽管说好了,丝毫也不必顾忌。我……我还甘心情愿变瘦呢。我瘦得脱了形,为此伯吉斯服装公司给我重新量了尺寸。这是一件能使我满意的事。我……我为此很是高兴。我……我要是做得到的话,干脆得肺痨病才好。你知道,我仅仅是一只在地球表面啃食青草的牲畜罢了,吉尔思船长。"

涂茨先生愈是这么说,船长愈是感到自己的心事变得更加沉重,他只能用眼瞅着那小伙子。由于他确有使他不安的理由,再加上他想尽早把涂茨先生摆脱掉,这样就使船长处在一种担惊受怕的奇特境况下,说真的,就算此刻他是在和一个魔鬼对话,他也不会比现在显得更加心烦意乱了。

"不过,吉尔思船长,我正打算告诉你,"涂茨先生说,"今天早晨很早的时候,我恰好路过这里——我对你说实话,我本来是打算请你和我一起出去吃早餐的。至于说睡眠,你知道,现在我一直睡不着觉。我像是一名守夜的更夫,只是没有人给我发工钱,而更夫倒不会像我那样满腹心事。"

"说下去,我的孩子!"船长用劝告的语气说。

"当然,吉尔思船长,"涂茨先生说,"完全正确!今天早晨很早的时候,我恰好路过这里(大约一小时以前吧),发现店门还没有开……"

"怎么着!你一直在外头等着吗,伙计?"船长问道。

"根本没有,吉尔思船长,"涂茨先生说,"我连停都没停一下。我以为你出去了。不过那个人告诉我——顺便问一句,你没养狗吧,养没养,吉尔思船长?"

船长摇了摇头。

"说实话,"涂茨先生说,"这正是我想要问你的。我知道你没养狗。可是,吉尔思船长,确实有一条狗使人想起……请原谅。这是我不能涉及的话题。"

船长瞪大眼睛注视着涂茨先生,他那对眼珠子似乎有平常两倍那么大;当他想到第欧根尼此时很有可能会走下楼来跟他们俩凑份子,当个第三者时,禁不住前额上又一次刷刷地冒冷汗。

"那个人告诉我,"涂茨先生接着说,"他听见有一条狗在店里汪汪直叫:我告诉他说,这根本不可能。但是他的口气却十分肯定,好像他亲眼见了那条狗似的。"

"是个什么样的人,我的孩子?"船长打听。

"啊,这你是知道的,吉尔思船长,"涂茨先生说,从他的行为举止中可以看得出来,他愈来愈紧张不安了,"什么事可能发生了,什么事没有发生,我实在说不清。真的,我不知道。有很多我没有弄得十分明白的事情都把我弄糊涂了,总而言之,我想,我这个地方——也就是说我的脑子,相当的疲弱。"

船长点点头,表示同意这个判断。

"不过,当我和那个人一起离开店门往前走的时候,"涂茨先生接着往下讲,"那个人说,你知道在目前的状况下,可能会发生什么事——他特别强调可能会,他还说,如果对你提出要求,让你有所准备的话,毫无疑问,你是能作好准备的。"

"那个人,我的孩子!"船长重复道。

"我肯定不知道那是个什么人,吉尔思船长,"涂茨先生回答,"我一点儿都不知道。只是我重新来到店门口时,看见他正等在那里呢;他问我怎么又回来了,我说是回来了;他问我认识不认识你,我说认识,我确实有与你相识的荣幸——经过一番陈词后,你给了我与你结识的快乐;接着他就说,既然情况是这样,那么我能不能把他刚才说过的关于目前的状况和作好准备的话告诉你,还有就是,让我一见到你,就马上让你到街道拐角去一趟,找一下拍卖财物估价人布洛格雷先生,哪怕只去一分钟也行,因为有最最重要的事情。现在,让我来告诉你是怎么回事吧,吉尔思船长——不管它是什么吧,我相信这件事一定非常重要;如果你愿意现在就去,我在这里替你看守店面,等候你回来。"

船长心里很矛盾,不去吧,他怕会给弗洛伦斯带来某种不利的事,去吧,他又怕让涂茨先生独自留在店里看守,会有可能使他发现那个秘密;即使涂茨先生这种人也看得出来,船长思想斗争得很激烈。但是,这位年轻绅士仅仅把它看成是那位海员朋友在为即将举行的会见作准备,感到很满意,回顾自己行为谨慎,他还吃吃地傻笑呢。

两害相权取其轻,船长最后决定:还是到拍卖财物估价人布洛格雷那里去一趟:他先将通向楼上的那扇门锁好,把钥匙放进自己的衣服口袋里。"既然这样,"船长对涂茨先生说,心里有点儿羞愧和犹豫,"请原谅我要出去一趟,老弟。"

船长由衷地向他表示感谢,并答应他说自己五分钟之内就会赶回来的。于是他走出店门,去寻找那个嘱咐涂茨先生传达神秘口信的人。房间里只留下可怜的涂茨先生,他往沙发上一躺,根本不会想到刚才躺在同一张沙发上的人是谁,他盯视着高处的天窗,一心惦记着董贝小姐,完全忘记了时间,忘记了身在何处。

这样对他倒好,因为尽管船长离开的时间不算久,但也比他原先估计的时间要长得多。船长回来时,他的脸色真的很苍白,而且万分激动,甚至看样子像是刚掉过眼泪。他似乎连话都不会说了,直到他走到食厨前,从一瓶成箱出售的朗姆酒瓶里倒出一些来,喝下去,才重新开得了口。他深深地吸了一口气,便用一只手捂住脸,往一把椅子里坐了下来。

"吉尔思船长,"涂茨温柔地说,"我希望,我相信没出什么不幸的事吧?"

"谢谢你,我的孩子,一丁点儿也没有,"船长说,"而且事情恰恰相反。"

"看样子像是有什么事情把你吓着了,吉尔思船长。"涂茨先生说。

"啊,我的孩子,我确实吓了一大跳,"船长承认说,"真是这样。"

"有什么事情我能帮得上忙吗,吉尔思船长?"涂茨先生问,"如果有的话,尽管用我好了。"

船长那只捂住脸的手放下了,他带着无限同情和温柔的表情看着涂茨,抓起他的手来使劲握了握。

"没有,谢谢你,"船长说,"没有事。不过,要是你现在就离开我的话,我会把这看成是你对我帮了大忙。我相信,老弟,"他又紧紧地握了一下手说,"你和小沃不是同一类型的人,但是除了他,你就是世上最好的孩子了。"

"我以言语和荣誉保证,吉尔思船长,"涂茨先生说,他先在船长手上拍了一下,才再次和他握手,"听到你对我的赞赏,我真是高兴。谢谢你。"

"你赶紧走吧,要高高兴兴的,"船长拍拍他的后背说,"世界上可爱的姑娘不止一个!你说是不是?"

"对我来说,不是,吉尔思船长,"涂茨先生庄严地回答,"对我来说,不是,我敢向你保证。我对董贝小姐的感情是无法用语言表达的,我的心是一座荒岛,岛上只住着她一个人。我一天天地消瘦下去,为此我感到自豪。如果我把靴子脱下来,你就能看到我的两条腿瘦成什么模样了,那样你才能稍稍懂得单相思是怎么一回事。医生给我开了处方,叫我服用金鸡纳皮,可是我偏不吃,因为我根本不想使我身体健康状况得到任何改善。我不希望身体好。不过,说着说着就涉及不准许谈论的话题了。吉尔思船长,再见!"

柯特船长亲切地回报涂茨先生热情的道别,他一出门,船长就把门锁好,又带着刚才看他时那种饱含着怜悯和温柔的表情摇了摇头,然后就上楼去看看弗洛伦斯是不是有什么事需要他做。

这回船长上楼,他脸上的表情完全改变了。他用手帕把眼睛擦擦干净,又像当天早晨似的用衣袖擦鼻梁,不过他那张脸比起早晨来可说是彻底改观了。看他现在的样子,你可以说他是高兴至极,也可以称之为悲伤之至;但是,他脸上庄重的表情中透露出崭新的模样,似乎经历了某种净化过程,使他的脸变得好看了很多。

他用那只带铁钩子的手轻叩弗洛伦斯的房门,敲了两三下;但是没有反应,他先是冒昧地往房间里看了一眼,然后就走了进去;也许还是第欧根尼对他的亲昵态度壮了他的胆,他才敢采取进一步行动,那条狗躺在女主人卧榻旁的地上伸懒腰,见了它早已认可的船长,就向他摇尾巴、眨眼睛,都懒得站起身来。

她睡得很熟,还在睡梦中呜咽悲叹;柯特船长对她的青春、美丽和忧伤,怀抱着一种完全是敬畏的感情,他把她的头垫高些,盖在她身上的大衣掉下来了,他拾起来重新替她盖好,把窗帘拉得更严实些,以便让她睡得更安稳。然后,他便轻轻地走出房间,重新待到楼梯上去,为她站岗放哨。他做这些事时,手和脚的动作轻柔得简直像弗洛伦斯一样。

在这个复杂纷纭的人世间,有一个重要问题也许会长期不容易得出结论:究竟哪一个能更好地证明全能上帝的仁慈?是那纤纤玉指对于痒苦和忧伤,加以敏感与同情的一触呢,还是柯特船长那又粗又硬的手指,受到心灵的教导和指引,在一瞬间变得无比温柔!

弗洛伦斯在躺椅上睡觉,忘记自己早已是无家可归,孤苦伶仃,柯特船长在楼梯上守护着。有时,只要她发出一声稍大的啜泣或呜咽,他就会跑到她门口去听听;但是她的睡眠渐趋安稳,船长守护在那里,再也不受打扰了。

第四十九章　海军准尉的新发现

弗洛伦斯睡了很长时间才醒。白天最光明的时候、白天渐渐黯淡的时候,她都在睡觉,但是她的身心仍然并不安宁。她对陌生的床、街市的喧嚣和吵闹,以及在窗帘外照耀的阳光,倒是全都浑然不觉。即使是疲惫已极后的深沉睡眠,也没有让她彻底忘掉发生在她那早已不存在的家里的事。对于家事的某些模糊与悲哀的记忆,弥漫在她整个休憩的时间里,她心里并不安宁,一直在昏昏沉沉地打盹,而不是在酣睡。一种朦胧的忧伤、半休眠状的痛苦始终伴随着她;她苍白的面颊常被泪水沾湿,忠实的船长不时地轻轻把脑袋探进半掩的房门,他可不愿意看着她如此伤心。

太阳在西边的天空渐渐下沉了,它的光华好像万道金箭,透过红色雾障,射进对面的主教坐席教堂尖塔上的窥视孔,照亮一块块细工浮雕;它横跨远方的大河,斜穿平坦的河岸,一路照射,闪烁放光,像是一条用火焰铺成的大道;它照亮海上的船帆,并从幽静的教堂墓地,仰视着乡间的山巅,把远处的风景浸染在一片红艳艳的秀色中,天与地似乎融成光华灿烂、花团锦簇的一体——这时弗洛伦斯睁开沉甸甸的眼皮,她那尚无识别能力的目光起初漫不在意地看着周围陌生的墙壁,并且以同样漫不在意的情绪听那街市的喧嚣声。但是,她很快就清醒了,从躺椅上惊起,惊奇的目光茫然地看着周围的事物,她把一切事情经过都想起来了。

"我的漂亮孩儿,"船长敲敲门说,"你感觉怎么样?"

"亲爱的朋友,"弗洛伦斯赶紧走到他身边,喊道,"是你吗?"

船长对她给予自己的称呼感到非常自豪,他看到当她看他时脸上闪现出一丝愉快的表情,心里很觉安慰,于是他吻吻自己的铁钩子以表达无言的喜悦,作为对她的回答。

"你好些了吗,明亮的钻石?"船长说。

"我一定睡了很长时间,"弗洛伦斯回答,"我是什么时候到这里来的,昨天吗?"

"就在今天这个好日子,我的小姐娃。"船长回答。

"还不到晚上吗?现在还是白天吗?"弗洛伦斯问。

"现在已经快到晚上了,我的漂亮孩儿,"船长一边拉开窗帘一边回答,"看!"

弗洛伦斯的手挽住船长的胳膊,她多么不幸和胆怯,而长着一副结实、粗糙面孔的船长没有说一句话,他站在玫瑰红的晚霞下,默默地在保护她。假如一定要让他把话说出来,那么他表达感情的措词方式有可能会十分怪异,船长就像口才最好的人也会清醒地意识到的那样,他觉得,在这静谧的时刻和轻柔的美丽中,有某种东西能使弗洛伦斯那颗受伤的心充溢起来;最好还是让她的泪尽情地流吧。所以柯特船长没有说一句话。但是,当他感觉到她把自己的胳膊握得更紧了,她那颗孤寂的头往他手臂上挨得更近了,并紧靠在他面料粗糙的、朴素的蓝衣服袖子上时,他便用自己的那只大粗手温柔地按住它,他对她充分理解,她也充分理解他。

"现在好一些了,我的漂亮孩儿!"船长说,"高兴起来,高兴起来;我要下楼去准备些晚餐。待一会儿,你自己下楼去用餐好不好,漂亮孩儿,要不然还是让内德·柯特去给你送上来?"

弗洛伦斯向他保证说,她完全能自己下楼了,尽管船长显然拿不定主意,不知道让她自己下楼是否有违他殷勤好客的习惯,但最终还是让她自己走下楼去了。他立刻坐在小小的后房的壁炉前烤一只鸡。为了把自己的烹调技术发挥得淋漓尽致,他脱掉上衣,卷起袖口,还特地把那顶硬硬的加光便礼帽戴在头上,没有这顶帽子的帮助,他是任何精巧、困难的活都干不好的。

弗洛伦斯用船长在她睡觉时、非常细心周到地准备下的凉水,冷却一下疼痛的脑袋和火辣辣的脸,然后她就走到一块小镜子前把散乱的头发捆扎好。一瞬间,当她看见自己胸前一块深色的伤痕,她的目光顿时就从那里躲开,那是一只愤怒的手留下的印记。

看到这印记,她重新迸出了眼泪;这印记使她既感觉羞耻又感到害怕;然而它却没有引起她对父亲的愤恨。现在她失去了家庭,失去了父亲,然而她对他却一切都已原谅;她几乎没有想过自己应该原谅他,或者已经原谅了他;而是她不敢想到他,不敢想到客观现实,对她来说,父亲已经没有了,彻底消失了。世界上已经不存在他这么一个人了。

怎么办?到哪儿去住?弗洛伦斯——可怜的、毫无人生经验的姑娘!——现在还没有考虑好。她有个模糊的梦想,想前往某个遥远的地方,去寻找到几个小妹妹,自己采用一个化名去当她们的老师,她会与这些小姑娘保持非常温柔亲切的关系,她们将在幸福的家庭中长大成人,缔结美满婚姻,而且会善待她们的老女教师,等她们当了母亲,也许还会请她去教育她们的女孩子们呢。她想,自己终久会变成一位头发灰白的老妇人,这是多么奇怪、多么可悲的事呀,她将把自己的秘密带进坟墓,而弗洛伦斯·董贝的名字将永远被世人忘记。然而,此刻对她来说,一切都还晦暗不明。她只知道自己在世上已经没有了父亲,这句话她在避开众人独自哀告上苍时,已经说过好多遍了,然而,她有父亲,那就是她在天上的父亲。

她身边带的钱一共才几个畿尼①。她得花掉其中一部分用来

---

① 畿尼,英国旧时货币,一畿尼相当二十一先令。

购置几件衣服,因为她除去身上穿的,简直一无所有。她太孤陋寡闻了,考虑不到她的钱很快就会用完,在涉及世俗事务方面,她还是个孩子,即使没有其他麻烦事困扰着她,她也还不会真正懂得该为此而操心焦虑。她竭力使自己的思想平静下来,不再流泪;使一阵阵疼痛的脑袋里的千头万绪趋于稳定,让自己相信:那只是数小时之前的事,而不是像它呈现的那样,似乎已是数周、数月以前发生的事了;她下楼来到她那仁慈善良的保护人身边。

船长已经非常小心地把桌布铺好了,这时他正在用一只小煎锅烹煮鸡蛋调味汁,与此同时,他还怀着浓厚的兴趣,不时地往烤鸡上浇酱汁,那只鸡用绳子吊住,放在炉火前不断翻转,逐渐烤得又黄又香。他在沙发上放几个靠垫,让弗洛伦斯靠着。那只下面装着轮子的沙发,早已被他推到壁炉前一个温暖的角落,让她坐得尽可能舒适。船长继续以高超的厨艺做他的烹调工作,用第二只小煎锅烹煮滚烫的肉汁,又在第三只小煎锅里烹煮几只马铃薯,与此同时,他一点儿也没有忘记第一只小煎锅里的鸡蛋调味汁,这还不算,他每一分钟都在用那把效能极高的匙子一边往烤鸡身上浇酱汁,一边又翻动小煎锅里的马铃薯。除了为烹调操心费力之外,船长还得用眼盯着另一只特小型煎锅,那里面煎着的几根香肠,正在滋滋冒泡,发出音乐般好听的声音。从来还没见过有哪位厨师在把厨艺发挥得淋漓尽致时,能像船长那样容光焕发的:你简直难以断定,是他的脸亮呢,还是头上那顶加光便礼帽更亮。

晚餐终于准备好了,船长把食物盛在盘子里,在桌子上安排好,手势之灵巧,丝毫不亚于他烹调技术之高超。然后他摘下那顶加光便礼帽,穿上上衣,这就是他吃饭时的着装了。他穿好衣服后,就把那张带轮子的餐桌往弗洛伦斯坐着的沙发那边推近些,接着他做了感恩祈祷,把他那只铁钩子旋下来,又把叉子拧在那个位置上后,便在餐桌上尽主人待客之谊。

"我的小姐娃,"船长说,"振作起精神,尽量吃些东西。准备行动,我的宝贝!这是肝翅。这是调味汁。这是香肠。还有马铃薯!"船长把这些食物都十分匀称地盛在盘子里,还用那把效能极高的匙子盛起滚烫的调味汁把食物浇透,把食盘放在他珍爱的客人面前。

"整排舷窗内盖都遮严实了,快吃吧,小姐娃,"船长鼓励她说,"就为了想让你感觉舒服些。尽量吃一些,我的漂亮孩儿。如果小沃在这里……"

"啊!要是现在我有他这么一个哥哥该有多好!"弗洛伦斯喊道。

"别!别激动,我的漂亮孩儿!"船长说,"停一下,答应我!他就像是你天生的朋友,是不是这样,宝贝?"

弗洛伦斯没有适当的话来回答他。她只是说,"噢,亲爱、亲爱的珀尔!噢,沃尔特!"

"就连她的脚踩过的木板,"船长瞧着她那沮丧的脸,喃喃地说,"沃尔特都拿它当宝贝,就像鹿切慕它从未为之欣喜的溪水一样①!那个景象现在似乎还在我的眼前,就是他被董贝父子商行录用的那一天,吃饭时他说起她来,他的脸上兴奋得发亮——至少对于一向谦虚谨慎的他来说,是够兴奋的了——他的脸就像一朵盛开的玫瑰花。唉,唉!如果这会儿我们可怜的小沃在这里,我的小姐娃——或者说如果他可能在这里——因为他已经淹死了,不是吗?"

弗洛伦斯摇摇头。

"是的,是的;淹死了,"船长以安抚的口气说,"正如我刚才说

---

① 在这里,船长将《圣经·旧约·诗篇》第42章第1节"鹿切慕溪水,"与俗语"可怜的心从未为之欣喜,"两句本来毫无关联的话,胡乱混用了。

的,如果他可能在这里,他准会恳请你、祈求你,我的宝贝,稍微吃一点儿东西,要注意你那可爱的身体的健康呀。就为了他,你也要坚持住,我的小姐娃,就当是为了小沃的缘故,让你美丽的船头迎着风浪前进吧。"

为了让船长高兴,弗洛伦斯试图吃上一小口。与此同时,船长似乎把他自己吃饭的事都忘记了,他放下刀叉,把椅子拉近沙发。

"小沃是个漂亮小伙子,难道不是吗,宝贝?"船长一声不响地坐着,那只手一直在摩擦自己的下巴,两只眼睛直盯住她,过了一会儿他说,"还是个勇敢的孩子,一个好孩子。"

弗洛伦斯眼泪汪汪地表示同意。

"他被淹死了,美人,难道不是这样吗?"船长说话的声音很镇定。

弗洛伦斯不得不再次表示同意。

"他比你稍大几岁,我的小姐娃,"船长接着说,"不过,起初时你们俩在一起就像一对娃娃,是不是这样?"

弗洛伦斯回答说,"是。"

"小沃淹死了,"船长说,"是那样吗?"

这句话重复说就奇怪了,不像是在安慰人了,不过对于柯特船长来说似乎还能起一定的抚慰作用,因为他把这句话翻来覆去地讲。弗洛伦斯不得不推开她尝都没尝过的晚餐,重新躺在沙发上,她觉得自己拂了船长的一片好意,使他失望了,在她内心深处,她是真想让他高兴的,毕竟他为了这顿饭付出了那么多的辛劳,便把手伸给他,他握住了她的手(他觉得她的手在颤抖),似乎把吃饭的事和她没有胃口的事都已忘得一干二净,他继续间或地发出低低的吼声,带着反复沉思状吼出同情的调子,"可怜的小沃。啊,啊!淹死了。是那样吗?"他始终在等待她的回答,似乎他这一奇特思考的要害之处都包含在她的答复里。

烤鸡和香肠都搁凉了,肉汁和鸡蛋调味汁都凝结了,船长这才想起他们正在饭桌前用餐呢,于是他在第欧根尼的帮助下大吃起来,他俩同心协力把丰盛的饭菜吃个精光。弗洛伦斯像一位能干的主妇似的,悄悄地帮忙拾掇桌子、整理后房并把炉灰扫在一起,船长看着又高兴又惊奇,那劲头恰好与她开始帮他干活时,他阻拦她的劲头相当,但他阻拦的劲头逐渐降低,最后他别无选择,只有自己闲着站在一旁,眼看着她在忙碌,他似乎把她当成了某位仙女,在为他恪尽责任;在他无言的赞赏中,他前额上那个被帽子压出来的圈儿颜色又变红了。

但是,当弗洛伦斯从壁炉架上把烟斗取下来交到船长手里、请他抽上一斗时,善良的船长在她的关切面前简直不知所措了,他手持烟斗的样子就好像他一辈子从来没有拿过烟斗似的。与此相似,当弗洛伦斯向碗柜里面看了看,从中拿出一瓶那种成箱卖的酒,为他调制了一杯上好的掺水烈酒,主动放在船长手边时,他那红喷喷的鼻子变白了,感到自己如此受尊重,真是不胜荣幸。当他沉醉在极为满意的冥想中,往烟斗里装满烟丝时,弗洛伦斯替他把烟斗点着——船长没有力量拒绝或阻拦她——弗洛伦斯重新回去坐在那张旧沙发上,眼睛望着船长,脸上发出充满深情的、感恩的微笑,这微笑清楚地显示:这位被抛弃的姑娘,她那颗孤独凄凉的心,正如她那悲哀的脸一样,都转向了船长;于是,烟斗冒出的烟涌进了船长的嗓子,使他咳嗽起来,还钻进了船长的眼睛,使他不停地眨眼睛,直到流下了眼泪。

尽管船长有这样的行为举止,但他还企图让人相信,这一切都是烟斗闹出来的事儿,他往烟斗里面看看,好像在寻找原因,但是没有找到,便对着烟斗吹气,假装想把烟斗吹通,此时的他,其实心情好得出奇。烟斗很快就弄好了,他就像个抽烟的老行家那样享受悠闲自在的时刻。但是他坐着,眼睛始终不肯离开弗洛伦斯,他那容光焕发、心平气和的劲儿简直难以形容,间或地他会停下来从双唇间喷出一团烟云来,慢慢地吹着它向上升腾,就像从他嘴里吐出一个纸卷儿,上面写着一行铭文"可怜的小沃,啊,啊。淹死了,是那样吗?"说完这句话,他又继续抽烟,态度无比温柔。

他们俩的外表迥然不同——弗洛伦斯优雅纤细,青春美丽,而柯特船长身材粗壮,饱经风霜,一脸疙瘩,声音嘶哑,两人构成了世上罕见的强烈对照——然而他们俩都不谙处世之道,更不懂世路难行,充满矛盾凶险,要说天真无邪,他们俩真可说是处于同一水平。船长除了饱经海上的雨雪风霜外,在其他任何事情上都缺乏经验,他单纯、真率、轻信、慷慨大方,心眼少得简直还不如个孩子。构成他自然天性的品质是:忠诚、希望和基督徒的爱心。他的性格里还有一种奇特的浪漫气质,既完全朴实无华,但同时又完全是虚幻的,它丝毫不受诸如谨小慎微、切实可行等世俗考虑的支配。船长坐着抽烟,一面看着弗洛伦斯,天知道此刻出现在他心里的以她为主角的那些不可能成真的画幅会是什么样子。当她思考自己未来的生活时,心情不如船长那样乐观,前景也同样晦暗不明;她透过模糊的泪眼向外看时,好像透过棱镜看到了七彩,同样,她透过新近发生的沉重、悲伤的事,已看到了一道彩虹模糊地照耀在远方的天空中。你也许可以把此刻一起坐在炉边娓娓交谈的柯特船长和可怜的弗洛伦斯,想象成故事书里描绘的那位落难公主和那位好巨人——他俩的样子也真不能说不像。

船长丝毫没有考虑到收留弗洛伦斯会造成的困难,以及由此带来的责任。他放下遮板、锁好大门后,觉得十分放心。即使她是一位受大法官法庭监护的人,对柯特船长来说,也没有任何不同。他是世人中最不会为这类考虑困扰的一个。

于是船长照常非常舒服地抽他的烟,他和弗洛伦斯都按各自的方式在沉思。等他抽完一斗烟,两人一起喝茶;接着弗洛伦斯请求他带她到附近的商店去买几件她急需的生活用品。天已经很黑了,船长答应了她的要求;他首先小心翼翼地在门口往外窥视了一遍,这是他在躲避麦克斯丁格尔太太时养成的习惯;接着他用一根大手杖把自己武装起来,以备不测。

柯特船长把胳膊伸给弗洛伦斯,让她挽着,以便护送她走上两三百码远的路,他心里充满自豪感,始终保持高度的警觉,他们俩在街上这一走不要紧,着实吸引每一个过路人的视线,因为船长的警惕性和种种预防措施都已达到最高程度。到了商店,船长觉得他应该懂礼貌,在她购买衣服时,回避一下才对;但他预先把自己那只盛钱的锡罐子放在柜台上,关照店里那位年轻女士说,钱罐里装有十四英镑两先令现金,如果这笔钱不够支付他侄女(说到"侄女"这个称呼时,他意味深长地看了弗洛伦斯一眼,还像哑剧演员似的做了个手势,那样子既精明又神秘)小小的花费的话,那就请那位女售货员"喊一声,"他会用口袋里的钱补足差数的。他以漫不经心的样子看了一眼那只大怀表,这个举动其实意味深长,他想迷惑商店店员,给她留下他很趁钱的印象。接着船长吻了一下铁钩子,飞送给他的侄女,便躲避到窗户外边去了。他站在那里,透过绸衣、缎带,他那张大脸盘不时地往窗户里张望,显然担心弗洛伦斯会被人从后门拐走,他那模样真是一幅绝妙的景观。

"亲爱的柯特船长,"弗洛伦斯手里拎着一个小包从屋里走出来时说,那包裹太小,令船长大大失望,因为他预期会看见一名搬运工搬出一大捆货物呢,"我不需要花这笔钱,真的。罐里的钱我一点儿都没有动。我自己还有一些呢。"

"我的小姐娃,"遭受挫折的船长眼睛直盯着他们面前的大街说,"是不是可以麻烦你替我保管这笔钱,直到我向你索取的时候?"

"我可不可以把它放回原处,"弗洛伦斯说,"就让它在那里搁着?"

船长对她的这个建议一点儿也不满意,但他回答说,"啊,啊,搁在哪儿都行,我的小姐娃,只要你记得在哪儿能找到它就好了。对我说来它一点儿用处都没有,"船长说,"连我自己都纳闷,我以前怎么会没把它扔掉。"

一时间,船长的情绪变得十分低沉,但一碰到弗洛伦斯的手臂,他就重新高兴起来,他们俩回去时采取了与来的时候同样的防卫措施。船长打开小海军准尉锚地的大门,猛冲进去,他身手之敏捷只有经过艰苦练习才能学得会。第二天早晨,当弗洛伦斯还在睡梦中时,他就跑去把一位老太太的女儿请上门来,那位老太太成年累月都坐在莱顿霍市场一把大蓝伞底下卖鸡鸭,船长请她女儿到家里来收拾弗洛伦斯的房间,替她做一些必要的零星琐事。那名年轻女仆一来,弗洛伦斯发现身边的样样东西都收拾得干净利落、井井有条,尽管她的新家没有她在噩梦中称为家的那个地方漂亮、豪华。

当他们俩又单独待在一起时,船长执意要请她吃一片烤干的面包片,喝一杯尼格斯酒①(这是他亲手调制的,质量尽善尽美)。并说尽一切好话、引用他想得起来的许多误记瞎凑的名人格言,竭尽全力来鼓励她,然后领她上楼,回到她的房间。但是,他也有自己的心事,要保持行为举止的从容也并不容易。

"晚安,心肝。"柯特船长把她送到她的房间门口时说。

弗洛伦斯抬起头来,把嘴唇凑近他的脸,吻了一下。

如果是在别的时候,她用以表达爱和感激的这个吻,会使船长高兴得头晕目眩,身子失去平衡;尽管他分明感觉到它的价值,但是现在,他却用以前已经显示过的那种更为不安的目光看着她的

---

① 尼格斯酒,英国人喝的一种由酒、糖、柠檬、肉豆蔻和热水掺和而成的饮料。

脸,似乎不愿意离开她。

"可怜的小沃!"船长说。

"可怜、可怜的沃尔特!"弗洛伦斯叹息道。

"他淹死了,是那样吗?"船长说。

弗洛伦斯摇摇头,发出叹息声。

"晚安,我的小姐娃!"柯特船长说时伸出手来。

"上帝保佑你,亲爱的、好心的朋友!"

但是船长仍逗留不去。

"是不是有什么事,亲爱的柯特船长?"弗洛伦斯问,这一阵子她的精神很容易紧张,"你是不是有什么事要告诉我?"

"有什么事要告诉你,小姐娃!"船长回答,他的目光与她的目光相接时显得尴尬,"没有,没有;我还能有什么非得告诉你不可的事,漂亮孩儿!你不会期盼着我能有什么好消息告诉你吧,是吧?"

"没有!"弗洛伦斯摇摇头说。

船长若有所思地瞧着她,并重复道"没有"——仍逗留不去,还是一脸尴尬。

"可怜的小沃!"船长说,"我的小沃,我习惯于这样叫你!老索尔·吉尔思的外甥!凡是认识你的人都喜欢你,正如人人都爱五月的鲜花!你上哪儿啦,勇敢的孩子?淹死了,是那样吗?"

船长呼唤完沃尔特,又突然向弗洛伦斯问了这样一句,然后他就祝她晚安,下楼去了,弗洛伦斯一直手持着蜡烛站在楼上替他照明。他的身影走进黑暗里,看不见了,听他逐渐远去的脚步声,知道他进了那间小小的后房,但他又出乎意料像浮出深海似的把脑袋和肩膀探出来,显然不是为了别的目的,只是想重复说,"淹死了,是那样吗?漂亮孩儿?"因为他以温柔的悼念语气说完这句话后,便消失了。

弗洛伦斯到这里来避难,很自然地会让她的保护人联想起伤心的往事,为此她觉得非常歉疚,不知自己的到来是否是明智之举。她坐在小桌前,桌上有船长特意为她放上的望远镜和歌曲集,以及其他珍稀物品,她心里惦记着沃尔特,惦记着一切与他相连的往事,直到她产生了一种感觉:想躺在床上睡去,从此永远不醒。然而,她只是在孤寂中,怀念那些她所爱的逝去亲人们,但并不想家,那个她不可能再回去的家,它继续存在,她的父亲还住在里边,但那个家她却一次也没有想过,也没有在她的脑海中呈现。她看见了在那里发生的虐杀。那最后一丝在她心间缠绵不去的、出于自然天性的爱,也被她父亲从她心里撕扯掉了,磨灭了,杀死了。想起当时的情景,她就觉得胆战心寒,她浑身颤抖着用双手遮住眼睛,一点也不敢回想那一幕,回想犯下虐杀罪行的那只残酷的手。在发生了那件事之后,如果说在她充满爱的心田里还留有对于父亲的印象,那也会是个破碎了的形象;然而,她的心无法将那样的形象保留;一种强烈的恐惧占领了那个空缺,她害怕面对那记忆的碎片——只有深受冤屈的一颗充满爱的心才会产生出这样的恐惧。

她不敢照镜子,因为看到留在她胸前的那个深色印记,使她对自己都感到害怕了,倒像是戴上了什么邪恶的标记。在黑暗中,她用颤抖的手匆忙把胸前的伤痕盖上;她低垂疲惫的头,默默啜泣。

船长没有上床睡觉,他待了很长时候。他在店堂里、小小的后房里来回踱步,踱了整整一个小时,看来这项锻炼像是使他得了益,情绪也镇定了;他坐下来,脸上表情严肃、若有所思,拿出《祈祷书》来,诵读那些专供海员们用的祈祷词。那些词句念起来并不容易;船长是位了不起的朗诵家,念得很慢,嗓音嘶哑,念到他不认识的难字时常常会停下来,用诸如"好呀,我的小伙子!再加把劲儿!"或者"坚持,内德·柯特,坚持!"之类的用语来鼓励自己,这对他走出困境大有帮助。更麻烦的是他那副眼镜不灵,看不清楚书上的字。然而,尽管有这些不利条件,由于船长全神贯注,极其认真,所以他还是饱含着虔诚的宗教感情,念完了海员礼拜乐曲的最后一行。念完后,他对其中的道理完全同意和赞赏,这时他才钻到柜台底下他的铺位上去睡觉(在这以前,他还上楼到弗洛伦斯房间门口去听了听),心境安宁,满脸慈祥。

夜里船长从铺位上爬起来好几次,为的是看一看、听一听受他保护的人睡眠是否平静;有一次起来时,天色已快破晓,他发现她醒着:因为当她听见有脚步声走近她的门口时,便问,外边是不是他。

"是的,我的小姐娃,"船长用隆隆的低声悄悄回答道,"你是不是一切都好,小钻石?"

弗洛伦斯向他表示感谢,并说"好"。

船长决不肯错过如此良机,他俯下身去,嘴巴对着钥匙孔说话,声音宛如一阵嘶哑的轻风,"可怜的小沃!淹死了,是那样吗?"他说完后就退走了,重新就寝,一直睡到早上七点钟。

接下去那一整天,船长焦虑不安的样子完全烟消云散;弗洛伦斯在那间小小的后房忙着做针线活,她也显得比上一天镇定、平静些了。她几乎每次把目光从活计上抬起来时,总发现船长在盯着她看,一面若有所思地用手抚摸自己的下巴。他常常把他坐的那把扶手椅往她身边推近些,就好像有什么十分机密的心腹话儿想对她讲,但过了一会儿又把扶手椅拉走了,似乎拿不定主意,不知如何开口才是。那一整天,他像是有满腹心事,坐在那只脆弱的小船上,推过去拉回来,在后房里整整转了一圈儿,还不止一次地靠了岸,也就是说撞上了板壁和柜门。

直到黄昏时分,柯特船长才最终把锚抛了下去,挨近弗洛伦斯,开始把话纳入正题。壁炉的火光照亮了后房的墙壁和天花板,照亮了放在桌上的茶盘、茶杯、茶杯碟,照在面对炉火而坐的弗洛伦斯的脸上,在她的眼泪中映出了反光,船长沉默了很长时间才开口说:

"你从来没有在大海上航行过吧,我的孩子?"

"没有。"弗洛伦斯回答。

"啊,"船长以敬畏的语气说,"大海有无穷的力量。大海深处蕴藏着奇迹,我的漂亮孩儿。试想一下,海风在怒号,海水在翻腾。试想一下,暴风雨之夜一团漆黑,"船长说时神情庄严地举起了铁钩子,"你伸手不见五指,除非雷电发出闪光把它照亮;你驾船向前驶去,驶去,驶去,穿过黑暗,穿过暴风雨,就好像你的船头朝前,永远驶向一个没有尽头的世界,阿门,以后你若是能查到这句话的出处,要把它记下来。在那样的时候,我的漂亮孩儿,你可以对与你一起用餐的伙伴说(先要找书本核对一下),'强烈的西北风猛刮,比尔;听,你难道没听见它正在咆哮! 上帝保佑他们,现在我多么怜悯所有那些遭遇搁浅的人们呀!'① "船长以最感人的方式引述的这些话,特别适用于描绘海上生活的可怕,最后他还用一句响亮的话来结尾,"准备行动!"

"你在海上遇到过可怕的暴风雨吗?"弗洛伦斯问。

"啊,那是当然,我的小姐娃,我遇到了我的那份坏天气,"船长说,用颤抖的手擦擦脑袋,"我遇到过暴风雨把船吹打得乱转;但是……但是我想说的不是我自己。我们亲爱的男孩,"把椅子更往她身边拖近些,"小沃,亲爱的,被淹死了。"

船长说话的声音颤抖,他朝弗洛伦斯看的那张脸显得非常苍白、焦虑,吓得她把身子紧紧靠在他的手上。

"你的脸都变了,"弗洛伦斯喊道,"你一瞬间就变了。是什么

---

① 引自歌曲《水手的慰藉》。

原因?亲爱的柯特船长,看见你这个样子,我心里都觉得发冷!"

"怎么啦?小姐娃,"船长说,用手托着她的身子,"别害怕。别,别!一切都好,一切都好,我的宝贝。正如我说的——小沃——他被——他被——淹死了。是那样吗?"

弗洛伦斯紧盯着他看;她的脸色一阵红一阵白;把自己的手按在胸前。

"深深的海洋里充满凶险,我的漂亮孩儿,"船长说,"那神秘的海水把许多极好的船只、许多许多勇敢的心都淹没了,从来没说出那些故事。可是,与此同时,也有人能从深深的海洋里逃生,有时二十个人里头能有一个人幸运地活下来,——啊!也许一百个人里头只有一个人能活命,漂亮孩儿,——全靠上帝的仁慈,他得救了,当别人都以为他已经死了,船上所有的人都死光了时,他却回家来了。我……我知道一个故事,小可心儿,"船长结结巴巴地说,"就属于这样的性质,是我有一次听别人说的;现在你单独和我坐在壁炉前面,一起走过这段航程,也许你喜欢听我对你讲讲这个故事。你喜欢听吗,宝贝?"

一阵无法控制的激动使得弗洛伦斯浑身颤抖,但她自己也不知道为什么会如此激动,这时船长的眼睛向着她背后的店堂望去,那里点着一盏灯,她不由自主地追踪船长的目光。在她转过脸去的一瞬间,船长从他坐的椅子里直蹦出来,伸手遮住了她的视线。

"那里什么也没有,我的漂亮孩儿,"船长说,"不要朝那儿看。"

"为什么不要?"弗洛伦斯问。

船长嘴里喃喃地说那里太黑,这里的炉火令人愉快。后房的门本来一直开着,这时船长跑去把它半掩上,然后又回到他原先的座位上。弗洛伦斯的目光一直追随着他,专注地盯住他的脸。

"那个故事讲的是一艘船,我的小姐娃,"船长又讲起故事来,

"从伦敦港出发,气候适宜,风平浪静,航行的目的地是……你不要朝后看呀,我的小姐娃,那艘船只是往外国驶去,漂亮孩儿,往外国驶去!"

弗洛伦斯脸上的表情使船长警惕起来,他也觉得浑身发热、慌慌张张,情绪激动得不亚于她。

"我要不要继续讲下去,漂亮孩儿?"船长说。

"是的,是的,请你讲下去!"弗洛伦斯嚷道。

船长咽了一口唾沫,就好像有什么东西沾在嗓子里必须把它咽下去,神经紧张地往下讲:

"那艘倒霉的船在遥远的大海上,遇到了最恶劣不过的天气,那种天气,二十年也不一定会遇得上,我的宝贝。十二级飓风把岸上的树木都连根拔起,吹倒了城里的房屋,在船只航行经过的纬度地区,海上刮着那么大的风,最结实的船只在它的肆虐下也无法幸免。一天又一天,那艘倒霉的船表现得真出色,我听说,它作出了最大的努力,勇敢地尽到了责任,我的漂亮孩儿,但是一个巨浪打来,把它的舷樯打碎了,它的桅杆和船舵都漂走了,船上最优秀的水手被卷进了大海,船只好听天由命了,可是老天不肯发善心,暴风雨愈来愈猛烈,滔天巨浪时时像打雷似的冲刷它,撞击它,直到把它像一只贝壳似的打得粉碎。那波峰浪尖上的每一个黑点,都是被海水卷走的船上的人和物,那艘船就这样成了碎片,漂亮孩儿,那艘船上人们的葬身之处,是决不会长出青草来的。"

"他们并没有全都淹死!"弗洛伦斯喊道,"有人得救了!——对不对?"

"在这艘倒霉的船上,"船长说时从椅子上站了起来,以惊人的力量和欣喜,把手握紧成拳头,"有一个男孩,勇敢的男孩——这是我听说的——他自小就爱看、爱讲那些遭受船难的人们的英勇事迹——我亲耳听他讲过!我亲耳听他讲过!——在急需采取行动的危难时刻,他想到了这些英勇事迹;因为当时,船上性格最坚强、技术最精湛、经验最丰富的水手们都被巨浪卷走了,而这个男孩却仍然坚定和乐观。是不是因为岸上没有他所喜爱的人,所以他才不管不顾,如此勇敢莽撞呢?不是的,勇敢本来就是他的天性。在他还只是个小孩子的时候,我就亲眼看到过他脸上显示出的勇气——啊,看见过多次!——那时我还没把那当回事儿,只觉得那孩子长相漂亮,上帝保佑他!"

"他得救了吧?"弗洛伦斯喊道,"他得救了吧?"

"那个勇敢的男孩,"船长说,"你眼睛朝我看,漂亮孩儿!不要转过脸去……"

弗洛伦斯几乎连说话的力气也没有了,"为什么不?"

"因为你身后边什么也没有,宝贝,"船长说,"你不要惊慌,漂亮孩儿!就为了我们大伙儿都喜爱的小沃的缘故,你也不要惊慌!再说那个男孩,"船长说,"和最优秀的水手一起工作,帮助和保护那些胆小的人,从来没有因为害怕而抱怨、惊叹,始终保持勇敢的精神,使他赢得全体船员的尊敬,简直把他当成了海军上将——那个男孩,再加上船上的二副,和另外一名水手,就是出航时一船活蹦乱跳的人里头仅有的幸存者了——他们用绳子把身子捆绑在船身碎片上,在暴风雨中随着海浪漂流。"

"他们得救了吧?"弗洛伦斯喊道。

"他们日日夜夜在无边无际的大海里漂流,"船长说,"直到最后……不!别朝那儿看,漂亮孩儿!……一艘帆船救起了他们,全靠上帝的恩惠,他们被救上了船:两个活人和一具死尸。"

"他们仨里死了谁?"弗洛伦斯喊道。

"不是我说的那个男孩。"船长说。

"感谢上帝!噢,感谢上帝!"

"阿门!"船长很快地说,"不要惊慌!再等一分钟,我的小姐娃!把心放宽!——上船以后,他们进行了一次远航,沿着海图驶去(因为找不到可以停靠的地方),那个和他同时被救起的水手就在这次远航中死去了。但是他获得了上帝的赦免,而且……"

船长自己也不知道在做什么,他从一个大面包卷儿上切下一片来,放在铁钩子上夹着(他日常烤面包时用的就是这只铁钩子),伸到炉火上面去;脸上饱含感情地一直朝弗洛伦斯的背后看,好像添加木柴似的,把那片面包烧着了,成了焦炭。

"获得了上帝的赦免,"弗洛伦斯重复道,"而且……"

"而且乘坐那艘船回国了,"船长说,继续朝那个方向看,"而且……可别吓着你呀,漂亮孩儿,而且已经上了岸;他知道他的亲人们都以为他被淹死了,于是一天早晨,他小心翼翼地到自己旧居的门口来看看,但是他马上躲开了,因为他意外地听到……"

"意外地听到一条狗的叫声吗?"弗洛伦斯很快就喊了起来。

"对啦,"船长以粗哑的嗓音吼叫道,"坚定,宝贝!勇敢!现在还不要转过脸去看。你看那儿!看这边的墙壁上!"

就在靠近她身边的墙壁上,映出一个男人的身影。她惊跳起来,向四周环顾,发出一声锥心的喊叫,她看见沃尔特·盖伊就站在她的背后!

她没有任何别的想法,仅把他当成自己的兄长、从死亡中获救的兄长;他遭受船难后幸运地获救,现在就站在她身边;她冲向他,投入他的怀中。在整个人世间,他似乎是她仅有的希望、安慰、避难所、天然的保护人。"想着点儿沃尔特,我喜欢沃尔特!"她亲切地回忆起往事,说这句话的那个令人伤感的声音,就像黑夜里曼妙的音乐顿时闯进了她的灵魂。"啊,欢迎你回家,亲爱的沃尔特!欢迎你回来投入这受伤的胸怀!"她心中感觉到了这些话语,尽管她嘴里没有说出来,只是紧紧把他抱在自己纯洁的胸怀中。

柯特船长高兴得一时发了狂,竟试图用铁钩子上夹着的那块烧焦了的面包片去擦拭脑袋,但很快就发觉那件物品很不适合用于这个目的,就随手放在他那顶加光便礼帽的上面,接着又把那顶加光便礼帽往自己脑袋上戴,但这回戴起来增加了点儿难度,他试着唱《可爱的佩格》这首歌中的一段,但刚唱出第一个词就卡住了,唱不下去了,于是他到店堂里去了一趟,但很快又走了回来,他的脸涨得通红,还被泪渍弄脏了,衬衫领子湿得完全变软,他用以下的话来表达他的感情:

"小沃,我的孩子,这里有一小点儿财产,我希望拿出来与你分享!"

船长迅速掏出他的大怀表、几把茶匙、糖夹子,还有那只茶叶罐头,把它们一一摆放在桌子上,并用他那大手一扫,将它们统统扫进了沃尔特的帽子里。但是,当他将这只奇特的保险箱交给沃尔特时,他又一次激动得脑袋发晕,要再次退进店堂里去定定神儿,这次在那里待的时间比上次还要长些。

但是沃尔特进店堂去把他请了出来;这时船长又怕弗洛伦斯会受不了这新的意外事件所造成的震惊,为此他极为担心。这真正的担心使他变得十分理性,在往后的几天里,他明确禁止谈及沃尔特海上的冒险经历。柯特船长的情绪终于放松到可以把自己帽子上的那块烤焦了的面包片拿下来了,他坐到了茶盘旁自己的座位上。但是,他发觉沃尔特搂住了他这边的肩膀,弗洛伦斯又含着眼泪在他的另外一边悄悄地对他说祝贺的话,于是船长激动得又一次逃跑了,这次在店堂里躲了足足有十几分钟之久。

船长终于在茶盘前坐定下来,眼睛一会儿从弗洛伦斯看到沃尔特,一会儿又从沃尔特看到弗洛伦斯,他的脸一辈子也没有像现在这样喜气洋洋、闪闪发光。过去半小时内,船长多次用大衣袖子擦拭自己的脸,但是,使他脸蛋发亮的效果,可一点儿也不是擦拭动作所能产生或加强的。产生这种效果的唯一来源是他内心的激情。船长心中感到的荣耀和喜悦,散布到满脸,发出完美的亮光。

船长看着他奇迹生还的男孩那晒成古铜色的面颊、充满勇气的双眼,心里真为他骄傲;他怀着同样的心情,看到这个年轻人身上的慷慨、热情、诚实、前程远大等诸多优秀品质,看到他那热情的脸上再次呈现出青春、健康的样子,这足以使船长高兴得容光焕发。他又怀着赞赏与同情去看弗洛伦斯,她的美丽、优雅和天真无邪,足以赢得许多人的崇拜,但她的最真诚、最热情的崇拜者,舍船长其谁!看着她,同样会给船长带来好心情。然而,只有当他把他们俩想在一起、从他们俩的联系中引发出种种幻想时,他里里外外的光和热才会最充分地向四周散发,星光围着他的脑袋舞蹈翩跹,熠熠生辉。

他们谈论可怜的老索尔舅舅,详细讨论有关他失踪的每一个细节;他们的喜悦因老人的失踪和弗洛伦斯的不幸遭遇而打了折扣;刚才船长怕第欧根尼会再次狂吠,把它哄上了楼,这会儿就把它放下楼来;尽管船长的情绪仍处在极度兴奋的状态,又往店堂里躲了好几趟,但时间都很短,他心里始终是明白的。但是他做梦也没想到,如今沃尔特会以一种新的、与她拉开距离的方式看待弗洛伦斯;尽管他的目光时常寻找她那可爱的脸蛋,但当她怀着作为妹妹的爱坦然正视他时,他的目光却躲开了,不敢与她的目光相接;与其要船长相信他眼见的这一事实,倒不如要他相信坐在自己身边的仅仅是沃尔特的幽灵。船长看到他俩在一起,同样拥有青春和美丽,他熟悉他俩小时候的故事,对于这对年轻男女,他宽大蓝色上衣底下的那颗心,除了赞赏和庆幸他俩得以重逢以外,简直容不下一丝一毫其他的感情。

他们仨坐在一起,直到天色向晚。船长觉得,要是能像这样坐上一个星期,才叫满意呢。但是沃尔特站起来,要向他们说晚安道别了。

"沃尔特,你要走!"弗洛伦斯说,"上哪儿?"

"他暂时睡吊床,小姐娃,"柯特船长说,"就在布洛格雷的铺子附近。很近很近,叫都听得见,小可心儿。"

"就因为我,你才不得不在别处睡,沃尔特,"弗洛伦斯说,"你的家里现在有了一个无家可归的妹妹。"

"亲爱的董贝小姐,"沃尔特口气有点儿犹豫地说,"要是我这样称呼你不算是过于大胆的话!……"

"……沃尔特!"她喊道,感到意外。

"现在我可以见到你并同你说话,要是世上还有什么比这更让我快乐的事,那就是我发现自己还有可能为你尽一份微薄之力!只要能为你效力,还有哪个地方我不乐意去,还有什么努力我不乐意付出的吗?"

她微笑了,她称他为自己的兄长。

"你改变了很多。"沃尔特说。

"我改变啦!"她打断他的话。

"对我,"沃尔特轻声细语地说,但他似乎在心里大声呼唤,"对我的态度改变了。我离开你的时候,你还是个孩子,现在发现你……噢!有些地方和以前完全不一样了……"

"还是你的妹妹,沃尔特。我俩分手时彼此答应的话,你难道忘记了吗?"

"哪能忘记!"但他没有再说别的。

"就算是……你由于饱经苦难和危险,已经把它忘记了……看来情况不是这样……那么,沃尔特,现在,当你看到我已成了一无所有、被抛弃的孤女,除了这里,我没有家,除了现在正听我说话的两个人之外,我没有朋友,那么你也能记得起来了吧?"

"我记得!上帝知道我记得!"沃尔特说。

"噢,沃尔特,"弗洛伦斯啜泣起来,泪珠滚滚说,"亲爱的哥哥！在茫茫人世间你要给我指出一条路……一条平凡的路,我可以独自涉足并奋力前行,有时候还可以想想,你会像对待自己的妹妹那样关心我、保护我！哎哟,帮助我吧,沃尔特,因为我非常需要帮助！"

"董贝小姐！弗洛伦斯！我愿意帮助你,死都不怕。但是你那些亲人们都既骄傲又富有。你的父亲……"

"不,不！沃尔特！"她惊恐地双手举过头顶,尖叫起来,使沃尔特僵立在他站立的地方动弹不得,"不要提起这个字！"

从这一刻起,沃尔特一辈子也忘不了弗洛伦斯阻止他提起这个字时的声音和神态。他觉得自己即使活到一百岁,也决不会忘记。

前往某个地方——任何地方——但决不回家！一切都已过去,一切都已消逝,一切都已失落,并且断裂！她的哭泣和悲痛神情里记录着她遭受轻蔑、经历痛苦的整个故事,一切尽在不言中;他觉得他永远也不会将它忘记,事实上他也没有忘记。

她将温柔的脸蛋靠在船长的肩膀上,向他诉说自己为什么、是怎样从家里出走的。她诉说中流下的每一滴悲痛的眼泪都是落在他头上的一声诅咒,可是她从不责怪他,甚至从不提起他的名字;沃尔特怀着敬畏的感情想,即使他遭到诅咒,那也要比如此诚挚、热烈地爱着他的人与他断绝关系要好些。

"好啦,不要紧的啦,宝贝！"她讲完了,船长安慰她说。刚才她叙述时,船长的加光便礼帽歪在一边,嘴巴张得大大的,一直非常专心地在倾听。"停一下,停一下,我的宝贝眼珠子！小沃,亲爱的孩子,今晚你就驶出去吧,把漂亮孩儿留给我照顾！"

沃尔特双手捧起她的一只手来,举到唇前亲吻。现在他知道了,她真的成了一名无家可归的流浪者,可是在他的心目中,此刻的她却比拥有理应归她所有的全部财富和骄傲时的她更加珍贵、富有,她似乎比自己以前充满稚气的五彩缤纷的梦想中更加崇高,更加难以亲近了。

柯特船长的头脑却不受此类想法的惑乱,他把弗洛伦斯护送到她的卧室,并不时地到她门口那片充满魅力的地方守卫片刻,对他来说那里真的有魅力,直到他对她完全放心,才下楼钻进柜台底下的铺位去睡觉。在离开守护的岗位时,他遏止不住心中的狂喜,又一次对准钥匙孔喊道,"他淹死了。是那样吗,漂亮孩儿?"等他下了楼,又试着唱《可爱的佩格》中的一段。但是不知怎的,那歌词像是黏在他嗓子眼儿里了,他一个字也唱不出来。于是他只好睡觉。睡梦中,他梦见老索尔·吉尔思和麦克斯丁格尔太太结了婚,成了那位太太的俘虏,被关在一间密室里,连饭都不让他吃饱。

第五十章　涂茨先生的哀怨

海军准尉商店楼顶上有一个房间空着，很久以前，那里曾是沃尔特的卧室。那天早晨，沃尔特早早地就把船长叫醒，向他提出建议：从小小的后房，挑出几件最适合装饰那个房间的家具来，搬上楼顶，等弗洛伦斯起床后就可以搬到那个房间里去住了。柯特船长便立刻动手干了起来，累得他满脸通红，气喘吁吁，因为没有什么比这更符合他的心意了，(用他自己的话就是)他一心一意地干这件事。约两小时后，楼顶那个房间就变成了一个陆地上的房舱，里面的家具都是经过精挑细选、从小小的后房搬到那里去的，其中甚至包括那条织着鞑靼快速舰图画的挂毯，船长怀着十分喜悦的心情把它挂在楼顶卧室里的壁炉上方，挂好后的半小时内，他任何别的事情都没心思干，只是眼睛盯着挂毯从壁炉前倒退着走，他欣赏鞑靼快速舰图画都着了迷。

任凭沃尔特说破嘴皮也没能劝动船长给那只大怀表上紧发条，也没能说动他把那只茶叶罐拿回去，至于糖夹子和那几把茶匙，他更是碰都不肯碰一下。对于任何这一类的劝说、恳求，船长的态度始终不变，总是说"不，不，我的孩子，我已经把这一小点财产交出来与你分享了"。他重复这些话时的语气，简直像举行临终涂油礼的神父那样庄重，他显然相信这些话具有与议会立法同等的功效，除非由他本人重新确定所有权，此项财产转让在法律上是无懈可击的。

除了使弗洛伦斯住得更加安全、隐蔽外，调整住处还有一个好处,那就是使木制海军准尉得以重新回到他的岗位上去进行观察活动,还能把商店橱窗上的挡板取下来。尽管船长并未意识到拿掉挡板一事有什么要紧之处,但其实这一仪式倒并非多余;因为前一天,航海仪器商店橱窗挡板没有取下来,引起了邻近居民极大的兴奋和激动,大家纷纷前来观看,从日出到日落,总有好奇心十足的一批一批人,站在马路对面密切注视,一向门庭冷落的商店居然会有这么多人光顾,真是一件非同寻常的事。闲汉和流浪者们尤其对船长的命运大感兴趣,他们总是趴在泥土地上,眼睛往橱窗底下的地窖格栅那儿凑,他们想象船长准是在某个角落里上吊了,要是能看到他大衣的一部分,那倒是件十分过瘾、令人愉快的事;但是,对船长的这种处置方式,却遭到激烈的反驳,对立一派意见认为:船长一定被人杀死在楼梯上了,所用凶器是一把锤子。可惜的是,人们一早起来,却明明看见流言飞语的对象在商店门口站着呢,只见他身体健壮,精神饱满,似乎什么事情都没有发生。这样的结果自然会引起某种失望情绪,该地区的牧师助理是个雄心勃勃的人,他本想在对商店破门而入时,成为现场见证人,这样他就可以穿上全套法衣在验尸官面前作证,好好露一露脸,那该多有面子呀;对实际结果的不满,竟使他对街对面的一名邻居说,那个戴加光便礼帽的家伙最好还是老实点,不要故弄玄虚(他没有具体指明是怎么故弄玄虚了),他甚至还进一步说,以后他(牧师助理)会好好盯着那家伙的。

"柯特船长,"沃尔特沉思地说,当时还是早晨,他俩刚干完活,一起站在店门口休息,眼睛望着那熟悉的街道,"这么长时间,一直没有听到索尔舅舅的消息!"

"什么消息也没有,我的孩子。"船长摇着头回答。

"亲爱的、善良的老人跑出去找我了,"沃尔特说,"可是连封信都不给你写!为什么不写呢?实际上他在你交给我的这个包裹里已经留下了话,"说时他从口袋里掏出船长在英明的本斯比见证下拆开的那封信,"如果你在打开这个包裹之前没有听到他的音讯,那么你就可以设想他已经死亡。上帝不允许这样!但是,即使他确实死了,你也会听到他的消息的!假如他自己写不了,他也一定会托别人替他写信;信上会这么写,'某年某月某日,他在我的家里逝世',或者'在我的临终关怀下',之类,'伦敦的索罗门·吉尔思先生临终时向你致意,并提出最后的恳求'。"

船长以前的思维从来还没有达到这样的高度,从来没有清楚地意识到存在着这种可能性,因此沃尔特的话给他留下了深刻的印象,确有豁然开朗之感,他若有所思地摇摇头回答道,"说得好,我的孩子;说得很好。"

"我一直在想这件事,或者说,"沃尔特说时脸红了,"我一直在想这件事和另一件事,在不眠之夜里会想一整夜,我不能不相信,柯特船长,我的索尔舅舅(上帝赐福给他!)仍活在人间,他终究会回家来的。对于他的出走,我倒并不感到惊奇,因为,且不考虑他的个性里始终存在的那种令人不可思议的味儿,以及他对我深厚的感情,在他对我的深情面前,他生命中的一切其他考虑都变得不值一提了,他对待我就像是一位最好的父亲,在这方面,谁也不该有我体会得那么深,"说到这里,沃尔特的声音变得沙哑不清了,他把目光移开,沿着街道望去,"且不考虑这些,刚才我说了,我常常从书上看到、也听人讲过这样的事,有人听说自己亲近的人可能在船难中死去,他就会搬到船只出事地点的附近海岸去住,期盼着能听到关于沉船的消息,哪怕只比别处早听到一两个小时也好,他甚至会重走遇难船只的航线,就好像这样走一程,消息就会产生。我想我自己就应该这么做,做得和别人一样快,也可能比许多人更快些呢。可是,我的舅舅显然想给你写信,那么他为什么会不写呢,再说,就算他死在外头,你也能从别人那里得知消息的,但是却没有,这是为什么?我可解释不出来。"

柯特船长摇了摇头说,就连一向能发表精辟意见的本斯比本人也说不上来。

"如果我的舅舅是个冒冒失失的年轻人,一伙瞎胡闹的酒徒为了弄到他身上的钱,倒有可能把他哄进一家酒馆里去把他干掉,"沃尔特说,"再说,如果他是个鲁莽的水手,衣兜里揣着两三个月的工钱上岸去,要是消失得无影无踪,我还能理解。可是,他过去是(我希望他现在还是)另外一种人,那我就真的不相信会有这种事发生。"

"小沃,我的孩子,"当沃尔特苦苦思索时,船长眼中露出渴求的神情看着他问道,"那么,你是怎样解释的呢?"

"柯特船长,"沃尔特回答说,"我也不知道怎样解释这件事。我只能假定他从来没有写过信!这件事难道不蹊跷吗?"

"如果索尔·吉尔思写了信,我的孩子,"船长辩论说,"那么他寄来的信在哪儿呢?"

"如果他把信交到某个私人手里,委托那个人替他寄,"沃尔特提出可能的解释说,"可是被那个人忘掉了,扔一边儿了,或者干脆弄丢了。在我看来即使是这种解释也要比其他解释可能性要大些。总之,要我考虑其他的可能性,我实在受不了,柯特船长,而且我也不能、不愿去考虑。"

"希望,你懂吗,小沃,"船长说时露出一脸哲人的聪明相,"希望。是希望使你有了勃勃生气。希望是一个浮标,这句话你可以在你那本《小歌手》里找到,那段歌词很抒情,可是上帝啊,我的孩子,这个浮标也和别的浮标一样,它只会浮在水面上;它不能驶到任何地方去。这艘希望号船的船头饰像旁边,"船长说,"还放着一只锚;假如我找不到一处海底可以把锚放下去,那该怎么办?"

与其说柯特船长是以自己本来的身份在说话,毋宁说他现在是以一位哲人兼家长的身份说这番话的,这位智者决心将积累在自己脑子里的大量智慧分给一个缺乏经验的年轻人。真的,当他讲话时,他的脸都显得神采奕奕,因为他从沃尔特的话里拈出了希望这个词;他恰如其分地拍拍那小伙子的后背,充满热情地说,"好啊,我的孩子!我个人完全同意你的见解。"

沃尔特以快乐的笑声来回报船长对他的热情赞扬,他说:

"关于我的舅舅,现在只有一句话要补充的,柯特船长。我猜想,他不可能通过正常的邮路给你寄信——寄邮包啦,通过邮船啦,这你能理解……"

"当然,当然,我的孩子。"船长表示赞成。

"……不过,无论怎么说,信你还是没能收到?"

"啊,小沃,"船长说时,转过眼睛去盯着他看,他那目光近乎严厉,"自从我见不到他以后,难道我不是不分白天黑夜地,一直在尽力打听那位搞科学的人,老索尔·吉尔思,你的舅舅的消息吗?难道不是因为惦记他、惦记你,我的心才永远那样沉重、一刻也不得安宁吗?无论是睡是醒,难道我不是始终坚守岗位,只要海军准尉还在这里,我就决不会离开吗?"

"是的,柯特船长,"沃尔特回答,说时他紧握住船长的手,"我知道你是决不会离开这里的,我知道你所说的、所感受到的一切是何等忠实和真诚。我确信这一切。你也决不会怀疑,我确信这一切正如此刻我的脚重新踩在门口的台阶上,我的手重新握住这只忠实的手一样。是吧?"

"不会怀疑,不会怀疑,小沃。"船长回答,脸上放出光彩。

"我也不再胡乱猜测了,"沃尔特说,他热情地握住船长那只粗硬的手,船长也热情地和他握手,其友善程度一点也不亚于他,"我只想再说一句,柯特船长,我决不会动用我舅舅的财物,这样做上帝也不容!他留在这里的一切,都交给那位最忠诚的管理者、最仁慈善良的人来保管——这个人的名字如果不叫柯特,还能叫什么!啊,最好的朋友,说到……董贝小姐。"

一说到董贝小姐这几个字,沃尔特的行为举止发生了变化;当他讲出这个名字,他的全部的自信心和愉快的精神似乎都离他而去。

"昨天晚上,当我提起她的父亲时,她制止了我,在这之前我想,"沃尔特说,"……你还记得以前的事吗?"

船长什么都记得,只是他摇了摇头。

"在这之前我想,"沃尔特说,"我们只能去履行一个艰巨任务,那就是,劝说她去和家里的亲人们取得联系,最终还是回到家里去。"

船长轻轻地咕哝了一声"停住!"或"准备!"也可能是适用于这个场合的其他类似的话;听到沃尔特的告白,一种深刻的挫折感使他说话都完全没了底气,也不知道究竟是怎么回事,这仅仅是一种猜测。

"但是,"沃尔特说,"这种想法已经过去。现在我再也不这么想了。要让我送她回去,我宁愿重新回到那块船的碎片上去待着,就像在我生还以后常常做的梦里一样,被海水带走,不停地漂流,漂流,直到死去!"

"好啊,我的孩子!"船长压抑不住满意的心情,爆发出一阵喊叫,"好啊! 好啊! 好啊!"

"想一想她这个人,如此年轻、如此善良、如此美丽,"沃尔特说,"从小娇生惯养,却生就了这么不寻常的命运,必须去和如此凶险的人世间搏斗! 但是我们已经看到了她背后的那条鸿沟,只有她本人才知道那鸿沟有多深;再说她已经没有回头路了。"

柯特船长对沃尔特所说的话还没有全部理解,但是他却极度赞赏,并以坚信的口吻评论说,风正朝着船尾方向往前吹来了。

"她不应当独自待在这里;她应当这样吗,柯特船长?"沃尔特焦急地问。

"啊,我的孩子,"船长作哲人沉思状,过了片刻后回答,"我不知道。不是有你在这里与她做伴吗,你知道,你们俩从小在一起……"

"亲爱的柯特船长!"沃尔特抗辩道,"有我在这里! 在董贝小姐那颗天真无邪的心里,是把我当成她的义兄看待的;如果我假装相信自己作为她的义兄,用这个身份就有权接近她、与她亲密相伴,——如果我假装忘记自己在道义上是不该这么做的——那么我的这颗心,该是多么狡诈、多么罪恶呀?"

"小沃,我的孩子,"船长暗示道,他在一定程度上又重新陷入了尴尬,"难道就不能用别的身份,譬如……"

"噢!"沃尔特回答,"她现在在这里避难,她失去了任何保护,对我无限信赖,难道我可以趁人之危、把自己提升到她爱人的位置上去吗? 如果我这么做的话,将会永远失去她的尊敬——她那么宝贵的尊敬——,并且用一道幕障把我与她天使般的容颜永远隔离,你不会让我落一个这样的结果吧? 我还能说什么? 如果我真的这么做,那么世界上最最反对我的,不是别人,应该就是你了。"

"小沃,我的孩子,"船长说,情绪愈来愈沮丧了,"除非有什么正当的理由和障碍,不能把两个人一起从为奴之家领出来①,这段话你在书上查找查找看,找到后做个记号,我希望我能宣讲这段话,就像结婚通告规定的承诺、宣誓那样。这么说来,不能有别种身份了;是吧,我的孩子?"

沃尔特赶紧挥一挥手,表示不可能有。

---

① 这段话前一半引自基督教婚姻仪式用语,后一半引自《圣经·旧约·出埃及记》第20章,第2节。

"好吧,我的孩子,"船长的粗嗓子缓慢地低声说,"我不否认,我发觉自己在这件事情上,船头吃水太深,逆风换抢太猛。不过,说到小姐娃,小沃,你要记得,对她尊敬、为她尽责,就是我的头等大事,就像我当船上学徒时订的契约一样,无论多苛刻,是没有商量余地的;所以说,你按照你的意思办,我跟在你的尾流后边航行,我的孩子,感你之所感,这是毫无疑问的。这么说来,不能有别种身份了,是吧?"船长一脸沮丧,一边说一边面对他坍塌城堡的废墟沉思着。

"啊,柯特船长,"沃尔特说,为了让船长情绪好转——但是船长心事太重,谁也帮不了他——,便以较为轻快的语调开始说一个新的话题,"在董贝小姐住在这里的这段时间,我想我们应该尽力为她找一位忠实可靠的、最合适的女佣人。她所有的亲戚都不合适。很明显嘛,董贝小姐觉得所有这些人都会对她父亲唯命是从。苏珊的近况怎么样?"

"那个年轻姑娘吗?"船长回答,"我相信,他们违反小可心儿的意思,把她给赶走了。小姐娃刚来这里的时候,我向她发过一个探测信号,她对那个女佣人的评价可高啦,她说那个年轻姑娘离开她已经很久了。"

"那么,"沃尔特说,"你有没有问董贝小姐,苏珊到什么地方去了,我们要跑去把她找来。天已经大亮了,董贝小姐很快就要起床。你是她最好的朋友。你上楼去等她,她下楼以后需要干的一切事情都由我包了。"

船长一副垂头丧气的样子,他听见沃尔特说完话后叹了一口气,便还报了一声叹息,并听小伙子的话上了楼。弗洛伦斯十分喜欢她的新房间,她急于想见到沃尔特,听说有可能与老朋友苏珊见面,真是喜出望外。但是就连她也说不准苏珊究竟上了哪儿,只知道那地方在埃塞克斯郡,她想起来了,具体地点只有涂茨先生一个人知道,除他以外谁都不会知道。

船长回到沃尔特身边时,只带来这么一个令人沮丧的消息,他还向沃尔特解释说,涂茨先生是他在门口遇到的那个年轻绅士,现在他俩成了朋友,那个人很有钱,对董贝小姐害足了单相思。船长还说到,正是沃尔特可能已经遇难的消息,使自己与涂茨先生初次相识的,他俩之间还订有庄严的条件和约定,涂茨先生在船长面前对自己单方面的恋情连提都不许提。

于是问题来了:弗洛伦斯可不可以信赖涂茨先生;弗洛伦斯微笑着说,"噢,当然可以,我全心全意地信赖他!"最要紧的是,要打听到涂茨先生的住址。弗洛伦斯不知道他住在哪儿,船长听说过,可是忘记了;正当船长在那间小小的后房告诉沃尔特说,要不了多久涂茨先生肯定会来的时,涂茨先生本人真的出现了。

"吉尔思船长,"只见涂茨先生没有任何客套,直接冲进了小小的后房,"我的精神病快要发作了!"

涂茨先生把这句话像放在石臼里研磨的东西,统统倒了出来以后,方才发现身边有沃尔特这么个人,他认出是谁来了,发出一阵堪称苦笑的咯咯声。

"请原谅,先生,"涂茨先生手按在自己前额上说,"可是我现在所处的状况是,我的脑子,即使不是完全坏了,至少也正在变得愈来愈糊涂了,这时候还要求这样的人遵守礼节之类,简直是在用空话愚弄他。吉尔思船长,我请求你能给我面子,和我作一次单独谈话。"

"啊呀,老弟,"船长握着他的手说,"你正是我们所要寻找的那个人。"

"噢,吉尔思船长,"涂茨先生说,"要寻找我,谈何容易! 我连胡子都不敢刮,我完全是一副相思病人的样子。我连衣服也没洗刷。我的头发杂乱无章都缠在了一起。我对斗鸡说了,如果他敢给我把靴子刷干净,我就要打得他像具死尸似的趴在我面前!"

涂茨先生一脸野性,像是个疯子,只要看看他脸上的表情,就足以证实他话里所有一切神魂颠倒的迹象。

"你瞧这儿,老弟,"船长说,"这位就是老索尔·吉尔思的外甥小沃。就是大家以为他已经因沉船而死在海上的那位。"

涂茨先生把按在前额上的手放了下来,眼睛盯住沃尔特看。

"天哪,这可叫我怎么办!"涂茨先生结结巴巴地说,"我的不幸变得更加复杂了!你好吗?我……我……我怕你一定让海水泡得浑身湿透了。吉尔思船长,我可不可以和你单独到店堂里去说句话?"

他拉住船长身上的大衣,便一起往外走,一边悄声说:

"那么说来,吉尔思船长,他就是你说过的那个人啰,你说过他和董贝小姐是天生一对,是不是?"

"啊,这个么,我的孩子,"郁郁不乐的船长回答道,"从前有一度我曾经这么想过。"

"就在这个时候!"涂茨先生喊道,他的手又一次按住了前额。"偏偏在这个时候!……来了个情敌!但至少我不恨这个情敌,"涂茨先生说,他再想了想,顿时止住了脚步,手也从前额上放了下来,"我为什么要恨他?不。如果我的感情是真正无私的话,吉尔思船长,让它现在就得到证实吧!"

涂茨先生猛然往回冲,重新回到后房,紧紧握住沃尔特的手说:

"你好吗?我希望你没有得上伤风感冒。有幸和你相识,我……我会感到很高兴。我祝你长命百岁。我以语言和荣誉起誓,"涂茨先生说,随着他对沃尔特的面容和体形愈来愈熟悉,他的心也愈变愈温暖起来,"我非常高兴能见到你!"

"我衷心感谢你,"沃尔特说,"我想不可能再有比这更真诚、更亲切的欢迎了。"

"是这样吗?"涂茨先生说,他的手仍跟沃尔特握个不停,"你非常友好。我很感谢你。你好吗?我希望你离开的时候大家都很好——就是说,在那里嘛——你知道,我的意思是,不管你最后是从哪儿来的。"

这一切良好的祝愿,以及善良的意图,都得到了沃尔特男子汉气概的回应。

"吉尔思船长,"涂茨先生说,"我希望严格做到正大光明;可是我相信现在得允许我说到某个话题了,那可是……"

"啊,啊,我的孩子,"船长说,"随便说,随便说。"

"那么,吉尔思上校,"涂茨先生说,"沃尔特斯上尉①,你们知道不知道,董贝先生的府上发生了最最可怕的事,董贝小姐自己离开了她的父亲,在我看来她父亲这个人呀,"涂茨先生情绪极为激动地说,"是一头野兽,如果称他是一尊大理石雕像,或是一头食肉猛禽,那是在抬举他。现在她还没有被家里人找到,谁都不知道她上哪儿去了?"

"我能问一句你是怎么知道这些事的吗?"沃尔特问。

"沃尔特斯上尉,"涂茨先生说,他经过自己特殊的想象过程,才使用这种军衔称呼对方;也许他的跳跃式的思维,从沃尔特这个名字想到了航海行业②,并且把他和船长联想在一起,结果就顺理成章地得出这两个军衔,"沃尔特斯上尉,要我直截了当地回答,我不反对。事实是,我对一切与董贝小姐有关系的事情都十分关心——这倒不是由于自私的原因,沃尔特斯上尉,因为我十分清

---

① 英语中,海军上校和船长都是 Captain,上尉(Lieutenant)军衔则低三级。涂茨根据想象在胡乱称呼。
② 沃尔特 Walter 与江河湖海等大片水面 waters,英语读音近似,涂茨才这么称呼他。

楚,我所能做的最能让一切人都感到满意的事,就是由我自己来结束生命,因为我活着只会给别人增添麻烦——我常常会给董贝府上的一名男仆一点儿钱,他叫陶林生,是个很正派的年轻人,在那个家已经工作好多年了,董贝府里的事就是昨天晚上陶林生告诉我的。自从我得知了这些事,吉尔斯上校和沃尔特斯上尉呀,我完全疯了,一整夜都在沙发上躺着,整个儿人都毁掉了,这你们看得见。"

"涂茨先生,"沃尔特说,"我很高兴能解除你心头的忧虑。请你放轻松。董贝小姐平安无事,身体健康。"

"先生!"涂茨先生喊了一声,从椅子上直蹦起来,再次和他热烈握手,"心里一块石头落地的感觉,超过了任何预期,没有语言能够表达,就算你告诉我说董贝小姐结婚了,这会儿我也能笑得出来了。是的,吉尔思船长,"涂茨先生向船长呼吁说,"我以肉体和灵魂起誓,不管紧接着我会对我自己采取什么行动,但这会儿我能笑得出来了,我真觉得好轻松。"

"对于像你这样宽宏大量的人来说,还能感觉更加轻松、更加高兴呢,"沃尔特说,他在第一时间就对涂茨的善意问候作出了回应,"因为你还有为董贝小姐效劳的机会。柯特船长,请你把涂茨先生带到楼上去好吗?"

船长向涂茨先生点头示意,涂茨一脸困惑就跟着上了顶楼;船长也不给他一言半语,好让他有个思想准备,便直接把他领进了弗洛伦斯新的避难所。

可怜的涂茨先生,一看见她时,极度惊奇极度快乐,只能用一阵发狂来宣泄。他冲上前去,抓起她的一只手来亲吻,他放下她的手,接着又抓起来,他的一条腿向她跪了下去,满脸都是泪,同时却发出咯咯的傻笑声。他丝毫也没有意识到身体有被第欧根尼咬穿的危险,那条狗相信,涂茨的所作所为是对它女主人极不友善的举动,便绕着他一圈圈地转,看样子它只是还没有决定在哪个关键时刻向他发动攻击,至于说要作弄他、吓他一大跳那是早已决定的了。

"噢,第欧,你这只健忘的坏狗狗!亲爱的涂茨先生,看见你我真高兴!"

"谢谢你,"涂茨先生说,"我很好,我非常感激你,董贝小姐。我希望你的家人们全都好。"

涂茨先生这么说时,一点儿也没有意识到自己话中的含义,他在一把椅子上坐下来,注视着弗洛伦斯,此时他脸上呈现出的,是快乐和绝望争持、搏斗的一幅最生动的画面,这在别的脸上决不会出现,再高明的画师也休想画得出来。

"吉尔思船长和沃尔特斯上尉已经对我说过了,董贝小姐,"涂茨先生气喘吁吁地说,"说我还有为你效劳的机会。那一天在布赖登,我的行为不像是个有独立财产、有身份的绅士,倒像是个犯弑亲罪的十恶不赦的家伙,如果我能做些什么来洗清那一天的记忆的话,"涂茨先生严厉地自责道,"那么,当我在寂静的坟墓里沉沦时,也会带着一丝欢乐了。"

"请求你,涂茨先生,"弗洛伦斯说,"我无论如何也不会忘记我俩相识以后所发生的一切。相信我吧,我是永远不会忘记的。你从来就对我太仁慈、太善良了。"

"董贝小姐,"涂茨先生说,"你对我的感情如此体谅,这正是你天使般性格的一部分。我对你千恩万谢。这一点儿都算不了什么。"

"我们想要问你一件事,"弗洛伦斯说,"那就是,你还记不记得上哪儿可以找到苏珊,自从她离开了我,受到你这么仁慈的对待,你还把她一直送到长途马车站。"

"我也记不十分清楚,董贝小姐,"涂茨先生想了想,说,"长途

879

马车上写的究竟是个什么地名;只记得她说过,她也不打算在那个地方住下去,而要继续往前走,到更远的地方去。但是,董贝小姐,如果你想找到她、把她接到这里来的话,我和斗鸡将千方百计尽快把她找到,我的奉献精神和斗鸡的智慧就是保证。"

涂茨先生知道自己还是个用得着的人,他的情绪明显地得到恢复,变得轻松愉快起来,他真诚无私的奉献精神是无可置疑的,要是拒绝他尽心尽力那就对他太残酷了。弗洛伦斯天生能体贴别人,一点儿也没有拒绝他的好意,却一迭连声地对他表示感谢。涂茨先生怀着无比自豪的心情主动担负起这一重任,并立即采取行动。

"董贝小姐,"涂茨先生说,他碰了一碰她伸向他的手,失恋的痛苦显然透过他的全身,闪现在他的脸上,"再见了!请允许我斗胆说一句,你的不幸也使我一蹶不振,你可以信任我,仅次于信任吉尔思船长本人。我很清楚,董贝小姐,自己身上的缺点——这不是无关紧要的,谢谢你包涵——不过我可是个完全靠得住的人,我向你保证,董贝小姐。"

说完这句话,涂茨先生就走出了弗洛伦斯的房间,仍和船长做伴,船长站在离他不远的地方,胳臂下搂着那顶便礼帽,正用铁钩子梳理他那乱蓬蓬的一绺绺头发,饶有兴趣地看着他俩刚才见面对话的情景。等他们身后的房门一关,涂茨先生生命中的光明又变得黯淡无光了。

"吉尔思船长,"走到楼梯底下时,这位年轻绅士停住脚步,转过身来说,"告诉你实话吧,我心里本打算怀着完全友好的感情去见沃尔特斯上尉的,可是现在我心绪不佳,我怕是没法做到了。我们的感情不是永远能够控制得住的,吉尔思船长,如果你让我现在就从这扇暗门出去,我会把这看成是你给我的特别优待。"

"老弟,"船长说,"你要确定自己将来的人生道路。我完全可以肯定,无论你走什么路,那总会是一条清清白白、像个真正水手走的路。"

"吉尔思船长,"涂茨先生说,"你仁慈极了。你的金玉良言是我的极大安慰。有一件事,"涂茨先生站在走廊上说,他身旁的一扇门已经打开一半,"我希望你能记住,吉尔思船长,也希望沃尔特斯上尉知道。你知道,现在我就要正式继承财产了,但是……我不知道拿这些钱去干什么。假如我在财产方面能够帮点儿忙的话,我在沉入寂静的坟墓时也会安心、自在了。"

涂茨先生没有再说别的话,只是悄悄地溜了出去,并随手把门关上,柯特船长都没来得及回答他。

涂茨先生走了很久,弗洛伦斯还在惦记着他这个好人,心里既有快乐又有痛苦。他非常诚实、非常热心,这次又见到他,并确实知道在她遭遇不幸时,他对她始终如一的忠诚,使她感到无比的喜悦和安慰,这是任何金钱都换不来的;但是,正因为这个缘故,当她想到自己正是使他一时陷入痛苦、使他温和平静的人生之流泛起波澜的原因,她眼眶中情不自禁地充溢着泪水,胸脯也因深深的怜悯而不停起伏。柯特船长也以他独特的方式深深地怀念涂茨先生;沃尔特也一样。当夜晚来临,他们仨一起坐在弗洛伦斯的新房间里,沃尔特热情洋溢地夸奖涂茨先生,并将他临走时说的话告诉了弗洛伦斯,他一边叙述一边表示赞赏,他本人的诚实和富于同情心,更衬托出他个性中的种种优美和雅致。

涂茨先生第二天没来,第三天没来,接下去好几天还是没有来;与此同时,弗洛伦斯没有受到新的惊吓,她安安静静地住在老航海仪器制造商家的顶楼上,就像一只性格娴静的笼中小鸟。然而,随着日子一天一天过去,她显然更经常地低下了头,她常常从高处一扇窗户仰望天空,那时她的脸上竟会露出她夭折的弟弟当年脸上的那种表情,似乎她想要把弟弟躺在明亮海滩旁的小床上时曾对她说过的、他心中的那位天使寻找到。

最近这段时间弗洛伦斯身体一直很虚弱,她所受的刺激当然会影响到她的健康。但是,现在对她造成影响的并不是身体上的痛苦。她是心里觉得痛苦;造成她痛苦的原因是沃尔特。

沃尔特一向关心她,为她担忧,以能够替她效劳而感到骄傲和快乐,所有这一切他都以自己诚挚热情的性格向她展示,然而现在,弗洛伦斯看得出来:他在回避她。长长的一整天,他难得到她房间跟前来。如果她叫他,他会来,来的时候还是以前那样诚恳和开朗,使她回忆起自己小时候那次迷路时在惹人注目的街道上遇见的那个男孩子;但他很快就变得拘谨起来(她的感情反应很灵敏,不能不注意到这一点),显得局促不安,并很快就离她而去。一整天,从早到晚,你不叫他,他就不来。但等到晚上,他总会在那里,这是她一天里最快活的时刻,她几乎相信她幼年时的那个沃尔特并没有改变。然而,即使在那时,一句偶然的话、一个不经意的眼神、一件无关紧要的小事,会向她提示:他和她之间存在着一道说不清道不明的、无法跨越的鸿沟。

她不能不看到沃尔特的行为举止发生重大变化的迹象,尽管他在竭力掩饰。她想,他是在为她考虑,他决不愿意使她受到他温柔的手的任何伤害,因此他只能借助于许多小小的掩饰手段和伪装伎俩。这样一来,反倒使弗洛伦斯益发感觉他的变化实在太大了;她觉得自己的哥哥与她疏远了,她愈来愈频繁地为此而哭泣。

弗洛伦斯想,沃尔特的变化就连她那位不知疲倦、温柔、热情的朋友,好心的船长,也看出来了,并且还为此而痛苦。他不像起初那样开心和充满希望了,一天晚上,他们仨又坐在一起时,船长愁容满面,偷眼看看她,再看看他,他会这样交替着看许多遍。

最后,弗洛伦斯打定了主意,要开诚布公地跟沃尔特谈一谈。她相信自己已经懂得了他何以要与她疏远的原因,她想,如果告诉他,自己早已发现了他的变化,并且接受了这个事实,并且丝毫也不责怪他,那倒可能会使自己彻底卸下心头的负担,也会使他的心情放轻松。

弗洛伦斯下这样的决心,是在一个星期日的下午。忠实的船长围着一条醒目的衬衫领子,就坐在她身旁,他戴上眼镜正在读书呢,这时她问他沃尔特在哪儿。

"我想他是在楼下,我的小姐娃。"船长回答。

"我有话要跟他讲。"弗洛伦斯一边说一边匆忙站起身来,像是要下楼去。

"我去把他叫到这里来,漂亮孩儿,"船长说,"一会儿就得。"

于是船长动作十分敏捷地将书扛在肩膀上——因为他坚持做到礼拜天不读别的书,只读特别厚重的书,他的外观也显得尤其庄严沉稳,现在他扛的这本巨无霸书是好几年前他在一家书摊上经过讨价还价买到的,无论何时,他只要读上五行,准会读成一脑袋糨子,所以读到现在,他还没有弄清楚该书的主题——,就下楼找人去了。沃尔特很快出现在她面前。

"柯特船长告诉我,董贝小姐……"他一进门就热切地说,但一看见她的脸就把话止住了。

"你今天不太舒服吧。你好像有什么心事。你刚才一直在哭。"

他的话说得非常温柔,一股热情涌上来使他的声音颤抖,听到他说话的声音,她的眼泪夺眶而出。

"沃尔特,"弗洛伦斯温柔地说,"我是不太舒服,我是一直在哭。我有话要跟你讲。"

他在她对面坐下来,望着她那美丽又天真无邪的脸,他的脸却变得苍白,嘴唇颤抖起来。

"在我得知你已经获救的那天晚上,你说——噢!亲爱的沃尔特,那天晚上我多么感动,心里怀着多大的希望呀!……"

他把手伸过去,放在隔在他俩之间的桌子上,眼睛一直望着她。

"你说我变了。当时我听了觉得很惊奇,可是现在我懂得了,我是变了。别生我的气,沃尔特。当时因为我太高兴了,所以没有想到这一点。"

她在他面前又重新成了个孩子。他看到、听到的是那个天真坦诚、易于信任他人、充满爱心的孩子。而不是他甘愿把世上最珍贵的财富都放在她脚下的那个女人。

"沃尔特,你离开前我最后一次和你见面时的情景你还记得吗?"

他把手伸进自己胸口的衣服里,掏出一只小小的钱包。

"我一直把它拴在我的脖子上!如果我在大海里淹死,它会在海底深处一直陪伴着我。"

"而且为了我往日的友情,沃尔特,你还愿意继续把它戴下去吗?"

"戴着它一直到死!"

她把手放在他的手上,天真无邪、毫不畏惧,似乎从她向他馈赠这小小纪念品的时候到现在,相隔的时间连一天都不到。

"这使我快乐。将来我只要一想起这件事,就永远会感到快乐,沃尔特。你记不记得,那天晚上,当我们在一起谈话时,我们俩似乎同时想到了这个变化?"

"不!没有想到!"他声音里带着疑问回答。

"想到了的,沃尔特。即使在那时,我也是毁坏你的希望和前途的工具。当时我怕这么想,但是现在我懂得了。那个时候,你对这一事实同样是清楚的,但是你出于慷慨无私的考虑,成功地向我隐瞒了这一点,可是现在,尽管你和以前一样慷慨、一样尽力,你可再也隐瞒不住这一事实了。沃尔特,你确实作出了努力,为此我真心地深深地感谢你;但是这一回你决不会成功。你经受了太多的苦难,你本人的以及你最亲近的亲戚的苦难,因此你不可能看不见:正是由于我,一切危险和苦难才会降临到你身上,根本原因在于我,尽管我是无辜的。你不能完全忘记我在其中扮演的角色,你和我再也不能成为兄妹了。但是,亲爱的沃尔特,别以为我会因此而埋怨你。我可能会知道,我应该知道,但是我当时太高兴了,因此没想到这一点。我只希望,当这种感情已不再是个秘密时,你想起我来,不要太感到厌烦就行了;我只希望,沃尔特,以那个曾经是你妹妹的可怜女孩子的名义,希望你为了我的缘故,不要继续和自己过不去,不要再让自己痛苦,现在我全都已经知道了!"

当她说这些话时,沃尔特不可能有别的表情,只是带着一脸惊讶和诧异看着她。她的手以恳求的样子触及他的手,这时他伸出双手来,把她的手握在里面。

"噢,董贝小姐,"他说,"当我意识到自己应该给予你、必须报答你而深受痛苦时,你却对我说,是我使你痛苦,这难道是可能的吗?上天作证,你在我心目中,除了是我少年和青年时期幸福记忆中的那个坦率、聪明、纯洁的人儿以外,永远、永远不可能是别的模样。从最初直到永远,我永远把你在我生命中的角色看成是神圣的,永远不会在心里把你轻忽,我怎么敬重你都不够,我到死也永远不会忘记你。我重新看到你的容颜,重新听到你说话的声音,就像我俩分手的那天晚上一模一样,这种幸福对我来说,简直无法用语言来表述;至于说像兄长一样受到你的爱和信任,则是我能收获与珍藏的第二件最宝贵的恩物了!"

"沃尔特,"弗洛伦斯说,她热切地注视着他,但是她脸上的表情发生了变化,"你作出这一切牺牲,究竟想给予我什么、报答我什么?"

"尊敬,"沃尔特低声说,"崇拜。"

她的脸色豁然开朗了,她若有所思地、怯生生地把手抽回来,眼睛仍注视着他,那热切的神情丝毫未减。

"我没有做你兄长的权利,"沃尔特说,"我没有做你兄长的要求。我离开时你还是个孩子。我回来时发现你已长大成人了。"

她的脸透出红晕。她微微示意,似乎在恳求他不要再说下去了,她把脸埋在自己的双手中。

他们俩都沉默了一段时间;她在哭泣。

"我感激那颗充满信任、纯洁、善良的心,"沃尔特说,"纵然要把我的心撕碎,我也得把自己的心从它那里扯开。我怎敢称它为我妹妹的心呢!"

她仍在哭泣。

"假如你处在幸福中;受到你应该得到的待遇,周围都是爱你、赞赏你的亲友们,人人都羡慕你,你拥有与你出身、地位相称的一切,"沃尔特说,"如果你出于对往事的亲切回忆,把我称为兄长,在这种情况下,我还能从遥远的地方对这个称呼作出回应,我的内心还不至于为如此回应你那纯洁无瑕的做法而自责。可是这里……现在!……"

"噢,谢谢你,谢谢你,沃尔特!请宽恕我对你大大的误解。没有人能给我忠告。我太孤单了。"

"弗洛伦斯!"沃尔特热情地说,"我匆匆忙忙把心里的想法都说出来了,但是刚才那会儿,却什么力量也无法强使我开口。假如我是一个成功人士;假如我有足够的财产,或者我有希望在将来的某一天,能使你恢复到接近你原来出身的崇高地位的话,那么我就会对你说:你可以赐给我另外一个称呼,——它比一切别的称呼能使我更加有权利保护你、热爱你——,我所以值得你赐给我这个称呼,不是因为别的,只是因为我怀抱着对你的热爱和敬重,我已经把整个的心给了你。我本来会对你说:只有你赐给我这个权利,我才能保护你、守卫你,而且我敢于接受、敢于维护这项权利;如果我能获得这项权利,我将把它视为对我宝贵的信任,视为无价之宝,即使我拿出我生命中全部专一的忠诚和热情,恐怕也难以报偿这种信任的价值。"

她的头仍低垂着,眼泪仍滴滴往下流,胸脯随每一次抽噎而起伏。

"亲爱的弗洛伦斯!最亲爱的弗洛伦斯!在我还没有来得及考虑这么叫你有多么放肆、多么冒昧之前,我早已在心里这样呼唤你了。让我最后一次呼唤你这个亲爱的名字吧,让我触摸你温柔的手,作为一个标志,表明你已经像妹妹一样原谅了我所说的话。"

她抬起头,在与他说话时,眼中流露出庄重、温柔的神情;她的眼睛还闪着泪光,但她向他展现出一个如此平静、明朗、温柔的微笑;她的身体和声音在微微颤抖;这拨动了他内心的琴弦,他一面听一面泪眼模糊起来。

"不,沃尔特,我忘不了你所说的话。在任何情况下我也不会忘记。你是不是、是不是很穷?"

"我只是世上的一名漂泊者,"沃尔特说,"漂洋过海,到海洋的彼岸去谋生。这就是我现在的职业生涯。"

"你是不是又快要出发远航啦,沃尔特?"

"很快。"

她坐着,对他看了一小会儿;接着就羞怯地把颤抖的手放在沃尔特的手里。

"如果你娶我做你的妻子,沃尔特,我将会深深地爱你。如果你让我伴你同行,沃尔特,我将会毫不畏惧地伴你前往海角天涯。我已一无所有,举目无亲,所以我已不能为你放弃任何东西;但是,我全部的爱和整个生命都将奉献给你,到了临终时刻,只要我还有记忆,神志清醒,我将用最后一口气,对着上帝,低声说出你的名字。"

他抱住她,把她紧紧贴在自己心上,让她的面颊和自己的面颊靠在一起,现在,她不再推拒,尽管确实在哭泣,但却趴在她心爱的人的胸膛上。

圣洁的礼拜天的钟声,在他俩幸福得如梦如幻的耳中听来,响得如此平静!圣洁的礼拜天宁静而安谧,与他俩灵魂的安宁完全和谐一致,并把他俩笼罩在圣洁的氛围中!圣洁的暮色渐渐变浓,庄重地庇护着她,抚慰着她,她就像一个被哄得乖乖的孩子似的,在她依偎的胸膛上睡着了!

噢,满载着爱和信任的她躺在那里,多么轻松!啊,沃尔特垂下目光,看着她那双合上的眼睛,他凝视的目光是那样骄傲,那样温柔;因为现在她的眼睛在广阔无垠的世界上,除你以外谁都不找,只会寻找你一个人了!

船长在那间小小的后房里一直待到天黑。他拉过沃尔特刚才坐过的那把椅子坐下来,仰望高处的天窗,眼看着天色逐渐暗淡,星星向低处窥视。他点亮一支蜡烛,把烟斗点着,抽起烟来,心里纳闷,不知楼上发生了什么情况,为什么他俩不来请他去喝茶。

正在他的惊讶达到顶点时,弗洛伦斯来到他的身边。

"啊!小姐娃!"船长喊道,"你和小沃怎么谈了这么长时间呀,我的漂亮孩儿。"

弗洛伦斯用她的小手握住船长大衣上一粒特大的纽扣,垂下目光看着他说:

"亲爱的船长,我有件事要告诉你,如果你方便的话。"

船长相当灵巧地抬起头来,想听听是什么事。他把自己坐的那把椅子往后推了推,自己也跟着尽可能退得远些,以便把弗洛伦斯看得更加清楚。

"什么事！小可心儿！"船长喊道，他忽然变得兴高采烈起来，"是那件事吗？"

"是的！"弗洛伦斯热切地说。

"小沃！丈夫！是那件事？"船长吼叫起来，把他那顶加光便礼帽往上抛，抛到天窗那么高。

"是的！"弗洛伦斯喊叫起来，又是笑又是哭。

船长马上紧紧拥抱了她一下；然后把那顶加光便礼帽从地上捡起来重新戴在头上，挽起她的手臂，再领她上楼去；他觉得这会儿他可以开这辈子最让他开心的玩笑了。

"怎么着，小沃，我的孩子！"船长在门口一边往房间里看，一边说，他那张脸又红又亮，活像一只暖床炉，"这么说来别的身份是没有的，是不是？"

这句玩笑话，他在喝茶时至少重复了四十次，他宁愿让自己笑得噎死；他用衣袖把脸蛋擦得油光发亮，在此期间还用手帕把脑袋各部分都轻轻拍打了个遍。但是他还有一件更严肃的、非常惬意的事情可说，当他以不可言喻的快乐看着沃尔特和弗洛伦斯时，你能听见他多次低声咕哝道：

"内德·柯特，我的老弟，你拿出你小小的财产和他俩共享，你一辈子做事也没有像做这件事那样，把方位定得这么出色的！"

第五十一章 董贝先生和外部世界

随着时光流逝,那位骄傲的人在干些什么?他曾经想起过他的女儿,或猜测过她的去向吗?他是不是以为她早已回家,正在这座令人厌烦的住宅里,还像以前一样过日子?没有人可以替他回答。自从那天以来,他从没有提起过她的名字。全家上下人等实在太怕他了,谁也不敢涉及他从不说起的话题;唯一敢向他提问的那个人刚一开口,就立即被他制止了。

"我亲爱的珀尔,"就在弗洛伦斯离家出走的那一天,他的妹妹惴惴不安地走进他的房间,喃喃地说,"你的妻子!那个暴发的女人!你对她无比热爱和忠诚,为了迁就她的任性和骄傲,我敢肯定,甚至发展到牺牲你自己亲属关系的地步,我听到一些乱七八糟的议论,说她竟给了你这样的回报,这件事难道是真的吗?我可怜的哥哥!"

戚克太太回忆起伊迪丝第一次举行宴会时竟没有邀请她,至今仍心有余愤,说完这番话,她多次用手帕擦眼泪,还扑上前去搂住董贝先生的脖子。但是董贝先生冷冰冰地把她挡开,并推她坐在一把椅子上。

"我感谢你,路易莎,"他说,"向我表达的感情;不过,我希望我们最好还是谈些别的话题。如果将来有一天,我为自己的命运悲叹,路易莎,或者表示需要别人的安慰,请你到那时再来跟我说这种话好了。"

"我亲爱的珀尔,"他的妹妹接着说,她用手帕在脸上擦拭着,还摇了摇脑袋,"我知道你具有超乎寻常的精神力量,对于如此令人痛苦和厌恶的话题不屑再提,"说到那两个形容词时,戚克太太表现出极为愤怒的样子,"不过,请你允许我问你一句……尽管我担心会听到什么令我震惊和痛苦的话……那个不幸的孩子弗洛伦斯……"

"路易莎!"她的哥哥严厉地制止她,"住嘴。一个字也不要再问了!"

戚克太太只能摇摇头,用手帕擦脸,嘴里嘟嚷着什么董贝家的人一旦堕落,就没有资格姓董贝之类的话。究竟弗洛伦斯对伊迪丝出走一事有没有责任,她跟着后母一起跑了吗?她在这件事中起了大作用?起了小作用?起了一定的作用?还是根本没有起任何作用?戚克太太实在是一丁点儿都不知道。

他继续坚持他一贯的做人原则,毫不偏离,把自己的思想感情紧紧地封闭起来,决不向任何人透露。他没有寻找自己的女儿。他以为她也许在姑妈家里待着呢,也可能已经回家了。他可能一直在惦念着她,也可能根本没有想到过她。从他的外部表现看,是完全看不出来的,因为都一样。

但是有一点是可以肯定的。他并不认为自己已经失去了她。他从来没有担心过会发生这种事。他封闭在自己极大的权威中已经太久了,在他俯视的眼光下,她只是行走在小路上的一个有耐心的、性格温顺的小孩,根本不必担心会失去她。他确实被那件丢脸的事所震撼,但还不至于低微到如此地步。他这棵参天大树根深脉广,经过许多年,它那根须已经伸展开去,从周围的一切来源汲取营养。大树受到了打击,但还没有被击倒。

尽管他把自己的内心世界隐藏起来,不让外部世界看到(他认为,外部世界现在只有一个目的,那就是:密切注视他的一举一动,无论他走到哪里),他无法掩盖那些把他的实况暴露出来的迹象:眼睛和面颊塌陷、前额憔悴枯槁、一副郁闷沮丧和喜怒无常的神态。尽管他顽固不化,一如既往,但事实上他还是改变了;尽管他仍旧骄傲,但事实上他已经被压低了,否则的话,那些迹象也不会存在。

外部世界。外部世界该怎样想他、怎样看他、在他身上又看到了什么、对他有何评说呢?——这就是在他心里出没作祟的恶魔。他走到哪里,那恶魔就跟到哪里;比这更坏的是:即使他并不在那里,那恶魔也会出现在那里。恶魔和他一起出现在仆人们中间,他不得不由着它在自己背后窃窃私语;在大街上,他眼看它跟在身后对自己指指点点;它在他的办公室里等候;它趴在富商们的肩膀上斜着眼睛看他;它在人群中点首示意,吐露他的秘密;在每一处地点,它总比他提前到达;他知道,等自己一走,它就会忙碌起来。晚上,当他把自己关在房间里时,它就会待在他的屋里、屋外,可以听见它在石板地上走过的脚步声,可以看见它在桌子上留下的痕迹,在火车和汽船冒出的蒸汽里来回飞舞:它到哪儿都忙忙碌碌、永不停歇,跟定了他,别人谁都不跟。

这不是他想象出来的幽灵。这个心魔在其他人心里正如在他本人心里同样活跃。菲尼克斯表兄专程从巴登巴登赶回来同他谈话,你只要看看菲尼克斯的样子就可以看得出来。白士度少校陪同菲尼克斯表兄一起前来实践友谊的使命,你只要看看白士度就可以看得出来。

董贝先生以平时一贯的尊严态度接待他俩,他还是那副老样子,身体挺拔,在壁炉前站得笔直。他感觉得到外部世界的人们都瞪大着眼睛在看他。墙壁上的画也在注视着他。书柜顶上庇特首相先生塑像的目光很有代表性。就连挂在墙上的地图仿佛也长满了眼睛。

"今年春天特别冷。"董贝先生说——这是他糊弄外部世界的掩饰之词。

"妈妈哟,先生,"少校说,声音充满友情的温暖,"乔瑟夫·白士度最不会说假话。你如果想用拒人于千里之外的态度对待朋友,董贝,想冷淡我,乔·白可不会让你达到目的。乔是个粗粗鲁鲁的硬汉,先生;乔说话一向直来直去。已故约克公爵殿下给了我很大的面子,我配还是不配,先不去管它,总之他说过这样的话,'在军队服役的人里面,要是有谁说话直率、一针见血的,那个人就是乔——乔·白士度。'"

对他的这番话,董贝先生分明表示默许。

"那么,董贝,"少校说,"我是一个见过世面的人。我们的朋友菲尼克斯……要是我可以冒昧说……"

"非常荣幸,我敢肯定。"菲尼克斯表兄说。

"也是,"少校接着说时还摆动一下脑袋,"一个见过世面的人,董贝,你也是个见过世面的人。那么好啦,三个见过世面的人碰在一起,而且是朋友——我相信是的——"他又一次求助于菲尼克斯表兄。

"我敢肯定,"菲尼克斯表兄说,"非常友好。"

"……是朋友嘛,"少校接了下去,"老乔的意见是(老乔也可能说错话),世人对某一件特殊事情的议论是很容易听到的。"

"这毫无疑问,"菲尼克斯表兄说,"其实呀,这是件不言自明的事。我非常焦急不安,少校,想让我的朋友董贝听我表达对那件事的极端惊讶和遗憾,我那位可爱而多才多艺的亲戚,她具备一切优秀品质足以使一个男人幸福,不料竟会完全忘却自己的责任——事实上,是对全世界、全社会的责任——,做出如此极端出格的事情来。从我得知这件事以来,情绪一直极为沮丧;我昨天晚上真的对朗·萨克斯比说了——就是身高六英尺十英寸的那个人,我的朋友董贝可能认识的——这件事搅得我头昏脑涨、六神无主,脾气暴躁得像是患上了多胆汁病。这种要命的灾难,不由地让人这样想,"菲尼克斯表兄说,"事情的发生是出于天意;要是我的姑妈当时活着,这件事准会把那位性格非常活泼的女士弄得一蹶不振,事实上,也就是使她成为牺牲品。"

"现在嘛,董贝!"少校精神十足,打算接着他刚才的话头继续讲下去。

"请你原谅,"菲尼克斯表兄打断了他的话,"请允许我再说一句。我的朋友董贝会允许我说的,我想说,如果使我此刻深感痛苦的这件事,还能变得更加糟糕、更加邪恶不堪的话,那就是我那位可爱而多才多艺的亲戚(请原谅,我还得这样称呼她)竟然和另一个人(事实上就是那个长着一口白牙的人),一起做出了这件事,那个人的身份、地位比起她的丈夫来,低微得实在太多太多了,当世人们得知这一点,自然会感到万分惊讶。但是,我还必须颇为蛮横地向我的朋友董贝提出请求,请他先不要指控我那位可爱而多才多艺的亲戚有罪,除非她的犯罪事实得到充分证实,至于说这件事的前景,我要向我的朋友董贝保证,以我本人为代表的这个式微到几近绝种的家族(想到这里,一个男子汉不禁悲从中来),将会欣然同意董贝先生提出的任何体面的解决办法,决不会有任何阻力。我在这件令人极为伤感的事情上多嘴多舌,我相信我的朋友董贝一定会相信我是出于良好的动机,而且——呃——事实上,我觉得没有必要说更多的话来继续打扰我的朋友董贝了。"

董贝先生点点头,连眼皮都没有抬一抬,什么话也没有说。

"啊,董贝,"少校说,"我们的朋友菲尼克斯口若悬河,那么好的口才,老乔·白从来没听到有人能超得过——不,凭上帝起誓,先生!永远超不过!"少校说,他那张脸真的呈深深的青灰色,他一手抓在手杖的中间位置,"他讲到那位女士的事,凭着我们的友谊,董贝,我打算就这件事的另外一个方面讲句话。先生,"少校说,像一匹马似的大声咳嗽,"世人就爱对这类事情发表议论,就让他们得到满足就是了。"

"我懂。"董贝先生回答。

"你当然懂这个道理,董贝,"少校说,"妈哟,先生,我知道你懂。一个像你这样气度恢宏的人不可能不懂这个道理。"

"我希望是这样。"董贝先生回答。

"董贝!"少校说,"至于其他,不说你也明白。但我还是要说——也许时机不成熟,说早了——因为白士度家族总是直言不讳。这么做,先生,从来没有给白士度家族带来什么好处;不过这是潜藏在白士度家族血液里的脾气。那个男的,应该让他一枪毙命。你有乔·白在身边支持你。他有资格称为你的朋友。上帝保佑你!"

"少校,"董贝先生回应道,"我感谢你。等时间一到,我会把自己交在你手里的。但时间还没有到,我不准备对你说了。"

"那家伙在哪儿,董贝?"少校对他喘了一回气,又瞪眼看了他一会儿,问道。

"我不知道。"

"有他的消息吗?"少校问。

"有。"

"董贝,听到这个,我很高兴,"少校说,"我祝贺你。"

"请你原谅——即使对你,少校,"董贝先生回答,"我也暂时不想透露有关这件事的任何细节。我获得的情报很特别,我获得情报的方式也很特别。也可能将来的结果表明它毫无价值;也可能将来的结果证明它完全真实;现在我还不能肯定。我的解释只能到此为止。"

尽管这样枯燥乏味的回答并不能满足少校对此事的强烈关注,但他也通情达理地接受了,心想世人很快就将看到他们预期中的恶人恶报的公平结果。同时,菲尼克斯表兄也从他那可爱而多才多艺的亲戚的丈夫那里,获得了他那一份信息,于是菲尼克斯表兄和白士度少校便告辞了。他们一走,又将那位丈夫留给这个大千世界,可以从容地深思他俩所描述的世人如何关心发生在他家的那个事件的心态,深思如何去满足世人对这事件正当、合理的预期。

但是,坐在女管家房间里,高举双手,低声和皮普钦太太谈话,并不停地掉眼泪的那位是谁?她是一位女士,被一顶黑色女帽紧紧遮住多半张脸,看样子那顶女帽不像是她自己的。她是托克丝小姐,刚从女仆那里借来这套行头把自己假扮好,直接从公主街寓所跑来,神秘兮兮地与老熟人皮普钦太太重叙旧谊,目的是想要从女管家嘴里听到一些有关董贝先生近况的消息。

"我亲爱的太太,这件事让他怎么忍受得了啊?"托克丝小姐问。

"嗯,"皮普钦太太用她惯常的方式回答,好像要咬人家一口似的,"他和平时没什么两样。"

"那是表面的,"托克丝小姐提示说,"但是他心里的感觉还不知道怎么样呢!"

皮普钦太太回答时,她那双石硬的灰眼珠露出怀疑的神色,肌肉连连抽搐了三下,"啊!也许。大概是吧。"

"给你说说心里话,鲁克丽霞,"皮普钦太太说;她仍然称呼托克丝小姐鲁克丽霞,因为托克丝小姐是这位太太从事镇压儿童这项职业的第一个实验对象,那时的托克丝小姐还是个倒霉的、瘦小枯干的小不点儿,"给你说说心里话,鲁克丽霞,我认为这是件清除垃圾的好事。按照我的心意,我可不让任何一个厚颜无耻的家伙留在这里!"

"确实厚颜无耻!皮普钦太太,厚颜无耻这个词你用得好!"

托克丝小姐说,"竟然离开他!一位多么高贵的男子汉!"说到这里,托克丝小姐被自己的激情压倒了。

"我不懂什么叫高贵不高贵,我敢肯定,"皮普钦太太回答时性情暴躁地用手摩擦着鼻子,"不过这一点我还是懂的:当人们碰到考验,他们就得忍受。啊哟喂乖乖!在我年轻时候,我自己碰到的考验、忍受的磨难还少吗?有什么好大惊小怪的!她走了,正好把她摆脱掉。我想,谁也不要她回来!"

她的话一涉及秘鲁矿井的事,托克丝小姐便站起身来告辞;皮普钦太太打铃叫来陶林生,让他送这位小姐出门去。陶林生已经好几年没见到托克丝小姐了,对她露齿一笑,祝她身体好;他还说她戴上那顶女帽,乍一看还真没认出是她来。

"我很好,陶林生,谢谢你的关心,"托克丝小姐说,"你偶尔在这里看到我,请你千万不要对别人提起哟。我只是来看看皮普钦太太。"

"很好,小姐。"陶林生说。

"发生了可怕的事,陶林生。"托克丝小姐说。

"真的非常可怕,小姐。"陶林生说。

"我希望,陶林生,"托克丝小姐说,对涂德尔家孩子的教育工作使她说起话来有一种好为人师的调子,还养成了就过去发生的事进行说教的习惯,"发生在这里的事,能够对你发挥警示的作用,陶林生。"

"谢谢你,小姐,我肯定会的。"陶林生说。

她的话似乎使他陷入沉思,不知道这件事的警示作用如何发挥到他这一个案上,正沉思间,尖酸刻薄的皮普钦太太突然催促道,"你在干什么?你为什么不送这位小姐出门?"于是他就领她往外走。当她走过董贝先生的房门,她的脑袋往黑色女帽里躲藏得更深,踮起脚尖不敢发出一点声音。大千世界,世人如恒河沙数,但决不会有另外一个人像她那样特地跑来探访他,为他如此伤心如此焦虑的。托克丝小姐戴着那顶黑色女帽,躲开新点亮的街灯的映照,一步步往自己的家走回去。

然而,托克丝小姐并不属于董贝先生的世界。她每天黄昏时分总要来;有时晚间天阴雨湿,她除了女帽外还加一双木底鞋和一把雨伞。她忍受陶林生的露齿一笑,以及皮普钦太太的冷淡脸色,其目的很单纯,仅仅为了问一问:他好不好,他是怎样忍受不幸的?然而,她与董贝先生的世界丝毫无涉。没有她,那个世界照样运行,还是那样苛刻,那样折磨人。而她,只是一颗既不明亮又不起眼的小星星,在另一条小小的天体轨道上的边边角角运行,她对自己的身份认识得十分清楚,她来了,哭了,离开了,心里也满足了。毫无疑问,托克丝小姐比给董贝先生带来烦恼的那个上流社会要容易满足得太多太多!

在董贝父子商行的营业处里,职工们对这件大灾祸,从各个角度、各种观点都议论到了,但主要关心的是:谁会接替卡克先生的位置。大家普遍认为:经理的薪金将会降低,还会对经理职权设定种种新的限制,致使这个位置再也没有过去那样舒服了。那些根本没有获得经理职务希望的人们,都十分肯定地表示,还是不当经理的好,不管由谁来接任,他们一点儿都不羡慕。自从董贝先生遭受丧子之痛以来,还从来没有一件事使营业处里的人们如此轰动的。但是,人们的一切兴奋情绪,不说是一次愉快的转折的话,也像是一种社交行为,导致职工之间感情的增进。营业处里公认的才子和他那位抱负不凡的对头,结怨成仇已有数月之久了,现在他俩抓紧这一有利时机实现了和解;营业处同仁为纪念他俩尽释前嫌、重叙旧谊,建议举办一次小型餐会;餐会于附近一家小饭馆举行;才子当餐会上的主席;他的对头当副主席。桌布一撤走,主席发表演说,他是这样说的:绅士们,他不能假装不知道,现在可不是同仁之间闹私人意气的时候。最近发生的事,对此他不必加以特殊提示了,但仍不免引起某些星期日报纸的注意,有一张日报,他不必指出它的名字(说到这里,在场所有的人都用听得见的声音咕哝着它的名字),引起了他的深思;他感到,在这样的时候,他和鲁滨孙如果陷入个人意气之争,那就是无视维护共同事业的美好感情,他认为并且希望,在董贝父子商行服务的全体绅士,从来就是以这种美好感情著称的。对他的这番话,鲁滨孙作出了像个男子汉和好兄弟的反应;商行里一位有三年工龄的绅士,因为常算错账,不断受到被解雇的警告,这时似乎有了崭新的见解,突然迸发出一番激动人心的演说,他说,但愿他们尊敬的老板家里永远不再遭到不幸!他说了很多各种各样的事情,每句话都以"但愿他永远不再"开头,他的话句句都获得雷鸣般的掌声。总而言之,他们度过了一个非常愉快的夜晚,其间只发生过一次小小的争执,两名低级职员就最近几年卡克先生每年积攒了多少个人财产问题而吵得不可开交,他俩都操起细颈玻璃瓶来威胁对方,被众人硬拉出门去时怒气还没有平息。第二天上班,营业处里的人们都找苏打水喝,参加昨夜聚餐的大多数人都觉得饭馆开出的账单太贵,简直在宰人。

再说说听差珀奇,他很有可能一辈子就这样毁掉了。他发现自己又经常到小酒店的售酒柜台去,有人请他喝酒,他就胡说乱吹。看来他无论到什么地方、无论遇见什么人,大家对最近发生的那件事都大感兴趣,珀奇便根据不同对象,对他或她说"先生"或"夫人","你的脸色怎么会这样苍白?"听他话的人总是浑身发抖,说,"啊唷,珀奇!"然后就跑开了。也许是珀奇良心发现,觉得自己这种行为罪大恶极,也许是喝酒引起的反应,到了晚上,他的情绪总是坏到极点,只能在博尔斯塘住所陪伴老婆,从珀奇太太那里寻求安慰;珀奇太太感觉非常苦恼,因为她怕丈夫对女人的信心现在发生了动摇,他暗中有点儿担心,晚上回到家里,有可能会发现老婆已经跟某一位子爵大人私奔了呢。

在这段时间里,董贝先生府上的仆人们变得挥霍浪费、放荡不羁,已经干不了其他地方的服务工作了。每天晚餐都是热汤热菜,桌上摆满热气腾腾的酒水,一边喝一边"侃大山"来消磨时间。到了晚上十点半钟,陶林生先生总是感情变得十分脆弱,常常问大家,他是不是早就说过,"住在街拐角房子里的人家总是会倒霉"这样的话?仆人们悄悄地议论弗洛伦斯小姐,不知道她现在在哪里;大家一致的意见是:就算董贝先生不知道,董贝太太总该知道。这一来就把话题引到了董贝太太身上,女厨师说,董贝太太的风度总该说是高贵优雅的了吧,是不是?不过她太高傲了!大伙儿一致认为她太高傲了,陶林生先生过去的情人,那位负责客厅和卧室的女仆(她是位品行十分端庄的姑娘)要求大家不要再在她面前谈起脖子仰得高高的那种人了,那种人似乎觉得大地都不配承载他们。

对于这件事,除了董贝先生一人以外,人们所说、所做的一切,都异口同声,步调一致。董贝先生和外部世界单独在一起。

第五十二章 秘密情报

好布朗太太和她的女儿艾丽斯安安静静地一起住在她们自己的家里。天色刚刚暗下来,那是暮春天气。几天前,董贝先生曾告诉白士度少校,他已经以特别的方式获得了特别的情报,也可能将来的结果表明它毫无价值,也可能将来的结果证明它完全真实;世人对这件事的好奇还没有得到满足。

母女俩坐在那里,很长时间也没有交谈过一句话:连动都几乎没有动过。老妇人的脸精明狡黠,急切地在期待着;她的女儿也在期待着,但没有急切到她母亲那种程度,有时她脸色阴沉,似乎她的失望和怀疑正在加深。尽管老妇人的目光常盯着女儿看,但是并没有注意到女儿脸上表情的变化,她只是坐在那里,嘴巴发出咕哝和嚼动声,满怀信心地谛听着。

她俩的住所虽然破烂寒酸,但比起只有好布朗太太一个人居住的时候已经有所改善,不再像以前那样肮脏不堪了。有迹象表明,已经有人对屋子稍事清扫和整理,尽管只是用吉卜赛人漫不经心的方式做的,你只要扫视一眼,就可以看得出来,做这事的是那个女儿。两人默默相对时,暮色愈变愈浓,屋里愈来愈黑,直到那面污黑的墙壁几乎完全被黑暗所吞没。

艾丽斯终于开口,打破了持续已久的沉默:
"你就死了这条心吧,妈妈。他是不会到这种地方来的。"
"我决不死心,除非我死了!"老妇人不耐烦地回答说,"他一定会到这里来的。"

"我们走着瞧。"艾丽斯说。

"我们会瞧见他。"她的母亲回答。

"还能瞧见最后审判日呢。"女儿说。

"我知道,你准以为我是老糊涂了!"老妇人嘶哑的声音抱怨道,"我的亲生女儿就是这样尊敬我、对我尽孝道的,不过我比你想的要聪明一些。他一定会来。那天我在街上碰碰他的上衣,他转过脸来看我,他那眼光简直把我当成一只癞蛤蟆。可是,老天爷啊,当我说出他们的名字、问他想不想知道他们现在在哪儿的那一刻,你瞧他那模样吧!"

"他愤怒极了吗?"她的女儿问,她的兴趣一时被唤起了。

"愤怒?应该说想杀人。说想杀人见血才更准确些。愤怒吗?哈,哈!那岂止是愤怒!"老妇人说时蹒跚着走到食橱前,点亮一支蜡烛,当她把蜡烛拿到桌上时,烛光照见她的嘴在抽搐,更显得她丑陋不堪,"当你想起或说起他们时,我倒可以说你脸上的表情只是愤怒罢了。"

事实上她女儿的表情与她所说的有所不同,她静静地坐着就像一只蹲伏在那里的母虎,她的双眼在冒火。

"听!"老妇人得意洋洋地说,"我听到有脚步声上这儿来。这不是任何一个住在此地或常到此地来的人的脚步声。我们这一带的人是不这样走路的。我们如果有这样的邻居该骄傲了!你听见他走来了吗?"

"我想你是对的,妈妈,"艾丽斯低声说,"别出声!去开门。"

老妇人披上披巾,把身子围拢裹严,就按女儿的吩咐去开门;她向门外溜了一眼,便招手示意,请董贝先生进屋里来,那位绅士一脚刚迈进门口就停住了,用怀疑的目光向四周打量着。

"对于您这样一位大绅士老爷来说,这个地方实在太破烂了,"老妇人一边对客人行屈膝礼一边唠唠叨叨地说,"我告诉您说吧,进屋里来不会有害处。"

"她是谁?"董贝先生眼睛看着房间里另外那个女人,问道。

"她就是我的漂亮女儿呀,"老妇人说,"大老爷您不用在意她。这件事她什么都知道。"

一道浓重的阴影落在他的脸上,其明显程度丝毫不亚于他大声发出呻吟道,"这件事已经尽人皆知,还能有谁不知道!"但他还是用坚定的目光盯住她看,她也盯住他看,根本不对他打招呼。当他把目光从她身上挪开,他脸上的阴影变得更浓重了;他暗暗地又把目光挪回到她身上来,他似乎无法摆脱她那大胆注视的目光,那目光似乎唤起了某种回忆,但即使这时,他的脸上也笼罩着浓重的阴影。

"女人!"董贝先生说。那个丑老太婆近在董贝先生手边,正在斜眼看他,还暗暗发笑,当他对她说话时,她偷偷指指她的女儿,便摩擦起双掌来,接着又指指她的女儿。董贝先生说,"女人!我居然会到这里来,我相信自己是一时软弱、忘记了自己的身份,但是你知道我前来的目的,也知道那天你在街上拦住我、答应向我提供的是什么。我想要知道的事情,你有什么可以对我说的;你说有人能主动向我提供情报,就在这座破房子里,"他以轻蔑的目光向周围扫了一眼,"那情报是我充分运用财势都换不来的,那究竟是怎么回事?我并不认为,"他停了一会儿又说,在停顿期间,他一直在严厉地注视她,"你想嘲弄我,让我上当受骗,谅你也不敢如此放肆。但是,如果你真有这样的诡计,我劝你还是趁早歇手的好。我的脾气可不是能闹着玩儿的,我的回报将会十分严厉。"

"噢,好一位骄傲的、铁石心肠的绅士!"老妇人摇摆着脑袋,摩擦那双干瘪的手,咯咯地笑道,"噢,铁石心肠,铁石心肠,铁石心肠!可是老爷,您会亲眼看见、亲耳朵听见的;不是用我们的眼睛和耳朵——如果老爷您找到了他们的行踪,您为这个付点儿费用,您不会介意的,是这样吧,我亲爱的、可尊敬的老爷?"

"我知道,"董贝先生说,老妇人这一问显然使他比较放心了,"金钱可以使不可能的事变为可能。金钱甚至会使像这种意想不到的、靠不住的手段都变得有效起来。确实是这样。我得到的每一条可靠的情报,我都会付钱。不过我必须先得到情报,由我来判断它有多大价值。"

"你难道真以为世上就没有比金钱更有力量的东西了吗?"那个年轻女人问,她没有站起来,连坐着的姿势都没有改变。

"我想,在这里不会有。"董贝先生说。

"根据我的判断,你应该知道世上还有比金钱更有力量的东西,"她说,"你难道不知道什么叫一个女人的愤怒吗?"

"轻佻的女人,你的舌头真刻薄。"董贝先生说。

"我平常不这样说话,"她冷静地回答,一点儿也不激动,"我现在这样对你说话,是为了让你更加了解我们,更加信赖我们。一个女人的愤怒,在这间陋室里,或是在你的漂亮住宅里,几乎是完全相同的。我愤怒。我已经愤怒了多年。我的愤怒和你的愤怒一样,都是有充分理由的,而你我愤怒的对象正是那同一个男人。"

他不由自主地吃了一惊,用惊讶的目光看着她。

"是的,"她说,发出一声像是笑的声音,"尽管你和我之间的距离这么远,但事实就是这样的。究竟怎么回事,那无关紧要;那是我的故事,我的故事只有我自己最清楚。我要让你和他会合在一起,因为我对他怀有深仇大恨。那边是我的母亲,她既贪婪又贫穷;她愿意把她所能收集到的情报或者任何东西、任何人都卖掉,统统换成钱。如果她能帮你得到你所要的情报,你付给她钱,也许这很公平。但是这决不是我的目的。刚才我已经对你说过我的动机是什么了,你可以和我母亲为六个便士讨价还价,但驱动我的始终是那强烈的、不顾一切的仇恨。我说完了。即使你在这里等到明天早晨太阳出来,我刻薄的舌头也不会再说话了。"

当她说话时,她的母亲表现出极不耐烦的样子,因为她担心女儿的话会降低她预期能得到的价钱,于是她轻轻地拉一下董贝先生的衣袖,悄悄对他说别理会她女儿的话。他脸色憔悴,交替地看着她们两个说,声音比他平时更加深沉:

"说下去——你究竟打听到了什么消息?"

"噢,没有这么快的,老爷!我们得等一个人,"老妇人回答,"得从别人那里得来——要耐心打探——要从他身上挤出来、拧出来。"

"你这是什么意思?"董贝先生说。

"耐心。"她用嘶哑的声音说,一边伸出动物爪子似的手放在董贝先生的手臂上。"耐心。我会把它弄到手的。我知道自己能弄到!如果他想瞒我,不肯告诉我,"好布朗太太说时把十根手指都弯起来,"我撕也要从他身上撕下来!"

她蹒跚着向门口走去,董贝先生的目光跟着她,接着他的目光又搜寻她的女儿,但是那位女儿仍安安静静、一动不动地坐着,似乎无动于衷,对他毫不理会。

布朗太太摇晃着脑袋,嘴里唠唠叨叨地自言自语,佝偻着身子又从门口走了回来,这时董贝先生对她说,"女人,你是不是要告诉我,你还在等另一个人到这里来?"

"对啦!"老妇人抬起目光看着他的脸,点点头说。

"你要强迫他说出对我有用的情报?"

"对啦。"老妇人说时又点点头。

"是一个陌生人吗?"

"咄!"老妇人一咂嘴,发出刺耳的大笑,"是不是陌生人又有什么关系!嘿,嘿;不陌生。对老爷来说不陌生。可是,不会让他看见您的。他怕您,就什么都不会说了。您站到那扇门的背后去,由您自己对他做出判断。我们并不要求您无条件地信任我们。什么！老爷您对门背后还不放心？噢，有钱绅士们哪来那么大的疑心病哟！那就跑过去看看吧。"

她锐利的目光已经从董贝先生身上探测到那种不由自主的怀疑，考虑到当时当地的具体情况，产生怀疑也不无道理。为消除疑心，她端起蜡烛走到她所说的门那儿去。董贝先生往门里面看了看；断定那是一间歪斜破烂的空房间；他做出手势让她把蜡烛放回原处。

"还要等多长时间，"他问，"那个人才能来？"

"等不了多大工夫了，"她回答，"老爷您且坐下来再等上几分钟好吗？"

他没有回答；只是犹豫不决地在房间里来回踱步，是走是留，拿不定主意，他的内心似乎有一个声音在与他争吵，说他根本就不该到这种地方来。但是很快，他的脚步渐渐慢了下来，愈来愈沉重了，脸上沉思的表情也愈来愈严峻：因为他来这里的目标，在心中逗留不去，又一次涨大起来。

他眼睛看着地下，在房间里来回踱步，布朗太太坐在椅子里，刚才他来的时候，她就是从那把椅子里站起身来跑去给他开门的，此刻她又一次仔细留意门外的动静。也许是那个人的脚步声太单调，也许是年纪不饶人，总之她的听觉已经不够敏锐了，门外的脚步声已经响了片刻，她也没有听见，还是她女儿先听见的，她女儿迅速抬起目光，提醒她母亲那人来了。老妇人从椅子里蓦地站起来，悄声说"他来了！"赶快让董贝先生站到他的观察哨上去。她在桌上放了一瓶酒和一只玻璃杯，身手极其敏捷，等磨工罗布在门口一出现，她就可以伸出双臂搂住那小伙子的脖子。

"我的漂亮小伙，"布朗太太喊道，"总算来啦！——喔嚯，喔嚯！你就像是我的亲生儿子，罗布！"

"噢！布朗太太！"磨工抗议道，"别这样！你喜欢一个人，难道就非得把他挤死、掐死不可吗？你能不能小心点儿，我手里还提溜着鸟笼子呢？"

"你把鸟笼子瞅得比我还重要！"老妇人对着天花板呼喊道，"我可比他的亲娘更爱他！"

"好了，我敢肯定我很感激你，布朗太太，"那个倒霉的小伙子非常恼火地说，"你对别人妒忌心太重。我本人当然很喜欢你；不过我也没有掐得你出不来气呀，是不是呀，布朗太太？"

然而，看他的样子，听他说的话，似乎只要时机有利，他丝毫都不反对用这种手段处置那位老妇人。

"还有，听听你说那鸟笼子时的口气！"磨工呜咽着说，"倒像犯了罪似的！喂，注意看！你知道这是谁的东西吗？"

"是你主子的，宝贝？"老妇人咧嘴一笑说。

"啊！"磨工回答时举起一只蒙着布罩的大鸟笼子，放在桌子上，接着用牙齿和双手把系着的绳索解开，"这就是我们那只鹦鹉。"

"卡克先生的鹦鹉吗，罗布？"

"你闭嘴好不好，布朗太太？"深受刺激的磨工说，"你干吗要指名道姓的？你要让我活不成了，"罗布说时极度气愤，用双手拉扯自己的头发，"你把人逼疯了还不够吗！"

"什么！瞧不起我，你这忘恩负义的孩子！"老妇人带着预先酝酿好的情绪吼叫道。

"天哪，布朗太太，不是这么回事！"磨工眼中含着泪回答，"你哪儿去找这样一个……难道我还不爱你吗，布朗太太？"

"你爱我吗，罗布宝贝？你真的爱我，小宝贝？"说着话，布朗太太再给他一个充满疼爱的拥抱；紧紧抱着不肯撒手，他猛蹬了几次腿也挣脱不开她的怀抱，直到他满脑袋的头发根根竖立，老妇人才算饶了他。

"噢!"磨工说,"像这样把疼爱硬塞给一个人,把人噎死,算是什么事呀。我希望她……你这阵子好吗,布朗太太?"

"啊!自打上礼拜那天晚上算起,你还没有上这儿来过呢!"老妇人以责备的目光盯着他说。

"天哪,布朗太太,"磨工说,"上星期我说今天晚上来,你瞧,我今天晚上不是真的来了吗?我就在这里。你日子过得还好吧!我希望你能稍微讲点儿道理,布朗太太。我为自己辩解,连嗓子都喊哑了,你把我抱得太紧把我的脸都磨光了。"他用衣袖使劲地擦脸,似乎想把柔嫩的脸上那大成问题的光泽去掉。

"喝上一小口让自己舒服些,我的罗布。"老妇人说时端起酒瓶倒满一只玻璃酒杯,把酒杯递给他。

"谢谢你,布朗太太,"磨工说,"祝你身体健康,长命百岁。"看他脸上的表情,那祝福词里可没有什么由衷之言,"还有,祝她身体健康,"磨工眼睛看着艾丽斯说,这时艾丽斯坐在那里,罗布以为她的目光正注视着他身子背后的墙,其实她看的是董贝先生躲在门内的脸,"也同样祝她长命百岁!"

说了这两项祝词,他喝干了杯中酒,放下了酒杯。

"好啦,听我说,布朗太太!"他接着说,"现在可以开始讲点儿正经的了。你是善于识别鸟儿的老行家,就连它们的习性都懂得,跟我付出了代价弄懂的一样多。"

"代价!"布朗太太重复道。

"我的意思是为了得到满足,"磨工说,"你怎么老爱打断别人的话,布朗太太!你又让我把想说的话全都忘了。"

"识别鸟儿,罗布。"老妇人提醒他。

"啊!"磨工说,"对啦,我必须照看好这只鹦鹉——有些东西卖掉了,一个家散了——眼下我不想让它没人照看,我想让你照看它一两个星期,让它吃饱睡好,你肯不肯?如果一定要我把此地当成一处常来常往的地方,"磨工一脸沮丧地沉思道,"那么我还是留下一件可以常常来看看的东西为好。"

"可以常常来看看的东西?"老妇人尖叫道。

"我的意思是除了你,布朗太太,"胆怯的罗布说,"我敢肯定,布朗太太,我不是非得要有除了你以外的什么别的东西惦记着,我才肯来。看老天爷分儿上,别开始再闹了。"

"他不在乎我!他不像我在乎他那样地在乎我!"布朗太太高举枯槁的双手哀叹道,"不过,我还是愿意照看他的鸟。"

"你知道,布朗太太,你还得好好地照看它才行,"罗布摇摇头说,"只要你有一次饿茬儿捋它的毛,我相信它也能察觉出来。"

"啊,那么贼灵贼灵的吗,罗布?"布朗太太赶快说。

"真叫灵,布朗太太!"罗布说,"不过,这是不能谈论的。"

他突然自我克制了,惊恐的目光还对房间扫视了一眼,罗布又往酒杯里倒满了酒,一点一点地慢慢啜饮着,把酒喝干,他摇摇头,十根手指在鹦鹉笼子的金属线上划来划去,想分散对刚接触到的敏感话题的注意。

老妇人狡猾地注视着他,把她坐的椅子拉过来,靠近他的椅子,和他一起看鹦鹉,她一叫,鹦鹉就从它待着的镀金圆顶上下来了,老妇人说:

"现在失业了吧,罗布?"

"这你不用操心,布朗太太。"磨工立刻回答。

"也许吃饭的钱还有,罗布?"布朗太太问。

"波莉多漂亮!"磨工逗着鹦鹉说。

老妇人瞪了他一眼,这本来足以提醒他考虑一下自己的耳朵怎么不管用啦,但现在该轮到他看笼子里的鹦鹉了,尽管他在想象中能生动地描绘出她对自己怒目而视的样子,但他肉身的眼睛并没有看见她。

"我真弄不懂,你的主人怎么会没把你带着和他一起走,罗布。"老妇人用哄骗的声音说,但表现出愈来愈强烈的恶意。

罗布专心致志地在想鹦鹉的事,食指在鸟笼的金属丝上转动,没有回答她的问话。

老妇人伸出爪子想抓他乱蓬蓬的头发,已经近到间不容发的地方却停了下来,手落在桌子上;她管住了自己的手指,抑制住了自己愤怒的声音,尽量用哄骗的语气说:

"罗布,我的孩子。"

"唷,布朗太太。"磨工说。

"我说我真弄不懂,你主人怎么会没把你带着和他一起走,宝贝。"

"不用你来操这份心,布朗太太。"磨工说。

布朗太太立刻伸出右边的手爪抓住他的头发,左边的手爪扼住他的咽喉,她以异乎寻常的暴怒,把她心爱的孩子抓得牢牢的,不大会儿工夫,他的脸就开始青紫了。

"布朗太太!"磨工喊道,"放开我,行吗?你这是干的什么事?救命,年轻女人!布……布……朗太太……"

他用结结巴巴的语言,直接向年轻女人喊救命了,但是她照样无动于衷,继续置身事外;罗布和他的攻击者扭斗到房间的一角,身子终于挣脱开了,他站着直喘气,用胳膊肘守护着自己,老妇人也累得喘气,既愤怒又怀着渴望在用脚蹬地,她似乎想等攒足了力气好再次向他猛扑过去。到了这个节骨眼上,响起了艾丽斯的声音,她介入了,但她的话却对磨工相当不利:

"干得好,妈妈。撕碎他!"

"什么,年轻女人!"罗布哭诉道,"连你也在和我作对?我干下什么事儿啦?你为什么要撕碎我,我倒想知道?我对你们俩谁都没有伤害过,你为什么要抓住我、憋死我?你们还能说是女人么!"饱受折磨、心怀恐惧的磨工说,一面用袖口擦拭眼睛,"你们真让我吃惊!你们身上女人的温柔上哪儿去啦?"

"你这只忘恩负义的狗!"布朗太太气喘吁吁地说,"你这只不要脸的、无礼的狗!"

"我干了什么啦?我怎么得罪你啦,布朗太太?"胆怯的罗布问,"一分钟以前你还说非常爱我呢。"

"老拿生硬的回答和惹人发火的话来打断我,"老妇人说,"我!因为我恰好对有关你主人和那位夫人的闲言碎语感到好奇,想知道一些,而你竟敢阴一套阳一套反复耍弄我!不过我也不想再跟你说话了,我的孩子。现在走吧!"

"我敢肯定,布朗太太,"绝望的磨工说,"我从来没有暗示过我想要走的意思。布朗太太,求你别这样说话了,好吗?"

"我什么话都不说了,"布朗太太说时用弯曲的手指做了个动作,吓得他往房间角落里又缩进一半,"我跟他一句话都没得说了。他是一只忘恩负义的狗。我要扔掉他。让他走!我要把那些人放出来跟着他;那些人可是有太多的话要说,那些人是甩都甩不掉的;他们会像水蛭似的吸在他身上,像狐狸似的鬼鬼祟祟跟在他后面。什么!那些人他认识。他知道他的老花招、老手段。他要是忘掉了的话,那些人马上就会提醒他。现在就让他走,看他怎样做他主人的买卖,保住主人的秘密,出出进进身后总有那些人跟着他。哈,哈,哈!他会发现那些人可跟你我这类人大不一样,艾丽斯;他对你我可是嘴巴闭得够紧的。现在让他走,现在让他走!"

老妇人扭曲的身子围绕着一言不发、神情沮丧的磨工转圈,她脚步的轨迹大约是一个直径为四英尺的圆圈,她一边转圈一边嘴里不停地重复这些话,嘴巴嚅动着,拳头举得比脑袋还高。

"布朗太太,"罗布恳求道,他从角落里稍微往外迈了迈,"我准知道,你只要冷静下来,再考虑一下,是不会伤害别人的,对不对?"

"别跟我说话,"布朗太太说,仍怒气冲冲地在转她的圈儿,"现在让他走,现在让他走!"

"布朗太太,"饱受折磨的磨工苦苦央求道,"我没有冒犯你的意思——噢,让人落入这么倒霉的境地,这算是什么事儿呀!——我只是说话小心而已,布朗太太,我从来都不随便乱讲话,因为他这个人实在精明,简直无处不在、无所不知;不过我应该知道你是不会把我的话传出去的。我真的很愿意,"他一脸可怜巴巴的样子,"讲一点闲言碎语给你听,布朗太太。请不要继续这样对待我。噢,求求你了,你就不能给在这儿的一个可怜人说句好话吗?"磨工在绝望中向那个女儿求告。

"算了,妈妈,你听到他说的话了吧,"她不耐烦地摇了摇头,声音严厉地插话道,"你就再试他一次,如果你再跟他吵起架来,那你就废了他,把他解决掉,随你的便。"

布朗太太似乎被这非常温柔的劝诫所打动,立刻发出一阵狂笑;接着脾气逐渐变得温润起来,把已经作了自我检讨的磨工抱在怀里,他也像个受害者的样子回抱她,脸上那愁眉不展的表情简直无法形容,他又回去坐在原先坐的那把椅子上,紧挨着折磨他的那位年高德劭的朋友,听凭她挽住自己的手臂,他的脸上还得强装出一副亲切、温柔的样子来,竭力不把心中强烈的反感表露出来。

"你的主人怎么啦,好乖乖?"布朗太太说,他俩相互祝酒以后,就以如此亲密的姿态坐在一起。

"嘘!布朗太太,你能不能行行好,说话小声一点,"罗布哀求道,"啊,我想,他相当的好,谢谢你。"

"你没有丢掉工作,罗布?"布朗太太用话套他。

"啊,我不能说是真的丢掉了,可也不能说是没丢,"罗布支支吾吾地说,"我……我的工钱照领,布朗太太。"

"什么活也不用干,罗布?"

"眼下倒是没有什么特别要干的活,布朗太太,只是要我……眼睛睁得大大的。"磨工说到眼睛时,真的就可怜巴巴地转了转眼珠子。

"主人上外国去啦,罗布?"

"噢,看老天爷分上,布朗太太,你能和我随便聊点儿别的吗?"磨工绝望地喊道。

性格火暴的布朗太太顿时站了起来,饱受折磨的磨工赶紧拉住她,结结巴巴地说:"对啦,布朗太太,我想他是上外国去了。她眼睛在盯着什么?"他指的是那个女儿,此刻艾丽斯的眼睛正盯在从罗布身后探出来的那张脸。

"不用管她,我的孩子,"老妇人说时伸出手臂把他抱得更紧,以防他会背转身去,"她就是那个样子——她就是那个样子。告诉我,罗布。你见过那位夫人吗,宝贝?"

"噢,布朗太太,你说的是哪位夫人?"磨工用哀求的声音喊道。

"哪位夫人?"她反问一句,"那位夫人;董贝太太。"

"是的,我想我见过她一次。"罗布回答。

"她离家出走的那天晚上吧,罗布,嗯?"老妇人趴在他的耳朵边问,仔细留意他脸上每一个细微的变化,"啊哈!我知道准是那天晚上。"

"好吧,如果你知道是那天晚上,就算你知道了呗,布朗太太,"罗布回答,"那也用不到使钳子夹着别人的肉,逼着他说出来呀。"

"那天晚上他们俩到哪儿去啦,罗布?直接出国啦?他们俩是怎么走的?你是在哪儿见到她的?她哈哈大笑吗?她呜呜直哭吗?你把一切情况详详细细都告诉我,"老妖婆喊道,她把他抱得更紧些,她伸出一只手来,拍拍他伸过胳臂放在她另一只手上的手,她那对烂眼睛仔细搜寻着他脸上每一线痕迹,"来!开始说吧!我要你把一切情况都告诉我。什么,罗布,儿啊!我和你可以一起保守秘密的嘛,对不对?你以前早就这样做过了。他们俩先是上了哪儿,罗布?"

可怜的磨工喘了口气,停顿一下。

"你耳朵聋啦?"老妇人愤怒地说。

"天哪,布朗太太,没有!你希望别人快得像一道闪电。我还希望我是电流呢。"不知所措的磨工喃喃地说,"我恨不得对谁电击一下,把他们的困难统统解决掉。"

"你说的叫什么呀?"老妇人问时咧嘴一笑。

"我在祝愿永远爱你呢,布朗太太,"虚伪的罗布一边回答,一边从杯中酒里寻求安慰,"你想知道他们俩先是上了哪儿,是不是?你的意思是指他和她?"

"啊!"老妇人急切地说,"他们俩。"

"哎哟,他们俩哪儿也没有去——我想说的是:他们俩没有一起走。"罗布回答。

老妇人瞧着他,她心里似乎有强烈的冲动,想再一次抓住他的脑袋和咽喉,但是,当她看见他脸上显出某种固执的神秘表情时,便抑制住这阵冲动。

"妙就妙在这里,"本来不打算说的磨工终于说出来了,"这样一来,谁都不会看见他们走,谁都不能说他们是怎样走的。我告诉你吧,布朗太太,他们是分别走的,而且走不同的路线。"

"是啊,是啊,是啊!在约定的地点再相会。"老妇人咯咯笑,她停了一会儿,目光锐利地仔细端详他的脸。

"啊唷,他们俩要是不在某个地点相会,我看他们还是哪儿都别去待在家里的好,不是吗,布朗太太?"一肚子不乐意的磨工说。

"嗯,还有呢,罗布?还有呢?"老妇人急切地用自己的手臂把他的手臂夹得更紧些,似乎怕他会溜掉。

"怎么,我们还没有讲够吗,布朗太太?"磨工说,此时的他既觉得委屈,又觉得受折磨,再加上几杯酒下肚,脑子晕晕乎乎,更使他变得爱哭,他每回答一次问题几乎总要把袖口伸到一只或两只眼睛前面去接眼泪,嘴里徒劳地发出抗议的哀鸣。"那天晚上她大笑了吗?你是不是问她笑了没有,布朗太太?"

"还问她哭了没有?"老妇人点点头表示同意,还加问了一句。

"既没哭又没笑,"磨工说,"她始终态度从容、镇定,她和我一起……噢,我知道你一定要从我嘴里掏出来,布朗太太!可是你现在得非常郑重地起个誓,说你决不告诉任何人。"

布朗太太非常乐意地按他的要求发了誓:自然是狡诈地发了个假誓;在这件事情上,她只有一个意图,就是要让躲在门背后的客人亲耳听见下面的话。

"她始终态度从容,她和我一起去了南安普敦,"磨工说,"她镇定得就像是一幅肖像。第二天早晨,她还是和昨天一个样,布朗太太。天蒙蒙亮她就独自一人乘班船走了——我假装是她的仆人,把她安全地送上船——她那时候的态度也同样从容、镇定。现在你满意了吧,布朗太太?"

"不,罗布。还是不满意。"布朗太太斩钉截铁地说。

"噢,你这个女人可真够难缠的!"倒霉的罗布喊道,孤立无助的处境使他哀怜起自己来,实在按捺不住,稍微宣泄了一下,"你还想知道些什么别的事,布朗太太?"

"你主人怎么了?他上哪儿去了?"她打听道,仍旧把他抓得牢牢的,锐利的目光仔细盯住他的脸。

"我可以发誓,我不知道,布朗太太,"罗布回答,"我可以发誓,我不知道他干了什么事,他上哪儿去了,我对他的事什么都不知道。我只知道他在和我分手的时候警告我说,不许乱讲话;我把你当朋友,布朗太太,才告诉你:我现在对你讲的话,你只要对别人说出一个字,你还不如抓住自己、对自己开一枪,或者把自己关在屋里、放火把自己烧死的好;因为他一定会报复你,他这个人可是什么事情都干得出来的。你了解他还不如我了解他的一半,布朗太太。我告诉你吧,只要有他在,你是决不会太平无事的。"

"我不是已经发誓了吗,"老妇人说,"我不是会严格遵守的吗?"

"对,我可以放心,相信你会遵守誓言,布朗太太,"罗布说,他还不大放心,他的话不无潜在的威胁意味,"这不光为我,同样也是为了你自己。"

当他给她友好忠告时,眼睛一直盯着她,还不断点头以加强语气;但是他发现,和她挨得这么近,要直接面对做出怪诞动作的那张黄脸,实在是一件不堪忍受的事,且看她那对白鼬似的、锐利的老眼珠,正在冷冷地注视自己呢,于是他坐在椅子里,忐忑不安地垂下目光,一双脚在地上划来划去,似乎以阴沉沉的态度无声地宣告说,他再也不会回答任何问题了。老妇人仍像以前一样把他紧紧地抓住,并乘势把右手的食指高举在空中,向那位暗藏着的观察者打个暗号,要他特别注意下面将会听到的话。

"罗布。"她使出全副哄骗手段,用极其慈爱的声音喊他。

"天哪,布朗太太,又有什么事啦?"被惹恼的磨工说。

"罗布!那位夫人和你的主人约定在什么地方相会?"

罗布的双脚更加使劲地在地下划来划去,眼睛一会儿往上看,一会儿往下看,还把大拇指放在嘴里咬,又拿出来在上衣上擦干,最后他斜着眼对那个折磨他的人看了一眼说,"你想我怎么会知道,布朗太太?"

老妇人像刚才一样又把食指举了起来,回答说,"来,孩子!你给我领路刚领了一半,就打算甩下我离开,那是没有用的。我想知道。"——她等他回答。

罗布招架不住了,他停了一会儿,突然说,"外国地名我怎么念得出来,布朗太太?你真是个不讲道理的女人!"

"不过你还是听见他们俩念过这个地名来着,罗布,"她咬住了死不撒嘴,"你知道那个字怎么念。说吧!"

"我从来没听见别人念过,布朗太太。"磨工说。

"那么,"老妇人的反应极快,"你看见这个字怎么写来着,你能拼得出来。"

罗布气得喊了一声,像是在笑,又像是哭——因为布朗太太尽管欺负他,但她的老谋深算有点儿打动了他,使他不禁暗暗佩服——他勉强地在上衣口袋摸索一阵以后,掏出了一小截粉笔。当老妇人看见他大拇指和食指中间夹着的那截粉笔时,她的眼睛都发出了光亮,赶紧在松木板桌面上清理出一块地方来,好让他把那个外国地名写出来,她又一次用那只颤抖的手作了一个暗号。

"现在我要对你把话说在前头,布朗太太,"罗布说,"你想要进一步追问我,那是没有用处的。再多一句我也不会回答;因为我回答不上来。他们俩要过多长时间再相会?他们俩分别单独地离开,究竟是谁出的主意?对于这样的问题,我知道得一点儿都不比你多。其他的事我一点儿都不知道了。如果我把我怎么会知道那个外国地名的经过告诉你,你就会相信我了。我可以开始告诉你了吧,布朗太太?"

"可以,罗布。"

"那么听我说,布朗太太。是这么回事——现在你可别再问什么了,你懂吗?"罗布说,他转过眼珠子对她看,现在他的目光迅速变得呆滞和昏昏欲睡了。

"一个字也不问了。"布朗太太说。

"好吧,事情是这样的。某一个人把那位夫人交给我照顾时,他把一张写着地址的纸条放在夫人手里,他说免得她会忘记。看来她一点也不担心会忘记,因为他刚转过身子,她就把纸条撕掉了。我把马车踏脚板收起来的时候,掉出了一张碎纸片,我想,其他碎纸片都被她从车窗撒出去了,因为我仔细找了也没有找到。如果你愿意知道、一定想知道的话,那么我告诉你:那张碎纸片上只有一个字,就是那个字。你得记住!你是发了誓的,布朗太太!"

布朗太太说,她清楚得很。罗布再也没有别的话可说,开始用那截粉笔慢慢地、费劲地在桌面上写。

"D。"他刚写出开头那个字母,老妇人就大声念出来。

"你闭嘴行不行,布朗太太?"他惊叫起来,忙用手把字盖上,不耐烦地转过脸去看她,"我不让你把它念出来。你别出声,行不行!"

"那你就写得大大的,罗布,"她说,又发出了一个暗号,"我的视力差,就连印刷体都看不清楚。"

嘴里喃喃自语,他满怀怨意地又继续写字。他刚把脑袋垂低下来,他在无意中辛辛苦苦为之提供情报的那位先生,就从他身后的门里走了出来,走到离他的肩膀只有一小步远处,急切地望着他的手在桌面上画出的痕迹。与此同时,坐在对面椅子上的艾丽斯也密切地注视着他,他的粉笔头刚写出一个字母来,她就张嘴跟着做出那个字母发音的口型,而不是真的大声清晰地念出来。每写出一个字母,她的目光总会和董贝先生的目光相接,似乎两人都在找对方核实那个字母准确无误;就这样,两人拼出的那个地名都是

"D.I.J.O.N."①。

"就是那地方!"磨工说时赶紧弄湿手掌,把桌上的粉笔字擦掉;他怕还擦得不够干净,又用上衣袖子擦呀、抠呀,直到桌面上看不出任何一点粉笔的痕迹。"我想你现在该满意了吧,布朗太太!"

老妇人为了表示满意,不但把他的手臂放开了,还拍拍他的后背;磨工经过羞辱、盘问,又喝下不少烈酒,此时脑袋枕着交叉起的双臂,睡得很酣。

还没等他呼呼打鼾熟睡多久,老妇人就走到董贝先生躲藏的那扇门跟前,示意他可以走出来了,于是他穿过房间向门口走去。即使这时候,她还在罗布身边徘徊,一旦走向门口的神秘足音把他吵醒,她就能立刻捂住他的眼睛或者按住他的脑袋。尽管她锐利的目光紧盯着那个熟睡的人,但她也同样没有放过那个醒着的人;当他的手碰到了她的手,尽管他十分小心,但还是发出金币的叮当声,老妇人贪婪的眼睛顿时亮得闪光,就像是一只渡鸦。

那位女儿阴沉的目光追随他走向门口,她注意到他脸色十分苍白,他匆促的脚步表明他不能容忍一分一秒的耽搁,他的心像火烧火燎似的想赶快离开、赶紧行动。当他把身后的门关上,她眼睛转过来看她的母亲。老妇人一溜小跑来到她身边,伸开手掌让她看看握着的是什么东西,出于戒备和贪婪,稍一展开又赶快握紧,她悄悄地对女儿说:

"他会干什么,艾丽斯?"

"灾祸。"女儿说。

"谋杀吗?"老妇人问。

"他的骄傲受到伤害,他气疯了,可能会干出杀人的事情来,

---

① Dijon,第戎,法国东部城市。

我们说不准,他本人也说不准。"

她的目光比她母亲的目光更加明亮,因为里面有更猛烈的怒火在燃烧;然而她的脸却没有血色,就连她的嘴唇都是苍白的。

母女俩没有再说话,只是分别地坐在那里。母亲因为得到了钱而陷入沉思;女儿为她的心事反复掂量。阴暗的房间里,母女俩的目光在一片朦胧中闪烁。罗布在酣睡,在打鼾。只有那只受人冷落的鹦鹉在行动。它用弯弯的鸟喙对鸟笼的金属丝又拧又拽,还一步步在鸟笼的圆顶上爬,像苍蝇似的一直爬到顶端,又头朝前重新跳了下来,它一阵猛摇,猛咬,把每一根细细的金属杆都震得格格响,它似乎知道主人有危险了,拼命想飞出牢笼,飞向主人,向他发出警报。

第五十三章　更多的情报

背主的奸徒有两位血亲——被他抛弃的哥哥和妹妹——此时，由于他的罪恶加在他俩身上的伤害，比他深深加于他主人身上的伤害，更加深重。世人的探听、骚扰，对董贝先生所起的作用是：给他以追踪、复仇的勇气。它煽起了他的激情，刺痛他骄傲的心，把他平生的理念扭曲成新的形态，使他的愤怒得到某种酬赏，他的全部心智都化为一个目的，那就是宣泄愤怒。他自然天性中的全部执拗和不宽容、全部硬得冥顽不化的特质、全部阴郁和孤僻、全部自认为超人一等的优越感，以及当他觉得别人对他崇高地位认识得还不够充分时他的全部嫉恨，以上这一切就像许多道溪流，汇合成一条大河，它的滚滚浪涛把他席卷而下。人类最强烈的激情和最狂暴的冲动，若碰到由种种机缘酿成的董贝先生的愠怒，也决不是他的对手。比起这位浆好的硬领上没有一丝皱褶的庄严绅士来，恐怕还是一头野兽更容易抚慰和劝说些。

然而，正是他复仇意图的张力几乎成为复仇行动的替代品。当他还没有获得那名背主奸徒逃往何处的情报时，这种张力分散了他对自己所陷入的灾难的注意力，使他心里想着另外一幅景象。受他错爱的那名奸徒的哥哥和妹妹就没有这样的宣泄渠道；他俩过去和现在的生活史中的桩桩件件，使那名奸徒的罪孽在他俩的心里具有更加痛苦的含义。

那位妹妹有时会充满悲苦地想，她曾是他的伙伴和朋友，如果当年她不离开他、继续和他生活在一起，他也许就不致犯下如此滔天罪行。无论何时,只要这种想法涌上心头,她总会对自己过去的作为感到遗憾,丝毫不会怀疑自己负有责任,她从来也没有过高地估计自己作出的牺牲。但是,当那位犯了错误又改悔了的哥哥想起有这种可能性时(他有时会这样想),尖锐的自责对他心灵的打击,使他简直不堪承受。他弟弟曾残酷地对待他,但他却从未想过要以弟弟之道反治其人之身。他在内心中重新自我控诉,重新哀叹自己的毫无价值;他并不是独自站在自己造成的废墟上,这既是他的慰藉,同时又是他自责的原因:总之,当他获悉弟弟出事的消息时,他思考的仅仅是这一些。

上一章交代了那天晚上发生的事,就在那同一天早晨,当董贝先生的社交圈里盛传着他的夫人跟人私奔的消息时,那一对兄妹正坐在家里吃早餐,忽然有一个人影遮暗了他们家房间的窗玻璃,一个意想不到这时会来的男人来到小小的门廊:他就是听差珀奇。

"我一早就从博尔斯塘走过来,"珀奇先生说,他在房门口带着亲密的样子朝里看,还站在鞋擦上仔细擦拭脚上穿的鞋,每一个部位都擦到了,其实鞋上并没有沾上泥,"我很乐意执行昨天晚上给我的命令。也就是,务必要赶在你早上离家去上班以前,把通知送到你卡克先生手里。我本来可以比现在早一个半小时就赶到的,"珀奇先生态度温顺地说,"就因为我老婆珀奇太太健康状况不好,我直担心晚上会失掉她呢,我保证不骗你,这话我可以清清楚楚地说上五遍。"

"你太太病得这么厉害吗?"哈丽特问。

"啊,你要知道,"珀奇先生说,说话之前他先转过身去仔细地把房门关好,"小姐,她真的为老板府上发生的事伤心。她本来就神经衰弱得厉害,这你知道,所以她很快就像断了弦似的垮掉了。我敢肯定,像这样的事,即便是神经最坚强的人也会给吓坏的。毫无疑问,你自己也一定感到难过。"

哈丽特勉强忍住了一声叹息,眼睛看着她的哥哥。

"我知道得很清楚,我也为这件事感到难过,尽管我的地位很低,"珀奇先生摇摇脑袋接着说,"要不是我也被召去亲耳听说了这件事,我是无论如何也不会相信的。结果我就像是喝醉了酒似的。事实上我每天早晨真的像是前一天喝多了似的。"

珀奇的脸色证实了他自己描述的症状。他像是发烧似的无精打采,这好像与他浅斟慢饮的爱好不无关系;追根溯源,这无疑与他多次出现在小酒店柜台前一事直接关联,别人请他喝酒,问他问题,这已成为他日常的生活习惯。

"所以说,我能体会得到,"珀奇先生又摇摇头,以清脆的嗓音低声说,"体会得到,与新揭开的那桩最令人痛苦的事有特殊关系的那个人,他的感觉会是什么样。"

说到这里,珀奇先生等待他们兄妹俩会给他说几句知心话;但是没有等来,他只好用手遮住嘴咳嗽一声。但这么做并没有引出预期的结果,于是他用帽子遮住嘴巴连连咳嗽;但还是没有结果,他只好把帽子往地上一放,伸手在胸前的口袋里把信掏了出来。

"如果我没有记错的话,他说是不必回信,"珀奇先生露出和蔼可亲的微笑,"也许还是请你看一看的好,先生。"

约翰·卡克拆开董贝先生加盖印章的封缄,信写得极短,他读了这封短信的内容后说,"不。不必回信。"

"那我就要对你说早安告辞了,小姐,"珀奇说着向门口跨了一步,"我确实希望,你对新近发生的这件令人痛苦的事,要尽量想开些,别让自己太烦恼。那些报纸,"珀奇先生说着又往回走了两步,用愈来愈神秘的样子,同时向他们兄妹两人讲悄悄话,"为获得这件事情的消息,甭提有多着急了,你们都想象不出来。一份日报的记者,那个穿一件蓝斗篷戴一顶白帽子的家伙,向我提出要预先付给我好处费——结果他得逞没得逞我还用说吗——他昨天晚上八点二十分以后还躲躲闪闪地在营业处院子里转悠呢。我亲眼看见他趴在会计室门前,一只眼睛贴着锁眼往里瞧,那把门锁可是专利产品,看不见里面的。还有另外一家报纸,"珀奇先生说,"衣服上有军装盘花纽扣的那名记者,在国王纹章饭店的客厅里待了该死的一整天。上星期,我在那儿随便发表了一小点儿看法,第二天是个礼拜天,早上一看可了不得,我那几句话用醒目的大字印在报纸上啦。"

珀奇先生又摸前胸上的口袋,似乎想把刊登那些话的报纸掏出来,但没有得到他的听众的鼓励,于是只得拿出他那副海狸皮手套,捡起帽子,告辞了。中午前,珀奇先生就已经在国王纹章饭店之类的地方,面对几位杰出的听众讲述,卡克小姐是如何眼泪直流,抓住他的双手说,"噢,亲爱的、亲爱的珀奇,能够看到你,就是我仅有的安慰了!"他还说,约翰·卡克是如何用使人害怕的声音说,"珀奇,我和他脱离关系。再也不要在我面前提到他,说他是我的弟弟了!"

"亲爱的约翰,"哈丽特说,这时房间里只剩下他们俩,而且两人已经沉默了有一段时间了,"信里一定是坏消息。"

"对。但并不出乎意料,"他回答,"写信的人昨天我还见到了呢。"

"写信的人?"

"董贝先生。我在会计室里的时候,他两次经过那里。以前我总是躲着他,但是当然,日久天长,我总不能希望自己永远躲得开呀。我知道,我待在他眼皮子底下,他会把这看成是一件让他非常讨厌的事,这很自然的;我自己也感觉是这么回事。"

"他说这样的话了吗?"

"没有。他什么话也没有说,不过,我看到他的目光在我身上停留了片刻,我心里早已有了准备,一定会有什么事情发生——由于已经发生了那件事。我被解雇了!"

她尽量使自己显得处变不惊、怀有希望的样子,然而这确实是令人沮丧的消息,理由很多。

"'我无须对你说,'"约翰·卡克读信,"'你的姓氏,尽管与我并不相干,但从今以后会听起来很不自然,要让我每天看见冠有这个姓氏的人,对我说来将是一件不堪忍受的事。我不得不通知你,自即日起,停止你我之间的一切雇佣关系,并请你不要企图与我以及我的商行发生任何联系。'——信封里装着一笔钱,数目相当于提前很久的预先通知该给的钱,我就这样被解雇了。天地良心,哈丽特,如果我们回忆起过去的一切,他这么做就算得上慷慨大方、关心体谅的了!"

"假如因为别人的过错而惩罚你,约翰,还算得上慷慨大方、关心体谅的话,"她温柔地回答,"那么就是。"

"对于他来说,我们是个不吉利的家族,"约翰·卡克说,"他有理由要躲开这个姓氏,认为我们姓卡克的血液里就带着可诅咒的、邪恶的东西。要不是因为有你,哈丽特,就连我自己也几乎会产生这样的想法。"

"哥哥,不要说这种话。如果你真有什么特别的理由要爱我,你说你有,并且以为你有,但是我要对你说,不,你没有什么特别的理由要爱我!那么就请你别让我再听见这种违反理性的疯话!"

他把脸埋在自己的双掌里,但很快就听任她走近他,握住他的一只手。

"我知道,在商行工作了这么多年,就这样离开是一件伤心的事,"他的妹妹说,"而离职的原因对于我们俩来说,更是极为可怕。可是我们还得活下去,必须四处寻找活下去的办法。好啦,好啦!我们一定会有办法的,不要垂头丧气。对我们说来,这是件可以感到自豪的事,而不是磨难,奋斗吧,约翰,让我们俩一起奋斗!"

当她吻哥哥的脸颊,并央求他振作起来时,她的嘴唇漾起了微笑。

"噢,最亲爱的妹妹!你出于崇高的意愿,把自己和一个身败名裂的人绑在了一起!那个人不但自己没有朋友,还害得你失去了所有的朋友!"

"约翰!"她赶紧伸手捂住他的嘴,"看在我的面上!想一想我们俩长期结成的伙伴情谊!"他没有说话。"现在让我告诉你,亲爱的,"她安静地在他身边坐下来,"我和你一样,对这件事早有思想准备;我一直在思索,一直在担心它会发生,并且尽我所能为此作好准备,我下了决心,当这种情况真的出现时,我一定要告诉你,我一直向你隐瞒了一件事,那就是:我们真的有一位朋友。"

"我们的朋友叫什么名字,哈丽特?"他苦笑着问。

"事实上他的名字就连我也不知道,但是他曾经有一次非常诚恳地向我表白他对我的友好感情,以及他愿意为我们效劳:直到今天,我始终相信他的真诚。"

"哈丽特!"她那大惑不解的哥哥喊道,"这位朋友住在什么地方?"

"连这个我也不知道,"她回答,"但是他认识我们俩,知道我们的过去——我们微不足道的过去,他全都知道,约翰。这就是我向你隐瞒的原因,我采纳了他的建议,没有告诉你他到这里来过,否则的话,他熟悉我们的过去,会使你感到苦恼。"

"这里!他真到这里来过吗,哈丽特?"

"这里,就在这个房间。一次。"

"是个怎么样的人?"

"是个上了年纪的人。'头发已经灰白,'这是他本人的话,'很快就会变得更加灰白。'但我确实相信,他慷慨、诚实和善良。"

"只见过一次面吗,哈丽特?"

"只有一次进了这个房间,"他的妹妹说,她的面颊上倏然微微漾起一丝红晕,"那一次,就在这里,他央求我允许他以后每星期有一次在窗外走过时能看见我,这样他就会知道我们平安无事,无须他帮忙了。因为当时他问我需要什么帮助,这正是他到这里来的目的,我告诉他:我们什么都不需要。"

"每星期一次……"

"从那以后,每个星期的同一天、同一钟点,他总会在我们的窗前经过,总是步行,总是朝着同一方向——朝着伦敦;他只是像一位仁慈的保护人那样向我点点头,快活地招招手,停留的时间从不会比这更长。这是他在那次奇特的会见时自己作出的承诺,迄今为止他始终忠实地、愉快地遵守着,即使刚开始时我对此会稍稍感觉不安(事实是,约翰,我想我从来没有感到过不安;因为他的态度是那么朴实和真诚),那么这种不安也很快就会消失,让我十分愉快地企盼那一天的到来。上星期一,也就是发生了那件可怕的事以后的第一次,他没有在我们的窗前走过;我一直在琢磨,不知道他的不来和发生了那件可怕的事有没有关系。"

"怎样有关?"她的哥哥问。

"我不知道怎样有关。只是这两件事如此巧合引起了我的思索;我并没有试图去找出答案。我感觉他肯定还会来。等他真的到来时,亲爱的约翰,让我告诉他我最终还是对你说了,让我带着你一起和他会面。他肯定能帮助我们得到新的生计。当时他央求我,要我允许他作出努力,使我和你的生活能得到改善;我答应他说,如果我们到了需要朋友帮助的时候,我一定会想到他。到那时他就可以说出自己的名字了。"

"哈丽特,"她的哥哥说,刚才他一直聚精会神地在听她说话,"你给我描绘一下那位绅士的样子。既然他这么了解我,我肯定应该是认识他的。"

他的妹妹把曾经前来拜访她的那位绅士的容貌、身材、衣着等等尽可能清楚地描绘了一番;然而,也许是因为他不认识那个生活原型,也许是因为她的描绘失真,或者是当他一边思索一边在房间里来回走动时有点儿走神,总之,约翰·卡克却并不认识她所描绘的那幅画像。

尽管如此,他们俩之间还是达成了共识:当她所描绘的那个生活原型再次出现时,他要和那人见面。谈完了这件事,那位妹妹就怀着较为轻松的心情继续从事日常家务;而那位头发灰白的、前董贝父子商行低级职员,则享受他所不习惯的第一天闲暇时光,在房前小花园里从事起园艺来。

夜已深,那位哥哥在诵读《圣经》,妹妹在忙着做针线活,忽听得有人敲了一下门。最近他们兄妹一直笼罩在一种漠然的焦虑和惊恐的气氛中,这与他们弟弟的逃亡密切相关,这时他们听到了敲门声,而平常在这个时候是不会有人来的,这几乎使他们害怕起来。哥哥走去开门,妹妹忐忑不安地坐在那里听着。只听见有人在对她哥哥说话,她哥哥在回答,但听他那口气,似乎很感惊奇;两人交谈了几句后,就逐渐接近,会合在一起了。

"哈丽特,"她的哥哥用烛火照明把这位深夜来访的客人迎进了房间,低声对她说,"莫芬先生——这位绅士长期和詹姆斯一起在董贝父子商行共事。"

他的妹妹惊奇地往后退了一步,似乎看见一个精灵进了她家的门。站在门口的正是她那位不知道姓名的朋友,深色的头发里点缀着灰白,脸色红润,前额宽阔明亮,一对淡褐色的眼珠,他请她保守秘密,她真的将他的秘密保守了这么久!

"约翰!"她说,激动得几乎喘不过气来,"他就是我今天才告诉你的那位绅士!"

"那位绅士,哈丽特小姐,"客人这才走进门来,因为他在门口停留了片刻,"听见你说这句话,心上的重负终于放下了:刚才他一路往这里走来时,在途中作了多种设计,想用最好的方式来解释自己的行为,但是哪种设计都不能使他满意。约翰先生,我在这里不能完全算是一个陌生人。刚才你看到我来到你家门口时,简直惊呆了。我看你现在比刚才更加感到惊奇。啊!在目前的状况下,这样倒是很合乎情理。我们都是受习惯支配的人,我们如果不是习惯的动物,就没有理由经常会如此惊奇了,连一半的惊奇都不应该有。"

说话期间,他已经以交织着诚挚与尊敬的态度跟哈丽特打了招呼,她深深记得这令人惬意的态度。他在靠近她的地方坐下来,脱下手套,扔进他放在桌子上的帽子里。

"我心里一直怀着要见你妹妹的愿望,或者我以自己的方式满足了这一愿望,约翰先生,"他说,"是没有什么值得惊奇的。至于说从我第一次拜访以来,我使这种拜访成为常态(她也许已经告诉你了),其中也没有任何特别之处。这很快就成了一种习惯;我们都是受习惯支配的人——习惯的动物!"

他把双手插进上衣口袋里,往椅子背上一靠,看着他们兄妹俩,似乎看到他俩在一起觉得很有趣;他以激动的、沉思的态度接着说:"正是同样的习惯,使我们中的某些本来可以有更好作为的人,更加坚守他那撒旦般的骄傲和执拗,使我们中的某些人的邪恶行为变得更加根深蒂固,使我们中更多的人变得置身事外、漠不关心。我们就像是一些泥塑的人像一样,塑造我们的黏土的性质,使我们一天天地硬化,对于新的印象和新的信念,僵硬得无法作出反应。你且看习惯对我的影响,约翰。我不用说有多少个年头了,我在董贝父子商行的管理工作中,负着自己那份小小的、明确限定的责任,我眼看着你的弟弟(他已经证明自己是一个坏蛋!你的妹妹会原谅我有责任提到这一点)不断扩展自己的影响,直至整个商行和商行老板被他当成了足球一样任意玩耍;同时我也看到你整天趴在偏僻角落里的一张桌子上努力工作;我在责任范围以外不受打扰,对此我感到十分满足,我让自己身边的一切事情就像一台巨大的机器一样,一天一天地正常运作,不出问题——这是机器的习惯,也是我的习惯——我把这一切都看成理所当然,认为一切都正常。只要我的每星期三晚上正常到来,我们的四重奏小组的演奏正常举行,我的大提琴音质纯正,那么我的世界里就没有什么差错了——即使有些小差错也关系不大——管它小还是大,都与我无关。"

"我可以保证,长期以来你在商行里一直是最受大家尊敬和热爱的,先生。"约翰·卡克说。

"算了!我只能说自己善良和容易相处,"那位绅士说,"这是我养成的习惯。我的习惯正合经理的意;也合受他操控的那个人的意;但最合我自己的意。我只做好我分内的工作,我对他们两个都不奉承,我乐于占有一个无须奉承别人的位置。所以说,我本来可以一直把这种状态维持到现在,但是我的房间隔着一道很薄的墙。你可以告诉你妹妹,我的办公室和经理办公室之间隔着一层薄薄的板壁。"

"他们两人的办公室紧挨着;也许原先就是一间,就像莫芬先生说的,是后来才隔开的。"她的哥哥说,他转过脸去看莫芬先生,听他继续解释。

"我吹口哨、哼曲调,把贝多芬的B大调奏鸣曲从头至尾哼一遍,让他知道我就在听得见他的声音的地方,"莫芬先生说,"但是他从来没把我当回事。当然,我能听到他私密谈话的机会很少。但是,一旦出现了这种机会,我又难免会知道一些他私密谈话的内容,我就只好躲出去。有一次我真的躲出去了,约翰,那是两兄弟之间的一场对话,对话开头那部分还有年轻人沃尔特·盖伊在里头。在我离开房间之前,我已经听到了一些。也许你对这场对话还记得很清楚,足以告诉你妹妹它是一场什么性质的对话?"

"他翻的是陈年老账,哈丽特,"她哥哥低声说,"还说到我们在商行里各自所占有的地位。"

"这件事对我说来并不新鲜,但却是以新的面貌呈现出来。我一直认为我身边的情况一切都正常,因为我对它已经习惯了,然而我所听到的这场谈话使我的习惯(也是世上十分之九的人们的习惯)发生了动摇,"来访的绅士说,"它促使我重新回顾并审视这兄弟俩的历史。我想这是我平生第一次开始进行一系列的思考——有许多我们所熟悉的、如今认为理所当然的东西,一旦被我们拉开距离、以新的观点去观察(我看,终有一天我们都必须这么做),它们会是什么样?从听到他们兄弟对话的那个上午起,我的脾气变得坏了起来,正如人们常说的那样,不再那么平和舒适、安然自得了。"

他坐了大约有一分钟,一只手不断地在桌子上打拍子;接着又继续说下去,似乎急于结束自己的表白。

"在我还不知道该做些什么,不知道能不能有所作为的时候,又听到那两兄弟的另一场谈话,他们谈起了他们的妹妹。我并不打算偷听,可是他们的零星谈话毫无障碍地继续不断地往我的耳朵里飘来,那就不是我的过错了。我认为这是我的权利。从那以后,我自己跑到这里来看那位妹妹。我第一次在小花园门口停留时,我找了个借口,假装打听一位穷邻居的性格;可是我说漏了嘴,我想我引起了哈丽特小姐的怀疑。第二次我干脆请求她准许我进屋里来;我进来了;我把自己想说的话都说了出来。那时你的妹妹拒绝了我愿意提供的帮助,她向我陈述的理由很充分,我对它不敢持异议;但我还是成功地建立起与她保持联系的方式,而且没有中断,一直保持到现在,只是最近几天,由于要事缠身,我才没有来。"

"我和你是每天都能见面的,"约翰·卡克说,"可是我做梦也不会想到竟有这样的事,先生!如果哈丽特能够猜到你的名字……"

"啊,跟你说实话吧,约翰,"来访者插话说,"我不暴露自己的身份是基于两个理由。我不知道单有第一个理由是不是就有足够的约束力了;但是,一个人不能光靠善良的意图就取得好名声,我下定决心,在我有所作为、实实在在提供了某种帮助以前,决不说出我是谁。我的第二个理由是,我始终抱有希望,尽管这种希望十分渺茫,那就是希望你们的兄弟在对待你们俩的态度上会良心发现;假如情况真是这样,我觉得像他那种性格复杂多疑、充满猜忌戒备的人,一旦发现我在暗中对你们友好,给你们帮助,这反倒可能导致他重新和你们疏远,最终与你们决裂。事实上,我甘冒招致他对我不满的风险(这我并不在乎),一直在寻找机会在商行老板面前替你说好话;但是,老板被死亡、求婚、再婚和家庭不和等一系列遭遇弄得精神涣散,长期以来,商行的首脑实际上已经不是他,而是你们的兄弟了。对于我们来说,"来访者放低声音说,"由他当头还不如由一根没有生命的树干来当头的好。"

他似乎觉得他后面讲的这些话违反了他原先的意图,于是向那位哥哥伸出了一只手,又向那位妹妹伸出了另外一只手,并继续说下去:

"现在我已经把自己想说的话统统说出来了,并且说得更多。我的好意不是语言所能表达的,希望能得到你的理解和信任。这样的时间终于到了,约翰,尽管是在最不幸、最悲惨的情况下来到的,在你多年来为救赎自己拼命苦干以后,我终于能在不至于妨碍你的情况下对你提供帮助了;今天你在没有过错的情况下被商行解雇。时间很晚了;今天晚上我不准备说更多的话了。无须我的建议和提醒,你也会好好保护你这里拥有的这件珍宝的。"

说着这些话,他就站起身来往外走。

"不过请你走在前面,约翰,"他心情愉快地说,"拿根蜡烛照个亮,不管你想说什么,今天就不要说了,"约翰·卡克的心真是百感交集,如果可以用语言来表达的话,本来倒可以得到宣泄,"让我对你妹妹说句话。我和她以前单独谈过,就在这个房间里,但是在这里当着你的面说,会显得更加自然。"

眼看着约翰往外走去,他温柔地转过脸来低声对哈丽特说话,他的态度变得更庄重了:

"关于那个人,你不幸是他的妹妹,你一定有问题想要问我。"

"我不敢问,我害怕。"哈丽特说。

"你的目光如此热切地看着我已经有好几次了,"来访者说,"我想我能猜到你想问什么。他偷钱了吗?你是不是想问这个?"

"是的。"

"他没有偷钱。"

"我感谢上苍!"哈丽特说,"为了约翰的缘故。"

"他以种种方式滥用了老板对他的信任,"莫芬先生说,"他从事经营和投机,更多的是为他自己的利益,而不是为他所代表的商行的利益;他把商行引向了用巨额资金进行冒险活动的道路,结果常常是损失巨大;他本来有责任对老板起制衡作用,有能力向老板指出哪儿有瑕疵,使老板保持头脑清醒,然而相反,他却一贯纵容那位雇用他的老板的虚荣心和野心;也许这一切现在已经不会使你感到惊奇了。他已经着手设立许多企业和事业,以扩大董贝父子商行资金雄厚的名声,以显示其他商行在它的面前相形见绌,其实董贝父子商行最需要的是一颗沉着冷静的头脑,认真思考造成毁灭性后果的可能性——只要发生一些小小的灾变,这样的后果就会发生。董贝父子商行的交易活动,范围遍及全世界大部分地区,无数买卖就像是一座庞大的迷宫,在迷宫中心操控着所有线索的,唯有他:他有机会并且似乎利用了机会,用笼统估计来代替事实,使各项交易活动的结果在查账时都能顺利通过。但是近来……你能领会我的话吗,哈丽特小姐?"

"完全能领会,完全能领会,"她回答时一脸惊恐的样子,并一直注视着他的脸,"请你立刻就把最坏的事告诉我。"

"近来,他像是在作最大的努力使这样的后果变得公开、明朗,尽管私人账册数量巨大、种类繁多,但你只要查一下就能轻而易举地把实际情况搞得一清二楚。他似乎已经下定决心要向他的老板亮明这一点:在他的压倒一切的激情——骄傲——的支配下,他的商行已经面临怎样的局面!而他一贯的行事方式却是低三下四地对老板这种非理性的激情加以纵容和鼓励,进行庸俗的拍马、吹捧,这是毫无疑问的。说他对商行业务负有罪责,主要是指这一方面。"

"亲爱的先生,在你离开我以前,我还要再问你一句话,"哈丽特说,"所有这一切难道不会造成危险吗?"

"什么危险?"他略有迟疑地问道。

"有影响商行信誉的危险没有?"

"我不得不坦白地回答你的问题,我完全信任你。"莫芬审视了一下她的脸后回答道。

"你可以信任我。你确实可以信任我!"

"我知道可以信任你。你问有影响商行信誉的危险没有?不,没有。也许会造成些困难,或多或少的困难,但是没有危险,除非——确实要说除非——商行老板不懂必须收缩商行经营规模的道理,一意孤行地拒绝面对现实,仍认为商行形势一片大好、不可能是别的样子,而他本人始终是大好形势的代表,仍不自量力地敦促它继续扩张。要是那样的话,商行就会摇摇欲坠了。"

"但是还不用担心商行会倒闭吧?"哈丽特说。

"我和你两个人之间,"他回答时握握她的手,"应该充分地互相信任。董贝先生这个人,是任何人都无法亲近的,他现在的心理状态是:骄傲、急躁、不可理喻、难以约束。但是他现在极度恼怒、狂躁不安,任何力量都无法约束他,这种状况会过去的。现在你什么都知道了,无论最坏和最好。今天晚上就到此为止吧,晚安!"

说完话,他亲吻了她的手,就走向门口,她的哥哥正站在那里等待他,看到约翰·卡克打算对他说话时,他高高兴兴地轻轻把他推开;他对约翰说,他俩经常见面,而且很快就会见面的,假如约翰有话要说,尽可以找另外的时间说,现在已经很晚了;他踏着轻快的步子赶紧离开,以免约翰会在他身后送上什么感激的话语。

兄妹俩坐在壁炉前交谈着,直到快要天亮的时候,一个新世界的前景展现在他们面前,使他们兴奋得毫无睡意,他们就像遭遇船难的两名幸存者,已经困居在一个荒凉的海滩很长时间了,当他们已经年老,除荒滩外早就放弃获得另一个家的希望,而恰好在这时,却来了一艘船使他们获救。但是,还有另一个不同性质的焦虑使他们无法入睡。这种焦虑带来的黑暗刚刚被一缕希望之光击碎,但此刻又在他俩身边凝聚起来了;尽管他俩犯罪的兄弟的足迹从未踏进过他们的住处,但他的阴影却在这间房子里。

他的阴影赶都赶不走,朝阳升起也不能使它退避。第二天早晨、中午、晚上,它都在那间房子里。愈到夜里,它愈是黑暗愈是清晰,正如此刻将要谈起它的那个样子。

约翰·卡克出门去了,到他们那位朋友处去拿一封职位任命信,把哈丽特一个人留在家里。她已经独自待了好几个小时。那是一个阴暗、令人郁闷的黄昏,暮色愈来愈浓重了,这氛围无助于缓解她心头的压抑。她想着她那个久未晤面、情况不明的哥哥,他的身影化作可怕的形状掠过她的身边。他死了,或正在咽气,或正在呼唤她、注视着她、对她紧皱眉头。她心头画出的图像多么突出、多么真切,随着暮色渐浓,她愈来愈胆小,都不敢抬头朝房间里的阴暗角落看去,生怕他的幽灵(她因神经过度紧张而幻想出来的)会等在那里,让她大吃一惊。她一度幻想他此刻正躲在隔壁房间里(尽管她自己也十分清楚,这仅仅是混乱的幻想,是信不得的),但她还是强迫自己到那里去,好证明自己想错了。但是这么做丝毫无益。只要她一离开那里,那里又重新变得阴森可怖;她再也没有力量驱除心头蓦然的恐怖印象,那印象就像是一些巨型石像,植根在坚实的土地上。

天色几乎全黑了,她一只手支撑着头,坐在靠近窗口的地方,目光朝下望,忽然她感觉屋里的光线变得更暗了,她抬起眼来看,不由自主地发出一声喊叫。就在紧贴窗玻璃的地方,一张苍白、惊恐的脸正在朝屋里窥探;一时间像是在漠然搜寻什么目标;等到那双眼睛落在哈丽特身上时,顿时变得明亮了。

"放我进来!放我进来!我有话对你说!"一只手在玻璃窗上叩击。

她立刻就认出来了,窗外那个有一头乌黑长发的妇女,正是她在那湿淋淋的雨夜曾给予她温暖、食物和庇护的那个女人。哈丽特记得她当时激烈的行为,自然会怕她,她从窗前往后退了一步,心里充满惊恐,不知如何是好。

"放我进来!让我对你说话!我可以是感恩的、安静的、谦卑的……你要我怎么样我就怎么样,一切听你的。不过你得让我对你说话。"

她提出请求的态度十分热切,脸上的表情很认真,两只高举起作恳求状的手在颤抖,她语声中所包含的那种惊疑和恐惧与在当时处境下的哈丽特的心情十分相似,她被深深地打动了。她急忙走到门前,把门打开了。

"我可以进屋去说吗,还是要我站在门口说?"那女人抓住哈丽特的手说。

"你想要什么?你一定要告诉我的是些什么话?"

"没有多少话,不过你得让我说出来,否则的话我就永远也不会再说了。现在就有一种力量在诱使我离开这里。好像有很多无形的手正在把我从门口拉开。如果你可以相信我这一次,那么你就让我进屋里去!"

她的执著又一次占了上风,她俩一起走进小厨房炉火的光照下,就在那同一地点她曾经在那里坐着休息,在那里吃饭,并把湿衣服烤干。

"在那儿坐下吧,"艾丽斯说时在哈丽特身旁的地上跪了下来,"看看我。你还记得我吗?"

"记得。"

"你还记得我对你说了我的身世,我从什么地方来,衣衫褴褛,一瘸一拐,急风暴雨不断打在我头上?"

"记得。"

"你知道我那天晚上又返回这里来,把你给我的钱扔在泥土地上,并且诅咒你和你的家族。现在你看到我在这里下跪了。难道此刻的我不是和当时的我一样认真吗?"

"如果你所要求的,"哈丽特温柔地说,"是宽恕……"

"不,不是!"艾丽斯显出骄傲而激烈的样子说,"我只要求信任。现在你可以既根据我那次的表现又根据我现在的表现,自己来判断究竟我值得不值得信任。"

她仍跪在地上,眼睛望着炉火,火光照亮了她已遭蹂躏的美丽和她那头狂乱乌黑的头发,她揪过一绺长长的头发,顺着肩膀披拂下来,缠绕在她的手上,她一边说话,一边沉思着对那绺头发又咬又扯:

"在我年轻美丽的时候,"她以轻蔑的神情拉扯着握在自己手里的头发说,"这些头发得到最细心的爱护,得到人们最高度的赞美和羡慕,小时候我的母亲本来对我不大关心,可是那时却发现了我的长处,开始喜欢起我来,并且为我感到骄傲。她既贪婪又贫穷,想把我造就成她的摇钱树。我敢肯定,上等人家的夫人对自己的女儿是不会像她这样想、也不会像她那样做的——我们都知道,决没有这样的事——,这就说明:只有在我们这种可怜的穷人中间,才有母亲对女儿进行错误教养的例子,而罪恶就由此而生。"

她望着炉火,似乎暂时忘却了身边有人在听她说话,她把自己的长发一圈又一圈紧紧地缠绕在手上,用梦幻似的声音接着说。

"这样发展下去会有什么后果,我就不必说了。在我们这种阶层,它产生的后果并不是不幸的婚姻;而只会是悲惨和毁灭。而悲惨和毁灭真的落在了我身上……落在了我身上。"

她迅速抬起注视着炉火的忧郁目光,看着哈丽特的脸,并且说:

"我在浪费时间,而现在已经没有时间可以浪费了;但是,要不是我对一切都已经深思熟虑过的话,我现在也不会待在这儿。我说的是,悲惨和毁灭落在了我身上。我成了一件被人短期玩弄的玩具,很快就遭人抛弃,那个人对待我比对待一件真的玩具更加残酷、更加毫不在乎。你知道毁了我的那个人是谁吗?"

"你为什么要问我?"哈丽特说。

"你为什么要发抖?"艾丽斯又问,双眼热切地望着她,"他使用了我,把我从人变成了鬼。我沉沦在悲惨和毁灭之中,堕落得愈来愈卑下、低贱。我被牵连进一桩抢劫案里去了——什么都沾边儿,就是没有拿到一个钱——,案子侦破,我受到了审讯,但是我没有一个朋友,身边连一个小钱都没有。尽管我当时还是一个年轻姑娘,但是我宁愿去死也决不肯去向他求告,就算他的一句话真的能使我得救。我宁愿去死！宁愿接受当局发明出来的任何一种处死人的方法。可是我的母亲,始终贪婪的母亲,却以我的名义给他去了信,告诉他我真实的案情,并且低声下气地恳请他、乞求他赏给一小笔钱,作为给我一件最后的礼物——就几个英镑,还没有我这只手上的指头多呢。那个人是谁,你想过了吗？那个人在我身陷悲惨处境、他以为我已躺倒在他的脚下时,对我捻响指表示轻蔑,甚至连这一点可怜的念旧的表示都没有；我被判刑流放海外,在遥远的地方死掉、烂掉,这正合他的意,这样就再也不会来找他的麻烦了；那个人是谁,你想过了吗？"

"你为什么要问我？"哈丽特又一次说。

"你为什么要发抖？"艾丽斯说时将手放在哈丽特的手臂上,目光直盯着她的脸,"这回答已经到了你的嘴唇边儿上了！那个人就是你的哥哥詹姆斯。"

艾丽斯颤抖得愈来愈厉害,但她的眼睛始终没有离开那热切地注视着自己的目光。

"那天夜里,我一旦知道了你就是他的妹妹,尽管我疲惫不堪、一瘸一拐的,我还是回到了这里,把你赏赐我的钱扔还给你。那天夜里,我仿佛觉得,如果自己能在一个僻静的地方找到他,而边上又没有人,尽管我疲惫不堪、一瘸一拐的,我也能一刀把他捅死。你能相信我所说的一切都是认真的吗？"

"我相信！上帝呀,你为什么还要来？"

"自从那天夜里发生的事以后,"艾丽斯说,她的手仍握住哈丽特的手臂,目光仍热切地注视着她,"我见到了他！就在大白天,我的眼睛一直跟踪着他。假如我胸中的怒火一时在打瞌睡,但只要我的目光一旦落在了他的身上,那么一粒火星顿时就会燃烧起熊熊烈火。你知道他背叛、羞辱了一个极为骄傲的人,把那个人造成了他的死敌。你想想,如果我把他的情报透露给那个人,将会产生什么样的结果?"

"情报!"哈丽特重复道。

"假如我找到一个知道你哥哥秘密的人;那个人知道你哥哥是怎样逃亡的;知道你哥哥和那个与他一起逃亡的同伴要到什么地方去碰头,结果会怎样?假如我安排他的死敌躲藏着,亲耳聆听那个人一字一句地把他所掌握的全部情报统统讲出来,结果会怎样?假如我当时坐在那里直盯着那死敌的脸,眼看着那张脸变了,变得几乎不像是人的脸了,结果会怎样?假如我看见他气疯了,冲出门去,追踪那个背叛、羞辱了他的人,结果会怎样?我知道他的死敌愤怒得已经不像是个人、倒像是个复仇的魔王,并且已经追踪了很多个小时,眼看快要把他追上了,结果会怎样?"

"挪开你的手!"哈丽特瑟缩着说,"放开!你一碰到我我就觉得害怕!"

"我已经做了这些事,"艾丽斯并不理会哈丽特打断她的话,仍热切地注视着她的脸,继续说下去,"我现在对你说的话,你相信不相信?"

"我怕是不得不相信。你把我的手臂放开!"

"现在还不能放开。再等一会儿。你能想象得到促使我采取这一行动的复仇决心有多么坚定,持续的时间有多么长久吗?"

"真可怕!"哈丽特说。

"那么当你现在又在这里看见我的时候,"艾丽斯嗓子嘶哑地说,"我安安静静地跪在地上,手握着你的手臂,眼睛看着你的脸,你可以相信,我已经经过了一番不寻常的内心搏斗,我对你说的话是认真的,而且是非同寻常的认真。我说出来自己都觉得羞耻,不过我确实是动了恻隐之心。我鄙视自己;我昨天白天和自己搏斗了一整天,晚上又和自己搏斗了一整夜;但是我还是毫无缘故地对他动了恻隐之心,假如可能的话,我希望能挽回我所做的事。追踪他的那个人愤怒至极、已经到了不顾一切的地步,我不愿他俩在这种情况下碰在一起。如果你昨天晚上看到他冲出门去的样子,你就更能知道那后果有多危险。"

"怎样才能防止这危险发生?我能做些什么事?"哈丽特喊道。

"整整一个晚上,"艾丽斯匆促地说,"我都梦见他——尽管我没有真正睡着——躺在他自己的血泊中。整整一个白天,我觉得他一直在我身边。"

"我能做些什么事?"听了这些话,哈丽特吓得浑身发抖,喊道。

"如果有人能写信、或派人、或亲自去警告他,那就千万不要再耽误时间了。他现在在第戎。你知道这个地名吗,你知道在哪儿吗?"

"知道。"

"向他发出警告:被他制造成敌人的那个人,现在已经愤怒得失去理智,要是他低估了那个人追到他跟前意味着什么,那就算他根本不了解那个人。告诉他,那个人已经追踪前来——我知道他早已出发——很快就会赶到。催他赶快逃避,趁时间还来得及——如果时间还来得及——千万不能让那个人和他碰见。再过一个月左右情况就会大大改变。千万不能由于我的缘故,让他们两个人碰见。他们可以在别处、而决不能在那个地方碰见!他们可以在别的时候、而决不能在这个时候碰见!让他的敌人靠自己的本事跟踪他、找到他,而不要由于我的缘故!没有这件事,我脑子里的负担也已经够重的了。"

炉火再也照不见她那黑玉般亮丽的头发,照不见她仰视的脸和充满热切期待的眼睛;放在哈丽特臂膀上的那只手不见了;她曾经跪着的地方空了。

第五十四章 逃 亡 者

时间:离午夜只有一个小时;地点:有半打左右客房的一处法国公寓;一条阴郁的、寒冷的门厅或走廊,一间餐室,一间客厅,一间卧室,还有一间可作闺房或小客厅用的内室,它比其他房间都要小,更加僻静。这些房间都被一扇很大的双叶大门关在里边,大门外通向主楼梯,但是这些房间各自还有两三扇小门和公寓的其他部分以及穿墙而过的几条小过道相通,小过道是这类公寓通常都有的,它们能通过后楼梯一直通向楼下的暗门。公寓坐落在一座大厦的第二层,大厦很是宏伟,公寓所有的窗户还没占满大厦的一面墙,大厦的四面墙都能望见庭院,庭院是正方形的,位于大厦的正中央。

大厦往昔的华丽已经消退,如今色彩暗淡到足以令人伤感,足以使在这些房间里占主导地位的、那些展示荣华富贵的种种生活细节黯然失色。墙和天花板都粉刷过,还镀过金;地板打过蜡,擦得锃亮;窗、门和镜子之间都垂挂着作装饰用的绯红色的帷幔;从墙壁嵌板伸出的大型烛台,像有很多枝干、结节的大树,又像有很大犄角的牲畜。但是在白天,当格子窗上的帘幕(现在遮得严严实实)拉开的时候,太阳光照进房间的时候,可以从富丽堂皇的装饰上看到磨损、破碎和尘埃的痕迹,以及日晒、泛潮、烟熏留下的印记,看得出来,这些房间已经有很长时间没有人居住和使用了,这些供人显摆、消遣的物件似乎和人一样敏感,它们就像禁锢在牢笼中的囚徒似的白白受到损耗。即使在夜里,簇簇明烛高照,辉煌的灯火使它们隐退,但未能把它们的痕迹完全抹去。

大穿衣镜里反射出灿烂的烛光,可以看到一片片金碧辉煌的华丽色彩,但是今天晚上,只有一个房间有亮光——我们现在要详细描述那间较小的内室。从只点着一盏微弱灯火的门厅往里望去,中间一片黑暗,几个房间的门都开着,那唯一有亮光的房间就像是一颗璀璨、珍贵的宝石。在一片光华的中心坐着一位美女——伊迪丝。

她独自一人。仍是那位不肯驯服、充满蔑视和反抗精神的女人。面颊稍稍消瘦了些,使眼睛看起来更大、更亮、更有神采,但是她那骄傲的举止一如既往。她的额头上没有羞愧的表情;她也没有为新近的作为忏悔而低下她倨傲的颈项。仍然是那样傲慢和庄严,仍然是那副对自己、对其他一切人全都不理会的样子,她坐着,深色的眼睛俯视着下面,在等候什么人。

她不读书也不做针线活之类来消磨这段烦人的等候时间,只是独自沉思着。某个意图占满了她心里,那意图强烈得足以填补任何时间间隙。她紧闭双唇,如果一时放松控制,双唇就会颤抖;她的鼻孔张大;双掌紧紧握在一起;她的意图在胸中鼓胀;她坐着,等候着。

传来外门上钥匙转动声,门厅里的脚步声,她突然站起来,高声问"谁?"只听得有人用法国话回答,两名男侍者端着叮当作响的托盘、碟子之类走进房间,准备开晚餐。

"是谁吩咐你们做这些事的?"她问。

"先生①早在愉快地租下这套房间时就下了命令。先生在途经②这里时停留了一个小时,这是他当时吩咐的话,他还给夫人留下一封书信——夫人确实已经拿到了吧?"

---

①② 原文为法语。

"是的。"

"万分抱歉！忽然担心会忘记把那封信交给夫人,担心至极,"说话的是从邻近的大饭店请来的一位秃顶、大胡子男侍,"才斗胆发问！先生吩咐过晚餐必须在这个钟点开:他说他已经在留给夫人的书信中预先将他的吩咐向夫人通报了。先生吩咐晚餐必须精益求精、品位高雅,这是给金顶大饭店以极大的光荣。先生将会发现金顶大饭店没有辜负先生的信任。"

伊迪丝没有再说话,只是充满沉思地眼看着他们在桌子上布置好两个人用餐的餐具,还摆上了酒。他们还没有摆放完,她就站起身来,拿起一盏灯,经过卧室走进客厅,匆促而仔细地把所有的门都检查了一遍;特别是与穿墙而过的小过道贯通的前边那个房间。她把房间钥匙拔下来,把它插在门外一侧的钥匙孔上。然后她又走回来。

第二位男侍者皮肤黝黑,长相不好看,他身穿一件短上衣,胡子剃得光光的,满脑袋黑发剪得短短的。两名侍者把餐桌准备好了,在站着观看有没有疏漏之处。刚才说话的那名侍者向夫人询问:先生是不是还要很长时间才能到达？

"说不准。早来晚来都一样。"

"请原谅！晚餐已经准备好了！现在马上用餐最合适。先生（他说法国话好得像天使——或者说就像法国本地人说得一样好——反正是一个意思）特别强调他要求准时。英吉利民族具有准时的巨大天赋。啊！什么声音！天哪,先生驾到啦。你看他来了！"

确实如此,另一名侍者已经把先生迎接进来了,只见他那满口闪烁发亮的牙齿正穿过一个个黑暗的房间往这里走来,恰似一张嘴巴;他全身充分舒展,来到这个充满光亮、色彩的圣殿,拥抱了夫人,并用法国话称她是他娇媚动人的妻子。

"上帝啊！夫人好像要晕过去了。夫人被过度的喜悦压倒了！"那名秃顶大胡子侍者把他观察到的印象喊出声来了。

夫人只是往后退缩，身子颤抖而已。在侍者还没说话的时候，她已经手扶着那把大椅子的天鹅绒靠背站在那里了；她充分挺直身子，达到最大身高，她的脸上充满冷漠的表情。

"弗朗索瓦已经飞快地到金顶大饭店去取晚餐了。他递送的速度快得像位天使，或者说像只鸟儿。先生的行李已经在他的房间里安放好了。一切都已就绪。晚餐马上就在这里开。"秃顶侍者报告以上信息时不断鞠躬，不断展示微笑，晚餐果然很快就送到了。

几道热菜都安放在保温器上；冷菜早就摆好了，后面要接着上的菜放在餐具柜上。先生对这样的安排感到满意。晚餐桌很小，这使他非常高兴。他让侍者把保温器放在地上，然后就离开。一道道菜他都要亲手来上。

"请原谅！"秃顶侍者极有礼貌地说，"这样可不成！"

先生持有与他不同的意见，当天晚上他不需要他们继续服侍了。

"不过夫人……"秃顶侍者提示道。

"夫人嘛，"先生回答，"自有她的侍女伺候。也就够了。"

"万分抱歉！但是没有！夫人没带侍女！"

"我是独自到这里来的，"伊迪丝说，"这样做是我自己的选择。旅行对我来说是平常事，我早就习惯了；我不需要任何随从。一个人也不要给我指派。"

因此，先生坚持起初提出的那个被认为不成的办法，他跟两名侍者来到外门，等他们一走，他就把门锁严，准备过夜。秃顶侍者在离开时还转身向他鞠躬致意，他看到夫人仍手扶着大椅子的天鹅绒靠背站在那里，尽管她的目光直视前方，但是看她的脸，她似乎对秃顶侍者的离去根本没有在意。

卡克锁紧外门的声音,回荡在几间内室里,它传到最远、最里边的那个房间时,听来很憋闷,像是被扼制住的声音,恰好这时大教堂的钟声打响了午夜十二点,在伊迪丝听来,锁门声和钟声交织在了一起。她听到他停顿了片刻,似乎他同样听到了这交响,也在倾听。接着他从门口向她走来,寂静的空气里留下一连串的脚步声,他一路走来顺便把所有房间的门都关上了。她的手一时离开了天鹅绒椅背,从桌子上她够得着的地方拿起了一把餐刀;随后她又像刚才那样站着。

"真奇怪,你怎么独自一人到这里来了,我的爱!"他走进房间时说。

"什么?"她说。

她的声音非常刺耳;她很快转过头来,动作非常激烈;她的态度分明要拒他于千里之外;她皱眉的样子是如此严厉、阴沉。他眼睛看着她,站定下来,手里还提着一盏灯,似乎是被她惊呆了。

"我是说,"他终于说出来了,一边把灯放下,脸上展露出他那最善于讨好别人的微笑,"真奇怪,你怎么独自一人到这里来了!真的不必小心谨慎到如此地步,这样做反倒可能失败。你应当在勒阿弗尔或卢昂雇一名侍女,时间很充裕,完全来得及,不过你可是一位最任性、最难伺候的女人,正如你同时又是一位绝代佳人,我的爱。"

她那双注视着他的眼睛发出奇异的闪烁,但她仍手扶椅背站着,一言不发。

"我过去还从来没有,"卡克又说,"看见你像今夜那样美丽。在这段残酷的考验时期里,我日夜把你思恋,我在心里描绘出一幅你的画像,但现实中活生生的你,仍然比那幅画像更加美丽。"

她一言不发。她的眼神中没有任何反应。她的头颅高高昂起,但双眼完全被垂下的睫毛覆盖住了。

"你为我设定的条件是多么严酷无情!"卡克微笑说,"但是,这一切条件全都圆满实现了,一切考验都已成为过去,使现在变得更加安稳、更加甘美芬芳。我们将要隐居到西西里岛上去。那是世上最悠闲、最舒适的去处,我的心肝宝贝,我的灵魂,我和你在一起,我俩过去受的奴役,将会在那里得到充分的补偿。"

他一副放荡的样子直往她身上凑,她突然把从桌上拿的刀子抓在手里,迅速地往后退了一步。

"站住!"她说,"不然的话我就杀了你!"

她突然改变态度,强烈的憎恶、压倒一切的愤怒使她双眼冒出了怒火,使她的前额都发亮了,他不由得停住了脚步,好像止住他的是一团火。

"站住!"她说,"你还想活命的话,就不要靠近我!"

他俩站着互相对视。他脸上显出气愤和惊讶的样子,但他能自我克制,以轻松的语调说:

"算了,算了!得,得,得,现在就我们俩在一起,谁也看不见我们,谁也听不见我们。你打算玩这些贞洁的小花样来吓唬我吗?"

"你是不是打算提醒我说,我在这里是孤身一人,近处决没有谁会来帮助我,"她情绪极其激烈地回答,"以此来吓唬我,不让我实现我的目标,不让我走已经决心要走的路?我难道不是经过深思熟虑才独自到这里来的吗?如果我怕你,我不是早该躲开你了吗?如果我怕你,我还能深更半夜来到这里,把我想要说的话,当面对你说出来吗?"

"你到底想对我说什么,"他说,"你这个漂亮的悍妇?你发脾气的时候比别的女人脾气最温柔的时候还要漂亮得多。"

"我什么都不会对你说,"她说,"除非你坐到那张椅子上去,再说一遍,不许靠近我!靠近一步都不行。我告诉你,有上帝在天上看着我们呢,你若敢轻举妄动,我会杀死你!"

"你认错人了吧,你把我当成你丈夫了吗?"他咧嘴一笑说。

她不屑回答他,她伸出手臂指着一把椅子。他往椅子上坐时,咬了咬嘴唇,皱起了眉头,还大笑起来,但并没能掩盖住自己遭遇挫折、不知所措、心情烦恼的样子;他神经质地咬自己的手指甲,斜着眼睛用余光偷窥她,假装自己对她的任性觉得非常有趣,但尽管如此,已暴露出遭到挫败的苦楚。

她把手中的刀放在餐桌上,触摸自己的胸脯说:

"我手边放着的可不是表达爱情的小玩意儿;你只要胆敢再碰我一碰,我立刻就会把它用在你的身上——你清楚,我说到做到——捅死你,比捅死世上任何一只爬行动物更不会动恻隐之心。"

他大笑,假装当她是在和他打趣、逗乐呢,他请她快些把玩笑开完,因为晚餐就要变凉了。但是,他窥视她的目光却显得更加阴沉,更加沮丧,他的脚又顿了一下地板,嘴里喃喃地发出诅咒。

"你一副无赖相,"伊迪丝极为愠怒的目光俯视着他,"曾经胆大妄为地对我肆意冒犯和凌辱,你自己想想,有多少次?你油嘴滑舌地用挖苦的语言和表情,把对我的求婚和结婚加以讥讽和嘲笑,你自己想想,有多少次?我爱那个可爱的、被伤害的姑娘,而你把我心上爱的创伤揭开来,再把它撕裂,你自己想想,有多少次?有两个年头,我一直在受煎熬,你却时常把火煽得更旺,直到我忍无可忍,难道不是你诱使我采取这样一个不顾一切的报复行动的吗?"

"我毫不怀疑,夫人,"他回答,"你记得清楚,记得非常准确。来吧,伊迪丝。采取这个行动,对你的丈夫,那可怜的倒霉家伙,倒是够好的……"

"啊,"她说,用傲慢、蔑视和憎恶的眼光看他,尽管他本想装得满不在乎,但不由得在她的俯视下畏缩起来,"即使让我鄙视他的其他种种理由,都能像羽毛似的统统被风吹掉,但是,他把你当成顾问和亲信这一点,就足以让我对他极端鄙视了。"

"这是不是促使你跟我私奔的一项理由?"他问,语气里含着嘲讽。

"是的,这就是我和你最后一次会面的理由。你这可怜虫!我们在今夜会面,也在今夜分手。等我说完话,我在这里决不会再停留一秒钟!"

他转过脸来,用极其丑陋的样子看她,一只手紧紧抓牢餐桌;但他既没有站起身来,也没有回答她或威胁她。

"我是这样一个女人,"她说,刚毅坚定地面对着他,"从童年时起就蒙受羞耻、得到锻炼。我曾被标价出售,遭到拒绝;我被人估价,拿去拍卖,直到我内心深深感到厌恶。我身上的每一项才艺和风韵都不再属于我自己,它们都被拿来像沿街叫卖的小贩一样展示、出售,好增加我的附加值。我那些可怜的骄傲的亲友们站在一旁观看、称许;在我心里,我与这些人的一切联系都已结束了。我对他们中的任何一个人都漠不关心,还不如我关心一条宠物狗呢。我在世上只有孤身一人,只记得世界对我说来是何等虚假,而我自己又是这虚假世界的一部分。你知道这些,你知道世上的名声对我说来没有任何价值。"

"知道;我能想象得到。"他说。

"并且指望着这一点,"她接着说,"所以就来追求我。我对于一天一天把我塑造成这个模样的那双手,只是满不在乎而已,满不在乎到不屑去反对的地步;知道我的婚姻至少能使我免于被兜售、叫卖;我勉强自己接受被出卖的命运,就像任何一个奴隶市场上脖子套着绳索被人出卖的女奴一样丢脸。你知道这一点。"

"是的,"他回答时亮出了全部的牙齿,"我知道这一点。"

"并且指望着这一点,"她又重复一遍,"所以就来追求我。从我结婚的第一天起,我就发现自己蒙受到一种新的耻辱,死乞白赖的追求(明目张胆到像是把下流话公开写在纸上、时不时地往我手里塞一样),而追求我的是一个下贱的无赖,我似乎直到那一刻才真正懂得什么叫做羞辱。这种羞辱是我丈夫加在我身上的;他把我幽闭在羞辱里;他亲手成百上千次地不断把我浸泡在羞辱里。就这样,这两个人逼迫我放弃我身上具有的另外的品质,这两个人逼迫我放弃我心中爱与温情的最后避难所,给我爱与温情的对象——那个天真无邪的姑娘——增加新的不幸。我被这两个人来回驱赶,躲开这一个又被驱赶到另一个身边,我对这两个人的愤怒高涨得几乎使我发狂。我不知道更加憎恨哪一个——是那个主子呢,还是他的奴才!"

他仔细盯着她看,她以大获全胜的姿态站在他面前,充分展示出她那愤怒的美丽。他看得出来,她坚定果断,她勇敢无畏;她一点都不怕他,把他视作蛆虫一般。

"我根本不必跟你谈什么荣誉、贞洁之类!"她接着说,"这些话对你说来毫无意义;这些话出自我的口中也毫无意义!但是我要告诉你:只要被你的手轻轻碰一下,我就会厌恶得浑身的血液冰冷;从我初次看见你、厌恶你的那一刻起直到现在,我对你多一分了解,我对你本能的反感也就增加一分,你是世上一只最令我憎恨、厌恶的动物;你还有什么好说的?"

他回答时虚怯地笑了一声,"唉!还有什么好说的,我的女王?"

"那天夜里,有你参加的那个场面壮了你的胆,你竟敢跑到我的房间里来跟我说话,"她说,"发生了什么事?"

他耸耸肩,又大笑起来。

"发生了什么事?"她问。

"你记性这么好,"他说,"我毫不怀疑你一定记得很清楚。"

"我记得,"她说,"听好了! 你提出逃跑的建议——不是实际上发生的,而是你想要的那种——你对我说,我让你在我的房间里和你见面,要是你认为合适,尽可以让别人发现你在我的房间里;我以前还曾多次允许你单独和我会面,——你说,这制造了很多机会,——我还公然向你表明:我对丈夫没有任何感情,只有厌恶,我对自己也满不在乎——就这样,我就误入了歧途;我已经给了你玷污我名声的权利;你只要轻轻说一声,就可以任意决定我能不能保有贞节的好名声。"

"这一切都是爱的谋略①……"他微笑着插话说,"古人的谚语说得好……"

"就在那天夜里,"伊迪丝说,"我长期进行的那场内心搏斗结束了,这场搏斗究竟为了什么,连我自己也不清楚,它与保有我贞节的好名声无关,也许是为了想保有我那个爱与温情的最后避难所吧。就在那天夜里,和从那时起,我丢掉了一切,只有满腔激情和愤恨。我打出一记重拳,把你那个高高在上、不可一世的主子打倒在尘埃里,还让你此刻坐在这里听我当面把我的真实意图讲清楚。"

他嘴里恶毒地咒骂一声,从椅子里直蹦起来。她把手伸进自己的胸口,她沉着坚定,没有一根手指、没有一丝头发,会发出轻微的颤抖。他静静地站在那里,她也一样,桌子和椅子隔在他们两人中间。

"那天夜里,这个男人把他的嘴唇贴在我的嘴唇上,把我抱在

---

① 这句话出自英国文艺复兴时期戏剧家波蒙特和弗莱彻合作的剧本《爱情的对策》。

他的怀里,正如今天晚上,他又重新做的那样,"伊迪丝伸手指着他说,"他的吻玷污了我的面颊,我的面颊可是弗洛伦斯要把她那纯洁的脸贴在上面的呀!当那被玷污的痕迹还发烫的时候,我就碰见了她,当时我真是百感交集,我为了不让她因为我对她的爱而受迫害,因而躲开了她,但现在我却又使她的姓名因我而蒙受羞耻和玷辱,在未来的全部岁月里,我将是她首先想到要躲避的罪人,因此我将永远是个孤独者,——啊,我的丈夫,从此以后我就与你离婚了,等这一切在我心里淡忘时,我愿意把最后两年的事忘掉,让你知道我究竟做了什么,为了使你醒悟!"

她抬起炯炯有神的目光仰视了一会儿,然后又盯住了卡克,左手从胸口掏出了几封书信来。

"你看着!"她极端轻蔑地说,"这是你用化名写给我的信;一封留在这家公寓,其他都寄往我途经的各处。所有信上的火漆封印都没有拆开。拿回去吧!"

她用手揉搓着书信发出嘎吱声,接着把它们都扔在卡克的脚下。现在,当她再看他时,她的脸上漾出了浅浅的微笑。

"我与你见面和分手都在今夜,"她说,"你想到西西里岛去休息,享受享受声色之乐,未免想得太早了一点。你本来可以用谄媚、奉迎的手段,继续扮演对主子背信弃义的角色,干得更长久些,多发些财的。你为满足色欲而引退,花的代价很昂贵!"

"伊迪丝!"他说时伸出手去对她做了一个威胁的动作,"坐下来!别再来这一套了!你着了什么魔啦?"

"它们的名字叫群①,"她回答,挺起她骄傲的身躯似乎想把他压倒,"你和你的主子在丰饶的屋子里培育它们,它们将把你俩都

---

① 典出《圣经·新约·马可福音》第 5 章第 9 节,耶稣将众魔赶入猪群的故事。"群"字极言众魔数量之多。

撕碎。你以虚伪的态度对他,你以虚伪的态度对他天真无邪的孩子,你的行为无一不虚伪、无处不虚伪,你拿我向别人吹嘘去吧,这一回你一定会恨得咬牙切齿,因为你明明知道自己在撒谎!"

他站在她面前,嘴里喃喃地说些威胁的话,一面向四周怒目而视,似乎想找到什么能把她制服的东西;但她毫不动摇,仍以一如既往的不屈不挠的精神与他对抗。

"在你吹嘘的每一句话上,"她说,"我都占了上风。我把你挑选出来,我认为你是世上最卑鄙无耻的小人,是那个骄傲的暴君手下的寄生虫和工具,只有这样,那个骄傲暴君所受到的伤害才会更加伤巨痛深。你吹嘘去吧,替我向他报复吧!你知道你今晚是怎样到这里来的;你知道你是怎样畏畏缩缩地站在这里;今晚你眼里的自己,和我眼里的你,如果不是同样可恶的话,至少也显出同样卑鄙的色调。那就吹嘘去吧,替我向你自己报复吧。"

他的嘴唇泛出了白沫,前额渗出了冷汗。只要她有一度显出半秒钟的犹豫,他就会把她捆起来;但是她像磐石一样坚定,那锐利的目光始终盯在他身上。

"我俩不能就这样分离,"他说,"我决不会让你脾气如此狂热的时候离开,你以为我是随便说说的吗?"

"难道你以为,"她回答,"我是能留得住的吗?"

"我倒想要试试,我的爱。"他说话时十分凶猛地甩了一下脑袋。

"假如你想要试着靠近我,那就让上帝怜悯你吧!"她回答。

"假如,"他说,"从我这方面,没有任何你刚才所说的那种吹嘘和自夸,情况会怎么样?假如我也同样改变态度,情况会怎么样?来吧!"他的牙齿又清楚地闪亮了一次。"我俩得就这件事达成个协议,要不然我就得采取某些料想不到的方针。坐下来,坐下来!"

"太晚了!"她喊道,双眼似乎要迸出火来,"我已经把我的荣誉和好名声抛到九霄云外去了!我已经下决心蒙受耻辱,让耻辱一辈子沾在身上,想摘都摘不下来——我知道我是枉担了虚名,这你也知道,但是他不知道,永远不会知道,永远不让他知道。我将会死去,至死也不会把真相说明。就为了这个目的,我单独在这里会见你,而且在深更半夜时分。就为了这个目的,我在这里会见你,枉担了作为你妻子的虚名。就为了这个目的,我故意在离开这里之前,让众多的人看见。现在已经没有任何人、没有任何办法能救得了你了。"

如果他能把她,连同她的绝代姿容,钉在地板上,让她把双臂垂在身体两侧,听凭他来摆布,那他甘愿出卖自己的灵魂。他想眼睛看着她而心里不怕她,但是,他做不到。他看到她身上蕴涵着一种不可抗拒的力量。他看得出来,她已经豁出去了,她心中对他怀着不灭的怒火,那种憎恨是任何力量都阻挡不住的。他的目光跟随她的手猛然伸进她雪白的胸脯,她这个动作一点不像是为了掏信,他想,如果她拿起刀来扎他而没有成功,她一定会以同样快的速度把刀子扎进自己的胸脯。

因此他没敢试图靠近她的身体;然而,他进来时走的那扇门就在他的背后,他退后一步,把门锁上。

"最后一点,你要听取我的警告!小心你自己!"她说时又微笑了,"你就像一切背叛者一样,难逃被人背叛的命运。一定会有人探明你所在的地方,知道你将来到此地,或者已经来过此地。如果我还不是个死人的话,那么今天晚上我明明在街上看见我丈夫坐在一辆马车里!"

"贱娼,你撒谎!"卡克喊道。

正在这时,忽听得公寓门厅里传来响亮的铃声。她像一名女巫似的高举起一只手,那铃声似乎是应了她的魔咒响起来的,这时他的脸变得刷白。

"听!你听见了吗?"

他将后背靠在门上;因为他看出她发生了变化,他以为她正准备越过他的身子往外跑。但是,只是一瞬间,她已穿过对面几扇通向卧室的门走掉了,她经过时就随手把这几扇门都关上。

她回头看了看,她脸上那不屈不挠的刚毅表情倏然改变了一下,他感觉自己能够对付得了她。他想,她准是被公寓骤然响起的夜间警铃声吓坏了;因为她神经一直紧绷着,连一点思想准备都没有。他几乎立刻就把门打开,去追赶她。

但卧室里很黑,什么都看不见;他喊她,但没有回答,他只好退回来到那间亮着的房间里去拿一盏灯。他以为她会躲在某个角落,于是高举灯盏,对卧室各处都仔细照了一遍;可是房间里没有她。他接连到客厅和餐厅去找,他的脚步声听来有些陌生,因为他对这个地方一点都不熟悉。他惊恐地向四周环顾,他向帘幕后、椅子背后窥视;但那里没有她。不,她不在客厅里,那里空落落的,可以一目了然。

在整个这段时间里,公寓大厅里的铃声不断在响;外面还有人在敲门。他把灯放在离他稍远处的地上,跑到门跟前去听。有好几个人在同时说话,其中至少有两个人在用英语说话;尽管大门很厚,人声鼎沸,但是他对其中一个人的声音太熟悉了,根本不必怀疑那个人是谁。

他重新拿起灯来,迅速往回走,穿过一个又一个房间,每离开一处之前,总要停下来把灯举过头顶,寻找她一遍。现在他站在卧室里,眼睛突然被一扇小门吸引住了,那扇小门与穿墙而过的通道相连。他走到小门前,发现它已经被人从外边反锁上了;但她出门时面纱掉落下来了,现在夹在门缝里。

在整个这段时间里,楼梯上的人们一直在打铃,在他的门上又打又踢。

他不是个懦夫,但是那声音、刚才发生的事、再加上这儿又是个陌生地方,种种因素凑合起来使他惶惑,使他从客厅走回来时脑子还不是十分清醒。他处心积虑的计谋遭到了挫败(因为,说来也奇怪,如果他的计谋获得成功,他的胆子就会大得多);这是个不适当的时候;想一想,附近又没有一个他可以向之求告的人;更要命的是:卡克突然想起自己不但背弃了主子的信任,还如此奸诈地欺骗了主子,现在主子撕下了他的假面具,认清了他的真面目,跑来向他挑战了,这么一想,不禁全身都觉得惶恐起来。他推推夹住面纱的那扇小门,但没有推开。他打开一扇窗,从花格窗后的百叶窗往下望去,只见下面就是庭院,可惜离地面太高,没法往下跳,下面的石头地面可是毫不容情的。

铃声和敲门声接连不断——他的惶恐也接连不断——他又回到卧室的那扇小门前,他鼓足力气撞门,一次比一次用力更猛,终于把门撞开了。他看到不远处就有一道小楼梯,感觉得到夜间凉爽的空气吹来,他偷偷溜回去拿了自己的帽子和上衣,转过身去尽量把小门关严,便手提着那盏灯偷偷地从小楼梯上爬下来,不久就看到了街道,便把灯吹灭,把它放在一个角落里,然后就走出了那座大厦,只见头上是灿烂的星光。

第五十五章　磨工罗布砸了饭碗

从庭院通向大街的那道铁门由一名门卫看守,这会儿他离开了岗位,但门卫室的小边门却开着。他一定是听到了从远处主楼梯门内传出的声音,便赶到现场,掺和进人群中去了。卡克轻轻拉开小边门门闩,偷偷溜出去,又转身关上那扇吱吱响的门,尽可能让它发出的声音小些,然后就急忙离开。

好事不成,反受羞辱,使他头脑滚烫,气得发疯,他完全被惊慌的感觉控制住了。他心惊肉跳到如此的程度,只要能避开那个人,他甘愿盲目面对任何危险,而仅仅在两个小时之前,他还完全没有把那个人当回事儿。他完全没有料想到,那人会像一团怒火似的拼命追来;刚才他已听到那人的声音;他俩就差一步就面对面地撞上了;他在短暂的惊慌失措以后,本来可以挺得住这一切,就像任何一名无赖一样,用自己的厚颜无耻,为自己犯下的罪行设置一道防线。然而,他阴谋埋设的地雷炸中的恰恰是他自己,这件事似乎把他的刚毅和自信统统炸成了碎片。他像一只下贱的爬行动物似的遭到唾弃;他中了圈套,被人嘲弄;那个骄傲的女人愤怒地训斥他,把他踩在脚下,而他原先还以为她已经渐渐地中了他的毒,堕落成仅仅是他发泄情欲的对象;但她并没有被他的奸诈所欺,把他的狐狸皮剥掉了,于是他只能鬼鬼祟祟地溜走,窘迫不堪,丢尽脸面,战战兢兢。

然而,当他偷偷地溜过一条条街道时,另外一种与被人追逐完全不同的恐怖感突然像一道闪电似的降临在他头上。这是由某种幻觉造成的恐怖,它无法解释、不可理喻,他似乎觉得脚下的大地在颤抖,——有什么东西在空中横扫而过,好像是死神在展翅飞翔。他往后退缩,似乎想让那件东西快点飞走。但那件东西并没有飞走,因为它根本就没有来过,然而它却确确实实留下了吓人的恐怖。

他抬起邪恶的脸庞望着夜空,天上的星星还像他刚溜出边门、走在露天时那样照耀着他,充满和平和安宁,他脸上堆满苦恼,停下脚步来想一想,自己该怎么办。他怕自己会在一个遥远而陌生的地方被追上、捕获,而那里的法律也许保护不了他——他所以会产生这样一种新奇的想法,产生遥远而陌生的感觉,是因为他的谋略突然崩溃了,只有他一个人站在他自设阴谋的废墟上——现在他更加害怕到意大利或西西里去寻找避难所了,他想,那种地方更容易发生雇凶杀人的事,他很可能会被人杀死在街上某处黑暗的角落。犯罪感和恐惧感交替袭来,也许是因为他的一切谋略全都遭到惨败,产生了交感作用,促使他来了个一百八十度的大转弯:回到英国去。

"不管发生什么情况,我在英国总会比较安全一些。"他想,"如果我决定不跟这个傻瓜见面,我在英国被追踪的可能性,比现在在国外要小些。(等这该死的家伙发过了神经病)如果我决定跟他见面,至少我不会像现在这样孤身一人,连说话、商量或者支持我的人都没有一个。我就不会被抓进去,像只耗子那么惨了。"

他嘴里喃喃地喊着伊迪丝的名字,一只手握紧成拳头。当他踩着巨大建筑物的暗影偷偷往前走时,他咬牙切齿地咕哝着,向她发出可怕的诅咒,并且左顾右盼,似乎在寻找她。他就这样偷偷地溜到一处小旅店院子的门口。人们还都在睡梦中,但他拉响了门铃,很快就看见一个手持提灯的人走了出来,他在那人的带领下走进一间阴暗的马车房,经过商量,雇下一辆旧的四轮敞篷马车,前往巴黎。

他哪还顾得上花时间来讨价还价,立刻就派人去把马牵来。他吩咐道,自己先步行,等马备齐后,马车立刻出发去追赶他,就这样,他又一次溜掉了,溜出城去,越过古老的堡垒,走上宽阔的大道,那大道就象一条溪流,沿着黑暗的平原向前流动。

它流向何方?哪儿是它的尽头?他心里转着这样的念头,停下脚步,向阴暗的平野望去,只看见有两行纤弱的树木标志着道路的走向,这时展翅飞翔的死神又一次降临,它飞驰而过,横冲直撞,不可抗御,又一次在他心头不留下别的,只留下恐怖。他心头的恐怖像周围的景色一样黑暗,像大道最遥远的前方一样看不分明。

没有风;浓重的夜色中没看见过往车辆的影子;也听不到声音。城市躺在他的身后,可以看见零零落落的灯光,星星的世界隐藏在石筑的塔尖和屋顶后面去了,这些建筑物几乎没有向天空投射出它们的模样。他的四周只有黑暗、寂寞的旷野,可以听见远方传来两下微弱的钟声。

他向前走去,似乎走了很长时间,似乎走了很长距离;他常常驻足倾听。他焦急期待的耳朵终于听到了马铃声。有时轻些,有时响些,有时甚至听不见了,行经坏的路面时铃声响得非常缓慢,走上平整的路面时,马铃声活泼、轻快,它赶上来了;只听见有人大声吆喝,把马勒住,可以看见一名载客马车的左马驭者模模糊糊的身影,他用围巾蒙住了脸,只露出两只眼睛,硬是把四匹活蹦乱跳的马止住,停在他的身旁。

"走路的是谁!是先生吗?"

"是我。"

"先生在漆黑的深更半夜里已经走了很长的路。"

"这不算什么。各人有不同的喜好。还有别人到驿站雇马车的吗?"

"见一千个鬼去吧！——请原谅我讲粗话！别人雇马车？在现在这样的深更半夜？没有。"

"听着，我的朋友。我有非常着急的事要赶路。你能赶多快就赶多快！你赶得越快，得的酒钱就越多。我们现在就出发！快！"

"嘿啦！嗬！嘿啦！嗨！"四马在漆黑的旷野上奔腾向前，马车过处，尘土随着马蹄和车轮，像浪花似的向四处飞溅。

马蹄嘚嘚、车声辚辚与这名逃亡者惊惶、纷乱的思绪恰好相互应和。身外的景色一片朦胧，内心的意念一片朦胧。模模糊糊地可以看见眼前的种种景物都飞掠而过，交互融合，成为一体，但不知怎的，顷刻之间又在纷乱中消失了，看不见了！道路两旁零零星星的篱笆和农舍稍纵即逝，在它们背后是一片阴沉的荒野。在那不断变换的图像背后，还有一个黑暗的领域在他心头升起、旋即消失，那就是惊恐、愤恨和受挫的恶行。有时从遥远的汝拉山会吹来一阵风，就像是一声叹息，消失在平野中。有时那阵激烈、可怖的惊恐会再一次在他想象中袭来，旋即消失，在他的血液里留下一阵寒颤。

灯盏在马头一堆杂乱的饰物间发光，与影影绰绰的赶车人，以及他那件飘动的大氅都混作了一团，产生出上千个模糊的影像，与他那纷乱的思绪相应和。这些影像中有他的熟人，一个个以他们熟悉的姿势趴在办公桌的账簿上；他逃避的那个人或是伊迪丝的种种奇特的幻象；伴随着马铃声和车轮声，不断重复着他们以前说过的话；一团混乱，时间、地点统统错置、颠倒了，昨天晚上的事似乎发生在一个月之前，而一个月之前的事又似乎发生在昨夜——家，时而觉得十分遥远，根本没有回去的希望，时而又觉得触手可及；他的心里，他的四周是一片骚动、嘈杂、匆促、黑暗和混沌。——嗬啦！嗨！马儿在黑暗的平野上疾驶狂奔；尘土像浪花似的向四处飞溅,浑身冒热气的马匹鼻息狂喷,猛烈前冲,每一匹马的身上似乎都骑着一名魔鬼,它们得意洋洋地在黑暗的道路上发疯似的奔跑——往哪儿?

又一次,那莫名的惊恐加速降临,等这阵惊恐消逝,他听到马铃声清脆地在他耳边询问"往哪儿?"车轮声重浊地在他耳边询问"往哪儿?"一切声音和响动都集中起来向他问这句话。光亮和影子像一群淘气的小鬼在马头上飞舞嬉戏。现在不能停车,不能减速!前进,前进!马车载着他在黑暗的道路上疯狂地飞奔!

他的脑子无法集中思索一件事。许多件事都混在了一起,择都择不开,他想一件事的时间最多也就是一分钟。他设下阴谋,本想俘获美女、满足情欲,以补偿自己从前竭力谨慎克己的损失,但是,他的如意算盘被粉碎了;那位老板以前真心信任他,对他十分慷慨大方,但他对老板偶尔说他几句不好听的话、偶尔对他脸色不好看的事却多年来一直耿耿于怀,还加以夸大——因为虚伪、阴险的人们总是在私心里鄙视、厌恶他们曲意奉承的对象,总是为自己付出的尊敬没有得到足够的回报而心怀怨意,其实他们明明知道表面的尊敬不值一文——,但是,他对主子背信弃义的行为败露了;他思索的主要就是这些事。他心里始终潜藏着对一个女人的怒火,那个女人设下圈套让他上当,从而对他实行了报复;他的头脑中曾经闪现出报复她的念头,但仅仅是粗略的,还远远不够成熟;但是,他头脑中的事没有一件清晰分明。他的一切思想都弥漫着仓促和矛盾。即使在不断进行狂乱的、徒劳无益的思索时,他仍坚持认为:最好还是把思索的时间无限推迟。

接着,他回忆起老板第二次结婚以前的日子。他想起自己曾经多么妒忌那个男孩,自己曾经多么妒忌那个女孩,他多么狡猾地在受他欺骗的那位主子身子周围画上一个圆圈,除了他以外,不许任何人闯入;接着他又想,他做了这一切事,难道就为了现在在那个受他欺骗的可怜虫面前,像一名吓破了胆的小偷似的逃跑吗?

要不是因为他始终无法摆脱那失败的阴影,他本来会因为痛恨自己怯懦而杀了自己。他对自己无赖行径的自信在一击之下被打得粉碎——他还有自知之明,知道自己已经成了别人手中一件可怜的工具——,他整个的人就好像瘫软了。他的凶猛丝毫没有用处,他恨伊迪丝,恨董贝先生,恨他自己,但他仍不得不逃亡。

他一次又一次仔细聆听后边有没有车轮的声音。一次又一次他幻想自己听到了身后有别的马车追来,而且声音愈来愈响。他终于确信自己幻听的真实性,便大喊道,"停车!"宁愿证明自己听错了也比心里总是担惊受怕、狐疑不定要好些。

他的命令让马车、马匹、马车夫全都在路边停了下来。

"见鬼!"马车夫转过脑袋来喊道,"怎么回子事儿?"

"听!那是什么声音?"

"什么?"

"什么声音?"

"啊,老天爷,别闹了,该死的土匪!"他在骂摇晃铃铛的那匹马呢,"什么声音?"

"后边。是不是有另外一辆马车正在拼命赶来?就在那儿!那是什么声音?"

"你这匹长着猪脑袋的无赖,老实点儿,好好站着!"他骂的是另外一匹马,那匹马正在咬身边那匹马,把剩下的另两匹马惊得前冲后退,"什么都没有赶来。"

"没有。"

"确实什么都没有,除了远处的天蒙蒙亮了。"

"我想你是对的。现在我听着,确实什么都没有。继续往前走吧!"

马匹汗气蒸腾,形成的雾气使马车也显得朦朦胧胧的,刚才受阻的马车起初缓慢地行进了几步,车夫就毫不必要地让车停下来,他绷着脸从口袋里掏出小刀,给马鞭装上一根新的鞭梢。然后就是"嘿啦,嗬!嘿啦,嗨!"马车又一次向前猛冲、狂奔。

此刻星星渐渐变暗、退隐,天色渐渐发亮,他在马车车厢上站立起来往后看,行经处的车辙清晰可辨,向阴沉沉的广阔土地极目望去,也看不见有任何别的旅客。过了不久,天已大亮,阳光开始照耀在玉米地和葡萄园里;孤独的劳工们,刚从搭在路边石堆上的临时窝棚里钻出来,在各处零零落落地或是在干活修路,或是在啃食面包。再过一小会儿,又有农夫们出来,他们或是干日常的农活,或是去赶集市,或是在破旧的农舍前面徘徊,当他经过时,用懒洋洋的目光瞟着他。接着出现的是一处驿站的院子,积着脚踝深的烂泥,粪堆上正在冒热气,大量的外屋都半坍塌了;面向这优美景色的是一座引人注目的、巨大的石头城堡,它既古老又毫无遮蔽,它的一半窗户上都遮着窗帘,潮湿形成的青苔渐渐爬满了它的外墙,从装有栏杆的露天平台直到塔楼上那些灭火器的圆锥形尖顶。

他闷闷不乐地蜷缩在车厢的一角,只希望马车能行进得更快些——除非是马车驶过一片开阔地带时,他会站起身来,站上一英里路程,扭转头向车后看去——他就这样继续赶路,继续徒劳无益地用思索折磨自己,但同时又想把思索的时间无限推迟。

羞耻、失望和挫折咬啮着他的心;每分每秒都在担心会被追上、碰上——他甚至毫无理由地对迎面而来的旅客也害怕起来——,心头的负担沉重不堪。黑夜里压迫着他的恐惧和忧虑,到了大白天仍然存在,丝毫也没有减轻。单调的马铃声和单调的马蹄声;他毫无新意的忧虑和无济于事的盛怒;他单调地一遍又一遍转动着恐惧、遗憾、激情的轮子;这就使他的旅程成为一场幻梦,梦境中的一切似乎都是虚空,唯一真实的是他心头的苦痛。

漫漫长路恰似梦幻;它一直伸展到地平线的前方,随着马车前进,它不断向后退缩,但永远无法到达它的尽头;上山又下山,到处都分布着道路高低不平的城镇,蓬头垢面的人们来到污黑的门和污黑的玻璃窗前,窄长的街道上,拴着一排排身上沾着烂泥的母牛和公牛等待出售,它们一边用犄角互相顶撞一边发出哞哞的叫声,人们用大棒打击它们迟钝的脑袋,很可能会把它们打死的呀;桥梁、交叉路口、教堂,驿站的院子里,硬是让没干过活的马拉车,那些刚拉过一程的新马,身上直冒湿气,大口大口地喘息,一起在马厩门口可怜巴巴地把脑袋垂得低低的;小小的墓园里,黑色的十字架散乱地堆放在坟墓旁的小路间,花圈上开败了的花都快掉光了;又是漫长、漫长的道路在不断地伸展,上山又下山,朝向天边外那捉摸不定的地平线。

幻梦中有早晨、中午和日落时分;有黑夜,有升起的一轮新月。把漫长的道路暂时抛在身后,前面是铺得很不平整的石板地面;马蹄嘚嘚地蹬踏着它,他抬头望去,只见众多屋顶之间耸立起一座高大的教堂塔楼;中途停车,他走下来匆匆忙忙地吃了些食物,喝了口酒,但未能起到振作精神的作用;他徒步走进一群乞丐中间:老妇人们为几个盲人领路,她们手持蜡烛照亮他们的脸,可以看清他们的眼皮在颤动;一群痴呆的女孩;跛子、癫痫病患者、半身不遂的人。他穿过喧嚣的人群,又坐在马车车厢里,看着一群仰视着他的人们的脸和向他伸出的手。他忽然想起追赶他的人群里可能会出现某张熟悉的面孔,顿时害怕起来。马车继续向前飞驶,走上漫长、漫长的征程,他蜷缩在车厢角落里,阴沉而不知所措,有时站起身来,看一看淡淡的月光照耀下那同一条望不见尽头的大道中间的一截,或是向后观望,看后面有没有人追来。

他一直没有睡觉,至多也只是打了个盹儿,连眼皮都不敢合上,幻想中听见谁在说话时,他会突然惊跳起来大声回答。他诅咒自己不该来到这个地方,不该狼狈逃窜,不该把她放走,不该怯于面对他,不敢公然反抗他。他对整个世界都怀着深仇大恨,但最恨的就是他自己。在继续逃亡途中,他怀着如此阴郁的情绪看世界,万事万物在他眼里全都枯萎不振、漆黑一团。

在极度亢奋的幻梦中,过去与现在的事物都搅作一团;他的一生与他的旅程混成一体。似乎有什么力量在疯狂地催促着他急急赶往某个他必须去的地方。他行经之处,新奇的事物中突然会出现陈旧的景象。他沉思默想着遥远的既往,似乎对迎面而来的真实事物视而不见,但是他那疲惫不堪的意识,仍被目前确实看到的东西弄得不知所措,当这些事物早已从他身边退去后,它们的形象仍在他发烫的头脑里堆积。

在他的幻梦中,一个个变化接连出现,但不变的是那单调的马铃声、车轮声、马蹄声,永不停息。城镇、乡村、驿站庭院、赶牲口的人们、山谷、光明与黑暗、道路和石板铺筑的地面、高地和洼地、潮湿天气和干旱天气,但不变的是那单调的马铃声、车轮声、马蹄声,永不停息。幻象中首都终于遥遥在望,路上车马行人多了起来,一座座古老的教堂绵延不绝,马车所经之处,城镇和乡村也比刚才经过的地方愈来愈密集了,他蜷缩身子坐在马车车厢的一角,拉起大氅盖住自己的脸,因为路过的人们在朝他看。

车轮滚滚向前,尽管他总是想把问题推到以后再去思索,但仍不免思索得大伤脑筋;他估计不出这一程已走了多少个小时,也不知道现在是几点钟、已经到达了什么地点。他舌敝唇焦,头昏眼花,已经半疯了。尽管如此,他仍催促车夫快快向前,似乎他无法停歇,就这样一直驶进了巴黎,在那里,一条污浊的大河毫无阻挡地在生命与运动这两条喧嚣的溪流之间快速流过。

接着是充满骚乱的幻梦,只见桥梁、码头、望不见尽头的街道;酒店、运水车、拥挤的人群、兵士、马车、军鼓、有拱顶的走道。单调的马铃声、车轮声、马蹄声最终消失在四处的喧哗和骚乱中。当他换乘另一辆马车,不走他入境时的关卡,而从另外一个关卡离开时,那单调的声音终于逐渐平息。但是,当他来到海岸边上时,那由马铃、车轮和马蹄组成的单调声音又重新响了起来,使他不得安宁。

又到了日落时分,接着夜幕降临。又踏上漫长的路程,死寂的黑夜,微弱的亮光从道路两旁房屋的窗户里透出来;仍旧是刚才那种单调的马铃声、车轮声、马蹄声,使他不得安宁。破晓、黎明、朝日初升。马车费劲地慢慢爬上山,山顶上迎面吹来清新的海风;可以看见朝阳照亮了远方海浪的波纹。马车下山来到一个海港,正是涨潮时分,海上的渔船历历在目,欢快的妇女、儿童在等待亲人从海上归来。海岸上到处晾晒着渔网和水手们的衣服;忙碌的水手在大声说话,声音在桅杆和索具上方回荡;海水在舞动、闪亮,到处都晶莹、发光。

上了船,他站在甲板上回望海岸,海面上有薄雾,在阳光照耀下,星星点点地可以看见明亮的陆地,就像雾里开着一个个口子。平静的海面也在涨落、闪光、低吟。船的航迹在海面上形成另一条灰色的直线,很快就变得更清晰、更高。看见了峭壁和一些建筑物,悬崖上的一架风车和一座教堂看得愈来愈清楚了。蒸汽船终于驶进了平静的港湾,停靠在一个码头,码头上的人群俯视着这艘进港的船,向船上的亲友们打招呼。他急速上岸,穿过人群,避免和任何人接触;他终于重新回到了英国。

他在幻梦中盘算,准备躲到他所熟悉的一处偏僻的乡村去,在那里安安静静地蛰伏一阵,一边暗暗地摸清情况,再决定下一步采取什么行动。他仍然惊魂未定,想起铁路沿线的某个车站①,从那儿转车可以到达他的目的地,那儿还有一家旅馆倒是十分僻静。他在神思恍惚中作出决定,就在那儿停留、休息。

打定了主意,他就尽可能快地溜进一节火车车厢,躺了下来,用大氅裹住身子,假装睡着了的样子。火车载着他迅速远离海岸,深入内陆青翠的土地。到达目的地后,他向外观望,把周围环境仔细审视了一遍。他对那个地方的印象没有错。那是个闭塞的乡下地方,位于一座小树林的边沿。只有一座房子,四周是整洁雅致的花园,这座孤零零的建筑物要不是新建的,也是专门为了开旅馆改建过的;那里离最近的城镇还有数英里之遥。于是他就在那里下了火车;直奔小旅馆而去,没有受到任何人的注意,他租下楼上两间连在一起的房间,那里非常幽静。

他的目的是好好休息一下,以便使自己的头脑重新清醒起来,恢复心理的平衡。然而,他竟然完全被无补于事的失败感和盛怒所左右,只会咬牙切齿地在租下的房间里踱步。他没有停止纷乱的思绪,找不到方向,仍然在这种思想的支配下跑野马。他呆若木鸡,他困得要命。

然而,似乎有一种诅咒落在他头上,让他从此永远得不到休息,他虽然困倦难忍,但却始终没能睡着。他无法对自己的意识施加影响,就好像那是属于另外一个人的。倒也不是说这种意识在逼迫他必须注意当前的事物和它们的声响,而是他在匆匆的旅程中所浏览到的全部景物都无法与这种意识分离。幻象始终呈现在他眼前。她站在那里盯着他,她那深色的眼珠中充满蔑视;而他则坐在马车里颠沛流离,在城镇与乡村、光明与黑暗、潮湿天气与干

---

① 据专家考证,此处指肯特郡的巴道克斯伍德。详见《狄更斯学刊》XXXIV,第123页。

旱天气、大路与石板、山与谷、高坡与洼地之间不停地奔波,单调的马铃声、车轮声、马蹄声使他精疲力竭,惊惶失措,永远得不到休息。

"今天是什么日子?"他向正在为他准备正餐的那名旅馆侍者打听。

"您问礼拜几吗,先生?"

"是星期三吗?"

"礼拜三,先生?不,先生。今天是礼拜四,先生。"

"我忘了。现在几点啦?我忘记给表上弦了。"

"差几分钟就五点了,先生。先生,您也许已经旅行很久了,是吧?"

"是的。"

"乘火车吗,先生?"

"是的。"

"乘火车会把人搞得头昏脑涨的,先生。我自己就不习惯乘火车旅行,先生,不过就连绅士们也都这么说。"

"是不是有许多绅士到这里来?"

"总的来说,旅馆的营业还很不错。可眼下倒是没有别的客人。现在是旅游淡季,先生。一切都不景气,先生。"

他没有接过侍者的话茬;他从躺卧着的沙发上坐起来,身子前倾,用双臂搂住自己的双膝,眼睛盯住地板。他无法集中心思考虑一件事达一分钟之久。每当他企图这么做时,他的心思会不由自主地跑野马,停都停不下来,想眯个小觉都办不到。

用餐后他喝了不少酒,但一点用都没有。一切人为的手段都不能把睡神带来,真正合上他的眼睛。他的思绪更加支离破碎,更加无情地拖住了他——他就像是一名不幸的罪犯,被拖向一群野马,为抵赎他的罪行,让他在马蹄的践踏下丧命。他得不到赦免,他得不到休息。

他坐在那里一边喝酒,一边盘算,被纷乱的思绪不停地来回扯动,他究竟坐了多久,恐怕没有人比他本人更说不清楚的了。但他仍记得自己在烛光下坐了很长时间,突然一阵恐怖之感袭来,把他惊起,谛听周围的动静。

因为现在他所感受到的已经不再是幻觉。大地在震颤,房屋格格响,空气在迅疾、猛烈地流动!他感觉到有一个魔鬼来到了,飞驰过去了;他急忙来到窗前,站在那里,看看它究竟什么样儿,但他赶紧往后退,似乎就连看它一眼都不安全。

你这该死的燃烧着的魔鬼,沿着轨道走得多么平稳,一直驶向遥远的山谷,它发出隆隆的雷声,闪出耀眼的光,喷出红红的火焰,就远去了!他似乎觉得有什么人对他拽了一把,把他从轨道上拉了下来,才没有被碾成碎块。现在,它最微弱的哼哼声也听不见了,他的目光跟随着铁轨,在月光照耀下一直向前延伸,铁轨前端像沙漠一样空旷和宁静,尽管事情已经过去,但他还是吓得浑身战栗。

他无法休息,身不由己地被某种力量所吸引——也许他自以为如此——,要到铁轨跟前去,于是他走出旅馆,沿着铁轨边上漫步,火车一路上掉下的煤屑还在那里冒烟,恰好标志着火车行进的方向。他朝火车消失的方向漫步了大约半个小时后,又转过身子朝反方向走去,仍然紧挨着铁轨边上,他行经旅馆外的花园,又走了很长的一程。他好奇地观看那桥梁、信号、灯火,心想:不知道下一个魔鬼什么时候会在这里经过。

大地在颤动,耳朵里急速地震响;远处一声尖啸;暗淡的光迅速靠近,忽然化为两只火红的大眼睛和一团烈火,一路上还掉下不少燃烧得放白热光的煤屑;一个高声吼叫、身躯愈来愈膨胀的庞然大物,正以不可阻挡之势前来;一阵烈风,大地震得格格响——又一列火车驶来,又开走了,他抓住一扇门,似乎想要救自己的命!

他等待另一列火车,一列一列地等下去。他往回走,回到原先出发的地方,然后又一次出发,他眼前又出现旅途中所见的那令人厌烦的幻象,透过幻象,他仍在寻找这些呼啸而来的怪物巨兽。他在火车站附近踯躅,直到一列火车进站停靠;果然来了一列火车,火车卸下车头来上水,他站在与火车头平行的位置上,仔细观看那沉重的车轮和黄铜制的前脸,心想:火车具有多么残酷与巨大的力量呀。啊!看到那些巨大的车轮慢慢转动,心想:谁要是被它撞倒,一定粉身碎骨!

喝酒喝得醉醺醺,又得不到休息——尽管他极度困乏,但却无论如何也休息不了——这些意念以及眼前所见之物,在他的思想中起着一种病态的重要作用。他回到房间时已近午夜时分,幻象仍在困扰着他,他坐下来期待听到另一列火车开来的声音。

他躺在床上,但睡觉是指望不上了。他虽然躺着,但仍竖起耳朵在留意周遭的动静;当他听到颤动和震响的声音,便立即惊起,来到窗前观察(只要站在那个角度就能够看见),那暗淡的光化为两只火红的大眼睛,一团烈火掉落燃烧得放白炽光的煤屑,火车经过犹如巨人之来袭,沿着山谷可以看到光亮和浓烟的轨迹。接着他朝自己打算日出以后逃离的方向看了看,反正他在这里也睡不了觉。他再次躺下,又被旅程中所见的幻象,以及马铃声车轮声马蹄声合成的单调的老声音所困扰,直到另一列火车进站。这情景持续了一整夜。当黑夜渐渐过去,他似乎远远没有恢复自我控制的能力,反倒像是更加失控了——要是还可能更加失控的话。曙光初现时,他仍为思索所困扰,他仍在嘱咐自己:现在不要想,等以后状态好转了再想。过去、现在和将来同时浮现在他面前,显得一片混沌,而他已完全失去了沉着、镇定地应对这三者中任何一项的能力。

"我搭乘的那班车,"整夜一直侍候他的那名侍者现在手持蜡烛走进房间,卡克就向他打听,"几点钟开,你能说得上来吗?"

"大概四点十五分,先生。四点钟有一班快车经过,先生。——但是在这里不停。"

他伸手摸摸自己颤抖的脑袋,看了看表。快到三点半钟了。

"也许不会有人和您一起上车了,先生,"侍者说,"还有两位绅士在这里住,先生,不过他们等的是开往伦敦的车。"

"我记得你说过,这家旅馆除我之外,没有别人住。"卡克说时,脸上又露出一丝他往日生气或起疑心时那种微笑。

"您问我的时候确实没有别人,先生。那两位绅士是夜里搭乘短程车来的,那趟车在这里停靠,先生。要用热水吗,先生?"

"不用;把蜡烛拿走。我看天已经很亮了。"

他本来躺在床上,衣服没有全脱,等侍者走出房间,他又下床,来到窗前。夜色已退,代替它的是清晨的冷光,天空中渐渐透露一抹红晕,预示着旭日将要升起。他用冷水洗了头和脸,但没有起到使他头脑冷静的作用,他匆匆穿好衣服,付清旅费,便走出旅馆。

清晨的空气透着寒意向他袭来,使他感觉不舒服。露水很重,尽管他头脑发热,但清晨的露水仍让他打寒战。他对夜晚漫步走过的地方瞥视一眼,信号灯在晨光中显得暗淡了,已经失去作用,他转脸朝着太阳正在升起的方向眺望,看到了光华万丈的太阳开始在天幕上放亮。

太阳的美丽是如此令人敬畏,如此超凡脱俗,如此庄严神圣。当他将暗淡无光的眼睛朝向太阳升起的地方,那里一片宁静和安详,自从创世以来,太阳对它光华照耀的地方所发生的一切邪恶、一切罪行都无动于衷,在那一刻,即使是卡克这样的人,谁能说他一定不会产生一丝丝关于尘世间的德行必将在天堂得到善报的意识呢?谁能说他一定不会想起自己的妹妹与哥哥,并从心底升起一丝丝怀着歉疚的柔情呢？

在那一刻，他需要些微的柔情。死神已经降临到他的头上。他已经从活人的世界被排除出来了，正在走向坟墓。

他想起某个乡村地点可以暂避，他付了前往那里的旅费；他独自在附近来回踯躅，眼睛总盯住那道铁轨，它的一端穿过山谷，另一端奔向近处一条黑色的桥梁；他来回踱步时最远走到木制站台的尽头，当他转过身来时，正好看见他想逃避的那个人从站台入口处的门里走出来，刚才他自己也是通过那扇门进站台的。两个男人的目光对上了。

这意外的相遇惊得他顿时站立不稳，身子摇晃了一下，滑落到下边的铁道上去了。但他马上就站稳了脚，在铁道上往后退了一两步，想拉开与那个人之间的距离，他的呼吸变得急促，抬眼看追逐他的那个人。

他听到一声呐喊，又一声呐喊，看到追逐他的那个人的脸都变了，从充满复仇的激情变为一种隐约可见的病容，很令人恐怖。他感到大地在颤动，立刻想起火车头正在猛烈地向他冲来。他发出一声尖叫，回头一看，只见在白天变得朦胧、暗淡的那对血红的大眼睛已近在咫尺。他被撞倒、卷起，被一只锯齿状的大碾盘带着，飞快地旋转，转了无数圈，转得他四肢散落；火车头可怕的热力舔干了他的生命之流，把他的残躯断肢抛向空中。

当被卡克认出来的那位旅客从晕厥中苏醒，他看见有四个人从相当远的地方抬来一件用布覆盖着的东西，那件东西安安静静地躺在一块木板上，一动也不动；他还看见几只狗被人赶着正沿着铁道往前走，一边走一边对铁轨嗅个不停；那几个人不断地往铁轨上撒炉灰，好把卡克的血吸干。

第五十六章　有些人兴高采烈，
　　　　　斗鸡却让人讨厌

海军准尉生气勃勃，充满活力。涂茨先生和苏珊终于来到了。苏珊像个失去理性的女孩子似的狂奔上楼，涂茨先生和斗鸡则早已进了后房。

"噢，我的亲亲宝贝、漂亮可爱的弗洛伊小姐！"聂宝高喊着跑进弗洛伦斯的房间，"想想看，事情竟会落到这步田地。我在这里见到你，看到我亲亲的小鸽子没有人伺候，连个可以称作自己的家都没有，不过，弗洛伊小姐我永远永远再不离开你了，因为尽管我身上不沾青苔我也不是一块滚动的石头啊。① 我的心也不像石头那么硬，要不然的话我的心也不会像这会儿似的快要爆炸了，噢宝贝，噢宝贝！"

这会儿她把心里的话一口气统统倒了出来，都没有最轻微地表示需要停顿一下，或是其他什么的，聂宝小姐跪在她的女主人身边，把她紧紧地抱在怀里。

"噢亲爱的！"苏珊喊道，"过去的事我全都知道了我温柔的小宝贝我全都知道憋得我气都透不过来了让我吸口气！"

"苏珊，亲爱的好苏珊！"弗洛伦斯说。

"噢上帝保佑她！在她还是个小女孩的时候我就是她的小女

---

① 她在此处用的是英国谚语"滚动的石头上不长青苔（A rolling stone gathers no moss）"。

仆！这会儿她是不是真真的确确实实的要结婚了吗?"苏珊喊道,交织在一起的痛苦和快乐、伤心和骄傲,天知道还有多少别的相互矛盾的感情,这时一齐爆发了出来。

"这话是谁告诉你的?"弗洛伦斯问。

"噢,天哪！是那个天真的家伙涂茨告诉我的。"苏珊歇斯底里地回答道,"亲爱的我知道他的话一定靠得住因为他说话时激动得不得了。他是个最最忠诚最最天真无邪的小婴孩儿!"苏珊说时又一次紧紧地拥抱她,又一次眼泪哗哗地往下掉,"我的宝贝真真的要结婚了吗?"

说到这个话题,聂宝的情绪总是十分复杂,其中交织着怜惜、快慰、温柔、保护和遗憾,每当重新提起这件事时,她总会抬头端详着她那年轻女主人的脸,然后亲吻她,接着又把自己的头搁在女主人的肩膀上,一边爱抚一边啜泣,这时的她,是女人味十足的世上最好的女人。

"好了,好了!"马上听见弗洛伦斯的声音安慰她说,"现在你的情绪放松多了,亲爱的苏珊!"

聂宝小姐坐在她女主人跟前的地板上,又是大笑又是啜泣,一只手拿起手帕来擦眼泪,另一只手爱抚着正在舔她脸的第欧根尼,她承认自己情绪安定多了,然后用更多的笑和更多的哭来证明这一点。

"我……我……我从来没有见过有涂茨这样一种人,"苏珊说,"自打我出生到现在从没见过!"

"多么仁慈善良。"弗洛伦斯启发她说。

"而且多么好玩儿!"苏珊啜泣着说,"瞧他跟我在马车车厢里没完没了地说话的样儿,当时那个不值得尊敬的斗鸡坐在马车夫座位上!"

"说些什么啊,苏珊?"弗洛伦斯胆怯地问。

"噢,说到沃尔特斯上尉,和吉尔斯船长,还有你,我亲爱的弗洛伊小姐,他还提到安静的坟墓呢。"苏珊说。

"安静的坟墓!"弗洛伦斯跟着说一遍。

"他说,"说到这里,苏珊歇斯底里发作,突然爆发出一阵猛烈的大笑,"现在他就要心情十分舒畅地马上走进坟墓里去了,不过上帝保佑你的心,我亲爱的弗洛伊小姐,他不会走进去的,他看见别人幸福自己也觉得幸福就不会寻死了,也许他不是个聪明的所罗门①,"聂宝用她惯常滔滔不绝的口才继续说,"我也不说他是,但我一定要说的是:全世界的人里头,你可再也找不到比他自私心更少的人了!"

聂宝小姐的歇斯底里还在发作,她在作出如此有力的声明以后仍大笑不止,接着她告诉弗洛伦斯说,他现在正在楼下等着想见她呢;她的接见将是对他近期不辞辛苦奔波劳碌的最丰厚的回报。

弗洛伦斯委托苏珊快请涂茨先生上来,她说,他的前来使她有机会当面向他致谢,感谢他的仁慈善良,这实在是一件乐事,是他赐给她的恩惠;不大一会儿,苏珊就把这位年轻绅士带来了,他的衣服、头发仍十分零乱,说起话来结巴得厉害。

"董贝小姐,"涂茨先生说,"你允许我再一次得以……得以……凝视……至少,不是凝视,可是……我不太知道我下面会说出些什么话来,不过,这算不了什么。"

"我必须对你表示感谢,已经有很多很多次了,"弗洛伦斯说时把两只手全都伸给了他,满脸透出她心底纯洁天真的感激之情,"以致我用完了感谢的词儿,现在反倒不知道该说什么好了。"

"董贝小姐,"涂茨先生用怪得吓人的声音说,"假如具有天使般本性的你,有可能咒骂我、而不是对我作出这些我不配接受的仁

---

① 所罗门,古以色列王国国王,以智慧著称。

慈的表白,那么你(要是你允许我这么说)就不会让我如此尴尬,让我不知所措了。你的表白对我的影响……是……不过,"涂茨先生词不达意地说,"这是离题的话,完全算不了什么。"

他所说的似乎是无法回答的话,她只好再次对他表示感谢了,于是弗洛伦斯就再次对他表示了感谢。

"如果可以的话,"涂茨先生说,"我希望能利用这个机会,董贝小姐,讲句话解释一下。我本来可以有幸早一点带着苏珊回来的;但是,首先,我们并不知道苏珊跑去投奔的那家亲戚的姓名,其次,她又离开了那家,投奔另外一家亲戚去了,那地方还十分遥远,我想,只有依靠斗鸡的聪明智慧,才能把她及时找到。"

弗洛伦斯也确信如此。

"不过,"涂茨先生说,"真正的要点不在这里。我向你保证,董贝小姐,处在我现在这种精神状态下,能够陪伴苏珊,对我说来,是一大安慰和满足,这只可意会不可言传。相伴一程本身就是给我的报酬和奖赏。但是,真正的要点仍然不在这里。董贝小姐,我早就知道自己不是人们所说的那种聪明伶俐的人。我完全清楚这一点。我认为,任何人对自己的了解也不会有我对自己知道得那么清楚,也就是说,我知道自己的脑子笨,如果这么说不算太难听的话。但是,董贝小姐,尽管如此,我仍然觉察到了沃尔特斯上尉的情况。无论这种情况将会给我带来多大的痛苦(这完全算不了什么),我还是得说,看样子沃尔特斯上尉这个人,还是值得上天的赐福降临他头上的。愿他长久地拥有这份幸福,享受这份幸福,而这份幸福本来有可能会被一个与他非常不同的、毫无价值的、提不提名字都算不了什么的人所享有的!我说的这些,还不是要点所在。董贝小姐,吉尔思船长是我的朋友;在这段时间里,如果我偶尔上这儿来走动走动,我相信吉尔思船长还是乐意看到的。能偶尔上这儿来,会使我快乐。但是我不能忘记有一次我在布赖登广场一角所犯下的不幸的错误;如果我在这里出现,会招致你的不快,哪怕是小小的不快,我只要求你现在就对我说出来,我向你保证,我将会充分理解你。我决不会把这看成是你不够仁慈,而只会把这看成是你对我的信任,因而不胜荣幸,无比欢欣。"

"涂茨先生,"弗洛伦斯说,"你是我的老朋友,多么真挚的朋友,如果你现在和这个地方断绝了来往,你将会使我很不开心。能够见到你,我心里只会感到高兴,而永远、永远不会带来任何别的感情。"

"董贝小姐,"涂茨先生说时从衣袋里掏出手帕,"如果我掉眼泪,那也是快乐的眼泪。这眼泪算不了什么,我非常感激你。既然你已经对我说了这么仁慈的话语,那么也许可以允许我在这里表白一下:今后我再也不会自暴自弃了。"

弗洛伦斯对他话里的暗示,尽可能装作听不懂,她的表现简直漂亮极了。

"我的意思是,"涂茨先生说,"总的说,我也是人类的一员,必须担负起做人的责任,直到我被召唤进入那寂静的坟墓,我要尽量好好做人,要把,要把我的靴子擦得最亮最亮,只要情况允许。董贝小姐,这是我最后一次拿我私人的、属于个人性质的意见来打搅你。我确实是非常感谢你。假如,总的来说,我不像我的朋友们以及我本人所希望的那样敏感的话,那么我要以自己的言语和荣誉保证,我对别人对我的体贴和善意还是特别敏感的。我感觉,"涂茨先生用特别动情的声音说,"就像现在这个时候,我会以最动人的方式,来表达我的感情,只要,只要我有机会能够开个头。"

他等了一两分钟,眼看自己不会得到这样的机会,于是涂茨先生便匆匆告辞,下楼去找船长,他在店堂里把船长找到了。

"吉尔思船长,"涂茨先生说,"我和你之间现在将要发生的事,是打着信任的神圣印记的。这是我和董贝小姐之间刚才在楼上发生的事的延续。"

"舱面上和舱面下,对吧,我的孩子?"船长含混地说。

"完全正确,吉尔思船长,"涂茨先生说,由于他完全不明白船长的话是什么意思,便更加起劲地表示热烈赞同,"吉尔思船长,我相信,董贝小姐很快就要和沃尔特斯上尉结婚了,对吧?"

"啊,当然,我的孩子。在这个问题上我们都是一条船上的伙计,——只等公告期①结束,小沃和他心爱的人就要一起到那个把他俩联结在一起的场所去了。"柯特船长对着他的耳朵悄悄地说。

"公告期,吉尔思船长!"涂茨先生重复道。

"就在附近的教堂里。"船长说时伸出大拇指来朝肩膀后面指了指。

"噢!是啊!"涂茨先生说。

"然后呢,"船长用他嘶哑的嗓音悄声说,一面用手背轻轻拍打涂茨先生的胸口,又退后一步,带着无限赞赏的样子又说,"接下去是什么呢?那个像只外国小鸟似的从小娇生惯养的漂亮人儿,就要和小沃一起乘船越过波涛汹涌的大海到中国去了!"

"天哪,吉尔思船长!"涂茨先生说。

"对啊!"船长点点头说,"他乘的船遇到飓风完全脱离航向后沉没了,有一艘船把他救了起来,那是一艘专跑中国航线的商船,小沃跟着船去了一趟中国,无论船上的、岸上的人们都和他处得很好——他是个最聪明最善良的小伙子——后来,这艘商船的货物押运员在广州死了,小沃先是代理了一阵,不久就正式得到了这个职务,现在他又担任了属于同一家轮船公司的另一艘商船的货物押运员。于是呢,你看,"船长沉思着说,"那个漂亮人儿就要和小

---

① 公告期,此处指婚礼公告期。按英国习俗,即将结婚的男女,必须于婚礼举行前连续三个星期日,在所属教堂预先发布消息,给人以提出异议的机会。

沃一起乘船越过波涛汹涌的大海到中国去了。"

涂茨先生和柯特船长同时叹了一口气。

"那么会怎样?"船长说,"她真心爱他。他也真心爱她。那些本该爱她、护着她的人,却不把她当人看待,根本不管她的死活①。那天,她被人从家里赶出来,跑到我这儿,倒在地板上的时候,她那颗受伤的心已经碎了。我知道这个。我,内德·柯特明白这个。除了真诚、仁慈、恒久的爱,任何别的东西都不能把她那颗早已破碎的心重新补好。要不是我明白这个道理,要不是我知道小沃是她真心所爱的人,同时她也是小沃真心所爱的人,老弟啊,我宁愿把我皮肤青紫的胳膊、大腿统统给剁下来,也不会让她走的。不过,我确实知道这一切,那么会怎样? 啊,那么我就要祝愿他们说,愿上帝与你们同在,上帝一定会保佑你们! 阿门!"

"吉尔思船长,"涂茨先生说,"请给我以与你握手的荣幸。你这么说话,使我感觉到似乎有一股惬意的暖流,涌上了我的后背。我要说阿门。你知道,吉尔思船长,我也同样一直爱慕着董贝小姐。"

"振作起来!"船长说时把手搁在涂茨先生的肩膀上,"要支持他们,孩子!"

"这正是我想做的,吉尔思船长,"重新振作起来的涂茨先生说,"要振作起精神来。同时还要支持他们,尽我最大的可能。等到那寂静的坟墓向我张开大口的时候,吉尔思船长,我再往里边埋葬也不迟;而不是在那之前。但是,我对于自己的自制能力,现在暂时还没有太大的把握,我想对你说的话,如果你肯向沃尔特斯上尉转达,那将是你对我的特殊恩惠,我想说的话如下。"

"想说的话如下,"船长重复了一遍,"把定船舵!"

---

① 参看《圣经·新约·诗篇》第49篇第20节"就如死亡的畜类一样"。

"董贝小姐真的是无比仁慈和善良,"涂茨先生眼泪汪汪地接着说,"她对我说,我的出现她不但不觉得讨厌,而且恰恰相反,你和这里的每一个人都和她一样,以宽宏的胸怀容忍这样一个人,说实话,"说到这里,涂茨先生的情绪暂时低落了一下,"这个人生而为人就像是一个错误,在我们大家还能在一起的短短日子里,我会在晚间来这里串串门。但是我有这样一个请求。说不定什么时候,当我想到沃尔特斯的幸福,觉得实在难以忍受时,我会冲出屋去的,万一出现这种情况,吉尔思船长,我希望你和他都能把这看作是我的不幸,承受不起内心冲突,而不是我的过错。你们可以相信我对世上的任何人——尤其是对沃尔特斯上尉本人——都不怀恶意,你可以随便说我是外出散步去了,也许跑去看看伦敦交易所大楼上的钟几点啦。吉尔思船长,假如你同意和我达成这项共识,并且代表沃尔特斯作出承诺,那样就会减轻我在感情上的压力,真能做到这一点的话,我不惜牺牲掉相当大的一笔财产。"

"我的孩子,"船长说,"不用再说了。你升起的信号旗上的每一种颜色,小沃和我都能辨认得出来,并且会给你回音。"

"吉尔思船长,"涂茨先生说,"我心里轻松多了。我希望这里所有的人都对我有好的评价。我……我……以荣誉担保,尽管我表达的能力很差,但我确实抱有善良的意图。你知道,"涂茨先生说,"这恰恰就像伯吉斯服装公司想给一名顾客做一条最最好的裤子,可是脑子里琢磨出的款式虽好,但就是裁剪不出来。"

涂茨先生说出如此恰当的比喻,自己也颇有几分得意,他对柯特船长祝福后便告辞了。

忠实的船长和他的小可心儿待在同一座房子里,有苏珊伺候着她,他满脸喜气洋洋,成了个幸福的人。随着日子飞快地过去,他一天比一天更加喜气洋洋,一天比一天更加幸福。他对苏珊的聪明才智怀有深深的敬意,而且他永远也忘不了当年她对抗麦克斯丁格尔太太的勇敢精神,于是他就认真找苏珊商量事儿。两人商量了几次以后,船长向弗洛伦斯提议说,为了谨慎和更加清静起见,要换掉在这里做家务的那个临时工,也就是经常坐在莱顿霍市场一把蓝伞下的那位老妇人的女儿,换成他们可以充分信赖的一位熟人。当时苏珊在场,她进一步说出自己曾经向船长建议过的那个人的名字:李切子大娘。一听见这个名字,弗洛伦斯脸上立刻露出了喜色。就在当天下午,苏珊跑到涂德尔一家的住处去召唤李切子大娘,当天傍晚,她就顺利地把玫瑰色面颊、苹果样脸蛋的波莉本人给带来了。当波莉被苏珊领着来到董贝小姐身边时,她流露出的对弗洛伦斯的爱意,几乎和苏珊·聂宝本人对小主人的爱意同样热烈、真挚。

这件事的圆满完成充分证实了船长卓越的指挥才能,他从中感受到非同一般的满足,说真的,船长这个人啊,只要做成一件事,无论是什么事,他都会有这种成就感的。接着,弗洛伦斯就要让苏珊为她俩即将面临的分离作好心理准备。这是一个更加困难的任务,因为聂宝小姐早已打定主意,这次既然回来就再也不能与她旧日的女主人分开了,她可是个秉性坚定、不会轻易改变决心的人。

"至于说工钱,亲爱的弗洛伊小姐,"她说,"你连一个字都不用提,你可千万不能错看了我,因为我早就把钱字扔在一边了,在现在这样的时候,我决不会为了钱就把爱和责任都卖掉,就让我成为和储蓄银行毫不相关的陌生人好啦,就让银行炸成碎片好啦。但是宝贝啊,自从你那可怜的亲爱的妈妈过世,就始终有我在你身边,尽管我也没有什么值得吹嘘的长处,但你对我总算是早已习惯了,噢!我亲亲爱爱的女主人,已经相伴这么多年了,再也别想离了我到什么地方去,因为你身边不能没有我,决不可能!"

"亲爱的苏珊,我即将出发的旅行,路程非常遥远,时间非常漫长。"

"好啊弗洛伊小姐,那有什么关系?那你就更加需要我啦。路程长短在我眼里根本无所谓,感谢上帝!"性如霹雳火的苏珊·聂宝说。

"可是,苏珊,我要跟沃尔特一起走,我甘心情愿跟沃尔特去世界上的任何地方、每一处地方!沃尔特穷,我更穷,但是从今以后我必须学会怎样帮助自己、怎样帮助沃尔特。"

"亲爱的弗洛伊小姐!"苏珊喊了起来,她又一次感情迸发,把脑袋摇得像拨浪鼓似的,"对于你来说,帮助自己,同时又用你那颗最高贵的心,最耐心最真诚地帮助别人,这已经不算什么新鲜事了,不过你还是让我去和沃尔特·盖伊先生谈一谈,让我和他一起把事情安排好,因为我决不能、也决不会让你独自到地球另一边去的。"

"怎么会是独自呢,苏珊?"弗洛伦斯回答说,"独自?沃尔特带我跟他一起走!"啊,她脸上展现出一个愉快得令人惊羡的、迷人的微笑!——要是他看见该有多好。"如果我请你不要去和他谈这件事,我敢肯定你就不会这么做了,"她温柔地加了一句,"我请求你不要这么做,亲爱的。"

苏珊啜泣道,"为什么不,弗洛伊小姐?"

"因为,"弗洛伦斯说,"我就要做他的妻子了,把我整个的心都交给他,与他同生共死。如果你把你刚才对我说的那番话去对他说,他就会以为我害怕我所面临的困难,或者你真有什么值得为我担忧的理由。啊,苏珊,亲爱的,我爱他!"

弗洛伦斯以朴素、至诚、极其真挚的态度,说出了这些平静中蕴涵着热情的话语,说话时她的脸显得比平时更加美丽、纯洁,使聂宝小姐极为感动,她只好再一次搂住弗洛伦斯,并喊道,难道她的女主人真的、真的快要结婚了吗,说完后聂宝一如既往地对她的女主人倍加怜惜、爱抚和保护。

尽管聂宝身上同样具备女性过于敏感的弱点,然而她的自制能力也非常强,简直不亚于勇猛凶悍的麦克斯丁格尔太太的劲头。从那时起,她再也没有回到刚才的话题,总是显得高高兴兴,精气神儿十足,非常活跃,充满希望。事实上,她私底下告诉涂茨先生说,她只是暂时"尽量鼓足勇气"而已,等事情过去,董贝小姐也走了,可以想见到那个时候,她还不知道会露出一副怎样的惨相呢。涂茨先生也表示说,他的情况和她完全相同,到时候他俩把眼泪流在一起得了。尽管如此,她当着弗洛伦斯的面,或是在木制海军准尉面前,却从不放纵自己的感情。

弗洛伦斯只有很少几件朴素的衣服——这与她曾参加的上一次婚礼为新娘所作的豪华奢侈的准备,形成多么强烈的对照!要作很多努力方能把行装置办整齐,苏珊·聂宝整天坐在她身边不停地忙着做针线活,她全神贯注、充满热情,简直抵得上五十位女裁缝。如果柯特船长得到允许的话,他本来会在补充装备方面作出神奇的贡献,譬如说增添一把粉红色的女用遮阳伞、染过色的丝袜、蓝鞋子之类船上用得着的物品……由于篇幅所限就不在此处详细开列了。不过,他还是在多种劝诱手段的作用下,答应把他的贡献仅限于一只针线盒和一只梳妆盒,他买的这两件用具都是用钱能买到的东西里面个头最大的。此后的十天到两周内,他每天大部分时间总是坐在那里盯住那两只盒子看;有时是无保留地赞赏,有时又因担心它们不够豪华而沮丧,他常常会突然走出店门到街上去买件异想天开的东西,认为只有再配上那样东西,那两只盒子才算得上完美无缺。不过,他绝妙的一招还得算这个:有一天早晨,他突然把两只盒子全都抱了出去,给盒盖镶嵌上心形的铜牌,上面镌刻着弗洛伦斯·盖伊的字样。做完这件事,他独自在小小的后房里连抽了四斗烟,过了很多个小时,有人还看见他在那里偷着乐呢。

沃尔特整天在外头忙碌,但每天一清早就会到店里来探望弗洛伦斯,晚间他俩也是在一起度过的。弗洛伦斯平时从不离开她楼上所居的房间,但是估计他快要来到时,她也会悄悄走下楼来等他。或是,当她送他走时,他会怀着自豪的心情,伸出手臂搂着她的腰,到了门口,她还会望一眼门外的街景。每天的黎明和黄昏,他俩总在一起。噢,多么幸福的时光!噢,漂泊无依的心得到了休憩!噢,如此多的东西都沉入了那深沉、不竭、巨大的爱之源泉!

她的胸口还留着残酷打击的伤痕。随着她的每一次呼吸,那伤痕都会起来反对她的父亲,当她的爱人把她紧紧抱在怀里时,那伤痕就躺在他俩的中间。然而她已经把它忘却了。当她爱人的心为她而跳动,她的心为她的爱人而跳动时,一切刺耳的音乐都听不见了,一切冷酷无情的心都被忘却了。尽管她娇柔、脆弱,但是她心里存有他的影像,胸中怀着爱的力量,这就能够,并且确实创造出了一个世界,她得以飞向那个世界,并在那里得到休憩。

暮色四合,当她被那只如此自豪、如此深情的手臂爱护着的时候,故家大宅和往昔时光常常会出现在她面前,她会向他靠得更近些,回忆往事使她躲进她爱人的怀里!她常常想起那天夜里她下楼来到父亲的房间里,看到那令她永远无法忘怀的目光,此刻她抬眼望去却看到沃尔特怀着深爱热切注视着她的目光,这让她幸福得一面哭泣一面躲进她可靠的避难所里!随着她愈来愈紧地贴近沃尔特的胸怀,她同时也愈来愈多地想起她那已故的亲爱的小弟弟。但是,在她的想象里,仿佛她最后一次见到父亲是在他熟睡时她亲吻他脸颊的那一次,她就让他永远留在这一场景里,再也不去想那以后发生的事。

"沃尔特,亲爱的,"一天傍晚,天快黑了,弗洛伦斯说,"你知道今天我一直在想什么吗?"

"你准是想,时间过得像飞一样,我俩很快就要航行在海上了,可爱的弗洛伦斯,我猜得对不对?"

"虽然我也这么想过,沃尔特,但是我要对你说的不是这个。我一直在想,我是你的一个多大的负担呀。"

"一件神圣的稀世珍宝,我最贴心的亲亲!有时我就是这么想的。"

"你在笑啊,沃尔特。我知道你比我更加会这么想。不过我想说的是费用。"

"什么费用,我的亲亲?"

"就是花钱,亲爱的。苏珊和我这一阵忙着置办行装,其中由我出钱买的东西只有一小点儿。你以前就穷。可是今后我会使你变得更穷,沃尔特!"

"同时也变得极其富有,弗洛伦斯!"

弗洛伦斯大笑起来,但是摇了摇头。

"再说,"沃尔特说,"很久以前,在我出发远航之前,最亲爱的,你递给我一个小钱包,里面是装着钱的。"

"啊!"弗洛伦斯说时,惨然一笑,"数目很小!数目很小,沃尔特!可是你千万不要误以为,"说到这里,她把轻柔的手放在他的肩膀上,深情地注视着他的脸,"我因成为你的负担而感到遗憾。不,亲爱的人,我为此而高兴,我乐于成为你的负担。拿整个世界给我换我也不换!"

"我也不换,真的,亲爱的弗洛伦斯!"

"啊!可是,沃尔特,在这件事上,你决不会有我的感受。我多么以你为骄傲!每当我想起人们提起你来时都会议论说,你娶了一个被逐出家门逃难来这里的、贫穷的姑娘,除了这里,她没有别的家,她没有其他亲人朋友,她一无所有,什么都不是,这时我的心就会充满快乐!噢,沃尔特,即使我能给你带来百万家财,我也不能像现在这样,为你本身的缘故而感到如此快乐!"

"难道你,亲爱的弗洛伦斯? 难道你真的一无所有,什么都不是吗?"他说。

"真的一无所有,沃尔特。除了是你的妻子之外,什么都不是。"她那轻柔的手悄悄地滑向他的颈项,她的声音离他更近、更近了,"要不是有你,我真的什么都不是。要不是有你,我在人世间就没有任何希望。要不是有你,我再也没有什么值得珍惜的了。"

噢! 那天晚上涂茨先生是该两度离开这个小团体,跑到伦敦交易所大钟前对对自己那块怀表;是该突然想起要到一位银行家那里去赴约;是该到阿德门水泵①跟前去转一小圈儿再回来!

然而,在他还没有出去漫步的时候,抑或实际上他还没有到来,在灯烛点亮之前,沃尔特说:

"弗洛伦斯,我的爱人,我们那艘船快要装载完毕了,也许就在我俩举行结婚典礼的那一天,它就要随潮出航。要不要那天上午我俩一起到肯特郡去,一周后在格雷夫森德再登上船,这样好不好?"

"你愿意就好,沃尔特。到哪儿去我都高兴。不过……"

"你想说什么,我的生命?"

"你知道,"弗洛伦斯说,"我们不举行结婚宴会,谁都不会从我俩的衣着上辨认出我们和别的人有什么两样。我俩在船起航的那一天出发,那天早晨,大清早的时候,在我俩上教堂之前,你能不能……能不能带我到一个地方去?"

看来沃尔特懂得她的意思,这是一个怀着如此真挚爱情的真正的爱人应该明白的,他用一个吻,向她表示肯定的意思——也许

---

① 阿德门水泵,伦敦地名,又是当时人们对坏票据的戏称,意思是钱都像被水泵抽干了。此处可能有打趣之意。

还不止一个吻,两个三个,甚至五个六个都说不定;那个庄严、安宁的夜晚,弗洛伦斯感到非常快乐。

接着苏珊·聂宝手持蜡烛走进这安静的房间。过了不久,就是用茶点的时候了,船长,以及爱漫游的涂茨先生(如上所述,他后来频频离席),一起度过那个不平静的黄昏。然而,这不是涂茨先生习惯的表现,因为总的说来,他和大家相处融洽,他在聂宝小姐的建议与指导下,和船长玩克里比奇牌戏①,玩的过程中会不断出现料想不到的变化,需要他动脑子算计,他发现这倒是分散心思的有效手段,往往能把他的思想搅成一团糨糊。

在这样的场合,船长的面部表情是你前所未见的将各种表情综合、拼接在一起的最佳典范。他的内心本来就能对别人关怀、体贴,他对弗洛伦斯怀有骑士气概的殷勤,这使他懂得现在不是喧嚣狂欢的时候,不宜用强烈的方式来宣泄心满意足的感情。但另一方面,他记忆中《可爱的佩格》的片段旋律,却不断地在心头涌动,时时在寻找一吐为快的突破口,这就促使船长很自然地会做出这种奇妙的表情。过了不久,对弗洛伦斯和沃尔特的赞赏(他俩也确实般配,都年轻貌美,又在热恋之中,此时他俩分别坐在两处,优美典雅,充满魅力),占满了他的心头,他会放下手中的纸牌注视着这对新人,高兴得脸上都放出红光,一边用手帕轻轻地把自己的脑袋上下左右都擦拭遍了,也许只有看见涂茨先生突然从房间里冲出去,他才会停止擦拭的动作,因为他意识到自己无意中成了使那位年轻绅士感到痛苦的工具。想到这一点,船长会深怀歉疚之意,直到涂茨先生重新回来,他才稍稍放心。那时,他会再次把握在手中的纸牌放下来,侧过脸去对聂宝小姐频频挤眼、点头,还有礼貌地对她挥动铁钩子,以表明

---

① 克里比奇牌戏,由二至四人玩的一种牌戏,用插在有孔记分板上的小钉记分。

他再也不会做出这种表情来了。接下去这段时间也许是船长表现得最好的时候;他竭力使自己脸上不要流露出任何表情,他坐在那里环顾四周,但各种各样的表情却一下子全都涌现了出来,在他脸上争强斗胜。永远居于第一位的是对弗洛伦斯和沃尔特由衷的喜悦和赞赏,他毫不掩饰这种凯旋般的洋洋得意,除非涂茨先生又一次冲出门去待在露天地里,这时船长就会像一名满心悔恨的待决罪犯似的坐着,一直等到涂茨先生重新回来。船长有时还以责备的口吻悄悄地激励自己说,"坚持住!"或用低沉的粗声对自己喊道"内德·柯特,我的伙计。"以告诫自己的行为不够审慎。

然而,涂茨先生最艰难的考验之一就是他的自寻烦恼。船长所说的教堂婚前公告的最后一个礼拜天即将到来了,涂茨先生是这样向苏珊·聂宝倾诉自己的感受的。

"苏珊,"涂茨先生说,"那座教堂建筑正吸引着我前去。你知道,那些使我与董贝小姐永远断绝的词句,将会像丧钟一样在我耳边敲响,但是,我以自己的言词和荣誉保证,我觉得我必需要亲耳听到。所以,"涂茨先生说,"你明天能不能陪我到那座神圣的殿堂去?"

聂宝小姐表示,如果涂茨先生觉得有她陪同心情会好一些的话,那么她愿意陪同前往。不过,她还是劝他最好不要去。

"苏珊,"涂茨先生非常庄重地说,"自从我的连鬓胡子刚长出来、别人看见了而我自己还没看见的时候起,我就爱慕董贝小姐。当我还是勃林茂书院中受管束的一名奴隶时,我就爱慕董贝小姐。当我就法律观点而言,不再被排除在外而……而开始拥有自己财产的时候,我就爱慕董贝小姐。结婚预告将把她交托给沃尔特斯上尉,把我交付给……给一片黑暗沮丧,这你知道,"涂茨先生考虑了片刻才说出这个感情色彩强烈的词儿,"这也许是件可怕的事,一定是件可怕的事,但是我感觉自己应当亲耳听到它被念出来。我感觉自己应当懂得,我脚底下的大地真的被抽走了,我真的一丝一毫的希望也没有了,或者说,总而言之,我没有了腿,再也走不了路了。"

苏珊·聂宝对涂茨先生的不幸处境只能表示同情,在这种状况下,她答应陪他上教堂去聆听结婚预告;第二天早晨,她实践了她的承诺。

沃尔特选择了一座发出霉味儿的旧教堂,用来发布结婚预告,它坐落在一个院子里,周边都是迷宫般的偏僻小巷和小院落,教堂四周是一块小小的墓地,教堂本身似乎也被埋在由周边房屋构成的穹窿里,那里的石板地面踩上去发出跫然的回声。它是一座阴暗、破败的高大建筑物,里面设有高高的橡木靠背旧长凳,每个礼拜日,大约总有二十来个人在里面坐着;当牧师催眠似的声音在空落落的教堂里回响,风琴低沉的声音隆隆地滚动时,你仿佛觉得这座教堂患上了疝气痛,因为来教堂的人数太少,无法把阴风、湿气统统赶出去。但是迄今为止这座闹市中的教堂倒也不缺其他教堂与它做伴,四围教堂塔尖林立,就像河上船只的桅杆成簇成群。教堂数量太多了,靠数它的尖顶实在难以数清。附近几乎每一所院子、每一处犄角旮旯里都有一座教堂。星期日早晨,当苏珊和涂茨先生到那座教堂去时,各处教堂的钟声大作,乱成一片,震耳欲聋。光是近处的教堂就有二十几座,都在招徕信众进去做礼拜。

上述两只迷途羔羊被一位牧师助理赶进了一排宽敞的靠背长凳前就座,他俩来得早,闲着没事就数数来了多少个信众,听着高处钟楼上的钟奏出失望的钟声,看着祭坛屏饰后的门廊上那个破衣烂衫的小老头,他的脚踩在脚镫上,正在打钟,就像童谣《科克·罗宾》①里的那头公牛。涂茨先生花了很长时间查找了读经台上的大书后,悄悄地对聂宝小姐说,他挺纳闷,不知道结婚预告放在什么地方,那位年轻女士没有说话,只是摇摇头、皱皱眉;她暂时竭力避开一切世俗性质的事务。

但是涂茨先生的思想似乎无法不惦记着结婚预告的事,在整个礼拜仪式的前面部分,他显然还一直在寻找。公开宣读那结婚预告的时刻终于来到了,这位可怜的年轻绅士显得十分焦躁和慌张,当他意外地看到船长出现在教堂楼座的第一排上,也没能使他的情绪稍稍平静。当教堂执事将一张名单递到牧师手中时,坐在座位上的涂茨先生紧紧抓牢坐椅;牧师高声念出沃尔特·盖伊和弗洛伦斯·董贝的名字,这是第三次也是最后一次将他俩的婚姻进行公告了,这时涂茨先生完全被自己的感情所驱使,竟光着脑袋就冲出了教堂,教堂执事和引座员,以及凑巧前来做礼拜的两位从事医务工作的绅士都跟了出去。教堂执事马上回来给他拿帽子,他悄声对聂宝小姐说,一点都不必替那位年轻绅士担心,因为那位绅士说,他那点小毛小病,实在算不了什么。

聂宝小姐感觉到所有的眼睛都在注视着自己,这里是欧洲不可分割的一部分,这些眼睛的主人们每个礼拜日都会沉入教堂的高背坐椅里,现在却都盯着苏珊看,如果事情仅至于此,这桩意外本来就够让苏珊觉得狼狈的了;不过,还有呢,你看坐在楼座前排的船长那副样子,会众们不能不从中领悟到:船长和这个事件存在着某种神秘的联系。但还是涂茨先生的极度焦躁不安,令人恼恨地加剧并延长了苏珊的尴尬境遇。那位年轻绅士,处在当时的精神状态下,无法一个人在墓地里好好待着,孤独地沉思,毫无疑问,

---

① 《科克·罗宾》,英国童谣,其中有这样的话,"谁来敲钟?公牛说我来,因为我会拉车,所以我来敲钟。"

他也想亲眼看一看自己在某种程度上打断的礼仪如何进行下去，于是他突然又回到教堂里来了——没有回到他原先的座位上去，而是坐在侧廊的散座上，坐在两位习惯在礼拜日来教堂领取施舍面包的老太太的中间，那些面包这会儿在侧廊的一个架子上放着呢。涂茨先生在这个节骨眼上往那儿一坐，对会众来说实在是大大的干扰，人们觉得没法不朝他看，直看得他再次情绪失控，又不声不响地突然往外走。他不敢贸然再闯进教堂里面去，但仍希望以社会一员的身份参与仪式活动，于是，在这之后，人们会时而看到涂茨先生带着一副孤单、凄楚的样子，从这扇或那扇窗户外朝里面张望；他可以从外往里看的窗户有好几扇，他又十分焦躁不安，所以坐在里面的人们不但很难猜中他下一次会从哪一扇窗户往里面张望，而且事实上让全体会众都加入了猜想，在牧师布道这段相对说来比较悠闲的时间，他们分别猜测涂茨先生的脸在各扇窗户出现的概率有多高。涂茨先生在教堂墓地的行动实在太奇特了，总的说来，他似乎能战胜所有的猜测，他就像一位高明的魔法师，他的脸总会在人们最想象不到的地方出现；由于他往里看不容易看清楚、而里面所有的人看他却十分清楚，他的脸贴着玻璃在窗户上停留的时间往往长于人们的预期，直到他顿时意识到自己正处在众目睽睽之下，才赶紧离开；这样一来，更是极大地强化了他神秘出现的效果。

涂茨先生的这些举动、船长表现出的强烈的个人关切，使聂宝小姐处于对此负有责任的地位，因此，当礼拜仪式终于结束时，她大大地松了一口气；涂茨先生在回家途中告诉她和船长说，现在他可以肯定自己是彻底绝望了，你知道，这样一来他反有稍稍轻松一些的感觉——其实不是真正的轻松，只是彻底绝望，破罐子破摔了。当聂宝听到这些话，她对涂茨的态度就不像平时那样和颜悦色了。

现在时间真的过得飞快,转眼已是预定举行结婚典礼的前夕。大伙儿都聚集在海军准尉商店的楼上,那里不会受到任何干扰,因为此刻店里连一个房客都没有,全部由海军准尉独占。大伙儿都神态庄重、安静,心里全都惦记着明天将要举行的婚礼,连愉快也表现得恰到好处。弗洛伦斯正在做一件小小的手工活,准备送给船长作为离别纪念品,沃尔特紧紧挨在她身边。船长和涂茨先生一起正在玩克里比奇牌戏。涂茨先生看着手里的牌不知该怎么出,就向苏珊·聂宝请教。聂宝小姐正在对他进行指导,还小心翼翼地替他保密。第欧根尼在仔细倾听,偶尔粗声发出一星星、已经遏制住的吠叫,叫过以后,它似乎又觉得吠叫的理由不足,有些羞羞答答的。

"别闹,别闹!"船长对第欧根尼说,"你出什么岔子啦?今天晚上你好像情绪不安啊,我的孩子!"

第欧根尼摇晃尾巴,但立刻又竖起耳朵来,发出一星星、已经遏制住的吠叫;它又摇晃尾巴,向船长表示歉意。

"我想,准是这么回事,第欧,"船长一面看着手里的纸牌动脑筋,一面用铁钩子碰碰自己的下巴说,"你对李切子大娘还不太放心;不过,如果你真的是我夸奖的那种聪明畜生,你就应该把她想得好一点;只要看看她的长相就知道是个大好人。喂,老弟,"这是在叫涂茨先生呢,"如果你准备好了,那就(把船)努力往前拉。"

船长说话时态度镇定,全神贯注在牌戏上,但是他手中的纸牌突然掉落下来,他的眼睛和嘴巴都张得大大的,他抬起双腿伸出在坐椅前,他坐在那里注视着房门口惊诧得发呆。他环顾周围的人们,发现没有一个人在看他,更不知道他所以会惊诧的原因。船长大喘了一口气,终于恢复了镇定,他使劲在牌桌上猛击一掌,用洪亮的声音大吼道,"索尔·吉尔思,啊嗬!"同时跌跌撞撞地投入了和波莉一起走进房间的那个人风尘仆仆的水手粗呢上衣的怀中。

片刻之后,沃尔特投入了那件风尘仆仆的水手粗呢上衣的怀中。又过了片刻,弗洛伦斯投入了那件风尘仆仆的水手粗呢上衣的怀中。接着,柯特船长分别和李切子大娘与聂宝小姐拥抱了一下后,抓住涂茨先生的手使劲握起来没个完,他把铁钩举过头顶一边摇晃一边大声喊道,"好啦,我的孩子,好啦!"涂茨先生完全不知道眼前发生了什么事,茫然不知所措,但是他仍非常礼貌地回答说,"当然,吉尔思船长,你认为好的一定都好!"

那件风尘仆仆的水手粗呢上衣,还有与它配套的那同样饱经风霜的帽子和羊毛围巾从船长和弗洛伦斯那里,又返回到沃尔特的怀抱中,同时还可以看到两只粗糙的衣袖紧紧地抱住沃尔特,听到那风尘仆仆的水手粗呢上衣、帽子和羊毛围巾的覆盖下,一位老人的啜泣声。这段时间,大家都不说话,只有船长用袖子使劲擦拭自己的鼻子。但是,当风尘仆仆的水手粗呢上衣、帽子和羊毛围巾重新挺立起来,弗洛伦斯温柔地挪动到这堆衣物前;她和沃尔特一起帮忙把这些东西脱下来,这时,那位老航海仪器制造商就出现在大伙儿面前,他仍旧头戴那顶旧的绒线帽,身穿有网眼纽扣的咖啡色旧上衣,他那只报时绝对可靠的航海用表还在口袋里滴答滴答地走着,只是他这个人被忧虑折磨得比以前消瘦了。

"满脑袋塞满了科学,"高兴得容光焕发的船长说道,"他还和从前一样!索尔·吉尔思,索尔·吉尔思,很多漫长、漫长的日子过去了,我的老小孩儿,这阵子你都在干些什么?"

"我高兴得眼睛都半瞎了,内德,"老人说,"欢喜得又聋又哑。"

"没错,是他本人的声音。"船长狂喜地环顾周围说,他那张脸都无法充分表达此时内心的喜悦。"他本人的声音,像从前一样塞满了科学!索尔·吉尔思,把船停下来,我的老伙伴,像一位严谨的老家长一样,停靠在你自家的葡萄藤和无花果树旁,用你那熟悉的声音仔细清理一下你的冒险经历吧。正是这声音,"船长说到这里,令人印象深刻地晃了晃铁钩子,表示他又要引经据典了,"我听见那懒汉抱怨道,你把我叫醒得太早,我一定要再睡上一觉。击溃敌人,把他们打倒!①"

船长说完话就坐下,那神气就好像他有幸把在场所有人的感情都表达出来了,但他很快又站立起来,把涂茨先生介绍给他。涂茨看到来了一位似乎有资格姓吉尔思的人,显得窘迫不堪,正不知如何是好呢。

"尽管我以前还没有与您相识的荣幸,"涂茨先生结结巴巴地说,"先生,那时您……您……"

"那时您失踪了,只留在我们亲切的记忆里。"船长压低声音提示道。

"说得完全正确,吉尔思船长!"涂茨先生表示赞同,"尽管我以前还没有与您相识的荣幸……先生。索尔思先生,"涂茨先生灵机一动,竟聪明地叫出了这样一个名字,"在这一切事情发生以前,我向您保证,您知道,能够认识您,我感到最大的快乐。我希望,"涂茨先生说,"您的身体像我所期待的那样好。"

说完这些礼貌的话,涂茨先生便坐下,满脸涨得通红,一面咯咯地傻笑。

年老的航海仪器制造商在沃尔特和弗洛伦斯中间的一个角落里坐了下来,他对那个满心欢喜、满脸微笑在一旁观望的波莉点头招呼,并回答船长的话:

"内德·柯特,我亲爱的伙伴,尽管我从这位令人愉快的朋友嘴里,听到了一些有关这里新近发生的变化,这位朋友亲切愉快的面容,对我这个漂泊在外的人来说,确实是最好的欢迎呀!"老人

---

① 以上胡乱引用瓦茨博士(见第577页注①)作的歌曲《懒汉》。

说时突然停了下来,用以前那种梦幻般的姿态搓起双手来。

"听他说啊!"船长神情庄严地喊道。"是女人诱惑了整个人类。① 这句话,"他侧过脸去关照涂茨先生说,"老弟,你去查一下关于亚当和夏娃的那个章节。"

"我一定照办,吉尔思船长。"涂茨先生说。

"尽管我从她的嘴里,听到了一些有关这里新近发生的变化,"航海仪器制造商接着说,一边从口袋里掏出那副旧的眼镜,把它戴到前额上,就像从前那老样子,"这些变化实在太大、太出乎意料了,我实在激动得了不得,看到我亲爱的孩子,看到……"他瞥视弗洛伦斯,只见她低垂着目光,便不打算把这句话说完整了,"我……我今天晚上说不出更多的话。不过,我亲爱的内德·柯特,你为什么不给我写信?"

船长脸上惊讶的表情着实让涂茨先生吓了一大跳,此时他的目光正盯在船长的脸上,竟想挪都挪不开了。

"写信!"船长重复道,"怎么写,索尔·吉尔思?"

"啊,"老人说,"可以寄到巴巴多斯,也可以寄到牙买加,或德麦拉拉②去呀。我不是请求你这么做的吗?"

"你请求我做什么啦,索尔·吉尔思?"船长重复道。

"啊,"老人说,"你怎么能不知道呢,内德?你肯定不会忘记的,对吗?我给你写的每一封信里都交代得明明白白。"

船长取下头上那顶绷硬的加光便礼帽,把它挂在铁钩上,用手从后磨平后脑勺上的头发,坐着看看周围的人们:十足是一副迷惑不解、无可奈何的样子。

"我说的话你好像还没有懂,内德!"老索尔说。

---

① 引自英国戏剧家约翰·盖伊(1685—1732)的戏剧《乞丐的歌剧》,不但词句有错,他还把出处也记错了。
② 德麦拉拉,南美洲圭亚那地名。

"索尔·吉尔思,"船长默默地盯住他和其他人看了好大一阵子,然后才回答,"我掉转船头,随波逐流。你把自己的冒险经历也讲上他一两句,行不行!我提个建议也不行吗,一点儿都不能提?一点儿都不能提?"船长沉思着注视周围的人们说。

"你知道,内德,"索尔·吉尔思说,"我为什么要离开此地。你把我留下的包裹拆开了吗,内德?"

"啊,当然,当然,"船长说,"千真万确,我把包裹拆开了。"

"信也看过了?"老人说。

"看过了,"船长眼睛紧紧盯着他,开始背诵起来,"'我亲爱的内德·柯特,我离家前往西印度群岛,我还是要寻找我那亲爱的孩子的下落,哪怕事情已经近乎绝望……'他就坐在那里!小沃就坐在那里!"船长说,似乎那无可置疑的、真实的东西就握在他的手中,使他大大地放心了。

"好啦,内德。请等一下,且听我说!"老人说,"在给你写的第一封信里,那是在巴巴多斯,我说,尽管你接到这封信的时候,离一年的期限还很远,如果你拆开包裹,我也是乐意的,因为这封信将向你解释我何以要出走的理由。很好,内德。我写第二、第三、也许还有第四封信,那是在牙买加,我在信里说,我的情况没有什么变化,在我还未能弄清我的孩子是遭难了或是得救了之前,我不能休息,我不能离开地球上的那个地区。后面再写信,我记得是在德麦拉拉,我没记错吧?"

"他记得是在德麦拉拉,还问没记错吧!"船长说话时,目光无可奈何地环顾四周。

"听我说,"老索尔继续他的叙述,"到那时为止,我仍旧得不到确切的信息。在那个地区,我碰到了与我相识多年的许多船长和其他人,他们帮助我在各个地点来来往往,我也能时不时地用自己掌握的技术对他们进行一些回报。每一个人都为我的遭遇感到难过,对我的漂泊似乎都产生了某种同情;那时我开始这么想:看来我的命运就是为寻找我那孩子的下落,到处漂泊,一直到死了。"

"开始这么想:他是一位掌握科学的漂泊的荷兰人①!"船长神情依旧十分严肃地说。

"但是有一天,消息终于传来了,内德——那是在我重新回到巴巴多斯的时候——听说一艘跑中国航线的商船从那里返航时,把我的孩子救上了船,就这样,内德,我就立刻搭乘下一班船返航;今天晚上回到了家,发现好事成真,感谢上帝!"老人怀着虔诚的心情说。

船长以极其敬畏的态度低下了头颅,然后他环顾周围所有的人,从涂茨先生开始,直到仪器制造商;接着他庄严地说道:

"索尔·吉尔思!我下面要作出的声明,恐怕要把你升起的船帆每一个针脚都吹裂,把拴帆的绳子统统吹掉,使你那艘船的横梁末端突然倾斜。你寄的任何一封信,爱德华·柯特都没有收到。你寄的任何一封信,"船长又重复一遍,目的是使他的声明更加庄严,给人以更深刻的印象,"悠闲自在地住在家里的、每一个阳光灿烂的时辰都在进步的英国水手②爱德华·柯特都没有收到!"

"每一封信都是我亲手邮寄的呀!地址都是我亲手写的:寄到布列格巷九号!"老索尔喊道。

船长的脸顿时失色,变得一片灰白,过了一会儿颜色都回来了,脸蛋红得发烫。

"你这是什么意思,索尔·吉尔思,我的朋友,寄到布列格巷

---

① 漂泊的荷兰人,传说中被判在海上航行直至上帝最后审判日的鬼船上的荷兰水手。狄更斯写本书时,瓦格纳的同名歌剧正在流行。
② "阳光灿烂……英国水手":引自歌谣《英国水手》和瓦茨博士的《别急惰,别淘气》。

九号?"船长问。

"什么意思？你的住处啊,内德,"老人回答道,"女房东叫什么太太来着！往后我连自己的姓名也快记不住了,我落后于现在这个时代了……我总是落后,这你总该记得……我脑子乱得很。叫什么太太来着……"

"索尔·吉尔思！"船长说,听他的口气似乎在讲世上最不可能出现的事,"你苦思苦想的名字不会是麦克斯丁格尔太太吧？"

"当然是她！"航海仪器制造商喊叫起来,"一点不错,内德。就是麦克斯丁格尔太太！"

此时的柯特船长的眼睛睁到最大的限度,脸上疙疙瘩瘩的地方全都放亮发光,他吹出长长的一声刺耳的口哨,声音极其悲凉,他站在那里注视着在场的每一个人,似乎一时不知道说什么是好。

"是不是可以请求你,索尔·吉尔思,把这件事再仔细核实一下？"他终于说。

"所有的信件,"索尔舅舅一边说一边用右手的食指在左手掌心上打拍子,那从容镇定、准确无误的样子,甚至足以给他口袋里一贯报时正确的精密航行表增添光彩,"都是我亲手邮寄的,姓名地址都是我亲手写的,寄往布列格巷九号麦克斯丁格尔太太家、柯特船长收。"

船长把他那顶加光便礼帽从铁钩子上取了下来,对它仔细看了看,再戴到头上,然后他坐了下来。

"啊,我的全体朋友们,"船长说时带着刚才那副狼狈相环顾四周,"我砍断缆绳,偷着从那里出航了！"

"没有人知道你上哪儿去了吗,柯特船长？"沃尔特问得很快。

"谢天谢地,小沃,"船长摇摇头说,"她是绝对不会允许我到这里来看管仪器商店的财产的。没有别的办法,只有砍断缆绳,偷着从那里出航。上帝眷顾你,小沃！"船长说,"你只看见过她态度平静时的模样!你倒是看看她脾气爆发①时是什么样子——最好能把那副样子记录下来!"

"看我怎么教训她!"聂宝语气温柔地说。

"你真觉得你能做到吗,我亲爱的?"船长说时不由得对她怀有几分敬佩,"啊,我亲爱的,这会给你增光。可是就我自己而言,我宁愿面对一只野兽也不愿和她打交道。我全靠一位谁都比不了的朋友才把自己的箱子从她那里搬出来。把信寄到她那里完全是白搭。天晓得,在这种情况下,"船长说,"她才不会收下任何信件呢!啊呀,碰到这种女人,任何邮差也只好自认倒霉!"

"那么说来,事情已经很清楚了,柯特船长,我们所有的人,尤其是你和索尔舅舅,"沃尔特说,"长期牵肠挂肚互相惦记,全要感谢麦克斯丁格尔太太所赐啰。"

大家都明白无误地以这种方式表示对已故麦克斯丁格尔先生的意志坚强的未亡人的感念,船长对此也没有提出异议;尽管大家都不再议论这件事了,尤其是沃尔特,想起自己最后一次与船长谈起这位太太时的情景,更是刻意避开这个话题,但船长仍为自己在其中扮演的角色颇觉羞愧,心情被阴云笼罩了大约有五分钟之久——对他来说,这么长的时间有些异乎寻常——但船长的脸,那红太阳,终于又从阴云中钻出来了,使在场所有的人都亲眼看到那非凡的辉煌景象;他的身心陷入了一阵和每一个人握手的冲动,握了一遍又一遍。

索尔舅舅和沃尔特交谈了一阵子,互相倾诉各自航行的情况和遇到的危险,时间还不晚,除了沃尔特之外,大家都离开了弗洛伦斯的房间,下楼来到那间小小的后房。过了不久,沃尔特也下楼来加入了他们这一伙,他告诉大家说,弗洛伦斯有点儿伤感,心头

---

① "脾气爆发":引自瓦茨博士的歌谣《别吵闹》。

沉重,已经上床休息了。尽管他们在楼下说话,声音不会惊扰她,但在这以后,大家说话时都注意把声音放低,每一个人都以各自的方式对沃尔特年轻漂亮的新娘表现出非常喜爱和非常温雅有礼。为了满足索尔舅舅的关心,大家把一切与弗洛伦斯有关的事都详详细细地对他叙述了一遍。沃尔特出于对涂茨先生的关心、体贴,特别向众人提起他的名字,并说他提供的帮助非常重要,在今天这个小型集会上,涂茨先生是绝对少不了的。他的话让涂茨先生心里好感动。

"涂茨先生,"沃尔特在送他到大门口、将要与他道别时说,"明天上午我和你会再见面的,是吧?"

"沃尔特斯上尉,"涂茨先生回答,热情地和他握手,"我一定会出席的。"

"大概要过很久很久我们才能有机会像今夜这样相聚了——这是我们得以相聚的最后一个晚上了,"沃尔特说,"我想,心灵如此高贵的你,一定会感受得到,有另外一颗心在亲切地关怀着你。我非常感激你,我希望你能知道这一点,能不能啊?"

"沃尔特斯,"深受感动的涂茨先生回答,"我将会愉快地想到,你确实有感激我的理由。"

"弗洛伦斯,"沃尔特说,"在保持自己姓氏的最后一个晚上,就是刚才,你和大家一起离开我们下楼的时候,她嘱咐我一定要告诉你,以她亲切的爱意……"

涂茨先生伸出一只手放在门柱上,然后把脑袋贴上去,遮住了双眼。

"以她亲切的爱意,"沃尔特接着说,"要我告诉你:她永远不可能再有一位比你更加珍贵的朋友了。她永远也不会忘记你对她始终一贯的真诚关怀。今天晚上她就会在祈祷中为你祝福,她希望当她远在千里万里之外时你仍能把她想起。你有没有什么话需要我向她转达?"

"对她说,沃尔特斯,"涂茨先生口齿不清地说,"我每一天都会想起她,每次想起她,想起她嫁了那个她所爱的、同时也爱她的男人,我会因此而感到欣慰。如果方便的话,请你对她说,我敢肯定,她的丈夫配得上她……甚至是她!……我为她的选择而感到欣慰。"

讲着讲着,涂茨先生的口齿愈变愈清楚了,两只眼睛也从门柱那边抬了起来,讲最后那句话时,语气非常坚定。他以真诚的热情再次和沃尔特握手,沃尔特也赶快以同样的热情回应他,接着涂茨先生就回家去了。

涂茨先生有斗鸡陪伴,最近他每天晚上出门时总会把这位拳击教师带在身边,到达后就让他待在仪器商店的店堂里,心想,万一外边有什么意想不到的祸事发生,那位勇猛无比的著名拳师就会对海军准尉航海仪器商店派上大用场了。斗鸡那时的心情似乎不太好。当涂茨先生穿过马路、扭转头来看着弗洛伦斯的卧室时,可能是煤气灯光晦暗不明,但也可能是斗鸡确实瞪起眼珠做出一个极其难看的表情,同时还把鼻子扭歪。一路回家,斗鸡对路上的其他步行者们显示出侵略、挑衅的意图,这与他作为一名教人以和平自卫功夫的教员的举止很不相称。他陪涂茨先生回到家里,进了涂茨先生的套房,这次他没有像平时一样立即告辞,却留了下来,面对着主人,双手抓着他那顶白帽子的帽檐,不断抽搐着脑袋和鼻子(顺便说一下,他的脑袋和鼻子都被打破过无数次,只是满不在乎地修补好了),看样子他已下定决心要显出无礼的样子。

此时他的恩主只顾想自己的心事,有很长一段时间,并没有觉察到斗鸡的神情,直到斗鸡决定不能继续遭到忽视,用舌头和牙齿发出各种吧嗒吧嗒、咔哒咔哒的声音,才引起了他恩主的注意。

"啊,主人,"当斗鸡终于与涂茨先生目光相遇时,他以顽固不化的态度说,"我要知道,这场比赛你打算就此结束呢,还是进攻取胜?"

"斗鸡,"涂茨先生说,"你把话说清楚一点。"

"啊唷,我的话全在这儿了,主人,"斗鸡说,"我不是会隐瞒一个字的那种人。我要说的是:有没有谁,你想要把他打得直不起腰来?"

斗鸡提出这个问题时,把手里的帽子放了下来,用左手拳做出一个躲闪和佯攻的动作,同时用右手拳对假想敌施以沉重的一击,他十分帅气地摆动脑袋,然后回归原位。

"喂,主人,"斗鸡说,"是装装样子呢还是真打实干?究竟是哪一样?"

"斗鸡,"涂茨先生回答,"你的措辞很粗鲁,你的意思含混不清。"

"啊,那么我来告诉你是什么意思吧,主人,"斗鸡说,"事实就是这样的。这很丢脸。"

"什么是丢脸,斗鸡?"涂茨先生问。

"这就是,"斗鸡回答时皱起了他那破鼻子,样子很可怕,"好啦!听着,主人!是这样的!你本来可以在比赛中冲上前去把那块死肉打倒在地,"迄今为止,他用这个蔑称一直是指他想象中的第一号对手董贝先生,"你本来可以把优胜者和他的那伙人统统打晕过去的,难道你打算屈膝投降吗?打算屈膝投降吗?"说到这里,斗鸡轻蔑地加强了语气,"啊,这就是丢脸!"

"斗鸡,"涂茨先生口气严肃地说,"你是一头十足的兀鹰!你的喜好就是凶残。"

"我的喜好就是比赛和拳击艺术,主人。"斗鸡回答,"这就是我的本性喜好。我不能容忍丢脸的行为。我是个要面对公众的人,我是个要在小象饭店的酒吧间里对大家说三道四的人,我的主人决不能做出丢脸的事情来。啊,这真是丢脸,"斗鸡说时不满情绪愈来愈强烈,"事实就是这样的。这很丢脸。"

"斗鸡,"涂茨先生说,"你让我讨厌。"

"主人,"斗鸡说时戴上了帽子,"那么说来我和你真是一对讨厌货。得啦!我倒有个建议!你不止一两次和我谈起过开酒馆这一行。没关系的!明天你给我五十英镑,让我走不就得了。"

"斗鸡,"涂茨先生说,"在你说了这么些让我讨厌的话以后,我乐意按照这个条件与你分手。"

"那就这么着吧。"斗鸡说,"这是一桩交易。你这种行为不符合我的要求,主人。啊,这是丢脸的,"斗鸡说,他似乎同样无法越过自己为人的底线,只得戛然而止,"事实就是这样的;这很丢脸!"

由于涂茨先生和斗鸡在道德见解上的差异,他俩商定就此分道扬镳。涂茨先生躺下睡觉,他快乐地梦见了弗洛伦斯,她在处女生涯的最后一夜想到了他,把他当做自己的朋友,并给他送来亲切的爱意。

第五十七章　另一场婚礼

教区执事桑茨先生和教堂领座员米夫太太很早就到董贝先生结婚的那座漂亮的教堂去上班了。一位从印度来的黄脸老绅士今天上午要娶一位年轻小姐为妻,估计会来满满六大马车的贺客,有人曾经告诉过米夫太太,说那位老绅士钱多得可以用钻石铺砌路面,一直铺到教堂,而几乎不会感到财产有所短少。结婚仪式后的赐福祈祷将极为隆重,由一位德高望重的教长主持,那位新娘将作为一件特别的礼物,由近卫军骑兵旅派专差送达。

今天早上,米夫太太对待普通信众的态度比她平时更不宽容了,在这件事情上,她的意见一向很激烈,因为这牵涉到留出多少座位不收费的问题。米夫太太不学习政治经济学(她认为这门科学是与不信奉国教的家伙们联系在一起的;按她的说法就是,"新教浸礼会教徒或卫斯理宗教徒之流。")但是她永远也不能理解普通老百姓与结婚有什么相干。"该死的家伙们,"米夫太太说,"你给他们念同样的东西,可是他们不赏你金镑,只给你六便士小费!"

教区执事桑茨先生比米夫太太思想开通得多——本来嘛,他又不是个领座员。"一定得让他们结婚,太太。"他说。"我们得让他们都结婚。我们得让国立学校①居于世界领先地位,我们得有

---

① 国立学校,英国国教会为普及全民,尤其是贫民教育于1809年在全国成立的学校。

一支多兵种的常备军。我们得让他们都结婚,太太,"桑茨先生说,"让国家正常运转。"

桑茨先生坐在教堂前的台阶上,而米夫太太则在教堂里面打扫灰尘,这时一对衣着朴素的年轻男女走进了教堂。米夫太太苦行僧式的女帽机警地朝他俩转了过去,心想,他俩这么早就到教堂里来,有可能是从家里私奔出来的。但是他们并不是到这座教堂来举行婚礼的——那位绅士说,他俩"只是想在教堂里转一转,看一看"。他很有绅士风度地把布施的钱放在米夫太太的手掌心里,她脸上酸溜溜的表情立刻就变得柔和了,她降低那苦行僧式的女帽和干瘦的肢体行礼,弄得身上的关节噼啪作响。

米夫太太继续打扫尘土,把跪垫拍拍松——因为有人告诉她那位黄脸老绅士的膝盖娇嫩,跪不了硬垫子——但她那双教堂领座员的锐利目光始终盯着在教堂里漫步的那对年轻男女。"啊哼,"米夫太太咳嗽一声,她的咳嗽声比她管理的任何一只跪垫里的干草还要干枯,"我如果不是大错特错的话,我看总有一天上午,你们俩会到我们这里来举行婚礼的,亲爱的!"

他俩在看墙上的一块石碑,那是为纪念某位死者而立的。他俩所在的位置离米夫太太很远,然而米夫太太只要眯起半只眼睛就能看清:她依靠在他的胳臂上,他低下头去贴近她。"啊唷,啊唷,"米夫太太说道,"我还以为你们会做错事来着。你俩还是纯洁的一对!"

米夫太太的话里并没有个人感情。她只是在讲套话。她对情侣的兴趣一点不比对棺材的兴趣更浓。她就是这么一个形容枯槁、身板挺直、干巴巴的老妇人,就像教堂里的一条长凳,她身上的个人同情心,决不会比一小片木头里包含的更多。胖胖的桑茨先生,这会儿身穿红色法衣,心情和米夫太太大不一样。他俩一起站在台阶上目送着这对年轻男女离去时,他说,那年轻女子身材好漂亮,不是吗?就他目光所及(因为那女子走出教堂时一直低着头),她容貌的美丽也非同一般。"总而言之,米夫太太,"桑茨先生说来津津有味,"她可以称得上是一朵玫瑰花蕾。"

米夫太太将苦行僧女帽吝啬地稍稍一点,算是表示同意;其实她对他的话并不苟同,心想:尽管桑茨先生是位教堂执事,无论他能拿出多少钱来给她,她也决不肯做他的太太。

那对年轻男女在离开教堂、从大门走出去时说了什么?

"亲爱的沃尔特,谢谢你!现在我可以高高兴兴地前往远方去了。"

"等我们回来,弗洛伦斯,我们可以再来看看他的坟墓。"

弗洛伦斯抬起眼睛看着他那张仁慈善良的脸,晶莹的泪光使她的眼睛显得更加明亮了;她用那只空着的手握住自己紧挽住他手臂的那另外一只羞怯的小手。

"时间还早得很,沃尔特,街上几乎没有多少行人。我们一起走走吧。"

"不过这样你可能会太累的,我亲爱的。"

"噢,不会的!我第一次和你一起走路的时候确实很累,可是今天和你一起走就不会觉得累了。"

于是两人就一起步行,他们的变化并不大,她依旧像当年那样天真,有诚挚的心灵,而他也依旧诚实、有成功的希望,并且更以她为骄傲——就这样,弗洛伦斯和沃尔特在他俩举行结婚仪式的早晨,相伴着在街上步行。

即使在很多年以前,当他俩还是在一起步行的孩子时,他们也不像今天似的与整个世界隔离得这么遥远。多年以前,当两个孩子步行时,也不像他们现在似的每踩下一步都觉得脚下的土地都使他们如此陶醉。童稚的信任和爱可能会在很多场合迸发出来,可以给予很多次,但是如今弗洛伦斯已经长大成人,她那颗女人心里专一的、珍贵的爱情只能给予一次,如果遭到轻忽或变心,她的心只会枯萎、死亡。

他俩择路而行,尽量走最僻静的街道,并竭力避开她故居所在的位置。那是一个晴朗、暖洋洋的夏日早晨,当两人向弥漫都市上空的深色烟雾走去时,阳光照耀在他们身上。商店里展现出富丽堂皇的景象,金匠店阳光明亮的橱窗里,宝石、金银在闪烁,当他们行经那些店铺时,富家巨宅投下雄伟的阴影。然而,无论是行经光明的地方还是阴暗的地方,他俩早就忘掉了周围的一切,心里根本不想什么财富呀、骄人的住宅呀之类,他俩始终满怀着爱相偎相依。

他俩逐渐走进阴暗、狭窄的街区,在那里透过浓雾可以窥见太阳,一会儿呈黄色、一会儿呈红色,只有在街角上和小块空地上才长有一棵树,或坐落着无数教堂中的一座,或有一条石板路,连着一段石级阶梯,也许还可能有一小块花园或坟地,坟地里只有几座坟墓和几块已经熏黑的墓碑。弗洛伦斯紧紧挽住他的手臂,穿过一切狭窄的院子、小巷和阴暗的街道,心中满怀着爱意和信任向前走去,去做他的妻子。

现在她的心跳加快了,因为沃尔特告诉她说,他们举行婚礼的教堂已近在咫尺。他们走过几家很大的货栈,货栈门口停着几辆运货车,忙碌的搬运工把道路都阻断了,但弗洛伦斯对他们视而不见、听而无闻,接着空气又恢复了平静,天色却变暗了,她走进了一座发出地窖似的怪味的教堂,身子不禁微微颤抖起来。

教堂里那口破钟的敲钟人是个衣衫褴褛的小老头儿,他此刻正站在教堂的入口处,老实不客气地把自己的帽子放在洗礼盘里——他没把自己当外人,因为他是教堂司事。他把他们领进那间棕色的、积满灰尘、镶着嵌板的旧法衣室,它就像是一架抽掉搁板的墙角碗柜;虫蛀的登记簿册散发出一股像是过期的鼻烟的气味,害得眼泪汪汪的聂宝直打喷嚏。

灰尘堆积的法衣室里那位年轻新娘,充满青春气息,多么美丽。她身边连一个娘家亲属都没有,只有自己的丈夫。那名灰头土脸的老执事,他在教堂对面的拱道底下、密集的柱子背后、完全像座防御工事的地方,开设一家出卖过期报纸的小店铺。那名灰头土脸的老领座员是个孤老太婆,一个人吃饱全家不饿,不过她发现要做到这一点也够她费心的了。她和那名年老的灰头土脸的教区执事,就是涂茨先生上个礼拜天去听结婚公告时打过交道的教区执事和教堂领座员。教区执事与某个敬神会社有关系,那个会社在邻近一所院子里有座礼拜堂,礼拜堂有一扇彩色玻璃窗是一般人见所未见的。木质壁架和飞檐在圣坛上方缩进去、突出来,布满屏饰上方和楼座周围,它们底下还有一块石碑,上面镌刻着这个敬神会社的社长和理事们于公元一六九四年作出的不朽功德。布道坛和读经台上方设有木质的传声结构,如今也已非常陈旧,上面布满灰尘,这些设备看上去像是盖板,似乎当主持宗教仪式的牧师们万一发表渎神言论,就可以将盖板放下来盖住他们的脑袋。那里的一切设施都尽量便于积聚灰尘,只有墓园是个例外,要让墓园积满灰尘倒也不大容易。

船长、索尔舅舅和涂茨先生都到了。牧师正在法衣室里穿上那身宽大的白色法衣,那名执事围在他的身边转,替他吹掉法衣上的灰尘。新娘和新郎站在圣坛前面。这场婚礼没有女傧相,除非苏姗·聂宝可以算一个。新娘的家长由柯特船长担任是最合适不过了。有一个装着条木腿的男子想看热闹,他手持一只蓝色袋子,正在啃食一只软绵绵的苹果,后来他觉得没什么有趣的事情可看,便一瘸一拐地走出门去,可以听见门外传来他用木腿笨拙地走路的回声。

弗洛伦斯低下羞怯的头颅,跪在圣坛前,没有一缕仁慈的阳光照耀在她的身上。周围的建筑物挡住了朝阳,使它照射不到这个地方。窗外有一棵细弱的树,几只麻雀发出一阵啁啾声。窗外高处是一家染坊,它的阁楼上有一个可以迎进阳光的窥视孔,里面有一只乌鸫,在婚礼仪式进行中一直大声地叫个不停。还能听到那个用木腿走路的男子渐行渐远的声音。那个灰头土脸的教堂执事念阿门时,就像是麦克白①,声音似乎沾在了嗓子里。但是柯特船长帮助他摆脱了困境,在以前举行仪式时从来不说阿门的地方,他也充满善意地插进去呼应捧场,硬是把这个词说了三遍。

他俩结婚了,都在一本灰尘多得会诱发喷嚏的旧簿册上签了名,牧师的白色法衣重新放回灰堆里存起来,牧师也回家去了。在阴暗的教堂的一个阴暗的角落里,弗洛伦斯向苏姗·聂宝转过身去,并投入她的怀中哭泣。涂茨先生的两只眼睛都是红红的。船长的鼻子也是湿湿的。索尔舅舅也拉下了脑门子上的眼镜,往门口走去。

"上帝保佑你,苏姗,最亲爱的苏姗!如果你能够为我对沃尔特的爱,以及我何以要爱他的理由作见证的话,那么,请你为他这样做吧。再见!再见!"

他们觉得还是就此分别而不回海军准尉仪器商店为好;附近有一辆马车在等待他们。

聂宝小姐激动得话都说不出来了,她只会紧紧抱住她的女主人,不断啜泣和抽噎。涂茨先生走上前来,力劝聂宝要高兴起来,并且担当起保护她的责任。弗洛伦斯把手伸给他,并怀着真诚的友情与他吻别;她还吻了索尔舅舅和柯特船长,然后就让她的年轻丈夫把她带走了。

---

① 麦克白,见莎士比亚同名悲剧第二幕第二场,"……好像他们看见我高举这一双杀人的血手似的。……我想要说'阿门',却怎么也说不出来。"

但是苏珊不愿让弗洛伦斯在离去时对自己留下一个悲悲切切的印象。其实她原先的打算与此完全不同,她狠狠地责备自己太不中用。她不愿小姐对她的性格产生误会,想尽最后的努力来补救,于是她摆脱了涂茨先生,跑出去找那辆马车,想对弗洛伦斯展现一个临别的微笑。船长凭直觉就猜到她想干什么了,便紧跟在她身后,因为他也觉得自己有责任在与他们分别时尽可能表现得高兴一些。索尔舅舅和涂茨先生跟在他们后面,一起出了教堂,在外面等候他们。

马车已经驶出了,但是那里的街道很窄,坡度很陡,障碍不少,苏珊看见远处有一辆马车停住了,她肯定就是他们乘坐的那一辆。她像一阵风似的从高处往下跑去,柯特船长也跟着她跑,他一边跑还一边挥动着他那顶加光便礼帽,好让车里的他们看到他这个公认的标志,其实就连究竟是不是那辆车,他心里也没有把握。

苏姗超越了船长,赶到了那辆马车跟前。她透过车窗往里望,看见了车里坐着的正是沃尔特,他身边还有一张温柔的脸,苏姗急忙拍着双手尖声喊道:

"弗洛伊小姐,我的心肝宝贝!看我一眼!现在我们大家都非常快乐了,宝贝!再说一声再见,我的心肝,再说一声!"

她是怎么做到的?连她自己也说不清,但一瞬间她还是够到了车窗,伸进双手去搂住了弗洛伦斯的脖子,吻到了她的宝贝。

"现在我们大家都非常、非常快乐了,我亲爱的弗洛伊小姐!"苏珊说时气喘吁吁,不免有些令人怀疑,"你,你现在就不会生我的气了吧。你现在还会生我的气吗?"

"生气,苏珊!"

"不,不;我可以肯定你不会生气了。我说你不会生气了,我的宝贝,"苏珊大声喊道,"船长也来了——你知道,船长真正是你的朋友——他来向你再说一声再见!"

"再见吧,我的小可心儿!"船长大声吼道,脸上的表情显示出他的情绪极其激动,"再见吧,沃尔特,我的孩子。再见!再见!"

年轻的丈夫坐在一侧的车窗前,年轻的妻子坐在另一侧的车窗前;船长抓住一侧的车门,苏珊·聂宝紧紧抓住另一侧的车门;不管你情愿不情愿,这辆马车必须继续往前走,它这一停不要紧,害得后面的运货车、载人车都走不了,造成四轮交通工具前所未有的一片混乱。但是苏姗·聂宝勇敢地要达到自己的主要目的。她在女主人面前,尽管泪流满面,但始终脸上保持着微笑,一直坚持到最后。甚至,当她早被马车所超越,船长仍不肯放弃,只见他的身躯在马车门旁时隐时现,大声喊叫"再见,我的孩子!再见,我的小可心儿!"他的衬衫领子也在猛烈跳动,直到实在没有希望追上马车时,他才罢休。马车终于走远了,苏珊·聂宝重新和船长会合在一起,这时她因过分激动竟晕了过去,船长把她送进附近一家面包房里去休息,好让她苏醒过来。

索尔舅舅和涂茨先生一直坐在教堂墓园围墙顶盖处的石头上耐心地等待,直到柯特船长和苏珊回来。没有人想说话,也没有人想听别人说话,他们真是最好的伙伴,彼此都觉得满意。他们四个一起回到小海军准尉商店,坐下来吃早饭,谁也休想吃得下一口东西。柯特船长本想假装很爱吃烤面包的样子,但最终还是把这个骗局放弃了。早餐后,涂茨先生说他晚上再来。接着他在城里各处转悠了一整天,他模模糊糊地觉得自己好像有两个星期没睡觉了。

那座店面房子,尤其是他们大家时常聚首的房间,似乎具有某种神奇的魅力,但是一旦离开它,大部分魅力都消失了。它加剧了、但同时又抚慰了离别的忧伤。涂茨先生晚上回来时告诉苏珊·聂宝说,那一整天他感到前所未有的苦闷,不过他倒是喜欢这样。他完全信任苏珊·聂宝,和她单独在一起时,与她推心置腹,提起当年曾问过她,董贝小姐有没有可能将来会爱上他,而聂宝直言相告永远不可能,当时自己有怎样的感受。他俩一起回忆往事,互相信任的气氛进一步加深了,眼泪禁不住流在了一起。涂茨先生建议他俩一起上街去买些晚上吃的东西。聂宝小姐同意了,他俩零零碎碎买了一大堆;在李切子大娘的帮助下,他们在船长和老索尔回家之前,就把丰盛的晚餐准备好了,看样子还挺让人眼馋的。

船长和老索尔把第欧根尼送上了船,把它安置好,眼看着几只箱子都送到了地方。他们有很多话要说,说沃尔特在船上和大伙儿的关系都搞得很好,他会过得挺舒服的,别瞧他不声不响,其实他似乎一直在日夜忙碌,他把他们那间船舱布置得很漂亮,用船长的话说,简直"像一幅画",好给他的小妻子一个惊喜。"记住我的话,一位海军上将的舱房,"船长说,"也不会比它更整洁了。"

但是让船长最开心的一件事是,他证实了他的大怀表、糖夹子和茶匙都带上了船,他一次又一次地喃喃自语道,"爱德华·柯特,我的伙计,你拿出自己小小的财产与人共享,你航行了一辈子,这是你选择的一次最佳的航向。你明白船怎样靠岸,爱德华,"船长说,"这给你增了光,我的伙计。"

老仪器制造商比平时更加泪眼模糊、心烦意乱,一直还在惦记着这场婚礼和随后的离别。但是,有老伙伴内德·柯特在他身边,这给了他极大的安慰;等他坐在餐桌前吃晚饭的时候,脸上终于显出感恩和知足的表情。

"我的孩子不但保住了命,事业还蒸蒸日上,"老索尔搓着双手说,"我还有什么权利不感恩,不快乐呢!"

船长还没有在餐桌前就座,一时间显得有点儿坐立不安,这时在他的座位面前犹豫不决地站着,用探询的目光看着吉尔思先生说:

"索尔!下面地窖里还有最后一瓶马德拉陈酒。你想不想今天晚上把它喝掉,我的伙计,为小沃和他的妻子干杯?"

航海仪器制造商若有所思地看着船长,一边伸手从他咖啡色上衣胸前的口袋里掏出他的记事本,把夹在里头的一封信拿了出来。

"给董贝先生的信,"老人说,"是沃尔特写的。三个星期以后再送给他。我要念这封信。"

"先生。我已与您的女儿结婚。她和我一起出发远航,前往一个遥远的地方。对她忠诚、专一就不该对她或您提出任何要求,上帝知道我对她就是这样的。

"我爱她胜过世上的一切,但是,我却把她与我危险的、前途未卜的命运联系在一起,而且迄今仍无怨无悔,这究竟是为了什么,我不想对您说。您应该知道为什么,因为您是她的父亲。

"请您不要责备她。她从来没有责备过您。

"我并没有妄想或希望您有朝一日会原谅我。这是我最不敢企盼的事。但是,假如未来会出现那样一个时刻,当您相信弗洛伦斯身边有这样一个亲近的人,他生命中的重任就是要使她消除对往昔的痛苦记忆,那么我向您庄严地保证,在那样一个时刻,您将会因为相信这一点而感到宽慰。"

索罗门仔细地把信夹回他的记事本里,又重新把记事本放进自己的上衣口袋。

"现在我们还不能喝那最后一瓶马德拉陈酒,内德,"老人沉思着说,"现在还不能。"

"现在还不能,"船长表示赞成,"不能。现在还不是时候。"

苏珊和涂茨先生也持同样的意见。沉默了片刻以后,大家一起就座用晚餐,用别的酒浆为这对年轻夫妇祝福;那最后一瓶马德拉陈酒仍好好地保存在地窖的灰尘和蜘蛛网中间,没受打扰。

过了几天,一艘雄伟的大船航行在大海上,展开它白色的翅膀迎接顺风的吹送。

弗洛伦斯在甲板上,在船上最粗豪的人们的眼里,她是优雅、美丽、温柔、平和的象征,船上有了她就有了快乐和吉祥,能保佑这次航行顺利、平安。黑夜来临,她和沃尔特单独坐在一起,注视着他们和月亮之间的水面上那条庄严的光明之路。

最终她看不清了,因为她已泪眼模糊;她把头倚靠在他的胸怀,双手搂住了他的脖子说,"噢,沃尔特,最亲爱的,我多么快乐啊!"

她的丈夫把她紧紧地搂在怀抱里,他俩谁都不出声,雄伟的大船平静地向前驶去。

"当我听着海水的声音,"弗洛伦斯说,"坐在那里观看它时,它让我想起多少往昔的时光。它让我想得很多很多……"

"想起珀尔,我的爱人。我知道你想的一定是他。"

她想的是珀尔和沃尔特。海浪的声音总在不断地低语,对弗洛伦斯说悄悄话,它诉说着爱,永恒无尽的爱,这种爱超越这个世界的局限,超越时间的尽头,绵亘在比海洋更远的地方,绵亘在天边外,直到远方那看不见的国度。

第五十八章 时光流逝

大海潮涨潮落,已经过了整整一年。风云来去变幻,已经过了整整一年。无论雷鸣电闪或是阳光灿烂,时光老儿都不停地履行职责。在这整整一年里,人间机遇、变化之潮一直在规定的航道里流驶着。在这整整一年里,著名的董贝父子商行,与欺诈事件、蛊惑人心的谣言、不成功的投资、不利的流年,尤为重要的是,与商行大老板不清醒的头脑,进行一场生死搏斗,董贝先生对商行业务一丝一毫都不肯收缩,有人劝他说,他驾驶的商行这艘正在奋力抗御风暴的大船,其实力量已经很弱,抗御不住了,但是他对这种警告,连一个字都听不进去。

一年时间过去,这家伟大的商行倒闭了。

一个夏季的下午,离开在城市教堂举行的那场婚礼一周年,只差几天了,伦敦交易所里的人们在喊喊喳喳地议论,有一家大商行破产了。交易所里尽人皆知的那位骄傲、冷峻的大人物,当时并不在场,也没有派个代理人到那里去。第二天,到处都在流传董贝父子商行停止营业的消息,当天的晚报上刊登出一份破产企业的名单,董贝父子商行列在首位。

说实话,现在的世界真的很忙碌,有许多话可说。这是一个天真地轻信、遭受极不公平对待的世界。不管怎么说,在这个世界上,破产就是破产,不会有别的样子。没有一个公众注目的人物可以站在松动、坍塌的宗教、爱国、美德、荣誉的堤岸上,来广泛展开自己的贸易活动。钞票只是可以流通的纸张而已,数额再大也不值得夸耀,有些重要人物其实并没有什么财产,但照样过相当体面的日子,还空口答应慷慨行善。无论何处、何事,什么缺点都能容忍,就是不能没有钱。世界其实是充满愤怒的;尤其是世上的人们,表现出一副义愤填膺的样子,如果世界进一步恶化,他们自己就可能成为作秀作假的破产商人。

听差珀奇先生在客观环境的播弄下,又有了放荡不羁的诱因!显然,珀奇先生命中注定,总是一觉醒来就发现自己成了名人[①]。私奔以及随后发生的事曾使他名噪一时,人们会说,他回到平静的私人生活,不过才是昨天的事,然而,商行破产倒闭却把他造就成一位比以往更加重要的人物。他本来坐在外间办公室的托座上,这时他从上面溜了下来,观看那几位会计师之类陌生人的面孔,这些人很快就把商行的几位老职员都顶替掉了。珀奇先生只要在外边的庭院里、最远在国王纹章饭店的酒吧里一露面,人们总会向他提出一大堆问题,其中肯定包括这样一个有趣的问题:他想喝什么酒?于是珀奇先生就会详谈细说他和珀奇太太如何在博斯塘家中,长时间地为商行命运焦虑不安,是他们夫妻两人首先猜到商行"情况不妙"的。珀奇先生会压低嗓音对那些听得出神、张开大嘴的听众们说,当珀奇太太第一次听见丈夫在睡梦中哼哼道,"一英镑是十二先令六便士,一英镑是十二先令六便士!"时就猜到商行准是出差错了。他所以会精神恍惚,出现梦游症状,可能是由于董贝先生脸上发生的变化给他留下的印象所引起的。他告诉听众们说,他有一次对老板说,"先生,我可以不可以冒昧地问一句:您是不是觉得不开心?"董贝先生回答他说,"我忠实的珀奇——不过我并不觉得不开心,不可能的!"他说时伸手敲一下前额说,"离开

[①] 狄更斯在这里开玩笑,把珀奇比作英国诗人拜伦,拜伦在长诗《恰尔德·哈罗尔德游记》前两章发表后说,"我一夜醒来,发现自己成了名人。"

我,珀奇!"总而言之,珀奇先生是他所处地位的牺牲品,讲了各式各样的谎话;不但打动了听众中易于动感情的那些人,而且惹得他自己都流下了眼泪,昨天才编造出来的谎话,反复说过多次,到了今天,就连他自己都信以为真了。

这样的酒吧聚会结束时,珀奇先生总会温顺地说,当然,尽管他怀疑商行的情况可能不妙(就好像他以前真的怀疑过似的),但他的为人决不会辜负老板对他的信任,你说对不对?大家都接受了他的这种表白,这给他带来具有高尚情操的美誉(反正在场的人里头没有一名是商行的债主)。因此,当他回到他那托座上时,良心总会得到抚慰,并给人们留下美好的印象。他重新坐在托座上,观察会计师等人一张张陌生面孔,随意观看那些极为神秘的账册。他会间或地踮着脚尖走进董贝先生那间已经空无一人的办公室,给那里的炉子捅捅火;或是走出门去,到户外去透透气,和任何一个在那儿闲逛的熟人再聊上几句悲伤的话;要不然就是用种种小手段尽量去谋求总会计师对他的好感:他希望这位总会计师在董贝父子商行的业务结束以后,能帮助他在一家火灾保险公司谋得一名听差的职位。

董贝父子商行的破产对白士度少校来说,真是一场大灾难。少校并不是个富于同情心的人,他的全部心思完全集中在乔·白一个人的身上,而且他除了关心自己的气喘和噎塞等身体疾病之外,对任何别人都不会动以热烈的感情。然而,长期以来他在俱乐部里一直在吹嘘他的朋友董贝;当着俱乐部成员们的面大肆炫耀,不断坚称他的朋友董贝先生富可敌国,这样就把众人全都比了下去。俱乐部成员们也都是人,这些人现在可以对他反唇相讥、拿他取乐了,他们装出十分关切的样子问少校说,如此惊人的大破产,他以前是否曾经料想过,这可让他的朋友董贝怎么承受。这样的问题让少校的脸涨得发紫,他回答说,先生,这个世道已经彻底沦丧;我老乔伊一向明白机灵,也上当受骗了,先生,就像个光屁股的小娃娃似的;要是你提前在我跟董贝一起离开英国、在法国到处追踪那个流氓时,就对老乔·白士度说出这番话来,先生,那我准会啐你,对你说呸的!老天可以作证,先生,那时我一定会对你说呸的!我老乔受骗了,先生,上当了,受蒙蔽了,眼睛给遮住了,可是现在又清醒过来了,重新变得心明眼亮了。先生,即使老乔的父亲明天会从坟墓里爬起来,我也不会再相信这个老来俏,借给他一个铜板了,但是我会对他说,你的儿子乔希是个久经沙场的老兵,谁都不能再次让他上当受骗了,先生。乔·白,他是个多疑、刻薄、古怪、已经筋疲力竭的异教徒,先生;如果说,栖身在一只木桶里的生活方式①,与一位粗鲁、坚强的老少校的尊严相符合的话,上帝知道,先生,他明天就会到帕尔街②去买一只木桶,以表明他对人类的蔑视!要知道这位少校可是老牌名校出身,曾有幸亲身受知于已故肯特公爵殿下与约克公爵殿下,并承蒙他俩嘉奖的啊!

  少校发表这些言论,以及属于同一调子的许多其他说辞的时候,显示出中风的许多迹象,脑袋乱转,因受到恶劣待遇感到愤懑而厉声咆哮着,俱乐部的年轻会员们猜想,他准是往他的朋友董贝的商行里投下了巨额资金,结果损失掉了;然而那些对老乔更加熟悉的老兵们和老谋深算的家伙们都不愿相信有这种事。那个倒霉的土著仆人尽管什么意见都没有发表,却遭了大罪;不但在道德感情方面,每个白天,每个小时都受到少校连珠炮般的攻击,一遍遍地受到盘问,而且还使他身体的敏感部位,常常受到敲打和撞击,时时处于紧张状态。商行破产倒闭整整六周以内,这个可怜的外国人一直处在脱靴器和刷子雨点般的打击之下。

---

① 指以第欧根尼为主要代表的古希腊犬儒学派哲学家。他们主张过原始简朴的生活,栖身木桶之中是为了折磨自己的肉体,锻炼自己的意志。
② 帕尔街,伦敦中部的一条街,以俱乐部众多著称。

威克太太对于这桩倒霉事,有三点看法。第一,她对此无法理解。第二,她的哥哥没有鼓足干劲。第三,如果她受到邀请,能参加那第一次宴会,这桩倒霉事就决不会发生;那个时候,她就是这么说的。

不论什么人持有什么看法,都不能使这桩倒霉事暂停,也不能使它加重或减轻。众所周知,商行的善后清理工作将做得尽善尽美;董贝先生情愿放弃他所拥有的一切,不向任何人乞求任何优惠。商行恢复营业已经绝无可能,尽管有人提出通过友好协商取得妥协的建议,但他连听都不要听;作为一个在商界人人敬仰的人物,他已完全放弃了一切受人信任、引人注目的位置。有人传言,说他快要死了;另有传言,说他因为抑郁而逐渐发疯;总而言之,大家都说他已经毁掉了。

商行职工为哀挽他们商行的破产,在他们内部举行了一次小型的聚餐会,会上有人演唱滑稽歌曲以活跃气氛,会后大家值得赞许地离开商行各奔前程。有人在国外找到了工作,有人在国内别家商行上了班;有人突然想起他们情意特别深挚的乡下亲戚来,便投奔而去;有人在报纸上刊登求职广告。只有珀奇先生一人仍留在原先的营业处里,坐在他的托座上,看着会计师等人,或者从托座上溜下来,竭力向总会计师讨好、献殷勤,那位先生还真可能会介绍他到火灾保险公司去上班呢。因为没人打扫,会计室很快就被弄得很脏。如果那个常在院子角落里卖拖鞋和狗项圈的小贩还在的话,可能会这样想,要是董贝先生这时候在这里出现,他再把食指举向帽檐向那位先生致敬的话,不知这一做法是否合宜。那名有执照的搬运工,双手藏在白围裙里面,非常精彩地申说"野心"这个词的道德寓意,在他看来,"野心"与"倒运"这两个词竟然押韵①,这决不会是偶然的。

那位眼珠淡褐色、须发都已染上一层灰白色的单身汉莫芬先生,也许是唯一沉浸在商行破产气氛里的人(当然,除了商行老板以外),从内心深处为这场灾难感到悲伤。多年以来,他一贯对董贝先生保持应有的尊敬和服从,但他从来也不会扭曲自己的天然本性去谄媚老板,或为了自己升迁的目的而去博取主子的好感。因此他不是自尊心受到过伤害而企图报复的人,也不像是长期紧绷的弹簧一旦放松就会迅速反弹。他起早贪黑地工作,把商行历年交易记录中复杂困难之处加以阐明;他随时应对质询,需要解释的地方都被他讲得清清楚楚;他还坐在原先那间办公室里,有时候要坐到深夜仔细研究关键问题,由于他对商行业务非常熟悉,只要问他就够了,这样就使董贝先生得以免除亲自被人询问查究的痛苦。工作结束后,他就回到位于伊斯林登的家里,在上床休息之前,用他那把大提琴奏出最凄凉、最悲哀的旋律,以抚慰自己的心灵。

那一天白天,商行里进行的程序太让他沮丧了,晚上回到家里,他正在竭力从深沉的旋律中尽找安慰,用喃喃的音乐语言使自我忘却悲伤,这时,他的女房东(幸亏那位女房东是个聋子,对他演奏的音乐倒没别的反应,只觉得有什么东西在她骨头里微微颤动,麻酥酥的),进来说是有一位女士来访。

"她身上穿的是丧服。"她说。

大提琴马上停了下来;演奏家小心翼翼地以十分爱惜的态度把琴放在沙发上,做了个手势请客人进来。他自己还马上走出去迎接,在门口与哈丽特·卡克遇个正着。

"就你一个人!"他说,"约翰今天早晨来过了! 出什么事了

---

① "野心"与"倒运",英文分别是"ambition"和"perdition"。

吗,我亲爱的? 没有,"他接着说,"从你脸上的表情看得出来,完全是另外一回事。"

"那么,我怕是让你看出了我自私的表情。"她回答。

"那是一种非常愉快的表情,"他说,"要是自私的话,那对你来说也是一件新鲜事,很值得看。不过我决不相信你会自私。"

说时他搬来一把椅子请她坐了,自己坐在她的对面;那把大提琴舒舒服服地躺在他俩之间的沙发上。

"我一个人来,以及约翰没有告诉你我要来,你对此不必感觉意外,"哈丽特说,"等我把我前来的目的告诉了你,你就会相信这一点了。我现在就说,可以吗?"

"现在就说,再好也没有了。"

"你现在没有什么急事要干吧?"

他伸手指一指躺在沙发上的大提琴,说,"我忙了一整天。它可以为我作证。我心里的一切烦恼全靠它来替我疏解。我希望只对自己一个人宣泄。"

"商行是不是倒闭了?"哈丽特急切地问。

"完全、彻底地倒闭了。"

"还有可能重新营业吗?"

"永远不可能了。"

当她嘴里无声地重复这句话时,并没有遮蔽住她脸上明朗的表情。他似乎观察到了这一点,不由得微微觉得有些惊奇,于是又说:

"永远不可能了。你记得我曾经告诉过你。自始至终,谁都不能让他相信这一事实;谁都没法对他讲清其中的道理;有的时候,你甚至无法去责备他。最坏的事已经发生了;商行倒闭了,永远不可能重建了。"

"董贝先生呢,他个人也彻底破产了吗?"

"彻底破产了。"

"他一点点私人财产都没有留下吗？一无所有啦？"

她声音里含有某种急切的情绪,她流露出某种几乎像是欢乐的样子,这使他似乎愈来愈感到惊奇;同时也使他感到失望,因为她的表情与他的情绪完全不一致。他若有所思地看着她,一面用手指弹击着桌面,过了片刻,他摇摇头说：

"董贝先生拥有的资产究竟有多少,我并不掌握它的确切数字;尽管那数量毫无疑问大得惊人,可是他有责任要清偿的债款,数额也十分巨大。他是一位有道德、有高度荣誉感的绅士。任何有他那么高的地位的人本来都有自救的办法,有许多身居高位的人士也确实那么做了,只要他在与商行客户协商的时候,稍稍让他们多受一些损失就行了,在结算时作一点难以觉察的小变动就可以给他留下一笔足以维持今后生活的款项。但是他决心拿出自己的全部财产来清偿欠款,连一个小钱都不留下。用他自己的话说,欠客户的钱可以清偿,或近乎完全得到清偿,不让一个人蒙受很大的损失。啊,哈丽特小姐,如果我们多想想这一点对我们实在很有益处,那就是:有的时候,人的缺点倒是他的优点发扬过度所造成的！他的骄傲在这件事上表现得很不错。"

当她听他说话时,她脸上的表情几乎一点都没有改变,她一方面在注意聆听他的讲话,同时又在注意自己一心惦念的那件事。当他说完话,沉默下来时,她立即问他：

"你最近见到他了吗？"

"谁都没有见到他。当商行事务的危机必需要他亲自出面时,他就从家里出来处理,处理完毕后他又重新回到家里,把自己封闭起来,任何人都不见。他给我写了一封信,就我们过去的关系向我表示谢意,并向我道别,在这封信里,他言重了,我不配得到他如此的赞誉。在以前的好日子,我从来不跟他多打交道,现在也不愿意去打扰他;不过我还是试过要这么做。我给他写过信,到他家里去过,要求见他。结果这一切都是白费力气。"

他看着她,希望她能对董贝先生表现出比迄今为止所表现的更多的关切;他的语气庄重,饱含感情,似乎想给她留下更深的印象;然而她的表情却丝毫也没有改变。

"算了,算了,哈丽特小姐,"他说时显出失望的样子,"我的这些话简直是文不对题。你不是为听这些话来的。你心里自有别的、可以使人高兴一些的话题呢。说出来也让我高兴高兴,这样我们俩就扯平了。说吧!"

"不,我和你说的是同一话题,"哈丽特坦诚的话顿时让他感到意外,"我的话和你的话为什么不能说的是同一件事呢?约翰和我对最近发生的巨大变故,自然会想得很多也谈得很多,这难道不是非常正常的吗?他在董贝先生手下服务了这么多个年头,你知道是在怎样的条件下服务的,如今董贝先生如你刚才所说,穷困潦倒了,而我们却变得十分富有!"

从浅褐色眼珠的老单身汉莫芬先生第一次见到她的时候起,她那张善良而真诚的脸,在他看起来一向都觉得很令人喜爱,可是此刻,当她眼里放射出一缕欢乐的光芒时,他便觉得她那张脸没有向来那么令他喜爱了。

"我不需要提醒你,"哈丽特说,她垂下目光看着自己身上黑色的丧服,"我们的经济条件是靠了什么才改变的。你不会忘记我们的兄弟詹姆斯出事的那个可怕的日子,他没有立下遗嘱,除了约翰和我,他没有别的亲人。"

尽管刚才那一会儿他的脸色有些苍白和抑郁,此刻他脸上的表情开始变得明朗、愉快起来。他似乎呼吸得更轻松了。

"你知道,"她说,"我们的历史,知道我两个哥哥过去的事,这一切都是与你非常正确地说到的那位不幸的、遭难的绅士紧密相联的。你知道我们两个——我和约翰——经过多年来一起度过的那种生活,我们所需极小,简直用不了多少钱;现在他通过你善意的帮助,所挣得的工资,就足够维持我们两人的生活了。我想请你帮我们办一件事,你听了不会感觉意外吧?"

"要是一分钟以前,我还说不上来。可是现在,我想,我不会感觉意外了。"

"对于我已故的哥哥,我无话可说。要是他的亡灵能知道我们的作为……不过你能理解我的意思。对于我活着的哥哥,我有很多话要说:我们感到有责任采取这一行动,为此我特意前来请求你给予我们必不可少的帮助,但最需要我强调的是,这是他本人的决定,一直要到这一行动付诸实行,他才会觉得安心!"

她又抬起了目光;她脸上漾起的欢乐的光芒,在那双正在敏锐地观察她的眼睛里,开始显得美丽起来。

"亲爱的先生,"她继续说,"这件事一定要完全无声无息地、秘密地进行。你的经验和知识能够指出正确的实行办法。也许可以让董贝先生相信,从他无数受损的财产中,一笔资金出乎意料地得以挽回;或者告诉他,和他长期做大笔生意的客户中,有些人出于对他诚信、正直的人格的尊敬,主动给了他这笔钱;要不然就让他相信,有几笔以前放出去的失账现在收回来了。这样做的办法一定还有很多。我知道你会选择最好的一种。我前来请求你的帮助,请你以自己特有的那种仁慈、慷慨、对人关心体贴的方式为我们办成这件事。请你永远也不要对约翰提起这件事,对他说来,这一补偿、救赎行为必须秘密地进行,不为人知,不必经过任何人的同意,他才会感到最大的快慰。我们只要保留所继承财产的极小部分,其他大部分财产的利息都归董贝先生所有,在他有生之年一直让他享有。你要忠实地为我们保守这一秘密——我肯定你一定做得到;从现在起,甚至在你我之间,这件事也尽量不提,它将仅仅作为我对上天的感恩以及为我哥哥感到快慰和骄傲的一个新的理由,活在我的心里。"

她脸上的欢喜,也许是当一个悔改的罪人和九十九个不用悔改的义人同时进入天堂时,展现在众天使脸上的那种欢喜。① 它不会因那充溢在她眼中的喜悦的泪水而变得模糊,黯然失色,只会因它而变得更加明亮。

"我亲爱的哈丽特,"莫芬先生沉默片刻后说,"听这些话,我事先没有准备。根据我的理解,你的意思是愿意将你继承的那部分财产和约翰的财产一起拿出来,用于你那善良的目的,不知道对不对?"

"噢,对啊,"她说,"多年来我们俩一直分享一切,我们所有的忧虑、希望、意愿都是共同的,我怎么能容忍在这件事情上被排除在外呢?我难道不能坚持做我哥哥的终生伙伴兼合作者的权利吗?"

"上帝不容我与你持不同的观点!"他回答道。

"这么说来,我们可以指靠你的友好帮助了吧?"她说,"我知道我们指靠得上!"

"假如我不能给你全心全意的保证,那我就只能做个比……比我对自己期许的,或自信已经成为的那种人更要差一些的人了。毫无疑问,我以荣誉保证,你可以指望我替你们保守秘密。如果我们发现董贝先生不出我之所料,继续一意孤行,谁的话都听不进去,终于落入极其艰难的境地,那时我就会帮助你们去完成你和约翰共同设定的计划。"

她脸上充满恳挚和快慰的表情,把手伸给他,向他表示感谢。

---

① 参看《圣经·新约·路加福音》第15章第7节,"我告诉你们,一个罪人悔改,在天上也要这样为他欢喜,较比为九十九个不用悔改的义人,欢喜更大。"

"哈丽特，"他说，仍把她的手握在自己的手里，"此时此刻与你谈论你们所能作出牺牲的价值，特别是仅限于金钱方面的牺牲，不但无益而且冒昧。要是我建议你们对这个计划重新考虑，或者加以限止、缩小的话，我觉得也是无益的、冒昧的。我是一个微不足道的人，对于一桩伟大历史事件的伟大结果，我没有权利闯进来加以妨碍。我只有在你的信赖、托付面前俯首听命的权利，我知道你的托付来自一个比我可怜的世俗知识更高、更好的灵感源泉，我因此而感到满足。我只想说：我是你的忠实仆人，我宁愿这样，宁愿成为你所选定的朋友，而不愿成为除你以外的任何人的忠实仆人和朋友。"

她再一次向他表示真诚的感谢，并说晚安与他道别。

"你这就回家吗？"他说，"让我陪你回去。"

"今天晚上不行。我现在不回家；我要独自到一处去拜访。你明天到我家来好吗？"

"好的，好的，"他说，"我明天一定去。同时我要把这件事好好考虑考虑，想一想我们怎样去办最好。也许你也要好好考虑考虑，亲爱的哈丽特，还有，还有，连带着也稍稍想一想我。"

他牵着她的手把她送上一辆停在门口等她的马车；如果他的女房东耳朵不聋的话，她准能听到当马车驶走、他返回屋里时，他一边上楼一边嘴里咕哝着：我们都是习惯的动物，成为老单身汉是一桩可悲的习惯。

大提琴仍躺在两把椅子中间的沙发上，他没有搬开那把空椅子，只是拿起琴，坐在自己原先坐的椅子上奏出低沉的琴声，一边眼望着那把空椅子，缓慢地摇晃着脑袋，一直待了很长、很长时间。起初他与乐器对话时表现出的感情极为温柔，哀婉动人，但这和他与那把空椅子对话时脸上表现出来的感情相比，就不算什么了，那种真挚、笃实，使他终于不得不求助于柯特船长自我治疗的办法：

不止一次用袖子擦拭自己的脸。然而,大提琴声终于逐渐与他的内心精神协调一致起来,奏出了《和谐的铁匠》①的优美旋律,他一遍又一遍地反复演奏,直至他红润而安详的脸放出亮光,就像真的铁匠放在铁砧上锤击的金属一样。总之,大提琴和空椅子是他单身汉生涯中的伴侣,直至将近午夜时分。他用晚餐时,大提琴笔直地立在沙发的一角,大肚子里储满和谐的铁匠铸造出来的和谐,它那弯弯的眼睛似乎正以无法言表的智慧,在向空椅子送去挑逗的目光呢。

当哈丽特离开莫芬家,她雇的那辆马车的车夫赶起车来就走,可以看得出来,他对马车去的地方已经走得很熟了,穿过近郊来来往往都可以抄近路。马车赶到一片空阔的地方,花园中间矗立着几座安静的老式小房子。他把马车停在一座房子的花园门口,哈丽特下了车。

她轻轻地摇了摇门铃,一个满脸忧伤的妇女跑来开门。她委靡不振地将脑袋耷拉在一边,看见是哈丽特,就向她行个屈膝礼,并领她穿过花园走进屋子。

"护士,今天晚上你的病人情况怎么样?"哈丽特问。

"小姐,我担心,情况很糟。噢,她有时候多么让我想起我叔叔家的贝特西·简!"这位面部肤色白皙的女人满腔悲哀地说。

"在哪个方面?"哈丽特问。

"在一切方面,小姐,"那名护士回答,"唯一不同的是,贝特西·简是个孩子,到了死神的门口倒没有死,居然长大成人了。"

"不过你上次告诉我说她身体复原了,"哈丽特语气温和地说,"所以说我们更加有理由抱有希望,魏根大娘。"

---

① 《和谐的铁匠》,英籍德国作曲家亨德尔(1685—1759)E大调第五组曲中的曲调与变奏的别名。名称是作曲家身别人所加,与乐曲创作情况无关。

"啊,小姐,对于那些精神上支撑得住的人们来说,希望是件好东西!"魏根大娘摇摇头说,"我本人的精神却支撑不住,不过我不会对此怀有怨意。我羡慕那些有这种福分的人!"

"你应该尽量使自己变得乐观一些。"哈丽特说。

"小姐,我确实要谢谢你,"魏根大娘阴冷地回答,"如果我有乐观的天性,那么这种寂寞荒凉的处境,请你原谅我说话坦率,也会在二十四小时之内使我想乐观也乐观不起来;但是我根本不是个乐观的人。我还宁愿这样呢。我以前还有过一小点乐观精神,可是几年前在布赖登时全都丧失掉了,我觉得那样对我倒好。"

她正是接替李切子大娘当小珀尔保姆的那位魏根大娘,她认为自己是在和蔼可亲的皮普钦太太家丧失掉她原有的那一小点乐观精神的。那种因传统习惯而奉为神圣的古老制度真是优越无比、考虑周到,它总是把人类中最令人不愉快、最令人意志消沉的人们挑选出来,让他(她)们担当青年导师、道德指路人、女校舍监、监考员、病号护理员之类的职务,正是这样,把魏根大娘推上了护士这样一个很好的工作岗位,尤其是她那严肃的品质,获得众多欣赏她的雇主们的交口称赞。

魏根大娘抬起眉毛,脑袋侧在一边,为哈丽特照明,领她上楼来到一间干净、整齐的卧室,与它相连的还有一间光线暗淡的房间,里面放着一张床。第一间卧室里坐着一位老妇人,正通过一扇打开的窗子,漠然望着窗外的黑暗。在另一间卧室里,一个人影正舒展着身子躺在床上,在那个雨横风狂的夜,她曾顶风冒雨地前行;现在,几乎已认不出她原先的样子来了,只有与她苍白的脸以及边上的白枕头、床单之类的对照下,她那头又黑又长的头发还依然如故。

啊,那衰惫不堪的身躯和那强烈的目光!当哈丽特走进房间,那双眼睛看着门口,由于怀着如此渴望的感情,而变得明亮起来;

她的头因为乏力抬不起来,只能在枕头上极其缓慢地一点一点向她转过来!

"艾丽斯!"只听见来探视她的那个人温柔的声音,"今天晚上我来晚了吧?"

"我觉得你每天晚上都来晚了,尽管你总是来得很早。"

现在哈丽特在她的床边坐下来了,用手握住伸在床上的那只瘦骨嶙峋的手。

"你好些了吗?"

魏根大娘像个郁郁寡欢的幽灵似的站在床脚那头,她毫不犹豫地使劲摇头,对病人的状况作出否定的回答。

"好不好的已经不要紧了!"艾丽斯淡然一笑说,"今天好些或者坏些,只是一天里的不同而已——也许连一天都不到。"

性格严肃的魏根大娘呻吟一声以示同意;她冷冷地在被褥底下轻轻地拍了几下,似乎想摸一摸病人的脚,试试它是否像预想的那样已经变硬了,然后她又走到桌子跟前去把桌上的药瓶之类碰得叮当响,就像是告诉病人说,"趁我们还在,让我们按先前那样继续服用混合药水吧。"

"不,"艾丽斯低声对前来探视她的人说,"罪恶的生活道路,还有自责,长途跋涉,生活匮乏,恶劣的天气,不但要忍受户外的暴风雨,还要忍受内心暴风雨的打击,这样就把我的生命磨损、消耗掉了。我撑不了多少时候了。"

她一边说,一边把哈丽特的手抬起来,贴到自己的脸上。

"我躺在这里,有时候我会想,我愿意多活几天,让我来得及表明我对你是多么的感激!这是我软弱的地方,很快就过去了。这样对你会好些。对我也好些!"

此刻她握住那只手的样子,与那个荒凉的冬季夜晚她在炉火旁握住那同一只手的样子,是多么的不同!轻蔑、盛怒、挑衅、不顾一切,喂,注意! 这就是结局。

魏根大娘把那堆药水瓶子磕碰够了,这时把混合药水倒出来。当艾丽斯喝药时,魏根大娘仔细端详着她的病人,嘴角朝上抿得紧紧的,她的眉毛也朝上拧,并且摇头,以表明她宁愿受折磨也不愿说出病人已经没有指望了的话。接着魏根大娘以一个女性掘墓人把骨灰撒在骨灰上、尘土撒在尘土上的姿态(她是一位性格严肃的人),往房间各处撒了少许清凉剂,然后退出房间到楼下去吃某次丧仪剩下的烤肉。

"自从那次,"艾丽斯问,"我到你家去,告诉你我做的事,并且对你说,任何人跟踪追寻都已经太迟,这件事离开现在已经有多久啦?"

"已经过了一年多了。"哈丽特说。

"一年多了,"艾丽斯说时脸上露出沉思的神情,"你把我带到这里来也有好几个月了!"

哈丽特回答说,"是。"

"你用温柔、仁慈的力量把我带到这里来。把我!"艾丽斯说时,把脸掩藏在自己的手掌里,"你用女性温柔的目光和言辞以及天使的行为,把我也变成一个懂得人情的人了!"

哈丽特向她俯下身去,抚慰她,使她平静。过了一会儿,艾丽斯仍像刚才一样躺着,仍用手掌遮住脸,说是要人把她的母亲找来。

哈丽特跑去对那老妇人说了不止一遍,但她全神贯注地通过打开的窗子看着外面的黑暗,根本没听见。直到哈丽特走到她身边用手碰碰她,她才站起身,进入女儿的卧室。

"妈妈,"艾丽斯说时又握住哈丽特的手,那对亮晶晶的眼睛饱含爱意始终注视着她,与此同时,她对自己的母亲只是伸出一个手指,指点了一下说,"把你所知道的事都告诉她。"

"今天晚上吗,我的宝贝?"

"唉,妈妈,"艾丽斯声音微弱但态度庄重地回答道,"今天晚上!"

老妇人的心神似乎因惊恐、悔恨或悲伤而显得混乱起来,她缓慢地沿着病床的一侧蹑手蹑脚地走过来,而哈丽特则站在病床的对面一侧;老妇人跪了下来,这样她那枯槁的脸就和床罩一样高了,她伸出手去就能摸着女儿的手臂,她开始叙述:

"我漂亮的女儿……"

天哪,她发出的是怎样一种哭声呀,因为哭,她讲不下去了,便注视着躺在床上的病人枯瘦的形体!

"我的模样早就变了,妈妈!早就枯萎了,"艾丽斯说,但眼睛并没有看着她的母亲,"你现在就不必为这个伤心了。"

"……我的女儿,"老妇人支支吾吾地说,"我的女孩儿的身体很快就会好起来的,到时候她漂亮得会把她们全都比下去,让她们感到自愧不如的。"

艾丽斯悲哀地朝哈丽特微微一笑,并爱抚她的手,把它拉得更近些,但是什么话都没说。

"我说,她的身体很快就会好起来的,"老妇人重复道,一边伸出瘦骨嶙峋的拳头,对着空气做出示威的动作,"到时候她漂亮得会把她们全都比下去,让她们感到自愧不如的——她一定会的。我说她会的!她会的!"——看她那样儿,就好像她正在与床边上某个隐形的反对者进行激烈争论呢——"我的女儿曾经遭人抛弃,被流放到远处,不过她和那些骄傲的大人物可真有亲戚关系,只是她不愿意吹嘘。啊!和那些骄傲的大人物!这种关系尽管没有牧师、没有结婚戒指——这种关系,他们能造成,但是割不断——我的女儿和上等人有亲戚关系。你把董贝太太领来让大家看看好吗,那我就能让你们看见艾丽斯嫡嫡亲亲的堂姐。"

哈丽特先是看着那位老妇人,接着又把目光投向正在注视着自己的那对亮晶晶的眼睛,从中获得了确凿的证据。

"不是吗!"老妇人喊道,强烈的虚荣心使她昂起了那颤巍巍的头颅,"虽然我现在又老又丑,——生活窘迫和不良习惯使我看上去比实际年龄更老,——但我也和任何人一样有过青春年少的时候。啊!也像许多姑娘一样漂亮!当时我是一个鲜鲜嫩嫩的乡下姑娘,亲爱的,"说时她越过病床,把手臂伸向哈丽特,"还很漂亮呢。董贝太太的父亲和他的兄弟是最会寻欢作乐的、最受人喜爱的绅士,他俩从伦敦到我的家乡来玩,——不过,他们都早就死掉了!天哪,天哪,已经过去这么长时间啦!那个兄弟就是我的艾丽斯的亲生父亲,两兄弟里数他活得长。"

她稍稍抬起头来凝视着女儿的脸;她的心思似乎从回忆自己的青春年华,又转而回忆起女儿的青春年华来了。接着,她突然把脸埋在床上,用手和臂膀盖住。

"他们俩长得可像了,"老妇人说,没有抬起头来朝上看,"年龄相近的兄弟很少有他们俩长得这么相像的——根据我的记忆,他俩年龄相差也就一年上下——要是你能像我那样,那一次有机会看到我的女孩儿和他兄弟的女儿肩并肩地站在一起,你就会看出来,尽管她俩穿的衣裳、经历过的生活,差别那么大,可是她俩长得简直太相像了。噢!难道现在她俩不相像了吗,难道我的女孩儿……单单只有我的女孩儿……模样改变得这么厉害吗?"

"我们都得改变,妈妈,轮到谁谁都逃不掉。"艾丽斯说。

"轮到!"老妇人哭道,"为什么这么快就轮到我的女孩儿而不是她的女儿呢!那个母亲一定变了……她的模样老得跟我差不多了,尽管涂脂抹粉,还是一脸的皱纹……不过她的样子还是漂亮的。我干了什么啦,我,难道我干了什么比她更坏的事,要单单让我的女孩儿躺在那里像朵花似的一点一点枯萎!"

她又发出一声狂暴的哭号,就跑到她刚才待着的那个房间里去了;但很快,她又犹豫起来,重新回到女儿躺着的房间,悄悄地蹭到哈丽特的身边说:

"亲爱的,这就是艾丽斯嘱咐我要告诉你的事。都在这里了。有一年夏天,在沃里克郡,我看到她时就想知道她是谁,结果关于她的一切,都被我探听出来了。不过,这种亲戚关系没有给我带来任何好处。那些人是不会承认我的,什么也没有给我。在那次见面以后,要不是为了我的艾丽斯的缘故,也许我可以问那些人要点儿钱;如果我这么做的话,我想,艾丽斯大概会杀了我。她有她的骄傲法,比那另外一个一点儿都不差,"老妇人说时胆怯地伸手在她女儿脸上轻轻一摸,然后赶紧缩回去,"别看她这会儿这么安静;总有一天她会漂亮得让她们自愧不如,把她们全都比下去的。哈,哈!我漂亮的女儿,她一定会让她们自愧不如!"

她退出房间时发出的大笑比她的哭声更可怕,比她讲话结束时那种像弱智人爆发出来的恸哭声更可怕,比她坐在她习惯的座位上眼望着窗外的黑暗时,她那种老糊涂的样子更可怕。

在整整这段时间里,艾丽斯的目光一直在注视着哈丽特,一直握住她的手舍不得放下。现在她说话了:

"躺在这里时,我觉得应该让你知道这一切。我想,这可以解释清楚,我之所以会变得如此冷酷,那是有缘故的。在我的堕落生涯里,我听到很多说我没有尽到社会责任的话,它使我更坚定地相信,这是因为社会没有对我尽到责任,于是种瓜得瓜,种豆得豆。不知怎么的,我得出一个结论:家庭和母亲都不好的女士,往往自己也会走上邪路;不过她们的路不会像我走的路那么污浊罢了,为此她们有必要感谢上帝。这一切都已经过去。现在回想起来,就像是一场梦,一场我已经记不清楚、想不明白的梦。自从你每天都来看我,坐在这里念书①给我听,它更像是一场梦了。我只是告诉你我想得起来的话。你再念一些给我听好吗?"

哈丽特刚准备把手从艾丽斯的手中抽出来,打开书页时,艾丽斯又把那只手握了一会儿。

"你不会忘记我的母亲吧?如果我能找到理由,我会原谅她的。我知道她已经原谅了我,而且她心里很悲伤。你不会忘记她吧?"

"永远不会,艾丽斯。"

"等一会儿。把我的头侧过些,亲爱的,那样我就可以在你念的时候从你仁慈善良的脸上看到你给我念的话语了。"

哈丽特按照她的要求做了,接着就念书——念人世间一切身心疲惫、忍辱负重、遭受轻忽的那些不幸的、堕落的人们的永恒的圣书——那神圣的史籍,在这部史籍中,瞎眼的、瘸腿的、痉挛的乞丐、罪人、蒙受耻辱的妇女、上帝用黏土精制的人类中诸人回避的人,每一个都在其中占有一席之地。在世界得以持续的所有时代,一切人类的骄傲、冷漠、诡辩,都不能把他们抹去,或使之减少毫分。念上帝的使命,人类终其一生,从诞生到死亡,从童稚到老年,他们的每一次痛苦和哀愁,一切的希望和悲伤,都能从上帝那里,得到温馨的慰安和关怀。

"我会来的,"哈丽特合上书页时说,"明天一早就来。"

那双亮晶晶的眼睛仍注视着她的脸,合上了一会儿,又睁了开来;哈丽特吻了她,并为她祝福。

同一双眼睛一直送她到门口;当门关上时,她的目光中,她宁静的脸上漾出了微笑。

---

① 哈丽特给她念的是《圣经》。

那目光再也没有从门口转开。她将手放在自己的胸口,嘴里喃喃地念哈丽特刚为她念过的那个神圣的名字。生命的迹象从她脸上逐渐消逝,就像挪开了烛光一样。

躺在那里的再也没有什么别的了,只是一个毁损的人形,它曾经遭受雨打风吹,黑色的头发曾在冬季的寒风中飘拂。

第五十九章 报 应

位于悠长而寂寥的街道上的那座巨宅,弗洛伦斯曾在其中度过孤独的童年,如今又一次面临变化。它仍不失为一座大厦,耐得住雨雪风霜,屋顶没有裂缝,窗户没有破碎,墙壁没有毁损;尽管如此,它仍不免是一处败落的遗迹,老鼠飞快地从里面逃出来。

陶林生先生和仆人们,起初对于他们听到的那些不着边际的流言飞语,抱着不相信的态度。女厨师说,感谢上帝,我们商行的信誉,不是那么容易就发生动摇的。而陶林生先生预期接下去就能听见英格兰银行倒闭、收藏在伦敦塔里的珠宝出售的消息。可是,接着来的却是《公报》①和珀奇先生;珀奇先生还带来了珀奇太太,和大伙儿一起在厨房里谈论这件事,大家消磨了一个愉快的夜晚。

商行破产的消息一旦完全证实,陶林生先生最担心的是商行亏空的钱,数额一定大得吓人——不会少于十万英镑。珀奇先生则认为哪里止十万英镑。女仆们在珀奇太太和女厨师带头之下,不断用极为满足的口气重复道"十……万……英镑!"就好像嘴里一念叨,那笔巨款就会落入自己手中。负责客厅、卧室的那位女仆眼睛一直盯在陶林生先生身上,她只希望自己拥有这笔钱的百分之一,能够拿来赠予自己相中的男人就好了。陶林生先生仍惦记

---

① 《公报》,英国于1665年开始发布的政府文书,刊登商业机构破产报告、军队将领任命等消息。

着过去受过的那桩委屈,发表意见说,一个外国人哪里懂得拿这么多的钱去干什么,最多也就是用在连鬓胡子上罢了;他对外国人的尖刻讽刺使那名女仆感动落泪,只好暂时到房间外面去躲一下。

但是她并没有在外面久留,因为那位以极其好心闻名的女厨师说,陶林生呀,不管将来大家怎么样,但现在一定得团结一致、互相帮助才好,因为说不定哪天大家就要分开了呢。女厨师说,大伙儿在这座公馆里一起经历过一次葬礼、一次婚礼、一次私奔事件;在目前这样的境况下,别让人们说大伙儿不能团结一致,产生了意见分歧。这几句动情的话,立刻使珀奇太太感动得公开宣称,女厨师简直是一位天使。陶林生先生回答女厨师说,他本人就希望看到大伙儿能表现出这样的美好感情,他决不会加以妨碍的。说完话他就跑去寻找那位女仆,要不了多大工夫,他手挽着这位年轻女子就回进厨房,宣称他刚才说外国人的话只是开开玩笑,而他和安妮现在已经约定了,无论情况是坏是好,他俩都决心结为终身伴侣,在牛津市场设摊出售蔬菜、草药和水蛭,竭诚欢迎诸位善意光顾。这项宣布赢得一片喝彩声。珀奇太太的心思已经飞驶到未来的岁月,她对着女厨师的耳朵,态度严肃地悄声说,"他们会生女孩子。"

在这座大公馆的下层,碰见倒霉事哪能不好好吃上一顿呢。因此女厨师匆匆准备好一两样热菜供大家晚餐时享用,陶林生先生为同一慷慨的目的调制了一盘龙虾色拉。就连皮普钦太太也受这种场合气氛的影响,打铃吩咐道,把中午没吃完的羊杂碎热一热,再用平底酒杯倒上四分之一杯的香甜雪莉酒,也热一热,一起放在托盘里给她端上去,她晚上要吃;因为她感觉不好受。

仆人们对董贝先生有所议论,但并不多。主要是猜测他对事情发展到如此地步,是什么时候开始察觉的。女厨师机灵地说,"噢,天哪,他早就察觉到啦!这一点可以起誓。"问到珀奇先生时,他赞同女厨师对这个问题的见解。有人说,不知道到时候董贝先生怎么办,他是不是随时都有可能被人家赶到马路上去。陶林生先生觉得还不至于,他暗示说,董贝先生总能在某一处条件好一些的、为上等人开设的救济院里去避难吧。"你知道,他在那种救济院里还可以有自己的小花园呢,"女厨师用悲哀的口气说,"春季里还能种一点儿香豌豆。""完全正确,"陶林生先生说,"他还能成为某个兄弟会组织的成员呢。""我们都是亲兄弟。"珀奇太太正喝她的饮料,这时停下来说了一句。"还有亲姐妹。"珀奇先生说。"大英雄何竟死亡!①"女厨师感慨说。"愈是骄傲,愈是高高在上,愈是要跌落下来,过去是这样,将来也是这样!"那位年轻女仆评论道。

在发表这样的评论时,大家仍能保持如此良好的感觉,也真是件奇妙的事。大家在共同打击面前都安时顺命,保持着同样一种基督教精神。大家这种良好的心态只有一次受到了干扰,给女厨师打下手的那位穿黑袜子的年轻女佣,坐在那里嘴巴张了好长时间了,她嘴里出乎意料地蹦出这么一句话,意思是,"也许工钱会拿不到了!"大伙儿坐在那里,有一阵子说不出话来;但还是女厨师首先回过了神儿,她责问自己的下手说,你怎么敢用这样可耻的怀疑,来侮辱主人家呢,要知道你吃的是主人家的面包,你难道觉得任何一个心里还存有一丝荣誉感的人,会剥夺可怜的仆人们的微薄工资吗?"如果你的宗教感情竟会是这个样子,玛丽·道斯,"女厨师热情洋溢地说,"我真不知道你打算往何处去了。"

陶林生先生也不知道;在场的没有一个人知道;那个在厨房打下手的年轻女仆本人似乎也并不知道,在众口一词的嘲弄诘问下,

---

① 见《圣经·旧约·撒母耳记(下)》第1章第19节。

显得一团慌乱,如披外袍,被兜头罩在底下①。

过了几天,这座住宅开始有陌生人上门了,这些人在餐厅里互相约定时间见面,大大咧咧地就像他们是这里的住户。特别是那个有一条非常结实的表链、面容像摩西圣书里的阿拉伯人的绅士,竟在客厅里吹起口哨来了,当他在那里等待那个口袋里常装着鹅毛笔和墨水的绅士时,问陶林生(为方便起见,称他为"老兄")是不是知道,当初新买进那深红色和金黄色的帷幔时是什么价钱。客厅里的来访者和他们之间的约会逐日增多了,上这儿来的每一位绅士似乎口袋里都装着鹅毛笔和墨水,时常用得着。终于有一天,传出要举行大拍卖的消息。接着,来了更多口袋里装着鹅毛笔和墨水的人,他们指挥一群戴毡帽的人们,立刻开始把地毯都卷起来,毛手毛脚地搬动家具,在大厅和楼梯上留下几千只脚印。

在这段时间里,楼下的仆人们始终在进行亲密交谈,既然无事可干,使劲吃喝就是了。终于有一天,大伙儿一起被召唤到皮普钦太太的房间,那位在秘鲁待过的美人是这样说的:

"你们的主人处境困难,"皮普钦太太尖酸刻薄地说,"我想,你们大家也都听说了吧?"

陶林生先生像是大伙儿的发言人,回答说,这件事大家都知道了。

"你们每一个人都可以给自己找新工作了,我准许你们。"皮普钦太太摇头晃脑地对大家说。

后边有个女人的声音喊道,"不比你自己更着急!"

"那是你本人的看法吗,臭不要脸的娘儿们?"暴怒的皮普钦太太冒火的眼睛越过隔在中间的人们的脑袋,往后看去。

"是的,皮普钦太太,本人就是这么个看法,"女厨师迎上前来

---

① 参看《圣经·旧约·诗篇》第104章第2节:"披上亮光,如披外袍。"

回答,"请问,你又能拿我怎么样?"

"啊,你想走可以立刻就走,"皮普钦太太说,"走得越快越好;我希望永远不要再看见你这张脸。"

说着这句话,勇猛的皮普钦太太拿出一只帆布口袋,点出女厨师截至当天该得的工资,另外再加一个月的钱。她把钱抓得紧紧的,直到女厨师在收条上签名的最后一笔写完,她才很无奈地放了手。皮普钦太太对家里的每一个仆人都履行了同样的程序,直到大家都领到了钱。

"现在,想走的就可以离开这里,办自己的事去了,"皮普钦太太说,"想留的可以在这里干些杂活,白吃白住一个礼拜左右。除了,"浑身冒火的皮普钦说,"女厨师那个骚货,必须马上就走。"

"走嘛,"女厨师说,"当然会走!再见了,皮普钦太太,我真希望能对你那漂亮的小模样儿夸奖上两句才好!"

"你快给我滚。"皮普钦太太气得顿脚说。

女厨师以尊严的态度从容走出房间,好像在对皮普钦太太发慈悲,把女管家气得要命,过了不久女厨师就在楼下与众仆人会合在一起了。

陶林生先生说,首先,他提议大家弄些东西来吃,算是一次小小的聚餐;聚餐结束后,他将提出符合大家当前处境的一项建议。于是,端上来一些点心小吃之类,大家津津有味地吃得精光。实际上,陶林生的建议是这样的:女厨师就要离开了,如果我们这些人不真心实意地对待自己,那么世上就没有谁会真心实意地对待我们了。大伙儿在这座房子里已经共同生活了很久,大家都尽心竭力地友好相处,十分融洽(听他说到这里,女厨师充满感情地说,"听呀,听呀!"重新前来的珀奇太太,东西吃得都快满到嗓子眼儿了,这时感动得流下眼泪)。他认为,在目前的情况下,大家应该保持这样一种感情"只要有一个人走,那么大家都走!"他的慷慨和义气深深地打动了那位年轻女仆,她热情地表示支持。女厨师说,她认为这样做是对的,她只是希望,大家与她共进退的举动,是出于一种责任感,而不是对她个人的敬意。陶林生先生回答道,确实是出于责任感。现在,他不得不公开发表自己的见解了,他认为,继续留在一座即将进行拍卖之类活动的房子里,并不是一件太有面子的事。那位年轻女仆表示完全赞同,并举出证据来说,就在当天早晨,有一个头戴毡帽的陌生男人,就在楼梯上想抱着她亲嘴。这话气得陶林生先生从椅子上直跳起来,想找到那个坏蛋,"揍扁"了他,女仆们忙将陶林生按住在椅子上,恳求他务必保持镇静,并说大家最容易、最聪明的办法,就是立刻离开发生这种下流行为的地方。珀奇太太在这个问题上持有一种新的观点,甚至对一直关闭在自己房间里的董贝先生显示了关心和体贴,她迫切要求大家紧急撤离。"为什么要这么做呢,"那位好心的女人说,"因为这会让他好受一些,千万别让任何一名可怜的仆人让他碰见,这些人以前都受了他的骗,还以为他富得不得了呢!"这种合乎道德的考虑让女厨师极为感动,珀奇太太又增添了几句具有新意的、经过精选的宗教格言使她的建议更加完善。事情已经十分清楚,大家都必须走。于是箱子捆扎好了,马车也叫来了,当天黄昏时分,仆人们统统走光,连一个都没有留下。

在这条悠长又寂寥的街道上,巨宅耸立着,气势宏伟,不为风雨所飘摇;然而现在它已成了败落的遗迹,老鼠飞快地从里面逃出来。

戴毡帽的男人们继续毛手毛脚地搬动家具;随身带鹅毛管笔和墨水瓶的绅士们编制出财产目录,并在最不适合坐的家具上老实不客气地坐下,又在最不适合吃食的家具上大模大样地吃从附近酒馆买来的面包加乳酪,他们把各有专门用途的贵重家具胡乱使用,似乎其乐无穷。他们还把各种家具到处乱放。床垫、床单、被褥等床上用品出现在餐厅里；玻璃、陶瓷器皿放进培育植物的温室里；过去举行盛筵用的大量餐具，成堆成堆地乱放在大客厅的长沙发上；固定楼梯地毯的金属横杆束成一大捆，成了大理石壁炉架的装饰品。最后还得一提的是，从阳台上垂挂下来一块小地毯，上面贴着印刷好的拍卖品清单；大厅正门的里外两侧，也都贴有拍卖品清单为之增光添彩。

接着，整整一天，街上有一系列发了霉的轻便马车和轻便运货车走过。一群群衣衫褴褛的吸血鬼们，犹太教徒和基督教徒，在这所大宅子里挤来挤去，在大钢琴上敲击出不协调的八度音，用湿漉漉的食指在一幅幅画上抹来抹去，往最高级的餐刀刀刃上吹气，用脏得要命的拳头捶击椅子和沙发的坐垫，对羽绒床乱弄一气，拉开又关上每一只抽屉，把银匙、银叉放在手上掂掂分量，把帷幕、桌布、床单看个仔细，连一根细线都不放过。整座大宅子的每一个角落都毫无遗漏被人看了个遍。喝得醉醺醺的陌生人们，怀着同样的好奇心，既观看厨房区又观看顶楼的衣橱。帽子上的绒毛已经磨光了的几名壮汉，从卧室窗口朝外望去，还和他们站在街上的朋友们开玩笑呢。头脑冷静、善于算计的人们拿着拍卖品目录退进了化妆室，手拿铅笔头在拍品名称旁边写上按语。两名经纪人甚至闯进了防火安全出口，从大宅顶端对周围环境作一次全景式的鸟瞰。密密麻麻的人群，吵吵嚷嚷的嗡营，上上下下的跑动，一直持续了好几天。顶级现代家具用品公司供人任意参观。

接着，在最好的那间会客室里用桌子建起了一道围栏；就在那些顶级的、上了法国油漆的、腿可以转动的西班牙桃花心木大餐桌伸展所及的范围内，竖立起一座拍卖台。一群群衣衫褴褛的吸血鬼们，犹太教徒和基督教徒，喝得醉醺醺的陌生人，帽子上的绒毛已经磨光了的几名壮汉，拥簇在拍卖台周围，他们哪儿都敢坐，只要够得着，就连大理石壁炉架上都坐了人，开始喊价拍卖。房间里整天都闷热不堪、气氛活跃、尘土飞扬；拍卖商们的脑袋和肩膀，以及他们的叫喊和下槌的声音，高踞于热气、人声和尘土之上，一直忙碌不停。头戴毡帽的搬运夫们，成天捣腾那大堆大堆的拍卖品，弄得他们紧张慌乱，心情特别恶劣，可是大堆大堆的拍卖品仍然源源不断地来，来，来。有时会有人讲笑话，引起大家哄笑。这样的情景持续了一整天，以及随后的三天。顶级现代家具用品公司供人任意拍卖。

接着，那些发了霉的轻便马车和轻便运货车再次出现；跟在它们后面的是装有弹簧的载重车和大篷车，以及一大群戴着垫肩的搬运夫。一整天，头戴毡帽的人们不断用螺丝起子和床的摇柄忙碌着，或十几个人步履蹒跚地一起在楼梯上搬运重量特大的东西，或者抬起重得像真的岩石似的西班牙桃花心木家具、最上等的澳洲蔷薇木家具，或是厚玻璃板，把它们分别装进轻便马车、轻便运货车、装有弹簧的载重车和大篷车。从加篷的运货马车到手推车，各种运载车辆应有尽有。可怜的珀尔的那张小床架是被一辆驴车载走的。大约有整整一个星期，顶级现代家具用品公司都处于搬迁的过程中。

巨宅中的全部家具用品终于被搬运一空。屋子里什么都没有了，只有零星散落在地下的一张张拍卖品目录，麦秆和稻草，还有大厅门背后那几件锡合金的壶。那些头戴毡帽的人们把螺丝起子和床的摇柄等收进工具袋里去，扛在肩膀上，从房子里走出去。有一位随身带着鹅毛管笔和墨水的绅士在屋里各处最后巡视了一遍，他在各扇窗子都贴上这座理想住宅招租的广告，把百叶窗统统关好。最后他跟上了那些头戴毡帽的人们。这些天的闯入者们一个都没在这座巨宅中留下。巨宅成了一处败落的遗迹，老鼠飞快地从里面逃出来。

皮普钦太太的房间，以及同处底层的那几间房门紧锁、遮光窗帘一拉到底的房间,在这场严重的糟蹋蹂躏中得到赦免。在整个拍卖期间,皮普钦太太一直待在自己的房间里,保持着平素那副石硬的肃杀之气;有一次她来到拍卖现场,看看东西卖到什么价钱,在拍卖一张特别好的安乐椅时还喊了个价。拍卖那张安乐椅,还数皮普钦太太喊的价最高,因此当戚克太太跑来看她时,她正端坐在如今已成为她个人财产的那张椅子上面。

"皮普钦太太,我哥哥怎么样?"戚克太太说。

"鬼才知道呢,我哪里会知道,"皮普钦太太说,"他从来不肯屈尊俯就同我说句话。为他准备好的肉食和饮料都放在他套房隔壁的那个房间里;他想要的时候就自己跑出来拿,反正跟前一个人都没有。你不用来问我。我对他的了解,一点都不比那个喝凉梅子粥结果还把嘴给烫伤了的南方人①知道得更多。"

这就是恶毒的皮普钦说的话,说时还把身子猛地扭动了一下。

"天哪,这我可怎么办呢!"戚克太太平淡乏味地喊了一声,"什么时候才算是个了! 如果我的哥哥不能够鼓足干劲,皮普钦太太,他将会变成什么样? 我敢肯定,我想他到了这个时候已经完全看清楚了,如果不鼓足干劲的话会带来什么结果,用不到别人来提醒他、让他千万别犯这种致命的错误了。"

"哎哟,算了算了!"皮普钦太太一面擦拭鼻子一面说,"我想,在这件事情上,人们太大惊小怪了。这算不上十分惊人的事件。在这以前,有人遭受过不幸,不得不和他们的家具分开。我敢说我自己就遭遇过这种不幸!"

"我的哥哥,"戚克太太意味深长地说,"是个如此特别——如此奇怪的人。他是我生平见到过的最特别的人。谁能相信,当他得到他那个不近人情的孩子的消息——我一直在说,那个孩子跟

---

① 这句话出自一首叫做《月亮里的那个男人》的儿歌。

正常的孩子不一样,可是没有人重视我的话;不过,我现在回忆起自己早就看出这一点来了,对我说来总是个安慰——知道那个不近人情的孩子已经结婚,并且移居国外时,我说呀,谁能相信,他竟会转过脸来对我说,他根据我的表情,还一直以为他的女儿跑到我家去了呢!啊,天哪!谁能相信,当时我仅仅对他说,'珀尔,我这个人也许很笨,我相信自己确实很笨,但是,我实在不能理解,你的事务怎么会弄到这步田地,'他竟然真的会对我大发雷霆,要求我再也不要来看他了,除非他请我来!啊,天哪!"

"啊!"皮普钦太太说,"可惜他和开矿的事沾不上边儿。要不然的话,那对他的脾气才是真正的考验呢。"

"这一切,"戚克太太对皮普钦太太发表的感言毫不理会,接着说她自己的话,"会有怎样的结果?我想知道的就是这个。我的哥哥到底打算干什么?他总得做些事情。老是把自己关在房间里一点用处都没有。生意不会主动跑来找他。不会的。他必须主动跑去找到生意做。那么他为什么不去找呢!我想,他做了一辈子生意,该知道往哪儿去找。很好。那么为什么不去找呢?"

戚克太太锻造出这么结实的一串推理的链条后,沉默了一分钟,以便自我欣赏。

"再说,"这位思虑严密的女士带着一副好争辩的样子说,"当这一切可怕的麻烦事正在这里发生的时候,他竟会一直把自己关在这座屋子里,谁听说过有他那样执拗的人?倒不是说他似乎无处可去。他当然可以上我家去。他在我家就像在自己家里一样,我想,这一点他总该知道吧?戚克先生一直在念叨这个,都把人念叨烦了,我还亲口说过,'啊,说真的,珀尔,你总不会这样想吧:就因为你的事业落到今天这步田地,连我们这样的近亲家里你也去不得啦?你总不会以为我们会像别人一样对待你吧?'可是,没有用。他还照样一直待在这里,现在还待在这里。啊,天哪,要是这座房子出租该怎么办！到时候，他该怎么办？到时候，他想留下也不成。如果他想赖着不走，就会成为诸如不动产诉讼之类的被告，而遭到驱逐；到时候，他就必须走。既然如此，能够早走何必要拖到最后一刻才走呢？这就又回到我刚才说的话，我自然会问：这一切会有怎样的结果？"

"就我本人而言，我知道会有怎样的结果，"皮普钦太太回答，"我知道自己该怎么办就够了。一眨巴眼儿，我本人就要走了。"

"一眨巴什么，皮普钦太太。"戚克太太说。

"一眨巴眼儿。"皮普钦太太用尖刻的语气说。

"啊，好吧！我真的不能责怪你，皮普钦太太。"戚克太太坦诚地说。

"就算你有理由责怪我，对我说来也没有什么两样，"尖酸刻薄的皮普钦挖苦说，"不管怎么样，我就要走了。我不能总是待在这里。要是那样的话，用不到一个礼拜，准会把我给憋死。我不习惯自己做饭，可是昨天我就不得不给自己煎猪排。接下去我的身体就会垮掉。再说，上这儿来的时候，我本来在布赖登有很好的社会关系，不用愁会缺少顾客——光是小潘基一家每年就给我八百英镑——这样的收入我可扔不起。我已经给我侄女写了信，这会儿她正盼着我回去呢。"

"你对我哥哥说过了吗？"戚克太太打听道。

"噢，当然，对他说这件事再容易不过了，"皮普钦太太回答，"我是怎样说的呢？昨天我大声地对他说，我在这里再待下去没有用了，他最好还是让我去把李切子大娘找来。他嘟囔了一句什么话，意思是同意，所以我就去把人找来了！他真的嘟囔了！如果他是皮普钦先生的话，倒还真有些理由发出嘟囔声。呀！我可没有耐心听他嘟嘟囔囔！"

说到这里，这位曾从秘鲁矿井深处汲取过大量美德与坚毅精神的、堪称楷模的女性,就从她那件铺着软垫的财产上站起身来,把戚克太太送到门口。戚克太太一直到出门时还在悲叹她哥哥特别古怪的性格,当她安静下来离去时,心里一直惦记着自己的明智和头脑的冷静。

当天傍晚时分,刚下班的涂德尔先生带着波莉和一只箱子来到董贝府,他放下箱子,与妻子吻别时,那声亲吻在空荡荡的大宅门厅里听来声音特别响亮。看到豪门巨宅变得如此凄凉,使涂德尔先生心里十分难过。

"我对你说,波莉,我的宝贝,"涂德尔先生说,"如今我当上了火车驾驶员,生活也达到了小康,照理我是不会让你到这里来过这么闷气的生活的,只是我们顾念过去的情分。可是,波莉呀,过去的情分永远不能忘。对他们说来,现在正在倒霉、遭难,再说,你这张脸就是一剂强心补药。所以我还得亲吻你一下,我的宝贝。我知道,你只想做正确的事;在我看来,你现在做的就是一件既正确又尽了自己本分的好事。晚上好,波莉!"

这时,身穿黑色邦巴辛毛葛女裙、头戴黑色女帽、肩披黑色披巾的皮普钦太太赫然耸现,她的私人财物也已经包装好了,她那把安乐椅(不久以前,它还是董贝先生最喜爱的椅子,是她在拍卖时拍得的最上算的好东西)已经放在临街的门口,只等一辆运货快车把它拉走。她已经以私人名义,包下了一辆当晚驶往布赖登的有篷轻便马车,专门把她送回家。

一会儿马车就来了。首先递进去的是皮普钦太太的衣箱,接着就将她的那把安乐椅递进了车厢,安置在有几捆干草的一个舒适的角落;这位和蔼可亲的女士早就计划好了,在整个旅途中她都要安坐在那把椅子里。下一个被人捧进车厢的就是皮普钦太太本人,她脸色严峻地坐好了。她那石硬的灰眼珠里透露出一抹阴险狡诈的光芒,似乎在预期着为她一道一道递上来的黄油烤面包、滚烫的排骨肉,如何折磨和镇压小朋友们,如何对可怜的贝莉突然来几次厉声责骂,以及她那罗刹女城堡里的种种其他乐趣。当那辆轻便马车启动时,皮普钦太太几乎要笑出声来了,她整一整那件黑色邦巴辛毛葛女裙,尽量让自己在她那把安乐椅的软垫中间坐得更加舒适些。

那座巨宅已成了一处败落的遗迹,老鼠飞快地从里面逃出来,仆人们一个都没有留下。

然而,在这座遭废弃的巨宅中,波莉尽管是仅有的一人(巨宅的前主人一直捂着脑袋躲在紧闭的房间里,决不会同她沟通交流),但她孤单的时间并不长。天色已黑,她坐在女管家的房间里做针线活,竭力不去想这座房子现今是多么孤单寂寞,以及它以前的情景;这时,正厅的大门传来一下敲击声,由于巨宅到处都是空的,这一声敲击听来特别响亮。她跑去开门,当她踩着响起脚步回声的大厅走回来时,身旁伴着头戴一顶紧窄的黑色女帽的一位女士的身影。她是托克丝小姐,托克丝小姐哭红了眼睛。

"噢,波莉,"托克丝小姐说,"我刚才上你家去教孩子们一些功课,我听说了你留给我的口信;我稍微定一定神,就到这里来找你。这里除了你以外,连一个人都没有留下吗?"

"啊!一个人都没有。"波莉说。

"你见到他了吗?"托克丝小姐悄声说。

"天哪,"波莉回答道,"没有见到,他已经有好多日子不露面了。他们告诉我说,他从不离开他的房间。"

"他们说他病了吗?"托克丝小姐打听道。

"没有,小姐,我知道他没有病,"波莉回答,"除非是病在心里。他心里准是难过得很,可怜的绅士!"

托克丝小姐的同情心过于强烈,竟使她一时说不出话来。她不是个黄毛丫头,但是年龄增长和长期独身却没有使她的心肠变硬。她的心肠很软,她的同情很诚挚,她对董贝先生的崇敬是由衷的。尽管挂在她项链下小盒里的那颗玉石,像一只混沌无光的眼睛,但是托克丝小姐身上具有远比那些外表看来不如她怪诞的人们要优越得多的品质,这种品质经得起时间的考验,在时光老儿收割的镰刀下,远比那些外表光鲜漂亮的人们存活得更加长久。

托克丝小姐过了很久才走,她走的时候波莉手持蜡烛,为她照明,闪烁的烛光照在撤掉地毯的、光秃秃的楼梯上,一直把她送到街上。要回到这令人憋气的房子里,关紧大门时把这空旷的巨宅震得发出巨响,然后自己再悄悄地上床睡觉,波莉真觉得发怵。但是,这一切波莉还是做了。早晨,她按照女管家的嘱咐,走进那些被帷幕遮得暗暗的房间之一,去把那些吃的东西准备好,然后退出,直到第二天早晨同一时间,再走进去做同样的事。主人的房间里设有传唤仆人的铃,但从来没有拉响过;尽管她有时听见房里有来回走动的脚步声,但主人从没有迈出房间一步。

第二天早晨托克丝小姐来得很早。从此以后,准备精美小食品(或许只是对她说来是精美食品)的工作就成了托克丝小姐的职责,这些食品将于次日早晨送进那些房间里去。从那时起,她干得认真及时,一丝不苟,并从这桩工作中获得巨大的满足。每天早晨,她挎着的小篮子里总装着各种精选的调味品,那是她从一家小店里选购来的,小店老板活着的时候,头上扑发粉,还梳着一条辫子。她同时还带来用卷发垫纸包的少许冷肉、羊舌肉、半只鸡鸭之类,这本是她的午餐,但她总要拿出这一点点食品来与波莉分享。她一天大部分时间都消磨在这座就连老鼠都飞快地逃走的、败落的巨宅里。听到一小点声音,她都会吓得找地方躲起来。她偷偷地来,又偷偷地走,就像是一个小偷。她但求对如今已经败落了的、她的崇拜对象忠贞不贰。这一切,除了一个可怜的、淳朴的劳动妇女以外,她的崇拜对象以及全世界的人们全都一无所知。

少校倒是知道,不过没有人因为知道这件事而变得聪明些,尽管少校确实因为知道这件事而变得开心得多。少校在一阵好奇心的驱使下,有时会派遣他那位土著仆人到那座府邸去观察情况,想知道董贝现在变成什么样了。土著仆人回来把托克丝小姐忠贞不贰的表现都报告给主人听,逗得少校大笑起来几乎把自己给噎死。从此以后,他脸上青紫的颜色就加深了,再也没能变淡,他呼哧呼哧地不断自言自语,那对凸起的龙虾眼几乎要从脑袋上掉出来,"真该死,阁下,那女人天生是个白痴!"

那位败落的男人呢,一天二十四个小时,他一个人是怎样度过的?

"在未来的岁月中,让他就在这个房间里,回忆起这声悲泣吧!"他确实回忆起了这声悲泣。现在它已沉重地压在他的心上;比其他任何压力更加沉重。

"在未来的岁月中,让他就在这个房间里,回忆起这声悲泣吧!雨点落在屋顶上,风声在门外呜咽,那忧郁的声音也许有先见之明。在未来的岁月中,让他就在这个房间里,回忆起这声悲泣吧!"

他确实回忆起了这声悲泣。在这凄苦的夜里,他想起来了;在阴郁的白天、悲惨的黎明,以及回忆会像幽灵般出没的黄昏。他确实回忆起了这声悲泣。在痛苦、忧愁、悔恨、绝望的时候!"爸爸!爸爸!对我说话吧,亲爱的爸爸!"他重新听见了这些话,重新看见了那张脸。他看见那张脸埋在颤抖的双掌里,听见那一声悠长、低沉的哭泣向上升起。

他已经败落,再也扶不起来了。这是他在人世间的覆灭之夜,再也不会看见升起明天的太阳。他家庭蒙受了耻辱,那污渍永远也无法洗刷干净;他死去的孩子再也不可能复活了,这倒要感谢上苍。然而,他本来是可以将过去的一切变得完全不同的呀——使过去本身完全不同,尽管如今他几乎没有想到这一点——这完全是他自己造成的,他本来可以轻易地创造幸福,但多年来他却如此顽固地把自己的生活制造成一场灾祸:这就是他灵魂深处感到剧痛的原因。

噢!他确实回忆起了这声悲泣!那天夜里,雨点落在屋顶上,风声在门外呜咽,那忧郁的声音也许有先见之明。他现在已经懂得,自己做出了什么事。他现在已经懂得,是他自己把灾祸招来,落到自己的头上,这使他低下头颅,比命运最沉重的打击下垂得更低。他现在已经懂得,遭到拒绝、被人抛弃的况味;他早已把天真纯洁的女儿心中每一朵爱之花全都揉碎,使它们枯萎凋零,现在,朵朵残花却像雪片似的落在他的头上。

他想起了她,想起他带着他的新娘回到家里的那个晚上,她是什么模样。他想起了她,想起在这座被废弃的房子里发生过的一切家庭变故中,她是什么模样。现在他想起,在他周围的一切人里面,唯有她始终不变。他的儿子早已夭折,归于尘土,他骄傲的妻子已经堕落成为一个身败名裂的女人,他的奉承者兼朋友已经变成一个最坏的流氓,他的财富都已化为乌有,就连遮蔽着他的墙壁也以冷漠的眼光看着他,似乎根本不认识他;唯有她一个人,始终以同一种温柔、亲切的目光看着他。是的,直至最近,直至最后。她对他始终不变——他对她的态度也从来不曾变过——他已经失去了她。

他寄寓在幼子身上的希望、他的妻子、他的朋友、他的财富……随着这一切在他心里逐一地消失,噢,他以前观察女儿时始终隔在眼前的雾障此刻竟然消散了,他看清楚了女儿的真实模样!噢,要是以前他爱她就像他爱儿子一样,他失去她就像他失去儿子一样,把同样夭折的他们姐弟俩埋葬在一起,那也会比现在好得多!

在骄傲心理的支配下（因为直到现在他仍然骄傲），他让世人自由地离开自己。社会人士与他疏远，他也巴不得把他们摆脱掉。在他想象中，无论世人会对他表露怜悯与同情，还是会对他漠不关心，他同样都连看都不愿意看他一眼。无论人们对他作出哪副嘴脸，他都采取同等程度的回避。在他处境悲惨时，他想不到会有任何一个人来陪伴自己，除非是被他赶走的她。他会对她说些什么？他能从她那里得到什么安慰？对此，他从来没有在想象中给自己描绘过。但他始终知道，只要他能容得了她，她将会对他忠诚。他始终知道，现在她将比任何时候都更加爱他：他相信这就是她的自然天性，正如他相信头上有天空一样。他在孤寂中，独自坐在那里，一小时又一小时地始终在那样想。一天又一天，这些话不断在向他诉说着；一夜又一夜，这种认识不断在向他表明着①。

毫无疑问，他重新认识的过程（尽管有一段时间进展得极为缓慢）是从接到她年轻丈夫的信、确知她已经离去时开始的。尽管他已经破产，但是他仍然骄傲，想起她来时也仅仅把她当成自己以前拥有的一件东西，现在失去了，赎不回来了。如果他听到她在隔壁房间里说话的声音，他也不会跑过去看她。如果他在大街上遇见她，而她只是用平时那种目光看他一眼的话，那么他也会脸上挂着平时那种冷冰冰的、毫不宽容的样子走过去，不会同她说话，脸始终绷得紧紧的，尽管过后不久，他会心碎。对于她的婚姻，对于她的丈夫，尽管他起初心潮汹涌、怒不可遏，但如今这一切都已过去了。他主要想的是，他本来可以把事情办成另外的样子，但是他没有那么办。所有的想法集中到一点，那就是：他已经失去了她，他因忧伤和悔恨而低下了头颅。

---

① 参看《圣经·旧约·诗篇》第18篇第1、2节："神的荣耀，穹苍传扬他的手段。这日到那日发出言语，这夜到那夜传出知识。"

现在他感觉得到,他有两个孩子出生在这座房子里,这里与两个孩子的童年、两个孩子的失去,密切相关,这使他与那宽阔、光秃秃、空荡荡的墙壁之间有了一种联系,虽然悲惨,但难以扯断。就在上述感情在他心里扎根的那天晚上,他想过要离开这座房子——他知道自己必须走,但是不知道该往哪里去——,不过他还是决定在这里再待一夜,准备晚上再往各个房间走一走,看一看。

午夜时分,他手持蜡烛从幽闭的房间里走出来,脚步轻轻地往楼上走去。地上到处是脚印,简直和普通的大街和集市上没有什么两样,他想起,当时他关在房间里听着人们的脚步声,似乎每一次踩踏都踩在他的头上。他观察到脚印数量很多,走路人全都匆匆忙忙,争先恐后,后面的脚印踩掉了前面的脚印,有上行的有下行的全都搅成一团。他怀着极大的恐惧和惊奇回想起,自己熬过这一场考验是何等艰难,他也该变成一个与以前不同的人了。此外,他还想到,噢,在世界上的某个地方,是不是会有一个轻盈的脚步,能在顷刻之间就把这些脚印抹掉一半!——当他往上走时,低下头哭泣起来。

他几乎已经看到那个人在前面走着。他停下脚步,抬头向那天窗望去;他似乎又看到了那个人的身影,本身还是个孩子,却抱着一个更小的孩子,一边走一边唱歌给怀抱中的小孩听。另有一次,那同一个身影,霎时间上气不接下气地独自停了下来,回过头来看着他,她那泪湿的脸,周围簇拥着蓬松、闪亮的头发。

他走过一个个房间,不久前那里还十分豪华,如今已空无一物,凄怆荒凉,甚至它们的大小和形状似乎都明显地改变了。房间里也堆满层层脚印;他同样想到自己所遭受的折磨,感到困惑和惊恐。他开始担心自己那经受了复杂刺激的头脑,最终会使他发疯;他的思想早已失去条理,就像地下的脚印一样杂乱无章,混杂交错,以各种模糊的形状纠缠在一起。

他甚至就连她当时独自住在家里时,用的是哪几个房间都不清楚。他乐意离开那些房间,再往高处走一走,看一看。这里留着能联想到过去的许多遗迹,联想到他那背信弃义的妻子、他那虚伪的朋友兼仆从、他那建立在错误根据上的骄傲,然而此刻他把这一切都放在一边不予置理,只是怀着满心的痛苦、爱意和无奈,回忆他的两个孩子。

脚印无处不在!它们对于珀尔小床所在的高处那个房间也毫不尊重。这个破了产的可怜男人都无法找到小床原先摆放的准确位置,以便自己可以靠着墙壁,跪倒在地,听凭眼泪尽情地往下流。以前他在这里已经多次流过眼泪,所以说他在这里流泪比在其他任何地方流泪,更不至于会为自己的软弱而感到不好意思——也许正是由于这一心理,使他为自己到这个地方来找到了理由。他到这里来了,双肩俯曲着,下巴垂到胸前。在这里,在午夜时分,他跪在光秃秃的地板上,独自哭泣——尽管他直到此时仍是一个骄傲的人;如果此刻,有一只慈善的手伸过来,有一张仁爱的脸向里张望,他便会立刻站起来,转身走下楼去,回进他自我幽闭的牢笼。

破晓时,他又重新幽闭在自己的房间里了。他想在今天离开这里,但是他的心却紧紧地依附在这座房子上,因为这一纽带就是他在人世间仅有的、最后的东西了。他想明天再走吧。明天到了。他又想下一个明天。每天夜里,在没有一个人知晓的情况下,他总是像一个幽灵似的在这座被剥夺一空的大厦里到处现身,到处徘徊。很多个早晨,天亮时,他那张已经大大变了样的脸,在帘幕遮得很严、但仍有光线透入的窗户后低垂着,想着自己失去的两个孩子。他不再只想着一个孩子了。在他的思想里,两个孩子已经联在了一起,他俩再也分不开了。啊,以前他本来是可以用爱把他俩联在一起的,即使一个夭折了,但那另外一个也不至于比夭折更加糟糕得多!

远在他最近遭受苦难以前,激烈的内心焦虑和纷乱,对于他早已不是什么新鲜事了。对于性情执拗和阴沉的人来说,这从来也不新鲜,因为就是他们本人竭力造就了自己这种性格。在地下挖掘坑道,地面总会在顷刻间坍塌。这里的地面,下面进行着多种方法的挖掘,一点一点地,使土地松动、碎裂,一点一点地,使土地愈加松动、碎裂,就像钟面上的指针似的不停地缓缓挪动。

最终他想,他根本不用离开了。他将放弃他的债主们给他留下的财产(由于他本人主动采取的处置方式,债主们没有留得更多),他将以割断那另一个链环的办法,来割断他与这座败落的房屋之间的链环①……

当他在房间里来回踱步时,从以前由女管家占用的那个房间里可以听到他的脚步声;然而没有人能听得懂它的真正含义,否则的话,那声音将会令人丧胆。

他周围的世界非常忙碌,一刻也不停息。他又意识到了这一点。世人在窃窃私语、喋喋不休。世界永远不会安静。这一切,以及那重重叠叠、错综复杂的脚印,简直要把他折磨死。周围事物反映在他眼睛里,开始变得模糊不清,呈现出黄褐色。董贝父子商行已不复存在——他的两个孩子已不复存在。对了,到了明天,必须想到这一点。

明天,他想到了这一点;他坐在椅子里思索着,不时地,从镜子里看到这样一幅图像:

一个憔悴、消瘦、鬼似的人形,正是他本人的形象,面对着没有生火的空壁炉,正在郁郁沉思。一会儿,他抬起头来,仔细端详自己脸上的皱纹和凹痕;另一会儿,他又低下头颅,重新陷入沉思。现在他站起来在房间里踱步;现在他走进了隔壁房间,从梳妆台上

---

① 即割断他生命的链环,也就是决定自杀。

拿了件什么东西藏在胸口,然后又走了回来。现在,他眼睛看着房门底下,在思索。

……嘘!思索什么?

他思索着:如果一股血的细流沿着这个通道缓缓流去,从门底下的缝隙渗漏进门厅里,要流过这么远的距离,一定需要很长时间。血会慢慢地流,悄无声息,不受人注意,在这里懒洋洋、慢吞吞地攒起一小摊血,然后突然加快往那儿流,又在那里攒起另一小摊血,人们只有看到了血才会发现那个身受重伤的人,也许已经死亡,也许正在死去。这个念头已经在他心里琢磨了很久,他站起来,手插在胸前的衣服里,在房间里来回踱步。有时他会对藏在胸前的那件东西看上一眼,非常好奇地想看它如何行动,他注意到那只手显得如此邪恶,如此杀气腾腾。

现在他又重新思索起来!他在思索什么?

血流会不会流到远处,被人们踩到,会不会流过地上留着无数脚印的房子,甚至流出去,一直流到大街上。

他坐下来,眼睛望着没有生火的空壁炉,正当他陷入沉思时,一缕微弱的光却悄然照进了房间,那是一道阳光。它并未引起正坐着沉思的他的注意。他突然站立起来,脸上的表情很可怕,那只犯罪的手正抓在藏在胸前的那件器物上。一声叫喊止住了手的动作,那声叫喊是多么狂热、响亮、锐利、痴迷、充满爱意,他只看见自己反映在镜子中的形象,还有跪倒在他膝前的、他的女儿!

没错。他的女儿!看看她吧!啊,注意!她跪倒在地,紧紧依偎着他,双手十指交叉,在向他祈求。

"爸爸!最亲爱的爸爸!饶恕我,原谅我!我回到你面前,双膝跪下请求你的原谅。要是没有你的原谅,我永远也不会快活!"

她仍然没有变。普天之下,唯独她没有变。那张抬起来仰视着他的脸,同以前完全一样,就像在那个悲惨的夜里一样。祈求他的原谅!

"亲爱的爸爸,噢,请不要用陌生的眼光看我!我从来也没想过要离开你。我从来也没想过,过去没有,今后也决不会。我离开的时候是因为我吓坏了,脑子不能思索了。亲爱的爸爸,我改变了。我悔过了。我知道自己错了。现在我更加懂得自己应负的责任了。爸爸,请不要把我赶出家门,否则的话,我会死的!"

他脚步踉跄地回到自己的椅子上。他感觉得到女儿拉起自己的双臂,围在她的脖子上;他感觉得到女儿伸出双臂抱住自己的颈项;他感觉得到女儿在亲吻他的面颊;他感觉得到女儿泪湿的面颊紧紧贴着他的面颊。他感觉得到——噢,深深地感觉到!——他以前所做的一切。

她把他的脸贴在曾被他打伤的胸膛上,贴在几乎被他击碎的那颗心上,现在她把自己的脸埋在他的双掌中,一边啜泣一边说:

"亲爱的爸爸,如今我做了母亲。我有了一个孩子,很快就会像我叫你爸爸那样,叫沃尔特爸爸了。生这个孩子的时候,我才知道自己有多么爱自己的孩子,这更使我懂得我不该离开你。原谅我吧,亲爱的爸爸!噢,请你说上帝保佑我,保佑我的小娃娃!"

要是让他说出来的话,他本来是会说的。他本来会举起双手请求她的宽恕,然而她伸出自己的双手握住了她爸爸的双手,并赶快把他的双手放下来。

"爸爸,我的娃娃是在海上出生的。当时我向上帝祈祷(沃尔特也为我恳求上帝),让我活下去,这样我才有可能回家。我登岸的那一刻,就马上赶来,回到你的身边。爸爸,愿今后我俩永远不再分离!"

如今他的头已经灰白,被女儿的手臂环抱着;他一边呻吟一边想,他的头颅以前可从来、从来没有像这样靠在女儿的臂弯里。

"你要跟我一起回家,爸爸,看看我的小宝宝。是个男孩,爸爸。他叫珀尔。我想……我希望……他能长得像……"

她的眼泪簌簌地直流,使她说不下去了。

"亲爱的爸爸,为了我的孩子,为了我们替他起的那个名字,为了我,请你原谅沃尔特吧。他对我十分温柔、体贴。我和他在一起感到十分幸福。我们俩结婚不是他的错。是我主动的。我非常爱他。"

她和他靠得更近,更加诚挚热切,更加充满柔情。

"爸爸,他是我的心肝宝贝。为他去死,我都甘心情愿。他会像我一样爱你、尊敬你。我们会从小就教育我们的孩子爱你、尊敬你;等他长大到能够懂事的时候,我们还要对他说,你有一个与他同名的儿子,夭折了,你感到很伤心;不过,他进了天堂,我们全都盼望着,等到上帝召唤我们的那一天,我们将会在天堂里与他相会。亲吻我一下吧,爸爸,表示你答应将会与沃尔特——我最亲爱的丈夫——和解,他是那婴儿的爸爸,正是那婴儿教我回到了你的身边,爸爸。他教我回到了你的身边!"

当她和他靠得更近,又一次泪如泉涌时,他在她的嘴唇上亲了一下,并抬起目光说,"啊,我的上帝,宽恕我吧,因为我非常需要宽恕!"

说完后,他又垂下头颅,发出悲声,并爱抚着他的女儿,有很长很长时间,房间里听不见一点声响;在伴随弗洛伦斯一起悄悄走进房间的灿烂阳光的照耀下,父女俩相拥在一起。

在她的恳求下,他态度温顺地听她的话,穿好衣服准备出门;他走路时脚步软弱无力,他身子颤抖着,回过头看一眼他在里边自我幽闭了这么久、并曾看见镜子里的画面的房间,跟随她走到了门厅。弗洛伦斯几乎没有左顾右盼,否则的话这可能会提醒他,让他清楚地记起父女俩上次分离时的情景——因为他俩的脚步正踏在他在狂怒中将她击倒的那几块石板上——她紧挨着他,眼睛紧盯着他的脸,手臂紧挽着他的手臂,把他搀扶到停在门口的一辆马车上,把他载走。

到了这时,托克丝小姐和波莉才从她们躲藏的地方走出来,高兴得泪流满面。她俩十分仔细地把董贝先生留下的衣服、书籍之类收拾好、捆扎起来;当晚向弗洛伦斯派来取东西的几个人一一交代清楚,让他们带走。两人在空寂的大宅里,最后再喝一杯茶。

"波莉啊,正如我以前在一个悲伤的场合早就说过的,董贝父子,"托克丝小姐在结束了一连串的回忆后说,"归根结底,只剩下一个女儿了。"

"一个好女儿!"波莉喊道。

"你说得对,"托克丝小姐说,"从她还是个小女孩的时候起,你就一直是她的朋友,这是你的光荣。你在我之前就成为她的朋友了,波莉,"托克丝小姐说,"你真是个好人。罗宾!"

托克丝小姐这话是对一位脑袋圆滚滚的小伙子说的,他就在远处一个角落里坐着,似乎情绪低沉,对当前发生的事漠不关心。听到喊他,他站起身来,看他的体形和相貌,确实是磨工。

"罗宾,"托克丝小姐说,"我刚才对你妈妈说,你可能已经听见了,说她真是个好人。"

"小姐,她确实是好人。"磨工带着几分真情说。

"那就对啦,罗宾,"托克丝小姐说,"我听见你这么说,心里很高兴。听着,罗宾,在你迫切恳求下,我要对你进行一次考察,收你当我家的仆人,目的是为了让你恢复名誉,我要利用这个感人的场合对你说,我希望你永远也不要忘记你有、你一直有一位好母亲,为了这个你更要努力好好做人,能成为给你母亲带来安慰的孩子。"

"说句良心话,我一定会的,小姐,"磨工回答,"我挨过了很多难事儿,现在我已经决心要做个老实人,小姐,就好像一个家伙……"

"对不起,罗宾,我必须请你以后改掉说这个词儿的习惯。"托克丝小姐很有礼貌地打断了他的话。

"对不起,小姐,就好像一个小子……"

"谢谢,罗宾,不过还是不合适,"托克丝小姐说,"要是我的话,宁可用一个'个人'①。"

"就好像一个'个人'……"磨工说。

"这就好多了,"托克丝小姐满意地说,"这样表达要好得多!"

"……所能尽力做到的那样,"罗布接着说,"要是我没被送进碾磨慈幼院,小姐啊,还有妈妈,那地方是个最倒霉的场所,对于一个家伙……对于一个'个人'来说。"

"你说的真的很好。"托克丝小姐嘉许道。

"……要是我没有被玩鸟的事引入邪路,接下去又给一个坏人当差,"磨工说,"我想我的表现会好些。不过,改正错误永远不嫌晚,对于一个……"

"个人……"托克丝小姐提示说。

"……个人,"磨工说,"就得知错必改;我希望自己能改,小姐,通过你善意的考察;我希望妈妈把我的爱带给爸爸和弟弟妹妹们,还有我决心改正的那些话。"

"听到你的这些话,我真是非常高兴,"托克丝小姐说,"在我们离开这里之前,罗宾,你要不要吃一点黄油面包,喝一杯茶?"

"谢谢你,小姐。"磨工回答,并立刻开始启动自己身体自然带有的碾磨功能,他干得实在出色,看样子他好像已经有相当长的时间供应不足了。

---

① 狄更斯在这里用了个人(individual)一词,个人权利和责任的法律化,正是现代民主社会的基础。

托克丝小姐正好趁他大吃大喝的工夫,戴好女帽,披上披肩。波莉也穿戴整齐。罗布使劲抱了抱母亲,就跟随他的新主人离去了。波莉看在眼里,满怀希望和赞赏,当她看着儿子离去的背影,眼睛里忽然涌出了什么东西,使她看煤气灯时觉得它周围蒙着一圈光环。接着波莉就把灯烛吹灭,锁上住宅的大门,把房门钥匙交给住在附近的一名代理人,然后就尽可能快地赶回家;她出乎意料地回到家里,必定会引起家人们的狂欢,想到这里,她心里快活极了。站在大街上的这座豪门巨宅,就像是个紧皱眉头、脸色阴郁的哑巴,对于在那里面生活过的人们的一切痛苦以及它所亲眼见证的种种变化,它都不说;它用那张醒目的布告免除了任何人的紧钉追问,布告宣称:这座令人羡慕的家庭住宅早已安排好要出租了。

第六十章 本章描述的主要是婚事

勃林茂博士和勃林茂太太每半年总要主持举行一次盛大的宴会,荣幸地邀请在这所上流社会的高级书院里进修学业的每一位年轻绅士届时光临,于放假前提前举行的社交聚会定于七时半开始,跳由四对舞伴组成的夸德里尔舞。这次宴会已于近期按时举行过了。年轻绅士们举止得体,丝毫没有任何轻浮的表现,他们被填满了一肚子学问,各自回家去了。斯开特尔司先生已经到外国去了。他的父亲巴耐特·斯开特尔司爵士擅长交际、风度翩翩,使他获得任命,出任外交官,这项任命几乎被认为是一个奇迹,使全国男女公民们都感觉满意。爵士本人以及斯开特尔司夫人已前去履行这一光荣任务,这给书院增添了永久的光彩。托泽尔先生如今已经长成一位脚上穿着半高筒威灵登式皮靴的、个子高高的年轻人。他脑子里的古典学问装得太满,因而他的英语知识却与一名真正的古罗马人几乎不相上下。他的学业成就燃起了他的好爸爸、好妈妈最温柔亲切的爱意,并引起布列格斯先生的双亲羞愧得低下头颅,恨不得找个地方躲起来。因为布列格斯先生的学问,就像没有整理好、又捆扎得太紧的行李,想要哪样东西,偏偏哪样东西拿不出来。事实上,这位年轻绅士经过千辛万苦才从知识之树上采摘下的果实,由于遭受过度挤压,结果那堆知识就像挤干、压扁了的诺福克郡苹果干,苹果原先的色香味早已荡然无存。如今的毕瑟斯东少爷又怎样了呢?所幸的是,强迫制度在他身上的功效极其有限,这种现象倒也并不罕见。当强迫机器一旦停止运作,他的状况就更加舒服得多。这会儿,他是在一艘驶往孟加拉的船上,他发现自己正以令人惊羡的高速度把塞在脑子里的学问忘掉,他自己也在疑心,不知道记在脑子里的名词形态变化能不能坚持到这次航程的终点。

按照往常的习惯,勃林茂博士应该在举行宴会的那天早晨,对众位年轻绅士说,"绅士们,我们将于下月二十五日重新上课,"可是这一回他却没有按照往常的办法做,却这样说,"绅士们,当我们的朋友辛辛纳图斯①退休回到他的农场后,他并没有向元老院推荐任何罗马人做他的继承者。但是,这里有一位罗马人,"说到这里,勃林茂博士伸出手来放在文学士费德尔先生的肩膀上,"一位高贵而博学的年轻人②,而我,退休的辛辛纳图斯,希望由他来出席我这个小小的元老院,担任未来的独裁官。"他的这一宣布(他事先已经拜访过几乎全体家长,温文尔雅地向他们作了解释)引起年轻绅士们的欢呼。托泽尔先生以全体学生代表的身份,立即向博士献上一只银质的墨水台,还致了颂辞,这篇颂辞中几乎没有母语词汇,但包含十五段拉丁文引文和七段古希腊文引文,这引起年轻学生的不满和妒忌,他们说,"噢,啊!这对老托泽尔来说,一切都好,可是大家集体出钱,恐怕不是供老托泽尔自我夸耀自我卖弄的,对不对?老托泽尔这样突出自己,凌驾别人之上,算是怎么回事?这只墨水台又不是他一个人的。为什么他不把男孩们集体买的东西放下就走?"还低声嘀咕,说了其他表示不满的话,但是最让大家觉得过瘾、出气的还是故意把这位年轻学长称作老托泽尔。

文学士费德尔先生和美丽的考耐莉娅已计划好即将举行婚

---

① 辛辛纳图斯(公元前519?—前439?),古罗马一位农民出身的政治家兼军事家,后担任罗马的独裁官,率军打败强敌、为国家立下大功后,解甲归田。

② 原文为拉丁文。

礼,但是对于这件事就连一句话、一个暗示都没有向年轻绅士们透露过。尤其是勃林茂博士,还煞费苦心地装出一副全然不知的样子,似乎人世间最让他感到意外的事情莫过于此。但事实上每一位年轻绅士们都知道,因此当他们离开书院、回家和亲友们团聚时,都怀着敬畏的心情与费德尔先生话别。

费德尔先生最浪漫的梦想终于成真了。博士决定把房子表面油漆一新,并对里里外外进行彻底装修;准备交出他的事业,交出他的考耐莉娅。你看,就在年轻绅士们离开书院的那一天,油漆和装修工程就启动了!结婚的那天早晨也已来到,考耐莉娅戴上一副崭新的眼镜,正等待着被人领往婚礼的圣坛。

双腿支撑着满肚皮学问的勃林茂博士,头戴紫丁香色女帽的勃林茂太太,手指细长、头发短粗坚硬的文学士费德尔先生,还有专门为主持婚礼而来的费德尔先生的哥哥、文科硕士阿尔弗雷德·费德尔牧师,全都集合在客厅里,身上佩戴白色香橙花并伴有女傧相的考耐莉娅刚从楼上下来,看起来她和往日没有多大变化,只是稍微清减了一些,但仍然非常可爱。这时客厅门一开,那名近视眼的年轻校役忽然大声宣布:

"涂茨先生和涂茨太太到!"

话音刚落,明显发福了的涂茨先生手挽着穿戴漂亮得体、长着一双非常明亮的黑眼珠的夫人便进了门。

"勃林茂太太,"涂茨先生说,"请允许我向您介绍我的妻子。"

勃林茂太太很愉快地接待了她。对于勃林茂太太这样的人来说,稍微有些屈尊俯就,但她的态度还是十分和蔼的。

"您知道,您已经认识我很多年了,"涂茨先生说,"我可以向您担保,她是有史以来最最了不起的女性之一。"

"亲爱的!"涂茨太太告诫丈夫不能那么说。

"我以言语和荣誉担保,她是的,"涂茨先生说,"我……我向您担保,勃林茂太太,她是一位最最了不起的女性。"

涂茨太太开心地笑了,勃林茂太太领她来到考耐莉娅跟前。涂茨先生对那个方向鞠躬致意,他又向他往昔的导师敬礼,勃林茂博士针对他已经结婚的状况说,"好啊,涂茨,好啊,涂茨!现在你加入了我们的行列,是吧,涂茨?"……涂茨和文学士费德尔先生离开众人,来到一扇窗前。

文学士费德尔先生正在兴高采烈之际,用拳击动作打了他一下,并灵巧地以手背连续轻叩他的肋骨。

"好啊,老朋友!"费德尔先生说时笑出声来,"好啊!我们终于找到了!成为女人的俘虏,光棍生活完了。嗯?"

"费德尔,"涂茨先生说,"我恭喜你。如果你能和……和……和我一样,在婚姻生活中得到圆满的幸福,那你就再也没有别的东西可以羡慕的了。"

"你看,我没有忘记我的老朋友吧,"费德尔先生说,"我请他们来参加我的婚礼,涂茨。"

"费德尔,"涂茨先生严肃地回答,"事情是这样的,我受到某些客观情况的阻碍,使我只能在宗教仪式的婚礼举行以后再与你联系。首先是因为我对你谈论过董贝小姐,这使我在你面前成了一头十足的畜生;我感觉,如果请你去参加我的婚礼,你很自然地会以为我是和董贝小姐结婚,那样我就不得不作出解释,我以言语和荣誉发誓,在那个紧急关头,会把我彻底打倒的。其次是因为,我俩的婚礼完全是保密的,只有一位我和涂茨太太的共同朋友参加,他是一位船长,在……我也不知道他曾在哪艘船上当船长,"涂茨先生说,"不过,这算不了什么。我在和涂茨太太到外国旅游之前,写了一封信给你,向你说明了所发生的一切,我希望,费德尔,我这么做,已经充分履行了作为朋友的责任。"

"涂茨,我的好小子,"费德尔先生说时握住他的双手摇晃着,

"我这是给你开玩笑。"

"听着,费德尔,"涂茨先生说,"我很乐意听听你对我的婚姻有什么看法。"

"太妙了!"费德尔先生说。

"你觉得太妙了,是不是,费德尔?"涂茨先生神情严肃地说,"你哪里会知道,对我来说,她妙到何等程度!因为你永远也不会知道她是个何等出色的女人。"

费德尔先生毫不勉强地表示,这是不言而喻的。但是涂茨先生还是不同意,他摇摇头说费德尔不可能知道。

"你了解,"涂茨先生说,"我需要一位什么样的妻子——简单一句话,要有见识。钱嘛,费德尔,我有。见识嘛,我……我尤其缺少。"

费德尔先生喃喃地说,"噢,不,你有见识,你并不缺少,涂茨!"但是涂茨却说:

"不,费德尔,我没有见识。我为什么要假装有呢?我没有见识。我知道,真正的见识是在那里,"涂茨先生说时伸出手去指指自己的妻子,"多得成堆成山呀。我缔结门不当户不对的婚姻,不会有亲戚提出反对,也不会惹人不高兴,因为我压根儿就没有亲戚。除了我的监护人以外,我从来没有过什么亲人,费德尔,说到这位监护人,我一直把他当成是一名劫匪,一名海盗。"涂茨先生说,"所以说,你知道我是不会采纳他的意见的。"

"不听他的。"费德尔先生说。

"所以说,"涂茨先生接着说,"我就自己拿主意。我结婚的那一天,真是阳光灿烂!费德尔!只有我自己知道这位女子的见识有多么丰富。要是哪一天,争取妇女权利之类的事能够完全成功,那也一定是她的智慧发挥了强大的作用。——苏姗,我亲爱的!"说到这里,涂茨先生的目光骤然离开窗帘,"你可不要把自己累着啊!"

"我亲爱的,"涂茨太太说,"我只是在说话。"

"可是,我的宝贝,"涂茨先生说,"你可不要把自己累着啊。你真的必须注意。不要,我亲爱的苏珊,把自己累着。她很容易激动,"涂茨先生单独对勃林茂太太说,"然后就会把医生的嘱咐统统忘掉。"

勃林茂太太正在劝涂茨太太必须牢记要爱护身体,这时文学士费德尔伸过胳膊来让她挽住,以便领她下楼,登上等在那里的马车,前往教堂。涂茨太太由勃林茂博士陪同。美丽的新娘则由涂茨先生护送,在她闪烁的眼镜片旁边,走着两位身披轻罗薄纱的小傧相,像一对振翼展翅的飞蛾。费德尔先生的哥哥、文科硕士阿尔弗雷德·费德尔先生早就提前上教堂去了,以便履行他的正式责任。

婚礼进行得十分顺利。梳了个小发卷、显得干净利落的考耐莉娅,用斗鸡的行话来说,叫正式"进场"了,她的神情安闲自若。勃林茂博士带着一副胸有成竹的姿态,把她交了出去。看样子衣服轻薄透明的小傧相们最受罪,她们挨冻了。勃林茂太太虽然有些感伤,但她表现得温和得体,回家途中,她对文科硕士阿尔弗雷德·费德尔牧师先生说,如果她有幸能在西塞罗隐居的地方图斯库罗姆见到那位大师的话,那么她现在就事事称心,别无奢求了。

接着举行了一场早餐宴,参加的成员仍限于小圈子里的那些人。文学士费德尔先生在宴会上兴高采烈,他的精气神感染了涂茨太太,以致人们有好几次听见涂茨先生隔着餐桌在提醒她,"我亲爱的苏珊,千万不要把自己累着啊!"最妙的是,涂茨先生觉得自己负有义不容辞的责任,要发表演说;尽管涂茨生平第一次被他的太太在他大腿上发了一整套密码电报,进行劝阻,也没能把他拦住。

"真的,"涂茨先生说,"我在这所房子里,不管对我进行了什么样的教育,所采用的方式,有时会……会使我头脑混乱……这算不了什么,我决不把责任推到任何人身上……这里的人们对待我始终亲如家人,把我当成勃林茂博士家的一员,有很长一段时间,一直让我享有专用的书桌……我决不能在我的朋友费德尔……"

涂茨太太提示说,"结婚。"

"也许在这个场合说这样的话并非不恰当,并且也不能被认为简直不知趣,"涂茨先生说时呈现出满脸的欢喜,"我要说的是,我的妻子是个最了不起的女人,要是由她来致词,她会比我说得好得多……我决不能在我的朋友费德尔结婚……特别是和……"

涂茨太太提示说,"和勃林茂小姐。"

"和勃林茂小姐结婚,我的宝贝,你提示得好!"涂茨先生用私人之间商量的口气,服服帖帖地说,"要知道,是'上帝把他俩结合在一起'的,'而不让别的人'……你懂了吗?我决不能在我的朋友费德尔结婚……特别是和费德尔太太结婚的场合……不举杯为他俩……他俩……祝福;并且祝愿,"涂茨先生说到这里,眼睛紧盯着自己的妻子,似乎想从她那里获取高扬的灵感,"祝愿许门①的火炬成为欢乐的灯塔,愿我们今天手中的鲜花,撒满他们的道路,为……为他们消除……消除忧愁!"

勃林茂博士本来就喜欢比喻的说法,对涂茨的致词很是欣赏,他说,"很好,涂茨!真的说得很好,涂茨!"说时直点头,还拍拍巴掌。费德尔先生致答词,是一篇滑稽讲话,但是充满感情。随后文科硕士阿尔弗雷德·费德尔先生祝愿勃林茂博士和勃林茂太太非常快乐;文学士费德尔先生又祝愿身穿轻罗薄纱的小傧相们同样非常快乐。接着勃林茂博士用洪亮的声音,发表田园诗风格的感

---

① 许门,希腊神话中司婚姻之神。

言,说他和勃林茂太太都想隐居到灯心草丛中去,一群蜜蜂将围着他们的茅屋嗡营。过了不久,博士的眼光很特别地闪烁了一下,而他的女婿早就说过时间是为奴隶而设的,还问涂茨太太想不想唱支歌,于是考虑周到的勃林茂太太便宣布这一小型集会的结束,并以冷静而惬意的样子,让考耐莉娅乘坐一辆凉爽、舒适的四轮车厢式马车,随着她的心上人离去了。

涂茨先生和涂茨太太回到贝德福饭店(很久以前,涂茨太太曾在那家饭店里住过,当时她还没出嫁,名叫聂宝姑娘),饭店里有一封给他俩的信,涂茨先生花了很长时间才把信读完,这使涂茨太太感到十分惊奇。

"我亲爱的苏珊,"涂茨先生说,"惊吓比劳累更有害于健康。请你务必镇静!"

"是谁给我们写的?"涂茨太太问。

"啊,宝贝,"涂茨先生说,"吉尔思船长写的。你不要激动。沃尔特斯和董贝小姐就快要回家来了!"

"亲爱的,"涂茨太太很快就从沙发上站起身来,脸色变得苍白,"你不用骗我,因为你也骗不了我,他俩已经回家了——我从你脸上看得一清二楚!"

"她真是个最最了不起的女人!"涂茨先生喊道,对妻子的由衷敬佩使他狂喜,"你完全正确,我的宝贝,他俩已经回家了。董贝小姐已经见到了她的爸爸,他们父女俩和好啦!"

"和好啦!"涂茨太太说时高兴得拍起巴掌来。

"亲爱的,"涂茨先生说,"请你千万不要劳累。一定要记住医生的嘱咐!吉尔思船长说——其实他并没有说,可是我根据自己的想象力已经想象出来了,他信上的意思是——董贝小姐把她不幸的父亲从老宅子里接了出来,接到沃尔特斯和她住的地方去了;他病倒了,病得很重——也许会死;她不分白天黑夜全心全意地伺候着他。"

涂茨太太开始哭起来,哭得很伤心。

"我最亲爱的苏珊,"涂茨先生说,"千万,千万,如果你能记住的话,一定要记住医生的嘱咐!如果你不能记住的话,那也算不了什么——不过还是尽量记住的好!"

他的妻子像以往一样,突然恢复了常态,饱含感情地央求他立即带她到她心爱的小女主人、她的心肝宝贝(还有许多别的亲昵称呼呢!)那里去,涂茨先生的同情心和对妻子的赞赏又是如此强烈,打心眼儿里愿意照办。两人商量好立刻动身,按照船长信中的嘱咐办就是了。

也许是由于万事万物之间的交互感应,也许是由于巧合,当涂茨先生和涂茨太太立刻动身,尽速赶往船长处去的那一天,船长本人却被卷进了一场花团锦簇的婚礼行列;他没有能扮演主角,只是个小配角而已。这一意外事件的经过情形如下:

船长怀着满心喜悦对弗洛伦斯和她的小宝宝欣赏了好大一会儿,又和沃尔特聊了很长时间后,就出门散步去了;人间的悲欢离合,变化实在太快,他需要独自沉思一阵才行。董贝先生的破产强烈地打动了他慷慨、单纯的本性,他含意深长地不断摇晃头上那顶加光便礼帽。要不是想到弗洛伦斯的小宝宝的话,船长确实会为那位倒霉的绅士而情绪极度低沉的。但是,每一想起那小宝宝,他就会感到非常满足,一面沿街走着,一面放声大笑,事实上他不止一次由于心花怒放实在憋不住,而突然一阵迸发,把他那顶加光便礼帽往空中一抛然后接住,把旁观的路人们都惊呆了。很明显地可以看得出来,光明与黑暗两大矛盾对立的主题,在船长的思考中迅速交替、转换,使他的精神非常难挨,他觉得只有作一次长途的散步才能使自己镇静下来。与他精神融洽一致的联想能够发挥很大的影响,于是他这次散步有意选择他以前熟悉的环境,他走在桅杆、船桨、龙骨墩制造所、船用饼干作坊、卸煤的铲子、熬沥青的壶，以及水手们中间，穿过运河、船坞码头、水平旋桥，以及其他能使他感觉安慰的地方。

这一切和平的景象，尤其是莱姆豪斯湾周围一带，对船长产生的影响更大，使他的情绪很快就平静下来，重新步态从容地向前缓缓走去，事实上他已在享受低声哼唱《可爱的佩格》这首歌谣的乐趣了。当他转过前面一个街角时，突然呆住不动了，因为他看见一列喜气洋洋的人群正朝他迎面走来。

这个吓人的行列，领头的不是别人，正是那位意志如钢的女杰麦克斯丁格尔太太，脸上还是以往那种坚定得没商量的神气，她那冷酷无情的胸膛上十分引人注目地挂着一只大得惊人的怀表以及表链等一系列附件，船长一眼就认得出来，那是本斯比的财产，而她用手臂夹住，领着往前走的那名男子也不是别人，正是那位聪明无比、有哲人之称的水手。本斯比就像她俘获的一名外国俘虏，一脸心神错乱的倒霉相，十分温顺地听从她的摆布。在他们身后跟着欢天喜地的一群小麦克斯丁格尔们。在孩子们的后面，走着两位面目狰狞、坚忍不拔的女士，夹在她俩中间的是一位头戴高帽的矮个子绅士，他的表现也同样欢天喜地。一名本斯比船上的练习生抱着好几把雨伞，走在队伍的末尾。整个行列前进得井然有序，即使没有女士们脸上勇猛无比的表情，这个行列也足以表演得漂亮出色，令人敬畏，显示出它是一支献祭的队伍，而祭品正是本斯比。

船长第一个心理冲动是赶快逃跑。这似乎也是本斯比的第一个心理冲动，然而事实证明它完全缺乏可操作性。但是，行列中响起认出船长并与他打招呼的喊声，亚历山大·麦克斯丁格尔张开双臂向他扑来，船长被逮个正着。

"啊，柯特船长！"麦克斯丁格尔太太说。"真是巧遇呀！我现在再也不恨你了。柯特船长……你现在不必害怕我还会对你再说出什么责骂的话来。我希望带着另一种心情走向教堂圣坛。"说到这里,麦克斯丁格尔太太停了一下,挺起身子,深深地吸了口气,胸脯胀得鼓鼓的,指着她的牺牲品说,"柯特船长,那是我的老公!"

可怜的本斯比,他的目光既不向右也不向左,既不看他的新娘也不看他的朋友,什么也不看,只是直瞪瞪地朝向前面的乌有之乡。船长向他伸过手去,本斯比也伸出手来;船长向他问好,但他却一言不发。

"柯特船长,"麦克斯丁格尔太太说,"如果你有心想消除以前的恶感,再最后看一眼你的朋友,也就是说我的丈夫,打光棍的最后一刻,我们很乐意让你跟随大伙儿一起上教堂去。这儿有位女士,"麦克斯丁格尔太太说时转身指着两位勇猛的女士中更为勇猛的那一位,"是我的伴娘,她会乐意让你一路保护着她的,柯特船长。"

戴高帽子的那位矮个子绅士像是另外一位女士的丈夫,他看见另一位男子汉即将沦落到与自己同样的境地显然极为高兴,立刻腾出地方来把那位女士交给了柯特船长。那位女士立刻将船长一把抓牢,说是时间不早了,并用强烈的口气发出口令,要整个队伍立即前进。

船长为自己的朋友担心,起初还与为自己的担心掺和在一起,因为有种朦胧的恐惧一直攫住他的心头,吓出他一身冷汗,那就是害怕自己会被人用暴力强迫结婚,这种担心一时之间使他尽管走在队伍中,但根本不知道队伍在动,与他做伴的那位美人对他说的话也全都成了耳旁风;后来还是他对结婚仪式的知识使他放下心来,他记得宗教仪式规定,当事人必须说"我愿意",婚姻才能成立,而他已经下定决心,随便别人问他什么问题,他都毫不含糊地回答"我不愿意,"这样一来,他个人不就安全了吗。他的情绪逐渐平静下来时,他才听清那位女士说自己是某位薄克姆先生的寡妇,她的已故丈夫以前在海关当差,她是麦克斯丁格尔太太最亲密的朋友,她认为麦太太是妇女的表率;她常听人提到船长,她希望船长如今已经对他以前的生活悔过自新了。她深信本斯比先生一定会懂得,自己获得了天赐的幸福,但是她又怕世上没有几个男人会真正懂得这种天赐幸福的可贵,直到他们失去时才懊悔不迭。她还说了很多同样意思的话。

在整个过程中,船长没法不注意到薄克姆太太的眼光一直牢牢盯在新郎官的身上,当队伍行进到一处似乎适合逃跑的一所院落附近或一个狭窄的拐弯处时,她总是百倍警惕,一旦他企图逃跑,她就会上前把他拦住。那另一位女士以及她的丈夫,那个头戴高帽的小男人,按照既定方针办,公然担任监管任务。倒霉的本斯比被麦克斯丁格尔太太抓得牢牢的,为自保而逃跑的任何企图都是徒劳。事实上,街上看热闹的闲汉们对此也看得一清二楚,为了表明他们深知是怎么回事,他们发出嘲笑和怪叫;对所有这一切,令人敬畏的麦克斯丁格尔太太完全无动于衷,但本斯比似乎被吵得已经神志不清了。

船长作出无数努力想凑上去和这位哲人说句话,哪怕只是发出一个音节,或做一个暗号也好。然而,由于监管人员的高度警惕,尤其是由于本斯比那生就的习性(他这个人对任何外界的可见信号是从来没有反应的)所增添的困难,船长的一切努力统统归于失败。就这样,这一行人终于到达了那座小教堂。那是一座整洁的大房子,粉刷得雪白,最近才由梅契塞戴·豪勒牧师当主持。这位牧师在信徒们苦苦哀求下,才答应让地球继续存在两年,但他对他的追随者们断言,两年之后,地球绝对要毁灭。

当梅契塞戴牧师在发表他的即兴式的祈祷词时,船长总算找到机会对着新郎的耳朵发出低沉的隆隆声：

"你好吗，我的老伙伴，你好吗？"

本斯比竟然会忘掉梅契塞戴牧师，这只能用他的绝望处境来解释，回答道：

"太糟糕了。"

"杰克·本斯比，"船长低声说，"你上这儿来干这件事，是你自己甘心情愿的吗？"

本斯比先生回答，"不。"

"那么，老伙伴，你为什么要干这事？"船长自然要问。

本斯比脸上毫无表情，目光仍一如既往地望着地球另一边的那个世界，他没有回答。

"为什么不把船开走？"船长问。

"什么？"本斯比低声问，倏忽间闪过一丝希望之光。

"把船开走。"船长说。

"有什么用？"这位已经陷于绝望的哲人回答，"她会再次把我逮住的。"

"要试一试！"船长说，"振作精神！来吧！现在就是机会。把船开走，杰克·本斯比！"

老友的忠告并未使本斯比获益，与此相反，他只是可怜巴巴地对船长耳语道：

"这都是从到她那儿去取回你那只箱子开始的。我那天晚上干吗非要一直把她护送进港口呀？"

"我的老伙伴，"船长用发颤的声音说，"我还以为你能制得服她；没想到她反而把你给制服了。就像你这么一个足智多谋的人！"

本斯比先生只是低低发出一声压抑住的呻吟。

"来吧！"船长说时轻轻用肘部推了他一下，"现在是你的机会!把船开走!你快撤退,我来掩护你。时间会飞快地过去。本斯比!这是为了争取自由。你干不干?我第一次问你!"

本斯比毫无反应。

"本斯比!"船长悄声说,"你干不干?我第二次问你!"

本斯比第二次毫无反应。

"本斯比!"船长急了,催促他说,"这是为了争取自由;你干不干?我第三次问你!要么现在就跑,要么永远也跑不了啦!"

本斯比那时没有跑,永远也没有跑;因为随后麦克斯丁格尔太太马上就和他结了婚。

这场婚礼最让船长感到惊吓的景象,就是他看到朱丽安娜·麦克斯丁格尔对这件事表现出极其浓烈的兴趣;她高度集中全部身心,目不转睛地注视着婚礼的全过程,这个本来很有出息的孩子,早已成了她母亲的翻版。船长从这件事上看到:那诱捕男人的圈套,早已后继有人,将会一代一代往下传,直到永远;干航海这一行的人们注定无法摆脱世世代代的压迫和强制。这一景象,比薄克姆太太和另一位太太毫不妥协的坚韧,比戴高帽的矮个子绅士的兴高采烈,甚至比麦克斯丁格尔太太不可动摇的凶猛残暴,令船长更加印象深刻,永志不忘。麦克斯丁格尔太太几个年幼的儿子,对正在进行的事几乎什么都不懂,也不关心;婚礼进行过程中,他们从事的主要活动,就是用穿在脚上的半高统靴互相踩对方的脚玩儿。在与这些不幸的顽童对比之下,更衬托和彰显出朱丽安娜女性的早熟。船长想,过不了一两年,谁要是做那个女孩子家的房客,那就毁啦。

婚礼结束时,麦克斯丁格尔家的孩子们都跳跳蹦蹦地向本斯比先生围了上来,用爸爸这个亲热的称呼大声喊他,并向他索要半便士硬币。这一阵感情宣泄过后,婚礼行列准备重新出发,但是由于亚历山大·麦克斯丁格尔出乎意料的激情爆发,稍稍耽搁了一会儿他们的归程。在那个可爱的孩子的头脑里,似乎总是把教堂和墓碑联系在一起,在他看来,人们到教堂里来,如果不是正常的做礼拜的话,那一定是要像模像样地把他的母亲埋葬掉,这样他就再也看不见自己的母亲了。这个想法使他极为痛苦,他拼命大声尖叫,底气足得令人惊叹,脸都憋得发紫。尽管这孩子的表现充分显示出他具有爱他妈妈的温情气质,实在令人感动,然而,像他妈妈这样的杰出女性,是决不会对此加以认可的,以免把自己降低成为一个软弱的人。因此,她对他的脑袋不住地摇晃、戳碰,并大声斥骂,想让他明白事理,但这类手段和努力统统归于失败。于是她就把他拉到露天地里,对他运用别的办法;结婚行列里的人们很快就听到一系列刺耳的声音,噼里啪啦,好像是在热烈鼓掌,他们终于看到亚历山大与庭院里最冷的石板地面亲密接触,小脸通红,在大声恸哭。

　　队伍再一次排列整齐,朝布列格巷进发,婚礼筵席就设在那里,他们往回走的样子和来时样子完全相同。一路上,本斯比受到人们许多富于幽默感的祝贺,恭喜他新近获得的幸福。船长一直陪他们来到家门口,此时的薄克姆太太已卸下了必须全神贯注的责任(新郎既然已经安然无恙地完成了婚礼,女士们自然知道自己不必再保持高度警惕和身手敏捷了),精神大大放松下来,有工夫向船长表示自己对他感兴趣了。因此船长赶紧离开婚礼队伍和那名俘虏。他找个借口说自己有个约会,答应很快就回来。船长情绪不安还有另外一个原因,那就是他痛心地责备自己,尽管自己从没打算让本斯比落入圈套,但还是该负第一等重要的责任,因为他一向无限信任这位哲人的高超智慧,哪里能料到最终的结果。

　　船长决定不回木制海军准尉商店老索尔·吉尔思那里去,他要先到董贝先生住处去探视他的病情,尽管董贝先生住在伦敦郊外、长着新鲜石楠属植物的土地的边上。他走路刚觉得累,便搭上了一辆便车,于是轻松愉快地到达了目的地。

看到那所房子如此安静,窗帘都已垂下,船长几乎连门都不敢敲了。他在门口仔细听了听,听到紧靠着门口的地方有人在小声说话,便轻轻地敲了敲门,结果是涂茨先生开门放他进去了。事实是,涂茨先生和他的太太不久以前刚来到这里。他们夫妇俩到小海军准尉商店去找船长,从那里得到了这儿的地址。

他俩到达此地以后的这段时间里,涂茨太太就从不知哪个人的怀里把小宝宝抱了过来,她坐在楼梯上,对小家伙又是搂抱又是爱抚。弗洛伦斯俯下身来挨着她。没有人说得清楚,涂茨太太搂抱、爱抚得最多的是那位年轻的母亲呢,还是她的小娃娃;同样,也没有人说得清楚,是弗洛伦斯对涂茨太太更温柔体贴呢,还是涂茨太太对弗洛伦斯更温柔体贴,也可能是她们俩对小娃娃更温柔体贴。总之,那里是一团温爱和激情。

"我的心肝宝贝弗洛伊小姐,你爸爸是不是病得很重?"苏珊问道。

"他病得非常、非常重。"弗洛伦斯说,"但是,亲爱的苏珊,你不能再用以前那种样子同我说话了。这是什么?"弗洛伦斯说时伸手摸摸苏珊身上穿的衣服,显出迷惑不解的样子,"亲爱的,你以前穿的旧衣服?还有你以前戴的旧帽子,就连鬈发等等所有的东西都和以前一样?"

苏珊迸出了眼泪,在弗洛伦斯惊讶地摸着她的那只纤细的手上,印满了雨滴般的吻。

"我亲爱的董贝小姐,"涂茨先生朝前跨近一步说,"我来解释一下。她是一位最最了不起的女性。世上能比得上她的女人不多!她一直说——从我们俩结婚以前她就这么说,一直到今天也还是这么说——等你回来,她不穿别的,一定要穿着伺候你时穿的旧衣服来见你,她怕穿了别的,你就会觉得她陌生,可能会不像以前那样爱她了。我本人也格外欣赏这些旧衣服,"涂茨先生说,"她穿着这些,我觉得格外好看!我亲爱的董贝小姐,她愿意重新来当你的仆人、你的保姆,为你做以前做过的一切,而且还要做得更好。她没有变。但是,苏珊,我亲爱的,"涂茨先生说,他说话时饱含着感情和高度的赞赏,"我只要求一件事:你得记住医生的嘱咐,不要让自己过于劳累。"

第六十一章 宽　恕

弗洛伦斯需要帮助。她父亲更是迫切需要帮助，于是她的老友及时伸出的援手就成了无价之宝。死神站在他的枕头上。他以前所作所为的阴影早已摧毁了他的精神，并且严重地损害了他的身体。自从他那颗极其困乏的头颅躺在女儿亲手为他铺好的床上，就再也没有抬起来。

她始终陪伴着他。女儿在身边，他通常是意识得到的；然而，在他脑子不太清楚的时候，他常常会把自己与女儿说话的环境和情势弄错。有时他对她说话，就好像是在他儿子刚刚夭折的时候；他会告诉她，她在弟弟的小床边悉心照料，尽管他嘴里不说，但他都看在眼里——他都看在眼里；说完这话，他就把脸埋在枕头里啜泣，然后把他那枯瘦的手伸给她。有时候他会向她打听她本人。"弗洛伦斯在哪儿？""我在这儿，爸爸，我在这儿。""我不认识她！"他会这样喊道。"我和她已经分别很长时间，我已经不认识她了！"接着他就露出一副显然是害怕的样子，直到他的烦扰不安在她的抚慰下得以缓解；这时候，他会想起她，在以前的某些时候，强忍着的眼泪的情景。

有时候，他会在想象中接连好几个小时在从前经商时去过的地方漫游，她听他喃喃自语，但她跟不上他在下意识中漫游的脚步。他会重复那个幼稚的问题，"钱是什么？"对它沉思默想，并且用大致上还算连贯的话，对自己讲道理，想作出一个好的回答；就好像这是一个刚向他提出的新问题，以前从来没有听说过。接着他会一边冥想,一边把他那家老商行的名字重复上两万次,每说一次时,都会转过头去把脸埋在枕头里。他会数自己有几个孩子……一个……两个……停止,然后回头重新数起来。

但这是他头脑最迷乱时的情景。在他患病期的其他阶段,最恒久不变的就是他对弗洛伦斯的依恋。他最常做的事是:他会回忆他最近才记起来的、她下楼来到他房间的那天夜里的情景,他想象自己当时在内心痛苦的驱使下,曾经跑出房间来追赶她,上楼去寻找她。接着,他把那个时刻与后来地上有很多脚印的时刻混淆起来了,他感到惊讶,脚印数竟会那么多,他一边追随她一边数地上的脚印。突然,一大堆脚印里出现了一行带血的脚印。随着那行带血的脚印往前走去,间或地开始出现一道道敞开的房门。走进房间,镜子里反映出某些可怕的画面,有一些憔悴不堪的人形,把什么东西往他们胸口藏起来。还是大量的脚印,间或地还会出现血脚印,但里面还夹杂着一道弗洛伦斯的脚印。看来她仍在前面走。他那焦虑不安的思绪继续跟在她身后,一边走一边数那脚印,愈走愈远,愈走愈高,一直登上一座巨塔的顶端,那里高得似乎要爬上许多年才能爬得到。

一天,他打听说,已经有很长时间了,他听到一个人说话的声音,那说话的人不会是苏姗吧?

弗洛伦斯说,"是她,亲爱的爸爸。"并问他是不是愿意见见她?

他说,"很愿意。"于是苏珊便出现在他的病床旁边,在他面前她仍不免战战兢兢。

他见到苏珊似乎有如释重负之感。他请求苏珊不要走,要知道他早已原谅了她从前讲过的话,希望她能留下。他说,如今弗洛伦斯和他的关系与从前大不相同了,因此他们都很幸福。还说要让她亲眼看一看! 他指的是,他把女儿温柔的头颅拉过来,放在他的枕头上,与他的头颅靠在一起。

接下来的几天、几个星期里,他就是处在这种状态。终于有一天,他躺在床上,尽管虚弱乏力,但总算又有了活人的模样,他说话的声音很低,人们要把耳朵凑近他的嘴唇才听得清楚,他的情绪安定下来了。现在,他躺在床上,窗户开着,他望见夏日的天空和树木,傍晚时望见落日的余晖,心里漠然感到一种难以言表的快意。他常注视那云影和树叶的浓荫,他似乎对暗影有一种感同身受的体贴。这对他来说是很自然的。对他来说,生命和世界只是暗影罢了。

现在他开始显露出对弗洛伦斯的过度操劳感到担心,他常费尽力气低声对她说,"去吧,我最亲爱的,到芬芳的空气里去散散步吧。到你的好丈夫身边去吧!"有一次,沃尔特在他的房间里,他招手让沃尔特走近些,并俯下身来靠近他。他握住沃尔特的手,低声对他说,他知道自己死的时候,可以放心地把女儿托付给沃尔特。

一天黄昏时分,太阳即将西沉,弗洛伦斯和沃尔特一起坐在董贝先生的房间里,因为他喜欢看到他们两个。弗洛伦斯把小娃娃抱在怀里,开始低声唱歌给小家伙听,她唱的正是曾为夭折的弟弟唱过多遍的那首古老的歌曲。这时,董贝先生无法忍受心头的创痛;他举起颤抖的手来,请她不要唱了。可是,第二天,他又请她把那首老歌再唱一遍,从此以后,他在黄昏时常常会让她唱,她也照他的意思办了。他听着,把脸转向一旁。

有一天,弗洛伦斯坐在父亲房间的窗前,那只盛着她的针线活的篮子就放在她与她昔日的女仆之间,那位昔日的女仆今天仍是她忠实的伴侣。她的父亲在打瞌睡。傍晚的景色很美丽,大约还有两个小时才会天黑。如此安谧、宁静,令弗洛伦斯陷入沉思。有一个瞬间,她感到失落、迷惘,她只记得一件事,那就是此刻躺在床上、病得脱了形的父亲,第一次把她介绍给她那位美丽的妈妈的情景。这时沃尔特俯下身来碰了一下她椅子的靠背,使她猛然一惊。

"我亲爱的,"沃尔特说,"楼下有一个人想和你说话。"

她觉得沃尔特的神情似乎很严肃,便问他是不是出了什么事。

"没有,没有,我的宝贝!"沃尔特说,"我已经和那位绅士见过面、说过话了。什么事也没出。你愿意去见见他吗?"

弗洛伦斯挽住他的手臂,把父亲留给黑眼珠的涂茨太太照顾(那位太太坐在一边做针线活,就像黑眼珠女人常有的那样生气勃勃、轻快敏捷),便跟随丈夫下楼去了。一位绅士坐在那间通向花园、令人惬意的小客厅里,看见她走进客厅,便站起身来,他本打算迎接她,但由于腿的毛病,路却走歪了,幸亏跟前有一张桌子才把他挡住。

由于树荫遮住了来客的脸,起初弗洛伦斯没有把他认出来,过了一会儿才想起来,他就是菲尼克斯表兄。菲尼克斯表兄同她握手,并对她的婚姻表示祝贺。

"真的,我本来早就希望有机会向你们表示祝贺了,"菲尼克斯表兄说,他等弗洛伦斯先坐下后,自己才坐下,"但是,事实上,过去发生了那么多令人痛苦的事,正像有人会说,简直是接踵而至,我自己的处境也极为狼狈,完全不适合参与任何类别的社交活动。保留给我的唯一社交活动就是和我自己交流。当然,这对于一个充分相信自己的聪明才智的人说来,决不是一件令人愉快的事,我知道,事实上,这个人具有让自己厌烦得要死的本领。"

弗洛伦斯从这位绅士流露出的某种难以言表的自我抑制和焦躁不安(尽管伴随着一小点儿无害的怪僻,但始终不失绅士风度)中,同时也从沃尔特的举止中,推测出这位绅士接下去就要讲出与他这次来访的目的直接有关的话来了。

"我已经对我的朋友盖伊先生(如果我有幸这样称呼他的话)

说过了,"菲尼克斯表兄说,"听说我的朋友董贝的健康状况已有决定性的好转,我非常高兴。我相信,我的朋友董贝决不会让自己仅仅由于财产的损失而过于伤脑筋。我本人不能说曾经有过损失巨额财产的经验,事实上,我也从来没有拥有过任何巨额财产可供损失。但是,我所能拥有的财产,确实都损失掉了。对此我觉得自己倒也并不特别在乎。我知道,我的朋友董贝是一位极为可敬的人,这是社会各界人士对他的普遍看法,我的朋友董贝要是知道这一事实,可能会感觉极大的安慰。甚至汤米·斯克鲁泽,他是一个性情极为暴躁的人,我的朋友盖伊可能认识他,就连他也决不能说出一个字来否认这一事实。"

弗洛伦斯愈来愈感觉到,他就要说出什么重要的话来了;热切地看着他,眼睁睁地等待着这一时刻。她的目光如此热切,似乎在向他问话,让菲尼克斯表兄不得不回答。

"事实上,"菲尼克斯表兄说,"我的朋友盖伊和我刚才一直在商量,有一件事想请你帮个忙,不知道是否太冒昧;我已经得到我的朋友盖伊的赞成——他待我极其友善和诚恳,为此我对他真是感激不尽——他赞成我向你提出这个请求。我感觉得到,一位像我的朋友董贝的可爱而多才多艺的女儿那样和蔼可亲的夫人,不需要使劲劝说;但是,当我得知我的朋友盖伊以他的影响力和赞同态度在支持我时,我真是高兴。我在就任国会议员期间,当一个人有某一项提案要提——那时候很少有这样的事,因为我们都受到牢牢的约束,议会中两党的领袖都是严酷的马蒂耐①,这对于类似于我这样的普通议员倒是件极好的事,免得我们不断地抛头露面,要知道我们中有许多人都热衷于展示自己——我想说的是,当年

---

① 马蒂耐,法国路易十四时代的军事教官,以治军严酷著称,后用来泛指严格执行纪律、规章的人。

我就任国会议员期间,当一个人有机会发言时,明明像是儿童放玩具枪似的抛出无聊、琐碎的议题,但他总以为这是他的伟大时刻,他可以声称自己有幸相信:他的观点不能不在庇特①先生的胸中引起共鸣;事实上,庇特先生正是引领大家战胜风暴的舵手。听到这种发言,他的一大批追随者立刻会齐声欢呼,使发言的人得意洋洋,劲头十足。可是事实上,那些家伙都曾接到命令,只要听说庇特先生的名字,他们都必须疯狂地欢呼、叫好,这件事他们都已经干得十分熟练了,即使在打瞌睡的人,也会猛然醒过来。否则的话,他们会对发生过的事完全一无所知,正如谈吐专家布朗所说的那样——布朗长于辞令,是议会财政委员会里能一口气喝下四瓶酒的人,我的朋友盖伊的父亲也许认识这个人,因为我的朋友盖伊不是与他同时代的人——如果有一个人从他的座位上站起来说,他遗憾地向议会宣告,有一位议员阁下在议会休息室惊厥症发作,看样子已病入膏肓,这位议员阁下姓庇特,他的话照样会引起雷鸣般的欢呼、叫好。"

他还在东拉西扯,迟迟不肯进入正题,这使弗洛伦斯忐忑不安;她的目光从菲尼克斯表兄身上转到沃尔特身上,变得愈来愈焦急了。

"我亲爱的,"沃尔特说,"没什么要担心的事。"

"我以自己的荣誉担保,确实没有什么要担心的事,"菲尼克斯表兄说,"我哪怕只是在片刻时间给你带来忧虑,我也为此深深地感到不安。我请求你允许我向你保证,确实没有什么要担心的事。我的要求仅仅是——然而,这个要求看来真的是非常奇特,因此,如果我的朋友盖伊出于好心,事实上,肯为我打破坚冰,我将会

---

① 老、小威廉·庇特(父1708—1778,子1759—1806)都当过英国首相,此处所指显然是小庇特。

对他极为感激。"菲尼克斯表兄说。

就这样,一方面是菲尼克斯表兄对他的请求,另一方面,他从弗洛伦斯投向他的目光中看出了同样的请求,于是沃尔特就替他说了:

"我最亲爱的,没有什么大不了的。请你跟随这位你已经认识的绅士,乘马车到伦敦去一趟。"

"我的朋友盖伊也一起去——很不好意思!"菲尼克斯表兄插话道。

"……那么,还有我……到一个地方去,作一次拜访。"

"拜访谁?"弗洛伦斯问,看看这一个,又看看那一个。

"如果可以请求的话,"菲尼克斯表兄说,"那么我就要非常冒昧地提出这样一个请求:请求你不要强迫我回答这个问题。"

"你知道是谁吗,沃尔特?"

"知道。"

"你觉得应该去吗?"

"是的。我这么想,只是因为我可以肯定你也会觉得应该去。尽管我完全懂得,确实有理由要求我们在做这件事以前,还是不要进一步追问的好。"

"如果爸爸还没睡醒,醒来也有别人替我照顾他,那么我马上就可以出发。"弗洛伦斯说。她轻轻地站起身来,看了他们一眼,那目光稍微有些紧张,但充满着信任,便走出了客厅。

她回来时已作好准备可以跟他俩出发了,只见他俩正神情庄严地站在窗子前面交谈着。弗洛伦斯猜不出他俩究竟谈到了什么话题,竟会使得他俩在这么短的时间内就一见如故。她一进来,他俩的谈话就停止了,但是她丈夫脸上那种以她为骄傲和充满爱意的表情,使她放心;因为他看她时,脸上从来就是这样的表情。

"我要留一张名片,"菲尼克斯表兄说,"给我的朋友董贝,我诚挚地祝愿他,在养病过程中,他的健康和精神都将会与时俱进。我希望自己能有幸被我的朋友董贝认作是,一个最热烈地赞赏他的品格的人,事实上,他正是一位英国商人兼一位极为正直的绅士。我在乡间的寒舍早已破败不堪,但是如果我的朋友董贝需要到乡间去换换空气的话,那么请他尽管上我那儿去住,他将会发现那里倒是一个非常有益于健康的住处——该是这样的,因为那里极其单调、沉闷。如果我的朋友董贝感到身体虚弱乏力,那么请允许我把我本人经常从中获益的一种方法,向他推荐。我有时会觉得头脑眩晕,很不舒服,因为在人们生活放荡不羁的年代,我的生活也放荡不羁过。事实上,我要推荐的方法就是,把一个鸡蛋黄,加上糖和肉豆蔻,搅碎在一杯雪莉酒里面,每天早晨和一片烤干的面包片儿一起服用。在邦德街开拳击馆的杰克逊——他的资质证明极为优秀,我的朋友盖伊一定知道他的名气——总是说,他在为举行职业拳击赛进行训练时,用朗姆酒取代雪莉酒。不过在这件事情上,我倒是推荐用雪莉酒,因为我考虑到我的朋友董贝是在病中,要是用朗姆酒的话,会使朗姆酒涌上来,事实上就是往他头部涌上来,这样就会使他的样子显得十分可笑。"

很明显,菲尼克斯表兄是在神经紧张、心绪不宁的状况下发表所有这些言论的。他把手臂伸过去让弗洛伦斯握着,尽最大努力管制住自己的腿,那双存心不肯听话的腿,似乎决心要往外面的花园里走去。他总算把她带到门口,把她扶上一辆停在那里专门来接她的载客马车。

沃尔特在他上车之后也上了车,马车把他们载走了。

他们大约行驶了六至八英里路程。驶过伦敦西区某些沉闷而阔气的街道,天色渐渐暗了下来。这时弗洛伦斯才把自己的手放在沃尔特的手掌里。当马车拐弯驶进每一条她不熟识的街道时,她显得非常急切,愈来愈焦虑不安。

马车终于在布鲁克大街一座房子的门口停下了,她父亲不幸婚姻的庆典就是在那座房子里举行的。弗洛伦斯问,"沃尔特,这是怎么啦?谁在里面?"沃尔特劝她高兴些,但没有回答她的问话,她看看房子的前面,看到所有的窗户都关着,好像没有人住在里面。这时,菲尼克斯表兄已经下车,把手伸给她。

"你不进去吗,沃尔特?"

"不,我就在这里等你。不必颤抖!没有什么好害怕的,最亲爱的弗洛伦斯。"

"我知道,沃尔特,有你在近处。我肯定没有什么好害怕的,可是……"

没有敲门,门被轻轻地推开了,菲尼克斯表兄引领她从夏日黄昏的露天,走进这座不通风的沉闷的房子里。屋里一片褐色,显得更加阴沉了,就好像自从举行了那次婚姻庆典,这里一直紧闭着,从此以后这里就贮满了黑暗和悲愁。

弗洛伦斯登上阴暗的楼梯,浑身在颤抖。她和那位领路人一起停在会客室门口。他什么话也不说,把门打开,用恳求的目光向她示意,要她走进那间内室,而他留在原来的地方。弗洛伦斯在犹豫片刻之后,按照他的意思办了。

只见一位女士坐在靠窗的一张桌子旁,像是在写字或画画,她手托着脸,转向窗外渐渐暗淡的暝色。弗洛伦斯不无犹豫地向她走去,她的脚步突然停了下来,像是不会走路了。那位女士向她转过脸来。

"天哪!"她说,"这是怎么啦?"

"不,不!"弗洛伦斯喊道,看见对方从椅子上站起来,她往后躲避,并伸出双手想拦住她,"妈妈!"

她们俩站在那里都注视着对方。那是伊迪丝的脸,尽管激情和骄傲已使它憔悴,然而仍然美丽,仍然高贵。那是弗洛伦斯的脸,那表情尽管像是怕她、想躲开她,但其中却有怜惜、悲哀以及饱含感激的对于往昔的温暖记忆。她俩的脸上都鲜明地显示着困惑和恐惧;她们全都静静站立,默不出声地将目光越过那无法挽回的过去造成的黑色鸿沟,看着对方。

首先改变态度的是弗洛伦斯。她再也忍不住滚滚热泪,以发自内心的声音呼唤道,"噢,妈妈,妈妈! 为什么我们要在这种情况下会面呢? 既然那时候,没有别人、唯有你一个人对我始终关爱,那么为什么我们要在这种情况下会面呢?"

伊迪丝站在她面前,没有说话,静止不动。她的目光注视着弗洛伦斯的脸。

"这次会面,我连想都不敢想,"弗洛伦斯说,"我是从爸爸的病床前直接到这里来的。现在我和他从不分离;我和他再也不会分离了。如果你要我替你请求他的宽恕,我会做的,妈妈。我几乎可以肯定,如果我向他请求,他现在会答应宽恕你的。愿上帝同样答应宽恕你,并且给你安慰!"

她一个字也没有回答。

"沃尔特——我和他结婚了,我们已经有了一个儿子,"弗洛伦斯怯生生地说——"他现在就在门口,是他带我来的。我要告诉他,你已经忏悔了;你已经改变了,"弗洛伦斯说时,用哀戚的目光看着她,"我知道,他会和我一起把这个告诉爸爸的。除了这件事,我是不是还能做些别的?"

伊迪丝这时才打破沉默,她的目光和手脚都没有移动,只是低声回答道:

"弗洛伦斯,难道那加在你、你丈夫、你孩子姓氏上的污迹,是可以被宽恕的吗?"

"你问可以不可以,妈妈? 可以! 我和沃尔特都会无条件地做到这一点。如果这会给你带来一些安慰的话,那么在这件事上你可以完全放心。你没有……你没有,"弗洛伦斯支支吾吾地说,"提到爸爸;但我敢肯定,你是希望我去向他请求宽恕的。我敢肯定,你是这样想的。"

她一个字也没有回答。

"我会这样做的!"弗洛伦斯说,"如果你允许的话,我会把他的宽恕带回给你;到了那时候,我和你相互说再见时,也许彼此可以更加像往昔一样。我没有,"弗洛伦斯非常温柔地说,并且渐渐向她靠近,"我没有因为怕你、怕你会给我带来耻辱而躲开你,妈妈。我只是想对爸爸尽到我应尽的责任。我对于他来说非常宝贵,他对于我来说也同样非常宝贵。但是我永远不会忘记你对我是多么好。噢,向上帝祈祷吧,"弗洛伦斯呼唤着扑进伊迪丝的怀中,"向上帝祈祷吧,妈妈,愿上帝宽恕你的一切罪恶和耻辱,同时也宽恕我不由自主、必然要做的事(如果我这么做是错误的话),因为我实在忘不了你以前对我是多么的好!"

伊迪丝像是经不起弗洛伦斯的一触,双手抱住她的颈项,便跪了下去。

"弗洛伦斯!"她喊道,"你在我心里比天使更宝贵!趁我还没有再次发疯,趁我执拗的脾气还没有重新回到身上,使我变成哑巴,相信我,听我说句良心话:我是清白无辜的。"

"妈妈!"

"我在许多事情上都自觉有罪!使你我之间永远被一片荒原隔离,我自觉有罪。使我的全部余生都不得不与纯洁、天真隔离,与你,与全世界隔离,我自觉有罪。我犯下盲目的、失去理性的怨恨的罪,但即使是现在,我对此也并不后悔,不能后悔,也不会后悔;但是,和那个死去的男人,我并没有犯罪。上帝可以为我作证!"

她双膝跪在地上,双手向上举起,发出这个誓言。

"弗洛伦斯!"她说,"天性最纯洁、最美好的人,——我深爱的人——很久以前可能会使我改变的人,而且在一段时间里确实使我这样的女人也有了一些改变,——相信我,在那件事情上我是清白无辜的;让我再一次把这颗我珍爱的头颅贴在我那孤独凄凉的心上吧!这是最后一次了!"

她动了真情,在伤心地哭泣。如果她在那往昔时光,能有更多的真情流露,那么她现在会快活一些。

"世上没有别的东西,"她说,"能强迫我否认自己的清白。无论是爱、恨、希望和威胁都不能强使我这么做。我说过我将会死去,死得了无痕迹。弗洛伦斯,如果你我从未相逢,我可能早就这样死了,我会的。"

"我相信,"菲尼克斯表兄说,他脚步轻轻地在门口逡巡,这些话一半是在门外、一半是在门内说的,"我那可爱的、多才多艺的亲戚会原谅我,运用了一小点计谋,使这次会见得以实现。我不能说自己一开始就坚决不信我那可爱的、多才多艺的亲戚,非常不幸地,与那位满口白牙的死去的男人,犯下了风流罪过;因为,事实上,你可以看见,在这个大千世界里——冥冥中似乎有某种特殊的安排,这种事情绝对是人生经验中最无法理解的——就是存在着这种非常奇特的结合。正如我曾经对我的朋友董贝说过的,在此事得到充分证实之前,我不能承认我那可爱的、多才多艺的亲戚犯了罪。当那个男人死去,事实上,他死的样子十分可怕,我感觉到她的处境非常令人痛苦——此外,还感觉到我们家族确实有一点瑕疵,那就是没有更多地关心她,我们的家族是个疏忽大意的家族——还有就是我的姑妈,尽管是一位十分活跃的女人,但可能并不是一位最好的母亲——我冒昧地到法国去寻找她,向她提供了一个捉襟见肘的人可能提供的生活保障。在这种情况下,承蒙我那可爱的、多才多艺的亲戚表示说,尽管我有我特殊的个性,但她相信我是一个好人,这使我增添了光彩,因此她就将自己置于我的保护之下。事实上,按照我的理解,这是我那可爱的、多才多艺的亲戚对我做的好事,因为我的身体日益衰惫,她对我的关心给了我极大的安慰。"

伊迪丝已拉着弗洛伦斯一起坐在沙发上,她做了个手势似乎请他不要再说下去了。

"如果为了使我那多才多艺的可爱亲戚、我本人,我的朋友董贝(他那可爱的、多才多艺的女儿,我们全都十分赞赏)满意,"菲尼克斯表兄继续说,仍在门口逡巡不前,"我要接续我的言论的线索,把话讲完,我想我那亲戚一定会原谅我的。她将会记得,从开始时起,她和我就从来没有提起过关于她私奔的话题。当然,我的印象始终认为,这件事里确有不可思议之处,如果她想解释的话,是可以解释得清楚的。但是我那可爱的、多才多艺的亲戚是一位意志极其坚定的人,我知道,事实上,她是不容轻视的,因此我从来不敢稍稍涉及有关这件事的讨论。但是经过我最近的观察,发现如果想进入她的内心,唯有通过一个突破口,那就是她对我的朋友董贝的女儿怀有一种非常强烈的柔情,于是我想到,我可以为她俩安排一次对双方来说都属意外的会见,这么做或许会带来有益的结果。现在我们暂时幽居在伦敦,不同任何人来往,不久后就要前往意大利南部,在那里定居,事实上,一直要住到我们走向长眠之所的那一天,一个人想起这事,心里总会很不好受。我亲自设法打听到我的朋友盖伊的住址,盖伊是个美男子,性情特别坦白真诚,我那可爱的、多才多艺的亲戚或许会知道他,我总算有幸把他那和蔼可亲的太太带到这里来了。那么现在,"菲尼克斯表兄说时,透过他玩世不恭的举止和随意乱扯的言谈,始终有一道真诚、热切的光芒在闪烁,"我要恳求我的亲戚,不要半途而废,要竭尽所能改正她所犯的错误——不是为了她家族的荣誉,不是为了她自己的名誉,事实上,也不是为了不幸的处境诱使她漠然视之、把它当做近乎骗人鬼话的那些顾虑——而仅仅因为它是错的,是不正确的。"

说完这番话,菲尼克斯表兄的两条腿总算同意把他带走了;他随手把门关上,房间里只剩下她们两个。

伊迪丝又沉默了几分钟,弗洛伦斯紧挨着她坐在她身边。然后她从胸口掏出一份用火漆密封的文件。

"好长时间我一直犹豫不决,"她低声说,"不知道要不要写这份材料,考虑到我也许会猝死,或遭遇到意外,觉得身上还是留有这份材料的好。写完以后,我又一直在考虑,什么时候、用什么方式把它销毁。拿去吧,弗洛伦斯。事实真相都在里面。"

"是给爸爸的吗?"弗洛伦斯问。

"你愿意给谁就给谁,"她回答,"既然已经给了你,一切由你决定。否则的话,这份材料决不会落到他的手里。"

她俩又静静地坐在一起,坐在愈来愈浓重的暮色里。

"妈妈,"弗洛伦斯说,"他已经失去了财产;病得几乎要濒临死亡;即使现在,也不一定能够康复。你有没有什么话要我向他转达的?"

"你刚才是不是告诉我,"伊迪丝问,"你对他很亲?"

"是的!"弗洛伦斯以颤抖的声音回答。

"告诉他,我为我和他曾经相逢而感到遗憾。"

"没有别的话了吗?"弗洛伦斯等了一下又问。

"要是他问起,你就告诉他,我对自己做出的事并不懊悔——至今仍不懊悔——如果明天需要再做一次,我还会做的。但是,假如他变成了一个与过去完全不同的新人……"

说到这里,她停住了。这是因为弗洛伦斯静静地伸过手来触摸她,使她感受到其中的情意。

"……不过,作为一个新人,他现在该会明白了,那件事本来是决不可能发生的。告诉他,我希望它没有发生才好。"

"我能不能对他说,"弗洛伦斯说,"听说他经受的痛苦,你感到难过?"

"不,"她回答,"如果他经受的痛苦教育了他,使他终于明白,他的女儿对他非常亲。如果痛苦给他带来了教训,那么终有一天,他自己也不会为经受痛苦而感到难过了,弗洛伦斯。"

"你希望他身体健康,希望他幸福快乐。我敢肯定你一定这么想!"弗洛伦斯说,"噢! 如果在将来的某个时刻,有机会的话,你是不是允许我对他说这些话?"

伊迪丝坐在那里没有回答,她的黑眼睛凝视着她,直到弗洛伦斯重复这句恳求的话;她把自己的手从弗洛伦斯的臂弯里抽出来,用同样沉思的眼神望着外面的黑夜说:

"对他说,如果他从自己的现在,能找到任何理由同情和怜悯我的过去,那么我要你告诉他,我请求他那样做。对他说,如果他从自己的现在,能找到一条理由不再对我充满仇恨,那么我请求他那样做。对他说,尽管就我和他相互之间而言,都已死亡,今生今世决不会再相逢,他知道,我和他之间现在总算有了一种共同的感情,那是以前从来没有过的。"

她严峻的态度似乎被真情撼动了,那双黑眼睛里涌出了泪水。

"我相信,"她说,"他会逐渐把我想得好一些,我也会逐渐把他想得好一些的。当他对弗洛伦斯爱得最深的时候,也就是他恨我恨得最轻的时候。当他最为弗洛伦斯和她的子女感到骄傲和幸福的时候,也就是他对他在我们那场黑暗梦幻似的婚姻生活中所应负的责任,感到忏悔的时候。到那时,我也会忏悔——以后让他知道这一点——我想,既然我以前总是强调造成过去的我的种种原因,那么我对造成过去的他的种种原因,也应该抱有一种更加理解的态度。到那时,我将尽力原谅他应负的过错责任。让他也尽力原谅我应负的过错责任吧!"

"噢,妈妈!"弗洛伦斯说,"即使是在这种情况下相会与别离,听了你的这些话,也使我心头的负担减轻了!"

"这些话,听在我自己的耳朵里,也觉得怪异,"伊迪丝说,"我对自己的说话声也觉得陌生!但是,即使我确实是(我给他提供了理由,使他认为我是)那种卑劣的人,我想,当我听说你和他现在已经变得很亲,我仍会说同样的话。当你们父女俩最亲最爱的时候,那时他想起我来,也会对我最宽容——那时我想起他来,也会对他最宽容!这就是我要你带给他的最后的话!现在,别了,我的生命般宝贵的人!"

她把弗洛伦斯搂在怀里,似乎把她那颗女人心里蕴涵着的全部爱、全部柔情统统倾泻出来了。

"这一吻是给你孩子的!这些吻是祈求上帝赐福于你!我最亲最爱的弗洛伦斯,我可爱的姑娘,永别了!"

"再见!"弗洛伦斯哭喊道。

"永不再见!永不再见!当你把我留在这黑暗的房间里,你要这样想:你已经把我留在坟墓里。只要记得世上曾经有过我这么一个人,记得我曾经爱过你!"

弗洛伦斯就这样离开了她,没有再看她的脸,但直到分别的最后一瞬,仍感觉得到她的拥抱和爱抚。

菲尼克斯表兄在门口接她,把她带到一直等待在黑暗的餐厅里的沃尔特身边。她把头靠在丈夫的肩膀上伤心地哭泣。

"我非常抱歉,"菲尼克斯表兄说时,用尽可能简单的动作、毫不掩饰地举起衬衫袖口来捂住眼睛,"刚才结束的这场会见,竟会使得我的朋友董贝可爱而多才多艺的女儿、我的朋友盖伊和蔼可亲的太太,她那多愁善感的本性,感到如此深刻的痛苦和悲伤。但是我希望并且相信,我已做得尽善尽美,这次会见使得真相大白,这会使我那可尊敬的朋友董贝得以解除他心头的痛苦。我的朋友董贝与我们家族结亲,事实上,结果搞得一团糟,为此我极为伤心;不过话又要说回来,我有一种强烈的看法,那就是,要不是因为那个穷凶极恶的无赖巴克①——那个长着一副白牙的男人——本来一切事情都会顺顺当当的。至于说那位对我有极好评价的亲戚,我可以向我的朋友盖伊和蔼可亲的太太保证,她可以指望从我这里得到,事实上是,父亲般的关怀。至于人间的沧桑变化,以及我们总是采取的特殊行为方式,我所能说的一切,我完全同意我的朋友莎士比亚——他不属于一个时代而属于所有的世纪②,我的朋友盖伊一定知道他——,他说:像是一个梦的幻影③。"

---

① 巴克,菲尼克斯把卡克误记成巴克,巴克在英语中的意思是"吠叫的狗"。
② 这是莎士比亚同时代英国剧作家本·琼生(1572—1637)评价莎士比亚的名言,见莎氏遗著第一对折本题词。
③ 见莎士比亚《哈姆雷特》第二幕第二景。

第六十二章 结　局

一只长期在灰尘、蛛网中窖藏而不见天日的瓶子,终于拿到阳光底下来了;盛在瓶中的金黄色酒浆在餐桌上反射出灿烂的光芒。

它就是最后那一瓶马德拉陈酿。

"你说得完全正确,吉尔思先生,"董贝先生说,"这是一种非常难得和极为美味的酒。"

船长也在座,快活得满脸都漾出了笑意。放光发亮的额头上围绕着一圈喜悦的光轮。

"我们一直对自己许下一个愿,先生,"吉尔思先生说,"我说的是内德和我两个……"

董贝先生对船长点头示意,船长虽然没有说话,但由于心里感到满意,脸上的光变得更亮起来。

"……但愿有朝一日,我们可以喝掉这瓶酒来庆祝沃尔特平安回家:尽管当时我俩做梦也不会想到会有这样一个家。如果你对我们从前一时想起的怪念头不反对的话,先生,那么就让我们用第一杯酒向沃尔特和他的太太祝福。"

"向沃尔特和他的太太祝福!"董贝先生说,"弗洛伦斯,我的孩子。"他转过脸去亲吻她。

"向沃尔特和他的太太祝福!"涂茨先生说。

"向小沃和他的太太祝福!"船长喊道,"好啦!"船长心头显然涌起强烈的渴望想找个人碰杯,董贝先生的手早就等在那里,这时就向他伸过酒杯。别人也学他俩的样接着碰杯,到处响起快乐、幸福的丁当声,好像一个庆祝婚礼的钟乐小组在演奏。

就像当年那瓶马德拉陈酒一样,别的新酒又在窖藏中逐渐变成陈酿;瓶子外堆积起尘土和蛛网。

董贝先生已变成一位白发苍苍的老绅士,脸上深深地刻着忧虑、痛苦的印记;然而这些印记仅仅是一场早已过去的暴风雨的痕迹,它留下了一个清澈晴朗的夜晚。

他再也不为雄心勃勃的规划、方案之类劳神操心。他唯一感到自豪的就是他的女儿及其丈夫。他很少说话,对别人体贴关心,举止温和稳重,总是和他的女儿在一起。托克丝小姐成了这家的常客,是这家人忠诚的朋友,她的光临受到全家人的热烈欢迎。自从那次她在公主街休克以后,她对那位曾经派头十足的恩主的爱,变成柏拉图式的了,然而其热烈程度却并未稍减。

他那艘巨大财富的船早已沉没、碎裂,没有给他漂来哪怕是一小块碎片,然而,他不知道是怎么回事,每年他都会收到一笔钱。寄钱的人恳切要求他不要试图打听他们的姓名,并且向他保证,说这笔钱是过去欠他的债,现在要归还给他。他找以前的一名下属商量过这件事,那名下属明确地表示,他可以光明正大地把钱收下,毫无疑问,那是老商行往日交易中忘记追讨回来的一笔欠款。

那位淡褐色眼珠的单身汉,如今已不再孤单,他和老商行那位头发灰白的低级职员的妹妹结婚了。他有时会来拜访昔日的大老板,但来得并不频繁。头发灰白的低级职员由于历史的原因,更由于他姓氏的原因,使他不得不躲开他昔日的大老板。因为他和妹妹、妹夫在一起生活,这样一来,连带他妹夫也没法经常去拜访以前的雇主了。有时沃尔特会上他们家去——弗洛伦斯也去——那快乐祥和的家,便会响起充满深情的钢琴、大提琴二重奏,里面有和谐的铁匠劳动的声音。

在这段充满改变的日子里,那位木制海军准尉变得怎么样啦?啊,它还是右脚靠前在原地站着,仔细观察着来往的出租马车,显得比以前更加警觉,因为他的全身,从三角帽到带扣的靴子,最近都油漆一新;在他身子的上方,写着这样几个光辉灿烂的金字:吉尔思和柯特。

海军准尉航海仪器商店向来有一搭没一搭的买卖,并没有出现特别的起色。但是,在莱顿霍市场那把蓝色大伞周围半英里范围内,人们都在传言,说是吉尔思先生多年前的某几项投资都得到非常丰厚的回报;他投资那些项目,不但不像他原先自我评估的那样落后过时,事实上,反倒说明他的谋划有点儿超前意识,时间一到,必有回报。人们悄悄议论说,吉尔思先生开始赚钱,而且财源滚滚而来。不管传言是否属实,但有一点总是真的,人们可以看见他穿着一身咖啡色衣服,口袋里装着那只精密计时计,眼镜掀在脑门子上,时常站在他的店门口;他似乎并不在乎没有顾客上门,而显得非常快活、非常满足,不过,他的眼睛仍是泪水模糊,这一点倒与以前没有什么两样。

再说说他的合伙人柯特船长吧,船长心里简直杜撰了一篇比一切现实更为美好的商业小说。船长对海军准尉航海仪器商店极为满意,就好像该商店在国家商贸与航运事业中地位之重要,已达到如此程度,即:如果没有海军准尉航海仪器商店的帮助,没有一艘船能驶出伦敦港口。店门上方写有他的姓氏,他感到无限喜悦。每天他总要穿过马路,从对面回望店名招牌,在这种情况下,他总要说,"爱德华·柯特,我的老小子,如果你的妈妈能够知道你有朝一日能成为一名科学界人士,那位好心的老妈妈准会大吃一惊!"

可是你看,涂茨先生突然火急火燎地来到海军准尉商店,他冲进那间小小的后房时满脸通红。

"吉尔思船长,"涂茨先生说,"还有索尔先生,我十分高兴地通知你们,涂茨太太给她的家庭增添了人口。"

"这给她增添了光彩!"船长喊道。

"我真为你高兴,涂茨先生!"老索尔说。

"谢谢,"涂茨先生咯咯地傻笑,"我非常感谢你。我知道听了这消息一定高兴,所以我亲自向你报告来了。你知道,我们的生活真是顺心。我们已经有了弗洛伦斯和苏姗,现在又来了个陌生的小家伙。"

"陌生的小家伙是个女的吗?"船长打听道。

"是的,吉尔思船长,"涂茨先生说,"我真高兴她是个女的。我们一遍又一遍地让那位最了不起的女人重复诞生,我的看法是,重复的遍数愈多愈好!"

"准备!"船长说时转身朝向那只带有外罩的无颈酒瓶——当时已是晚上,海军准尉商店里和平日一样,只备下有限的烟酒。"这一杯是为她干的,祝愿她再多生几个娃娃!"

"谢谢你,吉尔思船长,"涂茨先生高兴地说,"我要响应你的祝愿。如果你准许,如果在当前这种场合下,我的响应行动不会使任何人感到不快,那么我想抽一斗烟。"

于是涂茨先生就开始抽烟,他心胸坦荡,话也多了起来。

"那位让人高兴的女人,吉尔思船长和索尔思先生,"涂茨先生说,"她处处表现出卓越的见识,例子不胜枚举,我想,她最了不起的一点就在于,她能够深刻圆满地理解我对董贝小姐的虔诚崇拜。"

他的两位听众一致同意他的话。

"因为你们知道,"涂茨先生说,"我可从来也没有改变过对董贝小姐的感情。这种感情一如既往。至今她仍是我心目中的光明偶像,就像我还没有认识沃尔特斯以前一样。当我第一次与涂茨太太涉及这个话题——总之,涉及柔弱的爱情之类,你明白,吉尔思船长。"

"明白,明白,我的孩子,"船长说,"就是害得我们晕头转向的感情①——这句话你可以在书上查一查——"

"我一定去查,吉尔思船长,"涂茨先生极为认真地说,"当我俩第一次涉及这个话题,我向她解释说,我可以被称为'一朵枯萎的花',这你准明白。"

船长非常赞成这种形象的说法,还喃喃地说,盛开的花朵,哪一种也比不上玫瑰。

"但是,上帝保佑,"涂茨先生接着说,"她完全能理解我内心的感情,简直一点都不比我本人差。我简直没有任何东西需要向她解释的。她是唯一能够挡住我不让我及早钻进寂静的坟墓的人,她以让我永远对她赞叹不尽的方式,做到了这一点。她知道,世上没有一个人像董贝小姐一样,令我永远仰视,世上没有一个人像董贝小姐一样,令我甘愿为她做一切事。她知道,在我心目中,董贝小姐是最美丽、最和蔼可亲、最像天使的女性。你猜在这件事上我的太太是怎么想的?她的理智简直完美得无以复加。'亲爱的,你说得对。我也这样想。'"

"我也这样想!"船长说。

"我也这样想。"索尔·吉尔思说。

"那么,"涂茨先生沉思着抽了一会儿烟斗,脸上露出最满意的思绪,又接着说,"我的太太是一位观察力何等敏锐的女人呀!她拥有明察秋毫的目光!她说的话有多么深刻!就是在昨天晚上,我俩坐在一起享受婚姻生活的幸福——我以言语和名誉保证,

---

① 船长又把俗语"啊,是爱情,是爱情,转动了世界"(Oh,'tis love,'tis love, that makes the world go round)记错了。

这么说还不足以表达我和妻子在一起时的感觉——她说,想一想,我们的朋友沃尔特斯目前的职位有多么美好的前途呀。'他就在这里,'我的太太说,'在带着年轻新娘第一次在海上远航以后,就不用再出海漂泊了'你知道他的确不用再出海了,索尔思先生。"

"完全正确。"老航海仪器制造商一面搓着手一面说。

"'他就在这里,'我的太太说,'马上就不用再出海漂泊了;那同一家公司非常信任他,把他放在国内一个重要位置上;他又一次证明自己值得信赖;在晋升的阶梯上愈升愈高;每一个人都喜爱他;在他命运的最佳时刻,他的舅舅又帮助了他'——我想这是事实吧,索尔思先生?我的太太的话永远是正确的。"

"啊,是的,是的——我们过去损失的一些船只,载着黄金又回来了,真的,"老索尔大笑着说,"很小的船,涂茨先生,不过对我的孩子还有些帮助。"

"真是这样,"涂茨先生说,"你决不会发现我的太太会搞错。'他就在这里'我那最了不起的女人说,'在他的岗位上,——以后呢?以后呢?'涂茨太太说。请你们,吉尔思船长和索尔思先生,你们现在倒是说说看,我的太太的见解有多么深刻。'啊,正是这样,就在董贝先生的眼前,一座大厦正在奠基;'这是涂茨太太的原话,"涂茨先生兴高采烈地说,"'大厦逐渐盖起来了,越盖越高,也许盖得和董贝先生从前当老板的那家老商行一样高,也许比老商行还要高,他早已忘记商行开头办的时候规模也很小(涂茨太太说,这是当老板的人们的通病,不过确实是坏毛病)。所以,'我的太太说,归根结底,通过他的女儿,另一家董贝父子商行就要升起来了'——她没说'复活';用涂茨太太的原话说是——'胜利成功'。"

涂茨先生靠了烟斗的帮助——他非常乐意靠抽烟来帮助他进入说话流利的佳境,而抽烟的正常用途却会使他头昏脑涨——准

确地复述了他太太先知般的预言,船长听了快活极了,恨不得要发疯,他把头上那顶加光便礼帽摘下来往上抛,一边喊道:

"索尔·吉尔思,你这个科学家和我的老伙伴,你还记得吗,小沃第一天在商行上班的那个晚上,我让他查什么书来着?是不是这样几句引文,'回来!威丁登!伦敦的市长大人!等你老了,再也不离开伦敦?'是不是这样几句话,索尔·吉尔思?"

"一点都不差,内德,"老航海仪器制造商回答,"我记得清楚着呢。"

"听我对你说是怎么回事儿,"船长朝后往椅子背上靠了靠,又挺了挺胸脯,准备要发出大得吓人的吼声,"我要给你们从头到底唱一遍《可爱的佩格》这首歌,你们俩都准备好,一起唱那合唱的部分!"

窖藏的新酒又变成了陈酿,就像往昔的马德拉酒一样,时候一到就得变;酒瓶周围堆积起灰尘和蛛网。

秋日的白天阳光灿烂,海滨沙滩上常会看见一位年轻夫人和一位白发苍苍的老绅士。还有两个孩子和他们在一起,或是离他们不远:一男、一女。一只老狗时常陪在他们身边。

白发苍苍的老绅士和小男孩一起散步,一起聊天,小男孩玩时,老人常是他的好帮手,伺候着他,守护着他,似乎这孩子就是老人生活的目标。假如小男孩在沉思,白发苍苍的老绅士也在沉思。有时,小男孩坐在老人身边,抬头看着他的脸,向他问问题,老人把他的小手握在自己手里,只顾握着,竟会忘记回答。小男孩便会问:

"啊,外公!我真的和我那可怜的小舅舅长得很像吗?"

"很像,珀尔。不过他的身体弱,你的身体非常健壮。"

"噢,对呀,我是非常健壮。"

"他到海边来总是躺在一张小床上,而你能到处奔跑。"

他们祖孙俩又忙着往别处漫游去了,因为白发苍苍的老绅士喜欢看到孩子自由自在,活泼欢快。当他俩一起往前走时,祖孙俩血肉相连的故事便流传开了,从此就如影随形地跟着他们。

然而,除了弗洛伦斯,没有别人会懂得白发苍苍的老绅士对小外孙女疼爱到什么程度。流传的故事里也没有这一段。就连小女孩本人都有些怀疑,外公心里是不是有什么秘密。他把小外孙女珍藏在他的心里。他无法忍受小女孩脸上有一丝阴云。看见她独自坐在别处,他也无法忍受。在他的想象中,她可能遭到了忽视,其实根本没有那样的事。她睡觉时,他暗暗地在一旁观察她。令他最开心的是,她早晨会到他身边来叫醒他。在旁边没有人的时候,他最疼她,对她最最慈爱。有时小女孩会问:

"亲爱的外公,你吻我的时候为什么要哭呀?"小女孩问,眼睛热切地盯住他。

他只是回答说,"小弗洛伦斯!小弗洛伦斯!"一面把遮在她眼睛前的那几缕鬈发拂开。